玉符

（上）

秦守君 著

陕西新华出版传媒集团

太白文艺出版社·西安

图书在版编目（ＣＩＰ）数据

玉符：上下册 / 秦守君著. -- 西安：太白文艺出版社，2023.1
ISBN 978-7-5513-1982-9

Ⅰ．①玉… Ⅱ．①秦… Ⅲ．①侠义小说－中国－当代 Ⅳ．①I247.5

中国版本图书馆CIP数据核字(2022)第113006号

玉符
YU FU

作　　者	秦守君
责任编辑	李　玫　张馨月
封面设计	王　洋
出版发行	陕西新华出版传媒集团
	太 白 文 艺 出 版 社
印　　刷	陕西金德佳印务有限公司
开　　本	787mm ×1092mm　1/16
字　　数	660千字
印　　张	44.25
版　　次	2023年1月第1版
印　　次	2023年1月第1次印刷
书　　号	ISBN 978-7-5513-1982-9
定　　价	128.00元(全2册)

目　录

一 因玉结缘

天地有正气，杂然赋流形。下则为河岳，上则为日星。于人曰浩然，沛乎塞苍冥。

明朝嘉靖年间，皇帝为求长生不老，在民间大肆招少女甚至是幼女入宫。匪患猖獗，许多女子在不经意间神秘失踪。百姓苦不堪言。

中秋之日，黄昏后的武昌码头仍是人头攒动，往来人群络绎不绝。离码头不远处的江边，一个七八岁的女孩与一个年纪相仿的男孩，正沿江边嬉戏玩耍，不时捡些漂亮的石子。离他们不远处，有两位神情落寞的中年男子在交谈。这两位男子，一位是邯郸名医付先生，一位是邯郸绅士田育勤。那付医生，家住邯郸石鼓镇，擅长布气诊疗。其妻于年前上街买菜途中神秘失踪，只留下一个女儿，名叫付茹秀，唤作茹儿，今年八岁。那茹儿生得秀眉初展显灵气，杏眼微波现神光，肤色白嫩如凝脂，恰似一朵含苞待放的白莲花。田育勤在邯郸城内开了一家成衣铺，家境殷实，家学渊源，有功夫傍身，却甘愿隐于市井之间。年前，其妻患病而亡，留下一子，叫田力均，今年九岁。那力均生得皮肤黝黑，双目炯炯，齿白唇红，大方端庄。

付、田二人在治病中相识、相知，又均是中年独身，同病相怜，便相约来武昌散心。

这时，茹儿朝力均招手，二人一起从沙滩上扒出一块漂亮的玉片。两个孩子忙用水冲洗后，跑到岸边，将玉片交给付先生和田育勤。田育勤说："这玉片美轮美奂，色泽纯正且变化多端，虽冰寒些，却似含有一股正气。拿它给孩子们做护身符，定能保佑孩子们安康。也希望他们长大后，能凭此相聚。"付先生将玉片对着落日的余晖照了照，说道："何以结恩情，美玉缀罗缨。此玉品质上乘，后面的条纹好似构成一个'聚'字。应不是俗人所佩，必有些来历。正如田兄所言，其内含正气，十分难得。我们等等看，若无人来寻，就拿它给孩子们做护身符。河南山南城有一个文秀才，与我相识，其雕刻技艺出众，字画也是远近闻名。我们不如拿去他那里再做打算。"

于是，他们连夜起程，找到河南山南城文秀才的雕刻店面。店中摆放的雕刻品不少，但最突出的是一头汉白玉雕的雄狮，此玉温润生烟，晶莹剔透，在方形的底面上刻有"文家宝印"四个字。在上面刻着一头雄狮：它后腿着地，前脚踏在一只彩球上，张着大嘴，嘴里含着一个白色的小圆球，显得十分威武。那小白球是利用玉石上的一块瑕疵刻成的，真是巧夺天工。彩球下还刻有十七头小狮子，有站、有卧、有滚、有爬、有扑食、有嬉戏，个个栩栩如生，惹人喜爱。四人对此创意和精湛雕工赞不绝口。

那文秀才仔细看了玉片后，说道："此玉晶莹剔透，一面绿色，淡雅清纯。奇的是另一面乳白色，上面有绿色石纹，曲曲弯弯又团在了一起。难得啊！"

正说话间，店中走进一位胖和尚，满脸笑容，双手合十念着："阿弥陀佛！贫僧云游至此，想讨口水喝，不知可否？"店里小童端过一杯水递给那僧人，说："请慢用。"那胖和尚喝过水后，拿起那块玉片仔细看，说道："阿弥陀佛！此玉奇凉又光滑圆润，是个稀罕物。想必产自昆仑瑶池。"付先生鼓掌大笑，说："如此更应该给孩子们刻成玉佩。"文秀才说："此玉片若只做成两块，略显大些，若分成八块，不但不压条纹与石鼓，而且大小适中。"那和尚接过话说道："此玉能量非凡，若刻成八块，做成护身符，更能突显'聚'之能量，不知各位意下如何？"田育勤说："就依大师所言。可不知都给谁呢？"付先生说："得此玉是机缘巧合，我看就随缘吧！一个时辰内进店的前六个孩子就是有缘人。"

话音刚落，文秀才的大儿子，十岁的文辛走了进来，后面跟着邻居店铺王掌柜的两个儿子王宏程、王宏庄和王掌柜的外甥女张月儿。那文辛脚蹬云头履，一身玉色长衫，褐色团纹绸缎罩甲，头戴玉色方巾，额高鼻挺，剑眉星目，唇红面白，煞是突出。

因这四个孩子的到来，店里顿时热闹起来。田育勤说："这四个孩子与此玉有缘，每人一块护身符。还差两个，会给谁呢？"这时，第一块给文辛刻的样板已经做好，淡绿色的一面是文辛的名字、头像和年龄，后面刻着"淡泊明志，聚首一堂"八个字，而且这八个字都刻在石鼓之间，不压纹路。屋子里每个人看了都十分喜欢。那文秀才依此样，又先后给茹儿、力均、月儿、王宏庄、王宏程做了护身符。孩子们看到自己手中的护身符，欢呼雀跃，欣喜异常。付先生与田育勤也一扫心中的阴霾，同孩子们欢笑在一起。

这时，一个穿着十分漂亮、长相十分俏丽，白净清纯的小姑娘，牵着父亲的手走进店里，看到孩子们手中的护身符，用清脆悦耳的童音问道："叔叔，能给我也刻一个吗？"田育勤笑道："来得早不如来得巧，就有你一块。"正说着，一个皮肤黑黑的、五六岁的小男孩，吵闹着，硬拉着一位妇女走进店来，那妇人似乎有些难为情，拉着小男孩的手说："等娘有了钱再来买。"付先生听罢，马上说道："夫人，此玉佩不用花钱买，只需报上孩子的名字、年龄就行了。"那妇人听了，感激得忙向众人道了福。

八块玉佩刻好后，胖和尚带领八个孩子，焚香念咒，并将八块护身符亲自戴在每个孩子颈上后，才告辞离去。

二　孤儿学武

　　且说，此护身符刻成后不久的一天，文辛同王宏程、王宏庄及两个小叫花子张荣、王胜，一起来到城北长蛇洞内玩耍。不想这时县城内却遭遇山贼抢劫，文秀才的店面被洗劫一空，家人遇难。晚上归来的文辛便成了孤儿，他给自己改名叫苦儿，并发誓学武报仇。他与两个小叫花子张荣、王胜结伴，要拜师学武。

　　三人一路讨饭，一路探寻名师，从南阳到襄阳、当阳、汉阳，都没有人肯收留三个小叫花子做徒弟。他们又到了大洪山庄，大洪山庄庄主郑泰然是当今武林高人，他差人给三个小叫花子五两银子便打发他们离开了。三个小叫花子无奈，只得一路讨饭又回到了南阳。出了南阳城不远，见有个老人昏倒在一棵树下。老人穿着青色长衫、青色布鞋，戴着青色方巾，十分清瘦。苦儿叫荣儿去讨了碗水，拿出自己讨来的馍，先喂老人喝了些水。老人醒来后，苦儿递给老人一个馍。吃过东西后，老人便问他们三人的情况。苦儿如实告之，要去拜师学武，不被人欺负。老人见这三个孩子心地善良，便将转大树、站木桩、撒石子、爬大绳、够铃铛、踩石尖等基本功传与他三人。此后，在这片树林里，四人每天除了要饭，其余时间都在练功。一个月的时间转瞬即逝，一天，老人说他有急事，便匆匆离开了他们。

　　三个孩子又回到了山南城，准备去少林寺学艺，庄儿王宏庄出来相送。他们出了城，经过城北的长蛇洞口时，突然被洞中之人抓住，拖进洞中。走在后面的王胜侥幸逃脱，被抓住的三个孩子吓得晕了过去。当他们再次醒来时，看清了抓他们的是两个大人，一个长着大扁脸，一个是有些驼背的年轻人，那年轻人管大扁脸叫师父。大扁脸问清了他们的情况后，对苦儿说："我们被仇家暗算，受了伤，现在需要药物和吃的。这儿有五十两银子，你赶快买药买吃的，再买五只羊。你若是敢告诉别人，我就杀了他们两个！"

苦儿拿了银子走出山口，他先回山南城找到王掌柜（庄儿爹）和王胜，王掌柜到乡下买了药、盐、白布、大饼、包子，同王胜一起送到村头枯井旁的小树林中，再由苦儿带回洞中。没有买到羊，那师徒二人也并不怪罪。三五天后，王掌柜又买来五只羊与两口铁锅，苦儿将其拖到洞中。渐渐地，大扁脸看三个孩子的目光柔和了些。这天，张荣用双手扒开大扁脸后背上的伤口，这伤口足有一尺长，都化了脓，血水不住地往外流。张荣用小碗将盐水倒入伤口冲洗，苦儿不敢看，张荣也手发抖。冲洗之后再涂上红伤药，最后用白布包好。做完这一切，大扁脸已疼得满头大汗了。苦儿将血水倒出洞外，张荣坐在地上喘息。王胜拾柴，架起火堆，用一口锅煮着羊肉，另一口锅里熬药。休息片刻之后，大扁脸为那年轻人拆去大腿上的绑绳，原来他的腿被打折了。大扁脸将了将他的伤腿，说："接得不错，百日后便长好了。"他吩咐张荣给年轻人敷上药，又差苦儿捡来几根树棍，他亲自给年轻人把腿绑好、固定。做完这一切，他二人便抓起大饼和羊肉，大吃大嚼起来。

半个月过去了，大扁脸和那个年轻人恢复得不错，他们的心情也好了很多。一天，苦儿去买东西，回来时不但双手空空，还满身是土，连眼睛也被打肿了。那年轻人忙问是怎么回事，苦儿答道："我拿着东西回到这里，便遇上了双狗。"大扁脸问："双狗是什么东西？"张荣答道："双狗是山南城的两个坏小子，大的叫觑觑狗，小的叫坏水狗，净干坏事。"那青年问："他们为何打你？"苦儿答道："他们问我给谁送东西、送到哪里去，我没说，他们便打我。"那青年说道："师父，这两条狗也太狠了，竟把苦儿打成这样，这不是和咱们过不去嘛！"大扁脸也生气地骂道："真是可恶至极！来，我来传你武功，半个月后便可打败他们了。"那青年笑道："还不快谢谢师父？"苦儿说道："多谢师父！"

从这天起，大扁脸便将他年轻时曾练过的一套形意拳教给了苦儿他们三人。半个月过后，教授完毕，他们三人各自练习。那青年对大扁脸说："师父，三人中数苦儿学得最快，练得也好。"大扁脸笑道："这孩子身板好，悟性高，是个练武的好材料。"那青年等苦儿练完了功，说道："苦儿，你去山坡上为我砍一副拐杖，我也要站起来活动活动了。"苦儿拿了一把刀便出了山洞。过了多时，苦儿才回来，那青年见苦儿又被打得鼻青脸肿的，比上次还厉害，不过那副拐杖还是拿回来了。那青年接过拐杖一看，只见每根拐杖上都被磕得坑坑洼洼。苦儿说道："我刚收拾好拐杖，便遇到双狗，他们不但打人，还想把拐杖磕断。"

大扁脸阴沉着脸，生气地问："我教你的拳法你没用上？"苦儿答道："用上了，我用猴拳将坏水狗打倒，可他死死地抱住了我，觑觑狗上来，他们一使劲把我摁倒了，结果被他们痛打了一顿。"大扁脸骂道："笨蛋！你的饭都吃哪儿去了，怎么人家一碰就倒？打架也要讲战术，第一，千万不能叫人抓住，要游斗，就是在跑动中打，叫他们近不了身；第二，要各个击破，伤其十指不如断其一指。明白了吗？"苦儿点点头。张荣说："可那觑觑狗比苦儿大五岁，坏水狗大三岁，两个加起来大八岁呢，苦儿哪会有那么大的力气？"那青年看看手中的拐杖，试着架着拐杖站了起来，说道："这两个王八蛋，等我伤好了，一定要好好教训他们一顿！"大扁脸听了张荣的话，面色缓和下来说道："苦儿过来，我为你输功。"苦儿依言坐在他面前，大扁脸伸出双掌在他后背上发力，苦儿便觉得一股热流流遍全身。一连输了半个月，苦儿觉得气力大增。

这一天，苦儿买了东西便进了山，刚刚走进沟口，又遇上了双狗。觑觑狗叫道："又是半个月没收拾你了，大爷的手都痒了。"坏水狗也说道："来，二爷再给你松松皮。穷小子，三天不打，上房揭瓦。"苦儿将东西放下，想好了对策便说："双狗，你们可别太得意了，今天，苦爷爷要好好教训你们！"坏水狗听了骂道："好小子，你还敢骂我，看打！"双狗立刻冲过来。苦儿这次没有硬冲硬打，一闪身便跑开了。双狗哈哈大笑，又追了过去。跑了一阵，双狗中的坏水狗便有些跟不上，觑觑狗突然想起坏水狗被苦儿打倒的事，他刚要往回撤，可来不及了，只见苦儿已冲到他跟前，他只得出拳相击。苦儿用左手去抬他的手臂，使他的拳打空，再用右拳狠狠打在他的软肋上。只见觑觑狗叫了一声，便往下倒，重重地摔在了地上。坏水狗一看不好，就要逃跑，苦儿用脚将他绊倒，然后又踢又打。坏水狗大声呼救，觑觑狗已爬不起来，如何能救他？最后，他只好向苦儿哀求了："苦爷爷，你饶了我吧，小的再也不敢了！"因这里距洞口不太远，大扁脸听见了坏水狗的叫声，笑了，随后与他徒弟小声商量起来。

第二天吃过午饭，大扁脸扯乱了头发便出去了，可在他走后不久，洞外就有了脚步声，原来是双狗领了两个人来打苦儿，坏水狗说道："他就藏在这个山洞里，你们快点找！"一个长了张狐狸脸的人向长蛇洞洞口搜去，另一个黄脸、身高体壮、眼大如牛的汉子，把一匹马拴在一棵树下，跟在狐狸脸后面朝洞口走去。觑觑狗叫道："对，他可能就在里面。苦儿你快出来，爷爷带人来抓你了！"洞里的人早做好了准备：那青年双拐一撑，身体已飞出洞外，苦儿、庄儿、张荣也跟着跑出来。那青年双拐一点便飞身上马，解开缰绳策马跑出山口，转眼不见了。苦儿惊呆了，没想到一个断了腿的人还可以飞出去。双狗看见苦儿出来了，转身要跑。张荣提醒道："他们还有两个大人呢，咱们快跑！"苦儿听罢刚要跑，那两个大人已从杂草中站起来，从腰间取出鞭子一挥，苦儿三人都被拉了回来，他们十分利落地将苦儿三人手脚全都绑上了。坏水狗一看高兴了，举手便要打苦儿，那黄脸壮汉上前就给了坏水狗几个耳光，骂道："狗东西，叫老子损失了一匹马！"说着便将双狗绑在树上，从他二人身上搜出几两银子，又打了他们几下，带着苦儿他们三人迅速离开了。三个孩子被弄到另一个山沟里，被绑的还有七个孩子，都被塞在车内的一个大布袋里。他们夜里赶路，白天躲在山沟或树林里休息。过了一天，十个孩子被拉到一家大院内，苦儿被留下了。其他几个孩子又被拉走了。

苦儿被告知，这是杨家大院的放羊沟。第一天，管家杨七命苦儿数好羊的只数，若丢了一只，便要为其偿命。苦儿数着数着，突然在羊群中发现了一个小孩子，她夹在两只羊中间，满脸灰尘、满头草屑，苍白的脸上，两只大眼睛流露着惊恐。苦儿走过去，想把她拉起来，可那孩子害怕得双手撑地，不停地向后退，眼里含泪，嘴角不停地抖动着，看得出，她是被什么事吓坏了。苦儿退了回来，同情地看着那个孩子。

此后几天，苦儿把馍和水拿到羊圈里与那孩子一起吃，晚上也与她一起在木房里睡。这样过了七八天，那孩子终于开口说话了，她告诉苦儿，她姓付，叫茹儿，今年八岁了，父亲是邯郸城石鼓镇的郎中，母亲一年前在买菜途中失踪，一直没消息。他们父女二人是在出诊路上被人掳掠，父亲为保护她，死在匪徒刀下。苦儿听罢，急忙拿出玉佩，告诉茹儿自己是文辛，茹儿也拿出自己的玉佩比对。就这样，两个孩子紧紧拥抱在一起。苦儿告诉茹儿："不用怕，以后我保护你，我们再也不要受人欺负。"从此，二人形影不离，没事时，苦儿便教茹儿撇石子、转大树。茹儿的精神面貌有了很大的改变，有时也会笑了。

一天傍晚，杨七喝了很多酒，便想发淫威，命茹儿提大木桶去打水。人小桶大，茹儿摔倒了，水也洒了出来，杨七便举起鞭子，将茹儿打倒在地，疼得茹儿满地打滚。苦儿听闻，躲在暗中的墙角，同时撇了三枚石子，打在杨七胳膊和手上。杨七一惊，手中的鞭子也掉在地上。苦儿又喊道："杨先生！"茹儿趁机站起来，跑到墙角，杨七瞪着一双迷茫的眼睛愣在那里。苦儿拉着茹儿跑回小木板房，二人商量如何逃跑，可他们谁也不知这是什么地方，又该逃往哪里。

酒醒了一半的杨七，提刀来到茹儿的木板房，见苦儿在这里，他怔了怔，随即明白过来，恶狠狠地说："是你小子啊，敢暗算我，看老子不把你那只手剁掉！"苦儿拉着茹儿躲在门后说："吹牛！你就会欺负小孩，你走出这大院还厉害吗？"杨七说："吹牛？邯郸城不敢说，可这石鼓镇，除了杨先生，便是老子了，信不？练刀给你看！"这时，茹儿才知道，原来杨家的后山，就是他们付家大药房的隔壁。那杨先生，茹儿是见过的，是刚搬来不久的，石鼓镇的"大善人"。

杨七在苦儿面前练起一套刀法。他得意地说："老子这套三绝刀法，天下无敌！"苦儿见了，暗暗记下刀法，又满脸堆笑拍着手说："真好看！你是我见过耍得最好的。"杨七这才满意，打着酒嗝，晃着臂膀回去睡觉了。

当天夜里，苦儿、茹儿准备好，行动了。他们趁黑夜，先采了一把草药捣烂，拌在杨七吃剩下的菜和骨头中，并丢在院墙边，使狗叫不出来声。

苦儿、茹儿想翻墙出去，可院墙太高，他们只好摸到大门口，两人合力，轻轻地将大门推开一道缝，挤了出去，又把门关好。两人迅速进了茹儿家的书房，借着月光，挑选了书架上的四本医书，带上了书案上的一个瓷罐，踏着夜色飞奔而去。

三　四海游学

已是三月，乍暖还寒。群鸡报晓，天刚蒙蒙亮，邯郸城外的田家村，人们就起床了。开门声、说话声、咳嗽声、抱柴声汇成一团，几十户人家的村子立刻显得生机勃勃。中原乃武术之乡，闻鸡起舞乃是平常事。

这天，乡绅田育勤早起晨练，在麦草垛下发现了睡着了的苦儿和茹儿，田育勤唤醒他们，确认后，将他们紧紧拥入怀中。此时的苦儿剑眉星目，虽衣衫褴褛，却坚毅不屈。再看茹儿，一对灵动的柳叶眉，杏目微波，唇红如珠，让人心生爱怜。这时，一个生得皮肤黝黑、双目炯炯、唇红齿白、行步端庄的少年出来与苦儿、茹儿相见，这正是田育勤之子——田力均。三个孩子聊经历，聊所读的书籍，苦儿又将老者教的转大树、钻木桩、撒石子等当游戏与力均、茹儿一起玩耍。田育勤把苦儿、茹儿留在家中抚养。

三年后的一个清晨，田家村东头的一家大院里，三个少年正在练功。一个小伙子面对树干，双脚向一侧迈动，围着树干转了起来。另一个小伙子在两三排并不规则的木桩中穿行。他的步伐很快，有如燕子在林中飞行。当险些撞上木桩时，他摇了摇头，退了出来，又重新做起。还有一个肤如凝脂的漂亮女孩，侧身站在离墙十几步远的地方，瞧着墙上挂着的一个拳头大的干草团，她的右手放在胸前，手指间捏着一枚小石子，只见她手腕一抖，石子从她手中疾速飞出，正好击中草团。她的右手几乎是百发百中，左手也是十发七中。她轻轻摇了摇头，似乎对这个成绩并不满意。

三个少年练转大树、钻木桩、撒石子之后，又练起了爬大绳、够铃铛、踩石尖。当他们每个项目都练完后，天已大亮了。田力均说道："苦儿、茹儿，看你们大气都不出，可我已汗流浃背了。"茹儿安慰说："力均哥，你原是喜文厌武的，能练到现在这样已是进步很快了。"说完粲然一笑，表现出她的善意与纯真。

听了她的话，力均不好意思地笑了，说道："还不是在你们的带动下才习武的，你们要是不来，我可能一辈子都不涉此道。唉！你们又要走了，我好生舍不得。"

十四岁的苦儿，身材颀长，高鼻梁大眼睛，十分英俊。他说道："我们要济世救人，为百姓消灾解难。你在家刻苦读书，求取功名，将来做个好官，造福一方。让我们各自努力，五年后相见！"力均说道："可情况不一样啊，我在家读书平平稳稳，你们出去，在高山、大海、沙漠、雪山中练功，身处险境，叫人怎能不担心？"茹儿说："纸上得来终觉浅，绝知此事要躬行。你忘了？"

这时田育勤走了进来，说道："孩子们早，六项基本功都练完了吧？你们练练百变云拳吧。"三个少年拉开了距离，练起了拳法。

这百变云拳果真不同凡响，三人练起来，是拳活、腕灵、臂软、步快、眼明、神闲。一拳既出，中途多变，行拳如云，虚实难辨。田育勤边看边点头。他们练过了拳法又练起了无影剑，不过他们手中拿的不是剑而是一根硬木棍。虽然如此，可从他们的演练中仍可看出：剑来无影去无踪。眨眼间，三招已过，剑身却始终未动。

原来，这百变云拳和无影剑是由邯郸田家祖传的拳法和剑法演变而来的，由力均的曾祖父所创，三年前，田育勤传给了他们三人。经过三年的刻苦修炼，才算初晓其中奥妙。

他们三人练罢，田育勤说道："无论是拳法还是剑法，都要讲究轻、快、活，就是运行要轻，应变要快，招法要活。按这个要求，你们还相差甚远，往后仍需刻苦练习、用心体会才是。"三人答道："是。"

这时邻家的一个叫白云的姑娘走了进来。这是一个面色白里透红、身材苗条的姑娘，虽不及茹儿漂亮，却也有几分姿色。她与力均很要好，田育勤见她来了便说："云儿来了，苦儿、茹儿，咱们去商量一下游学路线吧。"

苦儿冲力均一笑，便与茹儿一起，随田育勤进屋去了。

白云比力均小一岁，她拉着力均坐在一条长凳上，掏出手帕为他擦汗，说道："少练点不行吗？何必下这么大苦、出这么多汗。"力均说："汗出多少又能怎样？他们明天要走了，我心里不好受呢。"白云盯着他的脸问道："哎，你不是恋上茹儿了吧？"力均瞪了她一眼，说道："你胡说什么呀！茹儿和苦儿好，他们才是天生的一对。我又黑又丑，除了你，谁还能看上我？"

白云抿嘴一笑，说道："你虽黑却不丑，四方大脸，圆眼大耳，高鼻大嘴。"听她这么说，力均笑道："得，得，叫你这么一说，我岂不是成了大脸、大耳、大嘴的三大老怪？"白云将头靠在力均肩上笑个不停，笑罢说道："他们走了，还有我陪你呀，你又何必犯傻呢！"

屋子里，田育勤一边画图一边说道："由此向南，先到黄山，后去庐山，各练功一百日。然后由庐山向东行，直到东海之滨。在大海练功百日之后，再北上至塞外长白山。在那里既可采撷山参、冰凌花等名贵药材，又可进行耐寒训练。由此向西南而行，往河北、山西、陕西，进入大漠练功。离开大漠再向南而行，可到四川、云南雪山。再回来必有大成。"

苦儿和茹儿听到这里，双双跪倒在地，说道："叔叔的养育之恩，我们终生难忘！我们一定好好练功，不负所望！"田育勤忙将他们扶起，说道："不必多礼！"

院子里，白云对力均说道："我哥来信说，他不做生意了，他现在在吏部尚书吴大人家里做买办。这个差事，又得势又得钱。他还说，过几年，还要把我接进京城享福去呢！力均哥，你要好好读书，将来考个状元，在京城当个大官。那时咱们就在京城安个家，多好啊！"力均看了她一眼，问道："我要是考不上状元，甚至连个进士都考不上，那你怎么办呢？"白云捂上他的嘴，说道："不准瞎说！只要刻苦用功，一定能考取的！"

屋内，田育勤说道："四海游学，处处有危险，非一般人所能完成。有几件事你们要格外注意。第一，保存性命是第一位的。丢了性命，一切都将化为乌有。面对困难、险情，万不可盲目乱闯，一定要做好充分准备。第二，练功是第一位的，报仇是第二位的。君子报仇十年不晚，不能因报仇或其他琐事影响练功。第三，忍让、宽容是第一位的。多栽花，少种刺，不到非动手不可时，便不要轻举妄动。要有信心，打得赢便打，打不赢便走。在打斗中积累实战经验，也是非常宝贵的。你们已将付先生的换气大法练至六成，也算有些功力了，但处事还是要谨慎。切记！"苦儿说道："谨记叔叔教诲。"

第二天，鸡叫头遍，苦儿和茹儿便起来收拾行装了。茹儿已换上男子装扮，又取出特制的黑色养肤膏涂在脸上、手上，立刻变成了一个黑小伙。田育勤父子也为他们忙活着，田力均将三百两银子放入苦儿的包裹中，说道："苦儿，这些钱花光了，就到贪官、劣绅那里去取，千万别客气。"

田育勤拿着一张没了毛的狍子皮说道："这是一张狍子皮，能隔凉、隔热。深山练功，石凉袭人，女孩子是最容易得病的，苦儿你可记住了？"苦儿答道："是，记住了。"便把狍子皮包了起来。

田育勤又对茹儿嘱咐道："人多的地方就装成哑巴。不说话，别人就更不容易看破。"

一切准备就绪，要上路了，苦儿和茹儿双双跪倒给田育勤磕了三个头。这一拜，拜得田育勤心中酸痛，泪流满面。苦儿和茹儿又与力均拥抱告别，几个人都落了泪。田育勤将他们送到门前，说："孩子，一切小心，多保重！"苦儿道："叔叔保重，力均保重！"茹儿刚走了几步，又跑回去抱住了田育勤，刚叫了一声叔叔，便抽泣起来。几年的共同生活，让他们之间有了父子、父女、兄妹、兄弟般的亲情。此刻离别，这份亲情尤显珍贵。苦儿和茹儿上路了，力均抽泣起来说："爹，我心里好难受啊！"

石鼓镇的一条街上很热闹，茹儿尽力搜索着儿时的记忆。她一会儿说："哥，我爹在这里给我买过花布。"一会儿又说："哥，我和爹在这儿吃过馄饨。"苦儿道："茹儿，咱们进去边吃边打听消息。"他们进了这家馄饨馆，茹儿立刻坐在了儿时的座位上。不一会儿，小二端来两碗热腾腾的鸡汤馄饨。苦儿小声问道："小二哥，我们从南街过来，那里怎么不见一个人影？好瘆人哪！"店小二见屋内食客不多，便悄声说道："小哥有所不知，东边的付家药房，一家三口不见踪影，大伙都叫它凶宅。西边的杨家大院是杨先生从别人手里买下的，住了两三年，说风水不好又要卖。价钱一降再降也卖不出去，他只好锁上门走了。"苦儿又问："可知他去了哪里？"小二答道："杨先生和管家老七，一去就没回来过，不知去了哪里。"吃完饭，苦儿拉着茹儿说："走，我们先去拜别你爹，然后去山南城，找王胜。"二人来到付家大药房的后山，茹儿找来爹爹的旧衣服，二人为付医生立了一个衣冠冢，又在墓旁种下两棵松树。

茹儿说道："哥，你还记得我爹写的布气疗病篇吗？"苦儿说道："欲布气与人疗病，须自身功底深厚，且有及时恢复、补气之法。如不然，如何能长期行医？因而，欲布气医治病人，必先自医。即借助自然之气，以补充、强化、锤炼内气，使之能聚能散、能强能弱，达到随心所欲、用之无穷，为人祛病之目的。此法为换气大法。此法分三步练习：一、聚气法。打开百会、劳宫、涌泉等穴，广纳山川、大海、沙漠、雪山之气，使自然之气聚集于体内。久练有丹田发热、精神倍增、内气充盈之感。二、行气法。纳入自然之气后，气随意行、意到气到力到。手指（或手掌）发热，有一发为快之感。三、换气法。布气必须经换气补气，以重症发强烈之气为标准。换气可分为九层：换气需十五天的为一层；需十天的为二层，五天为三层，一天为四层，半天为五层，三个时辰为六层，一个时辰为七层，半个时辰为八层。布气后立补为九层。"

茹儿拍手说道："哥果然聪明，竟是一字不差。"苦儿说道："如果我们练成了换气大法，既可为人治病又可防身，真是一举两得。"茹儿说道："我们现在练到了第六层，四海游学之后，能练到第九层吗？""能，只要有信心，一定能！"苦儿坚定地说道。茹儿说："好，哥，咱们去放羊沟，先砍两棵杨树，一来做纪念，二来做兵器。也用它激励我们勇往直前，决不退缩！"

与此同时，田育勤家的院子里失去了往日的生气，大树也收起了笑脸。力均一会儿撒两枚石子，一会儿又围着大树转上两转。他练练停停、兴致索然、神情怅惘、郁郁不乐、睹物思人，勾起思绪万千。他咏道："同坐又同憩，相知有三年。读书又习武，欢乐尽开颜。空呼唤，影只形单，落得顾影自怜！"

屋子里的田育勤又何尝不知儿子的心情？苦儿和茹儿一走，家里好像一下子失去了许多许多。院子里的欢声笑语已听不到，屋子里琅琅的读书声，尤其是女孩子那清脆、甜美的声音也已消散；饭桌上你谦我让、相互关心的亲热场面，变成了冷冷清清的父子进餐。家中少了两个人，就像塌了半边天。这也让他不由得轻轻摇头，喟然长叹。

这时，白云悄悄走了进来，站在力均身后说道："举杯邀明月，对影成五人。"力均回头看见了她，说道："你读错了。"白云仰起脸说："没错，算我一个不就成五人了吗？人家一走，你就无精打采的，多没劲，我来陪你还不成吗？"力均苦笑道："云儿，你不喜欢读书又不喜欢习武，如何来陪我？陪不了两天你就烦了。"白云瞪了他一眼，说道："书呆子莫瞎说，我家也算半个书香门第，我只是书读得比你少一点而已。要说习武，我嫌你练的那玩意儿水平太低，够个铃铛，一年到头也够不到。"她说到这儿，力均忍俊不禁，他说道："厉害，厉害，白大侠武功天下第一！"

白云微笑着说道："我说你还不服？就说那转大树吧，还用练？连鸭子都会，我才不稀罕练这些东西呢。我是不鸣则已，一鸣惊人！"力均立刻笑道："白大侠果然不凡。那你敢不敢围着大树转十圈给我看看？"白云毫不犹豫地说："这有何难？本姑娘露一手，叫你心服口服。"说罢，她果然去转起大树来。她转得很慢，头三圈倒也没什么，到了第四圈，便有些头晕，这时她才晓得，看花容易种花难，到了第五圈，她再也支撑不住，跌倒在树下。力均忙上前扶她起来，又为她掸去身上尘土，再扶她坐下说道："没什么，没什么，白大侠马失前蹄！"白云将头靠在力均的肩膀上说："好你个田力均，我摔倒了你还骂我！"过了一会儿，白云不再头晕，她才说道："没想到转大树还这么难！"力均笑着说道："低级玩法，你可比鸭子强多了！"白云站起来给了他一拳，笑道："你还敢挖苦我？"力均忙说："不敢了，不敢了！"白云道："不过我还没明白，练习它有什么用？"

力均说道："啊，云儿，这跤没白摔，倒是有点进步了。我给你演练一下，你就知道了。来，你用力往我身上打。"白云有些不放心："那会打疼你的。"力均说道："没关系，你用力打就是。"白云试探着："那我可用力了？"说罢立刻挥拳，朝力均打去。在要打上的一刹那，只见力均双脚一跨，身子一晃，已移到了她的左侧。她这一拳击空，这才明白了转大树的意义，她惊叹道："我的天，你好快啊！"力均拉她坐下说道："转大树、踩石尖、钻木桩、爬大绳、够铃铛、撒石子，我们把它们叫作学武六项基本功，不把这基本功练好，武功是很难进步的。所以万不可小看它们。"

从这天起，白云陪着力均练起了这六种功夫。有了她的陪伴，力均的情绪好了很多，田育勤看到这一切，也渐渐放下心来。

四　川月同行

苦儿和茹儿这一天来到了开封城，在一家小饭馆吃饭，邻桌四位喝酒的客人边喝酒边议论："哎，你们可听说了'消功大法'之事？"听到消功大法这四个字，苦儿向他们看了一眼。这四个人都是佩剑的江湖人士，他们的谈话引起了不少食客的关注。"消功大法？你快说说是怎么回事。"一人说道。

那人喝了口酒说道："别性急，听我慢慢道来。江西九江城南有一个虎头镇，为何叫虎头镇？因镇南有个虎头崖。这虎头崖北面像用刀切了似的，一面是陡壁悬崖。崖高有百十丈，崖下有小溪流过。崖壁之上有二十多处大大小小的石洞，当地人把棺木放入洞中，称为崖葬。崖中间处有一横石突出，横石之下是一个大洞口。从崖下看这块横石就像一个老虎头，而那洞口又像是老虎嘴，所以这里才被称为虎头崖。"

"这虎头崖虽是不凡，可与消功大法有何关系呢？"同桌一人问。那人道："离虎头崖不远的一座山上有个采石场，有不少石匠在此铲磨、打石条。一天，一个铲磨的老头突然叫道：'成了，成了！'他的一个徒弟问：'师父，什么成了？'那老头兴奋地低声说：'消功大法成了！'尽管他声音不高，可还是被几个小伙子听到了，于是消功大法的事立刻传了出去，在江西传得沸沸扬扬。""后来呢？"有人问道。"不久，从四面八方来了不少人，那老头一看大事不妙，便赶跑徒弟，自己用绳子荡进虎头崖上的老虎嘴，自己把自己给葬了。"

"这是何必呢？"有人不解地问。那人继续说道："有人看见，那老头一掌下去，石磨变成了石粉，消功大法一经传出，会死很多人的，那老头不愿意有人用此功杀人，宁可自葬崖中，也不外传。""那就没有人也荡进洞去救他出来？"那人笑了笑说道："那块突出来的石头很大，就如人戴了一顶大草帽一样，帽檐离嘴远着呢，谁敢荡进去啊，搞不好不是被摔死就是被困死。"

苦儿和茹儿离开了开封，继续南行。茹儿说："哥，这世上真有高人，竟能悟出'消功大法'这么厉害的武功。"苦儿笑道："是啊，一掌能将石头打成石粉，这内力是何等强大，恐怕咱们一辈子也达不到。"茹儿也十分敬佩地说道："这位老人家太了不起了，只是自葬崖洞，太可惜了。"苦儿说："是啊，等有机会，咱们去拜拜这位老人家吧。"

这一天，苦儿和茹儿正在赶路，苦儿说："前面就是大王庄了，离山南城只有十几里路了。也不知荣儿和庄儿被那些坏人卖到什么地方去了。"茹儿拉着苦儿的手劝慰道："也许他们已在哪里等你了。"

他们走进大王庄，忽然听到呼救声和哭叫声。他们跑进村一看，只见二十几个蒙着脸的强盗正在抢东西，六七辆大车差不多已装满，他们还在抢劫。两个强盗从一家大院里，又抬出了两个箱子，一位老者追了出来，叫道："那是我一辈子的心血啊，你们不能拿走啊！"老者后面还有一中年人，他叫道："爹！快回来！"只见一个大高个强盗手起刀落，老者和中年人都倒在血泊之中。

另一个强盗从隔壁的一个小院里抢出一个小包，一个中年妇人追了出来，她边追边央求道："这位好汉，给我们留点银子吧，不然我们母子会饿死的！"又是那个大高个赶过来一刀将那妇人砍倒，同时叫道："快装车，上马回山！"这时，一个十二三岁的黑脸小男孩，手拿一根木棍从小院中跑出来，他边跑边叫："你们敢打我娘，我跟你们拼了！"他跑到那大高个跟前，举棍打过来。众强盗哈哈大笑，一人叫道："黑小子不想活了！"

只见那大高个用力一拨那棍子，刀突然向下一滑直拍在孩子的腿上，那孩子一歪身便倒在地上。那强盗举刀便要砍，苦儿看不下去了，他朝匪徒撒出一把石子，茹儿趁机快速跑过去，用木棍挡住了他的刀。众强盗又大笑起来，一个匪徒笑道："当家的，还真有不要命的，您又可以拿他们练刀了。"那高个强盗也哈哈大笑，他叫道："哈哈，三个不知死活的东西，老子送你们上西天！"他那叫声犹如野狼嚎叫一般，吓得茹儿浑身哆嗦。高个强盗挥刀砍向茹儿，茹儿慌忙举棍防卫，不知该如何对敌。急忙赶过来的苦儿撇出石子，正好击中大高个额头。大高个感到十分疼痛，同时还觉得有黏糊糊的东西流了下来。茹儿此时方冷静下来，她抓住这个时机，一棍打在大高个的头上，大高个晃了两晃，险些摔倒。一个强盗跑过来将他拉了回去，并叫道："弟兄们，上马，劈死他们！"苦儿一听，立刻将那受伤的男孩拖到门前，拉着茹儿上了院墙。当七八个强盗骑马挥刀杀过来时，苦儿和茹儿同时撇出石子，苦儿叫道："专打马头，马头目标大！"他俩百发百中，直打得七八匹马疼痛难耐，扬起前蹄嘶鸣不止。有的强盗还被马掀翻在地，险些被马踏死。大高个强盗一看不好，高声叫道："弟兄们，收兵回去！你们两个小子听着，我记住你们了，早晚要杀了你们！"说罢，一挥手，六七辆大车和二十几匹马像一阵风一样，离开了大王庄。

受了伤的小男孩，爬到那中年妇人的身边，"娘！娘！"地呼叫着。苦儿和茹儿擦了擦汗，这才长长地出了一口气。他们来到妇人身边，那妇人抓住苦儿的手，另一只手指了指那男孩，想说什么，却无论如何也说不出话来。苦儿明白了她的意思，说道："您是让我带着他，是吧？"那妇人看了儿子一眼，一只手突然落了下来。她死在了强盗的屠刀下，死在了血泊中。

茹儿摸了摸她的脉，说道："刀伤太重，血已流干，没法救了。"那男孩大声哭叫起来。几个村民围了过来，一人说道："川儿是外来户，在这儿没亲戚，真够可怜的，两位小英雄帮帮他吧。"另一个说："我们帮川儿把他娘葬了，请几个人过来，先打一副薄棺材吧。"几个村民忙了起来。茹儿立刻为男孩检查伤势，她双手搓热后，摸了摸川儿的腿，说道："哥，他小腿被打折了，不过好在是折在中间。"苦儿道："那就快接吧。"

茹儿这可是第一次为人接骨，岂敢大意。她打开包裹，取出父亲留下的医书，将接骨篇仔细看了一遍，然后去药店买来草乌、苍术、青皮、白芷等中药，碾制成药面，又进到川儿家中，找到麻油并扯下一条干净的床单，最后来到川儿面前，搓热双手，摸着那条伤腿，说道："川儿，接骨很疼，你要忍着点，接不好可是一辈子的事。"川儿含泪点了点头。苦儿将川儿上身抱在怀里，说："动手吧。"茹儿双手突然一用力，迅速将骨折处抻齐、捏平。又上上下下捋了几次，用麻油和好药粉，敷在伤口处，裹上几层白布，说道："谢天谢地，总算接上了。哥，快找几块木板来，我给他固定一下。"此时，川儿已昏了过去。

当一切做完时，茹儿一下瘫坐在地上。苦儿笑道："小神医，第一次出诊便身手不凡，辛苦了。"说罢便为她擦汗、捶背。茹儿出了口长气，说道："川儿真坚强，是个好孩子。"川儿慢慢醒了过来，说道："谢谢二位哥哥！"

在村民帮助下，他们安葬了川儿的娘，苦儿从川儿的屋子里拿出两床被子铺在院子里的一辆小木板车上，然后将川儿抱上了车，茹儿又找出川儿的几件衣服包起来放在车上。苦儿推着车离开了大王庄。茹儿问："川儿，你姓什么？今年多大了？"川儿答道："我姓杨，今年十二了。"苦儿又问："你爹呢？""我爹在外面做买卖，总也不回来，我娘说他不要我们了。"苦儿说道："你娘把你托付给我们了，从现在起，咱们就是一家人了。"川儿听了，问："两位哥哥，你们这是去哪儿？"苦儿答道："我们去前面山南城找了人，便进深山里练功，你愿意去吗？"川儿忙说："愿意，练好功，好为我娘报仇！"茹儿说道："这伙强盗太凶残了，烧杀抢掠无恶不作，等咱们练好功夫，一定回来灭了他们！"苦儿叹了一口气说："唉，我真是太笨了，一着急什么拳法、剑法全忘在脑后了。"茹儿忙说道："哥，你比我强多了，你还没忘撒石子呢，要不是你撒石子击中那高个子，我早就没命了。"

苦儿笑道："这第一次失败倒叫咱们长了见识，第二次、第三次就会好起来的。"茹儿说道："我要是有川儿这种天不怕地不怕的劲头就好了。"川儿却说："我那是瞎闯，要不是你们救我，我也跟我娘去了。"苦儿说："好了，就让咱们三个孤儿在一起好好练功，快点长大成人吧！"茹儿说："川儿可是有爹爹的。"苦儿道："他爹不管他，还不是跟没爹一样？咱们才是亲兄弟姐妹呢。"川儿深受感动。不过他暗想：三个男孩，哪来的姐妹呢？说着，山南城的北门出现在苦儿的面前，他感叹道："不知道荣儿和王胜来了没有？"茹儿说："咱们快进城看看吧。"

三人进了城，来到一条热闹的街上，前面传出鼓乐之声，还围了不少人。苦儿忙将木板车靠在道边，对川儿说："川儿，别乱动，注意保护你的腿，我们去去就来。"苦儿和茹儿挤进人群一看，觉得有些不对劲：有一顶轿子停在了一户王家布店的店铺门前，可站在轿前的却是两个矮小之人。苦儿脱口叫道："双狗？"那"双狗"可是山南城中臭名昭著的人物。一个身穿青衣、腰扎红带，生得一副猴脸，一双觑觑眼活像只大马猴。茹儿说道："这必是觑觑狗。"苦儿说："你一猜就中，他就是觑觑狗——苟家笑。他兄弟二人基本没变。"而另一个人更叫人恶心：一只眼大，另一只眼睛进了眼眶里只有小米粒那么大，真是"惨不忍睹"。他穿了一身新郎官的大红袍，戴上了双翅的新郎帽，活像卖艺人耍的猴子一般。茹儿说道："这必是坏水狗。"苦儿讲起自己小时候的事时，总少不了提及"双狗"的名字。所以，连茹儿都记住了。苦儿说道："正是坏水狗——苟家安，不知他的一只眼为何瞎了？"茹儿说道："哥，快看，轿子后面还站着一个要饭的呢！"

　　苦儿看了看，说："这事有点怪，咱们要看个究竟。"这时只见觑觑狗的手一挥，吹鼓手们便停止了吹奏。他尖声叫道："月儿姑娘，快出来上轿了，嫁给我兄弟，你就享福了，快出来吧！"他的话音未落，立刻引起一片骂声："双狗这么折腾，原来是打月儿的主意啊。""欺负一个失去双亲的姑娘，太缺德了！""真是癞蛤蟆想吃天鹅肉！"听见人们的叫骂声，那坏水狗从怀里掏出一张发了黄的纸，叫道："你们瞎叫什么，我有婚约在此。我爹和月儿爹早年签下一份婚约，现月儿已长大，我娶她做媳妇是天经地义的事。谁敢阻拦？"众人一听，不知真假，一时无语。这时只见一个十四五岁的小姑娘，手拿一把剪刀从王家布店里冲了出来，用手一指那双狗，怒斥道："双狗，你们这对恶狗！我家怎会与你家签婚约？你用一张假婚约来逼迫我，真是卑鄙无耻！"听月儿这样骂，坏水狗不但不生气，反而涎皮赖脸地说道："婚约岂有假？白纸黑字，还有你爹的签名呢！你小不知道，我们也不怪你，月儿，快上轿吧！"月儿伸出剪刀不让坏水狗靠近自己，她红着脸骂道："不要脸的双狗，你们从小到大，城里人哪个不知，谁会与你家结亲？你们拿着假婚约快快滚开，我大表哥王宏程已进京赶考了，他回来饶不了你们！"觑觑狗笑着说道："等他回来，生米已经煮成熟饭了！"

此时，旁边一品香酒馆的伙计和掌柜站在窗前，也在观望着门外之事。一个叫田舒的伙计小声说："掌柜的，月儿眼看长大了，可不能让双狗抢去啊！"那掌柜的一对猫眼眨了两下，说道："那是自然，现在该我出场了。"说罢他推门出来，走到双狗面前。只听这白掌柜说："二位苟公子，布店王掌柜是我的邻居。王掌柜故去了，月儿的事，作为邻居，我过问一下，这不为过吧？"白掌柜见"双狗"没搭话，又说道："就算这份婚约是真的，签约的长辈都故去了，可证明、知情的人还会有吧？二位公子可否找出来，叫他们在人前言语一声？"坏水狗一听，立刻说道："我们两家结的是娃娃亲，外人并不知道。"白掌柜听了哈哈一笑，说道："不管什么亲都是喜事，外人如何不知？你的话有悖常理、有悖常情，分明是假造婚约，强抢民女，这可是重罪。"

　　人群中有人叫道："白掌柜说得好，双狗抢亲，不得好死！""造假婚书，罪加一等！"觑觑狗一看诡计被人揭穿，便叫道："这门亲事今天是结定了，谁敢拦就打死谁！"坏水狗一挥手，叫吹鼓手和轿夫靠在一边，他对那叫花子说道："疯子，谁拦你，你就狠狠地打，回家有酒有肉，给我打！"只见那叫花子，衣服油污破烂，披头散发，一步三晃地朝白掌柜走去。白掌柜冷冷一笑，似乎并没有把这叫花子放在眼里。有三四个伙计立刻跑到白掌柜身前，要拦住那叫花子。那叫花子一见几个人冲他过来，双掌向前一推，一推一收便把那三四个人都放倒在地上。人们不禁惊叫起来。白掌柜已感到叫花子的掌风强硬。于是，他想走个大圈围着他转，以便伺机击倒叫花子。人群向后移动，主动为白掌柜让出了地方。当那叫花子走近时，苦儿看见他双目呆痴，直勾勾地看人，他小声告诉茹儿："这人还真是个疯子。"白掌柜瞅准了叫花子转身慢、反应迟缓的弱点，忽地向右一跑，等那叫花子刚刚转过身来，他快速向左一退，叫花子半个身体便暴露在他面前。只见白掌柜挥拳击中叫花子右臂，那叫花子却像没事一样抡起右臂一扫，便把白掌柜打得连退好几步。

　　苦儿挤进圈中，用手轻轻一扶，将白掌柜扶稳。苦儿和茹儿手执木棍，对准叫花子。人们一看，是两个半大的孩子，不由得担心起来。坏水狗叫道："疯子，给我狠狠地打！打死这两个不知死活的家伙，我让你喝两坛子酒。"那叫花子大叫："酒、肉!"便扑向苦儿，苦儿忙向左一闪，茹儿出棍干扰，苦儿小声说："茹儿，这可是第二次与人交手了，千万别忘了招法。"茹儿一笑说："哥，你放心，忘不了。"

当叫花子再次扑向苦儿时，苦儿立刻矮身出棍，击中他胸前的膻中穴和肩井穴，可叫花子的双掌，依惯性仍向苦儿头顶击来，苦儿向后撤，用棍来挡，叫花子的右掌击在棍上，竟划出了血!叫花子全身动弹不得，他看见鲜血流了下来，突然闭上了眼睛。当他重新睁开眼时，那呆痴的眼神不见了，脸上现出了疑问和不解的神情。他问道："我这是在哪儿?我做了什么?"

苦儿看了看他，很关心地问道："你醒过来了，是不是很累?"那叫花子说道："是，我觉得很乏、很累。想起来了，我是走火入魔了!"茹儿上前问道："那你一定觉得气血不顺吧?"叫花子答道："是啊，小兄弟说得不错。"苦儿说道："你先别急，我来帮你。"说罢，他解开了叫花子的穴道。白掌柜说道："千万别上他的当!"苦儿解释说："放心，他是走火入魔，并非真疯。"这时月儿跑过来抱住了苦儿，说道："苦哥哥，是你回来了!多亏你来救我。"苦儿拍了拍她的背说："不要怕，事情都过去了。"月儿又向白掌柜和乡亲致谢，"双狗"转身要走，被一个小伙子绊倒后，有人踹了他们一脚，双狗被踢到苦儿面前。

苦儿厉声问道："坏水狗，谁给你写的假婚书?"坏水狗吓得尿了裤子，哪里还敢说谎，他说道："是我花银子，在南阳找算命先生写的。"人们喝道："你自己撕了它!"坏水狗怕再挨打，只好把婚书撕个粉碎。觑觑狗说："少爷饶命!过去都是我们的不对，我们再也不敢了。"苦儿叹道："你们滚回去吧，以后我有话问你们。"双狗忙说："是，是!"想站起来，腿却不听使唤，只好爬回山南酒楼了。

晚上，苦儿他们借住在月儿的店里，苦儿用内功为叫花子调整气脉，只见他双掌在叫花子的背上推来推去，那叫花子脸上已出了汗，神情似乎轻松很多。苦儿收了功，叫花子说道："小英雄功力非凡，在下受益匪浅。"茹儿笑着问道："前辈，您怎么会走火入魔?"叫花子说道："二位是我的恩人，我应以实相告。不过为了减少麻烦，还请二位为我保密。"他接着说："我叫罗忠信，是十业帮副帮主。"苦儿一听，大吃一惊，说道："原来是罗大侠，晚辈失敬了！几年前，我想拜师学艺，便去武昌找到了十业帮，听说您为人正直、武功高强，便去投奔您，不想被一个什么孙堂主把我们轰了出来，未能见到您。"

罗忠信说道："那个孙堂主叫孙子杰，是十业帮帮主朱如天的徒弟。朱帮主是个好人，只是偏听偏信，又极护短，不喜欢别人说他的徒弟孙子杰和儿子朱士龙的毛病。前些年，江湖上两个专干坏事的淫贼关士田、韩士夕，不知什么原因来投奔朱士龙和孙子杰，说要在九江开个客栈定居下来，因那里有武昌堂的一个分堂。议起这件事时，我强烈反对，说了一些重话，伤了朱帮主的自尊心。他一气之下，将我赶了出来，从此我便四处游荡，心里觉得空空的，很不好受。"

他停了一会儿，又说道："一天，我来到了虎头镇，听见一片凿石声。我出于好奇，循声走去。在一面山坡上，看见不少人在加工石头，无意中看见一位老者用手指一搓，石面上竟出现了一条沟。夜深人静时，我闯进了老人的草屋给他磕头，要拜他为师。老人问明我的情况后，虽未说拜师之事，还是收留了我。从此，我便与老人在此铲磨石头。"

茹儿说道："罗大侠，我猜到了，您下边该说到消功大法了。我们路过开封时听说过这件事。"罗忠信笑了笑，说道："小兄弟说得不错，我在此练功五年，一天，师父正在铲磨，突然觉得手下一软，他高兴地对我说：'练成了，练成了！'我小声问：'什么成了？'师父也小声说道：'消功大法！'我一看那石磨的边上有许多石粉，用手一碰粉末纷纷落下，竟出现了一个缺口！我知道师父的神功练成了，顽石尚且如此，消人功力岂不易如反掌？我刚要向师父祝贺，身边已经围过来许多人。当时，师父拉起我就走。回到草屋之后，他说：'消功大法这事已走漏了风声，会有许多人来找麻烦，我师徒从此不得安宁。要是被恶人得了去，更不知要害死多少人。'于是师父令我立即下山，他老人家要用绳索荡进老虎嘴里，自行崖葬。"

苦儿忙问："老人家真的崖葬了？"罗忠信说道："是的，我下山后躲在暗处，亲眼看见师父身背石板、臂夹木板荡进了洞中。我给师父磕了三个头，便离开了。一天，在九江城外一片树林中，我练了一夜的功，正要收功时，突然看见两个人挥剑杀人，一阵血光惊得我气血倒流，走火入魔了。

我是怎么来的这里，又怎么会为双狗抢亲，连自己都不知道。"罗忠信看了看一言不发的月儿，说道："尽管如此，我还是做了错事，险些害了月儿姑娘，真是对不起了！这样吧，我要为此事做些补偿。我师父虽没将消功大法传给我，却将消功大法内功法传给了我。这内功法亦属上乘功法，连同刀法、掌法，我一起传给月儿如何？"

月儿听罢深感意外，苦儿忙说："月儿，还不赶快拜见师父？"月儿忙走过来，说道："月儿给师父磕头了！"说罢，磕了三个头。坐在床上的川儿一看，着了急，他问："哥，那我呢？"罗忠信问明了川儿的情况，说道："川儿愿意学，我也收你为徒。"川儿在床上给他行了三个鞠躬礼，也算拜了师。

该到睡觉的时候了，茹儿来到月儿的房间，月儿问道："你来这里做什么？"茹儿答道："睡觉啊。"月儿瞪了她一眼，说道："你在这里睡，我去哪儿？"茹儿笑道："咱们一块儿睡啊。"月儿有些生气了，说道："胡说！谁跟你一块儿睡？"茹儿故意叹了口气说道："唉，你不愿意就算了，我洗把脸就走。"月儿心下笑道："洗十把也没用，天生的一团黑。"茹儿的确洗得很费劲，洗了又洗，渐渐地，茹儿脸上、脖子上露出白色来，而且越来越白。当茹儿擦干了脸，又甩下一头秀发时，月儿叫道："原来你是女的？"说完就上前捏了捏茹儿的脸，开心地笑了。

二人说笑着坐了下来，茹儿说道："你的家人呢？"月儿道："我们这里前年发了一次洪水，大水从山里直涌了出来，把山外的地全淹了。那些黑了心的粮商们，趁机抬高粮价，一天就涨好几回。我家把所有值钱的东西都卖了，也填不饱肚子。我娘本来身体就不好，连饿带急，到年底就故去了。我娘一死，我爹就垮了，一天瘦过一天，熬到去年十月，就再也熬不住了。我没办法，只好卖了房子葬了父亲，便来到舅舅家住了。当时舅舅已是重病在身，我爹娘的死对他的刺激很大，到了年底，他老人家也故去了。"

月儿讲到这里已是泣不成声，茹儿在一旁默默垂泪。月儿继续说道："去年，表哥卖掉了家中所有的布匹，凑了些银子进京赶考。谁承想啊，他走了还不到一个月，双狗就来欺负我。"茹儿安慰她说："你表哥会高中的。"

"你们从哪儿来，又要到哪儿去？"月儿问。茹儿答道："我们从石鼓镇来，要去山里练内功，学会布气之法，为人治病。""那我也跟你去！"月儿急切地说，"我想明白了，要想不受人欺负，自己就一定要会武功，而且武功越高越好。"茹儿笑道："你师父正在教你，你离不开啊！"月儿央求道："好姐姐，他教完我会走的，你们就等等我吧！"茹儿答道："那我与我哥说说，好不？不过你不等你表哥回来了？"月儿说："他若是考中了，指不定会去什么地方做官，我不想跟他去，还是和你们一起练功好啊！"

第二天一早，苦儿用内力为罗忠信调理气血。收功后，苦儿说道："罗叔叔，您的气脉已通顺多了，只是大病初愈，尚需一段时间调理。"罗忠信笑道："谢谢你了。想不到你小小年纪，内功已是这般深厚，真是了不起。"苦儿笑了："您过奖了，我差远了，还须苦练才成。"

吃过早饭，罗忠信又将消功大法的内功法仔仔细细地说了一遍，然后便指导月儿和川儿练了起来。有了师父的指导，月儿和川儿的进步很大，罗忠信心中欢喜。

苦儿拉着茹儿去找王胜，他们沿着街道从东往西走，苦儿还想去看看曾经住的长蛇洞。路过白掌柜的一品香酒馆和双狗家的山南酒楼，以及他们的远房堂兄苟家成的山南鲜果店，茹儿想起了白掌柜阻止双狗抢亲的事，便说："我看那白掌柜倒是个热心人。"苦儿瞟了瞟酒馆说："我看未必。月儿也说一品香的伙计看她的眼神都不正，她还怀疑她家的成衣铺和鲜果铺极有可能是被白掌柜买去了。小酒馆生意并不好，他怎会有那么多的银子？"茹儿道："这仅仅是怀疑，不过咱们还是小心点好。"二人一直走到山洞前，也没打听到任何消息。

月儿和川儿练罢了内功，罗忠信又教了他们刀法。罗忠信被誉为"江南第一刀"。他的泼风刀法在武林中独树一帜。他讲道："泼风刀法是势如泼风，又快又猛。你们要记住了，它的特点是运刀如泼风，风声未至刀先行，泼风只由腕力起，激战多时少耗功。护身如风裹，攻击似雷鸣，泼风风不断，招法快如风。现在来第一招，刀花似锦。这是泼风刀法的预备式，先活动一下手腕，看仔细了。"说完，他便舞动起来。月儿和川儿只见刀光不见人影，真是大吃一惊。罗忠信练罢说："来，现在你们要一招一式地学起，熟练之后再连贯，然后加快速度。"

岁月如梭，不觉已过二旬。

一天，晚饭过后，罗忠信与苦儿他们告别，他由衷地说道："孩子们，这是我过得最愉快的一段时间，不但解除了病痛，还收了徒弟，恢复了功力。可我还要履行诺言，遵恩师之命，到大洪山庄，将消功大法内功法传与郑家之人。"他停了停又说道："月儿和川儿都已能独立修炼功法了，月儿已经把泼风刀法记熟，川儿虽不能全面演练，但对刀法的特点也已初步掌握，往后就靠你们自己去领悟和发展了。有苦儿和茹儿的帮助，你们定能在五年内有一个大的发展。五年后，我来这里与你们相会。江湖险恶，游学艰辛，你们遇事要冷静，多商量。保重！""罗叔叔保重！""师父保重！"月儿说罢，大眼睛里已含满泪水。

罗忠信站起来说："为了不引起别人的注意，我从后门走，你们不必送，咱们后会有期。"罗忠信推开后门，很快消失在夜色中。送走了罗忠信，苦儿说："咱们也该收拾一下，明日启程。"

第二天一早，街上热闹起来，人们议论起来，苟家的山南酒楼卖了，双狗拿着钱走了。其表兄苟家成的水果店也关门准备卖了。苦儿他们听着人们的议论，离开了山南城。白掌柜望着远去的月儿，自言自语地说："疯子不见了？可惜了，早下手就好了！"

五　十业帮

十业帮创立之初衷，是为十业的百姓撑腰说话，保护他们的利益。所谓十业百姓是指那些地位低下、度日艰难的十个行业的穷苦人，包括店铺里的伙计、厨师，各类工匠，教书的穷秀才，代写书信的和卖字画的，算命的，说书卖唱的，江湖郎中，沿街叫卖和要把式卖艺的。

在湖广地区，十业帮已有了上万的帮众，现有长沙和武昌两个堂，九江还有一个分堂，归武昌堂管辖。在这些地区，连州府衙门，也要对十业帮敬重三分。

十业帮创始人，现任帮主朱如天，为人正派，武功高强，被武林中人推为当今四大高人之一，位列第二。

这四大高人是冰山雅士常笑天，他的冰雪大法、寒光剑法无人能敌；第二便是朱如天，他的混元内功深不可测，他的扇子神功更是叫人望而生畏；第三位便是大洪山庄已过世的庄主郑泰然，他所创雪花剑法，让人眼花缭乱，防不胜防；第四位是快刀帮帮主龙老大，他的神龙鞭，曾打败过众多高手，提起他的名字，不少人都毛骨悚然。

在长沙城的一座大宅院的正门上，挂着一个匾额，上写"十业庄"三个大字，大门两侧的柱子上刻着一副对联，上联是"广交江湖朋友"，下联是"保护十业百姓"。这座大宅院便是武林中大帮派之一的十业帮总舵所在地。

在这座大宅院里，几个人正在商议几件大事，坐在正中位置的是一位面容清瘦、六旬开外的老者，此人便是朱如天。他身材高大、脸上的皱纹如刀刻一般，一双丹凤眼炯炯有神，花白的胡须为他增添了几分风采。一看就是一位饱经风霜、性格刚毅又极有个性的老人。在老人左手边，坐着一个中年人，他与老人长得十分相像，他便是老人唯一的儿子、十业帮长沙堂堂主——朱士龙。在朱士龙对面的一个白净脸、三角眼的中年人便是朱如天的徒弟、武昌堂堂主孙子杰。在孙子杰身边坐着一个二十几岁，长着长条眼、四方大脸的年轻人，他是孙子杰的手下、九江分堂堂主陈鸣。

孙子杰说道："师父，自从消功大法之事传出来后，不少门派的人都去了虎头崖，有的还准备探洞，要取出磨盘老人背进崖洞里的石板。据说石板上刻着消功大法，一些石匠都证明此事不假。虎头崖的情况可由陈鸣向师父禀报。"

陈鸣站起来说道："回禀帮主和二位堂主，属下奉堂主之命一直关注着虎头崖的动向。每天都有数百人在此逗留，有的甚至安营扎寨。一些人访石匠、查地形、备绳索，大有不进洞不罢休之势。大洪山庄少庄主郑明光也来到了虎头崖，他声称进洞的那位磨盘老人便是他的叔祖郑恪，央求人们不要进洞打扰老人的清净。"朱士龙问："那些人可听他的劝告？"陈鸣摇摇头说："不但不听，反而骂他。郑明光武功一般，又人单势弱，已多次被打。无奈之下，只得回山庄去了。"朱如天问道："郑泰然的雪花剑法十分了得，难道他儿子就一点不会吗？"陈鸣答道："回帮主的话，属下曾服侍少庄主三四年，他只会十几招，没见他练过别的。"朱如天想了想，说道："是了，必是雪花剑法腾、跃、飞、旋甚多，极为消耗功力，而郑氏的内功远远不及剑法之精，所以才会有郑泰然功尽命丧的结局。他不传儿子剑法也在情理之中。"孙子杰眨了眨三角眼，说道："师父高见。郑明光阻止别人进洞，一定是想自己得到消功大法为父报仇。"陈鸣说："无高手相助，郑明光只好忍痛割爱了。一些门派请来了一些轻功高手，有什么飞天神偷、云行剑客，一台好戏就要上演了。"朱士龙说道："爹，让我们去看看热闹吧。我们决不参与探洞之事，只是看看而已。"

朱如天看了他们三人一眼，说道："如果郑明光说的是真话，那磨盘老人便是郑恪了。我年少时，郑恪的父亲郑元春凭借一套洪山剑法，威震天下，被武林尊为'天下第一剑'，大洪山庄威名远播。可招法无不破啊，几十年后，洪山剑法被人参透，于是大洪山庄走了下坡路，郑元春老前辈也在忧郁中故去。郑恪的哥哥、继任庄主郑辉决心要重振大洪山庄的雄风，埋头钻研新剑法。郑恪却与哥哥意见相左，认为必须纠正内功不济的老病。"朱士龙等人还是第一次听朱如天讲起郑家之事，都听得十分认真。朱士龙问道："那后来呢？"朱如天继续道："他们兄弟二人经常争吵，一次，郑辉动了怒，将弟弟赶出了山庄。郑恪也毫不犹豫地抛弃了富贵生活，一头扎进深山之中苦修武功，一练便是数十年。要说他练成消功大法，我一点也不奇怪。郑恪虽未与我和常笑天齐名，但我们三人是年轻时的好朋友。只可惜多年未见，想不到他会自行崖葬。"

孙子杰说道："师父，徒儿想不通，他练成了这样的绝世武功，应高兴才是，为何要寻死呢？"

朱如天说："郑恪为人正直、善良，想必是消功大法十分厉害，会伤人性命。他不愿意让这样霸道的武功伤及众人，所以才带进山洞，以绝后患。你们可以到虎头崖替我祭拜一番。但你们不可以探洞，窃取别人的武功是不道德的。"

朱士龙说道："爹，您放心，我们不会那样做的。孩儿倒是常常担心，五年前郑泰然与龙老大比武，郑泰然故去，龙老大身受重伤。但这些年却没听见龙老大的死讯，说明他还活着。他想要独霸武林、称雄江湖，那他的下一个目标肯定是您。"

朱如天淡淡一笑，说道："士龙进步了，开始关心起武林大事来了，再不是往日那个浪荡少年了。龙老大与老夫动手，他不一定能占到便宜。但我听说他手下都是一些如狼似虎的杀手，一旦与你们对阵，你们有获胜的把握吗？"朱如天这么一问，他们三人都低下了头。

朱如天叹道："你们的武功与罗忠信相比，相差甚远，如有罗副帮主在侧，我又有何担心的？想当年，我听了你们的话，让关士田、韩士夕二人在九江安家，还赶走了罗忠信，现在是追悔莫及啊！"孙子杰一听，忙说："师父，从虎头崖回来，我们一定好好练功，决不叫师父失望。"朱如天对他说道："你们此次去九江，如听到关、韩二人有什么不法行为，立刻将他们赶出九江城，决不能让他们给十业帮抹黑！"

六　黄山偶遇

　　苦儿、茹儿、月儿和川儿在一个小镇上买了一些干粮后，便进入了黄山。他们立刻被山中美景所吸引，只见怪石林立、千姿百态，云绕山、山带云，云山一体似仙境，溪水奔流，铿然有声。野花满山，花香四溢。树木成荫，翠绿欲滴。苦儿和茹儿从小就住在大山之下，对山并不陌生，然而黄山的美景仍叫他们惊叹不已。

　　苦儿边走边说道："玉树连坡翠满山。"

　　茹儿接道："白云滚滚漫其间。"

　　月儿说道："凌空仙游多逍遥，绝顶难登空赞叹。"

　　川儿叹了口气，说道："唉，眼灵脚笨只能看。"

　　苦儿笑道："你们看，那天都峰、莲花峰，山形奇伟，傲然高耸。我听说，早在宋代，就有人登上二峰。正是自古有人敢登攀。"

　　茹儿立刻接道："而今我辈岂等闲？"

　　月儿接道："脚踏游云坐莲花。"

　　川儿接道："看清人间恶与善。"

　　茹儿夸道："川儿说得不错。"川儿冲茹儿一笑，说道："二哥，我在村里上不起学，可我经常站在窗外偷听，也学过'会当凌绝顶，一览众山小'呢。"月儿一听川儿管茹儿叫二哥，便忍不住大笑起来："二哥？二哥来！"

　　川儿直到现在也不知道茹儿是女孩子，所以一路上都是这么叫的。他见月儿笑，便问："师姐，你笑什么？不信我说的话吗？"月儿忙解释："师弟，不是，我是笑你二哥，都十几岁了，可声音还没变过来，说话像个女孩子似的。"川儿却说道："我也没变过来呢，再过两年，二哥和我就会像苦儿哥一样了。"苦儿看着茹儿，忙说道："川儿说得对，我也是今年才变过来的。"茹儿看了看苦儿，笑而不语。他们一路上边观景边找山洞，以便栖身。

茹儿边走边说："景色无限好，何处是我家？"

苦儿笑道："灵气到处有，满山都是家。"

川儿眼尖，他叫道："哥，你看那山坡上，像是有个洞口。"苦儿将木板车交给茹儿，说："我去看看，你们在这儿等我。"说罢便朝那山坡走去。到跟前一看，果然是个大山洞。洞里很宽敞，只是有些潮湿。苦儿捡了些干柴，在洞里点燃。四个人围着火堆，烤馍烧水，吃了饭，他们便上了山。茹儿、月儿在前面探路，苦儿背着川儿随后而行。这是一座不太高的山峰，云雾已弥漫山头。山上的景色时隐时现，给人一种诡奇灵异之感。四人坐定，苦儿和茹儿先为川儿和月儿打通穴道，使他们运气自如，便于修炼。苦儿说道："月儿、川儿，现在你们可以练习罗叔叔教你们的内功法了。要凝神静心，专心练功。"

他们四人足足练了一个时辰，这才收了功。茹儿说道："哥，好奇怪啊，我有一种飘飘欲仙的感觉，这可是从来没有过的。"苦儿说道："我也有同感，是不是看了美景过于兴奋？"月儿说："我可没这种感觉，只是行气通顺了不少，练起来很通畅。这一定是你们帮我们打通穴道的结果。"川儿笑道："师姐说得对，就是感觉很顺，练起来挺开心的。"晚上，苦儿将田育勤所赠的狍子皮铺在了地上，叫月儿和川儿坐在上面；又将从杨家大院放羊沟带来的一张羊皮铺好，与茹儿坐定，四人又在山洞中练起内功来。这一练，又是两个多时辰。收功之后，茹儿说："哥，在山洞和山顶练功感觉不一样。山顶飘飘，洞中沉沉。"苦儿说："对啊，真不知是为什么，难道山洞和山顶的灵气不一样？"

第二天一早，茹儿为川儿擦脸时，见他眉头紧锁，便问："川儿，怎么了，哪儿不舒服？"川儿咧了咧嘴，说："二哥，我的腿有点疼。"茹儿听了，便说道："我真是糊涂死了，此洞不通风、潮湿，所以对你的伤不利。"苦儿忙说："这都怨哥，咱们马上换地方。走。"月儿有些担心地说："这深山之中有什么好地方？不行咱们就去寺庙，住在那里会好些。"苦儿说："对，寺庙要是不收咱们，咱们再去找像长蛇洞那样干燥、通风的山洞。"说罢，他将川儿抱上了车，茹儿、月儿忙着收拾东西，几人离开山洞下了山。

他们向南走了近半日，来到了桃花峰下，月儿叫道："哥，哥！快来看，那山下有一座破庙。"苦儿看了，高兴地说："真是天助我也！咱们就住那儿。"他们走近那座庙，只见三间正殿已倒塌，院墙也多处坍塌。只有庙门上的"紫光寺"三个大字是完好无损的。他们走进院中，正殿前已是杂草丛生；绕过正殿来到后院，两侧厢房全部倒塌，两间正房之中还有一间完好，另一间房顶尚好，只是倒了半壁墙。这时，他们突然听到从正房中传出呻吟声。苦儿忙把川儿放在地上，向正房走去。推开门，只见一位老叫花躺在一张木板床上，衣服破烂，臭味难闻。走近床边，见老叫花面容清瘦，蓬头垢面，正在痛苦地呻吟着。苦儿摸了摸老人的头，说："老人在发烧。"茹儿摸了摸老人的脉，说："老人脉象不旺，时冷时热，像是在打摆子。哥，你快烧些水喂老人家，我上山去采药。"说罢，又找出父亲留下的医书，仔细看了一遍，便上山去了。

茹儿上了山才想到，自己对江南的草药并不熟悉，一旦错用危害不小。正在她犯难之际，一位老和尚从山上走来。茹儿忙上前搭话："大师有礼！弟子见山下一位老爷爷身体在打摆子，想采些青蒿、苍耳子、天麻、藿香为他医治。可弟子对野外草药并不熟悉，不知大师肯否赐教？"老和尚听了很是感动，他说道："阿弥陀佛，小施主心地仁善，佛祖会保佑你的。老衲陪小施主一同采药就是了。"说罢，便领茹儿采药去了。

月儿烧开了水，给川儿倒了一碗之后，便端着水进屋去了。苦儿将老人扶起，说道："老爷爷，喝点热水会好受一些的。"月儿端起碗，一口接一口地喂了起来。老叫花喝下了水，说道："老叫花浑身酸臭，真是难为你们了。"苦儿说道："老爷爷，治病要紧，顾不了这些了。您一个人生活太苦了，以后由我们来照顾您吧！""那敢情好。"这位自称"老叫花"的老人激动地说。这时，茹儿回来了，她拿着一把草药向屋里说道："哥，这是山上庙里的一位大师教我采的，我也认识了十几种草药。不然，我还真担心采错呢。"她边说边将苍耳子捣碎，用水熬成浓汁，又将鸟蛋打入药汁中，煮成汤药，端到老叫花面前说道："老爷爷，快吃药吧，用不了几天您就会康复的。"老叫花喝了汤、吃了蛋，又倒下休息了。茹儿说道："哥，我采了些青蒿，最好把它点燃，熏熏屋子，扶正气又防蚊。我到外面给爷爷买点吃的，他可能几顿没吃了，身子很虚。"月儿说："我跟你去，顺便给老人买几件衣服。"苦儿从怀里取出一锭银子交给了茹儿，说道："你们去吧，路上小心些。"

三天过去了，老叫花的病仍不见好转。这天夜里，老叫花睁开了眼睛，看看屋里没有别人，便坐了起来，心中想道：这几个孩子比我以前遇过的人强多了，那些人只不过是可怜我，丢下几个铜板或一点吃的东西便掩鼻而去。那些有同情心的人虽说也不错，可要比起这几个孩子，那就差远了。我老头子要寻找的不就是这样的人吗？

老叫花的脸上露出了笑容，在月光下，可以看出这是一位清瘦、有着笑眼的可爱老人。他眨了眨眼睛又想：别急，再试上几天，一看他们是装出来的还是真心实意的，二看他们到山里来是做什么的。嗯，好饭不怕晚，再看看，再看看。想着，他便下了地，轻轻推开门想出去看看，谁知门声一响，立刻有人小声问道："老爷爷，要解手吗？我来背您。"

老叫花听了便知，这是那个每天背他去解手的少年。他小声答道："是啊。你还没睡？"苦儿将他背起来向外走去。回来时老人问道："你的几个小兄弟都睡在那间破屋子里了？"苦儿答道："是，我在外面打更，您放心吧，不会有事的。"老叫花回到床上又装作睡着的样子。

第二天一早，茹儿为老叫花擦脸和手，又为他把脉。苦儿问："可好些了？"茹儿摇了摇头说道："也许是老人体质虚，我们再用布气祛病疗法试试吧。这样也许可帮助老人增强体力。"苦儿说："我先来。"他说完便将老叫花扶起，坐在老叫花身后，双掌发力。老叫花暗笑：娃娃能有多强的内功，老叫花倒要看看。片刻之后，他觉得一股热流以不可阻挡之势涌进体内，并有序地流向身体各个部位。不知不觉，老叫花出汗了，全身都舒服极了。老叫花十分吃惊：我的天，这孩子的内功竟是如此强大，前途无量啊。

七天过去了，老叫花时冷时热的病终于好了，苦儿背着他去温泉洗了澡，又为他换上了新衣服，老叫花像变了个人似的，脸上时常带着微笑，叫人感觉亲切又慈祥。茹儿为了给老叫花补充营养，特意买了一只活的大公鸡，将鸡血用酒掺了，让川儿趁热喝下；又将鸡斩成数块，炖了一大锅鸡汤。苦儿将两只鸡腿和一碗鸡汤送到老叫花面前，又给川儿盛了一碗鸡肉，再给月儿盛了一碗之后，剩下的只有汤了。

苦儿喝着汤说："这汤真好喝！茹儿，你做饭的手艺大大进步了。"这时月儿走了过来，往他二人的碗里一看，嚷道："你们连一块肉都没有，这怎么成呢？"川儿一听忙喊："哥，你快过来。"月儿坐在茹儿身边，给她夹肉吃。川儿说："哥，你不吃肉我也不吃了。"苦儿说道："不行，你腿上有伤，多吃些肉好养伤。我无病无灾的，吃什么都没问题。"川儿却执拗起来，说："反正你不吃，我也不吃！"苦儿拗不过他，忙说："好，我吃。"

坐在屋里的老叫花，听了院子里几个孩子的对话，暗想：从长相上看，这四个孩子根本不是一家人，可他们竟如此亲密无间，这是为什么？

到了第十天，川儿对月儿叫道："师姐，你练刀法给我看看吧，不然我全忘记了。"月儿答道："那好吧。"月儿拿起一根树枝便练习起来。老叫花悄悄下了床，坐在门口观看。他看着看着，把眼睛都看直了。苦儿走过来，把他扶到院子里。等月儿练完了，老叫花说道："月儿，原来你是会武功的，你和川儿是师姐弟，可见你们是有师父了？"川儿很自豪地说："爷爷，我们师父可好了，他……对不起，师父不让说。"老叫花看了他的表情，不由得笑了起来。

苦儿看见老叫花开心的笑容，说道："爷爷，我问您一件事行吗？"老叫花笑了笑，说："莫说一件，就是十件也成。你问吧。"苦儿道："爷爷，您去过南阳吗？"老叫花想了想，说："要饭的走遍天下，南阳我是去过的。"苦儿问："那您没留下点什么记忆吗？"老叫花眨眨眼睛，说道："南阳挺不错的，南阳人也挺好。""别的还有什么呢？"苦儿提醒道，"您没遇到过小叫花？""小叫花？"老叫花摸着下巴说，"让我想想。

噢，遇到过，遇到过，我想起来了，三个孩子救了我。我教他们撇石子、转大树……"茹儿没等他说完便问："您还记得他们的名字吗？"老叫花拍拍脑门说："一个叫苦儿、一个叫荣儿，另一个叫……"苦儿接道："叫王胜。爷爷，我就是苦儿啊！"老叫花捧起苦儿的脸，看了又看，眼里闪着泪光。他喃喃自语："像，像，还能看出小时候的模样。"说完便把苦儿搂在怀里，说道："苦儿，没想到又遇见了你，真是缘分啊！"说罢，便抽泣起来。茹儿、月儿和川儿都高兴得落下泪来。

月儿原是叫苦儿"苦哥哥"的，出了河南后，她就和茹儿、川儿一样，也是叫哥了。所以老叫花没听过一个"苦"字，老人家怎会想到他就是当年那个小苦儿？茹儿说："爷爷您看！"说罢，一枚石子从她手中飞出，一片树叶被打落。老叫花吃惊地问："你也会？"茹儿说："是哥教的，我练了五年了。"老叫花又问："苦儿，快说说我们分手后的事，你们又是怎么相识的？"

于是，苦儿便将自己的遭遇一一讲了起来，当讲到长蛇洞被困之事时，老叫花瞪大眼睛问道："你是说你伺候一个大扁脸和一个驼背的年轻人？"苦儿点了点头。老叫花又问："你可知道他们是谁吗？"苦儿摇了摇头说："到现在我也不知道他们是谁。""他们是什么部位受伤？"老叫花进一步问。"大扁脸是背部受伤，好像是被刀剑划的，又深又长。年轻人是一条腿骨折了，别的地方没有伤。"苦儿答道。老叫花这才说道："我告诉你们吧，那个大扁脸就是快刀帮帮主龙老大，那个驼背的年轻人，就是他徒弟曲蛇，他们的伤都是被大洪山庄庄主郑泰然打的。郑泰然也因此耗尽功力，不久便故去了。当时观战的人很多，人们议论了好长时间。我是在讨饭途中听到的。"接着，苦儿又讲述了如何被绑、被卖，如何见到了茹儿。月儿、川儿也将自己的遭遇各讲了一遍。老叫花听了，既同情又感动，他说道："你们四人走到了一起，又遇到我这孤老头子，叫咱们成了一家人，这是天意啊！"他又对月儿说："那你师父罗忠信又去了哪里？"月儿答道："师父说，他奉师命去大洪山庄，将消功大法内功法传与郑家之人，直到他们学会为止。"老叫花点头赞道："他还真是个忠义之士。苦儿，那你们进山又是为何？"

苦儿说道："茹儿的父亲是河北名医，他最擅长布气祛病。由于家中遭遇不幸，他不能到高山、大海、沙漠、雪山来采取灵气、锤炼内气，他老人家的遗愿只能由茹儿和我来完成。田叔叔为了我们的安全，特意教了我们武功，月儿和川儿也得到罗叔叔的亲授，所以我们才来到黄山练功。不想，住在山洞之中，川儿的伤口疼痛难耐，这才来到这里，遇到您老人家。"

老叫花听罢，说道："原来如此。四海练功要吃千般苦、遭万般难，你们可有这个决心？"茹儿说："爷爷，您放心，我们不会放弃的。"川儿说："爷爷，我学不了医，可我要练好武功，保护好人不受欺负。"月儿也说："爷爷，什么苦我们都不怕。"听了他们的话，老叫花激动地说："好，有志气！爷爷陪你们四海练功，不练出个名堂来决不罢休！"老叫花又想了一下，说："这样吧，我住的这间屋子让茹儿和月儿住，咱们三人住在另一间屋子里，只要把墙垒起来就成了。天气渐热，这样大家都方便些。"川儿立刻说道："爷爷，我二哥可是男孩啊！"老叫花指着川儿笑道："这小糊涂神，连男女都分不清。"川儿望着茹儿说："二哥，你是女的啊？"大家都笑了起来。

七　山之灵性

　　苦儿他们进山已经一个多月了，这天早晨，老叫花领着月儿出山买吃的。苦儿和川儿坐在院子里练功，只听茹儿在屋子里叫道："哥，你进来一下，我有事跟你说。"苦儿进屋后，茹儿拉着他坐在床上，说："你练习一下换气大法，换气快一些，看有什么感觉。"苦儿依言而行。片刻之后，苦儿收了功，说道："屋子里好像有一股强大的气流进入体内，不但力道很足，而且融合很快。""对啊。"茹儿说道，"所以我才觉得奇怪，屋子里怎会有这么强的气呢？"苦儿想了想，说："只有一种解释，有人常年在此练功，形成了一种功气，别人无法感觉到它的存在，只有我们练换气大法将其吸入体内，才知道它的价值。""这么说来，这个人内功高深莫测，不然不会形成这么强烈的功气。那么这个人是谁呢？"茹儿忽闪着一双大眼睛问道。"我想有两种可能。一是爷爷，他是一位高人；二是和尚，在此居住多年，也许是那位大师留下的功气。"苦儿说道。茹儿兴奋地说："咱们这就上山吧，一试便知。"他们和川儿说了一声，立刻上山去了。

　　山上紫光寺的和尚们正在清扫，苦儿打听清楚后便来到了方丈的居室。二人进去之后忙给方丈请安，茹儿一看方丈正是教自己采药的和尚，立刻叫道："大师好，我和哥哥上山是来向大师致谢的，大师教我认识了许多的中草药，这才治好了爷爷的病。"说罢，她向苦儿使个眼色，二人便练起换气大法来。这种功夫练到六层以上时，只需打开几处较隐蔽的大穴即可，说话办事一切如常。那方丈认出了茹儿，答道："阿弥陀佛，小施主仁心待人，老衲十分敬佩。关于草药、治病、野菜之类的事情，尽管来问便是。"苦儿说道：“大师，您这里一定比山下的旧住处宽敞一些吧。”方丈说道：“山下那间未曾倒塌的屋子便是老衲的住处，远不如这里宽敞明亮。住在那里的那位老施主，你们可别小看了他，诗词歌赋无所不精，古今中外、天文地理无所不晓，是一位真正的隐士、世外高人哪。你们和他在一起，必可学到许多东西。”茹儿说道：“多谢大师提醒，我们一定虚心向老人家请教。大师，您这房中的焚香之气十足，对人体一定有好处吧。”那方丈笑道：“老衲在此已住八年之久，日夜焚香，斗室之中自然有些善气和香气。善气使人心生善念，去贪欲，让人心静如水；香气可使人清心开窍，增智解难。心静方能深思，智开才会结果。这也许对你们进山修炼会有些帮助吧。”苦儿和茹儿立刻拜谢道：“多谢大师教诲，晚辈将牢记心中。”

离开了紫光寺，苦儿说道：“这位方丈大师也是一位了不起的人，慧眼独具，对爷爷和我们都是一眼看穿，真是佛法无边啊。”茹儿说道：“是啊，你说得不错，不过大师房中的功气并不强。正如他老人家所说，爷爷是一位文武全才，一位以乞丐的面目隐于市井、隐于深山的高人。”苦儿笑道：“我也试出来了，方丈练的可能是吐纳之功，室内虽有功气却并不强烈。如果是内功高手，在房中住了七八年，功气一定会很强。你说得对，爷爷必是高人无疑。”“那咱们可以问爷爷吗？”茹儿问。“不。”苦儿答道，“还是不去捅破这层窗户纸了，一切如故。”

老叫花带着月儿回来了，还赶着一辆马车，坐在车上的月儿高兴地叫道：“哥、姐，咱们有车了！”正在烧野菜汤的茹儿和苦儿立刻迎了过去，只见车上放着熟猪肉、熟牛肉、包子、大饼、烧鸡、炸鱼，还有一篮子鸡蛋。苦儿一边卸货一边说：“爷爷，这要花很多银子的。”月儿笑着说：“哥，爷爷今天是从一个在街上横行霸道的狗财主那儿‘拿’的，他的钱袋没了，他一点也不知道，还一个劲地骂人呢。”大伙一听都笑了。苦儿说：“这是取之有道。”老叫花说：“道可道，非常道。这种钱不‘拿’白不‘拿’。”川儿笑道：“爷爷，您这手可真够厉害的。”老叫花说：“人要多有几手，干什么都方便。不然靠到处讨饭为生，还不得饿死在路上！”川儿说道：“爷爷，教教我吧！”老叫花说：“教你倒是行，不过可不准跟人说是爷爷教的。不然人家就会说，老三只手教会了小三只手，一窝偷儿。”

大家又开心地大笑起来。茹儿叫道："汤好了，咱们吃饭吧。"老叫花喝了一口汤，说："这汤真好喝，格外香。茹儿，是谁教你采野菜的？"茹儿答道："是方丈大师。他老人家不但教我如何识别中草药，还教我认识不少野菜呢！"老叫花说道："那位方丈大师可是个好人，医术也高。你们要做郎中，可要向他多多请教。"川儿说道："这鱼真香！爷爷，哥和二哥要当郎中，师姐长大要当裁缝，我长大干点什么？"苦儿问："那你想干点什么？"川儿想了想，说道："我喜欢爬树、掏鸟蛋。"老叫花笑道："那你就养鸡、养鸭，每天都可以捡蛋了。"川儿笑了，说："好，我就当鸭子王。嘎嘎！"大家都笑了。

吃过了早饭，茹儿、月儿忙收拾碗筷，苦儿将食物收拢起来放进了屋子。茹儿说道："爷爷，我们上山练功去了，您老人家可要跟我们上山散散心？"老叫花说："不了，你们去吧。我看家，还可以睡上一觉。"苦儿背起川儿，跟茹儿、月儿一起上山去了。老叫花想了想，自言自语道："这几天总是有人在暗地里偷看，我该上山砍几根棍子，权当是防贼的兵器吧。"

老叫花来到山坡上，选好树杈，便拿菜刀砍下。不过，他的眼睛却时不时向山下的旧庙望去。老叫花砍下了几根长短不一的树枝之后，便坐在一块石头上剥皮修整，不一会儿，一根一丈多长的硬木长杆便做成了，老叫花自言自语道："嗯，正合适。不错，不错。"

这时，山下有两个蒙面人悄悄向旧庙靠近，他们蹲在墙角，通过缺口向院子里窥视，看了一会儿，见院中毫无动静，便站起来抬腿要跨进院子。这时，山坡上突然传来吆喝声："哎嗨——"这声音高亢悠扬，传得很远，吓得两个蒙面人立刻又蹲了下去。过了片刻，只听有人唱道："莫探头，别伸手，被人捉住不好受。千夫所指，万人骂，丢颜面，身受苦，怎抬头？"歌声铿锵有力，只唱得那两人胆战心惊，急忙逃走了。

正在山上练功的苦儿说道："是爷爷唱的，有情况，我们下去看看。"四人收了功，苦儿背起川儿便下山了。早已回到院中的老叫花见他们回来了，便问："还不到一个时辰，怎么就下山了？"苦儿将川儿放下，说："我们听到您在唱歌，知道家里有贼，便下山了。"老叫花笑道："没什么，我唱了两句，两个探头探脑的家伙便逃走了。"茹儿说道："有人盯上咱们了，这是为什么？"月儿说："是啊，咱们一没银子，二没金子，偷什么啊？"苦儿说："莫非是为人而来？"月儿和川儿便有些紧张，老叫花笑道："盯上咱们又能如何？你们好好练功，咱们什么都不怕。"说罢，他将一根短木棍交给月儿说："你试下这根棍子，可以当刀用。"他又把一副拐杖交给川儿，川儿架起双拐一试，长短正合适，说："谢谢爷爷！我可以站起来了。"老叫花说："你左腿受伤，可用左拐，右腿着地，让左脚空悬。万不可抻到、撞到，影响骨骼生长。右拐可用来护身，同时右手也可撇石子，干扰敌人，给哥哥、姐姐创造获胜的机会。"川儿不住地点头。

老叫花说："现在你们拿起武器，将各自的功夫练上一练。"苦儿和茹儿练起了无影剑法，老叫花看罢，说道："这剑法我越看越觉得精妙，你们小小年纪就学会了如此精妙的功夫，可喜可贺。"苦儿说："爷爷，在大王庄第一次和坏人交手时，我什么招法都想不起来了，只会撇石子。"茹儿说："我也是，只知拿木棍乱挡。"老叫花说："初涉江湖，茫然无措、心生恐惧是正常的，人人如此，谁也不是天生胆大、天生会打架，所以经验对你们来说是至关重要的。正所谓经事练慧眼，吃一堑长一智。沉着冷静、胆大心细才能克敌制胜。"

接着，月儿练习了泼风刀法，老叫花说道："这套刀法既可以护身，又可杀敌，轻快自如，攻防俱佳。月儿，对敌之时要盯着对手，敌攻我防，敌守我攻，依情势而变换招法，观察对手弱点，发扬自己长处，你会越战越勇的。"川儿有些着急地说："唉，就我练不上！二哥，这腿啥时能好？"茹儿走过来，摸了摸他的头，安慰他说："再过一个月就好了，千万别着急啊！"

川儿说："二哥，我真的很着急。"说着，眼泪都要下来了。月儿说："师弟，你还不改口叫姐姐？"川儿说："叫惯了。再说，我这样叫也是为了保密啊。师姐，不如你也叫二哥吧，那咱们不就一样了？"

老叫花说："这样吧，咱们虽非骨肉至亲，却有着浓浓的感情，以后呢，我就叫你们老大、老二、小三、小四，省去了名字，叫外人摸不着头脑。"

茹儿说："爷爷说得对，就这么办吧。爷爷，您刚才在山上唱的那首散曲，出口成章，既击中要害，又很幽默，您一定读过很多书吧！"老叫花笑着看了看她，心想：好一个聪明的小才女，我唱了一曲南吕《偷儿》，她就听出来了。老叫花说道："我小时候，家里有钱，喜欢读几首诗词，也喜欢舞枪弄棒。只可惜，我学文不专心，学武不持久，每日顽皮多事，荒废了学业。说文，不过是只言片语；习武，无非是三拳两脚。讨饭半生，终有所悟。虽悟之，白发苍苍终难改；虽悔之，时光匆匆怎倒流？正是'黑发不知勤学早，白首方悔读书迟！'"

听了老叫花这番话，苦儿说道："爷爷阅历丰富，见多识广，由您带着我们，我们一定能成器的。"川儿看见墙边有一根光溜溜的细长杆，便问："爷爷，那根细长杆是干什么用的，是钓鱼用的吧？"老人答道："是打狗的，杆长打得远，不等狗扑上来，就把它打跑了。"

晚上，一轮明月已高高升起，正是风清月明，山林岑寂。几个黑影急速跑到院墙之下，这些人个个黑布蒙面，手执钢刀。他们侧耳静听，见院中无动静，一人挥手，其余几个人便跃入院中。他们刚靠近正房，老叫花带领苦儿他们已站在了屋前。老叫花说道："老大在右，老二在左，小三、小四站在爷爷前面，摆上一个弧形阵迎战。"

苦儿他们立刻站好位，手拿木棍严阵以待。蒙面人一见对方有了准备，一时不知如何下手。老叫花喝道："七个蒙面人半夜杀上门，为何不露脸？必有相识之人！"一个蒙面人向另一个做了一番手势，便一起攻了上来。其中三个攻苦儿，两个打月儿，两个打茹儿。老叫花叫道："以寡敌众，更须冷静。"他话音刚落，川儿的石子已经撒出。三枚石子打在了围攻苦儿的那三个人身上，他们疼得叫了起来。不过，七个蒙面人并没有退却，而是更凶猛地攻了上来。也许是有老叫花在身边，四个孩子有了主心骨，苦儿和茹儿冷静应战，使出无影剑法，与蒙面人苦战。月儿第一次与人交手，显得有些紧张，手中的木棍也好像不听使唤，显得笨手笨脚，多亏了老叫花的长杆，左一下、右一下地干扰，使蒙面人不能靠近月儿和川儿。他冲着月儿叫道："刀法凶狠必有漏洞，回刀一慢，攻之必胜。小三，放松点；小四，站稳了，不要心急，瞅准再打。"

苦儿一人战三人还是头一回，因是近身战，来不及扔石子，他想以转大树的功夫与对手周旋，可又担心背后的老叫花会受到攻击。他只能有一种选择，以无影剑法与三把钢刀对抗。老叫花的话提醒了他，他抓住一个蒙面人来不及回刀的机会，一棍将他打倒。一招得手，苦儿手中的木棍也似乎有了灵气，将无影剑法发挥得淋漓尽致，威力大增，使另外两个蒙面人瞠目结舌，慌乱不已。

茹儿也同样抓住机会，一棍打在一个蒙面人的腿上，疼得他跌坐在地，另一个慌忙后退，将同伙拉走。月儿听了老叫花的话，让自己放松下来，并将泼风刀法一招接一招地使了出来，虽未伤到对手，却也展示了刀法的威力。与川儿缠斗的蒙面人猛地向前一蹿，举刀砍向川儿，头上却挨了重重一棍，就在他愣神的工夫，川儿抢起右拐，狠狠地打在他腰上，蒙面人慌忙后退，不敢再贸然出手。

月儿见自己打退了敌手，不由得心中大喜，她叫道："师父，您教我的武功好厉害！"她一高兴，便向前跑了两步，去追击蒙面人。老叫花高声叫道："小三，不可越过爷爷的杆头！"月儿这才吐了吐舌头退了回来。

"三绝刀！"苦儿突然叫道，"贼人，你们与绑我的人是一伙的！"茹儿也说道："哥，是三绝刀！看你们往哪里跑！"他二人的话叫七个蒙面人全愣住了，就像被人揭去面罩一般。形势急转直下，蒙面人已处在下风了。苦儿和茹儿也同样使出三绝刀来应战，以三绝刀对三绝刀，蒙面人心惊肉跳，因为苦儿的三绝刀比他们使得更精妙更威风。七个蒙面人不约而同地扭头便跑，苦儿和茹儿拔腿要追，老叫花叫道："穷寇莫追。"七个蒙面人转眼消失在密林中。

老叫花坐了下来，说道："你们都坐下来歇会儿，喘口气。老大，这三绝刀是怎么一回事？"苦儿答道："爷爷，我们在石鼓山放羊沟时，看管我们的人叫杨七，他为了吓唬我们，便在我们面前耍了三绝刀，还说这刀法天下无敌。我将刀法记了下来，后来到了田叔叔家，在读书、习武之余，我们也一块练三绝刀，希望有朝一日能抓住这些匪徒。"

"噢，原来如此。"老叫花说道，"这些人必与你们有些瓜葛，他们还会来的。我们要专心练功，尽快提高自己的本事，不打无准备之仗。"

川儿的腿伤已基本好了，月儿在茹儿的指导下，已经练起撒石子、转大树等六种功夫。川儿看着干着急，可茹儿不让他练习，让他把腿伤先养好，一个月后再练。无奈，川儿只得一天到晚练习内功。

一天晚饭后，苦儿问道："爷爷，进山练功是要采大山的灵气，可大山究竟有哪些灵气呢？我们又该如何去采呢？"老叫花问道："你们是不是遇到什么问题了？"茹儿回答道："是这样的，在山顶上练习内功，常感觉身体飘飘悠悠，可在山洞练功，却是觉得千万块石头压下来，连心脏都好像变成石头了。我们想，这大概是山顶与山洞的灵性不一样吧，对不对？"

老叫花微微一笑，夸奖道："很好，说明你们已经学会发现问题、思考问题了。大山的灵气是多方面的，我在山中浪迹多年，现在把我的感受讲给你们听。山，乃天之骄子、地之脊梁，在狂风暴雨中岿然不动，在电闪雷鸣中傲视苍穹。经千年之变化，阅万载之沧桑，吸日月之精华，聚天地之慧灵。它胸怀广阔，养育万物，不避艰险，保护生灵。既有仁爱之心，又有博爱之情。照此修心，心正而功成。雄山挺拔，直抵天庭，自信自立，谁人不敬？学此意境，清心开智，心开气明，不畏艰险，勇于攀登。山石坚实、稳重，吸其内气，密实稳定，实力大增。"

老叫花停了一会儿，见孩子们听得很用心，继续说道："山中万物皆有灵性。白云依山而舞，轻轻飘飘，变幻莫测；绿水围山而流，虽柔顺却有破石开路之力；草木遍山而生，大树成材可历千载；鸟兽栖山而居，生态各异，又各具奇能。正所谓，大山灵气千万种，采得其一便可终身受用。自古以来，到深山修炼之人很多，有心者可得点滴，至诚者可得其一，仁者志士、悟性极高的人能得两三种，就可算大功告成了。"

听了这番话，苦儿深受启发，他说道："一个人能活几十年到一百年，而大自然却是千年、万年地延续着，只有回归自然，向大自然学习，人才会更好地生存，获得更强的本领。"

茹儿说道："我也明白了，山顶上，白云飘飘；山洞中，山石围绕。换气对象不同，感觉自然不同。是吗，爷爷？"

老叫花说道："对极了，老大、老二已经有了第一个收获，高山还会给你们带来许多新东西、新感受，思考是成功的第一步，也是关键的一步。"

月儿说："爷爷，哥哥练的是换气大法，而我们练的是内功，方法不同，结果能一样吗？"

老叫花说："天下有各种各样的内功，练习方法也是各有一套秘诀。不过有两点是一样的：一是锤炼内气，使之能量大增；二是与大自然交流，通过吐纳之法向大自然汲取能量。方法不同，目的却是相同的，只要刻苦修炼，总会练到高层，况且有两位哥哥相助，你们会成功的。"川儿咧嘴一笑，调皮地抱拳说："哥、二哥，辛苦了！"

八 探虎头崖

　　虎头崖上聚集了六七十人，个个带刀佩剑，神情冷峻。他们围着山顶那块横出的巨石，站成了一个大半圈。圈里几个人正将一根大粗绳绑在巨石附近的一棵大树上，另外还有几个彪形大汉手执钢刀，面朝外，恶狠狠地盯着圈外的人们；而圈外的四五十人也在虎视眈眈地注视着圈里人的一举一动。很明显，圈外之人分了好多伙，每伙之间也是用极不信任的眼光相互留意着，仿佛一场厮杀就要展开。孙子杰、朱士龙和陈鸣也站在人群之中。

　　这时，一个瘦小干枯的人将一根细绳的一端绑在大绳上，另一端系在自己腰上，看来，这位便是要探洞取宝的探险者了。另有一个身形矮小的汉子站在巨石上高声对外说道："诸位武林朋友，我们江西几大门派联手探宝，特请了飞天神偷进洞取消功大法秘籍。这虎头崖属我们江西所有，那消功大法自然也属于我们。一会儿取上来时，哪个要是不识好歹，敢出手抢劫，是必死无疑。因为圈里圈外都是我们的人。"虎头崖下站着的人更多了，这些人中有江湖人士，也有来看热闹的百姓。四个矮子站在一边，脸上挂着冷笑向虎头崖望着。一个满脸横肉、眼角向下耷拉着的年轻人，向一个方脸、圆眼、脑门上有一颗黑痣的人说道："师父，那飞天神偷果真能飞进洞去？"那被称为师父的人冷笑一声，说道："江湖上没人会承认自己的武功不济，等会儿一看便知。"一个肩宽、腿短、鼻子短、脸面胖、说话还拿捏着腔调的人说道："你师父说的是，咱们就看看，他有多大能耐。"另一个黑脸、大鼻、大嘴的年轻人说："师父，他们会摔死吗？"拿捏着腔调的人说道："谁知道！荡进洞可不是一件容易的事。要看他的运气了。"

离这四人不远处，还有一伙人，他们一会儿望着虎头崖，一会儿又向这四个矮个子打量着。一个十八九岁，白净脸、大眼睛、中等身材的小伙子向一个三十多岁，高个、驼背的人说道："师兄，那个圆眼、脑门长痣的人就叫关士田。他旁边的宽肩的叫韩士夕，是他师弟。由于他说话拿腔捏调，走路又故意摆姿势，跛跛的，人送外号'母鸭跛'。"那师兄笑道："这绰号还真有水平。"那师弟脸上挤出几丝笑容，眼睛闪着几缕贼光，又说道："那个黑脸大嘴的叫于惜，是韩士夕的徒弟；那个一脸横肉的叫何继祖，是关士田的徒弟。"高个子的说道："师弟，你掌握得可真不少，这几个人可是咱们用得着的人。"

"下来了！"崖下人群之中有人叫了起来，人们的注意力一下子都集中在下来的人身上，只见他双手倒换得很快，不一会儿便下到了老虎嘴对面的位置。他又停在那里好像在检查着什么。关士田说道："这个飞天神偷手脚倒是利索。"母鸭跛拖着做作的腔调说道："就看他如何'飞'了。"一脸横肉的何继祖说："师父，此人过于瘦弱，据说秘籍刻在石板上，他如何能背动石板？"大嘴于惜说："师兄，他既然敢下，就一定有办法。"

那个神偷好像一切准备就绪，举起手向一丈多远的老虎嘴洞口丈量着，然后用力荡起大绳来。绳子越荡越靠近洞口，人们的心也不禁提了起来。大家为了看清他如何跳进洞口，都纷纷向两侧跑去。有的人过了河，到崖下老虎嘴两侧驻足观看。那神偷不用力荡绳了，看得出他准备最后一跳了。如果这一跳成功，消功大法秘籍就会被他取走，虎头崖上的围观者，个个抽刀在手，眼放凶光。一场争夺消功大法的恶仗就要开始了。

崖下无人说话，个个凝神观望。当大绳再一次荡到洞口附近时，那神偷终于张开双手向洞口跳去。就在他要跳的一刹那，身子向前一挺，头撞在了洞口的一块石头上，头一低，身子一歪，就被一根细绳拉出了洞口。人们不禁惊叫起来，原来他身子上有一根细绳与大石相连，他被吊在了空中，头向下流着血。有人大叫："撞死了，撞死了！"

飞天神偷被拉了上去，崖上、崖下的人不一会儿便全跑光了，剑拔弩张的气氛不见了，吵闹声平息了，虎头崖又恢复了往日的平静。只是崖下多了一摊血，这血渐渐被溪水冲走，只不过多了一股淡红色的水流而已。

在九江春光客栈的后院里，关士田、韩士夕和两个徒弟正喝着酒，何继祖一边为关、韩二人倒酒，一边说："师父、师叔，我看那飞天神偷缺乏算计。在进洞的时候，那个挺身动作竟然要了他的命。否则，他便成功了。要是我去探洞，才不会吃这个亏呢。"关士田看了看他，说道："他必是想到了什么，才做出这样的决定的。只是做了这个就忘了别的，这才招来不幸，真是功败垂成。"韩士夕说道："叫他们不断地探洞，探洞次数越多，为咱们积累的经验就越多，这消功大法非咱们莫属。"

"说得好极了！"关、韩等人听到院子里有人说话，都大吃一惊。他们推开门走进院子，只见两个人已经站在了他们面前。关士田问道："两位大侠，我们素昧平生，不知到此有何贵干？"高个子说道："你们不必惊慌，我们此来别无他意，只想与几位联手做一宗大买卖。"关士田冷笑一声，把小圆眼瞪得更圆了，说："我们已开了买卖，对别的买卖不感兴趣。"高个子笑了一下，说道："二位刚才还在房中议论，怎能说不感兴趣？"韩士夕说道："你偷听我们谈话，难道是要破坏我们的好事不成？"高个子听他说话的腔调，再看他说话时鼻子、眼睛全动，胖乎乎的身子还不时上下抖动的做作丑态，忍不住笑了出来。他说道："韩大侠果然名不虚传，我不是想破坏你们的好事，而是想与你们在虎头崖上合作，利益均沾。"关士田冷笑一声，说道："利益均沾？门都没有！"韩士夕从高个子的话里听出他在嘲笑自己，心里更是气愤，伸出胖乎乎的拳头在胸前一摆，做出个威胁姿态，说道："你竟敢笑话你韩爷，还要利益均沾？你这是在找打！"说罢，他拔剑便向高个子刺去。高个子虽有所准备，也暗暗吃了一惊：别看他胖得像头肥猪，动作还是相当快。关士田也执剑冲杀，形成了二对一的局面。那高个子虽然有些吃惊，但并不惧怕。只见高个子一会儿从关士田身边滑过，一会儿又从韩士夕身旁闪开，甚至从他二人之间像幽灵一样一闪而过。高个子左旋右转，不走直线的步法变化，虽然叫关、韩二人感到有点意外，但并未让他们感到害怕，轻功是他们的强项。打了一阵之后，高个子仍是行动自如、毫发无损。况且，他还未亮兵器，只是空手躲闪而已。这不能不叫关、韩二人更加小心了，知道今天是遇到了高手。高个子说道："二位的轻功和剑法我已经领教了，我要亮家伙了。"说罢，从腰间抽出一根黑色软鞭。关、韩二人一看软鞭，心中有一种不祥的预感。不过，已经动了手，只好打下去，他二人又快攻起来。高个子忽左忽右地在二人之间穿梭，鞭子左右一摆，只听啪啪两声，关、韩二人的剑便被打落在地。他二人相互看了一眼，一起向后一跳，同时甩了甩左手，只见十把飞刀射向高个子。高个子凌空飞起，那十把飞刀都从他身下飞过，射在墙上。关、韩二人的两个徒弟刚要动手，与高个子一块来的白脸青年立刻抽出鞭子叫道："你们也敢动手？不想活了？"何继祖和于惜真被他镇住了。与此同时，高个子在空中一个翻身，双脚左右踢出，关、韩二人都被踢倒在地。高个子哈哈一笑，说道："二位大侠轻功不错，探洞之事非你们莫属，可要说起刀剑功夫，你们可差远了，即便你们得到消功大法，又如何下得了虎头崖？只有与我们合作，事情方可成功。"关士田慢慢从地上站了起来，一边揉着左臂一边问道："英雄高姓大名？您轻功比我们还高，为何自己不去探洞，非要拉上我们？"

那白脸青年瞪圆了眼睛，神气活现地说："你们听好了，这位便是我的师兄，快刀帮的大公子曲蛇，我是他师弟刘全柱。"这两个正是在虎头崖下注视关士田、韩士夕的那二人。关士田一听，吓得忙跪下磕头，说道："关某真是该死，还敢在大公子面前舞刀弄枪！"韩士夕吓得满脸肥肉也抖动起来，哪里顾得上做作姿态，只见他双腿一软也跪在地上，哀求道："我们有眼不识泰山，愿意为大公子效犬马之劳。"

关、韩二人不但害怕眼前这个曲蛇，更害怕他的师父——快刀帮帮主龙老大。那龙老大曾杀死无数高手，连四大高手之一的郑泰然都死在他的手中，他们又怎能不怕？曲蛇说道："二位请起，你们为了保全自己，投了朱如天，这我们知道。可朱如天并不看重你们，你们也只不过是借借他的名气。我们要取你们性命易如反掌。""是、是！"关、韩二人像狗一样俯首称是。"我们并不想杀你们。"刘全柱说道，"遵师父之命，特来收服你们。如果惹师父不高兴，我们也救不了你们。"韩士夕又拿捏起腔调说道："是，属下明白，一定听从帮主号令，听大公子安排。"曲蛇听了笑道：

"很好，很好，从现在起做好探洞的一切准备工作，十一月底十二月初，一定要探洞。至于你们四个人中谁去探洞，由你们自己安排。"说完，拉着刘全柱越墙而去。

何继祖、于惜走过来，将关、韩二人扶进屋去，韩士夕说道："唉，真他娘的吓死了！"何继祖抽动了一下脸上的横肉，说道："师父，不行咱们就逃走。"关士田叫道："胡说！你以为他们会真的离开这里吗？不，他们一定会派人盯着咱们的。再说了，快刀帮人多势众，个个都是杀人的魔王，咱们就是逃到深山老林也会被抓住的。"韩士夕仍觉得毛骨悚然，战战兢兢地说道："是啊，逃不掉的，只好按他们说的办，没有办法了。"

在九江春光客栈里，关士田、韩士夕正与两个徒弟研究探洞之事。关士田说："唉，咱们技不如人，只好听命于人家了。我和师弟已步入中年，身体发福，反应也迟钝了，如去探洞，那飞天神偷就是我们的下场。所以无可奈何，只好由继祖代师父探洞了。"何继祖一听，脸上的横肉暴起，往下耷拉着的眼角下垂得更厉害了，成了一双名副其实的三角眼。关士田看看他的表情，压低声音问道："怎么，你不愿意？"声音虽低，却含着一股杀气。何继祖哆嗦了一下，心想：娘的，天底下哪有这样的师父，竟把徒弟往绝路上推！他现在要杀我易如反掌，我可不能犯傻硬顶。想到此，他立刻改换脸色，满脸堆笑地说道："师父有事，弟子代劳是天经地义的。只是徒儿没本事，心中没底，所以才有些畏惧，请师父原谅。"

听他这么一说，关士田那脑门上跳动的黑痣才恢复常态。韩士夕看他二人在心中较劲，便说道："继祖是个听话的孩子，他怎会不答应呢？只不过事出突然，有些慌乱而已。师兄不必多心，咱们现在商量一下具体的办法吧。"站在一旁的于惜对这一决定很有看法，他暗想：师父、师伯到了紧要时刻，为保自己性命不惜牺牲徒弟性命，这算什么师父！此地不能久留，一定要想办法离开他们。

关士田沉了沉气，说："除了用绳子荡进去之外，眼下没什么好办法。只是进洞那一刹那，要吸取神偷的教训，身子不但不能挺，还要缩成一团，这样才安全。"韩士夕说："师兄说得是，继祖要注意每个细节。再说那根细绳，用它原是要拉住大绳做出洞之用，但缠在腰上太危险，大绳往外荡时，极易将人带出来，就像神偷一样，所以我觉得还是把细绳子抓在手里安全些。"何继祖眼珠一转，问道："若徒儿真能进了洞，那消功大法就白白送给龙老大他们不成？"关士田瞪圆了眼睛，说道："不，你应该将大法记住，然后把石板上的字挑选要紧的铲除，叫他们得不到完整的消功大法。"韩士夕立刻将那双长条眼眯成一条缝，说："好主意！这样消功大法就归咱们自己所有了。"何继祖立刻说道："说得对，咱们玩命也不能便宜别人。"说罢，脸上挤出一丝冷笑。

九　登天都峰

天还没亮，苦儿他们已坐在高山上练习内功了，团团云雾包围着他们，时浓时淡。浓时，伸手不见五指；淡时，如开一条天途，直通瑶池。苦儿赞道："啊，黄山的云，真是神奇！"茹儿说："是啊，我们仿佛置身仙境，充满了神秘。"月儿说："我什么时候能和你们一样练功时既能说话又能干别的？"苦儿说："别急，你有意识地练习，过个一年半载就能练成了。"川儿说："那我现在就试试。"茹儿说："哥，云雾既有轻轻飘飘、变幻莫测的灵性，咱们吸了它会有飘浮的幻觉，轻功应该有实际的提高才对。"苦儿想了想，说："内气应是多了一种轻飘的特性，按理说，内功有了提高，轻功必有提高。"茹儿说："对啊，等下山时咱们不妨试试。"月儿说："哎，那我们能和你们一起试吗？"茹儿说："当然，我拉着你就是了。"

一个时辰过去了，四个人都收了功，川儿说："哥，我刚才试了，边说话边练功还不成，一说话就忘记练功了。三姐，你怎么样？"月儿说："我也一样，分心就练不成了。"苦儿说："没关系的，这就像一边砍柴一边说话一样，是可以同时进行的。而且一旦练成了，什么时候都可以练内功，那练功时间便会增加好几倍呢。"

四人边说边下了山，来到山坡较缓的地方，苦儿说："咱们从这儿往下跑，练练轻功。"川儿说："二哥，我可以跑了吧？"茹儿答道："不成，现在你只能走，还不能猛跑。哥，你背他，我拉着小三，咱们一起跑下去。"苦儿说："好。"他背起川儿便往下跑，茹儿拉着月儿随后跟着。

川儿只见眼前树木一闪便退到身后，大叫道："哥，太快了，别累着。"苦儿说："没事,你趴好别晃。"月儿边跑边叫："我的娘啊,我快上不来气了!""坚持住,一会儿就好。"茹儿边跑边鼓励说。他们一气儿向下跑去,树木、花草都来不及欢迎他们,路上的石头仿佛十分支持他们,小鸟也陪着他们飞,还不时唱上几句赞美的歌。川儿叫道："小鸟,你好,我也飞了!"月儿叫道："二哥,我的腿、脚好像全没了,只剩下脑袋和你说话了。"茹儿笑道："这就是飘起来的感觉啊,真奇妙!"苦儿见下面的坡更缓了,便停了下来,把川儿放下,躺在草地上休息。茹儿拉着月儿也停下了,坐在石头上休息。川儿大声说："你们还是练少了呢,累得都站不起来了,看我大气都不喘。"月儿看他那放着光的黑脸蛋,笑道："小四,连小鸟都在笑你呢。"说来也巧,几只小鸟还真的叫了几声,茹儿和月儿都笑了。苦儿坐起来说："小四虽没跑,可在飞啊。"川儿说："那可不,其实我比你轻松不了多少。"苦儿他们又大笑起来。月儿回头往山上一望,忙捂上嘴,叫道："我的天,我竟跑了那么远!"茹儿也看了看,说："是从那块巨石开跑的,还真是很远呢!"

苦儿说："这两个月练功收获真不小,内功和轻功都有提高。"茹儿高兴地说："是啊,今天跑得很快,身子轻了不少,这都是月儿的功劳啊。"月儿说："我可没什么功劳,要不是二哥拉着我,我是半步也跑不动了。"苦儿说："要是在山南城,你跑上几步就趴下了。尽管有老二拉着你,你到底还是坚持下来了,这已经是大进步了。"

川儿叹了口气说："就我没进步。"苦儿说："谁说你没进步?正因你练了内功,吸取了云雾的灵性,在我背你跑时,你能不自觉地提气与我保持一致,使我感到你很轻。要不然,你会很沉的,那我就跑不了这么远了。"川儿瞪起他的长条眼说："哥,这是真的?"苦儿说："那还有假?按你二哥的要求,再背上你一个月。到了庐山,你就可以自由练功了。"川儿大声说："好吧,我就再忍一个月!"说罢,一拐一拐地走了起来。茹儿笑道:"小四,别装了,走惯了可就难改了。"川儿说："我这是迷惑对手,以巧取胜。"说罢,他又走了起来,显得路都不平了。

按紫光寺方丈的指点,老叫花领着苦儿他们登上了天都峰,昨夜已在山下休息了一夜。今天上山,个个精神抖擞。只是苦儿担心川儿吃不消,便背他上山。老叫花、茹儿和月儿都背着食物和水袋，以备在山顶练功九日之所用。走着走着，前面出现了一条断裂的石缝，走在前面的苦儿说道："方丈说得不错，我们必须穿过石缝。"川儿说："哥，快把我放下来，石缝很窄，背着我是过不去的。"苦儿将川儿放下，说："小心，别碰了腿。"说罢，向前走进了石缝，他提醒大家说："这里石刃锋利，注意保护食物和水。"老叫花说："慢点过，别着急。"他们小心翼翼地向前移动着，有几处须侧身收腹，紧贴石壁而过。过了这段石缝，登高远眺，只见云雾中山峰林立，时隐时现；往下看，则是沟壑纵横，深不可测，不免叫人提心吊胆，不敢大意。再往前行，天都、莲花二峰已近在眼前，可前面却无路可行，一堆乱石挡住了去路。茹儿说："这里一定是方丈所说的流石蛇行之路了，须蛇行而过。"老叫花仔细看了看，说道："孩子们，将食物和水绑在身上，要绑结实了。蛇行时，手要抓牢，脚蹬稳，一寸一寸地爬过去。"

川儿第一个爬上去，苦儿随后跟上。川儿爬了一会儿便有些性急，他一只脚一蹬，石壁过滑，没有蹬住，身体便向一侧滑下。苦儿见了，忙向前朝川儿爬去，一手将川儿摁住。这时川儿已经出了一身冷汗，因为一旦收拢不住，下面便是万丈深渊。后面的月儿担心衣服弄脏，身子抬得过高，后面的茹儿说道："小三，身子要贴在石头上，不可大意。"说完，她朝后面看去，只见老叫花动作十分灵巧，如蛇一般，她这才放心向前爬去。

他们越过了一道道难关，经历了千辛万苦，终于登上了天都峰。月儿放下东西，向四周望了望，说："啊，我们终于上来了！果然是'一览众山小'。"

老叫花看罢，赞道："方丈所言不差，真是万峰下伏，皆飘浮在云海之中，犹如海上小岛一般。美哉，黄山！"正当他们观赏美景时，云雾飘然而至，顿时山形隐没，人不相见。好在他们已有了观云的经验，并不惊慌。川儿说："这云雾也十分怪异，说来就来，说走就走，浓淡不一，百怪千奇。"一会儿，一阵风吹淡了云雾，现出一条薄雾弥漫的路来。茹儿说："仙人指路，一步登天。"又过了一会儿，云雾散去，苦儿说："山景绚丽如初，日光灿烂依旧。"

月儿指着山顶上的一个山洞和洞外的一块石头说："爷爷，咱们白天在山顶练功，晚上在洞里练功，感谢黄山为我们安排得这样好。"

老叫花笑了："方丈说过，这山洞是神人居所，外面的石头形如仙人侧卧，这里是仙人聚会之地。咱们不妨坐上一坐，沾点神人的仙气。"五个人都分别坐在了石头旁，老叫花又说道："天都峰顶练功九日，高雅化境登门有望。"他说完，五个人都不再说话，闭目养神练起内功来。云雾缭绕，微风吹拂，日光隐现，都来向他们祝贺。为期九天的高峰练功，就这样开始了。

在黄山天都峰上，祖孙五人正在吃晚饭。川儿左手拿着一块咸菜，右手拿着一个馍，吃得正香呢。老叫花边吃边问："老大、老二，你们跟方丈大师学了治病的本事吧？"茹儿答："是啊，他老人家把号脉诊病的方法详细讲给我们听，还拿出了许多药方给我们看，真让我们眼界大开，收获颇多。"苦儿说道："我把方子都抄了下来，将来会有用的。"月儿问道："哥、二哥，听说你们开始琢磨新功法了，能讲给我们听听吗？"

老叫花一听也说道："噢？新功法？快讲讲。"苦儿说道："哪来的什么新功法，只是刚刚有了一点想法而已。"川儿边吃边含糊不清地说："没关系，没关系，有四将军为你们当参谋呢！"月儿笑道："小四，你别捣乱。"茹儿也说："哥，你就先说说吧，不然小四就参谋不上了。"川儿说："就是，就是。"

苦儿吃了最后一口馍，又喝了一口水，说道："这个想法在桃花峰就有了。大家都看见枯藤缠树了吧？树干高又粗，藤却是细细的，可它却缠住树木，一缠到顶，无论树木多么粗壮、多么高大，都奈何不了它。藤激发了我的灵感，我想要创出一套功夫，就像枯藤缠树一般，缠住对手，贴身近战。不过近身而战危险极大，如何取胜，一时难有对策。"

老叫花不住点头，但并未吱声。月儿说："二哥，该你说了。"

茹儿说："在桃花峰下洗浴之时，泉水激石，叮咚作响，水流潺潺，温柔欢畅。这给了我一种启示：习武并非要显示凶狠、残暴，而应像泉水一样给人以美感。武功是力量、智慧和美的展现，我想要练出这样一种功夫。"川儿问道："二哥，你的想法倒是不错，可温柔欢畅能打败对手吗？"

茹儿笑道："小四说得不错，虽说滴水穿石，流水切石夺路，但如何做到柔中有刚，以何种方式和技巧取胜，还得深入琢磨一番。"

老叫花说道："好，好！老子说：'上善若水，水善利万物而不争。'水有五德，因它川流不息，能普济一切生物；又浩大无尽，流百丈山涧而不惧，且善于变化，无孔不入，能荡涤一切污物。你二人有这样的新思路，便是良好的开端。人至诚，金不换；人有志，事竟成。小三、小四，你们也说说。"

川儿冲着月儿说："三姐，别看我了，你先说说吧。"月儿笑了笑，说："我可没有二位哥哥想得那么细，只是想了一点点。我看燕子掠食，真是又准又快，像是算计好了一般。上次和蒙面人交手，我总是很被动，我要先发制人，像燕子那样，对手招法还没完全发出，我就先把他这招给制住。"川儿叫道："三姐，你想得太妙了，祝你成功！"月儿笑道："小四你先别夸我，还是说说你的想法吧。"川儿说道："我这个想法既不美也不妙，说来还有点可笑。你们注意到雀儿跳了吗？雀儿在地上找食时，总是双腿一跳，又快又稳。与它的身长比起来，那一跳可不近！要是拿人与它相比，是跳了一丈多远。我要是能做到这一点，那就好了。我左手拐，右手拳，一跳丈余，跳上几次，对手不就吓坏了？"

听了四个人的不同想法，老叫花心里别提有多高兴了。他笑道："孩子们，在深山之中感悟到灵性之所在，不管花多大力气，也不管将来能否成功，坚持做下去必有收获。你们比爷爷有出息，要加油啊！"

苦儿说："爷爷，我们只是刚刚有了一点灵感，真想创出新功夫该怎样去努力呢？"茹儿也说："是啊，爷爷，快给我们讲讲吧。"

老叫花想了想，说："首先要练好基本功。撇石子、绕大树，以及从师父那里学来的拳法、刀法、剑法，都是你们的基本功。这是你们求发展的基础，没有好的基础，哪会有好的发展？其次要自信，要相信自己。俗话说：师父领进门，修行在个人。徒弟理应超过师父，这样才能一代更比一代强。"

"还有呢？"川儿问。

"重要的是这第三条。"老叫花接着说，"读书要修身，练武要练心。读书不修身，做官必害民；练武不练心，功夫难成真。为什么呢？人心犹如池水，水清则神明，神明则智开，智开则功成。若是池水不清呢？那必是水浊则神暗，神暗则路邪，路邪怎入化境？”

川儿问道：“什么是化境？”

老叫花答道：“化境就是极其高超的境界，是习武之人都想达到的。如果一个人心地龌龊，把武功当作杀人、抢劫、称王称霸的手段，那么他一定是神志难宁、焦躁不安的，他走的必是急功近利之路，练的必是邪门歪道之功。当然，有的人也会练出十分霸道的功夫，但此功练成之日，也是他伤残自身之时。”

茹儿听了，小声自语道：“要练心，要自信，要练好基本功。”老叫花补充道：“再加上创新！”川儿大声说道：“那就是四要，要练心，要自信，要练好基本功，要创新。好记。”

老叫花心中高兴，又说道：“孩子们，我们在此待了九天了，明日一早便要下山了，算来在黄山练功已有百日，你们该试试自己的内力有没有提高。”苦儿说道：“对，山石坚实、稳重，采它的灵气，内力理应大增。”说完，他在山顶上找来四块石头。两块西瓜大的放在自己和茹儿面前，两块拳头大的放在川儿和月儿面前。他说：“手不要碰石头，离它一尺远，用手掌发力击打它，这样就能试出自己内力的大小了。”苦儿说罢，坐了下来。只见他运气向石块发力，那西瓜大的石头立刻被击飞，直落山下。他高兴地说：“爷爷，果然内力大增。”茹儿说：“不会砸着人吧？”老叫花说：“不必担心，天色已晚，不会有游人了。”茹儿接着一试，也将石头击飞。月儿看着川儿说：“小四你先试。”川儿说：“我可没他们俩的本事，用手打还差不多，隔一尺远，恐怕动也不会动。”老叫花说：“你还没开始练嘛，能用手掌发力就已经不简单了。”苦儿说：“小四，我刚才是用尽全力的，你也用力去打它，用尽全力，咱们立刻练功恢复功力。”川儿咬了咬牙，便运气伸出手掌，只见那石头还真的滚动了半尺多远。川儿乐得跳了起来，看着他的右掌叫道：“我也可以发力了！”说完跑到老叫花跟前，搂着老叫花的脖子摇晃起来。月儿说：“小四，你疯什么，我还没试呢。”此时，月儿心里一点底也没有，她运气发力的同时闭上了眼睛，连看都不敢看。茹儿笑道：“小三，快睁开眼睛看看。”月儿将眼睛睁开一条缝，一看那石头离自己远了一些，便冲着川儿叫道："小四，一定是你动的，唬我呢！"川儿叫道："哎，三姐，你真会冤枉人，这回你别闭眼。"老叫花说："再来一次。"苦儿也说："不许闭眼，还有，你要用足了劲。"月儿果然用足了力气，再一次发力，只见那石头果真向前滚动起来。她瞪着大眼睛叫道："爷爷，它动了，动了！"说完便和茹儿拥抱起来。两个姑娘又闹又笑，惹得大伙全笑了。苦儿说："先别闹，咱们快坐下来练功，尽快恢复功力。"五个人立刻坐好，手拉手坐成一圈练起功来。

一个时辰之后，苦儿和茹儿先恢复了功力，他们又不断发出内力，帮助月儿和川儿尽快恢复。老叫花也觉得一股滚滚热流涌入体内，他想：我原想收他们为徒，谁知他们的内功竟这样好，我老叫花可没资格当他们的师父了。我应一心一意帮助他们，在他们有需要的时候，点拨一二就是了。此时老叫花觉得自己年轻了许多，而且内力也大增了。

老叫花心中高兴，又向四周看了看，说道："九天转眼便过去了，真有点舍不得下山呢。不过还好，下山后立刻奔往庐山，那里也有说不尽的美景啊。"川儿也恢复了功力，说道："这一百天也太快了。"老叫花说："天都峰夜景奇美，不可无诗。我已想好了一首元曲《山坡羊·天都峰夜景》。"

月儿说："爷爷，快说给我们听。"苦儿说："还是唱出来好听。"

老叫花慢慢唱道："星光闪闪，银山沉寂，云海翻滚不肯闲。立绝顶，似神仙。轻抬秀手揽明月，悄踏玉足惊万峦。上，亦是难；下，更是难。"

老叫花的歌声苍凉低沉，在山谷间回荡，久久不绝。

苦儿说道："爷爷，您唱出了天都峰美丽的夜景，也唱出了我们的感受啊。"

茹儿说道："上亦难，这是大实话。下更是难；却是一语双关：一是常说的上山容易下山难，二是我们恋恋不舍的离别之情。"

川儿说道："爷爷唱得真好听，咱们都该唱一唱才是。"

月儿说道："哥，该你唱了。"

苦儿笑着说："我还没想好呢。"

川儿说："那二哥，你先来。"

茹儿想了想，说："那好，受爷爷的启发，我也来唱一唱这天都峰夜景。不过，我这是一首词——《诉衷情·天都夜景》。"

说罢，茹儿便唱了起来："披晚装诸峰峭立，云海乐相拥。"

她的声音甜美，婉转悦耳，大家听了为之一振。

"更有奇松怪柏，守护天都顶。"

茹儿接着唱道："娇嫦娥，携玉兔，游此境。祖孙围坐，敬慕仙客，共话月宫。"

老叫花赞道："好美啊，老二的歌声就像一支神笔，在眼前勾画出一幅美丽的画卷。让你走进画中，被美景俘获。"

苦儿笑道："爷爷，茹儿唱得好是好，既有人又有物，既有静又有动，很是动人。可就缺响动，美中略有不足。"

月儿听了眨眨眼睛，问道："哥，共话月宫，不就是谈话声吗？"

苦儿笑道："虽有谈话声，只因声音太小，影响也就小了。声音大一点，画面便有生气了。"茹儿笑着问："哥，你看该如何改啊？"

苦儿板着脸，装作十分正经的样子唱道："突然间，炮声鸣，四将军出迎响三声。"

他的歌声高亢有力，声调中还带着几分诙谐。

川儿听罢便叫道："好啊，哥，你竟然编派我！"他跑过去，搂着苦儿的脖子便闹了起来。老叫花说道："听起来，好像是双调《大德歌》。"

月儿说道："川儿，先别闹。哥，你下面还有吗？"苦儿重新坐好，抱着川儿说："爷爷一猜就中，这正是双调《大德歌·炮声》。"

苦儿接着唱道："突然间，炮声鸣，四将军出迎响三声。玉兔掩鼻去，嫦娥捂嘴忙问声：为何下山不回宫？答曰：此声达天庭。"

他一唱完，众人哈哈大笑起来。

原来，初登天都峰顶时，因夜里寒冷，月儿、川儿身体不适。苦儿和茹儿则布气输功，让他们的身体热起来，增加抵抗力。可冷热相遇，腹中咕咕作响，忍不住放起屁来。月儿羞红了脸，觉得不好意思。川儿却是毫不在意，还常常撅起屁股，将屁放得震山响。苦儿问他："小三都红了脸，你却没一点反应？"川儿说："哥，其实我脸也红了，只是你们没看出来。"苦儿取笑他："四将军出门三声炮。"此时，老叫花笑道："只怕这一声炮响把画都崩坏了。"

月儿忍住笑，说道："四将军这一炮，崩跑了嫦娥还不算完呢。"川儿问道："三姐，你也有词埋汰我？"

月儿唱道："天庭里，乱哄哄，托塔天王到堂中。玉帝忙下令，风神舞袋急行风。雷公作法也无效，百官拥帝向西行。"

老叫花笑道："噢，玉帝又要去西天请如来佛了。"大家笑起来，月儿问："小四，我这是双调《大德歌·西行》。你觉得如何？"

川儿大方着呢，笑着说："噢，你和哥都唱双调，我也学会了，我这叫双调《大德歌·御封》。你们听好了。"他用那还带有童音的调门唱道："忽然间，老君至，传下御旨要听清。特封四将军，神炮天将好威名。爷爷乐得胡子抖，哥姐捂嘴笑不停。"

苦儿听罢站了起来，一转身便抱起川儿悠荡起来，说道："这下可不得了了，神炮之屁那可是神屁啊！"茹儿和月儿都笑得流出了眼泪。

老叫花笑道："你们的曲子里，虽然都是在说屁，可没提一个屁字，也没说一个臭字，却把这屁臭刻画得活灵活现。这三支曲子，恰好组成了一个套曲呢。"川儿说："爷爷，这元曲也不是太难学，今天我也入点门了。"他看了看苦儿，说道："哥，你刚才一抱我，叫我想起了轻功。咱们每天早上在云雾中练功，又在这天都峰上练了九天，轻功是不是也有了提高？不如来试一下。"

苦儿想了想，说："在山顶上不能跑，但可以跳啊，咱们来个旱地拔葱，再转上几转。"说完，他一转身便跃起五尺多高，又在空中转了七八圈，这才落地。茹儿见了，高兴地说道："哥，这可比在邯郸时高出很多。"接着，她也练了起来，她和苦儿一样也跃起五尺多高，在空中也是转了七八圈，落地时轻巧无声。老叫花拍手说："果然不错。"

月儿说："我担心跳不起来，即便跳起来也会重重摔在地上。"茹儿走过去说："别怕，我扶着你就是了。"月儿闭上眼睛猛地向上一跃，也跳起两尺多高，并在空中转了两圈。落地时茹儿稍微一扶，她便站稳了。川儿做得和月儿差不多。苦儿说道："你们俩进步可不小，还要加紧练。现在咱们该进洞采纳一番山石的灵气了。"

十 冷面双娇

这天，老叫花带领苦儿他们来到庐山，他们正在庐山看瀑布，川儿背诵道：“日照香炉生紫烟，遥看瀑布挂前川。飞流直下三千尺，疑是银河落九天。”月儿赞道：“景好，诗也好。”老叫花说道：“美景触发了诗人的灵感，因此才有了名诗；名诗传遍天下，又让美景天下尽知。”茹儿说：“真是美景常在，名诗永存。”苦儿赞道：“山川锦绣，美在中原。”

老叫花说：“咱们再去看看别的地方吧。”当他们向北走了六七里地后，苦儿突然说：“爷爷，我好像听见了兵器撞击声，是有人在打架。”茹儿侧耳听了听，说道：“像是在北面的山沟里。”老叫花说：“走，咱们过去看看。”他们又向前走了一会儿，只见几个游人慌慌张张地跑了过来。苦儿忙问：“请问前面发生了什么事？”一人答道：“四个男人围着两个女人打，打得好凶啊！”另一人说：“两个女人受了伤，好吓人啊！”苦儿听了立刻向前跑去，茹儿紧跟其后。老叫花不紧不慢地跟在后面，兵器的撞击声越来越近了。他们跑进一条山沟，果然看见四个男人在围攻两名女子。四个男人不断地说着什么。老叫花忙喊：“停，先听他们说些什么。”只听这四个男人道：“活捉她们，让咱们先好好享用一番。”“你们追杀我们多年，现在追上了，又如何？”“虽然上了年纪，面上还是挺嫩的！”“快快受缚吧，让小爷也享受享受。你们中了毒刀，还想跑吗？”

这正是关士田、韩士夕他们师徒四人。茹儿听了说：“爷爷，他们是一群恶人。”老叫花一挥手说：“快去救人，抓住坏人，要解药。”四个孩子猛虎下山般冲了过去。苦儿冲向了关士田，关士田瞥了一眼，说：“小儿，你充什么好汉？还是给我做徒弟吧，打死了你，怪可惜的。"苦儿说："你也配？"举棍便打。茹儿冲向韩士夕，韩士夕说："黑小子，你找死！"茹儿只觉得恶心，也不说话，挥起棍子直打下去。月儿挥刀奔向何继祖，何继祖定神一看是个漂亮的女孩子，得意地笑起来："我艳福不浅哪，竟自己送上门来了。"他那方脸都笑圆了，眼睛眯成了一条缝。月儿见他那副色眯眯的德行，也不搭理，举棍直捅过去。川儿直奔于惜，于惜一瞧，来的是个小男孩，冷笑着说："小子，活腻了，找死！"川儿骂道："你这个呆头呆脑的蠢猪，还想逞能！你小爷我正想吃野猪肉呢！"气得于惜大叫，举刀便砍。

老叫花先将两名受伤的女子扶到边上的一棵树下，说道："二位女侠先歇会儿，等会儿抓住他们拿来解药就好了。"两名女子腿上各中了一刀，伤口还流着血，不过血色发紫了。一名女子说："谢谢老人家出手相救。"老叫花说："别客气，你们坐下休息吧，我去看看孩子们。"他说罢，拿起长杆，向川儿他们走去。

老叫花边走边看，大声提醒道："他们的剑法一般，轻功不错，他们的暗器是毒刀。孩子们沉住气，小心应战。"月儿答道："知道了，爷爷。"老叫花快步走到月儿和川儿附近，停了下来，手举长杆随时准备出击。月儿和川儿的表现已有大的提高，他们俩不慌不忙，沉着冷静，在招法上已渐渐地占了上风，老叫花看了，放心地笑了

关士田发现，眼前这个大男孩手里虽拿的是木棍，可他的招法比自己快，须以轻功取胜。于是，关士田加快步法，嗖嗖地围着苦儿，边转边攻。苦儿也使出转大树的功夫，与其相对。关士田大吃一惊：这小子轻功也不错，今天怕是麻烦了。韩士夕也感觉眼前这根毫不起眼的木棍正威胁着他，也想以轻功扭转局面，怎奈他腿粗、腰肥、行动不太灵活，仍处于被动之中。月儿使出了泼风刀法，叫何继祖难以应付，她边打边想：要学燕子掠食，先发制人，我必须看清对手的招法才行。想到这儿，她变真攻为佯攻，拿何继祖当靶子练了起来。川儿看于惜在自己面前跳来跳去，显示轻功，他想：我何不练练雀儿跳！他瞅准机会，趁其不备，双脚用力一蹬地，身体立刻跃起，刹那间，用拐杖点地，身子立刻跃到了于惜面前，一拐杖打在于惜

身上，疼得于惜大叫一声跑了。川儿紧追不舍。

月儿终于在佯攻中记清了对手的招法，她便打定主意试着先发制人。只见她假意向后一退，何继祖一剑攻来，月儿却是出招在先。何继祖的剑刚要刺出，便被月儿一棍击落，就在他愣神之际，月儿转手又一棍击在他腿上。何继祖单腿跪地，被月儿拿下。何继祖刚要反抗，老叫花的长杆重重地打在他另一条腿上，打得他老老实实跪在了地上。

关士田、韩士夕虽然处于被动状态，但凭着他们的轻功和经验还不至于落败，可此时，见于惜被追，何继祖被拿下，二人不约而同地使出最后的撒手锏——毒刀。苦儿和茹儿看见了两名女子腿上的刀，又听见老叫花的提示，早就留神了，只见关士田左手一扬，几个五光十色的东西向苦儿飞来，苦儿旱地拔葱，躲过飞刀。韩士夕用同样的手法发出五把毒刀，茹儿舞动木棍将四把飞刀打落，还有一把向她身上飞来。此时她再躲闪已来不及，只见她左手向毒刀挥去，老叫花忙叫道："莫抓，有毒！"茹儿并没抓，那刀却向一边飞去，落在了地上。

关士田、韩士夕和于惜忙靠在一起，老叫花大声叫道："快快交出解药，我们放你们走，不然的话，一个也别想活！"何继祖跪在地上叫道："师父，救我！"关士田想：正是用人之际，不能丢下何继祖。韩士夕也说："给他们吧，咱们还是要快快离开为好。"关士田大声问："你们说话可是当真？"苦儿说："少废话，我爷爷说话岂能不算数！快交出解药吧！"川儿也大叫："否则，你们一个也别想跑！"关士田从怀里掏出两个小瓷瓶，向前走了几步放在地上，苦儿走了过去，拿起一看：一瓶上写着"内"，另一瓶上写着"外"。他问："这是什么意思？"关士田答："一瓶内服，一瓶外用。"老叫花指着韩士夕说："你的也拿出来。"韩士夕无奈，也将解药交给了苦儿。老叫花又问道："你们两个听好了，这药可是真的？要是使奸耍滑，立刻叫你们死在这里。"

关士田回道："这是真药，在下不敢欺骗各位。"老叫花说道："那好，我就信你们一回。"韩士夕谄媚地说："是真的，不过她们中毒时间长了些，中毒后又边打边跑，毒性已入血脉，要用几次才能见效。"老叫花听了，看了看茹儿，茹儿说："你们滚吧。"何继祖像兔子一样，撒腿就跑，关士田他们还没等他跑过去，就先转身跑了。

　　老叫花他们向那两名女子走去，只见她们靠在树上已经昏死过去。茹儿让苦儿和月儿先喂她们服下解药，自己则扯开二人的裤腿，拔出毒刀，将外用的解药为她们敷上。茹儿说道："爷爷，她们伤得不轻，一时好不了，需找一个大些的山洞，静养一段时间。"苦儿问："咱们刚进山时选的那个山洞不行吗？"茹儿说："那个山洞小了些，又不朝南，还是换一个好些。"

　　老叫花立刻吩咐道："老大，你去原来的那个山洞，将马车、东西等都带过来。老二、小三留在这里照看她们，小四与爷爷上山，找一个大些的山洞。"众人立刻分头行动起来。老叫花领着川儿上了附近的一座高山，在山坡的南面搜寻了一遍，又转到另一个山坡上。川儿说道："爷爷，这里要是有破庙就好了。"老叫花笑道："不知老天爷会不会可怜我们。"功夫不负有心人，他们在另一座山的南坡上找到了一个山洞。这个山洞旁边还有一个小山洞，而且洞口之外还有一处平台，马车完全可以赶上来。从位置上来看，正在半山腰处，真是最理想的地方了。老叫花笑呵呵地说："此处比破庙美。只是没有木床。小四，你回去领他们上来，我在这儿收拾收拾。"川儿领命而去。

　　老叫花用树枝将两个山洞清扫了一番，又在山坡上捡回不少干草，抱进洞中，铺在地上。等他收拾完，苦儿赶车来到了洞前。此时，两名女子早已醒来，她们说："真是给你们添麻烦了，你们受累了。"茹儿和月儿将她们背进了大洞，让她们坐在那张狍子皮上。茹儿说："哥，咱们快为二位大侠布气逼毒，小三扯布擦血。"

　　苦儿和茹儿分别坐在两名女子身后，伸出双掌在她们背上布气发功。两名女子正有些疑惑之时，只觉得一股热流涌入体内，从背及胸，由胸至腹，由腹至腿，向伤口处一点点逼近。片刻之后，紫黑色的血不断流出，月儿用一块干净的白布将血擦去。半个时辰之后，血色渐渐转向鲜红，苦儿和茹儿这才收了功。月儿为她们敷上外用药，又用白布包扎好。这时，老叫花和川儿端来两碗鸡蛋汤。老叫花说："二位女侠想必是饿了，没什么好吃的，先喝点鸡蛋汤吧。"两名女子相互看了一眼，有些吃惊，又有些激动。一名女子说："谢谢老人家和各位小友了。"说罢，眼里有泪光在闪动。川儿说："快喝吧，一会儿就凉了。"

喝过了鸡蛋汤，刚才道谢的那名女子说道："各位救了我们，又为我们姐妹疗伤，你们都是我们的恩人。我叫乔如虹，这是我妹妹冷月娇。"老叫花问道："你们可是那专找淫贼算账的冷面双娇？"冷月娇说道："正是。刚才围攻我们的便是江湖上有名的淫贼关士田、韩士夕和他们的两个徒弟。"老叫花一听，忙说道："原来是武林第一高人——常大侠的高足，失敬、失敬！老叫花真是老糊涂了，不该放掉那几个淫贼。"

乔如虹说道："不敢当，不敢当，敢问老人家高姓大名？您认识我师父？"老叫花答道："老叫花姓郑，要了一辈子饭，哪里会认识你师父。你师父武功高强，为人正直、豪爽，天下谁人不敬？"茹儿说："爷爷，您知道的可真不少。"

老叫花哈哈一笑，说道："叫花，叫花，讨饭百家。酒楼、客栈常光顾，听东听西听遍天下。只是剩饭拌着旧消息，面对英雄不相识，遇到歹人还放跑啦。"众人听了都笑了起来，老人又向冷面双娇介绍道："老大叫苦儿，老二叫茹儿，小三叫月儿，小四叫川儿，他们都是孤儿，老天爷将他们召集到一起，进深山练习武功和布气祛病的医术的。老叫花与他们在黄山相遇，从此我们就成了一家人。二位女侠，你师父可好？"

乔如虹说："老人家再别叫我们女侠了，从此往后，咱们也算是一家人了，我们就叫您叔叔，您就叫我们如虹和月娇吧。"茹儿问："那我们如何称呼您二位啊？"乔如虹说："就叫姑姑、二姑吧。"苦儿说："这样好，很亲切。"川儿说："噢，我有姑姑了！"

冷月娇说："叔叔，十年前，我们收到师父的口信。他老人家杀了大淫贼——薛不仁，要闭关修炼五年，告诉我们不必去找他。五年后，我们就开始寻找师父，可找到现在，仍不见他老人家的身影。"老叫花说："听说他住在什么雪山上。"乔如虹说："是，传言我师父住在云南玉龙雪山上。可是，他并不在那里。这五年来，我们几乎找遍了各地的雪山，仍然没有找到。今年，我们从云南到四川，又找了一遍，可还是没有消息。""没问问别人吗？"老叫花问道。"问了，可是无人知道。"冷月娇回答道，"我们想，师父会不会去游览名山大川了呢？于是，我们从衡山到庐山又找了起来。一进庐山，便看见关、韩二贼带着两个徒弟正拦住两个青年女子欲行不轨，已有两个青年男子被他们打倒在地。我们立刻上前去救人，可那四个恶人一面应付我们，一面又向那两男两女下手。为了保护那四人，我们拼力厮杀。"乔如虹接着说："关、韩二人的徒弟十分恶毒，他们竟向四个年轻人连发毒刀。为了掩护他们，我们二人只好挡在他们前面，结果每人中了一刀。不过由于我们的奋力阻拦，那四个人还是逃出去了。没过多久，毒性开始发作，正当我们体力不支时，你们及时赶到，救了我们。"

老叫花问道："听说你们能发什么寒气，那几个贼子就不怕吗？"

冷月娇说："关士田是有些畏惧，可母鸭跩韩士夕根本不怕，真不知他练了什么功夫。"川儿问："二姑，他为何叫'母鸭跩'？"冷月娇笑了笑，说："因他说话像女人，走起路来又装腔作势，一跩一跩的，所以江湖人才送了他这个外号。"茹儿笑道："是这样啊，我和他交手时，一看他那德行就觉得好笑。"老叫花见冷面双娇面色发灰，神情疲惫，便说："如虹、月娇，你们也累了，先休息一会儿。孩子们，咱们出去吧。"茹儿和月儿将包裹垫在她们背后，让她们靠在石壁上休息，然后才悄悄走了出去。乔如虹和冷月娇真是累了，不一会儿便睡着了。

老叫花他们在洞口二十几步远的地方坐了下来。苦儿说道："爷爷，再给我们讲讲那常老前辈的故事吧。"老叫花问道："你们想听？"茹儿和月儿都说："想听。"老叫花说道："那好，我就说一说。据说，你们两位姑姑的师父叫常笑天，他住在雪山上，练成了冰雪大法，能从剑尖和指尖发出一股冰冷的寒气，让人周身不适。同时，他又创出了圣手掌和寒光剑法，手法之快、剑法之妙，无人能敌，故有'武林第一高人'之称。"

川儿问道："爷爷，那有一便有二了。"老叫花说道："嘿，小四和我当时的想法是一样的。后来我听人说，长沙有个十业帮，帮主朱如天手中一把长扇神乎其神，排在第二位，大洪山下有个大洪山庄，对了，苦儿，就是你要拜师的那个郑泰然，他排在第三。第四便是大扁脸龙老大了，他打败了郑泰然，只怕要找朱如天下手了。他不得天下第一是不会罢手的。"

月儿说道："噢，这就是四大高人了。为什么二位姑姑又叫冷面双娇呢？"老叫花说道："十几年前，酒楼、茶馆的人就说，江湖上出现了一对姑娘，这对姑娘不但人长得美，而且武功高强——一个用双锥，不但变幻莫测，而且快得惊人，人送雅号'圣手观音'；另一个手使长剑，寒光四射，英气逼人，人称'寒光剑客'。更可贵的是，她们专门收拾淫贼，令淫贼听到她们名字个个胆战心惊。因此，人们称她们为冷面双娇。"

茹儿说："我看出来了，二位姑姑长得十分美貌，根本不像三十多岁的人，要说是姐姐也会有人相信的。"老叫花说道："现在她二人面黄肌瘦、精神疲倦，等她们伤好了以后，你们就看得更清楚了。哎，咱们现在说说，通过刚才一战，你们每个人都有什么收获？"川儿立刻说道："我用了雀儿跳。"老叫花高兴地问："怎么用上的？说说看。"川儿说："那头野猪刚要跳向一边，我双脚一跳，又用拐杖一拄地，便赶到了他的前面，一棍打在了他身上，吓得他到处跑。"苦儿笑道："小四有了三只脚，追得野猪到处跑。"月儿说："爷爷，我用上了先发制人，想一想，该叫'棍打探头'。我一边佯攻一边仔细观察对手，对他的剑法有了了解后，我才出手，果然打了个探头，将他的剑打掉了。"老叫花笑了笑，说："小三，爷爷看到了，真替你高兴！你还要好好练习。"

茹儿说："爷爷，今天我也有了一个大发现。当那母鸭踉向我发出了五把毒刀时，由于这些毒刀五光十色，令人眼花缭乱，我只击中了四把，当第五把向我射来时，躲闪已来不及，急得我想用手去击打，爷爷不让我抓，说有毒，我就没敢抓，可那把毒刀却改变了方向，飞落在地上。当时我觉得有些奇怪，在为姑姑布气驱毒时，我总是想着这件事。突然间，我想明白了，原来是紧急之中，我手掌发了功，使毒刀改变了方向。"川儿拿起一块石头说："二哥，再试试看。"川儿向茹儿撒出石头，茹儿一挥手，那石头果然改变了方向。

苦儿说："爷爷，我没什么好说的，那个关士田剑法不如我，可轻功却是极高的。我想要像枯藤那样缠住他，可他就是不让缠。所以我必须练好轻功才行。功夫不高，如何缠得了大树？刚才茹儿所说的掌心发力可太重要了，我们常觉得挥拳不使劲就打不倒对手，可一使劲，回拳就慢。会了掌心发力就好了，打着了再发力，岂不是又轻巧又省力？"老叫花笑道："好啊，用内力代替了拳臂之力，这可是一大进步。不过，不练内功，如何能连续不断地发出内力？这里面的学问大着呢，还要不断钻研才行。"

十一　似曾相识

庐山半山腰的山洞里，茹儿和月儿正在给冷面双娇换药，乔如虹说道：
"这位道长所配制的外用药似乎比那淫贼的解药还好，涂在伤口上立刻觉得
神清气爽，血色变化也好像快了一些。"茹儿笑道："多亏遇上了一位清
风道长，不然用光了关、韩二人的解药，我真不知该怎么办了。"苦儿说：
"那关、韩二人也说得明白，刚中毒刀立刻服解药还是灵的，时间一久，药
效就差了。"

原来，前几日在庐山寻觅草药时，苦儿和茹儿认识了一位高人，他自称
"清风道长"。老叫花问道："老二，这药方可记下了？"茹儿说："记下
了，爷爷。不但记了这个，还抄了很多呢。这位道长对暗器、蛇毒、食物中
毒都非常有研究，从中毒症状到草药配制，都为我们做了认真的讲解。他真
是一位好心的高人。"苦儿说道："爷爷、二位姑姑，道长不但医术高超，
而且还练就了一种功夫，他竟能躺在一掌宽的石条上休息，而且还说出一番
道理呢。"冷月娇说："你们仔细说说。"茹儿上完了药，说道："昨天我
们去向道长请教，上到山坎，见道长正躺在庙外的石栏杆上休息。我们走近
一看，真是吓了一大跳。石栏杆之外，竟是万丈深渊。我问道长这是什么功
夫，道长讲道：'身卧寸石、脚踏崖边，临险不惊不慌、不急不躁，是为定
心，不抖不颤、不摇不摆，是为定身。二者一统，便是定力。'"

老叫花对冷面双娇说道："冰山行走，必练此功，常大侠一定会，对
吧？"乔如虹答道："叔叔所言不差，脚无定力，很难在冰雪上行走。师父
教我们练轻功时，先练定力。只是这躺下的功夫，我们从来没练过。"苦儿

说道："道长还给我们讲了一番道理。他说：'久练此功临险不惊，心坚如铁、志坚如钢'，在任何艰难困苦面前，无往而不胜。"

老叫花听了说道："好，明天我便去买几根绳子，你们将一头绑在大树上，一头绑在腰间。坐在崖边，便可练定力了。"月儿和川儿都笑了说："这个方法好，我们都能练。"冷月娇问茹儿："今天还去道长那儿吗？"茹儿答道："今天不去了，二姑有什么事吗？"冷月娇说："没什么事，不过是想向他表示谢意。"苦儿说："二位姑姑放心吧，我们已代表姑姑向他老人家致谢了。"

川儿说道："哥，咱们该练功了。"于是他们兄妹四人在附近的山坡上练起撒石子、转大树等六项基本功。冷面双娇饶有兴趣地侧身望着，乔如虹说："苦儿和茹儿的轻功很不错。"冷月娇点头赞道："这两个孩子，心眼好，内功好，轻功也不错，前途无量啊。"老叫花一边修理一根拐杖一边说道："可不，这两个孩子勤学苦练，从不知足，而且肯动脑、善问、能虚心向人请教，他们两个将来会有大出息的。这也是我的希望。"冷月娇说："月儿和川儿也不错，有一股奋起直追的劲头。"这时，只见四个人各向挂在树枝上的一块布条打去。乔如虹问道："叔叔，他们这是练什么？"老叫花回答："这是练手掌发力，是茹儿在与韩士夕交战时发现的。打到再发力，可使行拳轻便自如，加快速度。打着了再加快发力，一打一个准。这不，四个人立刻就练起来了，将拳法变成内力拳了。"

老叫花刚说完，只听月儿叫道："我一点也发不出来，布条一动不动。二哥，快帮帮我呀！"只见茹儿走到她身后，用双掌在她两臂及后背之间来回推动着。川儿也停了练习，注意着茹儿和月儿。过了一顿饭的工夫，月儿一试，布条果然微微动了一下。她叫道："谢谢二哥，有门了！"这时，川儿也叫道："哥，你也不帮帮我？"苦儿像茹儿一样，帮助川儿打通了穴脉。

过了半个时辰，四个人练完了基本功，这才回到洞口休息。此时正值七月末，天气炎热，月儿坐在乔如虹身旁，用手巾擦汗，乔如虹帮她将颈后的发拢起。无意中发现月儿脖子上系着一根红线绳，便问道："月儿，你脖子上戴的是什么？"月儿一边擦汗一边答道："姑姑，是护身符。"她取下护身符给乔如虹看。乔如虹接在手中和冷月娇一看，见是一玉片，玉片上的字迹潇洒清秀，头像妙笔传神，二人赞不绝口。她们再仔细看，觉得玉片眼熟，冷月娇说道："这玉片难道是——"

苦儿听了忙问："二位姑姑，这护身符有什么问题吗？"乔如虹说道："好像是我师父经常佩带的那个玉片。不过护身符仅此一枚，尚不可完全确定。"苦儿一听，忙扯开裤脚，取出一枚护身符，茹儿也取出自己的护身符，一并交给了乔如虹。冷面双娇忙将三枚护身符拿在手中，这三枚护身符竟能连在一起。川儿似乎被什么惊呆了，他一声不响地看着那三枚护身符。

冷月娇说道："姐姐，没错，从玉片的颜色和纹路来看，很像师父的那块。"乔如虹看罢也点头称是。她问道："这玉片是从哪里来的，又如何变成了护身符，你们能讲给我听听吗？这也许能帮助我们找到师父的下落。"苦儿、茹儿听了有些吃惊：这小小的玉片竟会和常大侠联系在一起？老叫花说道："老大、老二，先别着急，让他们慢慢说来。"

茹儿想了想，便将六年前的情景讲了一遍，又比画出所拾玉片的大小和形状。冷面双娇确定地说："那就是师父的玉佩。"乔如虹问起护身符都给了谁。苦儿答道："我、茹儿、力均、月儿、王宏庄、王宏程，还有一个白净的小姑娘和一个黑脸小男孩，他二人名字就记不得了。当时只顾高兴了。"川儿说道："那时，哥可是十岁了，二哥也八岁了，怎么还不记事？"月儿笑道："四将军又吹上了，你又不在场，你知道什么？"川儿也不言语，扯开衣角，拿出一枚护身符交给了苦儿。

苦儿看了看，立刻大叫道："川儿！那小男孩就是你！"众人围过来一看，护身符上写着：杨川、五岁。再看那头像的确与川儿很相似。老叫花笑道："果然是'聚'字意深，是护身符将你们四人聚在了一起，说不定另四位也会聚来的。"

月儿说："程哥、力均哥都在，只差庄哥儿与那个小姑娘了。"茹儿说："听哥说，庄哥两只耳朵各长一个拴马桩，一路打听，说不定能找到他。可那个小姑娘就不好找了。"苦儿也说："是啊，看来聚首不易。"

乔如虹说："这是师父经常佩带的那块玉佩，真是缘分，让我们相识又相聚。你们可知道这玉佩的来历？这可不是普通的玉佩，它是昆仑山瑶池里的玉，能消灾免祸，而且有非凡的能力。只是不知是师父在此经过遗失的还是另有变故。"冷月娇手捧护身符向南跪拜。老叫花说道："你两个不必着急，等养好了伤，再去查查。即便一时查不清，也总会有水落石出的那一天。"

乔如虹说："叔叔说得是，孩子们，这护身符很是珍贵，你们要收好它，它能保佑你们平安。"茹儿说："我不知它是否能保我们平安，但它却给我们带来了相应的灾难，叫我和哥都成了孤儿。"苦儿将自己的遭遇讲给冷面双娇听。月儿说："爷爷、姑姑，我的两个邻居双狗，曾胡说这玉片中藏着藏宝图，曾有一个姓陈的人，来山南城找过玉片。"冷月娇问："姓陈的？他长什么样？"月儿说："听说是中等身材，当时年纪不大。可惜，我们都没见过他。"苦儿说道："只有我那两个邻居和程哥见过那人，不过，那两个邻居远走他乡，不知去向了。有一天见到程哥，还是可以知道更多一些。"月儿说："我表哥进京赶考去了，他会考上的，一定会做官的。"

老叫花说道："古人云：君子比德于玉焉。温润而泽，仁也；缜密以栗，知也；廉而不刿，义也；垂之如队，礼也；叩之其声清越以长，其终诎然，乐也；瑕不掩瑜，瑜不掩瑕，忠也；孚尹旁达，信也；气如白虹，天也；精神见于山川，地也；圭璋特达，德也；天下莫不贵者，道也。诗云：'言念君子，温其如玉。'故君子贵之也。孩子们，那昆仑山与天相接，是没有枷锁的自由乐园，必是有极好的精神贯注其中。好好珍惜它，做一个品德如玉之人。"

已近正午，茹儿出山洞倒水，川儿见她还没有擦成黑色，叫道："二哥，快擦成黑色，不然就我一个黑脸多没意思。"老叫花笑道："小四还知道不好意思，真是个进步。老二，你还是快快扮成黑脸吧，别叫小四太孤单了。"茹儿笑着跑回了山洞。不一会儿，她扶着冷面双娇走了出来。经过一旬的精心治疗，她二人已经好多了。茹儿又为她们换上了洗过的衣服，显得更精神了：她们的脸色已由灰黄变得白里透红，眼睛里也看不到被剧毒折磨的痛苦，散发的是自信和睿智的光芒。身材适中、长着一双杏眼的乔如虹，衣服、披风全是藕荷色，显得庄重貌美。身材高挑、生着一双凤眼的冷月娇，全身皆是浅绿色，自有灵动、俏丽之风。一个是清纯芙蓉，阵阵飘香；

一个是艳丽桃花，楚楚动人。

老叫花见了赞道："驱毒祛病，方现双艳本色！如虹、月娇，不出半个月，你们就能完全恢复了。"苦儿也说道："二位姑姑真年轻。"月儿说道："姑姑、姐姐都那么漂亮，真叫人羡慕。"川儿却说："唉，你们个个似天仙，只有我是一个泥球蛋。"老叫花笑道："小四，别愁，还有爷爷和你做伴呢。"乔如虹说："叔叔、孩子们，要是没有你们，我们姐妹俩的命都难保，哪还会有今天！"

老叫花忙说："一家人不说两家话，你们好了大家都高兴，我送给你们一人一根拐杖，从今天起，可以适当活动活动了，这样可以尽快恢复功力。"冷月娇说："让叔叔费心了。"她二人接过拐杖，一试，正合适。川儿问道："爷爷，没见你量尺寸，怎么做得那么准。"老人说道："傻小子，人眼如秤，你该好好练才是。孩子们，吃饭吧，吃过饭抓紧时间练功。"

山对面的山坡上，潜伏着二十多个蒙面人，一个瘦小的蒙面人跑来向两个人报告说："大哥，他们一共是七个人，又多了两个女的。那两个女人十分美貌，不过她们都挂着拐，好像受了伤。"听了他的禀报，一个蒙面人说："哈哈，大哥，咱们的艳福不浅啊。"被称为大哥的蒙面人说："能全拿下最好，至少要把那两个人拿下。"他说完，抬头看看天说："中午已过，悄悄摸过去！"众蒙面人分头下山，向对面山坡摸去。

坐在洞口休息的乔如虹忽然听到了响动，她将手抬放在嘴上，向众人"嘘"了一声，又听了一阵，说道："有人在靠近我们，大家做好准备。"苦儿立刻捡了一些石子，并将木棍拿在手中。老叫花说道："咱们的阵势和黄山一样，来个二战蒙面人。如虹、月娇，你们站在我身后，不到要紧时不必出手。"川儿小声问："爷爷，你怎么知道是蒙面人呢？"老叫花答道："从声音上听，从偷偷摸摸的行动上看，一定是他们。不过，从响动上可以断定，这次来的人不少。"过了一会儿，只见二十多个蒙面人冲上山来。苦儿站起来大叫一声："打！"十几枚石子从他们手中飞出，几个蒙面人立刻被打得头破血流。老叫花叫道："打穴位，叫他们的手臂抬不起来！"苦儿和茹儿的石子又一起飞出，蒙面人中立刻有五六个人被击中，手臂抬不起来了。刹那间，有七八个人被打得晕头转向，或被击中穴道，行动不得不慢了下来。剩下未被击中的蒙面人分头攻了过来，杀向苦儿的是六个人，分前后两组：前三个人冲上去连砍几刀之后便退下去，后面三个人再补位厮杀。老叫花一看，茹儿、月儿、川儿的情况也是如此，他大声说道："贼子们刀刀凶狠，又轮番进攻，咱们别客气，来个一棍见伤！"冷月娇也叫道："对，他们是铁桶似的围攻，咱们便要捅破这只铁桶！"

一个高个蒙面人猛地举刀向苦儿砍去，苦儿闪身，没等另一个蒙面人的刀砍到，他的棍子已扫向了第二个蒙面人的脸部。只听"啪"的一声，此蒙面人的蒙面布上立刻湿了一片，并有血滴在衣服上，疼得他捂嘴退去。其他人看了也不敢贸然攻上。那高个子刚要回刀，再发第二刀，只见棍子又向他击来，还算他躲闪得快，才逃过一击。

川儿的泼风刀已练得十分流畅，此时他与月儿配合，挡住三个人的进攻问题不大，况且，有老叫花的长杆在他们后面保护，他二人大胆地与蒙面人厮杀起来。一个瘦弱的蒙面人一刀向川儿和月儿中间砍去，同时趁机要抓住月儿，月儿立刻回棍反拨。他收手也是快，刚要退后，不想，老叫花的长杆到了，肩膀上重重地挨了一下，疼得他捂着肩退了下去。

六个蒙面人轮番围攻茹儿，茹儿边战边想：我何不双手齐发？只见她右手执棍回击对手，左手双指一伸向一人点去，只见那人愣了一下，有些吃惊，茹儿怎能放过这个机会，一棍朝他头上打去。那人头一闪，棍子打在了肩膀上，疼得他大叫起来。茹儿一看，心中高兴：手指发力至少可迷惑敌人，此招可用。

经过一阵厮杀，又有五六个蒙面人退出，剩下的方知遇到了强硬对手，心中不免发慌。这时，苦儿叫道："用的又是三绝刀，可见你们不是什么好东西！"乔如虹对老叫花说："叔叔，我们可以上前一战。""多加小心！"老叫花说。

冷面双娇向前走了几步，站在了苦儿和川儿之间。与苦儿交手的是一个高个儿蒙面人，见她们过来了，立刻上前要抓乔如虹的手，乔如虹双脚站稳，突然出拐，击中高个的左臂，疼得他丢下刀，捂着臂膀，掉头便跑。

高个子一跑，其余的蒙面人哪个还敢再战，只见他们一窝蜂似的跑下了山，受伤的人也没命地跑下山去。冷月娇问："叔叔，为什么不抓他几个？"老叫花说："抓他几个，他们就不敢来了，他们不来，谁来给孩子们当陪练呢？只练功夫不经实战，那怎么成？这不花钱的买卖，咱们欢迎。"

听了老叫花的话，众人都笑了。老叫花说道："如虹、月娇，你们都是高人，苦儿他们的功夫还都在初学阶段，有许多不足，你们不妨指点一二。"乔如虹笑了笑，说道："苦儿和茹儿虽然使棍，用的却是剑法，川儿和月儿学的是刀法，是另一位高人所传。"茹儿说道："姑姑看得真准！"乔如虹说："茹儿，你再练习一下拳法吧！"茹儿立刻打了一套云拳。冷月娇看罢，说道："这套拳法以快和变为主，可谓是上等拳法。不过，你在'快'字上还得下功夫。俗话说：'招法无不破，唯快不破'。我们学的圣手掌，是专门练快的。姐姐，你就教他们吧。"

老叫花一听忙说："孩子们，还不快谢谢二位姑姑。"四个孩子忙施礼称谢。乔如虹笑道："孩子们不必如此，咱们是一家人，教你们一点功夫是应当的。苦儿和茹儿，你二人的内功精深，远在我们之上，兵器、拳脚功夫也非同一般，只是时间尚短，经验不足。过不了多久，你们必成大事。川儿和月儿虽小，却是有志气、有胆量，在爷爷的指导下和哥哥姐姐的帮助下，定能成为一代英雄。我教你们一套圣手掌，锦上添花。"

从这天起，一连教了七天，苦儿他们勤学苦练，很快就学会了。乔如虹很满意，心想：果然是四个聪明的孩子，一点就透，一学就会。她说："孩子们，现在我把这圣手掌的精要之处讲给你们听，我师父曾写了一首小令，叫我们牢记，并在练习或实战中反复揣摩。这首小令是：出手成千影，收之隐无形，身动似仙体，神思要锐明。拜观音，苦修圣法，铲除那害人精。"

冷月娇解释说："这首小令字数虽少，所含内容却很丰富。'出手成千影，收之隐无形'是讲圣手掌的基本要求。出手快，似观音千手在舞动，迷惑对手，令其防不胜防。但收手要更快，而且要隐蔽于无形之中，使对手无法察觉，方有千手之感。第二句'身动似仙体'是讲身子的运动不但要与掌法相配合，速度快、站位佳、配合巧，而且运动要潇洒自如，舒展大方，似有飘飘欲仙之感。与一些邪门歪道杀气腾腾、凶狠无比的武功相比，充分展现了正派武学的奥妙，也是步入高雅殿堂之神韵。"

乔如虹接着说："'神思要锐明'，是说在与人交手之时，精神要集中，观察要敏锐，判断要准确，对策要正确。只有正确理解，苦研苦修，方能练成圣手掌。再简单点说，可用两句概括：招法无不破，唯快不破。招法加智慧，变化更莫测。"她说完了，苦儿他们谁也没吱声，个个低头沉思，冷面双娇和老叫花都在看着他们。

良久，茹儿先开了口："我明白了，把爷爷和姑姑讲的结合起来，便是渐臻化境的金光大道。"苦儿说："一是练功要练心，功夫才成真；二是练好基本功，从基础做起；三是要自信；四是要创新；五是招法无不破，唯快不破；六是招法加智慧，变化更莫测；七是充分展现武学之美，武功之神韵。"月儿说道："要记的东西太多了，我要好好捋一遍。"川儿说："我一下子可记不了那么多，哥，你得帮我。"苦儿笑道："行，你背不会就打屁股。"茹儿也笑道："打不得。"月儿也瞪起大眼睛一本正经地说："是啊，要把四将军打出了府，那还了得。"冷月娇不明白他们说话的意思，便问："四将军出府是什么意思？"老叫花笑道："没什么，就是三声炮响。"众人一听都大笑起来。

川儿装作受气的样子说道："爷爷，他们都欺负我，您老人家也不管管。"老叫花问道："小四，爷爷替你出气，你说要罚谁？"川儿撒娇地说："今天是二哥挑起的，应当罚二哥，就罚她唱支歌吧？"老叫花想了想说："也对，欺负小四本该受罚，再说你们的二位姑姑教了半天了，小二理应唱上一曲慰劳慰劳才是啊。"月儿说："二位姑姑，这位黑脸二哥唱得可好听了。"冷面双娇都鼓掌说道："欢迎茹儿唱一首。"

茹儿向四周看了看，说道："好吧，我就唱唱这庐山吧。"她想了片刻之后，唱道："落花流水过林间，翠绿正滴染清泉。成佳酿散香，醉群猴相挽，秀峰携云飘飘然。神洞怪石知多少？仙人居所是庐山。"

茹儿唱罢，乔如虹忙把她搂入怀中，说道："好甜美的歌声，引起了我的回忆和遐想。"冷月娇也说："这歌声真是动人心弦，我也好像变得年轻了。"川儿叫道："哥，该你了。"

苦儿开口唱道："歌声赞美景，旋律醉山峦。"

乔如虹唱道："千峪争相和，百鸟齐鸣喧。"

冷月娇唱道："晚霞随歌舞，天空出彩练。"

老叫花唱道："夕阳击节听，不肯下西山。"

唱罢，众人拊掌大笑。

在庐山山顶，冷面双娇和苦儿、茹儿等一起修炼内功。四周云雾弥漫，他们的身影时隐时现。只听苦儿说道："二位姑姑，我们要发气了，请替我们记一下时间。"乔如虹说道："好的，开始吧。"苦儿和茹儿伸出双掌，冷面双娇和月儿、川儿立刻觉出一股强大的气流涌入体内，并渐渐向全身各部流动。这气流带着热，带着一股动力，在流淌着、扩散着。片刻之后，川儿叫道："我好热啊！"月儿说道："别说话，张嘴对练功不利。"乔如虹和冷月娇额头上也都见了汗，红扑扑的脸上挂着惬意的微笑。又过了一会儿，茹儿说道："二位姑姑，发气停止，请计时。"苦儿和茹儿停止发气，二人闭目练功，不再说话。月儿和川儿也慢慢收功，冷面双娇在默默数数计时。

太阳升起来了，阳光冲散了云雾，照在他们身上。他们身披霞光，端坐在山巅之上，犹如佛像一般。苦儿和茹儿几乎同时开口："好了，我们换气完毕。"乔如虹说道："将近半个时辰。"茹儿笑着问："哥，咱们练到第七层了？"苦儿回道："是啊，这一百五十多天，收获还真不小。"冷月娇问："你们练习换气大法，是怎样分层的？"茹儿说："是这样的，首先是将内气放净，然后换气计时。如不发净，便不准确了。换气换到内气充盈为止，这样便把大自然的灵气化作自身内气了。"苦儿接着说："从放净到充盈需一段时间，以这段时间的长短来划分层次。依次是：一层六个时辰，二层五个时辰，三层四个时辰，四层三个时辰，五层两个时辰，六层一个时辰，七层半个时辰，八层一杯茶的工夫，九层则是眨眼便成，这个时间是一瞬。"川儿问："不可以用点补点吗？"茹儿说："不可以。不过遇到重病患者，需要布气时，或遇到强敌比拼内力之时，便可显示出九层功力的差别了。只有达到第九层，才能确保无忧。"苦儿又说道："这换气大法的对象不同，效果就不同。在山洞练功，内气坚实有力；在山顶练功，内气轻柔。我们还要去大海、沙漠、雪山练功，要使内气具有多种特性，完成付叔叔的遗愿。"乔如虹说："真是有志气的孩子!"冷月娇说："只是困难不少，危险很大，你们要处处当心才是。你们来练习定力吧。"

　　苦儿他们四人分别将一粗一细两根绳子系在腰间，又将粗绳的另一端绑在一棵树上。冷面双娇又亲自检查绳子是否系牢，一切准备好之后，苦儿他们走到山顶的边缘处坐下，并将双腿垂下。冷面双娇坐在他们身后四五尺远的地方，每人手里都攥着根细绳。乔如虹问道："月儿，你睁开眼睛了吗?"月儿答道："姑姑，我睁开了，可以往前看了，不过不敢看下面，看下面心慌，身体也要向外倒。"冷月娇问："茹儿你呢?"茹儿答道："姑姑，我没事，心里平静多了，不太害怕了。"川儿问道："二位姑姑，怎么不问我呀?"乔如虹笑道："你呀，胆大着呢，只是别大意，你这根绳我可不敢松。"苦儿说道："姑姑说得对，咱们千万别大意，要按道长所说的，'不惊不慌、不摇不摆，既要定身也要定心'。刚练的时候，往下一看便心惊肉跳，现在看久了，倒是不怕了。心里平静了许多。"月儿坐着，心里想：即便坐不住，身子向里倾斜，总不至于跌下山谷。上身便向内倾斜了很多。茹儿见了便说道："小三，上身要直重心才稳，别向后歪。"川儿也说："三姐，二哥说得对，身体向后歪，屁股便坐不稳，屁股向前一滑，上身容易向外出溜，那就更危险了。"经茹儿和川儿这么一说，月儿立刻坐直了身体，双眼直视前方，不敢向下看一眼。

　　半个时辰过去了，四个孩子从崖边走了过来。收好了绳子，冷月娇说："谢天谢地，你们坐得都很稳。"乔如虹说："咱们该下山了，不然爷爷该着急了。"他们一行六人小心走过陡峭地段，下到一段缓坡时，川儿叫道："咱们该练习轻功了。"说罢，飞一样向下跑去，月儿紧随其后。苦儿说："二位姑姑慢行。"便拉着茹儿，只踏了几步便跑到了川儿的前面。茹儿叫道："小四，别太快，小心碰伤。"

　　冷面双娇见他们轻飘、敏捷的身影，心中高兴，二人也施展轻功，跟在后面飞了下来。在洞外石桌上，摆着鸡鸭鱼肉等美味佳肴，还摆着几盘味香色美的素菜。苦儿抱着一坛黄酒给众人倒，川儿高兴地叫道："爷爷，太丰盛了。"乔如虹说："叔叔，您老人家费心了。"老叫花说道："举手之劳，算不了什么。大家相处一个多月了，感情甚深。如今你们二位要走了，大家举杯相送也是应该的。来，孩子们，为你们二位姑姑一路顺风干杯。"冷面双娇各饮了一小口，乔如虹说道："孩子们，咱们为爷爷的健康干杯！"老叫花说道："为常大侠的健康干杯！"茹儿他们说道："为爷爷和常大侠的健康干杯！"众人重新坐下，茹儿问道："二位姑姑，你们要去哪里呢？"冷月娇说："我们先去九江，查查关、韩俩淫贼的下落，为百姓除害。"乔如虹接着说："我们还要去武昌，再打听下关于师父的玉片的消息，然后去云南找师父。找不到师父心里不安啊！"月儿说道："我们要是想你们了，去哪里找你们呢？"冷月娇说："我们在陕西太白山下有个家，叫太白山庄，你们经过那里时，可去那里找我们。不过我们不一定在家。"乔如虹问道："你们四海游学后，最后的落脚点在哪里呢？"苦儿说道："我们游学大概需要五年的时间，学成后，最后还是要回到山南城谋生。"乔如虹说："那好，五年后，咱们山南城见。"川儿问道："二位姑姑，常大侠住在哪里？长什么样？说不定我们会遇到他老人家呢。"冷月娇说："师父住在云南玉龙雪山玉龙洞，我们每年都去几次，可一直没见到他。"乔如虹说："我师父身材高大，须发全白，慈眉善目，仙风道骨，他老人家脖子上有一个黑痦子，痦子上有几根须发。"老叫花说："咱们分头找，总会找到的。"

酒宴过后，终要告别了。老叫花拿出包银子说道："如虹、月娇，这是五百两银子，留着路上用吧。到九江可买两匹马，路上要小心。"乔如虹接过银子向老人施礼说道："叔叔的恩情侄女都记在心里了，您老人家保重！"苦儿等四个孩子也向冷面双娇施礼。冷面双娇将他们四人搂在怀中，泪流满面。乔如虹先开了口："孩子们，你们游学将会险象环生，一定要保护好自己，千万别大意。"

众人将她二人送到山下，挥手告别。望着她二人远去的背影，茹儿说："二位姑姑一走，觉得心里好空啊。"月儿说："愿老天保佑姑姑一路平安。"老叫花说："以她二人的武功，是不会出事的。只是明枪易躲，暗箭难防，但愿她们别遭人暗算。"川儿说："要是姑姑总跟我们在一起，那该多好！"

十二　青蛇山庄

在湖广交界处的深山老林之中，有一座石头围成的庄园，叫青蛇山庄，占地约一公顷，三面环山，庄园门前十分开阔，不远处有近十公顷的淡水湖，碧波荡漾。这里虽景色宜人，却因在群山之中，人迹罕至。可它却是眼镜蛇的乐园，遍地都是蛇，如果身上不带驱蛇药，那是寸步难行。在青蛇山庄的左侧，还有一个小园子，叫绿水山庄，那里离湖更近些，蛇也更多。

在庄园内的一座木头房子里，一个身材魁梧的中年人正坐在桌前。此人大扁脸，长条眼，他全神贯注地看着纸上写着的一首诗，边看边念道："嫦娥坐宫前，痴目望故园。愁云眉难舒，思乡泪不干。玉兔急劝慰，一同偷下凡。又见亲情热，还是人间暖。"

这时屋外有人禀报道："老爷，大公子来见。"大扁脸说道："进来吧。"眼睛并没有离开这首诗。这时，曲蛇走了进来，说道："师父，您在研究常笑天的诗？"这大扁脸便是快刀帮帮主、四大高人之一的龙老大。他说道："是啊。看看，这首诗所表达的无非是一种思念之情，既不是什么藏头、藏尾诗，也不是什么斜排藏字诗，真不知常笑天葫芦里卖的是什么药。"

曲蛇说道："师父，您别多费心思了，也许是江湖误传，根本没那回事。"龙老大笑了笑，说道："没什么？江湖传闻，宁可信其有，不可信其无。常笑天写出这样一首诗送给他的徒弟，其中必有深意，只是我们现在还没有参透而已。"曲蛇一听忙说："师父说得是。师父，山南县城的人送来一个好消息：苦儿已长成大小伙子了，而且武功相当不错。"龙老大听了十分高兴，他立刻站起来问："他现下在什么地方？伏牛堂的人为何不将苦儿送来？"曲蛇忙答道："他在黄山、庐山练功，咱们的人去抓他，可打不过他。"龙老大一听，十分兴奋地在屋里走动起来，他说道："这孩子终于走上了习武之路，太好了！"曲蛇忙说："是啊，苦儿从小就聪明好学，这才几年啊，他也不过才十四五岁，咱们一个堂的人竟不是他的对手！师父，要是能把苦儿带回来，他在师父的教导下，一定会成为一名干将！而且，山南堂来信说苦儿是有护身符的。另外一个黑小子也有。"他们师徒二人不禁又回忆起在长蛇洞养伤的日子。

曲蛇又说道："师父，我明天就去庐山，把苦儿带回来？"龙老大想想说："你去不妥。苦儿一旦不愿跟你走，你二人势必动手，一旦动了手，日后便不好相处。不如叫谷丁、唐宣去，让他们去当黑脸。再说，以他们的武功，拿住苦儿还是不成问题的。"曲蛇说："师父高见，徒儿这就派人去找他们，叫伏牛堂的人跟他们联系。"龙老大点点头，又问："苦儿身边还有别人吗？"曲蛇将一封密信交给龙老大，龙老大看罢说道："苦儿身边还带着两个黑小子和一个丫头，身边还有一个老叫花，到了庐山又多了两个受伤的女子。老的老，小的小，伤的伤，谷丁和唐宣去定能成功。曲蛇，绑走苦儿的人可查清了？"曲蛇答道："还没有。绑架、贩卖孩子的人很多也很杂。既有西北人，也有当地人，甚至还有山东、关外的人。我冲出洞口时，那两个人被我用脏水泼在了脸上，捂脸倒地，所以我也没看清他们，也不知他们是什么人。从服装上看，倒像是当地人，咱们查了许多人、许多地方，至今也没找到这几个人。"

龙老大听了后说："将苦儿带来后，咱们再接着查，这两个人不但搅了咱们的事，还险些伤了你，绝不能放过他们。"曲蛇说："苦儿要是能认出他们，事情就好办了。"龙老大说："你去忙吧。"曲蛇走后，龙老大又看起那首诗来。这时，门外传来一个小女孩的声音："爹，我可以进来吗？"曲蛇一听忙说："师父，是雅儿给您请安来了。"龙老大说："你去忙吧，叫她进来。"曲蛇收好信，走了出来，说道："雅儿，快进去吧！"雅儿很恭敬地对曲蛇说："大师兄好，我来给爹爹请安。"曲蛇摸摸她的头，说道："雅儿真懂事，快进去吧。"雅儿笑了笑说："那我进去了。"曲蛇点头，笑着看她进门。"爹，女儿给您请安。"说完就规规矩矩地给龙老大行了礼。龙老大淡淡一笑，说："好了，快过来，让我看看。"雅儿走了过去。龙老大拉着她的小手，看着她那长着一块胎记的脸，不由得想起了她的娘。他叹道："看见你就想起了你娘。"雅儿问："爹，我娘脸上有胎记吗？"龙老大摇摇头，说："没有，她脸上白白净净的，非常好看。爹一想起你娘就觉得心痛，雅儿，你知道你娘是怎么死的吗？"雅儿说："是生我的时候，得病死的。"龙老大笑着问："是谁告诉你的？"雅儿答道："是奶娘说的，她还告诉我，长大要好好孝敬爹。"龙老大点点头，说："只可惜，你长了这块胎记，影响了你这张脸。"雅儿却说："不怕的，我虽然长得不好看，可我照样能孝敬爹。"龙老大听了很高兴，他又问："你和悔儿在一块儿都玩些什么？又说些什么？"雅儿说："我们踢毽子、打雪仗，玩得可开心了。悔儿最怕二师兄回庄了。二师兄一回来，我们就不好玩了。"龙老大问："为什么？""二师兄总是欺负悔儿，又摸人家脸，又说脏话。上一次，王胜劝了几句，他还把王胜给打了。爹，他可欺负人了。"

龙老大骂道："浑蛋，王八蛋！那悔儿她娘没说什么？"雅儿说："说了，骂他是坏蛋，还要找爹爹告状呢。后来大师兄劝住了她，说爹爹正在练功，不能分心，她娘这才没来。"

听了雅儿的话，龙老大眼珠转了转说道："雅儿啊，你是爹的心肝宝贝，往后，谁要是欺负了你，谁在背后说咱们的坏话，你尽管告诉爹，爹为你出气。"雅儿高兴地说："好！爹，您累了吧？我给您捶背。"龙老大笑道："好啊，快给爹捶捶。"雅儿伸出小手轻轻地为他捶起背来。龙老大闭上眼睛，心里说："唉，这丫头丑了点，可毕竟是自己亲生的啊。"

夜深了，青蛇山庄里的一位人称"野菊花"的女人坐在床边看着熟睡的一对女儿，心里甚觉欣慰：看那悔儿，修长的身材，好看的肩膀，肤色、鼻子、脸、嘴都长得尽如人意，只有那长条眼……太像朱士龙了，看来朱士龙是悔儿的亲爹，这一点是确定无疑了。她又把目光转到名叫倩儿的女孩身上。倩儿长得十分完美，是人见人爱的小姑娘。她不由得亲了一口睡梦中的倩儿，她发誓总有一天要带她们远走高飞……

十三　大名府邸

在黄河以北、邯郸东南的大名府铁掌门的议事厅里，一人满脸怒气地说道："一个毛头小子也敢在咱们面前耀武扬威，发号施令，我们的颜面何在？师兄，这日子没法过了！"此人中等身材、四方大脸，他便是铁掌门的副门主——唐宣，那个被称为师兄的人便是铁掌门掌门人谷丁，他以一套黑熊透骨掌打遍江北无敌手。此时他心里比师弟唐宣还要难受，他叹道："想来想去，都怨我这个师兄，妄自尊大，去西北找龙老大较量，才会有今天这个局面啊！"

师兄弟二人不禁想起了西北大漠的那一场恶战。那是七年前的事了。一天中午，谷丁、唐宣在西北城外与龙老大相遇。谷丁决意要来西北，就是为了打败龙老大，跻身武林四大高人之列。他对龙老大说："龙老大，谷某来此，就是要会会你这四大高人之一的龙帮主。"龙老大说道："谷门主英名远播，武功盖世，龙某岂能不知？谷门主意在四大高人之名，龙某也早有耳闻。这样吧，四大高人的名头我拱手相送，又何必动手呢？"龙老大之所以这样说，是想笼络他与自己结盟，为日后挺进中原做准备。谷丁却认为龙老大是在奚落他，说道："你是四大高人之一，见了面岂能不领教一番呢？"龙老大却是老谋深算，说道："谷门主，江湖传言岂能当真，我龙老大只会耍几鞭子而已，在这不毛之地，尚可逞一时之能，怎敢与名门正派动手较量？谷门主莫让龙某丢人现眼了。"站在一旁的曲蛇一听龙老大这番话，已知其用意，他上前一步说道："谷门主，常言道'君子动口不动手'，动手便容易伤了和气，事先不说个清楚明白，我们不愿与贵帮结怨。"几年来一向妄自尊大的谷丁以为是他师徒底气不足，不想或不敢与自己交手。他哪里晓得，这是人家一步一步在引他上套呢。他说道："事先说个清楚明白又费什么事，一是比武不伤及性命，二是如果你败了，四大高人的名头就让贤吧。"龙老大忙说："那是，那是，我一定派人告知武林同道，谷门主才是四大高人之一，叫武林人人皆知。"谷丁听了真好像自己胜了一样，脸上甚是得意。曲蛇却说道："你要是输了又当如何？"谷丁听了哈哈大笑，说道："谷某若是输了，铁掌门归你龙老大调遣。"曲蛇立刻问道："此话当真？"谷丁说道："大丈夫一言既出，驷马难追。"龙老大又追问一句："谷门主你不反悔？"谷丁此时已是利令智昏，好像四大高人的桂冠已经戴在他头上了一般，说道："我败了，便做你下属，尊你为帮主，如若反悔，天诛地灭！"曲蛇一听，立刻又向前走了几步，说道："谷门主已把比武之事说得一清二楚，谁来与我比试一番？"唐宣立刻迎了上去，说道："唐某来领教你几招。"

二人拳脚相对，战在一处。唐宣决心要帮师兄一把，所以他一出手，便使足了力气，掌掌带风、招招发力，曲蛇立刻感到自己被对方的掌力所包围，处于十分被动的地位。龙老大看了心中不安，提醒道："放开了打！"曲蛇立刻采用游斗的方式，叫唐宣得不到正面下手的机会。唐宣暗想：小子，你害怕了，看来你是败定了！想跑？没门！他紧追不舍，步步相逼。几招之后，曲蛇心想：这姓唐的功力深厚，接连发力而气不衰，我该使出绝招了。只见他加快速度，向左冲一下，又向右转一下，脚行曲线，身无定形，且在运动之中使出了蛇拳，更加神出鬼没，这便是他的看家本领：曲蛇拳法。唐宣一看对手变换招法，立即集中精力防止曲蛇偷袭得手，这样双方形成一种胶着状态，一时难分高下。曲蛇见唐宣的眼神总是盯在自己的拳头上，心里立刻有了主意。只见他将蛇拳的精妙招法都使了出来，吸引了唐宣的全部注意力，唐宣以攻为守，抓住时机出拳相击；曲蛇趁其右拳挥出，身体前倾的时刻，身体突向右旋，猛踢他的左脚，唐宣身体失重，侧身倒在地上。曲蛇拳法果然奏效。此拳法是龙老大在大漠之中看见蛇行而悟出来的，并将它传给了徒弟，曲蛇就成了他徒弟的代号。

龙老大一见唐宣倒地，大声叫道："徒儿，你可闯下大祸了，还不快把唐副门主扶起来！"曲蛇连忙将唐宣扶起，说道："一时失手，请唐副门主见谅！"唐宣是个耿直的汉子，他说道："是唐某技不如人。师兄，师弟无能，帮不了你了。"说罢羞惭地退了下去。唐宣战败，可叫谷丁大吃一惊：师弟怎么就败了？连龙老大的徒弟都打不过？可是，登上四大高人宝座的愿望让谷丁失去了正确的判断力，他叫道："龙老大，你们用江湖杂耍的低级手段取胜，这算什么本事？来来来，咱们比内力定胜负！"龙老大看了唐宣的拳法，对黑熊透骨掌已有了一个大概的了解，便说道："谷门主，内力靠多年修炼才能获得，内力一旦耗尽，只怕终生都难以恢复，这岂不是太可惜了！"谷丁以为对方害怕，便问："如此说来，你是认输了？"龙老大说道："不比怎能让谷门主坐上四大高人这把交椅？我看这样吧，咱们还是比掌法，然后使出内力对掌，但要一触即离，免得受伤过深。"谷丁心想：只要一对掌，你的骨头就断了，还管什么离不离的。他微微一笑说："就依你。龙老大，请出手吧！"龙老大大笑说道："那就得罪了。"说罢，二人交起手来。

谷丁吸取了唐宣的教训，十分注意龙老大手上、脚上的动作，并且保存实力，以虚掌对之。龙老大一看，心想：他并不傻，想保存内力，一掌定胜负。我需引你发力，以巧取胜。他使出了自己新创的拳法——神龙拳，说是龙，其实还是蛇，不过比曲蛇所学到的蛇拳变化更多、更快、更诡秘。曲蛇一看，心中大喜：师父新拳法练成了！一个是黑熊扑食，势凶力沉。一个是毒蛇露齿，伺机下口。龙老大抓住其回拳慢的弱点，时常偷袭。谷丁一看，单独防守要吃亏，就以攻为守，减少对方偷袭的机会。龙老大见他改变战法，心中暗喜，又故意卖了几个破绽，引逗对手进攻。谷丁果然上当，他加大掌力，紧攻起来。龙老大装作十分被动的样子，一边防守一边后退。谷丁以为机会难得，便一掌紧似一掌，掌掌发力，穷追猛打，每一次都只差那么一点点就击中了。从龙老大惊恐的神色中，他看到了胜利。希望之光让他兴奋，让他激动，让他忘记了一切，只盼着胜利早点到来。二人快似闪电、力似狂风般的比拼，让在场的人都惊呆了：一个是熊踏四方，威风八面；一个是蛇游草地，时隐时现。

经过近一个时辰的厮杀，龙老大见谷丁大气不出，脸色未变，心中佩服。同时也察觉到谷丁的掌风弱下来了。又过一炷香的工夫，龙老大感到时机成熟，该出手相拼了。于是他双掌齐发，前胸出现了空当，谷丁一掌打来，龙老大不再后退，出左掌相对，只听砰的一声，龙老大闪到一边，谷丁连连后退了六七步。一时间，二人都没作声，谷丁只觉得胸中气血翻腾，大有一吐为快之感。他只得紧锁喉咙，紧咬牙关，紧闭双唇，以手捂胸，想压住涌上来的气血。龙老大的手掌虽未骨裂筋断，却也酸麻、疼痛难耐，而且从手到臂再到全身，一直痛到心窍之中。为了减轻疼痛，他抬起了手臂，握紧了拳头。唐宣一看他举起拳头，忙跑过去站在谷丁身前说道："龙帮主，事先已讲明，比武不伤及性命，请你不要再动手了。"龙老大没想到自己这个解痛的动作，对方不但没有看破，还误以为是要下杀手，他忙把双手倒背起来，以右指揉左掌解痛，表面上装作若无其事的样子，说道："谷门主，胜负已定，该执行相约之事了。"谷丁压住气血，抱拳说道："谷某不自量力，自取其辱，甘拜下风。"龙老大也装作近前相搀扶的样子，突然出手朝谷丁胸前点了一下，谷丁一愣神，张大了嘴，龙老大就势将一粒药丸射入他的喉咙，谷丁喉咙一动，药丸便滚进了肚子里。唐宣大声叫道："龙老大，我们已经认输，你这是干什么？"龙老大微微一笑，说道："唐副门主放心，此药功效神奇，谷门主服下后，心血立刻平复。只是须一年服用一次，万万断不得。"

片刻后，谷丁果然觉得胸中之息平顺了许多，他也是用毒高手，心中明白这是用来控制自己的毒药。不过此时他内力已消耗过半，又是技不如人，还能怎样？曲蛇问道："谷门主，你还记得相约之事吧？"谷丁无奈，说道："谷某已败，无话可说。一切听帮主吩咐，不敢有二心。"龙老大倒显得十分和气，说："谷门主果然是讲信义的好汉，本帮主并不为难于你，你仍做你的门主，只是我们有事请二位相助之时，二位万不可推辞或敷衍了事。如有违背，将按帮规处理。"谷丁答道："属下遵命。"

这一段回忆让谷、唐二人感到痛苦万分，觉得颜面丢尽，唐宣说："这七年来，每年我们都充当他们的打手，为他们卖命，也算对得起他们了。况且，师兄已研制出化解那毒药的配方，咱们也该想办法摆脱他们了。"

谷丁说："师弟，我何尝不这样想，只是没找到一个好的办法，难以下定决心。"唐宣说道："师兄，还能有什么办法？只能与人联手对付龙老大。""可是找谁呢？"谷丁为难地问道，"找朱如天，他不会理咱们；找常笑天，那更是无处可找。谁有胆子站出来与龙老大对抗？"唐宣说："眼下没有不等于将来没有，我看那湖广大洪山庄的郑明光便是最佳人选。龙老大打死了他父亲，他怎能不报仇？况且郑门的雪花剑法独步天下，与我们的透骨掌结合起来，定能打败龙老大。"谷丁听罢觉得有道理，说："师弟所言不差，可不知郑明光肯不肯？"他二人都站起来在屋里走着，希望能想出一个好办法。这时门开了，走进来两个女孩子：一个是二十出头，白白净净，很有精神的高个女孩，她便是谷丁的独生女儿谷艳；另一个皮肤白皙细嫩，小巧的鼻子再配上一双丹凤眼，显得十分俏丽聪慧，她便是唐宣十六岁的独生女唐心玉。谷艳走进来便说："爹，新来的大马猴子不是个好东西，一双贼眼觑觑着，老盯着我们看。"

她们所说的大马猴便是觑觑狗苟家笑。他怎么会来到这里？

原来，双狗离开山南城之后，一路北上，身上所带的银子很快花光了，到了洛阳城只好讨饭当了叫花子。开始人们可怜他们，还给他们一些剩菜剩饭，后来见他们常常偷东西，还抢小孩子的东西，于是便将他们赶出了城。双狗又到城外张家村行乞，张家村有一户姓冷的人家，见他们兄弟可怜，便将他们领进家中干点杂活。可这双狗贼心不死，见冷家供奉一尊金佛像，便起了歹心，偷了佛像逃跑了。大狗苟家笑拿了佛像向河北去了，小狗苟家安拿了佛像底座换了银子向陕西去了。大狗到了大名府便投奔了铁掌门，并把金佛像献给了谷丁。谷丁是极爱财的，便收留了觑觑狗。

谷丁看了看女儿，笑道："我女儿长得像花一样，大马猴多看几眼也是正常的。"唐心玉说道："爹、伯伯，他笑得不怀好意，看了就恶心，把他赶出去吧！"唐宣也说："师兄，收留这么个东西实在不雅，手下们常常拿他取笑。"谷丁却说："他来献宝，咱们怎能拒之门外？以后寻个不是，再撵出去不迟，现在不但不能撵，还得表现出咱们要重用他才行。"

谷丁看了看女儿，不禁为她的婚事发了愁。原来谷丁在大名府的名声不太好，人们说他追逐名利又十分霸道，没有人家愿意与他结亲。所以谷艳已经二十一岁了，还是没有找到婆家。此时他突然想到了郑明光，心中立刻有了主意。他对谷艳说道："明天爹要出远门，到江南走一趟，女儿，你可愿意与爹同去？"谷艳一听忙说："爹，我愿意！人人都说江南好，我要去看看究竟好在哪儿。"唐心玉一听谷艳要去，便叫道："爹，我也去，我可不愿意在家被大马猴看！"唐宣心想：女儿十六了，长得如花似玉，可没人上门来提亲，不妨带她到外面走动走动，说不定在外面会遇到一个叫女儿喜欢的小伙子呢。想到这儿便说："好，把你一个人留在家里，爹也不放心，就跟爹一起去吧。"唐心玉跑过来抱住唐宣说道："真是好爹爹！那我们回去收拾东西去了。"

谷艳和唐心玉走后，唐宣问："师兄，你是不是有了好主意了？"谷丁问道："师弟，大洪山庄门前冷落，郑明光尚未娶亲，可是真的？"唐宣说："手下人回禀过，我想不会错的。师兄，你莫不是要把……"谷丁没等他说完便说："是的，我想结这门亲。咱们都见过那郑明光，小伙子长得不错，在他孤苦之时，咱们恰好雪中送炭。再说，我女儿也不丑，此事有成的希望。"唐宣听了笑道："好主意，好主意！送上透骨掌这份厚礼，他郑明光还会不肯吗？"

谷丁叫人把觑觑狗和一个叫刘三的徒弟叫了来，说道："苟兄弟，明天我们要出远门办事，家里这一摊就交给你们了。从今天起，你就是铁掌门的总管了。"觑觑狗的眼睛眯成一条缝，说道："谢谢门主提拔，苟某怎敢不效力？二位尽管放心去，由我看家万无一失！"唐宣说道："苟总管，我们一走，必有人惹是生非、花天酒地、偷东西逛妓院，你要有一个处理一个。"觑觑狗暗想：这分明是警告我呢，想享乐一番也不成了。觑觑狗走后，谷丁又对刘三详细嘱咐了一番。

十四　大洪山庄

大洪山庄位于鄂北的大洪山下，庄主郑泰然乃武林四大高人之一，因与龙老大比武受伤，不久便故去了。罗忠信的师父——磨盘老人，名叫郑恪，乃是郑泰然的叔叔，郑明光乃郑泰然之子。

罗忠信与郑明光坐在一间大石屋中练习内功。这是大洪山庄里的一间秘密的地下练功房，室内宽敞，顶棚很高，有三五个人同时练功都是容得下的。他二人面对石门，端坐在蒲团之上。室内摆设很简单：他们左手墙下有一剑架，上面放着七把软剑。右手墙下放着一个盆架，上面放着水盆和手巾。身后有一张桌子和两把椅子，桌上放着茶壶茶碗。在桌子右侧的墙角处，放着一只铜鼎，此鼎，肚大腿短，里面装满了水。比较特别的是，棚顶上每隔两尺远左右就挂着一根两三尺长的绳子，绳子下头都绑着一个小沙袋。没见过郑家人练剑，是很难想象这些小沙袋的作用的。

罗忠信睁开眼看了看郑明光，只见他无精打采地坐在那里，双眉紧锁，满脸倦容，不久竟酣然入睡了。罗忠信摇了摇头，心中叹道："唉，江湖传言郑泰然与龙老大相斗之时，虽伤了龙老大，但他自己因内力耗尽而丢了性命。他的儿子郑明光理应重振威名，扫平邪恶，刻苦练功，继承父志。可他却整日迷恋女色，不思上进，我是打也打不得，骂又骂不得，我这个师叔真是难当啊！不过，师父放心，徒儿会遵从您的嘱咐，直到明光学会了内功大法，我再离去。"

他看见郑明光睡得口水都流了出来，忙叫醒他："明光，你还要睡到何时啊？"郑明光勉强睁开眼睛，看了一下，有点不好意思地说："师叔，真对不起，睡着了。"罗忠信说道："人总是要讲养精蓄锐的，习武之人更要讲究，过分消耗精力，会挫伤自身锐气，莫说习武，就是办一件平常之事也会觉得力不从心的，明光你应明白这个简单的道理吧？"郑明光说道："是，师叔教训得是。"他闭目静坐，心里想的都是求欢寻乐之事。

郑明光沉迷于女色，面色灰暗无光，倦容难消，已经是气血两亏。罗忠信摇摇头，觉得自己不能不管了，说道："收功吧。"郑明光收功之后，罗忠信说道："你再练练雪花剑法吧。"郑明光有些迟疑地说："这……"罗忠信问道："怎么？怕我学了去？"郑明光忙掩饰说："侄儿不是这个意思，只是我就会十招，怕您笑话。"罗忠信看看他说："会十招就练十招。"郑明光无奈，从剑架上取下一把软剑，便练习起来。只见他手脚无力，动作迟缓，练了十招，便气喘吁吁了。罗忠信问道："你爹为何只传你十招？"郑明光摇了摇头说："可能是担心我年轻，功力不够吧。"罗忠信又问："别的招法你没见过？"郑明光摇了摇头答道："只见过他老人家高高跃起，甩剑打伤龙老大的那一招。"

罗忠信命令道："你再练练看。"郑明光想要说什么，一看罗忠信那严肃的表情，便咽了回去。他摆好架势向前一跃，离地不到一尺，落地时脚跟发软，竟跌坐在地上。罗忠信也不去扶他，再次问道："你爹临终时，没向你交代什么吗？"郑明光爬起来，回答道："我爹说了，我祖父和叔祖关于功法争论之事，说叔祖的主张是对的，叫我去虎头崖找他老人家。还说雪花剑法若无深厚内力支撑，会自伤其身，就像爹爹一样。当我问爹剑谱何在时，他老人家用手向外一指便断了气。"

罗忠信又命令道："领我到你爹卧室看看。"二人走出密室，来到郑泰然的卧室。罗忠信一看：一张桌子上摆放着祭器，墙上挂着郑泰然的遗像。他上了三支香，向遗像施礼说道："郑大侠，你我早就相识，从我师父那儿论，我该叫你一声师兄。师兄，我遵师命，将消功大法之内功心法传于你儿明光，为了让他尽早练成，我已在此陪练数月。可他迷恋女色，夜夜求欢，以致气血两亏，体衰神倦。别说是练功了，再过数月，只怕是性命难保。师兄之仇何时能报？武林之害何时能除？师兄啊，求你在天之灵来教训教训这个不肖之子吧！"郑明光听到这儿，扑通一声跪在桌前磕头不止，说道：

"爹爹，孩儿知错了，您老人家与世长辞之后，孩儿感到孤苦寂寞，找不到雪花剑谱，无法练剑，叔祖过世，无法修炼内功。孩儿几乎处于绝望之中，不知如何作为，苦恼万分。在苦闷无助之中，误入男女之乡，求欢解闷。师叔到来，点燃孩儿的希望，可求欢之事，陷我于泥潭之中不能自拔。今日师叔教训，令我幡然醒悟，孩儿发誓：不近女色，一心练功，报答师叔教导之恩，早日为爹爹报仇，为武林除害！"说罢，他又连磕了三个头。供桌上放着三支复仇之箭，他拿起一支箭，说道："如不改悔，有如此箭！"说罢，将箭折断。

这一天，大洪山庄里，郑明光与谷丁、唐宣正在交谈，唐宣说道："我们来得唐突，请公子见谅。"郑明光说道："二位前辈驾临敝庄必有赐教，晚辈洗耳恭听。"他之所以这样说，是因为他见谷、唐二人携女来庄，心说必有要事。同时他见谷艳年轻、白净，从身材、皮肤、长相到年龄，样样都好，他们要是上门来提亲可真是美事一桩。所以他态度变得异常谦和。

唐宣说道："郑公子，咱们都是江湖之人，不必拐弯抹角，我就直说吧。自从郑大侠过世之后，大洪山庄门庭冷落，公子一心想为父报仇，可孤掌难鸣，孤苦无助。我们呢，由于不是龙老大和曲蛇的对手，不得不任其驱使，有如下人一般。但是，我们也是血性汉子，岂能终生受辱？因此，我们想与公子联手，共同对付快刀帮。"郑明光听了这话，很合心意，可为了慎重，他没答话。

谷丁说道："郑公子，龙老大不愧是四大高人，功夫了得。以我们各自的武功难以取胜，只有联手，才有胜利的希望。以公子的雪花剑法，加上我们的透骨掌内功，经过几年勤学苦练，获胜是可能的。"郑明光问道："谷前辈是说将透骨掌内功之法传给在下？"郑明光听他父亲说过，大名府铁掌门雄踞江北，一套黑熊透骨掌，不知打败多少英雄好汉。唐宣说："是，只要我们同仇敌忾，我们不但可以将内功传于你，我师兄还想将他的女儿——艳儿许配给你，不知公子意下如何？"郑明光一听，真是喜从天降，立刻俯身下跪说道："小婿拜见岳父大人、拜见唐叔叔！"谷丁哈哈一笑，说道："贤婿请起，往后咱们就是一家人了。"唐宣笑道："给师兄贺喜！公子大喜了！"

晚上就寝之时，郑明光才回到练功密室，将谷、唐来庄提亲之事向罗忠信说了一遍。罗忠信问："你答应了？"郑明光说："答应了，有人助我报仇，为何不答应？"罗忠信说："明光，你有所不知，铁掌门名声不佳，虽不像龙老大他们那样抢劫杀人，却也干了一些不光彩的事情。与他结亲，只怕会坏了大洪山庄的名声。"郑明光笑了笑，说："师叔，我知道您会反对，我爹要是活着也会反对。可如今，除了师叔您和谷丁、唐宣二人，谁肯帮我？他们不仅愿意将武功传于我，还将女儿许配给我。为了给爹报仇，别的侄儿顾不了了，还请师叔原谅！"

罗忠信见他心意已决，知道劝也无益，便说："明光，你的婚姻大事我无权干涉，只是请你不要向他们公开我的身份。内功法你已完全掌握，我也该寻自己的徒儿去了。"郑明光一听他要走，忙说："师叔，明光还想到虎头崖去探洞，您老人家帮我探洞之后再走吧。"罗忠信说："怎么？你也想探洞？"郑明光答道："是，叔祖所创功法不能叫别人拿走！再说，不探个究竟，叔祖也不得安宁。"

在另一个房间里，唐宣父女、谷丁父女也在谈话。唐宣问："艳儿，你对郑公子还满意吧？"谷艳笑而不语。唐心玉在一旁说："艳姐一看便相中了，心里偷着乐呢。"谷艳佯怒道："玉儿，看我不打你！"玉儿叫道："哎，我可是实话实说。"谷艳去抓玉儿，被谷丁拦住，说道："好了，爹把你许配给了郑公子。"唐宣笑道："他已磕头叫岳父了！"玉儿叫道："哎呀，好快啊，一看就中，一说就成！"

第二天中午，谷丁、唐宣、唐心玉三人要上路了。谷丁说道："艳儿，你留下，与明光多交谈交谈，我们还得去为龙老大卖命，等我们回来再为你们成亲。"谷艳说道："爹保重，叔叔保重，早去早回，千万小心。"郑明光说："岳父大人，一路小心，唐叔叔保重。"谷艳拉着唐心玉的手说："玉儿，你已十六了，一路上相中了好男孩，就别放过。"唐心玉扑哧一笑，说："姐姐，还是忙你出嫁的事去吧！"

十五　祭拜师公

　　十一月初，瑞雪飘扬。高山之上，寒风卷着大片雪花，把它们送到树冠之上，送到正在练功的五人身上。苦儿和茹儿立在悬崖边，再往前移动半寸便是无底深渊。月儿和川儿坐在崖边，双腿下垂，神色安然。他们身上虽然还绑着绳子，但两绳落地，毫不吃力。老叫花手握四根细绳，从未拉动过。老人十分满意，他看看天空说道："时辰到了，收功吧！"

　　苦儿等离开崖边，解去绳子，坐在老叫花身边。老叫花笑道："刚才我想，如果有人在崖下看到你们练功，会是怎样一种表情呢？"

　　月儿说道："山下的人往山上看，能看到山尖和天空中的飞云，由飞云而联想到山顶上风一定很大。我说第一句六个字：峰巅飞云劲风。"

　　苦儿说道："除了这些，他一定能看到山石、白雪和松树。我的第二句：青石白雪苍松。"

　　茹儿想想说："爷爷说此人是在崖下观看，此景与悬崖有关，我的第三句是：仙山绝壁冬景。"

　　川儿忙说："你们把景都说完了，我还能说什么啊？"

　　老叫花说道："这是一曲越调《天净沙》了！下面一句四个字，该写人了。"

　　川儿笑道："独坐悬崖如何？不好，坐不如立。该是独立悬崖。"

　　老叫花说道："嗯，好！独立悬崖，不但画面增加了灵气，而且观者一定认为你们是成仙得道之人。所以我的最后一句是：练功人入化境。"

　　川儿笑道："有趣，有趣！爷爷，我虽没入化境，可也觉得往崖边一坐，是屁股稳、身体轻、眼睛亮，也算有定力了。"

茹儿说道："站在崖头，面对万丈深渊，不惊不慌，镇定自若，真是定心又定身，有了这种定力，面对任何强敌也不会害怕了。"

苦儿笑道："你们别忘了，爷爷用绳子拉着我们呢。"

老叫花笑道："那绳子不过是一种心理安慰罢了，不过你们不必去冒险，用绳子还是安全些。"

月儿说道："又快到一百天了，过得太快了。"

川儿说："在庐山是九十六天，还有四天就要离开了。"

苦儿说："高山练功就算告一段落了，下一步要去东海，现在咱们该总结一下了。"

川儿说："吸山石之气，获坚定稳定之内力。"

月儿说："吸云雾之气，获轻飘悠游之内功。"

茹儿说："还有呢，采诸物之灵气，得个人技法之特色。"

老叫花忙说："对，修炼内功你们体会颇多，现在说说你们个人的技法吧。"

苦儿说："我的枯藤缠树有了进展，轻功有了提高，我相信现在可以缠住对手了。缠住对手之后，如何交手，如何发挥云拳、圣手掌的长处，如何近身搏击，将对手拿下，这些具体技法还八字没一撇呢。"

老叫花说道："有进展就好，有了目标，事情就好办了。"

茹儿说："滴水穿石。我要以溪水为例，创出一套飘逸柔美的掌法，改肌肉骨骼之力为内力，具体招法上可分为拔、点、击三种，现在还是雏形，要考虑的东西还很多。"

老叫花说："好一个内功拳法！小三、小四，你们多学着点。"

月儿说："二哥讲给我听了，我正把拔、点、击的招法用到手掌上去呢。我的燕子掠食，要以快制胜，先发制人，现在正练习着呢。"

川儿说："就剩我了。我现在不用拐也可以来个雀儿跳了，我还在练左拐右掌的战法，左拐是师父的泼风刀法，右掌则是姑姑的圣手掌，不知能不能练成。"

老叫花鼓励道："有志者事竟成，你会成功的。人说'学而思之则敏，多学善思则悟，日积月累则得道矣'。孩子们，朝这个方向刻苦修炼，必得正果。不满足，不松劲，坚持不懈，必会成功！"

月儿突然说道："爷爷，咱们走时去趟虎头崖吧！"

老叫花忙问："去那里做什么？"

川儿说："我师父在那儿学艺，师公还葬在崖洞里，我们想到那儿看看，给师公磕个头。"苦儿说："那就过去一趟，了了你们的心愿，是吧爷爷？"老叫花并没有很快答应他们，他想想说："按说，咱们去一次不成问题，便是在那儿住上几日又有何妨？可你们想过没有，消功大法的消息一传出，那里必成为各门派关注的焦点。咱们一去，会引起不少人的注意。尤其是前两次来追杀咱们的蒙面人。要是遇上他们，又将有一场恶战。如叫恶人暗中盯上，对四海游学可是十分不利。"月儿说："我们已经到了这儿，要是不去，可太可惜了。"茹儿说道："爷爷，咱们晚上去！到那儿看看，磕个头就走。"老叫花想了想，说道："成，咱们半夜去！悄悄去悄悄走，确保安全。不与消功大法扯上关系，就省去了许多麻烦。"月儿说："行，给师公磕了头就走，也算我们尽孝心了。"老叫花叹道："那个磨盘老人真是有福啊，孙子、孙女给他磕头，他心里一定美着呢！"

明月高悬，已是夜半时分。老叫花领着苦儿他们来到了虎头崖。在五六丈远的一块巨石旁停了下来。他向前一指，小声说道："前面就是虎头崖了。"茹儿小声说道："啊！还真像个虎头，虎头下黑乎乎的地方，一定是洞口了。"老叫花说道："是，那洞口在巨石之下，要进去实属不易。"苦儿说："路上的人都在说，这虎头崖已死了好多人了。"

川儿说："我可要拜师公了。"月儿和他一块儿跪下，二人轻声说道："师公，徒孙月儿和川儿来给您磕头了！"说罢，二人连磕三个响头。

茹儿也跪下说："罗叔叔是我弟弟妹妹的师父，我应该叫您郑爷爷。您爱惜众人性命，不肯让消功大法流传于世，不顾自身性命，自葬于此，您的品德是高尚的，茹儿给您行礼了！"说罢，也磕了三个头。茹儿礼毕。苦儿也跪下说："郑爷爷，罗叔叔说过，您老人家为钻研武功，在此修炼数十年，终于悟出消功大法。您这种不避艰难、一心探求的精神，给我们树立了好榜样。苦儿向您致敬！"说罢也拜了下去。

老叫花脸上带着微笑说道："孩子们，咱们该走了。"川儿突然叫道："爷爷，崖顶上有人！"老叫花定神一看，山上果然有人影晃动。月儿说："这大半夜的，他们要探洞不成？"

这时只见一件什么东西被抛了下来，在崖壁上晃动着。苦儿说："是绳子，果然有人要探洞。"川儿说："黑灯瞎火的，这不是找死？"茹儿说："必是想趁夜深人静，没人和他们抢消功大法。"茹儿刚说完，突然崖顶上亮起了数十支火把，照得虎头崖上通亮，这伙探洞之人正是关士田、韩士夕师徒四人。曲蛇、刘全柱率领二十多人，手执钢刀围成一圈。他们个个都戴着面罩，不愿让人认出他们。当他们抛下大绳索，准备探洞时，悄悄爬上来的人突然点亮了火把。曲蛇他们见有四十多人围了上来，惊得说不出话来。一个举着火把的大汉说道："关大侠、韩大侠，你们多次来此勘察，早已引起众人的注意，今夜想偷盗秘籍，哪有那么便宜的事！按江湖规矩，见者有份，你们将石板背上来，大家一块儿看。否则，咱们免不了要大战一场。"关士田听了心惊："他娘的，想不到我们的行动早被人盯上了。这些人明明是欺负我们剑法不精，竟敢与我们公开叫板。"他看看曲蛇，曲蛇心想："还好，这些人不知我们的身份，现在只能是走一步看一步了。"关士田见曲蛇向他点头示意，便说道："各位朋友，我们原不敢惊动各位好汉。现在既然大家都赶上了，那就利益均沾，人人有份。不过请各位保持安静，下去探洞要紧，否则一切都无从谈起。请各位靠后，耐心等待。"举火把的人议论起来，曲蛇趁机下达了准备厮杀的命令。对方的人并不相信关士田的话，他们个个手握兵器准备夺宝。不过山顶上倒是静了下来，探洞之事照常进行。

苦儿他们只见火把的光亮，不知道发生了什么事。川儿说："山上一定出事了，爷爷，我上去看看。"老叫花说："不可，咱们在崖侧看他们如何探洞就是了。"说罢，他们向东绕过去，走到虎头崖东侧的一块巨石旁边停了下来，在暗中观看如何探洞。川儿小声问："爷爷，听说那些探洞的人都是荡进洞去的。"老叫花轻声说："是的，所以我们要在侧面才能看清楚。"

不一会儿，从山顶的虎头上，垂下一个人来，月儿小声叫道："快看！

下来了。"大家都把目光集中在了这个探洞人的身上，老叫花却是不时地向四周望着，一双眼睛显得十分明亮和机警。顺绳而下的探洞人，一边下一边向老虎嘴看着。他停下来之后，开始荡绳。只见他的身体越来越靠近老虎嘴，此时崖下，除了苦儿他们并无其他人，可山上的人却准备着护宝或抢宝了。

　　探洞人仍在荡绳，老叫花说道："注意看，快要进洞了！"他的话音刚落，只见那人一头冲进洞中。洞外，一根绳子在来回荡着。月儿突然叫道："快看，绳子上好像有东西。"茹儿也看见了，说道："好像是一根细绳。"老叫花说："完了，他出不来了。"川儿忙问："怎么回事？"老叫花解释说："那细绳绑在粗绳上，出洞口时用它将粗绳拉近洞口，人才能抓住粗绳爬上来。细绳荡出洞来，人如何能抓住粗绳？"苦儿说："那探洞之人可遭殃了。"粗、细两根绳子在洞口外荡悠，二绳时分时合，苦儿他们看得十分清楚。但洞内毫无声响，不知那进洞者情况如何。茹儿说道："山顶上的人好像还不知道洞口外边发生的事，还在耐心等待。"过了一会儿，忽然有一个人跑到了虎头崖下的溪水边，向那根粗绳看看，便急忙跑开了。苦儿说："山上的人等急了，下来看情况。那个人知道情况不妙，回去报告了。"又过了一会儿，果然看到一个人沿粗绳爬了下来，到了洞口的水平位置，他叫道："师兄，你在洞里吗？"喊了几遍，洞内仍无动静。他放开喉咙大声叫道："师兄，你听见了吗？"夜深人静之时，这一声喊传得很远。苦儿他们听清了，山上的人也都听清了。山上的人似乎知道出了事，不少人都跑到崖下，想看个明白。苦儿他们忙把头低下，闪到巨石后，继续朝洞口处观察。"师兄，你听见了吗？你在洞里吗？"粗绳上的人继续喊着，一声高过一声。良久，从洞里传出了声音："师弟，我在洞里，我的脑袋撞到石壁上，撞昏了。细绳丢了，我出不去了，快来救我呀！"川儿听了问道："怎么会撞在石壁上？"老叫花答道："定是这洞浅，荡进去时力量过大，撞在石壁上了。白天能看清洞内深浅，就不会出这种事。"此时，又听粗绳上的人大声说道："师伯叫你快看看，洞里有没有消功大法。"片刻，从洞里闪出点点光亮，过了一会儿，从洞里传出话来："有块石板，石板上有一具尸体。石板上只有消功大法四个大字，其余小字都被人铲掉了。"

这时，粗绳上的人迅速爬上崖头，向山上的人报告去了。过了一会儿，那人又顺着绳子溜了下来。月儿说："这个人在把细绳团在手里，可能要把细绳子抛进洞里。"她观察得不错，那人开始荡绳，接近洞口时，他右手一抛，细绳却没到洞口便落下了，抛了几次都是如此。川儿问："他这是怎么了，连个绳都抛不进去？"苦儿说："他怕撞在崖壁上，不敢荡得太靠近洞口。再加上天冷手僵，失去了准头。"

那人团好了细绳子又荡起粗绳来，在靠近洞口的一刹那，将细绳抛进了洞里。他刚要松口气，却又见细绳脱离了粗绳，有很长一段挂在洞口外。原来经过他十几次抛动，细绳的扣已经松动。在每次抛拉之中，绳扣已开，细绳与粗绳脱解了。他大吃一惊，当绳子再次荡回时，他见洞里的人头朝外趴着，一动不动。他连叫数声，毫无反应。那人荡来荡去，又叫了无数声，洞中之人连头都不抬，更别说是回话了。他失望地爬了上去，不多时，崖上的人便走光了，山上的火把全熄了，虎头崖安静下来。老叫花说道："进洞的人必是流血过多，昏过去了，同伙却弃他而去了。"川儿问："这就不管了？"苦儿说："要是管他，他们又怎会走开？绳子还挂在那里！人都走了，咱们也该走了。"

已近中午时分，阳光射入洞中。头朝洞口的两个人，面朝下并排躺在那里。其中戴着头罩的一人，手指轻轻动了一下，也许是温暖的阳光给他带来了一点生气。过了半个时辰，他的头也动了一下。又过了半个时辰，他终于慢慢抬起了头，艰难地爬起来。可他头发晕，险些跌倒，只得慢慢坐下来，扯下黑布头罩。他便是昨夜探洞之人——关士田的徒弟何继祖。他前额上的一块撞伤处已被血痂封住，不过疼痛仍使他脸上的横肉不断地抖动着。他又看看自己的双手，两只手掌也被撞破，这又使他回忆起昨天夜里进洞时的那一幕——

洞内漆黑一片，看不清深浅，他又怕荡不进洞里去，便使足了力气。进洞后，惯性冲力使他收拢不住，一头撞在石壁上。他心中惊慌，想用手来撑住，结果左手松开了，手中的细绳也随粗绳荡了出去。他叹道："我命休矣！"便昏死过去。不知过了多久，他隐隐约约听到了师弟于惜的呼唤声，又隐隐约约看到一团细绳出现在眼前，他忙伸手把细绳子抓在手里，好像抓住了一棵救命稻草。他兴奋地拉住绳子，将悬在洞外的一段也拉了进来，很快他发现细绳和粗绳脱扣了，他失望地将细绳摔在地上后，又昏了过去。

现在他清醒了，他想：天亮了，师父为何不来救我呢？或是认为我死了，或是认为洞内无大法秘籍，我已无关紧要了？唉，我真笨，为何要说洞里没有大法呢？我该说有，有大法，他们才会来救我！他看了看洞内的两具尸体，说："两位仁兄一定是被困死在这里的，我一定要想办法出去！"他又朝那块石板看了看，石板四周堆满了碎石块，他拿起一块大些的一看，上面只有一两个笔画，他知道这是被那两个死人在绝望之中铲掉了。他又看了看靠在一侧的一口棺材，说道："磨盘老人，打扰了，我要搜一搜你的消功大法，也不枉我冒死探洞。"他站了起来，摇晃着来到棺材前，当他掀开棺盖时，惊讶得张大了嘴：棺内并没有老人的遗体，只有一件衣服。他自言自语道："老人哪里去了？难道他自己会飞不成？抑或是被这两个困死鬼扔出洞外，随河水漂走了？"他拿起那件衣服反复查看，连半个字也没有。他骂道："老东西，为何不多写几份？害得我白白困在这里。"他又看了看棺材，发现这棺材板很薄，卯榫相合之处一不严密，二不挂胶，整个棺材也只是架在这里而已。"是了，听说磨盘老人是身背石板、臂夹木板荡进洞来的，这棺材一定是进洞后组装的。老人家真是个奇才，只是自己葬自己太可笑了。"他又坐了下来，无意中发现棺材旁边有一根钢钎砸进了石头里，钢钎上部还带着一个圆铁环。这根钢钎起到了支撑棺材的作用，否则棺材会塌架了。他看着这根钢钎，又看看洞外悬下来的粗绳，顿时有了主意。他抓起身边一把卷了刀刃的钢刀，开始向钢钎两侧敲打，一会儿便气喘吁吁了，他只好停下休息片刻。天快黑了，钢钎终于被他敲动了，他将这根钢钎拔了出来。此时山下正有十几个人仰头往上看，一人说道："听这敲打之声，说明进洞的人还活着。"另一人说："他的同伙弃他而去，他又能活几天？"又一人说："这伙人真没人性，听说洞里石板被铲除，便连人都不救了！"谈话声传到洞里，何继祖虽听不清他们说些什么，可他知道这些人一定是在说他。他想：这些人都比师父强，还来看我一眼。一整天过去了，师父连来都不来，我不能抱任何幻想了。

夜深人静时，何继祖将细绳一头绑在钢钎的圆环上，另一头攥在左手上，他站起来，将钢钎向那根悬空的粗绳抛去，抛了几次都没打到粗绳。由于一天没吃没喝，他有些力不从心。他坐下休息了一会儿之后，攒足了力气，再次将钢钎抛了出去，这次钢钎正打在那粗绳上，钢钎被阻，瞬间一转，恰好连带细绳将粗绳缠住。他急忙拉动细绳，一点点将粗绳拉近洞口。此时他使出吃奶的力气，奋力一跃，抓住粗绳荡出了山洞。等那粗绳渐渐停止摆动后，他顾不得双手的疼痛，求生的本能给了他巨大的勇气和力量，他不顾一切地向上爬去。当他爬到巨石下时，小心地伸出头，向四下望了望，他担心像昨天一样，四周有埋伏。当他确定无人后，便伏下身子爬上巨石，然后又爬到山顶，这才站起身，跑下了山，消失在茫茫夜色中。

　　在九江春光客栈的一个房间里，曲蛇与关士田等人正说着探洞之事。韩士夕的徒弟于惜说："我师兄有可能是受伤昏迷，不一定是死了。"韩士夕问："那他伤得重不重？"于惜道："在他点着火把后，我看见他头罩好像湿了，血从他眼皮上流过，肯定伤得不轻，不然不会昏迷。"韩士夕说道："既如此，我们如何救得了他？一个人进洞都这么难，要是再带上一个受重伤的人，如何出得了洞？"关士田叹道："是啊，即便他没死，我们也救不了他！"于惜听了关、韩二人的话，心里暗想：别人出事，其师父一定会急得火上房，千方百计去营救。现在师兄出了事，可我们的师父就和平常一样，看不出半点伤心难过！师兄说得对，我要找机会离开他们。这时关士田说："算上咱们，已经是第五次探洞了，两次摔死在洞外，三次困死在洞内，没有一次是成功的，现在连我徒儿的命都搭上了。"曲蛇明白，关士田的话是说给他听的，他说道："请三位节哀，出了这样的事，我心里也不好过。我回去禀报师父，二位大侠尽力了，师父不会忘记二位的。何继祖虽死犹荣，他发现了石板被毁，消功大法不复存在，断了武林人夺宝的念头，功不可没。"于惜暗想：师兄真傻，干吗实话实说？如果说大法还在，他们必会营救。

　　曲蛇看了看在场的刘全柱，对他说道："师弟，咱们要的人已向东边走了，你快去把咱们的人换下来，由你和大侠们联系，直到把事情搞定。我立刻回去向师父回禀。"说罢，他拱手与关、韩告别，和刘全柱一块儿出去了。关、韩二人将他送出门，回到屋内，韩士夕说："师兄，咱们要快点离开这儿。"关士田拧起了眉头说："找一个新窝可以，扔掉这里不行。曲蛇随时会来找咱们，咱们一躲，他必然恼怒，咱们怎敢得罪他？再说，冷面双娇也在找咱们，现在还不能断了十业帮和快刀帮这两条线啊！"韩士夕骂道："他娘的，要不是老叫花一伙人出手，冷面双娇早就死了！"于惜说："师伯、师父，咱们不如在京城买下一处房产，也好作为藏身之地啊。"关士田听了点头说："这主意不错，买下后，于惜便留在那里应急，我们也有了去处。"韩士夕却有些不放心，他说道："徒儿，你能把这个家当好吗？"于惜胸有成竹地说道："师伯、师父放心，徒儿不在城里干活就是了，不显山不露水，谁会注意我？徒儿一定攒足银两，恭候师伯、师父进京享乐。"关士田听了笑道："于惜这孩子很懂事，你知道怎么做，我们就放心了。咱们立刻动身进京。"

十六　一见倾心

在金华县城的一家小酒馆里，老叫花和苦儿等五人正在用餐。在远处的一张桌子上，刘全柱正和一个人喝酒。那人说道："二公子请看，那张桌上挨着老头坐着的漂亮小伙就是苦儿。"刘全柱一向认为自己是美男子，可他一看见苦儿，就不得不承认苦儿的帅气，他想：怪不得师父千方百计地要找到苦儿，说他是个帅才。苦儿一旦进庄，自己就更没地位了，还是抓不到他为好，他要是出点事就更好了。那人说道："二公子，谷、唐二人住在泰昌客栈，出这个门不远就是。"刘全柱又问道："听说还有两个漂亮的女子跟他们在一起，怎么不见了？"那人答道："两个多月前就不见了，不知去了哪里。二公子，那桌的大眼睛姑娘也很美，不知能不能对上二公子的胃口？"刘全柱探出身去看月儿的侧脸，说道："不错，不错，很动人，不知能不能将他们拿下？"那人说道："二公子慢用，属下得回去向大公子复命去了。"那人走后，刘全柱的眼睛一直盯着月儿看。

与此同时，另一张桌上，几个人正在谈论着倭寇来犯之事，这引起了苦儿他们的注意。一人说道："倭寇是乘大船来进犯舟山岛的，一上岸便杀人放火抢东西，十分凶恶。"另一人说："我听说他们占领了几个小岛当作大本营，要继续向南侵略。""朝廷没派兵来清剿吗？"另一人问道。有人答说："州府的兵不顶用，朝廷还没派兵来，那里的渔民可要遭殃了。"

川儿听了这些议论，小声问："爷爷，什么是倭寇？"老叫花答道："听说在咱们国家的东边还有一个小国，咱们管那国的人叫倭人，倭寇就是那里的一些人跑到咱们这里当了强盗。"苦儿问："爷爷，咱们该怎么办？"老叫花问道："你们怕不怕？"月儿说："不怕，爷爷。"川儿说："正好拿倭寇当靶练，真刀真枪地干！"老叫花说："好，那咱们就去海边看看。"

他们吃过饭，走出酒馆，正准备穿城而过，直奔东海岸，这时却见两名男子缠住一名年轻姑娘不放。这两名男子正是十业帮武昌堂堂主孙子杰和九江分堂堂主陈鸣，那姑娘便是唐宣之女唐心玉。

孙子杰和陈鸣是奉朱如天之命，来江浙一带打听倭寇进犯的消息的。而唐心玉在客栈里待不住，出来逛街。陈鸣见唐心玉长得俏丽动人，便想上前挑逗；孙子杰也是色鬼，尽管朱如天再三告诫，可他仍不能把控自己，也忍不住上前挑逗。

孙子杰嬉皮笑脸地说："姑娘长得实在是太俏了，叫人一看就忘不了。陪大爷喝杯茶，如何？"唐心玉自幼娇生惯养，十分任性，想说什么就说什么，她如何能忍受这般污辱？她骂道："不要脸的东西，到一边凉快去，别在本姑娘面前说脏话！"陈鸣说："姑娘莫骂，这位可是我们的堂主，娶你做个堂主夫人也是你的造化。"

唐心玉柳眉倒竖，朝着陈鸣骂道："把你娘、你妹嫁给他岂不更好！"说罢，转身便走。孙子杰伸手拉扯，还想趁机去摸她的脸蛋。唐心玉怒目圆睁，立刻抽出剑，准备动手。

正在这时，苦儿一个箭步冲了过来，挡在了唐心玉身前，说道："二位，光天化日之下，口出秽语，行为下流，不觉羞耻吗？"陈鸣骂道："你个人模狗样的穷小子，胆敢管大爷的事！"

茹儿上前走到唐心玉身边说道："路见不平，人人该管！"孙子杰冷笑道："你这乳臭未干的黑小子，我看你是不想活了，竟敢在老子面前逞强！"围观的人中有人说："这不是十业帮的孙堂主吗？怎么做这种事？"这时，谷丁、唐宣挤进人群，唐心玉看见了他们，马上说："爹、伯父，这两个人想欺负我！"唐宣厉声问道："你们是什么人，敢在光天化日之下行不法之事？"

陈鸣冷笑一声，说："说出来吓死你们，这位是十业帮武昌堂的孙堂主，在下是九江分堂堂主陈鸣，你们是什么人？"唐宣冷笑道："原来是两只色狼。我们是大名府铁掌门的，这位便是门主谷丁，在下便是唐宣。"老叫花听到这里，向月儿使了个眼色，月儿会意，拉了拉茹儿和苦儿，悄悄退了出来。

孙子杰一听是铁掌门的两位门主，心里倒也有些吃惊。不过事已至此，没有退路了，便说道："二位门主出口伤人，看来并非善类。"话不投机，双方的火气更大了。陈鸣骂道："她即便是你闺女，那又如何？铁掌门有什么了不起的，还不是跟在别人的屁股后面跑？"这几句，把唐宣给骂恼了，他拔刀奔向陈鸣，陈鸣也抽刀相迎，二人交起手来。

谷丁见双方交手了，自己又怎能不出手？也拔刀杀向孙子杰，孙子杰手持长扇与他战在一起。

跟踪苦儿的刘全柱，此时早把苦儿忘到一边了，双眼直勾勾地盯着唐心玉看。他暗叹道："我的天哪！这丫头怎么生得这么好看，比那个大眼睛的姑娘还风流俏丽，就连生气发怒也是这样迷人。她是唐宣的女儿，凭着我二公子的身份，应该可以把她弄到手。"

众人看到，谷丁和孙子杰旗鼓相当，刀光剑影，不相上下。谷丁见孙子杰的扇子变化多样，自是小心在意；孙子杰见谷丁右手持刀，左掌凌厉，杀机四伏，也不敢掉以轻心。唐宣和陈鸣之战却是另一番情景：陈鸣好像不是唐宣的对手。他采用游斗的方式，围着大圈边打边跑，嘴里叫着："各位往后靠，不然会伤了你！"还时不时地用眼瞄着孙子杰的打法。唐宣见对方不与自己正面交手，很是恼火，他边追边打，陈鸣虽显败象，却始终也没被伤到。唐宣气得大叫："陈鸣，你小子有种就别跑！"陈鸣边跑边说："我不跑等着吃你的狗熊掌啊？做梦！"陈鸣想故意激怒唐宣，使其乱中出错。唐宣也是老江湖，自然不会上当，他仍是边追边打，却也十分小心。

谷丁一掌拍向孙子杰，孙子杰侧身闪过。但强劲的掌力擦肩而过，他的左肩头仍感到了一阵疼痛。不过就在这瞬间，孙子杰的长扇打在谷丁的左肩上，谷丁连连后退，双方都站定后，谁也没再出招。此时，陈鸣快速跑到孙子杰身边，大声说道："唐副门主住手吧，谷门主和孙堂主战成平手，在下便输给你唐大侠了。今天的事，我做得不对，给二位道歉。我们走了，咱们后会有期！"说罢，拉着孙子杰便走。人群也渐渐散去。

唐宣虽是怒气难消，但对方已道歉，也不好再追究。而谷丁左肩已疼得不能再战，巴不得休战。这时刘全柱走了过来，说道："二位门主叫我好找，原来在这里。发生了什么事？"他装出不知情的样子，边说边打量着唐心玉。唐心玉突然叫道："哎呀，帮我的那个人怎么走了？我还没有谢他呢！"她急得四处张望，眼泪都要流下来了。唐宣说道："是啊，我来时也看到两个男孩护着你，怎么叫人家走了呢？"唐心玉要去找苦儿，谷丁说道："玉儿，先别去找了，这位二公子来了必有要事，咱们马上回客栈。"

四人回到客栈，唐心玉回房想起心事来。她躺在床上，回想着苦儿：他长得好漂亮啊！个子高、人帅气，更可贵的是肯帮我。我爹要是没来的话，他肯定出手，真是一条好汉！我好糊涂，怎么就没看住他？

在另一个房间里，刘全柱说："我师兄派我来和二位一起抓苦儿，望咱们携手办事，不负师父所望。现苦儿他们已向东行，咱们在此休息一夜，明日出发必能追上他们。"谷丁说道："二公子来了，这事就好办了，只是我们不知苦儿是什么样的人，他们有几个人？武功如何？我们心里没底啊！"唐宣说："是啊，知己知彼，百战不殆。刚才与那陈鸣交手，没想到一个小小的分堂主，武功竟是不弱，他滑得像只泥鳅，要抓，抓不到；要打，打不着，这等人不可小看。"谷丁说："人们都说朱如天的扇子功十分了得，今天算是领教了，果真手法奇妙，变化万千。"

刘全柱听二人所言，担心他们失去信心，便说："依在下看，天下胜过二位的能有几人？刚才的事，我虽然没看到，但我确信，二位不会失手。手下人告诉我，苦儿的武功虽比一般人高些，却不是二位门主的对手，他不过十七八岁，不会有很高超的武功。至于他的同伙，有一个老叫花，还有两个黑小子、一个小姑娘，这三个人年纪都不大，他们老的老、小的小，二位门主出马，必是手到擒来。如果他们敢死命反抗，除掉就是了。"

谷丁听了稍放宽心，他问："在哪里动手？你们可计划好了？"唐宣说："我们可不愿做以大欺小的事，传扬出去岂不名声扫地？"刘全柱忙说："何时动手全由二位门主说了算。不过，抓不到便除掉，是我师父和师兄早就定好了的。"谷丁看了看刘全柱，说："大公子武功高强，二公子也必是身手不凡，到时候还请二公子出手相助啊！"听见谷丁的话，刘全柱来了精神，说道："那是自然，咱们是一家人嘛。"唐宣问道："二公子，我们在路上听说关士田、韩士夕他们探虎头崖，还死了一个，这是真的吗？"刘全柱装出一副尽知天下事的样子，神气地说："我和师兄都在现场，怎能不知？关、韩二人领人半夜探洞，下洞的是关士田的徒弟何继祖。"唐宣说："那不用说，死的一定是何继祖了。"刘全柱说："是的，他荡进洞时，脑袋撞在石壁上，流了很多血，后来他师弟荡到洞口唤醒了他，问他是否找到了消功大法，他点着火把说石板上只有'消功大法'四个大字，正文的小字都被铲除了。后来他坚持不住，不是昏过去便是死了。"谷丁问："他师父没去救他吗？"刘全柱说："想救也救不了。"唐宣说："那何继祖死了也就罢了，要是没死，必恨死他师父了。"刘全柱说："恨有什么用？反正他也出不来了，早晚要困死在洞里。"唐宣又问："假如石板上的字没被铲除，他师父会救他吗？"刘全柱立刻说："那肯定会了，为得到消功大法，再危险的事也得做。"谷丁明白了，心想：关、韩二人必是和我们一样，被迫为你们效力。不用说，探洞的事是你师兄弟主持干的，一听没了消功大法，哪里还管别人的死活？

　　已是深夜了，唐心玉仍然难以入睡，满脑子都是苦儿，苦儿的身影总是在她眼前晃来晃去，叫她难以忘怀，有一种从未有过的感受和激情在冲撞着她，令她时而满脸欢笑，时而满眼泪水……

十七　东海抗倭（一）

在浙江台州湾，有一个小渔村叫陈家湾，它是由两山夹一滩小海湾形成的。南北两山树木成荫，山虽不高，临海一面却是十分陡峭，难以攀登。两山之间有一个长十来丈的沙滩，在沙滩北端的北山脚下，有一个码头，沙滩东西宽有六七丈，村头修了一道防潮的防护墙，将沙滩与渔村隔开。蓝天大海，青山沙滩，海湾渔村。这是一个风光秀丽、生活安宁的渔村，可倭寇的侵扰破坏了这里的安宁，这里将会变成抢劫杀人与自卫还击的战场。

老叫花率苦儿等人来到陈家湾，同这里的渔民共同抗击倭寇。他们的到来，掀起了练武杀敌的热潮。北山下，茹儿和月儿正在教二十几个姑娘、年轻的媳妇练习三绝刀，尽管她们的动作常常出错，但绝无嬉戏之意。南山下，苦儿指导两伙人分别练习刀法和鱼叉。练三绝刀的有三十多人，他们都是陈桥镇上的人。这陈桥镇与陈家湾相距十几里，在倭寇进犯之下，都是唇齿相依、唇亡齿寒，所以，陈桥镇派出三十多个年轻力壮的小伙子前来助阵。另外练鱼叉的三十几个小伙子全是本村人，因无别的兵器，只好用鱼叉作战了。

村里防护墙已经加高，上面堆放着装满沙子的草袋，最上层，还摆成了垛子。墙内，老叫花正指导十几个中年人练习射箭，这十几个人虽没射过箭，可他们都是使用鱼叉的好手，眼快、手准，因此练习射箭进步很大。老叫花说："现在咱们练习快射。人藏在垛后，一声令下，立刻拉弓站在垛口向外射。瞄准是眨眼间的事，射出箭后，立即回到垛后，取箭上弦，准备下一次射击。要求动作神速，射得快，听清楚了吗？"十几个中年人齐声说："听清楚了。"老叫花说道："好，准备射！"中年汉子们从草垛后现出身来，拉弓便射，十几支箭，射向定在沙滩中的十几个木桩。

村子里，川儿正领着十几个小孩子练习撒石子，孩子们身前都挎着个大口袋，里面装满了从海边捡回来的光溜溜的小石子，他们正朝大树撒着。川儿说道："撒石子要手腕使劲，要准，专打倭寇的头。"

这时，谷丁、唐宣、唐心玉和刘全柱走进了陈家湾，他们看到整个陈家湾全民皆兵，群情激奋、斗志昂扬，这叫谷丁和唐宣感触颇深。刘全柱一眼就看到了月儿，也看到了年轻的妇人们，他在她们的脸上搜来望去，最后把目光停留在一个十五六岁、名叫阿姣的女孩身上。阿姣是陈家湾自卫队头领——陈老大的独生女儿，身材健美，皮肤白里透红，脸上常带着笑，一双杏眼非常有神，刘全柱完全看呆了。

谷丁、唐宣、唐心玉他们三人趁射箭停止的机会，穿过沙滩来到了南山下。唐心玉一眼就看到了苦儿，她喜出望外，密切注视着苦儿的一举一动，她的心被爱的波浪冲击着，眼里闪着爱的光芒。练鱼叉的队伍里，有一个叫阿强的小伙子看到了唐心玉，他对苦儿说："老大，那个漂亮姑娘看你都看呆了。"苦儿听了笑道："别乱说。"说罢回头朝唐心玉看了一眼，并对她微微一笑，又忙着指导练功去了。这一个微笑对唐心玉来说却是极其宝贵的，她陶醉了，脸上泛起了红云。

这时，刘全柱找到谷丁和唐宣，说道："二位门主，你们看真切了，那个教武功的就是苦儿。"谷、唐二人一看，心中暗自称赞。唐宣见女儿如痴如醉地望着苦儿，心中已明白了几分。他忙拉了一下女儿，唐心玉看看爹，不好意思地笑了。不过刚才刘全柱的话，她还是听清楚了。她想：刘全柱要抓苦儿，我要保护他。

这时，练刀法的一个小伙子，朝谷丁他们喊道："大侠，留下来帮我们打倭寇吧！"谷丁一听忙说："你们这里已经有人指导了，我们去南边的渔村了。"说罢，领着他们向南边走去。离开了陈家湾，他们向西拐，直向陈桥镇奔去。唐心玉问道："师伯，您不是说到南边渔村吗，怎么要回去？"谷丁回头看看，说道："傻丫头，咱们只管抓苦儿回去交差，犯不着和倭寇拼命。"

回到陈桥镇的一家客栈，四个人坐下来休息。要是往常，唐心玉早回自己房间了，她懒得看刘全柱那副讨厌的嘴脸。可今天她一反常态，竟坐在那里不走。刘全柱一见她没走，立刻为她倒了一杯茶，又对谷丁说："谷门主，苦儿就在眼前，拿住他回去交差的时机到了。"他这样说是要在唐心玉面前显示一番：自己是代表大帮派来的，是来指挥的，地位非同一般，可是个重要人物呢！谁知，唐心玉根本不理会，还说出了与他完全相反的意见："师伯、爹，不是我多事，我只是有些想不通。"刘全柱为了套近乎，忙说："唐小姐有什么想法？说出来不妨事的。"唐心玉继续说："大敌当前，倭寇逞凶肆虐。如果我们远在河北倒也罢了，现在近在咫尺，不但不参加抗倭，反而要抓抗倭之勇士，良心何在？天理何在？我虽年轻，不懂什么民族大义，可抓走苦儿，渔民不高兴，倭寇却得了好处，这不是亲者痛仇者快嘛！这种事是该做还是不该做？"

唐宣佯装怒道："玉儿，住嘴！大人议事，岂容你胡言乱语！还不回房休息！"唐心玉站起来说："行，我回去，你们好好想想吧，看我说的是否有道理。"说罢，推门而去。

谷丁背着手，在房间里走来走去，良久，他才开口："二公子，玉儿虽说得直白，可还是有道理的。这时候抓人，渔民不仅不答应，且会记恨咱们。再说，看那苦儿的武功，对手不可能在片刻间就得手，一旦惊动众人，群起而攻之，我们就完全处于被动之中，那时可是谁也帮不了我们啊。"唐宣说："师兄所言甚是，大敌当前，我们不该去冒天下之大不韪，做不得人心之事，这对谁都是不利的。二公子，你说呢？"刘全柱没想到事情会这样，对于他们推三阻四的理由，他说："抗倭乃朝廷之事，老百姓那是瞎折腾，如果老百姓能打仗，还要军队干什么？所以，二位门主不必过分担心，趁苦儿不备将他拿获，这可是最好的机会。"听他这么一说，谷丁犹豫起来。他说："二公子说得也有道理，老百姓非武勇之辈，即便组织起来也不是倭寇的对手。据说倭寇都是武士组成的，个个勇猛好战，凶狠无比，就是朝廷派军队来，胜负也难定。"唐宣见谷丁动摇，忙说："二公子所言是有几分道理，可军队没来，难道老百姓就坐吃等死或弃家而逃？这里的百姓选择奋起反抗，保卫家园，这有错吗？我们不帮他们也就算了，难道还助纣为虐、破坏抗倭之事吗？"唐宣的这几句话，使得刘全柱语塞。不过从这时起，他便记恨起唐宣来。谷丁在房里踱着步，下定决心说："这样吧，苦儿在这儿也跑不了，咱们在此住下，静观其变，等待时机，再下手也不迟。二公子，你说呢？"刘全柱说道："那就按谷门主的意思办吧，不过要是放跑了苦儿，我师父和师兄肯定会不高兴的。"

晚上，唐宣走进女儿的房间，唐心玉给唐宣倒了杯水，忙将门掩上，问道："爹，你们商量的结果怎么样？"唐宣小声说："还能怎样？只不过是晚抓几天而已，苦儿早晚是要被抓的。"唐心玉一听着了急，她说："那不能不抓吗？"唐宣摇了摇头，说："抓苦儿是龙老大的死命令，又有刘全柱督战，咱们硬扛着不办，必有性命之忧啊。"唐心玉轻声说："爹，你知道苦儿是谁吗？"唐宣看了看女儿，说："他不就是苦儿吗？你喜欢他了？"唐心玉撒娇地说："爹！女儿喜欢他也是应该的，他就是在金华城帮我的那个人。"唐宣忙问："真的？""女儿怎敢骗爹爹！"唐心玉一本正经地说，"他就是挡在女儿身前，大声斥责孙子杰的那个人。如果那天爹来晚了一步，他必会拔刀相助。"

唐宣说道："原来如此，他有恩于我们！"唐心玉笑了，就像一朵刚刚绽放的玫瑰花。她说道："是的，爹，他能救我，说明他是侠义之人；他能组织百姓习武抗倭，说明他是个有大智大勇之人。"唐宣见女儿脸上泛起爱慕、幸福的光芒，笑着说道："还有，他生得英俊，武功又好，是个美男子，所以，我女儿动心了。"唐心玉叫一声爹，便把头偎在唐宣的胸前。唐宣抚着女儿的秀发。女儿便是他的性命，他叹道："玉儿能找到意中人，爹是高兴的。况且，这孩子确实不错，任何一个女孩见了都会喜欢的。可龙老大要抓他，爹怕你是空欢喜一场啊！"

唐心玉看了看爹，说道："为了摆脱龙老大，师伯把艳姐许给了郑公子。以女儿看，苦儿可比郑公子强多了，要把他变成自己人，不比把他送给龙老大强得多吗？"唐宣说："有理，有理，只怕龙老大不肯啊。"唐心玉说："爹，为了女儿，你就对苦儿来个明抓暗放，不就行了？"唐宣苦笑道："鬼丫头，事情哪有你想得那么简单！容我和你师伯再商量商量。"唐心玉忙说："爹，你千万别和师伯说，若他一时说漏了嘴，叫刘全柱知道就全完了。那刘全柱满肚子坏主意，鬼着呢！"唐宣说："是啊，这个刘全柱对你不怀好意，要防着点，千万别和他单独在一起。"

阿姣带着五六条小渔船在陈家湾北山附近的海面上捕鱼。茹儿和月儿在小船旁边一边练习游泳一边练内功，在阿姣近一个月的精心指导下，她二人已经学会了游泳。月儿看看前边的茹儿，叫道："二哥，你别游得太快了。"茹儿听了立刻改作踩水。当她将右手抽出水面时，竟看见一股水流随着右掌一起划出一个弧形又落入水中。她觉得奇怪，又试了几次。月儿游了过来问："二哥，你在干什么？发什么愣啊？"茹儿说："你来看，竟有一股水流随我手掌运动。"她说完又一抬手，果然有水流随着手掌流出。月儿也从水中抽出自己的手掌，并没有水流出现。茹儿看了看也觉得奇怪："为什么我有，你没有呢？"说罢又试了试，但这次并没带出水流。月儿试了几次，依然无果，她说："我知道了，一定是你出水时动作快才能把水带出来。"茹儿说："开始我也这么想，后来我再试就知道不对了，闹不明白是怎么回事。"

不远处，陈老大领着十几条小渔船在打鱼。和陈老大在一条船上的两个小伙子，边收网边谈论着茹儿，一个说："那边的小二和小三学什么像什么，这还不到一个月就学会游泳了，还游得那么好。"另一个说："人家是什么人！那小二，聪明又美丽，会功夫又懂医术，我这刀伤还是人家治好的呢。她还为我们布气去痛，伤好后力气比原来大了不少呢。""真的？""不信就挨个问问！""我要知道这样，还不如也挨上倭寇一刀了呢！"陈老大说："你们呀！当人家小二是黑小子时，就怀疑人家会不会治伤，如今人家现出真面目了，你们见人家美若天仙，个个巴不得多看人家几眼，甚至还后悔没挨上一刀，真没出息！"那受过伤的小伙说道："大叔还别说，我们这些受过伤的人心里美着呢。等有了儿子后，我要告诉他：仙女还为你爹治过伤呢！"陈老大说："他们家老爷子说了，他们还要去好多地方学武功和医术呢，就是小二长得太美了，怕惹麻烦，才扮成黑小子的。不过我可告诉你们，遇到外人可不能乱说，记住了？"两个小伙子齐声说："记住了！"

再远处，阿强率领二十几个小伙子开着从倭寇手里缴获的大船在海面上巡视，以防倭寇偷袭。大船附近，老叫花、苦儿和川儿也在一边游泳一边练内功。苦儿问："爷爷，累不累？要不就上船休息一会儿？"老叫花笑道："不累。在大海里练功真是舒服啊！"川儿笑说："可不！这海水还能托着人、推着人，游起来不费劲。"说罢潜入水中，看见一只海龟正稳稳当当、慢慢腾腾地游动着，而一些鱼儿却一晃身，快速游走了。川儿将头露出水面高兴地叫道："爷爷，我刚才看见海龟了，我要像海龟那样慢慢腾腾、优哉游哉地迷惑对手，又要像鱼儿那样，身子一摆，瞬间不见了，来避开对手的进攻，再像雀儿跳那样急速贴近对手，您说行吗？"老叫花听了便笑道："妙极了！小四悟出一套完整的功法了。"苦儿也称赞道："小四真聪明！再加上你的左拐右掌，有跑有跳、有进有退、有防有攻，既能游斗又能近战，应该是一套好功夫，干脆就叫'龟鱼拳'吧。"川儿听了爷爷和哥哥的话，心中十分高兴。他借着海水的张力练起拳脚来。

过了一会儿，阿强看见陈老大向他们举起红旗，大声道："兄弟们，鱼儿满舱了。咱们回去了，返航！"

大船开始掉头向岸边驶去。阿强招手向水中的三人叫道："你们快上船吧，我们要回了。"老叫花大声回道："不上去了，我们游回去！"说罢，三人向岸边游去。一个小伙子说道："他们在水里已经游了足足两个时辰，还能游回去，体力真好。"另一个说："他们可不是一般人哪。"

陈老大利用大船靠岸的这段时间，在小渔船上教几个小伙子练拳。苦儿虽离他们还有段距离，却看清了他们的拳法，他说："爷爷，能在浮动不定的船上练拳，很是不简单。咱们过去看看吧。"三人加快速度，游了过去。老叫花问："小四，你说说这套拳法有什么特点？"川儿看了看，说道："站得稳，人和船长在了一起。"苦儿说："还有动作小，速度快，非常适合我的枯藤缠树的战法。爷爷，我要跟他们学学。"说着便游到了陈老大的船上，要向陈老大学习"海拳"。陈老大笑道："你的功夫那么好，学我们这三拳两脚的功夫有什么用？"苦儿说："大叔，你的这套拳站得稳、速度快、动作小，正是我想要的，您就教教我吧！"陈老大见他诚心要学，便说："那好，我就练给你看。这套拳法叫海拳，是在船上与海盗搏斗时用的，是渔民祖祖辈辈传下来的。"说罢，便一招一式地练了起来。苦儿和川儿边看边学，十分认真。

大船停在了小船附近，阿强和船上的小伙子们也在看苦儿练拳。阿强看了看觉得奇怪，老大和小四的脚趾与我们一样，兄弟五个各个分开，可他们在船上为什么也能站得这么稳呢？他下了大船游到陈老大的小船旁边看着。海拳招法简单明了，非常实用，苦儿和川儿很快便学会了，在陈老大指导下从头练到尾。

阿强扒着船帮说："老大，我晃小船，看你们在打拳时能不能站得稳。"说罢，开始无规律地摇动起小船来。苦儿和川儿仍然镇定地练着拳，站得也十分稳当。这可叫大家十分吃惊："没当过渔民，怎么可能站得比我们还稳呢？"老叫花笑道："大家可能有所不知，这种功夫叫定力，即便是站在悬崖边上也定得住。"苦儿练了海拳，十分高兴地对陈老大说："谢谢大叔！"陈老大笑道："这有什么好谢的，这么简单的东西对你们有用吗？"苦儿答道："有用，非常有用！小臂出拳，小腿踢打，出得快、收得快，这对我来说可太重要了。"川儿说："我哥说得太对了，咱要能把胳膊练得伸缩自如就好了。"陈老大一听明白了，敢情人家是先学招法，再从这简单的招法中悟出一个理念来，再用这个理念去指导自己练功——想得就是比咱们深，难怪人家有出息！

大小渔船一齐向岸边划来，陈老大大声喊道："阿姣，回家了！""爹，知道了！"这是阿姣的声音。"爷爷，你们快过来。"这是月儿的声音。老叫花他们不知发生了什么事，立即向茹儿她们游去。月儿说："爷爷、哥，二哥有一个重要发现。"接着，茹儿便把自己的发现讲给他们听，她讲完又练了几次，有两三次还真又将水流带出来了。川儿听了笑道："二哥，你是因为速度快才将水带出的。"说完，老叫花、苦儿和川儿也试了起来。阿强在远处看见他们不断地将手从水中抽出落下，便说："他们在干什么？是在抓鱼吗？"陈老大摇着头说："不像，必是又在琢磨什么。咱们快靠岸吧，家里人等着呢。"阿姣他们也靠了岸。

村里人都来搬鱼，只有老叫花他们五人仍然在海里探讨着"手掌带水"一事。苦儿试了多次，说："我觉得，手掌速度快，只能将水带出一段，不能使水流成一条弧线，所以这不是速度问题。"说完又试了起来。茹儿仍然是时带时不带的，月儿和川儿都未出现过划出弧线的水流。老叫花试了多次，边试边思索，突然他眼睛一亮，似乎有所发现。不过他没说话，不时地看着苦儿和茹儿，盼望他们能悟出道理来。经过几十次甚至上百次的试验，苦儿突然叫道："爷爷，我知道了！用掌发力，则水花向外飞溅；用掌向体内吸气，则可带出水流，吸力越大，带出的水流越大。茹儿，你这个发现太重要了！"茹儿听了他的话，再去试验，果然掌掌带水。她笑道："哥，你真聪明，把我无意识的动作点成一种功夫了。"老叫花听了他们的话，十分高兴，说道："苦儿、茹儿，你们都很了不起，吸功大法从此问世了，这可是个了不起的发现。"川儿着急地叫道："爷爷，我怎么一点也没有呢？"老叫花说："你和月儿练功时间短，功力还不够。不过别着急，发功、吸功一块练习，过一两年就有收获了。"茹儿说："这么说，我可以吸别人的功力了？可如果我不想吸，那怎么办呢？"月儿说："二哥，我有办法，一手吸、一手发不就行了？"老叫花听罢说："月儿也很聪明啊，她为我们提供了一种新招法，这可太奇妙了！"川儿问道："爷爷，什么新招法？"老叫花想想说："这样吧，我们先吃饭，今天晚上再一起商量一下，地点就在海滩上。"

明月高悬，除了在海边巡逻的人之外，村里的其他人都睡了。沙滩上，老叫花等人围坐成一圈，老叫花讲道："发气、吸气是内功的重要应用，气发之，既可伤人又能治病，吸之则可消他人功力、长自身功力。若不愿吸别人的功力，就如月儿说的，一手吸一手发，这就需要打通两手之间的肩井、太渊等穴道。苦儿、茹儿，你二人相互帮助，打通两臂之间的穴道。我为月儿和川儿打通。"茹儿坐在了苦儿的面前，苦儿发出内力用双掌在她双臂及背部来回揉动。老叫花一手为川儿施功，一手为月儿施功。半个时辰后，茹儿用同样的方法为苦儿打通穴道。一个时辰后，苦儿和茹儿一块为老叫花施功，月儿和川儿则试着在两臂之间运气通行。巡夜的人远远地看着他们，并未打扰。

十七　东海抗倭（二）

这一天是大年初三，穷苦渔民过年不过是吃上一顿饱饭而已。况且也不知倭寇何时来犯，陈家湾的人们仍是白天练功、捕鱼，晚间巡逻、查哨。到了寅时，在南山上放哨的渔民发现一条大船向这里驶来。他忙跑下山来报信，正遇上巡夜的苦儿。苦儿看过之后，立刻回村报告了陈老大。陈老大和老叫花商量后，决定关门打狗。村民按陈老大的安排，不声不响地拿起武器，各就各位，准备拼杀。

南山上，那条大船渐渐驶近，几名弓箭手已做好准备；茹儿和月儿在山上，手拿弓箭，带领姑娘们准备杀敌；老叫花和十几个中年人早已站在防护墙后，准备开弓放箭；陈老大站在老叫花身旁，准备随时发号施令；川儿领着十几个孩子躲在防护墙东头，准备随时出击。这时阿强跑过来，小声向陈老大报告："大伯，各路人马准备完毕，只等你一声令下了！"

大船借助黎明前的夜色，悄悄靠近了码头。不一会儿，倭寇们一个接一个地下了船，手执长刀站在沙滩上。苦儿在山顶见倭寇们个个髡头跣足，人人身背弓箭、手举长刀，只等着头目发令。陈家湾仿佛是他们眼中的一块肥肉，只等他们随意来宰割了。

片刻之后，倭寇中一人将长刀晃了晃，又"哇啦、哇啦"叫了几声，六十多个倭寇嗷嗷叫着冲向了防护墙。等他们跑进了射程之内，陈老大大声叫道："射！"老叫花领着十几个中年人立刻闪身到垛口，拉弓便射，只见七八个倭寇应声倒地。倭寇并未停下来，他们边叫着边继续向前冲。南山上的苦儿对十几个小伙子说道："瞄准活靶子，射！"十几支竹箭居高临下地射了过来。与此同时，茹儿、月儿等人也在北山坡上拉弓射箭。倭寇在三面围攻之下，又有十几个倒下。

倭寇头目又摇晃着长刀，"哇啦、哇啦"地喊叫了几句，他们放下刀，取出弓箭射向防护墙和两面山上。等他们的箭停下，三面的竹箭又像雨点般射来，又有十几个倭寇倒下了。陈老大见倭寇死伤近半，他大叫一声："冲啊！杀倭寇！"苦儿、阿强率领六十几个小伙子，从南山上如猛虎般冲了下来。苦儿冲出来，还不忘提醒道："兄弟们，两个人一组，刀叉联手杀敌！"

倭寇们死伤近半，又见有六十多人猛扑过来，心中不免惊慌。不过这些人都是亡命之徒，他们很快镇定下来挥刀厮杀。苦儿手执木棍第一个冲入敌群，手起棍落，便有两个倭寇应声倒地。他的勇敢带动了小伙子们，他们刀叉联手，各找对象与倭寇混战在一起。老叫花一看，忙说："各位保住防护墙，我去去就来。"只见他手按垛口一跳便到了墙外，手拿长杆冲入敌群。陈老大忙叫："老爷子，别去！"他的话还没说完，老叫花的长杆已将一个倭寇打翻。

阿姣伏在北山上对茹儿说："二哥，咱们也该冲下去了吧？"茹儿看了看月儿，月儿忙点头表示赞同。茹儿说："姐妹们，倭寇个个强悍、凶狠……"她正说着，一个小伙子被倭寇一刀砍倒，姑娘们都吓得闭上了眼睛。茹儿看罢，咬咬牙说道："姐妹们不要怕，我、小三和阿姣先下去，你们在山上等我发出号令。"

苦儿连杀数人后，见那高大的倭寇不但刀法凶狠，还不时地向其同伙发出命令，便冲向那高大的倭寇，可还是晚了一步，一个小伙子又被他砍伤了。苦儿挥棍拦住他的刀，二人厮杀起来。这时，茹儿在前、月儿在左、阿姣在右，三人组成一个三角，冲入了敌群，将倭寇分成了两部分，茹儿的棍子左右连击，打倒不少倭寇，月儿和阿姣也是刀刀见血。山上的姑娘们见此，忘记了害怕，纷纷冲下山来，与倭寇对抗。被围成小圈的倭寇很快全被打倒了。

这时，天已蒙蒙亮，经过激战，倭寇只剩下二十几个了。他们背靠背，围成一圈，挥刀对外顽抗。那个高大的倭寇头目盯着苦儿手中的木棍，有些怕了。全村的人几乎都出来了，将倭寇团团围住，鱼叉、木棍、长刀、竹竿、船桨一齐杀向倭寇，又有五六个倭寇被打倒了。老叫花手拿长杆，不断提醒着人们："别靠得太近，小心！"川儿带着孩子们也冲进圈里，并大声叫着："我们来了！"孩子们手腕一抖，一阵石雨飞向倭寇的头部，将倭寇打得鼻青脸肿、头破血流。人们趁势冲上前，砍翻了十几个倭寇。最后只剩下三个倭寇了。他们也组成了三角阵势，头上流着血，瞪着血红的眼睛，仿佛困兽犹斗，不肯放下手中的长刀。老叫花大声说道："诸位闪开，老大、老二、小三，你们来个转大树，将他们三人打倒！"苦儿、茹儿和月儿围着三个倭寇便转了起来。看见眼前晃动的身影，三个倭寇心里发慌，他们不停地挥刀砍去，却是刀刀落空。苦儿他们越转越快，两个倭寇又被打倒了，跪在地上不能动，只剩下那个高大的倭寇，他哇哇大叫着向刚刚站定的苦儿砍去。苦儿闪身到了他背后，用木棍击打他的小腿，那倭寇扑通一声跪在了地上，苦儿随后又点了他的穴道，使他动弹不得。

苦儿的这一招，大伙可全看清了，人们齐声叫道："打得好！"一个小伙子说："就是他杀了我哥哥！"陈老大说："你现在可以为哥哥报仇了，这三个人交给你了。"这小伙子举起刀冲天说道："哥，你慢走，我要为你报仇了！"说完，长刀三起三落。人们带着兵器，高声欢呼起来。

这时，天已大亮了。陈老大站在高处大声说："乡亲们，今天咱们打了一个大胜仗，消灭了六十多个倭寇，可倭寇是不会甘心的，他们还会再来的。现在咱们要为受伤的疗伤，为死去的下葬，大家快行动起来吧！"苦儿、茹儿和月儿忙着为受伤的人员疗伤，阿姣带领着姑娘们收缴兵器，阿强忙着为烈士下葬。

一个时辰后，陈桥镇上的人赶着车，带着酒、肉来欢庆胜利。

刘全柱、谷丁、唐宣父女也混在人群中，听参战的人讲述战斗经过。唐心玉满腹心事，左看右看不见苦儿，心中焦急：是受伤了？伤在哪儿？重不重？唐宣听了战斗经过，很是感动："大伙一条心，竟能杀了六十多个倭寇，苦儿他们是功不可没啊！"谷丁却不以为然："倭寇会有什么武功？我一人便可灭他全部。"刘全柱全然不知深浅："要是我出手，鞭子一挥便可撂倒一片，那时候你们就会说神鞭灭寇、功在千秋了。"

谷丁等人回到客栈后，又商量起如何捉拿苦儿的事来。刘全柱说道："倭寇已被歼灭，哪里敢再来？咱们也该办正事了，现在抓住苦儿正是时候，过几天他们一走，再抓就不容易了。"唐宣说："渔民正在欢庆胜利，我们现在抓人，有些不妥吧？"谷丁想了半天，说："过几天他们一走，咱们上哪儿去找他们？"刘全柱说："对啊，此时不动手，良机一失，就后悔莫及了。"谷丁终于下了决心，说："明晚就动手抓人！"

第二天夜里，谷丁、唐宣、刘全柱三人用黑布蒙上了脸走出客栈。在他们走后不久，唐心玉也走了出来，远远地跟在他们身后。谷丁等人很快摸进了陈家湾村西边的一片竹林，并在此观察动静，见林子里并无人走动，他们三人悄悄摸进了村子。唐心玉也走出林子，在村边一棵大树下停下，并立刻上了树隐藏起来。苦儿和茹儿与受伤的七八个小伙子住在一起，夜里为伤员布气疗伤。此时他们刚刚完成布气，伤员们正靠在床上休息。

谷丁和刘全柱已从人们的谈话中得知：苦儿他们住在陈老大家。二人借着月光摸到窗前，屋子里，陈老大和川儿已入睡，只有老叫花盘腿坐在床上闭目养神。他已听见了外面的动静，急忙将川儿与陈老大叫醒。这时一扇窗户已被撬开，两个人正向屋内窥视，川儿随手一掷，一把石子飞出，正打在两人的头上，两人低头跑开了，老叫花和川儿追了出去。

谷丁一边向村外跑一边用手摸着头，感觉到手上的湿润，知道头上受了伤。老叫花和川儿已经追到，老叫花问道："你们是什么人？"谷丁此时心里有火，又见追上来的是一老一小，便怒气大发，说道："老不死的，你竟然打伤了我！找打！"说完便抽刀扑了过去。刘全柱的头也被打破了，他看到川儿还是个孩子，挥鞭便打了过去。谷丁对站在旁边的唐宣叫道："快动手！"唐宣原本不想插手，听谷丁一叫，才冲过来。正巧苦儿赶过来，与唐宣交起手来。躲在树上的唐心玉看得一清二楚，心狂跳不已，既怕父亲伤了苦儿，又怕苦儿伤了父亲，险些叫出声来。谷丁咬牙切齿，恨不得一刀将老叫花杀死，可老叫花手拿长杆连刺带挡，根本没处下手。刘全柱扬鞭猛打，川儿左蹿右跳，使得鞭子每每落空，刘全柱身上又挨了几枚石子。唐宣边战边想起女儿的话："明抓暗放。"心想：我要是抓住苦儿，女儿必是不快，还真得来一个明抓暗放。于是他表面上很卖力地去打，到了要紧处却总是先收了招。

苦儿起初觉得奇怪，后来觉得迷惑，最后悟出：对手并无伤我之意。便也只是小心防护，倒有比武切磋的意思了。刘全柱在追赶川儿的过程中，看到与唐宣交手的是苦儿，暗想：这黑小子滑得像泥鳅，追他挺费事，不如放过他，我去助唐宣抓住苦儿，如能得手，再借机杀了是最好不过了。想到这儿，他突然蹿至苦儿身边，挥鞭便打。这突如其来的变化叫唐宣有些吃惊，川儿看到刘全柱没追过来，又转头举拐来打刘全柱。唐宣见此，忙用刀迎上川儿的拐。川儿与唐宣交起手来，不知深浅又一向自傲的刘全柱，根本没把苦儿放在眼里，他挥鞭猛打，一鞭狠过一鞭，把青蛇鞭的招法一一使了出来。

苦儿是第一次与使鞭的人交手，以虚招和游斗应之，意在了解鞭法的变化。自大的刘全柱，以为对方是被自己的鞭法吓住了，于是他加快速度，恨不能一鞭要了苦儿的命。树上的唐心玉见此，便要下来救苦儿，忽见十几个举着火把的人跑了过来——陈老大带人找到了这里，他叫着："抓住那三个倭寇探子！"谷丁见此，便准备抽身。他举刀砍向老叫花，老叫花用长杆一头拨了他的刀，另一头直捅他腋下肋骨处，疼得谷丁哎呀一声惨叫。刘全柱也不想被人捉住，挥鞭向苦儿头上抽来，苦儿闪身，用木棍挡住鞭子，并顺势向下扫，一棍扫在刘全柱的腿上，疼得他险些跌倒。唐宣见此立刻跑了过来，拉起刘全柱、拽着谷丁拼命向竹林逃去。大伙正要追赶，老叫花叫道："穷寇莫追。他们在暗处，我们在明处，别中了暗器。"说罢，领着大家回村了。唐心玉摸摸自己的胸口，长长出了口气。她悄悄下了树，向陈桥镇跑去。

客栈里，唐宣为谷丁包扎伤口，他说："师兄，你肋骨断了两根，千万不要乱动，安心静养才好。"谷丁靠在床头，叹了口气。这时唐心玉走了进来，一副刚睡醒的样子问："你们这是怎么了？"唐宣说道："没什么，快回去睡觉。"唐心玉故作吃惊地问："你们受伤了？和谁交手了？也不叫我一声。"刘全柱疼得满头大汗，叫道："我的腿好像也断了。"唐宣走过去，将他的腿捋了捋，说："你的腿没断，只是伤着了，也得静养上百天。"说罢又为他捋了捋腿，找来几块木板将腿绑牢。唐心玉问："二公子，是谁胆大包天把你打成这样？"刘全柱心想：平常你不理我，我被人打伤了你来看笑话，真是气死我了！不过美女能主动和我说话还是不错的。他说道："别提了，一失足成千古恨。"唐宣说："今天只能先如此了，明天再为你们买药吧。二公子，你的鞭法这么厉害，怎么会挨打？"刘全柱叹了口气，说道："就是，眼看就要抓住苦儿了，突然跑出十几个人，我稍有分心，就挨了他的棍，真倒霉。"唐心玉说道："啊？你们去抓人了？人家人多，这时候去抓人能不吃亏嘛！"说完倒碗水送到谷丁面前。谷丁喝了口水，说："到现在我还没想明白，那个老叫花是什么路数，几次险些被我砍伤，到头来反挨了他一棍，真是晦气！"唐宣说道："这几个人都不是什么正经路数，从老到小都是跑跑跳跳、躲躲闪闪，能打便打，打不过便跑，根本谈不上什么真功夫，投机取巧却有一套。师兄和二公子就是吃了这个亏。那个黑小子也很鬼，蹿来蹿去要偷袭二公子，被我给拦住了，他才没得手。我担心他再施毒手，才紧追的。若按正经打法，苦儿早被抓住了。"

　　唐心玉回到房中，上了床却难以入睡。没抓住苦儿，他们反倒受了伤，想到此，她不由得笑了笑："苍天有眼啊！不过刘全柱的鞭法倒真是不简单，我肯定是打不过他的。苦儿虽说有些被动，却没吃亏，究竟谁的武功更好呢？"唐心玉那好看的丹凤眼不停闪动着，红唇也不停地抖动着。突然，她坐了起来，小声说道："是了，一定是苦儿第一次与用鞭的人交手，不知底细，就引对手将全部招数使出来，边看、边记、边想，这样表面上是处于被动状态，可实际上却掌握着主动权。摸清对方底细，一旦抓住机会，必将对手打败。"想到这儿，她脸上笑开了花：刘全柱被打，就是最好的证明。苦儿果然不凡，我相中的人是不会错的。想着想着，情丝绵绵，意中人的身手把少女引入无限的思念之中。

　　经过三个多月的休养，刘全柱和谷丁的伤已好。只是刘全柱的腿还不能太吃劲。这几个月，他们一直在室内静养，可把他二人憋坏了。今日，二人结伴来到街上散心。二人走着，忽然一人上前对刘全柱说道："二公子，可否借一步说话？"刘全柱定睛一看，是青蛇山庄里的庄大。他看了看谷丁，谷丁说："二公子请自便。"刘全柱与庄大去了一家面馆。谷丁一人在街上走着，东看看西瞧瞧，倒也悠闲自在。这时，一人从他身旁走过，又回头看了他一眼。此人正是从虎头崖逃生的何继祖。何继祖原想找一个海岛藏起来，免得叫人认出或被师父找到。可他听说海上闹起倭寇，便不敢去海岛。一时又找不到一个合适的地方，便在福建、江浙一带游荡着。今天他恰巧遇到谷丁，心里多了一点希望。何继祖曾见过谷丁，知道这个铁掌门门主爱财又爱色，要是求他，他说不定会帮自己一把。何继祖打定了主意，便绕到谷丁身后，跟着谷丁走。谷丁走进一家茶馆，刚刚坐定，何继祖忙跑过去，低头便拜。谷丁忙将他拉起问道："阁下是何人，为何无故下拜？"何继祖说道："谷门主，我见过您，我叫何继祖，求您老人家为小的安排一个栖身之所。"谷丁听了一愣，又问道："何壮士，为何要寻一个栖身之所？"何继祖便将他在虎头崖探洞之事一一说出。

茶馆里，谷丁听了何继祖的讲述，问道："关士田竟置你于死地而不救，真是不仗义！你又是如何从悬崖洞里逃出的？"何继祖又把检查棺木，发现钢钎之事说了一遍，谷丁忙问："什么，棺木是空的？那磨盘老人的尸首也不见了？"何继祖答道："磨盘老人的尸体很可能是被困在洞中的两个人给抛下去，顺着河水漂走了。""那消功大法呢？"谷丁压低了声音急切地问。"刻有大法的石板全被他们铲坏了，除了'消功大法'四个字之外，一个小字也没留下。"何继祖说道。"唉，可惜。"谷丁叹息着。何继祖又说道："谷门主，小的不想回关士田那里去了，我要投奔您老人家，不知您肯否收留在下？"谷丁想了想，说道："若在大名府，收你并不难；可在此地，我还有事要做，收你就不方便了。"何继祖一听，有些失望，他刚要说话，谷丁又说道："这样吧，我哥哥在山东，正缺人手，你去了正合适，你可愿意？"何继祖一听，忙说："愿意！在下愿效犬马之劳。"谷丁唤来小二，取来笔墨，提笔写了一封信给了何继祖，何继祖接过信磕头而去。谷丁暗想：没承想今天还得了一个帮手，真是件好事，我要是混不下去了，便可去山东躲藏。他又要了一壶茶，重新喝了起来。

唐宣与唐心玉父女二人正在客栈闲谈，唐心玉有些不安地说："爹，刘全柱的伤一好，又该张罗抓苦儿了，这可如何是好？"唐宣认真地问："玉儿，你真的喜欢苦儿？"唐心玉虽没正面回答，却也说得十分明白："爹，苦儿肯助人，人品好、武功好，生得又俊美，你老人家相不中吗？"

唐宣说道："爹也相中了。可是龙老大正在抓他，这会生出无数麻烦和烦恼的。"唐心玉却说："能和他在一起，什么麻烦和烦恼女儿都不怕。爹，你没看到他一棍就将刘全柱打倒的情景吗？"唐宣吃惊地问道："怎么那天晚上你也去陈家湾了？"唐心玉知道自己说漏了嘴，忙用手捂住了自己的嘴。唐宣见女儿如此，说道："你也太胆大了，就凭你那点功夫，叫人抓去了怎么办？"唐心玉做了一个笑脸，说："爹，我又没去抓人，他们抓我干什么？"唐宣假装生气地说："你呀，就是不知天高地厚，早晚要出事的，往后一定要听爹的话，不可任意妄为。"唐心玉将头靠在她爹的肩膀上，撒娇地说："爹，你吓着女儿了。"唐宣不由得笑了起来。唐心玉说："爹，那天晚上，你对苦儿是假打真放，苦儿也聪明，他以假对假与爹周旋，我在树上看得一清二楚，我说得没错吧？"唐宣笑道："你这小机灵鬼，什么都瞒不住你。"唐心玉恨恨地说："刘全柱这小子的鞭子真是厉害啊，我都想下去帮苦儿了。现在我想明白了，苦儿那是在摸刘全柱的底，一旦被他看清，随手一棍，便重重打在刘全柱的腿上，好功夫啊！"

唐宣看着女儿回忆的神情，充满了甜蜜和幸福，他也被感动了：女儿恋得如此深切，苦儿倒是个有潜力的孩子，可听说他身边有个小姑娘啊，他会爱我女儿吗？如果不爱，玉儿不是很惨？想到这儿，他不由得担心地摇了摇头。唐心玉一看他摇头，还以为是不同意自己的看法呢，忙说："爹，你不相信？那个老叫花把师伯打伤，也不是偶然的，你再看那个小孩子，蹦来蹦去的，也有些功力的。"唐宣暗想：师兄把受伤看作是自己的失误，全然看不出那老叫花武功甚高，有些自傲了。"爹，你说话呀！"唐心玉撒娇地推着她爹。唐宣笑了笑，说道："我女儿火眼金睛！苦儿手中的木棍，似刀又似剑，快捷且变化多端，我要拿住他，也是不易。更何况是刘全柱呢！"唐心玉听了爹夸奖苦儿，甜在心里，笑在脸上。可她还是不放心，说："爹，他们俩的伤好了，可就又要去抓苦儿了，该怎么办啊？"唐宣想了想，说道："那刘全柱怎肯白挨一棍？他必然要张罗报仇。他要抓苦儿，爹只好跟着去，要不然，他把大公子曲蛇找来，那苦儿就危险了。"一提到曲蛇，唐心玉心里也是害怕起来，说："曲蛇千万别来。"唐宣乘势说道："女儿啊，抓苦儿之事切莫小看，后面有曲蛇和龙老大呢，你做事别再任性了，不能叫他们抓住把柄。""女儿知道了。"唐心玉小声地说。唐宣见女儿脸上愁云密布，便安慰说："刘全柱的腿目前还不敢太吃劲，估计还得养上一个多月呢。"

十八　海的灵性

戚家军已来到华东沿海，并接连打了几次胜仗。倭寇损兵折将，不敢轻易入侵，陈家湾的渔民们也可以到远海打鱼了。这一天，渔民们收网返航，快到岸时，苦儿对陈老大说："大叔，你们先上岸吧，我们再练一会儿功。"陈老大说道："那好，不过你们也别太累，早点上岸休息。"苦儿答道："是，您就放心吧。"渔船靠了岸，人们忙着搬鱼。苦儿他们游到了北山下的水域，川儿叫道："爷爷，咱们一边练内功一边练拳脚好不好？"老叫花笑道："你们练，我先坐下休息一会儿。"

川儿潜入水中，一会儿像海龟似的晃动，一会儿像小鱼左右摇摆，快速游动。月儿看了，不解地问："他这是干什么？"茹儿笑道："他打开了主要穴道，在水中练习内功，同时又利用水中阻力，练习他的龟鱼拳呢。""噢，怪不得他直立游动，像踩水似的。"说完她也一头扎入水中练习起来。苦儿和茹儿相视一笑，也入水练功。

卸完鱼的阿强、阿姣等人也上了北山，他们对苦儿练功非常感兴趣。一个小伙子问道："他们在水里，有的跑、有的打、有的转、有的舞，是在练什么？"原来他们从山上往下看，看见川儿在跑，月儿在打，苦儿在转，茹儿在舞。阿姣笑道："你看二哥在水中跳舞，双手舞得多好看！""可不是，真像女神！"另一个小伙子说道。

渐渐地，姑娘和小伙子们都不说话了，因为他们看见跑的、打的、转的、舞的都是越来越快，海水也形成了四个小漩涡。当苦儿他们从水中探出头来时，阿强、阿姣他们都鼓起掌来。茹儿向他们招手致意，小伙子们鼓掌更起劲了。

川儿擦了擦脸上的水，说道："我提议，咱们在水面上练轻功。"月儿问："怎么练？"川儿笑道："站在那块礁石上，拼命在水面上跑，看谁跑得最远。"他说完，先站了过去，使劲向前猛冲，在水面上迈了三步就扑通一声跌入水中。月儿叫道："哎呀，不简单啊，小四竟跑出了三步，我只怕一步也迈不了。"茹儿鼓励道："先别泄气，跑跑看。"月儿一试也跑出了三步。茹儿站在礁石上了，山上的姑娘小伙子都瞪大眼睛看着，谁都不吭一声。只见她身体向前一纵，两臂展开，犹如一双翅膀，双脚踏水有如船桨，在水面上飞出了十几步，才轻轻落入水中，山上响起了阵阵叫好声，老叫花、川儿、月儿也都叫起好来。等茹儿游回来，苦儿拉着她的手说："茹儿，咱们来个二人齐飞吧。"二人手拉手站在礁石上，就像一对海鸟，平平稳稳，蜻蜓点水般飞出二十来步。山上又爆发出叫喊声。

老叫花笑道："这是练习轻功的好办法，咱们练功又快到一百天了，还是先总结一番吧。来，先说说你们的拳脚功夫。"大伙围坐在他跟前，边练习内功边总结。

苦儿先开了腔："爷爷，我的枯藤缠树法已基本成形，它是以内功、轻功为基础，以海拳的短快，以圣手掌、云拳的多变为主要特征，以近战为主要特色的拳法。拳似闪电，腿似飞箭，招法不定，随机应变，目的是缠垮对手。"

老叫花连声叫好："好，好！避而缠之，缠而避之，缠中出手，一招取胜，电拳弹腿，神出鬼没。"川儿问道："这拳叫什么呢？叫枯藤缠树拳？"茹儿笑道："苦儿相缠，苦苦相缠，该叫苦缠拳。"众人皆说："妙哉！"月儿道："二哥，该你了。"茹儿往山上看了一眼，说道："山上的人都回家了，咱们可以慢慢说了。我这套拳，也是以内功、轻功为基础，以内力的发和吸为两大招法。吸收云拳、圣手掌的变化和溪水轻柔流畅的灵性，突出武学之善之美，以此形成轻柔如溪水、优美似歌舞的风格。"老叫花说道："这是充分展现内功的拳法，至柔至刚、至善至美，独树一帜，叫人耳目一新，就叫茹秀掌吧。"茹儿立刻说："谢爷爷赐名！"

川儿说道："三姐，该你了。"月儿想了想说："爷爷，我可就赶不上二位哥哥了。我从燕子掠食、海鸟捕鱼得到启发，以云拳和圣手掌为基础，是将后发制人与先发制人结合起来的一种拳法。先以拳法应之，采用游斗之法，尽量诱使对方使出全部招法，找出规律，做到心中有数，然后就先发制人，使其招法难施、精妙难现，就是要比对手快半拍。"听罢，老叫花笑着说："月儿聪明伶俐，又肯下功夫，正所谓招法加智慧，处处闪光辉，犹如仙人指路，更显神威。叫个什么名字呢？"苦儿说道："必须有个月字。还得有个仙字，就叫月下仙掌，如何？"川儿拍手说："这个名字好听。"月儿笑道："我喜欢这个名字。"川儿又说道："这回该我了，我这就简单了，先以龟行迷惑对手，慢慢腾腾、晃晃悠悠，谁能看上眼？而后鱼游，左右摆动，一避二看，观对手招法，最后雀跳进攻，突然接近对手，左拐右掌、内功外功一块上，让他跑不了。至于名字嘛，我也想好了，叫'龟鱼拳'。"茹儿听了，想了想说："小四，你这么一说，叫我想起了曹植《洛神赋》中的几句话，非常适合这套拳法。'体迅飞凫，飘忽若神。动无常则，若危若安。进止难期，若往若还。'"川儿忙问："二哥，什么意思啊？快讲给我听听。"茹儿说道："第一句，体迅飞凫，飘忽若神。是说女神行动起来迅速敏捷，飘忽不定，如飞鸟一般。第二句，动无常则，若危若安。是说行动没有固定的规则，时而显得惊险，时而显得平安。第三句，进止难期，若往若还。是说进退难料，仿佛要离去又仿佛转回来。这二十四个字可好？"川儿听了忙说："谢二哥赐教，等我先念上一遍。"说完，他便念了起来。片刻之后，川儿终于说道："谢天谢地，总算记住了。"老叫花笑道："小二送你这几个字可谓价值千金，比起你那三步说得更透彻、更有神韵。至于名字嘛，就叫川上神拳吧。"川儿高兴地连声说妙。

老叫花又说道："各人拳脚功夫先说到这儿，下面我们说说大海的灵性吧。"

月儿说："大海和高山一样，胸怀广阔，养育万物，灵性也有千万种。"川儿说："对，如果我们能学会游动像鱼、飞起来像海鸟、力量大得像鲸鱼，那就了不起了。"茹儿说道："是这样，小四从龟鱼游动中获得启发，小三从海鸟捉鱼的时间、方向、动作上得到启示，咱们还利用海水的阻力和浮力练拳脚和轻功，这些都是大海的灵性在启发我们、帮助我们。从大的方向看，大海的灵性是什么呢？和高山对比来看，高山是坚实稳定，大海则是深厚、多变：深厚是说大海蕴含着无限的神力，这种力量用之不尽；多变是说大海是流动的，常因风力等因素变化不定。"苦儿说："这三个月在海中练内功，使我感到内力不但强了许多，而且有源远流长、用之不尽的感觉，这大概就是内功深厚似大海的意思吧。再说多变，大海一会儿风平浪静，一会儿碧波叠起，一会儿巨浪滔天，一会儿海啸惊天动地。"川儿一听来了兴趣，他说道："哥，大海有四种变化，咱们一个人说一种，怎么样？"月儿问："是随便说呀还是要押韵？"

川儿说："自然要押韵。听我说了：大海常是风平浪静，像姑娘笑脸相迎。漩涡是她的笑……笑什么来着？哥！"苦儿笑道："笑靥。"川儿接着说："对，笑靥。漩涡是她的笑靥，涟漪是她的长发在飘动。她是那么好客、那么文静。"月儿问："完了？"川儿答道："完了。"月儿说："还真出息了，知道把涟漪给用上了。下面该我了。"

月儿想了想，说道："它时常碧波涌动，有如仙女在起舞弄影。碧波是她长长的舞带，浪花奏着仙乐。她是那样陶醉、那样喜气盈盈。"

茹儿说："说得好！我来说：她有时巨浪滔天，像巫女兴风作浪，黑浪是她宽大的袖，恶涛喧叫是她咒语声声。她是那么癫狂、那么蛮横。"

苦儿接着说："她时而海啸天惊，像个恶魔肆虐行凶，摧毁万物是她的乐趣，吞噬生灵是在挑战天公。她是那样残忍、那样无情。"

老叫花拍手笑道："说得好！可大海的多变给咱们什么启示呢？"

川儿大声答道："咱们的武功要多变。"月儿笑道："那叫变幻莫测。"

老叫花又问道："那什么是好招法呢？"

川儿抢着答道："胜了就是好招法。"茹儿说："这话不全对。招法用对了，你胜了，但换个对手，就不见得是好招法。还有，由于对手慌乱或气力不济而取胜的招法也不一定是好招法。"老叫花看看苦儿问："你说呢？"苦儿说："招法虽有简单复杂之分，或一蹴而就或变化精妙，但招法的好坏全在咱们用得如何。用得恰当巧妙，就是极普通的招法也是好招法。"

老叫花说道："对极了！武功就像大海，它是鲜活的，变化是武功的灵魂，没有固定的、永久不变的招法。有人说：无招胜有招。其实不是无招，而是练到极高的境界时，审时度势、随机应变，举手投足都是招，这才是活招妙招高招。因此审时度势、随机应变、变幻莫测这十二个字是武学的生命，万不可把功夫练死了。切记。"

"谷门主，咱们的伤已好，该议议抓苦儿的事了。"谷丁心里虽不乐意，可他知道，此事不做是交不了差的，于是说道："好吧，咱们就商量一下如何抓人。"唐宣说："这几天我去村子看过了，苦儿白天跟渔民下海捕鱼，晚上与村民照常巡夜，如果夜里动手，照样会遇上麻烦。"刘全柱说："要不咱们就白天偷袭，抓住苦儿就跑。下手快、跑得快，说不定能得手。"谷丁摇摇头，笑道："二公子太心急了。白天去，戴面罩不？如果戴，岂不是不打自招？如果不戴，叫人看清咱们的真面目，以后如何在江湖上立足？""晚上巡查甚严，白天又不便下手，这如何是好？"刘全柱有些着急地说道。若能抓住苦儿，他在龙老大和曲蛇的面前是有功劳的，如能再借机杀死苦儿，就更遂了他的心愿。可如果抓不到苦儿，他只有挨骂的份儿了。唐宣说："白天人多，行动不便，再说，苦儿与同伙从不分开，以三对三便会费些手脚。更有渔民相助，那不是自投罗网吗？所以还得晚上动手。"刘全柱一想到苦儿，便觉得那条受伤的腿还在痛，他恨恨地说："咱们晚上盯着点，等他单独巡夜便下手，三个拿一个，万无一失。"唐宣笑着道："那咱们只好夜夜都去陈家湾了。"谷丁想想，说："咱们三个一块去没必要，时间一长会引起店家注意。每夜一个人，如果遇到单独巡夜，再回来叫人也来得及。"唐宣说："师兄所言极是，头三天我包了，你们二位好好休息就是了，省得交手之时浑身乏力。受了伤还是要好好恢复的，大意不得。"刘全柱担心唐宣故意拖延，便说："我的腿伤全好了，没问题的。"

谷丁一想到老叫花，心里就恨，他说："要是抓住那老叫花，我先打断他两根肋骨，以解我心头之恨！"刘全柱也说："我要抓住苦儿，也先打断他一条腿，叫他知道我二公子的厉害！"唐宣看了看他二人，心中好笑，说道："老叫花和苦儿的功夫，看似躲躲闪闪、稀松平常，说不定，这里面大有文章呢！"谷丁不服气地问："能有什么文章？不过是一根要饭的棍子而已。"唐宣说道："这些天我都派玉儿去海边查看，她回来说，苦儿他们天天在海里不是静坐，就是游来游去，不知练的是什么功夫。"

唐心玉几乎天天都去海边，偷偷看着苦儿。有一天看不见，回来便闷闷不乐。狂妄自大的刘全柱轻蔑地笑道："他们会练什么高深功法？只不过是学学游水摸鱼罢了。"说完，哈哈大笑起来。唐宣心中骂道：不知死活的东西。

十九　军民联动

这一天，驻扎在陈家湾附近的戚家军的首领李将军来到陈家湾，他对陈老大说道："经过几个月和倭寇的多次厮杀，倭寇势力是被大大削弱了，现在他们在海外的几个岛上休养生息，招收日本武士，扩大武装，企图卷土重来。奉总兵之命，我部准备歼灭盘踞在青山岛上的倭寇。可我们对青山岛的情况不熟悉，岛上有无居民？有多少倭寇？从什么地方上岛好？这些问题我们一概不知，对作战非常不利，故向你们求援。能否派一两个水手帮助我们打探情况，以全歼岛上倭寇？"陈老大听罢，忙说道："这没问题，我们一定全力支持将军。那青山岛离这里较远，我和阿强去年曾去过一次。岛上有二三十户人家，面积不小，也有淡水。关于倭寇的情况就不清楚了，须和青山岛的人接上头，才能搞清楚。这样吧，我和阿强再去一趟。"

这时屋里屋外围满了人，阿强和苦儿等都在场。阿强说："大叔，您忘了，在青山岛西边有一个不大的荒岛，我们在那儿守候就行了。"陈老大一听忙说："对，对，你不说我倒忘了。请将军派人和我们一块去小荒岛，我们一旦摸清情况，他们就可以回来报信了。阿强，咱们要想办法和青山岛的人接上头，然后混进岛去，才能将敌情查个一清二楚。"苦儿听到此，说："大叔，混进岛内十分危险，您年纪大，还是我和阿强去吧，您在小荒岛等信就行了。"陈老大忙摇头说："不，不，这么危险的事怎么能叫你去做？你已经为我们做得够多了，留在村里吧。"苦儿坚持说："大叔，我去是不会有事的，我和阿强一块进岛，也好有个照应，您就放心吧。"川儿说："我哥去，我也去，小孩子更容易混进岛。"李将军看着他的黑脸蛋问：

"孩子，你不害怕？"川儿说："和我哥在一起，什么都不怕！"李将军赞道："好样的，了不起！"

当陈老大向李将军说明苦儿和川儿都是外地人，是特来此地帮他们打倭寇时，李将军更加感动，他拉着苦儿的手说："小伙子，你为我们戚家军树立了好榜样，本将军谢谢你！"

苦儿谦虚地说："将军过奖了，这是我们应当做的。"当天下午，全村的人都来到海边送陈老大、阿强和苦儿及两个士兵出海。苦儿向老叫花、茹儿、月儿和川儿话别。站在远处的唐心玉，心里感到不安起来，她心跳加快，眼里含着泪水，真想冲上去拉住苦儿，叫他不要出海。苦儿就要上船了。已涂上黑色护肤膏的茹儿冲了过去，将苦儿抱住，月儿和川儿也跑了过去，四人抱在一起，谁也不说话。过了一会儿，苦儿为茹儿擦擦泪水，说道："别哭，我会回来的，你们在家好好照顾爷爷，等我回来，我们就去长白山。"说罢，他向老叫花招招手，便上船去了。

茹儿望着渐渐远去的渔船，心里一下就空了。二人自从杨家大院的放羊沟相遇时起，这五六年的时间，一天也不曾分开过，现在突然分开了，茹儿的心仿佛也被带走了。月儿、川儿和老叫花陪着她向小船远去的方向望着、望着……

唐心玉禁不住心酸，渔船刚出海，她就捂着嘴跑出村子，来到竹林失声痛哭起来。良久，她才迈着软弱无力的双腿回到客栈。唐宣一见女儿如此失常，忙问："玉儿，你这是怎么了？"唐心玉扑进父亲怀里哭道："苦儿出海了。"唐宣拍拍她的后背说："傻丫头，他不是天天出海吗，你哭什么？"唐心玉说："你不知道，这次跟以前不一样，全村的人都去送行了。""啊？几个人出海？""四个。我觉得，一定是做大事去了。"唐心玉答道。"那你为何不打听明白呢？"唐宣埋怨道。"我问了，可他们谁也不说。但从他们的表情上看，一定是大事。爹，我担心死了！"唐心玉回道。唐宣心中叹道：女儿是恋上苦儿了，恋得这么深，将来可怎么办呢？他不由得深深叹了口气。

当唐宣把苦儿出海的消息告诉谷丁和刘全柱时，刘全柱说道："莫不是他知道咱们要抓他，吓跑了？"唐宣笑着道："他怎么可能知道呢？他也不可能丢下同伴自己逃跑。"谷丁说："要是跑了更好，省得我们抓他了。大概是出一次海吧，早晚是会回来的。"刘全柱心里没底，他说："咱们应当租条船去追。苦儿离开同伙，领着三个不会武功的废物出海，这不是天赐良机吗？二位门主，你们说呢？"谷丁听了，笑道："我可是个旱鸭子，根本不会游水，如何在海面上与人交手？二公子，你的水性一定不错了。"刘全柱答道："惭愧，我也只会狗刨而已。"唐宣说道："咱们三人真要是在海上打仗，恐怕即使上了船也站不稳呢。早知如此，就该在年轻时好好练游泳才是，可现学也来不及了，只好等苦儿回来再说了。"

陈老大领着苦儿他们登上了小荒岛，向青山岛望去，海面上没有渔船。陈老大说道："今天怕是联系不上了。咱们吃饭，在这儿歇一晚，明天再说吧。"四个人啃起了干粮，一个士兵说："这里离青山岛不太近，坐船过去会被倭寇发现的。"陈老大说："只能半夜行船了，白天是不可能的。"阿强说："打死哨兵就行了。"苦儿边吃干粮边问道："岛上什么情况？"阿强说："我上过岛，还认识一位叫阿良的小伙子。青山岛三面环山，只有南面是个沙滩，码头就在南边。北面的山最高、最陡峭，人根本爬不上去。东、西两面的山虽不太高，要爬上去也不容易。岛上有二三十户人家，因岛上有淡水，山上植被茂盛，吃水烧柴均无问题。青山岛是个好地方。"

夜深了，月儿和阿姣已经睡了，茹儿却一点睡意也没有，她披衣而起，双手搂着自己的双肩，觉得好孤单。"不要乱想了，苦儿哥是个冷静、心细的人，不会有事的。"她安慰着自己，思绪又回到了杨家大院放羊沟的那段时光：苦儿将她背进木屋里，打来水为她洗脸洗脚。苦儿说："小妹妹，不要睡在羊圈里了，会冻坏的。在屋子里睡，有哥哥在，你不必害怕。"茹儿瞪大眼睛看着他，突然扑过去，双手搂住他的脖子说："哥，我怕！"苦儿安慰她说："有哥哥在，谁也不敢欺负你。"茹儿把他抱得更紧了，她觉得这个小哥哥能带给她温暖和安全……

儿时的回忆，驱散了茹儿的焦虑与不安。她自言自语："哥！你是我的靠山，是我的保护神，你一定要平安回来，我们再也不分开！"两行热泪夺眶而出，泪泪而下。

第二天清晨，太阳已升起，几条渔船离开了青山岛，在青山岛与小荒岛之间的海面上捕鱼。青山岛南面的海滩上，有倭寇在巡逻。在西山上，有三个倭寇向渔船瞭望，监视着打鱼人的一举一动。岛上除了倭寇的说话声外，没有其他的声音，连孩子的哭声也没有。渔船上打鱼的村民，边撒网边向大陆方向瞭望，一个小伙子说："阿良，咱们不如派一个人去大陆，请官兵来灭了倭寇，不然这苦日子什么时候是个头啊？"阿良是个二十多岁的壮实小伙。他说道："官府只知欺压咱们，怎肯派兵救咱们？再说，走了一个人，全家都要被杀，还是等等看吧。你们发现没有，倭寇每次都是出去的人多，回来的少，现在剩下四十多人，如再减少十几个，咱们就和他们拼了，决一死战。"

"阿良，快看，有三根草棍漂过来了，下面一定有人！"阿良顺着他手指的方向看去，果然有三根直立的草棍，正快速向渔船漂来。他立即命令道："快把船横过来，别让倭寇看见。如果是三个倭寇，咱们用鱼叉把他们打死。"几条渔船摆成三道横线，并把渔网撒得高高的，干扰岛上倭寇的视线。阿良船上一人向东边撒网，阿良划船观察着水下。三根草棍越来越近了，来到阿良的船帮下，水下的人才潜出水面。"你们是什么人，为何来到这里？"阿强叫道："阿良，是我啊！"阿良仔细一看，惊叫道："阿强？你怎么会来这里？"来的三人正是陈老大、阿强和苦儿。阿强简单说道："阿良，官府的戚家军来到了台州湾，打了几个大胜仗，杀了不少的倭寇。他们得知倭寇还霸占着咱们几个海岛，便派我们来打探情况，准备上岛来消灭他们。"阿良听了，惊喜地说："太好了！想知道什么情况？"他说完又朝另外几条渔船喊道："向西撒网，拉近距离，大陆来人了，和咱们说话！"陈老大问道："岛上有多少倭寇？住在哪里？"阿良答道："有四十多个，统一住在北面山下的山洞里。"不等陈老大再问，一个渔民抢着说："白天他们站在山上监视我们打鱼，晚上，东、西、北三面山上都有人放哨，南边码头上放哨的人更多。码头上还停着两条大船，船上住着人，他们随时准备逃走。"阿强听罢又问道："官兵要来，只能从码头上岛吗？"阿良小声说："还有一条秘密小路可以上岛，倭寇并不知道。"陈老大说："那太好了！"阿良又说道："不过，这是一条水路，官兵必须会水才行。"阿强忙问："在什么位置？水路有多长？"一个渔民答道："在北山外边，洞口在水面以下，不知道的人根本找不到。"另一个小伙子说："这个水洞有两丈来长，游时不能换气，要一气游到头。"阿良又补充说："游到头是一个小山谷的谷底，从那里上来便是山间小路了。"陈老大和阿强又问了很多细节，并一起商量上岛的具体办法。陈老大最后说："好，咱们明天午夜动手，你们把阿强带上岛做领路人。"苦儿说："大叔，我也留下，除掉哨兵的事我来做。"陈老大想了想，觉得这事非他莫属，便点头答应了。阿良说："阿二、阿三，这两位兄弟顶替你们回岛，你们俩随着陈大叔去小荒岛，然后领着官兵从水路进岛。"阿二和阿三立刻跳下水，阿强和苦儿上了船。陈老大领着阿二、阿三向小荒岛游去。阿良大声说道："伙计们，咱们要掩护阿强和苦儿他们上岛。回家之后，要跟左右邻居和自家的过个话，做好杀敌的准备，还要准备好火把备用。""知道了！"渔民们振奋地答道。

渔船靠岸了，倭寇开始逐船、逐人地检查。刚要检查到阿强和苦儿时，岛上的倭寇开始抢鱼了，负责检查的两个倭寇看了哈哈大笑。阿良和几个小伙子趁机掩护阿强和苦儿上岛，并很快跑回家中。

晚上，青山岛静极了，除了倭寇哨兵的问话和答话声，几乎没有别的声响。渔家住宅里漆黑一片，没有一家点灯。可他们并没有休息，男人们在收拾鱼叉、找出火把，女人们抱着孩子静静地看着，男人们的一举一动都牵动着她们的心。在阿良家里，阿良、阿强和苦儿正扒着门缝向外望着。他们家在西山脚下，地势较高，将北山、东山及码头的情况看得很清楚。阿良边看边小声地说："往北山上看，有两个倭寇放哨，咱们的人进山，他们会看得一清二楚，所以必须灭掉他们；往东看，也有两个倭寇是必须杀掉的，这样，官兵才能从西山脚下绕进岛内；再看码头，有四个倭寇在走动，两条大船上也有人，要想除掉他们是不可能的，只有强攻才能拿下。"苦儿看罢，小声说道："这样吧，阿良哥派两个人跟我们上山，杀了倭寇，由咱们的人顶替上去放哨。如遇倭寇问话，也可随时答话，以免叫人看出破绽。"阿良说："如此甚好，我跟你们去。"阿强说："不可，万一出差错，咱们只能跟他们拼命，你还得指挥全村的人呢。"苦儿想了想，说："为了保险，先拿下北山，这样把握会大些。"

北山下的山洞口，有灯光在闪动。不时有人走出来向各处看看。苦儿说道："官兵进岛之后，直攻中央。再分南北两队，分头向北山洞和码头发动攻击。"阿强说："对，就这么打，阿良，你告诉村民，千万别乱冲，以免受伤。"阿良说："好，明天就通知下去。"

第二天，阿良又领着十几个小伙子出海打鱼了，阿强和苦儿留在岛上，为午夜行动做准备。阿强从未干过摸哨之事，他问道："老大，要是咱们被倭寇的哨兵发现怎么办？"苦儿又何尝做过这种事，他说道："我也是第一次，心里也没底。不过，不能让他们发现。所以咱们得像猫一样无声无息，像蛇一样潜行，去接近哨兵。""可万一失手呢？"阿强心里在做最坏的打算。苦儿说道："咱们拼命也得护住水道出口，让官兵顺利上岛。"阿强说："只能如此了。"阿强在屋里转了一圈，说道："除了菜刀，没有别的兵器了，可菜刀只有一把，怎么办呢？"苦儿说："我不用兵器，用拳头就可以了。再说带上刀，万一不小心弄出个响动，会误事的。"阿强说："我在镇上听人说过点穴法，莫非你会点穴？"苦儿笑道："会一点，到时候掐脖子、揪脑袋，什么有用就用什么。"阿良一边打鱼一边向小荒岛方向望着，他很快发现有两根草棍漂来，船上的一个小伙子说："你们看，西山的两个倭寇正紧盯着咱们呢。"另一个小伙子担心地问："他们不会知道昨天的事吧？"阿良说："他们怎么会知道？等他们知道的时候一切都晚了。"船上的渔民都笑了起来。两根草棍靠近了渔船，阿二和阿三的头露出了水面。阿良问："情况怎样？"阿二答说："陈大叔领着那两个当兵的昨天就回台州搬兵去了，今日午夜一定上岛。"阿良说："等官兵来时，你二人带兵悄悄地进水洞，还要向带兵的建议留一路人马埋伏在北山洞口处，等倭寇冲出山洞时，从背后截杀。另两路人马从西、东两路进入岛中央，一路攻洞口，一路攻码头。再加上咱们二十几个人相助，消灭倭寇不成问题。这是我们昨天夜里商量的，供他们参考。"阿二说："阿良哥，你放心，我一定把话带到。"说罢，二人又潜入水中离去。

阿良对大伙说："伙计们，成败就在今晚了，大家回去要做好准备，主要是安排好老人、女人和孩子，叫他们千万别出声，找个地方藏好。阿江、阿海、阿河、阿水你们四个随阿强和老大去打掉西山、北山的倭寇岗哨，听清楚了，不要你们去打，只让你们装成倭寇站岗。洞里的出来查哨，你们应一声就是了。不过要沉住气，应声要像，别叫他们看出破绽，你们失手，可就满盘皆输了。其他人，看到我家插上火把，你们就立刻点上火把插在门前，然后拿起鱼叉协助官兵杀敌。记住，咱们可是协助，不要乱冲乱闯。"阿江说："我们都听你的，不过倭寇要是跑到我面前，我一定要杀死他。"

天还没黑，青山岛上的倭寇便开始收拾东西，并把抢来的粮食、布匹及财宝搬上大船。岛上的居民立刻紧张起来，阿良说："看来他们要走，难道是走漏了风声？"阿强说："不会的，是不是倭寇有什么预感才要逃跑的？"苦儿说："甭瞎猜，咱们还是静观其变吧。"阿强说："他们若是逃跑了，咱们可就白费力气了。"阿良说："岂止白费力气，他们在走之前一定会烧杀抢掠的，各家各户都要遭殃。"他的话提醒了阿强和苦儿。苦儿立刻说："这一手，我们不得不防，要是他们杀人放火，我们只能以死相拼。"阿良说："可他们人多啊，拼起来咱们肯定要吃亏的。"阿强毕竟和倭寇厮杀过，胆子比阿良大些，他说："全岛的人一齐上阵，也许能杀出一条血路。"苦儿想了想说："他们要是杀人放火，必要派人分赴各家各户。全岛二三十户人家，一家杀一个便是二三十个，这不就消灭了他们半数以上吗？"阿良眼睛一亮，说道："好啊，这是个好办法，剩下的由咱们对付。好，我这就通知下去。"说罢，便出去了。苦儿和阿强密切注视着倭寇的一举一动。

倭寇终于停止搬运，两条大船和码头上都有倭寇守护。另有七八个倭寇从洞中走出来，到处抓鸡、抓鸭。岛上鸡飞狗跳，乌烟瘴气。

天黑了，从北山的山洞里传出了倭寇的叫喊声和笑声。各家各户都紧张地盯着洞口，准备应对突变。阿良说："他们又在喝酒狂欢呢。"苦儿说："好极了，叫他们喝吧，喝得烂醉如泥，咱们就更好下手了。"

已到了亥时，洞内的倭寇也渐渐安静下来，他们要在明日一早逃离青山岛，这叫阿良他们长长地松了口气。苦儿、阿强领着阿江等四人悄悄进入西山，并潜伏在山上向北瞭望，足足望了半个时辰，终于看见有几个黑点由北向南而来。阿强兴奋地碰了碰苦儿，苦儿点点头，知道是自己的人来了，于是他们向岗哨摸去。借助树木山石的掩护，逐步靠近哨兵。苦儿示意阿江四人停下来，他和阿强继续向岗哨摸去，在距离岗哨只有五六尺的距离时，又示意阿强停下来。两个倭寇站在西山高处，手提长刀，背靠背地站着，并不时向四处张望。苦儿弯腰，捡起一枚石子向他们脚下抛去，倭寇听到响声向脚下望去。此时，苦儿突然跃过去，当倭寇抬头看见苦儿时，为时已晚，苦儿双手齐出，点了他二人的穴道，然后一人一掌将二人打倒在地。阿强和阿江等人都看呆了，苦儿向他们招手时，他们才缓过神来跑过去，扒下两个倭寇的衣服，穿在阿江、阿海的身上，拾起长刀假扮倭寇站岗。

苦儿又领着阿强、阿河和阿水向北山摸去。刚刚上了北山，便听到下面有人问了一句，山顶上有人应了一声，苦儿听不懂，此时也不便多问。等安静下来，苦儿慢慢地靠近哨位，不过位置不太好，他和两个哨兵处在一条直线上。他想了想，从地上捡起了两枚石子之后，又悄悄向前移动着，阿强他们停下来，紧张地注视着苦儿。苦儿走到一棵树下，停了下来，这里离哨兵只有五六尺的距离，只见他突然闪身，一枚石子飞出，一个倭寇便倒下了；另一个刚要喊，石子又到，还没喊出声便又倒下了。阿河、阿水没看明白，等到了跟前才发现：两个倭寇的头上都被打了一个洞，原来是被石子打死的。两人拾起长刀，还一个劲地朝苦儿竖起大拇指。

按阿良事先的指点，他们很快来到水洞出口处。又等了一顿饭的工夫，从出口处忽然冒出一个人来，拉起来一看，是阿二。不一会儿，阿三也上来了，三人耳语了几句。阿二守在这里，阿三又游出岛外，引领官兵入岛。苦儿和阿强由此直奔东山，又以撒石子的办法消灭了两个哨兵，他二人拾起长刀，立刻下山来到阿良家。阿良见到他们，兴奋极了，将火把拿在手里，准备随时点燃。

阿三向第一个准备进水洞的士兵比画着，带兵前来的李将军又检查了这位士兵背上的弓箭和大刀是否系牢。此时不必再说什么，在小荒岛上，阿二、阿三早已将泅渡水洞的要领说得一清二楚，只需一个手势、一个眼神就够了。第一个士兵钻进了水洞，阿三沉住气，数了三十个数，第二个士兵又进了洞。阿二在出口处将士兵们一个接一个拉上来，并示意他们到隐蔽处休息片刻。李将军也进了岛，他在阿二的陪同下，上了北山，查看了全岛地形后，回到原处。过了一会儿，陈老大和阿三也在最后钻出水洞，上了岛。李将军清点了人数后，以手势命令士兵取下弓箭，握在手中，按行动方案，他朝一个士兵一指，那士兵便带着二十个士兵朝北山下的洞口摸去。李将军又朝两个士兵一指，那两个士兵各领着十七八个人，一队随阿二去了西山，一队跟阿三去了东山。

当阿二领着李将军、陈老大来到阿良家时，阿良激动得热泪盈眶。四人简单交谈了几句，李将军便走了出去，带领一队人马直奔岛内。去东山的那队人马也插了进来。码头上巡夜的倭寇发现情况不对，立刻大喊起来，李将军大声命令："放箭！"阿良举起点燃的火把，冲出家门，把火把插在墙上，刹那间，二三十支火把几乎同时点燃，青山岛顿时如同白昼。

沙滩上，不断有倭寇中箭，号叫着倒在地上。北山下，有几个倭寇从洞口冲了出来，他们刚举起刀，就有半数的人吃了箭，剩下几个人又逃回洞中。不一会儿，三十多个倭寇个个一手拿盾牌、一手挥刀，气势汹汹地冲了出来，李将军立刻命令："拔刀，杀死他们！"官兵们放下弓箭，挥刀杀向倭寇。码头和海滩上有三个倭寇慌忙逃上大船，苦儿见大船要逃走，他大叫一声："阿强，跟我来！"阿强和阿三跟他一块朝沙滩跑去。刚要跟随官兵冲向洞口的陈老大和阿二，见苦儿和阿强他们朝沙滩跑，立刻明白了，转身也跑向沙滩。攻打沙滩的官兵们仍向两条大船放箭，使船上的倭寇难以砍断缆绳，提铁锚也受到限制，延缓了逃跑的时间。

苦儿和阿强他们已跃入海中，向其中的一条大船游去。苦儿抓住了系小船的一根绳子，正往大船上爬，船上的倭寇向陈老大他们放箭，试图阻止他们上船。李将军身先士卒，挥刀猛砍，连杀数人。阿良和岛上的渔民拿起鱼叉和倭寇厮杀在一起。岛上的老人、妇女和孩子们在屋里也待不住了，他们拿起竹竿、顶门杠、菜刀等可用之物也冲了出来，杀向倭寇。

苦儿已爬上了大船，他刚露出头，倭寇的刀就向他砍来。苦儿闪身躲过，刀砍进船帮里，苦儿纵身一跃，人已站在船帮上，他飞起双脚将倭寇踢倒，同时用力拔出长刀，跳进船中。船上还有四个倭寇，他们一同向苦儿围来，苦儿则背靠船帮，护住那根绳子，以便阿强他们上船。此时，阿强也登上了船，随后，陈老大、阿二、阿三也上了船，可他们手无兵器，还不能立刻冲上去。四个倭寇开始并没把一个毛孩子放在眼里，苦儿使出轻功，左右一晃，便将两个倭寇的刀打落在地。阿强、阿二迅速拾刀冲了过去。两个有刀的倭寇和两个无刀的同伙只好后退。陈老大和阿三随手在船上拾起木棍，也围了上去。停在附近的另一条大船上的倭寇见自己的同伴被围，急得哇哇大叫起来。他们刚要放箭，立刻被岸上官兵的箭压住，官兵喊道："好样的，把船夺下来！"

　　岛上经过一阵厮杀，只剩下三个倭寇，阿良喊："军爷们，这三个给我们留下，让我们亲手杀了他们，为死去的亲人报仇！"官兵们向后退一步，渔民们立刻拥上，将三个倭寇团团围住。三个倭寇垂死挣扎地背对背、双手举刀，眼睛血红血红地瞪着渔民。老人、妇女和孩子们的石子、竹竿等一齐向他们袭来，片刻间，他们的头，以及身体便见了血。阿良叫道："冲上去，把他们剁成肉酱！"渔民的鱼叉、长刀也一起刺了过去，三个倭寇很快倒下了。

　　李将军立刻命令："清缴残敌，打扫战场。"官兵们立即行动起来。将军转身来到码头，问明情况后，立即派几十名官兵冲向码头，要强行登船，但很快就被船上的长枪刺伤，只好退了下来。苦儿与阿强等人奋力搏杀，终于将三个倭寇杀死，剩下一个倭寇见大势已去，便要弃船跳海，陈老大随手一刀，砍下了他的一条腿。那倭寇身子一歪，便坠入海中。苦儿将倭寇的尸体抛入海中，砍断缆绳，拉起铁锚，奋力划桨，终于离开了另一条大船，向西划去。另一条大船上，缆绳被砍断，铁锚也被拉起，开始缓缓地向南移动。

　　这条大船上未未发生打斗，为何行动这么慢？一是被岸上飞箭压制，行动不便，二是倭寇在船上偷偷架起了一门大炮，准备支援岛上的同伙。当炮身探出头时，被苦儿看见，他叫了声"不好"，就跃入海中，向这条大船游了过去。李将军也看到了大炮，他刚叫了声："散开，倭寇船上有炮！"轰的一声，炮响了。炮弹带着呼啸之声，越过北山，在岛外的海面上炸开了。

　　原来倭寇们在忙乱中并未调好角度。苦儿听见爆炸声，心急如焚，他从一个漂在海面上的倭寇尸体上取下一把匕首，叼在嘴里，游到大船旁边，又顺着系着小船的绳索爬上大船。倭寇们刚刚调好角度，一个炮手举起火把就要点火了。这一炮发出，青山岛便要毁于炮火中。苦儿跃进船内，来不及多想，就扔出手中的匕首，正中炮手的后背。那炮手向后一仰，手中的火把便落在了后面的炮药上。两个冲过来的倭寇，一见火药起火，忙跳下了海。一个矮胖子挟起一个小女孩也匆忙跃入海中。苦儿也随之跳了下去。他刚入海，轰的一声，大船爆炸了，黑烟、火光冲天而起，西边的大船也险些被掀翻了。陈老大大声叫道："老大、老大！"阿强、阿二、阿三都亲眼看见苦儿上了那条船，现在那条船爆炸了，他们撕心裂肺地叫道："老大！老大！"他们的叫声、哭号声穿过烟雾传到了岛上。李将军和阿良、阿江他们也大声呼唤着："老大！老大！"

烟雾渐渐散去，那条大船已被炸得粉碎，海面上漂着碎木板等杂物和被炸断的胳膊、腿，李将军叫阿良快弄几条船来，下海去寻找苦儿。他们先登上了西边的那条大船，向陈老大打听了情况。陈老大、阿强把苦儿登上敌船的事讲了一遍，李将军说道："他是看见大炮才下海的，一定是为了保护岛上的村民和官兵免受炮击。"阿二说："是这样的。他叫了声'不好'，便游向了炮船。他跳上炮船不久，船上就冒出了火光，很快就炸了。"李将军说："一定是苦儿与倭寇拼了命，这才引起了爆炸。如果倭寇再开炮，青山岛必是一片火海了。希望苦儿能跳海逃生，现在分头去海上搜寻吧。"于是，二十几条渔船，在阿良的指挥下，一字排开，按海流方向向南搜寻，边找边大声呼唤："老大！老大！"

天亮了，海面上的杂物早已漂走，大海又恢复了原貌。渔船继续搜索着，他们逢礁搜礁，逢岛查岛，看到很多倭寇的尸体，但仍不见苦儿的踪影。时至中午，从昨晚到现在，大家一口饭没吃，一口水没喝，他们已经忘记了疲劳，忘记了饥饿，一心一意地寻找着苦儿。

太阳落山时，李将军、阿良领着疲惫不堪的搜寻人员回到青山岛。沙滩上仍有村民和官兵在等着他们归来。阿良一见到村民，禁不住流下了热泪。他声音沙哑地说："乡亲们，老大是为了救我们青山岛走的，若不是他炸了炮船，我们青山岛早已是一片火海了，我们不能忘了他对我们的恩德。"

一个渔民说："咱们应该为他建个墓碑，让子孙们永远记住他。"李将军说："就建个衣冠冢吧。"阿良为难地说："可他什么也没留下。"阿二忙跑回去拿出一条夹被，说："这是老大用过的。"于是人们把夹被放进一个木箱里，并把木箱抬到北山上，大家搬来了石头，在北山最高处堆起一座坟墓。

众人回到山下，李将军带领众人向北山磕了三个头，说："各位乡亲，李某军务在身，明日一早便要回去复命了。我心惭愧，真不知该如何面对老大的爷爷及弟、妹。那条大船上的粮食和布匹就分给渔民兄弟，船我要带回去，用它来帮我们消灭入侵的倭寇。我们戚家军只能多杀倭寇来纪念老大了。"士兵们将粮食和布匹搬下来，阿良负责将东西分到各家各户，村民们也都忙碌起来，将家里最好的东西拿出来慰劳陈老大、阿强和官兵。

第二天一早，李将军与陈老大、阿强等人告别，可老大的故事却在岛上传扬开了。

在陈老大家中，院子里、屋里站满了人，李将军、陈老大和阿强跪在老叫花面前。茹儿听了这不幸的消息后，昏倒在地，人事不知，已被阿姣她们抬到另一间屋里。川儿和月儿已哭成泪人一般，唯老叫花一言不发，双眼发直，脸色苍白。陈老大一看，叫道："老人家，您别这样，哭几声也好！都是我不好，叫您老人家这么伤心！"川儿一看，忙为老叫花捶背，哭着叫道："爷爷！爷爷！快醒醒，别吓唬我！"

老叫花终于喘上来一口气，他双唇抖动着，半天才说道："老大，你年纪轻轻的怎能走啊！要走也该是爷爷替你走啊！"说罢，老叫花老泪纵横，放声大哭。屋子里的人和院子里的人听了无不伤心落泪，尤其是小伙子们，想起苦儿的诸多好处，更是放声哭叫起来。村子里也站满了人，有不少镇上的人或路过这儿的，听见哭声赶过来想看个究竟。人们你一句我一句地询问，基本上弄明白了事情的大概。唐心玉也在其中，她谁也不问，只是流着泪听着，站在那里发呆。

老叫花终于止住了悲痛，将李将军与陈老大、阿强扶起来。他说道："三位快快请起，老大是为消灭倭寇而献身，这不怪你们。自己的孙子，当爷爷的怎能不知道？他心地善良，处处为他人着想。遇到难事、险事，他岂有不上之理？李将军，你不顾个人安危，亲率士兵上岛杀敌，你才是我们百姓心中的英雄啊！我老头子怎会怪罪你？"李将军说道："杀敌、夺船、炸船，本该是我官兵之事。由于在下办事不周，让老大替我们做了。李某真无颜面对陈家湾的父老乡亲和您老人家，羞愧难当！"阿强被同伴从屋子里拉出来，小伙子们急于知道苦儿的一切。阿强忍住悲痛，将苦儿如何进岛、摸岗哨、夺敌船及如何炸船的事又讲了一遍。挤到人前的唐心玉，一边抽泣一边听得明明白白。刘全柱也站在外面听着，而且他听明白了：老大就是苦儿，苦儿就是老大。

　　谷丁和唐宣正在喝茶，刘全柱乐颠颠地跑进来。谷丁问道："二公子为何这般高兴？莫非有什么喜事？"刘全柱得意地说："这回二位门主不必烦恼了，苦儿死了，咱们不必去抓了。"谷丁一听，哪里肯信，笑道："苦儿只不过是出海办事而已，如何会死？二公子说笑了。"这时唐心玉走进来，唐宣一看到女儿眼睛发红，便知她是哭了，忙问道："玉儿，苦儿真的出事了？"唐心玉答道："是，他出事了，陈家湾的人已哭成了一团，连镇上的人都知道了。"谷丁说："玉儿，你说说这究竟是怎么回事？"唐心玉就把在陈家湾听来的消息又重复了一遍。

　　谷丁听了唐心玉的叙述，心中佩服起苦儿来，说道："真是了不起，一般人不会冒险去炸船的。"刘全柱却说："不管是怎样死的，也不管多了不起，人终归是死了，这对我们来说已经是够了，不用咱们再费心力了，岂不更好？"

　　谷丁听了立刻说："二公子所言甚是，那就请二公子回禀龙帮主和大公子吧。"唐宣也说："二公子代我们回禀就是了，辛苦你了。"谷丁又说："二公子回去还请在龙帮主和大公子面前帮我们美言几句啊。"刘全柱笑道："那是自然，二位放心就是了。咱们在此共事数月，交情不浅啊。"说罢，他看看唐宣，又说道："二位门主是否要回大名府啊？那咱们可同路而行。"谷丁说道："我们出门不易，准备再到处逛逛，就不耽误二公子的大事了。"刘全柱说："也罢，那明天就各奔前程吧。"说罢，他走出来，去敲唐心玉的房门。唐心玉在房里说道："睡下了，有事明天再说吧。"刘全柱心里老大不高兴，心里骂道："臭丫头，有什么了不起的，宁对死人哭，不对活人笑，天生的傻子一个！"

　　此时唐心玉正坐在桌前发呆，苦儿把她的心带走了。她不哭也不叫，心寒如冰。长这么大，第一次遇上一个叫她十分喜欢又十分佩服的人。人生中的第一次是何等珍贵啊！

茹儿苏醒后，来到陈老大面前说："大叔，侄女有一事相求。"陈老大说："姑娘，莫说一件，就是十件八件，大叔也答应。"茹儿说："我要去找我哥，即使找不到，也要在海上祭拜他。您能借我一条船吗？"陈老大压住心中的悲痛说："借什么，大叔驾船送你去就是了。"月儿说道："我们也去，要寻些日子呢，最好能有两条船，行吗？"陈老大满口答应道："行，没问题。"阿姣说："我陪姐姐一块去。"阿强也说："大叔，我来划船。"陈老大说："好，就这样。阿姣，你去准备路上吃的饼，阿强，你去准备渔网、淡水，好打鱼填饱肚子。还要告诉村里人，夜里要照常巡查，不可大意。"阿强答应着走了出去。

二十　流落荒岛

苦儿趴在一处沙滩上，下半身仍泡在海水里，双目紧闭，左手向前伸出。一只海鸟在旁边的岩石上不停地叫着，仿佛在努力唤醒他。他似乎感受到了海水的抚摸和海鸟的呼唤。生命的力量在他身体里不断地增长着、聚集着。渐渐地，他的脚先不自觉地动了一下，左手的手指也动了一下，又过了会儿，他的左手又抓了一下，当他抓紧了一把沙子时，已能够吃力地睁开眼睛，抬起头了。他自言自语道："我这是在哪儿？"他慢慢地坐了起来，觉得有些头晕目眩、全身无力，转头四处张望，又自言自语道："噢，我还在青山岛呢。阿强呢？"休息一会儿后，他终于站了起来，费尽力气，走上岸来。走了几步，就觉得腹中空空、饥肠辘辘，他虚弱地走到一块巨石旁，将身子靠在石头上想休息一下，可一阵疼痛几乎让他叫出声来。他用手一摸，脑后起了一个肿包。他用手揉着，疼痛使他的记忆连成了线，他回忆起自己上炮船、打死炮手、爆炸、跳海等经历。这里不是青山岛，又是哪里呢？

他拾起巨石旁的一根木棍做拐杖，继续向岛上走去。他一边吃力地挪动脚步，一边注意观察岛上的情况：这个小岛实际上就是一个孤立的山头，山的北坡是悬崖陡壁，南坡却十分平缓，不过到了海边又有几个小山包矗立在那里，小山包已被海水冲洗得光秃秃的，大山上则是树木成荫，山坡上野草茂盛，还有五六棵大树错落其间。他现在处在岛的西岸，准备走到岛中央再往东岸看看。

当苦儿刚刚走到南山坡中央，向东岸看时，只听有人叫了一声，苦儿循声望去，看到东岸上竟有两个人：一个是刚刚叫了一声的女孩，一个是手提长刀的倭寇。看见倭寇矮胖的身材和旁边的小女孩，苦儿想起了炮船跳海的那一幕。他心说：没想到这父女二人还活着，而且也被冲到了这里。那倭寇听到了小女孩的叫声，回头看见了苦儿，他立刻提刀向苦儿走来。苦儿知道，一场厮杀在所难免了。他努力站稳，手执木棍，准备一搏。那倭寇刚跑了几步，却突然停住了，双手举刀，朝着苦儿大声号叫着，然后扑通一声倒在地上。女孩发疯似的跑了过去，又哭又叫地说着什么。苦儿不知发生什么事，走过去一看，大吃一惊，一条四五尺长的毒蛇正要向小女孩进攻，小女孩已吓得脸色发紫，一动也不敢动。

苦儿在黄山时见过老叫花捉蛇，他学着用木棍去引蛇头，当蛇向木棍咬去时，便趁机抓住蛇尾抡了起来，抡得毒蛇全身脱节而死。苦儿丢下蛇，朝那倭寇看去，他脚脖子上有明显的毒蛇咬痕，黑血还在向外流淌着，再探鼻息，人已死去了。

苦儿对小女孩说："他是你爹吧？他被毒蛇咬死了。快离开这里，说不定还有毒蛇。"说罢，他去拉那小女孩。可那小女孩盯着苦儿看，并突然说："你是上船的那个，炸死了我们的人！"苦儿惊奇地问："你会说中国话？不错，我就是那个人。我不炸船，你们开炮，会炸死我们很多人。"女孩听了并不服气，说道："在岛上时，你们杀了我们不少的人。"苦儿听了摇头说："青山岛你记得吗？"女孩点点头，苦儿接着说："那是我们的地方，我们中国人生活在那里。你爹他们霸占了我们的地方，抢东西、杀人放火，他们是强盗。"女孩在青山岛生活了半年多，从中国儿童那里学了不少中国话。苦儿的话她听懂了。她也曾见过她爹的人抢东西、杀人。于是她觉得有些理亏了，便不出声了，她看着死去的爹爹，默默地流着泪。

苦儿见她年纪小，十分可怜，便拾起毒蛇和长刀说道："快离开这儿，还会有蛇的。"女孩害怕蛇，只得跟在苦儿后面朝光秃秃的小山包走去。苦儿说道："你坐上去，我去收拾蛇。"说罢，便将她抱起并放在小山顶上。自己则走到海边收拾蛇。不一会儿，他拿着被破肚、剥皮并切成几段的蛇肉走了回来，对女孩说："快吃吧，你一定也饿坏了。"女孩害怕不敢去拿，苦儿便把蛇肉放在石头上，自己拿了一段大嚼起来。他一连吃了三段，才觉得肚子里不空了。女孩也是饿坏了，见苦儿吃得很香，忍不住也拿了一段咬了一口，刚放进嘴里，便吐了出来并呕吐起来。苦儿劝道："这东西不好吃，但要活命，就得吃它。"女孩明白了苦儿的意思，闭上眼睛，又咬了一口嚼了几下便咽了下去。苦儿吃罢蛇肉，从小山包上下来，他拎着长刀看了看女孩，那女孩已吓得浑身发抖，嗫嚅着说："你、你、你的，不是要杀我的吧？"苦儿听了摇摇头说："我怎么会杀你？你爹是强盗，他有罪，你看见了，他在被毒蛇咬死之前还想用长刀杀死我呢！如果他没被蛇咬，还有力气，他会毫不留情地对我下手。可你是小孩，没罪的，我怎么会杀你呢？现在我吃了东西，有力气了，再去看看岛上还有没有别的人。你坐好，千万别下来。"苦儿拎着长刀，围着小岛搜查起来。

女孩看着他的背影，想着他刚才说的话，那颗恐惧的心，才渐渐平静下来。不过她很快又陷入了忧虑之中：娘早死了，现在爹爹又死了，我没有亲人了，以后可怎么办呢？

苦儿已在小岛上搜索了一遍，再没发现其他人。他登上了北面的山顶，十几只海鸟被惊飞了。他向四周望了望，除了西边隐隐约约有个小岛外，四周全是汪洋，而且，连一条船也没看见。他想这里已远离了青山岛，离大陆应该就更远了。他低声叫道："爷爷、茹儿、月儿、川儿，我好想你们啊！你们在想我吗？我怎样才能回到你们身边呢？"想着想着，不由得落了泪。他忙擦掉泪水说："没出息！哭什么？首先要活下来，再想办法游回去。一定要坚强起来，还有一个小女孩需要带回去。"他抬头向树上望了望，见上面有一个鸟窝。他想上面一定有鸟蛋，能拿到一颗给小女孩吃，一定不错。他正要上树，突然觉得双腿无力，好像刚才积攒下的一点力气，上山时全用光了。他只好坐下休息，休息好后，才费了九牛二虎之力上了树，发现鸟窝里竟然有两颗鸟蛋。他说："实在对不起了，给我一颗，你只孵一颗好了，我要拿去救命。"他取了一颗鸟蛋，下了树，忽然看见低洼处有亮光在闪动。走近一看，原来是一个桌面大的水坑，他捧水尝了一下，是淡水。他明白这是积存的雨水，因为树林遮掩，蒸发较慢才得以保存下来的，他用树棍一探，足有一尺多深。他想到要想活下去必须想办法保存好雨水。他喝足了水，又用树叶装了点水便下山了。下到半山腰时，他发现了一个山洞，由于洞口朝南，洞里很是明亮。洞内很大，住两个人绰绰有余。看罢，他心中十分高兴，有住的地方便不怕刮风下雨了。他来到海边的小山包处，将鸟蛋送给小女孩，又递去水。女孩喝了蛋液又喝了水，心情好了许多。苦儿带着她来到山洞，他们打扫了一下，又捡些干草、树叶、树枝铺在里面当床。苦儿拿起一块石头去砸地面，女孩问他做什么，他说："砸出个水坑，下雨时接点水，你刚才喝的就是雨水。"女孩听罢，也拿石头砸了起来。敲打一阵后，砸出了一个小水坑。二人相视一笑，女孩突然说："我的爹爹可怎么办啊！"他们又来到了矮胖子的尸首旁，女孩不由得又哭了起来。苦儿说："你爹身体多处受伤，流了很多血，十分虚弱；又被毒蛇咬，一点抵抗力也没有了，这才死去的。咱们把他埋了吧。"他二人用刀挖、用手刨，终于挖出了一个坑，将尸首埋好，又捡些石头堆成了坟头。女孩给她爹磕了三个头，这才跟着苦儿回到山洞。

女孩看着苦儿，小声说道："谢谢你帮我埋了我爹。"苦儿一笑，说："这有什么好谢的，入土为安嘛。看你爹身上有很多的伤，必是大船爆炸时被碎片砸到的，你却一点也没有。一定是你爹时都在保护着你。"女孩说："我喝了很多海水，是爹救我，我才活过来的。你受伤了吗？"苦儿指了指自己的后脑勺给他看。她走近一看，便看见了个拳头大的包。她叫道："好险啊。"

苦儿笑道："还是咱们俩命大。你叫什么名字？几岁了？家里还有什么人？"女孩又哭了起来，说道："我叫中野杏子，今年十一岁了，爹爹一死，我就没亲人了。"苦儿劝道："不要哭了，以后，我就是你哥，你就是我妹，你可愿意？"中野杏子忙点头，说："愿意！"还叫了声："哥！"苦儿高兴地答应着，又说道："小妹，因为我们的人不喜欢看到你们的人，所以我想，你就叫杏儿如何？"杏子想了一下，觉得并不难听，便点头答应了。苦儿又说："明天开始，我教你说中国话、写中国字，那样就没人为难你了。"杏儿说："人多的，我的不行。""那就装哑巴，啊啊……"他边说边比画，倒真像个哑巴一样，杏儿开心地笑了。

夜幕降临了，杏儿倒在干草上睡着了，苦儿打坐练功。洞外一片漆黑，冷风习习，涛声阵阵。苦儿也觉得瘆得慌。虽然他在青山岛旁的小荒岛上待过一夜，可有阿强他们在身边，并没感到异样。如今不同了，是他一个人在一个远离大陆的荒岛上，而且身边还有一个需要照顾的小女孩，他心里真有些恐惧了。杏儿忽然坐了起来，朝外一看，漆黑一片，心中十分害怕。她叫道："哥，哥！我害怕，身上冷，能抱我一下吗？"苦儿一听，便在心中埋怨自己太粗心了，光知道自己害怕，怎么就忘记了杏儿会更害怕？他立刻答道："哥在这里，别怕，快过来。"杏儿跑了过去，倒在苦儿的怀里，立刻感到温暖了许多，也踏实了许多。

苦儿将右手贴在她背后，说："杏儿，哥为你布气祛寒。"片刻间，杏儿感觉到一股热流从背后流向全身。肚子热了，手脚都热了，身上舒服极了。暖流驱散了寒冷也驱散了惊恐，她觉得苦儿的怀抱比父亲的更舒服。渐渐地，她闭上眼睛熟睡过去。

二十一　海上搜寻

　　"哥——你一定在这里了，我知道的，快答应一声！"一向说话清脆柔和的茹儿，此时却发出了沙哑、令人揪心的呼唤声，她那双满含悲痛和企盼的大眼睛，叫人看一眼都觉得心痛不止。他们在海面上已搜索十多天了，这是他们今天搜索的第三个海岛。他们从东找到西，又从南搜到北，可哪有苦儿的踪影？"哥不在这里。"搀扶着茹儿的川儿边说边流下了泪。"那儿有个山洞，哥在里面练功呢。"茹儿说。众人向一座小山包走去，哪有什么山洞？他们担心地看着茹儿。茹儿却根本不理会人们的目光。月儿说："二哥，咱们再去别处找找吧。""你们看。"茹儿手指着一棵大树说道，"我哥躲在那里。想吓唬我。哥快出来，我不和你玩了！"说罢，挣脱了月儿和川儿的手，身体一晃便冲到五六丈外的大树前。月儿和川儿急速跟上，扶住她。阿强见茹儿这般悲痛，就埋怨起自己来："当时我为什么不上炮船？为什么不替老大去死？"阿姣说："现在说这些有什么用？"陈老大说："你们别说了，都怪我没照顾好他，看见他们这样，我的心都碎了！"

　　阿姣搀扶着老叫花，看着他日渐苍老和憔悴的面容问道："爷爷，您没事吧？"老叫花摇摇头叹道："唉，最有出息、最懂事的大孙子走了，二孙子悲伤过度，精神恍惚，这可要了我老叫花的命了！要死的是我才对，我活这么大岁数了，死何足惜？老天，你真是不公啊！"

　　阿强劝道："爷爷，您千万别这么想，您老人家要是有个三长两短，我们更没法活了。"陈老大也劝道："老爷子，您可要保重，老大走了，村里人恨不得把我们吃了，再照看不好您，我们真是没脸回去了！"阿强也说道："是啊，他们都骂我不够朋友，阿姣还骂我胆小如鼠呢。"他们说着，把老叫花搀扶上了船，不一会儿，月儿和川儿也将茹儿拉上了船。两条渔船又向南划去。川儿向东边看去，好像还有一个小岛，便说道："大叔，东边好像还有一个小岛。"阿强定睛一看，说："是海岛，不过离得太远了。"陈老大说道："那边是深海了，像我们这样的小渔船只能在近海捕鱼，到了深海就很危险了。如果再有什么闪失，我们……"老叫花明白他的意思，说道："你说得有理，要是再出了事，我的老命也不要了。"在另一条船上，阿姣划着船，月儿扶着茹儿坐在船篷里，茹儿瞪大眼睛，眨都不眨一下地望着前面的海面，嘴里喃喃地说："哥，你到底在哪里啊？"月儿拍拍她的脸说："二哥，清醒一下，别这样好吗？"茹儿仿佛没听到她的话，依然按自己的思路说："我知道，你在前边等我呢。"川儿问老叫花："爷爷，我看二哥是不是痛极了，走火入魔了？"

老叫花说道："有我们在她身边，倒不会走火入魔。只是这悲伤叫她难以承受。这也难怪呀，她与老大是在儿时的苦难中相识相知的。两人共同读书、共同习武，终日相伴，形影不离，心灵相通。正待驰骋之时，却犹如雄鹰断翅，又怎能不哀鸣？痛哉，苦儿！痛哉，茹儿！老大离去，犹如利剑穿透我心啊！"

老叫花说罢，泪流不止。陈老大问起苦儿、茹儿儿时之事，老叫花如实说出，陈老大和阿强听了十分感动。月儿和川儿又说了自身的经历，阿强说："原来你们是这样的一家人，难怪会出这样的英雄呢。"

晚上，他们把船停在岸边，生起火，大家围坐在火堆旁，老叫花说道："茹儿，你陈大叔和阿强他们已经跟咱们忙了一天了，很辛苦，你能不能帮他们布气解乏？"茹儿看看他，面无表情地说："布气？行啊。"老叫花忙叫陈老大、阿强、阿姣坐在茹儿的身旁，茹儿开始发功。月儿担心地问："爷爷，这行吗？"老叫花说道："让她练练功，换换气，省得憋出毛病来。"茹儿边发功边说："哥，快来，咱们一块发功。"阿姣曾多次接受过茹儿的布气，阿强和陈老大却是第一次。由于茹儿神志不清，在发功时，三人很快感到燥热不安，陈老大和阿强感觉尤其明显。三人都望着老叫花，老叫花见了忙说："不必惊慌，任热流奔腾，传遍全身，你们的气力会大增的。"老叫花暗自数了六十个数后说："茹儿，停止发功，打开主要穴道，进行换气了。"茹儿一言不发，默默坐在那里换气。她好像整个人都空了，空空洞洞，无视无听，抱神以静。

老叫花将手掌贴在她的后背，知她换气正常，这才放下心来。川儿关心地问："爷爷，二哥没事吧？"老人点头说："放心吧，没事。通过换气，可将她心中的郁结之气泄掉，人会渐渐清醒过来。"川儿说："能找到我哥，二哥的病也就好了，那就万事大吉了。"

老叫花又对陈老大说："这些日子让你们受累了。从今天起，我打算传你们内功，并叫川儿教你们圣手掌和泼风刀法。这样，即便我们走了，你们也可自卫了。来，我先给你们打通穴道。"他叫阿强趴在地上，然后伸出双掌在他后背、双臂、双腿处运气发功。阿强很快便觉得热气在体内四通八达，毫无阻挡，而且觉得肠热体胀，好像气力增强了许多。老叫花做完，又给他们讲了吐纳之法后，叫阿强到一旁练习。然后又为阿姣和陈老大施功。半个时辰后，老叫花收了功，他又试试茹儿，见她已换气完毕，便对月儿说："月儿，扶你二哥回船休息吧。"月儿答应着，便扶茹儿回船了。陈老大三人练过吐纳功法后，川儿便教起圣手掌掌法。川儿教得认真，三人也学得认真，老叫花看了，心中感到一丝安慰。

几天后，在另一处海岸上，陈老大、阿姣、阿强正在练习圣手掌，茹儿和月儿在指导他们，老叫花说道："你们继续练，我和小四去附近镇子上弄点好吃的，给你们改善改善。"茹儿说："爷爷，快点回来。"老叫花笑道："放心吧，误不了事。"说罢便拉着川儿去了。

在老叫花的开导下，茹儿已恢复了正常，尤其是通过练习换气大法，将胸中郁结之气排出，使她摆脱了精神恍惚之苦。尽管她心里因思念苦儿而万分痛苦，不过她现在可以勇敢地面对这一切了。她对陈老大说："大叔，这圣手掌要'出手成千影，收之隐无形'。收手时，既要快又要隐蔽，让对方几乎看不见。"说罢，她又示范了几遍。陈老大三人看罢，惊叹不已，又用心练了起来。

老叫花和川儿领着一辆拉脚的马车回来了，他们将车上的包子、馒头、酒、菜等搬了下来，又请车夫一起席地而坐吃起饭来。川儿为每人斟上了酒，老叫花说道："各位多日来为寻老大而奔波劳累，辛苦了。来，大家干一杯！"众人举杯共饮。茹儿、月儿、阿姣和川儿只是用嘴唇沾了一下。川儿放下酒杯，抓起包子便咬，边吃边说："真香！"吃过了饭，车夫将食盒装上车，与众人拜别而去。陈老大问道："老爷子，这顿饭得花多少银子？"老叫花答道："不多，三四两银子。"川儿笑道："这些银子都是从那些为富不仁的人那里'借'的，不需还的。"阿姣问道："那他们肯吗？"老叫花笑道："肯，他们笑呵呵全不当回事呢。"陈老大和阿强都笑了。月儿边收拾边说："爷爷，还剩了不少。"老叫花说道："没关系，中午、晚上接着吃。"茹儿和月儿将酒坛、包子、馒头和一些熟肉搬上了船。阿姣问陈老大："爹，今天去哪里？"陈老大看看天气，说："今天白天风平浪静，晚上可就不好说了。这样吧，趁今日天气好，去东边那两个岛上搜一搜。不过要快去快回，不可耽误过久。"阿姣说道："知道了。大家上船了！"众人上了船，陈老大父女分别划着船向东边驶去。

　　陈老大、老叫花等人上了东边的孤岛，看见岸上有不少碎木板、铜片，还有几段圆木头。"这一定是那条炮船上的东西，被海水冲到了这里。"阿强说道。陈老大说："这至少需要三天才能冲到这里。"

　　"我哥会冲到这里吗？"这个念头一出现，茹儿立刻紧张起来。她快步向岛上走去，月儿和川儿紧随其后。"爷爷、二哥，那树下有一个人！"川儿的一声喊叫，立刻引起众人的极大关注，大家纷纷朝那儿跑了过去。茹儿的心狂跳不止，她率先跑到那里。人们失望地看着，川儿看得没错，是一个人依树而坐，不过是个倭人，头歪在一边，早已断气了。他右边三四尺远的地方，还有一个小盒子，盒子上一把铜锁在闪闪发光。阿强仔细看看那个倭人，又仔细看看那个小盒子，说："我想起来了，青山岛的阿良告诉过我，这个人是倭寇头目，他上船时提的就是这个小盒子。"川儿过去拿起盒子，老叫花用手一掰，铜锁打开了，盒子里面全是珠宝。陈老大说："是了，炮船要爆炸时，他抱着盒子跳海了，经过几天的漂泊，被冲到这里，用尽最后力气，爬到这棵树下，还来不及看一眼珠宝，便咽气了。"老叫花骂道："这些倭人，为抢劫财物来到我国，杀人放火，无恶不作，这就是他们的下场！"说罢将盒子交给陈老大，说："这些珠宝你拿回去，村里谁有大事小情、婚丧嫁娶，便可把它换成银子送与他们。"陈老大说："我活了大半辈子，未曾见过这东西，这太贵重了，我怎敢收？"老叫花说："你收下吧，这本是百姓的东西，再分给百姓，也是一件善事。同时，你们也必须学好武，才能保住这些东西。"说完他们入岛搜索起来。茹儿又看那倭寇一眼，又失望、又庆幸：失望的是这个人不是苦儿，要是与苦儿在这里相遇该多好；庆幸的也是这个人不是苦儿，这个人死了，苦儿可能还活着。

陈老大划着船，继续向南搜索着。迎面开来一条大船，船上有二十几个人，除了四五个人划船外，其余的人都向陈老大这两条船望着。陈老大一见这些人穿着打扮都是渔民模样，只是每个人头上多了块头巾，就向对方打招呼："诸位老大，必是龙虾满篓、活鱼满舱，要返航了？"那些人没一个回话的。双方的船一错而过时，只听一人说道："花姑娘！"陈老大一听，小声说："大家留神，他们是倭寇。"他的话音还没落，又听有人叫道："停下的，停下的！"有两个人已从大船上跳了过来，他们的脚刚踏上船板，便被陈老大和阿姣用船桨打入水中。大船上的人哇哇大叫起来，个个从船板上拿起长刀。

老叫花大叫一声："冲上去，杀了他们！"只见他长杆一点，便飞上大船，接着，茹儿、月儿、川儿和阿强也都跳了过去，双方混战起来。老叫花长杆一点，挨着的死、碰着的亡。茹儿和月儿手中的木棍及川儿手中的拐也是从不落空。阿强拾起一把长刀，猛砍猛杀。片刻间，倭寇死伤大半。落水的两个倭寇正要往船上爬，被陈老大和阿姣击破了头，头巾被打落，露出头顶被剃光的秃头。陈老大叫道："你们还想骗人，做梦去吧，该死的倭寇！"接着又打了几下，直到两个倭寇被水冲走。阿姣见大船上打得激烈，便将绳子扔给陈老大，跳上大船参战。剩下的十几个倭寇，一看对方十分厉害，便向船头退去，并聚集在一起负隅顽抗。这时，船舱里传来女人的叫声，阿姣在舱口低下身听了一会儿，问："你们是什么人？"只听一人答道："我们是被抢来的舟山岛的人，我们看到你们上来了，求你们救救我们！"阿姣忙打开舱盖，十五个年轻的女子走了上来，她们一见倭寇被逼到船头，便立刻从船板上捡起长刀冲了过去。茹儿劝道："姐妹们别靠近，危险！"这些女人们气得将长刀扔了过去，趁倭寇一阵慌乱之际，老叫花率先发动攻击。茹儿等人立即跟上，一顿砍杀，倭寇又倒下一半。还有六个倭寇，个个举刀发狂地大叫着，就像被困的野兽一般。女人们还觉得不解气，又从船上找来了木柴、板凳等，再次砸向倭寇。老叫花叫道："结果了他们！"转眼间又倒下三个，另外三个跳了海。茹儿拾起一块木柴，看准了一个正探出头的倭寇，立刻扔了出去，不偏不倚，正中后脑，一股鲜血染红了海面。川儿叫道："二哥，我有石子呢！"说罢，他与月儿也随即撒出石子，两个倭寇再没探出头来。被救的女人们纷纷向老叫花他们致谢。老叫花吩咐众人开船将她们送回舟山岛。

天快黑了，他们终于来到了舟山岛。渔民们见被倭寇抢走的女人又回来了，哭声、笑声响成一片。他们在欢庆之时并没有忘记恩人们，都过来给老叫花等人磕头谢恩。老叫花等人立即上前阻拦，并将大船上的粮食、布匹及两箱银子搬下来分给百姓们。被救的女人们讲起六人大战二十几个倭寇的事迹，渔民们很是钦佩，由村长出面，请老叫花他们传授武功。第二天一早，川儿和阿强负责教授小伙儿们，月儿和阿姣负责教妇女们，茹儿想走可走不成了。

青蛇山庄里，刘全柱正向龙老大、曲蛇回禀苦儿之事，龙老大听罢叹道："可惜了，可惜了，你们晚了一步，让我失去了一个好徒儿。"曲蛇立刻劝慰道："师父莫难过，苦儿为救渔民而死，很有骨气，也算是小英雄了。"龙老大恨恨地说："倭寇欺我百姓，该杀！"曲蛇问道："那谷、唐二人呢？"刘全柱答道："他们叫我向师父、师兄表示歉意，他们因没抓住苦儿，心中很是不快。我走之后，他们便去了杭州，说是要休息几日。"龙老大说："抗击倭寇时期叫他们去抓苦儿，也难为他们了，好好休息休息，多玩上几天也是应该的。"曲蛇说道："师父说得是，他们也算尽力了，只是时机不好。师弟，你也忙了多日了，辛苦了！你先在庄里休息几日，然后派你去十业帮。"

二十二　荒岛求生

　　太阳还没从海面上露出它红红的笑脸，苦儿就已经在教杏儿认字了。沙滩上写着吃饭、睡觉、村镇、陆地、海岛，共十个大字。

　　苦儿说道："我要吃饭。"杏儿学着说了一遍。"很好！"苦儿夸道。"要问别人吃饭了没有，该怎么说？"杏儿说道："你的吃饭？"苦儿笑道："不对，要把'的'字去掉，应该说：'你吃饭了吗？'"杏儿认真地说道："你吃饭了吗？"苦儿说："这样就对了，再练习几遍。"杏儿认真地练了几遍。苦儿突然说："你的吃饭？"杏儿答道："我的吃饭。啊？不对，应该说：我要吃饭。你吃饭了吗？"说罢，她自己大笑起来。苦儿把这十个字的写法、读法一一教过之后，让杏儿自己练上二十遍。杏儿边读边写，学得非常认真。苦儿看着她，心想：这是个聪明又好学的小姑娘，我要好好教她。"哥，我练完了。"茹儿说。苦儿一一考过之后，说道："还不错，不过这字写得不好看，以后要多练习。""是。"杏儿答道。苦儿又说："好了，去练功吧。"

　　原来，苦儿已经把六项基本功教给了杏儿，每天都要她练习几遍，转大树、撒石子等基本功成了学习中文后的游戏，杏儿练得十分开心。为防止扭脚，苦儿将踩石尖改成了跑山坡。岛上没有成片的小树林，苦儿便将树棍插在地上，让她练钻树行子。岛上没有绳子或枯藤，苦儿便将较细嫩的树条编在一起挂在树上，当绳子来用。杏儿先练跑山坡，上下跑十遍之后，她的小脸已挂满了汗珠。苦儿说："慢慢练，不要着急。我下海打点鱼。岛上没蛇，你不用怕。"

为了安全，苦儿用了四五天的时间，在岛上各处细细地搜了一遍，把蛇全部消灭了。杏儿经过这十几天的磨炼，胆子也渐渐大起来。她说："哥，你去吧，我不怕。"苦儿拿着两根树棍下了山。

　　杏儿练起了撒石子，虽然一发也打不中，可她的兴趣却是越练越浓。接着她又练转大树。转了三五圈，她便跌倒了，可她爬起来继续练。小姑娘倒有一股不服输的劲头。苦儿到了海里，立刻打通了穴道，边捉鱼边练起换气大法来。他捉鱼的方法很简单，见鱼儿游过来，便用树棍抽打。将打昏的鱼串在一根树棍上，再继续去捉。

　　在小荒岛上，杏儿在练钻树行子，她在树棍中快速跑动。突然一个不小心，脸撞在树棍上，疼得她立刻用手捂住了脸，还自言自语地说："树棍你的不该撞我。"说完，想了想，竟忘记了疼痛，忽然笑起来，说："哥说，要去掉'的'字，树棍，你不该撞我。"

　　苦儿手中的树棍已串满了鱼，他慢慢收了功，走上岸来。见杏儿在练爬绳，叫道："杏儿，吃早饭了。""哎。"杏儿答应着，下了绳子，跑了过来。苦儿将鱼放在石头上，用长刀剁去鱼头，又开膛破肚，清除内脏，再拿到海水中清洗干净后，兄妹二人便大吃起来。杏儿早已习惯了吃生鱼，再者，早上练功消耗体力，正需补充营养，所以她吃得特别香。岛上的海鸟与他们相处得不错，都飞过来吃地上的鱼头和内脏。苦儿和杏儿常常将吃不了的鱼扔给它们，有几只胆大的海鸟还跑到他们跟前要鱼吃。在这孤岛上，海鸟成了他们的朋友。苦儿和杏儿还给它们都起了名字，叫什么白头翁、长嘴巴。

　　这些天，苦儿已经把圣手掌和百变云拳综合在一起，取其精华，编了一套"圣云掌"教杏儿练习。杏儿光着脚，在沙滩上练得起劲。苦儿站在旁边指导着："脚步要跟上，要快些，手掌要晃动，就像蛇行一样，对，好！转身要快，像转大树那样……"在他的精心指导下，杏儿虽是初次习武，还摸不着门道，但做得却是有模有样。

　　苦儿让杏儿独自练习，他坐在一旁想着苦缠拳：以"缠"的形式，迷惑对方，在此形式下，应以一招取胜。否则，长缠不胜，是有危险的。如何一招取胜呢？先观其变，找出弱点，攻之取胜。那不就是"静观其变"吗？

可在交手中，有静吗？有的，每一动必有一静，只是时间极短。但静是存在的。还有一种静，应是心里的平静，无论打斗得如何激烈，甚至处于劣势，都应保持心理上的平静。只有把这两种静有效地利用起来，才能仔细观察、准确判断、正确决策，找出弱点，打败对手。一招取胜的关键就在这里。

他越想越高兴，不由自主地站起来，低声自语的同时身体也随着声音行动起来："这'动'，有躲闪之动、诱敌之动、进攻之动。动是为了保护自己，制服对手，而'静'是为了更好地动。不会用静去观察去思考，那动就是被动的动、盲目的动。有动有静、动静结合方能取胜。"

大约到申时，苦儿带着杏儿下水了。杏儿已学了游泳，在海水中的她自在地游动着。苦儿边看她，边练换气大法。杏儿已从思念父亲的痛苦中解脱出来，她在海里又蹦又叫，像只海鸟一样在水面上自由地翱翔着，时不时朝苦儿眨眨灵动的双眼，嘟起嘴巴做个鬼脸，再钻入水中，她把眼前的哥哥当成了唯一的依靠。她正游着，一个大浪打了过来，她惊恐地大叫起来，并喝了几口海水，这时一只大手伸了过来，托住她的肚子，她才镇静下来。苦儿说："别怕，学游泳都得喝几口水，见浪打来时，你要把头抬起来，就没事了，多练习几次就好了。"杏儿不好意思地笑了笑，又游了起来。这时又一个大浪压来，苦儿拉住她说："别动，吸气。"大浪从他们的头顶砸下来，苦儿说道："睁开眼吧，没事了。"杏儿睁开眼，浪头早已过去了，她笑道："啊，没事了，挺好玩的。"

练罢了游泳，又练习踩水。杏儿虽然只能露出头来，可她的手脚划动还是很有规律的。她说道："哥，我的肩膀露不出来。"苦儿说："别急，练熟了就露出来了。"他们以踩水的形式游出了很远。杏儿回头一看，叫道："啊，太远了，回不去了！"苦儿笑道："怎能回不去呢？咱们比赛，看谁能先游回去。"他这是有意锻炼杏儿的耐力，没有耐力和坚强的斗志，又怎能游回大陆？二人向回游，大约游了一半的路程，杏儿叫道："哥，我累了，游不动了！"苦儿向后背指指。杏儿游到苦儿身边，双手一抱他脖子，便让苦儿背上了。苦儿说道："双手把紧，别掉下去。"说罢，快速向前游去。这时一条一尺多长的鱼儿在他眼前游过，杏儿叫道："鱼，鱼！"可苦儿手中无棍，只好用手去抓。手还没到呢，鱼早就跑了。"也许我可以用内力击昏它！"苦儿想着便伸手以待。当另一条鱼儿游过时，他突然发力，鱼儿果然被击昏了，不过，还没等他去抓，那条鱼儿已被水流冲走了。杏儿着急地说："没木棍的不行。"苦儿立刻纠正她："去掉'的'字。""哎呀，又错了。没木棍不行。"杏儿边说边扭着身子撒娇。苦儿说："快看，哥要抓鱼了！"杏儿伸出头，从背后注意看他空手抓鱼。一条鱼游了过来，苦儿用内力击昏它，接着用吸功之法一吸，那条鱼便随着他的手掌而动。杏儿叫道："好奇怪啊！""你再看。"苦儿说着将手伸出水面，那鱼儿也被吸出了水面。"神了，神了！"杏儿高兴地叫道。苦儿抓住那条鱼之后又朝另一条鱼出掌相吸，这条鱼奋力想摆脱这股力量，最终还是被吸了过来，成了苦儿的战利品。苦儿高兴地说："好了，有了新的捕鱼方法了。""哥，这是怎么回事？"杏儿急切地问。苦儿笑道："你好好练功，以后就知道了。"

晚上，苦儿在山洞里修炼换气大法，杏儿也坐在他身边，盘腿打坐练习内功。苦儿已经打通了杏儿的穴道，并将换气大法传给了她。聪明的杏儿按着苦儿的传授，认真修炼大法。苦儿的换气大法已接近第八层，只需吃一条鱼的时间便可换气完毕。所以，他不断向杏儿布气发功，将功力传给杏儿。发功完毕立刻换气补充，加快了练功的进程；再加上吸山石之气和大海的灵气，使他的练功质量更高、成效更大。今天的"手掌吸鱼"就是有力的证明。

一个时辰过后，苦儿轻声说道："收功吧。"杏儿收了功，搓搓手又搓搓脸说："哥，每次练完功，都觉得身体发胀，好像长大了许多，力气也大了好多。"苦儿说道："这就好。古人说'天下难事，必作于易'，你想要做一件很难很怕的事，必须从最容易做的事情入手。咱们要想游回陆地，就必须从学游泳、练武功等小事做起。只要有了水上畅游的本事，又有了力气，我们一定会成功的。""我们一定会成功的！"杏儿重复着说了一遍。

冷风悄然刮起，月光也被乌云遮住了。苦儿说："可能要下雨了，咱们可以接雨水了。"不一会儿，果然滴滴答答下起雨来。没有月光，洞内一片漆黑。杏儿摸到洞口前，向水坑摸去，里面已有了水。这个水坑是他们第一天住进来时挖的，直到今天才用上。风越来越冷，苦儿用树枝编成的门挡在洞口，两边用石头卡住。兄妹二人退后，靠在石壁上坐着。雨越下越大，不时有闪电在上空划过，雷声大作，就像在山顶上炸开一般，震得洞中嗡嗡作响。杏儿害怕得将身体贴近苦儿，苦儿抱住她说："不怕，一会儿就过去了。"在狂风、惊雷的夹击下，海浪带着巨大的声响扑上了海岛。浪花已击在了洞门上，溅在了杏儿的脸上。

风声、雨声、雷声及浪声混成一团，仿佛洞里前、后、左、右全是雷，全是浪，感觉小岛就要被掀翻。突然一股劲风吹来，将洞门一下子推进了洞内，压在苦儿和杏儿的身上。杏儿以为是山洞塌了，吓得大声哭叫起来。苦儿抱着她，一点一点向一旁移去，移到一个转角处，风力果然小了些。接着一道闪电将洞内外照得通明，杏儿往外一看，巨大的黑色海浪正向洞口扑来。她刚要喊叫，一个惊雷在头顶炸开，震得她头发蒙，她一头扎在苦儿的怀里，再没敢抬起。此时的小岛，狂涛阵阵，惊雷不止，有如千军万马攻向小岛，飘摇不定。苦儿也是第一次遇到这样可怕的天气，心里也害怕，紧紧抱住杏儿，心里在想：如果海浪涌进洞内，该怎么办？是现在就出去，还是要等浪涌进来再出去？再不然就是死在洞里。外面的环境十分恶劣，他最终还是选择了后者。

一直折腾到后半夜，雷声停了，海浪小了，雨还在下着。苦儿长长地出了口气，说道："杏儿，没事了。"他只觉得杏儿紧绷的身体一下子软了下来，说声："天啊，吓死人了！"便昏睡过去。洞内依然很冷，苦儿抱着杏儿，让她睡在自己怀里，这样可以让她睡得更舒服些。苦儿身体靠在石壁上闭目养神，不一会儿也睡着了。

一缕阳光射进洞来，苦儿渐渐醒了过来。他叫道："杏儿，天亮了，快醒醒！"可杏儿连眼都没抬，说："天黑着呢，还下大雨呢。"就又睡着了。苦儿又叫道："哎呀，大树都被刮跑了！"杏儿忙坐起来，说："真的？"二人携手跑出山洞看，这一看，真把他们吓了一跳：山坡上一多半的植物被冲走，露出光溜溜的岩石。两三棵一臂多粗的大树，有的被折断，有的被劈开。沙滩上留下不少的贝类和鱼。海鸟早已没了踪影。杏儿看了看，说："太吓人了！"苦儿说："是啊，咱们要和这样的大海抗争，没有本事和力气，也会被它撕成碎片的。"

杏儿望着海，手一指，说："哥，快看！"苦儿顺着她手指的方向，看见一个黑乎乎的大东西朝岛上漂来。苦儿下了海游过去一看，原来是一大块船上用的苫布，苫布下面好像还裹着什么东西。他抓住苫布一角，将它一点一点拉到沙滩上，揭开苫布一看，里面是一块木板和一段圆木头。杏儿帮苦儿将苫布拉到南边山包上晒干，又将木板、圆木头抬进洞里。苦儿说："这些东西都是大船上用的，说明昨天晚上一条大船在风浪中出事了，船毁人亡。"杏儿说："太可怕了！可这些东西能用来做什么？"苦儿说："这些东西可太有用了，木头可做成木筏，它可带咱们回大陆。苫布可当被子，还可搓成绳子捆绑东西。"杏儿说："哥，咱们先吃饭再搓绳，好吗？"苦儿答道："这句话不多字也不少字，语调也对，不错。走，捡贝吃去！"二人来到沙滩上拾起了各种各样的贝，撬开贝壳，直接吃起来。吃饱了肚子，苦儿拿起长刀在苫布上割下三条之后，便在腿上搓起绳来。这手艺还是在陈家湾跟阿强学的呢。杏儿也试着搓绳，可哪里搓得成呢？她叹道："唉，好难啊！"一上午，苦儿搓了几十根绳子，拉了拉还挺吃劲的。留下一小块苫布，苦儿说："杏儿，这块给你当被子，晒干了今晚就可以盖了。"

二十三　心之所向

　　谷丁骑马，唐宣赶着马车，正行走在杭州的大街上。他们已经来了二十多天了，谷丁说："师弟，这杭州果然是人间天堂，逛了这些天也没逛够。"唐宣说："是啊，师兄，这江南与北方就是不一样，杭州更是美上加美，我都不想走了。"谷丁笑道："刘全柱这小子走了，心里轻松很多，也该好好玩几天了。"唐宣吆喝一下，又说道："离开他，过咱们自己的日子，真舒服！"谷丁说道："今天咱们去西湖边的那个大酒楼吧，听说那里的鱼做得不错，去尝尝？""好啊。"唐宣立即表示同意，"喝完酒，再租条小船去畅游西湖，真是神仙过的日子啊！"谷丁听了哈哈大笑："对，对，咱们就过过神仙的日子，在这儿待够了，咱们再去苏州，去太湖，正是天下任我游！"唐宣说："如此甚好。只是不知艳儿怎么样了？"

　　一提到谷艳，自然勾起了谷丁的挂念，他说："应该不会有什么问题的。那郑明光会与艳儿相处好的。等咱们逛够了回到大洪山庄，便给他们成亲。""如此甚好。"唐宣说完，转身挑起车帘，向坐在里面的唐心玉看了一眼，说："女儿，怎么又不开心了？"唐心玉用手托着腮，说："有什么可开心的？"谷丁见他父女二人要说话，便驱马向前去了。

　　唐宣劝道："玉儿啊，苦儿是不错，可他死了。人死不能复生，你再想他有什么用？杭州城内，姑娘个个皮肤细嫩、面容水灵娇美，小伙子多是秀气儒雅、才气十足，你看哪一个好，爹把他找来就是。"车里的唐心玉说："爹，他们的长相也许能赶上苦儿，可他们的心地与气质能与苦儿相比吗？苦儿是什么人？他生为人杰，死亦鬼雄。你见的那些人，不过是文弱书生、奸诈商贾而已，怎能与苦儿相提并论？"

唐宣叹了口气说："苦儿离去了，你难道要想他一辈子不成？再说了，他又没跟你说过一句话、吃过一顿饭，你这样做值得吗？"唐心玉说："爹，你不懂，女儿家岂肯轻易喜欢上一个人，一旦喜欢上了，又怎能轻易忘记？爹，苦儿已印在女儿心中，永远也抹不掉了。"唐宣说："别说傻话，难道你一辈子不嫁人？这怎么能成？爹还要看到你成亲、生娃呢。"唐心玉摇摇头说："也许，我会成亲，可不是现在。我要学习做衣服，来打发我的时间。爹，那西湖成衣铺到了吧？"唐宣无奈地答道："到了。"

原来，唐心玉一进杭州城，便发现杭州女孩穿着十分得体，即使是粗布，也做得新颖大方，这叫她十分羡慕，她找了两三天，终于找到了城中最大、女客最多的成衣铺，于是她每天都要来这里学艺。唐宣见女儿喜欢这一行，就给了成衣铺老板五十两银子，又给了师傅每人十两银子，让他们好好教授女儿。老板和伙计收了银子，哪能不尽心啊，又见玉儿长得十分俏丽并且聪明可爱，她们就更热心了。从量尺寸、设计样式到画线剪裁，直至针线缝制，唐心玉边学边做，还能把她喜欢的衣服样式一一画下来。很快，人们发现成衣铺多了一个美貌的学徒姑娘，店里的客人也比平常多了起来。

从六月初到八月末，茹儿他们在海上搜索了近三个月，仍未寻到苦儿的踪影。他们不得不放弃了，跟随陈老大回到陈家湾。这一带的倭寇已经肃清，戚家军已移师福建抗倭。老叫花与茹儿商量决定：出关北上长白山。在那里采药，练功，为去沙漠、雪山做准备。

分别的时间到了，人们聚集在村西的那片竹林里。在村民们为苦儿建的衣冠冢前，茹儿、月儿和川儿正在与苦儿告别。茹儿摸着刻有"抗倭英雄之墓"的石牌，流泪说道："哥，我们要走了，去继续练功，完成咱们商定的大事。放心吧，我们一定完成哥所追求的事业，会照顾好爷爷。哥，你若有灵，就跟我们走吧，永远在我们身边。"月儿说："哥，你永远和我们在一起，还要和我们一块回故乡。"川儿说："哥，你没完成的事我来做，以后赶车、采野菜、买东西我全包了，我长大了。"川儿说着，眼泪就流了下来。老叫花一看，忙叫阿姣及两个小姑娘将三篮花瓣递了过去，茹儿他们接过花篮，抓起花瓣向坟头上撒去。茹儿边撒边说道："哥，你是天，我们是海，天与海永远不分开。天海成一线，昼夜话千言，时时在一起，处处紧相连。"花瓣刚撒完，阿姣立刻扑过来将茹儿和月儿抱住，问道："等你们游遍名山大川之后，我一定去找你们。请告诉我，你们最后在哪里落脚？"茹儿和月儿齐声说道："河南山南县城。"老叫花转身对大家说："谢谢乡亲们的深情厚谊，我们要上路了，在此别过。"渔民们有的送棉衣，有的送干粮，将一辆马车塞得满满的。陈老大说道："祝老人家和三位小英雄一路顺风，愿苍天保佑，好人一生平安！"老叫花上了车，川儿赶车，茹儿和月儿骑马离开了陈家湾。渔民望着他们远去的背影，眼睛渐渐模糊起来……

另一边，正在院中边走边读书的田力均，忽然听到有人叫他："力均，我回来了。"他一听是白云的声音，忙转身迎了上去。白云喜滋滋地跑了进来。力均高兴地说："云儿，你回来了！"白云拉着他的胳膊并没回答，而是盯着田力均的眼睛问："你想我没？"力均笑了笑，不好意思地看着她。"快说呀！"白云又催促道。力均四下看了看才小声地说："没人陪我读书、练功，你说我会怎么样？"白云扭动着身子撒娇地说道："不行，我要你正面回答我。"力均笑了笑，点了点她的鼻子，说："想，天天想。""真的？"白云又追问道。"骗你是小狗！快说说，京城好玩吗？"力均说着便拉她坐下。白云仰起脸，微微眯起眼睛，回忆起在京城那段刻骨铭心的日子。她说："京城太美了、太大了。那皇宫金碧辉煌，就是城中的街道，也是又宽又长。街面上商家林立，吃的、穿的、用的样样都有，热闹无比，几个邯郸城也比不上它啊。我站在街上就想，要是能住在这里该多好啊。""你哥不是在京城安家了吗？"力均见她如此向往京城，便提醒她说，"他当了买办，又挣了不少钱，过富裕日子不成问题。而且，你哥的家不就是你的家吗？""你说得才不对呢。"白云反驳道，"我要的是自己的家！"力均见她眼里射出了热辣辣的光，忙说道："京城这么好，我进京赶考时一定要好好逛逛。"白云拉着他的手说："逛街是小事，你一定要考上进士，这才是最重要的。你留在京城做官，那咱们就……"说着把头靠在力均的肩上。力均拍拍她的头说："考上进士并不是难事，只是这留在京城……"还没等他把话说完，白云就抢着说："这你放心，我都跟我哥说了，到时候，他请吴公子帮忙就是了。"力均看着他，问："这吴公子是什么人？他有这么大权力？"白云很认真地说："吴公子就是吏部尚书吴大人的小儿子，分配谁到哪里去当官，还不是他爹一句话的事？我哥说，每年都有不少人巴结吴公子，求他爹办事呢。我哥就是在他家当买办，这点小事，一说就成。"力均感觉有些奇怪：一个单纯的小姑娘，怎么会有这种想法？白云见他眼神有些怪异，以为他是不相信自己的话，便又说道："这位吴公子对我哥极好，凭他俩的关系，办这点事是没问题的，你放心好了。我一到京城，吴公子就说要为我兄妹团聚在府中设宴相庆。"力均问："他真的设宴了？你去了尚书府？"白云十分得意地笑了笑，说："那吴公子可不是个纨绔子弟，而是一位温文尔雅又极有才学的举人。我进入尚书府，完全惊呆了：楼阁巍峨，散布其内；房屋无数，错落在绿树丛中；大院套小院，小院通幽径；小桥流水，草绿花红；假山之中含暗道，仿佛进迷宫。荣华富贵，不言自明。"

"我哥领着我穿大院、过小巷、走游廊、上小桥，走了近半日，方到一个别致的小院。酒宴便设在这个小院的大厅之中。我一看，满桌子的菜，别说是菜香扑鼻、色泽鲜亮，就是那盛菜的器具也是银光闪亮、金色耀眼。还有，进餐之时，两边站着十几个男仆和婢女，随时伺候。那场面、那派头，真叫我有一种当了富家小姐的感觉。"她说罢，双手放在胸前，双目闭起，重温着当富家小姐的梦。

听了这番话，力均不只是感觉奇怪，而是有些惊异了。没想到，她进了一次京城竟变得如此倾心于荣华富贵。不过，数月来的初次相见，也不好破坏她的好心情。他只说道："云儿，过上富贵日子是咱们普通老百姓的愿望，不过，这个愿望离现实还太遥远。吴公子是权倾朝野的吴尚书之子，是权力圈子里的重要角色。他能这样礼贤下士，宴请你兄妹二人，也真是难得。不过我在想，这里头有没有别的用意呢？"白云听了，很不高兴地白了他一眼，说："人家吴公子只是敬酒、夹菜，说上几句庆贺的话而已，别的什么也没说，又能有什么用意？真是的！"力均见她生了气，忙说道："好，好，是我瞎说，不过我不也是怕你吃亏嘛！"白云又白了他一眼，说："你干吗老把别人往坏处想呢？他若是肯帮你，那不是很好吗？"力均不愿意和她争论下去，便有意岔开话题："京城这么热闹，为何不多待些日子？"白云又瞪了他一眼，说道："还说！人家不是想你吗？要不是挂着你，我才不回来呢！没想到我一回来，你还多起心来，真烦人！"说罢，又将头靠在力均的肩上，身子还扭动了两下。

正在这时，田育勤推开房门叫道："均儿，茹儿回来了！""啊！太好了！"力均叫了一句，便拉着白云的手跑进屋去。茹儿见了力均，忙站起来向他和白云问好，并将老叫花、月儿和川儿介绍给他们。力均未见苦儿，便问道："你们这是怎么了？苦儿呢？"田育勤说道："均儿、云儿，你们先坐下，听茹儿慢慢说。"力均听罢便觉得情况不妙，忙问："茹儿，快告诉我，苦儿怎么了？"茹儿垂泪把苦儿之事说了一遍。听了这个不幸的消息，力均霍地站起来叫道："这不可能！他这么年轻，怎么能说走就走呢？我们俩，一文一武，苦儿你走了，我怎么办啊！"说罢放声大哭起来，白云也陪着落泪。

老叫花说道："苦儿出事后，在渔民们的帮助下，我们和茹儿在海上苦苦搜寻了三个月。虽没发现任何痕迹和线索，也算是巡海寄哀思了。"田育勤说："苦儿为民抗倭，为国捐躯，青山岛和陈家湾的百姓们为他建墓立碑。只是这样年轻就走了，叫人痛心啊！真是壮志未酬身先死，长使英雄泪满襟。"茹儿说道："叔叔放心，哥哥仍在我们身边、在我们心里，他的遗愿由我们去完成。"

田育勤擦了擦泪水，说："苦儿是少年英雄，令人起敬，但英才早逝叫我痛心。茹儿，你心中的痛，叔叔又怎能不知？怀悲痛之心，驱疲惫之身，再去沙漠、雪山练功，叔叔怎能放心得下？你们还是在此住上一段时日，缓解一二，再去游学也不迟，效果会更好些。"其实，他心里是舍不得茹儿再去练功了。

茹儿是极聪明的孩子，她听出田育勤的意思，便说道："叔叔放心吧，现在是九月，正是去长白山采药、练习抗寒的好时机。要是错过了，还要等上一年，哥哥知道了会不高兴的。再说有爷爷保护我们，是不会有事的。叔叔，等我游学完毕再来看您。力均哥，你不要哭了，我哥走了，你更应是文武全才，争取做一个好官，造福一方百姓。如遇到什么困难，大家都可帮你的。"力均说道："失去了一位好兄弟，真是肝肠寸断、心痛不止！"白云劝道："怀念苦哥哥的最好办法就是你能考中。"力均说："我一定发愤，不负我们之间的约定！"

田育勤说："我儿说得好，苦儿为我们做出了榜样，咱们都要向前看，这才是怀念苦儿的最好办法。"他又对老叫花说："老人家，晚辈知道您是位高人，以高龄之身，与孩子们一起四海游学，世上有几人能做到？由您带领茹儿他们，晚辈也没什么不放心的。"

老叫花说道："育勤，你对苦儿和茹儿恩重如山，他们时常念叨你。我虽出身富门，却是学文不专、习武无悟，终变成了一个老叫花。是苦儿和茹儿见我可怜，不但不嫌弃，还为我治病。老叫花行乞数十年，还是第一次遇到这样好心肠的人。老叫花再也舍不得离开他们，这才跟他们住深山、游大海。只是没把苦儿看好，愧对你啊。"

田育勤说道："老人家切莫这样说，苦儿和茹儿就像我自己的儿女一样，苦儿这孩子从小就爱见义勇为、知难而上，我岂能不知？"

茹儿为了避开这个沉重的话题，指着月儿和川儿问道："叔叔，您仔细看看，认识吗？"田育勤说："你刚才不是介绍过了吗？"月儿说："田叔叔，您不记得我了？"田育勤又朝她看看，一时还没想起来。力均突然叫道："爹，我想起来了，你看那一双会说话的大眼睛，她就是苦哥哥家的邻居——月儿啊！她也是有护身符的。"一句话提醒了田育勤，他拉着月儿的手说道："哎呀，小姑娘都变成大姑娘了，我哪里还敢认啊！月儿，你爹可好啊？"月儿答道："爹娘已经过世了，我也是孤儿了。"田育勤看着川儿说："你也必有一番苦难经历了？"川儿便把自己的情况说了一遍，也拿出护身符给他们看。

田育勤感慨道："这还真应了那句话——'玉石里有故事'了。孩子们，这护身符浅绿清雅，聚字意深。是命运把你们联系在一起了，要好好珍惜这得来不易的缘分。"

晚上，老叫花和茹儿将吸功法告诉了田育勤父子，并帮助他父子二人打通了穴道。这让田家父子惊叹不已，并确信，老叫花功力非凡，是一位名副其实的高人。

三天后，茹儿他们便起程，上长白山去了。

二十四　算计别人

这一天，十业帮武昌堂主孙子杰和九江分堂堂主陈鸣，一起走进万兴酒楼。一个伙计忙迎上前去，说："孙爷、陈爷，楼上请！"掌柜的金珠有意结交他们，他们来吃饭，一律不收银子。伙计们都知道，所以对他们都十分客气。还没等他们走到楼上，刘全柱急忙跑下来，点头哈腰地说："二位爷，多日不见，叫小的好生想念。"

原来，刘全柱到此已经一个多月了，金珠给他改名姓全名柱，派他在二楼跑堂，专门伺候有头有脸的人物。他已接待了陈鸣两次，至于孙子杰已有四五次了。陈鸣笑着对刘全柱说："你小子就是会说话。"孙子杰笑道："不光会说话，还会伺候人。"刘全柱挑起门帘请二人进了雅间，转身沏茶去了。不一会儿，刘全柱端着茶水走了进来，说："这是二位爷最喜欢喝的西湖龙井，请慢用。小的这就去张罗酒菜，请二位爷稍候。"刘全柱走后，陈鸣小声说道："堂主，那朱堂主久不出来，定是憋坏了。"孙子杰叹道："唉，帮主不让他出来，又有什么办法？上次与谷丁、唐宣交手之事，原想请师父教训他们一顿，可是师父他老人家面色不佳，哪里还敢提起？要不是我推说堂中事多难以脱身，连我也被拉到长沙练功去了，哪里还能如此快活？"陈鸣问道："堂主，帮主为何这般着急？"孙子杰说："老弟，你有所不知！朱堂主虽有三妻四妾，却没生出一男半女，为此，家中常发生吵闹。帮主抱孙子心切，为堂主求医。结果，郎中说，朱堂主肾虚脾弱，精力不足，再不好好调养，难有子嗣。帮主一听着了急，不但不许他行房事，还要求他日夜修炼，以求健体强身，早得贵子。师父由他想到我，这才有召我一块练功的念头。"

　　陈鸣听罢，说："这也难怪老帮主着急，真是事事难遂人愿。"他停了一会儿又问道："堂主，您对那女子可满意？"原来，这一次他从九江来，是特意将一个从苏州买来的女孩送给孙子杰的。孙子杰喝了一口茶，说："不错，甚合我意。"这时，刘全柱端上菜来，孙子杰一看，有鱼、有鸡还有海参，甚是满意。刘全柱说："小的怕二位爷整日大鱼大肉伤了胃口，所以做了几个清淡的菜。这是葱爆海参，这是烹虾段，这是西湖醋鱼，这是香酥鸡，一会儿再上几个雕花凉盘，请二位爷慢用。"说罢，又为他二人斟满酒，才倒退着出去。孙子杰吃口菜说："这小子真是善解人意，这几道菜正是我想吃的。"陈鸣也说："色、香、味俱佳，这厨子的手艺上乘。"二人推杯换盏，吃得十分开心。刘全柱很快又端来四个凉盘，说："二位爷，有什么吩咐，只管叫小的一声就是。"说完恭恭敬敬退了出去。

　　这时，金珠来看望孙子杰，说道："哎呀，不知二位爷光临小店，失迎失敬了！"孙子杰笑道："金掌柜，又叫你破费了。"金珠笑道："孙爷说哪的话，没有孙爷给小人罩着，我这小店能开得稳吗？我们能有口饭吃，全仗着二位爷了。"孙子杰笑道："金掌柜，客气了。"金珠忙为他们斟酒，陈鸣说道："金掌柜，你果然是好手段，将一个饿倒街头的小叫花子训练成一个能说会道、善解人意的堂倌，难怪你生意能做这么大。"已喝得七分醉的孙子杰说："金掌柜，我可要夺人所爱了，叫全柱跟了我吧，我身边正缺这样一个人。"金珠有些为难地说："孙爷，我这才派上用场，还没……"陈鸣打断他的话说："这有何难？金掌柜再找个人来，再训练便成了。堂主，不过依在下看，这个全柱是大眼含恶念、笑脸闪贼光，还是不要的好，请堂主三思。"孙子杰却另作他想，便说道："陈老弟，你多虑了，有个机灵人伺候我，活得更舒坦些。金掌柜，你大概是舍不得吧？"金珠一听忙说："哪里，哪里，只是一时无人接替而已。孙爷喜欢他，尽管带走就是了，他能跟着孙爷，是他命中有这份福气，是他的造化。我先代他谢谢孙爷了。"孙子杰听罢，喝了一杯酒，哈哈大笑起来，说道："那好，我今天就把他带过去了。金掌柜，往后有什么为难之事尽管说，我孙子杰为你做主就是了。"金珠装作受宠若惊的样子说："小人真是太谢谢孙爷了！有了孙爷这句话，小人还会有什么为难的事？"孙子杰和陈鸣一听，都哈哈大笑起来。

金珠冷眼看看陈鸣，心想：这小子究竟是什么人？从大洪庄到武昌堂，从一个家奴升为分堂堂主，此人老谋深算，不可低估，比那猴精八怪的孙子杰更胜上几分。今天，他险些坏我大事。刘全柱要是进不了十业帮，我该如何向帮主交代？至于他能不能在十业帮站住脚，那就与我无关了。"就在这一天，刘全柱被孙子杰领进了十业帮武昌堂。

在大洪山庄的练功房中，郑明光和谷艳正在练功。郑明光是个十分聪明的人，他已经将谷艳传授给他的透骨掌内功心法与罗忠信传给他的消功大法之内功心法合二为一，编出一套洪山内功与谷艳一起练习。谷艳虽不知罗忠信及消功大法之事，不过她对洪山内功还是蛮喜欢的。二人收功之后，她说道："郑公子，我们两家内功合一，效果真是神奇。"满心喜悦的郑明光笑着说："怎么又叫起郑公子来了？叫我明光就是了。艳儿，还是你家内功强劲，二者合一才会有这般神奇。"谷艳说道："这几个月没白练，内力提高很快。咱们来练习剑法吧。"二人练习了郑明光会的那十招雪花剑法。不过，这十招剑法加上了透骨掌，变成新剑法，使其威力增加不少。他二人边练边议，现已形成了雪花双剑，比原来的雪花剑的威力又增强了一倍。他们在习武之中，随着交流的增多，二人感情渐笃，收获也颇丰。

罗忠信已搬到一间下人居住的房间里，由于郑明光一心与谷艳一起练功，所以他们很少见面。他坐在床上想道："现在真的该走了，没必要等谷丁他们回来再走。郑明光不再需要我了，恩师遗命我已照办，也算是了了一桩心事。我该去哪里呢？先是去虎头崖，拜师父英灵，再去东海边，找苦儿和我的两个徒儿，与他们在一起才心里舒畅。"他暗自打定主意，便准备明日动身离开。

夜深了，郑明光悄悄来到罗忠信房间。罗忠信见他来了，立刻开门见山地说道："明光，你的内功大法已经练成，现在又有铁掌门的人相助，将来必有一番作为。我代师传艺的使命已经完成，该去做一些其他事情去了。所以，我决定今夜离开这里。"郑明光一听忙劝阻道："师叔，一定是侄儿怠慢了您老人家，惹您生气了，侄儿向您赔罪，您千万别走。"罗忠信耐着性子问："明光，你的内功功法已经练成，留我何用？"郑明光想了想，说："师叔，还有一事，侄儿求您。""请讲。"罗忠信说。"虽听人说虎头崖的山洞中并没有消功大法，可侄儿不亲自去探洞拜祖，又如何能信？可探洞并非易事，无人维护怎可下洞？所以我想，等谷、唐二位前辈回来，请师叔同他二位一起帮我探洞，助侄儿了却这桩心事。那时，师叔再走不迟。"郑明光终于说出了自己打算。罗忠信一听，心中不悦，暗想：他也要和别人一样去打扰师父的安静，我怎么能帮他做这种事情？他说道："明光啊，想当年，师父为何赶我下山？为何不把消功大法传给我？那是为了让我平平安安地活下来，免受一些丧心病狂之徒的逼问和追杀。如今，你又何必去探洞，招人猜疑呢？你不想想，如果洞中真的没有大法，你不就是白忙一趟，可别人却不信。如果洞中真有大法，你会成为众矢之的。这两种情况无论哪一种都会使你无法安静练功，甚至会遇到不测。明光，不是师叔不帮你，恩师在天之灵也不会同意你去探洞的。"罗忠信说完看看郑明光，希望他能醒悟。

郑明光听罢，心中大为不满，说道："师叔说了这么多，其实就是不肯帮我。既然如此，侄儿也不强求，师叔自便吧！"罗忠信见他如此，心里并没生气，他仍然说道："明光啊，我若不肯帮你，又为何将内功之法传与你？你不听良言相劝，探洞之后便知厉害了。再说，凡探洞者，有几人生还？没有绝好的轻功，谁敢轻易探洞？那岂不是拿自己的性命开玩笑吗？明光，千万莫受歪风邪气影响，坏了自己的大事。"郑明光哪里听得进去啊，说道："得不到消功大法，又如何能报父仇？父仇不得报，还有什么大事可谈？"说罢，他摇着头推门走了出去。他希望罗忠信能改变主意叫住他，可他失望了。

罗忠信不但没叫他，反而连声叹息："唉，师父，徒儿尽力了。"他伤心地坐了片刻后，便带上几件衣服上路了。他一出山庄大门，便被盯梢的人发现了。心情不爽的罗忠信仍想着刚才的谈话，根本没发现有人跟踪。不一会儿，跟踪的人变成了三人，后来的一个人正是大公子曲蛇。

罗忠信来到九江城，见天色已晚，便住进春光客栈。一个伙计将他领进一间茶房，递上茶水。曲蛇领着两个人也住了进来，一个伙计按曲蛇的吩咐，忙去找关士田和韩士夕了。

关士田和韩士夕紧张了一阵之后，并未见冷面双娇追杀过来，胆子渐渐大了起来，在九江城内又公开露面了。不一会儿，他们来到曲蛇的房间。关士田赔着笑脸说："大公子前来小店必有要事，有什么事尽管吩咐，在下愿为公子效劳。"曲蛇说道："正有一事请二位帮忙。刚才住进一人，正是我们要抓的人，可我们又不想在这里大打出手，所以请二位帮忙。"韩士夕甩着女人腔说："大公子一定累了，先吃饭，休息一会儿再说。我这就去传饭，并顺便看看这个人，再决定如何下手。"曲蛇笑道："如此甚好，韩大侠费心了。不过千万别让他跑了。"

韩士夕笑着像个鸭子似的走出去了。他走到罗忠信的客房，从门缝往里一看，还真把他吓了一跳，罗忠信正在喝酒，桌子上放着一支银簪。虽然他也听到了门口的脚步声，但此时正是店家给客人上酒菜之时，走廊里有人走动也是正常之事，所以他并未在意。韩士夕回到曲蛇房间时，关士田正陪着曲蛇喝酒。他忙坐下说道："大公子，你可知道要抓的是何人？"曲蛇问："是谁？"韩士夕轻声说道："是罗忠信，原十业帮副帮主——罗忠信！"曲蛇知其名未见其人，已听说此人武功十分了得，有"江南第一刀"之称。他也吃惊地说道："真的是罗忠信？你不会认错吧？"韩士夕说："我们当年在长沙见过，就是他反对十业帮接纳我们的，他也为此退出十业帮，所以我对他印象十分深刻。""依二位看，该如何拿下他呢？"曲蛇问道。关士田说："此人武功仅在朱如天之下，动手擒拿必十分困难。不如用药迷倒他，来个神不知鬼不觉。"韩士夕说道："师兄，这招怕用不成，他桌子上放着一支银簪，酒菜全都试过才用。"关士田眼珠转了转，说道："有了！"便与他二人小声说了起来。曲蛇问道："这个法子倒是不错，可能成吗？"关士田说："加大药量，必会成功。"

用过了饭，罗忠信正在喝茶，只听走廊上传来店小二的吆喝声："送洗脚水了！客官，这是本店用中草药熬制的洗脚水，您用用就知道它的好处了。"一会儿，店小二端来一盆热气腾腾的洗脚水，说："客官，给您送洗脚水了。"罗忠信说："辛苦了，放下吧。听说是加了中草药？"店小二答道："是的，客官，几味中草药，庐山就有，遍地皆是。用它熬成洗脚水，能治脚气、去脚臭，还能舒筋活血。"罗忠信问道："可要收银子？"店小二答道："不收银子，是小店专门用来伺候各位客官的。"这时，只听一位客人叫道："小二哥，再加点水！""哎，马上到！"店小二答应着退了出去。喝过了茶，罗忠信脱去鞋袜用热气熏脚。他立刻觉得脚心发痒，脚掌发热，很舒服。他闻了闻，热气之中果然有一股中草药的味道。他自言自语道："这客栈很会做生意。"此时又传来邻屋客官的谈笑声："用这水泡脚太舒服了，脚下一红，血脉相通，你怎么还不泡？水凉了，就没意思了。""好，好，我这就泡。"

此时，罗忠信试着将脚放入水中，边泡边用手搓起来。还有热气升起，草药的香味时不时冲进他的口鼻中。洗过了脚，他觉得全身轻松了许多。这时，店小二走进来说道："客官洗过了？我来倒洗脚水。"罗忠信擦干脚向床里一挪，忽然觉得头晕眼花，此时他方知上当中毒了。他用手指了指店小二，还没说出半个字便倒在了床上。店小二端起洗脚水，得意地笑了笑，便出去报信去了。不一会儿，关士田、韩士夕和曲蛇走了进来，韩士夕用力掰开罗忠信的嘴，关士田从怀中取出一个小药瓶，将药水全部灌入他的口中。韩士夕取了绳子，与关士田将他抬到椅子上，再将他手脚捆上并绑在椅子上。可怜的罗忠信被洗脚水中的毒气熏倒，现在只能任人摆布了。

将罗忠信绑好后，韩士夕干笑两声，看了看曲蛇。曲蛇笑道："全靠二位相助，否则怎能捉住这只老虎？二位辛苦了！"韩士夕赔着笑脸说："雕虫小技，何足挂齿。罗忠信自该为公子效力，此乃天意。"曲蛇问道："他何时能醒？"关士田说："用量较大，最早也得明日中午。"曲蛇笑道："如此甚好，等他醒来，早已行进在山路中了。还得劳烦二位，明天寅时就叫醒我们，以便把他弄出去。同时还须备一辆马车，拉他出城。"关士田说道："马车小店就有，公子赶走就是。明天天亮之前将罗忠信抬进车篷中就是了，等城门开了，公子再走也不迟。"曲蛇说。"就这样定了。"关、韩二人走后，曲蛇和衣而卧，睡在罗忠信房中。

第二天中午时分，马车驶进了山间小路。道路不平，车身不断地晃动着。被捆住手脚的罗忠信终于醒过来了。他感到头晕目眩，全身难受，连眼皮都懒得抬。不过他的神志倒是清醒了，他睁开眼睛抬头一看，自己的手脚被捆，身边还坐着一个不相识的人。他立刻移动身躯，让自己靠坐起来。他问道："你们是什么人？为何绑我？"曲蛇十分得意地笑道："罗副帮主，委屈你了，为了请你入山议事，我们不得不出此下策。真是对不起了。"罗忠信盯着曲蛇看了一会儿，他并不认识这个人，说道："我早已不是什么副帮主了，你也不必客气，你到底是谁？绑我进山何用？"曲蛇说道："罗大侠，我们原想抓磨盘老人的徒弟，好得到消功大法。可我们万万没想到，磨盘老人的高徒竟是你。没办法，在下只好无礼了。我叫曲蛇，是本帮龙帮主的弟子，奉恩师之命，特请大侠上山。有不周之处实属无奈，还请大侠见谅。"罗忠信听罢，哈哈大笑，说道："我当是谁，原来是龙老大和他的好徒儿。也难怪，不是你们，又有谁会想出在洗脚水中下毒熏人的损招呢？曲蛇，你怎么知道我是磨盘老人之徒？"曲蛇笑道："我师父与大洪山庄有仇，对那里发生的事情又怎么能不关心呢？我们不但知道你是磨盘老人的徒弟，还知道你将消功大法内功法传给了郑明光。罗大侠，我说得对吗？"罗忠信一听便知，想隐瞒身份是不可能的了。不过，他现在能做的就是尽力保护郑明光。他说道："快刀帮真是不得了，连我这点小事都知道，可叹那郑明光，要是有你们这样的心机，我也不会落到今天的地步，真是可悲啊！"曲蛇一听，心中十分好奇。他问道："郑明光与罗大侠被抓又有什么关系？"

罗忠信装出十分伤心的样子说："郑明光内功甚弱，雪花剑法仅会十招。再加上无人管教，迷恋女色，不思上进，不想报仇之事，整日与婢女厮混，我传他消功大法的内功法，他哪里肯吃苦练习，整天想着男欢女爱之事。我说他几句，他就公然顶撞于我。这种不成器的东西，教他何用？一气之下，我才半夜出走，不想被你们拿住了。若是那郑明光好好练功，我怎会离开大洪山庄？你们的阴谋又如何会得逞？郑明光，你害我不浅哪！"

自从罗忠信被抓进青蛇山庄，就一直被关在神龙洞中，为了让他安静下来，龙老大一直没见他。在龙老大的居室内，龙老大正在向曲蛇问话："罗忠信的情况如何？"曲蛇答道："回师父的话，他恢复得挺好，饭量也很大。只是说头痛，大骂下毒之人。""会不会是装的？"龙老大问道。曲蛇答道："看样子不像，据庄丁说，头痛时，他用双手拍打自己的头，折腾一气后，便倒地昏昏沉沉地睡去，任谁也叫不醒。看来，下了两次迷魂药，药量过大，使他落下这么个毛病。"龙老大又问道："那关士田真是下了两次药？"曲蛇答道："是的，第一次是在洗脚水中，怕熏不倒他，药量下得较大。把他熏倒后，又怕他过早醒来影响我们出城，又将一粒迷魂药塞进他口中。两次药量确实大了些。"龙老大点头说道："药量过大，中毒较深，难怪他头痛。最好别影响他说出消功大法，否则就前功尽弃了。"

曲蛇急忙说道："师父，实在不行，还有那个郑明光，他已经把消功大法传给郑明光了，再把郑明光捉来就是了。不过，罗忠信大骂他没志气，说他剑法只会十招，内功底子极差，且迷恋女色，整日与婢女厮混。罗忠信一气之下，才离开大洪山庄。"龙老大想了想，说："郑泰然内功不高，他儿子内功差是必然的。郑泰然并没把雪花剑法全传给儿子，郑明光只会十招，这也是真的。看来，罗忠信说的是实话。罗忠信虽传他内功大法，却没传他消功大法，看来我们必须在罗忠信身上下功夫，郑明光嘛，抓来也无益。不过派人看看他是不是整日与婢女厮混，还是应该的。"曲蛇说道："观察院中之事，甚至偷入庄内，这必须是功夫好的人去才行。关士田、韩士夕二人轻功虽好，但剑法不高，一旦与郑明光交手，不是郑明光剑刺关、韩，便是关、韩的五色毒刀要了郑明光的命，这两种结果对咱们都不利。谷丁、唐宣二人去正合适，可他们还没回来。眼下尚无合适的人选，弟子去一趟就是了。"

龙老大听罢说道："你就不必去了，这一年屡次出山，也够辛苦了，该在庄里歇一歇了。这事不着急，郑明光是跑不了的，等谷、唐二人回来再去办也可以，这样牢靠些。唉，咱们庄里的人是不少，可关键时刻能用得上的人却不多，再多点谷丁、唐宣这样的人就好了。说到这儿，我就不能不想到苦儿了，可惜他走了，不能为我所用了。"说罢，连声叹息。曲蛇劝道："师父不必难过，这些年来咱们潜入中原，并站住了脚，这就是天大的胜利啊。招进武功高手，各堂虽极为重视，可我们是处于秘密状态，接触的人有限，这方面欠缺不少。看来，只能靠咱们自己培养了。师父练成神功后，不妨教给几位堂主，让他们成为高手，这对咱们可是大大有利。"龙老大听罢，点头说："看来，也只好如此了。走，看看罗忠信去。"

他二人出了山庄大门，向神龙洞走去。神龙洞中的罗忠信，双手双脚都被铁链锁住，铁链较长，可在洞内走动，但只能走到洞口，到不了洞外。洞内靠西一侧有一套石桌石凳，不远处有一张大木床。洞内宽敞明亮，所用之物齐全，这原是龙老大练功之所，现在却变成了罗忠信的囚室。曲蛇陪着龙老大来到神龙山山脚下，师徒二人拾级而上，来到半山腰，有一道木栅门，门里是一个宽大的平台。守门的两个庄丁一看他们二人上来，立刻打开门迎他二人进去。

龙老大走进去一看，见罗忠信正两手揉着太阳穴坐在石凳上与头痛抗争。他大声说道："罗老弟，你受苦了！"罗忠信抬头见是龙老大，说道："龙老大，咱们多年未见，你也见老了。"原来，他们年轻时曾见过面，彼此还有印象。"怎么，头还疼？"龙老大装作关心的样子问道。罗忠信反问道："快告诉我，是谁下的毒，这般阴损？"曲蛇说道："告诉你又能怎样？是关士田、韩士夕下的毒。你不交出消功大法，便休想走出这青蛇山庄！"罗忠信骂道："又是这两个淫贼和我作对，我饶不了他们！哎哟，疼死我了！"龙老大看到罗忠信拍头倒地，痛苦万分的样子，这才确信他不是装的。龙老大说："罗老弟，真对不起啊，原想请你进庄切磋武功的，不想，弄成这个样子。曲蛇，你们办事太欠考虑了，怎么能这样对待罗大侠？"曲蛇向龙老大一笑，说道："是，师父教训得是。徒儿真是考虑不周。罗大侠，对不住了。""哎哟……"罗忠信痛苦地呻吟着，又断断续续地说道，"你们……你们别假充好人了！下毒、上铁链，还说是请我切磋，你们……你们就不怕天下英雄耻笑吗？"龙老大说道："罗老弟，为你解毒、去铁链有何难？只要罗老弟痛痛快快地把消功大法写出来，咱们便是好朋友，老弟便是我青蛇山庄的座上宾。"

曲蛇见罗忠信除了呻吟并无其他反应，便说："罗大侠，我师父的话，你可听清了？"罗忠信双膝跪倒，头触地，双手紧扣太阳穴，口中还在呻吟着。龙老大和曲蛇相互看了一眼，也只好耐心等待。过了一会儿，罗忠信有气无力地从地上爬起来，说道："谢天谢地，又从鬼门关回来了。"曲蛇见他有所好转，立刻说道："我师父刚才说，只要你交出消功大法，立刻就放了你，你可听清了？"罗忠信说道："听清了。我写出消功大法，你们就会立刻杀了我。"龙老大听了便笑道："罗老弟，你多心了，我杀你何用？对我有什么好处？你我联手才能成就一番大事，咱们应该是朋友才对。"罗忠信有气无力地说："帮你去杀人，我可不干。莫说是杀人放火，光是与淫贼为伍我就不干。正因如此我才离开十业帮，我想这事你们都知道。"龙老大淡淡一笑，说："老弟，何用你杀人？只要写出消功大法就成了，这又有何难？"罗忠信看了龙老大一眼，说："你们这样苦苦相逼，看来我不写也不成了。"龙老大一听忙说："老弟想通了就好。"罗忠信接着说："不过，我此时中毒已深。已过了一个多月，你们也不给我解药，这毒已经深入肺腑了，现在再服解药只怕也不管用了。一天之中，大半时间都在疼痛中度过，我哪有心思写什么消功大法？即便是写了，也必是颠三倒四。你要拿去练了，岂不又说我有意害你？等我慢慢将毒逼出之后再说吧。你们要是着急，就把我杀了算了，反正我活着也是遭罪。"龙老大一听他说得也有些道理，相逼过急，只怕会适得其反，于是说了几句安慰的话，便领着曲蛇走了。

罗忠信见他们走了，这才冷冷一笑，恢复了常态。过了一会儿，一个庄丁从洞口巡查过后，他立刻练起消功大法来。

二十五　整装待发

　　在杭州城内一家"芙蓉绣楼"里，唐心玉正与十几个姑娘一起绣花。这是杭州城中最大、最有名气的一家绣楼，唐心玉在此学艺已有一个多月的时间了。她正在绣一朵花，一个姑娘问她："唐姑娘，你一天到晚和我们这些绣工一样坐在这儿干活，你就不厌烦吗？何不到街上走走？散散心也好啊。"又一个姑娘笑道："别人上街逛倒也罢了，唐姑娘可万万去不得，她上了街，还不得围个水泄不通啊？"姑娘们一听全笑了起来。另一个姑娘说："凡姑娘家谁不想生得美？可要是真的生得美了，连上街都困难了。杭州城中有几个恶少，专门欺负漂亮的女孩，唐姑娘还是不上街的好。"唐心玉边绣边说："谢谢姐姐们的提醒，不过我很早就听说过，苏杭出美女。各位姐姐清秀可人、温柔可爱，哪个不是美女？"一个姑娘笑着说："好啊，我们说你美，你便拿我们来开心，等歇下时，看大伙怎么收拾你！"这时只听门口的一个姑娘咳嗽了一声，大家顿时安静下来。门开了，一个中年妇人走进来，走近每个姑娘，检查他们手中的活计。当她走到唐心玉身边时，唐心玉刚绣完一朵花。她站起来交给那妇人看并说道："老板娘，请您多指点。"这位老板娘仔细看了一番后说道："唐姑娘果然心灵手巧。这一个多月没白学，技法精细、配色合理，很不错。你可以绣一些小鸟、蝴蝶之类的东西了。"

　　唐心玉说道："这都是老板娘耐心指导的结果，姐姐们也没少帮助我，谢谢你们大家了！"老板娘笑道："你们听听，唐姑娘说话就是叫人爱听，模样又俊俏，真是叫人爱不够。你们多学着点。"老板娘走后，一个姑娘说："唐姑娘，你可别以为她是真喜欢你，她是真喜欢你给她挣的那些银子呢！"唐心玉说："无论如何，我学会手艺便满足了。"

唐心玉已经开始绣小鸟了，她不时向身边的一个姑娘请教着，安安静静地绣着小鸟的眼睛时，突然从这只眼睛里渐渐露出一双大眼睛，然后由眼睛及鼻子到嘴，直到一张英俊的脸……她心一惊，绣针扎在手指上。她疼得吸了口气，看着那出血的手指，心中叹道："苦儿，为了忘掉你，我努力学习女红，想让自己平静下来。可到头来，还是忘不掉你，我做什么你都看着我，恐怕这辈子是忘不了你了。我真傻，我喜欢你，你却不知道，你带走了我的心。"

晚上，唐宣走进女儿房间，问道："玉儿，老板娘对你可好？这绣花可学得差不多了吧？"唐心玉答道："我不费她的料、不费她的工，又白得银子，能不好吗？绣花过关了，今天已经开始绣小鸟和蝴蝶了。"唐宣说："看来还得学十天半月的。我和你师伯想去太湖玩几天，据说那里更美，你也去吧？"

唐心玉想了想，说："爹，还是你们去吧，我不想中断学刺绣。"唐宣说："听说，太湖内还有一个小岛，咱们在小岛上住几天，一定别有韵味。"唐心玉说："还是你们去吧。来趟杭州不容易，女儿一定要把苏绣的绝活学到手。"唐宣说："你不去，我也不去了，留下你一人在这儿，我不放心。"唐心玉立刻说："爹，你还是去吧，别担心我，我这几天搬到老板娘那里去，和那些绣娘住在一起，不会有事的。"唐宣想了想，说道："那好吧，等明天把你送过去，我们便去太湖。三五天便回来。这几天，你千万别上街、别出屋。"唐心玉笑笑说："是，爹，知道了。"

唐宣走后，唐心玉倒在床上想着唐宣说的话：上小岛！还住几天！她又想到苦儿，便潸然泪下。她取出白天绣的小鸟，看着鸟嘴旁那一滴血印，轻声说道："小鸟啊，你喝了我的血，快快活过来吧，你飞遍大海告诉苦儿，玉儿在想他，叫他快回来吧！"此时她的思绪，如脱缰的野马，奔腾不息，想到自己所受的相思之苦无处诉说，便坐起身来，走到桌前，拿起纸笔，闭目沉思片刻，写了一首商调《黄莺儿·苦字歌》：

满腹苦楚，能向谁诉？自找苦差，裁衣、绣花排遣。数月苦熬到何时？苦海无边情难迁。心里苦来自发呆。美景皆被苦水淹。心里苦来，眉不舒，苦脸相伴容难展。不盼那苦尽甘来。只求那苦儿速还。苦儿归来兮，万苦归一，笑开颜。

写完，她脸上挂着苦笑，眼里流出苦涩的泪珠，花容月貌被愁云笼罩着……

小岛上，杏儿正在爬大绳，她已不用双腿盘绳，只需用双手便可爬上去了。苦儿在一旁正用小条形木板和苦布为杏儿做救生衣。由于没有锯子和针线，做起来十分吃力。经过十几天的努力，今天终于做成了。虽然样子不好看，做工粗糙，但很结实、很实用。"杏儿，快过来！"苦儿叫道。杏儿立刻从绳上滑了下来，跑到他跟前问道："哥，救生衣的做好了？"苦儿佯作生气的样子瞪了她一眼，说："你的讲话错了错了的！"杏儿一听立刻大笑起来，又重新说道："哥，救生衣做好了？"苦儿这才点头笑道："来，试试。"杏儿穿上，还挺合适的。苦儿又用搓好的两根绳子，一头绑在杏儿的腰上，另一头绑在自己腰上，中间还有四五尺长的距离。"哥，绑绳子干什么？怕我被大水冲跑了？""是，风平浪静时，你可以自己游，游累了，便可趴到我背上休息一会儿。遇上大风浪，你要搂住我的脖子，不能松手。一旦松手，就立刻拉住绳子向我靠拢。我也可以抓住绳子把你拉起来。"杏儿听了点点头。苦儿接着说："还有，遇到危险，可以喝几口海水，但绝不能用鼻子吸水，那样会被呛死的。""哥，我记住了。"

杏儿说完，平静的海面上忽然起了风浪，而且越来越猛烈，浪头向岛上袭来。苦儿站起来，看着那发怒的大海，说："这倒是对付风浪的好机会。杏儿，你敢不敢跟哥下海体验一下？"杏儿说："哥敢，我就敢！""好，那咱们就试上一试！"苦儿说罢背起杏儿，走到岸边说道："杏儿，别紧张，搂住我的脖子，咱们下海。"大浪从苦儿的头上直落下来，仿佛要把他们压入海底，又仿佛要把他们抛到天上，像是有意让他们领略大海的威风。杏儿害怕，双手紧紧搂住苦儿的脖子，把脸贴在他后背上。一个更大的浪刚刚将他们抛起，又与前面的浪相撞，大水花猛地砸在杏儿的脸上，她身不由己地向后一仰，便松开了双手。她心里一惊，便又急忙去抓住绳子，不想绳子已断，那一头是空荡荡的。还没等她喊救命，便又被后面的大浪压到水里去了。在海水中，她感到一只大手已经把她抱住了。原来，苦儿发现她离开时，也忙去拉绳子。可发现一根绳子断了，他立刻去抓住第二根绳子，这才将杏儿给拉了回来。当他们露出水面时，苦儿立刻将拉断的绳子又系在了一起，将杏儿绑在自己胸前，一只手搂着杏儿，一只手划水。杏儿将身体紧紧贴着苦儿，双手搂得死死的。苦儿已经感觉到她的心狂跳不止，身体也在不停地颤抖着。

　　经过近一个时辰的搏斗，大海终于平静下来。苦儿兴奋地叫道："杏儿，咱们胜利了！"杏儿将脸紧紧贴在苦儿脸上，说："哥，我好害怕！"苦儿安慰她说："杏儿，你是好样的，很勇敢。""哥，绳子断了，你是怎么抓住我的？"杏儿把头仰起，认真地问。苦儿答道："还有一根绳子没断啊。"杏儿听了，狠狠地拍了一下自己的头。苦儿向小岛的方向望了望，说道："省点力气吧，大浪把我们冲出好远了。"杏儿一看，小岛变得更小了，说道："哥，我自己来游。"苦儿解开绳子，二人向着小岛的方向游去。终于到了小荒岛，走在沙滩上，杏儿若有所思地问："哥，我这个样子，我们能游回大陆吗？""能！只要我们能顶住风浪，等风平浪静时，我们再游，就一定能游回大陆。"苦儿答道。杏儿说："可顶住风浪太难了，我怕……"苦儿说："人的力量太渺小了，不能与大风大浪硬顶，咱们只要能在风浪中正常换气，任其抛、压、砸，咱们就算胜利。"杏儿还是有些担心地说："哥，我要是离开你可就完了。""不会的，这次试验，说明咱们的绳子太细，拉力不够。回去后，要将绳子再加粗一倍，再将你我之间的绳子由原来的两根变成三根，或者考虑把你绑在我的后背上。"杏儿一听，这才笑起来，连声说好。快要走到山洞的时候，杏儿问："哥，咱们今天吃什么，我的肚子咕咕叫了。"苦儿说："哥请你吃烤鱼。"杏儿有点不信地看着他说："咱们没有火啊，用什么烤？"苦儿说："前些天台风不是刮倒了几棵树吗？咱们找一块木头，来个钻木取火，再拿些湿的树枝当烤架就行了。"杏儿说："太好了，我要敞开肚皮大吃一顿了！"

一天清晨，苦儿正在烤鱼，杏儿从洞中跑出来说："哥，我数过了，今天是第一百零九天了。"说完，她便伸手来烤火，苦儿说："这么说，现在应是九月末了。"原来每过一天，杏儿都要在洞内石壁上刻上一道，后来苦儿教她刻"正"字，数起来又准又快。杏儿又说："哥，咱们今天走吗？"苦儿将一条烤鱼递给她，说："吃饱了便走。你要多吃点，好有力气。"杏儿边吃鱼边向小岛四周看去，说："要是真走了，还有点舍不得。"苦儿把晒干了的木头都放到火堆里，让火烧得更旺些。他边烤边吃，说："真香啊！鱼和火都是好东西。"

他们吃饱肚子熄了火，苦儿拉着杏儿来到她爹的坟前磕了三个头。杏儿说："爹，我要跟哥哥去大陆了，您安息吧。"

苦儿也说："你放心吧，我会把杏儿带大，让她过上好日子的。"他们回到山洞里，苦儿给杏儿穿上自己做的救生衣，又在二人胸前绑了三条绳子，在洞内扫视一遍。出了山洞，苦儿大声喊道："小岛、山洞、海鸟，再见了！"二人将做好的木筏拉入海中，拿出用木板砍成的桨，用力划去。杏儿也高喊起来："小岛、小鸟，再见了，谢谢你们的照顾！"兄妹二人奋力划着桨，杏儿问："哥，几天能到大陆？"苦儿说："估计至少得两三天，但愿大海这几天能风平浪静，平安把我们送回大陆。"杏儿又喊了起来："美丽的大海，让我们安全地回大陆吧，求求你了！"太阳出来了，大海身披彩霞，显得更美了，它用那唱着歌的浪花，把快乐送到了木筏上，仿佛接受了杏儿的请求，要把他们安全送回大陆。

茹儿的背囊已超过了头顶，最下面是干粮，中间是衣服，最上头扣着煮汤用的小铁锅。她拄着木棍正在向山上走着，身后的月儿、川儿和老叫花也是身背行囊，随她而行。

老叫花看着茹儿的背影，心想：苦儿走了，茹儿把重担都担了下来。唉，她只是一个十六岁的小姑娘啊！月儿、川儿也都在从失去哥哥的痛苦中走出来，而且还要按哥哥的愿望一直走下去，多么坚强、可爱和勇敢的三个孩子！老叫花一定陪你们走完这四海游学之路。"

"爷爷，您累不累？要不咱们先休息一会儿？"茹儿回头问道。"不累。"老叫花回道，"这长白山，山高林密，树木遮天蔽日，真是个好地方啊。咱们必须在中午前赶到山顶，要是在天黑前找不到山洞，那只好在树上住了。"月儿说道："天气已经很冷了，树上风大，住不得，还是快上山吧。"川儿说："对，上山找山洞要紧。"茹儿停下来，等老叫花走上来时，她把老人的背包抢下来说："爷爷，让我来背。"老叫花笑道："我能背，包里只是我的衣服而已，轻得很。"茹儿说："走山路，背囊会越来越沉的，还是我来背吧。"她把背囊放在脖子后，又朝前走去。老叫花笑着说："唉，到底是老了，腿脚不灵便了。"川儿扶着他，又朝茹儿挂着的棍子指了指。原来，茹儿不愿将苦儿从放羊沟砍来的那根棍子丢掉，便将它与自己的棍子绑在一起。老叫花将手放在嘴边，示意不要说，以免茹儿伤心。

川儿看了看老叫花腰间的一把匕首，问道："爷爷，咱们真能打到野兽？"老叫花说："能。咱们寄放车马的那户人家不是说了嘛，山里有野兔、傻狍子，可劲地打。要不，我买匕首和砍刀干什么？哎，你拿的那把刀可别随手扔了，咱得拿它砍柴、烧火呢。""爷爷，我拿着呢，不会丢掉的。这砍柴的活我包了，您就放心吧。"老叫花笑道："傻小子，你包得了吗？你不想想，一天三顿烧火做饭，晚上还要点火取暖，这一冬天需要多少柴？至少需要一个小山包那么多。"川儿听了说："我知道啊，我和我娘过日子的时候，就是我砍柴。"

天已过午，苦儿和杏儿吃了几条生鱼后，又划桨前行。天气仍然晴好，大海温柔地给他们送行。杏儿问道："哥，爷爷和姐姐、哥哥会喜欢我吗？"苦儿答道："会的，你是小五，他们一定会喜欢的。""他们不会嫌我是倭人吧？""不会的，倭人也是人，他们会像我一样关心你、照顾你的。"苦儿多次向杏儿说起爷爷、小二、小三、小四的事，她已经耳熟能详了。杏儿睁大眼睛望着大海，满怀期望地说："太好了，我有爷爷、哥哥和姐姐了！哥，咱们划出去好远了，小荒岛一点也看不见了，咱们快到大陆了吗？"苦儿说："是啊。可没遇到一条船，说明离大陆还远着呢。""那晚上在哪里过夜？"杏儿问。苦儿说："没有小岛就只好在木筏上过夜了。"

茹儿他们已经登上了一座山峰，可路上并未发现山洞。他们在山顶上又寻找了一遍，也没找到一个山洞。老叫花说："咱们从这儿下山，到那座山上找。"他们下山又登上另一座山，仍未找到山洞；又登上另一座山峰时，终于在山顶找到一个大山洞。走进去一看，洞内很大，地上有干草和燃尽的草木灰。老叫花说道："打猎或采药的人在此歇过脚，咱们住在这儿正合适。""爷爷，您看！"月儿用手指着洞顶说道。众人抬头看了一眼，只见洞顶有一条两尺多长、手掌宽的裂缝。老叫花笑道："就像是'一线天'。"川儿说："我上去把它堵上吧，不然会冷的。"老叫花说："不可，留着它正好当个烟囱。不然，烧柴的烟从哪儿出去呀？"月儿说："可它会漏雨、漏雪的。"老叫花说："上去给它戴个"帽子"，为它遮一下就是了。"

　　他们放下背囊，茹儿和月儿收拾山洞，老叫花和川儿上了洞顶。他们用柴刀砍下几根树枝，横放在"一线天"上，上面再堆上细树枝，最后再压上几块石头，这样就把这"一线天"给遮盖了起来。等他们二人回到山洞时，茹儿和月儿已把洞内收拾干净了，天也快黑了。老叫花说道："孩子们，在天黑前咱们要做两件事。第一，捡些干草抱回来铺床，要敲打干净再抱进来。第二，拾些干柴，不要现砍的，要干树枝，或别人不要的木头，抱回来放在洞口两侧，多多益善。"说罢，他们分别行动起来。不一会儿，洞内两张大的干草床就铺好了。厚厚的干草，坐上去软软的，好不舒服。接着他们又去拾干柴，洞口两侧的柴火堆在逐渐地升高。老叫花从远处拖回一个大树头，他用刀将树枝一一砍下来，放在柴火堆上，到天黑时，洞口的柴火已有一人高了。茹儿马上在洞内点火，川儿从山下打来了一锅水，他们忙着烧汤、烤馍，要吃晚饭了。

二十六　砥砺淬炼

夜幕下的大海，明月高悬，暗流涌动。一大片乌云遮住了星星，正向月亮追去。划桨的杏儿有些累了。苦儿说："杏儿，天气不太好，要变天。你快靠在哥腿上打个盹。"杏儿很听话地坐了过来，靠在苦儿身上闭上了眼睛。苦儿奋力地划着桨，希望在月光下能看见岛屿。"只要上了岛，再变天也不怕了！"可是他失望了，哪有岛的影子，连一块礁石也没看见。

乌云终于遮住了月亮，在一片漆黑之中，海水显得那么阴森恐怖，就像一个魔鬼，随时都会张开大嘴把人吞下！

起风了，海浪渐渐大起来了，木筏在大海上荡来荡去，而奋力划桨的苦儿，显得那么软弱无力，根本左右不了木筏的方向。他索性放下木桨，任其漂流。他一手抓住木筏的绳子，一手紧紧抱住杏儿，以防她跌入海中。大雨也随之而到，很快将杏儿打醒了，她害怕地抱住了苦儿的脖子，喊了一声："哥！""别怕，总会过去的。"苦儿安慰道。伴着狂风暴雨，一道闪电接踵而至。在电光的照射下，杏儿看见黑浪迭起，涛声震耳，她被大海的狰狞面目吓呆了。紧接着，一个惊雷在头顶炸响，杏儿"啊"地大叫一声，将头埋在苦儿的怀里。苦儿紧紧抱着杏儿，暗想：上次大难不死，今夜真要葬身鱼腹吗？木筏一会儿向东，一会儿向西，被大海玩弄于股掌之中。苦儿紧紧抓住木筏上的绳子，大声安慰着："杏儿，别怕，大风大浪会过去的。"随即打开身体的几处主要穴道，他要从大海中吸取力量，再来战胜它。

在山洞里，茹儿坐在火堆旁读着医书。父亲留下的书，她早已读过了，她身上带的几本是从京城买来的，都是历代医圣之作，所以她读得非常认真。老叫花一边往火堆里添柴一边说："茹儿，快睡吧，明天还有好多事呢。""是，爷爷，您也睡吧。"茹儿答应着，向后移了移，靠在石壁上，又取出一件长衫盖在身上，准备休息了。老叫花看看那件长衫，知道那是苦儿穿过的衣服，知她又想苦儿了，希望能在梦中与苦儿相见。"哥，你慢点游，等等我！"老叫花回头一看，是川儿在说梦话。只见他翻了个身，睡得更香了。老叫花挨着川儿躺下，心想：苦儿，你也给爷爷托个梦吧，老人觉轻，托个梦不容易。茹儿听了川儿的梦话，眼泪也不自觉地流了下来，心中企盼能像川儿那样梦见哥哥。

木筏在海上苦苦挣扎着，苦儿发觉，重浪撞击拍打下的木筏开始松动了，他做好了跌入海中的准备。木筏时而被大海吞没，时而又被高高举起。苦儿大声叫道："杏儿，没事吧？"杏儿答道："没事。""要注意换气，少喝水。"话音刚落，只听咔嚓一声，不知撞到了什么东西，木筏几乎直立起来，震得苦儿不自觉地把手松开，跌入海中。杏儿还没叫出声便喝了几口水，急切之中左右摸了一下，没摸到苦儿，她知道可能是绑在二人之间的绳子断了。她双手在自己身上一摸，发现还有一根绳子，便用力拉起来。只拉了两三下，便碰到了苦儿的手。原来，苦儿跌入海时，发现两人之间的绳子已断了两根，他立刻拉住另外一根绳子，二人合力才在第一时间相遇。如再晚一会儿，再经一个大浪，那后果不敢想象。

苦儿马上用右臂夹住杏儿，当他从海中一露出头来，便大声喊道："换气！"杏儿立刻张大嘴巴，狠狠吸了一口气，接着二人又被大浪压入水底。苦儿的左手向前摸索着，他希望木筏是撞在了岛屿或礁石上，突然间，伸出的左手真的摸到了石头。苦儿一使劲，手划水，便冲到岩石边上。他刚露出头换气，一道闪电、一个大浪越过岩石直落下来，砸在他们的头顶，借着闪电光亮，他夹着杏儿快速转移至一块大些的岩石后面，双脚踏在岩石底部，身体紧紧贴在岩石上。又一道闪电划过，他看清了，这不是一个岛屿，只是几块大大小小的礁石。一个大浪又砸了下来，险些将他冲走。他突然想起了在深山中练过的定力功，便用定力之法让自己站稳。

"哥，我来救你！"茹儿大叫着，一下子睁开了眼睛，痴痴地瞪着眼睛，向前方看着。老叫花、月儿和川儿都被她喊醒了。月儿坐起来问："二哥，怎么了，梦见哥了？"川儿跑过来推了茹儿一把，说："快说！"老叫花过去，将手掌贴在茹儿后背上拍了三下，茹儿才缓过神来说："我梦见哥在大海里，大浪把他抛来抛去，十分危险，我一着急，便跳海去救他，可我一激灵便醒了。我没救到他！"说完大哭起来。老叫花劝道："茹儿，这只是个梦，并不是你没救他。"

月儿看茹儿脸上冒出了许多冷汗，忙用手帕为她擦去，说道："二哥，快躺下，接着睡，说不定还能接着做梦呢。"说罢，她拉着茹儿倒下，又为她盖上那件长衫。川儿也倒下睡了，老叫花添了些柴，走到洞口，发现外面已经下起了小雨，随口说道："四野森森，秋雨绵绵，怎能不引人浮想联翩，让思绪悄然入梦啊！"

苦儿双脚踏着水下的礁石，头刚好露出水面，由于他用了定力功，十几个大浪砸过之后，仍未能将他冲走。他不断地鼓励自己："站住了就有希望，风浪终有过去的时候。"然而，大海似乎并未尽兴，仍在肆虐着。大浪一个接着一个，风声、涛声交替吼叫着，电闪雷鸣仍在不停地咆哮着……神秘莫测、阴森恐怖。苦儿背靠礁石，咬牙坚持，他和杏儿都期盼着太阳早点出来，驱散这可怕的景象。杏儿的身体开始发抖了，而且越来越厉害。折腾了大半夜，又冷又饿，再加上惊恐不安，体力早已消耗殆尽。苦儿调整了一下站姿，用一只手按在杏儿的后背上发功。片刻间，全身冰冷麻木、几乎陷入昏迷状态中的杏儿苏醒过来，她知道是哥哥在给她输功，便用尽力气说："哥，别给我了，你要是用尽了力气可怎么办？"声音虽小，可苦儿还是听清了。他说："不怕，哥不会有事的！"

风还在咆哮，倾盆大雨仍然下个不停，狂风掀起千层浪，不断围着礁石撕扯、吼叫，不断袭击着苦儿和杏儿，苦儿只得用内力将自己定在那里。可他又要为杏儿输功，尽管他早已打开几处穴道，能与大海换气增加内力，可增加的速度怎能与消耗的速度相比？他担心自己内力耗尽，那后果是不堪设想的。

他已经感到体力不支了，身体开始颤抖起来。情况好转些的杏儿，感觉到了苦儿的颤抖，她叫道："哥，别给我输功了。"此时，苦儿觉得头重脚轻，眼睛模糊，就连嘴唇都抖起来，意识也有些恍惚了。他觉得自己被掏空了，可冥冥之中，似乎有人在牵他的手。杏儿感觉到他身体发软，大声叫道："哥！哥！你怎么了？别吓我，哥！哥！哥！"就在这喊叫声中，苦儿突然觉得从脚下升起一股暖流，这股热流很快涌遍全身。他突然大叫一声："茹儿！"随之精神为之一振，将要脱离礁石的双脚，又踏踏实实地定在了那里。这般神奇！这不是做梦吧？

杏儿觉得后背又热起来了，而且越来越热，同时也感觉到哥哥的身体不再发软了。她喜出望外地叫道："哥，这是怎么了？"

苦儿明白了：在狂涛巨浪的逼迫下，自己的换气大法已经练到第九层了，可随时换气，内力用之不竭。他高喊道："大海，谢谢你，你折磨我，可也帮了我，真的好感谢你！"这声音穿过浪涛，划破了夜空，迎来了黎明的曙光。

东方渐渐泛起鱼肚白，折腾一夜的大海终于平静下来，又变得温柔起来。苦儿转过身，仔细看看身后的礁石。这礁石高不过一丈，宽不过四尺，它左右两侧还有两块比它小一些的礁石。他拍拍礁石，说道："谢谢了，老兄！谢谢你救了我的命。"杏儿也为他们能熬过那可怕的黑夜而感到庆幸。她也拍着礁石说："礁石，我也谢谢你。哥，咱们走吧。"苦儿说："不忙，先抓几条鱼填饱肚子再走。"杏儿用手摸摸自己的肚子说道："还别说，真是很饿了。哥，你一定很饿吧，把我放下来吧。"当苦儿要松开右臂想放下她时，才发觉自己的右臂似乎动不了了，他说道："哎哟，我的右臂好像僵硬了。"他慢慢运气到右臂上，反复多次后，这才渐渐松开，将杏儿放下。

杏儿知道哥哥这是为保护自己累的，她踩着水为苦儿揉着胳膊。虽然她力气不大，却叫苦儿心里感到很宽慰，他高兴地说道："好了，没事了，杏儿知道心疼哥哥了，哥哥很高兴。"

杏儿含着泪说："哥，都是为了我你才累成这样的，我会记一辈子的！"苦儿笑道："哥要谢你才对。"杏儿笑了笑，说："哥瞎说！要不是哥来保护我，我早就被风浪卷走了，哪能活得了？"

苦儿说："哥可不是瞎说，在我内力即将耗尽的时刻，是你的大声呼唤，给了我力量和灵感，在生死之间，帮我把换气大法练到了最高的第九层，使我的内力随用随换，具有了用之不竭的内力，这还不是你的功劳吗？"

杏儿听他这么说，立刻笑道："那是凑巧了。哥，有鱼了！"兄妹二人离开礁石抓起鱼来，很快抓住了两条鱼。他们也是饿极了，大口大口地生吃起来，而且吃得特别香。等他们吃饱了，太阳也冉冉升起了，万道霞光照耀着大海，大海更加美丽了，波光粼粼、百鸟戏水，好一派祥和快乐的景象。

杏儿说道："昨晚的大海真是个恶魔，可今天的大海又变成了仙女。也不知这里离大陆有多远。大海，你快告诉我吧！"

苦儿向四周望了望，连一个岛屿也没有。他辨别了一下方向说："杏儿，咱们向西游，一定能游回大陆的。""是！"杏儿快乐地答应道。

经过与大海的生死搏斗，兄妹二人的生命力和战斗力更加旺盛了。他们挥臂划水，飞快地向前游去。他们动作协调、轻快优美，连飞在空中的鸟儿都羡慕不已，连连发出叫声，给他们喝彩。海水也像有种负罪感似的，用浪花欢迎他们，并推动着他们前进，把他们送到远方……

老叫花领着茹儿他们从外面回到山洞，他从怀里掏出一根人参，小心翼翼地放进一个小木盒里，并说道："山下的老乡说得不错，人参果然是这副样子，而且又是这么难寻。咱们第一次找便如愿以偿，真是福星高照。"川儿问："二哥，一根够用吗？"茹儿答道："多多益善。""哎，二哥，你别太贪了，山下大叔说过，这一根，值几百两银子哪！"月儿笑着说。老叫花笑道："我们这一根又肥又大，只怕一千两也不止呢。"老叫花盖上盒盖说："练功去吧。"众人走出山洞，来到洞口对面的山坡上，练起了踩石尖、撒石子、打布条等七种基本功。虽然他们的功法已经有了很大的进步，可基本功的练习却仍是每天的必修项目。老叫花坐在一块石头上，静观他们练功的情况。三个人在石尖上快步如飞，月儿和川儿虽赶不上茹儿，但与去年相比已有很大的进步。半个时辰过后，老叫花叫了停，他说道："这里树木茂盛，你们每个人去选一排树行子，要弯曲的，不要直的。而且要选定二十棵树木左右，不能少于这个数。同时，相邻二人的树木，不能选重，更不要交错。听明白了吗？"茹儿、月儿和川儿走到树林里，开始选起路线来，每选一棵，还做好了标记，以免跑错。选罢，三人回到老叫花身边。老叫花说道："孩子们，每棵大树就是一个倭寇，它伸出的树枝就是倭寇的长刀，树枝是不会动的，但倭寇的长刀会动，所以要求你们每过一棵树都要在想象中做出一个躲避对手刀枪的动作。刀枪可能从不同方向、不同角度袭来，你们就要做出各种各样的动作来避开它。同时还要求在十个数之内，你们要跑过十五棵树。听明白了吗？""明白！"三人异口同声地答道。

三个人站在起点，老叫花又说道："过十五棵树，就要有十五个动作，你们再好好想想。"等他们准备完毕，老叫花站在他们身后，叫了声："开始！一、二、三……"只见三个人分头扎进树林中，并以各种姿势越过每一棵树。当老叫花数到十时，三个人都停了下来，老叫花说："自己数一下，报上来。"过了一会儿，三个人走出树林，川儿报说："十棵。"月儿报："十二棵。"茹儿报："十六棵。"老叫花问道："小四，你是用了十种姿势吗？"川儿不好意思地笑了笑，说："不知道，到后面都乱了套了。"老叫花笑道："老二，你是如何做的？"茹儿回答："我是先确定对手从上、中、下三路来攻，我需采用三种不同的躲法；如果再加上左右两侧，就变成六种了；如果对手背后下手，那便生出十二种来。再加上点、刺、扫，对手击打方法不同，那躲避方法自然就不同了。如果再加上躲避暗器的方法，那就不下几十种了。"川儿听罢，说："二哥，你想得这么细啊，我怎么没想到呢？"月儿笑道："你要是想到了，不就成了二哥了？"老叫花说道："茹儿，你为他们做上一遍，让他们看看。我不数数，你可以慢点做。""是，爷爷。"茹儿答应道。老叫花领着月儿和川儿走到中间的位置，说道："开始吧。"只见茹儿两脚跃起，身子一转就绕过了第一棵树，这显然是避开了对手攻下盘的招法，接着她跳、跃、腾、挪，以各种姿势越过每一棵树，仿佛真与对手交战一般。月儿和川儿不禁鼓掌叫好，老叫花也笑呵呵地说："是啊，练是为了战，以实战的精神来练，才是最有效的练习，你们自己练习吧。"

大约又过了半个时辰，老叫花叫道："休息了。"月儿说道："爷爷，我们还没练打布条呢。"于是三个人将布条分别系到树枝上，用掌心发力打布条。茹儿掌心一吐，内力将布条打成水平状。月儿和川儿也能将布条打得摆动不止，二人见了十分高兴，川儿说："大海练功叫我们增加了内力。"月儿说："也叫我们失去了哥哥……"此话一出，让兴奋的练功热情，一下就冷了下来，他们一动不动地站在那里，望着布条发呆。老叫花见此情景，知道他们心里难过，只要一提"大海"两个字，孩子们就立刻想起苦儿来，所以他从来不提这两个字。老叫花劝道："孩子们，老大就在咱们身边，他可看着你们的一举一动呢，你们如此垂头丧气，他能高兴吗？"茹儿擦了擦眼泪，又默默地练起功来。

　　夕阳西下，海面上出现了金黄色。杏儿说道："哥，我累了。"苦儿说："到我背上来休息会儿吧。"杏儿一拉系在二人之间的绳子，就趴到了苦儿背上，她笑道："啊，趴在哥的背上真舒服！"苦儿说："那你就多趴会儿。"杏儿向前看去，突然叫道："哥，前面有个小黑点。"苦儿定神一看，十分肯定地说："不错，是个小岛，咱们今晚可要上岛休息了。"杏儿立刻从他背上滑下来说："我也来劲了，咱们快点游吧！"

　　当太阳收起它的余晖时，苦儿和杏儿已经游近了小岛。眼尖的杏儿说："哥，岛上有人。"苦儿抬头一看，惊喜地说道："是有人居住的小岛，太好了！"二人奋力游了过去。离小岛很近了，岛上有人向他们招手，不知在说些什么。此时，苦儿放慢了速度，他观察着小岛是不是被倭寇霸占了，如果是，那他是不会上岛的。他终于发现那几个人不是倭寇而是渔民。还有一个渔民驾船向他们驶来，苦儿被拉上了船，苦儿又把杏儿抱上了船，小船又驶向小岛。岛上的人都围过来问长问短，十分关心他们的遭遇。苦儿说："我们昨晚坐船遇到风浪，船翻了，我们落了水，我带着妹妹漂到这里来了。"一个小伙子说："张大叔，你救了两条人命，说不定还会有人漂过来。"那张大叔说道："我先领他们二人去吃点东西，你们在这儿看着点。如果有人漂过来，赶快去救。"说完，他领着苦儿和杏儿回到自己家，把他们的事同妻子讲了一遍。那张大婶说："正好，晚饭做好了，大家就一块吃吧。"这是一间不大的房子，连桌子也没有，大家围坐在一起，每人一碗清水煮鱼。张大叔说："实在对不住，粮食都被倭寇抢光了，连桌子也被他们抢去当柴烧了，家里实在没什么东西了，只好请二位吃鱼了。"苦儿忙说："吃鱼就很好了。大叔，倭寇在你们这儿住过？"张大叔说："住过，这帮倭寇可把我们害苦了。抢东西、烧房子，他们听说戚家军要来，便要坐船逃跑。临上船时，还要带走几个姑娘和年轻的媳妇呢。大家自然不肯，那些倭寇就杀了几个小伙子和不肯上船的媳妇。这海娃的爹娘都被他们杀了，我们这环山岛上，这样的小孩有九个，邻居们把他们领回家当自己的孩子来养大。"张大叔话还没说完，那海娃已是泪流满面了，杏儿也禁不住掉下泪来，她抖动着嘴唇，看着哥哥，想说些什么，可终没说出来。张大婶看杏儿哭了，就说："这姑娘心善哪，这双眼睛又圆又大，真好看！"苦儿忙说道："我妹妹言语迟，不会说话。我们的父母也都亡故了，剩下我兄妹二人相依为命。这次遇险，多亏了大叔、大婶相助。"张大叔说："不必客气，出门在外谁还没个难处？"当晚，苦儿和杏儿便住在了张大叔家。

第二天一早，苦儿谢过了张大叔想用船送他们去大陆的好意，带着杏儿下海向大陆方向游去。游了一会儿，杏儿又趴到苦儿的背上，说道："哥，听了海娃的事，我心里很不好受。"苦儿说："看出来了，你想对海娃说对不起，是吗？""是的。"杏儿答道，"可我怕他们知道我是倭人，就没敢说。"苦儿说："其实你不用说的，杀人放火的是倭寇，不是你，你和他们不一样。你是一个善良、可爱的小姑娘，大家都会喜欢你的。"杏儿点点头说："对。"

茹儿和月儿、川儿正在洞外各自练习自己的掌法，老叫花坐在岩石上看着他们练功。川儿低声说道："体迅飞凫，飘忽若神。是说动起来要快还要轻。"他一会儿来个雀儿跳，一会儿来个木拐点地，三脚齐上，站定之后，自言自语："不好，快是快了，可觉得笨，并且吃力。"他又蹦、跳、腾、挪地一遍遍练习，而且加上了躲避的动作，要做到飘忽若神，实属不易。

月儿练习她的月下仙掌，练了几招停下来，琢磨一下：姑姑说得对，脚步跟不上手，手也快不上去，我的弱点是脚不快，怎样才能又快又稳呢？

哎，山下老百姓扭的秧歌步，要快能快、要慢能慢，双脚交替，四平八稳。她想着，便把秧歌步化入自己的掌中。

茹儿在练茹秀掌，一会儿练发功的招法，一会儿又想吸功的招法，只见她双掌摆动，身躯旋转，时进时退，步法平稳。练着练着，眼前出现了苦儿的身影，似乎在帮她练功。二人你来我往，一起腾飞、一起盘旋，她越练越快，最后突然刹住，说："哥，谢谢你！"她站在那里，先是高兴得两眼放光，随即又是愁云密布。老叫花虽没听见她说什么，却已经注意到她神情的变化，他问道："小二，怎么了？"茹儿忙收神改容，走到老人身边说道："爷爷，我想到吸功的方法了。""哦？说说看。"老叫花说罢，忙招手示意月儿和川儿过来。茹儿说："我这掌法，主要有发功和吸功两种。发功可分三招：一拨、二点、三击。一拨，就是发功时，拨乱对手的进攻方向，使其进攻无效；二点，便是以手指发功，点对手的穴道或关节，使其丧失进攻能力；三击，是发力击之，制服对手。"

她这样一讲，大家都听得清楚明白。茹儿见大家没提什么问题，就又接着说："吸功也有三招呢！一顺、二带、三还。一顺，便是用吸功吸住对方出招之手，顺他的劲向前或向后冲，使其招法陷于被动；二带，便是用手或身上某一部位吸住对手不放松，带住他或走或飞，使其失去自控能力；三还，便是一手进一手还击，以彼之道还施彼身。"月儿听罢说："二哥，能演练一下吗？"茹儿说："好，先练顺。"月儿一掌向她击去，茹儿一闪身出掌吸住月儿的手，向前一顺，月儿身体立刻失去重心，忙向前跨了两步。月儿笑道："明白了，再试第二招。"说罢，出掌向茹儿前胸击去，只见茹儿借她的力向后一飞，月儿只觉得一股力量将自己吸住，身体也随着飞起，心中惊讶不已。她二人落地，川儿大叫道："哎呀，我明白了！"

老叫花说道："老二这茹秀掌两大招、六小招非同小可。爷爷给你总结了二十四个字：柔和似水，轻巧如风，招法不多，变化无穷，看似简单，立意新颖。小三、小四，你们应该把你们二哥的好东西糅入自己的掌法中。不过，你们两个还需修炼内功才行，就你二哥前胸吸对手的功力，就够你们练半年的。"川儿说："别说半年，就是一年也值。"茹儿说道："爷爷，您还是讲讲不足之处吧。"

老叫花想了想说："好，根据你们练功的情况，我说上几条。第一，是快慢结合。古人云，招法无不破，唯快不破。这是快的重要性。不过有快就有慢，有张有弛，才是文武之道，该快时必快，该慢便慢。这样使身体处于一种调节得当的状态中，能保持持久旺盛的战斗力。何时该快，你能否快上去？何时该慢，怎么样慢而不失先机？这需要你们在练习中思索，在实战中接受考验。"老人停了一下，又说道："第二，动静结合。不动，就不能制服对手，这是不言而喻的，但不能盲目地动。什么是静？静有两个含义：一是动后短暂的静，此静虽短，却是调整心态、想出对策的好时机；二是在打斗中的心静，无论打得如何激烈，都要保持心静，心静才能发现对手的弱点，才能做出正确判断，心急气躁，必败无疑。静才能生智慧，功夫加智慧，才是取胜的法宝。"

茹儿他们三人专心致志地听着，生怕漏掉一个字。老叫花继续说道："第三，是虚实结合。习武之人都会说，虚虚实实，以迷惑对手取胜。这一说法是对的，不能实打实地去打，那样会吃亏的。需要来一些虚的、假的，使对手不明底细，吃亏上当。今天我要说的虚实，是另一种虚实，那就是：打着便是实的，打不着便是虚的。如何做到这一点呢？就是：打不着不发力，用内力打人，这一点现在很容易做到了。月儿和川儿打布条进步很大，不过还是要修炼内功，内功才是根本。"

中午已过，苦儿终于看见了几条渔船。他和杏儿游向一条船，向船上的小伙子问道："请问这位大哥，这是什么地方？"小伙子好奇地看看他们说："这里是唐家村，你们是从哪里来的？"苦儿说道："我们是从环山岛来的。这里离陈家湾远吗？""哪个陈家湾？""就是陈桥镇东边的那个村子。"苦儿解释说。"噢，你说陈桥镇啊。"船上一个年纪大的人说道，"在北边，有一百多里地呢。"苦儿又问："你们这里还有倭寇吗？"那小伙子说："早被打跑了，戚家军也开往福建去了。"苦儿向船上的人点头称谢。那小伙子说："用不用带你们一段？"苦儿答道："谢谢，不用了。我们能行。"那年纪大些的人说："看来他们的水性很不错。"

苦儿和杏儿向前游着，杏儿问道："哥，前面就是陆地了吧？"苦儿答道："是，咱们就要上岸了。爷爷！我回来了！"他兴奋地喊了起来。杏儿看着海岸说："啊，陆地好大啊，一眼都望不到头。"苦儿笑笑说："我们是地大物博，等有机会，哥带你好好逛逛。"杏儿说："哥，咱们上岸后去哪里？"苦儿想了想说："倭寇被打跑了，爷爷他们不会在陈家湾了，我们直接去长白山，爷爷他们一定在那里。"

二十七　惩治渔霸

苦儿和杏儿终于登上了大陆的土地，苦儿激动地将杏儿高高举起，飞快地转起圈来。杏儿觉得十分好玩，她用银铃般的笑声来欢庆他们的胜利。他们转累了、笑够了，便躺在绿草地上休息。苦儿望着蔚蓝的天空，感叹道："天是这样的美，草是这样的软，回来的感觉太好了！"杏儿也说道："再不用为喝水发愁了，再也不怕风浪了。"杏儿一摸肚子，又说道："可是，我现在有点饿了。"苦儿立刻站起来说："好，咱们找地方吃饭。"说罢，二人拧干衣服上的水，向前走去。

走了七八里地，来到一个镇子。炒菜的香味不时地钻进他们的鼻子，惹得杏儿直咽口水。杏儿问："哥，向谁去要钱啊？"苦儿边走边说："再等会儿，会有人给我们送银子的。"眼前出现了一个渔市，他仔细一看，除了一家叫"宋家渔行"的铺子外，其余全是拎篓、挑担来卖鱼的渔民。不少人正围着一个老汉买鱼，其他卖鱼的人看着都摇起头来。苦儿觉得奇怪，便问一个卖鱼人："大叔，那位老人家生意不错，你们为何都摇头呢？"那人小声说："小伙子，你是外地人吧？和你说也无妨。这鱼价都是那渔霸——宋家给定的，价钱一高你就卖不了。渔民哪有空成天守在这里，最后只好以低价卖给宋家了。宋家再转手，就是大把大把的银子。那老汉等不及了，自己降价卖鱼，灾祸就来了。"

那中年人话还没说完，只见从"宋家渔行"走出来一个胖子和三四个大汉。中年人说道："那胖子便是管家，那三四个人是打手。"胖子走到卖鱼老汉跟前，打手们将其他的卖鱼人驱散。胖子骂道："你这个老东西，知不知道鱼市的规矩？竟敢擅自降价，你好大胆！"那老汉知道事情不妙，忙哀求说："这位大爷行行好，全家人等着我卖鱼买粮下锅呢，我一时着急，犯了糊涂，大爷就饶我这一回吧！"那胖子瞪着眼睛骂道："你这个不知天高地厚的老东西，饶了你就坏了鱼市的规矩，给我打！"他一声令下，那三四个打手立刻踹翻了鱼筐，又劈头盖脸地朝老汉打去。苦儿上前，装作拉架的样子，用身体护住老汉，双手极快地从胖子和一个打手身上掏出了钱袋放进自己怀里。这一切都是在瞬间完成的，胖子根本没发觉。苦儿说道："各位消消气，不让他卖就是了，这地上的鱼就当是罚银吧。"胖子一撇嘴说道："你倒是懂事的，把鱼收了，走！"那卖鱼老汉一看，自家鱼被收走了，心疼地叫道："鱼，我的鱼！"苦儿忙将他拉到一边，悄悄把一个钱袋交给他，小声说："赶快拿银子买东西回家吧。"老汉用感激的目光看看苦儿，便快速离开了。苦儿向站在一旁的杏儿使了个眼色，杏儿便悄悄跟在他身后，走进了一家衣帽店。二人出来时，都已换了一套新衣服、新鞋，苦儿身上多了一个小包，那里面是他和杏儿换下来的衣服，还有那件杏儿舍不得丢的救生衣。他们又来到一家饭店，苦儿要了饺子和两盘炒菜、两碗汤。杏儿吃得满口流油，一个劲地说香。苦儿提醒道："第一顿不要吃太多，会坏肚子的。你多吃青菜，这东西有营养。"杏儿又大口吃起青菜来，还不停地说："这些东西，我在青山岛上也没吃过，真是太香了！"苦儿边吃边说："这炒菜有各种各样的，以后，哥领你多尝几回，咱们也解解馋。吃蛇、啃生鱼、喝雨水的日子再也不会有了。这要是跟爷爷他们在一起该多好！"兄妹正吃着，门外突然传来吵闹声。

苦儿听到外面有人大声质问饭馆小二，对杏儿说："你吃你的，我出去看看，要是我与人动手，你就找个地方躲起来，别离开这儿太远。"说罢，便走了出去。杏儿想：是不是胖子找来了？她哪里还顾得上吃饭，立刻挤到门前观看。一个打手叫道："管家老爷，这小子在这儿！"外面来的果然是胖子和四个打手，胖子看看苦儿，冷笑一声骂道："你这个不知死活的狗崽子，竟敢在爷爷身上做手脚，你换了新衣服，我就认不出你了？赶快把银子交出来，把新衣服扒下来，跪在地上叫我三声爷爷，爷爷我也许会发善心饶你一条狗命。否则，立刻叫你横尸街头！"原来他回到渔行后，先向主子报告，得到主子的夸奖。在他得意扬扬喝茶时，偶然一摸怀里，才知钱袋不见了。他立刻想到拉架的那个人，于是带着打手，循街而来。

那个被掏去钱袋的打手指着苦儿骂道："不知死活的家伙，你拿我们二十多两银子换了两筐烂鱼，你好不得意啊，快快交出银子！"苦儿却大大方方地说道："不错，是我从你们身上拿了银子，可那银子是你们的吗？那是你们从老百姓那里抢来的，我拿过来花，有何不可？说不定，还能为你们减少几分罪业呢。"

"你放屁！"胖子骂道，"你偷了我的银子才有罪呢！来，给我打！"几个打手饿狼般地扑向苦儿。苦儿闪身，跑到街中央。看热闹的人忙闪到两边，他们都在为苦儿担心，有一个年轻人低声说："小伙子，快跑吧，你打不过他们。"苦儿大声说道："乡亲们，宋家渔行欺行霸市、鱼肉乡里，今天我替乡亲们教训他们一顿，给大伙出出气！""好小子，你吃了熊心豹子胆了，快快给我打！"胖子尖声叫道。打手们一拥而上，伸拳便打。苦儿见他们个个五大三粗、满脸横肉，天生一副恶相，便觉得心里不舒服，决定戏弄他们一番，也灭掉他们的威风。只见他从他们的拳头中闪过，又在他们之间穿行，一个打手照着苦儿的头就是一拳，苦儿一闪一推，那一拳便打在他同伙的脸上，那同伙顿时满口喷血，眼睛也睁不开了。苦儿顺势把他向前一推，他又与另一个同伙撞了个头碰头，碰得他们头晕目眩，晃晃悠悠转了几圈才站稳。众人看了，禁不住笑了起来。"笨蛋，快给我打！"胖子逼着两个没受伤的打手冲过来。只见苦儿将一个打手的胳膊抓住，用他的手猛击另一个的头，并将其打倒在地，苦儿又将这个摔倒在地，用脚踏住他们。胖子一看大事不妙，刚要跑，苦儿一伸脚，将其绊倒，摔了他个狗吃屎，惹得围观的人哈哈大笑起来。杏儿早已跑到街上，清清楚楚看见了这场打斗，在心里为哥哥叫好。

苦儿抓住胖子问道："你还敢不敢欺压百姓，为非作歹了？"胖子跪在地上一个劲地磕头说道："小的再也不敢了，不敢了！"

正在这时，只听有人喊道："闪开了！"一个三十多岁、一只眼大一只眼小的人领着几个人气势汹汹地走了过来。胖子一看忙喊道："公子，救我！"那少东家大喝一声："哪儿来的野小子，敢在这儿撒野？"苦儿问道："你是何人，在这里狂吠？"一个伙计打扮的人说道："野小子你听好了，这是宋家大公子，人称'铁头太岁'，识相的快快过来磕头求饶，否则，叫你死无葬身之地！"那胖子也趁机跑到铁头太岁身边，说道："大公子，要为小的报仇啊！"苦儿看了看他，说道："铁头太岁？那一定是高手了。不过在下要试试，看看你的头究竟比夜壶硬多少。"那铁头太岁大怒，挥拳便打了过来。苦儿见他掌法凶狠、掌风强劲，便多加小心，想看个究竟。那铁头太岁见苦儿只躲闪不还击，还以为是害怕自己，便更加肆无忌惮地放手攻过来。铁掌、飞腿，不断击向苦儿。苦儿心想：这小子有点功夫，一般人哪是他的对手？难怪他横行霸道呢。今天不将他打成重伤，他还会继续作恶。此时的杏儿，见哥哥不还手，心里十分焦急，差点叫出声来。那铁头太岁打着打着，忽然，一头撞向苦儿前胸，苦儿转身闪开，那铁头一时收不住，直接撞到街旁的木杆上，木杆当即被撞断，而他的头却是完好无损。苦儿笑道："果然比夜壶硬一些。"气昏了头的铁头太岁哇哇大叫，更加发狠地打了过来。苦儿心想：我的苦缠拳现在不用更待何时？为了缠住铁头太岁，铁头向右打，苦儿便到左边，铁头向左打，苦儿又到了右边，前、后、左、右地将他缠住。铁头越打越怕，知道自己遇到了高手，不由自主地冒出了冷汗。他眼发花，觉得到处都是苦儿的影子，他终于坚持不住了，身子打起晃来。内力已消去大半，苦儿便给了他后背一掌，一口鲜血从铁头太岁口中喷出，苦儿又飞起一脚，铁头太岁双膝一软跪倒在地。人们欢呼起来。

苦儿说："宋大公子，你作恶多年，罪该一死，但念你还年轻，饶你一命。快吩咐你的人将渔行里的银子拿出来向乡亲们谢罪，再拉两匹马来，快！"那铁头太岁喘着气对胖子说："管家，还不快去！"胖子不敢怠慢，不一会儿两大箱银子抬出来了，两匹马也拉过来了。苦儿将银子分给镇上的百姓，最后剩下二百两自己包好背在身上，他说道："宋大公子，听我良言相劝，快快卖掉渔行，过个平常日子。你虽受伤，但也可活上七八十岁。若是不弃恶从善，还想重练武功，再行不义，让我知道了，定取你性命！"说罢，他骑上马，叫了一声："妹妹！"杏儿跑过来，苦儿将她抱在马上，二人骑马出了镇子，朝北而去。

胖子扶起铁头太岁回到渔行，铁头太岁说："我受了重伤，再也无法练功了，今天在这儿摔了跟头，又得罪了人，这地儿是住不下去了，管家，明天便张罗卖房子，回乡下养伤。"胖子答道："是，少爷。您先歇着，我这就去张罗。"几个打手和伙计见宋家失了势，便在渔行抢了几件值钱的东西跑了。胖子一看不妙，也揣了几件银器，包了三个包裹逃走了。

二十八　再见玉儿

这一天，苦儿和杏儿来到了杭州城。苦儿对杏儿说："人们都说，'上有天堂，下有苏杭'。这苏便是苏州，杭便是杭州。咱们来一趟不容易，不看不甘心，可是还要赶路，就在杭州待上一天吧，行吗？"

杏儿一边说"行，行"，一边向街道两旁看去。她是第一次看到这样的大都城，街道整齐，建筑精美，商品繁多，就连人们的服饰也叫她惊叹不已。

当苦儿把她领到西湖时，她顿时被湖中美景所吸引，自言自语道："这真是天堂！"

经过断桥时，苦儿给她讲《白蛇传》；游到苏白二堤时，给她讲苏东坡；走到岳王庙时，给她讲岳飞的故事……美丽的风景加上动人的故事，杏儿激动不已，甚至不想走了。她歪着头问："哥，你不也是第一次来吗，怎么知道这么多？"苦儿说："我是在叔叔家读书知道的。"

杏儿说："那我也想读书了，在这里读行吗？"苦儿说："还是等到了叔叔家，找几本书给你读就是了。"

这一天，郑明光与谷艳练了内功法和剑法后，谷艳说道："哎，咱们内功是提高了，可这雪花剑仅会十招，真是可惜了。"这个话题，他二人不知谈论过多少次，也不知在庄内找了多少遍了，可始终没找到剑谱，也就没有答案。郑明光也很是伤心："要是爹爹早点告诉我就好了。"谷艳劝道："这也怨不得他老人家，他怕伤了你才不愿告诉你的，可要告诉你时，又来不及了。他又怎么能想到今天有了这样的变化呢？你不必着急，苍天有眼，会叫咱们找到剑谱的。"郑明光说："你说得对，要不咱们今天再找找？"谷艳说声"好"，二人便开始再次找寻起来。他们将郑泰然居室中的桌椅、衣柜、床铺、墙壁甚至连花盆都仔仔细细地搜了一遍，仍没找到剑谱。然后，二人又来到书房，将书柜、书架，甚至连每本书都看了又看，查了又查，还是没找到剑谱。最后，他们又回到练功房，把室内的桌椅、兵器、铜鼎等一一搜了个遍，仍然是一无所获。谷艳又开始敲打四壁，查看屋顶，还是白费力气。郑明光说："我爹临终之时，只是抬手想指什么，刚抬起一点便咽气了，这雪花剑谱的下落如今倒成悬案了。"

　　谷艳坐下来说道："明光，我虽然听说令尊大人与龙老大交手后，因内力耗尽而故去，但具体情况却不知，你能讲给我听听吗？"郑明光也坐下来说："好吧。其实，家父与龙老大交手的全过程我也没看见，那一年爹叫我去南方游览一番，也好长长见识，我就去了峨眉山，又游了苏杭和太湖。爹还派了一个家丁陈鸣与我同行，帮我打点一切。"谷艳问："陈鸣？是十业帮九江分堂堂主陈鸣吗？"郑明光点头说："对，就是他。"谷艳又问："那他为何又去了十业帮？"郑明光冷笑一声说："在峨眉山，我遇到了常笑天常老前辈，他托我把一枚石片转交给冷面双娇。当我料理家父的后事，向陈鸣问起石片之事时，他一找才知是丢了。我说了他两句，又命他去找，可始终没找到。也许是我说话过重，他心中不悦，后来便去了十业帮。我还真没见过他练武功，不知为何成了分堂堂主。"谷艳说："噢，是这样。不说他了，你继续讲吧。"

　　郑明光接着说："那是八年前的事。那一天，我刚从武昌回来，见我家门口挤满了人，我挤到前面一看，只见我爹正与龙老大交手，并且打得十分激烈却又是旗鼓相当。江湖上传言，说当今武林有四大高人：第一是常大侠，第二是朱帮主，第三是家父，第四便是龙老大。两大高手过招，把在场的所有人都看呆了：一个是黑鞭似蛇，狡猾多变；一个是银剑如雪，漫天飞舞。二人交战上百个回合，龙老大见久战不胜，便使出了鞭夹掌，想以内力击败家父。家父虽剑法精妙却是内力不足，龙老大一掌险些击中家父。就在家父退却之时，站在一旁的曲蛇突然出鞭，家父发现后骂了声'无耻小人'，便一剑刺在了曲蛇的一条腿上。我见有人偷袭家父，便拔剑冲了过去。爹却吼我退下，我见曲蛇倒地，便退了下来。爹又同龙老大周旋起来，爹用雪花剑刺中了龙老大后背，鲜血立刻涌出，龙老大大叫一声，提起曲蛇，飞身上马便要逃，一些武林人士在后面急追，想一举杀死这个恶魔。家父双足落地时，用剑拄在地上，等人们散尽后，才回到庄内，从此便一病不起。过了二十几天，爹说：'儿啊，爹内力耗尽，油干灯灭，活不了几日了。爹要把咱郑家之事说与你，你要好好记住。你曾祖父以一套大洪剑法威震武林，确立了我大洪山庄在武林中的崇高地位。到了你祖父时，大洪剑法被人参透，失去了往日的威力，大洪山庄的地位每况愈下。这时你祖父与你叔祖之间，就大洪剑法的发展产生了严重的分歧。你祖父认为：就剑法而论，技法是第一位。你叔祖认为：任何功夫都必须以内功为基础，内功不强，技法便失去了保障和基础。兄弟二人互不相让，致使你叔祖离家出走，至今未归。你祖父一心钻研剑法，终于创出了一套雪花剑，这雪花剑传到了爹的手上，又经过几十年的反复推敲，终于得到了完善和发展。现在可以说，这雪花剑法不失为天下第一剑法，连龙老大也败在剑下。可光儿，你也看到了，这雪花剑法虽好，却十分耗力，没有强有力的内功支撑，会反受其害，爹就是证明。所以，我只传你十招剑法，即使你受了内伤，也不至于丧命。'我问爹：'我该怎么办？'爹说：'去找你叔祖，他在虎头崖练功，名叫郑恪。'说到这里，我爹的声音已经很弱了，我问爹：'雪花剑谱在哪里？'可爹已经说不出话了，他抬起了一只手，刚举起便咽气了。"

谷艳听完，愤愤说道："没想到龙老大倒是养好了伤，而令尊大人却告别了人世，老天真是不公平！明光，你没去虎头崖找你叔祖吗？"郑明光说："第二年我便去了，到了虎头崖，哪里有人练功？都是一些石匠在那儿做工而已。我一问，大家都说根本没听过这个名字，我是高兴而去败兴而归。直到前几年，我才知道：磨盘老人便是我叔祖，而且还创出了消功大法，等我赶到虎头崖时，他已经将自己崖葬了。去年，我师叔来了，才把消功大法内功法传给我，这事你也知道了。"谷艳见他闷闷不乐，便起身走到他背后，为他揉肩捶背，并说道："现在咱们已经将透骨掌、消功大法内功法合二为一，就叫它雪花内功。我想，再过两三年，我们必能将雪花内功练得炉火纯青。再说，雪花剑谱不会跑出这个家，总有一天会找到的，那时咱们便可报仇雪耻、扬眉吐气了。"郑明光感激地说道："艳儿，你真好，真是我的知心人。"说着，拉着谷艳的手，将她揽入怀中，并在她脸上亲了一口。谷艳就势倒入他怀中，二人亲吻起来。

"姑苏城外寒山寺，夜半钟声到客船。"杏儿一边背诵诗句，一边骑马随苦儿走出了苏州城。在这一路上，她已经学会了骑马，这匹马也很听她的话，她完全可以独立骑马而行了。背完诗句，她突然想到一个新问题，便马上问苦儿："哥，我看见苏州女孩都很高，穿什么都好看，可惜，我长得像我爹，个子太矮了。"苦儿看着她发愁的样子说："个子矮怕什么？高有高的优势，矮有矮的好处。"杏儿听了，心不在焉地说："矮有什么好处？哥，你不用安慰我。"苦儿明白，杏儿已经十一岁，开始注意身边的事了，尤其是这一路上的所见所闻，大大丰富了她的知识、开阔了她的眼界，使她关心起女孩的身材来。苦儿说："个子矮的人身体灵活、反应快，这不是长处吗？"杏儿却不认可，她撅着嘴说："灵活什么呀，我都笨死了。矮人就是不好，不好！我要像哥哥你那样高就好了。"苦儿想了想，说："你要长高也有办法。""什么办法？"杏儿顿时来了精神，急切地问道。苦儿笑道："多练功，就能帮助自己长高。比如说够铃铛、爬大绳，跳跳蹦蹦，可以让身体长高些。"杏儿问："那能高多少？"苦儿说："一定比你爹高。"杏儿说："高一寸也比矮一寸强，好，我一定好好练功，快快长高些。"苦儿笑了，说："这就好。再说了，人的高矮并不重要，人心好坏才是最重要的，杏儿要做一个好心肠的姑娘，对吗？"杏儿答说："对！"

田间有牧童骑在牛背上吹笛子，杏儿赞道："啊，可真好听！哥，那叫什么？"苦儿说："那叫笛子，你要喜欢，哥就给你买一个。"杏儿一笑，说："可我不会吹。"正说着，杏儿突然紧张地说："哥，那边的树林有声音。"苦儿也听到了，是兵器击打之声，他说道："走，看看去，说不定是劫匪。"二人骑马奔向林间。

在树林里，五个男人正围攻一名女子。那女子头发已乱，腿脚也不灵便，只见她手拿宝剑，边打边后退，一个使棍的男人说道："小娘子，放下兵器吧，跟我们去享福有什么不好？"一个拿刀的人坏笑两声说道："就凭你这模样，我们不会亏待你的，我们兄弟五人疼你都疼不过来呢。"他的话引起其余人的一阵狂笑。那女子身处险境却十分顽强，她骂道："呸！你们这些强盗，别做梦了，谁愿意先死就过来！"苦儿听清了也看清了，他把自己的马交给杏儿牵着，又从地上拾起一根树枝便冲了上去，并大叫道："住手！大白天做坏事，还有没有王法？"那使棍的人看是一个小伙子拿着树枝过来，骂道："小子，你来找死啊！"上去就是一棍。苦儿转身，躲闪到一边，随手抓住棍子，并夺了过来，那人一愣，身上又挨了一棍。苦儿抡起木棍横扫，将两个人打伤，使刀的男子有些慌张，被那女子刺中右臂，疼得他弃刀而逃，剩下的人见大事不妙，也都落荒而逃。牵马走过来的杏儿叫道："打得好！"苦儿丢下棍子，回头看那女子，那女子用剑尖触地，拢了拢头发，也看了看苦儿，大叫一声："苦儿！"便昏倒在地。苦儿愣住，心想：她是谁？怎么会知道我的名字？他顾不得多想，立刻扶起那女子，并为其布气疗伤。杏儿说："哥，她的腿流血了。"

苦儿说道："快给她检查一下。"杏儿解开她的裤脚一看，白嫩的小腿上青了一大块，而且还有一处破了皮，正在流血；而大腿上的肌肉已经被刀剑刺伤，皮肉绽开，依稀可见大腿骨。杏儿想用手指合上那绽开的皮肉，刚碰一下，那姑娘疼得大叫一声醒了过来。这姑娘不是别人，正是唐心玉。苦儿安慰道："别怕，坏人都跑了，没事了，我马上给你止血包扎。还好只是皮肉伤，不碍事的，只是没有草药。"说罢，先点穴止血，又捡些草木点燃后，将草木灰撒在皮肉绽开处，又从自己衣服上撕下一块白布，将伤口包好。唐心玉一直看着苦儿，两行热泪已流到嘴边，她喃喃道："我是死了，还是做梦？不过，我很高兴，只要和你在一起，就是死了也高兴。"听她这么说，苦儿有些摸不着头脑，也令他感到不安。

杏儿在旁边问："这位姐姐，你认识我哥？"唐心玉看了杏儿一眼，说："你快掐我一下，这是真的吗？是不是在做梦？"杏儿在她手上掐了一下。唐心玉啊地叫了声，就呆呆地看着苦儿说："你是苦儿，你没死？"苦儿说："对，我是苦儿，我没死，你认识我吗？"唐心玉立刻抱住苦儿哭泣起来。苦儿见她如此激动，也只得待她平静下来。苦儿掏出手帕递给唐心玉说："姑娘请原谅，我见你也面熟，只是一时想不起姑娘的芳名，姑娘如何知道我的名字？还望以实相告。"唐心玉接过手帕，擦擦泪水，又理了理头发，说道："人家天天在想着你，惦记着你，而你却连人家的名字都不知道。"苦儿听了这种大胆的表白，看到她不再是梦中的呓语，便更觉奇怪。唐心玉见苦儿有些好奇地打量着自己，便笑道："你忘了在金华县城，我遭到十业帮孙子杰和陈鸣的非礼……"

她的话提醒了苦儿，他想起了金华城那一幕，便说道："怪不得有些面熟呢，姑娘原是唐小姐。"唐心玉听了便高兴起来，说："啊！好在你还记得我，那我就不生气了。我叫唐心玉，你就叫我玉儿吧，我是独生女，你救了我两次，我以后就跟着你了，叫你哥哥，行吗？"她说完，用她那闪烁的笑眼望着苦儿，并等待他的回答。苦儿是个善良之人，不忍伤她的心，便说："好吧。"唐心玉高兴地再次抱住他叫道："哥哥！"苦儿拉开她的手臂，说："玉儿，你怎么知道我叫苦儿？你又为何独自来到这里？"玉儿看看杏儿，问："这小丫头是谁？"站在一旁的杏儿见唐心玉两次抱住苦儿，又叫哥哥，心里有些不舒服，现在又听唐心玉叫她小丫头，便使劲瞪了她一眼，没回答。苦儿说："她是我妹妹，叫杏儿，不太爱说话。"

玉儿噢了一声，这才回答苦儿的问题："你叫苦儿，是抗倭英雄，还为国捐躯了，这在陈家湾有谁会不知道呢？我在陈家湾亲眼见到你教渔民练刀法，你的样子，还有你的胆识都深深吸引了我，更何况你还救过我，我早已把你牢记在心里了。你的突然离去叫我失魂落魄，后来爹爹带我出来游玩散心，便来到了苏杭。我在苏州学刺绣，爹爹和师伯去太湖游览，说是三五天便回来，可去了十多天仍不见回来。我担心爹爹，便出城找我爹，谁知便遇到这五个歹徒。我原以为三拳两脚就能打倒他们，可谁知他们个个会武功，且武功也不错，渐渐把我逼到这树林里来了，要不是哥哥救了我，我可就完了！"

苦儿听罢，说道："原来如此，那你现在打算怎么办？"唐心玉说："我还得去找我爹爹。""可你腿受了伤，不便走动，再遇到坏人如何应对？也罢，我先陪你找到令尊吧。"玉儿高兴地叫起来："有哥哥陪我，我就安心了。"

杏儿牵着马过来，苦儿将玉儿扶到马上，走出树林，玉儿指着停在路边的马车说："这是我的马车。"这时见不远处有两个骑马之人飞奔而来。唐心玉一看，大声叫道："爹，爹！"骑马之人闻声而至，来人正是谷丁和唐宣二人。唐宣问："玉儿，你怎么在这儿？"

谷丁看见苦儿，惊得说不出话来。唐心玉忙把刚才的事说了一遍，唐宣非常感激地说："苦儿，谢谢你再次救了我女儿！你是好样的，大难不死必有后福。"苦儿忙说："不敢当。二位大侠正好归来了，晚辈便要继续赶路了。"唐宣说道："都因我贪吃，坏了肚子，耽误了归期，险些出了大事。你是我家的救命恩人，怎么能让你就这样走呢？"谷丁眼珠一转，说道："苦儿，你是抗倭英雄，又是我们的恩人，不聚聚便走，我们心里过意不去。这样吧，路边有小摊，我去买些酒水吃的，咱们就在这树林里一起野餐，然后你再走不迟。"说罢，他也不管别人同意不同意，便骑马去了。苦儿只好留下来。不一会儿，谷丁提着两个大食盒回来了。大家围坐在一起，谷丁从一个食盒中取出了酒菜，又从另一个食盒中拿出包子，每人面前放了一盘。唐宣举起酒碗说："感谢苦儿救了玉儿，大家干杯！"

谷丁和唐宣都喝下了一碗酒，苦儿只喝了一小口，他说道："二位前辈，晚辈不善饮酒，我就吃几个包子吧。二位请随意。"说完，他抓起包子便吃了起来。玉儿也拿起一个包子小口咬着，她正在想如何把苦儿留下来，但想来想去，还没有一个好主意。苦儿也是饿了，一口气吃了六个包子。他刚要站起来告别时，只觉得身体一晃，没站起来，看了看盘子，又看了看谷丁，说道："谷门主，你这是何意？为何在食物中下毒？"玉儿一听，立刻丢掉包子，扶住苦儿，对谷丁喊道："师伯，你这是干什么？他救了我，你还要害他？"杏儿也扶着苦儿，大声叫着哥哥。唐宣也吃惊地看着谷丁，问："这是何意？"谷丁站起来，走到苦儿身边，将一粒药丸塞进苦儿口中。唐心玉急了，叫道："师伯，苦儿是我的人，快拿解药来！"谷丁哈哈一笑，说道："师弟、玉儿，我给他服了酥筋软骨丸，在包子上还撒了酥筋软骨散。我下毒正是要留下他，他一走，玉儿又要伤心落泪，师伯心中不忍啊！玉儿，你放心，回到大名府我就给他解药，这样伤不了他，还能让他终生陪伴你，多好啊。快上车！"

谷丁把苦儿抱上了车，唐心玉对他们的做法很不满，冲着唐宣说："爹，这叫什么事！"唐宣说："你先别闹，回去再说。"唐心玉只得上车，守在苦儿和杏儿身边。她对苦儿说："哥哥，对不起了，我没想到会是这样。不过你放心，我不会让他们害你的。"说罢，泪水夺眶而出。杏儿说："你不要叫他哥哥了，恩将仇报，你不配叫他哥哥！"苦儿说："杏儿不怕，哥会没事的。"又对唐心玉说："我不怪你，是那谷丁在打坏主意，与你无关。"说完，他便不再说话，运气将毒逼住，不叫它扩散。唐心玉坦诚地说道："哥哥，我是想留住你，可我不会用这种办法。"苦儿心想：爷爷说过大名府的掌门人名声不佳，但没想到竟是这样下作。

车篷外，骑在马上的谷丁对赶车的唐宣说："师弟，今天的事别怪我唐突。拿住苦儿，一来可解玉儿相思之苦，这二来也可做咱们的护身符。一旦龙老大发怒，咱们便可将苦儿交出去，这样才能确保你、我、玉儿无性命之忧啊。"唐宣说："师兄所言倒也有几分道理，可这么做叫我很没面子，恩将仇报，岂不被江湖人唾骂？"谷丁小声安抚道："师弟，这件事是万不能传出去的。我们先去大洪山庄，再回大名府。无论在哪里，我们都会对苦儿特别关照的。苦儿武功高强，人也帅气，真能成为师弟的乘龙快婿，岂不是一件好事？再说，有了苦儿，我们就有了摆脱龙老大的得力助手，这样的才俊岂有不留之理？"唐宣见他说得如此恳切，也不好再说什么了。

没有鼓乐，没有众多亲友及嘉宾，回到大洪山庄的谷丁、唐宣正在为郑明光、谷艳举办成亲典礼，参加者除了他们四人外，还有唐心玉和大洪山庄里的五个家丁。唐宣主持了简单的仪式后，由唐心玉将郑明光和谷艳送至洞房中。唐心玉说道："姐姐、姐夫，玉儿祝贺你们百年好合。师伯说了，一切繁礼均免。洞房中已经摆好酒宴，你二人随意饮用，早点休息就是了，外面的事有师伯呢。"唐心玉说罢一笑，掩上门便躲到一边去了。郑明光把门闩上，揭开谷艳的盖头，说道："艳儿，你我今晚终于结成夫妻了，这是我今生最快乐的事。来，咱们先喝一杯合卺酒吧……"

前厅里，早已摆上了一桌酒席，五个家丁正陪着谷丁、唐宣二人喝酒。谷丁见唐心玉回来，便说："玉儿，辛苦了，他们还好吧？"唐心玉答道："师伯，他们好着呢，没事的。你们慢用，我回去了。"唐宣嘱咐道："你们要少饮，莫吃醉了。"唐心玉答应一声便飞快地跑出去了。一个家丁说："唐小姐待人和气，又貌美如花，唐老爷好福气啊。"唐宣笑道："我这个女儿娇生惯养，任性得很呢。"谷丁举杯说："来，弟兄们，咱们干一杯！"谷丁接着说："你们可知道我女儿今夜成亲，为何不请吹鼓手？"家丁们均摇头。谷丁又问："你们可知你们家老爷是怎么过世的？"五个家丁忙点头。谷丁说："斩草除根是江湖的一贯做法，龙老大岂能不知？只因你家公子还未成气候，龙老大才不急于这么做。若是叫他知道郑公子与我女儿成亲了，那祸事就要来了。"说到这里，谷丁扫视了众人一遍，接着说："主荣家盛，主衰家败，你们五人都是忠义之士，在公子困难之时不离不弃，令人尊敬。诸位与公子同心同德，共保山庄太平，叫我谷某感动。今天是大喜的日子，每人赏银十两！"说罢，将五十两银子分给了家丁，五个家丁个个笑逐颜开。谷丁话题一转说道："谷某有一件事情想请几位兄弟帮忙，那就是将公子成亲之事及庄内一切事务对外保密，有人打探，就只说公子一天不务正业就是了。等将来山庄重振神威之时，各位便是功臣。"家丁们说道："谷老爷吩咐，我等自当效力。"

　　唐心玉举起酒杯说："哥哥，咱们两个喝一杯吧。"苦儿举杯刚要喝，唐心玉又说道："不是这样喝，来，这样。"说完将自己举杯的手臂与苦儿相缠。苦儿笑道："玉儿，你净出鬼点子，这样喝酒多麻烦，累人。"玉儿开心地一笑，说："这是合卺酒，喝了合卺酒咱们就是夫妻了。"苦儿用手指着她说："傻玉儿，拜过天地才算夫妻，这算什么？"唐心玉说："你才傻呢。喝了这合卺酒就算是夫妻了，就算，就算！"苦儿又喝下一杯酒，他想用酒来帮助自己驱毒。唐心玉见苦儿没有反驳，便说道："好，你承认了，我以后就把你当丈夫看。"杏儿一听，着急地叫道："不是丈夫，不是！"

　　苦儿笑了，他拍拍杏儿气得红红的小脸说："不是，不是。多吃点，这好东西不吃白不吃。"说完便给杏儿和唐心玉夹菜，自己也大口大口地吃起来。唐心玉点了点杏儿的头，笑着说："小丫头片子，白对你好了。"杏儿吃了一块鱼说："大丫头片子！"苦儿笑了笑说："好了，好了，多吃多喝，多喝多吃。"说罢又帮她们夹菜。苦儿心里明白：玉儿对自己和杏儿都非常好，虽然不能拿出解药，但在衣食住行方面，是处处为他们着想。进入大洪山庄以来，玉儿与苦儿分住里外屋，她把苦儿和杏儿的生活安排得井井有条，就连洗澡、换衣服这样的小事，都亲力亲为。苦儿在心里着实感谢她。

几杯酒下肚，玉儿脸红红的，真是饮三杯美酒，开两朵桃花。她将头靠在苦儿肩膀上，说道："哥哥，我头晕心也慌。"苦儿说道："不会喝硬逞能，快喝点凉水压一压。"杏儿递过凉水，玉儿喝了几口说道："啊，心里好爽快啊！"这时，苦儿涌上一口痰来，杏儿递过一张纸，苦儿吐出一看，是一团黑乎乎的东西。玉儿见了忙问："怎么会有这种东西？"她接过痰纸，扔进垃圾盆中，又叫苦儿漱了口，苦儿小声说道："那就是你师伯下的毒。"玉儿惊喜地问道："吐出来就好了？"苦儿擦擦嘴说："哪里会这么快，这仅仅是一小部分。"玉儿又问："你一定很难受吧？"苦儿点点头说："浑身疲软、乏力，就像大病了一场。"玉儿眼圈红了，说："真对不起，让你吃苦了。"苦儿笑道："快别这样说，这不是你的错，要不是你帮我安排每天洗热水澡，恐怕就连这一点毒也排不出来呢。"玉儿说："那好，我叫他们每天烧水给你洗澡，每天再喝三杯酒。"苦儿说道："那就谢谢你了。"泡热水澡排毒，是苦儿在医生留下的医书中看到的。如今用了一段时间，已初见成效，这叫苦儿心里充满希望，更坚定了自己排毒的信心。

他们吃过饭便准备休息了。玉儿说道："今天家丁都在喝酒，没人来收拾桌子了，咱们去里屋休息吧。"苦儿问："咱们俩共处一室？你爹见了会不高兴的。"玉儿说："怕什么？"玉儿扶着苦儿进屋，又说道："有我呢，咱们进去吧。"苦儿拗不过她，只得随着进了屋。他对杏儿说："杏儿，把衣服收好。"杏儿答应着便收拾衣服。玉儿将苦儿扶到自己床上坐好，又出来帮杏儿收拾衣服。当她见到包里那件救生衣时便说："杏儿，那件衣服早就该扔了，你怎么就舍不得呢？你又不穿。"说罢，便拿起救生衣，杏儿一把抢过来，放进包里说："不扔，哥做的，就不扔！"玉儿笑道："小丫头片子，手还挺快的。好，好，你就抱着吧。"说罢便动手收拾起其他的衣服来。

当她收苦儿的裤子时，手触摸到一块硬东西。她拿着裤子进了屋，说道："哥哥，看你多粗心，裤子里进了一块石头都不知道。"苦儿忙用手指放在嘴上"嘘"了一声，玉儿见他这样，心想：莫非是什么宝贝不成？苦儿小声说："别出声，拿把剪刀来，我拆开给你看。"玉儿拿过剪刀，苦儿将缝线拆开，玉儿小声说道："缝得这么密实，一定是怕丢。是很值钱的东西吗？"苦儿点点头，他终于拆开了，取出来给玉儿看，玉儿立刻惊得说不出话来。杏儿走进来一看，忙抢在手里，翻来覆去地看个不停。

"护身符？"玉儿激动地双手捧着玉佩，左看看右看看，眼里突然涌出了泪水，问道："哥哥，你姓什么？家住哪里？"苦儿看她又激动起来，而且很认真，就实话实说："我姓文，老家在河南山南县城。"玉儿听了浑身一震，又急切地问道："哥哥的爹爹是做什么的？这护身符是谁刻的？共有几块？"

苦儿虽觉得有些奇怪，但仍是认真地答道："我爹是开玉器店的，这护身符是我爹刻的，共有八块。"玉儿伸出双臂紧紧抱住苦儿，说："哥，咱们真是有缘，就该在一起！"苦儿笑了，问道："看你怪怪的，一定有什么事情要说，是与护身符有关吗？"玉儿并没回答，从脖子上取下护身符递给苦儿，苦儿见了，立刻心中一热，他仔细再看看，一面写着"玉儿九岁"，一面刻着"淡泊明志，聚首一堂"八个字。再看那头像，果然与玉儿十分相似。"原来是你！你就是当年那个白白的小姑娘？""是我，正是我！"说罢又与苦儿抱在一起。杏儿将两块护身符放在一起看，叹道："好美啊！我就没有。"

苦儿忙将杏儿搂在怀里，说："你喜欢，以后哥给你刻一块就是了。"玉儿坐在苦儿身边，脸上挂着幸福的笑容，两朵花开得更鲜艳了。她小声回忆道："那天的情景我一辈子也忘不了。我是无意中看到你们家的窗里的石刻，有文字、花鸟和山水，真是好看。我往里一看，店里还有几个小孩子，我也进去了。那几个小孩子手里都拿着小玉片，玉片上有像又有字，我喜欢极了，便对你爹说："伯伯能给我也刻一个吗？"你爹二话不说，问了我的名字和年龄后便刻上，送给我了，我立刻就把它戴在脖子上了。我爹要给钱，可你爹说什么也没要。""你还记得那个黑脸小男孩吗？"苦儿问。

"怎么不记得，他和我是前后脚进去的，他也要了一块呢。"玉儿答道。"你还记得他叫什么吗？""叫杨川。"玉儿答道。

苦儿说："阿弥陀佛，这几位兄弟姐妹我都见到了，只是眼下还不能聚集一堂，有些遗憾。"玉儿说："那你快给我讲讲，他们都长什么样？在什么地方？"

杏儿说："我知道，二哥、三姐、四哥一定有护身符的。"苦儿笑道："杏儿真聪明！我是老大。老二叫茹儿，是个女孩，只因她常扮成男孩，都管她叫二哥。小三是月儿，是个女孩。老四便是杨川。""噢，我知道了，好像就是在东海边，我看见的那几位，那位老人家是谁？"

苦儿侧过脸来看着玉儿问道："你在东海边就见过我们？"玉儿回答："当然了，当时你还冲我笑呢，真是贵人多忘事。"苦儿说："是啊，真的记不得了。那老人家是我爷爷，我们兄妹四人再加上你就是五个人了。"玉儿一听不高兴了，说："什么叫再加上我，我不是你妹妹啊？"苦儿自知失言，笑了笑接着说："还有邯郸田家田力均，那玉片就是他和茹儿捡来的，就是这块护身符的原料，"玉儿笑道："哥，我知道了。"杏儿问："哥，这才六个人，还差两个呢？"苦儿说："那两个是我邻居，王家兄弟二人，哥哥可能已经做官了，弟弟被绑架，也不知被卖到什么地方了。"玉儿叹息道："看来我们八个人再聚在一起是很难的了。"苦儿说："这可不好说，我们原来常说起你，连川儿都不知道你姓什么，可咱们今天不是见面了？"玉儿嫣然一笑说："这就是缘分啊。"

这时突然响起敲门声，外面问道："玉儿还没睡呢？""爹，还没呢。"玉儿一边答应着一边下去开门。唐宣进屋见苦儿坐在玉儿的床上，便看了玉儿一眼。玉儿忙说："外屋是剩菜剩饭，今晚又没人收拾，不能睡人了，所以我们决定在我屋内坐上一夜。"说完，从杏儿手里接过护身符递给唐宣，唐宣问苦儿："怎么？你也有护身符？"玉儿急忙解释了护身符的来历，唐宣感叹道："你爹是大好人啊，你又两次救了玉儿，叫我唐某真是感激万分。现在你被师兄困在这里，真叫我颜面尽失，不好做人哪！"

苦儿听他这样说，就势问道："唐前辈，我与谷前辈素昧平生，他为何要抓我？我问玉儿，她也不便说，请您直言相告，也叫晚辈心里有数。"

唐宣看看女儿，玉儿催促道："爹，你就快说吧！"他又看看苦儿，叹了口气说："唉，此事要从八年前说起。"他说到这里，轻轻走到门口，推门向外看了看，这才安心地走回来继续说："当年，我铁掌门名震江湖，号称江北第一大门派，师兄为了争夺四大高人宝座，远去西北大漠找快刀帮帮主龙老大比武较量，双方约定，败者臣服，胜者有权指挥对方。结果，我二人都败了，只好听命于龙老大，这叫我们悔恨万分，却也无计可施，只好为他卖命，做了些亏心事。去年，龙老大下令叫我们抓住你送给他，还说你武功不错，先前派去的人都吃了败仗。"苦儿说："我现在才明白，在黄山、庐山两次遇到的蒙面人都是快刀帮的人，但不知他们为何要抓我？"唐宣摇头说："这就不知道了。"玉儿端来一杯茶递给唐宣，唐宣喝了几口茶说道："在台州湾我们见到了你，我们父女都因为你是抗倭英雄而坚决反对抓你，所以才建议在抗倭胜利后的晚上再动手，玉儿不放心，一再嘱咐我要假抓真放。那天，咱们不是交手了？"

苦儿忙说道："是了，当时我还奇怪，您为何老是手下留情。"唐宣又说："那天，师兄和龙老大的人被你们打伤，这倒好了，叫我们清闲了三个月。当他们养好伤，再要去抓你时，就听说你出海并出事了。不想在苏州城外，你又救了玉儿，我师兄趁机下毒，他要把你当作他的'护身符'，等他受到威胁时，就把你送给龙老大以求自保。"苦儿听了说道："原来如此。拿我做筹码，非大丈夫所为，难道就没有别的办法来摆脱龙老大？"玉儿小声说道："拿别人的命换自己的命，太卑鄙了！"唐宣有些难为情地说："你们说得都对，可师兄也有他的难处，他中了龙老大的毒，每年都要吃一粒龙老大送来的解药，否则便全身乏力、坐立不安。为了将来彻底摆脱龙老大，他才将女儿嫁给郑明光。"

玉儿说道："唉！真是费尽了心机。好在姐夫对姐姐好，否则，艳姐姐不是痛苦一辈子？"唐宣说："苦儿，你放心，我不会让他把你送给龙老大的，到时我会帮你的。"玉儿忙说："爹，你快想办法弄到解药吧，好叫苦哥哥少受点罪。"

唐宣说："傻丫头，你不知，当年师父传我二人武功时，透骨掌和刀法都是一样的，但酥筋软骨散的配方及解药就只传给掌门人，传我的是一套擒拿术，叫我好好保护师兄，为掌门人效力。所以我对解药一概不知，更弄不来解药。""那怎么办啊？"玉儿失望地问。唐宣想了想，说道："我师兄说过，这种酥筋软骨丸的毒性很大，越运气排毒，反而中毒越深。不练功排毒，虽觉得乏力难受，却无大碍。解药一吃，毒性立解。苦儿，不知你试过没有？忍耐一时，机会总是有的。"

苦儿心中暗想：唐宣说的是实话。可我被囚在此，不能与爷爷他们相聚，我心里怎能不急？再说，情况一旦有变，连累了玉儿、伤了杏儿，就更被动了。还是要坚持排毒，争取主动。

二十九　剑戟森森

光阴荏苒，转眼间数月已过，谷丁见郑明光和谷艳夫妻恩爱和美，心中十分高兴。

这一天，谷艳将谷丁请到自己房中，郑明光沏茶倒水、嘘寒问暖，显得十分孝顺。谷丁说："你们请我来，一定是有事要说，那就说吧。"郑明光与谷艳相互看了一眼，谷艳开口道："爹，您和师叔在这儿，我们觉得心里踏实，你们一走，我们常常觉得不安。龙老大迟早有一天会找上门来斩草除根的，我们商量了半天，觉得最好的办法是得到消功大法。"谷丁一听就明白了，他们这是打算探洞。郑明光说道："岳父大人，自从消功大法的消息传出后，已经有不少人探洞，想得到这绝世武功，搅得我叔祖在天之灵不得安息，我这做晚辈的心里非常不安。与其叫别人瞎折腾，还不如由我来做个了结。"

谷丁说："贤婿，你这是打算探洞啊？"郑明光答道："是的，岳父大人。可以我夫妻二人之力是做不来的，需有轻功高手和武功高强之士相助。我们想请岳父大人为我请一些人，您老人家自然是不便下虎头崖的。"谷丁心想：得消功大法是真，告慰先祖之灵是假，我还是以实相告吧。他说道："贤婿，你不顾危险，探洞祭祖是为孝，要以消功大法除去武林恶魔是为义。你的心情我是理解的。不过现在为时已晚，想也无益。"郑明光听了，不知何意，便问："小婿愚昧，请岳父明示。"谷丁问道："你可听说去年年底有人探过洞吗？"郑明光答道："听说了，说是探洞失手，一人被困，死在洞中。"谷丁又问："你可知道是何人组织探洞的？"郑明光说："小

214

婿不知。"谷丁说："我告诉你吧，组织探洞的是龙老大的徒弟曲蛇。他指使关士田、韩士夕二人探洞。因他二人轻功甚好。可关、韩二人怕死，派了关士田的徒弟何继祖探洞。"郑明光问："可是被武林中人称为'淫贼'的关士田、韩士夕？"谷丁说："正是他二人。他们被曲蛇制服，不得不听命于他。"郑明光又问道："探洞失败已有数次，关、韩失手不足为奇。不知岳父为何说为时已晚？"谷丁说道："你有所不知，那何继祖虽困在洞中，他师父、师叔并没去救他，可他也并没有死。""难道他竟然逃出洞来了？"郑明光吃惊地问。谷丁肯定地回答："是的。"谷艳说道："听说那崖洞甚高，他又怎么可能死里逃生？"郑明光也不肯相信，说："是啊，进去的几个人，无一人生还，他竟然能活着出来？"谷丁喝了口茶说道："那何继祖是因不知洞中深浅，使劲过大，头触石壁，一时昏迷，才被困在洞中的。等天亮时，他一看刻着消功大法的石板已经被凿得坑坑洼洼，小字全被铲掉，只剩下'消功大法'四个大字，石板四周堆满了碎石屑，还有两具尸体。见此情景，何继祖绝望了。当他见到放在一边的棺材时，他想：说不定磨盘老人身上藏有大法。只要能练上几天消功大法，死了也不屈了。"郑明光忙问："他开棺了？"谷丁说："开了，可里面并没有遗体，只有一件衣服，衣服里也没藏什么消功大法。"郑明光脸上露出惊愕的神情，他说道："这怎么可能？难道我叔祖出洞了不成？"谷艳安慰说："你先别急，听爹爹说。"谷丁继续说："他又查了棺材板，都是极薄的板子，铆眼很大，其间并无夹层。这时他看见棺材旁有一支钢钎钉在了石缝里，大概磨盘老人是用它来逼住棺材的。他拔下钢钎，用细绳绑上钢钎再去套粗绳。他成功了，顺利抓住粗绳爬上了崖头。"谷艳问道："那后来呢？"谷丁继续说："在海边一个小镇上，何继祖追上了我，求我收留他。当我问及崖洞之中的情况，他一五一十讲给我听，还猜测说，磨盘老人的遗体必是被死在洞中的人抛下山崖，被水冲走了。"

郑明光眼珠转了转说道："我叔祖会不会也逃出洞了，刻块石板、自葬崖洞只是掩人耳目？"谷丁说："若真是这样就好了，他会来找你的。"郑明光又问："那现在何继祖到哪里去了？"谷丁说："他不敢回关士田那里了，央求我收留他。我出门在外办事，不好带着他，只好写封信将他安排

215

到别处去了。洞中无人也无物，你又何必去劳神？再说你一旦出头探洞，必会引起龙老大注意，他说不定会提前向你动手，这对咱们是非常不利的。现在唯一可行的办法就是加紧练功，对外则装出胸无大志、吃喝玩乐的样子，迷惑龙老大，为你二人赢得时间，提高实力。"郑明光说道："谢谢岳父教诲，从今日起，小婿再不会有其他想法了，一定安心练功，以求长进。"

送走了谷丁，谷艳问道："明光，你说你叔祖真能从洞中出来？"郑明光说道："我叔祖练成了消功大法，别的功夫自然也不会差，他逃出洞并非不可能。"谷艳想了想说："要真如此，他老人家无处可去，自然要来山庄找你。可他老人家没来，反而是你师叔来了，我觉得可能性不大。"谷艳对罗忠信进庄传艺之事，连他爹爹谷丁也没告诉，生怕传扬出去对他们不利。只是，他们并不知罗忠信被抓了。郑明光听了谷艳的话，说："你说得也有一定道理，叔祖要真是被抛下去了，也不知会漂到哪里去。真是聪明反被聪明误，练成了神功不大大方方地施展一番，反而在崖洞自葬或逃逸隐居，这又有什么价值呢？几十年的心血，岂不白白浪费了？真叫人难以理解。"谷艳深有同感地说："可不是，老人创出了神功，理应传给后人，你叔祖一直习武未娶，你便是他唯一的后人，也理应是唯一传人才对。可老人只传了内功法，没传消功大法，真不知是怎么想的。"郑明光说："艳儿，别想了，只有你和岳父大人才肯帮我，有了你，我就心满意足了。"谷艳拉着他的手说："走，再练会儿功去。"

吃过晚饭，苦儿和杏儿坐在床上练功。杏儿说："哥，唐叔叔说了，你中了毒，练功不好。"苦儿说道："不碍事，不练功排不了毒。"杏儿不高兴地说："唉，被困在这里，还赶不上我们在小岛呢。在那儿多好啊，还能游泳、踩石子、爬大绳，可这儿什么都练不成。"苦儿笑道："你还留恋那个小荒岛？"杏儿认真地说："在这儿整天被人看着，在小岛多好啊，无拘无束的。"苦儿心想：是啊，自由比什么都可贵。他看看杏儿说："哥中的毒一时还难以排净，看来我们得被圈上一年半载的了。这段时间你也不能白白荒废，有人时便读书写字，无人时便练功，每一天都要有收获，懂吗？"杏儿一笑说："哥，我懂。玉姐姐已经把书拿来了，我读了好几页了。可就是基本功没法练，院子里有一个家丁总在看着我们，真烦人！"苦儿说："再想想办法吧。"

天黑了，玉儿笑哈哈地跑了进来，苦儿一看便问："看你高兴的样子，大概明天要起程了吧？""才不是呢！"玉儿笑道："是爹从今天起，要教我练擒拿术了。他说我武功太差，一出门就有事。"苦儿问："什么叫擒拿术，好学吗？"玉儿答道，"擒拿术就是针对人的各种关节和穴位采用一些方法，使人无法反抗，从而将对手擒住的一套技法。"苦儿听了说道："似懂非懂，你还是练上几招给我们看看吧。"

玉儿高兴地叫道："杏儿，来帮我演练一下。"杏儿下了床，站在玉儿面前，玉儿说："你打我一拳，或用手来抓我衣领。"杏儿向她打了一拳，玉儿伸手去抓她的手，可杏儿早已将手收回，玉儿抓了个空，她惊奇地看着杏儿说道："哎，小丫头片子，真没看出来，有点功夫哪！"苦儿笑道："你可别小看了杏儿，她机灵着呢。杏儿，慢点，叫姐姐抓住你，好练给咱们看。"这次玉儿用右手扣住了杏儿的右掌，向右一掰，又用左手在杏儿小臂上一推，杏儿受制，不得不弯下腰去，被其擒获。苦儿看罢说："妙哉，妙哉！果然是利用人关节的限制，突袭得手，高明，真是高明！"玉儿一听苦儿夸她爹的功法高明，心里特别高兴，她说："不错吧，爹一教我，我就觉得不错，所以学起来也有兴趣。从今天起，我学回来就教你们。"

苦儿立刻说："那你就教杏儿，我行动不便，看看记住就行了，等我好了再练。"玉儿将几种捉腕的技法，边讲边练，一一教给了杏儿，直到杏儿学会为止。苦儿示意杏儿，杏儿甜甜地叫道："玉姐姐，辛苦了，谢谢你！""啊！"玉儿叫道，"你还知道谢我，今天果然有点出息了。"苦儿说："玉儿，我能给你提点建议吗？""提建议？好啊，你说。"玉儿催促道。苦儿说："按笨道理想，我觉得这种擒拿术该有两个基本要求。一是动作快，慢了什么也拿不到。二是手劲要大，手劲小了，想掰，掰不了；想压，压不住。我说的可对？"玉儿忙点头说："对，还蛮有道理的。"苦儿接着说："所以，你现在要开始练手劲。""那该怎么练？"玉儿问道。苦儿说："院子里不是有棵树吗？在树枝上绑一根大绳，每天练爬大绳，不出三个月，手劲就会大很多。练快就简单了，每天围着大树转上一百圈，三个月后，你会越来越快的。"玉儿说："这个容易，我明天就叫他们去办。"

第二天一早，玉儿叫来了两个家丁，将大绳绑好。玉儿根本没把爬绳当回事，她手脚并用向上爬了几下，就觉得手掌发热、双腿发软、浑身乏力。她退了下来，跑到苦儿面前，伸出手给他看，说道："你看，手都磨红了，好痛的。"苦儿捧起她的手，又吹又揉，说："这本是一双绣花的手，怎能经得起这样的磨炼？""好啊！"玉儿叫了起来，"你还挖苦我！"说罢，她用两只拳头捶起苦儿来。这时杏儿走到绳下，只见她向上一蹿，双手抓绳、双腿伸直，一下将自己拔了上去，干净利落。玉儿见了，惊叫道："哎，小丫头片子，原来是个小能人哪！"玉儿是个为人坦诚、性情直率的姑娘，同时又是一个争强好胜的人，她哪里肯服输，于是便鼓足劲又练了起来。苦儿劝道："玉儿，休息一会儿吧，爬绳虽简单，却也不是一日之功，来日方长，急不得的。"

休息片刻后，玉儿也转起大树来，轻轻松松转了二十几圈，而且速度不慢。她得意地对杏儿说："小丫头片子，这转大树你就不在行了吧？"旁边的苦儿说："那你们不妨比试比试。"杏儿走过去站在玉儿身后，玉儿说："你站到里圈去，少跑些路，我可不想占你便宜。"杏儿摇摇头，仍站在外圈。苦儿喊了声："开始！"二人同时转了起来。转了十多圈，玉儿觉得她并没把杏儿落下，杏儿就像影子一样跟着她。二十圈后，她忽然看到杏儿从自己后面转了出来，心想：她要超过我了。于是拼命加快速度想追上去。可杏儿越来越快，呼地又从她身后转过，她叫道："哎，小丫头片子，转疯了！"当杏儿第三次、第四次从她身后超出时，玉儿停了下来，说："我又输了。"她走近苦儿，将头靠在苦儿肩上说："哥哥，我的脚都麻了，腿也软了，站都站不住了，头晕目眩，要倒下了！"苦儿见她脸红红的，挂满汗珠，知她确实累了，便说道："真是累坏了，快进屋歇一会儿。"玉儿进屋倒在床上说道："哥哥，快给我捶捶腿。"

苦儿刚帮她擦过汗，又坐下来帮她捶腿。玉儿长出了口气说："这才舒服了。"这时杏儿从外面走进来，见她脸上流露出得意的神色，便突然伸手在她腋下抓挠起来。玉儿怕痒，边笑边叫道："好个小丫头片子，你敢胳肢我，看我不捶你！哎呀，哈哈哈，哥哥救命哪！"杏儿胳肢够了，收手便跑，玉儿起身便追，她二人围着大树又转了起来。一个追、一个跑，笑声不断。

郑明光和谷艳听说此事，也赶了过来，他们进院子一看玉儿和杏儿又闹又笑，谷艳问："什么事把你们高兴成这样？"郑明光见树上绑着一根大绳，便问："你们两个是要抢着上树吧？"听他这么一问，玉儿和杏儿都停下又笑起来。玉儿说道："这不是上树的，是练习手劲的。姐姐、姐夫，你们也试试？"谷艳手脚并用爬了上去，玉儿一看她比自己轻松很多，说道："艳姐，你比我强多了。"当郑明光撩好长衫准备爬绳时，玉儿说道："姐夫，你不用腿能成吗？"

郑明光说："试试吧。"说罢，他双手抓绳向上爬去。当爬到一半时，觉得体力不支，便溜了下来，说道："没想到这还真挺费力的，我没劲了。"玉儿笑道："小丫头片子，再上一回给姐姐、姐夫看看。"杏儿本不想做，见她说了，不好意思不做，就又爬了一回。郑明光、谷艳见了大加赞叹，郑明光暗想：人说苦儿武功高强，今天看见这个瘦弱的小妹妹竟也有这一把力气，可见所言不虚。今天既然来了，便和他聊一聊，也许对自己练功有帮助呢。

想到此，他便拉着谷艳进了屋。苦儿坐在床边练功，见他们进来了，只得起身相迎。谷艳说道："苦兄弟，你是我们山庄的贵客，生活上有什么不便，尽管提出来。"苦儿说道："谢谢郑公子和夫人的照顾，我和妹妹在贵庄生活得挺好。"郑明光笑笑说："苦兄弟，令妹小小年纪竟有这样的臂力，这一定是苦兄弟指导的结果吧？"苦儿笑道："哪里，只因我们被困在小荒岛上，妹妹又没什么可玩的，只好成天爬野藤、转大树玩了。谁知，还真长了些力气，才使我们渡过大海回到了陆地。"郑明光夫妻虽听玉儿跟他们说过苦儿的海岛生活及渡海之事，可心里仍充满好奇。郑明光问："你们在海岛上吃些什么？"苦儿说："先吃蛇，一是它容易抓，二是担心它袭击我们，所以先将它们消灭干净。"谷艳问："生吃吗？"苦儿点点头，又说道："后来便抓鱼吃，我们没有工具，只能用手抓，我一天几乎全为捉鱼而奔忙。杏儿只得爬绳转树自得其乐。我一闲下来就教她游泳，准备渡海，别的哪里还顾得上！"

谷艳问道："你们是怎样渡回陆地的？游了几天？""噢，你们看看这个。"玉儿忙拿出杏儿的救生衣。郑明光和谷艳仔细看看救生衣，谷艳问："这布很硬，不是做衣服的布，上面还绑绳子？"苦儿解释道："这布是我们从海上捞起的，应是船上的大苦布，还捞起了一段桅杆和一片船板，苦布和板子用来做救生衣，桅杆用来做木筏。救生衣上三根绳子，是绑在我和妹妹之间的，风浪袭来时，好有个照应。"郑明光问道："那断了一个是……"苦儿便把渡海时的经历讲了一遍，谷艳听着，不时发出惊呼声，将郑明光的手攥得紧紧的。郑明光说："了不起！别说你们是亲身经历，就是我们听的人都是胆战心惊啊。"

谷艳说："苦兄弟，别看咱们此刻有说有笑，其实我们现在的处境与你在海中相差无几。龙老大随时都有可能杀了我们，凭我们夫妻之力如何能与龙老大抗争？"郑明光心中暗喜：艳儿与我心有灵犀，我正要问习武之事，她便把话题引过来了。

苦儿说道："有谷门主坐镇，龙老大怎敢轻易下手？"郑明光立刻接过话题说道："岳父大人不能在此守一辈子，到头来还得靠我们自己。可我们功力差，雪花剑法只会十招，以此来对付龙老大不是以卵击石？人都说苦兄弟武功高强，不知苦兄弟肯不肯为愚兄指点一二？"

苦儿听了他的话很是吃惊："我指点？说笑了。"谷艳说道："苦兄弟，我知道我爹给你下了毒。可我做女儿的，管不了爹的事，我只能对苦兄弟表示歉意。龙老大想抓你，又想灭了我们，他是我们共同的敌人，我们理当联手自卫。听说苦兄弟在高山、大海中练功，武功高强，跟我们说说武学之事就等于是帮助了我们。"

郑明光无比欣赏地看着谷艳，苦儿较难为情地笑了笑，说道："我平日练功全靠爷爷指点，我怎么会指点别人？不行，不行，郑公子、夫人你们都是名门之后，家学精深丰厚，我怎敢肆意胡说。"郑明光立刻说："苦兄弟太客气了，老爷爷如何指导你，你也可以向我们说一说嘛，老人家他是……"

苦儿说道："我爷爷是老叫花，他不会武功。""是叫花？"谷艳不相信。苦儿继续说道："是叫花，他老人家要了几十年的饭，真可谓吃百家饭，行万里路，听万家故事，知天下之事。就单说武功谚语吧，我爷爷就知道不少。"郑明光对老叫花不感兴趣，他给谷艳使了个眼色，谷艳会意，她在房中拿起一根木棍说道："苦兄弟，我把十招剑法练给你看，你指点一下。"说罢，她便练了起来。不过她并没有将真实水平使出来，而是故意做得散漫松懈。郑明光一看，暗自夸奖妻子聪明，先以差的东西试之，如果他能辨明真假，语言中肯，说明他有真水平，以后再请教不迟，否则……

谷艳练完十招，郑明光马上问道："苦兄弟，我们的武功实在不高，请多指教。"苦儿心想：虽然谷丁对我不义，可他夫妻并未虐待我们，况且他们也处于危险之中，帮帮他们也是应该的。苦儿说道："我有一说一，夫人还只是初练阶段，不是很熟。不过这套剑法却非同一般，它以进攻为主，招法变化多，每出一招，均有五六个攻击点，虚虚实实，令人难以防范。"

此话一出，惊得郑明光夫妻一时语塞，他们根本没想到苦儿能从谷艳拙劣的表演中看出端倪，并准确点出剑法的特征和变化。苦儿没见过雪花剑法，而且，谷艳用的不是软剑，而是木棍，他如何能看出雪花剑的精髓呢？这是因为他有了无影剑法的基本功，又练过圣手掌，看谷艳手腕上的动作和眼神，便一目了然。郑明光终于控制住了心中的惊悸，说："我们练得实在太差，招法又少，请苦兄弟多多指教。"苦儿说："不敢当，我在想二位如何既能见效快，又能发挥剑法的长处呢？"谷艳说："苦兄弟，你先说说看。"苦儿看了玉儿一眼，玉儿说："有什么说什么，你武功比我们好，说出来一定会有用的。"

苦儿这才说道："公子与夫人联手不失为一个好办法。"郑明光心想：这个办法我们也想过了。谷艳说："那该如何练呢？"

苦儿说："练法有三。一是一攻一防，防的小心保护，攻的放心进攻，这要二人配合默契才成；二是双双防守，这是遇到强敌时的应急之法；三是双双进攻，遇到较弱对手时可用。"几句话，让郑明光感到意外。他们只想到联手，可没想过联手的方式方法。谷艳说："可招法太少，变来变去觉得十分有限。"

苦儿认真地说道："招法是创出来的。一攻一守，如何守呢？你们的剑法守招不多，必须创新。双双联手防护，如何在防中反击，也得新创招法。

双双联手攻击，必须是一上一下、一左一右、一前一后，这更要创新剑法了。这正是二位以十招为基础，再进行开拓、创新的好时机。以二位的聪明才智，说不定能创出一套惊世骇俗的剑法呢。"

苦儿的一番话让郑明光夫妻茅塞顿开，信心倍增。谷艳激动地说："苦兄弟，你的话给我们增强了信心。我们努力去练，有解不开的问题再向你请教。"

这时，一个家丁来报："唐小姐，唐老爷有请。"玉儿知道是爹要教她擒拿术了，便说："你们谈，我去看看。"苦儿想起罗忠信，说道："二位太谦虚了，我说的都是粗浅想法，叫二位见笑了。在下突然想起一件事，不知当问不当问？"郑明光说："你尽管说。"苦儿说："罗忠信罗大侠可来过贵庄？"郑明光吃惊地看了他一眼，又与谷艳互看了一眼，反问道："你认识罗忠信？"

苦儿见此状，想起谷丁的为人，便知不能实话实说，遂答道："他曾借住家中，有过一面之缘。"谷艳又问："苦兄弟，罗大侠和你说过来敝庄的话？"苦儿见他二人神色多变，疑心颇重，知此问题较为敏感。他笑了笑说："罗大侠第二天要走，我们问他去哪里，他说去找郑公子。别的就不知道了。"郑明光一听，这才放下心来说道："他来过了，也是住了几天便走了，现在也不知他去了哪里。"

从此以后，每隔三五天，郑明光夫妻都要来找苦儿讨论剑法，苦儿都是以诚相待，尽力支持他们练剑。每次他们夫妻二人都是急切而来，高兴而归。聪明的玉儿和杏儿也在他们的讨论中，默默学习剑法。只有谷丁见了心中不大高兴，他担心郑明光与苦儿混熟了会影响他的大事，便张罗着要回大名府。可谷艳夫妻强硬挽留，希望得到更多的指导。

一天，谷丁来到唐宣房中，唐宣见他闷闷不乐，便问："师兄怎么了？"谷丁叹道："唉，往常，这女儿女婿早晚都来请个安，陪我说说话，现在可倒好，每天只早上过来问个好，整日练功不见人，出了门就是去苦儿那里讨论剑法。这不是瞎胡闹吗？"说着真的动了气，脸都气红了。唐宣劝道："师兄，你又何必如此呢？明光和艳儿练功这不是好事吗？年轻人喜欢聚聚，讨论武功，这对郑公子是有益无害的。郑公子是个聪明人，无利之事他是不会去做的，你又何必自寻烦恼？"谷丁说："我自寻烦恼？玉儿成天陪着苦儿，我就不说了，你也渐渐喜欢上他了，现在就连我的女儿女婿也围上去了，就剩我一个孤家寡人了，我能不气吗？"唐宣笑笑说："要不我陪你一块去听听他们的讨论？"谷丁看了一眼唐宣说："算了吧，我一去还能讨论得起来？那我不更招人烦了？艳儿还时常劝我，让我说服你把玉儿嫁给苦儿，我说哪里用我劝，你师叔早有此心了。"唐宣见他把事提出来了，就势说道："师兄早已看明白了，玉儿对苦儿一见钟情，并且还经过生离死别的磨难和考验，二人的感情更加深厚了。做父母的，儿女感情的事是管不了的，只要玉儿愿意，我把女儿嫁给他又有何不可？"谷丁一听，火更大了，他生气地说："好，龙老大要抓他，你却要把女儿嫁给他，这要叫龙老大知道了，我们不是死无葬身之地吗？"唐宣反驳说："师兄，话不能这么说，郑公子也一样身处险境，师兄不也是把女儿嫁给他了吗？还不是想多一分打击龙老大的力量。苦儿论长相论人品论武功都不比郑公子差，我为何不能把女儿嫁给他？有他站在我们这边，咱们岂不是又增加了力量？只要咱们联起手来，打败龙老大指日可待。""师弟，你想得太天真了。"谷丁很不满地说，"只怕没等到那一天，咱们就人头落地了。"谷丁顿了一会儿，叹口气说："算了，咱们别吵了，再都好好想想，尽量想出一个万全之策。"唐宣也说："师兄说得对，咱们要好好想想。但万不能将苦儿送给龙老大，伤天害理的事不能再做了。"谷丁一听，暗暗吃惊："为了女儿之事，他竟与我分了心，从今天起，要防备他了。"

三十　登长白山

茹儿和老叫花正领着月儿和川儿在雪掩冰封的长白山上寻找珍贵的冰凌花，他们注意搜寻每块冰面、每个石缝。川儿说："这冰凌花和人参一样，一点也不好找，找了半个多月了，才找到几株。"老叫花提醒道："小四，别光顾着说话，注意脚下，别滚下坡了。"川儿说："知道了，爷爷。"可他的嘴始终没有停下来，又说道："冰凌花，冰凌花，自比雪莲本事大。采你配药去救人，请你快快现身吧！"

月儿听了，也来了兴趣，她看了川儿一眼，说道："冰凌花，冰凌花，为何总是躲在家？黑脸蛋、小眼睛，只因生得实在差。"

川儿立刻叫道："爷爷，三姐说我呢！"

老叫花说道："小四满山跑，怎肯藏在家？说的不是你，无须惊与诧。"

川儿听了，小眼睛一转便说："冰凌花，冰凌花，请你不要再耍滑。白脸蛋、大眼睛，见面就把你来掐！"

茹儿笑道："大眼睛、小眼睛，别斗了，再斗把冰凌花吓跑了。"

老叫花突然叫道："这儿有一株！"茹儿他们围过去一看，只见一株小花从冰缝中冲了出来，傲视这银白的世界。花的叶子有点发灰，花很小，呈浅黄色。它的药用功效和冰山雪莲一样，十分珍贵。三个人齐声叫道："啊，好可爱的冰凌花，今天又见到你了！"茹儿小心翼翼将它挖出来，放进木盒中。月儿问："二哥，够了吗？""不够，还差一株，明天再来。"茹儿答道。当他们回到山洞时，天下起了大雪，北风在山林中奔跑着、呼啸着，推着乌云、卷着雪花，天空顿时一片昏暗，寒风直扑洞内，向火堆发起了挑战。

茹儿高声叫道："这可是练习耐寒的好机会，咱们出去吧。"川儿第一个跳出洞外，接着茹儿也跳了出去，老叫花最后一个出来，用石头将门挡好，防止风吹入洞中将火扑灭。

祖孙四人，背靠背围坐在一起，任凭雪压风吹，练起内功来。虽然他们身穿皮衣、脚蹬皮靴、手戴皮手套、头顶着皮帽，但刺骨的寒风仍穿透皮衣向他们肌体袭来，不到一顿饭的工夫，他们完全被雪包围了，形成了一个大雪堆。月儿叹道："好啊，老天爷给咱们盖上棉被了。"鹅毛大雪铺天盖地，强劲寒风忽东忽西，二者联手，要以奇寒绝冷封冻世界。坚持了近半个时辰，川儿有些挺不住了，他叫道："爷爷，不好了，有一股寒气直往上冲！"老叫花说道："别慌，好好练功，顶住它！""顶不住了！爷爷、二哥，快给点热气！"川儿叫道。月儿说："万万给不得！"川儿问："为什么？"月儿说："一给就点炮。"老叫花和茹儿都笑了起来，川儿也忍不住大笑起来。说来也怪，这一笑犹如对风雪的回击，川儿肚子里的寒意立刻消失了。四个人笑罢，又安心练起功来。

入冬以来，像这样在风雪中练习耐寒，他们已记不清有多少次了，不过练功时间却是一次比一次长，说明他们的耐寒训练取得了明显效果，为雪山练功打下了基础。又过了半个时辰，茹儿说："时辰到，收功了。"川儿第一个跳起来，冲出雪堆。洞口已经被大雪封住了，洞前平地上的雪也有两尺多厚。老叫花看看天空，雪渐渐小了，天也开始放亮了。他说道："孩子们，和往常一样扫雪练拳。"四人很快将雪推成了几堆，露出了平地，洞门也被推开了。

川儿进来添柴，又把拐杖拿出来，练起他的川上神拳。只见他一手拐一手拳，口中说道："体迅飞凫，飘忽若神。三足点地，飘来飘去，有如神助！"练了一会儿，又叫道："动无常规，若危若安。"只见他身体转动一会儿快，一会儿慢；一会儿似鱼儿戏水，一会儿似老龟慢行。"好！"老叫花叫道，"进止难测，若往若还。"川儿双脚一动，似向左去，却又向右冲，似左似右、似前似后，果然是进止难测。接着，他手中的拐，扫、钩、举、点、劈等动作——随拳而动。老叫花不断点头叫好。

月儿时快时慢，快似电光闪过，慢如老牛拉车。老叫花见她快慢自如、步法稳健，便注意观看她脚下，看了一会儿说："月儿你的秧歌步用得好！"

再看茹儿，茹儿在练她的茹秀掌，不过她重点放在了胸、腹、背等部位的吸气，以便加强吸功大法的威力。三人刻苦练习，不一会儿脸上便见了汗。川儿叫道："我出汗了，一点也不冷了。"

茹儿停下来，看见老叫花也在练拳，可他的拳法有点怪：双目半睁半闭，好像大梦初醒，无半点精神。手脚松软乏力，又似腹中无食，没一丝豪气。茹儿问道："爷爷，您打的这是什么拳？"老叫花答道："此乃花拳也。"川儿见他右手前伸，手心向上，问："爷爷，这一招叫什么？"老叫花答道："叫花讨饭。"月儿见他双手在面前一上一下摆动，问："爷爷，这招呢？"老叫花笑道："叫花吃鸡。"茹儿看了半天也没看懂，她又问爷爷："这套拳法有什么特点？"老叫花说道："借力打力，以巧对千斤。"月儿说："看不明白。"老叫花说："来，咱们先试试，你向爷爷前胸打，使劲打。"月儿用力打去，老叫花突然闪身，一拉她的袖子，月儿猛向前跑了三四步才收住。老叫花说："这是借力打力，这一招是叫花打架。"接着他又叫川儿用拐来试，川儿将拐从他头上劈下，只见老叫花一闪身，抬手一点川儿的肘部，紧接着又点了他的腋下，川儿马上丢弃拐杖哈哈大笑起来，说道："爷爷，这叫什么招法？"老叫花说："这是叫花掏包。"茹儿看过了这两招，又仔细想了想，说道："我好像明白爷爷的意思了，您是在告诉我们招法要突然，不要让对手看出你的意图和动向。""聪明！"老叫花笑着说，"二人交手时，一个眼神、一个预备动作，都是一个信号。江湖老手、武林高人很容易根据你发出的信号判断出你下一招的攻击部位。人家成竹在胸，你哪里还会得手呢？"

川儿笑道："爷爷，这事我不用愁，我眼睛小，别人看不清，不像三姐，眼睛能跑马，被人看得一清二楚。"老叫花笑着说："你呀，眼小聚光，你要打人家胸，就不自觉地看上一眼，这还不是暗送秋波吗？"茹儿和月儿都笑了。茹儿又问："爷爷，这和虚实结合有什么不一样？"老叫花说："不一样。虚实结合是说以虚诱之，以实击之；这里是说突然发招，突然结束。"

停了一会儿，老叫花又说道："与人交手时，不管你脸上是什么表情，一定要做到心绪藏而不露、目光含而不露，这样才能有突然发招、突然结束的效果。刚才川儿举拐向我打来时，他绝不会想到我会挠他的胳肢窝，这用上了一个巧字。巧在技法，巧在攻击点上。"茹儿听罢，自言自语道："两个突然加一巧，需要动手又动脑。"老叫花一席话，再一次为他们打开了一扇窗，让他们感受到了武学的另一面。

晚上，老叫花将狍子肉割成条状，架在火上烤着。大雪封山，他们不能下山买东西了，只得打些野味来吃。前些天打的一只狍子，祖孙四人吃了好几天了。茹儿边烤肉边问："爷爷，还够明天吃的吧？"老叫花说："够，吃两天没问题。"川儿问："二哥，咱们后天下山吗？"茹儿说："明天如能找到冰凌花，后天咱们就下山配药，然后去找姑姑。"月儿向洞内看看说："唉，一百天了，又该走了。"川儿突然说："我哥会不会在后边追上咱，也来到这个山洞？"此话一出，大家都沉思不语。

茹儿拿过匕首在石壁上刻了起来。月儿跟过去念道：

"石鼓，山南，江浙行，五载春光，满心都是情。舍身抗倭不见归，泪眼问天天不应。心苦，泪苦，梦亦苦，苦苦相思，何日再重逢？白雪皑皑皆为寒，篝火红红仍觉冷。"

茹儿刻完，坐在火堆旁，泪流不止。老叫花拿过匕首也刻了起来。

月儿念道："百姓尚把英雄颂，苍天应将苦儿还。"

月儿接着刻下了："哥哥，我想你！"

川儿刻下："哥，快来吧！"

老叫花说："人生艰难，世事难料，人生短促，说不尽的苦与甜。"

川儿说："失去娘与哥，就是苦，现在与爷爷和姐姐在一起就是甜。可爷爷，我总觉得哥还在，而且是在后面追我们呢！"月儿看了茹儿一眼，问道："爷爷，您有哪些苦与甜？"

老叫花想了想，说道："爷爷这一辈子苦多甜少。先说这苦：虚度光阴、毫无成就之苦，做错了事的悔恨之苦，失去亲人之苦，等等。有些苦会被时光冲淡，记忆会给它温暖。有些苦则不然，它会在你心中生根发芽，永远不肯离开你。你一想起来便觉苦味难咽，令你痛苦终生。"

川儿问："什么事会叫人这么苦？"老叫花答道："做错事之苦和无成就之苦就属于这一类，会叫你痛苦一生、悔恨一生。"月儿说道："爷爷，再说说甜吧。"老叫花说道："帮助别人，做了好事是甜的，取得了成就是甜的，克服困难完成一件大事也是甜的，这些会让你甜一辈子。爷爷一生，苦多甜少，希望你们甜多苦少。"茹儿说："我知道，爷爷，在伤痛面前抚摸痛处、顾影自怜、哀叹却步，那一定会苦上加苦、苦其终生。只有擦干血泪，自强自信、勇往直前，才能将苦变成甜。"

茹儿和老叫花等人从长白山下来，便把采集的名贵药材制成了丸药，便于携带。他们来到本溪地界平山脚下最大的一间药房——安顺大药房。这里药材齐全、价格合理，而且掌柜的待人也十分和气。茹儿自己配药之后，再交伙计们制成丸药。此刻药丸刚刚做好，两个伙计各端一个药盘将丸药送了上来。老叫花拿起药丸一看，是用白蜡封的，蜡皮上还印着一个"去"字，另一盘药丸上印着一个"回"字。茹儿看了很满意，他拿起盘中的几个布袋，将两种药各装十丸，然后交给老叫花，说："爷爷，你拿去毒丸、回天丸各十粒。另一半我拿。"老叫花应声好，便把药揣进怀里。茹儿也收了药袋，交了银两，领着月儿和川儿走了出来。刚走到街上，川儿便闻到了阵阵香味，说道："这香味干吗老往我鼻子里钻呢？快往爷爷鼻子里钻点吧！"老叫花一听，笑道："我可什么也没闻到。"川儿已经看到药房东边有一条街，专门摆小摊卖吃的，便拉着老叫花说："爷爷，往这边走！"月儿笑道："小四馋虫上来了。"川儿来到街上左看看右看看，也不知道吃什么好，他突然看见一个小摊上正用小笼屉蒸着东西，便问："爷爷，那是什么？包子不是包子，饺子不是饺子，怪模怪样的。"老叫花一看说："那叫烧卖，烧卖一见你就乐了，嘴都合不上了。"老叫花将他们领到烧卖馆，要了四笼屉的烧卖坐下吃起来。

这一天，郑明光夫妻早起去向谷丁请安，谷丁说道："贤婿，今天是正月十六了，我们也该回去了。"郑明光立刻说道："岳父大人，再多住些日子吧，好叫我们多尽些孝心。"谷丁说道："你们有所不知，每年三月龙老大总是派人来找我。我不在，会引起他怀疑的，所以还是早点回去的好。"谷艳见丈夫挽留无效，便把话挑明，说道："爹，您知道我们正与苦儿切磋武功，现在正在讨论一攻一守的招法，你们一走，我们的计划会受到很大影响的。"谷丁听了便不高兴了，板着脸说："苦儿只是一个小娃娃，他武功再好能好到哪儿去？与他切磋，岂不是自误前程？"谷艳解释说："爹，这两个月我们在苦儿的帮助下练成了双剑联防，觉得挺好的，您要是着急回去，就先把苦儿和玉儿留下，希望爹成全我们。爹要是会剑法，我们何必费这劲？"

谷丁一听他们要把苦儿留下，那怎么行？他想了想，说："唉，你们这些年轻人不知轻重，练了几招便觉得是好东西。这样吧，把你们练的双剑联防亮出来，我攻你们防，看看能不能防得住。"郑明光心里便明白了：如果我们防不住，他就会说这东西无用，阻止我们继续练习，而且会把苦儿带走。可我们初学乍练，能防住他的透骨掌吗？谷艳见爹爹脸上那副必胜的神情，又看看丈夫信心不足的样子，她眼珠一转便有了主意："爹，我们初学乍练，怎能防住您老人家？不过我们能多防几招就是进步。明光，有爹这样的高手来检验咱们，这是一个多难得的机会啊！别想别的，沉着冷静，一心防护就是了。"谷丁一听："这丫头这么说，我胜了也是白胜。不过，让他们失败一次，也许能清醒些。"

三人各拿了一根木棍，来到院中，谷艳说："爹，您可不能把透骨掌用在刀法上，我们的内功还没练好，这样胜了，我们不服。"谷丁笑了，说："和你们比试，用它做甚？"说罢，双方交起手来。开始，郑明光有点担心，缩手缩脚的。谷艳提醒说："明光，没关系，打起精神来！"谷丁却是胸有成竹，不紧不慢地进攻起来。谷丁的刀法以力大势猛见长，即便是以棍代刀也是呼呼作响、气势如虹。郑明光夫妻不去硬碰硬，而采用躲闪或巧招御之。十招一过，他夫妻二人信心大增。谷丁心想：他二人想以柔克刚，我这刀法不灵巧，力大势沉，但变化也多着呢。他立刻变得轻巧起来，想以变化多端来取胜。可对方的双剑防护是一方有漏洞另一方立刻补上，有漏洞的一方乘势反击。谷丁攻了十几招仍未见成效，可有些急了，便加快速度连续攻起来，想以快取胜。双剑联手却是越战越勇，二十几招过去了，谷丁终于扔下棍子，迷惑不解地看着他二人。谷艳也忙扔下棍子走过去扶住他，说："爹，您累了吧？"谷丁摆摆手，说："爹真是看走眼了，这双剑联防竟有如此威力，爹认输了。"谷艳忙说："不是爹输了，是我们长进了，爹，您应该为我们高兴才对啊。"此时，谷丁心里是五味杂陈，他不得不说："是，是，爹高兴，那就再多住一个月，二月中旬是一定要走的。"谷艳高兴地叫道："谢谢爹！"郑明光一直没说话，他激动得不知说什么好。

转眼已到了二月中旬，谷丁骑着马在前边走着，唐宣赶着车跟在后面。苦儿、杏儿和玉儿都坐在车里。靠近车门的玉儿正和唐宣交谈着："爹，郑明光和谷艳也太不够意思了！"唐宣问道："怎么了？你看出什么问题来了？"玉儿说："这三个月来，他夫妻二人总往我们那儿跑，为的是讨论和学习剑法，苦哥哥没少帮他们，为他们出点子、找毛病，他们哪一回不是愁眉苦脸地来，笑呵呵地回去？学习完了，我们要走了，他们二人都没来告别一下，太不近人情了！"玉儿噘着嘴，气得小脸鼓鼓的。唐宣说："许是事多，你们不必太在意，不要影响你们姐妹的感情。"玉儿却不以为然，她说："什么事多，走时虽是半夜，他们也来相送了，可就是没跟我们说一句话，完全像陌生人一样。"唐宣又解释说："你师伯怕别人知道，才决定半夜从后门走的。半夜里，黑灯瞎火的，人家来送就行了，别挑刺了。"

玉儿看看他爹说："爹，我可不是挑刺，郑明光他们夫妻是用人时笑脸相迎，不用人时板脸瞪眼，丑死了，真叫人看不下去。爹，以后大洪山庄的事你少管，费力不讨好。"唐宣笑了说："人家求不到你爹头上。女儿啊，苦儿都不生气，你气什么？""不是正派人，我看着就来气！谷艳随师伯，我是知道的；可那郑明光是名门之后，他的为人怎会如此？"玉儿气恼地说。唐宣又看看女儿，觉得玉儿出落得俊俏又动人，而且越来越聪明了。他内心又得到了极大的安慰。

玉儿回到苦儿身边，苦儿看看她说："怎么还生气？气得脸色发青，可就不好看了。"玉儿一听，扑哧一声笑了，说道："他们不该那样对你。"苦儿淡淡一笑，说："我只是出了点小主意，没什么大不了的，又何必计较人家的态度呢？"玉儿却不同意他的看法，反驳道："什么小主意？每到关键的地方，碰到过不去的坎的时候，不都是你帮他们出主意，帮他们解决的？让他们焦急而来，满意而去，这还算小主意？"苦儿笑了笑，说："即便是大主意，那练功还不是靠人家自己啊？算了，只要能打败龙老大，咱们就算为武林做了一件好事，而做好事是不求回报的。"玉儿听了一笑说："还是哥看得远，心胸宽。"坐在苦儿旁边的杏儿突然插嘴说："那当然，是我哥嘛！""哼！"玉儿吐着舌头，做个鬼脸向她叫道。杏儿也照样做回去，二人你捅我、我胳肢你，又笑了起来。唐宣听到女儿开心的笑声，自己也笑了。

茹儿他们一路奔波，终于来到太白山下，他们见人便问，在一个小山谷里找到了太白山庄。一进院子，川儿便喊："姑姑，我们来看你了！"可院子里既没人应，也听不见回音。老叫花立刻察觉到情况有些不对，他说："孩子们，情况不大对劲，咱们摸进屋去查。"

院子很大，有三栋房子。他们逐一看过，每间屋子里除了家具外，什么都没有。月儿说道："东西乱七八糟的，看样子是被人翻过的，二位姑姑一定是不在家。"

在一栋房子后面，还有一个小院，院中还有四间房子。他们挨个屋子查看，情况和大院一样。当茹儿进了最后一个房间时，眼前的景象叫她惊呆了：屋子里的桌椅东倒西歪，柜门都被打开了，除了几件旧衣物之外，别无他物。床上还躺着一个女人，她面朝里，没有一点动静。茹儿跑过去一看，是乔如虹，便大声叫道："姑姑，你怎么了？"老叫花、月儿、川儿也都赶过来，乔如虹双目紧闭，眉头紧锁，脸色发青，月儿和川儿急得大声呼叫："姑姑，姑姑！"乔如虹却一点反应也没有。

茹儿立刻摸摸她的脉，又看看她的眼睛。老叫花问："怎么样？"茹儿说："姑姑中毒了，不过气息尚存，还有救。"她对月儿和川儿说："川儿，你赶车去镇上买只鸡和小米，再买些咱们吃的，快去快回。月儿，你快挑些柴烧水，准备做鸡汤、煮粥。"二人领命立即行动起来。茹儿取出去毒丸，老叫花撬开乔如虹的嘴，茹儿将药丸送了下去；又将乔如虹扶起，用双掌紧贴在乔如虹的背部，布气驱毒。老叫花的双掌抵在乔如虹的脚心，发气助阵。半个时辰过去了，乔如虹微微动了一下，吐出一口黑血。老叫花忙拿布为她擦净。

这时月儿端来一盆温水，川儿端来一碗鸡汤。月儿先为她洗了脸和手，川儿一匙一匙喂起鸡汤。喂了几口后，茹儿又将其放平，再摸摸她的手脚，说道："身上有热气了，总算有救了。只是中毒颇深，尚须时日。"大家心里的一块石头才算是落了地。老叫花说道："我们要是能早来几天就好了。"茹儿说道："如果再晚来两天，就没救了。姑姑真与我们有缘啊。"

月儿说："不知二姑去了哪里？这里像是遭到抢劫了，一定是发生了什么重要事情。"川儿说："姑姑快醒过来就好了。"老叫花说："院子和屋子里都没有血迹，不像发生了打斗的样子。你们在这里守着，我到外面查看查看。"川儿说："爷爷，我和你去。"祖孙二人拿起拐杖便出去了。

茹儿见乔如虹的呼吸渐渐恢复正常，便和月儿抓紧时间收拾起屋子来。收拾了一间又收拾另一间。这一间也是一张床和两个柜子。月儿说："看样子，这间是二姑姑的房间，柜子里还有几件衣服呢。"他们刚收拾完，老叫花和川儿就回来了。"爷爷，情况怎么样？"茹儿问。"四周也没有打斗的痕迹，看来这里不像发生了激烈的争斗，倒像是发生了哄抢似的，值钱的东西一件也没剩。"老叫花说道。"那二姑姑到哪里去了？莫非是被人绑走了？"月儿说。"是不是龙老大的人来这儿下毒又绑人呢？"川儿也提出问题。老叫花说道："龙老大的人诡计多端，什么事都能干出来。不过，他做事凶狠，不会留下活口，更不可能把东西抢走。"茹儿说："爷爷分析得有道理，具体发生了什么事，一时也难以查清，只好等姑姑醒来了。我们还是先吃点饭吧。"

第二天，乔如虹呼吸平顺了许多，茹儿寻来笔墨开了药方，交给川儿说："这是洗浴排毒的药，一定要买全，好给姑姑排毒。"川儿说："放心吧二哥，我会办好的。"月儿笑道："哎，倒是比小狗有用多了。"川儿叫道："爷爷，三姐骂人！"老叫花笑着说："她那是说你能办事了。"川儿说："她再夸下去，不把我比作耗子才怪呢！"茹儿说道："好了，姑姑可等着你的药呢。""是！"川儿应了一声便跑出去了。茹儿提水，月儿烧水刷浴桶，老叫花到外面拾干柴，三个人又忙碌起来。不一会儿，川儿回来了，茹儿将药倒入浴桶中泡了一会儿，又调好水温，便和月儿一起将乔如虹抱入浴桶中。月儿说："二哥，姑姑身上青一块紫一块的。"茹儿说："那是中毒所致，咱们先为她擦洗身子吧。"不一会儿，乔如虹身体渐渐红润起来。

老叫花和川儿在另一间屋子里说话，川儿说："爷爷，我今天得到一个重要消息。"老叫花问："什么重要消息？"川儿说："我去镇上买药，那掌柜的人挺和气的，问我是哪儿的人，我说是太白山庄的，他看看我说：'原来是个很矮小的人来买药，他也说他是太白山庄的，这个人怎么没来？'我问他这个人长什么样子，他说：'又矮又小，一只眼睛凹进去，很难看，两条罗圈腿，大伙都叫他大马猴。'"听了这个消息，老叫花一愣，说道："这个人可是山南城双狗中的坏水狗。"川儿说："爷爷和我想的一样，掌柜的一说，我立刻想到坏水狗了，这两只狗，我在哥哥家见过的。我问掌柜的，这个人什么时候买的药、买了几次、买的什么药。掌柜的说，他是半个月前来买的治伤风的药，每三天来一次，共来了四次，想必是主人病已好，有五六天没来了。"老叫花听到这里，问道："难道是药里有问题？"川儿说："我也问了，掌柜说药方是主人自己开的，没问题。药是从他们那儿抓的，更不会有问题。我问掌柜的，大马猴什么时候来的镇上，掌柜的说一个月前就经常来镇上买东西了，大家见了都觉得挺好笑的。"老叫花说："必是坏水狗在药里做了手脚，不然你姑姑又如何能中毒呢？"川儿说："不过姑姑怎么会与坏水狗走到一起呢？"

洗过了澡，乔如虹的脸色红润了，月儿喂鸡汤时，她也知道张嘴咽下了，只是睁不开眼睛，也不能说话。老叫花和川儿进来了，把川儿的话讲给茹儿和月儿听，月儿一听说："必是坏水狗！"茹儿说："先别生气，等姑姑醒来，一切都清楚了。"

第三天夜里，茹儿坐在乔如虹的床边，一面用手为她输功，一面打着瞌睡。月儿坐在她身边，已趴在床边睡着了。乔如虹慢慢睁开眼睛，长长地出了口气，说道："好累啊！"说完，又闭上了眼睛。过了一会儿，她又睁开眼睛，这才看见坐在她身边的人。她盯着茹儿看了半天，突然叫道："茹儿，茹儿？是你吗？我不是在做梦吧？"茹儿和月儿突然被惊醒，大声叫道："姑姑。"

三十一　狗仗人势

　　乔如虹醒来，虽是意料之中的事，却也叫茹儿和月儿惊喜万分。月儿忙把老叫花和川儿叫了过来，川儿跑了几步扑到床前，老叫花激动地说："太好了，如虹，你可醒过来了！"乔如虹也激动地说："叔叔，叫您担心了。"老叫花说："茹儿和月儿守了你三天三夜，川儿为你买药、买鸡，神灵保佑，又叫咱们团聚了！"乔如虹挣扎着要坐起来，茹儿边扶她起来边对月儿说："快，点火热鸡汤！"月儿和川儿忙跑了出去。乔如虹坐起来还显得有些虚弱，她看着茹儿和老叫花问道："苦儿呢？"老叫花忙说："他田叔叔家有点事，留他帮忙几日，过几天就来了。"茹儿也立刻岔开话题问道："姑姑，为何不见二姑？""唉！"乔如虹未说话，却先叹起了气。这时月儿和川儿端着热水和鸡汤走了进来。茹儿取出一粒回天丸，用水给乔如虹服下。过了一会儿，月儿又喂她喝了半碗鸡汤。茹儿说："姑姑，你现在身体还很虚弱，有话明后天再说也不迟。"

　　乔如虹摇摇头说："不，我心里急啊！容我慢慢道来：一个多月前，月娇在洛阳的远房堂兄带着一个家人找来了，说是他儿子冷竹青，去年年初到肃州做生意至今未归，求我们去帮他找一找。可当时我正患伤风，发烧咳嗽，月娇心里着急，便先走一步。我与她约定，两个月后在肃州相见，见面之前不可与人交手。"乔如虹讲到这里，已经气喘吁吁了。茹儿见此，马上为她布气。过了一会儿，她渐渐平静下来，又说道："十天之后，高烧渐渐退去，我躺得烦闷，便出了山庄到外面散心。刚刚走出沟口，便看见路旁倒着一个孩子。我把他叫醒一看，只见他腿弯、眼凹、瘦小枯干，原来是个大

234

人。他说只因他生得丑陋，自幼被父母遗弃，就在一个月前，又遭到毒打，将他的眼睛和腿打坏了。他不想活了，想死在这里算了。"川儿听到这儿立刻说道："姑姑，这个人一定是坏水狗，我见过他的。"乔如虹喘口气说："你说得不错，可我当时不知道。见他可怜，我就动了善心，把他领回了山庄。他身单力薄，什么也干不了，于是我便叫他去镇上买些东西。我的病还没全好，便派他去抓药。吃到第十天，我发觉病不但没好，反而重了，这引起了我的怀疑，我把他叫过来盘问。"月儿端上一杯水，乔如虹喝了一口，川儿问道："他还敢在药里下毒？"乔如虹觉得腹中发热，问道："茹儿，你给我吃的是什么药？很有劲，身上有发热的感觉了。"茹儿说："姑姑，这是我们自己配制的回天丸，是用来养伤、补血、补气的。"乔如虹说："果然是好药。我接着说：我刚问他几句，他推说要解手便跑了，大约过了一顿饭的工夫，他回来了。"月儿说："我以为他借机逃跑，怎么又回来了？"乔如虹说："还没达到目的呗。他说道：'你也别问了，我是在药里下了毒，那毒不是砒霜，只是耗子药。'我一听气坏了，我骂他恩将仇报。那人嘿嘿一笑，答道：'其实我也不愿意这样做，可谁叫你摆弄珠宝叫我看见了？一箱珠宝够我享受一辈子了，谁见了能不动心？这全是你自己惹的祸，可怪不得我。'他说罢便将珠宝箱拿在了手中，我大喊：'来人啊！'没喊几句便头晕目眩，那人笑道：'我在每碗汤药中都加了点耗子药，到今天你已经喝了十天了，你已经中毒很深了。我刚才出去假借你的命令，已将用人全部遣散了，他们把值钱的东西全都拿走了，院子里没人了。看在你领我进庄的分上，我不杀你，让你慢慢死去。'我问他到底是谁，他说他便是山南城的苟家安。我问：'你就是山南城双狗中的一个？'他哈哈大笑，说：'老天爷，我要过好日子去了！'说完转身逃走了。我气得两眼发黑，一头倒在床上便不省人事了。"

听完乔如虹的讲述，川儿说："姑姑，我到镇上抓药时，掌柜还问起坏水狗呢，我问他方子和药是否有问题，那掌柜说方子是按药方开的，是个好方子，药是他们店里抓的，不会有问题，谁能想到他竟下了耗子药。"月儿说："这条恶狗，都无家可归了，却还要害人，真是可恶至极，再遇到他必杀之而后快！"茹儿说："姑姑，您一定是担心二姑吧，可这排毒大约需一个月的时间，而且万万急不得。"老叫花说："是啊，等你养好伤，咱们立刻就走，快马加鞭，早点到就是了。"乔如虹有些不放心地说："叔叔，您还不知道？月娇是个急性子，我担心她一时性急，莽撞行事，会出问题的。"老叫花劝道："养不好伤，如何经得起长途颠簸？一旦与人交手又如何上阵？西北的气候恶劣，常人都有不适之感，更何况是病人。安心养病才是最重要的，别的想也是白想。"茹儿说："爷爷说得对，早日养好伤就能早点出发。姑姑先休息一会儿吧，等天亮了给您煮小米粥。"

铁掌门内，谷丁的手下刘山正向谷丁禀报："门主，这苟总管可真是不像话，您不在家时，吃喝嫖赌什么都做，有一回还将一个女人领回来过夜呢。更叫人难以忍受的是，他在大名府管辖内的妓院、酒楼、赌场，到处宣称自己是铁掌门的总管，弄得人家都笑咱们了，还有不少孩子围在咱们门前嚷嚷要看大马猴，真丢脸！"谷丁听了，心中不悦，说道："这个狗东西，竟敢如此放肆！"刘山说道："门主，不是属下多嘴，为了本门的声誉，还是早点将他赶走的好，满城的人见到他都指指点点，笑骂不止，弄得兄弟们都不愿出门，谁愿意与大马猴为伍呢！"谷丁听了想想说："你说得对，早晚是要将他赶走的，不过，不是现在。你告诉兄弟们，再忍耐些日子就是了。"

刘山走后，觑觑狗迈着罗圈腿走了进来，他点头哈腰，一脸谄媚地说道："门主，找我来有什么吩咐？您尽管说。"谷丁板起脸，训斥道："我不在家，你是吃喝嫖赌什么都来了。"觑觑狗一见忙低下头暗想：这是有人告我的状了，哼，别叫我查出来。谷丁又训斥道："封你做总管，你不好好做事，却到处去炫耀、丢丑，要不是我拦着，兄弟们早把你赶走了，你以为你是谁？"觑觑狗点头道："门主说得对，我一定改！"

谷丁见他如此，便说："你应该好好做事，不做出点成绩，如何在本帮立住脚？"觑觑狗忙说："请帮主明示！"谷丁说："我抓回来的人叫苦儿，对咱们非常有用，他现在和玉儿住在一起，我担心玉儿会把他放走，所以要派人去监视他，尤其是夜间，要紧盯不放。"觑觑狗一听"苦儿"二字，心中一振，他立刻说道："请门主放心，我整夜不睡也要盯死他！"谷丁仍不放心地说："苦儿一旦逃走，我第一个先杀了你！"觑觑狗忙说：

"不敢，不敢！"谷丁一瞪眼说："什么不敢？"觑觑狗解释说："不敢让苦儿逃走。"谷丁又嘱咐道："你要选好地点，不能让玉儿发现。"觑觑狗忙说："是，门主放心就是了。"

觑觑狗回到自己房间，心里别提多高兴了："哈哈，苦儿，你也有今天哪！要不是因为你，我怎会卖掉酒楼，背井离乡？说不定，我早就娶上媳妇了，连儿子都有了。可如今，你落在我手里，我定要好好折磨你一番！还有那玉儿，看一眼心里就发痒……"

这一天，谷丁、唐宣外出办事，觑觑狗躲在玉儿住处的院门外隐蔽处，向院中窥视，只见玉儿和杏儿坐在门前的石阶上，玉儿说道："哥，用不用我帮你擦背啊？"屋子里传来苦儿的声音："谢谢了，不用。""嘿，要是能帮我擦，我就美死了！"院外的觑觑狗想着，露出一脸下流相。突然有人拍了他一下，小声问道："狗——总管，你躲在这儿偷看？"觑觑狗回头一看，是唐宣的一个徒弟，便将他拉到一边问："你将苟字念得那么长是什么意思？是有意想骂我？"那人笑道："你真是不懂事，那是尊敬你，我要是当了总管，你叫我一声'张——总管'，我多高兴啊。我叫你'狗——总管'，你却不高兴，真是怪事。""去去去！少跟我玩花花肠子，你是在骂我，你当我不知？我告诉你，我现在正执行门主的命令，监视苦儿，你少在这儿捣蛋！"那人笑着说："好，好，你继续监视吧，不把自己弄得鼻青脸肿，你是不会自在的。"说完一笑走开了。

觑觑狗小声骂了一句："他娘的！"就又回到院门旁偷看起来。只听玉儿说道："哥，你中毒了，两臂无力，真的能擦背吗？"苦儿答道："能，我正在擦。"玉儿有些不放心，便转身从门缝向里看。只见苦儿站在浴桶中，双手在背后有力地拉动毛巾，那健壮的身体及不断隆起的肌肉，都展示了男人的健壮之美，玉儿不由得看呆了。"不要偷看我哥洗澡！"杏儿边大声说边去拉玉儿。玉儿回头一笑，大大方方地说："你哥是我的心上人，我看他是应该的。"杏儿并不完全理解"心上人"这三个字的含义，但见玉儿理直气壮的，便大声说道："哥是我的心上人，不是你的！"玉儿一听大笑起来，笑得她弯腰直流泪。

屋里的苦儿听了，不禁苦笑，说道："玉儿，别笑了，我洗完了，叫人把浴桶抬走吧。"玉儿这才止住笑，找人倒水搬桶。过了一会儿，觑觑狗见干活的人走了，便摇头晃脑地进了院子，猛地推开房门，蹿到苦儿面前。苦儿心中一惊，说道："觑觑狗？你怎么会在这里？"觑觑狗得意地哈哈一笑说："苦儿，没想到吧？我是这里的大总管，听说你中了毒，没力气了，爷爷我出气的时候到了，看打！"说完，举拳便朝苦儿脸上打去，玉儿刚要上前，杏儿一步跃至苦儿身前，对着觑觑狗抬手就是两耳光。觑觑狗一捂脸骂道："好你个臭丫头，要——"话还没说完，杏儿上去又一脚将他踢倒在地。玉儿骂道："大马猴，你竟敢闯入我的院子，反了你了！不教训教训你，你就不知道本姑娘的厉害！"说完，拿起一根木棍向觑觑狗打去。觑觑狗忙站起来跑出屋子，玉儿边追边骂，当觑觑狗快跑出院子时，不知是谁突然扔进一块砖头，将他绊倒，玉儿举棍便打，直打得他满地乱滚。家丁们有些围了过来，捂嘴偷笑着。刚在院外看见觑觑狗的那个小伙子说："小姐，打两下出出气就行了，他好歹也是个'狗——总管'，还是给他留点面子吧。"玉儿这才住了手，说："看在大伙的分上，先饶你一回，你再踏进这院子一步，我就打折你的腿！"说罢，转身回房去了。

那姓张的家丁把觑觑狗从地上拉起，说道："狗——总管，我说什么来着？你不挨打就不自在。那唐小姐是好欺负的？你还敢闯入她的房间，要是我师父知道了，肯定饶不了你！你快走吧。"觑觑狗一瘸一拐地走出去了，围观的人忍不住哈哈大笑起来。

玉儿回到屋里问苦儿："哥，你怎么会认识大马猴？"苦儿便把山南城苟家之事讲给她和杏儿听。杏儿说："一看就不是好人。"玉儿说："真是狗东西，打死也不解恨！"苦儿提醒玉儿说："护身符藏宝之事就是这双狗说的，他兄弟二人骗吃骗喝，随口胡诌，结果引起一些人的关注，打起了护身符的主意。所以我们行事要小心些。"苦儿又问道："玉儿，这觑觑狗怎么会来到大名府？怎么又当上总管了呢？"玉儿说："听说他献了一尊金佛像，师伯贪财，便收留了他。我们去江南找你时，又封他做了大总管。"苦儿说道："苟家两兄弟，从小就干缺德事，不害人就活不成，我们要提防他。"

觑觑狗的头上、腿上、背上都挨了棍子，回到自己房间，倒在床上疼痛难忍，"哎哟、哎哟"不停地叫着，眼珠子乱转，想着如何报复苦儿：苦儿，你叫我受罪，我也不能叫你享福，明天就把护身符的事告诉门主，然后大摇大摆地去搜查护身符，看你和唐小姐能奈我何！

果然，第二天一早，谷丁带上觑觑狗来到玉儿住处。玉儿见他们来此，知道没好事，就马上让家丁去通知爹爹回来。谷丁进门便向苦儿问道："听说你有护身符，能否借来一看？"苦儿看了看觑觑狗，说道："谷门主，你必是听觑觑狗说的吧。"谷丁冷冷地看一眼苦儿，说道："谁说的不重要，快把护身符拿出来！"苦儿也冷笑一声，说道："真是对不起，护身符被海水冲走了，我也很心疼。"谷丁用鼻子哼了一声，说："你不想交出来，是吧？苟总管，给我搜！""慢！"玉儿立刻阻止道，"师伯，苦哥哥是我的客人，你怎么能搜他呢？"苦儿知道谷丁已被觑觑狗煽动得利令智昏了，玉儿是阻止不了的，他接着玉儿的话说："谷门主，你要搜我，这很容易，不过让我把话说完再动手也不迟。"谷丁看了他一眼，耐着性子说："好，你说。"苦儿道："谷门主，你可知道你的苟总管是什么人？"谷丁不耐烦地说："这与护身符有什么关系？"苦儿说："当然有关系了，不知道他的为人，如何知道他的话是真是假？"谷丁没说话，苦儿接着说："苟总管叫苟家笑，外号觑觑狗；他有个弟弟叫苟家安，外号坏水狗。他兄弟二人在河南山南城被称为双狗。他们从小就做缺德事，山南城的人没有不讨厌他们的。"觑觑狗立刻打断苦儿的话说："你胡说！"苦儿没理他，继续将这护身符的来历及双狗抢亲等事一一说出。

不知何时，小院子里已经站满了人，他们都在听苦儿的诉说。觑觑狗一直想阻止苦儿说话，却始终没有机会，谷丁心里也吃了一惊。不过他想，今天既然是为护身符来的，又如何能只看看就走呢？他说道："苦儿，谢谢你告诉我这些，不过护身符还是要搜的，苟总管，你来搜。"觑觑狗立刻来了精神，双手在苦儿身上摸来摸去。当他快摸到苦儿的裤脚时，玉儿使劲捏了一下杏儿，杏儿会意，立刻哭了起来。玉儿忙问："杏儿，你哭什么？"杏儿说："我害怕，怕大马猴打我。"觑觑狗立刻站起来说："哎，昨天是你打我的！"玉儿说："觑觑狗，你当着师伯的面还敢撒谎！昨天你是不是打了杏儿两个耳光？"这时玉儿看见院子里站满了人，就问："你们昨天都看到了吧，是谁打谁？"众人异口同声地说："狗总管打小孩！"谷丁生气地说："好了，好了，苦儿身上有没有？"觑觑狗说："没有，该搜杏儿身上。"苦儿见觑觑狗伸手要搜杏儿，立刻厉声说道："觑觑狗，拿开你的狗爪子，别碰我妹妹！"吓得觑觑狗连忙缩回手，看着谷丁，谷丁也是一震，只得说："玉儿，你来搜吧。"玉儿在杏儿身上摸了一遍，摊开双手说："没有。"这时觑觑狗突然说："门主，她怀里好像有东西！"玉儿哼了一声，从杏儿怀里掏出一个布袋，往床上一倒，里面都是些光滑的小石子。她骂道："睁开你的狗眼好好看看，有没有你说的护身符？"谷丁看了一眼觑觑狗，又叫玉儿将苦儿的衣服包打开，他自己亲自一件件翻看一遍，这才说："看来真是丢了。好了，你们歇着吧。"

这时唐宣从外面走进屋来，唐心玉的眼泪就流下来了。唐宣极不高兴地说："师兄，我女儿的身上也搜搜吧！"谷丁尴尬地说："师弟，别误会，我绝无此意。"唐宣转身对觑觑狗骂道："门主叫你当个总管，那是看得起你，可你呢，吃喝嫖赌无所不为，你现在又打起我女儿和苦儿的主意。你若再敢妖言惑众、肆意生事，我必杀你！"这时院子里有人喊："赶他走，铁掌门的脸都让他丢尽了！"谷丁无奈地看了看众人，灰溜溜地带着觑觑狗离开了。

已是三月下旬了，龙老大还没派人送来解药，谷丁脸色发青，开始头冒虚汗、全身无力，正受着毒性的折磨。唐宣见了甚是同情，说道："龙老大为何还不送药来？他是有意折磨师兄。"他看看谷丁，又想到苦儿，心想：你自己中毒痛苦，可为什么还用这种方法去害人呢？谷丁用毛巾擦擦汗，又喝了几口水，有气无力地说："唉，真是害死人了！"这时，一手下来报："禀报门主，有人求见。"谷丁不耐烦地挥挥手说："带进来。"当来人走进他的屋子时，谷丁一见立刻有了精神，叫道："庄老弟！快快请坐！"来人正是青蛇山庄的大头目庄大。庄大拱手说道："二位门主，庄大有礼了。"说着，便从怀里取出龙老大的玉佩说道："庄某奉帮主之命，一来是送解药，二来请二位门主帮忙，去趟大洪山庄监视郑明光，由庄某陪同前往。"谷丁忙接过解药并一口吞下，过了一会儿才渐渐平静下来。唐宣问："帮主为何要监视郑明光？他难道还敢反对帮主不成？"谷丁这才听明白庄大的来意，心中不免有些吃惊：这是为什么？难道他们已经知道我与郑明光的关系，故意来试探我？庄大说道："帮主只是对他不放心，他在帮主眼里是个小人物，帮主哪有闲心理他。若他有异动，就先灭了他；要是安分守己，就让他多活几年。"谷丁听了这话，心下稍安。唐宣又问："何日起程？监视多久？"庄大说："如二位方便，早点动身为好，只要弄清情况，在那里待上十天半月就行了。"谷丁眼珠一转，说道："好啊，明日一早就起程，帮主之命岂敢怠慢。"唐宣也说："是啊，早去早回，查个清楚明白，也好叫帮主静下心来，思考大事。"庄大一听，高兴地说："如此甚好，庄某在此谢谢二位鼎力相助。"谷丁说："庄老弟，咱们兄弟何必客气。走，去酒楼吃酒去！"

晚上，谷丁将觑觑狗叫了来，对他说："苟总管，明天，我和唐副门主要出门，少则一两个月，多则三四个月，这段时日里，你什么事都不要管，只因你人缘太差，管了只会对自己不利。只有一件事，你务必做好，那就是看住苦儿，别叫他跑了。这个人对我太重要了，他要是跑了，我们的麻烦就大了。所以你必须小心在意，无论白天还是夜里，都要看紧。"觑觑狗说："是。只是那唐小姐处处护着苦儿。她打我事小，可看不住苦儿事大，还望门主想个办法才好。"谷丁想了想，觉得他说得有道理，便提笔写了一道手谕交给他。觑觑狗接过来一看，上面写着："命苟总管每天检查苦儿的生活起居，任何人不得阻拦。谷丁。"觑觑狗双眼眯成一条缝，心中很是得意。

唐宣和女儿也在谈论这件事，玉儿担心地说："要是叫他们知道了艳姐姐的婚事，那可就麻烦了，快想想办法吧！"唐宣说："你不用着急，我和你师伯已经商量好对策了。再说艳儿和郑明光都是极有心机的人，他们早就有所提防了。我倒是担心你。"玉儿问："我有什么可担心的？"唐宣说："爹只怕你闹出事来！我们走后，觑觑狗必会来找麻烦，你要多忍耐些，无论出什么事，都要等爹回来再说。"玉儿说："爹，他要是有意为难我呢？"唐宣说："骂他几句、打他几下，将他赶走就是了。玉儿啊，与一个无赖犯不着生气，即便打也不能打太重，你师伯会不高兴的，这会加深我们之间的矛盾，你懂吗？"唐心玉笑道："爹，我懂了。不过，他要是欺人太甚，我可饶不了他。"唐宣还是有些不放心，提醒说："玉儿，要保护好自己，但不要惹事。"

三十二　西行之路

转眼间半个月过去了，乔如虹身上的毒已经去了大半，面色已由青紫转为红润，一双杏眼又开始闪闪发亮。茹儿说："姑姑，你再调养半个月，咱们就可以去西北了。"乔如虹高兴地说："太好了！我不但要去西北，还要去四川、云南，找月娇、冷竹青，寻师，还要收徒。"月儿问："姑姑，你收徒弟了？"乔如虹笑着说："不是我收徒，是你二姑收了徒弟。原说好了明年要领回来的，今年去就更好了。"茹儿说："如果你和我们一起去峨眉山，我们就可以看到二姑姑的徒弟了。"乔如虹突然想起苦儿了，便问："苦儿怎么还不回来呢？"她一问，场面一下冷了下来，茹儿的眼泪一下就流了下来。老叫花只得说："如虹啊，原想等你好了后再告诉你，苦儿在东海抗倭中英勇献身了……"乔如虹听罢，立刻哇地一下将所服的药全都吐了出来。茹儿和月儿忙为她揉胸抚背，她才渐渐平静下来。老叫花将苦儿之事讲给她听，乔如虹悲痛不已。

又要出发了，老叫花将干粮袋、水袋绑在了车的后沿，月儿抱着被褥钻进了车篷，茹儿扶着乔如虹从房中走出来。老叫花说道："如虹，你身子弱，快上车。"乔如虹说："叔叔，我可以骑马，还是您坐车吧。"老叫花笑道："你不必担心我，老叫花多年风餐露宿，身子骨好着呢。你快上车。"茹儿把乔如虹扶进车篷内，并对月儿说："你在车里陪姑姑吧。"月儿笑着说："是，二哥。"老叫花和茹儿骑马走在前面，川儿赶车出了院门，又将院门关好后，这才赶车上路。

在车内，乔如虹靠在车篷上，月儿将棉被盖在她的腿上。乔如虹说道；

"月儿——不,我又叫错了,上路了,应叫你小三了。小三,听爷爷说,这一年你们在武功上进步很大?"月儿笑道:"是啊,小四练成一套川上神拳,我练了一套月下仙掌,二哥练成了茹秀掌,哥练成了苦缠拳。"一提到哥,月儿的眼睛就红了,乔如虹也是心中酸楚,泪水不由自主地流了下来。月儿在心中暗骂自己,便马上转移话题,说道:"其实啊,最厉害的是二哥,她发现了'吸功大法'。"吸功大法?乔如虹擦擦眼泪,吃惊地问。

"对,吸功大法。"月儿见她不哭了,说得更来劲了,"就是一手将对手的力气吸进,另一手将它放出,以对手之力打击对手,不但省力,而且隐蔽。""高啊!"乔如虹忍不住说道,"那你们每个人都会了?"月儿微微一笑,说:"都会了,姑姑,你也会了。"乔如虹冲她笑着说:"瞎说!我又没练,怎么会的?"月儿笑着说:"姑姑,我不骗你,二哥在给你治病、输功时,就已经将你双臂上的穴道打通了。""真的?我怎么一点也没留意呢?"乔如虹还是有些不信。月儿解开自己的一条绑腿带,将它绑在篷顶,然后说道:"姑姑,来试试,我击打你右掌,你便想着把我的力量吸入,并由左手指向绑带。"乔如虹依言而行,果然,那绑带向篷顶飘去。"啊!真的通了!"乔如虹惊喜地说,"没想到,茹儿不但救了我的命,还给我了一套高深的功夫!"月儿说:"姑姑,这还没完呢,剩下的得自己练,比如前胸、腹部、背部,都可以用来吸进对手的功力,那才行呢。二哥已经练会了,我和小四正练前胸。""真是了不起,后生可畏啊!"乔如虹十分感慨地说。"姑姑,等到了肃州时,你的功力就可以完全恢复了。"月儿说道。

"是啊,我恨不得明天就到肃州,找到你二姑和冷竹青。"乔如虹十分惦记冷月娇的安危,功力还未完全恢复,就急着上路了。赶车的川儿听她们在车内说话,就大声问道:"姑姑,你们说什么呢?"月儿大声答道:"小四,放心吧,没人说你坏话!"说罢发出银铃般的笑声。

茹儿等人已赶到了肃州城,他们正挨个客栈寻找冷月娇,一连问了五六家,回答几乎都是"未曾见过"。乔如虹有些着急:"怎么,难道妹妹不曾来过这里?是不是在半路上出了事?"茹儿见此便上前说道:"姑姑,这里客栈不少,咱们继续找。"当他们走进一家肃州大客栈时,茹儿上前问道:"请问小二哥,在三四个月前可有一位穿着浅绿色衣服的女子来过这里？"那店小二想了想，说："可是一位貌似天仙、身佩宝剑、一身绿衣的女侠？"乔如虹一听忙说："正是！"小二说道："她来过这里，不过当时小店的上等客房已经住满了，女侠不愿住一般客房，便离开了。"老叫花问道："后来可曾又见过她？"店小二摇头说："未曾再见。"

他们又走了几家客栈，当来到中原客栈时，茹儿上前一问，店小二肯定地答道："有一位女客住在这里。可她只住了一晚，第二天一早吃过早饭便向西去了，从此未再见过。"老叫花问道："由此向西是什么地方？"小二答道："西边第一站便是围城镇。"老叫花又问："为何叫围城镇？镇子大吗？离这儿多远？"店小二笑道："几位请坐下来说话。我先为几位沏茶去了。"老叫花他们坐下，不一会儿，店小二端来茶水，并为他们每人倒上一杯，说道："围城镇不算大，也就几十户人家，离这里也不远，骑马一个时辰就到了。它为何叫围城镇呢？因它当年是一座兵营，四周修筑了高高的围墙。后来官兵去了嘉峪关，那里便空了下来，老百姓住进去，便成了今天的小镇。别看镇子不大，可这东、西两边的货物常常在那里交易。"

老叫花又问："这围城镇离嘉峪关远吗？"店小二答道："不远，也是半个时辰的路程。再往西便是玉门关了。不知诸位要找的那位女侠是不是西出玉门关了？"老叫花四周看看，见客人不多，便低声问道："小二哥，我们来这里找人不仅着急，也有些害怕，听说这边有什么快刀帮，很厉害的，连官兵都不敢惹，这是真的吗？"店小二向周围看看，也低声说："是有这个帮，它与官兵井水不犯河水，诸位小心就是了。西边风沙大，小心不为过。"老叫花一听便明白了，这是叫他们多留神。老叫花掏出银两给了店小二，说："谢谢小二哥以实相告，这点小意思权当茶水钱了。我们今天就住这里了，明天一早起程。"店小二一听他们要住店，立刻将他们领上楼，开了两间房。

第二天一早，茹儿等人快马加鞭赶到了围城镇。小镇被高墙围起来，只是这墙不是砖石砌的，而是由黄土夯筑而成的。他们走进城一看，南北一条大街，东西有三条小街，正中间有一个广场，在广场东南有一座二层的楼房，门额上写着：围城客栈。川儿边看边说："别看镇子小，客栈、面馆、布庄、鞋铺、成衣铺……什么买卖都有。"老叫花说道："这围城客栈是城里唯一的一座楼房，当年一定是兵营的驻地。"月儿说道："看样子，镇里就这一家客栈。"乔如虹看着这围城客栈，说道："月娇来此必住在了这里。"茹儿说："咱们进去打听一下。"他们还没走到门前，早有伙计迎了出来。那伙计十分热情地说道："各位客官辛苦了，快进屋歇歇脚，喝口茶！"川儿一看那人便笑了，小声对月儿说："三姐，你看那人长得多逗。长条脸、塌眼皮，连眼睛都睁不开。"月儿见了并没笑，反而觉得那伙计有些面熟。

众人走进客栈，见前厅除了柜台之外，还放了三四张桌子，有几位客人正在喝茶聊天，一楼有十几间房，柜台旁边有楼梯直通向二楼。乔如虹问道："可有上等客房？"伙计笑道："还有两间，如诸位客官不嫌挤，尚可住下。"乔如虹说道："好吧，就开两间吧。"那伙计立刻叫道："老三，快请客人上楼；老四，快将门前马车赶到后院，立刻喂马！"不一会儿，那塌眼皮的伙计便送上茶来，他进门见五位客人坐在一间房间里说话，就边倒茶边打量着各位客人，尤其是对老叫花、乔如虹和月儿又格外多看了几眼。老叫花与他目光相遇时，也在想：此人长相奇特，似乎在什么地方见过。在什么地方呢？唉，到底是老了，记不起来了。"斟了茶，那伙计说道："听口音，各位一定是中原来的。不知到此是经商还是会友？"乔如虹正要打听冷月娇的消息，她立刻回道："我们是来找人的。两三个月前，可有一位身穿浅绿色衣裤的女子来你这里住店？"那人看看她，又朝众人打量一番，这才说道："这里虽是小镇，可来往客人还是不少，时间一长，我们也很难记清了。再说，我们两天一换班，有一半的客人小的没接待过。这样吧，容小的去问一问，看哪一位伙计接待过这样的客官。"老叫花说："那就麻烦小二哥了。"那伙计忙说道："好说，好说。"他见有一扇窗户打开了，便说道："几位客官初来乍到，想必还不大了解这里的气候。"川儿说道："这里树少，除了黄土就是沙子，很少看见绿色，连天都好像是黄的。"那伙计笑道："可不，现在没刮风还算好的，要刮起大风来那就够瞧的了。有一首歌谣说得好：'沙尘一起遮云日，天昏地暗鬼见愁。沙旋尘滚势头猛，不须半日到凉州。'"老叫花说："哎，这么厉害呀。小四，快把窗关上。"那伙计从房里退了出来，慢慢下了楼，坐在柜台后思索起来。这时，川儿噔噔噔地从楼上跑了下来，并朝街上跑去。那伙计一看，立刻将另一个伙计老三叫过来，耳语了几句之后，老三也走了出去。川儿跑到街上转了一圈，又朝镇外走去。只见有七八个男孩在大门口玩耍，他们手拿弹弓正在射一双挂在树枝上的破草鞋。川儿凑上去看热闹，见孩子们总射不中，便说："借我试一下呗。"一个男孩说："我知道你是住店的，你来射吧。"川儿接过弹弓一射，不偏不倚正好打中。孩子们欢呼起来，川儿说："其实不用弹弓也能打中。"说罢，拾起一枚石子一撇，又打中了。孩子们惊奇起来，都叫着要跟他学。川儿很耐心地将要领讲给他们听，孩子们认真地练习起来。伙计老三见此急忙跑回去向柜台里的伙计报告："大哥，那黑小子在大门口教孩子们撇石子，你说怪不怪，他的手法与咱们的一模一样！"那伙计听了，心中一惊，不由得又想起刚才见面的老人，说道："我知道了，你去忙吧。"那老三走以后，他又思索起来。直到楼上一位客人要茶，他这才急忙到厨房取开水去了。

川儿正给一个十一二岁的小男孩纠正撇石子的姿势，那男孩练习几次后，川儿问他："小弟弟，前些日子，可有一位身佩宝剑的绿衣女人来这里住店？"那男孩边撇边回道："来过。"又突然停下来问川儿："你问这个干什么？"川儿看他十分认真又十分警觉的样子，就笑着对他说："你不必担心，我不是坏人。"

晚上，老叫花和川儿来到乔如虹她们的房间，川儿便将与小男孩对话的情景说了一遍。乔如虹说："孩子是不会撒谎的，看来月娇确实来过这里。"月儿说："这个伙计我好像在哪儿见过，可又想不起来了。"老叫花也说道："可不是！我也有同感，咱们再慢慢想想，总会想起来的。"乔如虹说道："肃州的店小二告诉过我们，这里离快刀帮的老巢很近，现在，这里的大人和孩子们言行都十分谨慎，应与此有关。咱们多住几日，弄明白了再走不迟。"

在客栈的厨房里，有两个伙计也在小声议论着，一个便是那塌眼皮的伙计。他向一个四方脸的伙计说道："庄儿，你说怪不怪，这五个人中最小的一个黑小子会撇石子，而且和咱们的手法一模一样；那老人和其中一个女孩，我又好像在哪儿见过。还有那穿藕荷色衣裤的女侠和冷大侠说得差不多，可冷大侠说是只有一个女子来找他，现在可是来了五个人。"那叫庄儿的伙计没吱声，那塌眼皮的伙计便说道："老蔫，事关重大，你快拿个主意啊！"那庄儿这才慢腾腾地开口说道："荣哥，这事急不得。弄好了是亲人团聚，弄不好是咱们人头落地。"那叫荣哥的伙计实在坐不住了，站起来说："不急不成啊，人家明天要是真走了，不就错过了？你向来有主意，快快想办法！"庄儿想了一会儿，终于又开口了，说道："荣哥，有办法了！"接着二人耳语了一阵。荣哥点头说："好，好，就这么办。我中午，你晚上，轮流试探。"然后二人相视一笑。

第二天中午，吃过了饭，荣哥送来了茶水，乔如虹问道："小二哥，可为我们打听清楚了？"荣哥答道："实在抱歉，还有两位伙计今天没来，所以没打听全。他们明天必来，小的一问便知。"他又看了看川儿，说道："这位小兄弟的一手绝活，在孩子们中已经传开了，真是了不起。"川儿笑笑说："这不算什么，只是撇着玩而已，算不上什么绝活。"荣哥立刻说道："不，一打一个准还不是绝活？不知小兄弟是跟谁学的？"川儿说："跟我哥学的。""那你哥跟谁学的？"川儿答道："跟我爷爷学的。"荣哥随着川儿的目光也投向了老叫花，心中不由得一动，好像突然想起了什么。老叫花笑着点点头。荣哥忙说道："是这样啊，孩子们练得很起劲。"说到这里，他又看看乔如虹问："您是位女侠吧？"乔如虹听了便笑了，问："你是如何知道的？"荣哥说道："我们店小二虽是下人，可每天见的人多，日子久了，倒也练出些眼力了。您气质高雅、说话干脆，有女侠的气魄。不过，没见您的兵器，小的有些纳闷。"乔如虹看了一眼老叫花，二人相视一笑。乔如虹心里明白，店小二正在了解自己的情况，这肯定与冷月娇有关。乔如虹将腰间的双锥取出来放在桌子上。荣哥看罢说："哎呀，真叫小的开眼了，天下还有这样的兵器！但不知如何称呼您？"乔如虹说："我叫乔如虹，要找的人叫冷月娇，是我妹妹。"荣哥一听忙说道："原来如此，是乔大侠，失敬，失敬，小的一定尽力打听清楚，为大侠分忧。"说罢，便退了出去。老叫花笑道："他在摸咱们的底，下面一定有戏。"

吃晚饭时，庄儿用托盘端着四盘菜，送上楼来。他一边摆盘一边打量着五位客人，说道："各位客官，这里的菜都是西北风味，不一定适合各位，有什么要求就告诉小的，小的尽力去做。"老叫花说道："我们是穷人，没那么多的讲究，吃饱肚子就行了。再说你们的手艺还真不错，我们吃着挺合口味的。"庄儿心说：这位老爷子我可没见过。他又看看月儿，不想月儿也正在看他，月儿说："小二哥，这羊肉还带点膻味，去得再干净些就好了。"庄儿口中说是，心里却想：这姑娘的眼睛跟月儿的太像了，只是眼神不太像。月儿的眼神是和善、愉快的，而她的眼神却是严肃的。我也吃不准，只能告诉冷大侠，由她来决定吧。月儿看见这个店小二两只耳朵上长着拴马桩，不过她也在犹豫：二表哥是圆脸，脸上总是挂着胆小害怕的神色；这个店小二却是方脸，眼神也很深沉，是长大了，还是根本就不是同一个人呢？她见庄儿要转身离去，突然间喊了一句："王宏庄？"声音虽不高，却是平稳有力。庄儿听了，一下就愣住了，他慢慢转过身来，看着月儿说："月儿？"月儿站起来，走到他跟前说："我叫张月，是河南山南城人。"庄儿激动得连话都说不清了："我，我，我是庄儿，王宏庄，是你二表哥……"月儿又仔细地看看他，问道："你真是我庄哥？"庄儿忙从脖子上取出护身符交给月儿，月儿也取出自己的护身符交给庄儿。庄儿叫了一声："月儿！"二人便拥抱在一起。荣哥这时也端着四盘菜走了进来，见此情景忙问："庄儿，真是月儿吗？"庄儿擦擦泪水说是，又忙介绍说："这是张荣哥。"一提到张荣，老叫花一拍脑门："我真是老了，连张荣也忘记了！"张荣走到老叫花面前跪下，说道："爷爷，我就是当年跟您学功夫的小叫花张荣，和苦儿、王胜是一起的，只是过了多年，孙儿也不敢认了。"茹儿为了不惊动其他客人，忙将门关上，说道："月儿，给大家介绍一下吧。"月儿为双方介绍之后，老叫花说："来，都坐下，这里没外人。"张荣说："爷爷，你们不用担心，冷大侠就在这里，为了她的安全，我们不能不加小心，请各位见谅。"庄儿说："冷大侠为救侄儿受了伤，现在已无大碍。只是现在人多眼杂，甚是不便，等夜半之时再见面，如何？"乔如虹听到了冷月娇的消息，已十分欣慰，她忙说："好，好，一切由你们安排。不知她被何人所伤，又伤在哪里？"张荣小声说道："离这儿不远处有一座废弃的古镇，已无人居住，可它却成了快刀帮的老巢，威胁着这里的百姓和来往的客商。冷竹青来此经商赔了本，因无钱回家，只得待在本店做工。快刀帮的人听说他既会做菜又会做衣服，便将他强行拉到了古镇。冷大侠到古镇去找，不想中了他们的毒箭。现在毒性已解，只是还有些虚弱……"还没等他们说完，下面有人在喊张荣和庄儿了，他二人只得又去忙店里的生意了。

夜深人静之时，庄儿在前面探路，张荣背着冷月娇来到了乔如虹的房间。冷月娇一见乔如虹，轻声叫了声姐姐，便抱着乔如虹抽泣起来。张荣说："你们慢慢聊，我们到下面值更去了。"张荣和庄儿走后，冷月娇和众人见了礼。茹儿见她面容憔悴、身体虚弱，忙为她诊脉，并取出回天丸给她服下，然后为她布气输功。过了一会儿，冷月娇精神大振，这才讲起到这里所发生的事情——

冷月娇来到古镇的第一天，便从张荣和庄儿那里知道了冷竹青的下落。她打算去古镇看看——如果快刀帮的人少，就直接救人；如果人多便退回，等待时机。第二天一早，她骑马去了古镇，走到嘉峪关时，策马向北而去，走了四十多里地，来到一座古镇。镇内毫无生气，她小心翼翼地走进镇子里，见东西两侧的房屋已是墙倒屋塌，中间一条大街足有两丈多宽。这条大街的最北头是一截土城墙，仿佛在告诉人们它昔日的繁荣。

当冷月娇骑马走到距北城墙四五丈远时，突然有人喊道："什么人，敢来此地窥探？"冷月娇说道："我来此找人。你们是什么人？请站出来说话。"无人答话，冷月娇又说道："你们是快刀帮的匪徒吧？快快滚出来！"她是想让他们走出来，看看他们到底有多少人。人没走出来，却从城墙上的小孔中射出几支箭，而且是越射越多，冷月娇忙用剑去拨挡。从东边的残垣断壁中，突然又射出箭来，她急忙跳起躲避，却觉得左腿一阵疼痛。这时，从城墙下的一个洞口中跑出三个人，东西两侧又跑出两个人，齐向她杀来。此时冷月娇的左腿已有些麻木，她不敢恋战，立刻飞身上马，向围城镇方向急奔。在回围城镇的大街上，她回头看去，虽没见追来的人影，却听到了阵阵马蹄声，她知道是快刀帮的人追来了。张荣曾告诉过她：在这一带，快刀帮横行无忌，是无人敢出手相救的。想到这儿，冷月娇突然将马一带，向北面几座沙丘跑去，很快便消失在黄沙之中。四个骑马之人急奔而过，直向围城镇追去。藏在沙丘后面的冷月娇抚摸着她那匹累断了气的白马，心中十分悲痛。白马的前胸中了箭，它能跑到这里，已是为主人尽了最后一丝力气。冷月娇想，人还没救出来，自己不能死。她立刻点穴止血，又用冰雪大法将毒液逼住，阻止它在体内扩散。天黑了，四匹马又朝古镇的方向飞奔而去，四周又如死一般寂静。已经昏昏沉沉的冷月娇爬到了大道上，又继续向围城镇里爬去。不知爬了多久，也不知爬了多远，她用尽最后的力气，再也爬不动了。

　　清凉的月光照在冷月娇身上，仿佛在等待她的苏醒。这时，从围城镇里跑出一个人来，此人正是张荣。他见冷月娇去了一天也不见回来，心里着实不安，趁夜深人静之时出来寻找，见到昏死在路上的冷月娇，便急忙将她背回客栈的柴房中，又去镇上将开药铺的张掌柜请来，为她疗伤、敷药，并开了解毒的药方。忙完后，他将庄儿唤醒，二人将冷月娇抬进了柴房的地下暗窖里，张荣又到药房抓了十几服药，从此他与庄儿便偷偷地照顾起冷月娇来。

　　讲到这里，冷月娇喝了口水，又慢慢说道："时间一长，客栈的其他伙计和齐掌柜也都知道了。不过他们都是好人，都在千方百计地保护我，快刀帮的人明里暗里地查过几次，都被他们机智地遮掩过去了。要不是他们帮我，我只怕再也见不到你们了。"乔如虹说道："难怪他二人见我打听你的下落，格外小心谨慎。他们都是难得的好人啊，在快刀帮的淫威之下仍然敢救人，实属不易。"

　　老叫花说："是啊，等咱们办完正事，要好好谢谢这些人。"这时，张荣和庄儿走了进来，月儿说道："我们刚才听二姑说了你们救人的事，真是谢谢你们了！不过你们怎么会来到这里？"张荣说："谢什么，说到我们，很简单，我们是被快刀帮的黄谢、老胡他们给绑了。他们把我们带到了一个小山沟里，离开这个山沟后，苦儿便不见了。"茹儿插话问道："那个山沟便在我家后院，苦哥哥被留在那里放羊，后来我们逃了出来。"

　　庄儿说："原来如此。后来我们就被带到了这里。黄谢强行将我们卖给了齐掌柜，并拿走了二百两银子。齐掌柜对我们很好，我们就一直做到现在。"老叫花问道："你们不想回中原吗？"庄儿说："怎么不想！连做梦都想回去！可前些年，人小力薄，走不了。这几年长大了，可以走了，又想到齐掌柜花银子买我们，我们一走了之如何对得起他？就想着再干几年好报答他。再说，我们也需攒些钱买马，不然，如何能回得了家？"乔如虹说："这回就跟我们一块回吧。"当庄儿问起苦儿及家中老人的情况时，月儿如实相告，冷月娇、张荣和庄儿为失去苦儿而悲愤，庄儿又为失去老人而加倍伤心。

三十三　玉儿出走

在铁掌门院内，玉儿、杏儿和苦儿在吃午饭，觑觑狗围着他们走来走去，一双贼眼总是盯在玉儿脸上。玉儿觉得十分恶心，便问："觑觑狗，你总看我干什么？"觑觑狗巴不得她和自己说话，听到玉儿问他，便嬉皮笑脸地说道："小姐长得美貌动人，别人成天地看，我就看上一会儿也不行吗？再说了，你不看我，又如何知道我看你呢？"说完如猴子般笑起来，叫人恶心。玉儿气得扔下筷子站起来要打，觑觑狗立刻掏出谷丁手谕，说道："门主手谕在此，谁敢无礼？"玉儿恨恨地坐下来，苦儿劝道："玉儿该吃饭吃饭，干吗跟狗一般见识。"杏儿也早就气饱了，站起来说道："大马猴、癞皮狗，盯着人家不肯走，叫人恶心叫人恨，早晚死了喂野狗！"这是昨天玉儿教她的，她今天说得还挺顺，觑觑狗骂道："死丫头，你才喂狗呢！"他刚说完，杏儿夹着一块骨头一甩，正好扔进觑觑狗的嘴里，玉儿和苦儿都开心地笑起来。觑觑狗吐掉骨头，气得说不出话来。但癞皮狗就是癞皮狗，恼怒片刻之后，他立刻又觍着脸说："这算什么，多看几眼唐小姐就赚回来了，算来算去，还是我合算啊，哈哈！"他倒又笑起来。见杏儿又挥手，他急忙捂上了嘴巴。

谷丁和唐宣已经走了二十几天了，觑觑狗天天以检查为名来玉儿这里，搅得玉儿心烦意乱。苦儿吃完饭，说道："觑觑狗，谷门主命你检查我的起居，并没有叫你一日三餐都盯在这里呀，你这不是故意捣乱吗？"觑觑狗冷笑一声，说道："苦儿，你我是仇人，我怎么能叫你过上一天舒心安稳的日子？我就是要让你不自在。你恶心？你死了才遂了我的心愿！再说了，门主命我检查你的生活起居，这生活起居不包括吃饭吗？过几天连睡觉我也要检查呢，嘻嘻！"

说到这儿，他看着玉儿不怀好意地笑起来，他那淫邪的眼神和充满恶意的笑声叫玉儿浑身直起鸡皮疙瘩。她怒不可遏地骂道："你放屁！"说罢又要动手。苦儿一把拉住她，说道："玉儿别动气，就当是咱们养了一条小狗，高兴了逗逗它，不高兴踢它两脚。"觑觑狗见苦儿拉着玉儿的手，心里想：那白嫩的小手，要是握在我手里该多好，那一定又软又滑……他已经想得入神了，涎水都要流下来了。苦儿说道："觑觑狗，我欢迎你晚上来检查，可你有胆子来吗？"觑觑狗嘿嘿一笑，两眼又眯成缝，说道："苦儿，你想害我，门都没有，我才不会上当呢！白天陪着唐小姐说说话比什么都实在。"苦儿笑道："经过这几年的磨炼，你的水平快赶上坏水狗了。你可知坏水狗在什么地方？"觑觑狗说道："我兄弟不是凡人，必有大事要干，你问这个干什么？还想抓他不成？别做梦了，你出不了这个大院，你就在这里等死吧！"杏儿骂道："你才会死在这里呢！这里谁不烦你？早晚有人杀了你！"

别看是小孩子说的话，可这话说得觑觑狗胆战心惊：这倒是真的，除了谷丁，没人喜欢我，说不定谁使坏，我一不留神就没命了。可他嘴里却不服软，说道："死丫头，我要是死在这里就是你们杀的。谷门主不会放过你们的，一定会为我报仇！"说罢，生气地一甩袖子走开了。

玉儿说："阿弥陀佛，癞皮狗总算走了。"苦儿说道："咱们得想办法整治他，不能让他总拿手谕压着咱们。""那怎么办？抢来？"玉儿问。"硬抢是不成的。"苦儿看看杏儿，心中立刻有了主意，说道："杏儿，给哥练一下圣手掌。"杏儿答应一声便练习起来。练罢，苦儿说道："不错，你手法很快，把手谕从觑觑狗怀里掏出来没问题。"杏儿一听，将一张纸叠好放进玉儿怀里，然后练习掏了放、放了再掏，两个姑娘练练停停、说说笑笑，一直到很晚。苦儿在一边不时纠正着杏儿的手指动作和身体掩护，这叫玉儿看得高兴，禁不住也学着"偷"了起来。

这天，玉儿和苦儿、杏儿在吃午饭，觑觑狗坐在一旁直勾勾地盯着玉儿看。玉儿今天的心情似乎格外好，一边吃饭一边和苦儿、杏儿说笑着。吃过饭，苦儿说："我有些困了，先睡一会儿。"玉儿说："吃饱了就睡，不好。我先到院子里玩一会儿。"杏儿说："我跟你去。"觑觑狗也一瘸一拐地跟了出来。玉儿拉着杏儿的手在院子里散步，觑觑狗跟屁虫似的笑嘻嘻地跟在后面。玉儿回头看了一眼，说道："觑觑狗，你不是来监视苦儿的吗？干吗老跟着我呀？"觑觑狗见玉儿主动与他说话，乐得拖着那罗圈腿忙追了几步，说："苦儿不是在屋里睡觉吗？跑不了，我正好陪陪小姐。"玉儿问："那你怎么陪我呀？"觑觑狗一听，高兴得手舞足蹈起来，连忙说道："小姐叫我怎么陪我就怎么陪。"玉儿一指院里的一棵大树说："看见了吧？就像杏儿这样转圈，我们三人一起转。"觑觑狗为难地说："转大树是挺好玩的，可我这腿……"玉儿说："你腿怎么了？你没看杏儿是弯着腿转的吗？"觑觑狗说："转几圈我就迷糊。"玉儿轻蔑地看了他一眼，说道："杏儿都不怕迷糊，你一个大男人倒害怕了。算了，不玩拉倒，还不带你玩了呢！"说罢，玉儿转身同杏儿转了起来。觑觑狗见玉儿生气了，忙说："谁说我害怕？我也能转！"这觑觑狗第一次听人说自己是"大男人"，而且又是玉儿说的，他心里有几分感激和得意：我要转出个男人样来！他也学着杏儿的样子转了起来，玉儿停下来说道："再快点就更俊了。"一听这个"俊"字，觑觑狗的心都醉了，从小到大，从来没人把他和"俊"字联系在一起过，他铆足劲转了起来。玉儿和杏儿边拍手边帮他数数，九圈、十圈、十一圈……觑觑狗已转得眼冒金星了，不过，有美人在侧为他数数，他何时享受过这样的待遇？他有些飘飘然了，心花怒放地品味着"大男人"的滋味。当她们数到第十九圈时，觑觑狗身子一晃便倒在地上。玉儿和杏儿忙去扶他，觑觑狗只觉得有十个玉儿在围着他转，他口中喃喃叫着"唐小姐"，而此时，杏儿已从他怀里掏出一张纸交给了玉儿，玉儿退两步打开一看，正是那手谕。她急忙跑进屋去烧了它。看着那张纸已经烧成了灰，玉儿眼珠一转，对苦儿耳语了几句。苦儿说："不取也罢，再有几天我就没事了。"玉儿说："可我一天也不想待了。"

　　觑觑狗晃晃悠悠地总算站起来了，杏儿早就跑到石桌前坐下了。觑觑狗还沉浸在幸福当中，大声叫道："唐小姐，你在哪里？咱们继续玩吧！"玉儿从房里走出来，指着他骂："你这癞皮狗，谁要和你玩？快滚蛋！"觑觑狗十分不解地说："刚才还好好的，怎么说翻脸就翻脸？"玉儿说："翻脸又怎样？快滚！你再慢一点，我就要打了！"觑觑狗不知高低，说道："本总管执行门主的吩咐，谁敢打？"玉儿上前就是一脚，觑觑狗被踢疼了，他叫道："我有手谕，你敢打……"他说着朝怀里掏去，掏了半天也没将手谕掏出来。他瞪着眼睛想了一下，说："我知道了，你们偷了我的手谕，快还给我！"玉儿冷笑一声，说道："我从来就没见过什么手谕，你是拿着我师伯的名头来吓唬人的，你这个骗子太可恶了，看打！"

大院里的人听见玉儿的骂声，都跑过来看热闹。觑觑狗已躲过第一拳，却没能躲过这后面的拳头，见围观的人多起来，他觉得自己不说两句实在是太没面子了，于是说道："唐心玉，我这个总管是奉门主之命来看守苦儿的，你竟敢抗命，殴打本总管，还有没有门规了？"

玉儿骂道："癞皮狗，你成天赖在这里不走，还敢调戏本姑娘，你好大的狗胆！你不认错，还假借门主之命，你有什么凭证？"觑觑狗说道："门主手谕为凭。"玉儿说："你拿出来看看。"觑觑狗指着玉儿和杏儿说："被你们偷去了。"众人听了，都笑了起来。玉儿又骂道："你满口胡诌，竟敢骂我是贼，看打！"她举拳又要打。觑觑狗转身刚要跑，不想被石头绊了一跤，当他爬起来再向前跑出一步时，一头撞在院门旁的一盆石榴树上。只听他大叫一声，用手捂住了右眼，血从他的指缝中流出。他失声叫道："哎呀，我的眼睛啊，我的眼睛瞎了！唐心玉，我跟你没完！"说完，跌跌撞撞跑出了院子。唐心玉也有些心惊，对大家说："请大家做个证，他的眼睛可不是我打的，是他自己不小心撞到树上的。"一个家丁说道："小姐，我们都看见了，这是老天在惩罚他。"也有人说："全瞎了才解气呢。一天叫他闹得鸡犬不宁的，实在太可恨了！"人们议论着，慢慢都散去了。玉儿和杏儿回到房里，倒在床上大笑起来。苦儿说道："觑觑狗变成瞎眼狗了，总算出了一口恶气。"

当天夜里，玉儿出来四下看看，没发现觑觑狗的身影，知道他伤得不轻，夜间不能再来监视自己了。她悄悄来到谷丁居住的小院，觑觑狗也住在这小院的西厢房里。房里，不时传出觑觑狗的呻吟声和叫骂声。玉儿转到谷丁房间的后面，用剑撬开后窗跳了进去。一个巡夜的家丁走进了院子，大声问道："狗总管还没睡呢？没事吧？"觑觑狗叫道："疼死我了！我的眼睛快瞎了，赶快给我请郎中！"那家丁说："不是我们不给您请，是人家不肯来。""为什么不肯来？"觑觑狗问。那家丁说："郎中说他只给人看病，不给……""放屁，我不是人啊？""狗总管，你别生气，人家问谁生病了，我们总得告诉人家吧，可我们一说，郎中们都说治不了，没一个肯来的。"

玉儿听着外面的对话，借着月光在室内搜寻着解药。四壁无暗橱，地面无暗箱，她听见巡夜家丁远去的脚步声，便开始翻箱倒柜，搜书案、查台架，却始终没找到。她又开始在床上寻找，又趴到地上，床下地面光溜溜的，什么都没有。她失望了，难道师伯没把解药放在房间里？她走到窗前，轻轻推开窗，准备跳出去，一只脚下却有了松动的感觉。她立刻收回脚，关好窗，仔细查看，发现一块方形的大理石板是活动的，这让她兴奋不已。她轻轻将石板抬起，下面还有一层石板；她再将第二块石板抬出，发现下面是个暗箱。她把头探下去，看到暗箱分三格，每格里都放着药，两种是药丸，一种是纸包。她一样拿了一个放入怀中，又将石板慢慢放好，检查一遍见没留下什么痕迹，这才又推开窗跳出去，溜回房中。

杏儿已经睡了，苦儿正在焦急地等着她，见她安然回来了，这才松了口气，说："谢天谢地，你可回来了。"玉儿笑道："你上敌船都不怕，我去偷点东西你就吓成这样？"苦儿说："我自己去，倒也不知害怕；可你去，我心里就不安了，生怕出点什么事。"玉儿听他如此关心自己，觉得十分温暖。她从怀中掏出药来在灯下看：两个药丸上一个写着"酥"字，一个写着"解"字，那纸包上写着"酥"字。玉儿说道："看来这个是解药。可师伯会不会故意写错啊？你敢吃吗？"苦儿说道："你费这么大的劲弄来的解药，就是吃死了也要吃。再说无非是再中一次毒，没什么了不起的。"说罢，他拿过药丸便服了下去。玉儿还是有些不放心。苦儿闭目静坐了一会儿，只觉得一股凉气由小渐大，慢慢流过全身，身上舒服极了，就像撤掉无数绳索一般。又过了一会儿，他睁开眼睛说道："玉儿，没错，是解药，我身上的毒已经全部化解了，功力也完全恢复了。""太好了！"玉儿说着就去拥抱他。苦儿也很激动，说道："玉儿，谢谢你救了我。"玉儿抬头看了看他，一撇嘴说："你谢我什么？你救了我两次，我只救了你一次，还欠一次呢。""不欠，不欠！"苦儿连忙说，"没有你，我会被困在铁掌门中难以脱身。"玉儿看着苦儿的脸说："那咱们走吧，快点离开这儿。""好，走！"苦儿说罢又停了下来说，"咱们一走就是好几年，你想你爹了怎么办？再说在外生活很苦的，你能撑得住吗？"玉儿一听便不高兴了，说道："我知道我有很多毛病，任性、娇气，到了外面，你可不能讨厌我、抛弃我，你发誓，发誓！"苦儿笑了笑，说道："你是我妹妹，我干吗讨厌你、抛弃你？""不行，发誓，发誓！"玉儿说着便用拳头捶打他。杏儿被吵醒了，立刻说道："玉姐姐，你疯了，干吗打我哥？""小丫头片子，你懂什么？"玉儿瞪了杏儿一眼，又对苦儿说："你快发誓！"苦儿笑着说："好，我发誓，我要是讨厌、抛弃玉儿，我就——"，玉儿没等他说完，就急忙捂住他的嘴巴，然后，将头贴在苦儿的胸前，紧紧地抱着他。杏儿立刻笑道："玉姐姐，你都这么大了还撒娇，羞不羞？"玉儿伸手要去打杏儿，苦儿说："别闹了，快睡一会儿，天亮我们就走。"玉儿问："怎么不是现在？"苦儿说："咱们要大大方方地离开这里。"

第二天一早，苦儿他们三人各背一个包裹，来到马厩。他们的行动引起了院里人的注意，不一会儿，大门前聚集了七八个人，当玉儿牵着马来到大门前时，有七八个人一齐挡住了他们，其中刘山问道："小姐，你这是要去哪里？"玉儿说："我要去找我爹，不行吗？"刘山说道："小姐去哪里我们不敢管，可苦儿不能出这个门，这是门主临行前一再交代的，我们不敢违背师命。"

玉儿仔细一看，院子里的二三十人已经分成了两派：一派是谷丁的弟子，他们大都聚集在大门前，出面阻拦的七八个人都是有头有脸、武功较强的弟子；一派是唐宣的徒弟，他们站在两边，静观事态发展。

玉儿向前走了一步，说道："各位师兄弟，苦哥哥是我的客人，不是囚犯。觑觑狗假借师伯之命，每日纠缠不休，我已经无法忍受，所以才决定去找我爹爹，你们有什么理由横加阻拦？"刘山说："觑觑狗那一套，我们也看不惯。可师命难违，请小姐见谅。"

苦儿走上前，说道："诸位，我是被谷丁暗中施毒才困在这儿的，你们

257

的师父，行为极不光彩，诸位又何必继续做不光彩的事呢？你们有什么理由为难我？难道非要动手不成？"其中一个说："我们知道你武功好，不过今天你要出这个门，也不是一件容易的事。"

苦儿笑了笑，说："是非要动手不可了？也罢，你们八个一块上吧。拿住我，我自然走不了；你们要是败了，我们便要离开这里了。"

为首的刘山一挥手说道："你也太狂了吧！兄弟们，一块上，拿住他！"几个人立刻将苦儿围住。骑在马上的杏儿将手放在怀里，时刻准备撒出石子帮助哥哥。

苦儿用苦缠拳在他们八人中穿行，而且速度越来越快，如同一阵风吹过，这八个人根本打不到他，并且是越打不到越着急、越发狠。其实，苦儿也是加着万分小心的，铁掌门的黑熊透骨掌，他是听说过的，也看过玉儿练了几招，但没看全，所以不了解这种掌法的基本路数。那八个人掌掌发力，却是打不到苦儿。苦儿摸清这套掌法的基本路数后，不想再拖延时间了，他要用吸功法先打倒几个人。一个人上来就朝苦儿的前胸打来，苦儿用右掌去接，左手手指对准了另一个人的肚子一催内力，那人嗷地叫了一声便倒在地，接着苦儿又用同样的办法连续打倒了三四个人。这几个人倒在地上也没明白，为什么会突然间肚子痛、胸痛，为首的刘山叫道："弟兄们，咱们齐进齐退，相互照应点。"

然而，苦儿又用玉儿教他的擒拿术，将这八个人全部打倒在地。他拱手说："得罪了，在下告辞。"院中其余的人都惊呆了，没看清怎么回事，这八个人就都倒下了，这也太神奇了！玉儿从怀中取出一封信，交给一个姓张的小伙子说："师兄，我爹回来时，请把这封信交给他。"那位张姓小伙子说："好的，师妹，你要保重。"正在这时，觑觑狗跑了过来，叫道："门主有令，不能放苦儿走！弟兄们，大家一齐上，将苦儿拿下，门主有赏！"苦儿对杏儿说："小妹，好好教训教训他！"杏儿答应一声，立刻撒出一枚石子，只听砰的一声，石子打在觑觑狗的额头上，觑觑狗立刻血流满面。他大叫一声，转身就跑，又一枚石子打在他脚上，扑通一声，让他来了个狗吃屎。院子里的人，除了苦儿和玉儿外，谁也没想到这个小姑娘竟有这样一手绝活，唐宣的弟子们对苦儿和杏儿真是钦佩不已，谷丁的弟子们谁也不敢吭声了，人们立刻闪出了一条通道。苦儿抱拳说："兄弟们，听我良言相劝，不要跟着谷丁了，会吃亏的，甚至会丢了性命。各位多保重，后会有期！"说完便和玉儿上了马，大大方方地出门走了。

"我的天，这家伙也太厉害了，别说咱们，只怕连师父也不是人家的对手。"谷丁的徒弟议论着。"不知怎么回事，我肚子好像挨了重重一拳一样，疼得要命！""莫不是他打到你了？""没啊，他离我有两三步远呢！""开眼了，难怪唐小姐那么喜欢人家，咱们也练了十几年功夫了，八个人还打不过一个，还练个什么劲？"当天夜里，便有七八个人离开了铁掌门，另谋出路去了。

三十四　攻打古镇

经过一个多月的治疗，冷月娇的伤已经完全好了。她搂着茹儿和月儿说道："谢谢你们救了我，我不但伤全好了，功力也增加了，真是因祸得福。"说罢，又在二人的额头上亲了一下。川儿说："二姑，别光亲好看的，还有我呢！"冷月娇笑道："二姑我怎么能忘记我们的小四呢！快过来，黑小子，叫二姑亲一下！"川儿笑眯眯地走过去，冷月娇也在他的额头上亲了一下，然后对着老叫花和乔如虹说："叔叔、姐姐，我的伤全好了，咱们该去古镇了。"

老叫花说道："攻打快刀帮需要好好筹划，最好能连窝端。"乔如虹说："是啊，是需要筹划一番。现在的问题是：古镇里有多少人？里面有没有机关？"冷月娇说："他们追我时，出来五个人，要是人多，我也很难逃脱，因此，我估计里面人不多。而且龙老大应该不在古镇，否则，他怎么可能不出面？"乔如虹说："妹妹分析得有些道理，咱们姑且按二十人准备。该如何消灭他们呢？"川儿眨了眨眼睛，说："偷袭。"月儿立刻表示赞同："对，偷袭，二姑去时被他们发现了，这才在两侧布下弓箭手。我们应当夜里去，不叫他们发现。"川儿见月儿支持他，便高兴地说："对，夜里去，咱们摸进洞去，来个瓮中捉鳖。"茹儿说道："夜里去摸清四周情况，清除埋伏，这是个好主意。不过，不可贸然进洞。"川儿问："为什么？"茹儿说："道理很简单，快刀帮在洞中住了多年，据说曾有一百多人住在那里。你想，里面一定是洞中有洞，暗道机关必然不少。地形如此复杂，咱们若贸然进去会吃亏的，还是把他们引出来打比较合适。"

老叫花听了他们的议论不断点头。乔如虹说道："茹儿说得有道理，咱们清查四周后，等到天明时，一人诱敌，一人登上城墙，其余人埋伏在两侧，以弓箭、石子击之，最后一搏，必能大胜而归。"冷月娇笑道："好，我来诱敌，他们一看我又重来，必不当回事。他们一大意，疏于防范，就必败无疑。"川儿说："我上城墙，用石子狠狠地打他们，不叫他们跑了。"乔如虹问道："叔叔，您看怎么样？"老叫花说："好，就这么办。只是大家要小心，不可大意，也要相互照应才是。另外，不要将他们的人全杀光，留下几个下重手点了他们的穴道，叫他们领咱们进洞，这样才安全些。从今天开始，川儿要到外面多捡些石子，一切准备就绪，后天就出发。"乔如虹说："那咱们就这么定了，灭掉古镇，救出青儿，为民除害！"

第二天，川儿去外面捡石子，忽见从东边来了一支马队，川儿忙跑回客栈报信去了。在外面玩的孩子们也是一哄而散，各自跑回家去了。转瞬间，随着一阵风沙，马队冲进了围城镇，并在客栈门前停了下来。张荣迎出去一看，吓了一跳，只听他说道："哎呀，我说呢，谁有这么大阵势，原是黄爷和胡爷到了，快快有请！"来人正是快刀帮古镇堂堂主黄谢和他的心腹老胡及八名手下。黄谢下了马笑道："嘿，这不是张荣吗？几年不见，变成大小伙子了。"张荣笑道："黄爷还记得我？"老胡笑道："你这小模样，看一眼就不会忘记。睡了好几年，怎么还没醒哪？"手下们一听全都笑起来，张荣说："咳，爹娘给的模样，我也没办法。各位爷，快快有请。"张荣一边让座一边叫道："黄爷、胡爷领着各位爷到了，好酒好菜尽管上。"客栈里的客人全躲回房间里去了。黄谢坐了下来，几个伙计忙上来沏茶倒水，请他们分两桌坐好。黄谢问道："张荣，你干得还舒心吧？"张荣答道："托爷的福，小的在这儿不愁吃、不愁穿，一天乐呵呵地干活，再不用到处讨饭受气了。"老胡笑道："要不是我们把你带到这儿来，你怎么会有这样的好日子？你们掌柜的呢？"张荣忙说："那是，那是！我们掌柜的去肃州城进货去了。掌柜的不在，小的伺候几位爷是一样的。"不一会儿，马肉、牛肉等几道凉盘和两坛子酒便端了上来。这十个人立刻大吃大喝起来，黄谢说道："在外头待了几年，好东西没少吃，不过还是老家的东西可口啊。"

不一会儿，庄儿端着几样炒菜送了上来，他说道："庄儿给黄爷、胡爷请安了！"黄谢一看他耳朵上的拴马桩，便笑道："果然是庄儿，你也长这么大了，这几年过得怎么样？"庄儿说："爷放心，挺好的。小的现在是客栈的大厨，再挣钱娶上媳妇、安个家就知足了。"黄谢笑道："好，好，知足常乐。"老胡笑道："庄儿，你不想家吗？"庄儿说："想啊，可我们家太穷了，等我挣到钱把他们接来就是了。"他心里在想：狗日的，要不是你们把我绑来这里，我怎么会背井离乡？

这时，川儿从楼上走了下来，当他从桌旁走过时，老胡一伸脚要绊倒川儿。川儿是想出来认识一下黄谢这些人的，当他发现有人使坏时，装出不懂武功的样子，一下跌倒在地，引得老胡等人哈哈大笑。一个人还笑道："小子，想要什么跟爷说，不必磕头了。"老叫花扒着门缝一看川儿被他们戏弄，担心他一时性起，便装作慌张的样子跑出来，叫道："孙儿快起来，别搅了各位爷的酒兴。"川儿看了黄谢和老胡一眼，爬起来便跑出去了。老叫花叫了一声，也追了出去。黄谢问张荣："他们是什么人？"张荣说："他们是叫花子，必是趁小的干活的时候钻进客房的。"他转身对另一个伙计说："你们以后注意点，别让叫花子进来讨钱，听见没有？"那小伙计答道："听见了。刚才，我见他们一个太老、一个太小，挺可怜的，便想放进来给他们点吃的，没想到他们却跑进客房去了。"

黄谢他们吃饱喝足了，张荣又忙倒上茶水。黄谢说："张荣，给我拿上十斤牛肉、十斤马肉和五坛好酒，带回去晚上吃。"张荣立刻对着厨房叫道：准备十斤牛肉、十斤马肉和五坛好酒。"黄谢等喝罢了茶，带着酒肉出门上了马。张荣送到大门外，说道："黄爷、胡爷请慢走，有空再来！"老胡笑道："张荣，你很会办事，过两三天我们再来。"说罢，催马离开了客栈。

吃过晚饭，张荣趁送茶的机会，与老叫花、乔如虹等人介绍起黄谢来："当年在长蛇洞绑我们的人，便是黄谢、老胡和他们的一个手下。他们把我和庄儿硬卖给掌柜的，若不是掌柜的心眼好，我们早死了。这是一帮十分凶恶的家伙，虽是兔子不吃窝边草，可像今日这样白吃、白喝、白拿是经常的事，镇子上的老百姓深受其害。"茹儿问道："黄谢的武功如何？"张荣说："这个黄谢可不一般，他原是这里的大头目，刀法凶狠，力大无比。更厉害的是，每与人交手前，他都将一包银针含在口中，瞅准机会便将银针吐出伤人，不少人因此死在他的银针下。江湖上的人给他起了个绰号叫黄蝎子。一是说他生就一张黄脸，二是说他口吐银针似蝎子。"

老叫花问："后来他投了龙老大？"张荣说道："不是，是龙老大带人来此将他打败，他不得已，才归顺了龙老大，在快刀帮里当了个头目。各位要与他交手时可要注意，人家说他：喉头一动，牛眼一瞪，狮口一开，毒针乱进。"乔如虹笑道："喉头一动，牛眼一瞪，狮口一开，毒针乱进。知道了这个特点，就好对付他了。"冷月娇说："我来收拾他。"老叫花又问："黄谢这些人是从外地回来的吗？龙老大在不在古镇？"张荣说："听黄谢他们谈话，说他们出去了好几年才回来。我们这几年也确定没见过他们，看样子是从外面刚刚回来的。至于龙老大，我们这些年也没见过，极有可能也去了中原。人说这个黄谢因龙老大夺了他的宝座而心中不满，与龙老大是面和心不和。看他今天又带肉又带酒的那副高兴的样子，龙老大应该不在古镇。"老叫花听罢，说道："有理。如此看来，古镇里的人数该是五加十，共计十五人。以我们六个人对付这十五人，问题不太大。"川儿问道："爷爷，什么时候去？"张荣说："对了，他们临走时，那个老胡说两三天后还会再来。"月儿说："难道他们在古镇就待一两天？"茹儿说道："要是这样，咱们今夜就该出发。"冷月娇说："不错。不过不能骑马，只能步行。"老叫花冲乔如虹点点头。乔如虹说道："好，午夜时分出发。到了古镇要小心搜索，与人交手更不可大意。"

入夜了，没有风声，更没有雨声，四周死一般沉静。只有一弯明月高高地挂在天上，用它那清冷的月光抚摸着古镇的残垣断壁和那段废弃的城墙，感叹着岁月的沧桑和风沙的肆行无忌。

从城墙下面的洞口里钻出一个人来，他跑出来东张西望，又爬上城墙向四周望了一番，才回洞去了。他在洞中一会儿上、一会儿下，七拐八拐，走进了一个大洞里。这个大洞四壁都挂着油灯，中间摆着一张长条桌。在桌子一头的土台上放着一张方桌，黄谢正坐在桌后的一把太师椅上，得意扬扬地看着手下把大大小小的箱子抬进来，放在长桌上。刚才那个出去瞭望的人报告说："堂主，外面没任何动静，您放心吧。"黄谢点头说："好，叫兄弟们快来入席吧。""是！堂主！"那人立刻走出去。老胡领人又抬来一个大箱子，说道："堂主，东西全挖出来了。"黄谢微微一笑，说道："摆上酒肉，兄弟们入席吧。"

黄谢看着坐在长桌旁边的十四个人，说道："弟兄们，我这次回来，一是把这些财宝运回咱们的新家，准备开更大的买卖，让弟兄们过上好日子。二是将这里的弟兄换到山东享福，由老朱领四位弟兄留下待一年，然后在山东会合。"一个长着大脑袋、龅牙的人站起来说道："属下遵命！"黄谢又说道："这些财宝可都是咱们原来的家底，龙老大要是知道了，肺恐怕要气炸了。想当年他是如何对咱们的……"

夜半时分，张荣悄悄打开了大门，冷面双娇、茹儿他们轻轻下楼，走出大门。当冷月娇再次看到自己昏倒过的地方时，心中百感交集，她不由得加快了脚步，冲向古镇。茹儿手提木棍走在最后，想照看老叫花。不过，她发现老叫花步法轻快，一点也不比自己差。前面的川儿双手抱着一大兜石子，连跑带颠的，显得十分轻松。

大洞里的人酒足饭饱后，不少人伏案而睡，有的还打起呼噜来。黄谢躺在太师椅上，昏昏欲睡。老胡叫过老朱说道："你去洞口巡视，千万别大意啊。"老朱答应一声便去了。老胡自言自语道："已是大半夜了，迷糊一会儿算了。"他也趴在长桌上休息了。

冷面双娇等人已来到古镇，他们避开大街，在街两侧的残垣断壁中搜查，一间破屋、一段断墙地仔细搜寻，没发现有人。川儿悄悄来到了土城墙根，找了一个坡度较缓的地方悄悄走了上去。城墙上并没有对方的暗哨，川儿这才放心地站直了腰，眺望星空，倒别有一番情趣。看着星星向他眨眼睛，看着月亮向他招手，觉得在这里离它们特别近。他放下装石子的布袋，趴在那里，等待第一缕曙光。

洞口处的老朱似乎听到城墙上有动静，走出来转身向城墙上观望。此时川儿已经趴下，他没见到川儿，可川儿却看见了他。冷面双娇等人已按事先商定的位置隐藏起来。离洞口最近的茹儿看见有人出来向城墙上看，还真为川儿担心。但见那人又回洞里了，她才安下心来。月儿把石子放在身前，月光下，她那双大眼睛显得格外明亮，就像猎豹在等待猎物出现。

黄谢似乎做了一个梦，浑身一激灵便醒了。他揉揉太阳穴，轻声说道："他娘的，这叫什么梦？跌了一跤，还满地找牙。"他起身走出大洞，上上下下、七拐八拐地来到放哨的洞口，属下老朱忙问："堂主，怎么不睡了？"黄谢问道："外边没事吧？"老朱说："刚才我出去看了看，没事。"黄谢嘱咐道："多加小心，千万别大意。"老朱说："堂主放心，有事我立刻报告。"

黄谢没再回大洞，而是回到自己以前住过的一个洞子里。他将火把插在墙上，向屋子里一看，还是原来的摆设，一点没变。他走到墙角处，用手往墙面上一推，现出了一个洞口，手向下一拉，那墙面又复原了。他满意地点点头，又走到房门对面的墙边，用手摸摸挂在墙上的一张弓，自言自语道："还是完好无损。这城墙肚子里还真是一块宝地啊。"说罢，便倒在床上休息了。一切都安静极了，他很快就进入了梦乡。

天已蒙蒙亮了，老朱走出了洞口，伸了个懒腰。从洞里又钻出一个人来说："朱哥，我昨晚看见里面还有两个女人呢，他们可真会享受，等他们一走，咱们也乐一乐。"老朱啐了他一口说："呸，瞧你那点出息！想要自己抢去！"

这时，天已经大亮了，当他们说得正起劲时，突然，冷月娇从废墟中跑到大街当中，大声叫道："快刀帮的人听着，你们快快出来受死！"老朱一看是个漂亮女人，而且是孤身一人来挑战，他那颗心就发痒了。他对同伴说："你快回去报信，我去收拾她！"那人转回洞中报信。老朱挥刀杀了过来，并叫道："漂亮妞，跟了我饶你不死！"冷月娇与老朱交起手来，方知快刀帮的人果然是刀法纯熟，而且出刀极快。不过老朱的功夫怎能与冷月娇相比？不过三五个回合，便被冷月娇点了穴道，倒地不动了。此时黄谢等人正趴在箭孔处向外观看，一人向他禀报道："堂主，两个月前，就是这个女人来捣乱的，被我们射中，负伤而逃。不想她今天又来送死。"黄谢一面吩咐人放箭，一面吩咐另一个溜出去放暗箭。那人领命而去，可当他刚刚跳进废墟时，便被老叫花点中了穴道。冷月娇一面用剑拨开射来的箭，一面叫道："放暗箭算什么本事，有胆量的滚出来！"黄谢见刚刚派出去的人没动静，又见对方是一个人，便说道："咱们出去，谁抓住了就归谁。"这些人一听，蜂拥而出，跑在前面的几个人还没来得及和冷月娇交手，便被月儿和老叫花的石子打得头破血流。

冷月娇挥剑连杀三人。刚刚走出来的黄谢一见大怒，喝问道："你是何人？快快报上姓名！"冷月娇看着抱头回去的几个人，说道："我便是冷月娇，前来报那一箭之仇的。快刀帮的恶人们，快自裁了吧，给你留个全尸！"

黄谢一听，心里暗暗吃惊：冷月娇？不是冷面双娇中的一个吗？何继祖与我说过，此人会什么冰雪大法，不好对付的。不过他转念一想：就她一人前来，我又怕她何来？他提刀便要上去。这时从废墟中走出一人，惊得黄谢立刻停在那里，自言自语道："怎么忘了打石子的人了，他们是有备而来。"他盯着刚刚从废墟中走出来的乔如虹，问道："你是乔如虹？"乔如虹说："算你有些见识，快快受死吧！"黄谢知道，当年龙老大之所以逃到西北来，就是因为被冷面双娇的师父常笑天打伤而亡命大漠的。如今遇上了冷面双娇，黄谢心说处境不妙，便挥手叫道："撤回去！"众匪徒纷纷向洞口跑去，要来个进洞死守。城墙上的川儿突然站起来，只见他手腕一抖，一阵石子飞下，只打得众人抱头躲闪，不敢再向前靠近。黄谢看回不了洞，他心一横叫道："弟兄们，拼了！"老叫花、茹儿和月儿一齐冲出，惊得黄谢也不知来了多少人。两个恶徒冲上了城墙，川儿的石子将一人打昏，另一人的刀砍下来，二人在城墙上打了起来。冷月娇时刻注意着黄谢脸上的变化，黄谢的刀法可比老朱厉害多了，他与冷月娇战了二十几个回合，便要使出绝招了，可周围的情况叫他分心：几个兄弟被老叫花的长杆敲得东倒西歪，两个弟兄被姑娘的泼风刀逼得连连后退。乔如虹的短锥已刺进一人的前胸。老胡被一个黑小子打得连连后退，城墙上的黑小子接连将两人摔下来，不能动了。黄谢惊得毛骨悚然，不过，他的武功比他手下的人还是强很多。他边打边退，瞅准冷月娇挥剑，抓住其露出前胸的机会，便要吐毒针。冷月娇见他喉头在动，还没等他瞪眼时，便伸出左手，一股寒气直射黄谢口中，同时，冷月娇移至另一侧，飞起一脚踢在他背上。黄谢哇的一口将毒针喷出，毒针倒也没糟蹋，全部射在了他手下几人的身上。

茹儿挥起手中木棍，犹如蛟龙出海，老胡哪里抵挡得住。只见他将身边的一个手下一推，替他挨了一棍，老胡趁机拉着黄谢向洞口跑去。川儿站在城墙上又撒出石子，不偏不倚正打在他二人的头上，他二人不顾头破血流，猛跑钻进洞中。茹儿和冷月娇刚要追进洞去，老叫花叫道："叫他们的人先进。"于是，冷月娇提起老朱，茹儿也提起一人进了洞中。乔如虹和老叫花看了一眼倒在地上的人，没一个能动的。老叫花说道："月儿留下，你和川儿一上一下，注意外面的情况。"说完便与乔如虹快速进入洞中。茹儿推着一个匪徒追老胡，只见那老胡在前边一闪便不见了。茹儿问："他们跑到哪里去了？快领我去搜，不然要你的命！"那匪徒将茹儿带到黄谢居住的洞前，茹儿一拉门，只听一声弓响，茹儿忙闪身，那箭直飞出来，射中了那匪徒。那匪徒双手抓住箭杆，眼睛看着箭便咽了气。茹儿冲进洞内，黄谢和老胡已钻进暗洞中逃跑了，但洞口没有挡严，茹儿取下墙上的火把，钻进暗洞追了下去。冷月娇推着老朱向另一侧搜索，当走到门口时，听到里面有动静。冷月娇推开门，叫老朱先走，老朱刚进去，一个黑铁锅从上面砸了下来。老朱一声未吭便倒在地上了。冷月娇一个箭步冲进去，看见门边站着一个人，她刚要举剑，只听那人叫道："姑姑！"便昏了过去。冷月娇忙将他抱住，叫道："青儿，青儿，快醒醒！"

老叫花和乔如虹分别搜了那个大洞，见到长桌上的那些大大小小的箱子，打开一看全是金银财宝。老叫花说："这大概是打算运走吧，不过倒是叫咱们给劫下了。如虹，你守在这里，我去别处看看。"茹儿追出暗洞，望向远处，见两个人骑马向东狂奔。茹儿叹道："还是晚了一步，叫他们跑了。不过他们在哪儿牵的马呢？"她开始左右搜索起来。在城墙的一个拐角处，发现有一道门，她进去一看，里面有十几匹马和两辆大车。月儿在清点人数，共十一人，城墙上的川儿见四周没有快刀帮的人，便对月儿说道："三姐，我摔死了两个，你杀了几个？"月儿说："我杀了一个，姑用锥杀了一个，二姑用剑杀了三个，这个是被二哥用棍子打死的。这三个鼻子流血、满身毒针的是先挨了爷爷的长杆，后中了黄谢的毒针。"正说着，突然有一个人站起来便跑。川儿叫道："好小子，你诈死！"一枚石子飞下，正中那人后脑，月儿过去一刀将他砍死。

老叫花把城墙肚子里的每个房间、通道、暗道都检查了一遍，将众人召到大洞中。冷月娇领着侄儿和两个二十多岁的女子走了进来，向大家介绍说："这是我侄儿冷竹青，这两个姑娘是被他们抓进来的，已被卖了几次，连自己的姓名都不知道了，真是太可怜了。"乔如虹说："大家都坐下吧，咱们来商量一下，下一步该怎么办。"茹儿说："我们打死了十二人，但匪首却逃了，我想他们是不会善罢甘休的，很可能在咱们回去的路上围追堵截。一场恶战在等着我们，我们必须要有所准备。"

月儿说道："大家先都留在这里练功，青哥、荣哥、庄哥还有二位姐姐，练好了武功就没什么可担心的了。"川儿说道："你们看，桌子上有三把宝剑、两把快刀，刚才我试过了，确实是宝物，十分锋利，给青哥他们，兵器上还可占些便宜。"乔如虹说："这主意倒不错。那教他们什么呢？"月儿笑道："二姑教青哥和二位姐姐剑法，我和小四教荣哥和庄哥刀法，二哥嘛，自然管内功了。"茹儿说："这没问题，连二位姐姐的病都包了，只是时间有些短，一两个月能练成什么呢？"川儿笑道："二哥，这好办，一直练到过年开春就是了。"乔如虹说："行啊，这里有吃有喝的，快刀帮的人来了，咱们就和他们干！"冷月娇说道："我还有一个想法。荣儿、庄儿能长大成人，多亏了齐掌柜，荣儿和庄儿要走了，咱们应该给齐掌柜一些补偿。我看给一千两银子，那位张郎中也该给二百两。这里的百姓很苦，每户给三五十两，粮食、布匹除了咱们用之外，全部送给他们。"

老叫花拍手说道："好，穷苦百姓咱们不能忘。剩余的金银财宝怎么办呢？"月儿想了想，说："二位姑姑带回去，在山南城外建个大山庄。爷爷可以在那儿养老，我们也有了家，再买些田地，还可以养活不少穷人呢。"冷月娇惊奇地看着月儿，说："想不到，月儿小小年纪，心里还装着不少事呢。"老叫花说道："多帮助穷人是应该的。只是快刀帮并未消灭，围城镇的人接受这些东西会有所顾虑的。如虹、月娇，你们可以带上银子先回围城镇，与齐掌柜他们商量一下，到了夜里，咱们再将粮食和布匹运回去，悄悄地发。"乔如虹说道："叔叔说得是，我们立刻就去。"老叫花说道："小四，你来赶车。"

围城客栈里的客人都走了，齐掌柜坐在柜台里发呆。张荣和庄儿更是坐立不安，在前厅走来走去。六个伙计站在门口向外张望着。这时突然传来马蹄声，张荣急忙冲了出去，一看是川儿赶车回来，这才松了一口气。当冷面双娇和冷竹青走进客栈时，齐掌柜和伙计们的情绪这才安定下来。川儿走到庄儿面前问："庄哥，你怎么了？"庄儿揉揉胸口，长长出了一口气，说："你们可回来了。"川儿笑道："庄哥，没事的，我们把他们给灭了。"齐掌柜和伙计们给冷竹青道喜，冷竹青激动得泪流满面，说道："我虽离开这里不到一年，却有隔世之感。"齐掌柜又向乔如虹问起古镇之事，乔如虹朝楼上楼下看看，齐掌柜说："大侠有所不知，一听黄谢露了面，客人全吓跑了，看来，一两个月内不会有客人来了。镇上的人正为此事发愁呢。"

乔如虹简单地把攻古镇的事讲了一遍，齐掌柜不由得有些担心。冷月娇说："掌柜的不用担心，我们这段时间不会走，等着他们找上门来。齐掌柜，你把张荣和庄儿养大，并教会了他们吃饭的本事，真是个大好人。他们本是中原人，很想回家，我们想把他们带回去。可他们一走，会给你的生意带来影响，我们心里也过意不去。为了报答你对他们的养育之恩，也为了给你的生意做些补偿，我们送你一千两银子，请笑纳。"齐掌柜立刻说道："二位大侠，其实我也没做什么，这银子不能收。我一辈子也没见过这么多银子啊！"乔如虹打开箱子，取出一千两银子交给他，说："请收下吧，不然我们会过意不去的。"齐掌柜见难以推辞，这才收下银子。乔如虹又叫张荣把那张郎中请来，送给他二百两银子，感谢他救了冷月娇的命。

乔如虹最后说："你们六个伙计，每人一百两银子，准备娶媳妇用的。剩下的，每户五十两，困难的还可多给些。另外，我们缴获了粮食和布匹，也想分发下去，这只好麻烦齐掌柜和张郎中了。粮食和布匹天黑就送到，二位以为如何？"齐掌柜说道："一个月不能做生意，这正好解了我们的燃眉之急，真是太感谢各位了！晚上发放东西，不叫外人知晓，那是最好不过了。"乔如虹说："那就有劳二位了。张荣和庄儿要跟我们去古镇练功，就不能帮客栈干活了。"那六个伙计一听着了急，说道："掌柜的，叫我们也去吧，我们学会了，再教给镇上的年轻人，就是快刀帮回来了，咱也不怕了。"齐掌柜想了想，说："这个主意不错。这样吧，一天三个，你们六人排好班，晚上回来再把当天所学的教给镇上的人，如何？"六个伙计忙说："谢谢掌柜的！"那郎中一听也说："叫我儿子张桐也去吧，他和张荣、庄儿几个经常一起练转大树、够铃铛等玩意儿，喜欢着呢。"几个年轻人一听，都哈哈笑了起来。

冷月娇说："古镇里快刀帮留下了四五十把刀，够你们用的了。"川儿说道："还是先说拉粮食的事吧，古镇只有两辆马车，再加上我们那辆，也不过三辆，镇上如能出几辆车，那一次便可拉回来了。"张荣说："这好办，我去张罗。咱们镇子上的人，无论大人还是小孩，只要心齐，没有办不成的事。"说罢，他拉着庄儿跑了出去。

晚上，八辆大车满载着粮食和布匹驶进了围城镇。镇子里顿时热闹起来，男人们自觉地把粮食和布匹搬进客栈。不一会儿，第一家领到东西的人走了出来。外面排队的一看：男的背着满满一大袋粮食，女的抱着一匹布，十三四岁的儿子在后面捧着五十两银子，高高兴兴地与大伙打了招呼回家去了。人们看了纷纷议论起来："今天晚上比除夕夜都热闹啊！""还不是几位大侠给我们带来的福气。要不是人家，谁敢惹快刀帮的人啊？""杀了快刀帮的人，真替咱们解气！"

在肃州的一家客栈里，老胡正用一条热毛巾敷在黄谢后背上，说道："那妖婆真是太可恶了，这一脚踢得这么重。"黄谢叹道："唉，这还算好的，那股冷气才叫人难受呢。遇上这么厉害的角色，真是太倒霉了！"老胡安慰说："大哥也别太难过，龙老大斗不过常笑天，咱们斗不过常笑天的徒弟，也不足为奇。"黄谢说："话虽如此，可咱们失去了那么多金银财宝和十几个弟兄，想想都心疼。"老胡出主意说："大哥，咱们请杨堂主帮忙，夺回那些金银财宝吧。"黄谢听了立刻站起来，二人相互看看，都苦笑着摇摇头。黄谢说："那咱们得答应将财宝分他一半，他才会出手。这样咱们还可得到一半。"老胡忙说："对，反正不能便宜了那两个妖婆。不过，大哥千万别对杨堂主说出冷面双娇的名号，那样，恐怕他们就不敢来了。"

黄谢想要背着双手走几步，可他的双手刚碰到后背就疼痛难忍，只好放弃，又重新坐下来，晃晃身体说道："你说得有道理。我看这样，我立刻去邯郸找杨三虎，你在这里监视冷面双娇他们，我想他们一定会回中原的，咱们就在半路截杀他们。"老胡说："不过，人少了可不行，请杨堂主多派些人，人手多，再加上突然袭击，咱们才能取胜。"黄谢点点头，说道："好，就这么办！我明天一早就走，你一个人留下要多加小心。"

三十五　寻踪北上

苦儿领着玉儿和杏儿先去看望田育勤。苦儿和田育勤、田力均三人紧紧抱在一起，站在一旁的玉儿、杏儿和白云也都十分激动。田育勤说："我不是老眼昏花，做白日梦吧？"

苦儿说："叔叔、力均，我真的回来了，从海上回来看你们来了！"力均用拳头敲打着苦儿的后背说道："你干吗不早点回来，让我和茹儿想得好苦啊。"

白云说："叔叔、力均，让苦哥哥和两位姑娘坐下说吧。"田育勤忙擦擦眼泪说："大家坐下说话。"接着苦儿便将杏儿和玉儿介绍给他们，并讲了如何到荒岛、如何渡海、如何被谷丁下毒、玉儿如何相救及如何走出铁掌门等事情，田育勤看看杏儿说："我猜你一定是杏儿了。"苦儿忙将杏儿拉进自己怀里说："杏儿，叫田叔叔。"杏儿脆脆地叫了声："田叔叔好！"田育勤拉过杏儿说："小小年纪就有这样的体魄和胆量，不简单！"接着他又看看玉儿说："玉儿的恩情，我们都不敢忘记，你们都是苦儿的亲妹妹，就是我亲侄女，咱们是一家人。玉儿，我看你身佩宝剑，不知你练的是什么剑法，能给我看看吗？"玉儿忙站起来将自己所学的功夫练了一遍。田育勤说："作为刀法，它勇猛有力，颇像黑熊的动作；但作为剑法，它却不太合适女孩子。这样吧，我教你无影剑法，你可愿意学？"玉儿忙说："谢谢叔叔！侄女愿意学。"杏儿也忙说："我也愿意学！不过我喜欢笛子，田叔叔，你能教我吗？"田育勤说道："行！力均，明天带杏儿去城里买笛子，买铜笛，既可吹奏又可当兵器，明天我就教你如何吹奏。"杏儿马上扑到田育勤的身上，说道："谢谢田叔叔！"田育勤疼爱地将杏儿搂入怀中。接着，田育勤将茹儿等人的情况同苦儿说了一遍。力均说："苦儿，茹儿他们现在应该到大漠了，你若不去长白山，或许能追上他们。我都想跟你去了。"白云瞪了力均一眼，说道："别胡说！还是考个京官是真。"苦儿说道："可我们不经长白山锻炼耐寒，就没法上雪山。这一课是不能缺的。再说，人生何处不相逢！"田育勤点头赞同。

三天后，苦儿告别了田育勤父子，带着玉儿和杏儿骑马向北，来到了关外本溪地界。看着清清的太子河水，望着那高耸入云的平山，杏儿问："哥，这是关外吗？"苦儿说："是。"杏儿说："好大啊。"玉儿说："人说关外荒凉，可这里多美啊，山清水秀的。"杏儿说："哥，你看那山多怪呀，上面一定很好玩，不如咱们上山看看吧！"玉儿也说："还真是怪，像刀切的一般。山不在高，有仙则灵。"

苦儿说："咱们先上山安顿，然后我要再去买些药品和食物。"三人骑马来到山脚下，又向当地人问了上山的路，便骑马上了山。当他们来到山上道观前，下了马正要进观时，忽听北边传来了打骂声。他们牵马过去看，只见一个秃顶、细长眼、鹰钩鼻的人正在打人，被打的是道观的道士。只见那秃头边打边骂："你这个杂毛，叫你下山给爷买肉，你为何不去？"那道人一边躲一边说："施主也太不讲理了，你们住在山上，就没人敢来进香，哪来的香火钱？我也没有银子，你又不给，叫贫道拿什么买肉？再说，出家人不动荤，又怎能买肉？""好啊，你还敢顶嘴，看打！"那秃头男人说完就劈头盖脸地又打了起来。"住手！为何欺负出家人？"苦儿把马缰绳交给杏儿，上前问道。秃头男人见是个半大孩子，便骂道："毛头小子，滚远点！大爷我爱打谁就打谁。"苦儿拉过道士，看他被打得鼻青脸肿的，说道："你这人太霸道，下手这么狠。"秃头一听还来气了，说："好小子，不打你一顿，你就不老实！"说罢便向苦儿扑去。玉儿和杏儿一见二人动了手，忙将三匹马拴在树上，准备随时出手。

这时从道观里跑出一个十三四岁、长相猥琐的男孩子，走到玉儿和杏儿的中间问道："怎么，打起来了？"玉儿看他是个孩子，并没在意，说道："那个秃头欺负人，该打！"男孩见有三匹马，就问："你们是一块上山的？"杏儿说："是的。"那男孩突然伸出双臂，就向两边打去，左拳打在了杏儿的右臂上，右拳打在玉儿的左臂上。疼得杏儿大叫一声，玉儿叫道："好小子，你会透骨掌。"她刚要动手，左臂疼痛异常，只好作罢。男孩甚是得意，又跑过去打苦儿，苦儿见玉儿和杏儿挨了打，心中生气，他架住秃头的拳，左掌直击他肋上，秃头被打得跌倒在地。刚刚追过来的男孩一看不好，转头要跑，苦儿怎肯放过他，一脚将他踢倒。男孩滚了几个滚，便大声叫娘。苦儿见他是个孩子，也没再打他。

这时，一个满头白发的女人马上跑过来，见儿子被打，疯了般扑向苦儿。秃头也忍痛爬起，跑过去协助白发女人。苦儿见杏儿和玉儿受了伤，也无心恋战，他使出苦缠拳，左转右躲一个擒拿，将白发女人掀翻在地，一个弹簧腿将秃头踢出。那女人大声叫道："快走！"三人慌忙逃走了。

苦儿并未追去，忙跑过来看玉儿和杏儿的伤势，二人的胳膊都肿起来了。玉儿说："是透骨掌，伤了骨头。"那道士走过来，忙向苦儿致谢："多谢施主相救！"苦儿说："道长，我两个妹妹受了伤，山上可有休息之处？"道士说："可到敝观休息。"苦儿说："进入道观多有不便，不知可还有别的地方？"道士说："外面有三间草房，恶人逃走了，恩公可以住下。"

走进草房，苦儿先为玉儿和杏儿布气疗伤，又对道士说："道长，现需要草药，不知何处可以买到？"道士忙说："贫道这就下山。"苦儿马上开出药方并取出银子给他，说："有劳道长了。"道士下山后，玉儿说："都怪我，太大意了，以为他是个孩子，哪知他这般狠毒。"苦儿说道："伤筋动骨一百天，看来咱们得在此住下了。说来也怪，刚才那两个人好像在哪里见过。"

玉儿想了一下，说："他们会透骨掌……我想起来了，那女的叫王果。我说她怎么会混进铁掌门呢，原来是因为她偷了透骨掌心法！"苦儿也想起来了，说："对啊，真是王果，只是头发都白了。那男人叫关振武，是和她一个村的，这王果是双狗的远房堂嫂，她被丈夫休了，没想到领着儿子和关振武跑到这里练功了，学会了透骨掌，还如此霸道，真是可恶！"玉儿忍着痛，讲述了王果在铁掌门的一些事情。这时，道士买药回来了，苦儿立即将药拌成糊状，为她们敷在伤处，然后用布包好，又用树枝固定好，再用布条将小臂吊在前胸以保护大臂。上过了药，杏儿这才开了口："啊！太疼了，真倒霉！"道士说："全是为了贫道，施主才受这般苦的，贫道真是过意不去！"

苦儿说："道长不必客气。这三个人来此多久了？一向都是这么霸道吗？"道士无奈地摇摇头说道："这白发妖女三人来此已经一年有余，贫道不是他们的对手，从山下请来的几位朋友也打不过他们，这平山之上就成了他们的领地。他们看见别人上山就大打出手，本地几位高手也上山与他们较量过，可都被他们打败了，他们就更加不可一世了，山上、山下到处发威。今年年初，托神仙的福，山下镇上来了一位老者和三位小英雄，见他们在镇上欺人太甚，三位小英雄出手教训了他们一顿，从此他们便不敢下山为非作歹了，每天就逼着贫道下山，为他们买东西。"苦儿一听忙问："那位老者和三位小英雄长什么样？"道士叹道："唉，都是贫道无福，没见到。不过听人说，那老者花白胡子，虽穿得破烂，双目却是炯炯有神，非同寻常；三位小英雄，一位是大眼睛姑娘，两位是黑黑的男孩，三人武功了得，不费吹灰之力便将这三个恶人打败，叫他们低头认错呢。"杏儿叫道："一定是爷爷和哥哥姐姐！"苦儿也兴奋地说："是的，一定是他们，从长白山下来，路经此地，为民除害的。"道士忙说："恩公说得对，据药房的伙计说，他们是从山上采下了人参和冰凌花，来药店配制什么'回天丸'的。"苦儿笑道："一点不错，正是爷爷他们。"

道士说："几位休息片刻，贫道去去就来。"道士离开后，玉儿问："那爷爷他们现在哪里？"苦儿说："如果一切顺利的话，应在沙漠。"玉儿又问："那我们赶得上他们吗？"苦儿摇摇头说："现在赶不上，咱们要在这里养伤，养好伤再上长白山。不练好耐寒功夫、不采好药，便无法进入沙漠、雪山，等咱们从长白山下来时，他们已到雪山了。不过，总会赶上他们的。"

玉儿一听，心里挺矛盾的。一方面，她想见到茹儿，看看她究竟是个什么样的女孩，让苦儿、田叔叔和田力均都那么喜欢她。另一方面，她又希望自己与苦儿独处的时间越长越好，可以尽情地表达她的爱意。

杏儿却是巴不得尽早与老叫花他们相遇，因为她已经把这几个人牢记在心里了。她知道，哥哥的亲人就是她的亲人。想到田育勤对自己的疼爱，她说道："唉，我想田叔叔了，要不是受伤，我就可以练无影笛法了。"一提到田育勤，玉儿也好像忘记了疼痛，说："我一学无影剑法，才知道什么是真正的剑法，什么这个帮、那个门的，他们的武功有几个能比得上田叔叔？可田叔叔不显山不露水，过着平民百姓的生活，从不炫耀自己，多不简单啊！"杏儿提醒说："玉姐姐，叔叔把家里的服饰图送给你了，那上面的画多好看啊。"苦儿说："那是婶婶生前设计的衣服，婶婶过世了，成衣铺也开不成了。"玉儿说："我知道，那上面的衣服，我一看就喜欢，这本画册对我来说是无价之宝，比我在京城买的画册还宝贵呢。"一提到京城，杏儿说："玉姐姐，我还记得你请我们登上大酒楼的事呢，我从没见过那么大、那么好看的酒楼，也从没吃过那么香、那么美的菜。"玉儿笑道："小丫头片子，又馋了不是？可现在无法请你吃了。"

正说着，道士领着几个小伙子走了进来。苦儿见他们拿来了新被子和热气腾腾的饭菜，便问："道长，这是？"道士说："恩公，这被子是那几个恶人留下的，不能用了。山下乡亲们听说恩公打跑了恶人，都非常高兴，他们拿出新被子、做了饭菜来慰问恩公。"盛情难却，苦儿忙拱手致谢，说道："谢谢乡亲们，在下愧领了。下不为例，实在是不敢再麻烦各位了。以后道长别叫我恩公了，叫我的名字更亲近些。我叫苦儿，这是我妹妹玉儿和杏儿。"玉儿说道："不好意思，我们受伤了，给各位添麻烦了。"几个小伙子竟不知说什么好了。

白发老妖被赶走的消息，很快传遍了平山南北的几个村子，村民们纷纷上山来看打跑恶人的英雄。当他们看见苦儿和玉儿时，不时发出赞叹："天啊，他们就像神童和仙女下凡一般！这玉儿姑娘，真像是玉人一样，看一眼就叫人心疼得慌。"

快到中午了，下山买东西的苦儿还没回来，杏儿问："玉姐姐，哥怎么还不回来啊？"玉儿说道："在屋里待得挺闷的，咱们到外边迎一迎他。"

二人走出草屋，来到山顶的北边，从这里望下去，本溪的地貌尽收眼底：美丽的太子河像一条银带，飘落在肥沃的土地上，清清的河水闪着光，快乐地流淌着，似乎可以听到它欢乐的歌声。河南岸阡陌纵横，禾苗青翠，隐约可见有人顶着烈日在田间劳作。山下不远处还有两座小山，那里也是郁郁葱葱，像两名卫兵一样长年不懈地守卫着太子河。山下民居散落，星星点点地被绿色包围着。只有一条街的小镇上，人来人往，好不热闹。向北远眺，几座山峰在白云中时隐时现，又好似在向平山招手致意。

杏儿说："可真美！满眼都是绿色，和江南没什么不同，不是吗？"玉儿说道："是啊，这里虽没有大都市的繁华富丽，却另有一番安宁、和谐之美啊。"这时，从西边传来孩子们的嬉戏声。杏儿和玉儿闻声而去。西边的一个小山坡的树林中，一群孩子正在嬉戏。杏儿指着一棵大树说道："玉姐姐，快看，那树上挂着大绳。"玉儿说："明白了，哥哥和道长他们原来每天都在这里练功。""快看，他们玩得多热闹啊！"杏儿边看边喊着。

玉儿定睛一看，孩子们将爬大绳改作了荡秋千，把踩石尖改成了在石尖上扭秧歌，把转大树改成了驴拉磨——一个孩子被蒙上了眼睛，另一个孩子手拿柳条赶着他拉磨，拉磨的孩子如果撞到树上或离开磨道，都要被弹几下脑壳。钻树行子变成捉迷藏和抓小鸡，几个孩子在树行子里跑得正欢呢。

原来，道士感觉自己技不如人，便请苦儿教他几招。苦儿见他的剑法确有不精处，便把无影剑法中的十几招糅进了道士的剑法之中，道士在道观门前练习，他的几个朋友也跟着练习起来，还有几个爱好武功的小伙子也加入进来。玉儿笑道："还有十几个姑娘天天来，坐在后面盯着哥看。"杏儿说道："你别光看别人，你去也有不少人盯着你看呢。"玉儿笑道："死丫头，就你眼尖。走，咱们快去接哥哥吧。"当她二人走到一个上山的路口时，见苦儿一手提着一个瓦罐、一手拎着一个包，飞快地跑了上来。杏儿叫道："哥，你可回来了！"玉儿问道："怎么去了这么长时间，叫我们好等。"苦儿一笑，说道："肚子饿了吧，咱们回去先吃饭再说。"

他们回到草屋中，苦儿拿起瓦罐，倒出三碗汤，说："喝吧。这是肉铺掌柜的给熬的大骨头汤。"杏儿喝了一碗说："啊，还挺热的，好喝！"苦儿打开包，拿出咸菜和几张饼，说道："吃吧，这油饼一定很好吃。"玉儿喝汤吃饼又咬了一口咸菜，说道："汤香，饼也香，真是不错。哥，你一定是在等人家做骨头汤了。"

苦儿见她们吃得香，心里很高兴，他边吃边说："我走进肉铺，便被一个小伙计给认出来了，他说上山时见过我，我说要买骨头，那掌柜便知道我要煲汤，他一边让我喝茶，一边让伙计剔骨煮汤，让我别着急。"杏儿说："那只好等了。"苦儿说："是啊，也不能辜负人家的一片好意。那掌柜的还从后面拿出这瓦罐，一位伙计包了一块骨头。我给他银子，他说什么也不收，掌柜的说我打跑了白发老妖，是为民除害，说他这只是略表心意。"

玉儿感叹道："这里民情淳朴，叫人感动，与他们相比，谷丁那处便一文不值了。"苦儿说："这几天，我教剑法的时候发现了一个绝好的修炼内功的地方。"玉儿问："什么地方？"苦儿吃了一口饼说："道观南边有三棵古松，它们应有百岁了，高大挺拔，十分壮观。三棵树间夹着一块巨石。石面平坦，可以坐人，真是一个天然的练功场地。吃完饭，我领你们过去。"

吃完饭，三人兴冲冲地来到古松下，古树年逾百岁，质密挺拔，自有一股豪气。苦儿将她二人扶到巨石上，二人面朝外坐好，苦儿自己坐在她们身后，手掌贴在她们的后背上。玉儿问道："哥，我怎么练啊？"苦儿说："与平时一样，练你的透骨掌内功，只是在练的同时多想想如何吸收古松、巨石之气，我在后面帮你吸入，你就大胆练吧。"苦儿的换气大法已达到九层，他将古松和巨石之气源源不断地吸入体内，并在周身运行后，输入玉儿和杏儿体内。玉儿和杏儿一面练功，一面接收外来之气，并以意领气，让其在周身运转，并在伤臂处循环，通脉疗伤。

不断有人上山、下山，道士在送朋友下山路过此地时，见三人正在练功，便猛然醒悟："这是在采古松之气啊，人家来了不久，便发现这里有气可采，我在此住了七八年了，竟没想到这一点，惭愧啊！"这时有人问道士："道长，他们这是要修道成仙吧？"道士小声说："他们这是在采古松之气，健体强身啊。"

"门主、副门主，你们回来了！"觑觑狗点头哈腰，迎接谷丁和唐宣归来。谷丁一看他一只眼珠子凹了进去，黑眼仁变得只有绿豆粒大，便问：

"你这眼睛是怎么搞的，与人打架了不成？"觑觑狗嘴一咧说道："门主，一言难尽，还是进屋说吧。"唐宣一看觑觑狗那副德行，心中甚是不快，便说道："你们谈吧，我去看看我女儿。"唐宣走后，谷丁和觑觑狗进了屋，觑觑狗装作十分委屈的样子说道："门主，我这只眼睛是被唐小姐打的，您可得给我做主啊！""哦？"谷丁有些吃惊，"到底是怎么回事，你慢慢说。"

唐宣走进玉儿房间，一看没人，便大声叫道："玉儿，玉儿！"这时那姓张的徒弟拿着玉儿的信走了进来说："师父，师妹已经走了，这是她留给您的一封信，您看了就知道了。"唐宣慌忙拆开信看，上面写道："爹爹，您问女儿为何出走——狐假虎威，狼心难收，三餐狗盯，频出秽语，夜寝狼来，丑态毕露。一日忍，二日烦，十日恍惚，日久无颜。不能骂、不能打、不能杀，怎堪忍受？无奈离去，望父莫愁。爹爹保重，女儿顿首。"看罢信，那徒弟又把详细情况说了一遍。唐宣火冒三丈，他大步来到谷丁居住处，把信交给谷丁说道："师兄，你看看吧。"唐宣转身回手就给了觑觑狗两个耳光，打得觑觑狗在地上转了几圈后，吐出一口鲜血和两颗大牙。谷丁看完信，他知道觑觑狗将唐心玉逼走是不可能的，忙说道："师弟息怒，别气坏了身子。"唐宣说："师兄，我为你女儿、女婿的安危奔走，而你的人却把我女儿逼走，你看着办吧，我要立刻去找我女儿。觑觑狗，我女儿要是有个三长两短，我便要你的狗命！"说罢，头也不回地走了。谷丁叫道："师弟！师弟！唉，师弟一走，我失去得力干将。觑觑狗，这都是你干的好事！真是个无用的东西！"

夜里，谷丁躺在床上，回想着白天发生的事，他想：苦儿中了毒，还能打败八个人，难道他自己已经把毒全都给解了？难道他们偷了我的解药？他下床来，打开地下暗箱，果然是一样少了一包。谷丁气得自言自语道："玉儿啊，你偷了解药，放跑了我的护身符，后患无穷啊！"

唐宣出走的当晚，他的弟子们也趁黑夜悄悄离开了铁掌门。

三十六　沙漠练兵

古镇里，月儿正在教张荣、庄儿和客栈的三个伙计及郎中之子张桐练泼风刀法，因这几人都练过转大树等基本功，学起来也比较快，川儿在一旁不时纠正他们的动作。与川儿同岁的张桐得到川儿更多的关注。

月儿说："这招叫杨柳轻摆，左右摆动要轻又要快，腕子要活，速度要快，快到什么程度？运刀如泼风，风声未至刀先行。再练一遍。"大家又练了起来。川儿说："庄哥，你的腕再放松点就对了。"庄儿说："我总担心刀脱了手。"月儿说："庄哥，其实练刀法和你练习切菜是一个道理，再好好体会一下。"张荣笑道："庄儿的刀功那是没得比的，他要是悟出门道来，咱们都是他的手下败将。"大伙一听全笑了。

在城墙背面，冷月娇正教冷竹青和两个姑娘练习寒光剑法，乔如虹在一旁指导着。冷竹青学过武，练起来较快，而两个女子从未学过武，练起来很是吃力。

这两个女子经过茹儿的精心治疗与调养，身体和心情都好多了，脸上常常挂着笑容，眼里也充满了对生活的希望。冷面双娇让她们二人也管自己叫姑姑，像侄女一样地关心、爱护她们，并为她们起了名字：一个叫春风，一个叫春雨。她二人虽动作笨拙，可态度却是十分认真。这时，乔如虹将冷月娇叫到一边说："妹妹，她们学得慢一些，可倒也扎实些。这些天忙，我倒忘记告诉你了。你先打我一拳，我用手一指地上的土块，那土块就能飞出去，你信吗？""真的？""一试便知。"二人一试，果然如此，冷月娇惊奇地问："姐姐，这是什么功夫？你什么时候练的？"乔如虹笑道："这叫吸功大法，你也会的。是茹儿在为你疗伤时，帮你打通了穴道。我打你一掌，你试试看。"冷月娇一试，果然也将土块打飞了，她失声叫道："好厉害的功法，我竟一点也不知道，真是要好好谢谢茹儿。"乔如虹说："你先别忙着谢，咱们自己还得好好练功，茹儿已能用胸部、腹部和背部吸功，月儿和川儿正在练用胸部吸功，咱们俩只能将手的吸功法练得更快些，离掌握还差得远着呢。"

这时，茹儿走过来说："二位姑姑，药已煎好，该叫二位姐姐吃药了。"冷月娇一笑说道："春风、春雨，歇一会儿，去吃药吧。"春风、春雨走过来向茹儿道谢，茹儿说："可别谢我，药是爷爷煎的，他老人家说，两位姐姐就是两朵鲜花，理应开得更鲜艳。他老人家还说，人本来就应该高高兴兴地活着，只要二位姐姐高兴，我们干什么都愿意。"这几句话，说得春风、春雨心中十分高兴和感动。乔如虹笑道："春风、春雨就是两朵鲜花，而且越来越好看，老人家说得一点不错。你们去吃药，要谢谢老人家。"春风、春雨答应着回洞去了。冷月娇拉着茹儿的手说："谢谢你，茹儿，你教了我吸功大法，我真是高兴极了，姐姐要是不说，我还不知道呢。"茹儿说："二姑，谢什么，都是应该的。等二位姐姐病好了，我把她们的几个穴道也打开，让她们掌握吸功大法，助二位姑姑一臂之力。"冷月娇说："这可太好了！会了吸功大法，在回去的路上就安全多了。"

乔如虹突然想起一件事，就问茹儿："在热沙丘练内功，吸进的都是热气，体内多热气，会不会影响我们的冰雪大法？"茹儿想了想，说："姑姑，您在劳累时，是否觉得腰部有些酸痛？"乔如虹说："是啊，下雨阴天也会不自在。"冷月娇说："我也是。"

茹儿说："茹儿说句不敬的话，请二位姑姑原谅。"乔如虹说："有什么敬不敬的，你快说。"茹儿说："冰雪大法虽然独辟蹊径，冰寒之气叫人难以应付，但由于寒气过重，久练之，会使腰部不适、命门不旺。"冷月娇问道："那该怎么办呢？"茹儿说："依侄女浅见，与人交手时，使其骤然寒冷，精神分散，就够了，不必过多花费自己的功力，非让他结冰不可。减少些寒气，使功力降低一些是可行的。而在沙漠练功，吸入大量热气会化解掉体内的郁闷之气、污气和伤病之气，使体内正气更加充实，同时，久练之可使内力具有强大的能量，或许也会产生热气流，其功能与冰雪大法说不定会极为相同呢。"乔如虹听罢，思忖一番说："有道理，我们可以试试。"

中午到了，外面仍然很热，张荣他们都进洞休息去了，而茹儿他们则是穿上防风衣来到古镇北面的一座沙丘上。老叫花、冷面双娇、茹儿、月儿和川儿手拉手围坐成一圈，开始修炼内功。

太阳似乎对沙丘情有独钟，把它的热力都倾注在了黄沙上，又正值夏季，其酷热程度可想而知。川儿说："太热了，连喘气都是热的，能看见一点绿色或一滴水也是好的。"月儿说："别说了，越说越热。"川儿笑道："三姐，我是为你担心呢。"月儿问："为我担心什么？"川儿一本正经地说："这阳光忒毒了，我担心把三姐的脸晒黑。反正，我和二哥已是黑人，不在乎了，三姐要是晒黑了，你想想那该多吓人啊：大黑脸上嵌着两只大眼，岂不是牛头马面一般？"月儿听罢生气了，见他坐在老叫花身边，便说道："爷爷，快打他两下，替我出出气！"老叫花假意骂道："好你个小四，竟敢取笑你三姐，看我不打你！"茹儿说："爷爷，打不得，为了二位姑姑也打不得。"众人一听都笑了起来。

说说笑笑并不影响练功，反而使气氛更活跃。六个人分别用各自的内功之法修炼，但感受却是一样的，热流是一浪高过一浪地涌进体内，很快占领了每一个角落。川儿叫道："爷爷，我都烧到嗓子眼了。"月儿说道："我也烧到脑门了，真是既好受又难受。"茹儿说："好像身子被烧焦了似的，口吐热气，眼冒火光，可身子里像空了不少，热流一窜还真挺舒服。"乔如虹笑道："脸上烤得难受，腰间却是舒服得很。"

张荣他们睡了一觉，仍不见茹儿他们回来。张桐跑上了城墙，众人也都跟着上去了，他们向北看去，茹儿他们仍在练功，张荣说："啊，太了不起了！这么热的天，还能坚持练上一个时辰。"庄儿说："不然会有这么高的武功？就拿茹儿来说吧，小时候是个白白净净、长得挺好看的小姑娘，现在可好，那黑脸，还不是太阳晒的！"张桐说："那可不一定，你看三姐还不是白白的？"庄儿看了他一眼说："小孩子家，懂什么？月儿是练功时间短一些呗。"张荣说："脸黑、脸白有什么关系？就是那曲大公子，也未必有这种本事。"庄儿说："人家给咱们发了功，我感觉力气真是一天一个样，练起刀法来一点也不累。"

日落西山，夜幕垂落。川儿站在城墙上巡视着，月儿站在洞口处向外看着。月儿问道："小四，有动静吗？"川儿说道："三姐，四周静悄悄的，连个耗子也没有。"月儿又说道："你要特别注意背面的马厩和暗道口。"川儿说："你放心吧，我知道了。"月儿又提醒说："你每天去围城镇教刀法，一天跑一个来回，也够乏的，可千万别睡着了，叫坏人钻了空子。""三姐，你别担心了，我现在是大人了。"川儿好像真的长大了，从他到镇上教人刀法那天开始，古镇上的人谁不夸他，哪个还把他当孩子看？

"要像哥那样，做个有大用处的人。"这种信念让他信心十足，精神倍增。

老叫花正在为张荣打通两臂间的穴道，张荣脸上已出了汗，庄儿和冷竹青坐在一旁调息。过了一会儿，老叫花说："好了，你的两臂也终于通了。"张荣擦擦头上的汗，说："谢谢爷爷！帮我们三个练功，您受累了，谢谢！"老叫花说："爷爷也只是帮你们开了个头，以后还得靠你们自己苦练。这吸功大法非同小可，外人根本不知道，你们三个再加上春风、春雨，可真是幸运到家了。不过，用时要隐蔽，叫对手弄不明白是怎么回事，这才能百发百中，万不可张扬炫耀、惹麻烦，你们可要记住了。""爷爷，放心吧，我们记住了。"三人异口同声地说道。老叫花接着说："最好的办法，是将这吸功大法化进你们的刀法或剑法中，用得自然、无形，这才叫功夫。另外，我看过你们的刀法和剑法，虽然学会了方法，但还不够熟练，用时速度不快，步法太慢。因此，你们下一阶段练功要在三个方面加强：第一，练转大树、够铃铛等基本功，基本功练不好，想快也快不了。第二，要灵活运用。第三，每晚练内功和吸功大法，要持之以恒。三种功法缺一不可，均须苦修苦练。只有如此，才能平安还乡，将来做一番大事。"

冷竹青说："爷爷，当我被抓到这里时，只盼着姑姑来救我。可我没想到，我遇到了这么多有本事的好人，不但得救了，还学了本事，过去我连想都不敢想啊。"

张荣揉了揉自己的塌眼皮说："爷爷，您知道我原来是怎么想的吗？我只想多认识几个大商队，多攒点钱，买匹马，求商队把我带回去。我回去干什么？第一件事就是找苦儿和王胜，就是要饭也要找到他们。"说到这儿，想起苦儿出事，王胜不知去处，他落泪了。

老叫花说："是啊，我也挺想王胜的。我这辈子遇到过许多人，可不知为什么，与你们三个人还有茹儿他们非常投缘，这也许是天意吧。"

张荣捅了捅一言不发的庄儿说："闷葫芦，你在想什么？"庄儿这才看了他一眼，说："我在想，我回家干点什么呀？爹娘不在了，哥哥也走了，就剩我自己了。"张荣笑道："你平常总有主意，现在怎么反倒没主意了？二位姑姑不是要建山庄吗？咱们不就有家了吗？你做饭，我端饭，青儿裁衣，咱们伺候好爷爷、姑姑，你还发愁没活干？你是不是在想媳妇啊？"大家都笑了起来。

在冷面双娇的房间中，茹儿在为春风、春雨打通穴道，乔如虹让她们试验一下，二人将房中的油灯都打灭了。她二人高兴地抱在一起叫了起来，冷面双娇还从未见她二人这么高兴过。冷月娇说："告诉你们，这种功夫叫吸功大法，是茹儿自创的，当今世上也只有这里的十一个人会。所以你们既要练好，又要保密，万不可告诉别人。"乔如虹说："爷爷说叫你们把它化进剑法中，使用时，要隐蔽和巧妙，让对手摸不着头脑，你们每天要安排时间来练习。"春风、春雨齐声说是，之后谢过茹儿，便回房去了。乔如虹问茹儿："她们的身体恢复得怎么样了？不会落下什么毛病吧？"茹儿说："姑姑不必担心，她们恢复得很快，半年后，会和月儿一样健康的。"乔如虹说："哎呀，能和月儿一样健康我就放心了。"冷月娇说："等到了河南安定下来，一定给她们找个好婆家，她们毕竟还年轻啊。"乔如虹说："对，找个好男人，不受歧视、不受气。"茹儿说："要说歧视，那是不知深浅、没同情心。二位姐姐像花一样，越开越鲜艳，不少男人只怕够也够不到呢；要说受气，二位姑姑的侄女，哪个敢啊！"说得冷面双娇哈哈大笑起来。

春风、春雨回到房间，兴奋得睡不着，她二人手拉手，并排坐在床上。春风说："想起来就像做梦一样，昨天还是青面鬼、红面鬼围着你转，打骂你、糟蹋你……今天却有太上老君、观音菩萨、仙女来赶走魔鬼，给你治病，教你武功，疼着你、宠着你，我真害怕一觉醒来，又变成昨天。"春雨推了推她说："姐，瞎说什么呀！"春风好像没听见一般接着说："我刚记事起，便被人抱走了，卖来卖去，不知被卖了多少家，哪一家对我好过？连顿饱饭也没吃过。被抢到这里，更是下了地狱，想想都心惊肉跳。就想着，老天叫我快点死吧。"春雨说："姐姐，我和你一样，连爹娘长什么样都不记得了。"春风说："现在好了。可我怕早上醒来，就什么也没有了。"春雨说："姐，别瞎想。我倒是想着以后怎样孝敬爷爷、姑姑，怎样报答茹儿他们。"春风说："那还用说吗？需要咱们时，拼了命也要上，等咱们练好了功夫，也要去关心帮助别人。"春雨说："对，去解救和咱们一样的姐妹。"

围城客栈又热闹起来，许多客商们都想趁着黄谢没露面的机会，多跑几趟，多挣些银子。

古镇大街上，冷面双娇和老叫花等分别站在街两旁，观看春风练习马上功夫。只见她纵马飞奔，手中长枪一出，左右拨，伸枪刺，枪头、枪尾两头击打，这一系列动作连续做完，大家不住点头称赞，张荣见春风英姿飒爽、气势不凡，早已看呆了，他心想：这姑娘越发漂亮了，再不是那个面黄肌瘦、被人糟蹋的姑娘了。冷竹青逗他："张荣大哥，让春风姑娘给迷住了吧？"张荣笑了笑说："去，胡说什么。"当春风在返回路上又演练一回时，张荣仍是目不转睛地盯着看。春风下了马，乔如虹立刻过去给她把脉，然后说："很好，心跳正常，你的力气大增，内力提高很快啊。"春风一边点头一边看了看茹儿，并投去感激的目光。茹儿向她竖起大拇指，祝贺她的进步。冷月娇说："春风，你练得很好，下次要练习腰功，骑马用枪时上身要活，下身却要稳，这样腰部的力量就显得十分重要了。"接着春雨也练了一遍，也赢得大家的掌声。乔如虹说道："你们五人都练了一遍，都有进步。不过你们的用枪速度都较慢，拨、收、刺都必须在瞬间完成。现在由小三和小四给你们演练一遍，你们可要看仔细了。"川儿从茹儿手中借来木棍，他手执一拐一棍上了马。月儿借来老叫花的长杆，也飞身上了马。二人分立大街两头。

"准备——开始！"随着乔如虹一声令下，二人拍马向前冲去，月儿手挥长杆，只听"啪、啪"两声，便将川儿手中的棍和拐给拨开了，长杆一拧，直掏川儿前胸。速度之快令人咋舌。大家都在为川儿担心，川儿却是不慌不忙，就在长杆要杵到他的一刹那，只见他上身一歪，杆头从他身旁掠过，月儿不给他还手的机会，挥杆横扫。川儿躲闪不及，突然向后一仰，来了个马上"铁板桥"——身子倒挂在马背上，长杆在身前呼啸而过。春风、春雨这才啊的一声叫了起来。庄儿连说："这，这——"就没了下文。这时川儿挺身重新坐定，举拐扬棍杀向月儿。月儿用杆的两头左右反击，二人战在一起。乔如虹叫道："停！"川儿拨马跑开，月儿也下马将长杆交给老叫花。老叫花掏出手帕忙为她擦汗，关爱之情溢于言表。川儿一看忙跑过来，仰起小黑脸等着爷爷给他擦汗，老叫花一乐，先弹了他一个脑壳，又草草地擦了一下，便收起了手帕。川儿扮了个鬼脸，大家一看都笑了。冷月娇等笑过，问道："你们说说，他二人有什么特点，什么地方值得好好学习一番。"

张荣首先说："小三的枪法太快了！拨、刺几乎是在一个动作内完成的。"庄儿说："小四的身子像面团似的，要弯能弯，要倒能倒。"冷竹青说："还有，他那小屁股就像长在了马鞍上，不管上身怎么动，屁股始终不离鞍。"春风、春雨说："我们可差远了，还得苦练。"乔如虹说："大家找到了自己的不足，这就好办了。快刀帮的人长期在大漠中，个个骑术高超，因此我们骑术也必须提高。"冷月娇对老叫花说："叔叔，您再给他们讲讲吧。"老叫花笑笑说："好，我说两句。马上作战，首先要管好自己的马匹，做到马知人意、人马一体。你叫它向东，它就向东；你叫它停，它就停。从现在开始，马匹分配固定，你要爱护你的坐骑，经常喂它、遛它，和它联络感情。其次要学小三的快和小四的巧，又快又巧，才能打败对手。我们要用武功加智慧打败快刀帮。"冷月娇说："老人家的话通俗易懂，又包含了武学的深刻道理，你们要反复思索。现在练习骑术。"

晚饭后，突然起了大风，风卷狂沙直扑城墙，落沙纷纷，又给那些残垣断壁盖上了一层尘沙。风越来越大，尘沙飞扬，直搅得天昏地暗。川儿他们站在洞口向外张望着，这种天气他们在中原和江南是从未见过的。茹儿说："这正是练功的好机会。"不一会儿，茹儿、月儿、川儿、老叫花和冷面双娇穿好防风衣，手拉手走出洞口，向北面的沙丘走去。每走一步，都要付出极大的努力：狂风吹着你，尘沙打着你，风沙吹得你喘不上气来，顶风而上，又如何不吃力？他们凭着顽强的意志和团结奋战的精神，终于走上了沙丘顶，六个人围成一圈。川儿叫道："不好，屁股底下被掏空了！"月儿也叫道："大风要把我卷走了！"茹儿叫道："把手拉紧，咱们飞起来吧。"六个人果然离开了沙面，借着风力在空中旋转起来。飞沙打在衣服上啪啪作响，他们虽感觉有些疼痛，却将飞沙之力化入了体内。

狂风继续肆虐，沙暴无情地击打着万物，并将万物淹没在自己脚下。茹儿他们手拉手，在狂风的摩擦下、沙尘的围攻和敲打下，继续在空中时高时低地盘旋着。

正是：风疾悬高处，风裹坐沙丘。飞沙袭人体，练功争自由。

悬空之时，众人仍盘着腿，唯川儿放下腿来，任其在空中飘荡，等转到背风时，他便大声叫道："我的身子好轻啊，再练几次，我真的能身轻如燕了。"月儿转到背风处时，也大声叫道："小四，你感触那么深，咱们来作诗，好不好？你先开头。"

川儿想了想，说道："狂风阵阵掀黄潮。"月儿接道："飞沙滚滚吞田苗。"老叫花说道："风沙之中修炼者。"乔如虹说："何惧狂沙锤风刀？"

冷月娇笑道："风吹沙击传力道，风停沙落相互瞧。"

她说到这里，果然风停了，飞沙落了，人也着地了。

茹儿笑道："一身沙土千回抖，满面红斑几时消？"

说罢，众人相互看看都笑了。

三十七　本同未离

郑明光、谷艳夫妻二人正在密室里演练雪花剑法中的"龙凤呈祥"一式，郑明光指着悬挂的沙袋和小刀对谷艳说："艳儿，你冲天飞，剑挑沙袋或小刀，而又不能被沙袋或小刀碰着，在瞬间挑到越多越好，这便是'金凤展翅'。你攻上我攻下，你飞我跃，二人联手攻击，此为'龙凤呈祥'。"谷艳说："这招非常好，只怕我功力不够，飞不了多远。"

郑明光笑道："这半年来咱们内功大进，我想不会有问题的。"谷艳平静了一下，然后骤然飞起，手腕一抖，剑花如雪，将沙袋和小刀打得乱晃。可她身上也被沙袋和小刀撞到两三回，而且飞的距离也只有六七尺。郑明光鼓励她说："不错，不错，只是过于紧张，再放松些会更好。"说完又为她把脉说："内力没问题，你面不红、心跳不快、气不喘，一切正常。"

经过数次的练习，谷艳不但能避开沙袋和小刀的撞击，而且飞出的距离也增加到了十四五尺。郑明光忙为她擦擦汗说："艳儿果然是聪明伶俐，不到半天便练会了。"谷艳对自己的表现也很满意，她笑道："这还不是托你的福，要是在大名府啊，恐怕一辈子也做不了这么难的动作。说来，还是要感谢苦儿教咱们转大树和爬大绳，不然身子哪会这么轻巧。"郑明光说道："玉儿多糊涂啊，怎么能放走苦儿呢？"

原来谷丁已派人来告知："苦儿、玉儿已出走，如来此立即拿住。"谷艳也生气地说："谁说不是呢！这要叫龙老大知道了，我爹就麻烦了。更糟糕的是唐师叔也外出寻找玉儿了，我爹失去了得力干将，势孤力单了。"郑明光说道："报信的人不是说了嘛，全怨那个狗总管，他要是不惹玉儿，玉儿也未必会出走。"谷艳叹道："我爹也是的，干吗养那样一条狗呢？成事不足，败事有余。"郑明光安慰她说："艳儿，别愁，等咱们练好了双剑，便可联手帮你爹了。来，再演练一次。"谷艳纵身飞起，剑花飞舞；郑明光一步跃出，银光闪烁。二人你飞我跃，上下联攻，果然是"龙凤呈祥"。谷艳回头一看，她确是飞出有十多尺远，夫妻二人同起同止，配合巧妙。她心中十分高兴，郑明光当然更高兴，他说："走，咱们到院子里散散心去。"

谷艳和郑明光扳动开关，打开石门，走出密室后，再扭动开关，将石门关上，这才由暗道走进了书房。谷艳说道："我换上衣服，又要演戏了。"郑明光说："你穿厨娘的衣服倒也别有一番风韵。不管龙老大的人在不在，咱们都要继续演下去。"谷艳喝了一碗茶后说："那我先跑出去了。"郑明光也放下茶碗笑着说："好，我来追。"谷艳跑入大院，便大声叫道："少爷，饶了我吧，别再追了！"在后面追赶的郑明光说道："叫我亲一下便没事，快来吧，可人儿！"谷艳边叫边围着院中一口水井转了起来。郑明光也围着井追，并伸手抓她，抱住她便亲了起来。

龙老大和曲蛇又站在罗忠信面前。罗忠信笑道："十五天刚过，二位便如期而至，足可见是求法心切啊。"龙老大笑着说："罗老弟相邀，怎敢不到？"曲蛇也说道："但愿罗大侠不负前言。"罗忠信大笑道："哈哈，言必信，行必果，罗某是知道的。今日二位来取大法，我给你们就是了。"龙老大一听忙说："但愿老弟以诚相待。"曲蛇催促说："那就交给我们吧。""慢！"罗忠信说道，"交，总是要交的，只不过罗某有话要说，不知二位可愿听上一听？"龙老大怕节外生枝，说道："龙某愿闻其详。"曲蛇有些不满地看着罗忠信。罗忠信微微一笑，说道："大公子不愿听，先退席便是了，又何必站在这里干生气？"他说完便不再理会曲蛇，对龙老大说道："龙帮主，我拜师以来，学习消功大法整整用了七年。""七年？怎么会用这么长时间？"龙老大问道。"你有所不知啊，"罗忠信说道，"消功大法分内功法和消功大法两大部分。消去别人的功力，自己必要有超人的功力。这超人的功力来自何处？那就是内功法。所以，内功法是基础，没有内功法怎会有消功大法？内功法练出的内功是高水平的，是一般内功根本无法比拟的，所以难度可想而知。我是练了五年。"

曲蛇听了有些不耐烦，他说道："罗大侠，别故弄玄虚了，我师父内功深厚，学了便会，别用时间吓唬人，快快交出大法才是正事。"罗忠信根本不理他，继续说道："消功法呢，只不过是一种技法，当然，要想练得纯熟，也要花上两年的时间。"龙老大听罢说道："如贤弟所言，哥哥应分段练功了，你是这个意思吧？""不错，正是此意。"罗忠信回答道。龙老大问道："依兄弟看，哥哥需练几年才能练好内功呢？"罗忠信说："龙大帮主内力强劲，内功修为甚深，比罗某强多了。不过，因消功大法之内功法独辟蹊径，故道路险峻难行。非此，怎能集聚慢人之力？尽管帮主神功盖世，却无独行蹊径攀险途之经验，所以，以罗某看来，仍需三年时光，贸然急进，必吃大亏。"

龙老大怎么肯相信他的话，他问道："我听江湖传言，磨盘老人刚刚练成消功大法，便弃世而去，他如何能教老弟两年的消功大法呢？"罗忠信淡淡一笑，说道："那只是一种障眼法而已。不然你抓我何用？"龙老大眼珠一转，说道："老弟说得有理，那就把大法写出来，我先练上三年就是了。"罗忠信一听，哈哈大笑说道："龙大帮主，你还不知道吗？曲蛇早看我眼红了，我交出大法，他会立刻杀了我。""你想如何？罗老弟，别费心思了。"龙老大说道。"不费心不行啊，我还想多活两三年呢。"罗忠信说道。"你是想先交出内功法？"曲蛇问道。罗忠信笑道："龙帮主，你有个聪明的徒弟，孺子可教也。我先给你内功法，不过三年内不得打扰于我，每日好酒好菜供着我，三年后我死了也不屈了。"龙老大暗骂："老狐狸，太狡猾了！不过，交出一部分先练着，比一点不交强多了，我就再信你一次。"

"哪那么多废话，快交出来吧！"曲蛇吼道。罗忠信也喝道："好小子，刚夸你几句就上脸了，这里哪有你说话的份？龙帮主，你也看到了，你的人总想杀我，交出内功法，我性命难保。为安我心，龙帮主须写下告示贴在此洞。"龙老大恨得直咬牙，心想：这小子步步设防，想拖延时间，我就让你多活三年。不过，我也不可操之过急呀。龙老大想罢，说道："好，好，一切依你就是。"他拿过笔和纸，写道："从即日起，任何人不得打扰罗大侠，三年为期，违者格杀勿论。龙老大亲笔。"两名看守将布告贴在洞内石壁上，罗忠信看了看，这才从怀中掏出一张纸交给龙老大，龙老大忙打开一看，上面果然写有消功大法之内功法，画有穴位图，还说明了练习方法。

龙老大一声不响地反复看了数遍，曲蛇也跟着看了几遍，曲蛇指着图上两处大穴说道："罗忠信，你少蒙人，这两个穴道如何能练通？"龙老大也用怀疑的目光盯着罗忠信，冷冷地说："罗老弟，你要是骗我，那可真是活到头了。"罗忠信听了，却坦然地笑了起来，他说道："你们如此多疑，还是杀了我算了。我告诉你们，练通这两大穴道十分困难。如果容易，岂不是人人都可以练成了？我又怎么可能用了五年的时间？只有在第一大穴膻中穴集聚了足够的内力，才能冲开中脘穴，才能由巨大内力变成无上内力，才可消人功力。在膻中穴尚未集聚巨大内力前，不要想去冲中脘穴。因此集聚内力才是练功重点，我说得再明白不过了吧？""如果走火入魔，该如何解救？"龙老大仍有些不放心地问。"你不会走火入魔的。但你的徒儿年轻气盛，不知深浅，可就难说了。不过，真要出现这种情况也不必惊慌，将集聚之气渐渐分散就是了。"罗忠信平静地回答道。龙老大觉得有道理，便说："那好吧，我们回去先练练看，有什么不明白的再来请教。告辞。""不送。"罗忠信闭目练起功来。

回到龙老大房间，曲蛇忙说道："师父，徒儿对这份内功总有点不放心。罗忠信心高气傲，他今日这么痛快地把内功法交给我们，只怕其中有诈。"龙老大笑了笑说道："为师知道你几次想激怒他，逼他在狂怒中吐出一句半句真话，可他软硬不吃，咱们一时也是真假难辨。不过他说的话还是有些道理的，咱们不妨先练着。为保险起见，从今日起，咱们一起练，一旦出了差错，也好有个照应。"曲蛇答道："是，徒儿遵命。"

唐宣为寻女也走进了伏牛山中，他去了山南城，通过明察暗访，得知苦儿并未回城。他想苦儿和玉儿必是躲进了深山老林之中，既安全又可练功。于是他从山南城出来，便一头扎进了深山之中。他一路向西而行，搜遍沟沟岔岔，也不见人影，甚至连砍柴的都不曾见过。唐宣是个老江湖，他立刻意识到山中必有凶险，于是格外小心起来。一个念头突然闯进他的脑海："玉儿和苦儿会不会贸然入山，被恶人抓住难以脱身？"想到此处，心里便不安起来。

此时，玉儿和杏儿在本溪平山上，正与十几个孩子一起玩"老鹰捉小鸡"的游戏，孩子们一个抱一个，在玉儿身后排成长龙，杏儿扮作"老鹰"，忽左忽右地晃动着，要抓住玉儿身后的"小鸡"。孩子们的笑声、叫声，又脆又响，在山顶上飘荡着，仿佛整个平山都在欢笑着。

道观里，苦儿正在为道士输功，输功完毕后，道士说："苦儿，你给我输功三个月，我功力增长了一倍，我自己就是练上十年也不能达到这种程度，真是谢谢你了！"苦儿笑道："道兄客气了，道家内功纯正、深厚，我只是帮了一点小忙而已，不足挂齿。"道士说道："内功增强、剑法提高，那白发老妖就是再回来，我也不怕了。"苦儿说："道兄，我们也该起程了。"道士问道："不能再多住些日子吗？朋友们都不舍得让你们走。"苦儿解释说："现在已经是九月了，我们上了长白山后，还要忙着采药和练功，去晚了，怕是哪一样都做不好，还请道兄见谅。"道士知道留不住他们，便说道："这样吧，知道你们重任在身，也不强留了，可总得让大家为你们饯行吧？明天上午饯行，下午起程如何？"苦儿忙说："道兄，饯行就免了吧，万万不可再麻烦大家了，这叫我们心里不安。我们悄悄地来、悄悄地去，这最好不过了。我想天一黑就下山，还请道兄保密才是。"道士叹道："唉，你这样走了，朋友们非埋怨我不可。"苦儿央求道："道兄为苦儿多担待些吧。"道士握着苦儿的手，又叹气又摇头。

"老鹰捉小鸡"的游戏玩得正欢，杏儿转得快，玉儿拦得也快，可后面的孩子们渐渐地有些跟不上了，一个孩子倒了，便拉着其余孩子一个一个倒了下来，最后把玉儿也拉倒在地。杏儿一看高兴地笑起来，说道："小鸡全被我捉住了！"这时，苦儿走过来，倒地的玉儿眼珠一转说道："哎呀，脚崴了，好疼啊。"苦儿说："别动，快叫我看看。""哥哥，你背我回去吧！"玉儿央求道。"那好吧。"苦儿说着，便将她背了起来。刚要向草房走去，玉儿笑道："哥，你背我，我脚就不痛了，背我走几圈就好了。"杏儿一听立刻叫道："好啊，你骗人！"说着，伸手便要打她，玉儿大叫道：

"哥，快跑！"苦儿背着玉儿跑了起来，孩子们乐得拍手欢叫。玉儿得意极了，她一只手搂着苦儿的脖子，一只手指着杏儿喊道："小丫头片子，你眼馋啊！"杏儿一听笑道："我才不眼馋呢！哥，你都三个多月没背过我了，今天该背我一回了。"

苦儿连忙说："对，对，哥该背你一回了。"说罢，将玉儿放下，杏儿马上就趴到苦儿的后背上，苦儿高声叫道："卖狗肉喽，卖狗肉喽，今天不卖明天就臭喽！"孩子们拍手也跟着叫道："臭狗肉，没人买，扔进河里喂泥鳅！"玉儿大声笑道："对，喂泥鳅，泥鳅也嫌臭！"

杏儿边做着鬼脸边笑道："你们别眼馋，回家也叫你们哥哥背吧！"几个孩子一商量，一块叫道："羞、羞、羞，杏儿是个小懒妞，长大还叫哥哥背，看你羞不羞！"杏儿趴在苦儿的后背上，一边摆手一边蹬腿，把脸埋起来，叫道："不羞，不羞，就不羞！"孩子们叫道："哈，杏儿脸皮真厚！"杏儿一下子就跳了下来，叫道："好啊，我抓一个就收拾一个！"孩子们尖叫道："老鹰来了！"便四下逃开。杏儿追了这个，又追那个，他们笑成一团，苦儿和玉儿也开心地笑了起来。

夜深人静，繁星满天，三人收拾好行囊，牵着马准备出发了。前来送行的道士拉着苦儿的手说道："你们一走，这平山顶便会少了许多欢笑声。"苦儿说道："道兄，多保重，咱们后会有期。给各位乡亲带好吧。"玉儿牵着马下了山，杏儿也下去了，苦儿与道士拱手道别，也牵马下了山。道士站在山口一直向下望着，直到望不见了，才大声喊道："一路平安！"声音在山谷内回荡。

苦儿、玉儿和杏儿登上了长白山，他们找到了茹儿他们曾住过的山洞。杏儿跑进去一看说道："哥，洞里有干草和烧过的灰。"玉儿向洞内四周望了望，说道："没错，这里住过人，说不定，茹儿他们在这里住过。"苦儿说道："非常有可能。你们看这堆草木灰很多，说明这里住的不是一两个人，而是三四个人或者更多。洞口的木栅栏是住在这里的人编的，洞外的两个柴火垛虽然所剩无几，不过可以看出是两个很大的垛子，我想一定是爷爷他们堆的。"玉儿说："那咱们就住在这里，不过得先收拾一下。"苦儿说："这样，你们先把这堆灰弄出去，再把干草先抱出去敲一敲灰，再抱进来铺好，然后重新点火把洞子熏熏。我去砍些柴来。动手吧。"

杏儿和玉儿先将草灰清了出去，然后将干草全抱到洞外，杏儿拿起木棍要敲干草，她对玉儿说："玉姐姐，你到我这边来吧。"玉儿说："先敲吧，站哪儿不都一样？"杏儿眼睛一眨，嘴一撇，立刻猛敲了几下，灰尘直扑玉儿，玉儿捂着头和脸忙跑开几步，叫道："小丫头片子，你怎么搞的？"杏儿笑道："大小姐，你在家里什么活都没做过吧？连个顺风、逆风都不知道，还嫌我多事，吃几口灰活该！""好啊，你这小丫头片子，我说一句，你有十句等着我，看我不打你！"说罢便追打杏儿，杏儿围着干草转了起来，当玉儿处于逆风时，杏儿便敲打几下干草，玉儿就又吃了几口灰，可她哪里抓得到杏儿？两个人笑着、闹着，哪有心思干活。

苦儿背了一大捆柴回来了，他冲着玉儿和杏儿喊道："二位小姐，别闹了，快干活！"说完，又砍柴去了。玉儿和杏儿这才停下，认真敲打起来，然后将干草抱进洞内，重新铺好，点燃了篝火，洞里顿时亮堂起来。苦儿又背回了一大捆柴火。杏儿说："哥，别背了，坐下歇会儿吧。"苦儿说："好，咱们先烧点水喝。"说罢，他又拿起锅去打水。杏儿找来几根长木棍，搭了一个木架。玉儿问："搭它做什么？"杏儿说："挂锅烧水呗，大小姐，你什么都不知道？"玉儿撇撇嘴说道："你不就和哥在海岛生活过几天嘛，神气什么？"杏儿一边绑木架一边说："不是我神气，是你不虚心。"玉儿反驳道："我怎么不虚心了，我不是一个劲地向你请教吗？你这小丫头片子，倒是常常讥笑我，说我这也不会、那也不懂，你不是神气又是什么？"这时苦儿打水回来了，将锅挂在木架上，对杏儿说："杏儿能帮哥干活了，干得还挺不错的。""哈！哈！"玉儿干笑了两声，喊道，"你们两个是成心气我啊？我可不是好惹的！"说罢，跑到苦儿背后又敲又打。苦儿笑道："不知小人什么地方又得罪了大小姐？"杏儿笑道："哥，你没得罪她，她这是发羊角风了。"玉儿一边打着苦儿一边偷瞅着杏儿，趁杏儿不留神，一把将她抓住，双手伸向杏儿腋下，猛胳肢起来。杏儿笑着一个劲地求饶。这时苦儿突然叫道："瞧，对面墙上好像有字！"玉儿和杏儿这才停止了打闹，一块走近石壁，玉儿说："果然有字，哥快过来看。"

说罢，她轻声念道："石鼓，山南，江浙行，七载春光，满心都是情。

舍身抗倭不见归，泪眼问天天不应。心苦，泪苦，梦亦苦，苦苦相思，何日再重逢？白雪皑皑皆为寒，篝火红红仍觉冷。"

　　杏儿问："这是词吗？"玉儿说："是，是一首《蝶恋花》。"当玉儿转身看苦儿时，苦儿已是泪流满面了。玉儿拉了拉杏儿，杏儿一看苦儿掉泪了，她一下子就明白过来了："哥，这是姐姐写的？"苦儿点点头，用手抚摸着每一个字，似乎每个字甚至每一笔、每一画，都传递给他一种强大的信念，叫他动情，叫他振奋。玉儿从未见过苦儿这样动情，此时她才知道苦儿和茹儿的感情，那是：七载春光，满心都是情。她赞道："字好，词也好。"杏儿说："这句最好了——心苦，泪苦，梦亦苦，苦苦相思，何日再重逢？一连用了五个'苦'字，可见姐姐太想哥了。"

　　"是的，是的……"苦儿连连说道，"苦儿也想茹儿啊！"

　　玉儿看见他抚摸字的手在发抖，她知道，茹儿的每个字都传递着自己对苦儿的爱，并射进了他心里。玉儿往下一看，还有字，便说："哥，下面还有。""百姓尚把英雄颂，苍天应将苦儿还！"苦儿说，"这是爷爷的字，苍劲有力。"杏儿说："还有呢！'哥，我想你！''哥，快回来吧！'"苦儿眼含热泪说道："这是月儿和川儿的，他们在此练功并留下了字迹，说明他们一切都很顺利。我太高兴了，太高兴了！"

　　杏儿说："我也太高兴了，爷爷，姐姐，哥哥我也想你们。"

　　玉儿笑道："你连他们长什么样都不知道，怎么想啊？哥，你给我们说说，他们是怎样的，好吗？"

　　玉儿看见茹儿的那首《蝶恋花》，又见苦儿万分激动的神情，一种别样的滋味涌上心头。她知道茹儿满心都是情，使苦儿激动甚至流泪，那他对茹儿是不是也满心都是情呢？她要探个究竟，所以提出这样的问题。杏儿也立刻说道："哥，再给我们说说！"苦儿努力让心情平静下来，将已烧开的水倒进三个碗里。他们三人坐了下来，苦儿喝口水说："爷爷，中等身材，花白胡子，双目炯炯有神，老人家虽然清瘦，却天生一副笑脸，叫人看了便觉得十分慈祥、亲切。爷爷虽出身富贵，却要了几十年的饭。他喜欢穿破旧衣服，你们见了可不要嫌弃他啊。其实，爷爷是位世外高人。他十分喜欢和疼爱小孩，见了你们，他也会喜欢的。"

"那茹儿呢？"玉儿问。苦儿见她如此急切的样子，就想逗逗她："我不是说过了吗？茹儿是个黑脸姑娘。"玉儿听了立刻说道："你骗人！看这首词所表现出来的意境和真情，是处处动人。再看看这一手柔中带刚、秀丽飘逸的好字，茹儿应是一位秀外慧中的姑娘。"

苦儿看看玉儿，心想：果然是个鬼精灵，还有见字识人的本事。不过，苦儿还想逗逗她，便说："玉儿，你真是聪明反被聪明误，才气和肤色有什么联系吗？田力均你是见过的，他才华横溢，却是个黑脸少爷。茹儿人好、心好、才气高，可她就长了一副黑脸，这有什么不可能呢？"杏儿说："玉姐姐，只要人好、心好，脸黑、脸红又有什么关系呢？天下有几个能像玉姐姐似的，人好、心好，又美若天仙？"要是在平常，玉儿岂能放过她，可此时听了她的话，却引起玉儿的一番思考：人常说，一白遮百丑，脸黑，对女孩来说光彩就失去了一半。看来，我与茹儿相比，还是有一些优势的。她问道："哥，茹儿对你可满心都是情，你对人家也是如此吗？"苦儿眼睛一亮，答道："七载春光，满心都是情。此话说得真挚，令我感动，我要谢谢茹儿。"玉儿说："那就不谢谢我了？"苦儿说道："你为我偷解药，为我离开家，我怎么能不谢谢你呢？"玉儿一听，嫣然一笑。杏儿插话说："玉姐姐，你每隔一两个月，就得叫哥谢你一回，以后，我天天替哥说就是了。"玉儿笑道："小丫头片子，谁用你多嘴？"

苦儿忙说道："好了，好了，我再说月儿吧。月儿，中等身材，和玉儿差不多，皮肤白白的，眼睛大大的，像一汪清水，美丽又动人。她是我们山南城的一枝花，这才叫双狗动了邪念来抢亲。"杏儿说："哥，你说错了，这月姐姐能比玉姐姐还美？怎么可能？"苦儿听了便笑道："哎呀，是哥哥说错了。"玉儿笑着举手打了杏儿一下，又来打苦儿，她说道："好啊，你们兄妹二人合起来编派我，我可不依！"苦儿笑道："老虎拉车，谁赶（敢）啊！"玉儿心中又多了几分忧虑：这月儿也是一个美人，我又多了一个竞争对手，不过我要努力，决不放弃。

晚上吃过饭，苦儿说道："现在咱们练内功。在山洞里练内功，可采山石之气，使你的内功坚实有力。坚持练功，百日后必有大进。"说罢，三人坐下，苦儿仍将手掌贴在她们的后背上，帮助她们练功。

三十八　各怀心事

　　陈鸣从九江来到了十业帮的武昌堂。他走进孙子杰的房间，刘全柱见了，边沏茶边说："陈分堂主来了，堂主正念叨你呢。"陈鸣不屑地瞟了他一眼，心说："你小子才来几天，就要与我平起平坐了？真不知天高地厚！"他对孙子杰说："堂主好，多日不见，属下十分挂念堂主。"孙子杰笑道："我也挺想你的。九江那边可好？坐下说话吧。"陈鸣答道："回堂主，托堂主的福，一切都好。"孙子杰问道："关士田、韩士夕的买卖如何？他们可经常与你联系？"陈鸣坐下来说道："回堂主，他们的买卖不错，挺火的。他们也曾来看过属下，还问帮主和堂主好呢。只是他们最近出了一次远门，不知去了哪里。"孙子杰说："他们是在咱们的庇护下才在九江开店的，当年罗忠信就是为此事离开十业帮的。他们应当和你多联系，你有空也该多过去看看。""是，属下知道了。"陈鸣说着从怀中掏出一个盒子说道："堂主，属下最近从一个商人手里买下一件东西，想着堂主可能会喜欢，便带来献给堂主。"刘全柱忙献殷勤，从陈鸣手中接过盒子交给孙子杰。孙子杰打开一看，惊叹道："啊，夜明珠！太漂亮了，真是一件宝贝啊！"陈鸣忙说："堂主喜欢，属下便高兴了。"孙子杰将珠子放在手中左看右看，赞不绝口。刘全柱却暗笑道："瞧你二人这小家子气的样子，一颗小小的夜明珠就把你们高兴成这样？真是没见过世面！我师兄的夜明珠可比这颗大多了。"

　　这时，坏水狗推门走了进来。刘全柱马上斥责道："马猴子，你当这是你家呢，进来连门都不敲？这是堂主办事的重地，还懂不懂规矩？"坏水狗立刻满脸堆笑地说道："是，全先生训斥得对，小人下回一定注意。"陈鸣抬头看去，立刻站起来说道："你怎么会在这里？你是大狗还是小狗？"坏水狗一只眼睛瞪得大大的，那只凹进去的小眼睛急速转动着。他终于认出来了，问道："你是陈先生？我是小狗，是坏水狗。"

孙子杰收好夜明珠，问道："怎么，你们认识？"陈鸣说道："堂主可记得常笑天的信和玉片之事吗？属下寻玉，曾去过山南城，在那里见过这双狗兄弟，但不知他为何又在这里？"孙子杰说："他受人欺负，背井离乡，来投咱们，想过过安稳的日子。我见他可怜，便收留了他。"

其实，坏水狗抢了乔如虹的珠宝之后，也曾想买房置地，好好享受一番，可每当他与人商议买卖之事时，对方总是不屑一顾，或目露凶光，尤其是后一种，叫他胆战心惊。坏水狗明白，只要一拿出珠宝或换成银两，都会招来杀身之祸，即使买了房子或地，也过不上安稳日子。于是他放弃了做富翁的念头。来到武昌后，听人说孙子杰爱财又爱色，便将一半珠宝悄悄埋起来，将另一半珠宝献给了孙子杰。孙子杰一看，果然高兴，这才答应收留了他。坏水狗原想孙子杰能给他安排个小头目当当，可一直不见动静，今日过来便想问一问。

陈鸣说道："坏水狗，你从小就干坏事，所以才得了这个外号，山南城的百姓没有不恨你的。你是满肚子坏水、一身臭屎，堂主收留你，那是堂主仁慈，可你要敢在这里使坏，坏了我十业帮的大事，我一刀杀了你。往后，堂主吩咐你干什么你就干什么，不该问的别问。全先生是堂主的近卫，你要是敢打他的坏主意，堂主是不会答应的，全先生也饶不了你，你记住了！"这番话，吓得坏水狗腿发软，他忙说："小的不敢，小的不敢！"

陈鸣的话，让刘全柱颇感意外，心里立刻对陈鸣有了三分好感。他对坏水狗说："听到你这外号就让人恶心，以后没有堂主的命令，你不得随便乱走，更不准随便走出大院和外人说话。你要是不守规矩或泄露了本帮机密，你的坏水就算流到头了。""对，对！"孙子杰立刻表示赞同并说道，"没什么事，你就老老实实待着，不可到处钻，或上街闲逛。你去吧。"这孙子杰收了坏水狗的珠宝将他留下，当时只顾高兴，并没有想那么多。今天被陈鸣和刘全柱一提，他才觉得陈鸣和刘全柱说得有道理，还是要小心提防些。

坏水狗走后，孙子杰对陈鸣说道："你要不提常笑天的那封信，我倒把这事给忘了。那首诗我都读了很多遍了，也没悟出什么道道来。"说完，他打开柜子，拿出一张纸放在桌子上。

陈鸣上前去看，正是他在大洪山庄抄下的那首诗。当时，他是以这首诗作为见面礼献给孙子杰的。当时孙子杰像得到了宝贝一样，可后来，左看右看也弄不懂诗中含义，便失去了兴趣。刘全柱心想：什么诗这么深奥？他近前一看，小声念了出来："嫦娥坐宫前，痴目望故园。愁云眉难舒，思乡泪不干。玉兔急劝慰，一同偷下凡。又见亲情热，还是人间暖。"

念罢，他说道："这是写嫦娥的诗，难道还含着别的意思？"

孙子杰说道："这是常笑天写给他徒弟冷面双娇的。他为何要写嫦娥呢？其中必含深意，只是我们未猜出来罢了。"

陈鸣说道："堂主要事缠身，哪有时间坐下来细想？属下又十分愚笨，想了多年也想不明白。全老弟来了就好了，你年轻又聪明，就多费心想一想，说不定全老弟哪一天便会将它破解了，那可就立功了。"刘全柱心想：这有什么难的，多看几遍不就弄明白了。看来，孙子杰和陈鸣都是笨蛋一个。他嘴上却说："全某这点能耐孙堂主还不知道？哪里有那么大的本事。只能是多看几遍，帮堂主想想而已。"

陈鸣看看他笑了笑。刘全柱在想：此种大事，应立刻报告师父和师兄，他们会满意我的表现的。想到这儿，他也朝着陈鸣笑了。

夜深了，山南城里静极了。只有一品香酒馆后院的一间屋子里亮着灯，灯下白掌柜——就是白猫，正在和三个小头目议事。他说道："弟兄们，帮内出大事了，作为堂主的我是不应该告诉你们的——古镇堂被人灭了。"三个头目中有田舒，他们一听全都惊呆了，一人问："堂主，是什么人干的？"另一人说："黄谢武功高强，怎么会被人灭了？"田舒说："二位别着急，还是听堂主说。"白猫说道："咱们离开古镇后，据说黄谢他们抢劫、杀人、绑票，什么事都做，也不知得罪了哪路神仙，叫人连窝端了。只有黄谢和老胡逃了出来。其他弟兄全死了。"一人叹道："太惨了！他们会报仇吗？"白猫说："黄谢请大公子帮忙，大公子为此专门召集了一些人为死去的弟兄们报仇，其中有伏牛堂的郎堂主，由邯郸堂杨堂主统一指挥。"

　　一个小头目问道："那大公子就不去了？"白猫看了他一眼，说道："你想一想，黄谢一向与大公子面和心不和，大公子能召集人为他们报仇，就已是不错了，他还敢奢望大公子出手？美得他！"田舒说道："那是，黄谢那伙人一直觉得是帮主抢了他的宝座，总和咱们较劲。现在可倒好，咱们一走，人家就把他给灭了。没有帮主，他能顶得起这片天？咱说句不好听的，要是我们出了事，别说大公子，就连帮主也会出手相救，为什么？咱们是嫡系啊。"

　　龙老大和曲蛇正在练消功大法之内功法，门外的庄三手拿着两封密信也不敢通报。一个时辰过后，他二人收了功。曲蛇说道："师父，徒儿一点感觉都没有，这内功法怕是假的吧？"龙老大问道："胸前的膻中穴一点感觉也没有吗？"曲蛇摇摇头说："没有。"龙老大说道："徒儿，你功力尚浅，眼下还不能断定此法是假的。为师确有积气于此，只是感觉甚微。看来需练上一年，才知真假。"曲蛇说："徒儿每日早晚再勤加练习，也许情况会好些。"

　　龙老大从怀里掏出罗忠信所画的运气路线图，看了几遍说道："你看前胸只有两个穴道在路线上，行气于此便不能再行，该有气积于此穴。积少成多才能冲开第三个大穴。至此内功成矣。你自己练功时万不可性急，以防走火入魔。重运行、重积累，慢慢便会有感觉了。"曲蛇边听讲解边看图，说道："师父放心，徒儿不会走火入魔的。"

　　门外守卫的庄三听里面传出了说话声，这才问道："老爷，您练完了是吗？"龙老大说："练完了，有事进来吧。"庄三这才推门进来，回禀道："老爷、大公子，这是外面刚刚送来的密信，请过目。还有，刚才小姐来过，小姐说她喜欢剑，请老爷教她一套剑法，将来好为老爷效力。见老爷练功，小姐没敢进来，这才由小的传个话。"

　　龙老大并未看信，他听了雅儿的请求，笑道："这丫头要练剑，可我不会剑法啊。"曲蛇说道："师父，那就把大洪山庄的那十招剑法送给她吧，她玩得高兴就好了，师父看着不也高兴？""嗯，也好。"龙老大从柜子里找出了雪花剑法的十招剑谱交给庄三，说道："你给雅儿送去吧，叫她好好练。"庄三接过剑谱应声退去。

龙老大见庄三退去了，眼前又闪现出雅儿的身影。他说道："雅儿虽长得丑些，对我倒是蛮孝顺的。"曲蛇小心地说："小师妹能在师父跟前尽孝，让师父享受天伦之乐，这也是徒儿和弟兄们的福气啊。小师妹对师父的孝心，是徒儿无法代替的。"龙老大点点头，说："在我心情烦躁时，她叫声爹爹，我的火便会去掉几分。我知道有时对她严厉了些，她有些怕我。"曲蛇见龙老大说出心里话，又大着胆子说："小师妹脸上的紫斑影响了她的美貌，可徒儿看得出师父照样疼她。小师妹能高高兴兴地孝敬师父，徒儿心里也就高兴了。"龙老大笑了笑，说："好，咱们看信吧。"拆开第一封信，是刘全柱写来的，龙老大看罢笑着交给曲蛇，曲蛇一看也笑了，说道："刘全柱这小子有时聪明，有时糊涂。不过能发现什么立即报告，总还是不错的。""是啊，你回个信，表扬他几句，叫他再接再厉。常笑天的诗真是难以破解，别说那孙子杰不能解出，就是为师也如坠入迷雾之中，近日对它的兴趣也淡了许多。刘全柱来信又提醒我不可放弃，应继续破解下去。这封信你拿去，抽空想一想，说不定就破在你手里了呢。"曲蛇将这封信收了起来。龙老大又打开第二封信，看了一会儿，说道："你去吧。"曲蛇一看他脸色不好，便悄悄退了出去。龙老大手里拿着信，走动起来，显得焦急不安，又十分伤心。

良久，他才恢复了常态，拿起信又看了起来，特别有一行字他看了又看："顺儿被人带走，附近乡镇、山区内已找遍，至今下落不明……"他无奈地坐下来，叹道："原想万无一失，谁知却恰恰失手了。人算不如天算，这难道是上天对我的惩罚吗？儿啊，你在哪里？是不是被人卖了？不被卖也一定是跟哪个穷小子要饭去了。顺儿，你的命好苦啊！"他摇摇头，眼里充满了泪水。他又哀叹道："如今膝下只有雅儿叫我一声爹爹，我也只能享受到这么一点天伦之乐。曲蛇说得不错，我该对雅儿好一点才是，不然连这点欢乐也要失去了。我这么做值得吗？想想我被常笑天打伤，想想我在大漠所受的苦，再想想郑泰然几乎要了我的命……我不争个武林第一高人，不叫武林之上臣服于我，我心不甘啊！我知道这条路难行，为了称霸的那一天，我必须走下去！"想罢，他将信烧了，又重新坐好练起功来。

田力均正在院子里读书，白云突然跑了进来，喊道："力均哥，我回来了！"力均忙放下书本站起来迎了出去，说道："云儿回来了，真是太好了，此次进京玩得还不错吧？"白云仰着脸笑道："当然了，玩得可开心了。我哥在京城买了一座小院，别看院子不大，东西厢房、花园样样都有，比咱们的院子漂亮多了。"力均问："那你一定很开心了？"白云笑道："当然了，我哥还买了几个用人伺候我呢，连穿衣和穿鞋都不需要自己动手。"力均逗她说："那咱们白云不就成了名副其实的白大小姐了？"白云的脸因兴奋而发红，她很神气地说："当然了，用人们都称我为小姐。这算不了什么，就连吏部尚书吴大人之子吴公子也称我为小姐呢！""噢，你哥在吴府当差，吴公子肯见你，说明你哥的面子不小啊！""当然了！"白云听到力均夸她哥哥，心里更美了，"吴公子不但肯见我，还陪我逛街，给我买了好多的东西。他出手真够大方的，到底是大家公子啊。"

堂堂的吏部尚书公子竟陪一个下人的妹妹逛街、买东西，这说明了什么？力均与白云之间本是无话不谈，他想到这儿，说道："云儿，按官场规矩，尚书之子是极有身份的人，他陪你逛街、买东西只怕是别有用意吧？"

其实，这次白云的哥哥接白云进京，就是劝说白云嫁给吴公子。她耳边又响起哥哥的声音："妹子，吴公子比田力均大一岁，至今尚未成亲。他已是举人，明年参加会试，殿试必中进士，将来当个大官，那是板上钉钉之事。更何况有他老子——吏部尚书这个后台呢，嫁给他，你有享不完的荣华富贵，说不定还能当个诰命夫人呢！"这样的诱惑，对向往富贵生活的白云来说，有着强劲的冲击力。不过，她毕竟与力均有着多年的感情，于是她给哥哥的答复是："一切等到大考结束再定。"她盼望着力均能金榜题名、高官得坐、骏马得骑，让她过上自己渴望的生活。

她一听到力均说别有用意时，便佯装生气地说道："你看，我就知道你小心眼。人家好意陪我玩一玩，你就问这问那的，一点也不像男子汉。"力均反驳道："云儿，这可不是小心眼的问题。纨绔子弟的用意不可不防。况且，你已羡慕他出手大方，有大家公子之风，说明这番用意已经在你身上发挥作用了。我是喜欢你、关心你才说出这些的。"白云听了很不舒服，说道："什么纨绔子弟，就你是正人君子？人家也是举人。你……你也太狂了吧！"力均看看她涨红的小脸和那火冒三丈的一对眼睛，心中一惊，转念一想：何必呢，她刚一回来就跑来看我，又何必惹她生气？想到此，立刻握住白云的双手说道："云儿，我不过是说说而已。你又何必生气呢？好了，都是我不好，不该惹白大小姐生气，小生这厢赔罪了！"白云瞪了他一眼，说："你欺负我！"说完，眼泪一下子就涌了出来。力均又为她擦泪，又是作揖赔不是，白云这才破涕而笑，投进他的怀抱。

　　力均抱着她，闻着她秀发的香气。白云小声说："以后不许小心眼，那吴公子身材矮小、满脸疙瘩，我怎能看上他？我要和你好。不过你一定要考上进士，做个京官。京城真是太美了，况且我哥哥又住在那里，大家住在一起多开心啊。"力均原本不想再说什么，不过白云已经多次表示过这种愿望，而官场之争又岂是平头百姓可以左右的？他还是忍不住说道："云儿，我也很想考中进士，与你成亲。'洞房花烛夜，金榜题名时'，那可是人生最美好的时刻，我当然也向往。可你想过没有，官场之事怎能由你我来安排？一者，我是最普通的穷书生，无财无势。二者，朝中无人难做官，朝廷大臣们大权在握，我即使当官也不过是他们手中的一枚棋子而已，他们高兴将你放在哪里，你就得待在哪里。所以对于你的愿望，只怕我是心有余而力不足啊。"白云抬起头，用手捂住他的嘴说："别说了，这一层我岂能想不到？所以我这次进京见哥哥，就是求他帮忙，给吏部尚书吴大人递个话，请他多关照一下。"力均问："你哥答应了？"白云说："他没明确表态，不过，他就我这么一个妹妹，能不管吗？"力均说道："你哥是不会管我的事的。""为什么？"力均笑道："你想想就明白了。"白云也笑着捶打他的前胸，叫道："你坏，你坏！"

　　力均拉着白云的手，在院子里边走边聊了起来。当他们从木桩中穿行而过时，力均说："看到这排木桩就想起苦儿和茹儿了，他们游学四海，苦练真功，是为了救济苍生，为百姓消灾解难；我寒窗十载，苦读诗书，是为了做官，为穷苦百姓做点事情。云儿，你是希望我做个清官还是做个贪官呢？"白云奇怪地看了他一眼，说道："当然是清官了，我可不想你被人唾骂。"田力均点点头，继续说："我爹说，当官的人大体分成两类。一类求功名，一类求富贵。求功名者未必成清官，因功名利禄是密不可分的；而求富贵的，必成为贪官无疑。无论多大的官，俸禄毕竟有限，只能不停地敛财。如今，做官十有九贪，受苦的还是百姓。"白云说："你说的固然有道理，可官场之风岂是一两个人能扭转的？做官还是随和一些为好，谁不想过上好日子呢？"田力均说道："你说的也有几分道理。做清官一世清贫，云儿，你要好好想一想，你若嫁给我，就要做好吃苦的准备。"他们手仍握在一起，可彼此都不再说话。他们都在想未来的生活是什么样子，自己追求的又是什么。

三十九　沙漠之力

　　张荣、庄儿等五人正在古镇练功，张荣与庄儿对练，春风、春雨对练，冷竹青独自练习。张荣举棍向庄儿袭去，庄儿举棍一挡，同时伸出左手向张荣肚子一指，只听张荣叫道："哎哟！你这个闷葫芦，用这么大劲干什么，想把我肠子打折呀？"庄儿笑道："这可是你自己的劲，怨我做什么？"张荣听了，说道："嘿，我可上当了！"便蹲了下来，用手捂着肚子。这边，春风、春雨也停了下来，春风走过来问："荣哥，疼得厉害吗？"张荣见她关心自己，心里高兴了，努力地抬起那双沉重的眼皮，尽量把眼睛睁得大一些，说道："原是很疼的，春风妹妹过来一问便不疼了。"庄儿他们听了都笑了。春风也笑了，一捂嘴扭头跑回春雨身边。庄儿见张荣依旧蹲着，便走到他身后双手向前一推，张荣双手扶地向前跟跄了好几步才站稳了。庄儿笑道："别再装了！"张荣说："哈，我原以为闷葫芦里装的都是好主意，现在才知道，竟是一肚子坏水。"庄儿说："说正经的，我这一手，是不是符合隐蔽又巧妙的要求啊？"张荣笑道："咱们还是练一下，叫大伙评一下岂不更好？"

　　说罢，二人又演练了一遍。冷竹青说："庄儿，你的动作不够隐蔽，对手一看便知。"春雨说道："姑姑说过，这左手的发气动作，一是随着右手，右手刀剑到，则左手的气也到。二是左手随身摆动，看似无意却是有心，在对手不注意时，在刀剑的掩护下发之。"张荣看着庄儿，庄儿边听边想。张荣道："你都听到了，你要把这些话放在肚子里，好好地闷上一闷。"庄儿整个心思都在自己的左手动作上，听了张荣的话随口说道："不错，我是要好好地闷上一闷。"大家一听全乐了，冷竹青笑道："庄儿，你承认你是闷葫芦了？"庄儿愣愣地问道："什么闷葫芦？"春雨提醒说："是你自己说的，要好好闷上一闷。""啊？我说过吗？什么时候？"庄儿仍是怔怔问道，大伙又笑了起来。张荣说："坏了，葫芦太老了，快闷出毛病了，这样又傻又憨，将来可说不上媳妇了。""噢，敢情是你在捉弄我，看打！"庄儿这才明白过来，举棍向张荣打去，二人又练了起来。春风、春雨和冷竹青也练了起来。就这样，他们几乎整日都在练功，练乏了便说笑一阵，然后再接着练。虽然有些枯燥，但他们的内心却充满了喜悦和对新生活的渴望。在此练功虽只百日，可阴郁和愁苦似乎已经离他们很遥远了。

在古镇北面的一座大沙丘上，茹儿他们六人正坐成一圈，谈论着沙漠练功百日的收获。川儿说道："大风领着我们飘飘悠悠的，觉得身子轻了不少。另外口干舌燥，心里总像是有一团火。别的便没什么感觉了。是吧，三姐？"月儿点点头说："是这样。"茹儿说："你们还记得我们在长白山打布条，练习突发力的事吗？""当然记得了！"月儿和川儿异口同声地答道。茹儿说："那好，现在就来个突然发力吧。"月儿向四周看看说道："没布条、没石头，往哪儿发？"老叫花笑道："傻丫头，往沙子上发。"月儿答应一声，侧过身去，手掌向外发力。只见一阵风沙扬起，待沙尘落定后，沙丘上留下了一道深沟。月儿笑道："噢，我可以突然发力了，力道还蛮大的。"川儿一看，急不可待地也试了起来，结果和月儿一样，他才咧嘴笑了起来。茹儿说："沙漠具有气吞山河的爆发力，人久练之，必可获得这种强大的气势和雄厚的爆发力。高山给了我们坚实之力，大海给了我们深厚之力，沙漠给了我们爆发之力，这三种力都大大丰富了我们的内力，还解决了突发力的问题。不但增强了内功，也使我们的拳脚功夫有了更大的灵活性和自主性。"

"二哥，你还有什么收获？"川儿问。茹儿看了看老叫花和冷面双娇，说道："爷爷、二位姑姑，由于这段时间输功频繁，倒叫我得到了好处。我的换气大法已经越过第八层，正向第九层逼近呢。"乔如虹说："那就是说，功力随用随换，永无用尽耗干之时了？"冷月娇也问道："这是真的？"茹儿笑着点点头，说道："是的，是真的。"冷面双娇齐声说："这真是太好了！"老叫花说道："神功就要练成了，可喜可贺啊！小三、小四，你们多学着点，遇事多想想。今日要不是茹儿提醒你们，你们连自己已经掌握了突发力都不知道。真是傻丫头和笨小子。"月儿嘿嘿笑了起来，拍拍茹儿的肩膀说："爷爷，这可没办法，我怕一辈子也赶不上这位黑二哥了。"说得大家都笑了起来。

乔如虹说道："我们二人也常常在想，沙漠练功百日，究竟有多大收获呢？沙漠之热减轻了我们腰部的伤痛，也降低了我们体内寒气的寒度。但这没减少冰雪大法的威力，反而使其威力增加了数倍。"冷月娇说："我来演练一下。"说罢，她也侧身向圈外发力。只见一捧黄沙飞起像箭一样射向远方，沙丘上留下一道深沟，沟的表面还有一层水珠。川儿喊道："好强的一股寒气，这要打在人身上，非打昏不可。"冷月娇对茹儿说道："茹儿，听说你独创的茹秀掌很有特色，练给我们看看吧。"月儿说道："二哥把发功、吸功的六大招法都糅进了掌法之中，使出来是很有特色的。"乔如虹问道："茹儿，快说说看，什么是六大招法？"茹儿解释说："发功时，打击对手的基本手段有拨、点、击三种，即拨转方向、点穴位、直接击打。吸功时也分顺、带、还三类，即吸住对手、顺其动作、带他一段，使之出乎意料而惊慌失措。最后则是一吸一还，直接打击对手。"冷月娇听了觉得十分新鲜，忙说："茹儿，快练给我们看看。"茹儿起身站在圈中，宁神片刻，练了起来。乔如虹见她动作轻柔似水，欢快流畅，便想起两年前自己曾对他们发出的赞美。没想到，分开还不到两年，茹儿竟又有了如此大的变化和进步。真是后生可畏啊！只见那茹儿既如仙子在浪花上翩翩起舞，婀娜多姿；又似神女在空中散花嬉戏，悠闲自在、出神入化。冷月娇看明白了，茹儿在利用自己绝妙的轻功和超群的内功，把六大招法巧妙地使用出来，不留痕迹地施展招法。她叹道："真是妙不可言！"乔如虹也激动地说："太美了！后生可畏啊！"川儿笑着说："真是后生可畏，不然我们怎么会叫她二哥呢？"茹儿不声不响地弹了他一个脑壳，川儿捂着头叫道："爷爷，您可得为我主持公道。"老叫花一本正经地问："她是如何欺负你的？快快说来。"月儿笑道："爷爷升堂了，快快说来！"川儿说："回大老爷，二哥弹我脑壳。"老叫花问道："她伤了你，何人为证？"川儿看看月儿，月儿摇头说："不曾看见。"川儿又看看冷面双娇，她二人齐声说："我们也未曾看到。"老叫花微微一笑，说道："原告，你找不到证人就是诬告，念你年幼，本官也不深究，不过处罚还是必要的，现罚你在沙丘上练习你的三脚飞。"

川儿摸摸脑袋说道："尽管大老爷断案不明，罚我练功，可我又怎敢不从？也罢，我就练上一段，反正大老爷也看不清。"说罢，他左手拄着拐练起了三脚飞。脚还好，只是，拐单独落地时，便陷入沙中三四寸，影响了他的飞行。他越着急，拐杖就扎得越深，最后只好垂头丧气地停了下来。老叫花问："原告，你为何不练了？"川儿说："回大老爷的话，小的拐杖常常陷入沙中，难以飞行。"老叫花笑着说："茹儿练掌之时，你不看看她脚下的功夫，却在一旁打趣，叫你一练，方知杖下沉重，飞不起来，你可知错了？"川儿答道："小民知错了，在沙子里要苦练脚下功夫。"说罢，一头扎进老叫花怀里，说道："爷爷，您老人家练功百日，有什么收获呀？"老叫花笑道："沙子炎热，都把我烤成肉干了，两眼发直，脸上无肉，成了老妖精了。"大家一听都笑了。

一天，一个留着大胡子的骑马商人进了古镇，来到大街上，见四下无人，便要下马。可他犹豫了一下，又重新坐好，并将身子放低，继续向里面走着。此人正是杨七，他是奉黄谢之命，来到大漠打探消息的。正向前走时，突然听到有人喊："怎么还敢往前走，不要命了？"

杨七吓了一跳，一时不知该说什么好，只是说："我……我……我是个买卖人，从此经过，有些内急，想找个地方小解一下。冒犯了，我这就走，这就走！"那声音说道："你好大胆，竟敢来此方便，眼里还有我们吗？念你初犯，且饶你一回，下次再犯，必取你狗命！快滚吧！"杨七不知古镇里有多少人，哪里敢停留，一转马头跑回大路上，并一溜烟地向围城镇奔去。城墙洞内传出了一阵笑声。那说话之人正是张荣。

原来这几天，川儿发现此人骑着马在附近转来转去，和老叫花一说，老叫花就想出这个主意，将这个形迹可疑之人吓走。川儿说："这一定是黄谢派来的探子，来摸底的。"老叫花说道："这次多亏了小四眼尖又机灵，才使这个探子空手而回。大家要小心些，不可大意。"

乔如虹说："一会儿张荣回围城镇去看看，并告诉客栈那边多留心，别让坏人看出什么问题，免得镇上人吃亏。"张荣说："好，我这就去。"庄儿说："荣哥一个人去不安全，我还是跟他一起走一趟吧。"乔如虹说："你二人快去快回。"

杨七住进了围城客栈，等伙计送上酒菜时，他问道："小二哥，我原听说这里不安全，不敢来做生意。今天到此，发现这里还是很热闹啊。"那伙计一看是生面孔，不敢随便回话，便说道："客官，我们这里一向如此。四面八方来的客商不少，大多在这里成交。您是第一次来吧？多来几次就知道了。"杨七说道："那是，那是。听说古镇里的人都走了，这里才安全了，是吗？"伙计立刻回答说："客官，我们是伙计，不敢打听古镇里的人和事。那里有没有人，我们又如何能说清楚呢？"这时，张荣和庄儿走了进来，那伙计忙迎了上去，并把他二人安排在楼下的一间客房里。张荣把来意说了，那伙计忙将刚才的事说了一遍。庄儿说："此人八成是个探子，告诉镇上的人小心点，别上当。"

第二天一早，杨七吃过早饭，立刻起程朝肃州奔去。在肃州一家客栈里，黄谢和老胡正焦急等待着杨七的归来。老胡说："这个杨七，为什么昨晚不回来？不会出什么事了吧？"黄谢说道："不会的，这小子鬼精着呢。"正说着，杨七推门进来了。黄谢说道："哎呀，老七，你可回来了，可探出什么没有？"杨七喝了口水说道："黄爷，我去了古镇，洞内果然有人，说明他们没走。昨晚为了进一步摸清情况，我住进了围城客栈，可那里的伙计胆子太小，不敢说实话。"黄谢问道："你是如何进古镇的？"杨七说："我是骑马进去的，装作游玩的样子，后来洞里有人说话，叫我快离开。说话的虽是一个人，可直觉告诉我，里面至少有十几人。我原想和他们搭上几句话，多了解点情况，可他们的态度十分严厉，我只好离开了。"

老胡夸道："杨七胆子不小，只身闯古镇，算得上是孤胆英雄了。"杨七说道："不敢当，不敢当。"黄谢说道："这伙人没走，我们就有机会报仇了。我最担心的是他们带着财宝四下逃散，那报仇可就难了。"杨七说：

"这伙人胆子真大，竟在洞里住了这么长时间，而且还要继续住下去，他们就不怕咱们攻进去？"黄谢说："这里面必有他们的门道，只是我们不知道而已。"老胡对黄谢说："大哥，他们是不是在等人来接应啊？要是那样，我们报仇又会遇到麻烦了。"黄谢说："极有可能。来往商队不少，托人带信并非难事，我立刻回去，请杨堂主多派些人来，这样把握才会大些。你二人仍留在这里监视，如有变化，快些通知我们。"

另一边，朱如天、朱士龙和孙子杰三人正在议事，守门的家丁报告："老爷，去云南的人回来了，要向您禀报。"朱如天说道："叫他进来。"一个中年人走了进来，向朱如天施礼。朱如天说道："老曾回来了，你们辛苦了。情况怎样？"老曾回道："回帮主的话，属下率人依帮主所说的路线，在云南玉龙雪山找到了常笑天大侠所居住的雪洞冰室，可并没见到常大侠。我们在那边盘桓数日，仍不得见。下山后又问附近居民，竟无一人知晓。"朱如天听了问道："哦？会不会是另择新居了？"老曾答道："属下也这样想过，于是我们在玉龙雪山一带又寻找了一个多月，仍是一无所获。无可奈何，我们只能离滇入川。在乐山附近，我们打听到关、韩二人的师父——薛不仁的死讯。有人亲眼看到他的尸首，看来江湖传言还是有根据的。还有，几年前，有人看见常大侠在此经过，最近几年，冷面双娇曾数次进川寻找师父。帮主，情况就是这样。属下无能，未能完成帮主所托。"

朱如天听了，不禁有些失望，他与常笑天是好朋友，多年不见，又无消息，他这才决定派人入滇寻找老友。他叹道："唉，常兄啊，不知道发生了什么事，你又在哪里？怎么就音讯全无呢？"他看看老曾说道："我知道你尽力了，辛苦了。传我的话，每人发二十两银子，放假七天。你休息去吧。"老曾道了谢，便退下了。孙子杰听了老曾的禀报，方知朱如天派人去找常笑天这回事。他说道："师父，您不必太担心，那常大侠武功高强，人称武林第一高人，哪个敢惹他？我想不会有事的。说不定是他老人家游兴大发，流连忘返了。"朱士龙也说道："是啊，爹，也许是发现了什么新功法，找个新地方闭关苦练，这才断了一切消息，您可千万别着急。"

朱如天摇摇头说道："但愿如此吧。江湖险恶，武功再高也有马失前蹄的时候，我又怎么能不为老友担心呢？老一辈中，常兄不见了，郑恪自葬崖洞，叫我甚觉孤单啊！"孙子杰此时想起常笑天写给冷面双娇的信，他暗想：看来这首诗，必是与常笑天的处境有关，我回去还真得再下一番功夫，好好参透它，说不定会揭开一个大秘密呢。

朱如天并不知道常笑天书信之事，他更想不到孙子杰会瞒着他。他看到孙子杰低头沉思的样子，还以为他是被自己与常笑天和郑恪的友情感动的呢。他说道："好了，咱们接着说帮内之事吧。常笑天情况不明，郑泰然被龙老大击败致死，这说明江湖上危机四伏，我十业帮必会成为快刀帮的下一个目标。面对强敌，我们还能过无忧无虑的太平日子吗？"孙子杰说道："师父，龙老大敢向师父挑战，除非他吃了熊心豹子胆！"朱如天微微一笑说道："如果明着来，倒好办；可他要是暗下毒手，那就复杂多了。况且快刀帮极有可能在中原建立了巢穴，时时刻刻都在盯着我们，我们在明处，他们在暗处，所以我们必须时时设防、处处小心。"

朱士龙说："爹，该怎么做您就吩咐吧，我们一定照办，不让快刀帮钻空子。"朱如天说道："第一，你二人要继续勤练功。这一年，你们都有了很大的进步，但你们是不是曲蛇的对手，现在还难说。一旦交手，你二人都吃了败仗，情况就不妙了。所以要刻苦练功，不能停。第二，要深居简出，不给人绑架、暗杀的机会。出门必有手下陪同，不可孤身上街。吃喝玩乐之事没有性命重要，这些都免了吧。第三，新年快到了，可能会出现店主欺负十业百姓之事，或官府随意强行收税之事。咱们是十业帮，必为十业百姓做事，为他们讨回公道。如果你们哪个知情不办，我可要惩罚你们。"

孙子杰回到武昌，陈鸣奉命赶来。孙子杰对陈鸣和刘全柱说道："快过年了，帮主有令，要保卫十业百姓不受欺负，过好年。如果店主不发工钱或官府无理收税，咱们必须出面主持公道。如果咱们不办，师父是会处罚我的。你们听清了吗？"陈鸣答道："属下照办。"刘全柱陪孙子杰去了长沙，但这一次守卫森严，他没有偷听的机会。同时，他发现孙子杰在回来的路上一直沉默不语，好像发生了什么重大事情一般。回到了武昌，刘全柱正要想方设法从他口中套出一些消息，便说道："有什么差事需要小的做的，堂主尽管吩咐，我一定为堂主办好。我看这几天堂主不大开心，咱们是不是去万兴酒楼喝上两壶，陪堂主开心开心，娱乐一番？"陈鸣立刻说："这主意不错，去去又何妨。"

三人来到万兴酒楼，掌柜的金珠亲自将他们送上了二楼的一个雅间，不一会儿，好酒好菜摆了满桌。几杯酒下肚后，陈鸣说道："堂主，您有什么事就和我们说，别堵在心里，我们就是拼了命也会为堂主效力的。"刘全柱一边为孙子杰斟酒，一边说道："陈分堂主说得不错，为堂主效力是我们的本分，堂主高兴了，我们才能高兴。"孙子杰喝了一口酒，又吃了一只大虾，这才说道："其实也没发生什么大事，只是师父说了一些事情，叫我不能不多想。"刘全柱心说："有门，就要说出来了。"孙子杰慢慢说道："师父派人去云南寻找常大侠，可他并不在玉龙雪山，这些年音讯全无，是不是遭遇歹人暗算了？龙老大和曲蛇找郑泰然挑战，结果郑泰然被活活累死。师父说得不错，他们下一个目标必是我十业帮。"刘全柱听完，心里咯噔一下，心想：他是不是对我有所察觉？又听孙子杰说道："所以大敌当前，我不得不仔细想一想。"陈鸣说道："帮主和堂主的扇子功夫天下无敌，龙老大和曲蛇怎能取胜？属下和弟子们虽不才，却也不惧他们。"刘全柱忙说道："陈分堂主说得对，我们定会保堂主万无一失。"心里却盘算着要赶快将这消息传回去。

四十　除夕之夜

天色已晚，苦儿、玉儿和杏儿坐在洞口前的雪地里练功。此时虽无风雪，天气却是十分寒冷。三个人的皮帽上已挂满白霜，露在外面的鼻子和脸都冻得红红的。玉儿说道："我的鼻子快被冻掉了。"杏儿喊道："哥，我和大山冻在一起了，想动都动不了。"苦儿说道："咱们在外面坐了一个时辰了，这可是个大进步，说明这一个多月没白练。准备收功。"

苦儿收功后站了起来，感到双脚有些麻木，在原地蹦了几下，才得以缓解。玉儿也站了起来，可她站都站不稳。她叫道："哥，这两条腿不听使唤了。"苦儿忙扶住她，说："慢慢走动几下就好了。"杏儿刚刚站起来，身体便向一边歪去。苦儿拉住她，说："哈哈。你还没和大山冻在一起，走两步就好了。"玉儿和杏儿都慢慢活动了一会儿后，才恢复了常态。

与平时一样，三人又一块练起了无影剑法。由于玉儿和杏儿都学会了圣云掌，她们把掌法的精妙用到了剑法上，使无影剑法更加快速和变幻莫测。练过一遍后，玉儿说道："哥，和你比，我总是没你快，这该怎么办啊？"杏儿说："总觉得手比脚快。"苦儿说道："你们的弱点就在腿上，腿慢则身子慢，身子慢，手也受了限制。"玉儿说道："那我们还得加紧练基本功。"苦儿说："你们有没有想过无影剑法的特点是什么？"杏儿说："剑无影，来去皆无踪。""对。"苦儿说道，"要快，要突然，对手还没看清什么招数时就已经败了。所谓招法有限，变化无穷。"

吃过晚饭，玉儿对杏儿说："咱们去练基本功吧。"苦儿提醒说："天快黑了，要小心。"两人答应一声便练起了转大树。玉儿说："我这两只臭脚，怎么就快不起来呢？"杏儿边转边说道："叫我哥再给你洗洗呀，洗洗就不臭了。"玉儿一听，立刻想起在平山养伤时，苦儿给自己洗脚的事。她说道："你还说我，你不也让哥给洗脚了吗？"杏儿说："我是小丫头，可你是大姑娘，羞不羞？"玉儿听了便跑去追打杏儿，并叫道："你这小丫头片子，敢笑我，找打！"杏儿忙向旁边跑去，一头扎进树林里。玉儿随后追了过去，并笑道："你就像只野兔子，跑得倒挺快。等我抓住你，就吃掉你！"苦儿站在旁边说道："小心，别摔了，摔了又要哭鼻子了。"玉儿叫道："我要叫杏儿哭鼻子！"杏儿边跑边回头看，并叫道："不定咱俩谁哭鼻子呢。"这片小树林原是他们练习转树行子的地方，因为跑惯了，所以跑得轻松、追得开心。这时，玉儿踩在了一根很短的干树枝上，脚下一滑，便向一棵大树撞去。苦儿见了，大叫一声："小心！"便快步追了过去。可还是晚了一步，好在玉儿在撞上的瞬间，双手推树，身子向一边斜去，结果还是把鼻子给撞到了，疼得她眼泪都下来了，用手一捂鼻子，立刻有一种黏糊糊的感觉。她叫道："啊？出血了！"苦儿跑了过来，忙说道："仰起头来。"便抱起玉儿往山洞跑去。

　　杏儿也快速跑回去，给洞里的火堆添些干柴，让火烧得更旺一些。玉儿用手捂着鼻子，担心地说道："我爹说，我脸上最好看的是鼻子。这下可完了，最好看的地方没了。"苦儿说道："来，把手拿下来，让我看看。"玉儿捂着鼻子说："难看死了，不给你看！"苦儿劝道："不让我看，怎么止血上药啊？"杏儿吓唬她说道："鼻子上留下一道疤，还是很有特点的哟。"玉儿说道："你还说，都是你惹的祸！"说罢，便将手放了下来。借着火光，苦儿仔细看看说道："别紧张……"杏儿忙抢过话说道："哎哟，鼻子上有好长的一道伤口，好像鼻子也歪了，鼻头大得吓人，好丑啊！"玉儿一听，伤心地叫道："啊？我不想活了！"苦儿笑道："受了一点小伤就不想活了，可真是的。杏儿是骗你呢，鼻子上没有伤，只是有些肿了，很快就好了。""真的？"玉儿问。杏儿笑道："真的，这回不骗你。"玉儿说道："你骗我还少了？哥，我仰头好辛苦啊，你帮帮我吧。"苦儿说："行，叫我怎么帮你？"玉儿往他身上一靠，苦儿用手抱住她，她便倒在苦儿的臂弯之中，如此，便不需要再仰头了。杏儿笑道："玉姐姐，你可真会享受。"玉儿闭上眼睛不再说话。鼻子还是疼,可她脸上却挂着笑容。杏儿虽小,却看不上玉儿撒娇,她对苦儿说:"哥,玉姐姐总叫我小丫头片子,我看啊,她比我还小呢,就碰了一下鼻子,便向哥撒娇,以后让她叫我姐姐好了。"玉儿将头向苦儿怀里拱了一拱,说:"瞎说,这还不都是你害的。"杏儿并不知晓,玉儿在向苦儿大胆示爱。苦儿懂得玉儿的心思,不过他不想伤害玉儿,便装作不知,处处以兄长待之。他想,等到茹儿和玉儿见面后,一切都会解开的。

苦儿将玉儿放平说:"你再躺一会儿,咱们该练功了。"玉儿说:"哥,我现在是不是很丑?"苦儿装作十分认真的样子,看看她说:"看你这张脸,叫我发现一条真理,人的五官啊,单个好看并不能算好,只有搭配起来好看才算好看。你的五官搭配得就十分精妙,形成了一种和谐的美感。"听苦儿夸自己美,玉儿得意地笑了。苦儿想进一步逗她开心,又接着说:"现在鼻子一肿就坏了,原来小巧的鼻子竟变成了半头蒜趴在嘴上边,把整张脸的美感破坏了,真有些惨不忍睹。"杏儿听了忙问:"哥,这个惨不——是什么意思?"玉儿听了叫道:"惨不忍睹!杏儿,打盆水来,我照照!"说完,双手捂着脸,对苦儿说:"不许你看!"苦儿说:"我都看见了,你还捂什么?再说了,好看难看都是我妹,有个丑妹妹倒还不错。"玉儿喊道:"我可不要难看!杏儿,怎么还不去端水?"杏儿说:"怕你伤心,还是别照了。"玉儿的两条腿不停地蹬来蹬去,并嚷道:"不行,不行!"苦儿无奈地说:"这哪像十几岁的大姑娘?这闹腾劲,比杏儿还小呢。"杏儿端来了水,说道:"请小姐照照吧,千万别哭啊。"

听苦儿和杏儿都这么说,还真叫玉儿心里没了底,她从手指缝里向水盆看去。苦儿说:"快照吧,知道自己丑,心里就踏实了。"玉儿上身慢慢向水盆探去,可还是不敢将双手放下来。杏儿说道:"你不照我就端走了。"玉儿这才将手一点一点地移开,一张俏丽的脸映在水面上,她忐忑不安的心情顿时变成心花怒放,快乐地喊道:"啊,我还是我,我太高兴了!你们骗我呢,我要打人了!"说着抓住杏儿就朝她后背拍了两下,又跑到苦儿背后,举拳捶打了起来。苦儿笑道:"又精又怪的玉儿也有上当的时候,真好笑!"玉儿一听,捶得更欢了。

由于他们下山买的干粮和菜都吃完了，前几天，大雪又封了山，所以他们只能靠打些野物来填饱肚子。第二天一早，苦儿三人便去打猎。为防止玉儿的鼻子冻伤，苦儿找了一块白布将她的鼻子包了起来，只剩下两只眼睛留在外面。这一装扮，倒使玉儿显得更精神了。杏儿十分羡慕地说："玉姐姐怎么打扮都好看。"玉儿说："今天我可不和你说话，一说话，指不定又伤到什么地方。"杏儿笑道："今天我也不说话，我希望能打到一个大家伙，够咱们吃上几天的。"可是他们一连走了三个山头，别说是大家伙，就是野兔也没见一只。苦儿说："看来老天爷是要让咱们饿上几天了。"玉儿高声喊道："老天爷，行行好，让我们打点东西吃个饱吧！"杏儿说："大小姐，你一喊把猎物都吓跑了，还打什么呀？"玉儿忙小声地说："对不起了，小妹妹，今天要是什么都打不到，回去只好吃你这只小兔了。"

当他们走到第四个山头时，苦儿一摆手，玉儿和杏儿立刻蹲了下来，他们看到一只狍子正出来找食。苦儿小声说道："你们从这边追，我绕过去。用石子打它的腿。"说罢，他靠树木的掩护，飞快地跑到狍子前面的一棵树后。玉儿和杏儿用手扒开雪，捡了些石子，便向猎物靠近。虽然她二人的动作很轻，可还是惊动了狍子。狍子快速向前跑去，玉儿和杏儿的石子也不停地打在它的身上，有一枚石子打中了它的前腿，狍子顿时失去平衡。这时，苦儿突然从树后闪出，只见他手腕快速抖动，一枚枚石子连续飞出，几乎都打在了狍子的头上。那狍子向前跑了几步，便一头栽倒在地。它的四肢仍在抖动着，眼睛瞪得大大的，可就是站不起来了。苦儿跑过去用绳子捆住它的四肢，玉儿和杏儿也赶了上来。杏儿说道："好可怜啊！"玉儿也说："看它这个样子哪里还吃得下。"苦儿说："狍子啊，真的对不起了，不吃你，我们就得饿死，实在没办法了，请原谅吧！"说罢，就将它扛了起来向回走。杏儿问："哥，沉吧？"苦儿说："不轻，够咱们吃几天的。"

过了一个山头，刚要往下走，玉儿说："快看，那山脚下好像有什么东西。"苦儿说："走，咱们看看去。"杏儿说："好像是一只狗。"苦儿说："这里没人家，狗是不会跑到这里来的，应该是狼吧。"但见那活物一动也不动，三人走到近前一看，果真是一只狼，而且是一只母狼，但是已经死掉了。在母狼的腹下还有两只小狼崽。玉儿指着母狼说道："它的后腿不知被什么咬了，流了很多血才死掉的。这两个小狼崽也被冻死了。"苦儿说："这附近一定有狼窝，狼崽是从狼窝里跑出来吃奶的，不想被冻死了。"杏儿用手去摸摸两只小狼，说道："哥，这个还没死！"苦儿用手一试说："还有口气，能不能活过来可不好说。"杏儿说："把它带回去吧，不能看着它被冻死啊。"玉儿却不同意，说："杏儿，你知道吗，狼是吃人的野兽，你听过谁家养狼？"杏儿却说："咱们救了它，它是不会咬咱们的。"说罢，便把小狼崽抱了起来。玉儿说道："哥，你说说她吧。"苦儿说："杏儿爱养就养吧。"玉儿不高兴地说："哼，你就惯着她吧，依我啊，非得让她把狼崽给扔了，还要打屁股！"杏儿叫道："大小姐，你也太狠了吧！"

　　三人回到山洞，杏儿忙将小狼崽放在干草铺上，并用羊皮给它盖上，然后便帮着苦儿处理那只狍子。玉儿坐在一旁想看又不敢看，只觉得满眼血光。大约过了两个时辰，苦儿和杏儿终于收拾完了。杏儿开始煮狍子肉，苦儿将狍子皮拿到洞外，用雪擦净皮子上的血迹。当苦儿将皮子拿回来时，玉儿问："怎么不扔掉？还拿回来做什么？"苦儿笑了笑，说道："玉儿，你可知道，这狍子皮能隔凉隔热，可是个宝，到了大漠、雪山都能用上。"玉儿说道："看那血糊糊的样子，我想吐。"苦儿说："野外生活不容易，过一阵你就适应了。一切为了生存，慢慢你会习惯的。"这时，肉汤烧开了，杏儿倒出了小半碗汤喂小狼崽，那小狼崽还没睁开眼睛，不会叫，身体却暖和起来了。肉煮好了，苦儿和杏儿都吃了起来，而且吃得很香。玉儿看着他们的样子，觉得更饿了，终于忍不住了，也从锅里夹了一块肉吃了起来。

　　吃过饭，三人都乏了，他们靠在石壁上休息。杏儿在睡梦中觉得有个毛茸茸的东西在蹭自己，她睁开眼睛一看，是那只小狼崽。杏儿叫道："哥，小狼崽活过来了！"苦儿也睁开眼睛，见那只小狼崽正在杏儿身上又闻又拱的。玉儿说："杏儿，它正闻你哪块肉香，闻准了就咬你一口。"杏儿甜甜地笑道："才不是呢！哥，咱们给它起个名字吧，我要把它养大。"苦儿想想说道："它生在长白山，又是在雪地里捡来的，就叫白雪吧。"玉儿笑道："哥，你没看见它是个黄毛吗，怎么能叫白雪呢？"杏儿却说："就叫白雪，我喜欢这个名字。"玉儿说道："小丫头片子，我说什么你都不听，真是气死我了！"苦儿站起来说道："别生气了，咱们该练功了。"玉儿跟着苦儿走了出来，苦儿坐下之后，玉儿便与他背靠背地坐下了。杏儿出来一看，便挤在他二人之间，三人背靠背坐着。刚开始练功，白雪就从洞里跑了出来，杏儿大声叫道："白雪，回去，快回去！外面冷，会冻死的。"可白雪根本不听，跌跌撞撞来到杏儿身边并拱到杏儿怀里。待了一会儿，白雪大概是闷了，又探出头来东张西望。白雪的表现引起了玉儿的兴趣，她说道："哎，这倒挺好玩的，让我来抱抱。"可她一伸手，白雪就立刻缩了回去。玉儿笑道："嘿，你这个小东西还会记仇呢，我说你两句，你就不理我了？"杏儿说："玉姐姐，白雪可抱不得。"玉儿瞪了她一眼，问道："为什么？"杏儿说："你的肉香呗，它要咬你一口，我拿什么赔呀？"苦儿听了，也笑了起来。

除夕之夜，冷面双娇率茹儿、张荣等人正给老叫花拜年。老叫花从太师椅上站起来，道："多谢了，各位快快请起！如虹、月娇，该你们上来就位了。"茹儿和月儿将冷面双娇扶上土台坐在太师椅上。茹儿、张荣等人又一起跪下给冷面双娇拜年。之后，茹儿和张荣他们又相互拜年，川儿对张荣、庄儿和冷竹青说道："给三位哥哥拜年！"张荣说："小四，你和小三教我们刀法，是我和庄儿的小先生，我们也该给你拜年。"川儿忙说道："这可不行，你们比我大，要是叫我哥看见了，非说我不可。"话一出口，月儿立刻拉了他一下，川儿立刻意识到自己失言了，一看刚才还笑容可掬的茹儿脸色一紧，忙说："二哥，我不是有意叫你伤心的。"老叫花立刻抢先说道："小四，你不必自责，每逢佳节倍思亲，每个人心中都想着苦儿，只是你先说出来罢了。茹儿，你代爷爷敬一杯酒吧。"

茹儿此时思念之情萦绕心头，悲伤之色挂在脸上。她端起一杯酒，面向西跪下，说道：

独自留守于海边，镇妖孽，保平安。披星戴月，踏遍万里澜，千般感受与谁谈？逢年节，倍孤单。愿开长渠达东岸，驾轻舟，盼相见。扬起风帆，双桨荡云烟。相逢无语胜千言，目凝视，泪难干。

这首情真意切的词，加上茹儿那哀婉的音调和幽婉的声音，深深打动了每个人。所有人都含泪举杯，张荣等人也一起跪下。

　　茹儿说："哥，茹儿代爷爷、姑姑敬你一杯酒，哥要饮下这杯酒，早日归来与亲人团聚。"说罢，将酒倒在地上。月儿说："哥，我会突然发力了，刀法和掌法也有进步。我再也不会被别人欺负了，别说是双狗，就是双熊来了我也不怕。哥，快回来吧，我真的很想你！"说完，也把酒洒在地上。川儿说道："哥，我能赶车了，还能帮爷爷买东西，还能教别人练刀法了。我要像你一样，做个有用之人。哥，我太想你了！"张荣说："苦儿，我是张荣，小时候的苦兄弟。我和庄儿被卖到这里，被爷爷和茹儿救了下来。"庄儿说："苦儿，我们要跟姑姑回山南城，建山庄、灭山贼，为父老乡亲报仇！"

　　老叫花擦了擦眼泪，说道："好了，孩子们快起来就座吧。"大家回到长桌上坐下，老叫花继续说道："给苦儿敬过了酒，大家也该欢欢乐乐过大年了。这酒菜都是围城镇的乡亲们送来的，咱们先祝围城镇老少平安，永享太平！"大家举杯齐声说道："祝围城镇父老乡亲永享太平！"

　　乔如虹说道："孩子们，再过一个月我们就要起程了，爷爷说为了保证我们的安全，要送我们到麦积山。过了麦积山便到了陕西地界，那就安全多了。不过爷爷和茹儿他们要多走好几百里路，耽误不少时间。"茹儿说道："姑姑，这没什么。我们由麦积山南下，经剑门关入川。这条路走起来很方便的，是张荣听商队的人说的。"月儿也说道："多走几百里路算什么？只要二位姑姑能安全到达山南城，当我们回去时能看到建好的山庄，那就高兴死了。"张荣说："建山庄没问题。招工、买料的事我包了。"庄儿说："事不少呢。还有买地、买山、请人设计，你一人能忙过来？"张荣说："不是还有你吗？你不想给我当个助手吗？"冷竹青笑道："爷爷、二位姑姑，荣哥现在就给自己封官了。"春风笑道："你们呀，老是争着当官。利用一个月的时间，先把剑法、枪法、骑射等练熟才好呢。"春雨说："黄谢他们是不会甘心的，说不定在什么地方等着劫咱们呢。"冷月娇说道："春风、春雨说得对，明天咱们要照常练功。菜都凉了，大家快吃啊。"川儿走过去给老叫花倒酒，说道："爷爷，孙儿给您斟酒，喝了这杯酒，往后少打屁股就行了。"说得大家都笑了起来。接着，茹儿、月儿等人都来给老叫花敬酒。老叫花的脸渐渐地红了，说道："哎呀呀，老叫花喝醉了！"乔如虹说道："这几个月来，叔叔又教功又输功，十分劳累。今日醉了，正好睡个好觉。"冷月娇说："叔叔，您就开怀畅饮吧。由我们守夜，不会有事的。"老叫花说道："好，好！大家同饮同乐！"张荣、庄儿和冷竹青也开始划拳、喝起酒来。

在长白山的一个山洞里，苦儿、玉儿和杏儿也在过年。他们没有酒，只有狍子肉、兔子肉、山鸡肉和咸菜。玉儿吃口肉说："哥，我想我爹了。"苦儿说道："那你先给你爹拜个年吧。"玉儿一听，立刻面朝南磕了三个头，说道："祝爹爹开心快乐，身体安康！"杏儿也学着跪下说道："爹，你安息吧，我现在非常好，跟着哥哥姐姐练功，将来要做一个像哥一样的人。"

狼崽白雪见杏儿跪下在地上磕头，它也呜呜叫了起来。玉儿一听说道："你看，你看，这狼就是狼，从小便会嚎叫。你把它当狗养，怎么能成？"杏儿拍拍白雪的脑袋说："白雪，以后不许这样叫，要叫汪、汪！"玉儿笑着："它要能听懂你的话，那就是怪事了。"苦儿说道："你还别说，狼和狗一样，都是很有灵性的。"那白雪还真像听懂了似的，钻进杏儿的怀里不再嚎叫了。杏儿又拍拍它的头说道："记住了，不要再嚎叫了，要汪汪地叫。"白雪只是用头拱着杏儿以示亲热。苦儿笑道："你看，它果然明白杏儿的意思，还有些难为情呢。"说完，挑了一块鸡肉喂它。白雪慢慢吃了起来，杏儿掀起它的尾巴说："白雪，喂你的时候，你要知道谢谢的，要摇尾巴。"

苦儿看着有些闷闷不乐的玉儿，说道："玉儿，你要是想你爹，我就陪你回去看看吧。"玉儿忙说道："谢谢你关心我，可我们不能回去，要是我师伯再把你抓住，那可就坏了。等咱们练好武功，再回去看他吧。"杏儿说："最好能追上爷爷他们，人多了，就有意思了。咱们该给爷爷拜年了。"苦儿说："对，该给爷爷拜年了。"说罢，他朝西面跪下说道："爷爷，孙儿给您拜年了！"杏儿也跪在苦儿旁边说道："爷爷，您虽然不认识我，可我早就把您当成亲爷爷了。我给您磕头了，祝爷爷一切都好，祝二位姐姐和小哥哥一切都好！"苦儿说道："茹儿、月儿和川儿，哥也给你们拜年，祝你们新春快乐！还要告诉你们，你们又多了一位姐姐和一位小妹妹。这位姐姐叫玉儿，救过哥哥的命，是个聪明俏丽的姑娘。这位小妹妹与哥哥在孤岛相依为命，是个活泼又可爱的小妹妹。你们见了一定会喜欢的。"

玉儿听见苦儿夸自己聪明俏丽，心里很高兴，她也跪下说："爷爷，玉儿给您磕头拜年了，祝您健康长寿。茹儿、月儿、川儿，你们好，姐姐在这里也给你们拜年，我和哥在一起很高兴，也很开心，我很喜欢他，哥也关心我，我们——"正当玉儿要借题发挥，大胆表白对苦儿的爱恋之心时，杏儿突然打断了她，说道："还有我呢，别光说你和我哥呀！"玉儿使劲瞪了她一眼，说道："小丫头片子，你总是给我捣乱！"杏儿笑道："玉姐姐，大过年的还骂人，哪像个姐姐？你看我多乖——杏儿给姐姐拜年了，希望姐姐少骂几次人吧！"玉儿一听笑道："我这个小妹妹真是太乖了！"她趁杏儿不注意伸手去抓她，殊不知，杏儿早有防备，身子一闪便躲过了。当她再要抓时，被苦儿给拦住了："先别闹，还没拜完年呢。"玉儿问："还给谁拜呀？"苦儿说："田叔叔和二位姑姑。"他们三人又一起给田育勤和冷面双娇拜了年。苦儿说："来，咱们以水代酒，为新的一年干杯！"三人碰杯喝了一口水。杏儿说："哥，明天咱们干什么呀？"苦儿说："明天咱们采冰凌花，多采几株药力会更大些。咱们在这里还要练上一个月，然后去陕西太白山庄看望二位姑姑。由太白山庄直接去西北大漠，在那里再练上一百天。"玉儿问："然后呢？"杏儿说："然后去四川雪山练功，我都知道的。"

玉儿又说道："拜过了年，咱们还能玩些什么呢？"苦儿说："过年要守夜的，这里没什么可玩的，咱们看书守夜如何？我看医书，玉儿看裁缝的书，杏儿读什么？"杏儿忙回答说："我读武学的书。"于是三人坐在火堆旁边读起书来。

青蛇山庄内，人们也在过年，王胜负责给罗忠信送饭，罗忠信喝了口酒说："哎，王胜，你说说苦儿，上回刚开个头便叫他们给打断了。现在你详细说说。"王胜吃了几口菜说："我从小就是孤儿，在山南城要饭时，认识了张荣和苦儿。我们上门讨饭时，他爹总是给我们些干粮吃。后来，他爹被山贼杀了，苦儿就要去拜师学武功，为他爹报仇，于是我们三人便结伙去了湖北。可没人肯收三个叫花子，只好又回来了。"罗忠信问："这么说，没学成？"王胜接着说："后来，我们在山南城外遇到同行——一个老叫花，他教我们转大树、踩石尖、爬大绳、撒石子等功夫。"罗忠信一听立刻问道："那老叫花长什么样？"王胜想了想，说："老人不高不矮，有些瘦，头发花白，脸上总是带着笑，一看就挺和善的。"罗忠信问："你们没问他姓什么？"王胜答道："问了，姓郑，后来教了我们一个多月，说有事便走了。罗大侠，你认识他？"罗忠信叹口气说道："认识，他是一位好人。你接着说，你和苦儿是怎么分开的？"王胜便将苦儿和张荣如何被抓进洞伺候人，又如何被绑架之事说了一遍，最后说："苦儿和张荣不见了，我在讨饭的路上遇到大公子，他便把我带进这山庄，从此再没见过苦儿和张荣了，也不知他们被卖到什么地方去了。"

王胜停了一会儿，吃了口菜、喝了口水继续说道："后来我听说大公子派人去抓苦儿。后来一打听才知道，把苦儿和张荣抓进洞的人正是老爷和大公子，不知他们被什么人打伤了，叫苦儿他们伺候。罗大侠，说说你是怎么认识苦儿的吧。"罗忠信喝了口酒说道："好。说来也是一种缘分。"接着，他把自己如何走火入魔，如何在山南城帮双狗抢亲，以及如何被苦儿救醒、收月儿为徒之事一一说来，王胜听了大吃一惊，说道："罗大侠，您真是月儿的师父吗？那咱们更是一家人了。不知苦儿和月儿现在在何处？"罗忠信说："我离开时，他们准备去黄山、庐山练功。他们正年轻，前途无量啊。"王胜激动地说道："这太好了！但愿有一天能再见到苦儿。"他看看罗忠信，说道："罗大侠，您别愁，我们想办法弄到驱蛇丸，帮你逃出青蛇山庄。"罗忠信说："如此甚好。你要知道，龙老大便是杀人抢劫的快刀帮帮主。他们原在西北大漠，想不到现在已潜入中原，为害武林。可外面的人不知道快刀帮藏在哪里，如果能早出去一天，便可早点消灭他们，为百姓除害。"

说到这里，他停了下来，问道："王胜，你会武功吗？"王胜说："会一些，只是不大好。我进山庄后，一直偷偷练习老叫花爷爷教的基本功。这几年，悔儿和雅儿也跟我一起练，总算有些进步。另外，大公子还教了我神龙鞭。"罗忠信说："你练套鞭法给我看看。"王胜从腰间取出软鞭，练了起来。罗忠信看完说："不错，招法多变，脚步灵活。只是你的力量不足，内功较弱。我来帮你。"说完，便叫王胜坐好，他举起双掌贴在王胜的后背开始发功。王胜只觉得体内热浪渐强，内气滚动不止。不一会儿，胸腹发胀、头上冒汗。不过他一直在留意洞外的声响，防止庄丁突然闯入。足足过了一个时辰，王胜听到石头落地的声音，小声说："他们回来了。"罗忠信立刻收功，又吃菜喝酒，口中不停地说："好香，好香！"王胜垂手站在洞口，等待来人。

果然，两个看守的庄丁走进洞来。王胜心想：要不是在门横梁上放了块石头，说不定他们就会看到罗大侠为我输功。他忙大声问道："二位爷，回来了？没多玩一会儿？"一个庄丁说："十两银子都输光了，拿什么玩啊？"另一个说："我手气也不好，输了五两，不敢再玩了。"王胜说："二位爷既然回来了，小的就该回去了。"罗忠信假装生气地说："你走吧，既不陪我说话，又不陪我喝酒，赶快走好了，把酒带回去吧。一个人过年真没意思！"王胜忙将碗筷收进食盒中，走出洞去。一个庄丁说："罗大侠，时候不早了，你也该休息了。"说罢，他二人回屋休息去了。

田力均在书房中来回走动着，还时不时发出叹息声。田育勤进来时，他竟没发觉。看见儿子一反常态的样子，田育勤心中纳闷，他轻轻咳嗽一声问道："均儿，怎么了？为何如此焦躁不安？"力均这才发现爹爹进了书房，极力掩饰道："没什么，我只是读书累了，起来活动一下。"

田育勤知道儿子素有大志，性格刚毅，不会为其他小事烦恼，多半与感情有关，正所谓"英雄难过美人关"。他笑了笑，说道："均儿，你表现反常，必有其因，有什么事不能和爹爹说吗？"田力均不好意思地摇摇头说："真是什么事也瞒不过爹爹。这几天我总觉得自己与白云的感情正面临着考验，也许，年前送她进京过年，是我们见的最后一面了。"

田育勤听罢暗想：果然是为感情而烦恼。感情对人，尤其是年轻人的影响太大了，它以幸福和痛苦两种方式牢牢地控制着人的一生，甚至有时叫人难以自拔。我要想办法将他从感情的旋涡中拉出来。

于是，他问道："年前送她时，你们吵架了？"力均说道："爹爹，快请坐下，听孩儿慢慢道来。"田育勤坐下后，力均将送别白云时的情景讲了出来。

那一天，白云的哥哥亲自回来接白云进京过年。力均将她送至村口，说道："云儿，多多保重，祝你高高兴兴过大年。"白云拉着力均的手说道："力均，早些进京，选个大客栈住下，我等你金榜题名的好消息。"力均说："你放心吧，如不出意外，我会考中的。"白云说："只考中可不行，还要考到前几名，能当个京官，才称心如意。你放心，我会叫我哥帮你的。"力均听了，摇摇头，又拍拍她的手说道："云儿啊，我已和你说了，当什么官、去哪里当官，我们根本无法掌控，你哥哥对你早已有了打算，他不会帮我的。再说了，铁打的衙门流水的官，谁能当一辈子京官呢？"白云眼睛一翻，脸色立刻就变了，她说道："我一说做京官，你就推三阻四，左一个不行、右一个不可的。不但如此，还硬说我哥另有打算，这打算是什么？我怎么不知道？看来你对我根本就不是真心的！"

力均见她生了气，忙说道："我们相处多年，怎么不是真心？我只是说世事难料，希望你有个准备。心存奢望，常常会叫人伤心的。好了，别生气了，我不希望你气呼呼地离开。"白云瞪了他一眼，说道："那还不是你惹的！"她还要说什么，只听她哥哥叫道："妹子，快上车，要赶路了。"白云说道："记住，别叫我失望。"说完，头也不回地走了。

听了力均的讲述，田育勤说道："我明白了，你一旦当不了京官，白云便会离开你。你舍不得这十多年的感情，却又无能为力，于是你焦躁不安。"力均说："正是如此。"田育勤笑了笑，说道："感情之事，十分复杂，只有你自己才能说得清楚。爹也只能是就事论事。"力均说："爹但说无妨。"

田育勤想了想，说道："均儿，你说当官是为了什么？是为百姓造福，还是为家人谋福利？"力均笑道："爹爹教导多年，为民造福是儿子做官的责任。"田育勤道："那好，你当官是为百姓，无论在什么地方做官，这一条是不能变的。而云儿让你做官只是要过上京城的好生活，满足一己之私。如果你到了穷乡僻壤，云儿会同你去吗？"力均说道："是啊，云儿受她哥哥影响，已经变了，我们真有可能走不到一块去。"田育勤道："要走到一起也有可能，那就是送厚礼结交朝廷大官，拜恩师求其纳入门下。"力均立刻说道："此等事，孩儿做不来。"田育勤说道："你既不肯做，那就当不了京官，你与白云的关系就危险了，除非云儿有了转变。"

力均说道："与其让她跟孩儿委屈地过日子，还不如放开手，让她去追求她想要的生活。"田育勤说："是啊，许多事情是不能强求的，只能顺其自然。你尽力给她选择的机会，如不能走到一起，也不留什么遗憾就行了。"力均说："也只好如此了。"

田育勤看到儿子不开心的样子，说道："均儿，你如能考中进士，便是个要做官的人了，你该懂得，人对生活的看法会因人或事而发生改变的，一旦有了变化，就很难回到原来的位置，除非受到了更大的影响。大家都知道贪官不好，为什么原是清官的人，现在都变成贪官了呢？这种人据我看主要是犯了两种毛病：一是意志不坚。做清官都要吃苦，清贫一生啊，一些人，一年尚可，两年难过，三年便不肯继续下去，自然地转向追求财富的道路上去了。二是经不起诱惑。当无数的财宝放在面前时，你真的不会动心吗？"田育勤停了停接着说道："白云的转变，那是她自己的事，最多是给你造成一些烦恼。大丈夫何患无妻？自有甘愿清贫者会伴你终生。爹爹更担心的是你啊！如果你受到了影响，也发生了变化，不做官也许不会铸成大错，可如果做了官，那危害就大了，不但害己，还害了百姓。均儿，这对你的人生可是一件大事，你不能不有所警惕啊！"

田育勤的一番话，如同一阵重锤击打在力均的心上。他立刻站起来说道："谢谢爹提醒，做官之人，更要时时刻刻保持警惕之心。"田育勤说："大考在即，不可有私心杂念相扰。大丈夫，要提得起、放得下、看得破、撇得开才是！"力均答道："爹放心，孩儿不会因此影响学业。做官为民是儿的抱负，什么力量也不能动摇。"田育勤这才笑道："很好。咱们二月初就进京，熟悉一下京城情况，然后找一个清静的小客栈住下，便于安心读书。爹陪你进京，助你一臂之力。"力均说："谢谢爹！"

四十一　告别仪式

　　长白山的山洞前，苦儿三人正坐在雪地上练功，虽已过了年，但高山上的冰雪仍未融化，天气仍是十分寒冷。白雪趴在杏儿的腿间，睡得正香呢。玉儿十指交叉，掌心向上，双臂一次次向上伸展着。苦儿问："怎么？是不是坐得太久了，身体不舒服？"玉儿笑了笑，说道："有点，活动一下舒服多了。"苦儿说："这一个多月以来，每天耐寒训练都在一个半时辰以上。时间可能是长了点。"杏儿问："哥，雪山能比这儿更冷吗？"苦儿说："我想是的，肯定会比这儿更冷些。不过咱们在这儿可待上一个半时辰，在雪山上至少可待到半个时辰，就可以在雪山上练功了。"玉儿说道："只要没白练就好，一分辛苦一分收获，我满意了。"

　　苦儿笑道："你放心吧，你这份收获不会小的。"杏儿说："哥，咱们该收功了吧？"苦儿说："好，收功。"三个人分别收功站了起来，没人再觉得腰酸腿麻、气血不畅了。苦儿说道："你们看，这就是变化，也是一种进步啊。"玉儿说道："这说明内功增强了？"苦儿说："当然了。咱们快练练剑法，看看自己的步法是不是有了进步。"三人各自练起无影剑法和无影笛法，白雪围着杏儿又蹦又跳，显得很高兴。

　　练了几遍后，苦儿问："感觉如何？"杏儿说："我的步法可跟上剑法了。"玉儿也说："我的步法没有凌乱的感觉，好像顺了许多。"苦儿认真地说："这就好。要做到人剑合一，那就是神与剑的合一和身与剑的合一。神到剑到，身行剑行，剑行身必行。咱们目前还做不到人剑合一，所以必须下苦功夫。"玉儿很有感触地说："是啊，人和剑之间需要磨合，剑法的变化需要揣摩、挖掘和创造。学问真是不浅啊。"这时，刮起了风，苦儿说："起风了，咱们进洞吧。"玉儿说："转大树这些还没练呢。"杏儿笑道："风大天黑，再撞上树，破了脸，我哥可哄不好。""我非把你这个小丫头片子抓住打一顿不可！"玉儿边说边伸手去抓杏儿，杏儿笑着一溜烟地跑进洞里去了。白雪紧跟其后也跑进去了。玉儿要追，苦儿一把拉住她说："别追了，今晚可该你做饭了。"玉儿进了洞对杏儿说："你快帮我做饭，我便饶你这一回。"杏儿却说："玉姐姐，过去都是我和哥哥伺候你，你才做了几顿饭？也该伺候伺候我们了。"说罢，坐了下来，拿起铜笛吹了起来。白雪也围着杏儿，随着笛声高兴地叫上几声，似乎在唱它的歌。山林沉寂，悠扬的笛音传出很远很远。

玉儿笑着说："好，好，做饭有什么了不起，我不稀罕用你！"说罢，她便拿起一把匕首去切狍子肉和兔肉。此处做饭倒也简单，采不到野菜野果，做不了汤，只需把肉煮熟就是了。可是玉儿切肉并不顺利，不是切不动便是滚了刀。苦儿在旁边提醒说："玉儿慢些，扶住肉再切，不然容易切到手。"

在苦儿的指导下，玉儿总算是切完了肉，并下锅煮了起来。她擦了擦额头上的汗。苦儿说："你在家从来没干过活，多干几次就好了，说来能让大小姐干活也真不容易呢。"玉儿说："啊，你还笑我！"说罢，便伸手去打苦儿，只打了一下，她又叫道："哎呀，手腕好酸啊！"苦儿笑道："真是千金小姐，万分娇贵。我来给你揉揉。"肉要煮好时，杏儿一边往锅里放盐一边说："干点活还得叫人家伺候，不知羞。"玉儿笑道："不羞，叫哥给揉手有什么好羞的？就你事多！"

杏儿刚要回嘴，却看见洞外有一对发光的东西，立刻叫道："哥，你看！那是什么？"苦儿看了说道："是狼，可能是白雪的叫声把它们引来了，把它们打跑就是了。"他顺手拿起拳头大的石头放在玉儿面前，说道："玉儿，你先试试，用手掌发力去打石头，但不准碰到石头，方向冲着洞口，看能打多远。"玉儿运气，依法一试，只见那块石头带着风直向洞口射去。那只狼果然被吓跑了。玉儿看看自己手，真不敢相信自己的眼睛："这是真的？我会有这么大的力气？"这时洞外又出现了一只狼。苦儿说："杏儿，你也试试。"杏儿一试，那石头竟变成了许多碎石头飞了出去，狼被打中了，嚎叫一声逃走了。

　　玉儿吃惊地问："哥，杏儿的力气竟比我大？"苦儿走到洞口，关上柴门，并用石头抵住，继续说道："你们之所以长了力气，是因为在这山洞里练功，吸进了山石的坚实之气所致。山石的灵气让你的内功发生了变化，才有这样的进步。"玉儿着急地问："同样练功，为何杏儿的力气大过我呢？"苦儿说："因为她练功的时间比你长，还有她经过大海练功，吸收了大海深厚的灵性。"玉儿吃惊地重新打量起杏儿，说道："哎呀，真看不出，杏儿竟比我高出很多呀。看来我得好好练功了，不然会被这小丫头片子越落越远了。"苦儿笑道："是啊，你当大小姐时，何曾用心练过功？全凭自己的兴趣去做。往后无论为什么，都须用心去做。"

　　玉儿头一歪说道："谁说我不用心？我做一件事最用心。"杏儿问："什么事？"玉儿小声贴近苦儿的耳朵说："为我喜欢的人做事最认真。"苦儿笑道："不错，你喜欢做的事做起来倒是蛮认真的，如裁衣、刺绣。"杏儿说道："玉姐姐，说句话还要咬耳朵？"

　　玉儿刚要说话，只听外面又传来狼的嚎叫声，而且一声高过一声。白雪立刻也引颈嚎叫起来。苦儿走到洞口，见不远处有十几双绿宝石般的眼睛在洞外闪烁。苦儿说道："狼群是找白雪来了。白雪，你要么出去，回到山里；要么同我们在一起，与你的同伴告别。"

　　白雪仿佛听懂了，它从杏儿身边走到洞口，向外望了望，回头望了望杏儿，站在洞口使出全身力气，连续嚎叫了数声，似与狼群告别。群狼慢慢后退着，白雪望着它们，慢慢回到杏儿怀里。

　　杏儿扳起它的头，说道："白雪，到了人多的地方，你这样嚎叫，别人知道你是狼，会打死你的，知道了吗？"白雪望着杏儿，好像听懂了。杏儿笑道："还是我来教你吧。跟我叫：汪、汪……"白雪似是而非地叫了一声，等教过了十几遍后，白雪终于汪汪地叫了起来。杏儿高兴地将它举起，白雪又汪汪地叫了起来。苦儿给每个人盛了一碗肉，说道："快吃饭吧。"杏儿先挑了一块喂给白雪，白雪晃了晃小尾巴吃了起来。苦儿说："多吃点，明天就下山了，以后再回到这里可就不容易了。"玉儿吃了几口说道："咱们有好多天没吃到粮食和青菜了，过着野人一样的生活，不过一说到走，还真有点舍不得。"苦儿说："是啊，你遇到的艰难险阻、经历过的生死考验，那个时刻、那个地方、那番情景，都会深深地刻在心里，如同一笔宝贵的财富，锁在你记忆深处。"玉儿若有所思地点点头。杏儿问："哥，沙漠练功会比这苦吗？"苦儿说："我想是吧。大漠干旱无水，困难一定很大，不过咱们会想办法克服的。还有一件事应该告诉你们，由此去西北大漠，路途遥远，据说还常常有匪徒出没，麻烦一定会不少。一旦与人交手，你们两个千万别惊慌失措，那会吃大亏的。想当年，我和茹儿第一次与人交手时，紧张得竟把招法都忘了。多亏了没把撒石子忘了，否则不但救不了川儿，我们俩也会遭遇不测。"

玉儿问："怎样才能不紧张呢？"苦儿说："首先要自信，咱们的功夫要比一般匪徒高得多，招法和内功都比他们强，打败他们是没问题的，只是方法和时间的问题。你有了自信，心就会平静下来。"杏儿忙问："要是对方的功夫比我强呢？"苦儿说道："那就更需要冷静了，越心慌，败得越快。冷静下来，找对方的弱点，然后抓住机会战胜对方，这要靠智慧。"玉儿和杏儿听了，还是心里没底。苦儿接着说："你们想想，无影剑法非同小可，怎么可能一战则败？尽管对手比我们强，可要是想拿住我们也是不容易的，我们有回旋余地，就有时间和机会，这时候，谁冷静、谁胆大心细、谁会动脑，谁就胜利了。"玉儿想了想，说："不惧不怕，胆大心细。"苦儿笑着说："就是这个意思。只要经过一两次交锋，恐惧便会消除了，实战经验会渐渐丰富起来。"玉儿笑道："我想起来了，你在大名府与师伯的弟子交手时，两只大眼睛放着光，特别有神、十分自信，几下子就把他们打趴下了，在气势上首先就战胜了他们。"苦儿说："是啊。可也有例外的，爷爷与人交手时，总是显得有些惊慌，动作僵硬。可他老人家总是在眼看要吃亏的时候，不经意间出奇制胜，对方还以为是爷爷取胜是侥幸呢。爷爷这一手可真不简单，没有丰富的实战经验和高超的武功，很难做到这一点。"杏儿说："啊，太想见到爷爷了！"

三个人吃过饭，便开始收拾行囊。苦儿提醒说："别丢下东西，尤其是书，没看完的，可到大漠继续看。我还有两本没读完，这医学、药学书好难读，学懂弄通真是不易。"玉儿说道："这剪裁的书我还差一本没学完，我还设计出几款女装来。"杏儿说："也没见你画出来呀。"玉儿说道："傻丫头，没纸没笔的拿什么画？不过，我已记在心里了。等练功完毕，我就开一家成衣铺，先做出几款衣服，叫你开开眼。"苦儿笑道："只要是玉儿上心的事，没有办不成的。你就到我们山南城开店吧，说不定能轰动整个南阳府呢。"杏儿说："那先给我做一套。"玉儿朝她瞪了一眼，说道："哼，一路上你总是不听话，还常常故意气我，我还给你做衣服？美得你！"杏儿伸手去胳肢她，二人又闹成一团。白雪也跟着蹦蹦跳跳，苦儿也笑了起来。

一天傍晚，谷丁领着觑觑狗悄悄溜进了大洪山庄。郑明光一见到觑觑狗便问："这位是？"谷丁忙介绍说："这位便是总管苟先生。"谷艳见觑觑狗的目光一直在自己身上打转，便觉得十分恶心，说道："来人哪，请苟总管到别屋用饭，然后安排住处。"一个家丁走过来请觑觑狗出去，觑觑狗看看谷丁，谷丁朝他摆摆手，他只好跟着家丁出去了。

谷丁是来找唐宣的，中途经过这里。觑觑狗一走，谷艳立刻说道："爹，您可知道玉儿为何离家出走？有这样一个三分像狗七分像鬼的东西，用那样邪恶的眼光上上下下地看着你，谁受得了？叫我，我也得离家出走。"郑明光怕谷丁下不了台，忙说道："岳父大人请喝茶，艳儿心直口快，您还不了解吗？千万别介意。艳儿，有话慢慢说，何必急三火四的？"

谷丁叹了口气，说道："我也知道他不是个东西，可眼下不少人都离开了铁掌门，我身边只剩下这一个可用的人了，我不用他又用谁呢？再说，他知道我私藏苦儿的秘密，我又怎敢将他放走？"谷艳说道："爹，我真为您着急啊，您要是不收留他，何至于生出这些变故？您现在又把他带进山庄，岂不是让他知道更多的事情了？这种人狡诈，是靠不住的。"听了女儿的话，谷丁也有些生气，说道："你们不必担心，到时候我会处置他的。"谷艳立刻说："爹，我知道我说这话您不高兴，可您带着这个狗东西去找师叔和苦儿，即便找到了，人家也不会跟你回去的。这样找来找去，岂不是白费力气？"谷丁听女儿这么一说，无言以对，心想：对啊，我怎么没想到这一层呢，真是老糊涂了。他叹口气说："唉，龙老大又叫我去劫道杀人，没有你师叔，我心里没底啊，这一着急便带这东西出来了，哪里还能想那么多。"郑明光问道："不知岳父大人要劫何人？"谷丁说："不知道，到现在他们也没搞清楚。不过这几个人能灭掉快刀帮一个堂的人马，也是挺有实力的。所以我才着急去找你师叔。"谷艳一听忙说："爹，不了解对方，这劫道、杀人之事，怕不会顺利。快刀帮的人可全指望着爹爹出力呢。爹，您心眼可别忒实了，打得赢便打，打不赢便走，不干那赔本的买卖。"郑明光又问："岳父，都有哪些人参加呢？"谷丁说："有快刀帮的两个堂主，还有关士田、韩士夕，就这几个人。"谷艳问："龙老大、曲蛇都不参加？"谷丁说道："不参加。"郑明光听罢说道："他们把宝押在您的身上，您可要当心啊。快刀帮的两个堂主武功不会太高，关、韩这两个淫贼轻功不错，剑法一般。这阵势不是明摆着的吗？"谷丁说道："所以我才急着找你师叔啊。可找了一通，连个影子也没见到，不知跑到哪里去了。"说完又重重地叹了口气。谷艳听了也着急，说道："实在不行，我们陪您去吧。"谷丁一听，忙摆手说道："不成，这要叫龙老大知道，咱们都没命了。你们放心，到时候不行就跑，撤得利索些，不会有事的。"谷艳又说道："爹，那时，不如趁人多把那只狗杀了，免得以后出事。"谷丁想了想，说道："好吧，爹会处理好的。苦儿逃走，真成了我的一个心病，只有抓住他，我才心安啊。只是不知他去了哪里。"郑明光和谷艳相互看了看，都摇摇头，他们也提供不出什么线索。过了一会儿，谷艳突然说道："爹，我想起来了，去年他们在这儿过年时，玉儿无意中和我说过，苦儿和冷面双娇认识，他们会不会去找冷面双娇了？"郑明光说道："苦儿他们即使在那里，谁又敢去找啊？冷面双娇武功怪异，打起来会吃大亏的。"

谷丁听了他二人的议论却说："听说冷面双娇住在太白山下的一个山庄里，我去打探一下，心里也好有个数。"谷艳有些不大放心，说道："爹，您可千万别跟人家动手，别说是冷面双娇，就是那苦儿的功夫也不一般哪！"谷丁说："爹知道，苦儿要是真在那里，龙老大是不敢拿他的，我倒是放心了。"郑明光说道："岳父大人一定饿了，咱们边吃边谈吧。"

不一会儿，摆上了酒菜，郑明光先给谷丁敬了酒，说道："岳父，我们夫妻的武功已有了很大的进步，我们联手对付龙老大尚无把握，可要打曲蛇还是蛮有信心的，估计再过个两三年，我们便可与龙老大抗衡了。那时，岳父大人再也不必听命于他了。"谷艳也说："是啊，爹，您再忍个两三年，不显山不露水，保命要紧，不计其他。过了三年，您就关了铁掌门，来山庄享福吧。"谷丁一听，高兴地说："就盼着这一天了。"

觑觑狗独自一人在饮酒，满桌的菜也提不起他的兴趣。他在想：他娘的，竟把爷爷我给放在一边了，而且一见面就下逐客令，这也太邪性了！以后别指望我帮你们，不但不帮，还要给你们制造麻烦，叫你们不得安生，叫你知道我的厉害！想到这里，他喝了一口酒，又想起谷艳，虽不及玉儿，却也十分动人，只可惜无福消受，便宜了郑明光。一想到玉儿，玉儿的影子便又出现在他眼前，让他想入非非了。他闭起眼睛，怕那俏丽的身影突然消失。这时，一个家丁走了进来，还以为他是喝醉了，问道："苟先生，还添些酒吗？"觑觑狗一惊，从椅子上一下子跌到桌子下面，菜汤从桌沿流了下来，洒在他头上和身上。那家丁捂着嘴跑了出来。

从长白山下来，苦儿他们三人回到本溪平山上的道观住了一晚，第二天一早，三人骑马向西而行。马儿走得很慢，玉儿显得很疲倦，不住地打盹，杏儿趴在马背上睡着了，她身上的白雪也是闭着眼睛，呼呼大睡。直到前面出现了一大群羊，放羊人的叫唤声和羊群的叫声才把她们惊醒。玉儿说道："走多远了？我好像才睡了一会儿。"杏儿伸了个懒腰说道："啊，太困了，白雪也该醒了。"白雪看了她一眼，又闭上眼睛继续睡。苦儿笑道："白雪跟你们一样闹腾了一夜。你瞧它，连眼皮都懒得抬呢。"杏儿说道："平山的朋友非要我教他们拳法，不然就闹个没完。没法子，只好教了他们十几招的圣手掌，他们又没练过拳脚功夫，学起来真费劲。直到他们看我实在熬不住了，才东倒西歪地各自找地方睡了。"

玉儿笑道："你还睡了一阵子，我可是一夜没合眼。豆豆他娘见到我，便拉我到她家去睡，豆豆的姐姐秋红见我包里有剪裁的书，便聊了起来，秋红她娘还拿出几块布料，非叫我给她做衣服。那秋红身材苗条，穿什么都好看，便决定试试。"苦儿说："你这可是第一次给人做衣服，是不是有点担心啊？"玉儿说："可不是！光是量尺寸，就量了三四遍，画完线还是不敢剪，反复核对后，才敢下剪刀。然后，我和秋红一起做，秋红的活计还真不错。"杏儿问："是做完了，还是丢下不管了？"玉儿得意一笑，说道："忙了一整夜，当然做完了，秋红试衣服时，大伙都不言语了。"杏儿问："为什么？"玉儿眼睛放着光，激动地说："都愣住了，老半天才说'太好看了'。豆豆他娘还把秋红的好姐妹找来看新衣服呢。"苦儿说："这么说，你首战大捷了。"玉儿高兴地说："是啊，首战大捷，以后我更有信心了。"杏儿问："他们都喜欢吗？"玉儿说："他们都羡慕死了，人人称赞，要求给他们每人做一套。还是豆豆他娘帮我解了围，说有样子，大家可以照着做。这样他们才肯放过我。当你们来找我时，秋红都哭了，你们看见没有？"苦儿说："好几个人都哭了。"玉儿讲着想着，竟不自觉地流下了泪，说道："能为别人做点事，心理上有一种满足感。"杏儿笑着说："玉姐姐除了肯帮我哥，现在还肯帮助别人了，真是个好女孩。""哈，小丫头片子，你敢嘲笑我。"玉儿说完便伸手抓杏儿，杏儿掉转马头躲开了。苦儿说道："其实啊，杏儿并不是嘲笑你，是说你有进步。你想想，你在家时帮助过别人吗？没有吧！那时你想的就是如何能玩得高兴。现在你离开家了，遇到了很多困难，你需要别人的帮助，也渐渐明白了应当帮助别人的道理，还是生活磨炼人，玉儿，你现在真的长大了。"

杏儿见玉儿并未追过来，又跑了回来，问道："哥，你昨晚做什么去了？我一夜都没看见你。"苦儿笑道："我能去哪？还不是被道长和他那几个练剑的朋友拉去了道观，先指导他们练剑，又为他们输功，也是折腾了一夜。要不是我说要去追爷爷，心里着急，他们非留咱们多住几天不可。"苦儿停了一会儿说："道长他们几个都说你们俩变了。"玉儿问："变了？什么变了？"苦儿笑道："放心吧，不是说你变丑了，而是说你们俩的目光和以前不大一样了，眼睛有一股神气。"玉儿问："杏儿，我眼睛里有吗？"杏儿仔细看了看说："我可看不出来，和从前一样啊。"苦儿说道："咱们天天在一起，都看惯了，是看不出差别的。我想是由于内功的增强，双目炯炯有神是必然的。"杏儿说道："哥，乡亲们送给咱们路上吃的黏豆包、菜团子、熟肉，足够咱们吃半个多月。"苦儿说："平山的乡亲们对咱们太好了，真叫人终生难忘啊！"玉儿也动情地说："等我有了钱，一定给他们每人做一套衣服，让他们穿得漂漂亮亮的。"杏儿说："那得等到什么时候啊？"玉儿说："练功回来，我就开店，干两三年就可以了。"杏儿又笑着说："你可别有钱，一有钱就变脸了，只怕连我和我哥都不认识了，哪里还记得平山的乡亲？"玉儿冲她一瞪眼，说道："忘了谁也忘不了你，到那时候，叫你天天扫地、挑水、煮饭，什么活累就叫你干什么活，看你还敢不敢说我坏话！"杏儿叫道："哎哟，现在还没钱呢就凶相毕露了，真吓死人了！"二人又闹了起来。

　　天刚蒙蒙亮，围城镇里的人大多都在睡梦中，可客栈的齐掌柜和伙计们以及开药铺的张郎中和他小儿子张桐，都站在镇子口向西望着。只见三辆马车及几个骑马的人快速向他们奔来。老叫花从车里走了出来，冷面双娇也下了马。原来他们今天就要离开这里返回中原了，齐掌柜他们特意前来送行。

　　老叫花拉着齐掌柜的手说："齐掌柜，谢谢你多日来对我们的照顾。我们要走了，咱们就此别过吧，欢迎你们去河南山南城做客。"齐掌柜说道："老人家，你们为民除害，救了我们啊！你们要走了，我们心里舍不得，请饮一杯饯行酒吧！"伙计老三立刻斟满一杯酒。老叫花接过酒说道："谢谢各位了。"一饮而尽。冷月娇上前对张郎中说："谢谢您救了我的命，盼望您有机会去山南城做客，我们一定尽地主之谊，好好款待你们。"那张郎中说："再莫提救命之事，那是大侠自己的造化。再说，是你们救了全镇的人。我有机会一定去山南城，好好领略一下中原的好风光。"与此同时，张桐早已和川儿抱在了一起，张荣、庄儿、冷竹青和客栈的伙计们也相拥告别。

　　老叫花说道："春寒料峭，清晨尤其寒冷。各位来相送，我等深为感动，大家请回吧！"齐掌柜说道："祝各位英雄一路顺风！"乔如虹说："各位请回，莫惊动镇里的其他人。"老叫花上了川儿的车，春风、春雨分别上了张荣和庄儿的车，冷面双娇等人也上了马，挥手告别。川儿说道："张桐，盼你早点来。"张桐忙跑过去说："川儿，你等我，我一定去！"车队渐渐走远了，张桐仍站在一旁掉泪。张郎中说："桐儿，别哭了，等你长大了，就去中原吧，爹不拦你。"齐掌柜说："对，在中原娶个媳妇、安个家，咱们去串门也多了一个落脚的地方。"说得张桐破涕为笑，说道："我现在就想跟他们去。"一个伙计逗他说："敢情现在就想娶媳妇了，比我们还急。"大家都笑了起来。

齐掌柜立刻示意大家小点声，便各自悄悄回家去了。

　　冷面双娇率队进了肃州城，乔如虹对冷竹青说道："青儿，你先进城买些包子和大饼，记住，不要在一家买，要多走几家。咱们穿城而过，在路上吃饭。"冷竹青催马进了城。过了一会儿，车队才进城。川儿问："爷爷，为什么不一起进城？"老叫花说道："这就叫江湖经验，谁能保证城中没有快刀帮的人？"

　　车队一进城，几家客栈的伙计们立刻上前招揽生意。乔如虹说："各位费心了，我们急着赶路，不住店。"几个伙计失望地走开了，车队继续前行，冷面双娇不时向两边望着。

　　街上的嘈杂声，引起附近一家客栈里两个客人的注意，这两人正是老胡和杨七。老胡将窗子推开一条缝，用眼一扫，立刻认出了冷面双娇。他忙对杨七说："是他们，他们终于要回去了。老七，你可要记住他们，别认错了人。"杨七扒着窗缝看了半天，说道："我记住了，三个漂亮的女人，两个黑小子，还有两个赶车的，如果车篷里有人，再算上他们三个，顶多十个人、三辆车。"老胡提醒他说："别光记着好看的，要记住模样。"杨七笑着说道："错不了。"老胡兴奋地说："好，你快去报信，一定要赶到车队的前面，我在后面盯梢，他们是跑不掉的。车里装的一定全是金银财宝，咱们报仇有望了！"杨七说："你放心吧，我从客栈后门走，他们发现不了的。"老胡又有些不放心地说："老七，请杨堂主和我们黄爷选好动手的地方。"杨七说："知道了。我走了。"说罢推门而去。

　　老胡仍在仔细辨认车队里的每个人："啊！竟是张荣和庄儿！两个不知死活的东西，你们也敢和他们一块回中原。只怕走到一半就变成鬼了，真是天堂有路你不走，地狱无门你偏要进来，那就一块去死吧！"他仿佛是真的在报仇一样，自言自语地说着："你们带着财宝，那是在帮我们干活，我们来个突然袭击，叫你们个个都死！冷面双娇，你们有天大的能耐也是枉然！"这时响起敲门声，老胡忙将窗关好说道："进来吧。"一个伙计走进来问道："客官用午饭吗？"老胡说道："上四个好菜和一壶酒，老子吃完便结账起程了。"店小二忙答应着退了出去，心想：这个客人平时一向不大言语，说出话来也是小声小气的，今天怎么了？不但大声言语，还自称起"老子"来了。

334

四十二　小惩大诫

这一天，一辆马车赶进了武昌城，一个涂脂抹粉的年轻姑娘坐在车门前，赶车的是一个满脸胡须的中年人，这两人正是谷艳和郑明光。他们化装出行，访察苦儿和玉儿的下落。他们猜测：苦儿和玉儿有可能已躲进了十业帮，于是二人便去长沙查访。他们刚从长沙回到武昌，想查查武昌分堂是否收留了苦儿和玉儿。谷艳叹气说道："唉，在长沙盘桓数日，却无半点消息，白跑一趟。"郑明光说："我早就说过，他们不会躲在十业帮的，那苦儿和玉儿的为人你还不知道？他们岂是仰人鼻息之人，怎肯在别人的庇护下偷生？"谷艳说道："是啊，他们不肯仰人鼻息，我只好仰天而叹了。真不知他们逃到哪里去了，难道匿影藏形了不成？"郑明光说："匿影藏形又有何难？别说中原这么大，就是在大洪山中藏上个把人，谁又能找得到？你也别太心急了，一切顺其自然吧。"谷艳摇摇头说道："我又何尝不想？只是龙老大、曲蛇不是颟顸之人，若叫他们知道了苦儿的事，那爹和咱们就完了，现在是生死攸关之际，我又怎能不急？"

郑明光安慰她说："艳儿，别着急，就是龙老大知道了又怎样？大不了就以死相拼，总不能坐以待毙。岳父大人的功夫也不是白练的，拼起命来，龙老大也未必就能胜。咱们联手也能杀一两个。当人把生死置之度外时，谁也不是好惹的。"谷艳说："也只能如此了。"

郑明光将车赶到武昌堂的街口，见一个人正从武昌堂出来，郑明光说："艳儿，你在这里等着，我去找那人聊一聊。"此时，刘全柱正从另一条街向这里走来。这几天，堂主孙子杰不知为何事，终日闷闷不乐，刘全柱上街想要找些让他开心的事物。他双眼不住地四下扫视着，便看到了谷艳，叫他眼睛一亮："虽不是国色天香，却有动人之处。"他忙上前快走了两步，仔细打量一番，心中暗喜：年纪不大，涂脂抹粉的，肯定是千金小姐。要是把她带回去让堂主玩上一两天，没准他会开心的。刘全柱见马车旁没人伺候，便大胆地走了过去。谷艳一见有人朝自己走来，这个人又贼眉鼠眼的，便小心起来。刘全柱走到马车前，嬉皮笑脸地说道："小姐，在此等人啊？"谷艳扫了他一眼，心想：这小子长得还不错，只可惜满身邪气，不是个好东西。她虚与委蛇地说道："可不是，本小姐正在等人，你有什么事？"刘全柱咧嘴一笑，说道："没什么事，看小姐在此孤孤单单的，好生寂寞，便走过来陪小姐说说话。"谷艳见郑明光又在找另一个人说话，一时还不能回来，便应付说："你愿意说就说吧。"刘全柱一听对方没反对，暗想：有门，这姑娘莫不是个在街上拉客的暗娼吧？果真如此，倒省事了。他说道："开价吧。"谷艳一听，侧过身来，看着他问："开什么价？"刘全柱笑道："别装了！快说吧，陪一夜多少钱？"谷艳一听，心中骂道："好小子，你年纪轻轻的，竟敢要笑老娘！今天不教训你，你就不知道老娘的厉害！"刘全柱看她一时没说话，便催促道："看你不慌不忙的样子，倒是个老手呢。快开个价吧，否则，被我强拉了去，岂不是一文钱也没有？"谷艳此时早已满腔怒火，她说道："看来你很厉害，但不知你叫什么名字，又是谁的人呢？"刘全柱为了显示自己的身份，用鼻子哼了一声，说道："我要是说出来，可就要吓死你了，还是快下车，乖乖跟我走吧。"说罢伸手就去拉谷艳，谷艳一看他动手了，立刻沉下脸来骂道："拿开你的狗爪子！你秽言恶语，好生无礼！快快滚开还来得及。"刘全柱想拿她给孙子杰解闷，怎肯轻易罢手，便说道："放聪明点，快跟爷走，否则杀了你！"谷艳此时是忍无可忍了，她勃然大怒，拿起车上的鞭子便朝刘全柱的脸上抽去，动作之快，叫刘全柱猝不及防。正当他愕然之际，第二下鞭子又打了过来。街上的人一看有人打架，立刻围了上来。此时刘全柱已是两颊开花，鼻口出血了。他怕再挨鞭子，立刻用手抱住了头。郑明光也忙跑回来问道："小姐，发生了什么事？"谷艳说："这个坏东西竟敢在光天化日之下调戏本小姐，本小姐教训了他两鞭子。"郑明光指着刘全柱骂道："你这个狗东西，你不想想我们家小姐是什么身份，竟敢在太岁头上动土！"谷艳说道："张安，咱们回去告诉我爹，叫我爹派人来收拾他！"郑明光说："是，小姐，小的遵命！"

郑明光赶车走了，刘全柱从指缝间看见马车走远了，这才转身要走。他知道自己的脸被打坏了，就仍用手捂着脸。围观的人中有人说："今天没脸见人喽！"也有人说："十业帮的名声都被这些人给败坏了，朱帮主也不管，这样下去，帮不成帮啊！"这围观的人当中有十业帮的人，也有金珠万兴酒楼里的伙计。武昌堂的人大都讨厌刘全柱溜须拍马、不干正事。见他当街挨打，都在心里叫好，又有谁肯为他去报信呢？他们躲在人群里正偷着乐呢。万兴酒楼的伙计也看不惯刘全柱那盛气凌人的样子，他一来酒楼，便大呼小叫的，仿佛伙计们都是他的手下一般。都知道他是二公子，当面谁也不敢顶撞，可心里却十分反感。今天见他挨打，不但自己高兴，还准备回去告诉掌柜的和其他伙计，叫大家都高兴高兴呢。

刘全柱捂着脸回到了武昌堂，孙子杰见了忙问："是怎么回事？"刘全柱说道："属下见堂主这几天不高兴，便想寻开心的办法，到街上一看，一名女子东张西望，我上前与她搭讪几句，听她说话像个暗娼，于是属下想把她请来让堂主开心开心，谁知她突然发火，拿起鞭子就抽，我就这样被她打伤了。""你把手放下来，让我看看。"孙子杰命令道。刘全柱将手放下，孙子杰一看，吃了一惊：两颊上各被抽开一条一寸多长的口子，肉向外翻卷着，鼻子和嘴流血不止，嘴唇已经肿了起来。孙子杰看罢，一面叫人给他上药，一面叫人上街去找那女子。一个人回道："堂主，那女子早已走了，如若遇到，我们一定把她抓回来。"刘全柱一看孙子杰派人去抓人，以为是帮他报仇呢，于是叫道："那女子二十岁上下，穿件红袄；赶车的满脸大胡子，有四五十岁。你们快去把他抓回来！"孙子杰眼一瞪说："抓什么抓？要把人家请回来，赔礼道歉！"刘全柱一听，倒吸了一口凉气。那几人应声退下了。孙子杰气得来回走动着，他问道："你挨打后，还手了没有？"刘全柱说："第一下鞭子下来，就被打蒙了，只觉得头昏眼花的，哪里还得了手？紧接着第二下鞭子也下来了，我就更蒙了，只知双手抱头了。""她用的是什么鞭子？"孙子杰问。"用赶车的鞭子。"刘全柱回道。"用赶车的鞭子能打得这么准，此女子武功很高啊，你小子闯祸了！你知道本堂主这几天为什么不开心吗？"说到这儿，孙子杰恨恨地看了一眼刘全柱。刘全柱说道："属下不知，见到堂主不开心，属下心里难受，这才想拉个人来，给堂主解闷。"孙子杰骂道："你这个混账东西，真是给我添乱！师父说我纵容下属欺压百姓，对我严厉批评。你可倒好，在这个节骨眼火上浇油，当街欺负女人。这要叫师父知道了，你小子还想活？我知道你是想孝敬我，可我不打你一顿，无法向师父交代，也没办法救你，你就忍一下吧。"刘全柱叫道："堂主，我太冤了！"这时，那几个寻人的回来了，其中一人回禀道："堂主，我们找遍了大街小巷，不见那主仆身影。"孙子杰想了想，说道："来人，将大马猴叫来。"不一会儿，坏水狗走了进来。孙子杰说："大马猴，本堂主命你行刑。这全柱在街上欺负民女，败坏了我武昌堂的名声，你要打他二十鞭子。"坏水狗一看刘全柱的头被白布包着，只剩下两只眼睛在外面，心中高兴：好啊，全柱，今天你落在我手里了，平常你对我像对一条狗一样，今天我岂能饶了你？他拿起鞭子对刘全柱笑了笑，说道："全兄弟，小的奉堂主命令不得不打你，你就忍着点吧。"说罢，将他摁倒在一条长凳上挥鞭便打，刘全柱立刻大叫起来。

孙子杰叫坏水狗动刑，原是看他人小、力小，打起来不太疼，现在看来，完全出乎他的意料，坏水狗每一鞭子都打得十分用力，十鞭子下来，刘全柱的裤子都被抽烂了。好在二十鞭子不算多，很快就打过去了。

孙子杰大声对属下们说："大家看见了，往后谁再敢在街面上胡作非为，欺压百姓，就会像全柱一样受到惩罚。你们立刻上街，把全柱受惩罚之事宣扬出去，说明本堂主赏罚分明和一心为百姓做事的决心，你们快去吧！"人散去后，孙子杰对坏水狗说："大马猴，从今天起，由你来伺候全柱，让他尽快把伤养好，你明白吗？"坏水狗听了，心想：叫我伺候他？那就让他多遭点罪！他说道："堂主放心，小的一定尽心尽力。"孙子杰说："你去叫两个人来，把他抬回房吧。"

几天后，万兴酒楼掌柜金珠带着礼物来访。金珠叹了口气说道："全柱这小子平常蛮精怪的，怎么就做出这等糊涂事，惹堂主生气呢？"孙子杰说道："可不是，他平常办事有板有眼的，从不用我操心。这次虽说是为我解忧，却不该在大街上，众目睽睽之下调戏人家小姐，这岂不是坏了我武昌堂的名声？帮主追究下来，我也担不住，无奈，只好依帮规教训了他一番。也是小惩大诫，让他以后不要再办蠢事了。"

金珠立刻奉承道："十业帮的清誉谁人不知？武昌堂行侠仗义谁人不晓？全柱不知深浅，孙堂主教训得对。俗话说：不打不成才。在堂主严父般的教诲下，全柱才会成才。"孙子杰问道："金兄，你可打听到那位小姐是哪家的闺秀？"金珠说："城里人都说这位小姐是一位大家闺秀，人家气哄哄地回家去了。"孙子杰叹口气说："等找到了，我一定登门谢罪。"

金珠安慰道："孙堂主不必太在意，处罚全柱之事，已在城中传开，百姓无不称赞堂主公正严明、管理有方呢。在下带来几个菜，请您小酌一杯，解解闷气吧。来人，将酒菜呈上来！"两个伙计闻声走了进来，将八个菜、一坛酒放了桌子上。金珠又说道："请堂主慢用，在下去看看全柱，谁叫我们有共事的缘分呢。顺便教训他几句，叫他以后好好为堂主办事。"

金珠被领到刘全柱的住处，见他趴在床上，一动也不敢动，知道他屁股上的鞭伤还没好。再看看他头上，虽不再用白布包扎，但脸上两道八字形的伤口还涂着药，看上去就像是多了两条眉毛，极其难看。当金珠瞥去的目光与刘全柱那倨傲的眼神相交时，金珠心里骂道：狗东西，都混到这份上了，还充什么硬汉，装什么傲气？老子要好好教训你一番。

金珠装作十分关心的样子，走到床前问道："哎呀，打得这么重！二公子受苦了！"刘全柱心想：你小子是狼戴佛珠，假充善人呢！他装作不在意的样子说道："谢掌柜来看我，这点小伤算不了什么，过不了几天，我就会上街去找那女人了。"金珠心里骂道：一摊臭狗屎，还充什么玉石？叫人打成这模样，还死要面子呢，真是可笑可怜！他在床边坐了下来，说道："二公子是条硬汉，这点伤算得了什么？只是事关重大，二公子不可任性而为呀。金某此来，一是看望二公子，以表同情和慰问；二是转达帮主捎给二公子的几句话，请二公子用心领会帮主的良苦用心。"刘全柱一听，欠了欠身子问道："金堂主，这件事我师父是怎么知道的，是你密报的吗？"金珠淡淡一笑，说道："二公子出了事，闹得满城风雨，金某怎敢不报？请二公子体谅金某的难处。"刘全柱虽是心中含恨，但事已至此，他只好问道：

"师父有何指示？"完全一副对金珠不屑一顾的神情。金珠却是一副大人不记小人过的神态，说道："二公子，你要听好了，金某要传达了。"刘全柱并未言语，金珠郑重说道："帮主说，二公子为进一步取得孙子杰的信任，想方设法、不遗余力地去做事，是不辱使命的表现，也是对帮主忠心耿耿的表现，精神可嘉，理应表扬。"说到这里，金珠特意停了停，给刘全柱一个思考时间，也为以后的话进行必要的铺垫。刘全柱听了，双目放光，脸上露出得意的神情。他抬头扫了金珠一眼，问道："还有吗？"金珠笑了笑，说道："二公子往下听，还有更重要的呢。俗话说，胆大而心细。胆大而心不细是为莽夫，唯胆大心细者方能成其大业。帮主因此教你要用心做事，不能只用眼、用手去做事，那样会把好事变坏事，把必成之事反而做败了，到了那时，不但无功，反而有过了。"刘全柱听了，心里很不是滋味，一双贼溜溜的大眼睛不停地转动着。金珠看着那双转来转去的眼珠，又说道："二公子别不高兴，帮主这可是爱护你呀！"刘全柱又抬起头不耐烦地说："谁不高兴了？你接着说。"金珠脸上挂着笑说道："帮主要二公子心怀大局。大局是什么，金珠就不必讲了，一切为大局服务。做每件事情，先要考虑是否有利于大局。不利于大局，甚至危害大局，那就不能去做；做了，就会破坏大局，必将受到惩罚。"

听了这番话，刘全柱仿佛看到了龙老大那张冷冰冰的大扁脸，不由得叫他心头一紧，后背冒出了冷汗。金珠见他老实了，便面带笑容继续说道："要小心注意，若因办事过激而丢了性命，那岂不是白白来世上走上一回？帮主和大公子离此尚远，如何能救得了二公子？金某不会武功，心有余而力不足。二公子必须明白，你是来卧底的，而不是在山寨里玩耍。"

刘全柱并不笨，他知道这是金珠借师父之口在训自己。即便如此，他也不便说什么，只好硬着头皮听下去。他神情的变化，老谋深算的金珠看在眼里，便又说道："以上是传达帮主的嘱咐，而金某也愿意与二公子谈谈心。因二公子在武昌地界上，你的安危与金某有直接关系，金某无时无刻不为二公子的安全担心，否则便对不起帮主的信任。"刘全柱说道："金堂主有话请明讲。"金珠说道："二公子虽未到而立之年，却已是二十出头，早已过了少不更事的年纪。据金珠所知，二公子挨打时，街面上有十业帮的人，他们为何不上前协助二公子？为何没有立刻报告孙堂主？那是因为二公子平时盛气凌人，视手下为草芥，这些人平常虽不言语，但在关键时刻却袖手旁观，看你笑话。二公子万万不可因孙堂主一时信任而忘乎所以，要时刻保持清醒，唯智者不惑啊！"

金珠走后，刘全柱恨恨地骂道："老王八蛋，把我的倒霉事捅给师父在先，又借师父之口训我在后，最后还骂我少不更事、利令智昏，真是欺负人欺负到家了！金珠，咱们没完！等我完成了这件大事，便叫你吃不了兜着走！你以为小爷是好欺负的？咱们走着瞧！"刘全柱越骂越气，一拳打在床上，却震得他屁股疼起来，不由得又大叫起来。

另一边，谷丁和觑觑狗趴在山坡上，向太白山庄里张望。觑觑狗说："门主，院子里静得很，不像有人居住。咱们进去看看吧。"他二人悄悄爬起来，顺着院子南边的木栅栏走去。走了不远便发现栅栏上有一个大缺口，他们由此进院查看。谷丁看了几个屋子，说道："果然无人，这里好像被抢劫了一般，冷面双娇不知去向。苦儿和玉儿也不会留在这里，咱们走吧。白跑一趟。"二人离开院子，骑马来到了大路上。只见一人骑马飞驰而来，谷丁一看，来人是杨七。杨七也看见了他，问道："谷门主，您为何在这里？"谷丁眼珠一转，说道："此道必是阻劫之路，我特意先来查看一番。"杨七说道："那伙人已从古镇起程了，正向这边跑来。我是跑回来送信的。谷门主随我一道回去吧，快领人到杨家大院会合，如何？"谷丁说："好，我们一块走吧。"三人骑马向东奔去。

四十三　华山之巅

　　苦儿抱着白雪，杏儿拉着玉儿，登上了华山之巅。杏儿说道："我的脚都没感觉了。"玉儿也说："哥，这么多美景，你叫我们一天看完，这不是成心要累死我们吗？"苦儿说道："我说不登了吧，你们非登不可，说万不可错过这个机会。登山又嫌累。华山路险，这华山之巅是最后一站了，今晚咱们在这里过夜。"

　　"哎，哥，这儿有人练功！"杏儿边说边走了过去，苦儿忙跟了过去，只见一位老道士正领着三个小道士练习拂尘功。那老道士年纪在七十开外，须发银白，但步伐轻柔、手臂灵活，拂尘在他手中飘来荡去，极有章法。苦儿他们三人看得入了迷，杏儿禁不住跟着比画起来。

　　道士们练功刚结束，杏儿立刻蹦蹦跳跳地跑到老道士跟前，说道："老爷爷，您练的是什么功？我能跟您学吗？"老道士听有人叫他老爷爷，便笑了。他看看杏儿问道："小施主，你叫什么名字？贫道练的是拂尘法，你真要学吗？"杏儿答道："我叫杏儿，很想跟爷爷学这拂尘法。"这时，苦儿忙上前施礼说道："老仙长，晚辈有礼了。我等游山到此，不想打扰了仙长的清静。小妹不大懂事，请仙长莫怪。"老道人还礼道："施主请了，贫道练的这拂尘法乃强身健体之法，小施主愿学，有何不可？施主不必多心。"

　　老道士说到这里，转身对三个小道士说道："你们自己练吧，不许偷懒。"又转回身，教起杏儿来。杏儿按老道士的讲解和手势，一招一式地学了起来。五招过后，老道士是越教越高兴，一股脑儿地将拂尘法的三十五招全套教给了杏儿。一个时辰过去了，天都黑了下来，杏儿独自练了两遍，竟然全部练下来了。老道士高兴地夸奖道："孩子，好聪明啊！学了一遍竟全都记住了，真是后生可畏啊！往后，你自己认真琢磨就是了。贫道也该下山去了。"

杏儿立刻跪下给老道士磕头，说道："谢谢老爷爷教我功法，祝您老人家健康长寿！"喜得老道士连忙将她扶起，说道："孩子，你真是个好孩子，爷爷没什么东西送你，就把这拂尘送给你作个纪念吧。"杏儿接过拂尘，说道："谢谢爷爷！"苦儿上前说道："仙长，您受累了。天黑了，请您慢些。"老道士问道："施主也跟贫道一起下山吧？可在小观安歇。"苦儿说："多谢仙长美意，晚辈在此过夜即可，明日等日出后再下山。就此与仙长别过。"老道士说道："原来如此。贫道祝施主事事平安、一切如意。告辞了。"玉儿也拱手相送，说道："老人家慢走！"

三个小道士随着老道士下了山，杏儿望着他们个个身轻如燕，在山路上飘动了几下，便不见了，感叹道："老爷爷的轻功竟这么好，真是了不起。"苦儿说道："苦练出真功，勤练出绝活。活到老，练到老。"玉儿说："该吃饭喽！"苦儿打开一个包裹，取出了干粮和咸菜，三个人吃了起来！杏儿掰了一块馒头给白雪，白雪也吃了起来。

在下山的路上，一个小道士对那老道士说："师祖，我可看到了，那小姑娘叫您老爷爷，您高兴得连胡子都翘起来了。"老道士笑道："那是自然，贫道活了这么大年纪，还是第一次听人家叫老爷爷呢，心里能不高兴嘛！"另一个小道士说："那个小姑娘真是聪明，一个时辰就把拂尘法学会了，难怪师祖喜欢她。"老道士说道："是啊！再看看你们，练了半年了，还是磕磕绊绊，打不下来呢！"小道士说："可我们轻功不错啊。"老道士嘿嘿笑了两声，说道："你们莫再沾沾自喜、自夸其能了。你们看那小伙子，温文尔雅、目光犀利；再看那姑娘，双眼透着灵气，聪慧灵秀，功夫远在一般人之上。他们爬了一天的山，自称累得要命，可你看他们，长气不出、面色不改，就连那最小的杏儿跟我练起功来，也是精神抖擞、精力充沛，这说明什么？"老道士说到这里停下了脚步，看了看三个小道士。一个小道士说："他们的功力比我们高？"老道士说道："他们的内功远远高过咱们。尽管如此，他们看见自己不会的东西还要虚心学习，态度诚恳，无一点妄自尊大的意思。这三个年轻人可爱又可敬啊！"

在华山之巅，苦儿说道："来，咱们坐下练功吧。杏儿，要把刚学会的拂尘法默练二十遍，不然明天一早你就忘了。"杏儿说道："好！"杏儿将主要穴道打开，练起换气大法，脑子里却开始练起拂尘法来。白雪趴在她怀里，一动也不动。玉儿和苦儿也各自修炼内功。一时无语。

过了一会儿，玉儿说道："哥，你说这拂尘法有什么特点呢？"平时也见过道士手执拂尘在街上行走，但以拂尘为兵器练成一套武功，还是第一次见到。苦儿对此也非常感兴趣，他说道："这拂尘法听爷爷说过，亲眼见还是第一次。据我看，它的特点是以柔克刚，借力打力，轻巧灵活，手法多样。不过，没有强大的内功，是练不好拂尘法的。"玉儿说："听你这么一说，我也看出点门道了。表面上看，那拂尘的抽、缠、扫、拨等手法都是轻飘飘的，其实都含着内功和巧劲。老道长将拂尘向前送，千丝万缕直挺挺刺出，没有内力，又如何能做到？"苦儿说："是啊，正是由于杏儿有了一定的内功基础，那老仙长才越教越高兴。拂尘属于短兵器，也属于软兵器，练起来十分不易。"玉儿说道："拂尘的巧，可以借鉴到剑法中来。"苦儿笑着说道："玉儿就是聪明，看到有用的东西就吸取过来，将来会成为一位女侠的。"玉儿说："哥，你又笑我！我小时候又任性又贪玩，耽误了好多时光，现在想起来就后悔。就说这画画吧，我是一窍不通。华山峰峦叠嶂，山势险峻，风景美不胜收，我很想把它画下来，可就是心有余而力不足，没那个本事，空想而已。"

苦儿说："要说画画，咱们这些人中就数茹儿最在行了。"玉儿问："她会画？"苦儿说道："会画，她爹不但是一位名医，而且琴棋书画样样精通。茹儿从四岁起，便跟着她爹学书法和绘画，学了四五年。后来到田叔叔家里，田叔叔也是书法和绘画大家，又教了我们三年，茹儿真的是学成了。"玉儿问："那你和力均就没学成吗？"苦儿笑了笑，回忆说："书法嘛，我们三人差不多；可绘画，我和力均就惨了，茹儿是画啥像啥，我们就不行了。叔叔是一面夸茹儿一面骂我们，老挨训。"玉儿说："那你们不会多下点功夫啊？"苦儿说："何止是多下功夫，茹儿画一遍，我们画五六遍，可仍不济事。不得不承认，这是天赋。"玉儿有些不信，问道："茹儿在绘画方面天赋很高吗？"苦儿说："很高，确实很高，山水、花鸟她都画得相当好，尤其擅长画人物。那时，田叔叔总是请村里人来家里，叫我们画。茹儿看上几眼，便能很快抓住体貌特征和神情特征，画出来既形似又神似。我和力均画出来都缺乏那种神态，总是缺少那画龙点睛的神来之笔。"玉儿听得入了神，苦儿又接着说："叔叔夸茹儿天生一双慧眼，看东西能抓住本质和要点，骂我和力均眼大无神、粗心大意。"玉儿问："那你们生气吗？"苦儿说："生气？不，我们都为茹儿高兴呢。力均还调皮地说：'爹，我们兄妹三人，一个能文，一个能武，一个神医兼丹青不是很好吗？何必非要培养出三个画师呢？'他把叔叔逗乐了。唉，那些情景至今还历历在目。"

玉儿听了这番话，极力想象着茹儿的身姿、容貌和才气，说道："看来，茹儿是一位极有才华的姑娘。田叔叔疼她吗？"苦儿仍陷于美好的回忆当中，说道："疼，田叔叔疼茹儿都远胜过疼力均。茹儿有个头疼脑热的，叔叔总是在守在身旁。我和力均就没这待遇。我们总说茹儿是叔叔的心头肉。"玉儿说："大家都这么喜欢茹儿，她一定很出色，我太想见到她了。"苦儿说："茹儿确实出色，你若见了，一定也会喜欢的。咱们明天一早就出发，在大漠练功后，立刻进入四川追他们。"玉儿不再作声了，她想：从茹儿写下的诗词来看，茹儿是十分爱苦儿的；苦儿一讲起茹儿，那眼神、表情和赞美的言语，都表明他也深爱着茹儿。看来，我是没什么希望了。不过，我不会死心的，仍要努力。

"哥，我练完了。"杏儿突然叫道。"你默记了几遍？"苦儿关心地问。"十七八遍吧，我不会忘记的。"杏儿自信地说。"好，明天骑马上路时，你要坚持默记。"苦儿嘱咐道。"是，一定照办！"杏儿顽皮地答道。苦儿又问道："练技法要分几步？""我知道，分三步：第一步，将招法练熟；第二步，分析每招的变化；第三步，将招法融会贯通，变成自己的东西。"苦儿这才满意地点点头。杏儿答完，又专心练起换气大法来。

三人静坐练习内功，天空的四周慢慢地有了淡淡的光亮，遥远的天边露出一抹橘红。天空中，一团团淡墨色的云彩随着风轻轻地向北飘动。远处的群峰如同一幅山水画，浓淡相宜。不知不觉，眼前似乎更加明亮了一些，仿佛就在刹那之间，云彩一下子燃烧了起来，那轮红日极轻盈、从容地从红霞中跳了出来，金色的阳光穿透山谷中飘荡着的雾气，为整个世界披上金色的纱，温暖着万物，世界苏醒了。

苦儿他们张开双臂，迎着朝霞下山了。来到拴马的小山沟，三个人刚要上马，忽然传来了马鸣声。苦儿示意让玉儿和杏儿原地不动，他顺着声音登上了一座山，躲在一棵大树后往下面的山沟里一看，真叫他大吃一惊：原来山沟里有三十多人，个个骑着马，拿着刀，聚集在这里，脖子上都系着一块黑布。这时，突然有一人骑马冲进了山谷，跑到一人前面说着什么。由于离得太远，苦儿听不见他们说什么，但他认出了来人是杨七。一会儿的工夫，这伙人马便冲出了山谷。苦儿忙跑回来对玉儿和杏儿说："那边山沟里有三十来号人，其中有一人是杨七。咱们在后面跟着他们。"说罢，三人上了马也冲出了山谷，远远地跟在那伙人的后面。

等那伙人向西走上了前面的一条大路时，玉儿说道："他们向西，咱们也向西，不影响咱们赶路。"杏儿问："哥，真是杨七的话，我们怎么办？"苦儿说道："等合适的机会，我跑到前面去，再当面辨认一下。如果是真的，咱们就趁机出手，搅了他们的坏事，设法抓住他们。"杏儿说："哥，他们会不会认出你呀？"玉儿笑道："说你傻你还真傻，哥放羊的时候是小孩，现在已经长大成人了，他们哪里会认出来？"杏儿一听笑道："你还别说，玉姐姐就是聪明！是吧，白雪？"白雪又冲着玉儿叫了两声，像是真的听懂了杏儿的话。

苦儿他们跟着前面那伙人一直走了几天，前面的人马走到终南山就停了下来。苦儿说："是时候了，我到前面走一趟，你们在这儿等我，不要动。"说罢，催马向前奔去。当他跑到终南山时，前面的人马已拐进一条山沟里，苦儿不能停下，只得继续向前奔。恰在这时，一人骑马从他对面奔驰而来，两匹马交错而过，苦儿立刻认出了，此人正是杨七。

"果然是他们，杨七在，杨三虎必在。"苦儿停留片刻，掉转马头往回走。当他快到那山口时，只见杨七和另一个人骑马走出山谷，其他人跟在他们身后，陆续地走了出来。苦儿没猜错，与杨七并行之人正是杨三虎。杨七和杨三虎说完话，又快马加鞭地向西而去，杨三虎领着人马也继续向西而行。

苦儿回到玉儿和杏儿的身边说道："我看清楚了，果然是杨七，杨七是来回通风报信的，杨三虎领着人马在后面跟进，应该是要打劫。"玉儿说："真是强盗，可恶！我定要抓住他们为你报仇！"杏儿说："我也练练笛法和拂尘法好不好用。"三人上了马，继续在后面跟着。

玉符

（下）

秦守君 著

陕西新华出版传媒集团

太白文艺出版社 · 西安

目　录

四十四　还乡之路

　　在麦积山下，老叫花手执长杆，坐在了车门前。走在前面的乔如虹回头说道："这里山高林密，地形复杂，大家要小心了。"茹儿和月儿守在装着财宝的马车旁，春风、春雨从车里下来骑上了马。冷竹青、张荣和庄儿走在回乡的路上，心情愉快，可听了乔如虹的话，不免又紧张起来。

　　时至正午，一支商队迎面走来，有二十多人，有车有马有护卫。一个留着大胡子的人骑马走在队伍的最前面，一个长着绿豆般的小眼睛的人和一个长着大龅牙的人走在他的两边，还有一个戴一只眼罩的人紧紧跟在他的身后。他们后面便是拉货物的马车和十几匹马，最后还有十几个带刀护卫断后。这样一支商队在这条路上算不上大商队，可防护力量不可谓不强。大胡子发现了乔如虹，说道："前面的商队怎么会是女人牵头？真是怪事。"那绿豆眼仔细看看，说道："老大，这支商队有十几人，而且有老有小，重要的是，其中有几名女子，并且个个艳丽无比。"大龅牙咧嘴一笑，满口黄牙裸露在外面，说道："大哥，这样的女人要是不玩，岂不是浪费？玩够了再卖也是很值钱的。"大胡子奸笑一声，问道："玩得够？"绿豆眼和大龅牙忙说："玩得够，玩得够！"大胡子哈哈大笑起来。

　　原来这是一支亦商亦匪的队伍。一般情况下，他们是正常商队，可有时，他们也杀人越货，跟匪徒没什么两样。今日，他们见这条路上只有两支商队，而对方人手少，又有美貌的女人，便实在舍不得放弃，准备动手。大胡子背后的一只眼提醒道："大哥，那牵头的女人气度不凡，武功不会低于我们。"大胡子笑道："好虎也架不住一群狼。她武功再高，也会被我们撕碎的。"大龅牙知道大胡子已经下了决心，便向后面一挥手，护卫们立刻都拥了上来。两支商队的距离越来越近了。大胡子说："弟兄们，山高路险又无他人，咱们再干他一场，把美女和财宝留下，万不可伤着她们，其余的人格杀勿论！"

乔如虹见前面商队的人马堵住了道路，便知情况不妙，回头说道："做好准备！"冷月娇纵马走到前面，问道："请问各位，为何堵住道路？"大胡子奸笑一声，说道："美人，这还用问吗？当然是想把你们留下了。乖乖地跟我们走，让你有享不尽的荣华富贵。"绿豆眼尽力将眼睛睁得大一些，叫道："我大哥富甲一方，我们兄弟武功超群，你们就从了吧，免得丢掉性命。"

老叫花低声命令道："张荣、庄儿快上马，不必管车上的东西，先灭了他们！"川儿下车，忙抓了一把石子，老叫花说："给我两个，先夺他们的马。"乔如虹大声说道："你们表面上是商队，实际上是土匪、强盗，你们是快刀帮的人吗？"她在对方队伍里没见到黄谢和老胡，是快刀帮复仇的还是遇到了土匪，她一时还无法断定。大胡子冷笑一声，说道："你们要是遇到快刀帮，那快刀一出，咔嚓几声，你们早就没命了。我们只是临时捞点油水而已，并不想杀你们，快快从了吧，否则死路一条！"冷月娇骂道："你们虽不是快刀帮，但也是匪徒，同样可恶，该杀！"大龅牙猛地叫道："哈！小娘子，爷没动手，你却要开杀戒了。小的们，冲上去！"

双方开始了混战，绿豆眼领着人向左边冲杀，大龅牙带人向右边冲杀，一只眼跟着大胡子攻向冷面双娇，他们是想将对方包围起来，先将男人杀掉，再将女人擒获。老叫花突然站起来，叫道："冲出去，不要叫他们围着打！"月儿手举腰刀向右侧冲去，茹儿手提长棍从左侧冲出，张荣、庄儿等人手执刀剑也分别从两侧冲出，刀剑相击，杀声震天。冷月娇的寒光宝剑先将两个匪徒砍下了马，又立刻冲向大胡子。一只眼拍马迎上，截住冷月娇，与之厮杀。乔如虹挥动双锥直取大胡子，大胡子交手后方知大事不妙，他只好左闪右躲，以保全性命。月儿连杀数人，不过还有几个人冲向了她的后面。川儿和老叫花撒出石子后，四个匪徒当场毙命，跌落马下。川儿和老叫花乘势夺下两匹马，也向前冲去。

茹儿的棍子已将两个匪徒打落马下，大龅牙一看，骂道："好小子，有两下子，让爷爷我来收拾你！"说罢，一刀砍下来。茹儿向马背上躺去，躲过这一刀，然后随手一棍，扫在大龅牙的腰上，疼得他哇哇大叫。他知道这黑小子不好惹，便不敢再交手了，顺势向前冲去。庄儿将他拦住，大龅牙举刀便砍，庄儿用刀迎去，将大龅牙的刀截成两段，再一回刀，便要了他的性命。庄儿大叫："我胜了！"绿豆眼见大龅牙被活活劈死，惊慌失措，驾马要逃，春风立刻拦住他，与其厮杀。绿豆眼一看春风的宝剑，银光闪闪，再也不敢硬砍硬挡了，怕像大龅牙一样丢了性命。春风见他胆怯了，便加快了进攻，使之手足无措。春风抓住机会，一剑刺入他的胸膛。张荣、冷竹青、春雨也是连杀数人。大胡子用眼一扫，自己的人马三成去了两成，而且绿豆眼和大龅牙都已被杀，自己也被打得晕头转向，立刻叫道："一只眼，快跑！"他刚喊完，头上就挨了一棍子，一回头，见一只眼也挨了一棍子，打他们的正是老叫花和川儿。一只眼忍着疼痛想逃跑，便觉眼前剑光一闪，一股凉气直击咽喉，他还没叫出声，冷月娇一剑刺来，一只眼倒地身亡。大胡子见此，说了声："真是撞到鬼了……"话还没说完，一支短锥朝他颈下一划，他立刻也断了气。剩下的几个随从也被杀死了。冷竹青、张荣、庄儿三人下了马，你打我一拳、我打你一拳，相视大笑起来。春风、春雨也下了马，跑到冷面双娇面前抱着她们哭了起来。她们为今天的胜利而激动，喜极而泣了。

老叫花等他们渐渐平静下来后，说道："好了，孩子们，快把尸体扔进山沟里去，别影响别的商队通过。"大伙立刻忙了起来。川儿往马车里一看，里面装的是各种绸缎，还有十几匹马自己跑了回来。张荣和庄儿忙将马儿和车辆绑好，便继续上路了。

终于走出了麦积山，又向前走了十几里，乔如虹叫大家停下来，她对老叫花说："叔叔，就送到这里吧，你们也该入川练功了，不必再为我们耽误时间了。"老叫花说道："如虹啊，我们消灭的不是快刀帮的人，他们肯定在前面等着咱们，准备报仇呢，我们再送上一程会安全些。"茹儿也说："是啊，姑姑，我们现在就走，心里会很不安的。"乔如虹说："经过刚才这一仗，我们等于练了兵，孩子们杀出了经验和勇气，再遇到快刀帮的人也不会害怕了。"冷月娇说:"现在还不知道黄谢他们会在什么地方设埋伏、搞伏击,可能在太白山、终南山,也可能在熊耳山,甚至是伏牛山。这样送下去,就有可能送回河南了,那就影响你们练功了。还是别送了,由此入川最好。"

张荣也说:"爷爷、茹儿,你们去吧,我们能保护自己,放心吧!"春风说:"茹儿,我真不愿意离开你。只盼着你们早点回河南,我们建好山庄等着你们。"乔如虹拿出银子交给月儿,说:"拿好,路上用的盘缠。"老叫花说道:"那你们多保重,咱们就在此告别吧。"

杨七躲在暗处,看见了他们分手这一幕。他心中暗喜:好极了,走了几个人,还剩下七个,以我们三十多人对付七个人,胜算有七成。他看着老叫花他们向南渐渐远去了,这才悄悄退回来,骑马向东狂奔。他自言自语道:"堂主,车上的财宝咱们得定了!"

在肃州通往河南的大路上,骑在马上的冷月娇指着前方的山,说道:"大家看,前面便是太白山了,咱们到家了,可以好好休息一夜了。"张荣看了看那高耸入云的山峰,说道:"啊,山高林密,真是神仙住的地方。"庄儿抬头看看天色,说道:"已是申时,早点休息,明天赶路更精神。"冷竹青说道:"屋子长时间没人住,不知道里面成什么样了。"乔如虹说道:"只要有房子就可以,反正只住一夜。"春风问道:"姑姑,有院子吗?能容下三辆车和十几匹马吗?"乔如虹笑道:"能。凡是叫山庄的,院子都是大大的,这样骑马、套车才方便。"冷月娇说道:"今晚也得轮流值夜,别叫快刀帮的人钻了空子。"他们终于在太白山庄大门前停了下来,张荣见院子里空无一人,刚要赶车进院,忽然从东面传来了马的嘶鸣声。乔如虹示意大家静下来,她侧耳倾听了片刻,便立即将人召集到一起,小声说道:"院外有马鸣声,院内有脚步声,可能有人埋伏在此。"接着她便把应对办法一一做了交代,然后,大家分头行动起来。冷竹青拿出一匹缎子布绑在马鞍上,上面再用布盖好,就像一个人坐在马上一样;张荣和庄儿将两辆马车拴在门前的树上;春风、春雨将十几匹马的缰绳也系在树上。他们边干边大声说着话:"哎,别着急,咱们一块儿进庄。我可饿坏了,进庄要先吃饭才是。我只想美美地睡上一觉,这些天真是太乏了。快把车篷上的土掸一掸,咱们要进庄了。把自己身上的土也抖一抖，免得带进庄里。"他们边说边做完手里的活计，然后从背上取下弓，再从箭囊中取箭上弦。

一切准备就绪，张荣推开大门，将一辆马车赶进大院。这时，正房和东厢房后立刻闪出二十几个人，手执弓箭向马车一阵狂射。有的箭还直接射出了大门外，那几匹马全部倒地，马车也翻了，车中箱子滚落到地上，珠宝也撒了满地。弓箭手一看到珠宝，像疯了一样从隐藏处跑出来，一齐拥到马车前去抢珠宝，这时，杨三虎、郎昊等人也从房后闪出，大声叫道："别抢，快回来！"他们心里着急，知道是中了计。但为时已晚，只见冷面双娇带人立即冲了进来，七张硬弓，弓响箭鸣。抢珠宝的匪徒还没等将东西放入怀中，便倒地身亡了。张荣、春风等人在大漠中苦练射箭，今天算是派上用场了。箭无虚发，越射越兴奋。杨三虎一看，自己的人马顷刻间便死去半数，心里着急，他叫道："弟兄们，冲上去！"关士田和韩士夕冲出来，一看是冷面双娇，复仇之火立刻燃烧了起来。韩士夕用那难听的腔调道："冷面双娇，我们报仇的时刻到了，拿命来！"杨三虎、郎昊和庄大一听是冷面双娇，还真吓了一跳。

关士田说道："师弟，我们两个去杀乔如虹。谷门主，那冷月娇交给你了！"谷丁只好领着觑觑狗和五个徒弟冲了上去。杨三虎一看有人对付冷面双娇，心下稍安，他又喊道："弟兄们，那五个年轻的我们全包了！"说罢便朝着张荣等人冲了过去。

院外南山坡上，苦儿正朝院子里看，他一听有人喊出冷面双娇，立刻说道："不好，正是姑姑他们！咱们冲进去。"玉儿说："别忙，骑马冲进去，杀伤力更大。"于是他们忙下山去牵马。

在大院西边的一个巨石旁，还有一个人在关注这场厮杀，这个人正是唐宣，他是打听到冷面双娇住在太白山庄，特来此处寻找女儿的。他看见谷丁与冷月娇交手，心想：冷面双娇岂是好对付的？弄不好会送命的。无论如何，他是我师兄，我应将他拉走才是。想到这里，唐宣便悄悄向大院靠近，准备进院救谷丁。

院子里，关士田、韩士夕紧缠着乔如虹，他们利用轻功好的特点，不时向乔如虹发起进攻，母鸭跩韩士夕更是有恃无恐，竟放寒气与乔如虹对抗。

乔如虹的内力已是今非昔比，她抓住机会向韩士夕放出寒气，韩士夕仍以寒气抗衡。没过多久，韩均便觉得左半身如坠冰窟，吓得连连后退。

谷丁以透骨掌的深厚内力，与冷月娇的冰雪大法对抗。冷月娇的寒气是源源不断，而谷丁的内力却是用一点少一点，左放右出，心里好生着急。冷月娇趁他后退之时，将他带来的五个徒弟砍死了四个，吓得觑觑狗躲在谷丁身后，不敢向前。谷丁此时方知冷面双娇的厉害，要想抽身却是不易，只好硬着头皮与之周旋。而冷月娇心里并不轻松，因为她看见春风、春雨处于危险之中。谷丁又追了上来，因为谷丁不想让别人看到自己太无能，才做些姿态给人看。

黄谢边打边说："张荣，你小子出息了，还敢跟黄爷动手？"张荣说："黄谢，你杀人放火，无恶不作，罪无可赦，还是快快受死吧！"黄谢说："你不要以为你手拿爷的宝刀，爷就不敢打你。爷手中的家伙也是宝物，看打！"黄谢说罢，攻得更凶猛了，因为他知道张荣的底儿，根本没把他放在眼里。张荣心想：只要你不放毒针，老子就不怕你，我这泼风刀法也不是吃素的。他见黄谢一刀用力砍来，便举刀去挡，同时使用吸功大法，随即左手在胸前一动，一股力量直击黄谢咽喉。黄谢觉得喉咙受击，不觉大嘴一张，一口毒针射到地上，他骂道："他娘的，撞到鬼了！"张荣没了顾虑，放手攻了起来，并说道："黄谢，你不是撞到鬼了，而是碰到你张爷爷了，咱们那笔老账，也该算算了！"黄谢越战越心虚，心想：张荣什么时候学会武功了？

老胡与庄儿交手，他说道："庄儿，看你憨厚老实，怎么也敢舞刀弄枪的？找死是吗？"庄儿慢慢说道："老胡，你害人不浅，今天你跑不掉了！"庄儿的刀法虽胜过老胡，可老胡凭借多年的经验并不至落败。老胡笑道："庄儿，你不听胡爷我良言相劝，爷只好送你上路了。"庄儿是个闷葫芦，行动起来也是不慌不忙，一时间，老胡还真拿他没办法。

郎昊对冷竹青，杨三虎打春风，杨七对春雨。冷竹青打得有些手忙脚乱。单打独斗，他们也许还不会吃亏，可郎昊和杨三虎身边各有两三个手下相助，一人对三人，还是有些力不从心。很快，冷竹青的左臂、春风的左腿和春雨的右腿都受了伤，鲜血汩汩流出。杨三虎叫道："弟兄们，灭了他们，然后围住冷面双娇，往死里打！"仿佛他们已大获全胜一样。

庄大接到曲蛇的指令，担心黄谢有闪失，便冲过去与黄谢一同联手打张荣。张荣以一敌二，甚觉吃紧。此时，杨三虎的人虽被射死不少，但他们在人数上还是占上风，仍有十七八名匪徒围着冷面双娇等七人厮杀，更有谷丁、关士田、韩士夕等高手参战，形势非常不乐观。冷面双娇看在眼里，急在心头。

正在这时，唐宣冲了进来，拉着谷丁说："师兄快走，不可与冷面双娇为敌，会没命的！"此时，谷丁的左臂已被冷月娇的冰寒之气击中，正处于危急之中，他就势向一旁闪去。冷月娇也顾不上追他，忙去救冷竹青和春风、春雨。正在这时，苦儿、玉儿和杏儿三人骑马冲了进来，躲在谷丁身后的觑觑狗一看，不由得大叫："苦儿来了！"

苦儿的名字一喊出，正在打斗的人们似乎都愣了一下，张荣及冷面双娇等人又惊又喜，精神为之一振。杨三虎一看，一个骑马的漂亮小伙子冲了进来，还有人叫他苦儿，心中极为不安：庄大在此，要是让龙老大知道了我与苦儿之间的事，龙老大岂能放过我？苦儿于我，如芒刺在背，不除不快。他抽身向前跑去，要拦住苦儿，想将他杀死。苦儿手执木棍，左击右打，势不可当，挨着的死、碰着的亡，院子里的局势马上发生了逆转。杨三虎的人马不禁发了慌，苦儿身后的玉儿挥剑砍杀，连杀两人。杏儿手中的石子也是连续发出，黄谢、老胡等人都头破血流。这个稚气未脱的小女孩，动作快、手法准，叫人大吃一惊。

"玉儿！"唐宣看到玉儿，高兴地叫了起来。正在他欣喜之余，觑觑狗猛地向他后背刺了一剑，刀尖已从腹部穿出。唐宣看了看，说道："你敢下毒手，我饶不了你！"便往后倒去。玉儿见爹爹被刺，心急如焚，拼命冲了过来。苦儿见了，也是奋力向前冲去，大声叫道："唐大侠，唐大侠！"杨三虎挥刀向苦儿的坐骑砍来，苦儿一棍将他的刀打掉，木棍一转，击中他的右肩，只听咔嚓一声，杨三虎的肩骨被击碎，左臂立刻下垂，失去了行动能力，跟在杨三虎身后的杨七立即将他拉到一边。觑觑狗一看苦儿向自己冲来，立刻拉着谷丁向南边跑去。他们从栅栏缺口处刚要跑，只觉得后脑一热，谷丁用手一摸，方知被石子打伤。他二人顾不了许多，快速逃了出去。

谷丁带来五个徒弟，现在只剩下一个刘山了。他看见谷丁和觑觑狗向深山里逃去，便扭头向东边跑去。苦儿和玉儿冲到唐宣身边，玉儿抱着唐宣大声哭号。

关士田和韩士夕一看，谷丁、杨三虎都跑了，也向大门逃去。关士田逃走的一刹那，身体被乔如虹的寒气击中，他大叫一声，不顾一切地逃走了。郎昊、黄谢等人见大事不妙，也很快逃出大门，夺马而去。转眼间，杨三虎的人死的死、逃的逃，他们没想到筹划多日的报仇计划就这样失败了，而且败得一塌糊涂。

张荣和庄儿跑过来与苦儿相见，冷面双娇也赶过来与他说话。"爹，快醒醒啊，看看女儿啊！"苦儿听到玉儿的呼唤声，忙蹲下来，从怀中取出一枚回天丸给唐宣服下，又为他布气，助他快些醒来。不一会儿，唐宣吃力地睁开眼睛。他看了看玉儿，说道："爹总算看到你了。你的剑法很有威力，爹真高兴！"他又看看苦儿，并抓住苦儿的手，更加吃力地说："苦儿，我不行了，中了觑觑狗的暗算，真是大意失荆州。玉儿就托付给你了。"苦儿流着泪说："放心吧，唐大侠，玉儿不会有事的，她会成为一位女侠，为你报仇的！"唐宣的呼吸越发急促，声音也越来越微弱，他说道："我在伏牛山中寻找玉儿时，意外发现深山中藏有快刀帮一个堂的人马。"说到这儿，他歇了一会儿，又说道："后来……后来我跟踪一个叫鄂爷的人，得知山南城一品香酒馆掌柜的便是白堂主……"这时唐宣瞪大眼睛还想说什么，可他没有力气再说下去了，头一歪便咽了气。玉儿立刻号啕大哭起来。乔如虹向苦儿问明了唐宣的身份和情况，说道："这样吧，我去镇上买一口棺材和下葬用品，你们把东西收拾好。"正在给受伤的冷竹青、春风、春雨包扎的冷月娇说道："姐姐，我与你一起去吧。"二人骑马向镇上飞奔而去。

他们在一间屋子里设立了灵堂，玉儿身穿孝服跪在一旁，乔如虹施礼焚香吊唁。杏儿一看玉儿一人跪在那里，十分孤单，便走过去跪在玉儿身旁。白雪像是懂事似的，也趴在杏儿身边一动不动。苦儿见杏儿如此，心说：杏儿真是个懂事的孩子。他也走过去，跪了下来，陪玉儿一起给各位亲友还礼。张荣、庄儿、春风、春雨等人也一一上前行跪拜大礼，祭奠唐宣。

仪式完毕后，冷面双娇率众人走到玉儿面前。再看那玉儿：娇滴滴不胜哀痛，悲切切难止呜咽。谁人看了不会动怜爱之心？乔如虹拉着玉儿的手，低声说道："玉儿，你爹爹善待苦儿，你为了救苦儿，不惜离家出走，你们都是苦儿的救命恩人。从今往后，我们姐妹就是你的姑姑，你就是我们的亲侄女。张荣他们就是你的哥哥和姐姐，等你们追上了叔叔他们，还会有爷爷和弟弟妹妹。我们这个大家庭可大了，你并不孤单。"玉儿拉着乔如虹和冷月娇的手叫了声姑姑，三个人便抱在了一起。

夜深了，苦儿和杏儿陪着玉儿守灵。玉儿跪在灵前说道："爹，都是女儿不孝，您要不是为了寻找女儿，也不会遭此毒手。您一走，女儿一辈子都不得安宁！"杏儿说："玉姐姐，你这么伤心，唐叔叔见了会心疼的，你眼睛都哭肿了。"苦儿拿来毛巾，为她擦了擦脸，玉儿抱着苦儿和杏儿，说："你们不能离开我，我再也没有别的亲人了！"苦儿劝道："傻丫头，姑姑不是说了吗？大家都是你的亲人，我是你哥，杏儿是你妹，我们怎么会离开你呢？"杏儿说："唐叔叔，你放心吧，玉姐姐不会孤单的，我们都是她的亲人。"

在冷面双娇的房间里，冷竹青跪在地上，等着她们的答复。乔如虹问道："你真的要跟苦儿去练功？""是的，大姑。"他答道，"想想侄儿这几年的遭遇，再看看今天右臂上的伤，想到苦儿的勇敢和潇洒，连杏儿小小年纪，都是内力深厚，撒出的石子百发百中。那玉儿神采飞扬，剑花飞舞，犹如仙女下凡……"说到这里，他显得十分兴奋。

冷面双娇见他如此神色，相视一笑。冷竹青接着说："侄儿不但看出苦儿武功高强，还看出跟着他练功肯定收获颇丰，杏儿和玉儿就是实例。"冷月娇说："你的想法虽可理解，但你爹娘在家里日夜盼你归来，知你不归，必伤心不已。"冷竹青说："姑姑，侄儿若是不回去，爹娘必然挂记，可侄儿回去了又能做什么呢？不外乎是当厨子、做缝衣师傅。要在过去，侄儿倒也心满意足了。可如今，侄儿见了世面，不能满足于这种生活了。侄儿要跟着苦儿练好武功，将来跟二位姑姑一起扶弱救贫、铲除邪恶，也不枉我来世上走一回。"冷月娇说道："你有这样的抱负，姑姑听了很高兴。但练功十分辛苦，条件相当恶劣，你能坚持到底吗？如果半途而废，还不如不去。"冷竹青立刻表态："姑姑放心，杏儿和玉儿能做到的事，侄儿一定也能做到，不然就不是男子汉！"冷月娇笑道："你既有这样的决心，那就去吧。不过，你要给你爹娘写封信，姑姑带回去给他们看了才能安心啊。"冷竹青听姑姑同意了，马上高兴地说："行，侄儿这就回去写。"乔如虹笑着问："竹青，你说实话，你执意要跟苦儿去，除了练功，还有别的原因吧？"冷月娇也笑道："实话实说，别藏着掖着的。"冷竹青脸一红，说道："真是什么事也瞒不过二位姑姑的法眼。侄儿便照实说了吧，侄儿没出息，看到玉儿后，心里便再也放不下了。知道那是苦儿的朋友，不可鲁莽，但又觉得还是有机会的。二位姑姑，就让侄儿去争取一下吧！"冷月娇问："若是最后争取不到呢？"冷竹青抬起头来，很坚定地说："姑姑，能与玉儿一路同行，能为她做一些事情，能看到她获得幸福，这就够了。"乔如虹说道："好，如能按此而行，那是最好不过。但姑姑要告诫你，年轻人易冲动，你不可伤害玉儿。一切需等待，瓜熟蒂落才是真情，万不可强行介入，或乘虚而入，切记！"

第二天早晨，冷面双娇带领众人将唐宣安葬在太白山的南坡上。众人回到山庄后，聚在一间大屋里，玉儿给众人施礼，说道："二位姑姑、各位哥哥姐姐，谢谢大家帮助我安葬了父亲，让他老人家入土为安，做女儿的实在是感激不尽！"冷月娇见她一身素衣，衬得面色更加白嫩，眼中的泪花好似花瓣上的露珠，正是花上露犹泫，楚楚动人。暗想：这姑娘天生俏丽，俏得动人心弦，难怪竹青一见倾心啊。乔如虹说道："玉儿，咱们是一家人，无论为你做什么都是应该的。你不要往心里去，亲情大于一切。"她刚说完，张荣说道："苦儿，快说说你是怎么从海上逃生的？"苦儿也说道："我也要问问你呢，你怎么会和姑姑在一起？这些年你和庄儿在什么地方？"冷月娇摆摆手，说："我们虽然在此相聚，却因事多、时间紧，一直没机会交谈。现在，咱们终于可以坐下来说说话了。我看这样，先由张荣、庄儿谈起，然后我再谈，大家最关心的苦儿的神奇遭遇放在最后，如何？"

张荣说："那好，我先说。苦儿，在那个放羊山沟，人家把你留下了，我和庄儿被带走了。这一路上，其他的几个孩子先后被卖掉，因我长得丑，庄儿又是个闷葫芦，没人肯花钱买我们，于是，他们带我们两个来到了围城镇，强行卖给了开客栈的齐掌柜。我们在客栈一直做到去年，齐掌柜对我们不错，庄儿做了大厨，我做了柜前老大。后来遇到二位姑姑，才把我们带回了中原。"庄儿说："苦儿，绑架咱们的那三个人都是快刀帮的人，快刀帮帮主叫龙老大，他的徒弟叫曲蛇，绑咱们的那个头目叫黄谢，那个狐狸脸的人叫老胡，是黄谢的亲信。昨天，就是这两个人带人来打咱们的。"苦儿说："我没注意到这两个人，不过，我看到了杨三虎和杨七，杨三虎被我打断了臂膀，他就是留我放羊的那个山沟的主人。只可惜，让他跑了。"

冷竹青说道："我去西北做生意，不料赔了本，回不了家了，于是，我就到张荣他们的那个客栈做零工。古镇里快刀帮的人听说我会炒菜，又会做衣服，便把我绑了去。春风、春雨也被他们抢了去，我们三人在那匪窝里受尽了折磨。"春风说道："要不是二位姑姑、爷爷和茹儿去了，打赢了他们，我们还得活受罪。"苦儿高兴地问道："二位姑姑，你们和爷爷、茹儿见面了？"冷月娇笑道："你先别急，听我慢慢道来。"接着，她把自己如何去围城镇、如何受伤及攻打快刀帮之事，一一说了一遍。乔如虹又把自己如何被坏水狗下毒、抢劫，以及如何被茹儿所救等事说了，她最后说："我们破了古镇，可黄谢、老胡逃跑了，他们一定会找人报复的，所以才决定在古镇练功。练了七八个月，今年二月才起程。茹儿他们送我们到麦积山后，我们怕影响他们练功。便催他们南下入川了。"冷月娇笑道："不想在太白山大战之中又遇到你们，真是机缘巧合啊。"玉儿说道："二位姑姑有所不知，我们在华山脚下遇上了这一伙人，哥哥认出了杨七，便跟踪至此，见他们围攻二位姑姑，我们便冲进来了。"

庄儿说："多亏了你们赶到，不然我真的坚持不住了。苦儿，你快讲讲你大海逃生的事吧。"张荣也说道："对，快讲讲，我最想听了。"苦儿便将自己和杏儿在小荒岛的相遇、生活，以及如何渡海回到大陆的经历讲了一遍。人们屏息静听，不时发出惊叹。当讲到成功上岸时，冷竹青问道："后来，你们又是怎样认识玉儿的？"玉儿一听提到自己，便把当时自己在陈家湾遇险、苦儿相救、师伯下毒及如何偷解药走出铁掌门之事讲了一遍。

听了这些述说，苦儿说："二位姑姑，我现在明白了，为什么在黄山、庐山、陈家湾等地都有人来打我们，那一定是山南城中一品香酒馆的白掌柜干的好事，因为只有他知道我在山南城露过面。唐大侠探得快刀帮在伏牛山和山南城中各有一个堂，这对我们太重要了，一些谜团就可以解开了。在黄山和庐山，一定是白掌柜和伏牛山的人打我们的，目的就是要抓住我，可他们没打赢，龙老大这才将谷丁派到陈家湾。"乔如虹问道："那那个刘全柱是什么人？"玉儿说："刘全柱是龙老大的徒弟、曲蛇的师弟，长着一双大贼眼，为人奸诈又自以为是。"苦儿说道："后来，我看见了玉儿的护身符，才知道她就是当年和川儿前后脚进我家的那个十分喜欢护身符的小女孩。"乔如虹问："玉儿也有护身符？这真是缘分啊，快拿出来给姑姑看看！"玉儿扯开一只裤脚，取出护身符。乔如虹和冷月娇一看，笑道："一点不错，果然是那块玉片。"当护身符传到庄儿手上时，庄儿看看玉儿，说："文叔叔真是太神了，刻得也太像了！"春风最后看完，把护身符交给玉儿，又取出针线，重新将护身符缝在裤脚里。玉儿忙说："谢谢大姐！"

苦儿说道："当唐大侠看见我的护身符时，方知我父亲就是刻符之人。他说我父亲是好人，他要帮助我，绝不让谷丁将我交给龙老大。没想到唐大侠会死在觑觑狗手里，我真后悔离开铁掌门时没杀了他！当时我是念在我们同乡多年，希望他能改邪归正，这份宽容倒纵容了他，却害了唐大侠。是我之过！"

冷月娇忙说："苦儿，不必自责，这个仇我们一定会报。你们尽快去古镇练功，由竹青陪你们去，围城客栈的齐掌柜会照顾你们的。百日后，你们也返回麦积山，并由此南下入川，到峨眉山清风观去找清风道长，在那里可遇到茹儿他们。"苦儿问道："爷爷他们会去峨眉山吗？"乔如虹笑道："你二姑在清风观收了一个叫柳扬的男孩子做徒弟，这次特意叫茹儿把他带回来。茹儿说，他们先去雪山练功，后去峨眉山接人，所以，只要你们不耽误，会追上他们的。"苦儿由衷地笑了："这可太好了，我早就想见到他们了。"

晚上，玉儿和杏儿与春风、春雨睡在一间屋子里，玉儿急于知道茹儿的情况，便问道："二位姐姐，茹儿还好吗？"春风说："她很好，对我们非常好，给我们治病、为我们输功，我们姐妹俩能有今天，多亏了她呀！"春雨说："她对人好，武功又高，没人不喜欢她。"玉儿说："我没见过她，她长什么样？"春风说："她身材高挑，总喜欢扮成男孩。皮肤虽黑，可你要细看，是个很漂亮的姑娘。"玉儿一听，心想：茹儿果然是黑皮肤。心里又充满希望，忙又问："那月儿呢？"春雨笑着说："月儿呀，可是个漂亮的姑娘，皮肤白白的，眼睛大大的，不高不矮、不胖不瘦，别提多好看了。"杏儿问："她武功高吗？"春雨笑着说："高，张荣、庄儿的武功就是月儿和川儿教的。"杏儿又问："那他们会喜欢我吗？"春风说："哎哟，只怕他们见到你呀，爷爷宠着你，茹儿和月儿疼着你，川儿可着你，非把你惯坏了不可！"杏儿听罢，说道："这还差不多。"

玉儿却一声不响地想起了自己的心事：我还有希望和茹儿比一比，那月儿呢？是不是一个强劲的对手呢？无论如何，我也不能失去信心，爹爹走了，我还能靠谁？只有苦儿可靠，也靠得住。别人再好，我也不放心。爹走前把我托付给苦儿，可我的心始终安静不下来。想到这里，玉儿不由得潸然泪下。春风、春雨见玉儿忽然落了泪，便劝道："玉儿，放心吧，你的仇我们一定会帮你报的。"

在另一间屋子里，苦儿和庄儿、张荣、冷竹青也在交谈着。庄儿说："竹青哥，没想到你要和苦儿一块儿去练功，我要是不着急回家看看，也和你们一块儿去。"张荣说："都练功去了，那山庄谁建啊？再说了，咱们还得找王胜呢，找到了王胜，咱们几个才算是大团圆了。"苦儿说："是啊，就差王胜了，也不知道他去了哪里？要是能在练功的路上遇到他就好了。"冷竹青想试探一下苦儿对茹儿的感情，便问道："苦儿，你想茹儿吗？"苦儿立刻说道："那当然！我们从小在一起受苦受难，长大在一起练功，刚分开时都快想疯了。"冷竹青说道："过年的时候，茹儿想你，还特意作了一首词。"苦儿忙说道："你们还记得吗？快念给我听听。"冷竹青念道："独自留守领海边，镇妖孽，保平安。"张荣念道："披星戴月，踏破万里澜。"庄儿接着念道："千般感受与谁谈？逢年节，倍孤单。"冷竹青又念道："愿开长渠达东岸，驾轻舟，盼相见。"张荣念道："扬起风帆，双桨荡云烟。"庄儿最后念道："相逢无语胜千言，目凝视，泪难干。"

苦儿听罢，早已心潮澎湃、泪水涟涟了，千言万语只变成两个字："茹儿，茹儿！"他低声呼唤着。冷竹青一看便知苦儿的心意：他二人早已是心心相印、情投意合，没什么力量能把他们分开了。庄儿看看苦儿，说道：
"苦儿，爷爷和姑姑早已把你和茹儿的事讲给我们听了，现在情随事迁，你
不会因为身边有了玉儿就有所改变吧？"苦儿明白，只有少年时最亲密的朋
友，才能这样直截了当地问他，所以，他并不生气，笑着说："玉儿和杏儿
一样，都是我的亲妹妹，我不只爱她们，有时还宠着她们。但对茹儿不一
样，还有另一种更深的爱，它是不会情随事迁的。"冷竹青一听，心说：阿
弥陀佛，希望能早点得到玉儿的芳心。

　　次日一早，冷面双娇和苦儿他们告别。苦儿说："姑姑，我们再送你们
一程吧。"乔如虹说："不必了，快刀帮吃了大亏，一时还难以再次出手，
所以你们尽管去练功，我们不会有事的。你可要算好时间，千万别错过了和
茹儿相见的机会。"冷月娇也说："苦儿，游学完毕就早点回来，我们在新
建的山庄等你们归来。"玉儿提醒说："二位姑姑，注意那白掌柜的和伏牛
山的匪徒。"乔如虹说："好孩子，多保重！"冷月娇也摸着杏儿的头，
说："杏儿，早点回来，姑姑给你做好吃的。"杏儿忙说："谢谢姑姑！"
张荣和庄儿各赶了一辆马车，春风、春雨赶着二十几匹马，马身上驮着的全
是绸缎。乔如虹在前开路，冷月娇押后，队伍便离开了太白山庄。冷竹青赶
着一辆马车，车上放着冷面双娇给他们留下的两千两银子和锅碗等用品，车
后还拴着两匹马，那是冷面双娇送给他们备用的。苦儿、玉儿和杏儿三人骑
马，四人也踏上了西行之路。

　　另一边，曲蛇在向龙老大报告："师父，黄谢欺骗了咱们，灭掉古镇
的原来是冷面双娇！"龙老大一听，倒吸了一口凉气，急忙问道："伤了多
少？"曲蛇答道："郎昊带去十个人，只剩下三四个；杨三虎的十个人全
没了；谷丁带去五个，也不见了。这样算来死了二十几个。好在大头目都
在。不过谷丁已逃走，因为他的手下杀了他的师弟唐宣。关士田、韩士夕也
中了冷面双娇的寒气，半身麻木，如不是逃得快，早就没命了。杨三虎被
人砍了左臂，杨七也受了伤。黄谢倒是没受什么伤，老胡也不知跑哪儿去
了。""损失惨重，损失惨重！"龙老大叫道，"好你个黄谢，竟敢谎报实
情，叫我拿着鸡蛋去碰石头，真是该杀，该杀！"曲蛇立刻劝道："师父息

怒，好在没影响大局，郎昊已经回伏牛山了，关、韩、黄及杨三虎、杨七五已被带到绿水山庄休养了。徒儿已派人去了邯郸，着手接管邯郸堂。"这时，忽听门外的庄三禀报："老爷，庄大求见。"龙老大没好气地说："叫他进来。"

庄大进来后，曲蛇忙问："情况如何？"庄大回答道："老爷、大公子，坏事了，杨三虎的一个手下，负伤回到邯郸，说邯郸堂与冷面双娇结了仇，冷面双娇迟早要找到盛兴客栈来的。家里的弟兄们一听，便搜遍了整个客栈，找到银子和珠宝，分光便散了伙。属下赶到时，客栈已被官府查封，城中百姓都在议论此事。属下探明情况后便急忙赶回报告。"龙老大一听，真是气红了眼，叫道："损失了我一个堂的人马，真是太可恨了！"曲蛇说："徒儿担心邯郸堂会出变故，便立即派庄大去接管，不想还是晚了一步，这些人竟自己散了伙。"龙老大拍着桌子骂道："乌合之众，乌合之众！一有风吹草动，只顾金银财宝和逃命了。武功不如人，计谋不如人，军心不如人，何以争得武林至尊？即便争得了，又如何能长久？"曲蛇忙说："对各堂是该好好整顿一番了，应以邯郸堂为戒。师父不必伤心，等我们夺了十业帮，至少可增加三四个堂。师父，还有一事，苦儿没死。"龙老大诧异地问道："没死？这是怎么回事？"庄大说："在太白山庄双方激战时，有三人骑马冲进大院，谷丁身边的觑觑狗立刻叫了声苦儿，刚刚赶到的唐宣叫了声玉儿。原来，苦儿身后的姑娘玉儿竟是唐宣的女儿。玉儿身后还有一个十几岁的小姑娘。这三人如入无人之境，杨堂主想上前阻拦，被苦儿一棍将左肩打碎；几个向玉儿进攻的人，也被她的利剑所杀；那个小姑娘撒出的石子，百发百中。若是苦儿他们不来，我们不会败。"

龙老大听罢，仰天长叹："苦儿啊苦儿，你为何投靠了冷面双娇？为什么不投奔我呢？老夫可是传过你功夫的。苦儿大难未死，必有不寻常的经历啊！"曲蛇说："师父，徒儿把他找回来吧？"龙老大叹口气，说："能来最好，不肯来便杀了他，将来也少了一个对手。可你又上哪里去找他呢？"曲蛇说："路上我都留了人，会知道的。"龙老大想了想说道："好吧。你和庄大，再带上关、韩二人，去寻苦儿吧。不过做事要隐秘些，切不可弄得满城风雨。而且要处处小心谨慎，我们不能再伤一个人了。"曲蛇说道：

"弟子明白，您放心吧。不过，关、韩二人有伤在身，尚需休养几日。"龙老大说："可以，过几天再起程不迟。"

曲蛇领着庄大坐了一辆马车来到绿水山庄。这绿水山庄是青蛇山庄的一个外庄，两个山庄之间有树林相隔，林密蛇多，没有驱蛇丸根本无法行走。由绿水山庄向山外走，也有一片密林，同样是青蛇众多，不能随意出入。所以进了绿水山庄就等于进了牢房。黄谢等五人一进来，便知处境不妙。

此时，杨七正在埋怨黄谢："黄堂主，一听说你要报仇，我们堂主二话没说，立刻张罗人马，可你不该隐瞒冷面双娇的身份啊。那冷面双娇是好惹的？连关士田和韩士夕二位大侠都吃了亏，何况咱们？你不是成心让我们吃亏吧？"黄谢装作不知道的样子，说："老七啊，我哪里晓得她们是什么冷面双娇，要是知道了，又怎会不说？"杨七一听更生气了，说道："咱们帮主吃过冷面双娇的师父常笑天的亏，也多次告诫咱们，要是遇到冷面双娇千万要小心，你怎么会不知道呢？你说话也太昧良心了吧！"黄谢被说得面红耳赤。杨三虎左臂受了伤，他手捂着伤口，说："行了，别吵了，现在说什么也没用了，我只是担心邯郸堂会不会出事。"杨七说："堂主，好好养伤，养好了伤，咱们就回去。邯郸是咱们的地盘，不会有事的。"

他们正说着，曲蛇和庄大走了进来。曲蛇坐下来说道："杨堂主，你的手下听说你受了伤，又得罪了冷面双娇，便将客栈洗劫一空，分散逃走了。官府已将客栈给封了，你再也回不去了，我们也失去了一个堂。黄堂主，我们为了给你报仇，付出了多大的代价啊！你呢，知情不报，叫我们吃了这么大的亏，你于心何忍啊？"杨三虎听罢，立刻愣在了那里。杨七也不知该说什么好。黄谢却立刻跪了下来，说道："都是我的错，此仇越积越深，大公子不可不报啊！"曲蛇说道："这样的大仇，怎能不报？只是，你要安心住在这里，一切听师父的安排，师父会抓住机会，为我们死去的弟兄们报仇的。只要我们耐心等待并通力合作，这个仇，一定能报！"庄大将黄谢扶了起来说道："黄堂主，机会不是天天有的，你可要耐心等待。"黄谢知道自己难以脱身，便说："是，是，一切听大公子的安排。"这时，杨七才问道："邯郸堂真是人去楼空了？"庄大把所见所闻又重新讲了一遍，杨七才知道，自己无家可归了。曲蛇对关士田和韩士夕说："二位好好养伤，过几天咱们一块儿出去办一件事。"关士田说道:"听大公子吩咐。再过一两天就没事了,随时准备出发。"

四十五　浩然正气

　　老叫花等四人过了剑门关，向西南而行。这一天来到了龙门山下唯一的一家客栈——龙门山客栈。老叫花说道："天色已晚，咱们就住这里吧。"四人走进院子一看，客栈不大，有正房四间、东厢房四间、西厢房四间。这时从西厢房里走出一位老者，迎上来说道："四位客官住店吧？本店虽小，却是极干净的，价钱也便宜，快请进来吧。"老者将他们请进了正房的一个套间，老叫花看了看被褥，说："果然干净。"这时，老者端来一盆热水，说："客官先洗洗脸吧，我再去端水。"茹儿忙说："老人家，我们自己去端。"说罢，领着月儿和川儿跟着老者走进西厢房旁的厨房里。在厨房里干活的也是三位六旬开外的老人：一位老翁在切肉，一位老妇人在炒菜，另一位老妇人在切菜。川儿问："怎么都是爷爷、奶奶干活？难道没有年轻人？"刚才端水的老者说："客官有所不知，这家客栈原是我们两家的儿子联手开办的，头几年生意还红火，现在不行了，这条路上来往的客人渐少，两个孩子商量要卖掉客栈，进县城去做买卖。可这里生意惨淡，客栈很难卖出。于是孩子们进城去了，我们四个老人便在这里干起来了。虽然客人不多，但总还是有人来住，挣点钱够我们吃喝就知足了。"月儿问道："为何不雇一个人干活？"老者回答说："年轻人谁愿意到这里来做？再说，我们也付不起钱，只好自己做了。"茹儿说："四位老人家够辛苦的了。"那老者笑道："没什么，我们也干惯了。"切肉的老翁放下刀，对那位老者说："刘老哥，这肉不够了，你把我放下去再拿些。"那老者说："好，张老弟小心才好。"说罢，二人走到墙角，抬起一块木板，露出一个洞口，洞口边立着一架辘轳。张老汉正要坐进绑着绳子的筐里，川儿说："老爷爷，我下去吧。"茹儿对刘老汉说："您歇会儿，我来摇。"两位干活的老妇人点头笑道："你们真是好心人。"川儿下到洞底，说道："好深啊，我什么都看不见。"张老汉大声说道："孩子，待一会儿就好了。一头是粮食，一头是肉和菜。"月儿问："老爷爷，这洞很深吧？"张老汉说道："这是个天然洞，有八九丈深，只因洞内十分干燥，可以存放东西，所以盖房子时才将它盖进屋子里做地窖用。"

川儿大声叫道："我看清了。"张老汉说："拿块肉上来就行了。"过一会儿，只听川儿叫道："我坐好了，拉绳吧。"茹儿慢慢摇起辘轳，不一会儿，川儿连人带筐一同被拉了上来。茹儿和月儿又抬起木板，将洞口盖严。刘老汉说道："小客官真是好人，老汉谢谢三位了。"茹儿说道："老爷爷不必客气。"说罢，三人便端着水回房去了。

吃过晚饭，刘老汉又端来一盆热气腾腾、中药味很浓的热水，说道："请各位客官洗洗脚，解解乏吧。这是小店烧的中药洗足汤，用它洗脚不仅能消除劳累，还能暖及内脏，帮助消化。"茹儿听罢，感兴趣了，问道："老爷爷，这方子不保密吧？能让我学一学吗？"刘老汉笑道："没什么可保密的，客官尽管去看。"茹儿、月儿和川儿跟着他进了厨房。厨房里摆着一袋一袋的中草药。老汉介绍说："磁石、菊花、黄芩、夜交藤。"茹儿说道："磁石的功效是潜阳纳气、镇定安神，治头晕目眩、耳鸣耳聋、肾虚气喘、惊痫、怔忡。夜交藤的功效：养心、安神、通络，治失眠、劳伤、多汗、血虚身痛。"那老汉惊异地看着茹儿，说道："小客官说得没错，留下药方的先生也是这样说的。莫非客官也懂医术？"月儿说："老爷爷，她是我们的神医。"

他们三人端水回来时，老叫花已经在泡脚了，见他们三人回来，说道："这洗足汤的功效果然不凡，不仅双脚泡得气血流畅，而且这股热力还能直达体内，使人觉得全身的疲劳顿解，精神倍增。你们也快泡一泡吧。"茹儿他们三人一听，也立即泡起脚来。片刻后，茹儿说道："此方果然神奇，爷爷，我又学了一招呢。"老叫花问："你记清楚了？"茹儿说："记清楚了。我想这方子不但可以洗脚，如果略加修改，还可以治疗下肢肿胀、关节疼痛等常见病痛。"月儿笑道："二哥，什么东西到了你手里就成宝了。"川儿一边搓脚一边说："二哥，我是汗脚，这个方子能解脚臭不？"茹儿说："行，这回我知道了，可用苦参、明矾、百部、木香、半边莲、夜交藤、功劳叶等药材，至于用量嘛，可先用各三十钱试试。等咱们回到山南城，就给你用。"

第二天一早起程时，老叫花拿出五十两银子交给了刘老汉，说道："老弟啊，年纪大了，能歇就歇吧，千万别累坏了身子。"刘老汉说："客官只住了一宿，如何用得了这么多银子？"茹儿说："老爷爷收下吧，这是我爷爷的一点心意。"刘老汉谢道："那就谢谢老哥了，我们一年到头也见不到这么多银子啊，祝你们一路平安！"

告别了龙门山客栈，他们继续向雪山进发。

在四川的一座山峰上，老叫花、茹儿、月儿和川儿正围坐在一起练功。虽是五月初，但山上冰雪并未融化，寒冷依旧。四周一片银白，冰雪在阳光的映照下闪耀着刺眼的光芒。茹儿四人都戴着黑纱眼罩，坐在山峰上修炼内功。这里没有花草树木和飞鸟，有的只是冰雪和被它们覆盖的山岭。茹儿他们似乎已经融进这冰雪的世界，仿佛就是山上的一块冰。

茹儿先开口说话了："已到一个时辰了，收功吧。爷爷，你感觉怎么样？"老叫花说道："呼吸、心情都十分清爽，身上好像去掉了许多东西，有一种心明眼亮、特别干净的感觉。是了，用一个词就是：冰清玉洁。"月儿说道："爷爷说得不错，沙漠的酷热好像烧去了身上的一些东西，雪山的严寒也好像驱逐了身上的一些东西，觉得特别清凉，头脑清醒、精力十足。"川儿说："我可赶不上你们，不过，从不能待上一刻到现在能坐上一个时辰，我都为自己高兴，这两个月没白练，又有进步了。"茹儿说道："爷爷，我的换气大法又提高了一层！"老叫花一听，高兴地叫道："哎呀，真是太好了！这么说你全力发功后，立刻能通过换气大法得到补充？"茹儿说："是的，爷爷。"说罢，便站起来，对准一块大冰石，猛然发力，只听咔的一声，坚冰被击碎，冰块四处飞散，露出大山石的本来面目。茹儿对着那山石再一次发力，山石一角被击碎，碎石像雨点般落下山去。

老叫花忙站起来问道："茹儿，没事吧？"茹儿笑道："没事，我已换气完毕，内力又十分充足了。"老叫花竖起大拇指，说道："了不起！茹儿，你成功了，你终于实现了你爹的遗愿，真是可喜可贺！"茹儿也流着泪激动地说："爷爷，这都是靠您的指导才练成的，没有爷爷的帮助，我怎么会有今天呢！"川儿也深有感触地说道："是啊，没有爷爷，咱们哪有勇气登上这雪山？没有爷爷指点，咱们进步也不能这么快。不过话说回来，没有二哥自己的勤学苦练，也不会进步这么大，爷爷夸你是对的。"月儿说道："爷爷，我还差得很远呢，不知我什么时候能练成二哥那样？"老叫花安慰她说："月儿，你练功时间不长，到现在也就三年左右，按现在的水平来看，你和川儿已是进步很快了。要想达到你二哥的水平，还得花上两三年的时间。你们两个还要苦练，做新一代的习武者。"川儿问："爷爷，什么是新一代的习武者？"

老叫花想了想，说道："你们身上有'四新'啊！首先是路子新——茹儿是全新的换气大法，月儿和川儿虽练的是消功大法的内功法，却也打开了穴道与大自然交流。这和你们师父所传的功法相比已是大大进步了。其次是方法新——高山、大海、沙漠、雪山都成了练功的必要环境，并从它们那里得到了灵性，锤炼了内气，使内气具有了多种功能。再次是技法新——不要说是吸功大法，就是你们的拳脚功夫也是各具特色、独树一帜。最后，是你们的精神面貌新——高山教你们信念坚定，大海让你们心怀宽广，沙漠使你们有了战胜困难的勇气和决心，雪山赐予你们纯洁的心灵，心明眼亮、冰清玉洁。"川儿听罢，叫了起来："哎哟，爷爷，您老人家一说便是一套一套的，这个'四新'可是够我学一辈子了。"月儿笑道："就该像爷爷一样，活到老、学到老，精益求精。"茹儿说道："爷爷说得太深刻了，对我们的一生都有重要的指导意义。月儿、川儿，咱们要永远记住爷爷说的这四个新。"川儿说："二哥，你放心吧，别的我可能忘记，可哥哥、姐姐的救命之恩和爷爷的教诲，我是一辈子也忘不了的。"

"孩子们，你们看！"老叫花指着远处一座陡立的冰峰，说道"那座冰峰多像一位女神，只因她站得高、看得远，才能免受世间灰尘污染，始终保持着美丽、洁白的容貌；才能不受世间酸风恶雨的侵蚀，而千百年来保持着冰清玉洁的本色。做人就要像这位女神一样，站得高、看得远，不为名所动，不为利所累，走得正、站得直，堂堂正正过一生。"茹儿、月儿和川儿都望着那美丽的冰峰，思索着老人的话。

老叫花又说道："好了，孩子们，我们来给雪山练功做个小结吧。茹儿先说。"茹儿想了想，说道："刚才爷爷说了，这里因山高气寒，人迹罕至，才保持了银光闪烁、一片洁白的景色。因此，雪山的灵气便是冰清玉洁的纯正之气。这股纯正之气驱除了体内的污浊之气、病患之气，才会使我们有心明眼亮、心旷神怡、心清身洁之感。采了这纯正之气，使内气纯正精粹。这即是古人说的'浩然正气'。浩气归太虚，丹心照千古！"

"好，茹儿说得好极了！"老叫花赞道，"你们正一步一步进入武学殿堂，爷爷为你们高兴。不过不能骄傲自满，中华武学博大精深，得之万一已是十分了不起了。苦学多思，为中华武学添砖加瓦，才是我们的本分。"川儿说道："二哥的吸功大法便是添砖加瓦了，我跟着描描边就不错了。"月儿说道："爷爷和二哥说得都好，我什么时候也能想得这么深刻就好了。"老叫花说道："咱们下山，找个地方练轻功吧。"川儿问："爷爷，明天去哪个山？"老叫花用手一指，说："就那个平头山，看见了吧？咱们再找找常大侠，看他在不在那里修行。"

原来茹儿他们来到雪山之后，一天换一个山头，要寻遍这大雪山找常大侠。虽然迄今为止还没找到一点线索，但他们仍要寻找下去。

四人下了山，走了几个山谷，都没找到适合练轻功的地方，就继续向前走着。川儿突然喊道："爷爷，左边那个山沟好像合适。"他们走过去一看，沟底宽阔，四周山坡较缓，正适合在冰上练轻功。

在冰上练轻功，是月儿想出的好点子。一天，月儿提议，大家可以在水面上练轻功、可以在沙丘上练轻功，为什么不能在冰面上练轻功呢？于是，她找了一个地方，以脚尖踏冰飞行的办法来练轻功。这一试果然有效，得到老叫花和茹儿的肯定。从此，他们每天都要练习在冰面上飞行。但练这种轻功的地理条件必须合适：一是不能滑下山去，二是四周无大的石头，三是冰雪坚固，不容易塌陷。

茹儿慢慢走入山谷，以木棍触地，来探冰面的坚硬度。她说道："爷爷，这里可以练习。"老叫花说道："好，就在这里练，不过要多加小心，不可大意了。"川儿先在冰面上打起了滑，一下能溜出好远。月儿走到一头，一提气向前跃起，然后脚尖踏冰再次跃起，这样一步接一步，直飞到另一头。这和踏水面飞是一样的，水柔，重踏必陷；冰滑，踏重或不正，极有可能滑倒。老叫花和茹儿也在练习着，他们不求快，重在体会脚尖踏冰的刹那间的感觉。四个人在冰面上飞来飞去，煞是好看。轻功在他们身上得到了完美的体现，他们也享受着轻功带给他们的快乐。

川儿练得太高兴了，不知不觉竟玩兴大发，每一次点地都挥动双臂，竟像小鸟一样快乐地飞翔起来，而且飞的距离越来越远，他乐得嘴都合不上了。这时，他一个重踏不正，哧溜一声滑倒在地，并且急速向前滑去。茹儿一见，叫道："小弟，当心！"说时迟那时快，茹儿已飞了过去，就在点地的刹那间，将川儿从冰面上提起，飞过一段后，才稳稳地落在冰面上。川儿一手捂着鼻子，说道："哎呀，鼻子摔没了！"说罢，眼泪都下来了。老叫花忙过去心疼地说："快叫爷爷看看，伤得重不重？"月儿将川儿的手拿开，见鼻子出血了，茹儿立刻为他点穴止血，并为他布气疗伤。过了一会儿，疼痛大减，川儿才破涕为笑。月儿用手指戳他的头，说道："瞧你这点出息，撞了一下鼻子便掉眼泪，哪像男子汉？"川儿辩解道："人家很疼嘛！"老叫花笑道："没事就好，咱们走吧。"川儿说道："二哥，摔得我浑身骨头疼。"茹儿笑道："那好，二哥背你。"说罢将他背起来。川儿趴在茹儿背上竟偷着乐起来。月儿笑道："川儿，你是越长越小。"茹儿笑道："小弟，二哥哄你睡觉了，川儿睡觉了——"川儿一听，忙挺身滑了下来，大伙一看都笑了。

在大洪山庄，谷艳正给一名男子送上一碗水，说："三师兄，先喝口水，慢慢说。"此男子正是从太白山庄逃走的谷丁的徒弟刘山，他是来大洪山庄报信的。他喝了口水，又稳稳神，这才将太白山庄所发生的事详细讲了一遍。谷艳听了，惊得面色发白，嗫嚅着说道："那唐师叔没死吧？"刘山说道："刀尖从肚子捅了出去，哪里还能活？"郑明光说道："这个大马猴，真是心狠手辣，他这么做，不是把岳父大人也牵连进去了？玉儿岂肯善罢甘休？"谷艳低声问道："三师兄，你估计我爹会去哪里？"刘山说："这可说不好，师父也许会到这里，也许会入川躲避，大名府是不敢回了。"谷艳忙说道："三师兄，你快回大名府，让师兄弟们快散了吧，家中有什么值钱的东西，你们尽管拿走。"刘山忙说："好，小姐，我这就回去。"

屋子里只剩下郑明光夫妻二人，谷艳愤然用手掌猛拍桌面，骂道："这觑觑狗真不是东西！你说他为什么要这么做？"郑明光分析道："这大马猴刺杀唐大侠是蓄谋已久，见玉儿杀来，怕自己吃亏，才下了毒手。可恨这大马猴将岳父大人置于十分危险的境地：中途逃跑，龙老大、曲蛇岂能放过他？唐大侠被杀，他既没制止，又没处置凶手，还和凶手一起逃跑了，这不是同谋又是什么？玉儿岂肯放过他？岳父成了双方追击的目标，只怕是凶多吉少了。"

"不行，我要去找我爹爹！"谷艳十分焦急地说道。郑明光忙拦道："艳儿，你冷静一下，也许你爹会悄悄来到这里，咱们走了反而不妙。我看还是先等一个月再说吧。我们在这一个月里，好好练功。如果一个月后，岳父大人仍没来，极有可能是入川躲避去了，我们便去四川、云南寻找。如遇上龙老大或苦儿、玉儿，一旦双方交手，我们也不怕了。你以为如何？"谷艳想了想，叹道："也只好如此了。"郑明光又说道："艳儿，现在不必多想了，安心练功才是最重要的。龙老大、曲蛇的武功自不必说，那苦儿乃是卓尔不群之士，武功不会比曲蛇低。两方的实力都十分强大，我们处于夹缝之中，稍有不慎，性命难保。岳父大人久经沙场，这次虽办了件糊涂事，但经验比我们丰富得多，他老人家会保护好自己的，别人想抓住他，并非易事。你就暂时把心放下来，老人家眼下不会有事的。"谷艳叹道："唉，爹啊，你误用奸人，真是作茧自缚啊！"

谷丁和觑觑狗惶惶然如丧家之犬，一路向南，逃到了绵阳城南的芦溪镇，住进了一家客栈。觑觑狗的丑陋样貌自然引起了伙计和客人们的注意，人们指指点点，议论纷纷，这让谷丁心生不安。二人吃过晚饭，又谈起他们之间的老话题。谷丁指着觑觑狗骂道："你这条恶狗，可把我坑苦了，弄得我里外不是人。龙老大因我私自逃跑，不会饶了我；苦儿和玉儿会认为我与你同谋杀了唐宣。你使我腹背受敌，有家难回呀！"觑觑狗装作委屈的样子说道："门主啊，我不杀他，玉儿和苦儿就会杀我。杀了我，他们三人再与门主理论，动起手来，门主便有性命之忧了。门主啊，那不是在家里，而是在双方打斗的战场上，个个凶狠，什么事都有可能发生。我不过是提前一步罢了。"谷丁骂道："恶狗，你还敢狡辩！我师弟在拉我后退，根本就没想杀我，他是在劝我退出。"觑觑狗冷笑道："我的门主，您怎么这么糊涂呀，那苦儿管冷面双娇叫姑姑，您与冷面双娇动手，人家叫苦儿杀您，苦儿岂能不杀？要不是我提前动了手，恐怕您连跑都来不及了。"谷丁本是狡诈多疑之人，听觑觑狗这么一说，便认为有几分道理。不过，他为此扔掉了万贯家财，逃亡在外，心痛不已。他愤愤地说道："我不杀你，已是网开一面，你滚吧！"觑觑狗听了，忙跪下来说道："门主，我对您可是忠心耿耿，我杀副门主，一半是为自己，一半也是为您。您撵我走不要紧，我以乞讨为生，到哪儿都能活。可您就不同了，您有宏图大志，要杀龙老大、灭苦儿，争天下第一，身边没个人手怎能成？等您东山再起、车马成群时，小的再离开您，就是死了也甘了！"谷丁听了，心中想：这倒也是实情，身边至少要有一个报信、跑腿的人吧？谷丁说道："放你娘的屁！老子眼下性命难保，还东山再起？真是做白日梦！"觑觑狗见谷丁没再赶他走，又说道："门主，这世上的事只怕想不到，不怕做不到。想门主的功夫，与那龙老大只差了一步之遥。如到峨眉山找一座破庙，苦修数年，说不定便会超过龙老大。再说了，深山之中常有世外高人，门主如能得到世外高人传授，或练得一份神功，那胜龙老大、平冷面双娇、杀苦儿，不是易如反掌？到那时，名利双收，艳遇不绝，威名震四海，谁敢不服？"

这一番话，倒是说到了谷丁的心坎上。他心想：此话有理，偌大的峨眉山，藏几人怎会轻易找到？学一种新武功，也不是没有可能的。人说峨眉山乃神仙福地，常有高人出世，我就不能碰上一位？这样一来，既可以保全性命，又可以练功，何乐而不为？大丈夫能屈能伸，重振铁掌门的神威，也是有希望的。他想罢，说道："好，就依你，咱们去峨眉山。不过需装扮一下，否则性命难保。"说罢，他叫来店小二，请人买来几尺黑布和一些糨糊。

第二天一早，为了不引人注意，谷丁早饭也没吃，便结账离开客栈。出了镇子，向西而行，走到一个僻静无人之地，他停了下来，取出糨糊和昨晚做好的假胡须，慢慢贴在脸上；又取出一块黑布将一只眼罩上，再将头发披散开，扮成一副行乞头陀模样。这样装扮起来，果然变了样。扮好后，又用一块黑布把觑觑狗的头罩上，只露出他那只没有凹进去的觑觑眼。谷丁嘱咐道："这一改装扮，别人很难认出咱们，以后在人面前，你就叫我丁大师，我叫你狗娃。"觑觑狗满口答应着便上路了。

　　这一天，冷面双娇带着张荣、庄儿、春风、春雨四人来到了河南山南城。这六个人、两辆马车、二十几匹马组成的马队，一进城就引起了人们的注意。当庄儿来到自家门前时，他下了车，对冷面双娇说："姑姑，这就是我家，东边是苦儿家。"邻居几个小伙子围过来仔细看看庄儿，问道："你可是庄儿？"庄儿答道："是，我就是当年被人绑走的庄儿，现在我回来了。你们几位是——"当几个小伙子分别说出自己的名字后，便和庄儿拥抱在一起。一个小伙子忙回家取来那两处住宅的钥匙，将门打开，说道："苦儿和月儿走时，曾托我照看房子，你们回来了，便全交给你吧。"庄儿说道："谢谢几位费心了。"说罢，忙将冷面双娇让进自己家，然后把车上的东西都搬进房内，又对冷面双娇说："二位姑姑和姐姐就住这里吧，我和张荣住苦儿家。车、马也赶到苦儿家后院。"
　　张荣一边喂马一边对庄儿小声说："庄儿，你没看见一品香的人正盯着咱们呢？"庄儿说："我早就发现了。"张荣说："那你出去同他们聊一聊，实话实说，并报上冷面双娇的名号，只是别点破他们的身份，看看他们反应如何。"庄儿笑了笑，说道："好，这就去。"说完便转身走了出去，来到街上，见一品香的几个伙计都站在门前，似乎在专门等他一样。一个中年人走过来，拉着庄儿的手，说："庄儿，你还认得我吗？我是这酒馆的白掌柜呀。"庄儿仔细辨认一番，说："哎呀，白掌柜，你可是一点也不见老啊，真是好人有好报啊！"白掌柜哈哈一笑，说道："说笑了。没想到你会回来，你爹要在世该多高兴啊！快说说，什么人把你绑走的，你又是怎么回来的？一定吃了不少苦吧？"这时，邻居的几个人也围过来，说："是啊，快讲讲吧。"

庄儿说道："我是被快刀帮的黄谢和老胡他们绑走了，他们把我卖到了西北大漠的围城镇。去年，二位姑姑到了围城镇，这才将我救出，并带我回来了。"白掌柜忙问："你这二位姑姑是——"庄儿答道："就是江湖人称冷面双娇的两位女侠。"白掌柜听罢，神情一愣，显得十分紧张。一个伙计问道："那几位呢？"庄儿说："二位姐姐是姑姑的徒弟，另一位是张荣哥，他是当年与苦儿一起要饭的小叫花。"一个小伙子问道："回来就不走了吧？"庄儿笑道："是啊，哪儿也没自己的家乡好。不走了，二位姑姑要在城外建山庄。苦儿和月儿很快也会回来，不建山庄也没地方住啊。"一品香的伙计田舒说道："庄儿，你还记得我吗？我姓田，一直在一品香当伙计。"庄儿看看那副老鼠相，说道："有印象。苦儿说你们都是热心人啊。"白掌柜说："庄儿，建山庄事不少呢，以后买地什么的，你忙不过来，尽管吱声，远亲不如近邻，我们能办的一定帮忙办。"庄儿笑道："谢谢白掌柜，谢谢各位！"

　　晚上，白掌柜和田舒等几个小头目在一起商量，一个小头目说："这冷面双娇虽是中年人，可仍是漂亮动人。"另一个说："她们的徒弟也挺好看的，庄儿家里一下子住进了四位美人，可真叫人眼馋。"白掌柜瞪了他们一眼，说道："眼馋个屁！这冷面双娇灭了古镇堂，大战杨三虎、郎昊他们，杨三虎的一条胳膊都没了，你们还敢打她们的主意，不要命了？那可是吃人的老虎！"田舒说道："郎堂主带去十个弟兄劫杀冷面双娇，结果死去大半。现在说起来，他都有些后怕。咱们现在成了冷面双娇的邻居，可千万别让她们看出破绽，不然非叫人连窝给端了不可。"白掌柜说："是啊，大公子来信说，杨三虎受了伤，邯郸堂就散了伙，真叫人生气。你回去告诉弟兄们：一是要小心，不可去惹庄儿他们，连帮主都忌惮他们三分，何况是我们？二是要拧成一股绳，谁要是三心二意，一有风吹草动就想溜之大吉，我先杀了他！三是要不动声色地监视他们，随时报告。这正是我们山南堂为帮主效力的时候。"

　　田舒说道："堂主放心，这三点，我们一定注意，也一定会做到。"白掌柜说道："那就好。今晚我就写信向帮主报告此事，田舒，你明儿一早出城去告诉郎堂主，叫他千万别进城来，一旦叫庄儿他们认出来，会出大事的。"田舒答道："是，属下明天一早就去。"白掌柜说道："好，散了吧，去和弟兄们讲清楚。"几个头目散去后，白掌柜提笔写信。信写好并密封后，他倒在床上，可怎么也睡不着，无奈，下了床，在地上踱来踱去，自言自语道："身边躺着两只老虎，我怎么能闭上眼？打又打不过，动又不敢动，这种难熬的日子，何时是个头？他们要在城外建山庄，那是打算常住下去，这该如何是好呢？"他越想越觉得毛骨悚然："庄儿说，苦儿和月儿也要回来，只怕称心如意的日子是一去不复返了。"

第二天一早，张荣和庄儿便张罗着买地去了。这一带因伏牛山中常有贼人出没，普通的老百姓不敢进山砍柴，只好偷砍道路两旁和小山丘上的树木和荒草。结果，路边和小山丘都成了"光头"。再加上这里雨大则涝，雨少则旱，如今又不太平，因此一些地主巴不得将地卖掉，找一个安全的地方定居。现听说有人要买地，他们立刻找上门来，庄儿和张荣一面接待卖主，一面实地考察，忙得不亦乐乎。

这一天，冷竹青领着苦儿他们走进了围城客栈，站在柜台里的齐掌柜和伙计老三一看，都惊呆了，伙计老三小声说道："掌柜的，莫不是冷竹青被人押回来了？"齐掌柜也小声说："他身后的年轻人挺和善的，不像是恶人。"这时冷竹青走到他们面前，眨眨眼睛，说道："店家，可有上等客房？"那伙计连忙说道："有，客官请随我来。"说罢，领他们上楼去了。到了室内，伙计老三忙问："老兄，这是怎么回事呀？你怎么又回来了？"冷竹青说："这里说话方便吗？"那伙计说："没问题，只要不吵嘴，外面啥也听不见。"不一会儿，齐掌柜也走了进来，冷竹青将苦儿介绍给他们："这位是爷爷的大孙子，小二、小三、小四的哥哥——苦儿；这位是玉姑娘，这位是杏儿，她们都是苦儿的妹妹。"齐掌柜笑道："老爷子的大孙子必是高人，小店真是有幸，欢迎各位大侠！"苦儿说道："张荣、庄儿和冷兄，以及我们的二位姑姑，都盛赞齐掌柜的大恩大德，晚辈也是十分敬佩，请老人家直呼我们的名字吧，这样显得亲近些。"那伙计说："我们几个伙计与张荣和庄儿都是兄弟，以后咱们也是兄弟了。"齐掌柜夸道："看你们三位，个个气度不凡，待人又谦和，将来必成大事。"玉儿微微一笑，说道："老人家，过奖了。"冷竹青说："掌柜的，你说得真对。"接着便把麦积山灭大胡子之事讲了一遍。伙计老三说："啊，这大胡子姓马，那一只眼是个武功高强之人，没想到他们竟会做劫道这种事。"齐掌柜说："那马大胡子平日就贼里贼气，杀了他们是好事，为这里除去一害。"冷竹青又将太白山庄的遭遇讲了一遍，最后他说："你们一定是想问我怎么又回来了？那是因为我武功不行啊，在太白山庄受了伤，所以我下决心跟苦儿回来练功。"齐掌柜说："原来是这样，可你爹娘盼着你回去做买卖啊。"冷竹青笑笑说道："俗话说，男怕入错行，女怕嫁错郎，我要改行习武。一则，可保护自己；二则，可帮助别人。将来为了糊口再做小买卖，那心里也稳当得多，不必怕被坏人欺负了。"齐掌柜听罢，说道："有道理，有道理。"那伙计说："哎呀，你都受了伤，那我们要是遇上了那些坏人可怎么办啊？"冷竹青笑道："高人在此，你还愁什么？"

苦儿笑了笑，说道："听说你们练了泼风刀，这刀法十分高明，快刀帮的三绝刀是远远赶不上它的。冷大哥受伤是因为经验不足，并非刀法不济。这样吧，咱们一块儿练三人联手吧，以三人之力打一人，胜算和信心就大多了。"那伙计老三忙问："好练吗？"苦儿说道："刀法不变，只是三个人的配合问题，练上十天便会了。"冷竹青笑道："我说你小子，提到练功后脑勺都乐开花了，我们可还都饿着呢。"伙计老三忙站起来，说："对不起，我这就张罗去！"

他忙着张罗酒席去了，冷竹青拿出二百两银子交给齐掌柜，说道："掌柜的，明天一早我们便去古镇练功，一日三餐还劳烦您费心了，这二百两银子权作饭资了。百日后，我们就离开此地入川了。"齐掌柜推辞道："凭老爷子和二位女侠对我围城百姓的恩德，我怎好收你们的银子？这一百天我来供！"苦儿说道："老人家，您不收，我们吃饭也不香啊，还是收下吧。"

第二天一早，客栈的伙计赶着车，带着饭菜和其他两个伙计一起将苦儿他们送到了古镇。冷竹青带头进了洞，并各处查看一番，没发现任何异常，便说道："还好，我们离开时什么样，现在还什么样，没人来住过，一切照旧。"一个伙计说道："快刀帮的人跑了，除了咱们，谁还敢来？"

苦儿对冷竹青说："冷兄，你们收拾屋子，安排一下住处，我们四人研究一下三人联手的问题。他们活儿多，只能待一个上午。"冷竹青说："没问题，你们练吧。"

苦儿和三位伙计来到洞口前，苦儿先说道："二人联手、三人联手，道理都是一样的，就是两个人或三个人联合起来，对高手实行前后左右夹击。这就有个配合问题，你攻上我攻下，你攻左我攻右，让对手手忙脚乱，方能取胜。"说罢，苦儿便开始实际指导他们。三个人用不同的招法，多角度围攻对手，招法虽不变，但三个人练起来并非易事，苦儿不时提醒着。三人越练越起劲，越练兴致越高。两招联手之后，苦儿叫停并说道："联手进攻，用什么招、什么法全由战时的具体情况而定，讲的是反应快、见机行事，没有固定招法，二人或三人要长期练习，一个眼神、一个手势，都能相互明白，配合默契才能取胜。我们再将这两招练习一下，练熟了，你们就有体会了。"于是三人又认真地练起来。苦儿鼓励道："很好，再提高点速度就更好了，威力就会更大。好，再来一遍。"

苦儿送走客栈的三个伙计，杏儿就突然从洞中跑出来喊道："哥，快来看！"苦儿问："看什么？""你进来就知道了。"杏儿边说边拉着苦儿跑了进去。刚走进一个房间，冷竹青便说："这是爷爷和小四住的房间。"

杏儿往墙上一指，说道："哥，你看。"苦儿一看，墙上刻着几句诗，一句是"刚灭快刀匪徒，又思抗倭英雄"。苦儿激动地说："这是爷爷写的！见字如见人，爷爷，孙儿也想您啊！"杏儿指着另一处，说："哥，这儿还有一句。'想哥不敢高声语，担心再闻泣咽声'。"杏儿问："这是川哥哥写的吧，他担心谁在哭呢？"玉儿说："傻丫头，自然是茹儿和月儿了。"苦儿说道："川儿真的长大了、懂事了，哥也想你啊！"冷竹青说道："走，咱们再去茹儿她们的房间去看看，她们房里也有。"他们来到另一房间，杏儿又往墙上一指说："哥，快看！"

苦儿也往墙上看去，墙上刻着一首《如梦令·大漠》：

踏沙风光尽收，乘风星空可游。抬头东望去，不见清水绿洲。翘首，翘首，苦味留在心头。

冷竹青说道："看这娟秀的字迹，和词中所表现出的情感，必是茹儿所作。"玉儿已完全被这首词吸引了，她说道："前两句是说在大漠练功，是多么快乐，观尽大漠美丽的风光，遨游星空、拜月摘星的神奇经历，令人惊奇、令人神往。可是当她向东望去时——"杏儿突然打断她，问道："为何要东望去，不说远望呢？"玉儿淡淡一笑，问道："咱们是从哪个方向来的？"杏儿答道："从东边呗。"玉儿说道："这就是了。她向东望去，希望看见一潭清水、一片绿洲。在大漠之中，谁是她心中的清水绿洲呢？"冷竹青说："自然是苦儿了。"玉儿接着说："可是她失望了，盼望见到心上人，却没有出现。她抬头望啊，望啊，一种苦涩之味留在心头。"冷竹青说道："好美啊，借景抒情，妙！"

杏儿说道："姐姐在长白山留下的词，一连用了好几个苦字，这里只用了一个苦字，这是为什么？"玉儿说："这一个苦字胜过那几个苦字，这个苦便是苦中之苦，说明哥永远在她心头。"说罢，她竟被感动得流下热泪。冷竹青问苦儿："茹儿在长白山也留过诗？你还记得吗？"苦儿未加思索地念道："石鼓、山南、江浙行，七载春光，满心都是情。舍身抗倭不见归，泪眼问天天不应。心苦、泪苦、梦亦苦。苦苦相思，何日再重逢？白雪皑皑皆为寒，篝火红红仍觉冷。"

冷竹青听罢，十分感动，他说道："这是首《蝶恋花》，情真意切、感人至深。"杏儿说："哥，这儿还有一句呢，必是月儿姐姐写的。"苦儿念道："苦学沙漠爆发力，难忘哥哥关爱情。这是月儿的字，她的武功也必是大进了。月儿，哥何尝不想你？"玉儿突然说："哥，你先别说想不想的话，我好像从这些词句中感觉出一些练功的内容来了。"苦儿说："是吗？你说说看。"

玉儿想了想，说道："月儿这句，是最明显不过的了。'黄沙滚滚气吞山河'，如能学到这种气势磅礴的内功，具有强劲而猛烈的爆发力，那功力可提高数倍。"冷竹青说道："他们必是学会了，不然怎肯离开这里？"玉儿接着说："再看茹儿的'踏沙风光尽收'，我想真实的意思是内功、轻功、技法都得到修炼，武学风光尽收啊。"苦儿听罢赞道："玉儿就是聪明，踏沙是泛指，它可包括踏、坐、跑，等等。踏、坐可练内功，跑可练轻功、技法，这才会风光尽收。"玉儿笑道："不错，我与哥哥心有灵犀，一点就通。那'乘风星空可游'，不就是说，借风力练内功和轻功吗？"冷竹青连忙说道："对，对，我看见他们几个人，手拉手坐成一圈，借助风沙在空中盘旋许久。不过要穿防沙衣。"苦儿说："好，咱们现在就去练功吧。"冷竹青问："那谁看家呢？"杏儿摸了摸白雪的头，说道："白雪看家吧。白雪，你在洞口看家，明白了？"他们走到洞口时，白雪果然蹲在洞口，不过嘴里却哼哼叫了几声。苦儿笑道："它不太高兴呢。"四个人来到北面的一个大沙丘上，手拉手坐了下来，开始练功，杏儿说道："为何不刮风啊？大风送我游星空该多好啊！"

沙漠气候说变就变，杏儿话音刚落，风声由远而近，沙浪滚滚席卷而来。冷竹青喊道："快系好衣服，风沙来了！"片刻间飞沙袭来，头上天色昏暗，屁股下渐渐被掏空，苦儿说："把手拉紧，起！"随着这一声喊叫，四个人果然借风势盘旋而起。转到背风时，杏儿叫道："果然是乘风星空可游，妙哉！好——"一个好字没说完，风沙便封了她的嘴，她是顶风说话的，沙子毫不客气地飞进她的嘴里。她连忙吐了几口，不敢再说话了。

四个人中，冷竹青内功最差，所以他常有下坠的势头，他很想跟上大家，可内功不济，到底是做不来，苦儿用力拉着他的一只手，并不断地发出内气支援他，可他另一只手拉的是玉儿，常将玉儿也往下拉，使得四人的圈子在空中歪七扭八、摇摇摆摆。冷竹青喊道："我连累大家了！"苦儿说道："你不要心急，不要挣扎，心静就好了。"冷竹青听罢，停止挣扎，四人的飞行反倒平稳了，他们充分感受到风力和飞沙击打之力都一一作用在了他们身上。

足足飞了半个多时辰，风停了、沙落了，一切都恢复了平静，只是沙丘留下了移动的痕迹。四个人停在一个沙丘上，他们忙抖去身上的沙子。苦儿随口说道："风锁咽喉困身心。"冷竹青看看玉儿说道："沙击玉面留斑痕。"玉儿忙问道："哥，我的脸被沙子打得很难看吗？"苦儿看看说道："没有的事，只是留下了两个小红点，更增添了你的美丽。该你往下接了，快说。"玉儿一抖身上的沙子，说道："满身沙土抖千回。"杏儿吐了吐嘴里的沙子，说道："一嘴黄沙吐不尽。"

苦儿笑道："杏儿作诗也有进步了。来，咱们在这沙丘上跑上跑下，必须跑十个来回，否则不能休息，走也要走下来。"说罢，他带头从上转着圈跑到下面，再从下面转圈跑上来。冷竹青跑了两个来回，便气喘吁吁地停了下来，断断续续地说道："我……跑……不……动……了！"说完便大口大口地喘着粗气。玉儿跑了五个来回，也停了下来；杏儿跑了七个来回，也停了下来。只有苦儿一人跑完了十个来回，坐在沙丘上休息。冷竹青坚持跑了起来，虽然很慢，但仍坚持着。玉儿也十分艰难地继续跑着，脚下的沙子一踩便散开去，跑起来十分吃力。与他们二人相比，杏儿倒是跑得比较轻松，她休息一会儿后，一口气跑完了全程。苦儿夸道："杏儿，好样的！玉儿，加油！冷兄，跑不动，走下来也行啊！"杏儿趴在沙丘上，苦儿立刻帮她捶腿。杏儿说道："谢谢哥！捶几下真舒服，好像这劲又回来了。"玉儿终于跑完了全程，趴在沙丘上不肯再动一下，连眼睛也无力睁开了。杏儿马上爬起来说道："玉姐姐，我给你捶腿。"捶了一会儿，杏儿问："玉姐姐，你觉得怎么样？"玉儿仍闭着眼睛说："不怎么样，继续。"杏儿又捶了一会儿，玉儿终于睁开了眼睛，说道："啊，这才好受些。哥，我要累死了，浑身软绵绵的，一点劲也没有了。"冷竹青走上来，嘴张得大大的，喘着气，头上出了许多汗，走路都摇摇晃晃的。他刚要倒下，苦儿迎上去扶他坐下，为他输功。良久，冷竹青的呼吸才平稳下来，说道："好了，谢谢！"苦儿说道："看来，咱们还得练下去，虽然辛苦些，却可以提高我们的耐力和轻功。我相信大家会坚持下去的，咱们努力吧！"他们三人齐声说："对，坚持下去。努力！"

苦儿说道："咱们回去吧。"玉儿撒娇道："哥，我可走不动了。"杏儿说："玉姐姐，你刚喊完努力就开始偷懒了。"苦儿笑道："好，哥来背你。"玉儿脸上现出幸福的笑容，趴在苦儿后背上。冷竹青看了心中暗想：这玉儿真会撒娇，可她那一笑多美啊！杏儿做了个鬼脸，说："不害臊。"玉儿却说："叫哥哥背有什么害臊的？小丫头片子，气死你！"杏儿一听，照她背上就是一拳，玉儿大声叫道："哥，快跑，杏儿气疯了！"苦儿拔腿就跑，杏儿在后面紧追不放。大家跑了一阵，冷竹青便跑不动了，不过他心里高兴：跟他们在一起练功多高兴啊！苦儿回头一看，冷竹青又落在了后面，便喊道："冷兄，快点啊！"十分快乐的玉儿也在苦儿的后背上向他招手，他一下就来了精神，使足了劲，快步追了上去。杏儿喊道："哥，快看，白雪在城墙上欢迎咱们呢！"苦儿一看，果然，白雪站在城墙上大声叫着，又跑又跳，显得十分高兴。他们快步往回赶去，杏儿边跑边喊："好样的白雪，能看家了！"

四十六　古镇较量

这一天，有四位客人住进了围城客栈。由两个大胡子陪着两个矮个子老人骑着马来到这里，伙计老三忙将他们让进二楼一间客房，又送上酒菜。这四个人便大吃大喝起来。饭后，伙计又送去茶水，中等身材的大胡子问道："店家，我们是第一次来此做生意，人生地不熟的，有劳兄弟费心为我们搭桥。生意做成了，我们自有重谢。"伙计老三答道："客官客气了，出门做买卖都不容易，遇到难处小店会相助。只是不知客官是做哪种生意？如方便告知，小的便可找对路的客人。"其中一个瘦小的老头说道："我们是做珠宝生意的，又不想再往西去了，只想在此脱手，请小二哥费心了。"老三说道："小的这就去问，看客人中有没有做这类生意的。"老三说罢便退了出去。这四个客人不是别人，正是乔装打扮的曲蛇四人。他们是根据手下人提供的情报来抓苦儿的。

三四天过去了，老三问一位下楼来的客商："张老板，是否谈成了？"那张老板摇摇头，说："货的成色倒是不错，但要价太高，谈不拢。"不一会儿，关士田下了楼，对老三和齐掌柜说道："唉，都三四天了，买卖也谈不成。住在这里白白消耗银子，这一趟买卖算是亏了。"齐掌柜见他们是第一次登门，不知底细，便说道："货卖于识家，老板不必心急。"关士田见左右无人，便小心说道："掌柜的，听说古镇里的人很有钱，他们大概会买吧？"齐掌柜听他提到古镇，马上警觉起来，说道："古镇里的情况，我们百姓哪里知晓，他们会不会买更是难说。"关士田是下来打探古镇情况的，没想到刚说了一句便吃了闭门羹。他心中骂道：老东西！跟我装糊涂？你的伙计天天去送饭，你当我不知道呢！你不说，能保证伙计不说？等办完了事，先杀了你这个老东西！

关士田无趣地回到客房，韩士夕走过来，故作腔调地问道："师兄，可打听出来了？"关士田摇摇头，说道："这掌柜的跟咱们绕弯子，不敢说实话。"韩士夕说："这有什么呀，咱们只是问问苦儿他们是不是在古镇里、一共有几个人而已。"庄大笑道："二位大侠，这片的老百姓几十年来，无人敢谈古镇里的人和事，所以齐掌柜的态度是正常的。"曲蛇笑了笑，说道："关大侠明日再辛苦一趟，跟踪送饭的伙计，必会有所发现。"关士田说："大公子放心，明天必能问出来。"

第二天一早，围城客栈的伙计老三和老五去古镇送饭，关士田骑马远远跟在后面。老三赶着车小声对老五说："那个老头子跟着咱们呢，掌柜估计得还真准。他们打听古镇的事，必和苦儿有关。咱们要多加小心，到了那儿，你一个人进去送饭，我在门外守着。"老五说："好，就这么办。看这个老头子有什么高招！"老三说："老五，你快唱个小调，给后面的老浑蛋听听。"老五张嘴便唱起西北小调，调门还挺高的。

老五这一唱，后面的关士田可听得清清楚楚，他摇摇头，自言自语道："这也不是个调调啊，就和师弟说话一样，也太难听了。"他不紧不慢地跟在后面，见老三赶车拐进了古镇街口。老五提着食盒走进洞口时，他快马加鞭追了过去。老三回头一看，装作吃惊的样子，说道："客官，你怎么到这里来了？你不要命了？"关士田一笑，冷冷地说道："你快说，你们给什么人送饭？"老三心想：狐狸尾巴终于露出来了。他装作害怕的样子，说道："客官，我们哪里知道他们是什么人？谁敢问啊？"关士田逼问道："你不知道他们是什么人，为何会给他们送饭？"老三苦笑道："客官，他们给银子叫我们送，我们敢不送吗？得罪他们，命就没了，有什么办法呢？""里面几个人？有没有一个漂亮小伙？"关士田瞪圆了眼睛再次逼问道。老三答道："客官，我们送饭只能送到洞口，洞里黑灯瞎火的，哪看得清楚啊！""你小子没说实话，真要讨打不成？"关士田发出了威胁。"哎呀，客官！"老三装作哀求的样子，说道，"您就是打死小的，小的也不敢乱说啊！"

正这时，老五提着食盒从洞口走了出来，他刚走到马车旁边，见苦儿从洞中快步走了出来，说道："叫你们炒菜少放点油，为什么又放那么多？油腻腻的怎么吃？你们是不是不想开店了？明天再送来这样的炒菜，每人抽二十鞭子！"老五忙说道："客官千万别生气，小的这就回去告诉大厨，明天的菜，定做得合您口味。您消消火，小的这就回去传话！"

　　苦儿装作没看见关士田的样子，回到了洞口。关士田看见了苦儿，又看那食盒不大，便上马快速回去报信了。老三赶着车在后面追着，他问老五："怎么叫苦儿出来了？这四个人就是冲他来的，要出大事了！"老五说道："说好的不叫他出来，谁知他又出来了，这可怎么办啊？"老三想了想，说道："唉！苦儿可能是怕咱们担风险才出来的。他说的那几句话，就是给那个老头听的，表明客栈和他没关系，这是为咱们开脱呢。"

　　洞中苦儿他们也在议论此事，冷竹青说道："如果是冲咱们来的，他们为何要东打听西打听，直接杀来这里不就行了吗？"玉儿分析道："他们要真是快刀帮的，追咱们来报仇，不管对方人多少，只能拼到底。他们能追到围城镇，说明他们有跟踪的人；他们到了这里又到处打听，说明跟踪之人没敢靠近围城镇。他们虽然知道我们就在这一片，可究竟在哪儿还一时搞不清楚。"苦儿说道："有可能是快刀帮的人，我扫了一眼跟来的那个老头，看他那小圆眼睛，我想起了一个人，就是在太白山庄与姑姑交手的淫贼关士田。"玉儿说道："我听姑姑说过，可当时只看了一眼，印象不深。"冷竹青也有同感地说："我只顾与对手打斗，根本就没看清楚。"苦儿又介绍说："当年在庐山，用五毒刀打伤二位姑姑的也是这两个淫贼。"杏儿问："五毒刀很厉害吧？"苦儿解释道："是的，这两个淫贼常常是用左手发暗器，一发便是五只，这五只分别是五种颜色、一掌多长的小刀，所以叫五毒刀。这两个人的手法也很厉害，毒刀一经发出，便会分五路向你袭来，叫你防起来很困难，稍不留神，便有可能被他射中。"杏儿一听，着急地问："哥，那怎么对付他们呢？"冷竹青说道："我知道，咱们在太白山与他们交手时，张荣的对手便是黄谢，黄谢口吐毒针，也是十分厉害。张荣采用先下手为强的方法，击打黄谢的喉咙，黄谢被打，一口毒针全吐在了地上。"苦儿笑道："张荣哥就是聪明，咱们也学他的办法，要先下手为强，打伤两个淫贼的左臂，叫他发不了毒刀。如果他要改用右手，那就抓住他换手的机会猛攻不放，叫他换不成。"杏儿和玉儿都说："明白了。"苦儿仍有些不放心，他又嘱咐道："对手来了四个人，与咱们是一对一，他们盯着咱们不放，一场恶斗是免不了的。与人交手，比的是心理状态，你不自信，心里发慌，再好的水平也发挥不出来。因此，一定要自信、冷静。而且，你与强大的对手交锋，自己才会有进步。即便吃点亏，也是取得了经验、增长了见识。其次，与人交手要比智慧，要动脑筋，抓住对手的特点或弱点，与之周旋，从而战胜对手。张荣哥就是个好例子，论武功和经验，他都不是黄谢的对手，可他却胜了。与人交手到最后比的是功力和技法。咱们近两个月练功，内力和爆发力、轻功都有很大的进步，就是剑法也比从前灵活了许多，因此咱们要有信心战胜他们。"

冷竹青说道："我要向张荣学，增强信心打好这一仗。"说罢，他伸出右手。苦儿说："对，咱们权当是一场实战检验，机会难得。"说罢也伸出右手放在冷竹青的手上。玉儿说："从前失败了，这次也该胜了。"也把手放了上去。杏儿先将手放上去，说："反正有哥在，我有信心。"白雪叫了一声，将一只前爪也搭了上去，四个人开怀大笑起来。

第二天一早，曲蛇等人从楼上下来，齐掌柜迎上去问道："四位客官是出门散心吧？不用早饭吗？"曲蛇看了他一眼，十分傲慢地说道："先把酒菜准备好，我们一会儿回来吃。"齐掌柜从他的目光里似乎想起了什么，他忙答道："是，各位客官放心好了，酒菜一定为四位准备好。"曲蛇四人旁若无人地走出客栈，骑马冲出围镇，朝古镇方向飞驰而去。伙计老三见齐掌柜脸色发白、两眼发直，便小声问道："掌柜的，怎么了？"齐掌柜掏出手帕擦了擦额头上的汗，小声说道："坏了，刚才那个大个子，就是大公子曲蛇，我从他的眼神中认出来了。他去杀苦儿去了！"老三听了，心中也是一惊："曲蛇？这可是个厉害角色，快刀帮的二号人物，谁敢惹他？他回来了，这如何是好呢？"齐掌柜虽然有些发慌，但不是胆小怕事之人。他让自己平静了一会儿，然后对老三说："你赶快通知各家各户做好准备，关好门窗，别放小孩子出来。我去通知客人赶快离开这里，先到肃州避一避。"说罢，二人分头行动。不一会儿的工夫，客栈里的客人们纷纷走出客栈，骑马奔肃州去了。镇子里各家各户关好门窗，霎时，整个镇子安静得可怕。

客栈的伙计老四、老六和老八，也从家里赶到客栈，老三说："是福不是祸，是祸躲不过。曲蛇去打苦儿了，咱们功夫不济，帮不了苦儿，可咱们必须保护镇上的人。必要时跟他们拼了，就用苦儿教的三人联手。"老四说："三哥你放心，咱们的刀也不是吃素的，到时候大伙都听你的。掌柜的，你还是避一避吧，这里交给我们了。"齐掌柜却说："我哪儿也不去，我们大家要在一起！"六个伙计从库房里取出钢刀，放进柜台时，一并清理了一些物品，做好厮杀的准备。

曲蛇等四人已经站在了古镇的街中心，庄大喊道："苦儿，你快出来吧，大公子受老爷委托，接你来了！"苦儿早就看到了这四个人，听见喊声，非常镇定地走了出来，在双方距离约一丈远的地方停了下来，问道："你们是什么人，我们认识吗？"

曲蛇等人忙去掉装扮，现出本来面目。曲蛇上前一步说道："苦儿，你可忘了当年在长蛇洞养伤的情景？"苦儿说道："印象深刻，怎能忘记？你是——"曲蛇说道："我就是当年断了腿的那个小伙子，我叫曲蛇，背上受伤的那位是我师父。你曾为我们洗伤上药，又为我们取饭做汤，你对我们师徒的恩情，我们终生都不会忘记。苦儿，你还记得吗？你被别人打了，师父教你十二形意拳，又为你输功助力，师父早就看出你是一个习武的好材料。时至今日，他老人家仍是难以忘怀，所以，特差我来接你去见他老人家，以叙阔别之情。"

庄大也说道："苦儿，我们老爷十分想你，这是你莫大的荣幸啊！"

苦儿虽已知道他们的身份，不过还是希望他们自己说出来。他问道："你叫曲蛇？那你是什么人？你师父叫什么？他又是什么人？"还没等曲蛇回答，母鸭跹韩士夕不肯放过这个溜须拍马的机会，他向前迈了一步，说道："你小子站稳了，说出来吓死你。这位便是快刀帮的曲大公子，他的师父便是快刀帮老帮主，他老人家可是当今武林四大高人之一，是天下无敌的大英雄。老帮主请你去会面，还不够荣耀吗？"

关士田也说道："是啊，这可是天大的面子，多少人盼都盼不来啊。苦儿，现在我已认出你了，在庐山我们与冷面双娇交了手，你曾帮助冷面双娇将我们打败，我们之间有过节的。可既然你是大公子的人，那咱们之间的过节就一笔勾销。"曲蛇又说道："苦儿，师父翘首以待，咱们一块儿回去吧。师父打算收你为徒，我曲蛇便是你的师兄了。咱们是一家人，找了你这么多年，今日终于如愿以偿了。"庄大说道："在下叫庄大，是大公子的手下，如果苦儿做了二公子，那庄大也是您的手下了，苦儿快请吧！"

玉儿小声说道："哥，这快刀帮二公子的位置太诱人了，你还不快答应？"杏儿说："玉姐姐不要乱说，我哥才不会答应呢！"冷竹青说："他们是先礼后兵，你要不答应，那曲蛇一定会动手的。"苦儿向前一步说道："我要不要跟你们走，一时还没想好。不过我很愿意和大公子说说我的经历，大公子愿意听吗？"

曲蛇听他没一口回绝，便耐着性子说道："事发突然，你想一想也是应该的。你愿意讲讲你的经历，我洗耳恭听。"韩士夕甩着做作的腔调说道："我们也愿意跟着听听，放着明主不投，你为什么会和冷面双娇搅在一起？"苦儿笑了笑，说道："诸位既然愿意听，我便要说了。我在长蛇洞伺候你们养伤时，跟那位龙帮主学习形意拳，当时我是多么高兴啊，要不是有人绑架了我，我说不定会跟你们走。可是，有三个人绑架了我们三个孩子，当时大公子用自己的轻功夺马而逃，哪里还顾得上我们？"庄大听出了这话中的滋味有些不对，刚要说话，被曲蛇拦住了。苦儿接着说："我们被塞进大布袋中，夜里赶路，白天躲在山林之中。有一天在我们啃干粮时，这三个人中有一个长着狐狸脸的人教另一个人刀法，刀法并不复杂，我偷着看了几天便学会了。我练给你们看。"说罢，他拿着木棍便练起了三绝刀。关、韩二人不知道是怎么回事，可曲蛇和庄大见了却是大吃一惊。曲蛇心想：难道袭击我、绑架苦儿的竟是黄谢和老胡他们？真是难以想象。苦儿见他们脸色有了变化，接着说："他们把我们带进了一个大院。第二天，我才知道大院的主人叫杨三虎，管我们的人叫杨七。他们让我在后山沟放羊，并不让我再叫苦儿，只叫我羊娃。一天，杨七喝醉了，他也练起了三绝刀。我一问，他说是拼命三绝刀，我问他会使这刀法的一定和你们是一伙的吧？他说那当然，都是他们的人。"曲蛇听了更是吃惊："杨三虎，你明知道师父在寻苦儿，你却知情不报，还替黄谢隐瞒，真是可恶至极！"苦儿见他不时咬牙，更坚信自己的话已起了作用，又说道："大公子，就是这些人把我绑走，把我的伙伴卖给了别人，让我们有家不能回。大公子，那天要不是你跑得快，只怕早就被他们杀了。"

庄大听了心里极度不安："黄谢、杨三虎真是疯了。好在苦儿并不知道他们都是帮主的手下。"他忙说道："苦儿，你真的吃了很多苦，快跟大公子回去吧，大公子会抓住这些人为你出气的。"苦儿摆摆手，说："不忙。我与大公子好几年没见面，今日得见，不妨多说几句。我在杨家大院的羊圈里，看见了一个被吓疯的小女孩。她的父母亲被杀害了，她被抓到这里。这个小女孩是谁呢？后来才知道，她就是杨三虎的邻居，石鼓神医的女儿。谁杀了她父母不是昭然若揭吗？杨三虎、杨七是什么人？他们就是杀人犯！"曲蛇心想：苦儿知道得太多了，怕是留不得了。苦儿继续说道："经过一年多的恢复，女孩不疯了，杨三虎又要将她卖一千五百两银子。我们被逼无奈，只好趁着杨七醉酒时逃跑。从此，我们隐居山林，刻苦练功。几年过去了，我们便去黄山、庐山练功，但在两处均遭到蒙面人袭击。后来在东海，又被铁掌门门主谷丁所擒。"

"怎么，谷丁抓住了你？"曲蛇吃惊得来不及思考，便问苦儿。苦儿说："是的，他还得意地告诉我，说是奉帮主和大公子之命来抓我的。不过他不想将我交出，只想把我当成他的护身符，必要时再交给你们。我问他龙老大是什么人。他说，龙老大便是快刀帮帮主，还说龙老大的手下打不过我，才叫他来抓我的。我又想起了蒙面人的两次围攻，他们的刀法也是三绝刀，便问谷丁，快刀帮的人是不是都会三绝刀？谷丁笑着告诉我，三绝刀就是龙老大所创，别人是不会的。至此我全明白了，害我的不是别人，正是龙老大和你大公子的快刀帮！这样算来，大公子，咱们是仇人啊，我怎能与仇人为伍？"

韩士夕听了，上前叫道："苦儿，你别不识抬举，手下人办的事情，与大公子无关。"苦儿指着他们，说："你们两个淫贼，作恶多端，罪不可恕。曲蛇和你们结成同伙，不正说明他是什么人了吗？"关士田一听也发了火，叫道："好小子，真不知天高地厚。大公子的武功，天下几人能敌？我看你是活腻了！"关、韩二人给曲蛇拱火，希望他动手杀了苦儿，为庐山之事报仇。此时的曲蛇，心中也是非常不平静，他恨黄谢、杨三虎、谷丁等人对龙老大不忠，也恨苦儿对快刀帮的事竟了如指掌。不过，他仍想尽最后的努力，说道："苦儿，也许师父的手下做了许多伤害你的事，叫你产生了怨恨。可师父并不知道这些事，他老人家一直记挂着你。"

苦儿冷笑着说道："记挂我？无非是叫我为你们出力而已。我全家是被山贼所杀，我岂能与匪徒为伍？大公子，你走吧，我是不会跟你们去的。"曲蛇也嘿嘿冷笑两声，以威胁的口吻问道："你真的不去？"苦儿坚定地答道："不去！"曲蛇面露杀气地又问了一句："你不后悔？"苦儿答道："我选阳光大道，何悔之有？""如此，我只好拿下你去见师父了！"曲蛇刚说完，母鸭踀韩士夕嗷的一声，叫道："那漂亮妞是我的了！"随即便跑了过去，伸手抓玉儿。玉儿拔剑应对，苦儿提醒道："他们轻功好，以静制动，小心提防！"苦儿话音未落，曲蛇身子一晃，便来到苦儿面前，伸手来抓苦儿。苦儿一惊："好快啊，果然是高手。"关士田杀向冷竹青，庄大抓向杏儿，想以杏儿要挟苦儿。八人四对，分头厮杀起来。

曲蛇虽听说苦儿武功好，但他从不相信苦儿会是他的对手。此时，他恨不得一把将苦儿活擒，绑回山庄去见师父。他步行如蛇，拳亦如蛇，身形快而多变，拳脚十分诡秘。苦儿也不敢轻敌，使出苦缠拳与之周旋。苦儿心想：这是第一次与武功这么高的人交手，机会难得，要好好领略一番。他不慌不忙，防多攻少，静静地观察着曲蛇的动作。

母鸭踀韩士夕与玉儿交手后，便不惺惺作态了，使出他的轻功想早点活捉玉儿供自己取乐。玉儿看他那下流的嘴脸，感到十分恶心。韩士夕边打边说："姑娘，在太白山庄我就相中你了，只是当时没有机会，现在你可跑不了了，快跟爷享受去吧。"那难听的秽语和做作的腔调，叫玉儿直起鸡皮疙瘩。玉儿提醒自己："他这也是一种战术，要乱我心，乘机取胜。我要先下手为强，打伤他左臂，确保安全。"想罢，她原地站定，执剑防卫。母鸭踀以为她是被自己绝妙的轻功吓住了，于是手挥短剑直刺玉儿前胸。玉儿用剑隔开，前胸露出破绽，母鸭踀突然大笑起来说道："你上当了！"说罢伸手去抓玉儿前胸。玉儿突然使出了转大树的功夫，一下了转到他背后，母鸭踀忙向左转身，左臂露在玉儿眼前。玉儿一掌拍下去，只听他号叫了一声，左臂疼痛不止，不得不将进攻改为防守，围着大街跑起来。玉儿在后面边骂边追。

关士田见冷竹青防守甚严，一时难以取胜。他正想办法时，忽见母鸭趼被追打，便着急起来，一剑射向冷竹青，左手便要取暗器。冷竹青暗叫不好，用剑一挡后，利用吸功大法，左手发气，击中关士田刚刚掏出五色毒刀的左手，疼得他立刻丢掉毒刀，吃惊地看着冷竹青。冷竹青哈哈大笑，说道："淫贼，今天我替姑姑抓了你，非阉了你不可！"关士田听了，心中发慌：敢情是冷面双娇的侄儿，怪不得也会发寒气。他和母鸭趼一样拔腿就跑，冷竹青紧追上去。

庄大原以为杏儿是个孩子，抓她是手到擒来，可一交手方知，这小姑娘不一般，滑得像泥鳅，哪里抓得住？更有白雪围着庄大狂叫不止，伺机扑上去咬他。此时的白雪已比成年狗小不了多少，凶起来还蛮有威慑力的。杏儿与庄大周旋了一阵，见他刀法平常，便使出无影剑法，用木棍击打他。庄大已经挨了几闷棍，心中渐渐慌了起来。

曲蛇一见：两个被人追得乱跑，庄大也是人打狗咬、手忙脚乱的，心中叹道："唉，这三个人怎么如此不经打呀，刚刚交手便败下阵来，真丢人！我要再抓不住苦儿，如何在江湖上立足？"想到此，他心里发狠，拳里带风，猛攻向苦儿。苦儿见他掌风凌厉，知他用了内力，心想累曲蛇一阵再说，便不反击，以躲避为主。曲蛇是越打越急，越急就越打，拳脚也加大了力气。苦儿却一直转来转去，并没还手。曲蛇心想："好小子，武功果然不低，动若脱兔，十分灵活，可见他轻功不错。但技法和内力就不一定了，他一直不敢还手，我再猛攻一阵，必能将他拿下。"想到这儿，曲蛇更加快了步伐，强攻起来。

关士田和韩士夕二人边跑边相互使了一个眼色，当他们跑到庄大身边时，三人背靠背站成三角形。冷竹青三人将他们围住，六人成了对峙格局。杏儿后退两步，从地上捡起一把石子。关、韩二人都挨过她的石子，韩士夕叫道："注意她的石子！"他刚喊完，杏儿的石子已经飞出，庄大等三人慌忙用剑去挡，可他们却被冷竹青和玉儿的剑横扫在身上。关士田低头朝自己前胸看去，吓了一跳，前胸的衣服已经被划开一条大口子，只差那么一点就要划到皮肉了。韩士夕的裤腿已被划开，庄大躲得慢了些，左臂已经流血。就在他三人发愣的工夫，杏儿的第二批石子又到了。这三枚石子都打在了他们的头上，叫他们一阵头晕眼花。白雪的几声吼叫，吓得他们更紧张了。曲蛇一看他们三人的狼狈相，心里更急了。苦儿见他头上出了汗，知他内力已耗去不少，于是改变战术，来了个贴身紧逼。这突然的变化，叫曲蛇大吃一惊，他忙向身旁跃去。谁知苦儿却像影子一般，如影随形地跟着他。

苦儿与曲蛇缠斗在一起，二人速度极快，像一阵旋风般纠缠在一起。杏儿叫道："哥、姐，闪开一下！"冷竹青和玉儿向后退了两步，杏儿的石子已撒出了。关士田忙着用剑隔挡。杏儿和玉儿乘机看向苦儿。可他们转在了一起，哪里分得清？正这时，苦儿和曲蛇突然分开，苦儿向后方退了两步，曲蛇向后方退了七八步，正好退到庄大身边。

原来，曲蛇在缠斗之中看见了苦儿露出左肩的空当，便伸手去抓苦儿的左肩。苦儿一闪身，伸手抓住了他的手，使出擒拿术，一下就扣住了曲蛇的手腕。曲蛇手腕受制，十分难受，忙出左拳来击。苦儿却不想松开手，也只能用左掌在胸前迎去。只听砰的一声，二人这才分开。尽管曲蛇气血翻腾，但仍大声喊道："快上马，走！"说罢拉起庄大飞身上马，关、韩二人不敢急慢，也纵身飞出，直接上马。这时，杏儿的石子又到了，直接打在他们的后背及头上。

曲蛇等四人顾不得疼痛，驱马冲出了古镇。转眼间，四人便没了影。苦儿四人愣了好一会儿，才从激战中醒过神来。杏儿和玉儿跑到苦儿的身边，齐声问道："哥，你没事吧？"边问边围着苦儿前胸、后背查了个遍。苦儿笑了笑，让自己的情绪放松下来，说道："没事。曲蛇的武功真高，我几次险些被他拿住，真是险象环生。我的功力还不够，还要努力才能打败他。"冷竹青问道："那他怎么跑了，还不是败了"苦儿摇摇头，说："只是我的内功比他略高一点，将他震开了而已。要打败他，谈何容易。倒是你们三个表现甚佳，将那三人打得毫无还手之力，因此令曲蛇十分不安，再晚一会儿，只怕那三个人就走不掉了。"玉儿笑道："哥，沙漠练功真有用，我用爆发力打中了韩士夕的左臂，只是他轻功好，一时还杀不了他。"冷竹青笑道："我也能像张荣大哥那样动心眼儿了，打伤了关士田的左手，他发不了毒刀，我便不怕他了。"杏儿说："那个庄大刀法平平，挨了我几棍子，白雪还帮我咬他呢。白雪，你好厉害哟！"苦儿笑着说："好，这一仗没白打，长见识了。"杏儿说："哥，这四人会去哪里呢？"苦儿一拍头，说："不好，他们有可能去围城镇！"冷竹青说道："我去牵马，咱们去看看。"

四十七　败走围城

苦儿猜得没错，曲蛇他们此时正坐在围城客栈的前厅。一则是他们经过刚才的激战，又累又饿，必须赶快吃点东西；二则是他们想在这里发泄一番，出一出恶气。尽管齐掌柜早已猜出他们的身份，可当他看见去掉装扮后的曲蛇时，还是十分慌张。谁人不知，曲蛇可是个杀人如麻的魔头啊！

齐掌柜亲自上茶，说道："大公子稍等片刻，酒菜一会儿便上。"韩士夕说道："大公子，你先坐着，我去降降火。"曲蛇正想出气，他说："去吧，只是别伤着身子。"关士田一听也随着出去了。庄大说道："大公子，这都什么时候了，他两个人还不忘干那种事，弄不好会出事的。"曲蛇冷笑一声，说道："出点事更好，我这股气正无处放呢！"庄大一听，知道他是为今日之战气恼。

关、韩两个淫贼来到镇子上，见家家户户都房门紧闭，一时不知从何下手，韩士夕看见了张家药房的牌子，心中有了主意。他前去敲门，甩着做作的腔调叫道："哎哟，快开门，肚子好疼啊！"房间里的张郎中听是女人的声音，便以为是来了病人，忙将门打开，韩士夕立刻闯了进来，一脚将他踢倒在地，进屋去搜女人。张桐和他哥嫂听见爹的叫声，忙出来看，兄弟二人看到爹爹倒在地上，忙过去搀扶。韩士夕乘机窜进屋内，用左臂勒住了张桐嫂子的脖子，叫道："快进屋！你从了我，我便饶你不死，否则我拧断你的脖子！"旁边的王铁匠听见药房的开门声和叫喊声，也开门想看个究竟，关士田乘机将王铁匠踢倒，直逼王铁匠的媳妇，眯起一对圆眼睛发出了淫笑，说道："模样一般，还算凑活吧。你要听话，我泻泻火便走；你要是不听话，我把你们都杀了！"王铁匠被踢倒在地，他挣扎着站了起来，想拿出锤子保护妻子，可手还没拿到东西便摔倒了。关士田哈哈大笑，说道："你小子挨了老子的窝心脚，还想拼命不成？"说罢，他步步逼近铁匠媳妇，小圆眼里射出邪恶的光。

韩士夕一边勒住张桐嫂子的脖子，一边往里屋拉。张桐父子三人正要上前去解救，只听韩士夕突然大叫起来："哎哟，你这个狠毒的女人！"说罢，松开左臂并弯下腰，双手捂住腹部，鲜血从他的指缝间流出了出来。张桐嫂子左手拿一把短锥，锥尖上还有血滴。张桐父子三人立刻冲了过去，韩士夕不敢再停留，手捂肚子快速冲了出去。

与此同时，王铁匠媳妇突然伸出左手刺向关士田双眼，关士田将头一闪，叫道："小娘子，你还要动手吗？"就在他扳住铁匠媳妇的左手时，铁匠媳妇右手中的一支短锥猛地扎进了他的下腹部，疼得关士田大叫，拔出剑来要杀人。王铁匠取出钢刀杀向关士田，关士田一看不妙，慌忙跑到大街上。

镇子上的年轻人被激怒了，五六个小伙子出来一起攻向关、韩二人，客栈里一桌酒菜刚摆好，庄大突然听到街面上的喊叫声和刀器撞击声，说道："大公子，不好了，外面打起来了！"曲蛇看了齐掌柜一眼，冷笑道："好啊，我可以大开杀戒了。"说罢，抽出皮鞭，便站了起来。伙计老三、老四、老五也已手举钢刀，挡在了齐掌柜身前。老三说道："大公子，你要在围城镇大开杀戒，我们也只能拼了！"曲蛇怎会把他三人放在眼里，他大笑一声，说道："好啊，就先拿你们三个开刀！"老三说道："那好，这地方太小了，咱们到镇子外面去，不拼个你死我活不算完！"曲蛇说道："好，叫你的人把我们的马先牵到镇外去，省得我们再来取。"说完，便与庄大退到大街上。

来到街上，曲蛇真是大吃一惊——街上十几个小伙子围攻关、韩二人，两个淫贼身上已多处受伤。庄大叫道："二位大侠，咱们到镇子外头再打！"关、韩二人一听，像得到了救命符一般，忙向庄大靠拢，并一起来到镇外。张家兄弟瞄准了韩士夕，王铁匠和另外两个年轻人瞄着关士田，还有几个瞄着庄大。曲蛇一看到这情景，便叫道："弟兄们别客气，今日咱们要来个血洗围城镇！"齐掌柜也忘记了害怕，他站在镇门前大声喊道："乡亲们，大公子领人来糟蹋我们的姐妹，还要血洗围城，咱们没有活路了，只能拼了！大家不要慌、不要乱，咱们人多，不怕他们。一拨打过，一拨再上，听我的号令！"曲蛇骂道："姓齐的，没想到你长能耐了。先让你多活一会儿，等我杀了这几个，再一刀剐了你！"说罢，他挥鞭打向老三。一场大战开始了。

伙计三人摆出两人在前、一人在后的三角包围阵势，几个回合后，曲蛇看他们三人的刀法非同一般，而且攻防有素，心想：难怪敢跟我叫板。不过刀法不够纯熟，我且以轻功胜之。于是他使出了蛇形步法，在三人之间窜来跃去。老三他们每人都挨了曲蛇一鞭子。但这三鞭子没能把他三人打垮，反而更增加了他们的斗志。只听老三叫道："摆出三角阵势，以静制动！"于是三人背靠背，三把钢刀一致对外，不给曲蛇留下攻击的空间。而且一人进攻，其余二人立刻策应，曲蛇再以蛇形步法攻击已不可能。老三他们渐渐摆脱了被动局面，三人联手对付曲蛇，在攻势上略占了上风。

关士田、韩士夕的情况就大不同了。关士田被铁匠和他的伙伴打得手忙脚乱，身上多处受伤，连轻功也使不出来了。韩士夕几次想掏出暗器来射杀张氏兄弟，可因左臂受伤、腹部流血，行动十分不便，同时也想到：我要是杀了他二人，周围的人非把我剁成肉酱不可。于是他打消了用暗器的念头。庄大虽没受伤，可他的武功没有关、韩二人好，所以被三个小伙子打得晕头转向。同时，他看到四周都是围城镇上的人，个个手握钢刀准备上阵厮杀，他心想：以前这围城镇的百姓最老实不过，一吓唬就怕得要命，哪敢说一个不字，今天这是怎么了？个个吃了熊心豹子胆了。忽然一枚石子打在了他身上，他愣了一下，身上便挨了一刀，他用眼一瞥，见一个小孩子在撒石子打他。正这时，苦儿他们四人赶到了。齐掌柜大叫："苦儿他们来了！"曲蛇一听，立刻高高跃起飞身上马，骑马一冲，给关、韩、庄三人带来了上马逃生的机会。

当苦儿他们来到镇口时，曲蛇他们已经纵马逃命去了。围城镇的百姓在大街上欢呼起来，整个镇子沸腾了。这是这个镇子的百姓第一次这么欢欣鼓舞，这么毫无顾忌地开怀大笑。

给曲蛇他们准备的酒席，此时成了庆功宴，苦儿他们四人和齐掌柜坐下来，其余的人都站着，边说边喝酒。老三问苦儿与曲蛇交手的经过，苦儿便把经过大概讲了一遍。玉儿又问起是如何将关、韩二人刺伤的，张桐说："那是乔姑姑教嫂子她们的几招锥法。平时，短锥藏在袖筒里，用时，手一抖便握在手中。没承想，我家嫂子和王家嫂子还都用上了。"张郎中很激动地走了进来，齐掌柜将他拉到自己身边坐下，老三忙为他斟酒并说道："老人家压压惊，现在不必担心了。"郎中喝了一口酒，说道："开始我可吓坏了，当儿媳妇刺伤那奸人时，我仍在担心。可当把两个奸贼赶到大街上，又看到齐掌柜和老三你们敢站出来说话，我就不怕了。我实在是太感激了！老三，你们三人大战曲蛇，我都看呆了。我们终于能保护自己了，好日子真正开始了！"

老三说道："虽然我们三人都挨了他的鞭子，可我们顶住了。曲蛇也不过如此。我们可以对快刀帮说'不'了！"苦儿说："他们是不会甘心的，要防范他们偷袭。从今夜起，我们回来打更，乡亲们尽管睡个安稳觉。"老五说："那太好了，顺带再教教我们刀法吧！"小伙子们一听都拍手叫好。

这时，张桐嫂子和几个年轻的媳妇走了过来，二话不说，拉起玉儿和杏儿便走，老三叫道："哎，你们抢人来了？"张桐嫂子笑道："听说二位姑娘的武功好，我们也要学学。两位小妹妹走吧，那边很多人等你们哪！"玉儿和杏儿还没来得及说话，便被拉走了。这时，王铁匠端来两盘菜放在桌子上，说道："这是我媳妇刚做的，叫客人尝尝。"老四问："嫂子自己怎么不来送？"王铁匠笑道："早跑到张家看玉姑娘去了。"

曲蛇四人逃到了肃州城，住进一家客栈里。店小二请来了郎中为关、韩、庄三人处理伤口。关、韩二淫贼身上多处受伤，郎中走后，两人像瘫了一样倒在床上。庄大前胸、左臂受伤。曲蛇坐在桌旁一声不响，眼睛盯着茶壶发呆。庄大见此，不敢轻易说话，并示意关、韩二人不要吱声。

曲蛇心里很难受：自出道以来，我战胜过无数高手，江湖上谁不知我曲蛇的大名！要说吃败仗，仅有一次，那是叫郑泰然打折了腿。可伤在武林第三高人手下，并不丢人。可今天这算什么？我竟败在一群无名小卒的手下，真是丢人丢到家了！如果单论轻功、拳脚，我和苦儿旗鼓相当，可他的内力却比我强很多，左手随意一挥，竟将我打出六七步远，而且气血翻腾，难受万分。要不是我还有些根基，今日恐怕坐不到这里了。只知苦儿在高山、大海中练功，却不知他竟有如此厉害的内功，而且还有鬼一样难缠的轻功和神出鬼没的拳脚功夫，太可怕了！也许再过两三年，连师父也不是他的对手了。不杀苦儿，心中难平；不杀苦儿，后患无穷。可怎么杀呢？硬拼是拼不过的，况且韩、关、庄三人都受了伤，两三个月内无法复原。该如何是好呢？如何向师父交差呢？想不到我曲蛇竟会陷入进退两难的困境。想到这里，他不由得叹口气。

庄大见曲蛇叹气，说道："大公子，都是我们武功不济，叫大公子分心了。"关士田说道："真是怪事，太白山庄和古镇两次大战，我们也都吃了亏。"韩士夕说道："师兄啊，其实一点不怪，人家对咱们的武功是一清二楚，上来就将咱们左臂击伤，使咱们失去了制胜的手段，人家才是胜券在握。"庄大说道："是啊，我的快刀根本起不了作用，那小丫头的棍子比我的刀还快，真不知那叫什么棍法。更叫人想不到的是，围城的老百姓们，竟然也学会了刀法，而且还比我们的刀法高明。"关士田摸了摸腹部的伤口，皱着眉头说道："那女人用短锥刺伤我，让我想起了乔如虹。可那些人的刀法是一样的，是谁教的呢？"曲蛇说道："我想起来了，是罗忠信的泼风刀法！"韩士夕拿腔拿调地说道："啊，我也想起来了，师兄，我们在庐山与苦儿交手时，有一个漂亮的小姑娘使的不就是这种刀法吗？"关士田忙说："对，对，老胡、黄谢说过，冷面双娇是在老叫花和两个黑小子、一个漂亮姑娘的帮助下，才攻下古镇的。这刀法定是那个姑娘所传，不会错的。"

曲蛇听了眼睛一亮，问道："你们是说苦儿原是与老叫花、两个黑小子、一个漂亮姑娘在一起的，对吧？"关、韩二人忙说："对，是这样的。"曲蛇又接着说："后来苦儿在海上出了事，便与老叫花等人分开了。老叫花他们来古镇练功，接着苦儿也来到了古镇。这说明了什么？"韩士夕说道："都经过沙漠练功这一关。"曲蛇说道："不错，同时还说明，苦儿一边练功，一边在追赶老叫花这伙人，他们最终是要聚集在一起的，因此老叫花的路线就是苦儿他们的行动路线。"庄大说道："苦儿一旦与老叫花会合，再抓他就更难了。"曲蛇闪着凶恶的目光说："对，必须在他们会合之前干掉苦儿！"关士田说："可我们都有伤在身，无法与人交手啊。"曲蛇说："明的不行就来暗的，下毒、暗杀可是二位的专长啊。"庄大问道："咱们不能把苦儿带回去了？"曲蛇咬牙说道："他是坚决不会跟我们走的，想带也带不回去。想办法杀了他，倒是简单易行，将来也少了一个强劲的对手。"韩士夕听了十分赞同，他说道："对，都杀了，解解气。只留下那个漂亮姑娘就行了。"庄大笑道："二位大侠为这种事吃了大亏，怎么还惦记这事？大公子，你说咱们该怎么办吧。"

曲蛇想了想，说道："咱们在这儿住上十天，让你们养养伤。然后分两组，庄大与关大侠一组，我与韩大侠一组，这样便于照看二位大侠的伤病。庄大你们提前探明老叫花等人的去向，我们在后监视、跟踪苦儿，寻找适当的机会下手。咱们要重新装扮，不能叫苦儿有所察觉。"关士田说："大公子果然高明，咱们在暗处下套，必能捉住他！"

青蛇山庄里，龙老大练罢消功大法之内功法，感到很满意，他自言自语道："内气积聚渐多，总算有些进展。罗忠信没骗我，那就让你再多活几天吧！"作为消遣，他又拿起常笑天的那首诗读了一遍，笑道："常大侠，你和我玩捉迷藏呢，不知要玩到什么时候。"说罢，取出纸笔，将这首诗重新写了一遍。这首诗他也不知道读了多少遍、写了多少遍了，今日与往日不同的是，他将第一、二句分行写：

嫦娥坐宫前，痴目望故乡。

愁云眉难展，思乡泪不干。

玉兔急劝慰，一同偷下凡。

又见亲情热，还是人间暖。

他突然注意到左侧四句能组成"娥眉急见"四个字，他笑道："原来是二、三、三、二的简单藏字。常笑天，你是叫冷面双娇来峨眉山急见，必是有要事相告啊。"他又仔细看看右边这四句，找来找去，实在找不出有意义的句子，这才作罢。他想了想，轻声分析道："常笑天托郑明光带信，说明事情紧急，他不能亲自前往。为何不能前往呢？莫不是受了重伤？还是练功过急，走火入魔？他急切地要见冷面双娇，要做什么？极有可能是向徒弟交代后事或传授新法。可峨眉山地域广阔，去哪里找呢？"

他站起来，在屋内踱步思索着：无论如何，派人去查查总没坏处，也许会得到一些线索。可派谁去呢？派刘全柱去？对，就派他去！朱如天和常笑天是好朋友，他是不会反对寻找常笑天的。于是，龙老大提笔给刘全柱写了封密信，交给庄三，并令他亲自交给刘全柱。

这一天，刘全柱拿着一张纸，急匆匆地跑进孙子杰的房间。他得意地说道："堂主，常笑天的那首诗，属下终于解开了，您看！"孙子杰翻了翻三角眼，说道："全柱，别瞎闹腾了，多少人都解不开，就凭你？"刘全柱笑道："堂主，笨人自有笨法，您不妨看看。"孙子杰接过纸一看，纸上的内容立刻引起了他的注意。"哈哈！"孙子杰放声笑了起来，说道，"好小子，真没想到，写法一变，奥妙便出现了。可此事已经过去好多年了，我们现在去找又有什么意义呢？"刘全柱一脸谄媚地上前说道："堂主，您在家待了这么长时间，又不让属下上街为您寻些开心之事，也实在是够憋屈了。借寻找常大侠之事，咱们不就可以堂堂正正地出去享乐一番了吗？"

孙子杰立刻笑道："好主意！师父几次派人去四川、云南寻找常大侠，都无结果。如今咱们要去，他老人家是不会反对的。可是怎么和他老人家说呢？"两个人都知道，不能向朱如天说出陈鸣献诗之事。孙子杰眼珠一转，说道："这样，就说咱们在街面上听过路人闲谈，说在峨眉山见过常大侠。""那堂主，你准备带谁去呢？"刘全柱不放心地问。他担心孙子杰不带他走，那要真得到什么武功秘籍可就没他的份了。孙子杰想了想，说道："陈鸣是献诗之人，不带他去不好。为了探听消息方便，可带上大马猴，这小子点子多，会派上用场。最后一个就是你了，一路上吃、住、玩都由你来管。"刘全柱这才放下心来。孙子杰又看看那张纸，说道："峨眉山可是大得很，咱们上哪里去找呢？"

刘全柱怕他变卦，立刻说道："堂主，那常笑天急召冷面双娇，只怕与传授武功有关。如果咱们能找到常大侠，叙说帮主对他的思念之情，说不定他老人家一高兴会给咱们传冰雪大法呢。"孙子杰笑道："你别想美事了，也许常大侠早已与冷面双娇见了面，又回玉龙雪山去了。咱们只不过是找个借口出去玩玩而已，你还真当有那么回事？真是年轻、阅历浅啊！"

刘全柱眨了眨眼睛，挤出了几分笑意，说道："堂主说得是，全柱就想跟随堂主见见大世面。经堂主这么一说，属下明白了：一是陪堂主出去散散心，二是替帮主寻找老朋友，尽份孝心。堂主放心，属下尽力就是了。"孙子杰点头说道："嗯，你小子学聪明了，一点就透。你立刻去九江分堂，将陈鸣请来，然后咱们一块儿去长沙见师父。"

几天后，孙子杰、陈鸣、刘全柱和坏水狗四人离开长沙，起程入川。孙子杰说道："没承想，师父答应得这么痛快，咱们可尽情游玩一番了。不过千万别惹出事来。出了事，我可没法交代。你们可记得了？"陈鸣等三人齐声说道："记住了，堂主放心！"孙子杰又吩咐道："你们三个听清楚了，陈分堂主负责选定行走路线，处理一些随时发生的事情。全柱负责吃住，一日三餐要安排好，住得要舒服些。坏水狗，你负责打探消息，守门望风。"陈鸣答道："属下遵命！堂主，帮主并没给咱们限定时间，咱们可先四川、后云南、再贵州，游遍西南，才不枉此行啊。"孙子杰说道："如此甚好。你可曾见到关、韩二人？他们可有冷面双娇的消息？"陈鸣答道："回堂主，这关、韩二人有一阵子没在九江露面了，属下去他们的客栈问，伙计们无人知晓。不过他们又能去干什么呢？不过是采花大盗而已。"孙子杰听了笑道："这两个人活得倒也快活。"陈鸣说道："只要他们不在九江城内犯事，属下就不去管他们。至于冷面双娇，江湖上曾传言，她们寻师未果，最近却在河南山南城安了身，听说还要建什么山庄。这样看来，常大侠也许真的出了什么事，才多年未曾露面。所以，咱们寻他，也许能解开这个谜。若果真如此，堂主可立了大功了。"孙子杰一听十分高兴，他说道："看来咱们真该好好查一查。"

刘全柱听了，心中暗想：这小子比我会说话，几句话便把堂主的心说活了。看来孙子杰更相信他的话。这个陈鸣还真是个难斗的人。孙子杰又说道："我也得到消息，听说冷面双娇在太白山庄遭人抢劫，双方大战，死了不少人。尚不知劫她们的是什么人？敢打冷面双娇主意的，必不是一般人啊。"陈鸣答道："属下听说，西北一带匪患猖獗，他们哪里知道什么冷面双娇，所以才白白送了性命。不过，冷面双娇不去四川，我们不会与她们相遇，这倒少了许多麻烦。"刘全柱说道："冷面双娇不过是两个女人，怎会那么厉害？真要是与我们相遇，她们怎会是我们堂主的对手？"孙子杰听了忙说道："你懂什么！她们的冰雪大法，除了师父，谁能化解得了？"

四十八　规划山庄

　　张荣和庄儿从洛阳回来了，带回了一包画在白绸上的设计图。张荣拿出一张山庄总设计图放在桌面上，冷面双娇、春风、春雨都围上前来观看，张荣指着图解说道："咱们买了六个山包，最西边的叫西山，它是最高的一个山包，将来可在上面修建一个瞭望台，站在瞭望台上可总览整个山庄。"春风说："噢，这张图和山外的官道方向是一致的。"庄儿说："是的，左南右北、上西下东，这样画，看起来方便。"张荣又指着西北角的一个山包说道："这叫药山，将来在此山种各种名贵药材，不但能自己用，还能卖钱。"庄儿指着西南角的山包说道："这个叫果山，可种上苹果、梨、樱桃、杏等，以后咱们吃水果就不用花钱了，这可以节省一笔开销。"春雨指着图问道："那这两个山包的南坡上都画着小房子，是住人的吧？"张荣说："那是果工、药工住的。"冷月娇问："那我们住哪里？"张荣指着东北角的山包说："这个山包叫桃花山，南坡盖两栋房子。东坡脚下，也就是长蛇洞那边，盖上一个大议事厅。议事厅两旁各建一个耳房。桃花山北面修两个库房，放东西用的，当然也可以住人。"他又指着东边中间的山包说："这个山包叫梅花山，梅花山南坡也盖两栋住宅，东坡下面盖一间客房，给临时来的客人住。梅花山南坡这块地方，可种些花草。东南角这座山叫清泉山，山上有泉眼，可盖房子。"

　　乔如虹指着西山的东坡问道："这里画的是什么？"庄儿解释说："这里要建个小水库，水大防洪，水少蓄水，可使得咱们官道以东的这大片田地旱涝保收。原来这地方，水大则涝，水少则旱，建这个水库，也是为周边的百姓造福。"乔如虹又问："附近百姓的田地是否可以受益呢？"庄儿说道："南北三十多里之内，都可受益。"乔如虹说道："设计得好！水库里可以养鱼，咱们吃鱼不成问题了。"乔如虹又担心地问道："要是发大水，水库里容不下，水库不就被冲坏了吗？"张荣说："姑姑请看这里。西山的南北两侧都有河水流入水库，水大时将这两条河流断流，将水引入两边的深谷之中就行了。设计的师傅管这两个山谷叫蓄水池，把两条河上的闸口叫什么分洪闸。有了这些设施，在发大水时，保住山庄、保住东面大片田地里的庄稼是可能的。"乔如虹听了说道："太好了！旱涝保收，庄稼人就有希望了。"春风又指着图中间的两条弯曲的线问道："这就是四个山包间的那两条河吧？"庄儿说道："是。山庄建成后，这两条河及东边田地里的灌溉渠道，都要重新加宽。"冷月娇问："梅花山、桃花山及清泉山上的房子可够咱们住？"张荣说道："咱们的住房共有六栋，每栋四间，共二十四间，平均每间住两个人，可够四十八人住。就是苦儿他们回来了，也住得下。"

春雨看得入了迷，说道："真是太好了！不知什么时候能住进去。"张荣说："二位姑姑，我们与设计的师傅商量过了，本应立即选料，九月份便可建立水库、盖议事厅，明年再建住宅，到明年底便可全部建完。可是山中有山贼，城中有坐探，而我们只有六个人，恶人们一旦使坏，我们恐怕顾东就顾不了西，到时会吃亏的。"春风问："那可怎么办呢？"张荣接着说："我和庄儿商量，想出一个办法，不知行不行，请二位姑姑定夺。今年选料，不动工，明年开春就先建议事厅、客房及四栋住宅。咱们全力以赴，将财宝运入长蛇洞，这边空屋上锁不留人，夜间再动员民众巡逻，那就万无一失了。入秋，咱们再建水库，争取在一年内基本建完，就是明年要忙上一年了。"

冷月娇看看乔如虹，乔如虹点点头。冷月娇说："行，就这么定了，不知去哪里订料方便？"庄儿说："去南阳就行，把砖、瓦、木料、石料等一次订好。石匠也在那儿请，小工在这里找就行了。"张荣又取出几张房屋建筑设计图。乔如虹笑道："房屋建筑、水库建筑设计图，我们也看不懂，就不看了吧。你们两个该怎么干就怎么干，自己琢磨，花钱买料都由你二人定。"

春风问："你们在路上没遇到什么麻烦吧？"张荣说："没有。在回来的路上，发现有人跟踪，有两个人跟到大王庄就不见了，他们一直没敢动手。"春雨说："那两个人必是伏牛山的山贼。你们要去南阳，如果还有人跟踪，那必是白掌柜的手下。"冷月娇说："你们无论走到哪里，都要刀不离身。"乔如虹也嘱咐道："酒要少饮，夜里更要长点精神。"

已是掌灯时分，围城镇里仍是热闹非凡，苦儿、冷竹青和客栈的六位伙计及张桐兄弟、王铁匠等人坐在围城镇的一面城墙上，手握手、肩并肩，二十多人足足坐了两个长排。苦儿在为他们输功，以增加他们的功力和信心。这一个多月以来，他们白天在大漠中练功，晚上回到围城镇巡夜、训练刀法，最后苦儿还要为小伙子们输功。这一输功，便是一整夜，小伙子们谁也不肯放过这样的好机会。

张桐说道："苦哥哥，我浑身热透了，真是舒服极了！"他哥哥说道："真是闹夜的孩子多吃奶。他跟老爷爷他们一块儿练过功，又得川儿的指导，功夫比我强。这回打那淫贼，他比我厉害多了。这回输功，他又挤进来，什么好事也落不下他。"伙计老三说道："张桐比你鬼多了，难怪你爹那么喜欢他。"苦儿说："张桐好好练功，将来一定有出息。"张桐说："等我长大了，能去看你们吗？"苦儿答道："当然可以了，大家都会欢迎你去的。不过要记住了，河南山南县城，别找错了地方。"

在张桐的家中，姑娘、媳妇们正围着玉儿和杏儿说笑。铁匠媳妇说："这一个月没白学，这圣手掌真是太好了，我们的双手灵活多了。"玉儿说道："我这老妹妹的圣手掌动作快、变化多，练好了，男人也不是你的对手。"李家成衣铺叫玉梅的说道："好是好，只是太难练了。"张桐嫂子说道："难什么难？你不天天做饭吗？边干活边练就是了，手动得像切菜一样快就行了。"大家听了都笑了起来。

玉梅的妹妹叫冬梅，与杏儿一般大，她说道："杏儿，你的衣服比我的好看多了。"玉儿这才注意到这些女人服装的共同点：扎裤脚、细袖口、高衣领，比较肥大。她想可能是防风沙和干活的需要。她问道："你们还有别的衣服样子吗？"玉梅说："我爹就是做衣服的，他有好多样子呢。"众人陪着玉儿和杏儿来到成衣铺，玉梅爹问明来意后，立刻取出几本衣服图样给玉儿看。玉儿边看边用笔纸记下自己要学的东西。玉梅娘说："姑娘长得这么秀气，还要学做衣服呀？"杏儿说："大娘，我姐姐最喜欢做衣服了，走到哪儿就学到哪儿。"玉儿看罢、记完后，指着一种衣服样式说："我喜欢这种款式，扎裤脚由明扎改成暗扎，腰部略收些，胸前再绣上一朵小花。玉梅穿了，一定更好看了。"玉梅听了便说道："玉姐姐，你一说，我就觉得好看，帮我裁剪一套好吗？娘，快拿布来！"玉儿见她着急的样子，又看看她爹。玉梅爹说："姑娘，你尽管剪，也算给我们留个纪念了。"玉儿听了，便拿起尺子为玉梅仔细量尺寸。姑娘、媳妇们都瞪大眼睛看着。玉儿量好尺寸便下剪刀裁布。裁完，她说道："我绣花，各位姐妹帮忙做，争取一个时辰让玉梅穿上新衣服。"姑娘们答应着就动起手来。一个时辰后，一身新衣服做成了，姑娘、媳妇们都瞪着眼睛准备看新衣服。

玉梅换好衣服，玉儿又为她抻了抻裤脚、拽了拽上衣，就立刻将玉梅推了出来，自己闪到了一边。姑娘、媳妇们的眼睛都看直了。玉梅娘说："我的天！这是玉梅吗？"玉梅爹叹道："想不到，只变动了几个地方，穿起来就秀气多了。"张桐嫂子说："这么合身、这么苗条，这才该是咱女人的衣服啊！"

铁匠媳妇拉着玉儿央求道："玉姑娘，给我也裁一件吧，不然，玉梅一个人也不好意思穿啊。"这个说做，那个也说做。玉儿笑道："好了，姐妹们，你们去拿布吧，我给你们裁，不过针线活可得你们自己做。"女人们一听，立刻夺门而出，忙回家取布料去了，吵吵嚷嚷的说笑声，惊动了整个镇子。老人们见女儿和媳妇都是满脸笑容地回来，这才放心。

城墙上的张桐说道："哥，快来看，女人们呼啦一下都从成衣铺跑出来了，又说又笑，不知有什么喜事？"老三说："三个女人一台戏，这满镇的姑娘、媳妇闹起来，还不是一台大戏啊？"男人们正说着，又看见女人们个个手里拿着什么东西急匆匆地跑回成衣铺。苦儿看了看，说："我知道了，一定是玉儿给她们裁剪衣服哪。"冷竹青说："对，不然她们往成衣铺跑干什么。"客栈伙计老四问道："玉姑娘还会裁衣服？"苦儿说："她在杭州学过，每到一处，都要到成衣铺学习女装的样式，现在也是行家了。"张桐又叫道："快看，有人拿了一卷东西往家跑呢！"他哥说："桐桐，别看了，咱们还是好好练功吧，今晚可是最后一晚了。"

第二天一早，苦儿和冷竹青牵马赶车走出了客栈。齐掌柜和六位伙计等人都前来送行。冷竹青说道："玉儿和杏儿怎么还不出来啊，莫不是睡过了头？"老三笑道："怕是被姑娘们给留下了。"正说着，从成衣铺里走出一群女子，她们个个穿着大方、衣服新颖、面带微笑，拥着玉儿和杏儿向客栈走来。齐掌柜见了赞道："哎呀，她们的新衣服真是又合身又漂亮。虽不是什么绫罗绸缎，却也光彩照人啊。"老三说："可不，谁见过咱镇上的女人这么漂亮过？"

　　看见男人们赞赏的眼神，张桐嫂子等女人均十分得意，大大方方地在街上走着。苦儿和冷竹青虽知道玉儿喜爱裁剪，可是，当一件件作品展现在他们面前时，他们的惊奇并不亚于齐掌柜他们。当玉儿走到他们面前时，苦儿说道："玉儿，终于把你的创作完美展现出来了，恭喜！"玉儿拉着苦儿的手，把脸凑到苦儿的耳边，不知说了些什么。不过她的样子是十分亲热的，这叫在场的姑娘们羡慕不已。

　　人们把苦儿他们送到了大街上，依依惜别。苦儿与冷竹青给众人鞠躬行礼，四人挥手告别而去。已经走得很远了，杏儿忽然转过身来喊道："冬梅，我在山南城等你！"冬梅向前跑了两步，说："杏儿，我一定会去的！"张桐也喊道："别忘了，还有我，我也要去！"三个孩子清脆的声音传得很远。在围城镇人的心头再一次引起了震动。齐掌柜叹道："大鹏展翅九万里，英雄们又起飞了。"张郎中说："唉，别说孩子们，我都想去中原看看。"齐掌柜说："等太平些，咱们一块儿去。"

　　川儿赶着车，茹儿和月儿骑马从雪山下走了出来。坐在车上的老叫花说道："下了雪山，身轻气爽，好像年轻了好几岁。"川儿叹道："唉，只有一件事不可心。"月儿忙问："小四，什么事？"川儿咧嘴一笑，说道："雪山是冰清玉洁的女神居所，一切都是洁白的，可怎么就没把我变白点呢？"月儿说："就为这事？你要是变成白脸，就不是川儿了。"茹儿说道："爷爷，可惜咱们没找到常大侠。"老叫花说："是啊，这么多年来都没消息，怕不是一件好事。可他武功高强，又会出什么意外呢？"月儿说道："咱们到了玉龙雪山再接着找，即使找不到也会得到一些线索。"茹儿说："也只好如此了。咱们去峨眉山清风观接柳扬，完成二姑所托。"川儿说道："也不知柳扬长什么样子？"老叫花问道："那你希望他是什么样子？"川儿装作思考的样子，说道："我希望他是个黑脸的，也好和我做个伴。"月儿笑道："二姑说了，他可是个长得白白净净的小男孩。"川儿叹了口气。茹儿说："别叹气，不是有二哥陪着你吗？"川儿立刻叫道："哈，二哥，你说话可得算数，不能变回白脸！"月儿笑道："二哥变，你也变，岂不更好？"川儿叹气说道："三姐，你是哪壶不开就提哪壶。"老叫花也叹道："那就没办法了。"

孙子杰带着陈鸣、刘全柱和坏水狗已来到了峨眉山的一座山峰下，孙子杰朝山顶看了看，说："咱们由此上山，边玩边找。"他们上山走到半山腰时，看见一座旧道观。陈鸣问道："堂主，咱们要不要进去看看？"孙子杰一看那道观房屋倒塌，满院荒草，便说道："此庙荒废已久，有什么好看的？这峨眉山已成为佛家的圣地名山，不少道观已迁到别处去了。"刘全柱说道："真没什么好看的，咱们继续上。"他们又朝山上走去。坏水狗叫道："各位慢一些，等等我，我这两条腿都要断了！"孙子杰叹道："唉，带你来真没多大用处。"刘全柱嘲笑说："是猴子还能爬树呢，你能干啥？"陈鸣笑道："一肚子坏水，出鬼主意的时候就有用了。"三个人都看不上坏水狗，这叫坏水狗心里很难过。不过他不敢发作，只得忍气吞声，迈着罗圈腿，艰难地走着。

就在那座旧道观里的墙角处，忽然露出两个身影，这二人正是谷丁和觑觑狗。他二人入川之后，便住在这座废弃的道观里。今日见有人经过，谷丁怕是快刀帮的人，便躲藏下来。觑觑狗说道："那个矮个子的是我弟弟，他怎么也来四川了？那三个人是谁呢？"谷丁小声说道："你们哥儿俩可真像。"

觑觑狗问道："门主，那三个人你一个也不认识？"他有点担心弟弟的处境。谷丁说："那个比你弟弟高不了多少的人，是十业帮武昌堂堂主孙子杰，打头的那个是龙老大的徒弟刘全柱，另一个是陈鸣。"

谷丁心想：刘全柱来此是为了抓我？那孙子杰又干什么来了呢？想到这儿，他说："咱们跟踪他们，弄清他们来这儿的真正目的。"

孙子杰等四人来到了山顶，孙子杰坐在一块石头上，说道："你们快去寻山洞，看看常大侠在不在，我先歇会儿。"刘全柱边找边说："这里没冰没雪的，常大侠不可能在这里练功。"陈鸣说："不练功，也可以养伤，叫你找你就好好找吧。"坏水狗不敢单独行动，跟在陈鸣后面转。找了一会儿，三人回到孙子杰身边。孙子杰一看他们的表情，说道："又是白忙活。明天，咱们上那座高山，由低到高，咱们一座一座查，总会找到的。"坏水狗说道："人家要是早走了，咱们再查也查不到。"刘全柱朝他一瞪眼，说道："少废话！你懂什么？这是常大侠失踪前留下的最后线索，不在这里找，去哪里找？"

　　跟踪而至的谷丁对觑觑狗说道："二公子明明是快刀帮的人，怎么会混进了十业帮呢？这里面肯定有问题。"觑觑狗问："门主，咱们现在怎么办？"谷丁说："继续跟踪，看他们到底要干什么。"

　　而此时，在此山附近的另一座山上，谷艳和郑明光正在寻找谷丁。谷艳扮成一位中年男子的模样，郑明光则扮成一个家仆。他们来此已七八天了，谷艳心里不免有些着急。郑明光安慰她说："岳父大人担心快刀帮的人找到他，一定藏得很隐蔽，咱们只能慢慢找，你着急也没有用。"谷艳说："我又何尝不知呢？只是见不着爹爹心里着急罢了。"郑明光说："艳儿，可不能着急上火，若病了如何是好？"谷艳说："我知道了，你放心吧，我不会病倒的。"说罢，二人手拉着手朝山下走去。郑明光说道："峨眉风光秀美，名不虚传。咱们不必过于劳累，可以边寻人边游历一番。"谷艳说："好，明天咱们去看佛光，沾沾佛气，说不定会顺利些。"

　　郑明光说道："其实咱们尽可放宽心，岳父武功高强，谁能把他怎么样？不是龙老大亲自来，别人休想拿住他。可龙老大会来吗？他的目标是朱如天，不会为此事追杀岳父大人的。"谷艳听了说道："你说得有一定道理，不过我还是为爹爹的处境担忧。龙老大即使不来，也会派别人来，他一旦知道了爹爹私下留苦儿之事，岂肯善罢甘休？"郑明光说道："如果苦儿再说出你我成亲之事，那咱们都会处于危险之中。所以我说咱们别去细想了，平安过好每一天就好，干吗想得那么复杂来折磨自己呢？"谷艳听罢，笑道："好，听你的，放宽心就是了。"

四十九　逆境飞扬

苦儿四人也住进了龙门山下的龙门山客栈，有两位老人出来迎接他们，并把他们让进了两间正房。苦儿向一位驼背老者问道："老人家，可有一位老爷爷领着三个年轻人在此住过？"那驼背老人有点耳聋，大声问道："你说什么？大声点。"苦儿又大声说了一遍。老者才答道："是，老的，花白胡子；三个年轻人，二黑一白。你问的可是他们？"苦儿很高兴地对玉儿他们说："咱们很快就能追上他们了。"冷竹青问道："老人家，他们在这儿住了几天？"老人家说："就一夜，第二天一早就走了。唉，他们可是好人啊，待人和气。"这时，另一位跛脚老人端来一盆水，说道："客官，先洗洗吧，去去灰尘再吃饭。"杏儿问："老爷爷，怎么就你们自己干活呀？店里没有小伙计吗？"还没等老人答话，白雪朝着那跛脚老人闻了闻，便大声叫了起来。杏儿忙将白雪拉住，喝道："白雪，别咬老人家！"那跛脚老人慌忙中跌倒在地，害怕地说道："好厉害的狗啊，还有点认生。我老头子可经不起你们吓。"玉儿上前将老人家扶起来，说道："对不起了，没事吧？"那驼背的老人家说："二弟啊，你还是去打水吧，省得狗咬你。"冷竹青说道："我去打水。"

很快，驼背老人便送来了饭菜。并说道："各位客官，这店是我儿子他们开的，只因生意不好，他们便进城做买卖去了。店一时也转让不出去，我们四位老人只好在此打点度日了。所以，菜也做不出什么滋味，就给客官多切点熟肉、多上点咸菜，还请各位客官多多包涵。"

苦儿吃了一片肉，说道："老人家开店不容易，这菜挺好吃的。"冷竹青他们也真是饿了，都大口大口地吃了起来。白雪不见了跛脚老人，倒也安静地吃了起来。吃过饭，驼背老人又送来泡脚汤。玉儿一听感觉奇怪，问道："老人家，为何不叫洗脚水，而是叫泡脚汤呢？"驼背老人答道："各位客官有所不知，我们小店的洗脚水是用几味草药煮成的，能舒筋活血、驱寒止痛、消除疲劳，泡脚时间长一些，效果会更好。"杏儿一听，高兴地说："太好了，我去看看。"

苦儿四人分别在两个房间里泡脚，床前还都放着一桶可随用随添的泡脚汤。苦儿又添了一瓢热气腾腾的泡脚汤，说道："掌柜的说得不错，泡起来真是很舒服的。"冷竹青说道："我去端水时，那位老人说此方是一位客官送给他们的，没想到，这一用就是二十多年，特受客人的欢迎。"苦儿说道："那方子和药材我都看过，药是好药，方是好方。"

在院子里，装作喂马的跛脚老人和驼背老人的目光一直盯着这两间正房。驼背老人说："时间差不多了，也该有动静了。"跛脚老人说："他们内功都很强，时间会长一些。"而此时，两个矮个子的老太婆从厨房里拿着绳子走了出来，一个问："差不多了吧？"驼背老人说："不着急，等他们倒下了，咱们再动手不迟。不知你们的药量下得足不足。"另一个老太婆答道："足着呢，足有双倍的分量。"

这时，哐当、哗的响声分别从两间房中传出。驼背老人听罢笑道："哈！真是天助我也！冲进去，绑人！"四个人快速冲进了苦儿的住房。此时冷竹青已经瘫倒在床上，苦儿虽仍在泡脚，头和身子却极不协调地晃动着，见他们冲了进来，晃晃悠悠地问道："你们是什么人？竟敢下毒！"那四个人同时撕下脸上的伪装并脱去外衣，现出本来面目：驼背老人是曲蛇，跛脚老人是庄大，两个老太婆分别是关士田和韩士夕。曲蛇笑道："苦儿，天堂有路你不走，地狱无门你偏要进来，这就怪不得我了。看在你伺候我师徒养伤的分上，赏你个全尸吧！"韩士夕骂道："苦儿，敬酒不吃，现在你连罚酒也吃不上了，喝盅死酒吧！"说罢，一拳将苦儿打倒在床上。曲蛇说："绑！"三人立刻给苦儿和冷竹青上了绑绳，抬进了厨房，然后又来到玉儿和杏儿的房间。玉儿和杏儿都已倒在床上，满地都是水。关士田边绑边摸着玉儿的一只脚，说道："要不是受了伤，我怎能放过你！"正在这时，

411

白雪突然从桌子底下冲了出来，照着韩士夕的屁股就是一口。韩士夕疼得大叫，关士田回头一看，白雪已冲过来，在他的屁股上也咬了一口。庄大拔刀便砍，白雪从他胯下钻过，一溜烟跑进了院子。

原来，白雪见主人倒在了床上，急得又拱又舔的，可她二人就是不醒。等曲蛇他们冲进来时，它就钻到了桌子下面，看到主人被绑，这才不顾一切地扑上去猛咬他们。

曲蛇他们将玉儿和杏儿也抬进厨房，庄大将地洞口上的木板掀开。关、韩二淫贼知道狗牙毒性大，正忙着上药，边上边骂。曲蛇和庄大将苦儿抬起，走到洞口旁，庄大说："苦儿，下面有四个老鬼陪你，去吧！"二人一松手，苦儿便被丢进洞中。

洞里的寒气令苦儿醒来，他意识到自己在下落，立刻调整好身位，转瞬间双脚便落了地。不过脚下很松软，他一时站不住，跌倒在地。他顾不得多想，用手指搓一搓绳子，再用力挣了下，绳子竟被挣开了。这时，从洞口处又落下一人，苦儿纵身飞起，接住那个人，并将他放到一边。他仔细一看，原来是仍未醒来的冷竹青。苦儿正想将他唤醒，只见洞口处又有两个人落下。苦儿慌忙纵身将人接住，发现是玉儿和杏儿同时被抛下。苦儿将他们拉到一边，免得被洞口丢下的东西砸伤。

洞口上面，关士田说道："哎？人扔下去的动静怎么不大？"庄大说道："下面有四个老鬼垫底，声音自然小多了。"曲蛇说："快，将门口的那块石板抬过来压住洞口，即使摔不死也别想出来！"

洞中，苦儿为玉儿和杏儿解开绳索，他看到洞口在一点一点缩小，听到韩士夕问："大公子，咱们何时走？"曲蛇说："收拾好立刻走，我可不愿和八个死人住在一起。"这时，洞口完全被封住了，一点光线也没有了。

苦儿先为冷竹青布气驱毒，将他唤醒。冷竹青慢慢睁开眼睛，问道："屋子里怎么这么黑啊，天还没亮吗？"苦儿说道："冷兄，咱们被人暗算了，他们将咱们抛进了地洞。你要好好调息，我去看看玉儿和杏儿。"冷竹青依言练功调息，苦儿又为玉儿和杏儿布气驱毒。玉儿和杏儿也醒了过来，玉儿问："哥，是你在我背后吗？"苦儿答道："是我。咱们都中了毒，被人丢进地洞了。"杏儿说："哥，我有些坐不住。"苦儿向前凑了凑，说：

"靠在哥身上歇会儿。"玉儿也将身子向后靠去，并问道："我们是怎么中的毒？难道说，是那四位老人？"苦儿将他听到的曲蛇四人的对话讲了出来。冷竹青说："苦儿，你又救了我一命。"杏儿突然惊叫道："哥！我的腿不会动了！"原来杏儿见到地上的四具尸体，心中害怕，便想将腿收回来，可双腿不听使唤。玉儿听罢，也立刻想动一动自己的双腿，也是动不了。她也叫道："哥，我的腿也动不了了！"冷竹青站起来活动了一下，说道："我倒是没事。"苦儿说："是了，你二人是被同时抛下的，我纵身接你们时，咱们三人下落速度太快了，你们两个虽然是脚先落地，但跌落在地时，必是受到了损伤。若不是四位老人的遗体垫底，可能会伤得更重。不过，你们别着急，我会想办法治好你们的。"

冷竹青说："咱们还是要想办法冲出地洞，不然会被困死在这里的。"这时，他们隐隐约约听到白雪的叫声。杏儿大叫："白雪，快来救我！"苦儿说道："看样子，曲蛇他们已经离开了，不然白雪不会跑到这里来叫的。"玉儿问："哥，咱们可怎么上去呢？"苦儿说道："洞口被他们用石板压住了，要想想办法。"玉儿说："可惜，我受了伤，什么也做不了。"苦儿听出她声音里的焦急，忙说："办法会有的，我们会活着出去的，相信我。"杏儿说："能把石板打碎就好了。"玉儿说："那么高啊，怎样打？"苦儿说："可以跃上去打，总会打碎的！"冷竹青看看洞口说："这儿足有八九丈高，一次跃上去可太难了。"四人都在想着，玉儿突然说："哥，我有办法了，你在边上跃起，等快到顶时，手摁石壁，借力再跃至洞口就行了。"杏儿说："还是玉姐姐聪明。"苦儿拍拍玉儿的头，说："玉儿从头到脚都充满灵气。你们两个先靠在石壁上坐着。"说着，苦儿先抱起杏儿向后移去，再去抱玉儿时，玉儿伸出双臂紧紧抱住了苦儿，小声说道："哥，我要是一辈子都不能走路了可怎么办啊？"苦儿知道她问的是什么，毫不犹豫地说道："若真如此，哥背你一辈子。"玉儿将脸紧紧贴在苦儿的脸上，泪流满面。

冷竹青见此情景，心中有一丝酸涩和一分感动。苦儿安排好她二人后，站定片刻，便纵身跃起四丈多高，然后伸手向石壁上一摁，借力再次飞起，飞向洞口，只听砰的一声，手掌击在石板上，几丝光线从缝隙中射了进来。

冷竹青说："石板跳起来了，有门！"此时已落地的苦儿说："你们仔细听听。"大家屏息静听，是白雪的低吼声和刨地声。"白雪，你在干什么？"杏儿禁不住大叫道。白雪也大叫两声作为回应，然后又传来急促的刨地声。玉儿说："哥，先别打了，会伤着白雪的。"苦儿说道："白雪在刨洞，它想救我们。"说罢，苦儿走到玉儿和杏儿身边，为她二人揉起腿来。可玉儿和杏儿一点感觉都没有，苦儿心中很不安。他又用四指对准杏儿脚底的涌泉穴发力布气，可杏儿仍无感觉。苦儿暗叫不妙。

这时，冷竹青说："看，有石头掉下来了！"果然在洞口处出现了一个红枣大小的洞，一缕光线射了进来，给他们带来了希望。小洞口在渐渐扩大，他们看见白雪的爪子还在不停地刨着。苦儿说道："白雪，你躲开点！"白雪似乎听懂了，叫了两声，便不再刨了。苦儿不放心，又叫道："白雪，你躲开！"听不见白雪的动静，苦儿再次飞身跃起，从侧面向石板击去，石板向前跳动了一下，被挪开一丝空隙。白雪又扑了过来，向洞内猛叫了两声。这给洞中的四人带来了更大的希望，冷竹青说："苦儿，你先休息一会儿，再推几次，便可以上去了。"此时却听见白雪的撕咬声，杏儿着急地说："白雪，你在咬什么呀？告诉我们一声啊！"冷竹青说："难道是遇上了蛇？"正在这时，有一个长条形的东西从缝里落下来。玉儿叫道："果然是蛇，还是一条长蛇。"苦儿走过去仔细一看，高兴地大声说道："是绳子！"苦儿说道："好样的，白雪！"过了一会儿，绳子落地了，白雪的头在缝隙中出现了，又叫了两声。杏儿叫道："白雪，谢谢你！"苦儿抓住绳子，对白雪叫道："白雪，你躲开点！"白雪又叫了一声，不见了。苦儿爬了上去，右掌触石用力击打，一层石粉纷纷落下。苦儿将头一歪，闭上眼睛，等着石粉散去。心想：难道这石板被风化了？玉儿在下面问道："哥，是什么东西落下来了？"苦儿说："是石粉。"杏儿说："哪来的石粉啊？"苦儿睁开眼睛仔细看看，用手摸一摸，方知刚刚被自己击打的部分都已经凹陷下去了。石粉是被自己打出来的！他又换了位置继续打，石板动了几下，却无石粉落下。苦儿思索起来。

冷竹青以为他累了，便说道："苦儿，下来歇会儿吧。"玉儿问："哥，你发现了什么？"苦儿突然叫道："我明白了！"在他第三次击打石板时，又有石粉落下。他又连续击打石板两次，只听石板咔的一声，裂成了两半。苦儿叫道："白雪，快闪开，我要推开石板了！"白雪叫了一声，表示好了。苦儿对准一半的石板奋力一推，石板被推开了。他喘了口气，又将另一半的石板推开，洞口全部露出来了，苦儿飞身跳了上去。洞中三人拍手说道："我们有救了！"不一会儿，苦儿将一只大筐放了下来，说道："冷兄，先把她们拉上来。"冷竹青说："我知道。"他先把玉儿放进筐中，他多么希望玉儿也能用双手搂着他的脖子，可玉儿却平静地说："辛苦你了，竹青哥。"冷竹青仍然为能帮到玉儿而高兴。他说道："玉儿别这么说，这不是应该的吗？"玉儿坐进筐中，冷竹青叫道："好了，慢点起！"苦儿在上面说："知道了。"大筐一点点地被拉了上去。不一会儿，空筐又放了下来，杏儿和冷竹青都被拉了上去。苦儿说道："冷兄，你快去套车，我去收拾东西，咱们尽快赶到峨眉山，让茹儿为玉儿和杏儿治伤。"说罢，二人分别离开了。

厨房里只剩下玉儿和杏儿。白雪围着她二人转来转去，叫个不停。杏儿抱着它的头说道："白雪，谢谢你救了我们。"一向不喜欢白雪的玉儿也捧着白雪的头和它贴贴脸。这个举动让白雪很高兴。它很顺从地站在那里任其摆布，还不停地摇着尾巴表示它的快乐。细心的杏儿看见它前爪子有血迹，仔细一看，它的两只前爪都磨破了。玉儿说："这一定是刨石板磨的。"杏儿心疼得掉下泪来，喊道："哥，白雪受伤了！"苦儿手提两个大布袋，肩头搭着一块白布走了过来。他查看了一下白雪的伤，拍拍它的头，说道："白雪好聪明！给你上点药，包扎一下就好了。"说完从怀里取出红伤药涂上，又用白布包扎好。白雪感激地舔舔他的手。

玉儿问："哥，这大布袋里是什么呀？"苦儿说道："是咱们四人的包裹及锅碗、羊皮之类的东西。"他又从腰中取出两把宝剑和一支铜笛，说道："还好，曲蛇走得太匆忙，没有拿走冷兄的这把宝剑。"冷竹青从外面走进来，接过了宝剑，说道："真是谢天谢地，这把宝剑可是无价之宝。"他佩好剑，说道："车已套好，被子也铺好了，咱们走吧。"说罢，他抱起玉儿，苦儿抱起杏儿上了车。安顿好后，苦儿又将白雪抱上了车。冷竹青将两个大布袋放在了一匹马的马鞍上。玉儿突然说："哥，咱们得向店主人说明情况，不然人家还以为是咱们杀了人呢。"苦儿一拍脑门，说道："还是玉儿想得周到，我这就去写。"苦儿找来纸笔，将事情经过写了下来，并留下自己的姓名。写完，将信压在桌面上，他又跪在洞口给老人磕了头，然后离开。

在峨眉山清风观的一间屋子里，清风道长正在接待老叫花、茹儿等人，他看罢冷月娇的亲笔信，说道："贫道还以为冷大侠偷懒不肯来呢。诸位施主能来接柳扬一块儿练功，贫道十分感激。"茹儿知道冷面双娇与清风道长是好朋友，他说道："道长，不是我二姑偷懒，而是事情太多，实在抽不开身。"接着便把大漠救人等事讲了一遍。清风道长和两名大弟子宜静、宜云听得十分入神。清风道长问道："她们如今又去了哪里？"老叫花答道："带领孩子们回到河南山南城，准备在那里建个山庄。"宜静说道："师父，咱们不如也去山南城建新道观，和二位大侠在一起不是很好吗？"老叫花问道："怎么，贵观要搬迁吗？"清风道长说："施主有所不知，峨眉山已经成了佛家圣地，许多道观已搬到别处去了。敝观年久失修，贫道也想搬到齐云山去。"月儿说道："道长，我们山南城至今还没有一座道观，如果道长能在那里安家，老百姓必会欢迎的。"清风道长笑道："如此说来，我们该去山南城落户了。"宜云笑道："师父，如此甚好。"大家一听都笑了起来。

茹儿仔细观察眼前这三个人：清风道长年纪在四旬开外，清雅脱俗，颇具仙风道骨。那位大弟子宜静，眉清目秀，即使穿着道装也透着清秀俊美之气。二弟子宜云，也生得白白净净，一双不大的眼睛格外有神，给人一种精明干练的感觉。

这时，宜静说道："师父，弟子将柳扬找来吧，叫他早些和大家见面。"清风道长说："好，你去吧。"不一会儿，宜静领进一个十三四岁的男孩儿。清风道长说："柳扬，你师父来接你了，快来拜见爷爷和姐姐、哥哥。"柳扬立刻走到老叫花面前跪下磕头，说道："孙儿柳扬拜见爷爷！"老叫花忙将他扶起，说道："好孩子，快起来吧！"他指着茹儿，介绍说："这是你茹儿姐姐，由于她喜欢男装，所以在外面，你就叫她二哥好了。"

柳扬施礼说道："柳扬拜见茹儿姐姐！"茹儿忙起身说道："自家姐弟，不必多礼。"老叫花又介绍月儿，说："这位是你月儿姐姐，你就叫她三姐吧。"柳扬也行了礼。当介绍到川儿时，川儿问："柳扬，你多大了？"柳扬答道："我今年十三了。"川儿说："我十五，你就叫我四哥好了。往后，你就是小五，我有你这个弟弟，很开心，只有一点不好。"月儿问道："哪点不好？"川儿嘴一咧，笑道："小五子要是黑点、丑点，才和我是一对呢，你看他和你一样白，眼睛不大但挺有神，唉，真是样样比我强，哪里像我弟弟。"说完大家都笑了起来。清风道长说："川儿是个活泼可爱的孩子，柳扬，你带四哥去外面玩去吧。"柳扬拉着川儿的手，高高兴兴地跑了出去。道长说道："冷大侠是三年前认下这个徒弟的，原说过一两年便来接的，不想竟发生了这么多事。说起来，这柳扬也是个苦命的孩子……"接着就把柳扬的遭遇给大家讲了一遍。

原来，这柳扬一出生就被父母抛弃，后来被乐山附近的柳三郎收养。柳夫人结婚三年无子，能抱回这白白胖胖的大小子，自然十分疼爱，取名柳扬。两年后，柳夫人产一子柳成，一家四口其乐融融。谁知祸从天降，在柳扬五岁那年，柳三郎做生意路过伏牛山时，被山贼所杀，一些人却趁机上门要账。柳夫人从不过问生意上的事，怎知真假，只得卖了房子、首饰还债。无奈之下，柳夫人去长沙投奔了哥哥。清风道长是在乐山化缘的路上遇到他们的，一个女人带两个孩子上路，谈何容易！便将柳扬带回道观交给宜静照看。七年来，他二人感情日深，名义上是姐弟，实际上胜过母子。

茹儿听完，看那宜静，早已是眼泪汪汪了，一种感觉突然出现在茹儿心中：宜静与柳扬除了眼睛外，脸型、嘴都很像，宜静的眼睛比柳扬大多了，也好看多了……

老叫花说道："道长放心，大家会像一家人一样待他的。不知他养父被什么人所害？"宜静说："听逃回来的人说，是一伙山贼，领头的是一个大高个，说起话来像野狼嚎叫，十分难听。"茹儿一听，说道："爷爷，这个人也是害死川儿娘的凶手。"老叫花说道："咱们早晚会找到这伙山贼，为死去的人报仇的。"宜静说："柳扬一直想给他养父报仇，只因小道武功低微，实在帮不了他。"清风道长说："这下可好了，有这么多人帮他，还能学不到本事吗？老施主，既然来到了峨眉山，就一定要多住几天，看看峨眉山景色。峨眉山风光秀丽、名冠天下，各位来一次不容易，什么时候游览完，就什么时候起程，好吗？"老叫花说道："谢谢道长美意，只是怕有些不方便吧？"宜静说："老人家不必担心，出了庙门往上走不远处，便有一座废庙。还有三间房子可以住人。吃住都很方便的。"

在去峨眉山的路上，玉儿在车中喊道："哥，我坐累了，背我一会儿吧！"苦儿忙下了马，把缰绳绑在车上，然后便将玉儿背了起来，说道："好，出来透透气。"杏儿叫道："哥，你别背她太久了，还有我呢！"冷竹青说道："杏儿，我来背你。"杏儿说："竹青哥，你还得赶车呢，我等我哥就好了。"苦儿边走边说："现在回想起被困龙门山之事，我有三大笨。"冷竹青问道："都是什么？说说看。"苦儿说道："第一大笨，曲蛇他们败走，我心里虽然提防他们，但没想到他们能跟踪这么远，而且对我们的行踪了解得这么清楚，对客栈里的事情也是了如指掌，扮成四位老人，我根本就没怀疑过；第二大笨，杏儿与庄大交过手，白雪闻出了他的气味，这才大叫的，可我当时却浑然不觉；第三大笨，是我接了冷兄之后，根本就没想到他们会把玉儿和杏儿同时抛下，接你们二人时，手忙脚乱，使玉儿和杏儿摔成重伤。"玉儿笑道："哥，多亏了你这个大笨人，否则我们三人就摔成肉饼了。"冷竹青说道："玉儿说得对，没有你，我们三人谁也活不了。要不是你及早醒来，挣脱绳子，有谁能救我们？要说笨，我才是笨呢。"苦儿说："冷兄，你就别和我争了，这次的教训如果能让我变聪明些，我就知足了。"玉儿悄声说道："哥，我就喜欢你这笨样儿。"苦儿歪过头来说："别调皮！"玉儿笑道："哥，在地洞你击打石板时，为何掉下来的是石粉？"冷竹青立刻说："对呀，我也正想问呢。"苦儿想了想，说："当时只顾打碎石板，哪里会想那么多。第一次掉下来的是石粉，可第二次却没掉，我想了想，第三次再打，又成了石粉，并且石板被打成了两半。"玉儿用头去碰苦儿的头，说："哥，你真笨，我是问为什么会出现石粉，当时你是怎么打的？"苦儿边走边说："第一次掉石粉时，我用手摸了摸石板，石板上有一个坑，石粉是从那里掉落下去的；可第二次打时，却没掉，我仔细一想，就将手掌转了一下；于是第三次击打时，果然又有石粉落了下来。"

冷竹青自言自语："噢，一转就出石粉，不转就不出石粉，这是为什么呢？"玉儿说："对呀，这里头有什么门道呢？"苦儿笑道："不过是石粉而已，还能有什么门道？"杏儿在车里喊道："哥，我知道了，快来背我！"玉儿叫道："小丫头片子，你说就是了，还非得出来说。"杏儿说："背你的时间够长了，也让我出来透透气。哥！"苦儿将玉儿背回车内，并扶她坐好，再将杏儿背了出来，说："杏儿，你知道什么了？快说啊。"冷竹青说："她就是想让你多背一会儿。"杏儿趴在苦儿背上，笑眯眯地说："才不是呢，我真的想起了一件很重要的事。"玉儿听了，说道："别卖关子了，有话快说！你要是说不出来，看我怎么收拾你！"

"哎，玉姐姐！"杏儿大声喊道，"你可听好了，哥在长白山练功时，和咱们说过月儿姐姐和川儿哥哥的师父的事吧？"玉儿说："说过，那是罗大侠，这又怎么了？"杏儿接着说："罗大侠的师父磨盘老人是怎样知道自己的消功大法已练成的？"玉儿"啊"地叫了一声。苦儿也惊叫了一声，飞快向前跑起来，只听杏儿叫道："哥，加油，再快点！"

这可把冷竹青闹愣了，他忙赶车追了上去，问道："这是怎么了？都疯了不成？"玉儿开心地大笑起来。这可是她受伤以来第一次这么高兴地大笑，她说道："消功大法，消功大法！我哥会消功大法了！"冷竹青听了，也十分惊喜地说道："我的天，消功大法！这太神奇了。"苦儿背着杏儿疯跑一阵后，回到车旁。冷竹青问苦儿："你真的悟出消功大法了？"苦儿高兴地说："真的，不信，你看！"说着，苦儿从地上捡起一块石头，放在车板上，只见他左手掌往下一拍一转，那石头果然变成了粉末。冷竹青还是有些不解，他问道："石头成粉末，说明你内力深厚，这与消功大法又有什么关系呢？"苦儿解释说："人的功力是什么？是内气在体内的定向流动。定向流动一旦遭到破坏，功力必然消失。石头之所以成了粉末，是因为内部结构被打破了，这要用到人身上，不就是消功吗？"

冷竹青一拍自己的额头，说道："看我笨的，你都练成了，可我还不懂呢。苦儿，你太聪明了！"苦儿笑道："我聪明？我现在都成了四大笨了，要不是杏儿提醒，我自己还不知道是怎么回事呢！杏儿，你才是最聪明的！"杏儿问道："哥，我能试试吗？"苦儿说："好，你们都试试。"说罢，将杏儿放回车里，又捡了一块小石头放在车板上。杏儿运了运气，一试，石头变成了三四块。玉儿一试也是如此，并无粉末产生。冷竹青一试，石头变成了两半。苦儿说道："石头断裂，说明你们的内力已经达到一定火候了，不过距离消功还有些远，再练习一两年就行了。"冷竹青说道："再过两三年，我练会消功大法，再加上吸功大法，我这收获可就太大了！"玉儿问："怎么？你还会吸功大法？"冷竹青说道："是啊，就是一手吸进对方的功力，另一只手再发出去还击对方。在古镇与关士田交手时，我便使用了吸功大法将他左臂打伤。庄儿、张荣、春风、春雨我们都会，是爷爷和茹儿教的。怎么，你和杏儿不会？我还以为你们早就会了呢。"玉儿一听，便拉着苦儿的手说道："哥，你怎么不教我们？"苦儿笑道："我已把你和杏儿两臂的穴道打通了，到了峨眉山，茹儿会帮你们全部打通的。你们二人功力还不够，功力达到一定水平，这些东西自然就能融会贯通了。"玉儿噘着嘴说："那你也应该早告诉我们啊。不行，得罚你！我腿疼了，给我揉揉！"苦儿笑道："是了，坐稳了，哥给你们布气疗伤。"

五十　消人功法

峨眉山上，孙子杰等四人从一个山洞中跑了出来，刘全柱被冻得哆哆嗦嗦，嘴里叫道："他娘的，冻死人了，在这鬼地方修炼，真是活见鬼了！"陈鸣倒是功力深些，只在地上蹦了几下便停下了，说道："全柱，你该跟堂主学点本事了，武林中各门各派的功夫，那是千奇百怪，你又知道多少。"孙子杰在地上来回走了几圈，说道："没想到，常大侠竟死在了这里，说来也是够可怜的。"陈鸣说："是啊，天下第一高人，就这样无声无息地将自己安葬在冰洞之中，武林中又有谁会想到呢？多亏堂主领我们来，才揭开了这个秘密。回去对帮主也算有一个交代了。"刘全柱说道："从常大侠的手形上看，所指的三个方向必有深意。可咱们刨了半天竟毫无发现，真叫人费解。"孙子杰说道："或许，这种手势本来就是练功时的一种习惯。不过为什么叫冷面双娇急速来此呢？冷面双娇到底有没有来呢？如果他们师徒没见面，那常大侠要交代的东西又会藏在哪里了呢？"

陈鸣说道："堂主，以属下看，冷面双娇并未到过这里。否则，她二人必会将师父好好安葬。如果常大侠要向徒弟交代的东西只是口信，那倒罢了，要是有书信、秘籍之类的东西，那必藏在洞中。""对！"刘全柱说道，"咱们不能白来，应翻它个底朝天，否则实在不甘心。"孙子杰说道："对，咱们歇一会儿，再进去找找。"陈鸣喊道："坏水狗，有人来吗？"一边的树林里有人答道："没有！"

原来，孙子杰四人来到峨眉山后，是见山就上、见山洞就进。今日，终于找到了常笑天所住的山洞。洞中，洞顶及四壁全是冰。不过常笑天已死。

他仍坐在冰床上，像是在练功，又似期盼徒弟的到来。孙子杰等人原是为寻宝而来，见常笑天已死，立刻刨冰挖洞地寻找起来。为了安全，还特意安排坏水狗放哨，以防外人干扰。不过，令孙子杰等人没想到的是，他们的一举一动，早已在谷丁和觑觑狗的监视之下，就连刚才的谈话也被人家听得一清二楚。

孙子杰他们休息一会儿又走进山洞中。觑觑狗问谷丁："门主，他们是来寻宝的？"谷丁望着洞口说："是的。常笑天死了，他们是来搜武功秘籍的。"觑觑狗问："那咱们怎么办？就看着他们搜？"谷丁倒是沉得住气，说道："让他们搜，省得咱们费劲。等他们搜出来，咱们抢过来就是了。"觑觑狗担心地说："门主，可他们是三个人啊。"谷丁不以为然地说："三个人怕什么，那孙子杰虽说是朱如天的徒弟，可我打他还不是手到擒来，费不了什么事。"觑觑狗又说道："门主，那朱如天可不好惹啊。"谷丁冷笑一声，说道："朱如天怎会知道？把他们打死，拖进洞里，让他们与常大侠做伴，再把洞口一封，岂不成了千古之谜？"觑觑狗忙说道："门主高见！"可他心里在想：果真如此，恐怕我也会被你塞进洞中。

宜静、柳扬与老叫花、茹儿等人从一座山峰上下来，老叫花边走边说："宜静啊，这六七天真是辛苦你了，领我们游览峨眉山的胜景，叫我们大饱眼福了。"宜静说道："老人家太客气了，能结识各位英雄，是小道的荣幸。"茹儿说道："宜静师父，我们不是什么英雄，练练功而已。这峨眉山美景中，要数昨天看的'佛光'最为壮观了。"川儿说道："小五，后天咱们就要出发了，你不会哭鼻子吧？"柳扬说道："四哥，我哭也没有用。咱们去云南，道长和师姐们要去山南城。大家都要离开这里，我只能盼着在山南城团聚了。"月儿说道："小五说得不错，到时候咱们齐聚山南城，多开心啊！"川儿笑道："一提山南城，你看我三姐乐得，眼睛都和嘴一般大了。""好个小四，看我不打你！"月儿喊着举手要打。川儿大叫："爷爷，三姐又发疯了！"他边说边跑起来，逗得大家哈哈大笑。川儿跑了一段便停下来，他向对面山上看了看，又向茹儿、月儿招手，说道："对面山坡上有人！"柳扬看了看，说道："是有人，那里好像有个山洞，那几个人进去了。"茹儿看罢，对走过来的老叫花说道："爷爷，对面山上果然有人进了山洞，咱们该过去看看。"老叫花点头说道："好，咱们现在就过去。"
为了寻找常笑天，他们在游览之中，遇见山洞便进去寻找一番，现在见对面
山上有山洞，又有人进出，岂能放过不进？宜静带着众人一路下山，又朝对
面的山走去。

老叫花等人还没靠近山洞口，忽然听见三声鸟叫。茹儿正感奇怪，又
见三人从山洞中匆忙跑了出来。当茹儿他们来到洞口时，刘全柱大声喝道：
"你们是什么人？来这里干什么？"川儿答道："我们是游客，这里不能来
吗？"孙子杰说道："这里一无寺庙、二无美景，你们还是快快到别处去
吧！"茹儿问："既如此，你们又在这儿干什么呢？"陈鸣上前喝道："叫
你们走，你们就快走，废什么话！想讨打不成？"月儿说道："难道洞中有
什么宝贝不成？不然为何怕别人到此。"孙子杰一听哈哈大笑，说道："姑
娘如此美貌，不就是一件宝贝吗？跟爷到洞中叙叙如何？"月儿怒骂道：
"哼，狗东西，你敢报上名来吗？"孙子杰听了便想：出门时，师父一再嘱
咐不要生事，如今遇到这老的小的一伙人，我打他们一顿又如何？只要不报
出名号，又怕什么呢？刘全柱见月儿貌美如花，便想抢先下手，他说道：
"你骂人？找打！"孙子杰冷冷一笑，将刘全柱拉住，说道："这姑娘交给
我了。"说罢，挥起长扇就朝月儿打去。茹儿刚要出手，老叫花拦住他，说
道："看那人使的是长扇，又是个矮短腿，必是朱如天的徒弟孙子杰。看看
他的扇子功夫，再看看月儿的剑法能不能打败他。"刘全柱扫了一眼宜静，
说道："这里还有个女人，虽老些，倒也比没有强。"说罢，他拔刀杀向宜
静。宜静立刻出剑相迎，说道："此等黑心之人，留在世上是祸害！"川儿
指着陈鸣问道："就剩你了，也想打一架吗？"

陈鸣看了看川儿，眨眨眼睛问道："你叫什么名字？快快报上来！"川
儿说道："怎么，连你家四爷爷都不知道？难怪在此偷偷摸摸，干些不光彩
的勾当。"陈鸣骂道："小黑子，不教训你一顿，你也不知大爷的厉害！"
说罢，二人交起手来。茹儿拉着柳扬在一旁观战，老叫花忙向洞口走去。孙
子杰见老叫花要进洞，忙说："拦住他！"陈鸣刚要去拦，川儿立刻跃起，
挥拐就打。陈鸣只能举剑相迎，哪里走得开。刘全柱此时也顾不了许多，他
的武功比宜静强，已占了上风，他想尽快将宜静拿下，于是加快进攻。宜静

拼力奋战，与之周旋。反观月儿，倒是不慌不忙，以守为主，偷偷观察孙子杰的扇子功。孙子杰一看月儿只守不攻，以为她是害怕了，说道："姑娘，怕了吧？放下你手里的刀，还来得及。"月儿说道："你这破扇子没什么了不起，只能煽风点火、帮忙做饭而已。"孙子杰一听，说道："好啊，叫你尝尝我的厉害！"说罢，将招数一一使出来，双方激战起来。柳扬看傻眼了，他想不到月儿和川儿竟都那么灵活机敏，同时，也为宜静担心，手上不禁出了汗。

月儿看完了孙子杰的招法，便开始进攻了。她用自己的月下仙掌，先发制人，孙子杰招法刚出，他的扇子不是被月儿的刀击中，便是被封住了进攻路线。这令他非常吃惊，也大为恼火。他拼命苦战，想化被动为主动，然而招招受制，无法施展，气得他哇哇大叫。月儿倒是十分开心，她叫道："你这个浑蛋，一肚子坏水，叫你尝尝本姑娘的刀法！"

这时，老叫花从洞中走了出来，大声说道："常大侠在里面，他们来此东刨西掘，是来偷东西的！"刘全柱听罢，叫道："老东西，你是不想活了！"他想尽快拿下宜静，再去杀老叫花。陈鸣也想杀老叫花，他刚要跑过去，川儿"三条腿"一飞，早已抢先了一步，截住他的厮杀。陈鸣心中一惊：这拐杖既可打人又能当第三条腿，这黑小子不简单啊！刘全柱一刀直劈下去，宜静急忙用剑去挡，却被震得连连后退。刘全柱得意地伸手去抓，柳扬大叫一声刚要冲上去，茹儿纵身赶到，一棍拨开刘全柱的刀，震得刘全柱转了一圈才停下。茹儿趁势在他背后拍了一掌，刘全柱手中的刀便掉在了地上，站在那里一动也不动，像傻了一样。茹儿将宜静送到柳扬和老叫花身边，老叫花说道："宜静，你受惊了吧？"

这时，刘全柱声嘶力竭地叫道："我的功力没了，一点劲也使不出来了，我被消功了！"这一叫，可把孙子杰、陈鸣吓坏了，也让月儿和川儿住了手。孙子杰和陈鸣立刻跑过去，拉起刘全柱便跑。老叫花喝道："把翻出来的东西留下，否则，你们就别想走了！"陈鸣忙说："我们对天发誓，什么也没找到，您就放过我们吧！"老叫花挥手说道："走吧！"孙子杰、陈鸣搀扶着刘全柱，三人忙往山下走去。坏水狗也慌忙下了树，往山下跑去。

"走，咱们进洞去。"老叫花说罢，率众人进了山洞。绕过了几道弯后，进入一个大洞中，大家一看，洞内已被刨得面目全非。端坐在冰床上的常笑天的遗体，也被扔到一边去了。众人先将常笑天的遗体抬回冰床上放好，茹儿问："爷爷，这是常大侠？"老叫花点头，说："是啊，过去爷爷见过他，所以还认得出。"茹儿围着遗体转了一圈，说道："看来已经去世多年了。从表面上还看不出死因是什么。"川儿说道："大侠的手指很怪，为什么要摆成这样？"大家注意看去，只见他左手手心向上放在右手下面，而右手手心向里，大拇指、食指、小指向上指着。中指和无名指向手心紧扣着。月儿说道："三个手指必有所指，否则不会做出这种不太舒服的动作。"这时，宜静觉得浑身发冷，柳扬脸色发青。茹儿忙拉着他们的手，一股暖流立刻注入他们体内。老叫花说道："看来孙子杰等人先按手指的方向刨冰，一无所获之后，又到处乱刨，才弄成现在这个样子。如果藏有秘密，经过这么翻腾，多半是被他们弄走了。"川儿说："可他们发誓说什么也没找到啊。"月儿大眼睛横波一扫，说："也许洞内没有，会不会藏在洞外？"茹儿说道："要是藏在洞外，三个手指必是指的山顶之上了。"川儿说："对啊，我去山顶找找。"月儿说："我也去。"

谷丁坐在树杈上低声说道："消功大法，太可怕了。轻轻一拍消人功力，这可是绝世神功啊！这黑小子是什么人？年纪不大，竟这么厉害！"觑觑狗说道："与孙堂主交手的那个丫头，我认识。""她是谁？"谷丁急切地问。觑觑狗说："她叫月儿，是我的同乡，她与苦儿是一伙的。"觑觑狗一说，谷丁立刻想起在金华县城，为救玉儿，苦儿和一个黑小子为玉儿解围。他说道："这黑小子和苦儿也是一伙的，没错！这才几年，他竟练成了消功大法！"觑觑狗说道："我兄弟他们已经跑了，咱们也走吧。"谷丁想了想，说道："不能走，咱们得跟踪那个黑小子，别的顾不上了。只要想办法抓住那黑小子，逼他交出消功大法，咱们就算大功告成了。"觑觑狗害怕地说："门主，他那么厉害，要是消了您的功可就坏了。"谷丁冷冷一笑，说道："咱不跟他们明斗，怎么会消我的功？咱们找机会暗中下手就是了。"

月儿和川儿爬上山顶一看，上面有三堆石头，石头被冰雪覆盖着，银光闪闪的，成了三个小山包。川儿看了看，说："三姐，秘密莫非藏在这三堆石头之中？"月儿说："极有可能。咱们找找看。"说罢，她右掌发力，一个小山包上的一面冰雪被击飞，露出几块石头和几条石缝。川儿伸手探进缝中一摸，说道："有了，是把剑！"接着他们又从另外两个石堆中搜出了两个油布包。"哈，果然找到了！"川儿高兴地挥着手中的一个油布包。月儿说："快！拿回去给爷爷看看。"

老叫花打开一个油布包一看，是一封写在白绸上的遗书。老叫花慢慢念了起来：

虹儿、娇儿：

　　为师伤重，故留字告之。

　　四年前过柳镇附近的王家庄时，正遇见薛不仁夜间作恶，吾攻之，其徒将一娘子扔下楼，为救此女，吾中毒刀。吾带伤奋战，杀薛，其徒逃走。吾负伤难行，故留峨眉养伤。次年，一矮胖、女腔、跛步者自称李姓来投，见其假声假气，未收，后见他长跪不起，暂留之，无名分。此人学些吐纳功法后，却趁我练功之时，击我命门而逃。

　　为师带病下山寻传书之人，偶遇郑明光，便将书信和聚字玉片交与他，托他转交与你二人。为师伤重，自知不久于人世，故留下三物，以作纪念耳。

师字

嘉靖三十年

茹儿听罢，说道："从日期上看，这是几年前写下的，'矮胖、女腔、跛步者'，必是韩士夕无疑，他是杀害前辈的凶手。难怪二位姑姑与他交手时，发现他不惧冰寒之气，甚至还发出寒气相对，原是跟常大侠所学，真是可恶至极！"月儿说道："扔女子下楼者，一定是关士田了。决不能放过这两个淫贼！"川儿问："爷爷，那郑明光是什么人？为什么二位姑姑一直收不到信呢？"

老叫花说道："八年前，龙老大打死了大洪山庄庄主郑泰然，这郑明光便是他儿子。"茹儿说道："必是丢失了玉片，失去了信物不好再送。这玉片被我拾到，后来便做成了护身符。"

月儿说道："即使信物丢失，也该将书信送到。受人之托，却不做托付之事，这叫什么人啊！"川儿说："要是这封信早些送到，二位姑姑与她们师父见了面，常大侠也许不会死呢。"老叫花叹道："唉，这个不争气的东西！"

老人说完打开第二个油布包一看，是一本《寒光剑谱》，后面还附着一张冰雪大法的练功图。老叫花说道："这是常大侠一生的心血啊，该有个传人才对。"茹儿看看柳扬说道："爷爷，传人已经有了，小五是二姑的徒弟，由他继承衣钵，名正言顺。"老叫花点头说道："好啊，就这么办。小五，快行拜祖之礼，做冰雪大法的第三代传人。"柳扬跪在常笑天遗体前磕了三个头，说道："孙儿柳扬拜见师公！我一定好好学习冰雪大法，继承您的遗愿，抓住淫贼，为您报仇！"宜静跪在他身后，泪流满面，也磕了三个头。老叫花将遗书、剑谱和那把宝剑一并交给柳扬，说道："常大侠，你的三件宝物已传到你徒孙手中，你可以放心了。为让柳扬能尽快学好你的绝技，兄弟我替你请茹儿代师传艺，你一定会很高兴的！茹儿，常大侠命你代他传艺，你要认真传授，莫辜负常大侠的一片心意。"茹儿立刻跪下，给常笑天磕头，说道："常前辈，茹儿愿为前辈效力，将您的内功和剑法，尽快传与柳扬。"老叫花又说道："柳扬，练习冰雪大法必须在冰天雪地之中进行，你住在这个山洞里，在你师公面前，跟你二哥好好练功吧。"柳扬答道："是，爷爷。"老叫花又对众人说："柳扬需在此练上一段时间，不然无法去玉龙雪山练功。川儿和月儿每日给他们送饭，保证他们安心练功。"

川儿答道："爷爷，我送饭就是了。小五的事说完了，该说说二哥的事了。"月儿问道："二哥什么事？"川儿说："消功大法呀！"老叫花一听，笑道："哎呀，我真是老糊涂了，光顾着常大侠和柳扬的事，怎么把消功之事给忘了。茹儿，快说说，你是如何消了人家的功力的？"

茹儿想了想，说道："爷爷，我只是在他后背上拍了一掌，真不知是如何消了功的，也许是那人太过惊慌造成的。"

月儿说道："二哥，你比画看看。"茹儿一挥掌，左掌向下画了一道弧线。老叫花看罢，脸上笑开了花，说道："茹儿啊，爷爷看明白了，你这一道弧线就相当于手掌转动了，那你发出的内力也随之转动。内力一转，便将对方的气脉打乱了；气脉一乱，其功必失。小四，去外面捡几块大一点的石头来。"川儿很快拿了几块石头跑了回来，老叫花对茹儿说道："对着石头再试一次。"茹儿一拍石头，石头一下子就变成了粉末，众人大吃一惊。月儿也试了一下，石头的一部分被打成了粉末。川儿一试，和月儿一样。月儿和川儿搂着茹儿又跳又笑，叫道："我们也会消功大法了！"

"我的天，我可看见高人了！"这是宜静回到清风观时说的第一句话，清风道长说道："快细细道来！"宜静便将她所经历的事情细细地向清风道长及众师妹讲了一遍，清风道长说道："柳扬竟有这般造化，真是难得啊！唉，常大侠在我峨眉山养伤，我们竟一无所知，真是愧对冷面双娇和常大侠啊！"宜云说道："真没想到，他们的武功竟这么高。师父，他们要是能教教咱们就好了。"清风道长笑道："那么高的功夫岂是一教就会的！只盼着他们能教咱们一些功法和剑法就知足了。唉，咱们清风观近百年来，虽做了不少善事，只是武功底子太薄，这对咱们迁往中原是很不利的。据说，那朱如天十分护短，知道自己的徒弟吃亏，他岂肯善罢甘休？将来必有一场战事。对咱们来说，要迁往山南城，提高武功是迫在眉睫的。"

五十一　相逢之时

这一天，苦儿一路打听，终于找到了清风观。宜静出来问道："几位施主找到敝观，不知有什么事？"苦儿说："我叫苦儿，是来找爷爷和茹儿他们的。"宜静问道："你便是苦儿？"她已从月儿和川儿口中多次听到这个名字，并且知道苦儿是一个十分帅气的人。她见来者相貌堂堂，便问了一句。苦儿答道："是。不知我爷爷和茹儿他们是否来过这里？"宜静说道："他们就住在上面的旧庙里，贫道领你们去。""多谢道长。"苦儿说罢，示意冷竹青赶车随行。走到庙门口，宜静叫道："月儿，有人找你们。""谁找我们？"随着清脆的声音，月儿从一间屋子里走了出来，她看到苦儿后，愣了一下，然后大叫一声："哥！"便扑了过去，搂着苦儿的脖子边哭边说着什么。苦儿也搂着她，说道："月儿，月儿，哥可看到你了！"

坐在车篷里的玉儿和杏儿看见这一幕，眼圈都红了。玉儿心想，啊，这月儿果然是位大眼睛的漂亮姑娘。如果说我生得是俏丽，她确是美丽无疑了，这是个很强的对手。

"哥！"一声惊叫打断了玉儿的思绪，只见一个黑小子冲了过来，一下就跃上了苦儿的后背。苦儿一边叫着："川儿，川儿！"一边转过身来，将身前的月儿和川儿都抱了起来，三个年轻人顿时欢笑起来。杏儿问："冷大哥，这就是川儿哥哥？"冷竹青说："是，他就是川儿，爷爷的心尖子，是个小活宝，经常逗得爷爷和大伙开心大笑。"正说着，对面房间的门开了，老叫花走了出来，冷竹青立刻告诉玉儿和杏儿："爷爷出来了。"苦儿停了下来，两步走到爷爷跟前，跪下说道："爷爷，苦儿回来了！"老人面对这突来的惊喜，有些不知所措，只是瞪大眼睛，双手捧着苦儿的脸看了又看，老泪纵横，嘴唇抖动着，竟一句话也说不出来了。月儿和川儿忙扶住老人，叫道："爷爷！"

老人终于开口了，说道："苦儿，真的是你吗？爷爷不是在做梦吧！"苦儿说道："爷爷，是孙儿回来了，孙儿好想您啊！"老叫花拍打他的后背，说道："苦儿，苦儿，想死爷爷了！"说罢，放声大哭起来。苦儿和月儿、川儿也哭了起来。玉儿和杏儿见祖孙四人如此亲密，也激动得落下泪来。这时，冷竹青走了过来，说道："爷爷，我也来了，跟您老人家学艺来了。"老叫花这才止住哭声，一看是冷竹青，便说："竹青，你也来了，太好了！只怕你爹娘又要为你落泪了。"冷竹青说道："姑姑已经带信去了，爹娘要是知道我跟爷爷学武艺，一定会高兴的。爷爷，您别伤心了，苦儿不但回来了，还给您带来两个孙女呢。"老叫花顺着他的手指一看，这才看见坐在车里的两个姑娘。苦儿忙扶他走到车旁，为他们做了介绍。

玉儿在车上行礼，说道："爷爷，孙女玉儿和杏儿受了伤，行走不便，不能给您行大礼了。"老叫花立刻说道："快将她们请进屋子里去，有话慢慢说。宜静，你也来听听吧。"众人进了屋，月儿推了推苦儿，说："哥，你快说说，是怎么脱险的？"苦儿问道："茹儿呢？怎么不见她？"川儿笑道："哥，你别着急，我二哥正在山洞里教小五练功呢。"老叫花把发现常笑天的遗体和遗物，以及柳扬拜师之事讲了一遍，苦儿也将孤岛求生、渡海回大陆及中毒被绑等事一一讲了一遍。老叫花听罢，惊叹不已。冷竹青又把太白山庄之战和龙门山客栈遭暗算受伤一事说了一遍。老叫花说道："这龙老大还真是费尽心机，盯着咱们不放了，非要把咱们置于死地。"川儿说："下回再遇到他们，咱们就和他们拼命！"月儿说道："哥和冷大哥回来了，又有了玉姐姐和杏儿妹妹，咱们由五个人变成九个人了，咱们什么也不怕！"

老叫花说道："眼下先为玉儿和杏儿治伤要紧。我看这样吧，我去山洞指导柳扬练功，把茹儿换回来给他们治病。"宜静说："老人家，我师父也是医病高手，可以帮茹儿医好二位姑娘。"老叫花说道："如此甚好。还有，竹青，你跟你姑姑学会了剑法，常大侠也该算是你的师公，你跟爷爷一块去山洞拜见师公、学师公所传的功法，如何？"冷竹青一听，高兴地说："孙儿全凭爷爷安排。"老叫花说道："好，咱们带上饭，即刻就走。"苦儿说："爷爷，我也去。"玉儿忙说："哥，你别去，爷爷也别把哥回来的事告诉茹儿，咱们给她一个惊喜，好吗？让她和我们一块相见不是更好吗？"川儿说："我担心二哥会乐昏的。"月儿说："没事，咱们看着点就是了。"老叫花子笑道："嗯，这样也好，我和竹青保密就是了。那我去了就什么也不说，就说川儿吃得太多了，撑得闹肚子了，让她回来瞧瞧。"月儿拍手说道："这么说二哥必信无疑。"川儿笑道："哪有这事，我那是逗爷爷开心呢。我三姐倒是有一回，撑得直抻脖子，头都不敢低了。"大家一听都笑了。月儿拍打川儿，自己也笑个不停。这个大家庭欢乐的气氛，深深感染了玉儿和杏儿，让她们立刻觉得融入其中了。

玉儿是为了看清茹儿和苦儿之间情投意合的程度，而专门设计这样的见面方式，没想到苦儿真的答应了。玉儿特意坐在院子里，以求看个真切。当她见到茹儿时，心里说：果然是个黑丫头，简直是太黑了，漆黑一团。

只听苦儿念道："抬头东望去，不见清水绿洲。"

"翘首，翘首，苦味留在心头。"茹儿对道，同时也向前走了一步。四目相对，仿佛周围的一切都不存在了。突然，二人紧紧抱在一起，没有惊叫，旁若无人，默默地交流着他们之间的感情。

玉儿心里说：这样的见面虽有诗意，却不热烈，然而却是此时无声胜有声的。看来苦儿与茹儿的感情是有别于其他人的。杏儿小声说道："你看哥，两眼放光，神采飞扬。"玉儿早就注意到了，她想：哥看我时，可从来没有过这样的目光啊，他虽然疼我、宠我，可从来没有用这么热烈、沉醉的目光看过我。玉儿开始有点嫉妒茹儿了。杏儿哪懂得玉儿的心思，又说道："你看，我姐多高啊，快赶上我哥了。"玉儿看罢，心想：双腿修长，虽然穿着男人的衣服，却丝毫掩盖不住她曼妙的身材，而且至少比自己高出半头。她又看看月儿，心里在估计着：看来月儿知道茹儿和苦儿相爱，所以她放弃了，而且还和川儿一起支持着他们。

"哥，你咬我耳朵吧。"茹儿突然说道。苦儿在她耳朵上轻轻啄了几下，茹儿小声说道："这不是梦，是哥真的回来了……"说罢，她闭上眼睛，泪水顺着脸颊流了下来。二人抱得更紧了。苦儿问道："茹儿，你还好吗？"茹儿轻声说道："好，一切都好，就是太想你了。"苦儿也轻声说道："我也是。""哥，你好久没背我了。"茹儿突然欢快地说道。"好，现在就来背你。"苦儿说罢，背起茹儿在院子里走了起来。茹儿将头埋在苦儿背上，仍旧闭着眼睛，享受这份惊喜所带来的快乐和激动。玉儿羡慕地看着茹儿。杏儿偷偷一笑，捂着嘴说道："啊，原来姐姐也会撒娇啊。"玉儿笑道："她在月儿和川儿面前是姐姐、大人，在爷爷面前是孝顺、懂事的孙女，只有在哥的面前，她才是个女孩子，小女孩。"

茹儿似乎听到了她二人的悄悄话，睁开眼睛，看到了玉儿和杏儿，忙说道："哥，把我放下来吧，院子里有客人呢！"苦儿说道："不是客人，是自家人。来，我给你们介绍一下。"他拉着茹儿走到玉儿和杏儿面前介绍说："这就是茹儿。"他又指着玉儿说："这是玉儿，比你大一岁，就叫姐姐吧。这是杏儿，今年十三岁，是咱们的老妹妹。"茹儿叫了姐姐又叫妹妹，三个女孩子很是亲热。苦儿又说道："茹儿，我们在龙门山客栈遭到曲蛇等人暗算，中毒后被抛下地洞，玉儿和杏儿被摔伤了，下肢没知觉，行走不便。我医术不如你，你给看看吧。"茹儿说："快进屋，让我好好检查一下。"说完，背起玉儿就走，苦儿也抱起杏儿。杏儿小声说道："哥，你的心跳得好厉害啊。"苦儿不好意思地说道："瞎说！有姐姐给你治病，很快就会好的。"

月儿和川儿早已进屋铺好了床铺，玉儿和杏儿躺在床上任由茹儿望闻问切。这时，宜静陪着清风道长走了进来，茹儿忙将苦儿、玉儿和杏儿向道长做了介绍，并说明了玉儿和杏儿的受伤情况。清风道长检查一番后，说道："此病以针灸治疗最为有效。"茹儿说道："道长，茹儿虽看过针灸方面的书籍，却没有实际操作过，心里很是没底。"宜静说："茹儿，我师父乃医病高手，素谙针灸之术。"茹儿忙说道："这真是太好了，我先替姐姐和妹妹谢谢道长了！"清风道长笑道："茹儿，先别谢我，我为她们针灸三天，第四天由你来，如何？"茹儿说道："谢谢道长教我。"清风道长取出银针先为玉儿治疗，每扎一处便详细讲解此穴位的作用、感觉和行针的深浅程度等，茹儿仔细聆听、细心观察，并牢记在心。当道长给杏儿治疗时，便要茹儿给他讲各穴位的名称、作用，等等，茹儿一一讲出，全无差错。清风道长愕然道："我行医多年，所带弟子也不少，竟无一人能有如此水准，真是神啊！"连在场的玉儿和杏儿也不得不佩服茹儿的记忆力。

清风道长和宜静走后，茹儿又观察了玉儿和杏儿的情况，见她们并无异常反应，这才放下心来。茹儿忙问起苦儿脱险的经历，苦儿拉着茹儿的手，将自己的遭遇一一讲给她听。茹儿说："哥，你真了不起！"苦儿说道："其实人的求生欲望是极强的，而且有杏儿在我身边，她还那么小，我就不能向命运低头。可以说，当时杏儿就是我的生命支柱。你知道吗？在我真的要倒下的时候，我听到了你的呼唤，还有杏儿的叫喊。"说罢，苦儿疼爱地摸了摸杏儿的头。杏儿眨着大眼睛，说："姐姐，我是倭人，姐姐和小哥不会嫌弃我吧？"

茹儿眼里闪着泪光，也摸着杏儿的手，说："杏儿，每个民族都有好人和坏人，现在咱们是一家人，就该相互关心、相互爱护，又何必分民族呢？你呀，就应该像小鸟一样快乐，哥哥、姐姐会保护你的。"这时，月儿和川儿也走了进来，听到了杏儿的话，川儿说道："杏儿，你是我妹，永远都是。"月儿说："我们这个大家庭现在人多了，你是最小的一个，谁会嫌弃你？只怕把你娇惯坏了呢！"杏儿听罢，宽慰地笑了。川儿又对玉儿说道："玉姐姐，谢谢你救了我哥。"玉儿说道："谢我做什么？倒是哥救了我几次呢。"茹儿说道："龙门山客栈开店的四位老人多慈祥啊，竟被曲蛇他们残酷杀害，毫无人性。咱们必为他们报仇、为唐大侠报仇，铲除这些杀人魔鬼！"几句话把玉儿说得心里热乎乎的。

晚上，月儿、玉儿和杏儿已经入睡，茹儿还在灯下边看书边往自己的头上、腿上扎针。玉儿做了个梦，梦见自己能站起来行走了，而且还飞上了天，在空中踏彩云、登虹桥，与鸟儿一起嬉戏……她高兴得笑醒了。茹儿回头看看她，问："玉姐，你做梦了？"玉儿定神一看，见她头上、腿上都扎着针，急忙说道："茹儿，你千万别拿自己做试验，往我身上扎就是了。你要扎出个好歹来，我会一辈子心里不安的。"茹儿忙拔去了银针，走过来安慰她说："我不会有事的，不自己试一试，就不知道针感如何。你放心睡吧。"玉儿说："我睡也行,你可千万别再扎了。"茹儿说道："好,我不扎了,立刻睡觉。"说罢就吹了灯。

玉儿躺在床上却难以入睡,刚才那一幕叫她感动。心说:难怪大家都喜欢茹儿呢,不但才华出众,而且待人真挚、热情,实在难得啊。这时,睡梦中的杏儿惊叫起来:"哥,哥!"茹儿忙跑到杏儿床前,见杏儿满头大汗,瞪着一双大眼睛,惊恐地望着茹儿,茹儿替她擦了擦汗,问道:"杏儿,做梦了?"杏儿伸手搂住茹儿的脖子说道:"姐,我又梦见孤岛上大浪冲进来了,好怕啊!"茹儿将她抱起来,说道:"日有所思,夜有所梦。没事的,有哥哥、姐姐在身边,你什么也不用怕。"说罢,用一只手贴在她后背上为她布气疗伤。突然,茹儿似乎看到了杏儿身上的每条经络,以及骨盆处的瘀毒,也仿佛感觉出杏儿的意识了。杏儿觉得身上舒服多了,她把头依在茹儿胸前,说道:"有哥有姐,感觉真好!"茹儿醒过神了,她被刚才的发现吓了一跳。

月儿也被惊醒,她见茹儿为杏儿布气疗伤,便走到玉儿床前说道:"玉姐,我不会布气疗伤,我给你搓搓后背吧,让气血通畅些。"玉儿说道:"谢谢月儿了。"月儿将她扶起,坐在她身后,开始搓背。玉儿渐渐觉得身子轻松了不少。她问道:"月儿,听说饭菜是你做的?"月儿说:"是啊,川儿买粮、买菜、洗菜、切菜,我生火做饭。二哥为你们治伤,爷爷教冷大哥和柳扬武功,我们分工明确。不过,我做饭不太好吃吧?"玉儿忙说:"不,我吃着挺合口味的。想不到,你还是一位好厨师呢。"杏儿也说:"三姐,你手艺不错的,我挺爱吃的。"茹儿说:"月儿很小便失去母亲,洗衣做饭样样都要做,穷人的孩子早当家。月儿理家还是一把好手。等咱们回到山南城、回到咱们自己的山庄,你们就能体会到月儿理家的本事了。"

月儿笑道:"回到山南城,二哥开个药铺,那名声可就大了。"杏儿说:"玉姐姐还会裁衣、绣花呢,在围城镇时,给人家做衣服,叫镇上的人都大吃一惊呢。如果开个成衣铺,生意肯定好。"月儿认真地说:"若真如此,那药铺和成衣铺就成了山南城的名店了,这两家店如果生意兴隆,那酒楼、客栈也都会好,整个山南城就兴盛起来了。"玉儿不解地问:"我们开店，与酒楼、客栈有什么关系？"月儿说："你想啊，你的衣服做得好，二哥的病治得好，外地人就会闻风而至。人员来往增多，各种买卖不就全活了吗？再说，玉姐姐的活计一多，自己如何忙得过来？势必需要帮手缝制，这些人得到工钱，他们的生活不就有希望了吗？现在我就代表山南城的老百姓，提前谢谢神医和名裁缝了！"茹儿笑着说道："玉姐姐，你听听，月儿是位能人不是？"玉儿也笑道："果然是能人。看来，这成衣铺不开都不行了。好吧，我要一路练功、一路苦学裁剪，非要学出点名堂不可。"茹儿也立刻表示："对，我也要一路练功、一路求医问药，争取做一代名医，为山南城的百姓做点贡献。"杏儿一听，着急地说："三姐，那我做什么呀？"月儿看看她，说道："习武必须从孩子们抓起，你就教小孩武功。到那时，我看还有哪个山贼敢来我山南城！"正当她说得兴奋时，只听苦儿在窗外说道："月儿，还不快点睡觉！都后半夜了。"茹儿问："哥，你在巡夜吗？"苦儿说："我出来看看，心里踏实些。茹儿，累了一天了，快睡吧。玉儿、杏儿，都早点睡。"四位姑娘吐吐舌头，相互做个鬼脸，各回各位睡去了。

经过清风道长三天的指导，茹儿能准确地进行针灸治疗了。道长又送给她几本医书，说道："茹儿，过不了多久，你定会成为医术高手的。这几本医书很实用，送给你好好看看，会有帮助的。"茹儿忙接过医书，说道："谢谢道长！"清风道长说："先别谢我，我有事相求呢。"茹儿笑道："有事您尽管吩咐，只要我们能办到。"道长说："本观成立之初，便是医术强、武功弱。要扎根于中原，另建新观，这千里迢迢，危机四伏啊。以我们的武功，恐怕……"茹儿听闻，立即说道："我懂了，提高武功、以防不测是当务之急。只要道长不嫌弃，我们理应相助。哥，我看这件事，你和道长商量吧？"苦儿爽快地说道："行啊，能为贵观做点事情，是我们的荣幸。"杏儿大声说道："道长，我在华山跟一位老爷爷学过华山拂尘功法，不知你们需要不需要？"清风道长高兴地说："需要，太需要了！我们先练剑，等你伤好了，再来教我们，好不好？"杏儿高兴地说："好的。"

等道长和苦儿走出去了，玉儿马上说道："好个小丫头片子，现在还倒在床上，便想教人家拂尘功了，先养好伤再说也不迟啊，看把你急的。"

杏儿笑道："我是小丫头片子、笨丫头、傻丫头，我都替你骂全了。姐，玉姐姐最喜欢骂我了，你要是不让她骂，她就哭鼻子呢。说起来，总是我让着她，我倒成姐姐了。"玉儿瞪起眼睛吓唬她，说道："你个小丫头片子，看我不捶你！"茹儿和月儿都笑了。这时，白雪扒开门跑了进来，蹲在杏儿床前，低声叫了起来。杏儿说："白雪不怕的，这是姐姐在给我治病呢。"白雪摇了摇尾巴，又走到玉儿床前叫了一声，玉儿也摸着它的头，说："白雪，谢谢你来看我，真懂事。"白雪又跑到茹儿和月儿跟前，又拱头又往身上贴，显得十分亲热。月儿笑道："真是怪了，这白雪见了我们很亲。"杏儿说："三姐，一点也不怪，在长白山、在古镇你们的住处，它早已闻过并记住你们的气味了。"

吃过午饭，苦儿在院子里的树荫下，拿着木棍边想边比画着。茹儿从厨房端着一盆热水出来，看见他这般用心，便说："哥，你是在琢磨怎样教剑法吧？"苦儿停了下来，说道："是啊，清风剑法长于进攻，我打算把无影剑法中最精妙的几招糅进清风剑法中。你打热水干什么？"茹儿说道："我要给玉姐和杏儿擦擦身子、换换衣服。天热了，不洗不换会很难受的。对了，哥，我有个新发现，晚上我给杏儿输功时，杏儿全身的经脉清晰地出现在我脑海中，经络瘀堵的位置都看得一清二楚，可后来杏儿说话便把我惊醒了。"苦儿高兴地说："是吗？白天试过吗？"茹儿说道："试过，不行，好像没办法静下来。"苦儿说道："好，今晚我们一起试，看能否冲破瘀堵处。另外，能否借用药物去软化？"茹儿说："这是个好提议，我立刻查书，多方突破，让她二人尽早站起来。"

当晚，皓月当空，山林寂静。苦儿和茹儿将玉儿和杏儿抱到院子里坐下，让玉儿和杏儿都不要说话。苦儿和茹儿坐在二人身后，气沉丹田，稍事调整，便开始输功。夜静极了，玉儿的全身经络首先映在了茹儿的脑海中，杏儿的经络图也慢慢出现在苦儿的脑中。约近一个时辰，苦儿和茹儿几次想通过内力去冲开玉儿和杏儿身体中几处瘀堵处，却没能成功。但玉儿和杏儿的腿却不自觉地动了几下。杏儿首先说道："哥，我太热了！"玉儿也出汗了，只是没出声。苦儿和茹儿都停止了发功，忙将她二人背回屋内，以免受风寒。苦、茹二人又来到院中，苦儿说道："茹儿，你说得不错，我也看到了杏儿全身经络及几处瘀堵之处，我试图突破瘀堵，却没能成功。"茹儿说道："我也如此，不过好像是冲破了一处，看来这样输功是有效的。我再配以上午按穴位针灸，午后用沉香、羌活、干姜、穿山甲、麝香、祁艾卷成药卷，晚上用当归、红花、苏木、泽兰、伸筋草、黄芩熬成的泡脚汤给她们泡脚，应该很快就有效果了。"苦儿极欣赏地听着茹儿说完，又疼爱地为茹儿理了一下头发，说道："好，只是别太累了，早点去睡吧！"说罢，拉着茹儿的手，二人分别回到各自的房间。

这一天，苦儿在清风观后院教众人剑法，清风道长很快便发现，表面上这清风剑法并无大的变化，可行剑方式及手腕变化经苦儿略微修改后，威力大大增强了。清风道长不禁赞叹：苦儿真是武学奇才啊！练完剑法后，清风道长依苦儿的提议，带着众道姑来到一个山洞里。她们围着苦儿而坐，里里外外坐了三四层。苦儿说道："各位道长，请大家按道家内功法，打开百会、丹田、劳宫、涌泉等穴，准备吸收外来功力。这外来功力有两个：一是山石坚实、厚重之灵气；二是在下发出的功力。请准备好，现在开始。"说完，他向众人扫视一番，见她们个个凝神端坐练功，他便慢慢发出了功力。大约过了一顿饭的工夫，道姑们个个脸色发红，头上冒了汗，就连坐在外圈的人，也是燥热难安。苦儿轻声说道："请各位注意，外气大量涌入体内，要以意领气，运及全身，将外气化为自己的内力，功力便可大增。慢慢来，不要着急。"众人依言而做，慢慢将燥热化作一种能量吸收到自己体内，头上的汗不见了，脸色也渐渐恢复了正常。她们觉得充实了许多，清风道长脸上露出满意的微笑。苦儿见此，说道："好，准备好，现在进行第二个回合。"接着他又发出功力。

山洞外的一片草丛中，谷丁和觑觑狗正在说话。觑觑狗说："坏了，是苦儿追来了，我可要没命了！"谷丁骂道："看你吓得那样，这副德行还想在江湖上混，不是有我吗？"觑觑狗忙说："是，小的只有靠门主了。"谷丁不再理他，而是自言自语道："苦儿来了，玉儿和那个小丫头也一定来了。"觑觑狗说道："我想起来了，昨天看到那黑小子和月儿背着两个女子在院子里转，那两个女子一大一小，想必是玉儿和杏儿。"谷丁瞥了他一眼，说道："难道玉儿和杏儿受了伤？不然为何叫人背着？"觑觑狗突然高兴起来，说道："对啊，她们两个受了伤，院子里只剩下那黑小子和月儿，门主出手把那个黑小子抓来不就成了！"谷丁一听，骂道："呸！你想让老子被消功啊！"觑觑狗一看见苦儿，心里便十分害怕，此时他真的希望脱离谷丁，马上逃走。谷丁心里也明白，他何尝不想马上抓住那黑小子呢？可技不如人，总不能被人消了功吧？再说，心急吃不了热豆腐，慢慢等，总会有机会的。觑觑狗心想：慢慢等？你可以等，我等得了吗？万一我被他们发现了，立刻就会被杀掉的。他越想越害怕，额头上不禁冒出了冷汗。

五十二　已臻化境

茹儿正在为玉儿针灸，当一根针扎下去的时候，玉儿的腿竟然跳动了一下，并叫道："好麻呀，一直麻到脚尖！"茹儿笑道："这近一个月的针灸有效果了，双腿有了知觉就快好了。"玉儿说："可快点好吧，你们也少受点累。"茹儿又在玉儿前胸、头上扎了几根针后说道："我可不累。你要知道，借助你的伤，我可学到不少东西呢。说来，是我捡了一个大便宜。"玉儿笑着说："怪了，还真有郎中感谢病人的。"当茹儿给杏儿针灸时，杏儿失望地问："姐，我的腿怎么不跳呢？"茹儿说："每个人的表现并不是都一样的，你的腿不跳也许会有别的感觉。"茹儿一针扎下去，边扎边捻，杏儿叫道："姐，我的脚心好痒啊！"茹儿说："好，姐给你挠挠。"说罢便去挠她的脚心。杏儿说道："挠挠就不痒了，以毒攻毒。"针灸完毕，茹儿刚洗过手，玉儿说道："茹儿，纸张、颜料都买来了，你什么时候帮我画衣服样子啊？"茹儿擦擦手，将一张小桌子搬到玉儿和杏儿的床之间。在桌子上放好颜料和纸笔，说道："开始吧。"玉儿将一本画册交给她。茹儿一见就惊叫道："啊！这是田叔叔给你的？这上面都是婶婶画的。力均哥说，当年他们家的生意可好了。"玉儿说道："叔叔见我喜欢，便送给我了。这上面有服装没人物，要是加上人物，便有立体感了，服装的美感就能表现得更好些。"茹儿说："好，我这就画。画谁呢？只有画玉姐姐了。"她看了一种服装款式，然后就画了起来。玉儿一看，方知苦儿所言不虚，茹儿果然是丹青高手。杏儿说："姐，你也没看大丫头，怎么就画得这么像啊？"茹儿说道："因为玉姐姐的美，早已刻在我心里了。"接着，她又把服装涂上颜色，画毕交给玉儿。玉儿一看，赞道："阿弥陀佛，真是画活了！谁见了这套衣服会不喜欢呢？茹儿，劳驾，你就画吧，把这几本的服装都画下来，我分装成册，以备开铺用。"杏儿听后，笑道："哈！玉姐姐真要当老板了。"正说着，月儿走了进来。茹儿笑道："月儿，二哥把你给画上了。"月儿走近一看，画面上果然画着自己穿着一套十分好看的衣服正抿嘴笑呢，她马上说道："画我可不能白画，玉姐姐就给我做套衣服吧。"玉儿说道："没问题，你选款式吧，只怕你挑花了眼。"说着又拿出几本画册交给月儿说："这是我在苏州画的，这是杭州画的，这是京城画的。这里既有别人穿着好看的，也有我自己设计的。你选吧！"

月儿一本本地翻着，越看越入迷，说道："唉，果然挑花眼了，哪个都好看，真分不出一二三了。"她又拿起茹儿刚刚画好的一张，与本子上对照着说道："叫二哥这一画，又添了几分神韵。将来开店铺，把这些画展出来，姑娘们保准个个着迷。"这时只听川儿叫道："三姐，菜洗好了。"月儿忙说："知道了，我这就去做。"

吃过午饭，茹儿又开始为玉儿和杏儿施针疗伤，过后，又为她二人用力推揉双臂。玉儿说："茹儿，我知道了，你是在帮我们打通双臂的穴道，为练吸功大法做好准备，对吧？"茹儿说："噢，是哥告诉你们的吧？他已经帮你们基本打通了，我只是再为你们顺顺而已。"杏儿忙说道："姐，不是哥说的，是冷大哥说自己用吸功大法打伤了淫贼，他以为我们会呢。哥见他说了，这才告诉我们。哥还说，见到姐后，便会完全打通，所以你为我们揉臂，我们就知道了。"玉儿说道："茹儿，听说你会消功大法，哥也会了。他将石板打成石粉，才将我们救出的。你们俩真了不起，虽不在一起练功，可功夫却是一模一样的。"茹儿笑道："我可不行，要不是爷爷点破，我哪里晓得什么消功大法，我是好笨的。"杏儿一听，哈哈大笑起来，说道："姐，你说的话也和我哥一模一样，他说自己有三大笨呢。其实，我哥最聪明了，比我可强多了。"她停了一会儿，说道："唉，我哥怎么还不回来？我都一天没看见他了。"玉儿说："不用说，是道姑们练功入迷了，哥哪里能早回来。"这时，月儿走了进来，说："哥怎么还不回来？等他开饭呢。"茹儿说："他一定在清风观，咱们不如去看看？"玉儿难为情地说：

"可我们走不了啊。"茹儿笑道："月儿，咱们背她们去吧，也让她们散散心。"月儿笑着说："你背美玉，我抱甜杏，咱们走！"

她们刚走出房门，便遇到了从厨房里走出来的川儿。川儿问："你们这是要去哪儿啊？"茹儿说："去清风观散散心。小四，你好好看家。"还没等川儿吱声，白雪却冲到了前头。杏儿叫道："白雪，你别跟去了，留下看家。"川儿一听，板起脸来，假装生气地说："这是怎么说话呢？竟把我和狗相提并论，是何道理？"月儿一听笑道："哎呀，大事不好了，四将军率领白雪兴师问罪来了！"一句话叫川儿撑不住，扑哧一声笑了出来。杏儿忙说："四哥，是我不好，没留神。不过我可没有把三姐的话和我的话连起来说的意思啊，这纯属巧合。"川儿一笑说道："好你个小六子，骂了四哥还说是巧合，这哪里是甜杏，分明是酸杏也！"

月儿笑道："小四，让白雪留在家里听你咬文嚼字吧，我们可要走了。"川儿说道："白雪，咱们可是难兄难弟啊！"白雪也嗷地叫了一个长音作为回答，惹得大家都笑了。杏儿说："三姐，我都笑得肚子疼了。"月儿说："快走吧，再笑就走不动了。"

茹儿她们来到清风观大殿里，没人；她们又来到后院，道姑们练得正起劲。一伙人转大树，一伙人爬大绳，一伙人练钻树桩。苦儿正站在木桩旁，指导道姑们练功。他见茹儿她们来了，忙走过来，说："加练三项基本功，增强手劲和臂力，提高步法的灵活性。"茹儿说："这样练下去，不出百日，功夫必有大幅提高。"

这时，清风道长和宜静走了过来。道长说："茹儿、月儿，影响你们吃晚饭了，真是对不起！"茹儿说："道长客气了，我们晚吃一会儿算什么？看见各位道长功夫能有所长进，我们很高兴。"宜静笑道："二位姑娘，可不能白看，给我们做个示范，也算给大家鼓鼓劲吧！"道长背起了玉儿，宜静接过杏儿。月儿开始转大树，只见人影围着大树转动；月儿又去爬大绳，双手一使劲，身体轻飘飘地不断上升，动作干净利落，姿势优美。道姑们不禁鼓起掌来。茹儿站在树桩前，身子一晃便在木桩中左突右进，身影成了一条曲线，转眼便飘回了原位。大家看呆了，忘记了鼓掌、忘记了说话，一时间，小院里鸦雀无声。良久，清风道长才叹道："太神了！不是亲眼所见，谁能相信？"茹儿走过来，背起了玉儿，说道："过奖了，其实我们就是在深山中练、在大海中练、在沙漠中练、在雪山中练才有了这一点进步。各位师父继续练下去，一定会超越我们的。"茹儿的话，点燃了道姑们的希望和勇气，宜静说道："众位姐妹，据说苦儿和茹儿练功已经五年多了，月儿也快三年了。她们给我们树立了好榜样，大伙加油吧！"清风道长说："我听说有人半夜不睡，偷着练功，精神虽可嘉，但行为不可取。时间一长，精神不济、体力不支，又如何能练好功夫？再有人如此，为师便要处罚她，在家睡一天，不准练功！"道姑们、苦儿、茹儿他们一听全笑了，"不准练功"竟成了一种处罚。

晚上，应杏儿的再三要求，茹儿睡在了杏儿身边。杏儿一只手拉着茹儿的手不肯放松，这是在荒岛上养成的习惯，她每天都是抱着苦儿的手才能睡着。借着月光，茹儿看着杏儿那张可爱的小脸，心想：川儿每天给爷爷送饭，爷爷总是问上几声杏儿。哥就是再忙，每天也都要过来看看她、抱抱她。川儿一天最辛苦了，也是有空就过来逗她几句，真是个可人的小孩子呀。杏儿一翻身，一条腿甩在茹儿的身上，茹儿心说：还真是和哥说的一样——手拉、脚勾、腿盘，这可怜的孩子。刚要入睡，杏儿的一条腿又甩在她的身上，把她砸醒了。她摸了摸杏儿的腿，猛地坐了起来，秀气的眼睛里闪出兴奋的光芒，杏儿的腿能动了！虽然还不能说是自由行动，但至少说明坚持治下去，她一定能重新站起来。对啊，可以强化训练双腿啊，先让她们试着架拐站立。茹儿万分欣慰，她重新倒在床上，慢慢睡去了，这是她这一个多月以来第一次睡了一个踏实觉。

第二天一早，茹儿便将做拐杖的事和川儿说了。川儿说："二哥，没问题，这点事我来办，我这就上山。"说罢，川儿来到厨房，跟月儿打了招呼，便带上拐和砍刀，也带上白雪上山了。白雪除了一天看几回杏儿外，其余时间都跟着川儿。来到山坡，川儿一看四下无人，便将拐点地，来了个"三脚"齐飞，白雪高兴地又叫又追。藏在远处的谷丁看了，心说：这轻功十分了得，我与他动手也占不到什么便宜。看来，苦儿身边的人，个个武功高强啊。觑觑狗看见了白雪，说道："好大一条狗啊，杀了吃肉一定能解馋。"说完还吧唧几下嘴。谷丁瞪了他一眼，骂道："就你这副德行还想抓狗吃狗肉？不叫狗咬死就算你命大了。长得像个大马猴，那狗立起来都比你高，真难为你活在这世上了。"

谷丁这一个多月以来，一直盯着苦儿他们，看到他们个个武功高强，无下手的机会，心里窝火，便常常拿觑觑狗出气。他一想到觑觑狗刺死唐宣，使自己与苦儿、玉儿成为仇敌，腹背受敌，更是气不打一处来，恨不得一刀杀了他。一肚子坏水的觑觑狗又岂能不知。此时，他既想离开谷丁，又害怕离开他。没有谷丁的保护，那不是什么人都可以杀了他？无奈，他说道："门主，我也知道自己活得不容易，要不是有门主罩着，什么人都可以把我当猴耍。"谷丁不耐烦地说道："行了，别说了，叫那只大狗闻到了气味，你我就都活不成了。"觑觑狗立刻噤了声，向山上望着，看见川儿"飞"了几次便跃到了山顶，白雪是又蹦又跳的。川儿站在一棵大树下仔细观察了一番，又转到另一棵树下。谷丁暗想：这黑小子是在找什么东西呢，还是想藏什么东西呢？要是藏什么东西就太好了，那就等于是送到我手里了。

川儿看了半天，爬上一棵树，砍下几根树枝；又爬上另一棵树，砍下几根树枝。之后，他坐在石头上开始修理树枝，砍成不同的长度。觑觑狗说道："他这是做什么呢？是做拐杖吧？"一句话提醒了谷丁，做拐杖？那是玉儿她们快要好了啊。如果她们好了，就更没有下手的机会了。现在他们正是忙的时候，我何不趁现在动手呢？抓住了更好，抓不住也吓他们一跳，叫他们不得安生。只是自己要小心，不要受伤就是了。想到这里，他挤出了一丝冷笑。

已是寅初之时，忙了一天的人们睡得正香。谷丁身穿夜行衣，戴了面罩，悄悄走进苦儿居住的院子里。他很紧张地寻找那只令他害怕的大狗，怕它坏了自己的好事。可他寻了一阵，并未发现院子里有狗，心说："看来涂了迷药的肉用不上了，那狗一定睡在屋子里，倒省事了，和主人一块叫迷香熏倒吧！"

这个院子，谷丁是再熟悉不过了，他每天都在远处盯着院子里的几个人，谁睡在哪一间房，他都一清二楚。他蹑手蹑脚地朝苦儿住的房间走去，先迷倒苦儿，再杀了他，事情就成功了一半。他这样想着。可当他贴近窗户，刚要向室内喷出迷香时，他的腿突然被狠狠地咬了一口，疼得他"哎呀"叫了一声。听见声音，苦儿立刻从屋子里跑了出来，见那黑影已逃出院外，白雪正在后面追赶。苦儿吹了一声口哨，白雪这才跑了回来。茹儿和月儿她们也都醒了，打着灯笼在院里寻找。不一会儿，苦儿和白雪回来了，苦儿说："没事了，那贼人被白雪咬伤，逃走了。"月儿在窗下果然发现了血迹，她又四下看看，没发现丢什么东西，便说道："可能是贼，偷东西没偷成，倒被咬了。"苦儿说："不像一般的贼，他虽被咬了却跑得很快，看来是个武功高强的人，咱们得多加小心。"川儿抱着白雪的头，说："白雪，谢谢你！"白雪又摇尾巴又舔他的手，它也喜欢别人夸它。茹儿说："咱们休息吧，还能睡上一个时辰呢。"白雪随着茹儿她们进了屋，它跑到杏儿床前，把头伸到杏儿的手边。杏儿摸摸它的头，说："白雪，你又立功了。"

谷丁跑回自己的住处，忙卷起裤脚查看伤势。觑觑狗举灯上前问道："门主，受伤了？"谷丁没好气地说："他娘的，被狗咬了。你快给我看看，伤势如何？"觑觑狗将灯放下，说道："门主，不多不少，正好四个大洞。这狗好凶啊，要是我肯定跑不回来了。"谷丁从怀里取出一瓶药，说道："快给我上药，然后包扎好。"觑觑狗擦去黑血，上药，包扎，忙了他一头汗。谷丁气恼地骂道："你们这些狗，没有一个好东西！我靠近窗口马上要得手了，谁知那狗一声不响地从背后咬了我一口。唉，一切都坏在这狗手里了。"觑觑狗问："那你进院时就没看见它？"谷丁说道："我在院外看了又看，进院后搜了又搜，根本就没看见它，也不知它是从哪里钻出来的，暗下毒口。"觑觑狗又问道："门主，他们不会循着血迹找到这儿来吧？"谷丁瞪了他一眼，骂道："你害怕了？真他娘的废物！老子早就点穴止血了，岂能留下踪迹？"觑觑狗咧嘴一笑，说道："还是门主英明。不过这样一来，他们会更加小心了，门主再下手，只怕是更困难了。"谷丁说道："车到山前必有路，养好伤再说吧。"

陈鸣和坏水狗藏在一棵树上，眼睛却紧盯着洞口。坏水狗小声说道："这一老二小倒是越发扛冻了。在洞里待的时间一天比一天长。"陈鸣眯起眼睛也小声说道："这说明了什么？说明我们没找到的东西，他们找到了。不但找到了，而且还在里面练起了冰雪大法。不然，他们怎么会待的时间越

444

来越长呢？到现在，白天、晚上都不出洞了。"

坏水狗叹了口气，说道："咱们费了这么大劲才找到常笑天，却被他们捡了一个便宜。"陈鸣说："谁叫咱们技不如人呢！"坏水狗说道："全柱被消了功，谁还有心再战？按理说，堂主已经回到长沙了，老帮主若是知道了消功之事，一定很上火。"陈鸣扫了他一眼，说道："算你小子还有些见识。咱们的人被人消了功，帮主若不管，岂不丢了面子？将来一定会有一场大战的。"坏水狗想了想，说道："咱们俩在这儿盯着，吃不好、睡不好的，何时是个头啊？"陈鸣冷笑道："坏水狗，你小子要是不愿意在这儿，就趁早滚回去，看堂主不打断你的腿！"坏水狗忙说："你何必认真呢，我也只是说说而已。"陈鸣说道："你小子满肚子坏水，谁要是听了你的话，非倾家荡产不可。"

正这时，忽然见二人走进山洞，坏水狗一看，忙低声说道："是苦儿，那高个子的就是苦儿！"陈鸣问："你没看错？"坏水狗说道："错了打我！"

来的正是苦儿和川儿。苦儿是来看老叫花的。老叫花见苦儿来了，十分高兴，忙对冷竹青他们说："你二人将寒光剑法练上一遍，请苦儿给你们指导指导。"冷竹青和柳扬拿起木棍便练习起来，苦儿仔细观看后，说道："二位练得真不错，爷爷一定没少费心。我看出来了，有六七招是新招法，必是常大侠新创的。二位成了常派传人，福分不浅啊！"

老叫花将《寒光剑谱》翻到最后一页，指着冰雪大法练功运行图，说："苦儿，你看看，这是常大侠原来的内气运行路线，这一处是茹儿后来改的，你说说为何要这样改动。"苦儿看罢，想了想，说道："爷爷，我明白了，原路线离命门很近，久练会伤及自身、损伤元气。这一改，还真是神来之笔，既保证了冰雪大法的练习，又保住元气不受损害。"老叫花向冷竹青他们问道："你们听明白了吗？"柳扬摇摇头，说："不大明白。"老叫花解释说："你们师公练功数十年，创出了冰雪大法。他一发寒冰之气，被击到的部位便会结冰而不能行动，凭此，他打败了不少高手，成为武林第一高人。可他自己也深受其害，不能娶妻生子。当被韩士夕偷袭命门时，常大侠因元气损伤而减弱了自我防护能力。茹儿这一改动会怎样呢？"冷竹青接着说："寒冷的程度会降低了吧？"老叫花点点头，说："是的，过去是结冰，现在虽不能结冰，却足以让人发抖、行动不便。虽然程度不同，但对手失去行动能力、不能自卫的最终目的却是相同的，这不是足够了吗？既不用伤害自己，又能达到目的，这不更好吗？"柳扬说："原来是这样。"老叫花又说道："还有呢，你们要通过以后的练功使发寒气的力度更大，不但使对手不能自卫，还会受到大力的冲击而受伤，其威力要比结冰大得多呢。"

冷竹青说道："我想起来了，二位姑姑同茹儿曾在古镇议论过此事。"老叫花笑道："更重要的是，你们两个臭小子，既可以练功又可以娶媳妇，真是美到家了！"说罢，老叫花哈哈大笑起来。冷竹青听罢，一个劲地说："太好了，太好了！"柳扬笑道："师兄，你是着急娶一位师嫂了吧？"冷竹青瞪了他一眼，说道："小孩子，你懂什么？"老叫花和苦儿都笑了起来。

川儿说道："小五，你可别乱说了，冷大哥一提娶媳妇就瞪眼，怕是想疯了。"大家一听又笑了起来，冷竹青也被逗乐了。老叫花说道："好了，咱们快吃饭，吃完饭叫川儿再教你们几招圣手掌。"柳扬问："小哥，玉姐姐和小六子快好了吧？"川儿笑道："快好了，她们现在可以拄拐走路了。我二哥和三姐可把她们伺候到家了，一会儿发功布气，一会儿扎针，一会儿用中药热汤泡脚，还时不时地背着散心。"柳扬一听，笑道："小哥说话一套一套的，越说越叫人爱听。"冷竹青关心地问："玉儿很开心？"川儿说道："那还用说？这些天她拿出几本衣服画册，求我二哥给她画，原来的没人物，我二哥又画人物又加姿势，把玉姐姐乐得嘴都合不上了。我二哥画得极有神采，我拿了一张给你们看，玉姐姐生怕我给弄坏了，一个劲地说：'小四，注意点，千万别给姐弄坏了，这可是姐的宝贝啊！'"川儿拿腔拿调地模仿玉儿说话，又把大家给逗乐了。

冷竹青接过画，问："那人物都画谁呢？这一张是杏儿，真像！"苦儿说道："还能有谁？除了玉儿、月儿便是杏儿。虽然只画她们三人，可各种神态都有，玉儿是看一张喜欢一张，早把病痛忘在脑后了。"老叫花由衷地说道："茹儿就是有办法。玉儿和杏儿很快就会好的。"苦儿说道："爷爷，我们在晚上夜深人静之时，为玉儿和杏儿输功，能将她二人全身经络运行状况看得一清二楚，白天却不行。我们几次想用我们的内力去突破她二人经络的瘀堵处，已见成效了。"老叫花双眼发光地说道："你二人已进入化境，可喜可贺啊！之所以夜晚有感觉，是因为人已进入入定状态，万事皆空了。你们不妨尝试用意识去交流。"

山洞外面的坏水狗捅了捅陈鸣，说道："出来了。"陈鸣见苦儿和川儿已经走出了洞口，便对坏水狗说："你在这儿好好盯着，我去跟踪苦儿，看看他们住在什么地方、那里还有什么人。我去的时间要长一些，也许要十天半月的，你要好好守在这里，别出什么差错。"说完，他悄悄下树，跟踪而去。坏水狗见他走远了，这才骂道："放你娘的屁！看苦儿住哪里需要十天半月的？一定是借口找饭店下馆子去了。把老子我留在这里，亏你想得出！老子我也出去散散心。"说罢也下树走开了。

五十三　伤痛痊愈

在青蛇山庄里，曲蛇对刘全柱说："师弟别急，坐下慢慢说。"刘全柱坐下喝了口水，说道："师父、师兄，我以养伤为名，告假回家，获孙子杰准允，才回山庄见师父和师兄的。不出师父所料，我们在峨眉山果然找到了常笑天，不过他已经死在一个山洞里了，冻成了冰人。"龙老大一听，有些不敢相信自己的耳朵，他问道："什么？什么？你是说，常笑天死了？"刘全柱说道："是的，常笑天死了。"龙老大追问道："你们有没有认错？"刘全柱肯定地说："孙子杰是认识常笑天的，不会错的。"

"哈，哈！"龙老大突然大笑起来，"想不到，天下第一高人竟如此孤独地死在异乡的冰洞里，真是天助我也！"曲蛇也立刻说道："是啊，师父，只要灭了朱如天，师父您便可独霸武林了。"龙老大又大笑道："全柱啊，你给为师带来了好消息啊！你继续说。"刘全柱又说道："徒儿见常笑天右手三个手指都指向上方，猜想是否与藏了什么东西有关，于是我们便找了起来，将洞顶坚冰刨开。"曲蛇忙问："可找到东西了？"刘全柱摇摇头说道："没有，后来我们连四壁的冰都刨开了，也没找到。当我们跑出洞外暖和一下时，只见一个老要饭的领着一个姑娘、俩黑小子，还有一个道姑，来到了洞口。"龙老大打断他的话，说道："这几个人长什么样？你细细讲来。"刘全柱心想："当时，我只注意那个漂亮姑娘和道姑了，其他人长什么样，我怎么说得出来？"

刘全柱就是刘全柱，虽被消功，头脑还是灵得很。他说道："那个老叫花子，中等个头，瘦瘦的，一脸胡子，满身油污。那两个黑小子，像是哥儿俩，都是漆黑一团。不过一个眼睛大、一个眼睛小，他们都是老要饭的孙子。对了，我想起来了，他们和苦儿是一伙的。在东海我见过他们的。"龙老大盯着他问："那小黑小子姓什么？叫什么？"刘全柱想了想说："他自称是四爷爷。""四爷爷？"龙老大重复着。曲蛇问："你们交手了吗？"刘全柱继续说："他们要进洞，我们不让，三说两说便打了起来。我与那道姑交手，那道姑武功不高，我正要将她拿下，那个大黑小子突然跑了过来助阵，我一时大意，被他打中了后背，功夫就全消了。"

龙老大听到这里，马上走到刘全柱身后，将手掌贴在他后背。片刻后，龙老大说道："气脉已乱，果然是被消了功。那两个人如何？"刘全柱答道："孙子杰和陈鸣没事，都与对方战平。他二人听说我被人消功，都跑了过来，拉着我便跑开了。"曲蛇说道："师父，看来这伙人武功很高啊。孙子杰得朱如天的真传，扇子功已是非同小可，陈鸣是位分堂主，功夫自是有一定水平。那几个要饭的能与他们战成平手，而且会消功大法，实力不可低估啊。"

龙老大点点头，表示同意曲蛇的观点。他又问："你们三个都回来了？"刘全柱答道："孙子杰把陈鸣留下继续监视老叫花他们，他和徒儿回来向朱如天禀报。""那朱如天是什么态度？"曲蛇问道。刘全柱回答道："他说他要会会那老要饭的和那个黑小子。"龙老大追问道："他要去四川？"刘全柱摇摇头说："不像，他要孙子杰派人好好监视，不可跟丢了。看样子是等机会，要为十业帮挽回面子。"听到朱如天的反应，龙老大与曲蛇对视了一眼。刘全柱忍不住问道："师父，徒儿的功夫还能恢复吗？"龙老大看看他，慢慢说道："四川峨眉之行虽没得到什么宝贝，不过你还是有功劳的，为师怎能不帮你恢复功力？只是，你受伤很重，需半年到一年甚至更长时间，才有望恢复。你休息几日之后，为师便开始为你理顺气脉。"曲蛇说道："师弟，还不赶快谢谢师父？"刘全柱立刻站起来，抱拳施礼说道："徒儿谢过师父！"龙老大说："罢了。"曲蛇又问道："师弟，被消功之事，江湖上可有人知晓？"刘全柱说道："无人知晓。不过小弟回山庄前，将此事告诉了金掌柜，叫他将此事传扬出去。"龙老大听了，一拍桌子说道："好，这事办得好！"

罗忠信正在神龙洞中练功，两个看守走了进来，一人说道："罗大侠，我们刚刚听说，二公子在峨眉山被人消功了。这满天下只有您会消功大法，这消功之人必是您的徒弟吧？"罗忠信听了，吃惊地问道："这么说，被消功的是你们家二公子？那消功者又是什么样的人呢？"一人答道："听说是一个高个的黑小子，一掌拍在后背，二公子立刻就提不起劲了。"两个看守退出山洞。罗忠信拖着铁链，急躁得在洞中来回走起来。

我的徒儿只有月儿和川儿。川儿虽黑，可他还是个孩子，也不是高个子。他们二人练功才几年？又怎么能消人功力？肯定不是他们。他忽然停了下来，拍拍自己的头说："是茹儿，茹儿看起来不就是高个黑小子吗？是她！若真是这样，就太好了！即便不是茹儿，也说明有人悟出了消功大法。可我呢，被抓到山洞快两年了，虽内力加强了，可始终未能悟出'消功大法'，真是愚笨至极。师父呀，这奥秘究竟在哪儿呢？您老人家点化点化我这个不争气的弟子吧！"他走到墙角，举手向石壁拍去。石壁上的棱角已经被他拍平了，可就是不见成堆的石粉落下来。他叹道："石粉啊，你就这么金贵吗？"他走到洞口向外望去，蓝蓝的天空下，几朵白云在飘动，他感叹道："多好的天气啊，多美的天空！苦儿、茹儿、月儿和川儿在天天进步、茁壮成长。而我罗忠信却是原地踏步，只能长吁短叹。"他重新回到床上，又静坐练起功来。

又一旬过去了，玉儿和杏儿可架着双拐走路了。虽然还有些磕磕绊绊，但总算是可以迈步了。玉儿高兴，杏儿快乐。她二人在院子里练习走路，白雪围着她们又蹦又跳。茹儿不放心地跟在后面。杏儿说："姐，你不用担心，我们没事的。"玉儿也说："是啊，茹儿，你坐下来歇会儿吧。"川儿立刻纠正杏儿的话，说道："小六子，这可是在外头，属垣有耳，你还是叫二哥吧。"杏儿听了，一吐舌头说道："呀，我一高兴就忘了，对不起，我以后不管在哪里都叫二哥就是了。四哥，不是隔墙有耳吗？你说的是煮什么有耳，哪个对呀？"川儿解释说："我写在地上给你看。这个是属于的属，可在这里念'煮'，是集中、靠近的意思。垣就是墙的意思。这四个字连起来就是有人靠近墙偷听的意思，懂了吗？"

杏儿笑道："懂了，四哥，你肚子里的词还不少呢。"川儿咧嘴一笑说道："这都是爷爷教的，我时记时不记地往肚子里塞了不少，不注意时便常常蹦出来。虽不能满腹经纶，却也是学富五车了。"月儿从厨房走出来，听到川儿的话，笑道："小四，你就吹吧，吹破了肚皮，可就露了底了。"川儿笑道："真要是吹破了，我肚子里那也是群芳竞艳、百花争春，哪里会露什么底？小六子，你听听，群芳竞艳、百花争春，这不又冒出两个词来？唉，学问太深了，真是没办法！"

茹儿和玉儿都被他逗笑了。川儿又说道："小六子，你四哥不爱吹牛，我哥、我二哥，哪个不比我强？就说三姐吧，每日做饭都要打坏一两个盘子、碗。她面对碎盘子、碎碗总是双目紧闭，双手合十，口中念念有词。这一来二去，谁肚子里的'瓷'又能比三姐多？"玉儿想了一下，大笑起来。月儿也笑道："坏小四，竟敢编派三姐了，找打！"说着便追了过去。川儿一看，立刻跑到了大门口说道："三姐饶了我吧，今天我打了五个碗，才想起这么说的，下次再也不敢了！"月儿笑道："求饶就好，你别跑，让我打一下，解解气就行。"她追过去伸手便打。正巧柳扬走进来，川儿一把将他推到前面，月儿收手不及，一拳打在柳扬身上，柳扬叫道："三姐，打错了！"说罢一转身又把川儿推到前面。月儿朝川儿后背打了一掌，笑道："小五，三姐打错了，对不起了！"柳扬说道："这不怨三姐，都是小哥太狡猾了。"川儿笑道："有小五陪我挨打，我也不冤了。"茹儿问："小五，你回来是看师姐的吧？"柳扬说："是。他们练功还没回来，我便上来看看你们。玉姐、小六都可以走路了，这太好了！爷爷成天盼着你们快点好呢，我师兄也是每天必须说上两三遍。"玉儿说："小五，你吃了午饭再回去吧。"柳扬说："爷爷叫我多待一会儿呢，晚些吃午饭也行。"川儿说道："什么叫晚些吃也行？饿坏了爷爷可不行，你待你的，我送饭去了。"柳扬说道："好小哥，你就等我一会儿，我能待多久？耽误了下午练功，我还舍不得呢。"杏儿抬头看看天，说道："五哥，你快去吧，哥他们出了山洞还要回道观再练上一会儿基本功呢。"柳扬说："好，我现在就去，咱们一会儿见。"说完撒腿就跑。茹儿说："宜静师父带了他六七年，二人之间情如母子，情深似海呀。"

柳扬回道观一看，见众道姑正在练基本功，道长和宜静示意他坐下先等会儿。苦儿摸摸柳扬的头，说道："小五回来了，就让她们少练一会儿吧。"他对道姑们说道："三种基本功每人练五十次。"道姑们个个加紧练功，过了一顿饭的工夫，所有人都完成了要求。柳扬早已打来了一盆热水，涮过毛巾给她们擦汗。

清风道长坐下来，说："柳扬，快说说你的练功情况，这半个月又有什么进步？"柳扬想了想，说："我不用在洞外睡觉了，可以在洞里睡上一夜了。"宜静担心地问："冰洞那么冷，你如何能睡上一夜？没冻坏吧？"宜云笑道："师姐，你干吗那么紧张啊，他不是好好的吗？"柳扬说道："爷爷一手拉着我，一手拉着师兄，我们背靠背坐在洞里睡觉。爷爷一发功，我们身上可热了。不过到第二天早上一睁开眼，我总是睡在爷爷的怀里。"众人一听都笑了起来。宜静又问："柳扬，你这三项基本功练得如何？"柳扬说："比上个月有进步，不过爷爷说差远了，叫我们下苦功再练。"一个小道姑问："你们怎么练？"柳扬说："一天早午晚各练一遍，七项基本功每项要练习一百遍。七项便是七百遍，练完都累瘫了。有时师兄累得不起来，爷爷就喊：'竹青，你再不起来，爷爷的长杆便打你的头！'吓得他赶紧爬起来去练功。"

一个道姑问："老人家没打你吧？"柳扬说："打，看我练得不好就打。"宜静啊地叫了起来。柳扬说："师姐，别担心，爷爷打我就像给我揉屁股一样，一点也不疼。"众人听了又乐了。清风道长又说道："柳扬，你把我们没练习过的四种基本功都说说。能练习的给大家练练。"柳扬说道："好吧。首先说踩石尖。山坡上埋两排石尖，人在石尖上跑上跑下，不得踩空。这主要是练眼睛看得准、脚下踩得准，不但要准，步子还要快，上下一个来回。一次便要跑上一百个来回。"一个小道士说："要是我，非累趴下不可。还有呢？"柳扬说："第二个是够草球。把草球挂在树枝上，你蹦着去够，够着了，就把球再往高处挂，越挂越高。第三个便是打布条。把布条挂在树枝上，用手指或手掌发力去击打，不过，不能触及布条。只有把它练好了，我才能和师公、师父一样发出冰寒之气，打击对手。第四个就是撒石子。据师兄说，我小妹骑马冲入敌群，撒得可准了，弹无虚发。"宜静听着他一口一个哥哥、姐姐，一口一个师兄、小妹的，叫得十分亲切，心想：这孩子已经融入这个大家庭中了。我完全可以放心了。

一个道姑问："你还学什么了？"柳扬说："我小哥还教了我圣手掌，我练给你们看。"说罢，拉开架势练了起来。清风道长看得出他虽还不太熟练，但要点都体现出来了。宜云说："师父，这套掌法我见冷大侠练过，出手有如千只，令人眼花缭乱！"

孙子杰正在向朱如天禀报消功大法之事："我们看到常大侠遗体的手势很特殊，便猜想其中必有深意，于是，我们在拜过常大侠后，便按照手指方向寻找遗物。徒儿想找到遗物带回来交给师父，以防落入他人之手。我们正忍受奇寒、努力寻找时，忽然跑来几个人非要进洞，百般劝阻不听，无奈双方动了手，一个黑小子上来一掌击在全柱后背，全柱立刻功力全失。徒儿担心再有人受伤，只好领着他们撤走。"

站在一旁的朱士龙问道："这个黑小子多大年纪？又是如何击打的？"站在旁边的刘全柱小心地说道："回公子的话，那黑小子就二十来岁，只是用手往属下后背一拍，并没有什么特殊的动作，可属下运气，却是毫无感觉，方知是被消了功。"朱如天听罢觉得奇怪，说道："消功大法怎么会在峨眉山出现呢？那几个都是什么人？"孙子杰说："一个是六七十岁的老叫花子，一个二十岁上下的姑娘，还有一个十五六岁的黑小子，还有一个便是会消功的黑小子。对了，还有一个道姑也在场。"朱如天说道："老叫花子？会消功大法的只有磨盘老人，可他把自己葬在崖洞了，又怎么可能会跑到四川去呢？难道那老叫花就是磨盘老人？"孙子杰摇摇头说道："师父，那老叫花只是说说话，没动过手，看他那样子，也不像武林高手。"

朱如天将刘全柱叫到身边，用手掌贴在他的背上一试，果然是气血混乱，知他没有说谎。朱如天说道："这几位究竟是什么人呢？应当会一会他们，把事情弄明白。"孙子杰忙说道："师父，徒儿已将陈分堂主留下，盯住那几个人的行踪，随时向师父报告。"朱如天说："好，万不可跟丢了，为师要会会他们。你们回武昌去休息吧。"

孙子杰和刘全柱走后，朱士龙说道："爹，一个年纪轻轻的小伙子，竟会消功大法，这怎么可能呢？我始终无法相信。"朱如天说："如果那个老叫花真是磨盘老人郑恪，那几个年轻人会消功大法又有什么奇怪的？即便那老叫花子不是郑恪，年轻人自己悟出一套新功法，又有什么奇怪的？就像爹的扇子功，不就是自己悟出来的吗？英雄出少年，此言不虚啊！"朱士龙又问："那爹真要和他们过过招？"朱如天说道："为父不想真正与他们交手，如果那老叫花是郑恪，我们是朋友，只需问问就是了，还过什么招呢？如果不是郑恪，也只需过招小试一番而已，何必以性命相搏呢？如果他们蛮横无理，那就另当别论了。"朱士龙说道："如果他们真会消功大法，动起手来是很危险的。"朱如天笑道："你不叫他打着，他又如何能消去你的功力呢？如果功力深厚，被打一下也未必消得了。"他显得十分自信。

玉儿架着拐站在床边，茹儿和月儿扶着她。茹儿问："感觉怎么样？"玉儿说："腿软绵绵的，站不住。"茹儿又问："脚踏在地上有感觉吗？"玉儿说："有感觉，只是不吃劲，腿不听使唤。"月儿说："累了吧？快坐下歇一会儿。"玉儿倒是坚强，说道："我再站一会儿。"茹儿一只手在她后背上，又开始布气。过了一会儿，玉儿说道："我的腿好像在颤抖。"月儿低身看去，说道："果然，而且颤抖得厉害呢。"茹儿说："这是好事。玉姐姐，你试着放松双臂。"玉儿依言试了一下，双腿的颤抖减弱了，却有些不堪重负，左右摇晃，脸上出了汗。茹儿停下来，说道："玉姐姐，你累了，先坐下歇会儿。"

接着，茹儿和月儿又帮着杏儿架拐站立。没一会儿，她也出了汗，不得不坐下休息。就这样，她二人一人练习一人休息，直到吃午饭才停止。茹儿打来热水，为玉儿和杏儿擦腿擦脚后又开始新一轮的针灸治疗。杏儿说："姐，看来这压腿还真管用，我的腿扎上针，麻得更厉害了。"玉儿也说："我也是。茹儿，你也累了，快歇会儿吧。"茹儿收好针，又拿出纸笔说："来，咱们作画吧。"玉儿取出画册，茹儿便认真地画了起来。她画得很快，不一会儿便画出了三四张。玉儿和杏儿看到，人物的姿势都发生了变化，有的是侧面，有的是行走，还有的是回眸一笑；有的手上拿一块手帕，有的拿一枝花，有的指着什么。玉儿边看边说："真了不起，你把人物画活了，给衣服都带来了灵性。而且，你选的姿势都能体现衣服的特点。茹儿，我真是服了你了，你可真是个全才！"茹儿说："喜欢学医是家庭的熏陶，喜欢画画是田叔叔教育和培养的，要说做针线活、裁剪什么的，我是一窍不通。"玉儿说道："我看见你给杏儿缝的衣服了，那针线还很讲究呢。"茹儿说："我会点针线活，那得感谢一个人。"玉儿问："谁？"茹儿说："田叔叔家的邻居，一个叫云儿的姑娘。你们认识吗？"玉儿和杏儿同时说："认识呀。"茹儿说道："云儿是力均的好朋友，她哥去京城做生意，给她雇了一位大娘照顾她，就是这位和善的大娘教我做针线活的。也不知这位老人家怎么样了。"

玉儿说："力均该进京赶考了，他会考中吗？"杏儿说道："肯定能考中。力均哥知道的事可多了。"茹儿说："力均哥从小就喜欢读书，我们都叫他书虫，考个进士不成问题。愿他做个好官，造福一方百姓。"玉儿说："我爹过去说过，当官的，十有九贪，做清官，谈何容易？上挤下压的，不好办。"茹儿说："放心吧，田叔叔和力均哥不会与贪官同流合污的。"

在峨眉山的旧庙里，茹儿正在厨房熬一大锅汤药，这汤药正是按着龙门山客栈的泡脚药方，又加了几味草药制成的。茹儿说："煮这泡脚汤，又使我想起龙门山客栈开店的四位老人。他们多和善啊，曲蛇等人真是丧尽天良，滥杀无辜。"月儿一边收拾鱼一边说："血债血还，这笔债是因咱们而起，咱们必须为四位老人报仇申冤！"正在剔猪骨头的川儿说："关、韩这两个淫贼由冷大哥和小五包了。我来杀曲蛇就是了，我能打过他。"茹儿笑道："小四越来越自信了。曲蛇可是个高手，哥要打败他都不容易呢。"川儿笑道："各有各的招法。我不会吃亏的。"月儿笑道："小四长的都是弯弯肠子，吃曲蛇正合适。"川儿说道："三姐总是损我，真是没办法了，哥、姐偏着你，爷爷疼着你，将来见了师父也得向着你。可怜的小四哟，你有理也是没理的，三姐永远是正确的。"茹儿笑道："川儿，小心别割了手！"川儿说："二哥，我天天去买东西，这切肉、剔骨头，我看了一个多月，早就会干了。等回到山南城，我就开个肉铺，也当个老板。"月儿笑道："那可要恭喜川老板了，我们有肉吃了。"川儿说："不敢当，我还是快剔肉吧。"

杏儿正蹲在床边给白雪梳毛，说："白雪现在的毛又亮又滑，我给你好好梳一梳，打扮得美一点。"白雪听话地坐在地上，任由杏儿摆弄。坐在床边的玉儿说："小六子，你没架拐，可要蹲稳了，别摔着。"杏儿说："玉姐姐，没事，我这两条腿越来越有劲了。"这时，川儿喊道："白雪，啃骨头了！"白雪一听，噌地一下跃起就跑了出去。杏儿喊道："白雪，梳子还在你身上呢！"说着便追了出去，玉儿也说："白雪，千万别把我的梳子给弄丢了！"说罢，也放下手中画册，急匆匆地走了出去。她赶到院子一看，白雪正在啃骨头，杏儿依旧蹲在它身边看它吃东西。玉儿问："梳子呢？"杏儿找了好一阵，才从白雪身子下面摸到梳子。她拍了一下白雪的头，说道："就知道吃，把梳子弄掉了都不知道！"说完，把梳子还给玉儿。杏儿一看，玉儿没有拄拐，奇怪地说："玉姐姐，你的拐呢？"玉儿一看自己的左右手，又看看杏儿，也吃惊地问："你的拐呢？"杏儿看看自己的双手，又看看玉儿，突然坐在地上大哭起来。玉儿也激动地蹲下来，抱着杏儿大哭起来。白雪不懂发生了什么事，用头拱着杏儿，用身子贴着玉儿，可她二人完全不理它。

哭声惊动了厨房里的茹儿他们，三人同时跑出来。川儿问："你们干吗不拄拐？一定是摔疼了吧？"月儿说："不对，她们是自己走到院子里来的！"茹儿没说一句话，搂着杏儿、玉儿陪着她们哭。川儿的眼睛也湿了，说："姐姐、妹妹，这是高兴的事啊，咱们进屋哭吧！"月儿将她们拉进屋内，清脆悦耳的笑声立刻就传了出来。白雪从屋子里跑了出来，扑向川儿。川儿拉着它两个前爪便转了起来，白雪高兴地叫了几声。川儿说道："你看，咱们高兴是笑、跳，可她们高兴了也哭，难过了也哭，搞不懂。"这时，茹儿走了出来，说："小四，帮我们刷浴桶，我们要洗澡了。"川儿放开白雪说道："好，我来刷。"

玉儿和杏儿坐在一个浴桶里，玉儿说道："好舒服啊！"杏儿说："我一闻这味就想起了龙门山客栈。"月儿忙安慰道："小六子，别想那么多了，咱们早晚会找他们算账的。"玉儿说："话虽如此，我们可是耽误了三个多月的时间没练功啊！"月儿笑道："傻姐姐，二哥天天为你们输功，你们的功力不知增加了多少呢！"说罢，她转身拿来一张纸，说道："杏儿用力打玉姐的右手，玉姐的左手指向这张纸。"玉儿眼睛发亮说道："这……这就是吸功大法？"月儿说："对，你一试便知。"杏儿用力一拍，玉儿只觉得吸进了一股力量，并很快传及左臂，又由手指发出，那张纸未见飘动，便被击穿了一个洞。看到这神奇的效果，二人同时惊叫起来。杏儿说："我来试，我来试！"杏儿一试，也将纸击穿了一个洞。玉儿抱着杏儿说："因祸得福，我会吸功大法了！茹儿，谢谢你！"一直在床边帮她们找衣服的茹儿，将干净衣服放在床边，走到浴桶旁边说道："谢什么？你们的伤好了，我比什么都高兴。来，我帮你们洗。"月儿帮玉儿搓背，茹儿帮杏儿洗，大约用了一个时辰，茹儿才将杏儿抱上来，擦干身子，换上新衣服。月儿也将玉儿扶了出来，换上衣服。茹儿说："你们快盖上被子歇一会儿，别受了风。"茹儿和月儿正要抬水出去，外面川儿说道："二哥，锅里还有汤药，你们也洗洗吧。"茹儿说道："好的，进来帮我们换水吧。"

　　换过水，关好房门，月儿先脱去衣服，进入浴桶。玉儿看那月儿：冰肌玉貌谁能似？天生丽质难自弃。心说：月儿确实是个漂亮姑娘。月儿喊着："二哥，快来吧，一会儿水凉了。"茹儿找出换洗衣服后，也开始脱衣，玉儿向茹儿看去：玉腿修长，肤如凝脂，双峰傲立，腰如束素。只有脸、脖子及双手是黑亮的，而且是黑白分明，没有过渡。茹儿进入浴桶与月儿说笑起来，玉儿心中觉得异样，忙下床去看个究竟。茹儿说："玉姐，你下来做什么？我和月儿相互洗就行了。"玉儿说："我来帮你搓搓脖子。"杏儿也立刻跳下床来说道："我也要帮忙。"玉儿撩着水搓着说道："油性还不小啊。"月儿说："你得多搓一会儿，不然是洗不净的。"玉儿搓着搓着，黑色渐渐褪去。月儿看着玉儿吃惊的表情，笑道："傻姐姐，你吃什么惊呀？"玉儿又搓了几下，露出白嫩的脖子，她大叫道："茹儿，你这是涂的什么呀？用来骗人的吧？"茹儿开始洗脸、洗手，不一会儿，一个端庄秀丽、洁白如玉的茹儿，出现在玉儿和杏儿面前。杏儿大叫道："姐，你太美了！我都认不出你了。"玉儿也喃喃地说："茹儿，你真是美若天仙、闭月羞花，我走了大半个中原，无人能与你相媲美！"

　　茹儿说："玉姐，对不起了，这三个月忙于治病，忘记告诉你们了。"玉儿此时心中酸涩，强作欢颜。茹儿接着说："这是我爹配制的养肤膏，里面有油脂，不好洗，非得用力不可。叔叔担心我出事，才叫我涂上它，还真少惹了不少麻烦，而且还能保养皮肤，防晒、防干燥。只是黑乎乎的，不太好看。但我涂惯了，倒也忘了好看赖看了。"

茹儿和月儿洗完澡、穿好衣服，四个人围坐在一张床上。杏儿盯着茹儿看，说："姐，你太美了！我怎么看也看不够。"茹儿说："好，那你就赶快看，过一会儿，姐就又要涂上养肤膏了。"玉儿说道："等哥回来时，我要找到他算账，他骗我！"月儿说："哥他也不一定是要瞒你，他看惯了，习以为常了。"玉儿问："能让我试试吗？"茹儿说："行，咱们俩一块儿来。"

玉儿刚把脸涂上，苦儿就推门进来了，惊喜地问道："玉儿，能走了？你也擦了养肤膏？叫哥看看。"玉儿转过身去，叫道："别看，丑死了！"苦儿笑道："傻丫头，哥看怕什么？"玉儿说："不行，你转过去，背我！"苦儿转过身去，玉儿趴在他背上，并用双手捶他，说道："谁叫你骗我，说茹儿黑，是个黑姑娘？茹儿长得这么美，你把我骗苦了！"说罢，泪流不止。苦儿背着她走了几圈，说道："是，哥向你道歉。我想你早晚都会知道的，便没细说。"玉儿说："不行，还得罚你再背两圈！"苦儿又背着走了两圈。刚放下玉儿，杏儿立刻扑了上去说道："该我了！"苦儿说："行，再背背小妹。"杏儿说："哥，我姐长得太好看了，我真高兴！我的三个姐姐都长得那么美，别人会很羡慕我吧？"

晚上，玉儿躺在床上辗转反侧，难以入眠。茹儿的笑颜，不时闪现在脑海之中。她想起茹儿的种种好，她决定把自己的这段感情悄悄地藏在心里，并像月儿和川儿一样，默默祝福他们二人永结同心。

青蛇山庄里，龙老大正在看密信，曲蛇垂手站在一旁。曲蛇看到龙老大的脸色不对，便问道："师父，出了什么事吗？"龙老大把密信放在桌子上说道："你自己看吧。"曲蛇看罢，如同五雷轰顶，令他晕头转向。过了好一会儿，他才缓过神来，摊开双手说道："这怎么可能呢？会不会是搞错了？"龙老大说道："是啊，你二人之间肯定是有一人搞错了。"曲蛇说："师父，徒儿是不会搞错的。我们迷倒了他们，并把他们手脚都捆得牢牢的，再将他们一个个扔进了地窖。那地窖是天然石洞，有十来丈深，人掉下去活得了吗？再说，就算摔不死，我们用石板把洞口压住了，没有空气，他们如何能活？"龙老大说："你再好好看看这信，除了苦儿之外，从那八个人中，能不能找出那三个被扔进地洞的人？"曲蛇盯着信上的几行字：这伙人共有九人，一伙在常笑天冰洞里练功，一伙人在一座旧庙里安身。洞中三人：一个老叫花、一个白净小伙和一个白净小男孩。旧庙里有六人：一大一小两个黑小子、一大一小俩拄拐的丫头，还有一个姑娘做饭，苦儿便住在这里。因苦儿与小黑小子给冰洞里的人送饭，是不会错的。

曲蛇看罢说道："难道那两个拄拐的丫头便是被丢下地洞摔伤的？这么说来，他们真的没死，从地洞里逃出来了？可那压住洞口的石板挺厚的，他们又是怎样上来的呢？怪了，真是怪了！"龙老大见他仍陷在自我意识之中，还是不肯接受现实，便说："此事宁可信其有，不可信其无。咱们假设苦儿还活着。自救也罢，被救也罢，他们与老叫花、黑小子等人又聚集在一起了，而且那黑小子又掌握了消功大法。同时，老叫花等人必是在冰洞之中得到了冰雪大法之类的东西，否则，又何必领两个人单独练功？这伙人由最初五人到现在的九人，而且武功大有长进，他们极有可能成为我们最强劲的对手。搞清他们的情况，杀掉苦儿、黑小子和老叫花，这才是我们当前必须立刻办的事情。"

龙老大这几句话，终于把曲蛇点醒了。曲蛇说道："徒儿明白，亡羊补牢，未为晚矣。徒儿立刻带人去峨眉山。"龙老大说："慢！咱们人力有限，万不可正面交锋，必须采用新办法，杀掉一个是一个。你回去好好想想，晚几天走也无所谓。"曲蛇忙说："是，徒儿告退。"龙老大又说道："慢！你的'双龙鞭'练得如何了？"曲蛇答道："比前几个月大有长进，左手短剑已能运用自如了。"龙老大说道："此次出山，若与人交手，可试之。"曲蛇应声退下。

这双龙鞭法，是龙老大与郑泰然交手后所创，是左手持短剑、右手执鞭，防护严密，进攻的力度增加一倍。但训练起来有些吃力，要一心二用，除左手要能单独作战之外，左右手配合也是至关重要的。

曲蛇回去后便派人将庄大找来，把刚才的事说了一遍。庄大也是惊得目瞪口呆，叫道："怎么可能呢？难道有神人相助？"曲蛇说："咱们只好去峨眉山看个究竟了。苦儿若真在那里，用老办法是行不通了，必须想新辙才行啊。"悔儿恰巧此时从窗前经过。庄大说道："大公子，咱们不妨来个美人计，暗中投毒，毒死他们。"曲蛇问："你是说带悔儿出山？"庄大说道："是啊，大公子，咱们可以殴打悔儿，让苦儿英雄救美。以野菊花叶夫人的性命要挟悔儿，她不得不干。"曲蛇说道："这倒是个法子，养兵千日，用兵一时，也该用一用了。关、韩二人不能去了，咱们还要带一个人去，谁合适呢？"庄大说："叫王胜去吧，他整天陪小姐、悔儿她们玩，他说话悔儿能听。再说，是您救了他一命，大公子的话他岂能不听？"

五十四　舍身相救

　　在冰洞里，冷竹青和柳扬正在给常大侠磕头。老叫花站在一旁说道："常大侠，前些日子，苦儿、竹青他们已为你选好了新住所，那里山高人静，再不会有恶人来打扰你了。今天，大家向你拜别，愿你在天之灵得以安息。常兄弟，你也看到了，你的神功已传给了你的两个徒孙，他们已经初步学会了，再经两三年的刻苦磨炼，必能济贫扶弱、铲除奸恶。你就放心吧！"

　　这时，苦儿、茹儿、玉儿、月儿和川儿走进洞来，老叫花看了看问道："杏儿呢？怎么没来？"苦儿说："她在清风观教拂尘法，道长不肯放她走，说是只剩最后几天了，请她给全面指导一番。"茹儿说："爷爷，杏儿可不简单！不但把从华山老仙长那里学来的拂尘法进行讲解示范，而且还把自己悟出来的每招可能出现的变化全部告知他们。道长说：'我的天啊，这孩子脑子里怎么装了这么多东西？'"老叫花说："我这老孙女是金不换啊！小四，你没欺负她吧？"川儿立刻说道："哎哟，爷爷，我哪敢啊，她是玉姐、哥、二哥、三姐的眼珠子，我要是欺负她，他们都能把我给吃了！说起来我最可怜了。"说罢，还做出抹眼泪的样子。柳扬一挠他说道："小哥，你就装吧！"川儿被胳肢笑了，说道："小五子，你也不和我一条心，等爷爷睡着的时候，看我怎么收拾你！"老叫花笑道："那我就成天盯着你。好了，你们都给常大侠磕头吧。"苦儿等一行人都跪下磕头。茹儿说道："常老前辈，晚辈替二位姑姑给您磕头了！这些年来，二位姑姑一直在找您，从玉龙雪山到四川大雪山，从西南到中原。可她们万万没想到您老人家会在这里遭人暗害。现在二位姑姑已去了河南，不能在您老人家身前尽孝，就让我们晚辈替二位姑姑尽孝吧！"说罢，他们一起磕了三个头。

老叫花说道："常大侠，你一生行善，今天有这么多人为你送行，也算值了。现在要为你裹上白布送行，请你先委屈一下吧。"苦儿、茹儿、月儿手拿白布，将常笑天全身包严，以免受到磕碰。冷竹青拿出了一副事先准备好的轿杆，将常笑天抬出了冰洞。老叫花命令道："茹儿、玉儿和川儿断后，防止有人跟踪。"这支送葬队伍绕过两个山头，向一处雪峰走去。前后跟踪之人有三伙之多：谷丁、觑觑狗；陈鸣、坏水狗；曲蛇、庄大等人。不过他们都被茹儿四人挡在了后面。

一入雪峰，天气奇寒，跟踪之人不耐寒，便先后悄悄退去了。狡猾的谷丁发现了曲蛇的身影，这让他很害怕，不得不早早离去。送葬队伍终于走近了一座高耸的雪峰，雪峰上有一个山洞，此洞洞口不大，向南。老叫花说道："此洞既得阳光，又是千年积雪不化，正是安葬常大侠的理想地点。只是洞外只有一溜冰道，却无道路，十分危险哪。"苦儿说道："爷爷放心，我先开路，再送常大侠进洞。"说罢，他取出匕首，边刨冰边向洞中靠近。在离洞口有五六尺距离时，前面的冰道却变得异常狭窄，不足三尺宽，而且下面是一道被白雪覆盖的山谷，山谷有多深谁也不知道。老叫花说道："苦儿小心了！"苦儿答道："没事的，爷爷。"只见他脚蹬冰坑，匍匐前行，匕首落处，冰飞坑现。茹儿的双手在胸前握得紧紧的，心也提到了嗓子眼。月儿抓住茹儿的一只胳膊，她的手在发抖。玉儿吓得发呆，两眼直直地望着，大气都不敢喘。

苦儿终于爬过最窄处，顺利进了冰洞。柳扬叫了声："我的天哪！小哥，快给我捶捶背，让我好好出口气。"川儿边捶边说："你瞎担心，我哥是什么人？"苦儿从洞口回来了，说道："爷爷，洞里很大，需放几个大冰块，洞口也应用冰块封死，这也需要十几块冰块。"冷竹青说："那我先把师公送进去吧？"苦儿说："还是我来吧，你们到附近去弄冰块吧。"苦儿把常笑天的遗体放到地面上，然后推着向洞口一步一步靠近。冷竹青领着川儿和柳扬去刨冰块，可他们的眼睛时不时地望向苦儿。当苦儿进入最窄处时，月儿叫道："哥，小心点！"玉儿也叫道："别太用劲推，小心滑落！"苦儿答道："知道了。"一切都还顺利。快要到洞口时，苦儿一推常笑天的遗体，那遗体却向山谷滑去。原来是遗体下有一个小冰块，这小冰块改变了遗体的运行方向。茹儿惊叫起来。苦儿左手紧抠着冰坑，右手快速拉住白布，这才将遗体重新拉了回来。老叫花仰天说道："常大侠，请你在天之灵保佑我们，千万别吓唬孩子们了！"苦儿终于将遗体推入洞中，此时冷竹青他们也将冰块推了过来。川儿说道："爷爷，真吓死我了！"不一会儿，苦儿回来了，说道："爷爷，我已将常大侠的遗体放正，让他面向南方，享受灿烂的阳光。"老叫花点点头，没说话。

冷竹青说："我来送冰块吧。"茹儿说："这太危险了，还是我来吧。"苦儿说："别争了，我已经轻车熟路了，还是我继续吧。"说罢，他推着冰块又爬向洞口。往洞里放了几块冰块后，又开始堵门，终于堵上了最后一块，大家都松了一口气。柳扬说："谁也不会找到这里，师公可以安息了。"冷竹青说："只是累坏了苦儿。"苦儿放低身体，一点一点地向回爬。正在这时，"咔嚓、咔嚓"的声音从山峰上传来。老叫花听了忙叫道："不好，要雪崩了！苦儿，快些爬，大家往后撤！"众人刚退后几步，大量冰雪像瀑布一样倾泻下来。苦儿也是大吃一惊：不好，如不躲开，必被冰雪所埋。可这窄窄的冰道上又向何处躲呢？来不及多想，他纵身向老叫花站的山边飞去。

可飞行途中，便被冰块击中头部，鲜红的血液流了下来，在这银白世界中是那样显眼。川儿和柳扬惊得大叫："哥！"苦儿的身子向下沉去。月儿叫道："又飞来一块大的！"就在大冰块要砸下来时，只见苦儿用手一推那冰块，借力飞向山谷边。在离谷边三四尺远的地方，苦儿又被一冰块击中，身体直向下落去，直到先脚后头地扎进了山谷厚厚的积雪里。"啊，苦儿！"老叫花、冷竹青等人大声叫了起来。"哥——"玉儿叫罢，一口咬住自己的手。就在这时，茹儿一声不响地从山谷边跳了下去，在苦儿下落的关键时刻拉住了他的手。只见苦儿高举双手，头、上身及膝盖渐渐露出了雪面。山谷边上的人都惊呆了。茹儿向边上飞去的同时，将右手中的一把匕首狠狠地扎进了山壁上厚厚的坚冰之中，二人便悬挂在空中。老叫花叫道："快脱衣服，一撕两半，结成绳子！"众人立刻行动起来，转瞬间绑成一根绳索从边上顺了下去。冷竹青、月儿、川儿等人依次排好，最后是老叫花。他们紧紧拉住这根救命的绳索。老叫花叫道："站稳了，防止下滑。"可这根绳子短了些，只到茹儿的头部，匕首扎进的冰面上又发出咔咔的声音，裂缝渐渐增大、增多。茹儿明白，此时再重新结绳已经来不及了，她用嘴巴咬住绳子，右手松开匕首迅速抓住了绳子。冷竹青大叫："快拉！"众人刚一使劲，冷竹青脚下一滑，把他惊出一身冷汗，他的一只脚已滑到山谷边缘。老叫花猛将长杆直插地上，这才稳定了身子。他叫道："用力拉！"众人一起用力，将茹儿和苦儿拉了上来。老叫花叫道："再拉一点，远离谷边。"

苦儿和茹儿脱险了。茹儿当即为苦儿点穴止血，然后，背起苦儿说："咱们快下山去！"柳扬去拔那长杆，却怎么也拔不出来。老叫花上前用手一提，将长杆取出，那长杆已扎进地下三尺多深。他拉着柳扬说道："快走！"月儿拉着玉儿，川儿拉着冷竹青，快步疾飞跟着茹儿下了山。冷竹青心说：若不是川儿拉着我，我早跑不动了，唉，我真没用！

杏儿在清风观指导道姑练功，白雪坐在一旁观看，忽然，白雪站起来，跑了出去，不一会儿又跑回来，围着杏儿又叫又跳。杏儿问："怎么了？"白雪咬着杏儿的衣角往外拉。杏儿立刻跟着它跑了出来，刚出门便见茹儿背着苦儿迎面跑来。她喊道："哥，怎么了？"眼泪一下子便涌了出来。茹儿匆忙地说："哥受伤了，咱们要赶紧回去。"茹儿将苦儿放在了自己的床上，然后提笔开了两服药方交给川儿，说道："小四，快下山买药，一服外用、一服内服的。"此时，清风道长、宜静、宜云等人都赶来了。清风道长接过药方一看说道："这些药，我那里都有，宜云快去抓药来！"茹儿说："谢谢道长！小三，快去烧些盐水洗伤口；小四，倒些烧酒来消毒。"说罢，她自己开始剪掉苦儿的一些头发，发现苦儿头上多处受伤，头顶有一条二寸多长的口子，好在没伤到头骨。茹儿对着苦儿说："哥，我要给你缝伤口，你要忍着点。"苦儿笑了笑说道："你只管做。"茹儿先为他针灸麻醉，然后开始缝合，再涂上外用药，然后包扎好。清风道长赞道："茹儿沉着冷静、手法娴熟，俨然一位名医。"

这时，川儿端来刚熬好的药，杏儿说："我来喂哥吃药。"可她的手一直在发抖，这是她第一次看见苦儿受伤。苦儿安慰道："杏儿，哥没事，别担心。"杏儿沉了沉气,说道:"哥,以后不许你再受伤了,你受伤,我心里就没着没落的,还不如叫我受伤呢!"她的话感动了每个人,险些让大家落泪。老叫花说道:"咱们到苦儿他们的房间坐一会儿吧,叫苦儿在这儿好好休息一会儿。"清风道长等人走进苦儿和川儿的房间。不用人吩咐,川儿就绘声绘色地讲起事情的经过,听得在场的道姑不时发出惊叹。清风道长说:"无量天尊,善哉,善哉!各路神仙都会保佑好人的。"

玉儿拉着月儿来到了院子里,月儿说:"我太佩服二哥了,他为了救哥,不顾生死,我哪里比得上他?"玉儿说道:"不瞒你说,我喜欢哥,从在东海边第一次看到他,我就喜欢他,并一心想嫁给他。我曾为他去偷解药、弃家出走。原以为我这份爱是深厚的,茹儿的爱也不过如此。今天才知道,茹儿的爱要超过我十倍、百倍。茹儿的行动使我的心灵受到很大的震撼。"月儿说:"玉姐,你说得太好了,我也是这么想的。我从小就喜欢哥,每当我受到双狗欺负时,都是哥第一个站出来保护我。为此他没少挨打。可命运把他从我身边拉走了,让他和茹儿相见了。当我在山南城见到十五岁的茹儿时,我便明白了,哥与我是友谊之情,与茹儿却是生死相依之情。"

玉儿又说道:"我也输了,而且输得心服口服。一路上,我常常跟哥撒娇,今后不能了。现在我不愿做一点点伤害茹儿的事。"月儿却说:"撒娇是可以的,二哥是不会生气的,你要不撒娇倒显得生分了呢。"玉儿笑道:"杏儿撒娇蛮好看的,我却不能再任性了。"

十天过去了,苦儿的伤已经痊愈。他来到茹儿房间,老叫花、茹儿和月儿正在为清风道长、宜静和宜云打通两臂穴道,传授吸功大法。老叫花收了功,苦儿问道:"爷爷,可打通了?"老叫花乐呵呵地说:"打通了,用了十天的工夫。明天咱们就可起程入滇了。"清风道长说道:"谢谢老人家和各位小英雄了!遇到各位,真是我清风观的荣幸,使敝观医强武弱的局面得到彻底的改变,我们对入中原重建道观充满信心!"老叫花说道:"道长客气了,如能在山南城建道观,那咱们就是一家人了。"茹儿说:"爷爷说得对,那时咱们就可以天天见面了,我也可以经常向道长讨教医术了。"月儿说:"宜静师父也可以天天见到柳扬,不必再牵肠挂肚了。"苦儿问道:"不知道道长准备何时起程?"清风道长说道:"明天送各位上路,后天我们收拾一下也准备下山了。"宜云说："几个小师妹说，有几个不明身份的人经常在这一带转悠，不像是游客，似乎是盯梢之人，还望各位小心。"

第二天一早，清风道长率众道姑将老叫花等人送下山。宜静拉着柳扬的手说："柳扬，莫叫爷爷和哥哥、姐姐们操心，要听话，好好练功，长大能像哥哥、姐姐一样，我和道长就知足了。"柳扬说："放心吧，师姐，我一定会好好学的，你们在山南城等着我。"清风道长送老叫花上了车，川儿赶车缓缓而行。苦儿等人拜别道长及众人，上马而去。

这支九人的队伍已经走远了，清风道长和道姑们仍站在那里望着。一位小道姑说："我要是能跟去就好了。"另一位道姑说："师父，宜修动了凡心！"清风道长叹道："唉，人家给咱们这么多，可我们给人家什么了？惭愧啊！"

老叫花他们在山路上行进着，他们身后跟了一长串跟踪者。第一伙，便是曲蛇和庄大他们；第二伙是陈鸣和坏水狗；第三伙是谷丁和觑觑狗。谷丁因十分惧怕曲蛇，只好在后面远远地跟着。曲蛇和庄大骑马走在前面，庄大说："大公子，与咱们交手的四人都在，真不知是什么神仙救了他们。"曲蛇叹口气说道："若不是亲眼所见，真难以相信这是真的。苦儿的命真大啊！"庄大说："他们由四个人变成九个人，而我们这边关、韩二人又没来，咱们该怎么对付他们呢？"曲蛇这些天也一直在想这个问题。在这种情况下要杀苦儿谈何容易？他说道："硬拼必吃亏，也只能见机行事了。等他们单独行动时再下手。他们还有很长的路要走，咱们耐着性子等就是了，机会总会有的。"

清风道长率众人来到了华蓥山下，他们走到一个山坡上坐下来休息。清风道长说："咱们没有马，只有我一人坐车，徒儿们辛苦了。"小道姑宜正说道："师父，我赶车也是坐车呀，借师父的光了。"宜修说："师父，练了百日功，好像脱胎换骨一样，心气变了，做什么都信心十足。"宜静说："师父您先坐着，我们在附近练功，一日不练，全身不舒服。"清风道长说："你们呀，快要变成武痴了！快去练吧，只是别累着，我们还要赶路。"宜静答应着，带道姑练功去了。清风道长也坐不住了，他站起来，手执拂尘练起了拂尘功。

从山下另一方向走过来两个人，正是谷艳和郑明光夫妻。他二人一入川便寻找谷丁，一直找到峨眉山也未寻到。后来听说有人被消了功，他二人觉得奇怪，便在峨眉山、乐山一带，寻找消功者或被消功的人。可他们找了两个多月，却是一无所获。夫妻商量着准备回家。他们来到华蓥山也是歇脚，听见了山坡上的一片笑声，便好奇地走过来想看个究竟。谷艳一看是一群道姑在练习转大树、钻树林，对郑明光说："明光，这可是苦儿和玉儿他们练的，她们怎么也会练？"郑明光看了说道："不错。不知是苦儿所传还是她们自己所创？"这时，一个道姑扯住一根野藤，双手紧抓，轻松地爬了上去。几个道姑转大树的步法、姿势和苦儿教他们的是一模一样。谷艳说："从动作上看，是苦儿教的。苦儿来到这里，教会了这些道姑。"这时又传来道姑们的说话声："出汗了，浑身好舒服呀！""唉，只可惜苦儿不能再为咱们输功了。""苦儿去了云南，你还想输功？还是别做梦了！""做梦怕什么？功要练，梦也要做，只要活得快活就行了。"听到这里，谷艳着急地说道："苦儿去云南了，必是追爹爹去了。咱们去云南，即刻就走！"郑明光忙捂着谷艳的嘴说道："别叫人家听到，会惹麻烦的。等她们走后，咱们再出发。"说罢，他们藏在树后，静静地偷看着道姑们的一举一动。郑明光心中暗想：苦儿说过要游学四海，他来这里练功也是极有可能的，那么消功之人会不会是他呢？或是他的同伙？看来，找到苦儿探明情况是必要的。

　　"师妹们，再歇一会儿，咱们便上路吧！"宜静大声说道。道姑们坐下来，打坐调息。谷艳心想：这些出家人活泼好动，可打起坐来却是鸦雀无声，有些怪。郑明光却在想：她们定是与苦儿有关系，与苦儿待在一起，哪个不成了武痴？当年的玉儿、我和艳儿，不是个个如此吗？真该上前去问问她们。可在这山林之中，对方是不会告诉我们的。

　　大约过了一炷香的时间，宜静说道："好了，咱们上路吧。"众道姑一起下了山。谷艳看着这支二十多人的队伍，个个精神抖擞，步伐坚实有力，她说道："出家人个个会武功，又这么自信，真是不简单啊。"郑明光说道："这些出家人向东而行，莫非是要离开四川不成？"谷艳说道："管不了那么多，还是赶快去云南找苦儿吧。"郑明光说道："好，咱们这就走。不过大海捞针谈何容易？你莫性急才好。"谷艳笑道："性急也没用，只当游山玩水了。"说罢，二人牵手下山而去。

谷丁和觑觑狗骑着马，前后走着，谷丁时不时地回头看看他并提醒他："把你的脸捂严实些，别叫人认出来。前面的曲蛇是极厉害的人，见了我们会毫不留情的。陈鸣也是个不好惹的人，后面是朱如天，谁不怕？他要知道咱们跟在后面，肯定会起疑心的，你兄弟的命可就不保了。所以你要小心些。"觑觑狗问道："可门主，咱们跟在最后面，什么好事也捞不着啊，即使有机会，咱们也抓不住那黑小子，岂不是白跟在后面跑？"谷丁叹道："白跑也比丢掉性命强。那曲蛇来干什么的？一是来杀我，二是来抓住苦儿，三是来取消功大法。咱们怎敢往前凑？那陈鸣是孙子杰留下的眼线，必是要抓住那黑小子，报消功之仇。咱们人单势孤，不可越过他们，更不能抢在前面。"觑觑狗说道："唉，这也不能、那也不可，只怕是白跑一趟了。"谷丁说："那可不见得，就看谁能抓住机会。咱们只要不跟丢，希望总是有的。"觑觑狗心想：别自我安慰了，即便有了机会也不属于你，等你知道时，别人早已得手了，你还是什么也得不到。我还是找机会离开的好。

陈鸣和坏水狗骑马并排而行，坏水狗问道："陈分堂主，前面跟踪的苦儿是什么人？他们莫非也知道了消功之事？"陈鸣说："你问我，我问谁去？现在消功之事已传开，他们知道又有什么奇怪的？"坏水狗想了想，说："可当时在场的就咱们四个人啊，难道老叫花、黑小子他们自己会说出去？"陈鸣一瞪眼问道："你什么意思？"坏水狗忙笑笑，说道："陈分堂主别误会，小的怎么会怀疑您老人家呢？我只是感到奇怪而已。"陈鸣哈哈一笑，说道："坏水狗，你少在爷面前吐你的坏水。我不去盯梢，你能知道他们有几个人？你能晓得他们的武功如何？你想乘势下套？哼！小心你的狗头！"坏水狗忙解释道："陈爷别误会，小的只是感到奇怪而已。其实，谁说出去的又与小的有什么关系？"陈鸣冷笑一声说道："怎么没关系？你怀疑我，我还怀疑你呢！孙堂主和全柱老弟是不会往外说的，不是你便是另有其人，会是谁呢？难道是天外有天、人外有人？我们的脑后还有眼睛在盯着不成？"坏水狗心里说：你小子不紧不慢地在后面跟着，是不是与前面的那伙人是一伙的？

五十五　金榜题名

　　三年一次的春闱张榜公布，田力均金榜题名，喜中进士。邯郸城外的田家村，田育勤父子送走了前来祝贺的亲友，田育勤和田力均父子二人便坐下来慢慢地喝茶休息。田育勤看闷闷不乐的儿子一眼，说道："你中了进士，也算是光宗耀祖了，这点比爹强。若再能做上几年的官，过过官瘾，为百姓办几件实事，你的宏图伟愿也算实现了，虚荣心也得到满足了。"田力均辩白道："爹，孩儿可没什么虚荣心，一心想为百姓做点事而已。只是不知吏部公文何时才能送达，更不知被派往何处。"

　　田育勤知道儿子心里不痛快，便说道："快过年了，咱们还是高高兴兴地过年吧，朝廷让你回家等，咱们回来等就是了。至于派往何处，你也无须多想。咱们没给大人们送礼，能有什么好地方派给你？"田力均说道："其实，孩儿并不挑地方好坏，坏的地方更容易做出成绩。只是为朝廷的黑暗感到气愤。那吏部尚书之子，不学无术，却中了三甲，又倚仗其父势力留在户部，做了六品京官，真让天下读书人心寒啊！"田育勤劝道："皇上昏庸无能，朝臣把持大权，这也不是一年两年了，你也不必为这种事生气。这官能当便当，不能当便不当，也没什么了不起的。这官还没当呢，就先学会生气了，这官还怎么当啊？"田力均说道："闲来无事才生气，忙起来哪有空生气？"田育勤拍拍儿子的手，说道："力均，爹知道，你为云儿未与你同回而生气。但你要明白，她这是要离开你了。"力均摇摇头，说道："是我未能做成京官，叫她伤了心。她一怪咱们没送礼，二怪她哥没帮忙。其实，她哥一心想把她嫁给吴公子，又怎么会去求人呢？云儿寄托在孩儿身上的希望破灭了，哪里还肯回来？她要留在京城享受荣华富贵。"田育勤说道："你心里明白就好，志不同、道不合，即使成了亲，也不会安于清贫而支持你在外做事的。整日不满足、无休止的吵闹，会消磨斗志、令你寝食难安的，也会让你处于后院起火、门前事急的艰难境地，何苦呢？这样的亲事，早点了结，并不是一件坏事。"力均说："儿子也知道，只是心痛这份青梅竹马之情。"

田育勤说道："人家已不再珍惜，你独守这份情又有何用？青梅竹马固然好，志同道合更为佳。愿我儿能遇到一位志同道合的知音，成就一生的幸福。"力均摇头笑道："我长得像个黑铁塔似的，谁能看上我呀？我要长得像苦儿那样，女孩一见就喜欢该多好。"田育勤笑道："大丈夫何患无妻？男子汉顶天立地，绝不能小看自己。儿子，会有姑娘慧眼识英雄的。"

力均笑道："爹，回到家，就又想起苦哥和茹儿了，不知他们是否相遇，也不知他们到了什么地方。"田育勤叹口气，说道："唉，爹心里也时常想他们。按时间，他们应该到雪山练功了，如果一切顺利的话，明年便可回来了。"力均说："可快回来吧，有他们在，我当官也当得硬气。"田育勤一拍大腿，说道："你说得对，一个好汉三个帮，你一旦做官，身边是少个人啊！"

"爹！"力均猛然叫了一声，说道，"苦儿和茹儿回来时，都提到了冷面双娇的名字，我的伙伴们告诉我说，冷面双娇与杨三虎等人在太白山庄大战了一场。冷面双娇去了山南城，并在那里住下了。苦哥和茹儿都称冷面双娇为姑姑，我想她们会为我物色一两位人选的。"田育勤听了哈哈一笑，说道："这倒是个好主意。等春暖花开之时，爹带你去山南城，拜访冷面双娇，顺便看看她们那里有没有合适的人选。你若上任，爹只能扮成老家人随你前往。一者，照顾你饮食起居；二者，保护你不被别人暗算。可在办案等事上，爹不能公开露面，帮不上你。你初到一地上任，县衙里的官员不可能一开始就完全听从你的，所以必须得有自己的心腹，全力协助，最好是能文能武的。"力均听罢双手合十，说道："苍天保佑，赐我一个好帮手吧！"

此时在玉龙雪山的一座布满冰雪的山峰上，有几块形似花瓣的冰石。苦儿、茹儿、冷竹青、玉儿、月儿和杏儿、柳扬七人围坐在冰石之中，眼睛都蒙着一块黑布，头上白雪飘飘，耳边狂风呼啸，他们个个独立而坐已近半个时辰了。这是经过一个多月苦练取得的成绩。茹儿轻声说道："从今天起，咱们该向一个时辰的目标迈进了。现在半个时辰已过，咱们再练上半个时辰，谁有什么感觉便说出来，大家相互帮助。"大家闭目坐定，无一人说话，过了一会儿，杏儿说道："哥、姐，我好像一点热乎气都没有了，和冰冻在一起了。"尽管柳扬在冰洞中练了百日的冰雪大法，可在这奇寒的山峰之上，仍觉得不适，他说道："我也是。"冷竹青和玉儿仍在坚持着，有苦儿和茹儿在身边，他们什么也不怕。苦儿虽是第一次上雪山练功，可凭他的深厚内功，抗寒能力自然要比玉儿和冷竹青强。他仍在练习换气大法，将冰雪奇寒之气吸入体内，再将体内的病气、废气排出，他倒是越来越舒服了。茹儿和月儿已在雪山上练功百日，已经接受了奇寒的考验，在此久坐已不成问题。

茹儿见大家都不说话，便说道："咱们一边练功一边联诗，谁有什么感受就说出来。我先来第一句：雪寒初砭骨。"苦儿接道："冰冷又袭人。"杏儿拉了拉帽子说道："云卷护发帽。"柳扬接道："风撕衣上襟。"玉儿闭目说道："冻凝体中血。"冷竹青接道："夺走身内温。"杏儿又说："明眸难运转。"冷竹青接道："呼吸渐无门。"月儿接着说："不知几尺身。"玉儿说道："只剩一丝魂。"此时无人再说话，似乎真到了生死之交的一瞬间。忽听茹儿轻声慢语地说道："纳冰雪之寒气，非经一脉，而是布及全身，使五脏六腑得以修整，使病气、废气得以分离，使心灵得到净化，使内功变得纯正。各位不要着急，等待那关键时刻的到来。"

一丝游魂在游荡……不知过了多久，玉儿首先感觉到一股小小的暖流从小腹升起，游魂安定了下来，她终于开口说道："细细一暖流。"冷竹青也好像找回了自己，说道："慢慢抵舌根。"杏儿吐了口气说道："全身渐转暖。"柳扬终于睁开眼睛说道："气脉重振奋。"月儿说："心境似冰清。"苦儿接道："内气如玉纯。"茹儿说道："生命有升华。"柳扬晃了晃上身说道："灵气布全身。"月儿说："寒彻梅花香。"苦儿说道："冷尽功夫深。"七个人都睁开眼睛，将手握在一起。茹儿、苦儿和月儿三人发功，玉儿等人立刻感觉身暖如常。他们站了起来，手拉手地跳跃着、欢呼着。柳扬脚下一滑，向外跌去，苦儿拉住他的手将他拉回原地。柳扬还是吓了一大跳，眼睛扫了一眼深不见底的山谷，感激地看着苦儿，说道："谢谢哥！"苦儿笑着说道："小五，别这么客气。"茹儿说道："川儿也滑过这么一跤，不过反叫我们想起了在冰上练轻功。"玉儿吃惊地问："在这么滑的冰面上练轻功？"茹儿说："是啊，一个人往高里跳，脚要轻落，重了会滑倒，以此来练不是很好吗？大家守在四周，一有险情，便伸手相助。"玉儿笑道："原来如此，我先来。"说罢，一提气便跳了起来。大家为她数着："一、二、三……"当刚数第四个数时，她便滑倒，头向一块冰石撞去。茹儿忙跃起，将她拉住，在空中转了几圈才稳稳地落在冰面上，玉儿搂着茹儿，说："茹儿，你又救了我一命。"茹儿笑道："玉姐，别说这些话，歇一会儿再练。"接着是杏儿。杏儿身轻如燕，在空中跳了十几次竟没跌倒。月儿见了，马上高兴地搂着杏儿说："快叫三姐看看，小六子轻功真不错！"大家相互鼓励，每个人练了十几遍后，茹儿说："好了，咱们该下山了，别叫爷爷等急了。"月儿提醒说："上山容易下山难，大家注意脚下。"茹儿照看玉儿，月儿照看杏儿，苦儿照顾冷竹青和柳扬，慢慢地从山顶滑了下来。

　　山下，老叫花和川儿正忙着。老叫花烤鱼、烤肉、烤包子，川儿忙着端汤、摆放碗和碟子。川儿看看天色，说道："天都要黑了，也该下来了。"老叫花笑道："你还知道天黑？你上山练功时，别人不拉你，你都不舍得下来。"川儿笑道："爷爷，那可不怪我，在冰峰上既能练内功又能练轻功、定力和拳法。定力稍差一点或稍微一跑神，那冰雪老爷立刻就给你颜色看，摔得你头晕眼花，甚至是粉身碎骨。"老叫花笑了一下，说道："你呀，别跟我念叨，明天让你上山练功就是了。"川儿嘿嘿一笑，说道："叫爷爷一个人做这么多活可不行，把您老人家累坏了，我可吃罪不起。"老叫花也嘿嘿笑了两声，说道："明天留月儿便是。"川儿一拍脑袋，笑道："爷爷，太谢谢您了！每隔三天叫我练一次吧，不然我手脚直发痒。"老叫花说道："好，就这么定了，你要再磨叽，爷爷打屁股了！"川儿将烤好的肉放进盘子里，说道："行，爷爷，我要再磨叽就自己打屁股，不劳您打了。"老叫花说："不行，还是爷爷亲手打。"这时，白雪扬起头叫了一声，川儿说：

"是哥回来了！"白雪已蹿了出去，迎接主人归来。杏儿大声叫道："爷爷，我们回来了。"说着便摸着白雪的头走了进来。老叫花笑呵呵地说道："爷爷听到了，快过来吃饭吧。"杏儿飞快地跑到老叫花面前，一头扑在他怀里。老叫花乐得胡子都抖起来了，他指着桌子说道："你看，爷爷给你买了很多好吃的东西。"

玉儿闻了闻说道："爷爷，好香啊！我都要饿死了。"老叫花说道："快，坐下吃饭。"大家围着火堆坐了下来。柳扬伸手便去抓肉，川儿叫道："小弟慢来，你可知道今天是什么日子？"柳扬眨了眨眼睛说道："什么日子？练功的日子呀。"川儿用手弹了一下他的头，装成大人的模样教训道："唉，真是个不懂事的孩子。"冷竹青一看便乐了，说道："川儿，别装大人了，快说是什么日子吧。"川儿叹口气说道："小弟不知道，就连大哥也不知道，看来你们练功都练傻了。"月儿说："你别卖关子了，快说！"川儿这才说道："今天是除夕！连这都不知道。"苦儿忙说："真是练功练傻了，连过年都忘了。各位站起来，后退两步给爷爷拜年！"大家依言刚要跪下，杏儿说："等一下，我先给爷爷斟上酒。"川儿笑道："哎，老妹子，这可是你四哥的活儿。"杏儿说："我们练功练傻了，四哥过年乐傻了，连给爷爷斟酒都忘记了，就只好我来了。"柳扬也站起来说："我帮你给大家倒酒。"川儿大叫着："反了，反了，爷爷您可得为我做主啊！"说着还忙不迭地用手指蘸点水往自己脸上抹，大家被逗笑了。苦儿说道："给爷爷磕头，祝爷爷新年快乐，身体健康！"众人齐声说罢，又一起给老叫花磕头。完毕后，玉儿端起一碗酒说道："爷爷，您老人家一直指导我们练功，还为我们准备好吃的，辛苦了！您是我们心中最伟大的爷爷。让我们举起酒，敬爷爷一杯！"杏儿立刻将一碗酒送到老叫花的嘴边说道："爷爷喝酒！"老叫花接过酒碗，十分高兴说道："大家同饮！"说罢，一饮而尽。

月儿说："爷爷，您一笑，我就高兴。"川儿说道："爷爷，您一瞪眼，我就遭殃。"

茹儿深情地说道："爷爷，您是春风化雨、厚德载物。没有您的陪伴，就没有我们的今天！"冷竹青说："茹儿说得太好了！"杏儿取出笛子说道："姐说得真对！我给爷爷演奏一曲助兴。"说罢站起身，吹了起来，身体也慢慢地随着旋律不停地舞动着，白雪时不时地叫上几声，倒也增添了几分情趣。柳扬也来了兴致，下场挥起剑来，杏儿也以笛当剑同他舞动起来。二人时而混为一体，时而分站两边，配合还很默契，老叫花不停地点头。苦儿说道："爷爷，您看多好的笛剑组合啊，如果他二人在配合上再有所加强的话，可又是一对武林双侠。"

茹儿说道："二位姑姑若看到，不知有多高兴呢。"月儿说道："是啊，又一对新双侠诞生了。我看，柳扬、杏儿，你二人就专心把笛剑联手练好，就是不小的收获。"冷竹青说道："你们在功力上已经胜人一筹，二人在配合上再多下些功夫，就更好了。"玉儿说："小丫头片子，我觉得，你应该借鉴哥给郑明光和谷艳指导时所说的几项原则。"苦儿说："二人联手要联心，一个眼神、一个手势，都要相互知道其含义。你二人还是要多练习，随时发现问题随时解决，但要确定谁主攻谁辅攻。"杏儿和柳扬二人小声商量了一会儿，又练习起来。

这一次，他二人是有进有退、有守有攻，在步法及轻功上也是前后呼应、左右逢源。大家不禁为他二人鼓起掌来。老叫花说道："柳扬和杏儿真是长大了，如果常大侠看到的话，恐怕会笑醒的。"

川儿说道："爷爷，该起个响亮的名字才是。"杏儿说："对，一定要起一个好听的名字才行。"说罢，便与柳扬跑到老叫花的身边。川儿说："一人取一个字，叫'柳杏'如何？"杏儿摇摇头说："不好听。"茹儿说："杏儿的笛声悠扬，也正好有个扬字，叫'悠扬双侠'如何？"杏儿和柳扬都点头说好。苦儿说："就叫'悠扬小双侠'。咱们为悠扬小双侠来干一杯！"众人举杯，老叫花提醒说道："不过你二人可别真的悠悠扬扬起来，那可是要吃败仗的。"柳扬说道："放心吧，爷爷，我们只能是越练越好、越练越悠扬。"说着，身子又舞动起来，并将老叫花也一同拉了起来。杏儿又吹奏了一曲，一老二小在地上不停地舞动着。川儿也上来助阵，白雪也是欢快地跑来蹦去的。欢笑之声在寂静的雪山中回荡，久久不绝。

五十六　同心协力

　　刘全柱回到青蛇山庄有些时日了。一天，他在自己房里坐了一会儿，觉得十分无聊，便拿出腰刀走出了房间，信步来到一个山坡上。他练了一套刀法，觉得手臂发软，便收了刀，无精打采地回到大院。听到议事厅里有人说话，便走了进去，看到雅儿正在练剑，倩儿在一旁观看。雅儿见刘全柱走过来，便停下来说道："二师兄来了，还带着腰刀，莫非是练功去了？"说话间瞄了一眼他腰间，看到腰间丝带上挂着一个圆络子，雅儿心说：他络子里装的可是驱蛇丸？

　　山庄里，只有龙老大、曲蛇和刘全柱三人可以自由进出山庄。其他人进出山庄要先吃一粒出山丸，回山后再吃一粒回山丸，方可解毒。刘全柱为了显示自己在山庄的地位，才将这东西放在络子里。雅儿灵光一闪，突然想取下他的驱蛇丸，便说道："二师兄，要不要我陪你练练功，看你恢复得如何了？"

　　刘全柱闲来无事，便说："好吧。"二人便在大厅里练习起来。开始时，雅儿的动作很慢，刘全柱还说："雅儿，这软剑你控制得很好啊。"雅儿说："快了就没准头了。"说罢加快速度，剑尖在刘全柱的前胸和腰际弹来弹去，刘全柱不得不全力防护。可他的功力才恢复两成，仍有些力不从心，还有些眼花缭乱，看见剑尖向下刺来，他忙用刀去挡，一粒圆形的东西从他的络子里滚落在地，滚到了倩儿脚下。倩儿不动声色地抬脚将其踩住。而这些，刘全柱却无一丝察觉。又接了雅儿几招，刘全柱叫道："雅儿住手吧，我有些吃不消了。"说罢，收起刀，向外走去。倩儿拾起药丸交给雅儿说："小姐，你是故意打掉的吧？那咱们就快走吧。"雅儿说："不能走，一会儿他肯定会回来寻的。"说罢将药丸埋进花盆里。

大约过了半炷香的工夫，刘全柱果然回来了，他一句话不说，进来就低头寻找起来。雅儿问道："二师兄，你找什么？丢了什么值钱的东西吗？"刘全柱看看雅儿说道："我的驱蛇丸掉了，你看，这络子被划破了，说不定是你的剑划的。"雅儿说："哎呀，那可得好好找找。倩儿，快帮二公子找！"三个人转着圈找，也没找到。雅儿说："二师兄，你是不是记错了？这里没有啊。"刘全柱说："不会错的，这络子被割断的地方是新茬，肯定是掉到这里了。"雅儿不高兴地说："二公子，这么说是我捡到不给你了？我要那东西干什么？"刘全柱奸笑一声说道："哼，你不要不等于别人也不想要。"说罢，一伸手将倩儿拉了过来，双手在她身上摸来摸去。倩儿大叫："你放开我！"雅儿一把将倩儿拉了过来，怒斥道："刘全柱，你真不是东西！我只是叫你陪我练了几招剑法，你就赖上了。谁知道你那东西是不是真掉了？还要搜身？等会儿我就去告诉爹爹去！"说罢拉着倩儿就走。刘全柱心中发慌，立刻挤出笑容说道："雅儿，别发火，我丢了药丸，心里着急才胡言乱语的，你可千万别去告诉师父，丢了药丸这么大的事，师父怎肯放过我？你就算可怜可怜你二师兄吧！"雅儿哼了一声说道："看你这可怜相，这次我就不告诉我爹，你若再敢欺负我，我立即就去告诉爹！"刘全柱忙说："谢谢雅儿！那我再去别处找找。"说罢转身出去了。

倩儿从门缝里看到刘全柱走远了，说道："小姐，咱们也走吧。"雅儿说："再待会儿，他很可能会盯着咱们的。"刘全柱又去自己练功的山坡及来去的路上都找了一遍，都没找到，便垂头丧气地回到房中，回想着事情整个经过。最后他断定，这药丸是雅儿藏起来了。这可怎么办呢？只有紧盯雅儿了。

雅儿见刘全柱没再回来，连忙将驱蛇丸从花盆里取出，藏进袖口之中，拉着倩儿回到自己房间。刘全柱悄悄地跟在后面。雅儿小声地将事情经过跟奶娘学了一遍，奶娘接过驱蛇丸闻了闻说："对，就是这个味。"说罢，将其藏在袖筒中，大声说道："该给老爷做饭了，老爷要吃糖酥饼！"雅儿也大声说："奶娘，我帮你！"

奶娘带着雅儿和倩儿来到小厨房，开始烧火、洗菜。刘全柱趴在小厨房后窗上偷偷向里面看，只见倩儿在添柴，雅儿在洗菜、切菜，奶娘将醒好的面擀成饼状。三个人都各忙各的，谁也没说话。因后窗较高，看起来很费劲，刘全柱便退了下来。奶娘见后窗无人影晃动，便朝雅儿和倩儿使了个眼色，倩儿便出去抱柴，雅儿站在后窗口，奶娘乘机将药丸塞进了墙缝里，并用泥土将缝堵好。

当刘全柱再次爬上后窗时，险些与雅儿打了个照面。吓得他立刻缩了回去，他听里面说道："奶娘，我来炒菜。"奶娘说："好，我烙饼。"三个人又都不讲话了。不一会儿，菜香、饼香一齐飘出厨房，奶娘说道："小姐，我的手艺被你学得差不多了，将来可以给老爷做饭了。"不一会儿，奶娘和雅儿抬着一个大食盒向龙老大的房间走去。刘全柱刚要闯进厨房，倩儿已将门闩上，说道："奶娘说了，别人不准进厨房！"刘全柱气得抓耳挠腮，说道："那你为什么进去了？"倩儿理直气壮地说道："奶娘叫我看屋子，防止坏人下毒害老爷。"刘全柱一听，便不敢再硬闯了，他闪在一边躲了起来。

奶娘和雅儿过了好一会儿才有说有笑地回来了，奶娘说道："老爷吃得很香，直夸小姐的手艺好，小姐又给老爷端茶、揉肩，我看得出老爷一直在笑呢。"雅儿说："我还要好好跟奶娘学，好好伺候我爹，叫爹每天都高兴。"奶娘开了门，三个人有说有笑地吃了饭，奶娘将剩下的两个糖酥饼包好，放在倩儿手里说："快拿回去，叫你娘尝尝。"倩儿高高兴兴地接过酥饼，说："谢谢奶娘，谢谢小姐！"说罢，出了厨房便朝自己的住处跑去。

刘全柱见倩儿手中拿着东西，便在后面跟着，到了僻静处，便想抓住倩儿。倩儿大声叫道："娘，有人追我！"这时，从议事厅里出来的庄丁问道："二公子，你追倩儿干什么？莫不是要抢她的东西？"刘全柱没好气地说："去，去，捣什么乱！"野菊花听到女儿的叫声，立刻跑了出来，将倩儿抱了回去。刘全柱一见，心说查药丸的事办不成了，气恼地刚要走，只听一个庄丁说："在外面被人消了功，回到这里倒有本事追打小孩子！"刘全柱心说：我只有两成功力，暂不与你计较。想到此，灰溜溜地跑回到自己房间了。

关士田和韩士夕二人正骑马向四川万县赶来。关士田说："咱们快到峨眉山了，也许能打听到消功之事的细节。"韩士夕说道："师兄，我说别来，你偏要来，事情已经过去好几个月了，咱们来此已经太迟了，肯定又是白跑一趟。"关士田解释说："我只是感到好奇。罗忠信已被大公子抓走，何人又会消功大法呢？听说消人功力之人是个黑小子，他年纪轻轻的怎么会消功大法呢？"韩士夕看看关士田，说道："师兄的意思是说，磨盘老人还活着？"关士田说："极有可能。他的尸首不在崖洞之中，这不叫人怀疑吗？"韩士夕想了想，说："听说黑小子身边还有一个老叫花，那个老叫花咱们见过，他不可能是磨盘老人。"关士田却不以为然地说道："天下黑小子多了，老叫花更是不计其数，哪有那么巧的事呢？只有找到能消人功法的黑小子，才能弄明白。"

韩士夕说道："只因咱们回九江之后，闭门养伤，消息不畅，晚知道了几个月。大公子只怕早已来此了，咱们最好别碰上他。"关士田摇摇头说道："也不一定。罗忠信被抓多日，只怕龙老大和大公子早已练上消功大法了。"韩士夕还是坚持自己的看法，他说道："即使如此，他们也会关心这件事的，岂有不来之理？只是他们杀人时便用上我们，有好处的事就将我们抛开，这也太不仗义了。"关士田点点头，说："这话倒是不假。可为了保命，咱们又能如何呢？听说冷面双娇在河南安身，这更叫咱们提心吊胆。太白山庄一战表明，冷面双娇的功夫比庐山交手时高了许多。咱们只有得到消功大法，方有与之抗衡之力。"韩士夕叹道："我又何尝不这样想呢？只怕是为时已晚，达不成咱们的心愿啊。"

关士田突然说道："师弟快看！"韩士夕往前一看，只见一队道姑从远处走来。他笑道："嘿，咱们艳福还真不浅，竟有女人送上门来。"关士田说道："要动手也得戴上头罩，免得叫人家认出来。别忘了，师父就是死在四川的。"韩士夕笑道："一个队的道姑，必有好看的，遇上不猎，心中难忍。就依师兄，小心就是了。"说罢，二人掉转马头便钻进路旁的一片树林中。对面走来的正是清风观的道姑们。走在前面的宜青回头说道："师父，前面有两个骑马的人，见了我们就躲进了树林。"坐在车上的清风道长说："二人行动诡异，大家要小心了。"众人都戒备起来，保持队形继续前进。宜静用目光不时地在道路两旁搜寻着，清风道长则端坐在车前，静静地观察着。树林中的关、韩二人躲在树后看了一会儿，关士田说道："这支队伍步伐整齐、神色坚定，看样子有高手在内，要不就算了吧。"韩士夕甩着做作腔调说道："师兄，你的胆子越来越小了，不过是些娘们儿，怕她们做甚？"说罢，拨马就冲了出来。关士田无奈，只好也随之冲了出来。

韩士夕冲到宜静前面看了一会儿，压低声音说道："哈，算我有福，长得这么漂亮还出家干什么？跟爷享福岂不更好？"宜静说道："善哉，施主头戴布罩，口出狂言，必是无赖之徒。贫道劝你洗心革面，莫做缺德事了。"说话间，关士田也冲了过来。宜云见再无人冲出，便嘱咐道姑几句，也冲到前面来说道："你们快闪开，免受皮肉之苦！"韩士夕故意放粗声音，说道："你们送上门来，我们又怎么能不收。男欢女爱的滋味可美呢，你们出家人可曾体验过？来，来，叫爷教教你！"说罢，挥剑便杀了上来。清风道长高声说道："宜修，你去助大师姐；宜正，你去助二师姐。你四人权当练兵了，为师与众姐妹为你们助阵！"宜修、宜正二人手执拂尘便冲到前面来。宜静等四人虽武功大进，但因是首次与人对阵，不免有些慌乱。关士田大叫："哈，原来是初练武功的雏儿。你们四个快快放下剑棍跟爷走吧！"宜云啐了一口，骂道："不知死活的恶狗！"挥剑便攻了过去。不过，剑、拂尘的配合尚不默契，尽管是二打一，也还不能占上风。清风道长大声喊道："要冷静，注意配合！"四人情绪静了下来，用剑的宜静、宜云沉着地使出清风剑法。用拂尘的宜正、宜修也开始注意配合剑法的招式去使用拂尘法的不同招式。渐渐地，关、韩二人的优势不再，形成势均力敌的格局。随着宜正大声叫道："两只恶狗，你们也不过如此！"宜静手腕一转使收回的剑突然刺出。这原是无影剑法的招数，被苦儿糅入了清风剑法之中，今日被宜静用上了。这使韩士夕大吃一惊，要不是躲闪得快，恐怕早已受伤。他心生退意，宜静、宜修渐渐占了上风。关士田正被宜云、宜正围着打，早已没了优越感，他心想：对手虽是雏儿，却是剑法高明、拂尘怪异。若不是她二人配合不好，我早就吃瘪了。他扫了一眼坐在车上的清风道长，心里发虚了。

这时，宜静趁韩士夕躲拂尘之机，手腕一转，利剑快似闪电，在韩士夕胸口划了一条长长的口子；宜修跳起，一拂尘抽在他的左臂上，疼得他大叫一声。关士田一看韩士夕受伤，便想退出，又遭前后夹击，左臂中剑，他大叫一声："散了吧！"猛攻两剑，冲出包围向树林跑去。韩士夕也忍痛，利用轻功优势，摆脱了宜静、宜修的围攻，逃进树林。四人正要追，清风道长大声说道："穷寇莫追，咱们继续赶路。"

四名弟子来到清风道长面前，眼里闪烁着兴奋的光芒。弟子们群情激昂，清风道长也十分高兴，他说道："徒儿们，从今日起，咱们除了练习剑法、拂尘和基本功外，还要多多练习二人联手。宜静，前面遇到乡镇，买些吃的。天黑之时，找个好地方练功、休息。"

关、韩二人藏在树林内一动也不敢动，直到见道姑们走远了，才坐起来长长地出了口气。他们取出红伤药，相互涂药包扎，然后又有气无力地靠在树上，闭目不语。良久，关士田才说道："唉，我这左臂伤得不轻啊，真有万箭穿心之痛，看来不得不回去养伤了，这峨眉山是去不成了。"韩士夕说道："真是见鬼，这帮人剑法出奇地快，那拂尘更是飘忽不定、变幻无常，抽上你就直进了肉里。难道是武当派的弟子？可那剑法又不像。"韩士夕说："今天多亏戴上了头罩，不然叫他们看清了咱们的脸，那就更糟糕了。"关士田看了他一眼，说道："小心不为过。这几年做什么都不顺，次次受伤，要休整一段时间了，万不可再大意了。"说罢，二人艰难地爬上马，垂头丧气地回九江养伤去了。

清风道长率道姑来到山南城，立刻引起了城里人的注意。一品香的白掌柜马上吩咐田舒去打探情况。他们一路打听，终于找到了苦儿的家。冷面双娇走出来时，十分惊喜，忙将他们迎进屋内。张荣、庄儿、春风、春雨忙着沏茶倒水，一间屋子坐满了人。乔如虹说道："我说这几天怎么老是听到喜鹊叫呢，原来是道长率弟子光临寒舍，荣幸之至啊！"清风道长说："能结识你们，是我们有幸啊。"接着，道长便将苦儿、茹儿在峨眉山相会、疗伤等事说了一遍。宜静又将探寻山洞，发现常大侠遗体、老叫花为常大侠传衣钵的安排及雪峰殡葬等事一一讲了出来。冷面双娇听了，潸然泪下，同时心里也充满了对苦儿和茹儿的感激之情。大家哭笑一阵后，张荣和庄儿已在山南城酒楼备好三桌酒席。众道姑洗漱后入席。

乔如虹说道："道长率众弟子长途跋涉，所为何事呀？"清风道长说："峨眉虽好，已成佛家圣地，不少道观已迁移，清风观也是年久失修，于是我们想在齐云山重建道观。今天路过这里，就先来拜访二位女侠。"冷月娇笑道："道长，去齐云山干什么？在这里安家不也是一样吗？这山南城里没有一座道观，你们来这里正合适。"清风道长装模作样地问道："在这里建观吗？"宜静和宜云等人忍不住微微一笑。冷月娇笑道："这儿怎么了？不比你峨眉差。我们在这里买了六个小山包，其中一山有清泉，因此也叫清泉山。我们把它送给道长，道长不会反对吧？"宜修马上说道："好！"冷月娇说道："徒弟相中了，师父却不开口，真是仙口难开呀。这样吧，建观的费用都由我们出了，这总可以了吧？"众道姑一听，都高兴地拍起手来。清风道长看看冷面双娇说道："天下哪有白送礼的事！二位大侠，一定是有什么事叫贫道做吧？"乔如虹笑道："我们要建个桃花山庄，西有水库、东有住宅，再加上道观，施工面积大，不易照料。再加上，山中有山贼，周围有恶人，防卫之事是头等大事。"清风道长立刻明白了，说道："无量天尊，原来是差我们做看家护院的。唉，既是老朋友，这个忙总是要帮的，贫道就只好依从二位大侠了。"

冷月娇说道："哎，咱们一块儿干，竟被你说成是看家护院。没想到啊，清风道长原是个不讲理的仙人掌啊！"大家都笑了起来。清风道长说道："还用你二位来说？老爷子、苦儿、茹儿、月儿早说过了，要我们来此建观，这山包、银两你不出也不行了，心疼也没用。"乔如虹说道："原是爷爷他们早就与你说好了，咱们想到一块儿了，这可太好了。"张荣说道："既如此，我明天便去洛阳，再请人设计道观。"清风道长说："不用去洛阳，我们有现成的。吃过饭，我们再来一起看。"

休息两天后，冷面双娇陪着清风道长一行人，来到山中勘察。他们从梅花山、桃花山、药山、西山、果山，一直看到清泉山。当他们登上清泉山顶，举目眺望时，清风道长及众弟子都发出了赞叹："好美啊！真是风水宝地。"乔如虹说道："要不是这里人穷地薄，再加上山贼横行，说不定早就变成富饶之地了。"宜云说："师父，这里离城中心这么近，香客一定少不了。"宜正喝了一口山泉水，喊道："啊，这水好甜啊！"众道姑纷纷去喝泉水。冷月娇笑道："你们说，这事有多巧，清风道长、清风观、清泉山、清泉。这四清相连，真是不一般啊。"众人听了都笑了起来。宜修说："师父，这山顶就是咱们练功的大院，在南坡修个大殿，比咱们在峨眉山的还大、还漂亮。后面是咱们住的地方，岂不是很好？"乔如虹说道："围着这儿再建一圈围墙，与山庄分开，这样山庄里的人就不会打扰你们的清静了。"

清风道长说："围墙倒是该建，但清静是没有了。你们看，众弟子迷武功成痴，哪还有清静？"冷月娇见众道姑在山上练起了清风剑法和拂尘功，便说道："是啊，她们比过去爱说笑了，这多好啊，道观也要有生气啊。"乔如虹笑道："这拂尘法变化奇妙，又含极强的内力，必是那位华山老仙长所创。这剑法嘛——我看明白了，是苦儿将清风剑法与无影剑法结合起来所创的。"

清风道长问道："这无影剑法是谁教给苦儿的？"

冷月娇说："这无影剑法可有来头了，是苦儿和茹儿小时候落难时，收留他二人并教他们读书练功的邯郸田育勤的家传绝技。此人从未涉足江湖，是位民间高人。他为人正直，儿子去年考中了进士，他要求儿子做个清官。"

乔如虹接着说："这不，刚过完年，他领着儿子来到山南城找我们，说他儿子年内要走马上任，无心腹之人可用，希望我们能派个人，帮他儿子办事。"

清风道长问："你们答应了？"

冷月娇笑道："我们人手再少，也不能不应。建庄之事离不开张荣，我们便派庄儿去，他言语不多，却很有主意，武功也不错，帮力均办案是不成问题的。二月中旬，到山庄动工时，他父子二人便要来帮忙了，直到力均上任。"

乔如虹说道："庄儿也满口答应，原来他们早前就认识的。那苦儿的父亲是山南城有名的秀才，书画刻字堪称一绝。茹儿的父亲是石鼓镇的神医，那田育勤也是琴棋书画无所不通。"清风道长说："真是吉人天相！天资好，又有贵人相助，难怪他二人如此出色啊。"

二月十五是黄道吉日，这一天，大批建材拉进了山里，三百多名工匠当天也住进山里。一阵鞭炮声后，工地正式开工。从山南县城来了不少看热闹的人，田舒也挤在人群当中，暗中观察。冷面双娇、清风道长及众道姑在各工地监督着，田育勤父子扮成工头的模样，在建水库的工地招呼着。张荣骑马在各工地查看。只有庄儿领着几位道姑留在山南城酒楼，张罗做饭、送饭之事。宫掌柜不敢大意，雇了几位知根知底的厨师，以防有人暗中下毒。

　　一品香酒馆内，白掌柜站在窗前，静静地观察着对面山南城酒楼的一举一动，心中暗想：庄儿坐镇，安排得够细的，连大门都派人把守，外人根本进不去，想下毒，难啊！这时，田舒跑了回来，悄悄地说道："掌柜的，工地好不热闹！据说，道观、山庄、水库同时开工，到处都有人指挥，防护甚严，不易下手，只有看夜间如何了。"白掌柜说："让他们去干吧，不用理会，等他们建到一半时，再送他们上西天也不迟。"

　　半个月过去了，水库工地干得热火朝天。申时，只见两辆大马车赶了过来，张荣随车而到，他将田育勤父子请到一边，说了会儿话便走了。田育勤指挥大家收好工具，从大车上卸下东西后，在他前面坐好。

　　一会儿的工夫，一百多人全都坐好了。田力均大声说道："乡亲们，大伙闻到包子香了吧？"有人答道："闻到了，是肉馅的！"大伙都乐了。田力均也笑了，继续说道："今天为什么提前收工呢？刚刚张总管来过，传下二位庄主的话。二位庄主感谢各位工友的辛勤劳作，在这里，我代表二位庄主谢谢大家了！"说罢，他向众人深深地鞠了一躬。在场的人都愣了，他们都是普通庄户人，没受过这样的礼遇。现场鸦雀无声，田力均又说道："庄主念大家都是养家糊口之人，明日就放一天假，把家里安顿好，一会儿你们就可以领一个月工钱，回家去看看。"此言一出，工匠们立刻鼓掌欢呼。等人们渐渐平静下来，田力均又说道："作为奖励，二位庄主还每人送二斤肉。"不少工匠流泪了，他们一年到头也吃不上一斤肉，现在能提回家二斤肉，那是怎样的感受啊！力均见此场面，心中也是十分激动。

　　领完工钱和肉的庄户们渐渐散去了。田育勤对儿子的表现十分满意，说道："儿啊，咱们虽不是大富大贵之家，可你从小也没受什么委屈，可以说是过着不愁吃穿的生活。今天，你看见了穷苦百姓的真实生活，我想你应该知道怎么样当好父母官了。"田力均说道："爹，放心吧，孩儿心里明白了。我真希望朝廷能派我到这里来当官，也好同苦哥和茹儿他们一起大干一番。"田育勤说道："这里有知县，是不会派你来的，只怕你要去的地方还赶不上这儿呢。你要做好准备。"力均说道："有爹和庄儿陪我上任，我什么都不怕。等山庄建立起来了，苦儿和茹儿他们回来了，恐怕山贼是活不成了。"田育勤说道："是啊，你们三人各有所成，是该为百姓效力了。"田力均问道："爹，那些道姑不是找您学云拳吗？"田育勤笑道："我与她们说了，现在外面有人窥视，这拳脚功夫不可外露，等山庄建好后，便可以教她们了。"田力均说道："别处的道姑见人都是低眉垂首的，而她们却直言快语，很是特别。"田育勤说："还不是这武功闹的。"田力均一听，笑了。

五十七　不断创新

在玉龙雪山山顶，茹儿、月儿等人围坐在几块大的冰石之上，他们个个神态自若，犹如坐在草地上一般。只有苦儿站在那几块大石之间练着他的苦缠拳。只见他身体转来缠去，双脚似乎都不沾地，出拳动作极小并且快速，稍不注意，根本看不清他是否出拳了。练过后，大家鼓掌叫好。冷竹青说："这比在古镇与曲蛇交手时，有了很大进步。"苦儿说："那时只能与其打个平手。我的轻功、拳脚都胜他一筹，所以这一路上有空便想想、练练，才有了进步。"月儿说道："哥，你这苦缠之法可以把顶尖高人缠得无可奈何、神魂出窍。"川儿说道："哥，我也看明白了，你是先观后打，即使打也是为了更好地观察对方，到交手时好一招制胜。"杏儿叫道："我怎么就没看出来呢？"

接着茹儿稍稍站定，便练起了茹秀掌。苦儿、月儿和川儿看得津津有味，而杏儿、玉儿、柳扬、冷竹青却只觉得她在跳舞，而且姿态十分优美。柳扬等茹儿练完便问："二哥，这是在跳舞吗？"川儿笑道："傻小子，这是内功掌法。表面上不显山不露水，真正发动时却够人受的。"杏儿说："二哥，我还是不大懂，你给我们讲讲吧。"茹儿说道："好。用手掌或手指发力时，可拨打对方手臂，令其改变进攻方向，消耗其内力；也可点穴，制止其进攻；还可以直接攻之，甚至消除对方的功力。这便是发功时的拨、点、击三种基本招法。"杏儿说："噢，大一点的石块我也可以打成粉末了，这三招我会用。"茹儿接着说："吸功大法，每个人都会了。吸功之时，可分为顺、拖、还三个基本招法。"

柳扬问："二哥，这'顺'是什么意思？"茹儿叫他上前来，并让他打了自己一拳。茹儿侧身，一只手贴在柳扬进攻的手臂上，往前一顺，柳扬只得向前跨了一大步才站稳。茹儿说道："用吸功法吸住对方，往前一顺，使其招法作废。还可以继续往下'带'，不但使其招法作废，还可使之手触地面，失去平衡。"玉儿看明白了，她又问："那'拖'字呢？"茹儿叫她上来，让她往自己胸前打一拳。玉儿拳一出，只见茹儿向后退去，玉儿不承想自己也跟她而去，想停却停不下来。不但如此，还觉得内力不断地从拳上消失。茹儿飞身而退，她便飞身而追。表面上，她是乘胜追击，其实却是被茹儿"拖"住吸了功力。茹儿叫了声"停下"，玉儿这才停下，茹儿忙将手掌贴在她后背，将功力还给她。玉儿瞪大眼睛说："懂了，这拖字，便是吸住对手的功法，使其完全陷入被动之中。神了，真是神了！"杏儿大声叫道："傻了，真傻了，玉姐姐真傻了！"大家都笑了，玉儿却没笑，她说道："对呀，我发功、吸功虽说功力还不够，可也基本会做呀，为何不能将这六个字用到圣手掌之中去呢？茹儿，好茹儿，姐姐谢谢你了！"冷竹青说道："玉儿果然聪明，我和师弟也可以试着练啊！"

苦儿说道："是啊，对茹儿总结出的这六个字，大家掌握了它的实质之后，便可融入自己的拳法和剑法之中。爷爷曾要求我们学习高山、大海的灵性，悟出自己的一套功夫。我和茹儿、月儿和川儿练功时间长一些，在这方面先走了一步，冷兄、玉儿、杏儿和柳扬你们也会练成的。下面大家不妨再看看月儿和川儿的拳法，也许会受到启发的。"

月儿和川儿都将自己的功夫展示了，他们内功日渐深厚，所创的掌法和拳法也日渐成熟。苦儿和茹儿不时给杏儿他们四位新人解释着。冷竹青惊叹道："没想到，川儿竟有如此高深的功夫，真叫我羡慕。"柳扬听了说道："这么说，我小哥也已成为武学的'黑圣人'了！"刚练完功的川儿叫道："哎，把黑字去掉好不好？"杏儿说："小哥，管他黑白呢，是圣人就行了。"

玉儿突然问道："哥，还有几天，咱们又要下山了，下一站去哪里呀？"苦儿说："我算算看。冷兄缺大海、高山两站，玉儿也是。柳扬缺大海、高山、沙漠三站。不过，一路上无沙漠可去，也只好作罢。好在你练冰雪大法，去不去沙漠并无大碍。杏儿只缺高山一站，再陪大家在海上体验一回也不错。"茹儿说道："爷爷说，下一站是广西的钦州湾。不过，云南地处边陲，来一趟确实不容易，这里又是少数民族的居住区，可以多玩上几天。"月儿说："少数民族服饰新颖，民间药方也很奇特，二哥和玉姐可有活干了。"柳扬说："小哥，你总夸自己是'三只手'，下山后，给咱们练练。"川儿拍拍胸脯说道："没问题，我可是爷爷的高徒。"杏儿马上说道："你是说爷爷是'三只手'？看我不告诉爷爷，叫他打你屁股！"川儿忙说："老妹子，我只说是爷爷的高徒，可没说别的，想挑你四哥的毛病？难啊！"

众人并未理会他兄妹二人的斗嘴。玉儿说道："小丫头片子老说在海岛上练功别提多好了，咱们不妨也找一个小岛，住上一百天，如何？"冷竹青首先响应。川儿说道："这倒是不错的建议，叫我也体验一下野人生活。"柳扬也叫道："咱们也吃蛇肉、生鱼。"苦儿苦笑道："我和杏儿是为生存才那样做的。大家愿意上岛，咱们就折中一下吧。"月儿问："怎么讲？"苦儿说："爷爷年纪大了，吃不了生的东西。再说，川儿、柳扬、杏儿正在长身体，不能全吃生的。如果咱们能找到干柴，来个烧烤就美了。"茹儿说道："我看这个办法行，既不会饿着，又能把功夫练好。"杏儿笑道："我又要见到大海了，不过，现在我可不怕了。"

在青蛇山庄，罗忠信坐在山洞中，他刚刚练过消功大法之内功法。他思忖着：内力已是很强了，按说消人功力已不成问题了，可这消功之法，怎么就悟不出来呢？罗忠信站起来，走到洞口，铁链哗哗的声音惊动了一个庄丁，他探头一看，说道："罗大侠，还想出洞不成？"罗忠信笑道："我一出洞，你的命就没了。"那庄丁说："别吹了，这铁链可是吹不断的。"说罢干笑两声，离开了洞口。

罗忠信生气地坐在了石桌旁边，他一掌向桌角打去，可并没发出多大声响。他奇怪地低头一看，只见桌角成了一堆粉末，他用手轻轻一碰，粉末全落到地上，扬起一阵飞尘。"啊！"他吃惊地看看自己的手，小声说道，"懂了，懂了，秘诀原来在一击一转！"他兴奋地站起来，对着石壁，又是一掌，石粉纷纷落下。他坐下来，用右手去捻左手的铁链环，那环上一段立刻变成了粉末。他禁不住哈哈大笑起来。

洞外的两个庄丁听见笑声，一个说："哟，怎么还开心大笑起来了？莫不是疯了吧？"另一个说："圈的时间长了，说不定圈出什么毛病来了。我听说疯了的人力大无穷，他要是挣开铁链跑了出来，咱哥儿俩可就危险了，还是小心点好。"罗忠信站在洞口处说道："你们两个狗东西不用害怕，我没疯，只是开心而已。"两个庄丁忙退到一边去了。罗忠信回到石桌旁，重新坐下思考起来。

"要出去吗？"这是他首先想到的问题，"没有驱毒丸，就别想逃出去。不逃出去又如何？我会了'消功大法'，还会传给龙老大不成？不怕，只是要练出一套掌法，将'消功大法'化入其中。这掌法该是什么样的呢？不以凌厉为特点，而是软绵、缓慢。慢中藏快、绵中藏刚，突发突转，消功于无形之中。对，抓紧时间练好一套掌法，就叫'随意掌'。"想到这里，他站起来，走到洞的中央，慢慢地边想边练起来。只见他双掌轻轻地摇来摆去，毫不费力。双手交错，上下飞出，犹如接招送物，突然双手一出，快似闪电。转眼间风平浪静。他练得如痴如醉，闭目随意地揽来送去。两个庄丁听见动静，忙跑去观看，说道："疯了，连眼睛都懒得睁了。"

五十八　茹儿被绑

在云南丽江的一家客栈里，庄大急匆匆地从外面跑了进来，对曲蛇说：“大公子，苦儿他们已经下山向这里走来了！”曲蛇问：“这回可看清了？”庄大说：“看清了，共九人，除了龙门山客栈的四位外，还有五人，一个老叫花、两个黑小子、一个白小子和一个姑娘。”曲蛇命令庄大将每个人的详细特征又向王胜描述了一遍。王胜听后说道：“他们是九个人，我们只有四人，怎么打呢？”曲蛇笑了笑，说道：“现在打不了，只要跟好他们就行了。”庄大说：“大公子，还有一个情况，我发现还有两伙人在跟踪他们，每拨都是一大一小二人，脸都蒙着黑布，看不清长相，倒是把老叫花他们看个清清楚楚。”曲蛇问：“苦儿没认出你来？”庄大说：“没有，属下是化了装的。”曲蛇说：“消功之事传开，不知有多少人关心呢，只有两伙跟踪他们，不足为奇。”庄大说：“大公子，咱们开窗看看，也许他们已经进了镇子呢？”曲蛇推开窗户向外望去，苦儿等一行人正从远处走过来。曲蛇急忙对里屋喊道：“悔儿，快过来，认认苦儿。”悔儿慌忙跑出来，站在窗前与王胜一块观看。庄大闪到一旁指点着说：“骑马走在最前面的就是苦儿。”王胜心说：比小时候又多了几分帅气和正气。悔儿看了，心说：这是我见过的最帅气的男人了！

曲蛇也将目光盯在苦儿身上，心想：这四个人真是神了，骑在马上悠闲自得的样子，哪里像受过伤？或许根本就没摔伤他们，真是令人费解。这回可不能再出差错了，一定要验明正身。他又把目光投向茹儿，心想：小小年纪竟然学会了消功大法，真是难以置信。把他们都抓回去，师父一定会高兴的。曲蛇回头问："庄大，你有没有看见苦儿他们练功？"庄大答道："这些人活动是极有规律的。每天老叫花领一个人去买吃的，其他人上山练功。下了山便是吃饭、打坐、睡觉，看不见他们练什么新功法。雪山我们上不去，即便上去了也待不了多久，而且容易被发现。"曲蛇说："现在已是三月中旬了，屈指算来他们在雪山练功也有一百天了，他们在雪山练的是什么功呢？只是耐寒还是练常笑天的冰雪大法呢？"庄大说道："这还真不知。不过，他们既然已经找到了常笑天，练冰雪大法的可能性很大。"曲蛇说道："若真如此，对咱们就太不利了，没有新功法，如何能抵抗冰雪大法？"

　　苦儿他们吃过饭，信马由缰地来到了大理古城，在城外便见不少人围在一起观看跳舞。玉儿虽在丽江画了不少服饰图，可这里的少数民族多，服装样式也多。她忙取出笔要画，月儿拉住她说："你看那女子的舞姿多美。"老叫花让川儿停了车，他们将马拴在一棵树上，便去看跳舞。冷竹青陪着老叫花站在车上观看。苦儿、茹儿等人一挤到前面，便为傣族女子优美的舞姿所折服：手臂如小溪流水般柔软，数不清有几道弯。再看她们的身姿，似杨柳在风中摇曳，婀娜多姿。茹儿小声对苦儿说："哥，她们把全身的骨头关节都练活了，真是神了！"苦儿说："这不仅是舞蹈，也可以看作一种功夫。身体这般灵活，更可展现武学之美。"这时，场中的一位少女热情地邀请苦儿同舞，苦儿挠挠头，硬着头皮下场了，依葫芦画瓢地跳了起来。见苦儿如此，坐在地上的傣族小伙子善意地笑了起来，又将几位少女和月儿、玉儿邀请进了场。茹儿、川儿、柳扬和杏儿不等邀请便学着跳了起来，惹得围观的人不时地发出笑声。尤其是川儿，他的小屁股扭得最欢，惹得人们大笑不止。苦儿渐渐在人们的笑声中找到了感觉，也学会了一些技巧，居然也能让身体和手臂出现多道弯曲，虽然舞姿缺乏美感，但全身的关节会动了。鼓乐结束，苦儿他们施礼退了出来。随后，他们进了大理城。

　　大理城人很多，热闹非凡。茹儿说道："爷爷，我要去药房了。"老叫花笑道："好，苦儿、川儿、杏儿陪茹儿学医，其他人陪玉儿作画。城中人多，万不可走散，更不要离开这条街。"

　　茹儿他们走进了一家药房。药房里求医的人很多，都在排队候诊。一

490

位老先生坐堂，看样子极受患者尊重和信任。茹儿走上前去和老先生说了几句，征得他同意，便坐在他身旁为其写起药方来。苦儿、川儿和杏儿见人多，便出来坐在门前台阶上等茹儿。川儿和杏儿说说笑笑地议论起刚才学舞的事。苦儿不放心茹儿，时不时进去看看。茹儿仔细观看老先生的望闻问切，老先生口述药方之时，茹儿边写边记。老先生见她熟知各种药名，书写规范，心中非常满意和喜欢。

一个时辰后，从后门走进来一个伙计打扮的中年人。他走到茹儿身边低声说了几句，茹儿和老先生也说了几句，便跟着那中年人从后门向后院走去。茹儿被领进一间屋子里，看见一个孩子倒在床上，她刚要切脉，那孩子却转过头来抖开了一块手帕。茹儿一看是双狗中的一个，大吃一惊，突然觉得头重脚轻，很快便昏睡过去。那装成小孩子的人正是觑觑狗，他抖开手帕撒向茹儿的是酥筋软骨散。那中年伙计正是谷丁，他跟踪茹儿到此，发现曲蛇他们坐在对面的茶馆里，正监视着茹儿和苦儿的一举一动。要不是来往的人多，只怕他们早就动手了。谷丁赶车来到药房后街，潜入后院，点了两个伙计的穴道，换上他们的衣服，将茹儿骗到这里。谷丁唯恐药力不足，又取出一粒酥筋软骨丸塞入茹儿口中，然后将她塞进一个大筐中，搬到车上，同样也将觑觑狗塞入筐中搬上车，神不知鬼不觉地离开了大理城。

谷丁好得意啊！筐里的觑觑狗说道："门主，怎么样，小的这个主意还不错吧？"谷丁说："等她交出消功大法，咱们一块练。学会了消功大法，咱们还怕哪个？"

苦儿再次进屋却不见了茹儿，便向老先生询问，老先生如实告之。苦儿到后院去寻，他推开门，看到两个被点了穴道的伙计。苦儿为他们解开穴道，方知茹儿被绑走了。他马上来到前面告诉川儿和杏儿，然后三人一起去找老叫花。老叫花一听，吓了一跳，忙领着众人追出城门。一打听，来往马车众多，没人注意拉着两个大筐的马车的去向。不容多想，老叫花吩咐道："出了城，有三个方向—— 一个向东，直去昆明，苦儿和川儿由此路搜索；向南这条路由竹青和玉儿搜寻，我带月儿他们一路向北。咱们不必相互等待，在广西钦州府最大的一家客栈聚头。"说罢，大家分头追去。

等曲蛇领人赶到城门口时，早已不见了苦儿和玉儿他们。只见月儿骑马向北而去。他们只好跟着月儿他们向北而行。曲蛇说道："刚才好像发生了什么事，那个年纪大些的黑小子不见了。"庄大说："是啊，没见到黑小子从药房出来，莫非这些人分头寻找他去了？"曲蛇说："有可能是被人绑了，又是什么人呢？只能有一种解释，就是为了消功大法。"庄大说道："可这样一来，就把咱们的事给搅乱了。"曲蛇说："是福是祸现在还很难说，不过这九个人分开，实力弱了，方便咱们出手。不管是谁，抓住一个就有用。"庄大说："对，还可引苦儿上钩。"

谷丁将车赶得飞快，快到祥云城时，他突然改变方向，将车赶进了道北一片山林的坡下。他转身爬到南坡的一棵大树上，俯身向道上观望。不一会儿，两匹马飞快地从西面赶了过来，在他眼前一闪而过，朝祥云城奔去。谷丁暗笑道："苦儿，你就追去吧！皇天不负有心人，这黑小子终于落入我手了。"他转身回到了坡下。

此时，茹儿已醒来，发觉自己手脚被捆，并被塞进了筐里。她极力回想刚刚发生的事，想起双狗中的一狗抖手帕使自己中毒之事。她稍微运气，只觉胸中有一团东西直抵咽喉。她暗想：这是自身内气将毒气团团围住，不让其扩散。这是雪山练功，使内气纯洁无比的特征发挥出来了，它保护了我不受毒气损害。这团毒气不能随便吐掉，得还给下毒者。"谷丁将觑觑狗放了出来。觑觑狗一看，荒郊野外，心中不免有些吃惊。问道："门主，为何不住店？"谷丁冷笑一声说道："住店？苦儿刚追过去，你不怕被他拿下？"觑觑狗说道："来得好快呀。不过他们与门主相比还是逊色多了。"谷丁不去理他，走到另一个大筐前，将茹儿拉了出来。茹儿在出筐的那一刹那，使出了消功大法，已去掉了绳子。茹儿坐在地上，双手仍背在身后，觑觑狗朝茹儿胸前一看，兴奋地说道："哎呀，是个女的！只可惜太黑了。对，就是她，和苦儿一块到山南城的。"说罢，伸手去摸茹儿。谷丁一把拉住他，说道："滚一边去！问出消功大法才是正事。我说，黑小子，你醒了？你中了我的酥筋软骨散和迷魂药，所以才会昏倒。听我的话，不要运气，越运气越筋酥骨软、浑身乏力。只要按我说的做，我会给你解药。"

茹儿问："你想让我做什么？"谷丁说："你在峨眉山消了刘全柱的功力，此事已经传遍武林。你快将消功大法的心法告诉我，我便给你解药。"

茹儿说："这事不难。不过，我要先问个明白，那马猴是什么人？你又是谁？"谷丁哈哈一笑，说道："现在告诉你也无妨，他是苦儿的同乡觑觑狗，我便是大名鼎鼎的铁掌门门主谷丁。"茹儿说道："原来是谷门主。在太白山庄杀死唐大侠的就是你们二位？"觑觑狗说："是玉儿告诉你的？"茹儿并不理他，对谷丁说："你说的刘全柱是谁？"谷丁说道："刘全柱没什么能耐，可他身份特殊，他是快刀帮帮主龙老大的二徒弟、曲蛇的师弟。正因为此，曲蛇他们正在找你们。不过，叫我得了先机，将你拿获。"茹儿说道："原来是这样。可跟那刘全柱在一起的两个人又是谁呢？"谷丁笑道："黑小子，你倒是好奇，我就全告诉你吧。那两个人，一个是十业帮武昌堂堂主孙子杰，人称'短腿狼'；另一个是武昌堂九江分堂堂主陈鸣。不知刘全柱为何与他们在一起。小子，行了吧。你问的我全答了，现在该你说了。"

茹儿说道："我听苦儿说过，你的毒药十分厉害，不得解药无法去毒。为了解毒，我只好说了。不过，你必须给我解药，不得反悔。"谷丁说道："我堂堂一位门主，岂能说话不算数！"茹儿说道："那好吧，你走近前来，我只想告诉你一个人。"谷丁用手一指，叫觑觑狗靠后。他将头往前一凑，茹儿突然出手点了他的穴道。他惊得张大嘴巴，茹儿一运气，立刻将毒气一口吐进谷丁口中，又用手一触他喉咙，只听咕咚一声，谷丁便将毒气咽了下去。谷丁心想：坏了，反中了她的计了！觑觑狗一看不好，拔腿要跑，可他越着急越跑不动。茹儿抓起一块石头撇了出去，觑觑狗立刻不动了。茹儿搓断绳索，站了起来，从谷丁怀里取出几包酥筋软骨散和软骨丸，以及几粒解药，通通扔在地上，并用脚踩碎，用土埋上，说道："我不杀你们，将你们交给玉儿处理。善有善报，恶有恶报，你们等着吧！"她将谷丁和觑觑狗也塞入筐中，赶车追苦儿去了。

玉儿和冷竹青一路南下寻找茹儿，这天来到无量山下。冷竹青说道："玉儿，这里山高不可跻，有足难攀，恐有强人出没，我们要小心了。"玉儿说道："若真是强人把茹儿掳到这里，咱们拼死也要把她救出来。"冷竹青知她与茹儿姐妹情深，坚定地说道："好！"二人催马进山，探寻茹儿的消息。

陈鸣和坏水狗也乔装跟踪至此。在大理时，他们亲眼见老叫花等人分三路而行。他猜测这三伙人绝对会在某处再次会合，跟踪哪一路都是一样的。同时，他觉得冷竹青和玉儿的武功比苦儿弱些，若能抓住玉儿岂不是美事一桩。坏水狗对玉儿的美貌更是垂涎三尺，极力劝陈鸣跟踪玉儿。这时，他二人见玉儿他们进了无量山，坏水狗说道："陈爷可以下手了，早抓住早享艳福。"陈鸣说："好，咱们找没人的地方下手。买的弓箭可以派上用场了。"说罢，二人骑马穷追不舍。前面的冷竹青在向一位山民问情况："这位大哥，这山里可有山贼吗？"那人摇摇头，说："这儿山里山外都是我们的村寨，并没有什么山贼。"玉儿问："可看见一个黑脸的小伙子来过这里？"那人笑道："黑脸的小伙子各村都有，姑娘要找哪一位？"玉儿笑了笑，只得继续向前搜寻。

　　冷竹青说道："玉儿，茹儿来这里的可能性不大，咱们可以出山了。"玉儿催马向前，走进了一道草木繁茂的山谷，后面的陈鸣和坏水狗见四下无人，便取下弓箭，瞄准冷竹青，连射几箭，又瞄准玉儿再射三箭。冷竹青听见飞箭之声，忙低身并拔剑拨挡，玉儿也低身躲过两箭。冷竹青再抬头时，见一支冷箭正向玉儿后背射来。由于二人有一定距离，他来不及多想，纵身跃向玉儿马背，箭射在了他后背上。玉儿忙回头，见冷竹青趴在自己的马上，箭伤处正在流血。她忙扶冷竹青趴好。这时，陈鸣骑马冲了出来，下了马，笑嘻嘻地对玉儿说："美人，下马吧，这里没人，谁也救不了你。"玉儿拔剑下马问道："这箭是你射的？"陈鸣哈哈一笑，说道："不错，我劝你别舞刀弄剑地白费力气了，你与我交手还能取胜吗？"玉儿问道："你是什么人？我也不杀无名之辈。"陈鸣一想，不能告诉她自己是谁，叫朱如天知道了，那可不是好玩的。玉儿见他有些眼熟，只是暂时想不起来，就立刻挥剑杀去。陈鸣没把她放在眼里，一边还手一边说道："哎，伤了你的皮肉，可就不好玩了。"玉儿骂道："你这个不知羞耻的狗东西，看打！"趴在马背上的冷竹青提醒道："玉儿，别生气，沉着些！"陈鸣一听，笑道："你叫玉儿吗？好听，我喜欢。玉儿，玉儿，整个人像玉一样，又光滑、又洁净、又好看。"玉儿也提醒自己要心平气和，她尽量让自己安静下来，全心对敌。十几个回合后，陈鸣暗暗吃惊："她的剑法如此怪异，手法还极快，看来是低估她了，不能掉以轻心。"玉儿见他不再大喊大叫，而是认真防卫，还伺机进攻，觉得他的武功比关、韩二淫贼高多了，也不敢轻敌。虽然是第一次独立作战，她还是显得很自信。陈鸣看见玉儿防守多进攻少，便立刻放手攻了起来。玉儿边防边退，显得有些紧张。陈鸣不免得意起来，攻得更快了。此时的陈鸣很放松，恨不得立刻将玉儿拿下。站在远处的坏水狗高兴得手舞足蹈。玉儿将陈鸣的剑法、步法及习惯动作看清楚后，开始反击了。当陈鸣的剑再次扫来时，玉儿伸出左指发气，内气击在陈鸣剑身，使陈鸣的剑招来不及收回，玉儿却乘势手腕一转，剑快如飞，将陈鸣的左肋处衣服划破。陈鸣用手一摸，满手鲜血，立刻向他的白马跑去，纵身上马落荒而逃。玉儿追了几步，立刻转回身上马，带着冷竹青出山就医。坏水狗还没弄明白是怎么回事，他见陈鸣骑马远去了，见玉儿他们也走了，这才上马去追陈鸣。

玉儿出山不远，便来到了一个小镇，住进了一家客栈，立刻叫店小二请来当地的郎中。那郎中为冷竹青拔出箭头，上了伤药，并包扎好。送走了郎中后，冷竹青说道："玉儿，真是辛苦你了。"玉儿说："冷大哥，你是为了救我才负伤的，我心里好过意不去。"冷竹青说："有什么过意不去的？当哥哥的保护妹妹不是应该的？只是我愚笨了些，才中了这一箭。要是苦儿在，断不会出现这种事。"听到这里，玉儿很是感动，她连声说道："别这么说，冷大哥，谢谢你！"冷竹青微微一笑，侧着脸趴在床上睡着了。玉儿知道他流了很多血，身体虚弱，也不打扰他，静静地坐在床前看着他，心里说：冷大哥，你对我好，我又何尝不知呢？可我过去是一心扑在苦儿身上，而我所钟爱的苦儿又不属于我。世上还会有另一个苦儿吗？

她为冷竹青盖好被子，又重新坐下来想着心事：爷爷派他与我一路南行，用意是显而易见的，可我从未往他身上想过。现在他为我负了伤，虽然他不及苦儿，却也英俊潇洒。一路上多少女孩子迷上他，可他从不动心，一心只注意着我。想想他，正直、善良，又心灵手巧。只是跟苦儿在一起，他的光芒被苦儿给盖住了。该是清醒的时候了，有这样一个可靠的人在身边，我还追求什么？他就是另一个苦儿！

想到这儿，玉儿笑了，有种豁然开朗的感觉。压在心头的忧虑被消解了！精神放松了，人也困倦了。她伏在床边，慢慢地睡着了。她的**丝丝长发**拂在冷竹青的脸上，他醒了，情不自禁地闻着秀发的芳香，又合上眼睛，用心去品味着。

老叫花等人一路北上，沿途寻找茹儿，今天向东行，来到了白草岭。只见两骑一车挡在了前面，老叫花下车来看，并拱手问道："前面几位英雄，为何挡住我们的去路？我们是穷人，什么油水也没有。"一个高个子、有些驼背的人向前走了几步，他还没讲话，杏儿就走到老叫花跟前说道："爷爷，这个人我认识，他就是曲蛇，在古镇和我哥交手的就是他。他身后的那个人与我交过手，武功一般。另外两个就不认识了。"

挡在前面的正是曲蛇他们，他们一路跟踪到此，见老叫花他们老的老、小的小，只有一个是二十岁左右的，可还是个姑娘。同时，曲蛇还注意到，前面并没有其他人保护这些人，因此，他决定在此拿下他们，以此来要挟苦儿，那就容易多了。曲蛇冷笑一声，说道："老爷子，我不要钱财，只要人。你们四个老老实实地跟我走，我保证不伤你们的性命。"老叫花笑了笑，说道："只怪老叫花老眼昏花，你是曲蛇吧？龙老大的徒弟，怎么干起劫道绑人的差事了？哎呀，这也太丢人了吧！"庄大说道："既然知道是我家大公子来了，就该束手就擒，还废什么话！"杏儿说道："我认识你们，你们在古镇与我们交过手的，也是你们在龙门山客栈将我们熏倒并扔下地洞，一心想把我们赶尽杀绝，你们好歹毒啊！"曲蛇冷笑一声，说道："没想到，你们还能活着出来，等会儿再慢慢问你。现在你们快快放下兵器，束手就擒吧！"月儿说道："曲蛇，你也太狂妄了，谁胜谁负还不一定呢！"曲蛇说道："好啊，既然愿意动手，叫你们吃点皮肉之苦也是好的。"说罢，他直扑老叫花，庄大挥刀杀向月儿。站在车旁的王胜和悔儿并没动手，杏儿和柳扬也站着没动。

曲蛇挥鞭抽向老叫花，他想试一试老叫花的功力，看看他是不是传说中的磨盘老人。老叫花用长杆一拨，扭头便跑到了马车一旁。曲蛇叫道："老东西，你还想跑吗？"他隔着马车挥鞭去抽老叫花的头，老叫花低身大叫一声"哎哟"，而曲蛇只听见鞭子打道车篷上的嘭嘭声。他突然间觉得左腿膝盖处被什么东西给捅了一下，十分疼痛。他低头一看，只见一根长杆从车轮间伸了过来，他伸手去抓，长杆立刻就收了回去。曲蛇身形一晃，便追到了马车的另一侧，而老叫花吓得跌跌撞撞跑到了另一侧，嘴里还不停地说道："坏了，坏了，遇到高手了！"

一直盯着老叫花的王胜小声对悔儿说："我认出来了，那位老人家便是当年教我们撒石子的爷爷。"悔儿问："你没认错？"王胜肯定地说："没错，爷爷白发多了，脸上皱纹也多了，可那张笑脸是不会变的，我不会认错的。"

其实，注意老叫花的不止曲蛇和王胜，躲在路边巨石后面的两个人也在注意观看，这两个人正是谷艳和郑明光。郑明光说道："江湖传言，消人功力的黑小子和一个手拿长杆的老叫花在一起，而那个老叫花极有可能是我二爷，因为天下只有他会消功大法。可你看这个老叫花，被人追着打，连喊带叫、连滚带爬，哪有一点武学大家的风范？他又怎么可能是我二爷呢？"谷艳说道："疯疯癫癫，不像一代宗师。不过他的腿脚却不慢。"郑明光笑道："叫花子，讨百家饭、行万里路，脚下跑得快些倒也不足为奇。"

此时曲蛇边追边想：老叫花不敢与我正面交手，说明他心里发虚，这样的人怎么会是磨盘老人呢？不过我还是要抓住他。老叫花趔趄地跑到了马车的另一侧，与曲蛇周旋着。其实，他心里也在合计：要不要把曲蛇拿下呢？不可，我要拿下了曲蛇，龙老大肯定会龟缩不出的，再要寻他可就难了。

曲蛇骂道："老东西，我看你往哪儿跑！"说罢，又隔着马车举鞭挥去。可那长杆又从侧车窗里捅了出来，曲蛇虽有准备，急忙向后闪去，可他还是慢了，长杆一下子就捅到了他的前胸，疼得他跳脚骂道："老东西，偷鸡摸狗的小动作，算什么本事！"老叫花装作气喘吁吁的样子说道："摸着狗便打它一下，谁叫他咬人！"

月儿与庄大已交手一阵子了，月儿笑道："你也就会这一文不值的三绝刀，翻过来倒过去地用，你也不嫌烦？看来，你在快刀帮的地位不高，值得这么卖命吗？"庄大听了，吓了一跳，心说：糟了，她把自己摸个门清。还没等他想出对策，只见月儿的刀法一变，猛攻过来，打得庄大晕头转向，不得不撒腿便跑，一边跑一边叫："你们两个死人，还不帮忙！"王胜与悔儿见不出手不行了，便取出兵器朝着月儿攻去。杏儿说："五哥，咱们也上。

497

白雪不许动！"白雪本想冲上去，听了主人的吩咐，急得叫了两声，又蹲在原地。杏儿和柳扬截住王胜和悔儿，四人打在了一处，王胜和悔儿哪里是杏儿他们的对手，王胜不得不护着悔儿，忙向后退去。

杏儿和柳扬却是紧追不舍。王胜见离曲蛇和庄大较远些了，这才边打边说："二位小英雄，我是苦儿的朋友，叫王胜。我们是被迫来的，请二位手下留情！"

杏儿听对方自称是王胜，边打边问："你拿什么证明你是王胜？"王胜说："我与张荣、苦儿一块跟着老爷爷学过撒石子、转大树。与曲蛇交手的正是那位老爷爷，我认出来了。"柳扬说："你会撒石子？你撒一个我看看。"王胜看了一眼曲蛇和庄大，他们都没注意到自己，便装作跌倒，后退几步，顺手抓起一枚小石子撒向杏儿。杏儿用木棍一拨，将石子打飞。柳扬心想，倒是和我们的手法一样，但也不可轻信。他又问："你还拿什么证明？"王胜说："那位姑娘我认识，是月儿吧？她是苦儿家的邻居，我小时见过她，还在她家住过。"

柳扬听王胜说得对，便说："你们既然是被迫的，现在为何不脱离他们，跟我们走？"悔儿一边防卫一边说："只要我们一走，我娘与我妹必死无疑。"王胜说道："悔儿没有说谎，她娘和她妹都被留在青蛇山庄，龙老大和曲蛇住在那里。他们逼我们出来，就是要害苦儿的。叫他当心点，我们就是死了，也不会害你们的！"杏儿说："好，信你们一回，你们跑，我们追。"王胜大叫："悔儿快跑！"两个人忙向马车跑去，庄大正围着马车与月儿周旋。曲蛇见此，叹道："他们三人武功不济，我不得不退了。"他丢下老叫花朝庄大追去，并挥鞭拦住了月儿。庄大慌忙上马，曲蛇又拦住了杏儿和柳扬，王胜与悔儿慌忙上了车，曲蛇一跃上了马，四人慌忙向东跑去。曲蛇回头见无人追上来，这才放下心来。

老叫花等四人聚集在马车前，杏儿和柳扬小声地将刚才的事说了一遍，老叫花也是很吃惊："那个小伙子竟是王胜？他怎么就进了龙老大的山庄了呢？不过，他心里有咱们就好。"月儿也说："他是王胜？我一点也没认出来。他能说出曲蛇要害我哥，这是好事。"杏儿说："别的来不及问，担心问的时间长了会被曲蛇发现，要了他们二人的性命。"柳扬说："他二人武功不高，即使他们说的是假话，放他们一马也没什么。"老叫花说道："你们做得对，咱们要快些找到苦儿，叫他多留心才好。"说完，四个人骑马、上车向东而行。

道旁只剩下郑明光和谷艳，他们从巨石后走了出来，谷艳说："那漂亮姑娘的刀法好厉害，那个男人要不是被曲蛇救下，一定会死在那姑娘的刀下。"郑明光笑道："曲蛇的武功虽然不错，可他手下的武功太差了，不然，那老叫花非叫他抓住不可。"谷艳笑道："今天算是开了眼了，曲蛇的功夫不过如此，他已不是我夫妻的对手。只要咱们再刻苦练上一两年，龙老大也不在话下了。"郑明光听了也很兴奋，说道："这得感谢你了，艳儿，没有你，咱们的武功不会有那么大的提高。现在只差消功大法了，咱们要是把黑小子弄到手，龙老大便不在话下了。"谷艳说："好，抓住黑小子，咱们也跟着老叫花他们走。"他夫妻二人上了马，跟踪老叫花而去。

五天过去了，冷竹青伤势见轻，可以起床下地了。玉儿长出了一口气，说道："竹青哥，再养上半个月，你的伤就会愈合了。"冷竹青说道："我还是在路上养吧，找不到茹儿，我心里也着急啊。"玉儿说："只怕这一路颠簸，伤口会恶化，那可就遭罪了。"冷竹青说道："我身体强壮，不怕的。带上红伤药，定期换药，不会有事的。只是一路要麻烦你了。"玉儿一听，笑道："说来也真是难为我老人家了，在家时，有师兄弟照顾；和哥离开家后，这一路是哥照看我；到了峨眉，是茹儿和月儿照顾我，我哪里会照顾别人。这五天，忙得我昏头昏脑、丢三落四的，这可是我第一次照顾别人啊。"冷竹青也笑道："这么说来，我真是荣幸之至了，没想到能被玉儿照顾，就是此刻死了也心甘了。"

玉儿忙用手捂住冷竹青的嘴，说道："瞎说什么！你死了我怎么办啊。"说罢，将头靠在冷竹青胸前。对于冷竹青来说，有玉儿的这一句话已经足够了。他忍着痛，抬手抚摸着玉儿的秀发，说道："身边有了玉儿，生活就充满了阳光。我可舍不得死，我要充分享受同玉儿在一起的每一刻。"玉儿听了，笑道："我原以为竹青哥是个老实人，原来也是能说会道的。只是，你不要骗我，要真心实意地对我好。"冷竹青忙说道："我冷竹青对天发誓……"

　　住在另一个镇子上的陈鸣，忍着疼痛坐在床上养伤，他哀叹道："真是倒霉，原想享一回艳福，却受了伤，肋骨都露出来了。不过，也不算吃亏，只怕那位的伤，比我还重呢。只是美人没到手，有些遗憾罢了。"

　　"可那个叫玉儿的女子是怎么伤的我呢？"这些天来，陈鸣一直在想这个问题。他不断回忆着交手时的每个细节：她剑法不错、手法挺快，可她无实战经验，被我逼得连连后退。可当时又觉得好像有一股力量在推着我走，难道是她使了什么暗招？她刺我的那一剑，突如其来，叫我防不胜防。不然，一个女流之辈如何能伤得了我呢？可叹那玉儿，浑身都充满着灵气，又俏皮、美貌，伤在她手里也算是一种福气吧！

　　苦儿和川儿在城中到处打听茹儿的消息，并且不放过任何一家酒楼、客栈，但都没有黑小子的消息，这叫他们十分焦急。此时，茹儿已装扮成灰脸、独眼的丑女孩，她赶着车出现在城中的另一条街上。车上的筐里装着谷丁和觑觑狗。谷丁全身乏力，行动不便，只能静静地坐在筐中，眼睛不停地向外望着。觑觑狗几次想跳出来逃走，都被茹儿的鞭子给打了回去，可他一刻也不敢大意，他不但注意着茹儿的举动，也在留神街道上的情况，随时准备逃走。因为他知道，茹儿一旦把他交到玉儿手中，他就完蛋了。此时，街上行人不少，小巷子比较多。茹儿赶着车，不断地搜寻着老叫花、苦儿他们的身影，可一个也没见到。车篷里，觑觑狗小声问谷丁："门主，你怎么样了？"谷丁有气无力地说："唉，没想到，中了自己的毒药，真难受啊！"觑觑狗说："门主，你再摸摸怀里，一粒解药也没有了吗？"觑觑狗希望谷丁能尽快恢复功力，只要谷丁与茹儿交手，他就有逃跑的机会。谷丁骂道："你说的全是他娘的屁话！要是有解药，我还能这么难过吗？"茹儿听见车中的嘀咕声，她回头说道："嘀咕什么！想逃走？谁跳出来，我就先抽瞎他的眼睛！别心存侥幸了，再不老实，我就点了你二人的穴道。"谷丁怕又被点穴，说道："姑娘，我身中剧毒，想逃也逃不动了。"觑觑狗也怕被点穴，他说道："姑娘的鞭子已把我打怕了，我哪里还敢啊！即使我跳下车，也跑不过姑娘啊！"茹儿说："知道就好，闭嘴吧！"

五十九　施连环计

　　一天清晨，曲蛇等人来到昆明城里。庄大说道："大公子，老叫花他们要是不进城，咱们可就跟丢了。"曲蛇说道："他们也是朝进城方向走的，一定会进城的。咱们先找个好地方，以便监视他们的一举一动。"庄大指了指前面的馄饨摊，说："咱们吃点馄饨再走吧。"

　　此时，茹儿赶车正好经过这里，她小声对车篷里的谷丁二人说："你二人听好了，我下车给你们买烧饼吃，你们要是敢逃跑，小心我打折你们的腿！"说完，她下了车，也到馄饨摊买了六个烧饼。她刚要转身离开，只听吃饭的人说："快看，黑小子！"说话的正是庄大。茹儿一看，果然是川儿。他在另一条街上买了包子，正走回客栈。她心里十分激动，刚走两步正要追过去，又听有人说出苦儿的名字。茹儿觉得奇怪，便想看个究竟，她回到车上，把烧饼分给谷丁和飘飘狗，自己坐在车上吃，静静地观察吃饭四人的动静。这时，又有二人走到馄饨摊，看到曲蛇四人在吃饭，便牵着马悄悄拐进另一条小巷，并在巷子口观察曲蛇他们的动静。曲蛇四人吃完了饭，当他们再次转身时，郑明光说道："艳儿，快来看，曲蛇和他的手下都化了装，只有赶车的和那个女孩没化装，不然，我们还真认不出他们呢。"曲蛇扮成个商人，还贴了一个假胡子，那手下也贴了假胡子，还蒙了一只眼。

　　茹儿正吃着烧饼，突然看见苦儿和川儿从客栈中走了出来，她高兴得手一抖，烧饼掉在了地上。这时一个低沉而严厉的声音说道："快去！"茹儿顺着声音望过去，见刚才吃饭的四人中，蒙一只眼的人举起鞭子向那女孩抽去，女孩尖叫一声，便向苦儿方向跑去。另外二人快速靠近了一辆马车，高个子钻进了车篷里，另一人坐在车前紧张地看着那女孩。茹儿心说：这是个阴谋，我该去告诉哥。她也跳下车朝女孩逃跑的方向追去。女孩身上又挨了几鞭子，她不停地大声呼救，一直朝苦儿跑去。那蒙眼人边追边骂："臭丫头，欠债不还，还想跑？我叫你跑！"说罢，又是一鞭子。这时，只听苦儿叫道："住手！"他话音刚落，茹儿跑了过去，一手将那女孩抱住，一手拦住了庄大。苦儿并未认出化了装的庄大和茹儿。川儿问道："你当街鞭打女孩，是何道理？"庄大说："我花了十两银子买了她，她却要逃跑，难道还叫她白白跑了不成？"苦儿听罢，便从怀里取出银子交给庄大，说道："给你二十两银子，再也不许找女孩的麻烦。"庄大拿了银子拐进一条小巷子不见了。一些人围了过去，问长问短。

就在苦儿与庄大说话间，觑觑狗乘机爬出大筐，谷丁忙说："快，帮我一把！"觑觑狗根本不理会他，连滚带爬地下了车，钻进一条小巷子不见了。谷丁使出全身力气，不顾一切地爬出了大筐，艰难地下了车，一步三晃地向巷口走去。他刚到巷口，便被谷艳一把拉住，把他吓了一跳。谷艳说："爹，是我，艳儿。"谷丁这才松了一口气，说道："艳儿，快跑，别叫他抓住爹！"郑明光忙说："岳父别怕，咱们上马立刻离开这里。"谷丁有气无力地说："贤婿，快走！"

苦儿等围观的人渐渐散去，对悔儿说："小妹妹，别怕，你还有亲人吗？"悔儿摇头不语。苦儿说："这样吧，你先跟我们回客栈吧。"苦儿又对化了装的茹儿说："小妹妹，谢谢你跑来相救。"茹儿嘴里啊啊叫着，双手还指了指马车比画了一番。苦儿似懂非懂地说道："噢，你是赶车的，好，一块来吧。"茹儿忙跑回马车往车篷里一看，早已不见了谷丁和觑觑狗，她生气地将两个大筐扔到街上，心里不停地埋怨着自己大意了。她将马车赶了过来，跟着苦儿他们回到了客栈。

坐在车篷里的曲蛇也终于松了一口气，王胜心里很不是滋味。这时，庄大也悄悄地跑了回来，摘掉眼罩，乐呵呵地钻进了车里。

苦儿让客栈换了一套带里外屋的客房，茹儿正在里屋为悔儿背上的鞭伤上药。处理好伤口后，悔儿感激地对这个素不相识的女孩说道："谢谢你了。"茹儿一笑，拿出一块纸板，写道："姑娘，你叫什么名字？你们的戏我已看破，还是实说了吧。"悔儿吃惊地望着茹儿，茹儿见此，又写道："你们四人在一起吃饭，我看到了；你们叫苦儿，我也听到了，你瞒不住了。你们是一伙的，想干什么？"悔儿原本不想隐瞒，现在被这个丑姑娘看破，就更没有隐瞒的必要了。她说："那好吧，请外屋的二位哥哥进来吧，我以实相告。"茹儿忙将纸板撕碎，丢到窗外。苦儿和川儿走了进来。苦儿问悔儿："还疼吗？"川儿为悔儿倒了一杯水。悔儿从心里感到一阵温暖，眼泪止不住地流了下来。茹儿边为她擦泪，边让她快说。悔儿问道："这位大哥，你可叫苦儿？可认识王胜？"苦儿答道："对，我是河南的苦儿，我认识王胜，我们小时在一起讨过饭。你认识他吗？他在哪儿？"川儿似乎看出了什么，他说："这位姐姐，你有什么话就大胆说吧，我们会帮你的。"悔儿便将事情原原本本地讲了一遍，并从怀中取出一包毒药交给了苦儿，她说："我要不毒死你们，我娘和我妹就活不成了。可王胜哥告诉我，说苦哥哥是好人，你们是好朋友，不能害你。"苦儿接过毒药，说道："谢谢你对我的信任，咱们来商量一下具体怎么办吧。"

在昆明城外的一片小树林里，谷丁身体靠着大树，不停地喘着粗气。谷艳问："爹，你怎么伤成这样？"谷丁说："别提了，我吃了自己的毒药。"谷艳说："那就赶快服一粒解药吧。"谷丁叹口气说："唉，解药都叫人家毁了。"郑明光说："您别着急，慢慢说。"谷丁喝了口水，便从太白山庄之战受伤，到在峨眉山看到消功大法、跟踪到云南，以及如何迷倒黑小子到自己如何中毒等事仔细讲了一遍。郑明光听后，简直不相信自己的耳朵，他问道："这黑小子真的如此厉害吗？艳儿，咱们要不要去抓住那个黑小子？"谷丁说："现在不是黑小子了，现在变成了一个灰脸、独眼的丑姑娘。我亲眼所见，她内功极高、手法奇快，并且百毒不侵，咱们三人加在一起，都不是她的对手。去了，肯定会吃大亏的。"郑明光听了，心里有些不服气，但也不好违背谷丁的一番好意，便说道："也好，就叫曲蛇去对付他们吧。"谷艳说道："爹，铁掌门已经散了，大名府是回不去了，还是跟我们回大洪山庄吧。"

谷丁叹口气说道："都怨爹走了一条不归路。龙老大和苦儿、玉儿两边的人都得罪了。我不能去你们山庄，这会给你们带来麻烦的，我去山东找你大伯，在那里隐姓埋名，安度晚年。你们也不要去找我，有事我自然会去找你们的。"谷艳将谷丁扶上马，三人离开树林，向东而去。

　　已是中午时分，曲蛇、庄大坐在一家茶馆里喝茶，时不时向苦儿他们住的客栈望去。曲蛇已化装成一位胡子花白、弯腰驼背的老者。庄大喝了口茶，说道："也该有动静了，难道还要等到明天不成？"曲蛇吃了一块点心，说道："悔儿不敢拖延的，只怕是没机会下手。咱们不急，等等看。"坐在茶馆外面马车上的王胜，更是坐立不安，一会儿坐上车摸摸鞭子，一会儿跳下来又摸摸马头，还不时向客栈方向走两步。正在这时，一个女孩从客栈里慌慌张张地跑出来，边跑边回头。曲蛇一看，说道："行了，得手了，我出去看看。"他朝王胜使了个眼色，王胜点点头。这时，见苦儿和川儿追了出来，那个灰脸的丑姑娘在后面也追了出来。苦儿叫道："你……你这个忘恩负义之人，恩将仇报，下毒害人，看我不杀了你！"说罢，伸手去抓悔儿。悔儿吓得大叫一声，拼命地向前跑。川儿说道："哥，你中毒了，别追了！"话声未落，苦儿的手停在半空中，转瞬间摔倒在地。川儿和丑姑娘都扑上前去，又哭又叫，顿时，很多人围了过来。曲蛇见悔儿已经上了车，忙叫王胜赶车向城门而去。曲蛇颤颤巍巍地挤进人群中，朝苦儿看了一眼。只见苦儿趴着，头向外歪着，脸色铁青。他说道："哎呀，这是中了剧毒啊，我懂医术，看看是否有救。"他说完便为苦儿把脉。人们都静静地看着他，曲蛇借机暗中发力直击苦儿内脏。当他确定苦儿必死无疑时，才说道："没救了，毒入五脏，心衰气绝，可惜了！"

　　川儿听了便大哭起来，曲蛇装作关心的样子说道："我帮你们把人拉到城外葬了吧！"说罢，去拉川儿的手。川儿哭着说："我哥死了，你拉我干什么？"曲蛇硬拉着川儿的手，说："孩子，我带你去买一口棺材，好好安葬你哥。"说罢，拉着川儿便走。川儿挣了几次竟没挣开。茹儿立刻拿起赶车的鞭子，用力朝曲蛇的前胸一抽，然后便啊啊地大叫起来。曲蛇没防备，只觉得前胸疼痛难耐，他说了一句："不知好歹！"随即退出人群，出城去了。远处的庄大随即离开茶馆，骑马随曲蛇而去。

客栈的店小二将苦儿他们的马车赶了过来，众人帮忙将苦儿抬上车，川儿坐在车前哭着，茹儿也赶车出了城门。

曲蛇和庄大躲在城门外一处茶棚后面，看到茹儿他们赶车过去，庄大问道："大公子，咱们还跟着去看看吗？苦儿倒底是真死还是假死？别再像上次似的，又给他逃了。"曲蛇说道："他面色铁青，早已没了脉息，哪里还能活。"说到这儿，他咳嗽几声，忙用手捂住胸口。庄大问："怎么了大公子？"曲蛇说："我原想把那黑小子拿住，带回山庄交给师父，不想，那个丑丫头用赶车的鞭子抽了我一下。没想到，她力气蛮大的，黑小子没抓成，反被人暗算了一下。"庄大见他眉头紧锁，知他十分难受，说道："大公子，咱们别跟着老叫花了，您养伤要紧。咱们毒死了苦儿，也算完成了使命，还是快快回山庄吧。"曲蛇原想继续跟踪老叫花，扩大战果，可现在受了伤，一旦交手，倒极有可能被人拿下。所以他说："也好，回去吧。"

茹儿赶着车沿着大路飞奔而去，天黑时，他们进了一个县城，城门上写着"安宁"两个大字。他们找了一家客栈住下，三个人边吃边聊。川儿问："哥，我看那个老头怪怪的，他没使坏吧？"苦儿说："我听他的声音好耳熟，只是不敢睁开眼睛看他。我想应该是曲蛇，他借把脉之机，暗施内力，想杀我于无形之中。可我用了吸功大法，将他的内力从另一只手排出了，这才躲过一劫。"川儿说："他还硬拉着我要去买棺材，我挣不过他。哥，多亏哑姐姐，用鞭子把他给抽开了。"茹儿又开始啊啊地叫了起来。她突然玩心大起，想继续装下去。苦儿冲她笑了笑，说道："哑妹，真是谢谢你了，你帮了我们很大的忙。"茹儿是又摆手又摇头。她为自己高超的化装术而高兴，也为苦儿和川儿不识庐山真面目而暗自窃喜。

川儿说道："救了悔儿，咱们还要隐姓埋名。"苦儿说："为了救悔儿一家三口，也只能如此了。咱们明天化装出行，别叫曲蛇他们认出来。"川儿吃了几口饭，说道："可是，哥，二哥还没找到，我心里好着急。"苦儿说道："昆明城中没有，咱们到城外去找。只是这位小妹妹怎么办？"川儿问茹儿："哑姐姐，你家在哪里呀？家里还有什么人？"茹儿又摇头比画起来。苦儿看了看，说道："我懂了，你是说你没有家，也没有亲人，只靠赶车拉脚为生？"茹儿点点头。川儿说道："那就好办了，跟我们一起走吧，我有爷爷、哥哥、姐姐、弟弟、妹妹，一大家子人呢。"

茹儿又比画了一阵，川儿说："你问为什么呀。告诉你吧，你去了，我就不是最丑的了！"苦儿怕茹儿听了不高兴，忙说道："小四，别瞎说！"川儿做了个鬼脸，说："对不起了，哑姐姐。"茹儿不但不生气，还笑呵呵的，心说：川儿，你这个机灵鬼，被二哥骗了吧？太好玩了！苦儿说："那好，我以后就叫你哑妹吧，顺口。"茹儿笑了。

老叫花等人沿途寻找茹儿，耽误了一些时间，第二天才到达昆明城。进城后，他们到处打听一个漂亮小伙子和黑小子的消息，终于找到了苦儿和川儿住过的那家客栈。店小二是个热心人，立刻把昨天发生的事讲了一遍，月儿和杏儿又问起了几个人的身高、长相，店小二说的与苦儿、川儿和悔儿的情况基本相符，只是那灰脸、独眼的姑娘，大家不知是谁。老叫花他们谢过了店小二后便赶车出了城。杏儿说："我相信哥是不会出事的。"月儿说："现在真假难辨，真出了事怎么办？"柳扬说："我不相信他们会出事，我小哥是机灵鬼，他会相信悔儿？"月儿说："可哥是个实在人啊，龙门山客栈不就被人下毒了吗？"他们走出城外二三十里地，看到一片坟地，老叫花说："咱们过去看看。"他们进去一看，只有一座新坟。白雪从车上跳了下来，围着新坟闻了闻，叫了两声。这一叫，让众人都惊慌起来。老叫花说道："把坟挖开！"四人用剑将坟挖开，白雪也用爪子刨了起来。很快就露出一张席子。打开席子，只有一件旧衣服。杏儿说道："这是哥的衣服。"老叫花将着胡子想了想，说道："把坟埋好吧，再扬上一层老土。"四人很快将坟重新堆好。老叫花向四周看了一下，说道："没人看见我们，赶快走。"他们重新回到大路上，老叫花提着的心终于放了下来。他说道："曲蛇的行动够快的，也许还在盯着咱们，不知又要使什么阴谋诡计，大家要小心些。我想苦儿和川儿一定在昆明城外寻找过茹儿了。咱们在此寻找已无意义，往昆明以东去寻，直至广西海边。"

老叫花等人离开了昆明，一路向东南寻找茹儿和苦儿，找了两天，仍无结果。第三天中午，遇到了玉儿和冷竹青，他二人忙给老叫花请安，然后，六个年轻人便抱在了一起。老叫花说道："一日不见如隔三秋，爷爷想你们哪！"

杏儿问道："玉姐姐，你还好吧？"玉儿说道："小丫头片子，你不知道姐姐有多想你！"说罢，就朝杏儿脸上亲了一下。柳扬也问："师兄，你还好吧？"玉儿说："他不好，为了救我，他受伤了。"月儿忙问："玉姐姐，你快说说是怎么回事。"玉儿便将与陈鸣交手的整个过程，一五一十地说了一遍。老叫花朝着冷竹青问道："竹青，伤养好了吗？"

冷竹青说道："玉儿一路上为我求医问药，好多了。"老叫花掀开他的衣服，看了看伤口，还是有些发红。老人说："还不错，再养些日子就好了。若是茹儿或苦儿在身边就好了。"冷竹青说："爷爷，你们这一路上的情况怎么样？"老人便将白草岭遇到曲蛇之事说了一遍，并将在昆明听到的关于苦儿中毒一事也说了。玉儿说道："这么说，我哥和川儿没出什么事。可那灰脸丫头又是谁呢？"月儿说："这必是为救悔儿设下的一条计策，只是不知哥和川儿去了哪里，也不知二哥现在如何？"杏儿说道："爷爷，咱们还是继续找吧，让玉姐姐和我们一起吧。"老叫花说道："咱们合在一起找，不再分开了。"玉儿高兴地将杏儿搂入怀中。于是，众人上马，老叫花将冷竹青拉进车里，柳扬赶车，向东南行去，继续寻找茹儿和苦儿。

近黄昏时，骑马走在前面的杏儿说："你们听，前面有歌声。"月儿说道："这里是苗族的居住地，他们能歌善舞，咱们不妨顺路看看。"

他们来到小溪旁，见不少苗族男女青年在此休息。月儿下马打听漂亮小伙子和黑小子的事，那人答道："这里没来过这样的人。"月儿刚要走开，忽听一位姑娘唱道：

"劳作之余到河边，绿水悠悠清风暖，汗水疲乏随之去，心中留下一清泉。"

歌声婉转动听。老叫花等人也都下马，驻足倾听。女孩的歌声刚停，一位小伙子站在河边唱道：

"我愿变成一滴水，悄悄流进妹心田。为妹驱散烦心事，阿妹一笑我心安。"

这歌声与姑娘的歌声相比，低沉有力，仿佛能震动整个山谷，让所有人都知道他对姑娘的一片痴情。冷竹青笑道："苗家兄弟竟是这样直爽，当众表白自己的爱情。"

"哎——"一位苗家小伙的歌声高亢而激昂。有人说："歌王开唱了。"

这位歌王一边一步步走近玉儿，一边唱道：

"美貌如玉谁见过？灵秀闪光在眼前。"

众人的目光一下子集中在玉儿身上。玉儿微微一笑作为回礼。歌王继续唱道：

"天公刀笔太神奇，增减一分也是难。"

小伙子齐声合道："天公刀笔太神奇，增减一分也是难！"姑娘们也发出了惊叹之声，形成美妙的和声。

歌王对玉儿说道："美丽的姑娘，快唱几句吧，大家都等着你呢。"

玉儿想了想，放开歌喉唱道：

"山清水秀好风光，苗家儿女多豪爽。姑娘衣美人更美，人人都像花一样。"

老叫花听了说道："啊，玉儿的歌声竟是这么好听！"

歌王走到月儿面前唱道：

"一池清水飞神采，两行仙草防凡尘。一波一波多秀美，一闪一闪更动人。"

月儿知道，不唱是不行的，也开口唱道：

"苗家兄妹歌声甜，青山回应绿水传。唱得山雀默无语，唱得夕阳恋西山。"

歌王接过来立刻唱道：

"今日对歌最新鲜，汉家妹子歌声甜。歌声入耳心也醉，晃晃悠悠醉成仙！"

姑娘们不禁大笑起来。一位苗家姑娘跳到河边的一块巨石上，开口唱道：

"汉家哥哥好俊俏，看得妹妹迷心窍。只盼哥哥留下来，莫让妹妹心发焦！"

姑娘们一听，都指着冷竹青笑了起来。这时歌王走到冷竹青面前说道："这位老兄，快唱吧，不唱是不行的。"这时，一位苗家小伙也跳上巨石，并给唱歌的姑娘头上罩了一把伞。冷竹青问歌王："老兄，这是什么意思？"歌王看了一眼，说："他是向姑娘求爱呢。"冷竹青立刻有了歌词，他也开口唱道：

"苗家男儿多英雄，耕田打猎样样行。姑娘不妨注意看啊，英雄打伞为何情？"

那位姑娘回头一看，这才看见打伞的小伙子，忙捂着脸跳下巨石，跑开了，那位小伙子也立刻跳下来追了过去。人们发出欢快的笑声。

陈鸣躲在一棵树后，静静地看着这一切。他看到玉儿时，心说：孽债啊！玉儿，你伤我可是不轻啊，可我一见到你，又被你迷住了。想不到我陈鸣竟会被情所困。

六十 胜利会师

　　苦儿三人现已化装成三个黄脸道士，在昆明城外继续寻找着茹儿。已经过去三天了，仍没找到茹儿，也没见到老叫花他们。今天，他们来到昆明城东南方的宜良县城。川儿见三个公差在巡街，便上前施礼问道："请问三位公爷，可曾见到一位黑脸小伙子在此路过？"一位公差说："黑脸小伙子倒是见过几个，不知他有多高？还有什么特征？"川儿说："比小道高出一头，不胖不瘦。"另一位说："这样啊，我见过，他去了前面的仙湖酒馆，你们不妨去那儿看看是不是。"茹儿见此人眼神怪异，便去拉川儿。川儿说："谢施主，贫道这就去看看。"茹儿对川儿比画着，川儿说道："哑姐姐，我也看出那小子有点不地道，不过，去看看也没什么关系。"苦儿也说："是啊，哑妹，我们就去看一眼，不是茹儿我们立刻就走，再到别处去找。"

　　等川儿他们走了之后，其中的一位公差说："张南，你没见过黑脸小伙子，为何胡说一气？"那叫张南的公差说："你们俩有所不知，咱们公子爷正领人在那儿喝酒，三个臭道士到那里去找，肯定会有好戏看，咱们不妨也去看看。"另一位说："要去你去吧，我们还是巡街去。"那个叫张南的人说："你们俩就是胆小，连个热闹也不敢看，你们不去，我去！"

　　川儿他们很快找到了仙湖酒馆，进去时，正见几位客人慌慌张张地夺门而出。一个黑脸的汉子正拉着一位小姑娘调戏，那小姑娘期盼地望着刚进门的三位道士。黑脸汉子顺着小姑娘的目光，也看到了，随口骂道："三个牛鼻子老道，快快滚开！"公差张南也到了，他说道："公子爷，这三位道士说是要找您，小的就把他们引到这里来了。"那黑脸汉子说："不认识他们，叫他们快滚蛋，别误了爷的好事！"

苦儿说道："贫道要找的人并不是施主，我们本应告退。不过，施主光天化日之下，行无耻之事，眼里还有王法吗？"那黑脸汉子笑道："王法？我爹就是王法！"公差张南说道："这位便是本县县太爷成老爷的大公子，你们还敢来这里谈王法？真是有眼无珠！"苦儿微微一笑，说道："县太爷的公子，就可以欺压百姓吗？快将那姑娘放开！"成大公子，外号黑三，是这县城中一霸。此时，他听到苦儿的话，马上动怒，叫道："小的们，给我打！"苦儿一摆手，说："慢！要打到城外去打，别砸了人家的买卖。"黑三扔掉那小姑娘，喊道："好哇，到了城外，爷就剥了你们的牛皮！"说罢，气冲冲地带人走出酒馆。

黑三带了十几人来到城外，他先骂道："牛鼻子老道，活腻了，竟管起老子来了！小的们，给我打，往死里打！"这时，城里城外来了不少围观的人。茹儿装作不会武功的样子，一步也不离开苦儿。苦儿一边保护着她，一边和几个家奴动手。川儿左蹦右跳地已将五六个家奴打倒在地。黑三见此，脱去长衫骂道："小兔崽子，胆敢打县太爷的人！我看你们是真的不想活了！"说罢，挥拳朝川儿打去。川儿见他拳风很硬，动作快捷利索，心想，难怪他这么霸道，还真有两下子。那黑三见川儿躲躲闪闪，更恨不能一下将他打死，他左一拳右一拳，拳拳用力，却是拳拳落空，气得他哇哇大叫，越发拼起命来。这时，川儿躲过黑三的进攻，快速转到他身后，一掌拍在他的后背上，再将手掌一转，那黑三呆呆地站在那里，一动也不动了。几个家奴见此，忙跑过去问道："怎么了？公子爷，你没事吧？"黑三怔怔地看看自己的手说道："我可能是用力过猛了，一点劲也没有了。快快回府，请我师父来！"家奴们架着黑三跑回了城里。

人们一下将川儿围了起来，有的劝他们快走，有的介绍说："黑三的师父，叫胡琉，是昆明城的武功高手。"正说话间，一支马队从城中冲了出来，一个光头、方脸的壮汉从马上跳了下来，冲进了人群，人群散开了。他来到苦儿和川儿面前问道："就是你们三个牛鼻子老道打伤了我徒弟？"公差张南也跟来了，他说道："胡大师，就是他们三个没错！"胡琉骂道：

"三个不知死活的牛鼻子老道，还不跪下来向爷爷求饶，也许还会放你们一条生路。"张南也狐假虎威地说道："臭道士，快快跪下求饶吧！胡大师高兴，也许会赏你们个全尸。"苦儿问道："你就是那位公子爷的师父？"胡琉冷笑一声，说道："正是你家胡爷爷，快快磕头吧！"苦儿说道："你身为师父，不教导弟子行正路，却助纣为虐，欺压百姓，你是什么师父，纯粹是一条狗！"胡琉听了，气得也是哇哇大叫。这些年来，谁敢当面骂他？他挥拳直扑苦儿。川儿刚要上前，苦儿说道："你休息一会儿，保护哑妹，我来收拾他。"说罢，迎了上去，与胡琉对打起来。双方交手二十几招后，苦儿见他拳法精妙、力道十足，心说：只是可惜了他这身好功夫。苦儿说道："胡琉，你练成这身功夫也是不易，只要你弃恶从善，我便放你一马。"胡琉呸了一口，说道："臭道士，死期将近，还敢口出狂言，看打！"他又挥拳向苦儿击来。苦儿闪身躲过，胡琉突然用头向苦儿前胸撞去，速度极快、动作敏捷，叫川儿和茹儿也都大吃一惊。苦儿再要躲闪已经来不及了……围观的人群中，有人惊叫起来，也有人把眼睛闭上了，因为他们曾亲眼见到胡大师用这招将人活活撞死。

当人们再睁开眼睛时，只见苦儿右手抓住胡琉的头顶，二人正用力相拼，胡琉的脸憋得通红，使劲向前顶着，苦儿伸出左手，在其后背拍了一掌，然后用力一转，胡琉身子立刻软了下来，跌坐在地上。张南等人立刻跑了过去，将他扶起问道："大师，怎么了，哪里受伤了？"胡琉说："完了，我全身的功力都消失了，中了对方的消功大法！"此言一出，张南等人立刻扑通一声跪下。苦儿说："快把你们大师扶上马，我们与他一同去见你们县太爷。"张南只得依言而行。众人进了城，直奔县衙。一进县衙大堂，黑三见到胡琉便问："师父，您把他们都抓来了！徒儿该出出气了！"他甩起鞭子就朝川儿打去。川儿夺过鞭子，一脚将他踢翻在地。胡琉说道："公子，别胡闹了，为师已被人消了功力。"

众人来到县衙。这时，一个身穿官服的中年人走上堂来，喝道："什么人敢擅闯公堂？眼里还有没有王法？"苦儿说道："成知县，你仰仗权势，纵子行凶，残害百姓，你知罪吗？"成知县此刻才注意到，黑三师徒二人都跪在大堂之上。他知道形势不妙，可他仍不肯低头，说道："妖道，你无端行凶，打伤我儿，现又咆哮公堂，来人哪，拿下他们！"众衙役已听说了消功之事，谁敢上前绑人？苦儿哈哈大笑，说道："狗官，我等明察暗访到此，你父子欺压百姓，天理难容！限你十日内挨门逐户地赔礼道歉，偿还损失，如若不然，我必严惩不贷！以后若敢报复，必杀你全家！"说完，领着茹儿和川儿便离开了县衙。三天后，苦儿见成知县没动作，便夜闯县衙，打瞎了黑三的一只眼睛。成知县这才觉得保命要紧，不得不带着儿子及公差挨门逐户地道歉，自此惶惶不可终日。

老叫花一行人，住进了钦州最大的一家客栈——钦州大客栈。陈鸣跟踪到此，便住进对面的一家小客栈，要了二楼的一间房，推开窗户，便可监视大客栈的人员往来。

老叫花他们要了一个大套间，众人洗漱完毕，便坐下喝茶聊天。老叫花说道："现在，苦儿、茹儿和川儿仍无消息，咱们一路到此也没找到什么线索，真叫人担心啊！"月儿说："我哥没来，必是有所发现，不然他也该到了。爷爷，您先别着急，咱们再等等看。"杏儿说："哥一定还在找二哥，咱们就在这儿等他们吧。"玉儿说："我想哥和茹儿武功高强，不会出什么事。如果半个月内哥还没来，咱们再找回去。"老叫花说道："这样吧，月儿，你明天就去海边打听一下，将海上小岛的情况问明白了，你们便可租船出海练功，我留下等他们就是了。"月儿说："爷爷，那可不行，留您一个人，我不放心。"玉儿说："爷爷，就是去了小岛，我们也没法安心练功，咱们还是一块等吧。"杏儿摇着老叫花的胳膊说："哥、姐都没回来，练功都没劲了。"

老叫花见此，想了想说道："既然你们不愿意去海岛练功，那咱们就在这儿一块等。不过，十天半月的，不可荒废。一是你们人人必须每天练内功，二是要自己悟出一套适合自己的功夫，就像茹儿的茹秀掌一样。玉儿、竹青、杏儿、柳扬，你们四人要加把劲。"

月儿、玉儿和杏儿回到里屋，坐下来练内功。杏儿睁着一双大眼睛，直望着窗外。她似乎想到了什么，接着又咧咧嘴。她一会儿眼珠一转，好像有了灵感，可她又把头摇得像拨浪鼓似的，噘起嘴来；一会儿又使劲地闭上眼睛，思索起来。

月儿坐在一旁，看着她的一举一动，不由得微微一笑。月儿并没去打扰，而是让她自己去思考。月儿也闭上眼睛练功，不再去看杏儿。

玉儿也在闭目沉思：我喜欢什么？孔雀开屏，立刻就把自己的美丽展现在众人面前，让人们目不暇接，大有抓紧时间多看几眼的渴望。我要是能像一只孔雀一样就好了，身形一晃，在对手面前有如孔雀开屏，在他惊叹之时，我已得手。可这件事谈何容易，我的身子能那么快吗？哥能，茹儿能，我也该能。可该怎样练呢？起名就叫"孔雀掌"，身如行云，瞬息万变。

这一天，三个黄脸道士来到钦州大客栈，他们在上楼时，与正在走廊玩耍的杏儿和柳扬相见了。苦儿朝他们笑了笑，川儿还朝他们眨眨眼睛。杏儿觉得奇怪，等三个道士进入一间客房后，她和柳扬忙回房向老叫花禀报。杏儿说："爷爷，楼上楼下没发现盯咱们的人，只是来了三个道士，他们还朝着我笑呢。"柳扬说："爷爷，这些天没见有人注意我们，是不是盯梢的人走了？"老叫花说："他们是奉命而来的，不会就这么走的，只是跟踪得更巧妙些了。你们两个还是要留心，万不可出楼。"

刚吃过晚饭，忽听有人敲门，冷竹青忙去开门。只见三个黄脸道士站在了门前。苦儿说："贫道等三人要去海上求仙，特来向施主化缘。"川儿接道："有便施舍些，无则也无妨。"冷竹青转身去拿钱，茹儿则进了房间。那白雪突然扑过来又跳又叫，亲热异常。大家正惊异间，苦儿说道："爷爷，是我们！"老叫花盯了半天，才问道："是苦儿和川儿？"苦儿和川儿立刻抱住老叫花，柳扬冲里屋喊道："是哥回来了！"三个姑娘走出来见是三个黄脸道士，也是一愣，杏儿围着苦儿左看看右看看，然后一下就扑到苦儿的后背上说道："是我哥！"苦儿将她背起来，满屋子跑了起来。白雪围着川儿也是左拱右贴的，好不亲热。老叫花看着他们亲热的样子，不禁老泪纵横。杏儿突然问："哥，我二哥呢？"苦儿停下来说道："我没能找到她，你们也没找到吗？"杏儿一听，忙从苦儿后背上跳下来，对着老叫花说道："爷爷，咱们回去找二哥吧！"老叫花长叹一声，说道："唉，茹儿，你到底在哪里啊？我们返回云南，去找茹儿！"这时，一直站在一旁的茹儿拉着月儿和杏儿朝里屋指了指，又"啊啊"地说了几声。川儿忙解释说："这位是我哑姐姐，也是个孤儿，她曾救了悔儿和哥哥，我们领她来一块见爷爷和大家。"苦儿说："玉儿领她进去吧，她也要洗洗脸。"三位姑娘将茹儿领进了里屋。苦儿把哑妹的情况向老叫花他们介绍了一番，冷竹青说："这位哑妹也够可怜的。"川儿小声地说："别看她长得丑，心眼可好了。我哥为救悔儿，必须装死，是哑姐姐将我们拉到城外的，又为我们化装。她还救了我，让我没被恶人绑走。"苦儿说："我们三路人马都没找到茹儿，看来是凶多吉少。"老叫花说："我们不能丢下茹儿。明天一早，返回云南，在没找过的地方继续找。"川儿说："对，就这么办。没找到二哥，还练什么功啊！"冷竹青问："爷爷，我们还是分开找吗？"老叫花说："不，分开容易，相聚难啊，咱们一块找。"柳扬说："小哥，我好想你啊！"川儿说："我也是。等找到二哥后，咱们再也不分开了！"

这时，玉儿和月儿含笑从里屋走出来，接着杏儿拉着恢复本来面目的茹儿慢慢地走了出来。这下可把外屋的男人们惊呆了。苦儿叫道："茹儿，原来你早就回来了！爷爷，您怎么没告诉我啊，是想给我们来个惊喜吧。"老叫花也吃惊地问："茹儿，你……你什么时候回来的？"川儿顾不得问，上去就抱住茹儿连叫了两声"二哥"，便放声大哭起来。茹儿拍着川儿的头说道："小四，别哭了，二哥不是回来了吗？"川儿擦了擦眼泪，又对着里屋喊道："哑姐姐，快来，见见我二哥！"可里面并无人应。这时，玉儿、月儿和杏儿突然都大笑起来。川儿冲进里屋一看，哪有什么哑姐姐。他拍着头说："哎呀，二哥，你骗得我们好苦啊！"众人这才明白过来，原来哑姑娘就是茹儿。老叫花笑得眼泪都流下来了。苦儿也拍着头说："天啊，我真是天下第一大笨！"

柳扬说："小哥，你不是常夸自己多么机灵、聪明吗？二哥陪了你一路，你却浑然不知。"川儿大声辩解道："这能怨我吗？二哥蒙上一只眼睛，又化装成那样，还一个劲地啊啊比画，别说我了，就是连哥也没想到啊！"杏儿笑道："可我哥承认自己是天下第一大笨了啊。"川儿立刻说道："好，好，我承认我是天下第二大笨，这成了吧？"众人都大笑起来。

玉儿笑着问："茹儿，快说说你都经历了什么？"众人坐了下来，茹儿将谷丁和觑觑狗下毒及谷丁后来反中毒之事讲了出来，又将昆明城中听到设计害苦儿之事也说了出来。川儿听了，说："原来是这么回事。那二哥，你为什么要化装呢？"茹儿说："谷丁说峨眉消功之事已传遍武林，都知道是一个黑小子消人功力。我担心还会有人打我的主意，于是就改装成独眼、灰脸的赶车小哑巴。这一化装，果然太平了许多，再也没人愿意多看我一眼。不过，玉姐姐，真是对不起了，谷丁和觑觑狗趁我去追悔儿时逃跑了。"玉儿笑道："说什么呢！你能平安地回来，便是最好不过的。至于那两个恶人，早晚有一天会被咱们抓住的！"

杏儿瞪大眼睛问："二哥，这一路上，哥和小哥就一点也没怀疑你？"茹儿笑道："他们只是同情我孤苦一人赶车为生，要把我领回来和大家一起生活，哪里会怀疑我是茹儿？再说了，我的哑巴手势和叫声确实挺像的。"说罢，她又比画一气，又"啊、啊"地叫了几声，众人忍不住又都大笑起来。老叫花笑得胡子抖个不停。冷竹青笑着说："茹儿真是人才，学什么像什么。"茹儿说："其实小四最盼望我能跟他们来。"玉儿问："为什么？"茹儿摇摇头，刚要回答，川儿抢先说："二哥，别说了，求你了！"苦儿说："还是我来说吧，小四说了，他哑姐姐来了，他就不是最丑的了。"大伙一听都笑了起来。杏儿说："四哥，你可真厉害，还敢跟二哥比美。"柳扬说："那是啊，小哥可是美男子啊！"月儿将川儿拉到茹儿身边，笑道："比一比啊，咱们小四还真挺好看的。"川儿装作害羞的样子，一头扎进老叫花的怀里，说道："爷爷救命啊，他们要吃了我了！"老叫花抬手在他屁股上拍了一下，川儿叫道："哎呀，不好了！四将军真命苦，兄弟姐妹都欺负我，只有爷爷面带笑，可突然抬手还打屁股！"几句话又把大家给逗笑了。

月儿突然看见川儿脖子上有红绳，她取下来一看，是护身符，便说道："小四，你也太大意了，这要丢了可怎么办？"川儿站起身来说道："我和哥都太想二哥了，就每天拿出护身符来看，所以我们俩就挂在脖子上了。不如咱们都戴上吧！"老叫花从月儿手里接过护身符，说："护身符啊，你随着你的主人一块经历了诸多事情，最后你还是保佑他们克服重重困难再次团聚了。"冷竹青说："我听说原来玉片上有个'聚'字，这也许就是聚字的威力吧。"老叫花说："来，你们几个也拿出来摆摆看看。"月儿、玉儿、茹儿都扯开衣服，取出护身符。杏儿和柳扬摆了半天，这才发现，玉儿、川儿、苦儿、茹儿、月儿五个人的玉片是连在一起的。川儿说："难怪哥和二哥那么好，护身符也是挨在一起的。"月儿笑道："也不在那个。冷大哥还没有护身符呢，不照样和玉姐姐好了？"苦儿和茹儿听了，都为他二人高兴。茹儿说："玉姐姐，恭喜你！"苦儿说："冷兄，有情人终成眷属。"柳扬说："这护身符还少几枚吧？"苦儿说："还少田力均、王宏庄、王宏程三块，等回到山南城，这护身符便凑齐了。"

杏儿说："哥，可别忘了，给我刻一枚护身符。"柳扬说："我也要！"苦儿说："这好办，咱们不是捡到了几枚玉石片吗？挑出最满意的一枚，回到河南，我便可以给你们刻。"老叫花说道："咱们人齐了，该商量一下大海练功的事了。"川儿立刻说："咱们也去海岛，像哥和小六一样，在荒岛上练功一百天。"苦儿忙说："去海岛是可以的，但不必像我和杏儿那样过茹毛饮血的日子。咱们应买一些吃的、用的带上海岛，保证咱们有更充分的体力练功。"老叫花说："对，就这么办。明天，你们三个道士便去海边打听海岛的情况，问准了、准备好了，你们先出发。我们六人三天之后再出海，给跟踪的人造成一种错觉。"

三天后，三个道士以海上求仙为名，租了一艘船，载着米、面、鸡、水等吃的东西和锅碗瓢盆等用具出海了，一路向南划去。三天后的清晨，老叫花等人也租了一艘船，也拉着不少东西向南海驶去。

陈鸣望着远去的船只，自语道："还是六个人，看来那三个人是回不来了。他们去大海练功，我也该回武昌复命了。"

已是未时，月儿和冷竹青划着船，可仍不见海岛的影子。杏儿高声叫道："大海，我又回来了！"柳扬皱着眉头说："我不会水，要掉下去就完了。"冷竹青说道："师弟，不许胡说。渔民都说了，出海是不准说不吉利的话的。"杏儿说："五哥，你别担心，有我在，你不会有事的。"说罢，杏儿跳下了水，推着船游，船速果然快了很多。柳扬见她优美的游水姿势，羡慕不已。前面出现了一艘船。杏儿喊道："爷爷，是我哥！"驶近一看，果然是苦儿，苦儿将杏儿从海里拉上船后说道："爷爷，我来接你们来了，前面就是三个海岛了。"两艘船又向前划了近半个时辰，眼前终于出现三个"品"字形的岛屿。苦儿介绍说："大家看，最北边的这个叫大山岛，东南角的是小山岛，这两个岛过去都住过人家，现在还有几十间房子。但因缺乏淡水，渔民们不得不搬走了。不过他们留下不少破旧的门窗可作烧柴用，咱们可以生火煮饭了。西南角的那个小岛，是无名岛，它比前面两个岛要小，无人居住过。咱们便在那里安家。岛上有两个山洞，够咱们住的。"

两艘船在无名岛的西边靠了岸。茹儿和川儿立刻跑来迎接众人上岛。老叫花看了看小岛，说道："这个无名小岛是由一座小山包构成的，虽不大却足够咱们用的了。"冷竹青、柳扬和玉儿是第一次登海岛，自然很是兴奋。柳扬摸了摸海边的大石头，说："这石头好光滑啊，一定是被海水冲的。"冷竹青抱着一棵大树，说道："没想到小岛上也有这么粗的大树。"茹儿将他们引进半山腰的一个山洞，说道："爷爷，这里便是住处了。"大家一看，洞里很宽敞，在靠里面的地方还铺了干草，草上还铺着羊皮和狍子皮。草铺内侧堆放着米、面、鸡蛋、肉和一堆堆的干柴，锅碗瓢盆很整齐地放在了一旁。柳扬看见两个圆桶似的东西，忙问："哥，这是什么？"苦儿说："这是炉子，烧木柴可做饭，放上铁箅子可烤鱼。"

月儿问道："我们住哪儿？"茹儿说道："在山的另一头，咱们去看看。"众人穿过山间的林中小路，发现山坡上有一个很深的洞。苦儿说道："这原是个小山洞。我用了一天的时间，将它凿宽凿深，这样可方便接雨水，接一次水可够我们使用半个月的。"老叫花说道："不错，上面有山石挡着，泥土流不进来；外面有光溜溜的石台接水，水质也较干净。"

最后，他们来到小山洞的另一头。里面已经铺好了干草床，也堆放了不少干柴。玉儿问道："大海掀巨浪时，会不会冲进洞里来啊？"茹儿说："一般的浪是不会的，不过若掀起巨浪，就很难说了。"杏儿说："玉姐姐别担心，只要不被海浪卷走，就不怕。"

老叫花和苦儿忙着准备晚饭，冷竹青和柳扬拉着川儿要学游泳。三人到了海边，川儿站在他二人中间说道："游泳分好几种。我先教你们踩水，就是人站在水中，双腿交替，上抬下踩就可以了。"说罢，他拉着他们一人一只手，练习起来。

在东边的海面上，茹儿、月儿和杏儿在教玉儿学游泳，杏儿在前面拉着她的双手，茹儿和月儿一左一右用手托着她的身子。慢慢地，月儿将手松开了，她又朝茹儿使个眼色，茹儿也将手撤了下来。玉儿慢慢地向前游着，感觉很快乐。杏儿说："玉姐姐，我不拉着你也没关系，有两位姐姐托着你呢，你就放心练吧。"杏儿慢慢松了手。玉儿想抓，可没抓住。杏儿早就像小鱼一样游走了。玉儿叫道："好你个小丫头片子！"话还没说完呢，又觉得身子有些下沉，不敢再说话。她慢慢地游着，无意中一回头，不见了茹儿和月儿，她立刻大叫起来，身体也开始往下沉。正这时，茹儿和月儿都从水中钻出来扶住了她。玉儿说道："可吓死我了，你们跑去哪里了？"茹儿笑道："你自己能游出十几丈了。"玉儿吃惊地问："真的？"

六十一　蠢蠢欲动

　　一天夜里，月亮时明时暗。山南城内，张荣骑马在山庄工地上巡视着，并特别提醒值更人员要小心。当他来到水库大坝时，正遇上田育勤，他忙下马问道："田叔叔，怎么还没有休息啊？"田育勤说："睡不着，出来转转。张荣，你白天检查、夜里巡视，够辛苦的，可要注意身体。"张荣说："谢谢叔叔。这两个月进度很快，夜里不看看，我总不放心。"田育勤指着大坝说："你看，都已经起了六尺多高了，抢在雨季前完工是没问题的。"张荣说："山里的毛贼倒是很安静啊，倒让我感到有点不对劲。"田育勤说："我也担心此事啊，所以常出来走走。咱们把家安在人家的眼皮子底下，他们是不会轻易罢手的。"张荣说："是啊。叔叔，您先歇着吧，我去道观看看。"田育勤望着张荣的背影，赞叹地点点头。

　　到了丑时，人们睡得正香，连值更的人也不禁打起盹来。郎昊带人来到了西山脚下，他向山庄望了望，见四周毫无动静，便跃过围墙，潜入山庄之中。郎昊用手指了指，手下人立刻分成四组，悄悄地向不同方向走去。最近的一伙人靠近了水库大坝，另一伙人来到议事厅，还有一伙人已潜入道观大殿附近。大殿的四面墙已砌得很高了，这四人一时还搞不清里面的情况。有一个人正向大殿爬去，此人也很机灵，月暗则行、月明则停，很快，他进入大殿之中。最后一伙人的目标是梅花山庄，四人小心翼翼地靠近目标。

　　山庄里静极了。鄂靖派两个人将火药包放在大坝上，他亲自装上，并将其点燃。导火线一寸一寸地燃烧着，眼看就烧到位了，鄂靖高兴极了，他命人后退，并快速撤离。这时，一个人影飞快地跳上了大坝，拎起火药包，朝鄂靖他们的方向扔了过去。此人正是田力均。鄂靖他们见此，撒腿就跑，跑得慢的三人还是随火药包一起炸飞了。飞起的石块、碎肉不断地打在鄂靖的身上，只砸得他满脸血污。原来，田力均和值更人员及时地发现了山贼的行踪，在看清他们的意图后，立即下手阻止。

其他三伙贼人听到爆炸声，还以为鄂靖得手了，有些兴奋。在梅花山庄的四名匪徒，挟着火药包便进入了客房，只听噗噗两声，两支短锥已射入他们的咽喉，他们当场气绝身亡。到了议事厅的匪徒，不敢进入议事厅，便将火药包放在墙外，刚点燃导火线，只觉得剑光一闪，当场死了两个，另外两个扭头便跑，连滚带爬地进了山沟。在暗处的冷面双娇又命人仔细搜查，不要放过每一个角落。在道观里的匪徒，正要靠近大殿，听见了些动静，便不敢贸然行动。一个匪徒说："就在这儿炸吧。"见无人应他，回头去看，火药包已不翼而飞，可拂尘却扫进他眼睛里，他两眼一黑，就什么也看不见了。

听见了爆炸声，工匠们也都起来了，他们手拿棍杖，到处搜查。灯笼、火把将山庄照得通明，有几处响起了厮杀声。不一会儿，张荣和庄儿分别领着十几个人各抓住一个山贼。春风、春雨也带人擒获了一个山贼。冷面双娇骑马巡视各处，除了西山坡外被炸了一个大坑外，其他地方均完好如初。乔如虹问起爆炸之事，田力均一一作答。冷月娇说道："好样的，力均真勇敢！"

等在西山外的郎昊，听见爆炸声，却不见人回来，心急如焚。当他看见鄂靖一个人回来了，而且是浑身血污，他忍不住问道："那几个人呢？"鄂靖说："都被炸死了。""是炸了大坝了？"鄂靖摇摇头，说："不是，被人给扔回来了。"郎昊嘿了一声，立刻给了鄂靖一耳光。过了一会儿，又有三个人回来了，都说了各自的遭遇。无奈之下，郎昊只得带人回去了。

山庄里，冷面双娇连夜审问山贼，这五人只承认炸山庄，对于他们的老巢在哪儿，却是死活都不说。乔如虹说："既然如此，我放你们五人一条生路，只是你五人的待遇应当一样啊。"说罢，拿起拂尘，将其他三人的眼睛抽瞎。冷月娇说道："荣儿，将他们三人连同那几具尸体送进山里，由他们去吧。"张荣领命而去。

一品香的掌柜白猫听到爆炸声后，兴奋得一夜没睡，第二天一早，就派田舒四处去打探消息。田舒混在人群中，想进山庄看看，可山庄四周都有人把守，不让闲人入内。而且山庄里的人都说是有两处房屋被炸，大坝也遭到破坏，损失极为惨重。田舒回来时，正遇到送饭回来的宫掌柜，他便向宫掌柜打听情况。宫掌柜也说："两处房子被炸毁，大坝被炸出了几条大缝，不少地方得推倒重来，还有不少工匠害怕，不做了。"

田舒马上将听到的情况回禀给白掌柜。那白掌柜听了是喜上眉梢，不停地说道："太好了，真是太好了！我们早晚要将这根毒刺拔掉。"田舒也说道："是啊，再干它几回，他们就得滚蛋了。这是咱们的地盘，这就叫强龙压不住地头蛇啊！"白掌柜哈哈大笑，说道："我现在就给帮主写信，你亲自送去。"

而此时，在山南城酒楼的屋顶，值夜的伙计听见房上有动静，忙到一间小屋内，将庄儿叫醒。庄儿来到厨房，躲在暗处看，见天棚上的气窗看不到月光。他知道，贼已靠近了气窗，说不定一会儿就下手了。气窗之下放了一盆猪下水，那是每夜都放在那儿的诱敌之物。不一会儿，庄儿听到气窗口上面三尺多高的正方形气窗筒上响起了衣料与铁皮的摩擦声。气窗口不大，一个身形胖的人是钻不进来的。在气窗的铁丝网上，出现了两只手。那贼人想拉掉铁丝网，可那铁丝网钉得太牢固，他拉了几次都没能拉开。那双手离开了铁丝网。庄儿朝伙计做了个手势，只见那伙计很快用大铁钳子夹着一块灶上挡火的铁板走了过来，庄儿接过铁钳，站在气窗口边的一个凳子上。这时，只见一团粉末从气窗中撒落下来。庄儿立刻举起铁钳夹着热铁板直贴在气窗的铁丝网上，那粉末落在热的铁板上，发出难闻的气味。不过同时，也好像有烧焦了的猪皮的味道。还有气窗筒内的窸窣之声。庄儿估计他是要逃走，立刻放下铁钳跑出去，跃上屋顶。可贼人早已逃之夭夭了。庄儿立刻回到厨房，关好门，对伙计说："此贼必是瘦小枯干之人，轻功也不错，明天要留意一下周边的人。"

那田舒跌跌撞撞地从后院跑进一品香酒馆的一间屋里，一头摔倒在地。白猫忙用水向他脸上喷去，喷了三五次后，田舒醒了过来。白猫将他扶到椅子上问："怎么样？"田舒喝了一口水，将事情的经过慢慢讲了一遍。白猫听罢，说道："真没想到，他们的防守如此严密。"田舒说道："他们的招真损，不但用烧热的铁板烤煳了我的手，那铁板还接住了我撒落的毒药，毒药化成毒气，熏得我头晕眼花的，差点就回不来了。"白猫安慰道："好好养伤，两三个月不要出门，我就说你回家探亲去了。"田舒说："投毒这招恐怕是不灵了。"白猫说："没关系，这招不行还有下一招，你安心养伤就是了。"说罢，取出红伤药和烫伤药为田舒上药包扎。

已是七月中旬，桃花山庄和水库均已建成，张荣从原来的工匠中挑出十几名留下，做水库维护和养鱼、种菜等工作。田育勤和田力均接到家乡人捎来的信，说是朝廷来了公文，派田力均去山东青州井水县任知县。

冷面双娇当晚便在刚建好的议事厅里为田家父子举行了告别宴。大家举杯庆祝力均做官。酒过三巡，乔如虹对庄儿说道："庄儿，你平日里话虽不多，却心细有主见，有你辅佐力均，我们也放心。听说你哥已任青州知府，是力均的顶头上司，有你在，许多事情会好办些，你就多费心吧。"庄儿说道："姑姑放心吧，力均为人正派、关心百姓，水库工地的工匠哪个不喜欢他？他一定会是个好官的。我一定会尽心尽力的。"张荣说道："力均啊，这往后，你就是田老爷、田大人了，哥哥有几句话不知当讲不当讲。"力均起身为他斟上酒，说道："即使当了官，我还是我。张荣哥，你我是兄弟，有话但说无妨。"田育勤也说道："张荣啊，你是哥哥，为力均敲敲警钟，叔叔谢谢你。"张荣说："是，叔叔，那我就说了。当今的朝廷黑暗腐败，百姓如生活在水火之中。人们常说：当官十有九贪，剩下一个鞋还没干。在这种情况下，要想当一位清官实属不易——不是被腐败之风吹倒，便是为上司或同僚所不容。力均你可千万要当心啊，做不成清官，咱们不做官也罢。但贪官却是万万做不得的。"田力均听罢站了起来，举杯说道："张荣哥说的都是肺腑之言，力均我牢记在心。这几个月与大家相处，让我懂得了很多。张荣哥，我敬你一杯！"二人各饮一杯。冷月娇对力均说："这几个月你为建山庄受累了，这里留下了你的汗水。你也是山庄的主人，今后有什么难处尽管回来说。要用人用钱，我们一定鼎力相助。"

田育勤说道："那就谢谢二位女侠了，有了你们的支持，我们心里就有底了。在下心里明白，力均此行，虽说是去做官，不如说是参加一场战斗，再经历一次实地考试。我父子会拼尽全力，为百姓做事的。"力均说道："有二位姑姑和大家的支持，有庄哥相助，有爹爹把关，我信心倍增。"春风、春雨送来两千两银子，放在了田力均的面前。乔如虹说："力均，你和苦儿是一文一武的好兄弟，也与苦儿和茹儿一样，如我们的亲侄儿一般。姑姑送你两千两银子，捉襟见肘之时，便可用上它，帮你渡过难关。苦儿和茹儿回来时，我一定叫他们去看你。"田力均说："谢谢二位姑姑，侄儿收下了。我苦哥回来时，请告诉他，力均不会让他丢脸的。"

这一天的夜里，一个黑影夹着一个黑包从山谷中溜进了桃花山庄，他时隐时现，蹿到了议事厅附近，才潜伏下来。此人头戴面罩，不过借着月光可以看清他那双小圆眼睛。此人正是一品香掌柜白猫。他手牵一根绳子，绳的另一头是一包火药。他拖着包爬行，正在靠近议事厅。但包拖在地上的声音，惊动了值夜的春风、春雨，她二人仔细观看，终于发现了一个火药包和那个黑影。春风觉得这恶人十分好笑，便产生了一个戏弄对手的想法。春风脱下披风，并轻轻地装上沙土包好。春雨明白了春风的用意，就悄悄地夹好包爬了过去，乘机将火药包换下，并将沙包重新绑在绳子上。白猫全神贯注地窥视着议事厅。他确定无人注意自己时，立刻跃起，跑到议事厅墙下，将火药包放好，又快速跑到隐藏处点燃导火索。他期盼着：快点炸吧，连人带房一块升天吧！导火线很快烧到火药包上了，可火却突然熄灭了。火药包没响，却突然听到身后响起女人的笑声，白猫惊出一身冷汗。有人说道："恶贼，你失算了，那是沙包，火药包早就被我们换下了。"白猫这才知道自己早就被发现了。他跳起来便往外冲，春风、春雨左右夹击，他手臂上已挨了一剑。白猫不敢恋战，只求快快逃走。他从怀中掏出一包迷药，撒向她二人，春风、春雨忙低头躲避。白猫趁机跃起，左蹦右跳，逃到山谷里去了。春风、春雨追了一会儿，不见人影，便又回到山庄巡夜。

白猫躲在一个山洞里，借着月光一看，右臂上被刺了一道长长的口子，并且流血不止。他为自己点穴止血后，又从怀里取出红伤药涂上，从内衣撕下一块布包扎好后，他从体力到精神都彻底瓦解了。他眯着眼靠在石壁上，心中一片茫然。自己被戏弄了还全然不知，这太可怕了。若不是准备了迷药，加上自己轻功还算好，恐怕连命都没了。想到此，他睁开眼睛，看看月色，还不到丑时，城门不开，是回不去了，只好躲在洞里等待天明吧。他很困，可不敢睡，如同惊弓之鸟，惶惶地坐了一夜。

田舒也是一夜未睡，他所期望的爆炸声一直没响，他心知事情不妙，便做了最坏的打算：时刻准备逃走。

天终于亮了，田舒派出去的人，终于将白猫接了回来。白猫瘫倒在床上，一句话也说不出来。田舒让他休息了一会儿，又喂了他几口参汤。白猫这才有了些精神，将发生之事叙述了一遍。田舒叹道："咱们的确是斗不过冷面双娇，停手吧！"白猫也无可奈何地说："是啊，再斗下去，恐怕会被连窝端了。"田舒说："堂主，城中已有几个人打听我的情况了，虽弄不清用意，可我还是觉得不安。"白猫说："没有真凭实据，他们是不会打上门来的。咱们也来个匿影藏形，安心做生意。"田舒说："对，静观其变。"

刘全柱来到了钦州城，住在一家客栈里监视钦州大客栈进出的人们。由于龙老大担心刘全柱离开十业帮太久会引起孙子杰的不信任，在自己功力恢复到六成时，便叫刘全柱回到了武昌。正赶上陈鸣回来向孙子杰禀报跟踪的情况，于是，孙子杰便派刘全柱接替陈鸣，继续监视老叫花等人。

刘全柱嫖赌成性，来钦州不到一个月的时间，便将所带的银子挥霍一空。这可叫他犯了难——回去管孙子杰要钱吧，孙子杰非骂他不可；管金珠要钱吧，金珠倒是能给他，可绝对会把事情捅到帮主那里。他真的不知该如何是好了。由于他交不上房钱，已被店小二撵了出去，无处可去，只好在街上流浪。他动过抢劫的念头，可看到金店、钱庄到了晚上大门加锁、店内守护、院中巡视的样子，最后只得放弃了。

这一天，刘全柱看见一家改制金器的店面，见每天都有人光顾，而店里就一个人，他心里盘算：就一个人好办，将他打倒就是了，能抢来几十两银子也是好的，说不定还能捞上几块金子，便够我花上一阵子了。经过几天的准备，这天夜里，他终于动手了。他用匕首先撬开了门，进屋后，他悄悄走近床边，看到床上躺着一个人，便举起棍子往下打。可打的声音不对，他知道自己上当了。就在他转身要逃之际，从床头突然站出一人，举起大勺向他砸了下来。刘全柱举棍来挡，那大勺却还是重重地砸在他身上。这时他才发觉对方是有功夫的，自己只有六成功力，难以招架，于是拼命冲出了门。那人见他破衣烂衫的，也不去追赶，重新关门睡觉。

　　经过这一战，刘全柱绝望了，他知道自己没有能力去抢劫、杀人，那就还有一招——偷。这一天，他去掏一个书生的钱袋，被人发觉，结果被痛打了一顿。从这时起，刘全柱彻底明白了，自己所有的招法都不灵了，只有讨饭一条路了。他做梦也没想到，自己会成为一个沿街乞讨的叫花子。尽管如此，他监视老叫花的差事却不敢丢。因为他十分清楚，丢了这份差事，孙子杰会要了他的命，龙老大也不会原谅他，他在快刀帮就再没有立足之地了。因此，无论讨没讨到饭，他总要到钦州大客栈门前转上几圈。当他坐在街头想起自己曾经的好日子时，心里既有一种甜丝丝的感觉，又有一种苦涩的味道。

六十二　暗察暗访

　　田力均和庄儿来到了青州府衙门拜会知府王宏程。在府衙内的客厅里，当庄儿见到身穿官服、十分威风的王宏程时，心潮澎湃，他只叫了声："哥！"便泣不成声了。王宏程听了也是吃惊不小，他竟忘记招呼田力均了，急忙走到庄儿面前看了又看，尤其盯着看他两耳边的拴马桩。王宏程慢慢说道："庄儿？是你吗？真的是你回来了吗？""哥，是我，是我从西北大漠回来了！"庄儿说罢，兄弟二人便拥抱在了一起，痛哭失声。

　　良久，王宏程才止住哭声，对田力均说道："对不起，田大人，本府失态了。"田力均说道："府台大人兄弟相会，是一件令人高兴的事，下官理应向大人祝贺才是。今日府台大人好好与兄弟一叙，明日下官再来拜访。"王宏程说道："田大人既来府衙内，哪有不谈公事之理？快快请坐，本府将井水县的情况简要说上几句，好让田大人早些上任，不负百姓盼望之情。"田力均一听，只好坐下。

　　王宏程说道："这井水县是青州府内最穷的地方，它是个内地县，雨水大则涝，雨少则旱。百姓生活实属不易。因县内缺粮少菜，因此粮价、菜价比别处高一些。本府在那里当了几年知县，悟出了一条道理：一面整治水利，排涝解旱；一面调理各方面关系，使百姓与官府、百姓与商家和睦相处。整治水利是个长期的任务，非一两年能完成的；而调理关系则是天天必做之事。"讲到这里，他停了一下，观察田力均的反应。

　　王宏程见田力均平静地在听他讲话，又说道："田大人的前任刘知县，不听本府劝告，急于求政绩，挑起了商家与官府、商家与百姓的冲突。贫穷之县，百姓就像是一堆干柴，碰一个火星便会燃起熊熊大火，闹成不可收拾的局面。最后朝廷将他降级派到别处去了。所以，稳定大局、不给朝廷找麻烦，才是当务之急啊。"力均听此，便起身说道："下官感谢府台大人赐教，还望大人日后多多指教。下官告辞了。"

送走了田力均，王宏程忙说："庄儿，快跟哥哥讲讲你的经历。"庄儿便把长蛇洞被绑后卖到西北大漠之事讲了一遍。王宏程又问："那你是怎么回来的？"庄儿又将冷面双娇去西北寻亲，他随着回到老家之事说了一遍。王宏程听了，说道："庄儿，你受苦了。这一别便是十年，你可知道爹爹和我是多么想你啊！"说罢，兄弟二人又流下泪来。王宏程擦擦泪水，说道："好了，咱们说点高兴的事。前几年，我曾回过一次老家，听说月儿和苦儿一块走了，现在可回来了？"庄儿听哥哥打听月儿和苦儿的消息，马上想起田育勤特意嘱咐他的话："你哥哥若谈起苦儿之事，因他们还没有回来，少说为佳。只说他四海求学，学医问药就是了。关于我父子与苦儿的关系，更是少说为妙。"想到此，庄儿说道："苦儿和月儿走了不少地方，听说是寻医问药，将来要悬壶济世，成为名医。"王宏程说："苦儿从小就是个有志向的人，将来会成为名医的。"庄儿问："哥，你还没有成家吗？"王宏程笑了笑，说道："公务繁忙，哪有心成家啊？哥哥我做官五年，兢兢业业，时时刻刻不敢懈怠，这才由知县一步一步升到了知府。同年的进士，数我升得快。可他们谁知道我付出的艰辛呢？别人是娶妻生子，可哥哥我仍是孑然一身啊。"

其实王宏程早就想娶月儿为妻了，无奈月儿没等他荣归，却随苦儿出走了，这叫他十分伤心。他决心要找一个胜过月儿的姑娘，也好在苦儿和月儿面前出出气。可要找这样的姑娘谈何容易？虽然提亲的人很多，却没见到一个叫他动心的姑娘。所以婚事也就一直拖了下来。

庄儿说道："听说哥当了知府，乡亲们都为你高兴。你可是咱山南城的第一个进士，咱山南城有名的大才子。哥，你要是回咱南阳当了知府，那伏牛山的山贼早就被灭了，百姓们早就过上太平日子了。"王宏程说道："庄儿，你有所不知，当官的有当官的难处，不能全像老百姓希望的那样。比如说剿匪，无粮、无钱，如何去剿？你手中无粮又无银子，是什么事也做不成的。"

庄儿听了这话，不由得仔细打量起这间客厅来。客厅不但装修豪华，还摆放了不少古玩、字画，再看看王宏程，养得白白胖胖，脸上全是肉，那单眼皮三角眼，现在只剩下一条缝了。庄儿心说："看来哥离我们是越来越远了。"

王宏程见庄儿没说话，又问道："庄儿，你怎会与那田大人走到一起？"庄儿答道："我们两个都帮人建山庄，就认识了。他说他当官缺人手，我便跟来了。一则可以经常见见哥哥，二则也可以帮忙做点事。我又不会干别的，跟他跑个腿、学个舌，混点银子、吃饱肚子也不错。"王宏程说道："如为填饱肚子，不跟他也罢，留在哥哥身边，还怕饿着你不成？"

庄儿笑道："当初答应人家了，又如何反悔呢？等我练好了本事，再跟哥哥也不迟。"王宏程说："那就由你了。不过，我可提醒你，到了井水县，要处处留心，不可轻易得罪人。尤其是那些大买卖人，他们财大气粗，是万万得罪不起的。得罪了他们，你什么事也干不了，还会影响到田力均的前程。田大人十年寒窗苦读，终于得到这一官半职，是不容易的。你是他的朋友，要处处为他着想。"庄儿说道："哥哥说得是，我会尽力去帮他。"王宏程怕他不懂其中的奥妙，又进一步说道："井水县虽穷，却是哥哥的福地，那里的人与我情深意重，他们有什么不对的，看在哥哥的面子上，不要与他们计较就是了。如果你办事过于较真，日后哥哥与他们就不好相见了。"庄儿听了，心下愕然。

王宏程派人摆了一桌酒席，兄弟二人推杯换盏饮起酒来。已有些微醺的王宏程说道："庄儿，我看那田力均，血气方刚，不一定懂得官场的规矩。"庄儿说："哥，他是第一次当官，家里又没做官的人，怎么会知道官场的规矩？哥哥要想教他几招，我可以传话与他。"王宏程喝了一杯酒，说道："当官第一要义就是要听话，听皇上的话。不过皇上离得太远，听上司的话，那才是又近又实在的事。如果不听上司召唤，他怎么会喜欢你？那又有谁会去抬举你？到时，坐得了坐不了这把官椅，可都两说了。"庄儿喝了一口酒，问："那如果上司的吩咐是不对的呢？那该怎么办？"王宏程笑道："庄儿，你还行，知道动心思。哥哥告诉你，官场之事，非百姓过日子，而是一级管一级。精明的人在琢磨如何听懂上司的话、如何办好上司交代的事。你知道官海深无底啊，淹死一些官员那是常有的事。"庄儿听罢，明白了他的用意：哥的意思是让我告诉田力均，要听哥的话，如若不然，就会像刘知县一样！看来我哥和力均之间必会发生一场冲突，我该怎么办呢？

在青州府的一家客栈里，田力均与田育勤也在谈论着王宏程，田力均将王宏程的话一一学给田育勤听。田育勤说："我们不知事情真相，便不知其真实用意。"田力均说："爹，不如我们来个暗访，也许能摸清一些关系。"田育勤说："可以在城里逛上几天，摸摸情况。新官上任三把火。这火不烧是不行的，可这火怎么烧？还真需要动动心思。"田力均说道："对，火还是要烧的，降级免职随他去好了，我只当是来山东游历一次了。"

此时田力均心里非常难过，随同公文还送来白云的一封信。信中有几句话深深刺痛了他的心："闻知你被派到山东井水县为官，终于圆了你的官梦。不过听说井水县是山东最穷的县，你到那里的艰难程度可想而知。力均，我准备嫁给吴公子了，这是命运的安排。愿你能找到一位比我更好的姑娘，祝福你！"力均虽早已有了心理准备，但还是觉得受到了一次沉重的打击，他不断地安慰着自己："还有爹爹在，官场黑暗，能走多远就走多远吧。白云，如果将来我真有落魄之时，不会给你带来任何伤害，我心里也就宽慰了。别了，白云！"

田力均等三人在井水县乡下转了三天，虽说老百姓缄口不语，但还是有一些血气方刚的年轻人说出了城中米店、菜行，欺行霸市，压低米价、菜价收购的事。他们今日特意起早赶到城门前看个究竟。清晨，这里聚集了很多人，推车的、挑担的，庄户人家来了不少，都是来卖粮卖菜的。整个市场，没有大吵大闹，一切都在有序进行。田力均说道："都很正常啊，哪有什么强买强卖的。"田育勤却说道："城门已开，卖粮的、卖菜的为何不进城去卖？"庄儿说道："对呀，咱们还是走进去看看。"这时，一位瘦弱的中年人推着一车粮食走过来，庄儿立刻跑过去帮忙推车，那人感激地说道："谢谢你，小兄弟。"还没等庄儿答话，过来两个伙计打扮的人，将车拦住，一人问道："什么粮？"中年人答道："是小米，上等的好小米。"那伙计打开一个袋子，抓起一把米看了看，说道："什么好小米？还是原价收购。"中年人说道："二位爷，能不能再高些？我们种粮不易啊！"那伙计把眼一瞪，低声说道："你敢和我们掌柜的争饭吃？不想活了？"那中年人无奈，只得卖了。庄儿说："大叔，这一斗少卖了多少银子？您不卖给他不行吗？"中年人叹道："小兄弟，一是我等钱用，二是不卖要招祸啊！"庄儿又问："招什么祸？"中年人小声说道："你不卖，他们就派人跟着你，到了晚上，不是家人被打便是猪羊被杀。你想告状都找不着主儿啊！"说罢，摇摇头，推车走了。田育勤也看见几个卖菜的乡下人摇头叹气地走了。田育勤问："你们为何不进城去卖？"卖菜人说："哪里进得去哟。"只见刚刚收购的粮食整车整车地拉进了城里，而卖粮、卖菜的乡下人无一人敢进城。

卖粮卖菜的人渐渐散去了，收粮收菜的满载而归进了城。城门前安静下来。田力均三人心情沉重地站在那里，谁也没说话。良久，田力均说："这城门大有文章，咱们进城看看吧。"

庄儿说道："咱们还是分开走吧，我扮成叫花子，也许更容易打探到一些情况。"

于是，他们分头进了城。田育勤父子来到了城里最热闹的兴隆大街，走不远，便看见路北的青绿菜行的伙计们正从大车上往下搬菜。一个狐狸脸的人大声说道："轻点，轻点！别把菜碰烂了。"同时，他们又看到路南的一家顺昌米店的几个伙计也正从车上搬粮食。田力均说道："这两家必在其中了，不知还有几家？"田育勤说道："再往前走走看看。"他们看见布庄、茶庄刚刚开门。一家叫醉仙居的酒楼还没开门。

田力均见一家米店刚刚撤去门板，便走过去问伙计："请问这位大哥，贵店不去城外收购粮食吗？"那伙计看看他，说道："客官是外地人吧？到城门外收粮，可不是谁都能去的，小店没那福分。"田力均又问了几家，好几个伙计拒绝回答。田育勤说："看来，强行压价收粮的仅此一家，咱们回去看个究竟。"

他们又来到顺昌米店，田育勤进店一看价格，大吃一惊，每斗的价格比济南城、青州城高出很多，与城门外的收购价比起来，要高出更多。这一压一抬，便挣了不少黑心钱。他小声与力均交谈了几句。一个伙计见他父子二人看看说说，并不买粮，便上前问道："二位客官要买粮吗？"田育勤上前说道："我家少爷想买些粮食，只是贵店的价格高了些。"那伙计说道："要是买得多，可以与掌柜的商量商量。"田力均正想见见这里的掌柜的，于是说："如此甚好。"伙计进了后堂，不一会儿，一个满脸疙瘩、一双笑眼的人走了出来。那伙计介绍说："这位是我们的刘掌柜刘满仓。"

刘满仓问道："二位要买粮？但不知要买多少？"田力均答道："不太多，先买上一石。只是贵店的价格偏高一些，我还得盘算一番。"刘满仓笑道："只买一石就免谈了吧，明码标价。客官嫌贵，不妨到别处去看看。"田育勤又看了看刘满仓，说道："少爷，咱们还是再走几家吧。"田力均说："好吧。告辞了。"刘满仓说了声不送，便回后堂去了。

走出了顺昌米店，田育勤问："均儿，你可认识这个刘掌柜？"田力均回道："我怎会认识他？难道爹爹认识他？"田育勤笑了笑，说道："你再好好想一想。"田力均边走边想，突然，他说道："刘满仓，县衙里的班头！"田育勤说："正是他。抄了咱们的家，害得我下了大狱。"田力均说道："想不到这个坏蛋竟跑到了这里，横行霸道、鱼肉百姓，看来他是坏到头了！"田育勤说："恶人做恶事，这不奇怪，他来到这里，靠的是什么人才能如此为非作歹，而不受惩罚？"田力均说道："是啊，一定要查个水落石出。爹，咱们再去那青绿菜行看看。"

庄儿在街上乞讨，两个叫花子走过来，抓住他说："你在这里讨饭，为何不拜访我们头领？一点规矩都不懂，快跟我们走！"庄儿说道："你们头领？这要饭也不容易。好，我跟你们走。"庄儿跟他们来到城边的一座破庙里，一个叫花子说道："二位头领，我们带来了一个新来的。"庄儿朝香案边一看，左右两边的破椅子上各坐着一个人，这二人虽穿得破烂，却都生得白白净净。左边的人问："你从哪里来？"右边的人一拍香案，说道："我看你壮壮实实的，哪像个讨饭的！快说实话，你是干什么的？"庄儿冷冷一笑，说道："我讨我的饭，与你们何干？是你们把我请到这里来的，有什么事？快说吧。"左边的人叫了起来："嘿，你倒是硬气得很，到了井水城不来拜见我们，还想充老大不成？"庄儿笑了笑，说道："都是叫花子，你们还摆什么臭架子？越摆越臭！"那两人同时站起来，左边的人说："不叫你吃点苦头，也不知我们的厉害。"右边的人不由分说，挥拳便打。庄儿并不急于出手，只是躲闪观察。看清他的拳路后，庄儿双拳一晃，脚下突然使绊子，将一人摔倒在地。左边高的那个大叫一声："都上来！"也冲了上来，来个三打一。庄儿精神抖擞，一拳打翻一个，又一脚将另一个踢倒在地，然后一把将那高个擒住。那第一个被打倒的人忙说道："好汉手下留情，您是大英雄，我们眼拙，失敬了！"其他三个也连忙说："英雄好汉，我们服了！"庄儿松开了那个高个子，问道："你们为什么讨饭？"

高个子说："英雄请坐。我叫刘兴，是本地人。因年轻好赌，输掉了祖业、气死了爹娘、气跑了妻子，只好要了饭。"矮一点的人说道："我叫童成，也是本地人，家里种田为生。年少时，也曾读书习武，后来听人说进赌坊可发财，便去尝试，渐渐好赌成瘾。不到几个月，便将田产输光，妻离子散，只好讨饭了。"庄儿说："赌徒讨饭，各处都有。不过输光的人多半是离乡去远处行乞，你二人为何留在本地？难道不要留点面子吗？"刘兴答道："英雄，不是我们不要面子，实在是有难言之隐啊！"庄儿说："我是外地人，虽做了叫花子，却也爱打抱不平，你们有什么尽管说，也许我能帮上忙。"刘兴说："英雄如此说，那我就说了。"庄儿说："别叫我英雄，叫我老庄吧。从今天起，咱们不打不相识，便以兄弟相称。"

刘兴命两个叫花子端来酒菜，摆到香案上。童成说道："庄兄别嫌脏，先喝一杯吧。"三人各饮了一杯。刘兴说道："家父原是在城里开绸布庄的，家境也算殷实，可惜叫我输光了。绸布庄叫那个万乐赌坊给收去了。可后来，我越想越不对，为什么我总是先赢后输？没有一回是先输后赢的。而且，没听说有谁最后是赢了钱的。我想来想去，必是骰子有问题。于是我想去看个究竟。可他们看我成了叫花子，不肯让我进去。不少人都说，赌坊搞鬼、骗人，所以我留下来，想查个究竟。"童成说道："我的想法与刘哥一样，只是我们无钱无势，再加上赌坊的人个个凶狠无比，我们打不过他们，又没人可帮我们，所以至今一事无成。"庄儿说："我从未去过赌坊，你们不妨把各种赌法及作弊手法详细讲来，也许我能帮忙。"刘兴便把赌坊的各种赌法及他们可能使用的作弊手段一一讲给庄儿听。听罢他的讲解，庄儿说道："我基本懂了，可没实际看过，总好像隔着一层纸。这样吧，明天我来找你们，咱们一块进赌坊。"刘兴说："可我们这样是进不去的。"庄儿说："放心吧，我有办法。"庄儿走后，刘兴说道："这位庄大哥真有什么好办法？"童成说："他好像不是要饭的，说话挺硬气。"刘兴说："不管他是干什么的，只要能帮咱们出口恶气就行。咱们一无所有了，还怕什么？"

　　庄儿出了破庙，来到大街上。当他经过青绿菜行门前时，便上门乞讨。一个伙计骂道："臭要饭的，这门前也是你来的地方？快滚！"庄儿说道："要饭行走四方，哪里没去过？就你这门脸来不得。"伙计骂道："臭要饭的，你小子不快点滚，还要说上几句，讨打不成？"庄儿见有人驻足观望，便说道："我要我的饭，你能给就给，不给便罢，为何一定要骂人？"那伙计举拳便要打。这时有人叫道："住手！和一个要饭的较什么劲呢。"随着话音，一个人从屋里走了出来。庄儿见了，大吃一惊：这不是老胡吗？古镇堂被灭，他跑到这里来了，而且还敢横行霸道，真是没有王法了。这回我看你往哪儿跑！

　　老胡并没看庄儿，他不耐烦地摆手说道："要饭的，快点走吧，别影响我们做生意。"庄儿朝前走去，在一家水果铺门前，一个人正在赶苍蝇。庄儿瞧着面熟，便走进去看，轻声问道："家成哥，是你吗？"苟家成听到声音，愣了一会，转过身来，见是个叫花子，便问："你认识我？"庄儿说："我是庄儿呀，你认不出来了？"苟家成一看他耳朵上的拴马桩，说道："你真是庄儿？都长成大人了，我哪里认得出来。快，屋里坐。"庄儿说："不了，我是个要饭的，不便进屋，还是站在外面说话方便。"苟家成便把自己来此的经过简单说了几句。他问庄儿："你哥做大官了，你不知道吗？怎么还出来讨饭呢？"庄儿说道："我被卖到西北大漠，多亏好心人帮助，才逃了回来。回到老家一看，已是人去屋空。我又不会做什么，只好讨饭了。听说哥做了官，这才到山东来。可我又一想，我一个穷要饭的，怎好去一个做官的哥哥家里？还不如自己继续讨饭，免得被人笑话。"苟家成听了，叹了口气，说道："这倒也是，不去也有不去的道理。"庄儿听了觉得有点奇怪，他问道："听说我哥在这儿做了几年的官，做得怎么样啊？"苟家成强撑笑脸，说道："啊，挺好的。"

六十三　第一把火

晚上，庄儿换好衣服走进了平安大客栈，与田育勤父子相见后，便将进城后的所见所闻一一讲了出来。最后他说："想不到青绿菜行的掌柜竟是快刀帮古镇堂的老胡。他在此，说不定黄谢也在这里。铁掌门的门主谷丁也来到了这里，他也是快刀帮的打手之一。恶人都聚集在这里了，将来必有一番苦斗。"田力均说："这里有快刀帮的人，是不是这些人在左右着这座县城？我们该怎么办呢？"田育勤说："对手还不知咱们的底细，咱们必须先给他们来一个下马威，把民愤最大、干坏事最多的人抓起来。这样既可灭灭对手的威风，也可以为百姓解难，争取民心。"庄儿说："我倒是有个主意。"田力均说："庄哥，快说说看。"庄儿说："万乐赌坊诱骗他人参赌，又以作弊手段害人倾家荡产、家破人亡。店中有十几名打手，个个凶狠无比。据说赌坊已在此霸占良田数百亩、房屋数百间，不义之财更是无数。这第一把火，不妨从它烧起，给恶人以震慑。"

田力均说道："我看行，咱们先拿它开刀，再看看其他人的动静。"田育勤说："行是行，不过必须去赌场抓住证据才好行事，无凭无据是不能动手的。抓住证据做成死案，才能查封它、处理它，还家财于百姓。"庄儿说："这好办，我明天带几个叫花子去，看准了再动手不迟。"田育勤说："我陪你去，定要抓个明白。均儿，你明天一早就去上任。接到赌坊报信，好接应我们。"接着，三人又商量起具体方案。

第二天，庄儿扮成阔少模样，由田育勤陪着，去了万乐赌坊。刘兴和童成也扮成家丁的模样跟了进去。赌坊里人头攒动，打牌的、投骰子的、摊钱的样样都有，楼下是普通参赌的，赌注不大，每次不过一二两银子。楼上是押大押小的，下大赌注的，参赌的都是些富家子弟或有钱的大客商，每次赌注都在十两银子以上，多则不限。

田育勤扮成老人家跟在庄儿后面，不过他的眼睛却不停地向四周扫视着。田育勤年轻时，跟朋友也进过赌场，他对赌场的情况并不陌生。他看到楼上楼下灯光昏暗，心想：这为庄家作弊提供了条件，单凭灯光这一点，这便是一个低级的赌场，分明是赌坊主欺负当地人没见过世面。再看楼上楼下有十几个人走来走去，监视着每张赌桌。田育勤心想：这在大赌场根本看不见，真是欺负小地方人啊。刘兴将庄儿引到押大押小的桌前，一个伙计立刻上前问道："这位少爷，想玩上几把吗？可直接押银子，不必换牙筹。"说罢，便向后退了一步，对刘兴说："臭要饭的，又投新主子了？想要翻本可没那么容易。"刘兴说："小子，陪我家公子来玩几把，那是看得起你。一边伺候去，好狗还不挡道呢！"气得那伙计直翻白眼，恨恨地退到一边去了。

庄儿走到赌桌前坐下，一挥手，田育勤立刻取出十两银子放进大字格中，结果赢了。庄儿显得很高兴，又连赢两把之后，却是连押连输，竟输了一百多两。田育勤提醒道："少爷，输了一百多两了，换个台面，也好换换手气。"庄儿站起来说道："真他娘背气！走，换个玩法。"刘兴、童成又将他们引到了摊钱的赌桌上，庄儿坐了下来，又押上了银子。

晚上，庄儿气急败坏地回到平安大客栈，店小二送上了茶水，庄儿说道："太晦气了，真是一输到底！"田育勤劝道："少爷，今天输了二百两，再输，回去就不好向老爷报账了。明天不能再去赌了。"庄儿说："怕什么？明天也许能捞回来呢，你莫再唠叨！"已退到门外的店小二听了他们的谈话，便下楼去了。

刘兴出来看看左右无人，便将门关上。庄儿小声问道："你们看出什么问题来了吗？我可什么也没看出来。"田育勤说道："是啊，听说的和亲眼见的，一点也对不上。可咱们毕竟是输了，说明他们作弊的手法很高明。"刘兴说："可不，我输个倾家荡产，可就是抓不到证据。"童成说："咱们明天紧盯着一样，也许能看出点毛病。"田育勤说："这是个好点子。咱们明天就盯住那个摊钱的。为什么押双的银子多，他数的铜钱数就是单数？怎么会次次都这么巧呢？"

摊钱这种赌法是庄家将几把铜钱抓进一个木匣之中，谁也不知抓进了多少个。参赌之人便押单或双，庄家将木匣中的钱倒出，一对一对地拨过，最后剩一枚铜钱，就是押单的赢，剩下两枚铜钱自然是押双的赢。现在庄家却总是吃大赔小，这不能不引起庄儿等人的怀疑。

接连又去了两天，庄儿和田育勤仍没看出问题在哪儿。第四天，他们又去了。一个伙计拦住刘兴，说："刘兴，你的新主子差不多输光了，等他一走，你小子又该去要饭了。到时候，大爷我赏你几文钱，因为是你把他引过来的，我们得了些银子，岂能忘记你的功劳？"说完还嘿嘿笑了两声，走开了。

庄儿坐在桌前，一会儿押单，一会儿押双，他的眼睛紧盯着拨动铜钱的那根光溜溜的细长的小木棒上。小头尖尖的木棒在庄家手里既灵活又准确的拨钱，竟无一次出差错，可见庄家手法之高明。庄儿心想：问题出在哪儿呢？田育勤也在仔细观察。庄家拨钱时，他突然听到了一声异响。他定神一看，见一枚铜钱在棒头的触动下突然分成两枚。他心中一惊：原来秘密就在这里。是了，没有深厚的内功就没有极强的听力，是根本听不出这种响动的。同样，没有深厚的内功也不可能有极敏锐的视力，那铜钱一分为二的瞬间变化，又如何能看得清呢？那么这个庄家也是一位内功深厚的高手了？

田育勤一捅庄儿，指指铜钱。庄儿会意，他立刻站起来，将桌面上所有的铜板都装进木匣中。庄家问道："公子，你这是何意？"庄儿将木匣交给田育勤，大声说道："各位，咱们都上当了。他们的铜钱之中有假，当众作弊。咱们拿着证物去县衙告他们，不能叫他们白白抢去咱们的银子！"赌客们都惊呆了，一个个地全都愣在那里。庄儿说："你们现在有几个人是赢了钱的？"庄家骂道："什么人敢在此地撒野？也不看看这是什么地方！小的们，给我打！"几个伙计立刻围了过来，出拳便打。赌客们为了看个究竟，都退到一边，竟无一人离开。童成抽身跑到楼下大门口，叫道："不好了，打起来了！"守候在大门附近的一个叫花子听了，扭头便跑。楼上庄儿一人打三四个，刘兴也与一个伙计厮打起来。那个庄家在追田育勤，想追回木匣。一场混战开始了，楼下的伙计也冲上来加入了打斗。

庄儿不慌不忙地将自己的本事施展出来，一连打倒数人。刘兴见庄儿获胜，信心大增，他也将一个伙计打倒在地，出了口恶气。田育勤绕着桌子跑起来，那庄家紧追不舍。又过来几个伙计前后堵截，他们要夺下证物。庄儿一看，忙过来帮助，拦住两个伙计并将他们打倒。庄家一看情况不妙，抄起一根木棍来打田育勤。正这时，田力均领着众衙役冲了进来，他上了楼大声叫道："都住手！"庄儿叫道："田大人，我们有证据，要告他们！"田力均说道："来人，将赌坊的伙计都绑了，押到衙门去！"众衙役立刻将伙计们绑了押走。然后，田力均又领人清查了赌坊，翻出了账本和十几箱金银财宝。他命令衙役将这些东西拉到县衙，并查封了万乐赌坊。

田力均回到县衙，立即升堂问案，先将赌坊中的庄家押上堂来。此时县衙门外全是人。查封万乐赌坊一事在县城内外引起轰动，一贯痛恨万乐赌坊的百姓们来了，与万乐赌坊有关联的老胡、刘满仓等人也来了，他们都想看看新任县太爷如何审案。

众衙役喊过了堂号，田力均问道："堂下所跪何人？"那庄家答道："小的是赌坊伙计年丰。"田力均又问道："你家老板是何人？"年丰答道："我家老板姓黄，外出游历至今未归。"站在堂下候审的庄儿一听，心想：那老板必是黄谢无疑。古镇堂果然在此安窝了。田力均继续问道："年丰，将你作弊之事如实招来！"年丰怎肯承认作弊，他答道："大人，小的冤枉啊！小的虽在赌坊，却从未作弊。"田力均说道："你不承认也罢，带原告上堂！"衙役将庄儿带上堂来。庄儿跪在堂下说道："老爷，小的前去赌坊赌钱，连续输了几天，心中起疑。今日注意观察才知道，是那摊钱的铜钱之中，竟有十几枚是两片合一的。需要时，他用棒头一震，铜板便一分为二，那是要双得双、要单得单了。"说罢，庄儿将木匣举起奉上。田力均命人将铜钱倒在桌案上，逐枚检查。果然挑出了十几枚两片合一的铜钱。这十枚铜钱做得十分精细，不仔细看，根本看不出来。田力均问道："年丰，人证、物证俱在，你还要抵赖吗？"年丰说："那是别人陷害。小的不知什么合二为一。"田力均冷笑一声，说道："本县不想用刑，可你却顽固不化。来人，打二十大板！"衙役们早就恨透了赌坊里的人，今天有了出气的机会，手下怎肯留情！二十大板过后，年丰是皮开肉绽。田力均轻声问道：

"年丰，你还不招，是吗？来人，再打二十大板！"众衙役刚举起板子，年丰顶不住了，连声叫道："我招，我招！"于是，他将作弊过程一一招认，力均又让他当场演练了一次，叫众人看个明白。力均叫他画了押，与庄儿同桌的参赌之人也个个写了证词。接着力均又提审了几个伙计，共招出作弊手法十几种之多。一直到晚上，整个案子才审理完毕。百姓见了，个个拍手称快，而老胡、刘满仓等人却是如坐针毡。

第二天清晨，城门口贴出告示。不少人驻足观看，有人念道："凡因在万乐赌坊参赌而被赌坊夺去房产、田产者，凭本人诉状、乡里证人、证言，三日后来县衙相告。如与赌坊账目一致者，退回其房产、田产。如房产、田产已转手不易返还的，折银两返还之。切切此布。"

此告示一出，再次引起震动。城里哪条街上没有输光的人家？城外哪个村子没有输掉的田户？不要说这些人家是欢天喜地，就连他们的亲戚、朋友、乡亲也都为他们高兴啊！这真是喜从天降，百姓们无不佩服这位田大人。

三天之后，四十多条诉状及乡里的证人、证言送到了县衙的公案之上。田力均一一问清楚后，又与赌坊的账目核对，三方核清者，立即将其田契或房契归还。叫花子头目刘兴和童成便在其中。田力均说道："诸位乡里，看各位与本县年纪相仿，往后再莫受引诱、误入歧途了。回去后，好好务农、经商，养活家小，令家人伤心之事万万不可再做了。"这四十几个人齐齐跪在堂下说道："谢大人挽救、教诲。我等再不知改悔，便枉为人了！"当他们拿回房契、田契等时，个个泪流满面。一位在外面等候的老婆婆问自己的儿子："田契拿回来了？"儿子答道："拿回来了，娘您看看。"老婆婆手拿着田契，当街跪下说道："田大人，你救了我儿子，也救了我们全家。老头子，今天遇到了青天大老爷，田地拿回来了，你也可以瞑目了！"母子二人抱头痛哭，街上的人也被感动得落泪。

经过近一旬的忙碌，返还财产之事终于处理完毕。城门口又贴出了第二张告示：即日起，有进城卖粮、卖菜者，可进城自由买卖。如有人胆敢强买强卖、欺压百姓，必严惩不贷！本县言出法行。切切此布。

次日清晨，卖粮、卖菜的都推车挑担地进了城。粮价、菜价公平合理，要比顺昌米店和青绿菜行的价格便宜得多。城中百姓得到了实惠，卖粮、卖菜的庄户人也卖出了好价钱。全城百姓是人人高兴、个个欢喜。井水城中的那种被欺压、毫无生气的景象，被金色的秋风一扫而光。各家米店也不再受顺昌米店的压制，按市价售米。青绿菜行也不得不关门，而城中不少无业之人也做起小贩，以此养家糊口。

六十四　海上锤炼

　　在钦州的无名小岛上，茹儿、月儿、玉儿和杏儿坐在岛附近的礁石上修炼内功。茹儿说道："半个时辰已过，咱们该去深水区了。那里潜流会更急，涌入体内的内力也会更强。只是要注意安全，不要潜得过深，那样换气就会出现危险。"月儿说："那就快去吧。"四个人一起向岛外的海面游去。

　　四个人深深吸了一口气，一块沉入水中。茹儿和月儿一面练内功，一面在深水中打拳练轻功。玉儿和杏儿也跟着她们练了两个多月了，收获颇多。玉儿并不出拳，只是在水中练习身子直立行动，她的身子就像在转圈一样，转眼便转上一圈，速度很快。杏儿也在练身体直立，忽东忽西地游走，全无方向可循。她们在练功中玩耍，在玩耍中体会水中练功的自由和快乐。四个人几乎同时钻出水面。茹儿说："玉姐姐，你在水里转得越来越快了，这孔雀掌快练成了吧？"玉儿说道："在水里倒是快了些，可回到陆地还是慢了不少，还得下点苦功。"月儿说："玉姐姐，你会练成的。杏儿，你的'小鸟三快'也练得很好了。"杏儿在小岛上看见小海鸟在水中捕食，又根据自己身小力单的特点，终于想出了快飞、快扑、快点的招式。快飞即是忽东忽西，迷惑对手；快扑就是抓住时机扑向对手；快点，就是扑向对手的同时，点其穴道，制服对手。杏儿已在海水中练了两个月了，今天听到三姐夸自己，笑便道："三姐，我的掌法还没名字呢。"茹儿想了想，说道："叫杏花掌如何？"月儿笑道："不错。"杏儿说："行，我喜欢这个名字！"

　　四个人换气后，又潜入水中。当她们这样换了二十几次气之后，玉儿说道："啊，太阳快落山了。"杏儿说道："快上礁石，咱们练习水上飞吧。"她们快速游回礁石旁，站在一块礁石上。茹儿说："我先来，尽量飞得远一些，以免碰上礁石。"只见茹儿身子向前一纵，立刻向前飞出了二三丈远，快落入水面时，她又单腿踏水借力一飞，左一脚、右一脚，直飞出了二三十丈远才落入水中。月儿和茹儿一样，也飞出了近二十丈远。玉儿和杏儿齐飞，也飞出十六七丈远。第二次，她们四个人站在不同的礁石上，同时飞出，有如四只海鸥一般，飞翔在海面上。

"哎，姑娘们，吃饭了！"苦儿的声音从无名岛上传来。杏儿说："是哥叫咱们吃饭了。快回去吧。"玉儿说："哥的声音传得好远啊。"月儿说："那是，他是用内力喊出来的。"接着她回道："哥，我们这就回去！"四个姑娘边笑边游回岛，走到洞口一看：四个鸡蛋、四碗菜、四个大咸菜疙瘩和一篓活鱼。两个烤鱼的炉子已生着了火。杏儿叫道："啊，哥都为我们准备好了。"茹儿说："快换上干衣服，再出来吃饭。"她们换好衣服，杏儿说："我先吃鸡蛋。"玉儿说："我先吃口菜。"茹儿说："我来烤鱼。"说罢，她和月儿杀鱼切片，放在炉上烤了起来。不一会儿，鱼香飘飘，四人围着炉子吃了起来。

她们刚吃完饭，老叫花领着苦儿和冷竹青等人走了过来。大家围坐在洞口前，老叫花说道："我来看看你们的拳法有没有进步。"玉儿站起来说道："爷爷，我先练练孔雀掌。"说罢，便见她身子快速移动，就像孔雀开屏，她那明媚的笑脸就像孔雀羽毛上美丽的图案。她偶尔出掌，时抓时拿，动作敏捷灵活。老叫花不断点头赞道："不错，不错，以孔雀开屏为模式，实施擒拿之法。虽以擒拿为主，却含着圣手掌、云拳等精妙招法，更兼有消功、吸功之内力。这孔雀掌啊，必成气候。玉儿加紧练啊。"

接着，杏儿练起了杏花掌，将那"三快"的招式尽情演练出来。有时就像风儿一样，一会儿吹向东一会儿吹向西；有时像飞行中的雄鹰，看准时机直扑猎物，当猎物发现时，为时已晚。老叫花赞道："杏儿好样的！小鸟三快变成杏花三捷了。脚下生风，行动自如，虽重在点穴之道，却有多种技法来响应。我这孙女是人小志大！"

苦儿说道："冷兄，你也练练吧。"冷竹青笑了笑，说道："我与玉儿和杏儿比，可差多了，大家别笑话我。"说罢，也练了起来。他的拳软绵又轻柔，有时似山中小溪流水，清脆又柔和；又似老猴攀树，动作缓慢、沉稳。倏忽风云突变，只见他拳如闪电，进攻如流星。老叫花赞道："嗯，很有特点。柔中有刚，轻中含重，慢中藏快，杀机四伏。你将寒冰大法、圣手掌融入其中，有很强的创造力啊。"

川儿说："小老弟，该你了。"柳扬站起来说："我这套拳法是小哥所教，不过与小哥的又有所不同。"杏儿问："有什么不同？"柳扬说道："小哥的动作是龟爬鱼游，滑稽可笑。我的动作是杨柳依依，轻盈可爱。"说罢，便练了起来。众人一看，果然像他说的一样，动作轻柔潇洒。拳法虽是圣手掌，却像柳枝一样，飘摆不定。老叫花说道："小五的拳法也很有创造性，在杨柳依依上做文章，动作柔美，突出了一个'巧'字，含着四两拨千斤之意。攻防兼备，很有特色。"苦儿问道："小五，起好名字没有？"柳扬说："我师兄说，他的叫冷竹朝阳拳，我的就叫杨柳依依拳。"茹儿说："这名字也好，非常形象。"月儿说："这大海练功就是神奇，我们又悟出了许多东西。"

杏儿指着天边的一块云说："爷爷，快看，要下雨了。"老叫花看看这片云，越聚越黑，说道："今晚要变天，大家要小心。"苦儿说："开始下雨时，各位可洗洗澡、洗洗衣服。冲去盐分，舒服一下。起风就要进洞了。如果风浪加大，要堵好洞口，防止大浪冲入山洞。杏儿，你可要提醒三位姐姐。"杏儿说："哥，你放心吧，我知道的。"老叫花等人迅速回到了自己的山洞。苦儿、冷竹青、川儿和柳扬将两艘船抬进了山洞，又将用粗树枝编成的洞门放在洞边，以备急用。老叫花将吃的、用的东西统一搬到一个角落里。

随着一声雷鸣，天空下起瓢泼大雨。老叫花、冷竹青、苦儿只穿了裤衩，跑到洞外洗起澡来。川儿和柳扬脱个精光，在雨中又蹦又跳又叫。

这边山洞的四位姑娘，只站在洞边相互搓着后背。雨越来越大，她们洗过了秀发，又忙着在雨水中冲洗衣服。几声低沉的雷声引出了一道闪电，杏儿叫道："快进洞，大雷要来了。"姑娘们忙跑进山洞晾上衣服，关好洞门。这时，天全黑下来了，一道闪电刚刚划过，一声巨雷随之炸响。那雷震得山洞摇晃不止，洞顶的石头也落下十几块。四个人躲在一角，紧紧抱在一起。玉儿叫道："山洞要震塌了！"杏儿大声说道："别怕，大风浪还没来呢。"茹儿说道："杏儿经历过，她不怕，咱们也不怕。"

大雨倾盆，狂风如猛兽，洞外漆黑一片。透过闪电的光亮，可见咆哮的大海在不断地升起巨浪攻击小岛，仿佛要将小岛掀翻吞噬。玉儿说道："哥和杏儿能挺过去，咱们也能！"突然一个巨浪将洞门冲开，黑乎乎的海水涌了进来，凶狠地打在石壁上，水花四溅。茹儿叫道："快把洞门堵上！"说罢，第一个冲了过去。在海水回退时，茹儿乘机将木门扶起并推到洞口。月儿和玉儿愣了一下，立刻从惊吓中清醒过来："海水要是把我们卷出山洞就全完了！"也不顾一切地冲了过去。四位姑娘用身体顶着门，拦住疯狂扑来的巨浪。也不知挡了多少巨浪，茹儿突然叫道："姐妹们，大海的神力不断地传入我们体内，快快接收吧！"一个大浪再次击来，连门带人一起掀翻在地。大浪刚退，茹儿叫道："快堵门练功，巨浪再也不会将咱们掀倒了。这是大海对我们的试炼。"四个人一跃而起，将木门推向洞口。杏儿叫道："白雪，你看好干草，别叫海水弄湿了。"

月儿、玉儿、杏儿用力推着门，并按茹儿所说的打开穴道，接收巨浪传递的神力。又有几个巨浪打了过来，都被姑娘们挡在了门外，而那巨大无比的力量，却一次次留在了她们的体内。月儿叫道："二哥，我感觉出来了，巨浪快来呀，帮我把内力练到第九层！"玉儿和杏儿也叫道："快来呀，也帮帮我吧！"此时，她们心中没有一丝惧怕，反而体验到了与巨浪搏斗的快乐和收获。

洞外雷雨交加，风推着浪，浪带着风，在小岛上肆虐横行。岛上的大树有的被刮断了。洞内，白雪的双眼在黑暗中放着光，它已将干草堆在了一角，并趴在干草上守护着。突然，山顶上发出了一声巨响，似雷、似涛、又似树木折断。随之好像山崩石裂般，响起石头滚落之声，震得人头脑发涨、耳鸣不止。白雪忙用前爪将耳朵捂住。接着什么东西滑落的声音传进山洞，不知是什么东西堵在了洞口。茹儿说道："不好，洞口被堵住了！"杏儿将手伸向外面摸了摸，说道："不是石头，也没堵严。"玉儿说："谢天谢地，不至于把咱们憋死在洞里。"

外面的风声、雨声、涛声渐渐小了起来，杏儿说："啊，我又经历了一次。"玉儿叫道："我可不想再经历第二次了，太吓人了。"茹儿说："咱们也别坐在洞口了，坐到干草上休息一会儿吧。"四个人都长长地出了口气。月儿十分兴奋，说道："诸位，在巨浪的帮助下，我的内功真的练到了第九层了。师父，我练成了！"

这时，只听洞外苦儿喊道："茹儿，你们在里面吗？"四人一听是苦儿，都叫着："哥！"茹儿大声回道："哥，我们在洞里，没事的。"月儿问道："哥，你怎么过来了？"苦儿说："我不放心，风浪小些了，我过来看看。"杏儿问道："哥，是什么把洞口堵住了？"苦儿答道："是个被刮断的大树冠，把洞口堵得严严实实。还不知风浪会不会再来，先让它挡着吧。"

玉儿问道："哥，爷爷他们没事吧？"苦儿知道他问的是冷竹青，便笑了笑，说道："都没事。那边背风，风浪小一些。冷大哥也想过来看看，爷爷不放心，没叫他出来。"

杏儿说："哥，你进来呀！"苦儿说："我进不去呀！等天亮了，我再来砍树冠。你们别怕，我走了。"茹儿说道："哥，小心别滑倒！"苦儿答道："知道了，别担心，好好休息吧。"

虽然只是简单几句对话，可四位姑娘的心却温暖了。杏儿说："有哥就是好，在小荒岛时，就是哥紧紧抱着我的，不然，我早就吓死了。"玉儿说道："噢，有姐姐就不好了？小丫头片子，真是没良心！"杏儿笑道："谁说有姐姐不好了？可有的姐姐，风浪一来，自己先吓得不行了。"玉儿叫道："谁吓得不行了？我只是爱说而已。"杏儿摸着白雪的头说道："白雪啊，你怎么不叫几声啊？"玉儿一听，立刻叫道："好啊，你说我连白雪都赶不上，看我不打你！"杏儿一头扎进茹儿的怀里，月儿忙着拦住玉儿，四个姑娘笑成了一团。

天已大亮了，苦儿等四个青年在老叫花的指挥下，用绳子将堵在洞口的树冠拉开。走进洞来，见四位姑娘你靠着我、我靠着你，睡成一团。老叫花嘘了一声，川儿和柳扬将带来的鸡蛋、咸菜放在了洞口。白雪悄悄从草堆上爬下来，跑到苦儿面前，又蹦又跳。苦儿拍拍它的头，又指了指鸡蛋，便悄悄退出来了。

白雪将众人送到洞外，然后趴在洞口静静地守护着。在回山洞的路上，川儿说："昨晚一定把她们吓得够呛，不然怎么会睡得这么死。"老叫花说道："你没看见洞外，连草带土都冲没了，这说明大浪直扑洞口了。当时，她们指不定有多紧张呢。"柳扬说："那声势真够吓人的，我听了都害怕。"川儿笑道："小孩子，怎能不怕？"柳扬笑道："别吹了，大浪扑进洞口时，你为啥总往哥身后躲？"川儿说道："小孩子，不知道了不是？我那可不是往他身后躲，而是要拉住哥，怕他被风浪卷跑了。"老叫花笑道："哎，小四，你太傻了，你哥要是被卷走了，你这一拉，岂不也被卷走了？太危险了。"冷竹青、苦儿和柳扬一听，都笑了。川儿满不在乎地说："我与我哥同甘苦、共患难，这有什么？"柳扬跑到他身后，拉住他的衣服说道："我与小哥共甘苦，大浪来时，先把小哥带走吧！"众人一听，都哈哈大笑起来。川儿回头便打，柳扬早已笑着跑开了。

　　清风观已经建成，清风道长正领着宜静、宜云在观内查看，大殿中供奉着张天师的塑像，几个小道士正在擦拭灰尘。香案、供器一切都是新的，使得大殿显得辉煌而庄重。一位小道姑说道："师父，这可比峨眉山的大殿强多了，多有气派啊！"清风道长说："你们满意就好。明日一早便开山门迎接香客，大家要收拾得干干净净的才好。"

　　他们又走进了第二个院子，这里是道姑们住的地方，共有十几个房间，每个房间都摆有两张床，现已收拾得干干净净。道长见了，满意地点点头。宜静笑着说道："师父，这里不再是峨嵋的大通铺了，我们现在睡在自己的床上，做梦都在笑呢。"宜云说："两个人一个房间，真是方便极了！"

　　他们最后来到第三个大院——山顶练功场。这里虽有不少树木，却并不影响练功。院子很大，二三十人练功都容得下。又有树木、院墙挡着，在此练功，山下的人是看不到的。清风道长站在最高处往山下瞭望，只见一道红砖墙将道观的三个院子围了起来。他感叹道："二位女侠为我们花了不少银子啊，真不知如何感谢她们！"

　　冷面双娇在张荣、春风、春雨的陪同下，也在桃花山庄里巡视着。他们先来到水库，走在堤坝上，看着那水库中的清水和高高的闸门，真有一种人定胜天的感觉。乔如虹问道："水库里可养鱼了？"张荣说道："已经下了鱼苗，明年就可吃上鱼了。"冷月娇问道："若是大旱，这里的水可够用？"张荣答道："设计时计算过，不但够咱们山庄的土地灌溉，就是周围三十里以内的地也可受益。"

　　他们又来到西山顶上，山顶已建成了一个小木屋，木屋旁边修建了一个瞭望台。他们登上瞭望台，整个山庄及西山外的景象尽收眼底。张荣指向山外说："二位姑姑，那北边的山谷便是泄洪沟，发大水时，洪水可泄入此沟，以减少对大坝的压力。"春风说："想得真周到。张荣哥，这大坝里的水能吃吗？"张荣答道："可以吃，不过得经过过滤沉淀。咱们现在吃的水是清风观山顶上的清泉水，是用竹筒接下来的。"春风说："姑姑你们看，这一面红围墙弯弯曲曲的多好看啊！"乔如虹说："建了院墙，山庄就安全多了。"张荣说："这个瞭望台日夜都有人瞭望，对保护山庄起到重要作用。"冷月娇说："守护山庄的人都组织好了？"张荣答道："都组织好了，是从建山庄的工匠中挑选出来的，都是知根知底的人。有不少人愿意留下，可咱们用不了那么多人啊。"

　　接着，他们又查看了果山、药山。张荣报告说："果山、药山各留两个人，明年便可以种植果树和药材。他们的住处已经盖好，一切都安顿完毕了。"他们又沿着山路走到住宅区。冷月娇说："这几栋房子真是不错，宽敞明亮，阳光充足。"张荣说道："二位姑姑可住在桃花山上，春风、春雨也住在这里，还剩下一栋留给茹儿和月儿回来住。梅花山上的住宅，便是爷爷、苦儿他们的住处了。"春风问："那你住在哪儿？"张荣说："我暂时住议事厅，那里可离不开人。现在只剩下桃花山北面的几间库房还没完工，这几间盖好后，就大功告成了。"乔如虹说道："三月初动工，九月基本建成，这比预想的快很多啊。"冷月娇说："还不是被快刀帮逼的。工匠们努力也是很重要的一个方面。"乔如虹说："是啊，他们对咱们的情谊不能忘啊。"冷月娇说："姐姐，不如这样，咱们今年收下的新粮，除了咱们自用之外，拨出一部分，分给那些工匠，叫他们也能过上一个好年。"乔如虹立刻表示同意，并嘱咐张荣整理好工匠们的名单，后续的收尾更要小心谨慎，不可大意。

六十五 城外劫匪

在青州府衙门的大堂上，知府王宏程端坐在大堂之上。各知县分列两旁听他训示。王宏程说道："我青州历来都不是富足之乡，既无天下粮仓之殷实，更无人间天堂之美誉。半数以上的县仍是贫穷之地，能求得温饱已是不错了。这一点，朝廷是心中有数的。朝廷既派我们到此为官，诸位身上毕竟是有责任的。身为父母官，不能把百姓的疾苦放在心上，心中何安？又如何面对圣上？"

知县们垂手而立，洗耳恭听。王知府扫了他们一眼，又继续说道："井水县田大人，虽然年轻，到任仅两个多月，可他却不负本府之厚望，处处关心百姓疾苦。封赌坊、还田产、平米价，为百姓做出了几件大好事，真可谓年轻有为。本府也甚感欣慰。"听了这几句话，站在最末尾的田力均心想：竟说到我头上了？此人城府极深，前后所言似乎很不一致，不知是何用意？

众人听他夸田知县，不由得将目光投了过来，几个资深年长些的知县，脸上露出了疑惑的神情。他们知道大堂上坐着的王知府是如何爬上知府宝座的，也十分清楚这位王知府与井水县城中赌坊主等商人之间有着非比寻常的关系。田知县不知利害关系，在知府大人的根基上动了刀子，而知府却当众褒奖他，这是何意？王宏程眨了眨眼睛，接着说道："各位大人，要以田大人为榜样，励精图治，不负浩荡皇恩，不负百姓之托。能如此，朝廷甚幸、本府幸甚、青州百姓幸甚矣！"王宏程越说越慷慨激昂，竟站了起来。师爷何继祖见他如此，忙上前说道："今日议事到此结束，各位大人请回吧。"众官员慢慢散了去。王宏程离开大堂回后堂去了。

田力均却没走，他对何继祖说："何师爷，下官还有事要向知府大人禀报，请通报一下吧。"何继祖皮笑肉不笑地说道："田大人还是请回吧，知府大人已经很累了。再说田大人所行之事，知府已予以肯定，回去继续做就是了，还禀报什么呢？田大人年轻有为，敝人万分敬慕。"说罢，转头回了后堂。田力均已从他的表情和语言中感觉出一种别样的意思。

田力均走出府衙，一名年纪大的知县坐在轿子里，见四下无人，便向田力均拱手说道："小老弟，可要当心啊！"说罢，起轿走了。田力均左右看了一下，还有几顶轿子没走，便先坐进带篷的马车里，说道："等等再走。"不一会儿，看见一位知县走了出来，何师爷亲自送的，那知县还往何师爷手里塞东西。隔了一会儿，另一位知县也是如此这般。直至最后一顶轿子也抬走了，田力均才说道："原来如此。咱们走吧。"

前来议事的知县当中，只有田力均一人是坐着马车来的。此时，他坐在车中，又把前后的事情想了一遍，觉得疑点颇多：此次议事的目的何在？是为了表扬我吗？从知府的言语上来看，又不能说不是，可刚才求见时，他见了别的知县，却不肯见我。还有何师爷也是话里有话，令人费解啊。还有刚才那年老的知县所说的话，是善意的提醒吗？提醒我什么呢？

赶车的衙役赵福说道："田大人，已出了青州府，路不好走，您坐稳些。"田力均说道："没关系的，你放心赶车就是了。"他放下车帘沉思起来。最后他认定：因我查办了赌坊，打击了一些欺行霸市的商人，县衙里不是也有人提醒我，这些人不好惹、后台很硬吗？今天看来，这后台便是何师爷。想明白这一点，他又将眼前该做的几件大事罗列出来：秋收后，立刻组织各乡镇加宽沟渠，疏通河道，在低洼处开湖蓄水。同时，还要为缺水的乡镇打上几眼井。正好，查赌坊还剩下一些银子，可以修水利。想到此，他心里略感一丝宽慰。他撩开车帘向外望去。车行进至一片小树林中，赶车的赵福这时大声叫起来："大人，有人来袭！"此时，田力均也看到有十几个蒙面人向马车冲了过来。衙役赵福和李伦抽出腰刀准备应战。田力均拿起赶车的长鞭站在车上大声说道："光天化日抢劫，为害百姓。快快放下兵器，本官会从轻发落。"哪有人会听这些，十个蒙面人，一边五个分别站在马车两旁，并已同两名衙役交上了手，田力均挥鞭向蒙面人抽去。这时，一个矮小的蒙面人突然冲上车来，举刀向田力均砍来。田力均挥鞭抽去，那人叫了一声，跌落车下。田力均叫道："快上车！"同时，举起鞭子，向车的两侧不停地抽打下去。衙役赵福和李伦跳上车，拍马急奔。这时，从前面的树林里又跳出一人，拉弓射箭，马匹中箭，马车翻倒在地，射箭之人随即闪进树林，转眼便不见了。那十个蒙面人又扑了上来，将田力均三人围在中央。田力均挥动长鞭，不停地抽打着，并且很快将一个蒙面人的刀夺了过来。他以刀当剑，使用无影剑法，连伤四人。两个衙役也十分振奋，他们虽然负伤，可仍坚持着挥刀抵抗。

这时，从树林中冲出两个叫花子，他们手拿打狗棒，冲上前来与蒙面人厮杀，并将蒙面人击退，十个蒙面人忙向树林中逃跑，两个叫花子随之追去，转眼间都不见了。这二人不是别人，正是田育勤与庄儿。

庄儿从赌坊被查后，就一直打扮成叫花子，住在老乡苟家成的家里。有天晚上，关振武到苟家成家里喝酒，多喝了几杯，便骂道："他娘的，那妖婆，有了谷丁便将老子赶了出来，现在要对付田知县，又来找我了，真是做梦，我不再会为他们卖命了！"苟家成一听要对付田知县，忙特意问了一句："要对付田知县？"关振武醉眼蒙眬地说道："是啊，他们说要闯进县衙杀了田大人，后又说不行，说到城外去杀人更好。"说完，便趴在桌子上昏睡过去。住在隔壁的庄儿听后，不禁为田力均担心起来。苟家成送走关振武后，来到庄儿的房间，说道："兄弟，你都听到了吧？快给田大人送个信吧。"庄儿连夜去了县衙，将此事告诉了田育勤父子。

今日，田力均去知府衙门议事，他二人怕出意外，便化装成叫花子在暗中接应，不想，果然有贼人出现。

田育勤和庄儿追进树林，见一个蒙面人中箭倒地，而其他人已逃得无影无踪了。上前摘下其蒙面布，一看此人是关振武。关振武还有一口气，他断断续续地对庄儿说："你一定是田大人的人，我告诉你，射箭的人叫谷丁，他藏在悦心楼。他见我不肯伤田大人，便对我下了毒手。他和赌坊黄老板、刘满仓、老胡、何师爷是一伙的。"他还想说什么，只是再也说不出了，就此离开了人世。他那双长条眼，此时瞪得大大的，似乎对死在自己人手里很是不甘心。庄儿和田育勤将他就地埋了，收起射中他的那支箭。庄儿说：

"他们已经动手了，田叔叔，您快回去吧，一会儿力均便会回到县衙了。咱们分头走。"

此时，田力均为赵福和李伦两名衙役点穴止血、包扎伤口，然后说道："咱们只能走路回去了。"两名衙役对田力均敬慕不已："真没想到，田大人武功竟这么好。"田力均说道："我只是在读书之余练练，原是为强身健体，不想今日却派上了用场，真是学什么都有用啊。"

三个人边走边聊，赵福说："我看这伙人不像是劫道的，倒像是专门来杀田大人你的。"李伦说："我刚才看到冲上车的那个匪徒有点像开肉铺的王小明。"赵福马上说道："你还别说，真像是他。如果真是他，那么这伙人咱们也就全知道了。"田力均听了他二人的谈话，说道："他们当中有好几个人受伤了，明日咱们挨门拜访便可确定了。那放箭之人是谁呢？只躲在暗处出手，不肯上前厮杀，这是个可怕的对手。"两个衙役也想不出此人是谁。田力均说道："井水县能人不少啊，早晚有一天都会露面的。不清除这些人，井水县便无安宁之日。"

第二天，田力均召集各乡镇人员到大堂议事。议事之后，田力均领人来到了王小明的猪肉铺，敲了半天门，王小明才开了门。田力均一看，他半边脸都包着白布，不由得想起昨天的那一鞭子。王小明见了田力均后，也显得十分惊慌，忙捂脸说道："啊，是田大人啊。小的不小心将脸烫了。"田力均说道："本县今日来看看，你这肉铺总不开门，一天要损失多少银子啊。快快开门做生意，不能把门市房当成住房啊。"

田力均又来到顺昌米店，要找刘满仓。县太爷亲自登门，刘满仓不得不出来迎接。力均见他右臂总是端着，便热情地去抓他的手臂，说道："刘掌柜，近日生意如何？"刘满仓伤臂被抓，疼得他差点没叫出来，头上的汗也出来了。他忍着疼痛说道："多谢大人挂记，生意还可以。"田力均心想，他果然也是昨日的贼人之一。

关振武之死，在城中引起了轰动。县衙里的人说，他是蒙面袭击田大人时被衙役所杀。庄儿暗中组织童成、刘兴等人行动起来，保护田力均的安全。百姓们也行动起来，无论田力均是在城内走访，还是到乡下查看情况，都有人围在他身边，给他当保镖。这叫田力均十分感动，也叫老胡等人无计可施。

六十六　收官之战

广东梧桐山的山顶云雾缭绕，苦儿他们九个人，手牵着手，围坐成一圈。只听老叫花说道："孩子们，这是咱们练功的收官之战。根据苦儿和茹儿他们在黄山和庐山的练功经验，高山练功主要针对三个方面：一是纳云雾之气练就轻功，二是采山石之气练内功，三是借山崖之险练定力。大家要用心体会，让自己的功力再提高一个层。我们这一路上，一直被人跟踪，这说明回乡之路并不平坦，说不定还会有一些打斗，要人人能独立应战，不畏强敌，这便是对每个人的要求。"老叫花讲得很严肃、很认真。他看看大家，又接着说道："在此苦练一百天，每个人在内功、轻功、拳脚等方面都要有一个大的提高。你们每个人要找出自身的问题，知道自己缺什么、欠什么，然后以自己的努力和别人的帮助，快速获得进步。竹青和玉儿练功时间短一些，担子很重；柳扬和杏儿年纪小，任务也很重。你们有信心吗？"四个人齐声说道："有信心！"

苦儿接着说道："爷爷把高山练功的任务说得很清楚了，咱们要抓紧每一天，现在月儿的内力已经练到九层了，你就帮杏儿吧，茹儿帮助玉儿，我帮冷兄和柳扬。"川儿叫道："哥，我呢？我的功力还没到九层呢。"老叫花笑道："我来帮你就是了。白天我不管你，晚上跟我一块练内功就行了。"川儿说道："您可真是我的好爷爷！"

茹儿说道："爷爷刚才的话，给咱们提了个醒，那就是把练内功的时间放在晚上，白天集中精力练轻功、定力等。这样就可以一天当两天用了。我们每个人应有一个标准，那就是：变幻莫测，无状随形。随心所欲，举手投足皆是招。"玉儿听了，忙说道："茹儿，你说得太好了，慢点再说一遍，让我记下来。"

茹儿又慢慢地说了一遍后，说道："这个标准可不是我定的，是爷爷早就说过的。按这个标准练，心里就会明白缺什么、欠什么了。"柳扬说："二哥，我与这个标准相差十万八千里，练十年二十年也达不到啊。"杏儿却说："五哥，你急什么？追上一里是一里，朝它努力就是了，早晚有一天会达到的。"

老叫花笑了笑，说道："现在苦儿和茹儿已经迈进武学的大门了，你们也已看清它的门了。只要再紧赶一程，便可冲进门去。不过要注意，即使进入武学之门，也是学无止境啊。武学是没有界限的，要变中求变、高外求高。爷爷老了，你们却是正在攀登人生之山、武学之山，登上一峰又一峰，还有高峰在前头。努力！"老人的话就像一团火，点燃了他们的希望。

一个月过去了，山顶上，冷竹青和柳扬腰间绑着绳子，正在悬崖边上练功。他二人一会儿站立、一会儿坐、一会儿躺、一会儿卧。绳子虽绑在身上，可他们的动作自如，信心十足，已不再注意绳子了。苦儿和川儿站在一旁看着。川儿说道："不错，明天就可以不用绳子了。"柳扬说道："小哥，那可不行，我还得用上一个月。"川儿说："小五，你什么时候能长大啊？四哥真为你操心啊！"苦儿和冷竹青看着川儿装成大人的样子，不禁都笑了起来。苦儿说道："时辰到了，咱们练习拳脚功夫吧。"冷竹青和柳扬解开绳子，冷竹青练起了冷竹朝阳拳，柳扬练习起了杨柳依依拳。冷竹青练了两遍之后，苦儿说道："你的拳法，快慢结合得不错，能说说什么地方慢、什么地方快吗？"冷竹青说道："出招时快，不出招时慢。"苦儿说道："我补充一下。第一，步伐慢，眼神快。这是在开始阶段，要善于观察对手，找出其特点或弱点。第二，过渡动作慢，出手、收手要快，就像什么事都没发生一样。第三，虚招慢，实招快。真真假假，迷惑对手。"冷竹青听了，深受启发，依苦儿所言又练习起来。

川儿看罢柳扬的拳法，说道："小五子，四哥要好好指导你一番，你可听好了。杨柳依依可不是随便飘来飘去，那是有目的的——第一，迷惑对手。第二，避开对手进攻。你应将傣族舞的身法加进去，全身每个关节都能活动。第三，在杨柳飘扬之中，让他打不着你，你打他一打一个准，这才能显示出你的潇洒和气势。明白吗？"柳扬笑道："小哥，你不光会说话，说功法也是有一套的。我明白了，再练一遍。"

在半山腰，茹儿、月儿正领着玉儿和杏儿练轻功呢，茹儿说道："从山上往山下跑，见树绕树，遇石过石。速度要快，别碰伤、摔伤，注意保护自己。"杏儿问道："二哥，要是碰了鼻子可怎么办啊？"月儿笑道："用手把鼻子捂住不就行了？"玉儿一听叫道："好你个小丫头片子，又来取笑我！"杏儿笑道："大丫头片子，这回碰坏了鼻子可没人哄你！"玉儿立刻去追打杏儿。月儿拦住玉儿问："怎么回事啊？说来听听。"杏儿便将长白山练功碰鼻子之事说了一遍。茹儿问道："当时一定很疼吧？"玉儿笑道："疼是小事，就怕把鼻子撞扁了，那可就难看了。哥和杏儿还一个劲地骗我，吓得我连镜子都不敢照。"月儿说："往下跑，冲劲大，控制好速度还是有必要的。"茹儿说道："咱们早晨在云雾中练功，得了这轻飘飘的灵气，又在崖边练了定力之功。现在由上而下快速跑动，能快则快，这是练轻功；该停则停，这是练定力。一跑双练，大家留心了。"

四人并排站定。茹儿说道："注意了，脚快、身快、眼快。开始！"四个姑娘像四只飞鹰一般，向山下冲去。她们时而脚尖着地如蜻蜓点水，时而身子跃起，似燕子穿林。有树时，犹如春风轻拂；有石时，又好似柳絮轻飘。四个姑娘好像四位散花的仙女，在山林间起舞，树木、山石、小鸟也陶醉了，随之欢笑高歌。

茹儿的前面遇到一块大石，她飞临其上，脚尖一点便如一尊塑像般立在了大石之上。其速度之快、站立之稳定，以及姿势之优美，都叫月儿、玉儿和杏儿赞叹不已。她们三人也仿效而行。月儿说道："咱们雪山练轻功、沙漠练轻功、大海练轻功、高山练轻功四练合一，今天果然见成效了。我们进步了！"茹儿说道："是啊，咱们的轻功上了一个新台阶。咱们再由下向上跑，这可是力气活，要用内力。还是要快，速度也不能慢，准备——开始！"四位姑娘又朝山上飞去，速度一点也不比下山时慢。

罗忠信正在神龙洞中练习他自创的消功随意掌。他行动缓慢，行掌绵软，双眼微闭，正与假设的对手交锋。这套拳法，以柔克刚、借力打力、并能一点点地消耗对手的功力，直到最后消去对手的功力。把消功之法化入了一个软绵的交手的过程之中。

看守的庄丁走到洞口前，见他闭目摇头，双手摆来摆去，心想：这人果然疯了。他摇头走开后，罗忠信也练完了，他朝洞口大声喊道："啊哈哈，我会飞了，我会飞了！"另一个庄丁听了说道："他一天净说梦话。这样下去，也活不了多久了。"

罗忠信喊罢，觉得浑身气血通畅，心情格外好，他为自己能练成消功随意掌而高兴。而此时，他也特别想念他的徒弟——月儿和川儿，恨不得立刻将掌法传给他二人。他望着蓝蓝的天空，说道："我要感谢龙老大啊，是你把我请到这里来，供吃供喝，让我专心修炼，才有了今天的成就。"他走到石桌旁坐下，心想：龙老大两年多没来找我了，是他发现了内功法是假的，还是真的练成了消功大法呢？唉，早晚会有一战，我自信不会败在他手下，大不了与他同归于尽，这也算是为民除害了。只可惜，无人知道我罗忠信在此为武林正义而捐躯。月儿、川儿，你们在哪里呢？回到山南城了吗？罗忠信正想着心事，忽听见鞭炮声。他走到洞口，问道："哎，又到了什么节啊？"看守的庄丁答道："罗大侠，今日是除夕啊。"罗忠信说道："噢，你俩又要下山吃香的喝辣的去了，把我一个人扔在山洞里。也好，我和山神爷一块过年。山神爷过年好，我给你老人家拜年了！"两个庄丁互看了一眼，其中一个小声说道："躲开点，疯劲又来了。"

除夕酒宴的时间终于到了，庄丁们高高兴兴地走进议事大厅。王胜和几个庄丁正从大厨房往这里端菜，酒香、菜香，庄丁们早已垂涎三尺、急不可待了。王胜给罗忠信送来酒菜，又从怀中取出那驱蛇丸药交给罗忠信，说道："罗大侠，这就是驱蛇丸，您可收好了。"罗忠信忙接过药丸看了看，问道："这么珍贵的东西，从哪里弄来的？"王胜说："是雅儿小姐从二公子那儿偷下来的。小姐的奶娘一直给藏着，今天让我带给你。"罗忠信听罢，深受感动，他说道："真想不到，你们几位好心人为我罗某如此费心，我真不知如何感谢你们才好！"

罗忠信收起药丸，问道："你看我什么时候走合适？"王胜说道："我已听说，年后大公子要带一些人出庄，据说出庄人数不少。您若在他们出山之前逃出去，他们就不会怀疑到别人的头上。"罗忠信说道："好，就这么办。可你们什么时候能逃出去？我要不要留下来，帮你们一块逃出去？"王胜忙说："您是办大事的人，还是先出去的好。我们有机会逃出去的。我们一出去，便去山南城找苦儿。"接着，王胜又将曲蛇带悔儿出山，让悔儿害苦儿之事告诉了罗忠信。罗忠信说："你们几个孩子，都是好样的。总有一天，咱们会在山南城相会的。"

王胜也将遇到月儿之事讲给罗忠信听，罗忠信忙问："月儿的武功如何？是和谁在一起？"王胜一一讲给他听，他听罢，很是满意和放心。

而此时，双狗也在过年，不过他们不是在客栈里，而是在梧桐山的山坡上。原来这双狗从云南回到武昌后，又投到孙子杰门下。刘全柱在钦州监视老叫花他们，见他们出了钦州来到广东梧桐山练功，便估计老叫花他们要在这里待上三到四个月的时间，就抽空回来向孙子杰要钱并商量能否多派个人，也好相互有个照应。刘全柱见到双狗，说道："堂主，这两个大马猴知道一些情况，也认识人，不如派他们二人去梧桐山盯着，叫我休息片刻。"孙子杰说："还叫他们跟？要不是我拦着，陈鸣早把他们打扁了。"刘全柱对双狗说道："这回再跟丢了，我就杀了你们！"孙子杰说："好吧，你二人每人去账房领十两银子，今晚就走。"双狗领命出去了。孙子杰对刘全柱说："帮主要求我们一定要跟踪好老叫花他们，抓住机会，要会一会他们。你明日一早也回梧桐山，给我盯紧了。"

现在双狗面前摆的不是什么美味佳肴，只不过是一坛酒、两块熟肉和六个包子。坏水狗说："他娘的，这哪里像过年，连要饭的也不如。"觑觑狗说道："原想出来会少挨几句骂，好过一些，没想到这刘全柱更不是人，真把咱们当狗耍。大过年的，把咱们留在这里，他倒去城里玩乐去了。"坏水狗说："这个刘全柱不把咱们放在眼里，咱们也得想办法治治他。"觑觑狗说："咱们能治得了他吗？"坏水狗说："有什么不能的？他被人消了功，功力与咱们差不多。"坏水狗喝了一口酒，突然问道："哥，他来时走的是哪条路？"觑觑狗说："来时走的是东边的小路，回去时从这里下山走近道。"坏水狗说："那就在他下山的路上挖一个陷阱，他总有一天会掉下去的。"觑觑狗笑道："这个办法好。不过千万不能叫他看出破绽。"二人说干便干，找来镢头挖了起来。挖好后，上面又铺上一层干树叶。觑觑狗喝了一口酒，对着天说道："刘全柱，我咒你！老天爷，你显显灵吧，求你了！唉，咱们要是有钱，也买房子，好好过日子，不比这强？"坏水狗笑道："哥，不瞒你说，我手里还有些钱，不过不在身上。"觑觑狗看了看他，说道："真有你的，还留一手。那咱们走吧，还留在这儿干什么？"坏水狗摇摇头，说："不行啊，你以为我没试过？我曾到一个地方去买地，他们一见我这副模样，都争着要把地卖给我，可我从他们的眼睛里看出他们不怀好意，一定是想先卖地给我，然后再杀了我，将地收回。"觑觑狗叹了口气，说道："如此说来，咱们真是没法活了？"坏水狗说："所以，现在咱们不能离开十业帮。如果朱帮主果真与山上的人较上劲，说不定能抓住苦儿和月儿呢，也能为咱们出口恶气。"觑觑狗一听，来了精神，说道："对啊，杀了苦儿和月儿，咱们再回山南城。若不是因他二人，咱们能背井离乡，落到今天这个地步吗？"

在双狗对面的半山腰的山洞里，老叫花他们也在过年。杏儿说道："爷爷，您总是说武学之美，今天您就给我们讲讲吧。"柳扬为老叫花倒了一杯酒，说道："爷爷先喝酒，再慢慢给我们讲。"老叫花说道："好吧。不过不能只听我一人讲，大家一起来谈谈。我可以先开个头：一提武功啊，人们总是将它与打打杀杀联系在一起，这样一来，武功岂不成了最可恶、最丑的东西了？"

川儿为老叫花夹了口菜，老叫花吃罢，又说道："其实啊，武功是人潜能的一种完美展现，是人类学习自然、提高自身能力的一种结果。它应该是美的。它把人自身之潜能与自然之神奇结合起来，能不美吗？可有些人利用武功去抢劫、杀人，完全扭曲了武学的根本。现在，咱们要还武学本来面貌，让世人充分相信武学是美的。你们每个人都练成了自己的一套独特的功夫，每个人都练上一遍，听大家评论一番。"说罢，老叫花看了看大家，说道："杏儿，你先来。"杏儿马上应声站起，练起了她的杏花掌。玉儿看罢说道："杏儿的掌法最突出的特点就是灵活、巧妙，进攻和防守也都恰到好处。多一分则过，少一分则不达。这就是杏儿的掌法之美。"众人听了，都颔首赞同。

老叫花说道："柳扬，你来。"柳扬站起来，练起了他的杨柳依依拳。冷竹青看罢说道："师弟的拳法的特点是变化多。变化一多，就叫对手摸不着头脑，展现了武学多变之美。变化之美就是武学的根本之美。"苦儿说道："冷兄说得很有道理。小五还应继续努力，在变化上再多下些功夫。"

老叫花叫道："川儿，该你了。"川儿打起了川上神拳。大家似乎看到了老龟爬行、鱼儿欢游、小鸟急跳的样子，那单脚跳、双脚跃、三脚齐飞更叫人拍手叫好。苦儿说道："小四之美是速度之美，武功就是要讲速度。爷爷常告诉我们：唯快不破。快是武功的生命，小四在这方面给我们做出了榜样。"

老叫花又点到茹儿，茹儿也打了她独创的茹秀掌。她刚一打完，川儿便说："爷爷，我来说，二哥这一套内家拳法，柔和、舒展，而且优雅。不过，我想说的是，二哥武功之美的重点是创新之美，没有哥和二哥的创新，哪来的吸功法和消功法？所以创新之美才是武学的最高之美。"

老叫花听罢点点头，说道："是啊，我为什么先叫杏儿、柳扬、川儿和茹儿先练呢？就是因为他们四个人的功夫之美十分明显：灵巧、变化、速度、创新。这是招法的四要素。如果离开了这四点，那还叫什么招法？这四点是招法的生命，也是武学最本质的美。月儿、玉儿、竹青和苦儿，他们的武功是在这四要素的基础上形成了一套自己的风格。因此，可叫不同的风格美。"

大家都注意听着，老叫花突然问道："玉儿的风格是什么？"茹儿说："潇洒、灵秀。""那月儿呢？"老人又问。玉儿答道："优雅、自信。""那竹青和苦儿呢。"老人接着问。柳扬说道："师兄是沉着冷静，变幻莫测。"杏儿说道："我哥是随心所欲，巧妙神奇。"老叫花点点头，说道："你们评说得都十分中肯。武学之美还有一个重要方面，那就是人品之美和气质之美。"

川儿眨眨眼睛问道："爷爷，您的武功是属于什么样的美呀？"老叫花笑道："我呀，那当然是叫花讨饭之美了。"柳扬说道："是打狗之美！"大家都笑了起来。茹儿说道："要我说啊，爷爷是大智若愚之美。"川儿马上竖起大拇指，说道："我二哥就是高，我想了半天也没想到这个词。"苦儿也说道："是啊，茹儿说得对极了，我们是在爷爷的一路呵护下成长的，每到关键时刻，都是爷爷引导我们过了一峰又一峰，逐步提高功力、增长见识。爷爷，您辛苦了！来，大家给爷爷磕头拜年吧！"大家一齐跪下磕头。老叫花笑道："罢了，罢了。爷爷看着你们一天天进步，心里真是高兴啊！其实，要说辛苦，是你们辛苦了，一路上伺候我，还给我带来了欢笑，我这个老叫花子还跟你们学会了消功大法、吸功大法，一下子有了这么多孙子孙女，哪个老头子能赶上我呀？"说罢，老叫花自豪地大笑起来。

老叫花又喝了一口酒，接着说道："练功必练心，心正则功纯。练功不练心，功夫难成真。有些人急功近利，求一招之得，虽能悟出一些怪法、邪招，却难成大器。还有些人，将武学视为争霸或掠夺的资本，他们的风格大多是凶残、狠毒、没有人性。所以，在武学上更要讲厚德载物。"

茹儿说道："爷爷说得太好了，咱们的功夫就该给人以正义和光明之美。"月儿抢着说："给人以潇洒和飘逸之美。"玉儿接着说："梦幻般的神奇变化之美。"杏儿说道："诗画般优雅、新奇之美。"川儿叫道："哎呀，你们都说了，我想说也说不出来了。"众人都笑了。苦儿说道："我觉得，我们的使命应是除恶扬善、匡扶正义。"

杏儿又问："爷爷，和高手过招时要注意些什么呢？"老叫花说道："杏儿的问题提得好。大家议一议吧。"苦儿说道："我想是不可求速胜，应该是一个自保、观察、等待、取胜的过程。"冷竹青说道："对，自保是第一位的。采用躲避、游斗等方式，力保自己的'城池'不失。"川儿说道："应先观察对手的武功路数、特点、习惯、弱点等，然后一锤定音。"月儿说："高手对决，多观察细微处。"大家以为她还要说，都看着她，月儿却说道："看我做什么？快往下对啊！"杏儿说道："细微示长短。"川儿说："细微明深度。"柳扬说："细微看习惯。"冷竹青说："细微知意图。"玉儿见茹儿和苦儿在耳语，无心接对，便说道："细微见机智。"月儿说道："细微决胜负。"杏儿见茹儿和苦儿仍不接对，叫道："哥、姐，该你们俩了。"苦儿说："够了，大家说得很全面了。刚才茹儿想出了一首散曲《折桂令》，让她给大家说说吧。"老叫花说道："既是散曲，需唱出来才好听，茹儿，大胆放声唱吧！"

茹儿说："爷爷，我只和二位姑姑学了几遍，不知道对不对，只怕不好听呢。"玉儿不知道茹儿还会唱曲，便催促道："要唱的，叫大家好好欣赏一番。"

杏儿走到苦儿身边问道："哥，什么是散曲？"苦儿低声给她讲了一遍。茹儿说："我和哥刚才琢磨出一首《折桂令》，题目叫《登山》。词写得很粗糙，曲子也不一定准确。我胡乱唱、大家胡乱听就是了，权当作消遣。"说罢，大大方方地唱了起来：

"峻峭雄峰横路边，林密山翠微，怪石空悬。访草问石，劈云拨雾。寻路登攀，一挂瀑布遮秘径，几处夹缝登天险，九曲通天。一步登顶，脚下生烟。"

她的声音清亮、甜美，婉转动听，一曲唱罢，众人仍处在余音缭绕之中。杏儿首先打破了沉默，开口说道："姐，太好听了！我光顾着听曲，竟没注意你唱些什么词。"

老叫花笑道："可见是听入迷了。你姐是将对手比作一座高山，要想登上它，必须探秘径，方可循路登山啊。"

杏儿听了，忙摇着老叫花的胳膊撒娇地说道："爷爷，哥哥、姐姐们的内功都达到九层了，可我和小五才达到八层，怎么办呢？人家心里有点着急呢。"老叫花笑道："小五、小六，你们俩还小呢，练功时间还长着呢，还怕达不到九层？竹青、玉儿、川儿已是大人了，前面会有不少麻烦事等着他们呢。你哥、二哥和三姐为他们输功，使他们尽快达到九层，就是为此啊。你们俩自己练到九层，岂不是更好？怎么，自己一点信心也没有？"

川儿说道："小孩子毕竟是小孩子，大人讲了也不懂。"杏儿笑道："谁不懂啊？四哥你少充大人了！"柳扬说道："谁说不是呢！"川儿说道："这可不是我自封的，是爷爷说的。没办法，气死猴！"杏儿和柳扬一听，立刻追打他，三个孩子顿时闹成一团，围着老叫花转着、笑着。老叫花也开心地笑着。

大年初一，杏儿他们又到山坡上练功去了。杏儿往下跑时，看见对面的山坡上有几个人对着她们指手画脚地说着什么，杏儿说："玉姐姐，对面有人监视我们呢。"玉儿说道："小丫头片子，才看见啊？我们早就发现了，只是不愿理他们。"杏儿眨眨眼睛，将白雪唤到跟前，用手指了指对面山坡上的人，又小声说了几句，白雪便跑下山去了。

而对面的山坡上，刘全柱来向双狗了解情况，他问道："那些人还没走吧？"坏水狗说："没走，那不还在山坡上玩呢！"刘全柱说："真是的，什么也不懂，人家那是在练轻功呢！"坏水狗说道："全爷，昨天除夕夜，我哥儿俩在此盯了一夜，年也没过好，今天咱们是不是该换班了？"刘全柱听了说道："在这儿盯着就是你们的差事，什么换不换的，不然叫你们来干什么？"这时，白雪突然蹿出，刘全柱还在调笑，说道："双狗，你们的兄弟找你们来了，但不知是谁家的狗这么大！"坏水狗一听刘全柱在骂自己，正想着要如何回嘴，那白雪冲着觑觑狗就冲了过去，一口咬在他大腿上。觑觑狗全身一晃，便倒在地上哭喊着："救命啊！"坏水狗见白雪如此凶，也不敢上前去救，他扭头便向山上跑。刘全柱心想：我只有六成功力，还是跑为妙！白雪反冲过去，一下子又将坏水狗扑倒，朝他屁股上也是一口。刘全柱见此，抽刀向白雪挥去。这时口哨声响起，白雪叫了两声便跑开了。

刘全柱带着受伤的双狗向山下跑去，可一眨眼，刘全柱便不见了。双狗开始也没在意，走了一会儿，仍不见刘全柱，他二人停了下来。冷静下来想了一会儿，坏水狗忍痛说道："刘全柱会不会是掉在陷阱里了？"觑觑狗瞪了几下眼睛，然后高兴地说："走，过去看看！"二人一瘸一拐地走到陷阱旁，扒开树叶一看，刘全柱果然掉进去了。只见他屁股下面流了一摊血，右腿小腿折成了直角，显然是腿断了；脸上也流了不少血，右眼向外翻着。这双狗相互看了一眼，相视一笑，趴在陷阱边看着。过了一会儿，听到刘全柱发出了呻吟声，二人才装腔作势地将刘全柱拉上来，费了好大劲，终于将他拉回了客栈。

店小二为他们请来了郎中，郎中检查过后，告诉刘全柱，右眼的眼珠已被砸坏，只能摘除了。右小腿粉碎性骨折，虽可接上，但也会落下残疾。屁股上的伤很深，已触到骨头，需静养一阵子了。刘全柱一想，保命要紧，遂将银两取出大半给了郎中，请求医治。郎中收了银子，立刻熟练地处理起刘全柱的伤口，刘全柱疼得昏了过去。郎中又将双狗的伤口处理了一下，走了。

到了第三天，刘全柱醒过来了，他摸了摸被包着的右眼，叫道："我的眼睛，我的眼睛！"坏水狗假装关心地说道："全爷，你的右眼已经被摘掉了，往后只能靠左眼了。"觑觑狗看着刘全柱坏笑着。刘全柱心想：那座山很少有人走动的，谁会在那里挖陷阱呢？而且是在我回来的下山路上，没准是双狗干的。先忍着吧，等我好了，再收拾你们！

十天后，陈鸣带了三个手下来到梧桐山，找到了刘全柱他们所住的客栈。陈鸣查看了刘全柱的伤势，刘全柱向陈鸣讲述了自己的怀疑。陈鸣虽平时看不惯刘全柱的张扬，可如今见他这般模样，很是同情，说道："放心吧，我会为你出气的。"

第二天，陈鸣派了两个手下送刘全柱回武昌去了，他带着一名手下和双狗来到陷阱旁。陈鸣在陷阱周围看了看，发现土层湿润、松软，应该是新挖的，又山上山下走了走，没发现有什么动物出没的痕迹。他心想：此陷阱应是双狗挖的。他走到双狗面前说道："堂主仍命你们在此蹲守，而且是日夜监视，不得离开，我会派人给你们送饭。要是把人跟丢了，堂主的脾气你们也是知道的。"坏水狗说道："陈爷，我们的伤都没好，能不能晚来几天？"陈鸣一听，笑了，说道："被狗咬了一口也算伤？该换药的时候，自然会给你换的。"觑觑狗说道："陈爷，这里有一只大狗，好凶的，上次若不是它咬我们，全爷也不会掉到陷阱里。现在只留下我二人，我们怕又被狗咬。"陈鸣冷笑两声，说道："两个大活人还怕一只狗吗？说出去也不怕别人笑话！少废话，好好在这儿守着吧。咱们走！"

陈鸣领着手下走了，双狗望着他的背影，又看看地上的几个馒头和两块咸菜，你看看我、我望望你，谁也没说话，无奈地摇摇头。过了一会儿，觑觑狗说道："兄弟，刚才那姓陈的查看了一番，是不是怀疑陷阱是我们挖的？"坏水狗说道："先别心虚，他怎么可能知道？刘全柱伤成那个样子，还真是解气！"觑觑狗说："走了个小鬼，却又来了个阎王，真命苦啊！"坏水狗说道："先别说这些了，咱们带上吃的上树吧，不然狗来了，咱们可就完了。"说罢，二人将馒头和咸菜揣入怀里，看准一棵大树，艰难地向上爬去。

六十七　流言蜚语

在井水县平安大客栈的雅间里，何继祖、刘满仓等人正在密谈。老胡说道："何师爷，田知县有武功，又有高人相助，我们不但伤不了他，反倒把老关的性命搭上了。"刘满仓说道："原想一下子除掉他，谁知反倒自己吃了亏。"何继祖眯起眼睛问道："在树林里有几个人帮他？"王小明说道："有两个蒙面人，武功好厉害。如果我们不跑，非被他们抓住不可。"开妓院的王果说道："何师爷，这都四五个月过去了，这个姓田的依旧是风风光光，可我这悦心楼原本车水马龙，现在却是人少马稀啊。而且，最可气的是，他还时常派些衙役来查这问那，搅得人心神不宁啊。"何继祖又问道："过年时，听说你们给姓田的送礼了？"井水县的古万方说道："没敢叫胡老板和刘老板出面，是老夫找了几个商家去送礼，结果都被衙役和那个老家人给回绝了。"何继祖说道："这位田知县，还真是软硬不吃、刀枪不入啊。那咱们就用唾沫来淹死他！"古万方一拍桌子，说道："对啊，人言可畏。咱们这么多人对付他一个人，胜利是迟早的事情。"何继祖说道："以后，我们还会有更妙的办法来对付他，只是各位要多加理解，官场上有官场上的做法，要讲究策略。"

第二天清晨，有关田知县的花边新闻，就在井水城中传开来了。"田大人毕竟太年轻了，昨晚招妓女进县衙了。""听说他暗地里收了一些商家的银子呢。""听说田大人与两个江湖大盗是朋友，关振武就是死在了那两个大盗的手上。""听说他查赌坊的钱在悄悄往家里运呢！"一时间满城风雨。

几天后的一个晚上，庄儿进了县衙与田力均谈起此事。庄儿说："今日，一个小叫花子在街上到处乱说，被刘兴抓到，刘兴问他是亲眼所见，还是受人指使，小叫花子害怕，便跟他说，是平安大客栈的一个伙计叫他如此说的，还给了他二两银子。"力均问道："是什么谣言？"庄儿说道："说田知县收了绸布店王老板二百两银子。"力均问："哪个王老板？"庄儿说："就是家成兄水果摊的邻店，他与家成兄的关系还不错呢。"力均低头想了想，说道："我想起来了，年前，他同几个老板来县衙送过礼，被我回绝了。看来这个古万方想拿它来说事，用心歹毒啊。"庄儿说："这些谣言都是何继祖离开县城后传出来的。"

次日，当那个小叫花子在街上正讲此谣言时，被两个公差抓住，并带到了县衙大堂。田力均立刻升堂问案，那叫花子说是受平安大客栈的伙计指使的，衙役随后将那伙计带上堂来，那伙计不招，田力均立刻赏了他二十大板，伙计熬不住，承认了此事。田力均又问受谁指使，他却不肯再招了。田力均将那王老板带上堂，问道："王老板，你最近可给本县送过礼？"这时，县衙外已经聚集了很多百姓，大家都很关注此事。那王老板听到这话，马上说道："哪有此事，是谁在编派我？"田力均指指那伙计，说道："就是他叫别人到处乱说的。"王老板指着那伙计，说道："年前我是给田大人送过礼，可那是你们古老爷让送的。我们小门小户的哪敢违抗？可被田大人回绝了，我们哪里还敢送？你说我送礼，那好，你说我是怎么送的？什么人看见了，田大人是怎么收的？你都说给大家听听吧！"那伙计吭哧半天也说不出什么来。这时，古万方慌慌张张地跑上堂来，跪倒在地说道："小民拜见田大人！古某不知竟发生了这种事，全是小民对伙计管教不严，特来向大人请罪。"原来他是担心伙计将他供出，所以才急忙地赶过来，他又指着那伙计说："你这个不长进的东西，谁让你一天无事找事、胡言乱语的，那话可是随便说的？"

田力均说道："古老板，你是城中首富，本县一直以为你是一个守法的商家，想不到你竟敢唆使伙计传播谣言、诬陷本官，你知罪吗？"古万方一听，立刻磕头说道："小民有罪！不过，这可不是小民教的。无论如何，小民有管教不严之罪，请大人处罚就是了。"田力均并没有深究，他说道："好的，本官就信你一次。伙计已经受罚，掌柜的也该受到一定的处罚。这样吧，杖行减半，打他十大板。"衙役赵福说："老爷，古老板年纪已大，又瘦小，怕承受不了这十大板子。"古万方忙说道："是啊，是啊，请大人开恩，小人愿意以罚代打。"田力均说道："那好吧，这可是你自己愿意的。也罢，罚你白银一千两，不过还得写上一份说明。"古万方心想：好小子，你可够狠的，一张嘴就是一千两。他心说：还是保命要紧。于是他一面命人去拿银子，一面提笔写道："今有小民古千园，因管教下人不力，理应受罚，愿出银一千两，为家乡父老做件好事，以减轻自身之罪。古千园。"田力均看罢，说道："古千园，你出这一千两银子，不是做什么好事，而是赎罪。这一点你必须明白，也须在此向众人说清楚。"古万方不敢硬顶，田力均看罢，心想：你这个老狐狸，一直用的是假名字。留下此字据作为存证，你想跑也跑不了。田力均又派人将悦心楼的老板王果请到大堂。王果来到堂下，见古万方也在此，便知事情不妙。田力均一拍惊堂木问道："悦心楼王老板，你的伙计指使别人到处散布谣言，说本官竟将妓女召至县衙，你知罪吗？"

王果一听，怎敢承认，她叫道："大老爷，民妇冤枉啊！"田力均说道："证人就在门外。来人哪，把那伙计抓过来！"几个衙役应声刚要走，古万方忙给她使了眼色，又小声说道："田知县已经有了准备，把人抓来更糟糕，就认个管教不严之罪吧。"王果听罢，立刻改口说道："大老爷别去抓人了，民妇对下人管教不严，玷污了大人的名声，我认罚就是了。"田力均问道："你也认罚？好吧，那就罚你白银一千两，你也写个认罪书吧。"王果无奈，提笔写道："民妇王果，因对下人管教不严，散布谣言诬陷田大人，为此民妇自愿罚银一千两，为本人和伙计减罪。王果。"田力均看罢，说道："王果，本县听说你和你儿子经常欺负邻里，你母子想在本县称王称霸，可就打错算盘了。"

这时，古万方和王果的伙计各自取来一千两银子交到了案上。田力均说道："有请李大人。"这李大人是井水县管水利的小官。不一会儿，李大人来到堂上，田力均问道："李大人，我们欠修水利的民工的工钱有多少？"李大人回道："回大人，前几期的已发放完毕，这一期尚欠一千一百多两。"田力均说道："这儿有两千两白银，你拿去发放工钱；再从中拿出二百两，给他们每个人买上二斤肉、五斤面、二斤老酒，叫他们高高兴兴地回家团聚吧。剩下的几百两银子留作护湖的工钱。"李大人接过银子，领了几个人骑马而去。

县衙外面看热闹的百姓，见田力均罚了两个大老板，又将银子花在兴修水利上，都拍手称快。田力均对古万方和王果说道："二位老板，本县知道，今天的事你们心里肯定不痛快。不过可不要心生歹意，铤而走险，要是打击报复，或派人去炸湖、投毒等，那罪可就大了，绝不是罚这点银子就能了事的。退堂！"

晚上，古万方偷偷地来到悦心楼，与王果、谷丁密谋起来……

在青州知府的后堂，何继祖正与王宏程商议，王宏程说道："朝廷派要员下来巡视，必须事先备足礼金，第一批按两个人、每人五千两计算，第二批按三人、每人两千两计算，现在还差多少？"何继祖答道："回大人的话，收到各县礼金共一万二千两，还差四千两。那井水县田力均是分义未送。"王宏程听罢点点头，又翻翻何继祖呈上来的账本，说道："这四千两你去井水县筹划，但不要找田力均。"何继祖说道："大人，这田力均闹了大半年，那几位的财产损失巨大，恐怕不太好。"王宏程笑了笑，说道："他们的底你还不清楚？先叫他们掏腰包，别的事以后再提。"何继祖马上说道："是，我明天就去办。这位田大人再这样干下去，恐怕咱们的财路就要断了。"王宏程站了起来，边走边思索着。良久，他才开口说道："这田力均果然是个人才。要文的，会治理、懂计谋；要武的，不但自己会两手，身边还有两个好帮手。那两个帮手查清楚了没有？"何继祖说："查了，但没查出结果。田力均身边就老管家一个人，每天张罗他的吃饭、睡觉。"王宏程听罢，迅速地闪动着那双三角眼，暗暗思忖起来：庄儿并不在他身边，一定是隐藏起来了，在暗中保护他。庄儿极有可能就是那高手之一，可另一个高手是谁呢？

王宏程说道："你通知下去，不要再蛮干了，从现在到年底，大家都静下来，该出手时再出手，即使担一些风险，也要将他铲除。"何继祖一听，知王宏程心里已经有了安排，便说道："大人是旷世奇才，官场中的骄子，田力均怎么斗得过大人？他早晚要付出代价的。"王宏程听了，心里很舒坦，挥挥手说："下去吧。"

六十八　讲究对策

陈鸣从九江带来的一名手下，正手里提着一个篮子给双狗送饭。觑觑狗和坏水狗忙从树上溜了下来，坏水狗打开篮子一看，说道："又吃这个？连点青菜都没有？"送饭的庄丁说："二位省省吧，堂主的银子都给全爷治伤了，你们还想吃什么？有馒头和咸菜就已经很不错了。"觑觑狗咬了一口馒头，小声说道："我就不信，你们也天天吃咸菜？"那庄丁听了一瞪眼，说道："你们俩是什么东西，还敢和陈爷比？陈爷是分堂堂主，你们俩能比吗？我问你，那个陷阱是谁挖的？是谁把全爷害成那样的？现在不杀你们已是便宜你们了，一对狗东西！"

三个人正在对骂，忽然听到有人说话："骂得好！"他们三人转身一看，吓了一跳：一男一女两个大人和一男一女两个孩子已经站在他们的面前，而且小女孩身边还有一只大狗，正是上次咬伤双狗的那只。那只大狗大叫了一声，吓得三人脸色都变了。觑觑狗硬着头皮迎着对方的目光看去，吓得他大叫道："啊？玉儿！"身子晃了晃险些跌倒。

不错，来的正是冷竹青、玉儿、柳扬和杏儿，还有威风凛凛的白雪。他们四人奉老叫花之命，前来捉拿跟踪之人。玉儿看了看双狗，说道："两只狗，我真分不出哪个是觑觑狗。说，谁是觑觑狗？"坏水狗指了指觑觑狗说："他是！"杏儿问道："那你就是坏水狗了？"坏水狗点点头。玉儿骂道："俩狗东西，一个杀了我爹，一个给我乔姑姑下毒，谋财害命，你们还想活命吗？"冷竹青说道："就你们这样的人也敢来跟踪我们？快说，是谁派你们来的？"那庄丁一看形势不妙，抽刀向冷竹青砍来，想寻找机会回去报信。冷竹青一闪身，一掌击在他后背上，将他打个嘴啃泥。双狗抬腿要跑，杏儿的石子飞出，两人扑通一声全跪在了地上，白雪扑到庄丁眼前，张开大口咬住了他的衣领。庄丁吓得大叫："别咬我，我说！"冷竹青问道："是谁派你来的？"那庄丁说道："是十业帮武昌堂堂主孙子杰派我们来的，说是你们消了我们人的功力，帮主要会会你们。"玉儿问道："在什么地方会我们？"那庄丁答道："因不知你们还要去什么地方，所以才派我们跟踪的。如果你们一直往北走，帮主准备在大洪山庄和诸位相会。"冷竹青说道："明天便是三月一日了，我们下山一直朝北行。你们不用跟了，快回去告诉你们帮主，我们会去大洪山和他相见的。你走吧，双狗留下，我们必须把他们带走。"

那庄丁忙爬起来，摸摸自己的脖子，又擦了擦满头的冷汗，小心问道："真的放我走？"玉儿说道："放你走，还废什么话！"庄丁扫了一眼双狗，见他二人跪在地上一动都不动，心想他二人是被这小女孩打到了穴位上，这伙人太厉害了。他忙跑下山去，还不时地回头看看。

双狗被带进了山洞，坏水狗一眼看见了苦儿，吓得腿一软就跪在了地上。苦儿问道："坏水狗，我姑姑乔大侠好心救你，你却暗中下毒害她，为什么？"坏水狗叫道："苦儿，我没有害她，我没下毒！"柳扬上前点了他的穴道，疼得他哇哇大叫。柳扬喝道："你不如实说，不然就疼死你。"坏水狗忙说："我说，我说！我见她有个珠宝箱，便动了杀人抢劫的念头。"茹儿问道："那珠宝箱呢？"坏水狗答道："我拿出一半给了武昌堂堂主孙子杰，他把我留在了十业帮武昌堂；另一半，我埋在了武昌城外，至今未动。"冷竹青问道："坏水狗，你还认识我吗？"坏水狗看了半天，吓得险些昏死过去，他问道："你是冷公子？"冷竹青说道："不错，我就是冷竹青，快说，我家的小金佛像呢？"坏水狗看看觑觑狗，觑觑狗说道："那金佛像是我偷的，我把它献给了铁掌门门主谷丁，佛像座被我兄弟拿走了，你们问他吧。"坏水狗说道："佛像座换了银子用掉了。"冷竹青骂道："你们两个狼心狗肺的东西！当年我爹可怜你们，把你们招至家中。可你们却忘恩负义，偷走我家的祖传之宝，真是罪该万死！"

玉儿问觑觑狗："你为什么要杀我爹？"觑觑狗说道："你爹总是看不

上我，我向苦儿报仇，你爹总是拦着。再说，你也把我眼睛弄瞎了，我恨你们。"茹儿问道："觑觑狗，你和谷丁是从何时开始跟踪我们的？"觑觑狗说道："在峨眉山。"茹儿又问："那谷丁呢？"觑觑狗说："他跑了，你们抓不到他的，总有一天他会为我报仇的！"月儿问道："坏水狗，你是从何时开始跟踪我们的？"坏水狗说道："就在刘全柱被你们消了功之后，孙子杰和刘全柱回长沙向帮主禀报，我和陈分堂主陈鸣留下监视。"冷竹青问道："陈鸣现在在何处？"坏水狗说："他是我们的头儿，就住在镇上的客栈里。"老叫花见问得差不多了，便说道："玉儿，等把他们带到你二位姑姑的面前，你们一起处置他们吧。"玉儿答道："是，爷爷。"苦儿将双狗拖出洞外，塞进大筐里，并点了他们的穴道。

　　老叫花看了看众人，说道："我们终于弄明白了，一直跟踪我们的三伙人中，谷丁已不知去向；朱如天非要会会我们，为自己挽回点面子；龙老大和曲蛇虽未出面，可他们绝不会放过坐山观虎斗的机会的。所以我们必须重视大洪山相会这件事。朱如天必会以领教消功大法为名，找茹儿较量的；同时，朱士龙、孙子杰也会上场较量。你们说该怎么应对呢？"

　　老叫花扫了众人一眼，说道："苦儿，你说说看。"苦儿笑了笑，说道："爷爷是在考我，那我就说说。朱老前辈建立十业帮，是为当地百姓撑腰的，是位好人。可他也有他的弱点，比如说护短、固执，不然罗叔叔也不会离开十业帮。对待这样一位老人，我们不能让他丢面子，更不能让躲在暗处的人看笑话，乘机危害武林。"茹儿说道："哥，我明白了，我与朱老前辈交手时，万不可胜他，必须要以失败告终。"老叫花说道："不全对。你不胜他是对的，不过败中可有大学问：一是彻底败，他会不相信或以为你不尊重他；二是你挨了他一拳而败，这反倒会助长他孤芳自赏的坏脾气；三是让他领教你的厉害，而又装作失败。这样既给了他面子，又叫他十分佩服你的武功。朱如天清高自傲，可他对功夫好的人却十分尊敬。不过，这装失败，必须要装得恰到好处，不可叫旁观者看出破绽，又要叫朱老头心里明白。这件事不容易啊，茹儿，你要好好动动心思。"

　　月儿说道："真没想到，这里面还有这么大的学问。二哥，这仗可不好打了。"茹儿笑道："是啊，我还不知道自己是不是朱老前辈的对手呢，更何况要胜中取败呢？我要好好想一想。"老叫花笑道："茹儿，只要你有信心，做到这一点还是有把握的。月儿，你来对付孙子杰。竹青，你来对付朱士龙。你二人不必装败，胜他们一招，然后打平就是了。那朱士龙和孙子杰会感激你们的。总之，要和平解决这场较量。"

川儿问道："爷爷，我和哥呢？"老叫花笑了笑，用手一戳他的头说道："你呀，就是爱忘事。为了保护悔儿，你哥和你能露面吗？"川儿一听，一拍头说道："哎哟，还得是爷爷，想得就是细。"杏儿说道："四哥，你好好学学吧！"柳扬说："小哥学也白学，不打屁股记不住。现在是打红了也记不住。"川儿叫道："好啊，你敢骂我是猴子，看我不捶你！"哥俩又闹成一团。苦儿问道："爷爷还是叫我扮成黄脸道人？"老叫花说道："对，川儿、玉儿，你们三人扮成黄脸道人。夜晚，你们三人先出发，我们六人天亮再走。一路上我们保持一定的距离，有事相互支援。同时，要时时观察周围的动向，防止快刀帮趁火打劫。"苦儿说道："爷爷，放心吧，我们会做好的。"

次日天亮之时，冷竹青将装着双狗的两个大筐放进车中。茹儿、月儿骑马，老叫花亲自赶车，六个人一块下山。当他们来到小镇时，冷竹青买了包子分给大家吃。

住在客栈里的陈鸣和那个庄丁正在看着他们。那庄丁指着他们说道："陈爷，那两个小孩子和那个买包子的人就是昨天抓双狗的人，只是不见了那个漂亮妞。"陈鸣的注意力一下子被茹儿吸引了："大黑小子出现了，他是主角，这可太好了，关心消功大法的人，一定会对他十分关注的。伤我的漂亮妞和小黑小子不见了。这伙人变来变去、时分时合的，真是令人难以捉摸。"他对那庄丁说道："从现在开始，你在后面跟，我在前面跟，咱们一直送他们到大洪山。我先走了。"说罢，陈鸣结了账便离开了客栈，绕小道走出小镇，向前面去了。

这一天，何继祖来到了京城，他穿过大街小巷。找到了一个很不起眼的小院，敲了门，一个黑脸、大鼻头、大嘴唇的人开了门。此人正是淫贼韩士夕的徒弟——于惜。这个小院也是关、韩二贼为自己找的第二个避灾藏身之所，于惜一直在此住着。为了在此藏身，他从不在城内作案。而何继祖是入京为王宏程送贿银时，二人在街上无意间碰到的。

于惜将何继祖拉进院子，重新关好门，这才进屋叙话。于惜说道："师兄，师父、师伯上个月才离开京城回九江。你是如何逃出来的？又怎么来京城了？"何继祖将自己的经历简单地讲了一遍，最后说："我此次来京，是替知府大人给吏部尚书吴大人送银子来了。一出手就是五千两啊。"于惜为他倒了一杯水，说道："师兄，你真有福气，与朝廷命官联手，谁敢动你？你这一招，比师父和师伯高多了。只可惜，我没机会遇到这样的人。"何继祖说道："师弟，我来找你，就是想请你随我一同去山东啊。如今，井水县来了一个田知县，一上任就要断王大人的财路。没有银子，王大人如何能升官？他的官做得越大，我越安全啊。"于惜说道："王大人利益受损，你们就没想想别的办法？"何继祖说道："想了，可都没成功。见到你，我又有新招了。"于惜听到这里就明白了，说道："师兄，你来找我去'采花'，给他们制造混乱和恐慌，再想办法治他的罪？"何继祖听罢，拍手笑道："师弟，咱二人是心有灵犀，一点就通啊。愚兄就是请你出山，助我一臂之力。"于惜想了想，说道："和师兄到井水县'采花'，何乐而不为？只是那知县有高手保护，咱们办事安全吗？"何继祖笑道："没问题，一是事出突然，等他们知道时，咱们已经藏起来了。二是即便遇上了他们，凭咱们的轻功，又借着黑夜，他们是不可能抓到咱们的。"于惜听罢觉得有道理，他说道："好，那我就跟师兄走一趟。"何继祖一听他答应了，说道："师弟，谢谢你肯帮忙，将来王大人做了京官，咱们下半辈子就不用愁了。"于惜说道："谢谢师兄了。师父和师伯的路，我是不想走了。曲蛇逼师父、师伯做这做那，每次都受伤，现在他二人也觉得处境危险，这才安排我在此守候。他们二人无法与师兄相比啊。"

青蛇山庄里，龙老大得到密信，他看后，交给曲蛇，二人都十分高兴。曲蛇说道："师父，机会终于来了。"龙老大说道："只是有一点可惜啊，他们六人中没有了小黑小子。去掉苦儿，再去掉小黑小子，还差一个人。难道是他们走散了不成？"曲蛇想了想，说道："也有这种可能。苦儿死时，只有小黑小子在场，没见其他人。这说明那时候他们就分开了，至今没合在一处。"龙老大说道："你说得也有道理，你现在吩咐下去，叫出山的人做好准备，后天一早出山，叫庄二好好守护山庄。"曲蛇说道："师父，他们还没到衡阳，咱们是不是早了点？"龙老大摇摇头，说："不早，我想让整个武林都知道。"第二天清晨，神龙洞外两个庄丁在议论："帮主和大公子明天一早便要出山，这次带了很多人出去。"另一人说："可惜啊，没咱的份儿。都怨这个罗大侠，叫咱们脱不了身。"罗忠信听了他二人的话，心想：该走了，走晚了怕对王胜与小姐不利。他用消功大法搓断铁链，走到洞口说道："二位过来一下，为我捎个信。"两个庄丁走到洞口，见罗忠信身上已没了铁链，刚要喊叫，可来不及了，罗忠信给了他二人内力十足的一掌，掌力直透心脏，二人当场毙命。罗忠信急忙钻入石桌下，掀开一块石板，露出一个洞口，这个洞口是罗忠信无意之中发现的，他曾下去看过，里面装满了金银财宝。罗忠信从洞里上来，用一件外衣包了不少东西，他将这个包裹系在身上，又取出驱蛇丸放在怀里。一切收拾妥当后，他向洞外望了望，然后走出神龙洞，小声说道："龙老大，再见了，谢谢你把我圈了这些年，这笔账咱们以后再算。奶娘、王胜、小姐、悔儿，谢谢你们，日后我定会报答你们！"说罢，他顺着山坡便滑落下去。

中午，一名庄丁来送饭，见有两具尸体，吓得他扔掉饭菜，下山报告去了。不一会儿，龙老大和曲蛇领着几个庄丁来了。他们进洞一看，四条粗铁链都被弄断了，散落在地。龙老大拾起铁链看了看断口，叹口气说道："唉，他会消功大法，弄断铁链不是难事，我怎么就没想到呢！"他又看了看两具尸体，竟无一点外伤，他又叹道："好厉害的消功大法呀！"他们从洞口走出来，来到东侧陡坡旁，见一溜的青草被压倒，曲蛇说道："师父，他是从这里滚下去的。"庄大说道："老爷，都是属下的错，我这就派人去追。"龙老大摇摇头，说道："不关你的事，也不必派人去追了，庄外的青蛇会咬死他的。"说罢，龙老大回到住处，心中闷闷不乐。他仔细想了想，忙掀开墙上的一幅字画，字画后面露出一个小木门。他拉开木门，从中取出一个盒子，将里面的出山丸、回山丸和驱蛇丸数了一遍，一粒不少。他将木盒放了回去，关好木门，又重新放好字画，低头沉思起来。

曲蛇与庄大正组织庄丁掩埋好尸体，又将神龙洞清扫一遍，没发现可疑之物，便关好洞门，另派二人把守。这时，庄二跑过来说道："大公子，老爷请大公子查一查发出的驱蛇丸是不是有人丢失。"曲蛇一拍头，说道："好，这就去查。"庄大立刻去查守护林间秘道的庄丁们，因为他们每人身上都有一粒驱蛇丸。曲蛇来到了刘全柱的房间，他问道："师弟，发给你的驱蛇丸还在身上吗？快拿出来看看。"刘全柱已听说罗忠信逃跑之事，并已想好对策，他说道："师兄，对不起，我的药丸丢了。"曲蛇忙问："你估计丢在什么地方了？"刘全柱说道："我由梧桐山回到武昌时，才发觉药丸丢了，我想是不是掉到陷阱里或是他们拖我回去的路上了。由于疼痛难忍，我回到山庄竟把这事给忘了。"曲蛇听了，一皱眉头，问道："你再好好想想，是不是丢在庄里了？"刘全柱眼睛转了一下，说道："师兄，我出山之时还带在身上，在梧桐山办事时都还在。只是落入陷阱后，我昏死过去，便说不出掉在什么地方了。"曲蛇觉得他说得也有一定道理，便说道："师弟，师父要查驱蛇丸，不得不问。明天咱们就要出发了，你也要回到武昌配合行动，虽然你伤没好，但有车护送，不会影响你养伤的。"

　　刘全柱说道："我听师兄安排。"曲蛇说道："师弟，师父知道你的情况，他心里有数。不管在庄内还是庄外，你放心养伤就是了，一切我们都会安排好的。"

　　庄大向龙老大报告："老爷，守林庄丁的驱蛇丸一粒不少。属下一一验过。"曲蛇说道："师父，刘全柱的驱蛇丸丢了。"龙老大有些吃惊地看着曲蛇。曲蛇又说道："不过据他说，驱蛇丸不是落入陷阱之中便是丢在路上了。"龙老大皱着眉头问："那回庄时为什么不报告？"曲蛇说："只因他伤势过重，心情不好，没顾上这事。想他伤成这副模样，也没必要说谎吧？"龙老大这才说道："嗯，你说得也有一些道理。如此说来，罗忠信没得到驱蛇丸而逃跑，那我就放心了。他这是自寻死路。只可惜消功大法被他带走了。"

　　龙老大与几个庄丁上了马，一起向山外走去。经过绿水山庄时，曲蛇骑马来到龙老大车旁问："师父，要不要见杨三虎？"龙老大说："不见了，上路吧。"曲蛇转过身来大声说道："黄堂主请上车吧！"黄谢立刻跑出来，上了龙老大的马车。

杨三虎和杨七并未露面，他们从门缝里向外望着，杨七说："庄大、庄三都跟去了，庄二领人在后面送行。看来，庄二成了庄丁们的头儿了。"杨三虎冷笑一声，说道："如此甚好，机会总算来了。"

六十九　夜半飞贼

　　已是三月中旬，春暖花开，井水县城的夜色显得清新、安静。店铺都已歇了业，店铺二楼居住的商人们也都进入了梦乡。突然间，从小巷子里蹿出三个黑影，在兴隆街上快速奔跑，转眼间便飞上了三家店铺的二楼，开窗进了室内。紧接着，便从二楼窗口传出叫声和抗击之声。

　　在街上巡视的庄儿，听见了水果店掌柜苟家成之女——环儿的叫声，紧接着又传来环儿娘和苟家成的叫声。庄儿飞上二楼窗口，对里面说了声：“还不快走。”只见屋内一个矮小的身影从里面飞了出来。就在飞出窗口的一刹那，一根木棍击打在他后背上。那黑影一声没吭，一头摔在地上昏死过去。苟家成马上扑到窗前朝下看，见将飞贼打翻的正是庄儿，忙跑下楼来，手里还拿了一根绳子。庄儿也跳了下来，扯去贼人的面罩，见是王小明。庄儿和苟家成将王小明绑上，庄儿又到别处捉贼去了，苟家成叫醒邻居帮忙，将王小明送到了县衙。另外两个黑影则快速消失在小巷子里了。二楼接连传来撕心裂肺的哭声：“女儿啊，你死得好惨啊！”这哭声给寂静的县城和人们的心头蒙上了一层阴影。

　　田力均命衙役将王小明押入大牢后，立即带人到另外两家查看现场：一户人家的女儿上吊身亡，另一户的女孩是被刀割断气管而死。田力均安慰了家属几句，便回到县衙，他派人将王小明押上堂来。此时的王小明才刚刚清醒过来。

　　田力均一拍惊堂木，问道：“王小明，你夜闯民宅，图谋不轨，犯下大罪。你的同伙有几个，都是谁？快快从实招来！”王小明知道，如果他招了，他娘可就活不了；他若不招，还有可能被救出去。于是他咬紧牙关说道："我没什么同伙，我几次去苟家提亲，苟家就是不准。所以我想生米煮成熟饭，环儿就会嫁给我了。不想，挨了一闷棍。就是这样。"

田力均喝道："王小明，休得嘴硬！为何三起案子同时发生？你还想蒙骗本官？来呀，先打二十大板！"衙役将王小明按住便打。这王小明原就横行乡里，衙役下手更是用了力气，二十大板下来，已打得他皮开肉绽、鲜血淋漓。可王小明仍坚持着，咬紧牙关不松口。田力均无奈，命人将他收入大牢，按重犯处置，手链、脚链全部用上。

押走王小明后，一个衙役来禀报："大人，死去的两个女孩的家属，打着灯笼、举着火把去了悦心楼。"田力均沉吟了一会儿，说道："好，就让他们闹一会儿，出出恶气也好，不要去管。"

此时悦心楼内，王果心急如焚，她冲着谷丁喊道："他们为什么要带小明去？这不是想害死我母子吗？"谷丁说道："不是人家要带他去，是他自己非去不可，说什么一定要娶环儿为妻。谁能拦得住他？人家都办完事了，才听说他也去了，还出了事。这事与人家没关系，你可不要乱发脾气，以免坏了大事。"这时，一个下人来报："老板娘，不好了，不少人打着灯笼、举着火把来了，把咱们悦心楼围了个严严实实，让交出飞贼，为死去的两个女孩偿命。"王果声嘶力竭地喊道："关好门窗，不许他们进来！"外面人的喊叫声也传了进来："交出飞贼，交出飞贼！"随之，石头、土块如雨点般地打到门上和窗上。屋子里的妓女们也都吓得藏到床底下去了。王果也害怕了，她脸色发青，浑身发抖。她知道井水县是待不下去了，可她要救出儿子才能离开啊。外面的人也许是喊累了，折腾了一个时辰后，便退去了。王果如烂泥一般，瘫坐在地上，脸色铁青、眼圈发黑、眼睛发红、披头散发、白发飘飘，活生生一个女魔头。她冲出了屋子，悦心楼内的人见她如此这般，都吓得躲开了。就连谷丁也吓了一跳，忙将她拦住，点了她的穴道，将她抱回屋内。

在悦心楼后花园的地下密室里，何继祖和于惜也在议论这件事。何继祖说："好好的一件事，竟叫王小明给搅了。不然的话，是神不知鬼不觉地就回去了。这下也该回去向王大人禀报了。"于惜问道："听说这小子武功不错，怎会被人拿住？"何继祖说："他内功强，轻功弱，所以我才不让他去。谁知，他不知轻重，私自跟去了，还被人当场捉住。唉！"于惜说道："无论如何，咱们二人算是大功告成了。"

第二天，全县城内议论纷纷，有女儿在家的更是提心吊胆。田力均和田育勤父子二人正在商量解决办法。田育勤说道："我听说过淫贼关士田、韩士夕之事，没想到这里也闹起飞贼来。我估计，这是冲着我们来的，也许是关、韩二淫贼也来到了井水县。"田力均问："那该怎么办呢？"田育勤说道："你派人上街传话，每十户联防，夜夜都要出人上街查访。有事就敲梆子或铜盆，来个全城动员防飞贼。如有女儿在家又无力照顾的，可将女儿送至县衙后堂，咱们派专人保护。"

田力均按父亲的建议，安排下去了。百姓们也是积极行动起来，刘兴、童成组织了联防队。田力均又将王果传唤到县衙大堂。田力均说道："王果，你儿子王小明平日便横行霸道、为害乡里，现在又与淫贼混在一起，入室行暴，残害妇女。王小明引起的民愤极大，罪无可赦。现在能救你儿子的唯一办法，就是交出那两个淫贼。"王果说道："老爷，我儿子想娶那环儿为妻，我们去提亲，可苟家就是不肯。他情急之下，才做出这等事的。我儿子与飞贼无关，只是巧合而已。请老爷明断！"田力均冷笑一声，说道："你一派胡言！传证人。"苟家成来到了大堂。他跪在堂下与王果四目相对，真是仇人相见，分外眼红。苟家成便将那天晚上发生的事，一五一十地说了一遍，没说出是庄儿打的王小明，只说是自己打的。

苟家成的证词和田力均的话，把王果震得头脑发胀，心是狂跳不止。她头触地，心中哀叹：完了，全完了！何继祖，你二人逃走了，却叫我儿顶罪，不公啊！田力均见她没说话，就又说道："王果，你不将实情说出来也没关系，现在的证据足以定你儿子死罪。另外，本县提醒你，也许此时你正想着如何劫狱，如何去杀害证人。本县知道你会武功，你的几个同伙也会武功，不过，你们的功夫不过如此，本县已领教过，没什么了不起。如果想来劫狱，不妨试试。另外，苟家成一家如果出了什么事，本县都要找你算账。你下堂去吧！"

王果浑浑噩噩的，竟不知自己是如何走出的大堂。外面的民众对她指指点点，骂声不绝。她只好全然不理。回到悦心楼，悦心楼已风光不再，门窗已被砸得破破烂烂，也没了琴声、箫声和欢笑声，如今是死一般的寂静，王果恨恨地想：田力均啊田力均，你害得我倒闭关门，还要处死我儿子，我与你誓不两立！

这时，谷丁走了进来，问起了过堂的情况。王果简单地说了一遍。谷丁听后说道："难道苟家成就是两大高手之一？"王果问："那另一位高手是谁？"谷丁说："另一人便是田力均的老家人。"王果吃惊地说道："老家人？这怎么可能？"谷丁解释说："在邯郸一带，田家是个大家族，可以说是家家习武、人人练功，而且是招法独特，从不外传。此事，武林中大多人都不知道。"王果说："现在已无退路了，管他什么高手，不是鱼死就是网破。我想攻击县衙，只要打死一个女孩，就会叫田力均威风扫地。"谷丁想了想，说道："这是个好主意。不过，田力均对那些民女的保护是不会掉以轻心的。现在不行，过半个月之后再动手。"王果问："这是为何？"谷丁说："现在每夜都有刀斧手、弓箭手埋伏在县衙后堂，专等咱们落网。估计等上半个月左右，那些人都松懈下来了，咱们再出手，打他一个措手不及。"王果微微一笑，说道："真是做门主的人，比我有见识。只是还要等上一阵，我心里实在难熬啊。"

次日，庄儿改装骑马出了井水县城，他快马加鞭一路狂奔，直奔河南而去。他是奉田育勤之命去山南城求援的。临行前，田育勤对庄儿说："两个飞贼是作案的高手，也是老手，那何师爷必会借此机会说服王知府，力均限期破案。可咱们人手有限，力均夜守牢房，我守后堂，只有你带几人在外面巡夜，力量太弱了。你这次回去，哪怕带回两三个帮手也好。"庄儿说："田叔叔放心，二位姑姑不会不管的。苦儿和茹儿他们也该回来了。他们一回来，我们还怕什么？"

这一天，苦儿他们来到了岳阳楼。苦儿、川儿、玉儿化装成黄脸道人，先登上了岳阳楼。岳阳楼上游人并不多，茹儿见了，便对老叫花说道："爷爷，我们也上去吧。"老叫花点头说道："行，只是要保持一定的距离，叫跟踪者看不出破绽。"众人依次登上了岳阳楼。冷竹青挑着两个大筐也上来了，筐内装的正是双狗。冷竹青放下筐，望着宽阔无际的洞庭湖美景，不由得吟道："衔远山、吞长江，浩浩汤汤，横无际涯；朝晖夕阴，气象万千。"

川儿在一边和道："然则北通巫峡，南极潇湘，迁客骚人，多会于此，览物之情，得无异乎？"杏儿笑道："道长莫非是说我们这些乞丐、流浪之人，到此一游也该发表点感想？"川儿背着手，迈着方步说道："然也。"杏儿走过来，装着不经意，一捅他肚子，川儿扑哧一声便笑了出来，然后小声说道："老六，你怎么老破坏我的高大形象！"柳扬说："你又不是读书人，装成这穷酸样，岂不可笑？"

杏儿仰着头，接着背道："至若春和景明，波澜不惊。上下天光，一碧万顷。沙鸥翔集，锦鳞游泳。岸芷汀兰，郁郁青青。"玉儿说道："真是字字有景，真有珠落玉盘之感。不愧是千古名篇。"

川儿小声问杏儿："这你都会背？说，是谁教你的？"杏儿理直气壮地说道："是哥教的。怎么样？"月儿说道："他的'不以物喜，不以己悲'，是我喜欢的，我也以此作为我做人的准则。"玉儿说道："不过他的'居庙堂之高则忧其民，处江湖之远则忧其君'，我觉得若是将君字改成国字就更好了。"苦儿说道："他的'先天下之忧而忧，后天下之乐而乐'，也极为天下人所称道。"茹儿说："这位范大人也不只是说说而已。据《宋史》记载，范仲淹为官清正，为百姓做了不少好事。他死时，是'四方闻者皆叹息'啊。"

老叫花说道："'先天下之忧而忧，后天下之乐而乐'应是我们的人生准则，更是当权者时刻都不应忘记的。可如今，多少人十年寒窗，一旦做了官，便围着大小、多少去转了，想的只是官做得越大越好，捞的银子越多越好，自己的付出越少越好。还有几人能想起这句名言啊！"苦儿说："是啊，我们做人就应当志向大、私欲小。欲壑难填、私欲膨胀便会将人引入邪路。而这条路，有很强的诱惑力，一旦踏进去就不容易退回来。"茹儿说道："这一点，我们应向爷爷学习。爷爷若是想当官或发财，那是易如反掌之事。爷爷就是我们的人生榜样。"月儿说道："正因为爷爷如此面对人生，所以才是一位快乐多、烦恼少的老人。"老叫花笑道："你们这么一说，我倒是糊涂了。我一天只是傻乐呵而已。不过，你们登上岳阳楼后，对人生有这样的感悟，是很了不起的。咱们回去后就看你们怎么做了，经得起生活的考验，那才是好样的。"

杏儿问："爷爷，我们回去能干什么呢？总不能让二位姑姑养我们吧？"月儿笑道："你想什么呢？哥和二哥回去开药材铺，玉姐姐开成衣铺，咱们还能没饭吃？"柳扬问道："那我能干什么呀？"月儿说："打杂、跑腿，还怕没活干？"川儿说："我可不打杂，我要给二位姑姑当大总管。"月儿说道："刚才大家还说要为自己想得少呢，小四你又犯错了不是？玉姐姐成衣铺一开，不出大半年，就会火起来，衣服谁来做？还不是交给那些手艺好、心眼好的女人去做？那我就给她们跑腿。你说这不重要吗？"杏儿说："重要。哥、二哥，我去药材铺扫地倒水，叫你们安心给人医病。"柳扬说："你们都有活干了，我也得自己找活干。我可没人家那么大本事，想当大总管。"川儿叫道："哎，刚才被三姐说了一顿了，你又来埋汰我，真是没天理了！噢，爷爷！"老叫花笑着拍了他一下，说道："好了，三位道长请先行一步吧。"苦儿、玉儿和川儿先下了城楼，约一顿饭的时间后，老叫花等人才离开岳阳楼。

在山南城的桃花山庄里，冷面双娇将张荣找来。乔如虹说道："听说苦儿他们已经到了岳阳，我和你二姑准备去接他们。不过，不能叫外人知道，快刀帮的人知道了会生事的，所以，我们二人要秘密出行。"张荣问："二位姑姑，还带别人去吗？"冷月娇说："不带。你在家要小心守护好山庄。春风、春雨协助你。遇到难事，就去找清风道长，应该没事的。"张荣说："如此甚好。二位姑姑，最近我总有一种奇怪的感觉，感觉庄儿那边出了点什么事。"乔如虹说道："你这是心灵感应，有时是很准的。如果庄儿来求援，等我们回来再做安排。"冷月娇说道："你去忙吧，叫春风、春雨过来。"张荣退出去了，不一会儿，春风、春雨走了进来，乔如虹将要出行之事说了出来，春风说："二位姑姑，带我们去吧，路上也好有个照应。"冷月娇笑道："咱们都走了，谁来帮荣儿守护山庄啊？"乔如虹说道："你二人在山庄要经常进进出出，人们就不会想到我们离开了山庄，这可是稳定人心的大事啊。你们一定要平平稳稳、快快乐乐的，别人才不会多心。"冷月娇说道："我们接了苦儿和茹儿立刻就回来，不会有事的。"春雨说："那好吧，我们一定守护好山庄，姑姑放心就是了。"乔如虹站起来，抱住春风、春雨说："虽然只分开几天，可还是有些恋恋不舍。"

在大洪山庄内，郑明光和谷艳夫妻二人正在谈论着消功之事，郑明光说道："听说会消功大法的黑小子已经快到湖北了。朱如天与他们要在大洪山比武较量，咱们能做些什么呢？"谷艳说道："如果能把他们请进山庄住上几天就好了。"郑明光说道："艳儿，你又在说梦话，咱们与人家互不相识，人家怎么会来山庄做客？"谷艳说道："我总觉得这伙人与苦儿他们有关系，真要是这样就好了。"郑明光说："但愿如此吧。不过，能看看朱如天与这些人交手，也可以比较出咱们的功夫究竟如何。"谷艳叹道："唉，也不知道你爹把雪花剑法藏到哪里去了，找了这些年竟一直找不到。"郑明光安慰道："反正跑不出这个院子，早晚有一天会找到的。机缘未到，急也没用。"谷艳听罢，双手合十道："公公，您在天之灵就可怜可怜我们吧！早点为我们指点迷津，好恢复郑家往日雄风。"

郑明光被谷艳的行为打动了，他说道："爹爹一定会帮我们的，咱们还是去密室练功吧。"说罢，拉着她的手进了密道，来到练功房。练功房内一切如旧，夫妻二人又练起了他们组合的雪花剑法。他二人翻腾跳跃，剑花飞舞，有攻有防，配合得十分默契。二人的功力与剑法已有了长足的进步。

这一天，老叫花一行人过了长江，苦儿、玉儿和川儿扮成三个黄脸道士先来到了潜江县城。苦儿下马，买了咸菜和几个馒头，三人找了一处僻静地坐下来吃。过了一会儿，他们见很多人都慢慢地朝一个地方移动，便也跟了过去。原来是扮成黑脸的茹儿、月儿、柳扬和杏儿骑在马上，冷竹青赶着马车，老叫花坐在车里进了城。见到一个包子铺，冷竹青下了马，准备买些包子。那店小二忙迎上来说道："诸位客官，下马歇会儿吧。"月儿骑在马上说："二哥，好些人在看着咱们呢。"茹儿和杏儿也发现了，而且感觉是突然间周围多了不少人。茹儿俯下身来，小声对老叫花说道："爷爷，有些不对。"老叫花笑道："如果没猜错的话，一会儿可能会有很多人跟着咱们。好戏就要上演了。"老叫花等一行六人吃过饭，便上了马车，沿着大路向北继续前行。只听有人指着茹儿和月儿说道："黑小子、俊丫头还有一个老头子，错不了！""走，快跟上，可别错过了机会。"后面跟着的人越来越多。苦儿他们三人也牵着马，混在人群中跟在后面走着。行至不远处，迎面跑来一匹马，一人在马上拱手，对走在前面的冷竹青说道："几位大侠请了。我们帮主请各位到前面的城北的山林中相见。"冷竹青问道："你们帮主是哪位？为何要见我们？"那人答道："我们帮主便是大名鼎鼎的朱老帮主，他老人家已在那里恭候多时了。"冷竹青说道："这么说来，你们是十业帮的人了？"那人说道："正是。请几位慢行，我还要回禀帮主，告辞。"说罢，拱手掉转马头走开了。

冷竹青领着大家进了吕家集这个小镇，走进一家茶馆，边喝茶边休息。冷竹青向小伙计问道："小二哥，听说城北有一片山林，离这儿多远？"那店小二答道："不远，也就四五里地，一会儿便到了。"冷竹青又问："再往北去呢？"那小二说道："再往北走十几里，便是大洪镇了；由此再向北走，便是枣阳县城，过了枣阳便是河南地界了。"

月儿边喝茶边问："二哥，朱如天为何选在这个地方？"茹儿想了想，说道："一则，他可能不愿在自家门口与我们交手，否则在长沙便可打上了。二则，这里是我们的必经之路，此处并非都市，地点偏僻，也合朱如天的心意。"老叫花笑道："地点偏僻，可人却不少，不知朱如天知不知道，有人在大做文章呢。"

喝过茶后，老叫花一行人走进了那片小树林。老叫花提前下了车，手拿长杆慢慢跟在车后。在山丘的一块平地上，他们下了马，向四处望了望。只见对面有一位须发皆白的老者，手执长扇站在众人前面。他身边站着二十几个人，个个凝目注视着茹儿，而围观的人群更是里三层外三层。围观的人群中有两位女子，从人群中挤了出来，向茹儿他们走去。月儿一见，小声说道："二位姑姑也来了。"茹儿、月儿等人见过冷面双娇后，冷面双娇不见老叫花和苦儿他们，忙问道："老爷子呢？苦儿、玉儿和川儿呢？"茹儿向冷面双娇耳语了几句。冷面双娇点点头，目光在人群中不停地寻找着。

七十　比武论剑

朱如天一看周围来了这么多人，便不高兴地问孙子杰："怎么来了这么多人？"孙子杰答道："师父，消功之事传得很广，人人关心，我们想瞒也瞒不住啊。"朱士龙说道："爹，那两人好像是冷面双娇。"朱如天看了看，说道："不错，正是她们。不过她二人怎么会认识这些人呢？"朱士龙说道："孩儿并未见过她们，只是听关士田说过她二人的形貌穿戴。"朱如天白了他一眼，向前走了几步，大手一挥，四周的人立刻静了下来。他对着冷竹青问道："请问各位，你们可是在峨眉山练功并且消去了我十业帮弟子功力的人？"冷竹青答道："不错，是我们。老前辈可是朱帮主？"朱如天答道："老朽正是朱如天。你们无端消去本帮弟子的功力，老夫倒要向各位请教一二。请问，你们当中哪一位是消功之人？"茹儿向前走了几步，给朱如天施礼说道："晚辈付茹秀给朱老前辈行礼了。晚辈一时失手，得罪了前辈，今日特向前辈赔罪。"茹儿的彬彬有礼和儒雅风度，令朱如天和众人吃惊。人们带着疑问和惊奇注视着她。刘全柱拄着拐走上前来，说道："朱帮主，属下就是被这个人消去功力的。别看他又行礼又道歉的，当时却是凶得很，根本不把十业帮放在眼里。现在他见到您，知道害怕了，才使出这一套想蒙混过关，您老人家可要为小的做主啊！"

朱如天看了他一眼，说道："好了，退到一边去吧。"朱如天对茹儿说道："小兄弟，本帮弟子并未得罪于你，为何要消去他的功力？"茹儿说道："老前辈就是不问，晚辈也该向您说个明白。您老人家武功盖世，称得上是武林泰斗，有谁肯故意得罪您？莫说我这无名小辈，就是武林大侠也不愿意这样做吧？"下面围观的人开始议论起来。茹儿接着说道："朱老前辈，您一定认识我们的这二位姑姑吧？"茹儿把冷面双娇拉到了前面。冷面双娇向朱如天施礼说道："乔如虹、冷月娇给您老人家请安了。"朱如天笑了笑说道："罢了，这位小英雄是你二位的侄子？"乔如虹答道："不瞒您老人家，她虽不是亲侄子，却是比亲的还要亲。听说您老人家要兴师问罪，晚辈不得不来请前辈关照。"朱如天一听"关照"二字，便又看了茹儿一眼。茹儿继续说道："我们去峨眉之前，二位姑姑曾嘱咐我们要找寻常笑天常大侠的下落，他老人家是二位姑姑的师父，也是我小弟的师公。"茹儿说着又将柳扬拉到了身边，继续说道："做晚辈的，对此事当然要尽心尽力。当我们在峨眉山搜寻时，发现了四人从一个山洞里跑了出来，他们身上带着不少的冰碴，我们一看便知这山洞中必有冰雪，极有可能是常老前辈的休息之所，于是我们想进去看看。可那四人说什么也不肯，于是双方发生了口角。"

朱如天看了刘全柱一眼说道："那后来呢？"茹儿说道："后来我们急于进洞，就平平常常地打了您属下一掌。若说是消功，也只是寸劲，巧合而已。我们进洞一看，却是大吃一惊。"这时柳扬接着说道："二哥，我来说。"朱如天指着柳扬问："这孩子是——"茹儿介绍道："这是我小弟柳扬，是二姑的徒弟，常大侠便是他师公。柳扬，快与朱老前辈见礼。"柳扬给朱如天鞠躬行礼，说道："老前辈，我们进洞一看，师公的遗体被推倒在一边，脸面触地，皮肤损伤。再看洞内，连洞顶都被刀剑刨得坑坑洼洼的，满地冰块。这无疑是掘坟盗墓，惊扰先人。是可忍孰不可忍！我跑出洞外一看，那四人早已跑得无影无踪了。"说到这里，柳扬仍是气愤不已。他停了一会儿继续说道："后来，我们发现师公手形奇特，必藏深意，经一番查找，我们终于找到了师公留下的三件遗物。晚辈发誓要为师公报仇，也要惩罚那四个盗墓之徒。今日才得知他们是您的手下。爷爷常说您是位好人，十业帮是一个大帮，鱼目混珠是免不了的，所以晚辈就不想再找他们算账了。不过他们刨坟掘墓，企图盗窃别人的宝物，又自恃武功高强，心怀不轨，极大地损害了十业帮的威名和您老人家的清誉，老人家不可不防啊！"

已化装成老太太，混在围观人群中的龙老大听了，气不打一处来小声骂

584

道："真是笨到家了，找到了却是白费一番力气，还被人消功。机关算尽，结果却不如人意，真是人手不济啊！"曲蛇听罢，深有感触地点点头。

朱如天听了，也十分震惊，听到茹儿和柳扬慷慨陈词，又见刘全柱和孙子杰无言以对，便知自己是被拖下水了。他恶狠狠地看了一眼孙子杰，说道："朱某与常大侠是好朋友，得知他仙逝，我心中已是十分悲痛。不过今日咱们在此见面，老夫仍想见识一下消功大法。只是见识而已，别无他意。"众人立即鸦雀无声了，因为人人都想见识消功大法。

茹儿和冷面双娇商量了几句，然后说道："既然老前辈有令，晚辈怎敢不遵？不知您想如何比试呢？"朱如天说："我们出三人，以三对三，点到为止，权当是切磋武功。这样行吗？"茹儿答道："如此甚好。"

朱士龙先走了出来，说道："在下朱士龙，哪一个与在下交手？"冷竹青走出来说道："在下冷竹青，请出手吧。"朱士龙见冷竹青生得文静，根本就没把他放在眼里，举扇便打，冷竹青动作绵软轻柔，只做躲闪并没还手。朱士龙见冷竹青动作如女人，便想尽快取胜，可每次眼看要打到时，都被冷竹青躲过或化解了。冷竹青仿佛是在不经意间，出拳如闪电，寒气直逼朱士龙。朱士龙这时才知道冷竹青不简单。

朱如天看了朱士龙与冷竹青的比试后，心中已明了。冷竹青轻柔地转到朱士龙背后，小声说道："你快向我抢扇子，我败下阵来就是了。"朱士龙挥扇抢去，冷竹青忙后退几步，站稳后，拱手说道："朱公子武功高强，在下佩服。"说罢便退了下去。朱士龙疑惑地看看冷竹青，摇头回到朱如天身后。

这时，孙子杰上场了，月儿迎了上去。二人在峨眉交过手，孙子杰一看月儿上场，心中有些犯怵，可在朱如天面前还不能表现出来，于是他打起精神，硬着头皮上场了。报过姓名后，二人交起手来。孙子杰与朱士龙招法虽然相同，但他的步伐和身形都较朱士龙快出很多，使出扇子的威力也是大了不少。月儿也是开始时只是躲闪，并不还击，孙子杰有了峨眉山的教训，也不敢贸然进攻，打得也是小心翼翼。朱如天也十分重视他二人的比武，他见月儿的泼风刀法似曾相识，心中充满疑问，便全神贯注地观看。

这时，关士田和韩士夕悄悄出现了。他们给了一个十业帮弟子十两银子，那弟子走到朱士龙身后，耳语了几句，朱士龙便快速转身向后走去。而朱如天竟一点也没察觉。朱士龙向后走了三四十步，才看见关士田和韩士夕二人。朱士龙说道："你们二位来了，为何才来找我？"关士田笑道："我们不敢叫令尊大人看见，他会不高兴的。"韩士夕皮笑肉不笑地说道："朱兄，我们刚才见到了一件新鲜事，如不告诉你，怕你将来埋怨我们。"朱士龙随口问道："什么新鲜事？"韩士夕说道："我们看见了野菊花，她还带着一个女孩。"朱士龙听了，立刻兴奋起来，忙问道："一个女孩？"韩士夕甩着做作腔调说道："是啊，那姑娘长得很好看。我们上前去认女儿，可野菊花说不是我们的，我二人一想，那女孩必是朱兄的，所以才来告诉你。你要是不想看就算了。"朱士龙急忙说道："哪个不想看？她人在哪里？"关士田用手指了一下，朱士龙立刻跑了过去，关士田牵着事先准备好的三匹马，紧跟了过去。

此时孙子杰与月儿已打了八九个回合了。只见孙子杰用扇子奋力出击，月儿用剑去挡，二人都后退了七八步。月儿抱拳说道："孙堂主，咱们算是战平吧。"孙子杰默默地点点头，走回朱如天身边。朱如天见冷竹青和月儿在比武中都有所保留，未达到逼他们使出消功大法的目的，他心想：这两个年轻人，武功都不一般，看来只有我才能逼他们使出消功大法。即使对方不敢用，也可以通过对手的功力做出判断。想到此，他走上前去说道："我的人武功平平，老夫只好亲自出马了。"

茹儿见朱如天真要与自己较量，不觉心里发慌。她说道："朱帮主，您上阵与我这初学之人比武，就不怕有人说您是以大欺小吗？"朱如天笑道："你放心好了，我只想见识一下消功大法，决不伤人。我朱如天说话算话。"茹儿抱拳说道："朱老前辈，晚辈已准备好，您出招吧。"朱如天站在那里，不肯先出手。茹儿深深地吸了一口气，向前跨出几步，出拳攻击。双方交起手来。月儿紧张得手心都出汗了，她禁不住跑到前面，想随时帮茹儿。杏儿和柳扬也拉着手，紧随月儿，紧紧盯着朱如天的一举一动。三个黄脸道士也围了过来，关注着二人的比武。

战了十几个回合后，朱如天开始加快进攻的节奏，一掌接一掌向茹儿攻去。茹儿在躲避之中渐渐地冷静了下来。朱如天左掌击下右掌又来，眼见要打在茹儿身上，人们不禁惊叫起来。可茹儿在刹那间转到了朱如天的左侧，不仅躲过一掌，还占据了有利的位置。朱如天立即转身应对，防她侧面攻击。围观的苦儿、川儿和玉儿也为茹儿捏了一把汗，看见茹儿发挥正常了，苦儿才小声说道："好了，茹儿冷静下来了，你们不必再担心了，咱们还是往后走走吧。"

朱如天为了逼迫茹儿出招，将掌法运用得精妙绝伦，众人看得是眼花缭乱，简直分不清路数，有如云彩罩在茹儿的头上。围观的龙老大见了嘿嘿冷笑几声，说道："这是朱如天的看家本事，今日都使出来了，真叫我开眼了。"曲蛇说道："师父，他打不过您的神龙掌和金指功。"龙老大说："要赢他也是不易，不过至少不会落败。"

茹儿见朱如天运掌如风，便不再躲闪，而以百变云拳对之。朱如天见茹儿以攻代防，与自己展开对抗，感到有些意外：世上还没有人敢在我这套掌法下与我对抗，这小子算是第一人。一时间，二人你来我往，一招一式变化莫测。众人是目不暇接，惊叹不已。茹儿见朱如天掌法精妙、内力深厚，心说："不愧是武林泰斗。不过，他毕竟年事已高，不如年轻人身体灵活，这便是他的弱点。"于是，茹儿改变了战术，抽身围着朱如天边打边转。朱如天见她改变战术，采用游斗之法，便又转身逼她出招。转过近百圈后，茹儿依然如故，而朱如天却觉得有些头晕，身体也渐渐地慢了下来。这时，他才明白茹儿的用意，心中暗想：这小子欺我年老了。唉，毕竟是年纪大了，不服也不行，我还是以内力相逼吧。想到此，他立刻双掌慢运，将内力运到掌心。茹儿立刻感到有一股强大的力量向自己压过来。这股力量连边上的月儿和杏儿也感觉到了。杏儿大声叫道："二哥，朱帮主发力了，当心啊！"听杏儿一喊，人们不禁也跟着紧张起来。茹儿双掌一转，使出了她的茹秀掌，朱如天心说："这孩子为何这般平静、神色泰然？不好，我的掌好像打在棉花包上了，内力好像在流失。"他来不及多想，用上七成内力向茹儿击去，茹儿的身体像狂风卷起的树叶一般飘了起来，人们不禁大声惊叫起来。朱如天见此也愣住了，心想：怎么能飞得如此远？我只用了七成功力啊。茹儿落在了苦儿身后十几步的地方，着地时，还跟跄了几步才站稳。扮成道士的苦儿还是忍不住上前扶住她小声问："怎么样？没事吧？"川儿刚要喊：

"二——"发现茹儿眨眨眼睛，便明白了，把话咽了回去。茹儿走到朱如天面前，抱拳说道："朱老前辈果然是武功盖世，晚辈不是您的对手。若不是您及早收力，晚辈性命难保。晚辈虽被打败，却毫发未伤。您是正人君子，一言九鼎，晚辈佩服！比武完毕，告退！"茹儿说完，向冷面双娇走去。人们自动让出一条路，看着他们一行人向北而去。

朱如天看着自己的手掌发呆，十业帮的老曾上前扶住朱如天，说道："帮主，咱们也没见到消功大法啊。"朱如天叹了口气，说道："你们哪能看出来此人内力非凡，'消功大法'已不在话下。"朱如天心想：我的掌力为何有流失之感？我七成的内力已是非同小可，打在这小子身上，却感觉不见了踪影，而他却能借力飘出。他说话时底气充沛，毫无受伤之象，这说明他是吸收了我的掌力。内力如此之高还用什么消功大法？他抬眼看了一下周围的人，忙问："龙儿呢？"一个手下答道："回帮主，关士田、韩士夕二人来找少爷，少爷跟着他们向北去了。"孙子杰说："师父别急，徒儿立刻带人去找。"孙子杰带人骑马去了，朱如天坐在一棵树下，仍想着比武之事。

七十一　雪花剑法

谷艳和郑明光也在围观的人群中，他们盯着这伙人，极力想寻找机会留下茹儿等人，得到消功大法。他们见到了杏儿，心里盘算着如何借机留下茹儿他们。

双狗也被装进箩筐里，带到了比武现场。他二人趁冷竹青比武之机，转动身体使箩筐转出圈外。随着身体的转动，被锁住的穴道也解开了。二人高兴地爬出箩筐，拼命要跑出树林。可他二人时运不济，正巧被刘全柱遇到。刘全柱二话不说，挥剑将双狗杀死。

老叫花及冷面双娇等人继续向北行，路上几个年轻人正说着这场比武。柳扬说道："二哥，你一飞起来，我真担心死了。"杏儿说道："你担心什么，那是二哥的借力腾飞，你这都不知道啊？"月儿笑道："行了，杏儿，你忘了你自己吓得满头是汗了？"杏儿不好意思地挠挠头，说："我是担心二哥嘛。"柳扬学着玉儿的口吻说道："傻丫头！"大家都笑了。这时，车篷里的老叫花忽然探出头向后面摆了摆手，众人立刻停止了说笑。

不远处传来急促的马蹄声和女人尖锐的喊叫声。不多时，两名女子从对面拼命地叫着跑了过来，后面一个穿紫衣的女子还不时地停下，与追来之人厮杀。另一名女子拼命向前跑，另二人骑马追赶前面的马车。车内的白雪首先叫了一声，跳下车来，茹儿叫了声："悔儿！"月儿说："拦住她们！"说话间，两个骑马人已迎了上去。紫衣女人叫道："悔儿，快跑！救命啊！"茹儿和月儿与骑马之人厮杀起来，骑马之人打了几个回合，也不恋战，打马向东而去。两名女子身体已多处受伤，茹儿大叫道："悔儿！"悔儿惊恐地看着茹儿，茹儿啊啊地连叫带比画着，悔儿眼睛一亮，说道："你是哑姐姐？"说罢昏了过去。月儿上前扶起紫衣女人，紫衣女人身体多处受伤，已昏死过去。她们忙将二人抬上车，茹儿为她二人服下回天丸。老叫花出来赶车，冷竹青上了马，众人继续向北走。路上，茹儿向冷面双娇讲述了悔儿与他们相识的经过，乔如虹听罢说道："那悔儿姑娘也是个有情有义之人，曲蛇追杀她，是不是事情败露了？"冷月娇说道："姐姐，你不觉得奇怪吗？她二人竟与我们穿着同样的衣服。"乔如虹说道："是啊，这肯定有什么缘由。等回到家中再问明白吧。那穿紫衣的女人你们可认识？"月儿、杏儿和柳扬都摇头。

快到大洪镇了，谷艳和郑明光决定不能错过这个机会：他们觉得若是能抓住杏儿，也可借此威逼黑小子，交出消功大法。于是他二人加快了速度，赶到杏儿前面，装作十分惊喜地说道："杏儿，好久不见了。到家门口了，进来坐一坐，让我们也尽一次地主之谊吧！"月儿问："这是谁？"杏儿小声说道："大洪山庄郑明光和谷艳，说不定能帮玉姐姐找到谷丁的下落。"这时，柳扬已得到老叫花的首肯，说道："二位姑姑，我们想陪杏儿去大洪山庄一趟。"乔如虹说道："那你们就陪她去一趟吧，我们先行一步，在前面等你们。"老叫花说道："茹儿、月儿，你们陪二位姑姑回去，并照顾好那母子二人，我们坐坐就来。"杏儿说道："郑夫人如此盛情，我们就只好打扰了。"谷艳听了，心中高兴，可郑明光见三个参加比武之人只来了一个，心中不免有些失望。可他见谷艳高兴的样子，也变得高兴起来，心说："来了总比不来好。"

跟在不远处的苦儿三人，见老叫花他们来到了大洪山庄，也随着进了山庄。郑明光夫妻更高兴了，谷艳更是妹妹长、妹妹短地叫个不停，还时不时发出咯咯的笑声。玉儿却是不冷不热地应着。众人来到会客厅坐了下来，谷艳忙吩咐下人上茶并准备酒席。玉儿说道："且慢，我有话说。"谷艳显出十分亲热的样子说道："妹妹，有什么话尽管说，咱们姐妹之间还有什么好客气的？"玉儿说道："那好，你爹杀我爹的事，我想你一定也知道了。我要到庄里看看你爹是不是躲在这里。"郑明光劝道："玉妹妹，老泰山做的事我们也听说了，实在是不应该。不过爹是爹，女儿是女儿，这件事与艳儿无关。"玉儿说道:"郑公子放心,我并没有把他父女相提并论。我只要求查一查,这不过分吧?"谷艳忙说道:"查查也好,去了嫌疑,我们还是好姐妹。"说着,便领着众人挨屋地搜查起来。整个山庄都搜了一遍,并不见谷丁的影子。谷艳说道:"妹妹,这下可以回到客厅了吧?"玉儿突然想起了什么似的,说道:"听说你们还有个练功的密室,不妨也叫我们查查?"郑明光不高兴地说道:"玉儿,我家是有练功密室,不过,那是我郑家几代人练功之所,不是什么藏人之处。你们这样,这要传扬出去,我们的颜面何在?"谷艳听罢却说道:"查练功房又有什么不可以的?看罢了能解疑,比什么都强。"郑明光尽管不愿意,可见谷艳点头了,也不坚持,带着众人下了暗道。来到密室门前,郑明光却不肯开门。他说道:"从小窗中看看就可以了吧?"谷艳气得瞪着眼睛说道:"就这点事,你怎么就这么啰唆?难道人家看看,就断了你郑家的财路?快开门!"郑明光见谷艳不高兴了,只得用手扳动石壁上的一个小窗口,石门打开了。玉儿带头走了进去,练功房内确实无人。他们对悬挂在天棚上的小沙袋很好奇,玉儿走到墙角的铜鼎旁,见铜鼎内装满了水,也不可能藏人,便转身想出来。可此时,石门却关上了。玉儿大声问道:"郑明光、谷艳,你们这是干什么?想把我们困在这里不成?"郑明光冷笑一声,说道:"我大洪山庄是你们想搜就搜的?你们也太欺负人了!"谷艳劝道:"明光,你何必如此呢?我和玉儿毕竟姐妹一场啊。"郑明光却大声说道:"你再说什么也没用,这口气我实在是忍不下去了。"谷艳问:"那你究竟想怎么样?"郑明光叫道:"除非他们交出消功大法,否则休想出来!"苦儿听了,哈哈大笑,说道:"郑明光,你想要消功大法可以直接说呀,何必转这么大个弯,又费这么多口舌,值得吗?"郑明光叫道:"少废话!桌子上有纸笔,乖乖写出来,便放你们出来,否则就困死在这里!"老叫花问道:"郑庄主,我一个穷要饭的,又这么大岁数了,困我何用?不如先把我放出来吧。要是我死在这里,对你们也不好啊。"

郑明光大声斥责道:"你别装了,你当我们没看见你的本事?你曾大战曲蛇而没落败,你是这些人的主心骨。你快点劝他们写出来吧,不然就真把你这个老东西困死在这里!"

老叫花听罢，气得骂道："呸！你为了得到消功大法，竟这样不择手段，可对得起你爷爷和你爹的一世英名？郑家的名声，都毁在你手里了！"杏儿急忙拍拍老叫花的后背，说："爷爷，别生气，气坏了身子不值得。"

玉儿说道："郑明光、谷艳，你夫妻二人为了上演这出戏，动了不少心思啊。若是谷艳这么做，也就罢了，可你郑明光出身名门，人都说，将门出虎子，没想到你郑家却出了你这个犬子，做出这等无耻之事，你的祖辈定会悲伤不已的！"郑明光骂道："你这个强盗之后，还敢骂我？消功大法乃我叔祖所创，他老人家并没传授给任何人，必是你们偷了我叔祖的消功大法。你们才是强盗！现在，我让你们写出来，乃是物归原主。"老叫花气得胡子乱颤，骂道："不知深浅的东西！难道世上除了你叔祖，别人就悟不出消功大法？再说了，你叔祖传给谁那是他的事，与你又有何干？你可曾在你叔祖面前磕过头、尽过孝？你为了得到消功大法，便搬出你叔祖来，你愧不愧啊！"郑明光骂道："你这个老东西，放得了别人也放不了你！"川儿气得大叫："浑蛋，敢这样说我爷爷，我出去饶不了你！"说罢与柳扬一起拿着拐和剑到处乱捅起来。苦儿说道："郑庄主，消功大法与老人和孩子无关，你把我爷爷和弟弟妹妹放出去，我写给你就是了。"郑明光说道："苦儿，你骗谁啊？他们出来，你就把我夫妻二人杀了，我还要什么呀？你呀，还是快快写出来吧，不然就活活饿死你们！艳儿，咱们走。"

石门外静了下来，苦儿在石壁上敲了起来，杏儿他们见了，也敲了起来。小窗口被打开了："都是大石头，没什么好敲的，你们别瞎费心思了，还是快点写吧！"随后小窗又关上了。川儿说："哥，棚顶也敲过了，找不到机关。"杏儿说道："唉，都是我不好，连累了大家，这是第二次被困在这里了。"苦儿点点头，又摸了摸鼻子，说道："以后要长记性了。"

玉儿说："不，都怨我，你们是为了我才到这里的。"说着，眼泪就流了下来。冷竹青安慰说："这也不怨你。别着急，总会有办法的。"苦儿也说："是啊，即使我们出不去，姑姑和茹儿也会来救我们的。郑明光夫妻见过爷爷斗曲蛇，说明他一直在跟踪着我们。真是江湖险恶，防不胜防啊！"柳扬走到铜鼎边，用手捧起水，刚要喝，老叫花说道："扬儿，那水不能喝，不知道放了多长时间了。"说完，老叫花眼睛亮了起来，他走到石门边，去扳动门上的把手。把手虽被扳起，门却没开。他自言自语道："门被堵住了。"他又找了起来，杏儿将目光锁定在墙上的壁灯上，可都扳不动。川儿气得纵身去抓棚上的沙袋，柳扬也去抓，几个沙袋落在地上，发出了声响。小窗口又被拉开了："你们别闹腾了，你们不睡，我还要睡呢！"说完，又将小窗口关了。川儿又将铜鼎上方的沙袋抓落，柳扬用脚一踢，沙袋滚到鼎下。苦儿说："没办法了，只能毁了它。"老叫花叹道："本不想这么做，可现在顾不上这些了。"

说罢，老叫花出手，先在对面的墙上抹出一层石粉。柳扬突然叫道："哥，这里有风！"大家围了过去，杏儿用手试了一下说道："真的，莫不是有暗道？"苦儿说："我爬进去看看。"柳扬说："哥，我身子小，我进去看看。"说罢，柳扬将头伸到鼎下，发现鼎底部离地面的距离很短，沙袋卡在鼎下，却压开了鼎底下的木板，露出缝隙来。柳扬轻声说道："这里有缝。"苦儿说道："别着急，再往下探。"柳扬伸手去按那块木板，木板立刻分成了两块，并向两边滑开，露出一个洞口，柳扬伸头向下探去，不想却跌落下去。苦儿不知情况如何，立刻随之往前爬了下去。冷竹青刚要下去，老叫花拦住他说道："下面情况不明，等一会儿再说。"冷竹青就只得趴在鼎下。不一会儿，只听苦儿说道："你们先别下来！里面很黑，等我们的消息。"

大约过了一顿饭的工夫，洞内亮了起来，苦儿手举火把站在洞里，说道："你们下来吧！"大家依次跳了下来，苦儿举着火把在前面带路，他们在一条狭窄的地道里向前走着，走了三四十步远，来到一个大洞中。柳扬早已等在那里了，正在看石壁上的文字和图形——正面的墙壁上，刻着"雪花剑法"四个醒目的大字。苦儿说道："这大概是郑泰然前辈所创的剑法。"玉儿说道："我听郑明光说，他爹只传了他雪花剑法的十招。"老叫花从头到尾将剑法看了一遍，说道："这郑泰然也算有悟性，这套剑法真要打起来，那必是人在空中飞旋，剑似行云闪电，剑尖犹如雪，风吹云卷雪满天。"柳扬抽出宝剑，一招一式地练习起来。川儿严肃地说道："小弟，不可偷学别人的武功。"老叫花却说道："不怕，你们都练练，长长见识。"柳扬和杏儿很快将雪花剑法全部演练了一遍，果然如老叫花所说的，剑法非同一般。玉儿说道："爷爷，他们练得并不吃力呀。"老叫花笑着说道："那是因为他们的内力强，所以练习起来随心所欲。可如果内力较弱，强行腾空飞剑，一二招内还能应付，三四招后必受内伤。"川儿说："我知道了，当年郑泰然之所以受伤，就是因为内力不足。"老叫花点点头。玉儿说："所以，他只教郑明光十招剑法，避免他自残其身，到临终时，又没来得及告诉他，才使得郑明光不知自家的底细。"众人都点头称是。杏儿却说道："可到这里来，咱们还是出不去啊。"柳扬停止了练剑，说道："能出去，你们随我来。"说完领着众人从另一个洞中走出，便看见了一洼清水。杏儿轻声说道："一口井？"柳扬说："对，由此上去，咱们便自由了。"苦儿说："天快亮了，咱们先上去找点吃的。等他们起来，咱们也该上路了。"玉儿说道："可这井壁又湿又滑，如何上呢？"冷竹青说："有条绳子就好了。"众人回到洞中，果然找到一条长绳，绳子一头还带着铁钩。玉儿笑道："看来人家早已准备好了，这完全可以当成一个隐蔽的出口。"

苦儿拿起铁钩，站在洞口处向井上抛去，铁钩挂在井口边缘，他试了试，便对冷竹青耳语了几句，冷竹青便轻盈地爬了上去。打更的庄丁见有人从井口处爬出，刚要喊叫，冷竹青飞快地来到他身边，点了他的穴道。又回到井边，摇了摇绳子，大家依次爬了上来。苦儿是最后一个爬上来的。院子里一点声音也没有。冷竹青扛着打更的庄丁，玉儿带着大家来到厨房。厨房里有人在睡觉，玉儿叫醒他，并令他做饭。那人不敢怠慢，立刻动手，不一会儿工夫，饭菜便做好了。玉儿又点了他的穴道，叫他继续睡。

吃过了饭，苦儿带着川儿和柳扬去牵马。川儿见马棚外面有一袋粮食，便撒在马槽内。玉儿见他三人没回来，也来到马棚，见马儿吃得正香，便又返回厨房。冷竹青从会客厅内搬来一张椅子，让老叫花坐下。老叫花笑道："在此歇歇脚倒也无妨。"

天已亮了，庄里的马夫来到马棚，川儿用拐抵住他的后背说道："敢叫就打死你！"几匹马终于吃饱了，苦儿他们牵着马来到前院。这时，家丁已起床，正准备清扫院子，见院中站着七个人，正是昨天被困在密室中的七人，都不敢吱声了。老叫花大声说道："郑明光，你给我滚出来！"川儿也大叫道："听见没有？我爷爷叫你呢！"杏儿抬手就飞出一枚石子，正打在窗上，郑明光夫妻惊醒了，忙穿衣来到院中，见七个人站在院中，惊呆了。

谷艳声嘶力竭地大声叫道："你们是怎么出来的？是谁放了你们？"老叫花冷笑一声，说道："郑明光，没人放我们出来，我们是自己从暗道走出来的。"郑明光突然想起他爹临终前，手指院子，原来是指那口井，自己怎么就没想到呢！他重重地拍了一下自己的头，蹲在地上不肯出声。玉儿说道："郑明光，你好可怜啊，连自己的家底都不知道，你还当什么庄主？"老叫花对苦儿说道："瞧他那可怜样，快告诉他吧。"苦儿看了郑明光一眼，刚要说，川儿却说道："告诉你也行，不过，你得先给我爷爷赔罪，如若不然，我们是不会答应的。"柳扬和杏儿异口同声地说道："对，先赔罪！"郑明光与谷艳互看了一眼，二人双双跪下，给老叫花赔罪。老叫花说道："罢了吧，你二人可记住了，真正的武功是不会轻易得到的。你们练过什么功？要说实话。"郑明光说道："我师叔罗大侠来过，传了我消功大法之内功法。"老叫花听了点点头，说道："既然有内功法了，那雪花剑法便可以练了。"苦儿便将密室的情况告诉了郑明光夫妻二人。老叫花又说道："这次念你二人是初犯，不与你们计较，如果你们练成雪花剑法后，再为非作歹，我们必废了你们的武功！"老叫花说完，上了马车，苦儿牵着马缰绳缓缓走出了大洪山庄。

郑明光和谷艳立刻来到密室，按照苦儿的讲述，来到鼎下的密洞，欢天喜地地练起了雪花剑法。

七十二　嫁祸于人

老叫花他们出了大洪镇，走到不远处的街道上，见有人三五成群地议论着什么。杏儿下马跑过去听，不多时，杏儿急匆匆地跑回来说道："爷爷，人们说，昨天朱士龙在镇上的客栈被人杀了，晚上，朱如天赶到了这里。他们还说杀人的是二位姑姑，凶手在墙上留下'冷面双娇'等几个字。爷爷，定是有人嫁祸陷害姑姑。"

老叫花问："朱如天还在客栈里吗？"杏儿说："还在。"老叫花说道："竹青、玉儿，你们先走。这事你们留下来无益，你们继续赶路去找二位姑姑，我留下来处理。"杏儿说："爷爷，我留下来陪您。"老叫花说："不必了，我同苦儿一起走就是了。你们快走吧，以免二位姑姑着急。"老叫花说罢，便慢慢地向客栈走去。苦儿找了一家茶馆边喝茶边等。老叫花进了客栈，走到一间客房，看到朱如天坐在椅子上，满脸怒气和悲伤。孙子杰站在他身边，他们旁边的一张床上躺着一个人，身上盖着白布。孙子杰见老叫花要进来，便说道："瞎闯什么，快快走开！"老叫花平静地说道："我找你师父，请你让开。"孙子杰说道："你眼睛瞎了，没看见出命案了吗？"老叫花冷笑一声，说道："朱如天朱老兄，难道你就不管管你这徒弟？"朱如天听见有人叫了他的名字，这才抬起头来，向门口看了一眼。这么多年来，还没人敢对他直呼其名呢，更没人叫他朱老兄。他意识到什么，忙说："快让他进来！"

老叫花走到他面前，朱如天站起来看了半天，这才叫道："你是——"老叫花忙制止他说："你快叫他出去，我再与你说。"朱如天一挥手，孙子杰极不情愿地走了出去，并将门带上了。朱如天一把拉住老叫花的手，说道："郑恪，是你吗？你不是在虎头崖自葬了吗？"老叫花说道："那只不过是骗人的把戏，求一个安静而已。我听说令郎被害，便急忙赶来了。到底是怎么回事？"

朱如天指着床上的朱士龙，又指指墙上的字，说道："你看吧。"老叫花掀开白布一看，朱士龙面色发灰、双唇发紫，显然是中毒而亡。再细看，他前胸有几枚毒针。毒针很短，几乎全射入肉中，外面只剩下发亮的针尾。郑恪又往墙上看，果然写着"冷面双娇为民除害"八个字。郑恪看罢，问道："朱老兄，你怎么看？"朱如天说道："看这毒针又短又细，是女人所用。墙上还留下字迹，看那字体也像女子所书。冷面双娇确实也来到了这里，我见过她二人，另外，客栈掌柜的亲眼见到冷面双娇从这间房里离去，时间就在龙儿被害之前。因此初步断定，龙儿是被冷面双娇所害。"

郑恪说道："朱老兄，你可愿意听老弟几句话？"朱如天说道："唉，你说就是了。"郑恪说道："老来丧子，朱兄的心情我是能理解的，也深表同情。刚才老兄用了初步断定四个字，说明老兄虽心中悲痛，却能冷静地分析问题。"朱如天说道："我的心很乱，你来帮我分析分析。"郑恪说道："从这里留下的痕迹来看，像是冷面双娇所为。可我们都知道，常大侠从不使用暗器，也从未听说过他的徒弟使用暗器。"朱如天反驳道："那是她们怕暴露自己，才使用毒针的。"郑恪说道："她们既然怕暴露自己，为何又在墙上留字？"朱如天一听，觉得也有道理，便没吭声。郑恪接着说："这是第一个疑点。再说第二个疑点，从字迹上看，似女人所书，但绝不是冷面双娇所书。咱们都知道常大侠是文雅之士，琴棋书画无所不精。他的两个徒弟冰雪聪明，在书法上岂能是这种水平？第三个疑点是，冷面双娇是和许多人一块走的，又如何避开众人单独活动？还有最重要的一点便是，她们在经过镇子西边的大道时，突然看见曲蛇带着二人追赶两名女子，那两名女子穿的正是和冷面双娇一样的藕荷色和浅绿色衣服。冷面双娇已将这二人带回山庄。"朱如天猛然站起来说道："孙子杰，叫掌柜的过来！"

不一会儿，客栈掌柜的战战兢兢地走了上来，朱如天对他说道："掌柜的，你不必害怕，再把昨天之事详细说一遍。"那掌柜的说道："昨天申时，我突然看见两个穿藕荷色和浅绿色衣服的女子，从楼上慌慌张张地跑了下来，并快速跑出客栈。我没见过这样穿戴的女人住店，担心发生什么事情，立刻派小二上来查看。片刻之后，便听小二在楼上大叫'杀人了'。在下忙上楼一看，只见客官已倒在地上，屋子里没有其他人。"郑恪问道："你上楼后发生了什么事？"掌柜的说："我刚上来，楼中的客人一听杀人了，都吓跑了，想拦都拦不住。不少客人连店钱也没付。"

郑恪又问："有人陪朱公子来吗？或是前后脚？"

掌柜的想了想，说道："是这样的，先是一个赶车的男人带着两个穿粗布衣服的女人住了进来，过了一会儿，朱公子就来了，说是找人，便直接上楼了。紧接着又有两个矮个子男人也跑了进来。"郑恪又问："什么样的矮个子？"掌柜的答道："一个较瘦，一个较胖，其中一个说话带些女人腔。"等掌柜的离开后，郑恪说道："朱兄，明白了吧？令郎之死必与关、韩二淫贼有关。"朱如天仍不相信，说道："不可能，他们是朋友啊。"郑恪笑了笑，说道："我有种感觉，令郎之死必与快刀帮曲蛇有关。"朱如天不大相信，他问道："快刀帮杀我儿是何用意？"郑恪答道："挑起你与冷面双娇的冲突，他们从中获利。"朱如天想了想，说道："倒有这种可能。你说的几个疑点也有些道理，只是没有证据。"郑恪笑道："这好办，你随我去见冷面双娇就是了。"朱如天问道："你与冷面双娇很熟吗？"郑恪说道："那当然了。"朱如天想了想，说道："我明白了，郑老弟便是与那黑小子一起练功的老头吧？可人群中却没看到你。"

郑恪微微一笑，说道："不错，是老弟我跟着他们一块从高山到大海到沙漠、雪山练功的。可消功大法不是我传的，那是茹儿和苦儿自己悟出来的。实话跟你说吧，除了经验之外，这俩孩子的武功已在我们之上。"朱如天点点头，说道："我感觉出来了，那黑小子内力非凡。我用内力相逼，他却借力飞出，完全化解了我的掌力。苦儿又是哪个？"郑恪说道："待会儿见了，你就知道了。"

朱如天让孙子杰守在这里，二人下了楼，来到后院。朱如天坐上自己的马车，郑恪便赶车离开了客栈。郑恪向苦儿挥了一下鞭子，苦儿也忙从茶馆里出来，上马随行。

住在枣阳客栈里的冷面双娇正焦急地站在门前向街上张望，等着老叫花和苦儿归来。茹儿、月儿等人正在房中与悔儿母女说话。过了一会儿，冷面双娇陪着郑恪、朱如天和苦儿走进房间。茹儿走上前给朱如天请安，并奉上一杯热茶，说道："老人家，刚才听说了朱堂主出了事，大家都感到很突然。如有需要我们的地方，我们都愿意为您出力，还请老人家节哀顺变。"

　　朱如天见她十分诚恳的样子，心中感动，说道："谢谢你的好意。今日来此，是想问清一些情况。"郑恪说道："二位客人，麻烦你们说明一下情况，你们都叫什么名字？从哪里来？朱帮主老年丧子，悲痛之余想尽早弄清真相。还望二位尽你们所知，详细说一说。即使与此事有什么牵连，只要是没亲手杀人，我们都可以放过，你们放心好了。"

　　悔儿没见到苦儿和川儿，心中还是有些不安，她问道："苦儿哥哥和那位小黑哥哥还没有回来吗？"苦儿和川儿忙上前说道："悔儿，我们就是啊。"说罢，二人忙去洗掉装扮。悔儿见了，这才放下心来，她朝着野菊花点点头。

　　野菊花把心一横，扑通一声跪在地上，说道："我知道你们，苦儿曾经救过我们母女，能把女儿交给你们，我死也瞑目了。我叫叶育花，人称野菊花，是薛不仁的徒弟，关士田、韩士夕的师妹。"此言一出，众人大惊。冷月娇说道："你就是恶贼野菊花？你害了多少人啊，真是罪该万死！"悔儿见众人对她娘的表情，忙也跪了下来，说道："爷爷、哥哥、姐姐，我娘以前是做了不少坏事，可这十多年间都没再犯了。她还告诉我，不能害人，害了人，心里会一辈子不安的。我求各位了，原谅我娘吧！"说罢，便磕起头来。川儿见此，立刻走了过去，扶起她说道："悔儿小姐，你不必这样，你是个好姑娘，我们信你。"茹儿也上前将野菊花扶起，说道："夫人，您能公开自己身份，说明您有诚意，请起来说话吧。"野菊花听了，心里十分感动，她流着泪说道："谢谢，我还是跪着说吧，这样我心里会好受些。请不要打断我，让我把话说完。"

　　大家静了下来，她说道："我是个孤儿，从小被师父收养，他将我养大成人，自然也教了我采花的功夫。我十六岁出道，曾勾引了二十多个小伙子，这二十九人，或病、或亡、或荒废学业。在我十九岁那年，被我玩弄的一个姓夏的小伙子病倒了，我遭到他家人和其他几家的联手追杀。迫不得已，我逃进十业帮朱士龙在邯郸的家。我进去一看，我的二位师兄也在那里避难。我们四人便鬼混在了一起。第二年，我生下了悔儿。当悔儿满月时，他们没有一个人肯认下这个孩子。我很伤心，于是便抱着孩子走了。遇到龙老大，便随他进了青蛇山庄。从此，我一心照料孩子，不再害人。"

此时的朱如天，紧紧盯着悔儿，从头到脚看了又看。杏儿见她可怜，便送过去一杯水。野菊花感激地看了杏儿一眼，喝口水接着说道："悔儿一天天长大，庄丁们如狼似虎的目光盯在悔儿身上，就像刀子在扎我的心上。此时，我才真正体会到做母亲的心。我只想让悔儿逃出牢笼，过上正常的生活，为此，我死也心甘。去年，他们派悔儿去害苦儿，我告诉她不要再回来了，可这孩子记挂着我和她妹妹，还是回来了。不过悔儿说她遇到了好人——她苦儿哥哥。为了救我们，苦儿装死骗过曲蛇，我们娘儿仨才能活到今天。今年听说有比武，他们又找到我，说是带我们娘儿俩出山，留下妹妹在山庄。"说到这里，野菊花已是泣不成声了。

悔儿接着说道："娘知道他们又要害人，可不知是害谁，娘是拼死想让我逃出去，便答应出山，把小妹留在山庄。我们观看比武时，朱堂主突然跑过来，非说我是他女儿。娘让他快走开，可他非要认下我不可。我们无奈，只好坐车走了。回到客栈，刚刚坐下不久，朱堂主便追来了。他敲门，我们不开，这时听见外面有人说话，我们从门缝看，娘说是关士田和韩士夕，他二人连说带拉将朱堂主劝到一间屋子里。只听那屋子里传出啊的一声叫喊，这时庄大敲门进来，说为了避免朱堂主的纠缠，叫我们马上换上新衣服，出客栈向南跑，说那里有车接我们。我们想：机会来了，但我们不能向南跑，我们便向西跑，希望有人能帮我们。我们跑到镇口的时候，庄大带人追过来了。我们打不过他们，娘拼死拖住他们让我跑，还好遇到各位，救了我们。"川儿给悔儿递过一杯水，说道："喝吧，慢慢说。"这时，野菊花开口说道："我们被救后，才发现穿的衣服与二位女侠的是一模一样的，现在我明白过来了，曲蛇这是让我母女二人扮成二位女侠，以引起人们的注意，达到他们嫁祸二位女侠的目的。事情的经过我全说完了，只要你们肯接纳我女儿，别叫她再落入恶人手中，你们就杀了我吧！"说罢，她仰起头，面带微笑，双目微闭，等待那最后时刻。

冷月娇说道："野菊花，你作恶多端，害人无数，罪该万死。但目前，朱公子的命案尚未明了，须留你做个证人。你放心，悔儿是个好孩子，我们会保护她的，并且与其他孩子一样，决不让她受半点委屈。"野菊花听了，忙磕头致谢。茹儿和月儿走过去，将她扶了起来。乔如虹对朱如天说道："朱前辈，您对我们还有什么疑问，尽可发问。"朱如天说道："乔女侠，既然这么说，老朽就不客气了。请问二位是否进过大洪山镇呢？"月儿抢先答道："救了悔儿母女，曲蛇等人贴着镇子边向南而去，我们不敢断定镇子里还有没有他们的人，所以二位姑姑与我们一起迅速起程，一直向北而行，一直到枣阳，我们从来没分开过。老人家，这一点我们姐妹和悔儿都可以做证。"朱如天听罢向郑恪问道："老弟，这位月儿姑娘是与孙子杰比武的那一位？"郑恪笑道："正是，她是罗忠信的徒弟啊。"朱如天一听罗忠信，马上说道："我说呢，会使泼风刀法。提起罗忠信，我就觉得惭愧啊，惭愧！"

这时，乔如虹取来笔墨说道："老人家，据说客栈墙上有凶手所书的'冷面双娇'四字，我们姐妹当着您的面书写这四个字，请您辨认。"说罢，挥笔写下"冷面双娇"四个字。冷月娇、悔儿和野菊花也写下这四字。朱如天一看，几人的字体虽不同，但同样都是娟秀之中含有一股傲然之气。悔儿的字虽有些稚嫩，却也透着女孩的秀美与温柔；野菊花的字虽不好，与客栈墙上的字却是截然不同。朱如天看罢说道："我知道了，你们都与龙儿的死无关。"郑恪又问道："野菊花，关、韩二人是与朱堂主一起进的那间屋子吗？屋子里面还有别人吗？"野菊花说道："那间屋子在我们的斜对面，所以看得不是很清楚，但他们三人是前后脚进去的，屋子里还有没有其他人，我们就不知道了。"郑恪又问："你们一出山庄就与关、韩二人在一起吗？"悔儿答道："不是，我们是和龙老大、曲蛇、庄大等人同行的。到比武现场，才见到关、韩二人。"郑恪又问："你会使用暗器吗？"野菊花答道："会，会用五毒刀，是师父所传。关、韩二人经常用，我不常用。"郑恪问："关、韩二人会用毒针吗？"野菊花说道："应该不会，除非是他们后来练的。但由刀转针不太容易，重量、大小都不相同，没有一定的时间是练不成的。"朱如天心里明白,常笑天从不用暗器,冷面双娇也不用,朱士龙身上的毒针的深度和各枚之间的距离几乎是相同的,说明,这是一位用毒针的高手,隐藏在了屋内。这时,茹儿说道:"爷爷、朱帮主,我们在打古镇的时候,黄谢是用毒针的。"

朱如天马上问:"黄谢是谁?"郑恪说道:"快刀帮的一个堂主,我们与他交过手。"朱如天若有所思地点点头。茹儿又说道:"爷爷,我们可以引蛇出洞。"朱如天和郑恪互看了一眼,点点头。朱如天说道:"这倒是个办法,现在冷面双娇杀了朱士龙的消息恐怕早已传开了,我们约定在百日后寻仇,再来找出手指有伤之人,为龙儿报仇。"郑恪看了一眼冷面双娇,她二人点点头,郑恪说道:"好,就这么办。"

朱如天又看了看野菊花和悔儿,说道:"如果老夫刚才没听错的话,悔儿的生父该是龙儿和关、韩中的一个,是吗?"野菊花点点头。朱如天说:"我明白了,关、韩二人都是五短身材、其貌不扬,与悔儿毫无相似之处。悔儿该是我的孙女才是啊!悔儿,你不愿认你那不争气的爹,可总该认我这个爷爷吧?老夫虽做过许多糊涂事,但从没做过一件伤天害理的事,老天叫我失去了儿子,却又将孙女送到我面前,老天对我不薄啊!"

悔儿不知该如何回答。朱如天见此情景,说道:"不急,悔儿也需要时间好好想想,等我忙过这一段再说。"郑恪也说道:"让悔儿先留下和我们在一起,那是绝对错不了的,你回去忙吧。只是今日会面之事不可叫外人知道。"朱如天说:"那是。"说罢,站起身来就准备走。茹儿也站起来说道:"老人家,您这么走可不行,让晚辈给您装扮一下。"朱如天笑道:"这叫不打不相识,茹儿不但武功好,对人也好,老朽自愧不如啊!"苦儿说道:"您老人家是干大事的人,而我们都是初出茅庐,怎能与您相提并论。"朱如天说道:"青出于蓝而胜于蓝啊!"这时,茹儿取来假胡须。经过茹儿的一番装扮,朱如天完全变成了一位中年人。朱如天往铜镜中一照,不禁笑了起来。

七十三　故技重施

　　罗忠信离开神龙洞后迷路了，在深山里足足转了七天，终于看见一个砍柴之人，这才走出深山。走出山口，便听到比武之事，他忙赶到大洪山镇，到此一问，方知比武已经结束。于是，他来到大洪山庄，打算把消功大法和随意掌传给郑明光。郑明光夫妇见师叔来访，高兴异常，先叫人为他洗浴、打理，然后置办酒席，热情招待。打扮一新的罗忠信心里也很高兴，谷艳和郑明光轮番地给他敬酒，罗忠信便将自己的遭遇讲给他二人听。郑明光问："师叔，那这几年您一直就被关在洞里吗？"罗忠信说道："是啊。不过这几年也没白过，我悟出了消功大法，今天特来传给你们。"郑明光夫妻二人听了格外惊喜，郑明光说道："谢谢师叔，那现在就讲给我们听吧。"罗忠信随手拿起一根筷子，说道："其实很简单，你将内力运到手指或手掌，一转或一捻，便将对方的经脉打乱了，其功必消。"说罢，他两个手指一捻，那根筷子的一段便粉碎了。郑明光和谷艳也急忙试，但他们手中的筷子虽断却未碎。虽说如此，他二人还是惊喜万分。罗忠信说道："你二人内力尚不足，运气不够，再练个一年半载的，就可以了。知道了方法，其他的就不是问题了。"谷艳问："师叔，您今后还有什么打算？"罗忠信说道："我准备去河南找我的徒弟月儿和川儿，将武功传给他二人。"谷艳又问："那月儿和川儿可是苦儿的朋友？"罗忠信笑道："对啊，你们认识苦儿吗？"二人忙说："有过一面之缘。"

　　晚上，谷艳和郑明光兴奋得难以入睡。谷艳说："我们再也不会受别人的气了，学会了雪花剑法和消功大法，咱们还怕哪个？"郑明光搂着谷艳说道："艳儿，这一切都得谢谢你，是你给我带来了这一切。"谷艳说道："谢什么？咱们一定要将雪花剑法和消功大法练好，一展大洪山庄的雄风。"郑明光激动地坐了起来，说道："此话正如我愿，举起大洪山庄大旗的日子就要到了。不过，我还有些担心，师叔一旦把消功大法传给了什么月儿、川儿的，那苦儿他们岂不全会了？"谷艳说道："是啊，我也为这事担心啊。"郑明光说道："不行，不能让师叔去传功。绝对不行！"

　　夫妻二人一时无语，谷艳说道："这倒好办，只是传出去不太好。"郑明光说道："艳儿，事关大洪山庄的前途和命运，也顾不上什么好坏了，你快说吧。"谷艳道："只能是一劝、二拖、三困。一劝是劝你师叔，他受了这么多罪，也该在这里过过清闲安逸的日子，我们好好孝敬他就是了。二拖，他要是不听劝，便以担心他走火入魔为由，拖他一年半载的也是好的。"郑明光说："那三困呢？难道真的要把师叔困起来不成？故技重施？"谷艳苦笑道："谁愿意这样做呢？他时时想着他徒弟，而那徒弟又是苦儿一伙的，不困住他老人家，我们的优势还会在吗？每每困了苦儿，咱们都有收获，再多困一人也无所谓。"郑明光想了想，又摇摇头叹道："这也是没办法呀，只好如此了。不过，在饮食和穿戴上不能亏了老人家。"谷艳笑道："那是自然。"

　　第二天吃早饭时，罗忠信便提出要走，郑明光说道："师叔，您老人家吃了不少苦，遭了不少罪，来到这里就不要再走了，您就把这里当成家，在这儿过过清闲的日子，好好享福吧。"

　　罗忠信笑道："谢谢好意，不过龙老大未除，又怎么能过安稳日子？我还是得快些去山南城找月儿和川儿，将武功传给他二人，也好叫他们早些练习。"谷艳一听他不想留下，仍要去传功夫，便说道："师叔，我们的功夫都很差，您老人家不在身边，我们一旦走火入魔该怎么办？"罗忠信一听忙说："不会的，不会的，你二人安心练功是不会走火入魔的。"郑明光一看他不听劝，又说道："师叔，咱们叔侄刚见面，你就多住些日子，以后再去山南城也不迟啊。"罗忠信笑道："这样，我去几天，把功夫传给他们就回来陪你们练功。"

　　罗忠信左一个徒弟、右一个传功，叫郑明光夫妻心烦不已。谷艳拿起酒壶说道："这酒有些凉了，我再去热热。"郑明光一面想着罗忠信明天要走，还有什么没教给自己的；一面担心一旦困住他，再求他传教，那是不可能了，于是问道："师叔，练这消功大法时，有没有要注意的地方？"罗忠信说道："没有，只要认真练功就是了。"罗忠信以为他在担心走火入魔，便又说道："没什么了，只要你在内力和运气上多下功夫，很快就能练成。等我再来时，希望看到你们大有进步。"郑明光觉得从他嘴里也问不出别的东西来了，与其明日让他走，不如今日就下手。于是，郑明光说道："这酒怎么还不来？我去看看。"说罢便进了厨房。

不一会儿，谷艳和郑明光端着酒进来了，谷艳说道："师叔，我在厨房找到一坛好酒，才误了些时间。"说罢，便为罗忠信斟酒。罗忠信想都未想，一饮而尽。两杯酒下肚，便昏睡过去。等他醒来时，发现自己已被困在石屋之中了。他大叫道："郑明光，你这是何意？"在外守候的家丁报告了郑明光，郑明光下了地道来到练功房前，打开小窗说道："师叔，您老人家别多心，我们并无歹意。只是不想您将消功大法传给外人，这对我大洪山庄极为不利。"至此，罗忠信才明白他夫妻二人的用意。他心中十分不满，说道："月儿和川儿是我的徒弟，怎么能算是外人？他们要是会了，也可以帮你报杀父之仇啊，你连这一点都不明白吗？"郑明光说道："师叔，您这话就不对了，消功大法是我叔祖所创，是我郑家之宝，岂能轻易外传？师叔执意外传，便是不遵我叔祖之本意，休怪侄儿无礼了。不过，您不用担心，一切应用之物您可以尽情享用。"说罢，关窗离去。

罗忠信苦笑着摇摇头，叹道："我的一番好意竟落得被困的下场，好不叫人心酸啊！"转念一想：好在没有把随意掌传给他，否则，他二人学会了，便会更加忘乎所以，只怕连他叔祖也不放在眼里了。不过，他毕竟是师父的后人，不能将他如何，今夜起程走人就是了。

到了吃晚饭的时间，郑明光带人送来了酒和菜，说道："师叔，您还想吃什么尽管说，侄儿一定给您做。被子已放在桌子上了，困了便可在桌子上休息。"说罢，关窗离去。罗忠信又吃又喝起来，他还不停地自言自语道："我这个人啊，真是命运多舛，原被大魔头所困，幸遇好心人相救。今被自己的师侄所困，又有何人来救我呢？只好今朝有酒今朝醉了！"这顿饭他吃了很长时间，然后倒在桌子上睡去了。看守的家丁时不时地拉开小窗看一眼，见他安安静静地入睡，便放下心来，自己也靠在石壁上闭目养神。大约过了一个时辰，罗忠信走到小窗前，听见外面已发出打鼾声，他伸出右掌运力在小窗边画起圈来。层层石灰粉不断落下，并扬起了灰尘。他用铜鼎里的水浇在小窗四周，又画起圈来，一团团的石灰粉不断落下，小窗口已被架空了。他将小窗取下，那家丁仍未发觉。罗忠信钻了出去，点了他的穴道，并将他抱在桌子上，盖好被子，然后在铜鼎里洗过手，就顺着地道来到了出口。他推开小门，再推开壁橱，便从房间里走了出来。院子里无人，连打更的人都睡了。他来到马棚，牵出一匹马，又回到前院悄悄地推开了大门，又轻轻地掩上，这才骑上马向北而去。

　　骑在马上，他不由得笑道："郑明光，你大大地失算了，没学到随意掌，又损失了一匹马，赔大了！"

七十四　鼎力支持

庄儿已回到山庄几日了，心中十分焦急，这几天他天天站在山庄的瞭望台上，盼望能见到苦儿他们。今日，他见冷面双娇及众人一同回来了，马上告诉张荣和春风、春雨，四人同去山庄门口迎接。清风道长率领宜静、宜云也前来迎接。

冷面双娇将众人领到议事厅，张荣忙着给众人安排房间，春风忙着沏茶倒水，春雨则按乔如虹的吩咐，领着悔儿母女来到长蛇洞。

庄儿迫不及待地抱拳说道："爷爷、二位姑姑、各位兄弟姐妹，你们回来了，我也该走了。井水县有几个淫贼行凶作恶，搅得百姓不安。"接着便将井口县的情况做了详细说明。冷月娇说道："庄儿是回来求援的，当时确实是无人可派，故而等到今天。庄儿你说吧，你们要谁去，点名就是了。"

苦儿说道："捉贼这事我去最合适，又是好久没见田叔叔和力均了，我去。"月儿说："我也去，顺便去看看表哥。"杏儿说："哥去，我也去。"川儿说："又不是去玩，你去做什么？"

月儿眨眨眼睛，说："杏儿可以去的，可以扮成个小丫头，去保护姑娘们。"杏儿说道："我扮丫头？那谁扮小姐？"月儿边说边比画起来："自然是'啊、啊、啊'的那位了。"。众人一听都笑了，玉儿说道："月儿是被杏儿这小丫头片子带坏了。"茹儿也笑道："要不，这回让杏儿扮小姐，我扮成黄脸婆？"庄儿糊涂了，说："这是什么意思啊？"月儿说："也没什么意思，就是啊、啊、啊——"郑恪止住笑，说道："我看，这几个飞贼一定是惯犯，你们去了一定要将其铲除。第二，是要保护力均父子及后堂姑娘们的安全，对谷丁及老胡等人要坚决打击。我看就苦儿、月儿、杏儿、玉儿、竹青、柳扬你们六人去，茹儿留下，帮助二位姑姑吧。川儿也留下帮张荣，还要保护悔儿母女。"茹儿说："那好吧，你们替我向田叔叔和力均哥问好。"川儿说道："爷爷，这是培养我当大总管呢？"

乔如虹说道："你们六人要知道，捉贼之事绝非儿戏，要有周密的计划和安排。同时，你们要知道，淫贼大多使用暗器，你们要处处留心，及时躲避。解救百姓要紧，你们明日一早就动身吧。"这时，春风进来说："姑姑，酒席已备好。"冷月娇说道："大家快入席吧。"

晚上，冷面双娇和郑恪领着川儿和春雨来看野菊花和悔儿。乔如虹说道："真是怠慢二位了，为了二位的安全，这也是暂时的。春雨把这房间里的构造都告诉你们了吧？"悔儿说道："春雨姐姐领我们一块看了一遍，有人来暗杀时，便可进洞躲避。"

原来，龙老大养伤的长蛇洞就在这房间中，不过洞口与议事厅有一墙相隔，形成了一个暗廊。暗廊的出入口正是议事厅的后门。长蛇洞内，又分成很多小洞，分存粮食等物，每个洞口都有铁栏门并都上了锁，人要躲在这里是最安全不过的。野菊花说道："真是给各位添麻烦了。"冷月娇说道："不必客气，龙老大是不会放过你们的，多加小心是必要的。晚上川儿睡在大厅门口，你们放心吧。川儿，晚上睡觉要机灵些。"

川儿笑道："爷爷和二位姑姑放心吧，有四将军在，不会有事的。"郑恪说道："小心杀手用暗器，如毒针、毒刀一类。最好，晚上把门窗用被子蒙上，这样就安全些。"冷月娇说道："白天，悔儿可到大厅来玩，没关系的。你在这里不会寂寞的。"郑恪说道："有川儿在，是不会寂寞的。"川儿说："爷爷，您没事便过来坐坐。到家的感觉就是好！"

第二天一早，吃过早饭，庄儿便到各屋催促说："快点装扮，咱们好上路了。"正在这时，张荣来找月儿说："月儿，有人找你，在你家大门口呢。"月儿忙跑到自家的门口一看，立刻惊叫道："师父，是你吗？可想死徒儿了！"说罢，扑进罗忠信的怀里。

师徒二人回到桃花山庄，消息很快传遍全山庄，郑恪及冷面双娇等人都来到了迎宾厅。来人正是罗忠信，月儿和川儿忙给罗忠信施礼，还没来得及交谈，罗忠信看到郑恪进来，惊得忙迎上前去，激动地问道："师父，真是您吗？徒儿不是在做梦吧？"这一声呼唤，叫众人吃惊不小，江湖上谁人不知罗忠信是磨盘老人的徒弟？郑恪忙答道："四维，是我啊。"罗忠信一听，扑通跪倒在地，给郑恪磕头。苦儿和茹儿等都问："爷爷，您真是磨盘老人啊？"郑恪一边将罗忠信扶起，一边说道："傻孩子，磨盘老人和老叫花又有什么不一样的，不都是老头子吗？"

苦儿敲敲自己的头，说道："我真笨！早该想到了。不然爷爷怎么会知道那么多的事。"杏儿笑道："爷爷，我哥又多了一笨了。"苦儿率领小辈们给罗忠信请安，郑恪又将罗忠信介绍给冷面双娇及清风道长。大家相见后，罗忠信问道："师父你当年不是——"郑恪说道："当年我一时冲动，说走了嘴，为避免麻烦，才想出了自葬虎头崖的骗人办法。为师逼着你离开之后，便在夜深人静之时，拿出绳子溜了下来。之后便在黄山遇到了苦儿、茹儿、月儿和川儿，这才跟他们一起游学，这一走便是五年的时光。说说你的情况吧。"

罗忠信便将自己的遭遇简单说了一遍。郑恪听罢，说道："四维啊，这都是为师闯下的祸，让你吃苦了。"罗忠信却说："师父，一点也不苦，徒儿在青蛇山庄悟出了消功大法和随意掌。"

乔如虹说道："罗大侠，庄儿在山东当差，正要急着回去，你们三人好好谈谈，我们就不打扰了。"冷月娇说道："我去为你们准备团圆饭，好好庆贺一番。"月儿和川儿陪着罗忠信来到郑恪的房间，郑恪和罗忠信刚坐下，月儿和川儿便立刻给郑恪磕头，拜见师公。郑恪笑道："罢了，快起来吧，以后还是叫我爷爷，我都听惯了。月儿原定是今天去山东，四维回来了，就让她晚走一天。四维，你把功夫传给他们吧。"川儿问："师父，爷爷为什么叫您四维啊？"月儿说道："小四真笨，四维合起来不就是罗字吗？"川儿一拍头说道："噢！其实，我就想证实一下自己的想法对不对，你还当真了。是吧，爷爷？"说完，川儿自己先嘿嘿笑了。郑恪和罗忠信也笑了。

第二天一早，苦儿装扮成老家人，月儿则女扮男装与柳扬一样扮成了家丁，冷竹青扮成赶车人，玉儿扮成小姐，杏儿扮成小丫鬟。玉儿和杏儿坐进车里，竹青赶车，告别众人后，悄悄地上路了。

井水县衙内，田力均正在看一份公文，其中一段写道："井水县飞贼事件不绝，百姓心慌，无心从业，一片萧条。井水县令虽有举措，但无效果，抓捕不利。为安百姓之心，故责令限期破案。念井水县令任职不久，缺乏经验，故给百日之限，如到期仍无结果，则国法如天……"力均看罢，将公文摔在案上。这时，田育勤走了进来，看过公文后说道："为何给了百日之限？这里有什么文章可做？"田力均说道："这位知府城府极深，不露玄机，但发生的每件事都与他的师爷有关。这百日之限也必有深意。"田育勤说道："昨夜两起飞贼案，都发生在兴隆街。贼人被打更的发觉后，都是三跳两跳便不见了踪影，真如鬼影一般。只可惜咱们人手不够啊！"田力均说道："庄儿也该回来了。"田育勤说道："也许是你姑姑遇到了什么事，不然是不会袖手旁观的。反正不是有一百天为限吗？不用过于着急。"

在武昌城内的一个院落里，龙老大正在给他的几个得力干将曲蛇、刘全柱、庄大、庄三、白猫、郎昊等人传授金指功。龙老大说道："这金指功乃是高深内功，非一时便能见效的。你们不必着急，稳扎稳打，必有收获。我要求你们一年之内一定要拿下。我已为你们每个人打通了穴道，只是要求你们迅速提高内力。一年后，从中指发出的力量便可迷惑对手，让对手吃惊。另外，曲蛇还要将鞭法传给你们，你们要抓紧练习。"说完，他停下来看了众人一眼。曲蛇说道："师父放心，我们一定刻苦练功，将这金指功学到手。"龙老大满意地点点头，说道："好，你们每天都要练功，我每七八天检查一次。另外，全柱要尽快回去，以免孙子杰起疑心。其余人不要动了，一律在此练功。"

龙老大问道："外面的情况如何？"曲蛇答道："师父，朱如天已相信朱士龙的死与冷面双娇有关，他正在办理丧事，并逐步化解悲痛，养精蓄锐，百日后与冷面双娇决一死战，为儿子报仇。"龙老大问道："此信可准？"曲蛇说道："是刘全柱亲耳听见朱如天大骂冷面双娇，并说百日后必报此仇，属下已将此消息传扬出去，到时他不想拼命都不成了。"龙老大一听，笑道："好，曲蛇，在此练功之余要做好安排。黄谢及关、韩三人现在何处？"曲蛇答道："师父，徒儿将他三人安排到另一个小院居住。关、韩二人连街也不敢上，怕朱如天抓到他们。黄谢要亲眼看着冷面双娇被杀，你叫他走，他也不会走的。"众人都笑了起来。

晚上回去后，白猫与曲蛇谈起了万兴酒楼的掌柜金珠，曲蛇骂道："这个狼崽子就是嘴贫，老奸巨猾。"白猫说道："那金珠对武功并不感兴趣，郎昊一说曲泽、劳宫穴，他便不爱听了。"曲蛇冷笑一声，说道："他是何等精明，知道这些就足够了。说不定此时他已在房中练起功来了。"白猫有些不解，他问道："这些年来，谁也没看见过他练功。再说，他现在要提出来练功，帮主也不会拒绝，又何必偷偷摸摸呢？"曲蛇说道："明道不走专走暗道的人才是最阴险的对手。这种人必有险恶用心，不能不防啊。"

曲蛇并没有说错，此时的金珠正盘腿坐在床上，运气打通穴道。一个时辰过后，他运气至手指，向桌面上挂在笔架上的毛笔发气，那支毛笔便晃动起来。他轻声说道："这便是金指功了。龙老大果然是个武痴，这么深奥的功夫，也只有他能想出来。不过，以我消功大法的内功法和透骨掌内功的功力，练出来那毛笔还只是晃动而已，那别人便可想而知了。"他下了床，在地上来回走动着，自言自语道："内气一经射出，便不可收回，虽可伤人，但自己的内力也在消耗。消耗到一定程度，不知如何补充？若得不到补充，岂不是慢性自杀？"金珠想到这里，刚刚有的一点喜悦不见了，随之而来的是沉思：该怎样对待这金指功？一是要继续打通穴道，才能用起来畅通无阻；二应将消功之内功法、透骨法、金指法三种内功合一，必可大大强化内力；三是要找到补充内力的方法，但这很难。以前两项为主，后项为辅。主意已定，他又重新坐在床上练起功来。

按着庄儿的布置，苦儿等一行人分两批进了井水县。女扮男装的月儿与苦儿一起，趁着夜色跟随庄儿进入了井水县衙。按事先约定的暗号，轻轻敲门后，田力均立刻出来开门，并一把将庄儿拉进来就要关门，庄儿小声说道："慢！还有。"说着便将苦儿和月儿拉了进来。田力均见到苦儿后，兄弟二人紧紧拥抱，庄儿则轻轻地将门关上，说道："进去再说吧。"

四人来到后堂，田力均激动地对苦儿说："苦儿，可把你们盼来了！"苦儿问："田叔叔呢？"田力均说："城内闹飞贼，扰得人不得安生。自从庄儿回山南城后，爹每天晚上都要出去巡视，而我在县衙守护后堂的这些姑娘。人手不足，你们来了，我就放心了。"田力均指着月儿问："苦儿，这位兄弟看眼睛很眼熟，不知是——"苦儿忙说："力均，是月儿啊！"月儿也扑哧一声笑道："力均哥。"田力均仔细地看看月儿那双漂亮的眼睛，说道："月儿，真是你吗？"庄儿说："我出去将田叔叔找回来，你们先慢慢聊。"月儿也去后面换了女装回来。田力均便将井水县城发生的事一一讲给苦儿和月儿听。不多时，庄儿和田育勤二人回来了，苦儿和月儿拜见过田育勤后，大家分别落座。田育勤很高兴，忙问起茹儿。苦儿说："茹儿是要来的，是爷爷将她留下，帮助二位姑姑打理山庄的事。"

庄儿又将在桃花山庄听到的老叫花便是磨盘老人的事说了一遍，田育勤吃惊地说道："没想到，真没想到，真是苍天有眼，让你们这些苦孩子有这样一位高人指点。"田育勤见田力均不说话，时不时地看着月儿发呆，便说道："力均，这下可好了，有这二位高手帮你，这回我们不愁了。"苦儿说道："田叔叔，还有玉儿、杏儿和柳扬、冷竹青四个人呢，他们按庄儿的安排，明天一早进城，准备直接住进兴隆街平安大客栈，先到平安大客栈摸底。月儿留在县衙内守护姑娘们，我和庄儿巡夜。田叔叔，你看先这样行吗？"田育勤点点头，说道："我们的对手很狡猾，什么事都有可能发生，我们要做到有备无患。"力均忙说："对，我们最好能设法诱敌深入。"

苦儿随庄儿去巡夜，月儿去守护后堂的姑娘们。田力均坐在那儿还在发呆，他对田育勤说道："爹，你发现没有？月儿变了好多，变漂亮了不说，还变得自信、大方了，说话有条不紊的。"田育勤说道："是啊，她随苦儿、茹儿一起游学五年，磨炼出来了。"

第二天一早，冷竹青、柳扬、玉儿和杏儿则赶着车进了井水县城内。冷竹青扮成老家人赶着车，柳扬骑在马上，杏儿则下了车，一蹦一跳地跟在车后，还不时地尖声叫道："小姐，你看，这小城还挺干净的，你倒是看看啊！"玉儿慢慢地将车窗帘掀开，一张俏丽的脸立刻引起人们的注意。人们不禁议论起来："谁家的姑娘生得这般俊俏？""这小丫鬟好精神啊，小姐如此俏丽，不知什么人能享受得了。"玉儿装作没听见，忍不住边看边同杏儿说着话。他们在城内转了一圈，然后冷竹青将车停到兴隆街上的平安大客栈门前，他对玉儿说："小姐，天色不早了，咱们就在这儿歇一夜吧。"他掀开车帘，玉儿缓缓地下了车，手扶杏儿走进了客栈。人们见她身材适中，通身带有一种文雅之气，风姿秀逸，光彩照人。伙计们忙开门将他们迎了进去。杏儿请玉儿坐下，冷竹青问："小二哥，可有上等的套房？"店小二忙说："有，楼上请。"围在门前的一些小伙子仍不肯散去。一个伙计走过来说道："人家都上楼了，你们还看什么看啊？快走吧！"片刻间，城里来了一位美女住进了平安大客栈的消息便传开了。

可第二天，扮成老家人的冷竹青病倒了，店小二请来郎中看过后，说是因劳累过度，暂时休养一段时间比较好，玉儿哭得梨花带雨，杏儿便说银子不多了，请店小二帮忙寻个住处。那店小二眼珠一转，便将一处离悦心楼不远的住处介绍给了他们。他们四人过去一看，还可以，便住了下来。当天晚上，趁着夜色，田育勤、田力均父子在庄儿的引领下，来到这里，大家相见后，田力均将大家的关注重点做了一番交代。

这一天，何继祖来到了井水县衙，田力均问道："何师爷光临敝县，不知有何见教？"何继祖说道："不敢，在下此来是为王知府传一个口信。从京城传来消息，说是都察院右都御史刘大人在六月要来山东巡视。我想田大人一定知道这都察院是个什么样的官署。贵县如果出了事，叫刘大人撞上了，不但对田大人不利，而且会牵连到王大人，甚至是省里的钱大人。此事关系重大，是不能出任何纰漏的。王大人希望田大人励精图治，把贵县之事办好。飞贼一事是王大人最关心的，王大人要求贵县在刘大人到来之前破获此案。为达到这一目的，王大人准备派人来协助破案。"

田力均知道，都察院是监察官吏、纠核百官的"大衙门"，直接听命于皇上。都察院派人下来，恐怕有更深层的目的。

他说道："谢谢王大人事先关照，也谢谢何师爷特意跑来相告。在下一定加强治理，但是……"何继祖用眼角扫了田力均一眼，问道："贵县还有什么难处？"田力均说道："想必何师爷也一定听说了飞贼之事。这伙飞贼几个月来盯在本县作案，是有目的的，正因如此，本县还不能立刻破案。所以，在这种情况下，王大人要陪都察院的大人来这里视察，不出事便罢，出了事，对各位大人均不利。"何继祖一听，心想：你田力均也怕了，可是晚了。他说道："田大人不会不知道吧？刘大人下来要查哪里，王大人就必须将他带到哪里，没有讨价还价的可能。正由于知府大人不放心，这才特地叫在下前来告知。一是希望贵县迅速破案，如能在刘大人视察前破案那是最好不过的。二是派人前来协助贵县，强化治安，震慑飞贼。王大人可是用心良苦啊，还望田大人理解。"田力均问道："不知王大人要派什么人来？师爷可否告知一二？"何断祖说："听王大人的口气，是派一个捕头和几个捕快。"田力均又问："这几位来了之后，是专门破飞贼案，还是听本县调动？"何继祖说："田大人心还挺细，是协助办案。"田力均说道："既然是协助，那就必须在本县的统一指挥下行动。这一点还请何师爷回去跟这些人说个明白。"何继祖一听，奸笑一声，说道："看来田大人是不欢迎他们来了？是不是也要拒绝知府大人的指挥啊？"田力均笑道："不敢。不过，何师爷应该清楚，上面派来的人，我们一律奉为上差，这原是尊重他们的意思，可有些人却以此为资本，大摆上差的架子，在下面说一不二、自立为王。既如此，还要我这个知县干什么？所以，本县把话说在前头，正是为了避免之后发生不愉快。我想何师爷也不会反对吧？"何继祖见他十分强硬，便说道："田大人考虑周全，在下十分佩服。在下公事已了，告辞了。"田力均答道："恕不远送。"他一直盯着何继祖的背影，思考着他此行的真正目的。

晚上，苦儿、庄儿等人来到县衙后堂，田力均将何继祖前来县衙之事说了一遍，几个人又将捉贼之事详细计划了一番后，趁着夜色，各就各位，布防起来。

而何继祖则来到悦心楼的假山下的密室里，与王果、老胡、古万方及谷丁等人密谋起来。

三天后，知府衙门的王捕头果然带着六个捕快来到了井水县。田力均以礼相待，说道："王捕头一路辛苦了。知府衙门的精兵强将来到敝县协助捉拿飞贼，定可大展神威。"王捕头说道："不敢当，卑职奉命而来，不知如何协助田大人办案？请赐教。"田力均说道："先这样吧，王捕头初来乍到，对城中道路不熟，先固定一处落脚，参加夜间巡查吧。"

就在当天夜里丑时，人们正在熟睡之中，城北突然传出了叫声，接着便是梆子声，起初是一两处，接着又有七八处都响起了梆子声。全城的百姓被惊醒了。正在县衙外巡查的王捕头听见了城北的梆子声，立刻大叫道："弟兄们，咱们快过去捉贼，快去！"衙役赵福拦道："王捕头，咱们这里各有分工，那边的事会有人去的。咱们还是守住自己的地盘，免得飞贼钻了空子。"王捕头说道："飞贼出现了，为何不抓？要是飞贼跑了，你能负责？弟兄们，跟我过去，抓住飞贼要紧！"说罢，带着他的六个人，直向北跑去。那俩衙役无奈地摇摇头，走到暗处的墙根下，边走边看。

就在他二人向前查看时，有七个黑衣人穿过了街道，跃入县衙后院中，此时田力均和月儿早已站在院子里了，当看见七个人跃墙而入时，月儿拔刀大声叫道："姐妹们，有飞贼来犯，快关好门窗、拿起棍棒，谁敢进屋就打死他！"力均随手抄起院中的一根木棍。他明白，城北闹事只是烟幕弹，这里才是主战场。而且二对七，形势不容乐观。若是住在县衙内的姑娘都被抓去，该如何面对父老乡亲？他看了月儿一眼，转眼间，七人便分成两组，直奔他二人，另有一人直奔姑娘们住的房间，并用脚去踹门。月儿以一对三，心中对县衙内的姑娘们的安危有些担心。她稍一分心，脸上差点挨了一刀。这时，她冷静下来，用眼睛一扫，看见那门并没被踹开，心里松了一口气。她将刀挥得如旋风般，变幻莫测。月儿突然叫道："快刀帮，三绝刀，你们是快刀帮的人，还想逃吗？"此言一出，两个蒙面人立刻泄了气，大惊失色，连忙后退。其中一人喊道："别退，再退就没命了！"说罢，连刀带掌地猛攻上来。其中一人发狠说道："老子就是快刀帮，今日就跟你们拼了！"说罢，也拼命攻了上来。而此时，去抓姑娘的那个匪徒，把脚踹得生疼也没能踹开门，门里还突然捅出一根木棍，直捅他胸前，他挥刀向里砍去，可没想到，他立刻遭到了击打。他忙抽出刀来，竟有些不知所措了。看到此情此景，月儿大声叫道："姐妹们干得好！下手再狠点，注意保护自己！"另一名匪徒见月儿不简单，便想偷袭，只见他当头一刀向月儿砍下，月儿向右一闪，那匪徒向前一跨，伸手向月儿胸前袭来，月儿用左掌相接，那匪徒心中还在乐呢，却觉得如同打在棉花包上，同时觉得一股力量撞在胸口，一口鲜血喷在了面罩上。这时，正在踹门的匪徒见此立刻朝月儿冲了过来。而力均此时抓住机会，用力使劲一拨，将匪徒的刀震飞，同时转头攻向另一名匪徒。丢掉兵器的匪徒则乘机上墙逃走了，而另一名匪徒挥刀向力均砍去，刀却被力均的木棍拨开，人也被撞到墙上。田力均拉起蹲在墙角的受伤的另一名匪徒，飞上墙头，也逃走了。这时，赵福带着一个衙役也赶了过来，另外两个匪徒见情况不妙，也抽身逃去。月儿撒出一枚石子，正打在一名匪徒的腰上，只见他身子一晃，便掉到了墙外。

田力均问那两个衙役："你们可在外面巡查？那王捕头呢？"赵福答道："大人，那王捕头不听劝，带人去了城北，留下我二人在街上巡查了一圈，听见院子里有刀枪声音，才闯了进来，可我们还是来晚了。"田力均忙说道："你二人做得很好，继续巡查吧。"两个衙役走后，田力均将事情的前前后后想了一遍，心中暗想：这王捕头果然来者不善。他对月儿说："我还为你担心呢，没想到你的武功竟这么好。"月儿说："我可没为你担心，因为哥和二哥都说你武功很高，今天算开了眼了。可惜，只打伤了一个，未能抓住他们，哪怕抓住一个也好啊。"

田力均说："一是地方狭小，不得施展；二是担心姑娘们的安全，不免有些分心。保住了这些姑娘，就是咱们最大的胜利，咱们早晚会抓住他们的。"这时，一个姑娘从里面开了门，说道："月姐姐，快进来跟我们说说。"月儿朝力均嫣然一笑，便进屋去了。不一会儿，屋子里便传出了笑声。力均心想：多亏了月儿教姑娘们许多防身的办法，面对飞贼，她们不再惊叫，而是勇敢地与匪徒交锋，这就是巨大的进步啊。

第二天，各路巡街的人及王捕头前来见田力均，力均不动声色地听着他们的述说，而王捕头不时地观察着田力均。田力均对他说道："王捕头，昨夜辛苦你们了，从县衙跑到城北，帮我们捉贼，真是够辛苦的啊。"王捕头一时也弄不清田力均的意思，没出声。田力均接着说道："昨夜在县衙后院，发生一场激战，要不是姑娘们拼死抵抗、两个衙役赶回救援，恐怕我和姑娘们的命就难保了。"说罢，他还悲叹了一声。衙役李伦问道："王捕头，县衙附近归你管，这可是你自己要求选定的，你上岗期间却离岗了，险些铸成大错，这如何解释？"

王捕头眨眨眼睛，说道："我去抓贼，谁知飞贼却来到了这里，真是巧，定是有人与飞贼通了气。"

力均说道："王捕头是知府派来的上差，是最值得信任的人。那七个贼人这次虽被赶走，可他们是决不会善罢甘休的，说不上什么时候还会来。本县便把自家的性命和住在后院的姑娘们的安危，全交给王捕头了。"那王捕头听了忙摆手说道："不可，不可！事关重大，还是安排别人较好。"力均坚持说道："王捕头是上差，武功必是一等一的，那几个飞贼不在话下。有王捕头亲护左右，本县就可高枕无忧了。"

在青州知府衙内的后院里，山东布政使钱川、山东按察使赵财、青州知府王宏程正陪着都察院右都御史刘敬岩在园中饮酒。刘敬岩说道："今日走马观花看了一遍，这青州府果然治理得不错。王知府是年轻有为，前途无量啊！"王宏程立刻站起来，毕恭毕敬地说道："下官谢刘大人夸奖。宏程乃一介书生，能有点作为，全靠钱大人、赵大人的栽培，今日又得刘老大人的指点，宏程真是三生有幸。"钱川说道："刘老大人不辞辛苦来山东为皇上选拔英才，亲自考核察看，这样兢兢业业，真是百官之楷模，令我等十分钦佩。"刘敬岩笑道："不敢当，不敢当。皇上派本官、副都御史崔大人以及宫中王公公、李公公等人赴各地考察官员、选拔英才，哪个敢不尽力啊！皇上要将那些勤恳、正派、年轻有为的官员提拔到京城去做官，希望他们一心为国，重振朝纲。我们一旦选错，又如何面对皇上？所以不敢掉以轻心啊。"赵财说道："别人我们不好说，刘老大人乃朝廷栋梁、皇上的重臣，阅历丰富、慧眼识人，实乃朝中第一伯乐啊。"刘敬岩忙摆双手说道："说笑了，说笑了。来，咱们喝酒！"

刘敬岩刚放下酒杯，又问道："听说王知府任知县时，便精心治理，政绩卓著。不知老夫可否前去学习一番？"王宏程立刻回道："刘老大人过谦了，您前去视察，那可是井水县百姓及下官的福气。只是，近一两个月来，那里突然闹起飞贼，下官已严令限期破案。可那田知县办事不力、处事无方，至今未能破案。下官放心不下，便把本府的捕头、捕快等七位精干之人派往井水县城。老大人此时前去，只怕惊了您的大驾，下官担待不起。"刘敬岩说道："竟有如此无能的县令？老夫更应前去看个究竟。"

七十五　擒贼归案

这一天，王捕头带着他的六名手下，来到了平安大客栈，掌柜的古万方忙将他们迎上二楼的一个雅间。不一会儿，酒菜便上来了，刚巡完夜的捕快们立刻大吃大喝起来。吃到中途，一个伙计过来对王捕头说："王爷，您来到我们这里，百姓们心里踏实多了。有两位士绅想见见您，您看——"王捕头说道："既如此，我便过去坐一会儿。弟兄们，你们慢慢吃，吃完回去睡觉便是了。"

那伙计将王捕头领到那秘密雅间，谷丁、古万方、老胡、王果、刘满仓等人均在里面候着，见王捕头到，都立刻起身，笑脸相迎。王果取出几张银票，说道："王捕头远道而来，真是辛苦了。我们这里地瘠人稀，没什么可孝敬您的，这是我们几家凑上来的一千两银子，只是略表心意，还请您笑纳。"王捕头哈哈一笑，接过银票放入了袖口之中。

老胡忙为他斟上了酒，几个人共同敬了他一杯。王捕头问道："怎么没得手？"老胡说道："是我们看走了眼，院子里只有县令和一个女子，但没想到交起手来，他二人的武功都很高，那女子更是不得了，还打伤了我们一人。不得已只得跃墙逃走，唉，就这样失败了。"王捕头有些不信，他说道："那知县是个文官，他的武功能有那么好吗？是不是你们……"老胡一听明白了，王捕头是指他们武功太差。尽管心里有些不高兴，老胡仍是耐着性子说道："是，我们的人功夫是不高。"谷丁说道："在下原以为抓不了别人，就抓一个寄住的姑娘，应不成问题。可谁知，那间屋子的门窗加固了，一时很难冲进去，要砍断门窗，却又遭到屋里人的攻击。这些人都有所准备，叫我一时难以下手。"王果说道："王捕头，您是知道的，我们夜闯县衙，原是想抓一个，将王小明换出。可如今，人未抓成，反倒是一死一伤。胡掌柜的手下，被人追到无路可走后，服毒自尽了，我也受了内伤。在下担心，时间长了，保不住王小明的性命，或者也不知他会说出什么，真要是牵扯出什么来……可就不好说了。王捕头您有胆有识，只好请您出手了。"古万方说道："事关重大，不只牵涉我们，还有知府里的何师爷。您要是为难，那就算了，我们与何师爷说一声便是了。"在青州，王捕头怎敢得罪何师爷？他思忖再三，最后想：先应承下来，到牢房虚晃一枪就是了。于是他说道："唉，身在官场，身不由己，这可是犯下大罪啊。无奈何，我愿为朋友两肋插刀，去一趟便是了。"王果一听，立刻斟酒夹菜，说道："王捕头正如何师爷说的，重义气、够朋友，是条好汉。来，咱们再敬王捕头一杯！"

当天夜里，王捕头领着他带来的六个捕快在街上巡查，一个捕快说道："王头，咱们是抓捕要犯，专破大案的，怎么成了这井水县的看家的了？"另一个说道："他们不肯用咱们，咱们就回去算了，何必在这儿遭罪呢？"又一个说道："这知县也是怪，不问证人、不找线索、不挨户搜查，偏叫人守夜，这不是被动挨打吗？到期破不了案，看王知府怎么收拾他！"王捕头说道："王大人叫咱们来，田大人叫咱们守夜，咱们只能听当官的安排。到时破不了案，有人顶着，关咱们什么事？咱们啊，白天吃好、睡好，夜里只当是遛遛街、散散心，有何不好？"几个人都笑了，说道："王头说得是，咱们自寻开心就是了。"王捕头突然一捂肚子，说道："哎哟，肚子有些不舒服，我得找地方方便一下，离你们远些才好。"说罢，捂着肚子跑开了。他拐进一个胡同后，立刻脱下外衣，露出夜行衣，又戴上面罩，向牢房跑去。这牢房离县衙并不远，他看见两个看守正在打盹，便迅速跑过去，点了他二人的穴道。他暗自庆幸："真是天助我也！没想到竟这么容易。"他慢慢地推开门，里面有灯火却无人。他小心翼翼地向里面走了几步，推开一道铁栅栏门，向两侧看去，只见一人正伏在桌子上睡觉。王捕头刚要点那人的穴道，不想那人坐了起来并说道："你是何人？为何要劫狱？"此人正是庄儿。王捕头也不吱声，出手便打。几个回合下来，王捕头方知这人武功并不低。他用眼一瞥，见一间牢房内一人蒙头大睡，并没醒来。二人战了近一个时辰，仍不分胜负。顿时，王捕头对救王小明之事彻底失去了信心，他担心时间长了会出事，于是抽身跑出牢房，纵身上了房，庄儿随即跟上，二人又在房顶动起手来。此时在牢房中蒙头大睡之人正是田育勤，他与庄儿在此设局，专等人来劫狱，今日总算来了。

田育勤出了牢房向街上跑了几步，不见人影，他回头一看，二人正在房上交手。庄儿立刻捡起一块石头朝王捕头打去。石头正打在王捕头的脚跟，庄儿趁势用圣手掌打向王捕头，王捕头闪身躲过了庄儿的右掌，但没躲过庄儿的左掌。庄儿左掌重重地打在他后背上，然后手掌一转。王捕头顿时觉得十分疼痛，气血极不顺，顾不了许多，纵身跳下房顶。庄儿随即跳下，但那王捕头一瘸一拐地跑远了，不见了人影。

王捕头回到原处，换了衣服，这才重新来到街上，自嘲道："唉，真是折腾人，这叫什么事？"那人说道："王头，不行的话，你回去休息吧，我带人巡查。"王捕头说："真是辛苦你了。"

王捕头走到路边，在暗处坐下，心想：那人用的是什么掌法？怎么会觉得如此难受和疼痛？真是绵里藏针啊。没想到这井水县竟是藏龙卧虎啊，难怪他们总吃败仗。无论如何不能再为他们做事了，否则性命难保。

在井水县衙客厅内，田力均身穿官服，正与来此视察的官员叙礼。他说道："井水县令田力均给刘大人、钱大人、赵大人和王大人请安。各位大人能来本县视察，乃是城中百姓之幸事。只是本县是个贫穷的小县，再加上下官年轻，有招待不周之处，还望各位大人原谅。"刘敬岩笑道："我们吃顿饭，不会把你吃穷吧？老夫只是顺便来看看，你不必介意，每天该干什么干什么，也不必陪着我们。进城路上，老夫看到这里的百姓虽受飞贼之扰，却仍然不慌不乱，这是为何啊？"这位右都御史好像对这小县城很感兴趣。田力均回道："回大人的话，说来下官惭愧万分。自今年三月中旬闹起飞贼以来，已有四位姑娘被奸后上吊身亡，四家被抢。这些案子都发生在三月份。下官调查取证，组织人员搜捕、巡夜，又发动百姓联防。之后，飞贼虽多次闹事，却也再无一人受害。但时至今日，下官仍未能破案，实在愧对百姓、愧对朝廷，也愧对各位大人。"

按察使赵财问道："抓几个小飞贼怎么会如此困难？"田力均答道："下官无能，有负各位大人重望。知府大人已严令下官在六月中旬破案，还有十几天的时间，下官一定会给城中百姓和各位大人一个交代的。"王宏程问道："田知县，本府已将王捕头和六名捕快派来，听说你只派他们巡夜，是吗？"田力均答道："是的，下官的确是派他们守夜。"布政使钱川听了，不大高兴地说道："人家一位大捕头，在青州很有名气，你不叫他放手捉贼，岂不辜负了王知府的一番好意？"田力均慢慢答道："钱大人、各位大人，容在下禀报。通过我们与飞贼几次交手，我们已经知道，飞贼不是本县之人便是与本县某些人交往甚深。同时我们还抓住了一个飞贼，此人正是本县人。下官以为，本县的班头对城中之人较熟悉，由他们去调查取证、找线索较为有利。故而安排王捕头在县衙周围巡夜，并没有歧视之意。"

刘敬岩笑道："哎呀，你叫一个捕头为你站岗放哨，这不大好吧？"田力均笑了笑，答道："刘老大人教训得是。只是县衙之中还住着二十几位姑娘，他们都是家中无能力自保之人，王捕头在此巡夜，正是保护这些姑娘们。"刘敬岩听了哈哈大笑，说道："一个小小的县衙，竟住了二十几位姑娘，这可是个新鲜事，咱们不妨去看看，如何？"众人只得随他走进了后院。

扮成老家人的田育勤站在院门处，拦道："各位大人，这是？"田力均忙说道："各位大人是来视察的，不妨事。"田育勤退到一边，田力均请他们走了进来。他们挨屋一看，果然有二十几位姑娘住在这里，一位中年妇人见来了大官，不免有些惊慌。田力均说道："您不必惊慌，几位大人是来视察的。"刘敬岩问："你的女儿也在这里？"那妇人说道："回老爷的话，民妇在兴隆街上开杂货铺，家中只有我夫妇二人和一个女儿，无人保护，这才将女儿送进县衙里。女儿有些想家了，今天便接她回去住一宿。"田力均说道："那你们晚上可要当心啊。"那妇人说道："我和她爹今晚都守着她。"布政使钱川指着窗户问道："这里怎么坏了？像是刀砍的。"田力均解释道："大人看得很准，的确是刀砍的。前些日子，有七个飞贼夜袭县衙，其中一个飞贼欲行不轨，里面的姑娘们用长棍拼死与之搏斗，后来巡夜赶到，才赶跑了飞贼。"刘敬岩说道："这飞贼竟如此猖狂！王知府，你

621

派人来是派对了。"按察使赵财说道："长期如此，也不成体统，还是快快破案吧。捉到的那个飞贼招了吗？"田力均答道："回大人的话，他还没招。"王宏程说道："听说，那王小明只是个孩子，很顽皮，不会是飞贼吧。"田力均笑了笑，说道："知府大人说得有些道理。不过，在未审清之前，还是不能放人。"

田力均又转过身来，对刘敬岩等人说道："各位大人一定也乏了，我去传饭如何？"王宏程说道："这个不需你费心，由本官来安排就是了。"说罢，将众人领出了县衙，来到醉仙居酒楼。古万方忙吩咐厨房做了三桌上好的酒席，他亲自端酒上菜。两桌坐的都是右都御史刘敬岩的随行官员及护卫。

一个护卫趁扶刘敬岩入席之机，将进门前从一路人手中接过的字条，塞进了刘敬岩手中。席间，刘敬岩问古万方："店家，你这酒楼规模不小，不知生意如何？"古万方立刻满脸堆笑地说道："回大老爷的话，王大人在时，那是客商云集、生意红火。可眼下闹飞贼，外地人不敢来，生意差了好多。"刘敬岩点点头，说道："王知府在此必是爱民如子、治理有方，才得到百姓赞誉啊。"王宏程忙说道："刘老大人过誉了，宏程不敢当。"

布政使钱川说道："实事求是嘛。你升迁后，这里换了三位县令，两任不济事，这一任又闹起飞贼，搅得百姓不安，如在限期内破不了案，不换人又怎么能对得起百姓？"王宏程听了，心中高兴，但马上又装出关心的样子说道："都是卑职督办不利，才惹得大人心里不安。虽然田大人办事不够果断，但是飞贼武功高强也是一方面。真希望他能快些破案。"刘敬岩听了，大加称赞："嗯，好得很，好得很！王大人果然心怀宽广，爱护下属，难得呀！"钱川听了高兴，又向刘敬岩敬酒。

饭后，王宏程领他们来平安大客栈住宿。刘敬岩及随行官员、护卫住在了二楼东侧，钱川、赵财及随行人员住在了二楼西侧。王宏程坐在楼下对王捕头说道："王捕头，你带人负责楼外保护。即使闹飞贼，也不能离岗，保护诸位大人要紧。"王捕头忙答道："大人放心，卑职明白。"

这时，田力均由衙役赵福陪同，来看望刘敬岩等官员。王宏程对田力均说道："田大人，这里治安不好，诸位大人的安全是头等大事，交给别人我不放心，只好由田大人与本府直接守护。你前半夜在此，我去看看几位老朋友，后半夜我来换你。就这样吧。"说罢，他便领着何继祖走了。田力均对赵福耳语了几句，赵福也离开了。

布政使钱川和按察使赵财正在房中闲谈，钱川说道："看来这位右都御史大人对王宏程印象不错，王宏程如真能到京城做官，对咱们还是十分有利的。"赵财说道："老兄，这位刘大人阅历广、城府深，在朝中是出了名的，只怕很难一下看准他的心思。事情究竟会怎么样还不好说。"钱川笑道："你别多疑，我看希望很大。"赵财摇摇头，说道："我的布政使大人，我总觉得这里头有不对劲的地方。"钱川一笑，说道："老弟，又拿出办案的架势来了，又有什么事引起你的怀疑了？"赵财说道："你想啊，考核官员该是吏部的事啊，皇上为何派都察院的官员及身边的公公出来呢？"钱川想了想，说道："你说得虽然有一定的道理，但这里有个情况，那就是吏部尚书吴老大人最近一段时间身体欠安。皇帝与其通过他派人去，还不如自己派人去更可靠。"

赵财一听，说道："老兄说得有理。不过我还有个疑问：为什么咱们一介绍王宏程，刘大人便来到了青州府，别的人他连问也没问？他来山东之前，必是要对山东官员了解一番，为何对别人不闻不问呢？"钱川笑道："老弟啊，咱们又没向他介绍别人，他又有什么可问的？你呀，办案都办出毛病来了，对什么事都疑问颇多。"赵财却仍然按自己的思路说了下去："他一知道王宏程在这里做过县令，便立即来到这里，甚至连闹飞贼都不怕。考核一个官员，刘大人派一个人来就是了，一位二品大员又何必亲临一个小县？"钱川似乎也嗅出了别的味道，他刚要说什么，却被赵财止住了。赵财推开门朝外看看，见走廊里只有四个护卫站在楼梯口处，并没看见别人。他这才关上门，走回来小声说道："王宏程在此交了不少朋友，但也得罪了许多人，还搜到了很多钱财，这咱们还不知道吗？一旦叫刘大人他们抓住了把柄，莫说王宏程进不了京，只怕还会连累我们。"钱川一听，有些吃惊了，他说道："刘大人明日一旦将他的随行官员撤出去，那就大事不妙了。明天，咱们一定要劝他回济南，千万别生出事来。"

刘敬岩独坐在灯前，正在看那张字条。只见上面写道："小人听街谈巷议甚多，一言以蔽之——王宏程回县，祸事又来了，百姓对他深恶痛绝。若取证据，尚须时日。"看罢，刘敬岩将字条烧掉，自言自语道："尚须时日……尚须时日，取证甚难但又必须取到。这盘菜就出在井水县了。多住几日，不急不躁。实在没招，找人告状拦轿、审问、搜家，必有收获。"

这位为人谨慎、城府极深的右都御史刘敬岩，此次出京根本不是为了选英才，而是要查找证据，帮助皇上扳倒吏部尚书吴光。那吴光是两朝元老、朝中重臣。只因他在吏部尚书的位置坐得太久了，门生、故吏遍天下，自然引起皇上的警觉。让皇帝更为不满的是，在选官用人上，他做了皇帝一多半的主。可要拿掉他，也并非易事，必须找到一些证据，证明他或贪污或受贿或卖官。在刘敬岩的建议下，皇上派亲信以选英才为名，到各地寻找证据。这个建议是刘敬岩提出的，又岂能不用心？

子时刚过，藏在城南的老胡和刘满仓便从暗处钻出来，他们听说民乐米店高家的小姐今天从县衙回家来住了。尽管他二人有些胆怯，但何继祖已经下令了，他二人也只能冒险再博一次。如果这次闹起来，都察院和省里的大官们一生气，那田力均必定下台。到那时，他们就又能过上说一不二的生活了。为了这一天的到来，他们也只好拼了。

老胡跳进院子里，开窗户便冲了进去。可屋子里漆黑一片，并无惊叫之声。借着月光，他仔细一看，见一个女人贴墙站着，似乎已被吓坏了。老胡低声说道："你从了我，万事皆无，否则一刀砍死你！"那女子并不言语，老胡伸手去抓，那女子一闪一转便挡在了窗前。老胡并不傻，他觉得事情有些不对，举刀向那女人砍去。那女子不慌不忙，躲开了他的进攻，可就是不离开窗户，使他难以逃脱。老胡很想叫刘满仓来帮自己，可他不敢放声大叫。外面的刘满仓也很着急，他想：这老胡一定是得手了，正享受呢。哥哥啊，可快些吧，晚了会出事的！

老胡急于冲出去，他横刀向外一扭，要逼开那女子，只见那女子一矮身，等刀抡过之后，快速站起来，右手在老胡胸前一划，疼得老胡差点叫出来。他左手捂胸，右手回刀再砍。那女子离开窗口，老胡立刻跳出窗外，越墙而逃，那女子也随之跳入院中。这位女子便是柳扬乔装的。

此时，外面响起了梆子声。藏在外面的冷竹青穿着衙役服便追了过去。

与此同时，兴隆街上的苏家杂货店的二楼墙外，谷丁与古万方正在撬窗户，窗户就要开了，这时屋内传出女子的声音："什么人？"那声音很弱又有些发抖，谷丁心想：那苏小姐一定是被吓坏了，身子在发抖了吧？于是谷丁迫不及待地推开窗户，一头钻了进去，古万方也紧跟着钻了进去。谷丁一看，屋子里只有女子一人。他知道时间紧迫，高官们就住在这条街上，不容他做那风流事，他举剑便向女子刺去，那女子闪到了一边。古万方要去抱她，也被她躲开了。谷丁一剑又刺了过来，同时说道："别想别的，快动手！"古万方很不情愿地举刀便砍，可他们谁也没打中，不由得有些奇怪。

　　谷丁和古万方正要对那女子下毒手，那女子巧妙地躲开了谷丁的剑，右手向上一挑，正划在古万方的脸上，古万方不由得叫了一声。那女子乘机大叫："抓飞贼，抓飞贼！"吓得谷丁和古万方慌忙跳下楼来。那女子便是杏儿，她这一叫，楼下的梆子之声立刻响了起来。

　　住在平安大客栈的官员们也都被惊醒了，坐在客栈楼下的田力均，听到两处梆子声后，不由得高兴起来，他心想：上钩了！这时，慌忙穿好衣服的刘敬岩、钱川和赵财等官员也从楼上下来，钱川问道："田大人，这是怎么回事？"田力均立刻说道："回各位大人，必是飞贼乘各位大人来此之机，想制造事端。"刘敬岩见田力均脸上毫无惊慌之色，还隐约带点笑意，便问道："田大人，飞贼闹事，你似乎毫不在意。"田力均立刻说道："飞贼闹事惊动了各位大人，是下官之过，下官已差人前去捉贼。"

　　暗藏在县衙附近的于惜和王果听见梆子响，立刻跳入县衙后院。他们以为调走了田力均，县衙内保护少女的人便只剩下一个姑娘，以他二人的功力，打死那姑娘，再杀几个姑娘，制造血案，扳倒田力均，应不是难事。可他们万万没想到，院子里还是两个人，正是月儿和穿着衙役服装的田育勤。于惜与月儿交手不过十几个回合，便被月儿点穴活捉。王果开始没把一个衙役放在眼里，可交手后，方知对方的掌力比自己强。她立刻感到不妙，纵身跳墙便跑，田育勤随即追去。王果见有人追，不敢直接回家，便在小巷子中穿行，田育勤随后紧追不舍。藏在暗处的庄儿及衙役还有百姓也都跑出来捉贼，逃走的老胡和刘满仓已被众人活捉。谷丁及古万方在街上左绕右拐，快到醉仙楼时，有人突然叫道："飞贼在这里！"此人正是躲在这里监视的庄儿。庄儿随后追了过去。前面的王捕头见飞贼在此，将刀一横拦住飞贼。谷丁使用透骨掌打倒几人后逃出，古万方被庄儿活捉。

与此同时，住在悦心楼的王宏程的师爷何继祖也出动了。何继祖动作很快，跃入玉儿住的院子里，见屋子里亮着灯，蚊帐里躺着个人，他立刻推窗而入，直向蚊帐抓去。他的手还没碰到蚊帐，一个东西便朝他飞来。他立刻缩了手，定神一看是一块砚台，他低声说道："臭丫头，你自己找死！"说罢举剑便向床上刺去。床上人左手一晃，侧身躲开他的剑，右手向他腰间划去，只听他哎呀一声，大叫起来。玉儿也追了出来，并大叫："飞贼来了！"外面的人听见叫声，梆子声立即响起，有人叫道："飞贼来了，飞贼来了！"何继祖往暗处跑，便有人喊道："飞贼在这里！"他不敢再往暗处走，只得在街面上快步奔跑，想尽快跑回悦心楼。躲在暗处的苦儿，在其后穷追不舍。何继祖翻过院墙进了假山，苦儿从树上飞下，跑到围墙外，见到了蹲守在这里的赵福。

原来，赵福按田力均的吩咐带着两名衙役跟踪王宏程到了这里，他见王宏程一头扎进假山里没出来，便一直盯在这里。他们看见何继祖从里面出来又进去了，苦儿说道："这么说这里就是飞贼洞了，走，咱们进去。"四人立刻越墙进入假山。楼上有一名望风的妓女，见有人进入假山洞，心说不好，找了些值钱的东西，悄悄地溜走了。

洞内的何继祖正在脱衣为自己上药包扎，倒在床上的妓女见他的伤口在流血，已吓得不敢出声。何继祖包扎好后，穿好衣服，来到王宏程的门前，说道："大人，快走，晚了就会有人追过来了！"王宏程一听，知道他们失手了，说道："不必惊慌，待我换上官服。"床上的女子问道："官人，怎么急着要走？"王宏程没理她，换上官服出了房门。苦儿与赵福进入假山洞，却一时找不到开门的机关，正在他们着急的时候，突然听到里面有响动，苦儿立刻拉着赵福躲到一旁。石门开了，苦儿向门前迈了一步站到了王宏程对面。王宏程已惊得说不出话来，只是后退着。后面的何继祖说道："王大人来悦心楼巡视，快快让开！"苦儿听到是王大人，这才意识到眼前这个矮个子、三角眼的男子就是王宏程。赵福回头对一个衙役小声说了几句，那衙役转身走了。

苦儿说道："我们是巡夜之人，抓飞贼来到这里。飞贼，你还是束手就擒吧！"何继祖狡辩道："笑话，我是王大人的师爷，如何成了飞贼？"王宏程此时稳定了一下情绪，说道："本府在此，你们快快闪开，休得胡闹！"苦儿对何继祖说道："飞贼，我们原本可以在外面就抓住你的，为何放你进洞？就是想将你和同伙一块抓住。你虽换了装，可手中的剑及身上的伤却是换不掉的。"何继祖知道事情不好，他突然推开王宏程，对着苦儿发出五毒刀。苦儿和赵福闪到一侧，一衙役中了一刀。何继祖乘机纵身要飞出洞外，苦儿抬脚正踢在他受伤的腹部，疼得他大叫一声，跌落在地，赵福上前将他绑了起来。冷竹青赶到，背起受伤的衙役回到县衙。这时，另一名衙役带领着刘敬岩、钱川、赵财等官员来到悦心楼的假山山洞。

　　赵福上前施礼说道："卑职见过各位大人。一名飞贼作案后逃到此处，卑职前来抓捕时，不期在此密室之中见到了王大人。卑职不知如何处置，更不敢自作主张，只得禀报各位大人了。"刘敬岩问："田大人，你说该如何处置啊？"田力均答道："回老大人的话，王大人乃下官的上司，下官不敢以下犯上，还是听三位大人发落吧。"王宏程低着头，一言不发，盯着苦儿看，他知道自己完了。庄儿带着几名衙役走进密室内，将住在里面的两名妓女也带了出来。

七十六　智审匪徒

第二天一早，全城的百姓奔走相告，群情激奋，人们不约而同地拥向了县衙，想看个究竟。县衙门前被挤得水泄不通。

庄儿和田育勤身穿衙役服装，率领众衙役分批走出县衙。田育勤率人来到古万方家中，众人搜了一会儿，只搜到一些零碎的银子及一些金银饰品。田育勤来到院子里，看见院子中间有一个大花池，便找来工具在花池里挖了起来。又有几个人过来帮他，不一会儿，见花池底部有几块大木板，掀开木板一看，下面是一个大洞。洞中放着几个大缸，缸中放满了大锭的银子。一名衙役跳下去，拿起一块银子扔了上来，众人一看，是大锭的官银。

马上有人找箱子，众衙役将官银全部搬出。田育勤说道："各位清点一下，全部运往县衙。"一名衙役小声对另一人说道："兄弟，我怎么觉得没见过这个人啊？"另一个说："最近不知从哪里调来不少人，都不认识的。"

庄儿带人来到醉仙居酒楼及老胡的菜行还有刘满仓的米店，搜得一些金银物品及账簿。苦儿陪同刘敬岩的随行官员及护卫赶车到青州知府的府衙内去查找证据。月儿正在县衙后堂，她看见了何继祖、于惜、老胡、刘满仓及王宏程等人，走过去，挨个看了一遍。她首先认出了老胡，没有出声。当她走到王宏程面前时，王宏程认出了月儿，他看着月儿美丽的眼睛，双唇抖动着，却说不出一句话，两行热泪滚滚而下。月儿开始感觉奇怪，再仔细一看，竟是表哥王宏程，表哥比原来胖了很多。她轻轻地叫了一声："表哥？"何继祖等人均是惊异地看着他二人。王宏程想拉月儿的手，月儿将手抽了回来，王宏程哽咽着问道："月儿，你是什么时候来的？有没有回过家？"这时，换回老家人服装的田育勤走了过来，他看到了刚才的一幕，说道："月儿，那边玉儿和杏儿来了，想见你，在前厅的耳房里呢。"月儿看了王宏程一眼，摇摇头，走了出去。王宏程擦了擦眼泪，小声对田育勤说道："老人家，求您放了我吧，我日后必会重谢！"

田育勤看了看他，说道："王大人，你本是良家子弟，苦读圣贤书，还做了官，真是不容易啊。你一心向上爬，可不该残害百姓啊！你这回可是爬到头了。"王宏程仍在哀求道："老人家，我是昏了头了，做了不少坏事，我知错了，您老人家就救救我吧！我是庄儿的亲哥、月儿的表哥啊，不看僧面看佛面，求求您老人家了！"田育勤说道："你现在说这些还有什么用？我是不会放你走的，就算我放你走了，你现在出去，全城的百姓也会把你剁成肉泥的，你还敢走吗？"王宏程被说中了要害，他是彻底绝望了。

大约两个时辰后，庄儿回到县衙，向官员禀报道："各位大人，犯人已经安排妥当，随时听候审问。"田力均并没吱声，只是看着按察使赵财，刘敬岩看看钱川后，又看了看赵财。赵财这时才说道："田大人，此案在你这里发生，自然是由你来审。"田力均说道："各位大人，此案虽发生在敝县，却是案中有案，下官来审，怕是多有不便啊。"钱川见刘敬岩并不发话，便说道："田大人，此案涉及王知府，你不必介意，只管审你的案子。涉及王知府的不必多问，王大人由我们来单独过堂就是了。"田力均听了这句话，说道："卑职遵命，只好僭越了。有不当之处，还望诸位大人当场指点。"庄儿忙请各位官员坐在大堂一侧，准备升堂。

田力均走上正座，一拍惊堂木，说道："升堂！"衙役们喊过威号后，田力均说道："将那两名妓女带上堂来！"两名妓女跪在堂下，田力均问道："你们是不是悦心楼的人？都叫什么名字？昨夜为何睡在地洞里？你们一一说个明白！"一名妓女说道："老爷，我们是悦心楼的人，我叫兰花，她叫杏花。我们只是陪客人过夜，没做什么坏事啊。"

田力均说道："干没干坏事，只有说清楚了才能确定。你们与飞贼同居一室，他们去做坏事，难道你们就一点也不知道吗？知情不报便是包庇罪犯，你们听清楚了？"那杏花年纪较小，一听罪犯二字，就慌了神，说道：

"王官人每月都来一两次，每次都是老鸨子叫我陪他。为了不叫别人知道，每次都在洞中过夜。平常他也没说什么，昨夜他把师爷叫来说道：'去吧，一剑了事，快去快回。'说完，师爷戴着面罩就出去了。"田力均又看看兰花，兰花见杏花说了，便也说道："那师爷姓何，他睡到半夜忽然起来穿上一身黑衣服。我问他干什么去，他说是办一件大事，再送给我一两件宝贝。等他回来时，他肚子上被划了一个大口子，吓得我便不敢再看了。"田力均问道："他都送给你什么礼物了？"那兰花一听，忙用手捂住了手腕上的金镯子。田力均突然想起本城一家店的店主女儿在被害时，手上一对金镯子丢了，便问道："你们为何不说了？那些东西极有可能是赃物，隐藏赃物可是犯法的。你们不要心疼那东西，那不是你们的，该还给失主才是。"兰花不得已，从手上取下金镯交了上去，说道："我身上就戴了这一样，别的还在我的首饰盒里。"杏花也从手上取下金镯交了上去。田力均一看，两只金镯正好是一对，他对庄儿耳语了几句，庄儿走到县衙门前，对围观的人群说道："发现金镯一对，是不是本城之人丢失的？"庄儿说完便立刻带人去悦心楼搜查赃物。

一位老者上堂跪下说道："大人，在今年三月的一天夜里，飞贼闯入我家，害死我女儿，她手上的一对金镯也不见了。"老人说罢，已是泪流满面。田力均说道："老人家，快请起，你女儿的那副金镯有何记号？"老者说道："金镯是在我女儿十五岁时，特意为她打制的，因此一只镯子上刻上了我家的姓'卓'字，另一只刻了'十五'二字。"田力均再仔细一看，这对镯子与老人所说的一点不差。他说道："老人家可上前辨认。"老者接过金镯一看，立刻交还给田力均，然后跪在地上痛哭起来，说道："这正是小女之物。大人啊，请给我做主，为小女报仇申冤啊！"田力均也十分激动，他站起来说道："老人家您放心，飞贼再也逃不掉了，血债要用血来还。"卓老汉下了堂，走到门外，百姓们的情绪一下子被点燃了，他们喊道："杀了飞贼，杀了飞贼！"陪审的众官员们也为之动容，而钱川和赵财则不停地掏出手帕擦汗。

等外面静了下来，田力均又对那两名妓女说道："你们可以画押下堂去了，不过不能离开悦心楼，随时准备听候传唤。"两名妓女画了押，由两名衙役送回悦心楼。田力均再一次拍响惊堂木，说道："带飞贼何继祖上堂！"百姓们听到铁链声，谁也不说话了，静听审问。

田力均问道："堂下何人？你是怎么认识王大人的？又是如何拉他下水的？你要从实招来。"何继祖咧着嘴，瞪着眼睛，一言不发。田力均又拿起短剑和五毒刀说道："你不要以为自己不说，别人就不知道，这短剑、五毒刀是武林败类，老淫贼薛不仁及他的弟子的特有兵器，你还不说吗？"田力均连续问了三五次，何继祖就是一言不发。田力均站了起来，第四次拍响了惊堂木，怒气冲冲地说道："你这个武林败类、可恶的淫贼，不知害了多少人家的女儿，看来不用重刑你是不会招的。来人，先打二十大板！"当堂动刑，打得何继祖皮开肉绽。何继祖腹部受伤，屁股又被打，再加上采花寻柳，身子早就被掏空了，怎禁得起这二十大板。

何继祖终于叫道："别打了，我招，我招！"仍挤在耳房里看过堂的姑娘们看到痛打飞贼的一幕，算是解了她们的心头之恨。月儿此时也在耳房中，她看到田力均发怒的那张黑脸，觉得很威武也很英俊，同时，也佩服他在这些高官面前毫不怯场，沉着冷静地审案。她正看着，玉儿贴在她耳边小声说道："别看到心里去了。"杏儿也小声说道："力均哥太威武了。"

何继祖有气无力地说道："我叫何继祖，是王大人的师爷。可我没害过人，更不知飞贼是什么。"按察使赵财一听，立刻有了主意，他叫道："大胆飞贼，你仍是拒不认账，不动重刑，你怎肯招认？来人，夹上他的双腿！"田力均见赵财如此性急，想他心中必有他意。田力均看了看刘敬岩，右都御史刘敬岩马上说道："钱大人，咱们还是看田大人断案吧。如若断得不公，各位大人尽可发表高见。"赵财见自己的计策未能实现，只好再掏出手帕，擦起汗来。田力均说道："你不认，没关系，带人证！"玉儿被带上堂来，她刚要下跪，田力均说道："你必是受了惊吓，就不必多礼了，你报上名来，说出事情经过。"

玉儿说道："小女子叫玉儿，昨夜有一飞贼闯进来，小女子吓傻了，躺在床上一时不知如何是好，眼见要被飞贼捉住，才急中生智，从桌上拿起剪刀，用剪刀将那飞贼划伤，那飞贼就逃跑了。"田力均说道："姑娘，你很勇敢，不知你伤了他何处？那飞贼的身材有何特征？"玉儿说道："谢大人夸奖。飞贼身材矮小，比我高不了多少。他肚子被我划伤了。当时，他是捂着肚子跑的。大人，剪刀也在此。"田力均看了看沾有血迹的剪刀，说道："来人，验伤！"衙役过来，将何继祖架了起来，脱去他的衣服，剪开伤口处的包扎布条，果然露出一道半尺长的伤口。田力均问道："何继祖，人证、物证都在，你还有何话讲？"何继祖无奈，只得说道："我招。我见这位姑娘貌美，便起了歹心。昨夜之事确是我所为。"田力均又问道："你是如何当了知府的师爷的？你要从实招来。"布政使钱川说道："田大人，涉及王知府之事，还是由我们来问吧，你继续审问其他事情吧。"田力均站起身来说道："钱大人，此事关系飞贼案的来龙去脉，不可不问。"钱川一听急了，叫道："田大人，你好大胆！你——"他话还没说完，右都御史刘敬岩立刻阻止道："哎，钱大人，不要发火嘛。此事虽涉及王知府，但也牵扯到飞贼行踪，还是问个明白的好。"田力均又继续问道："何继祖，你是怎样蒙骗了王知府，又是如何当了师爷的？快快招来。"何继祖说道："别的，我没什么可说的。"他极力做出视死如归的样子。

　　按察使赵财说道："对这种惯匪，不用重刑他是不会开口的。来人，上夹棍！"田力均说道："何继祖，你惹怒了众位大人，不用重刑你是不会开口了。不过，本县给你一次机会。来人，将他拉到外面凉快凉快。"钱川看了一眼赵财，心想：这是什么刑罚？耳房里的姑娘们不解地看看月儿，月儿说："这一凉快，他马上就招了。你们等着看吧。"

　　两个衙役架起何继祖便朝大门走去，围观的百姓立刻躁动起来，他们大叫："打死他！不能叫他死得太容易了，要一刀一刀地剐了他！"还没走到门口，一位老妇人便冲过来，说道："我要咬下他一块肉，来祭我的女儿。"何继祖的脸色变了，全身发抖，他再也不肯往前走了，双腿拖着地叫道："我招，我招，叫我死个痛快吧！"田力均笑道："那好吧，把他拉回来。"何继祖就像经历了一次死刑一样，全身瘫了。他扫了一眼钱川和赵财，便有了主意，说道："在招供之前，我有两个条件，不知你们能不能答应？"钱川骂道："飞贼，你也配讲条件？"田力均却说："你说说看。"何继祖说道："一是，我招供之时，请别打断我，让我说完。二是，我招供之后，别再对我动刑，让我安静地等着挨那一刀了事。"田力均说道："只要你如实招来，不欺骗本县，这两条都可以答应你。你说吧。"说罢，田力均示意，衙役李伦给何继祖端来一碗水，庄儿过来又将他的伤口包扎好，叫他坐在地上说话。

何继祖终于开口了，他从拜师韩士夕，到虎头崖探洞被困，一直讲到受到谷丁的推荐，以及古万方的收留。这中间，真的没一人打扰他。他喝了一口水，又继续说道："王宏程一开始并不接受我，可逢年过节，他都要给上头送银子及珠宝。他太需要这些东西了，也正是这些东西让他登上了知府的宝座。我每次作案都可以给他提供这些东西，一个月不下三四次。就这样，他收了我做师爷，我也受他的保护，无人敢查。王知府书房之中有两本账，一本是进账，一本是支出账，笔笔都记得清清楚楚。"

他歇了一会儿又继续说道："井水县原是古万方、王知府的老巢，王知府离开后，有两位知县全被他们赶跑了。田大人来了以后，打击了欺行霸市、盘剥百姓的商家，对给王大人送银子的一些人造成了不小的损失。王大人也收不上银子，便想了许多办法除掉田大人，可都被田大人一一化解了。这次是想借刘老大人视察之机，来个飞贼大闹井水县，以此将田大人打下台去。没想到却是这样的结果。"

田力均见他不再说话，便问道："你说完了？"何继祖说道："说完了。"田力均说道："好，你画押吧。"这时，刘敬岩的随行官员走到刘敬岩身边，轻声说了一句，并递过两本账簿，刘敬岩忙问道："何继祖，你刚才所说的账簿，可是这两本？"何继祖看了看，说道："是的。"何继祖被押了下去。

田力均又将老胡提上堂来。老胡见到庄儿后，知道自己掩饰不住了，立刻从实招来，听得在场官员及围观的百姓是瞠目结舌。老胡画押后，也被带了下去。

田力均看了看刘敬岩，说道："各位大人，此案明日再审，如何？"刘敬岩笑道："好，就明日再审。退堂！"

兴隆街上不时传出鞭炮声，全城百姓也是笑逐颜开，万乐赌坊的伙计们悉数被抓。

刘敬岩回到客栈后，关好房门，打开账簿看了起来。第一页，便是吏部尚书吴光的大名。他粗略算了一下，一年之中，王宏程竟送了他近万两白银，至于珠宝等物还不在其中。接着还有户部、宫内太监等十多人，其后便是钱川和赵财的大名了。看得刘敬岩是眉开眼笑，他轻声说道："妙哉，吴光必倒无疑！"他眼珠一转，计上心来。

此时的钱川与赵财如同热锅上的蚂蚁，坐立不安。二人商量，先各给刘敬岩五千两银票，回济南后，再给五千两。二人去见刘敬岩，却被护卫挡在门外，一名护卫说道："请二位大人止步，刘大人有要事要办，此时不会客。"他二人无可奈何，只好回到客房。

直到掌灯时分，刘敬岩在将灯花剪小之后，才接见了钱川和赵财。钱川一见他满脸愁容，便假惺惺地问道："刘老大人身体是不是有些欠安啊？这两天也真是太劳累了。"刘敬岩却是开门见山，他说道："老夫是为二位的前程担忧啊。"钱川和赵财听罢便知是账簿的问题。赵财忙问："刘老大人，此话怎讲？"刘敬岩叹了口气，说道："唉，你们自己看吧。"他指了指桌子上的账簿。赵财看完后叫道："胡说！无中生有！"刘敬岩立刻收起账簿，说道："如此说来，是老夫多事了。二位请回吧。"钱川心里明白，他忙拉了赵财一把，二人跪在地上，钱川央求道："都是下官昏了头，才收了王宏程的贿赂，如今我二人的性命全在刘老大人之手，还望大人相救！"说罢，二人磕头不止。刘敬岩见了，嘴角一撇，露出鄙视的冷笑。赵财说道："下官刚才还敢狡辩，真是罪加一等。只有老大人才能救我们，您老发发慈悲，高抬贵手，放我们一马吧！"刘敬岩说道："白纸黑字的，叫我怎么帮啊？我就是有这个心也没这个胆啊。"钱川说道："刘老大人智慧过人，必会有办法的。"刘敬岩装作十分惊讶的样子说道："你叫老夫将它们撕掉？这可是欺君之罪啊。"钱川将五千两银票递至刘敬岩手中，赵财也将银票递至他手中，还小声说道："回济南后，再奉上五千两。"钱、赵二人哀求不止，刘敬岩说道："看你们这般可怜，咱们又同朝为官，老夫只好拼命为你二位遮掩了。"刘敬岩收了银票，钱、赵二人退回房中。

第二天，大堂上正在审问要犯古万方。刘敬岩等官员都在堂上。钱川、赵财因心里有了底，情绪也安定下来，只是不时地偷偷去看刘敬岩的脸色，以尽拍马之能。

田力均一直未开口，他直视古万方，古万方被他看得发了慌。虽然古万方也当过知县，对升堂问案之事是再熟悉不过了。可如今，位置颠倒了，心情便大不一样了。他暗暗告诫自己：不要慌，只要那几个老家伙不开口，这个黄毛小知县就不是我的对手。

田力均突然叫道："邯郸县古大人！"下意识地，古万方张口应道："卑职在！"说完，他的眼睛瞪得大大的，随后，两行浊泪流了出来。他好不甘心啊，正准备迎战，没想到却跌入暗流之中，好悔啊！田力均则是紧追猛打，他问道："古万方，你为何弃官而逃？"古万方答道："古某是被人欺骗，把假官当成了真官，被他们点了穴带出了城外。"田力均不动声色地问道："你为何不回邯郸，反而在这里安了家？"古万方答道："我被强盗劫持已有一年之久，逃走后如回邯郸，因失库银之事必吃官司，所以只好找地方藏身了。"

化装成一对乡下夫妻的谷丁和王果也挤在人群中，观看这场审问。他知道哥哥是过不了这关了。田力均又问："你家花池中的银子是怎么回事？"古万方答道："我不知，大概是原房主留下的吧。"田力均冷笑一声，说道："带证人！"只见一位老人家上了大堂，他说道："古老爷，您别怨老奴，官府问话，我不能不答。为了老奴一家老小，我只能实话实说了。大人，那银子是老爷叫我们埋的，原是放在屋子里的，后来觉得不安全，才又埋到花池下的。"田力均取出一锭银子，说道："这可是官银啊。"古万方仰天长叹："老东西，你毁了我了！"然后便低头不语。田力均说道："你不说，我便替你说。你当年与那刘满仓设计陷害田家，不想那刘满仓独自将田家的财产劫走。你觉得吃了亏，便在库银上下了功夫。于是你派人将谷丁找来，以官府查账为名，将官银盗走。你还想抵赖吗？本县念你年老体弱，不忍动刑，你还是招了吧！"古万方呆呆地看着田力均，心里筑起的堤坝一下子就土崩瓦解了。他知道事情已经是无法挽救了，只得将事实一一招来，并画了押。刘敬岩听罢，这才知道，这竟是十几年前惊动朝野的邯郸库银被劫案。当时，不少人还为当年的县令担心呢，殊不知，他竟在这井水县过了十几年的富人生活。若不是亲眼所见、亲耳所闻，谁会相信呢？刘敬岩不禁暗暗自喜：这是我此行的一个意外收获，皇上知道了，一定欢喜！

几天后的一个早晨，都察院右都御史刘敬岩带着账簿、官银以及王宏程和古万方准备返京。临行前，他对田力均说道："老夫奉皇上之命，前来视察，如今案情已水落石出，在贪官、土匪、淫贼相互勾结、横行乡里的情况下，你能顶住压力，顽强奋战，最后一举歼灭他们，真是了不起。你的胆识及才华，叫老夫十分钦佩，老夫回朝一定要向皇上禀报。田大人，好好干，你年轻有为，前途不可限量啊！"田力均答道："刘老大人过奖了。"刘敬岩接着说道："我们几位大人商议了一下，其余的罪犯不必送往青州了，等批文一到，就地正法。从现在起，你要着手做好财产返还等事宜。"

　　百姓们听说要返还财产，立刻静了下来。刘敬岩高声说道："要把米店、客栈等产业调查清楚，实行拍卖，所得银两一律入库。土地及珠宝等物一律退还原主，叫百姓过上平稳的日子！"百姓听了，都为刘敬岩鼓掌叫好。刘敬岩上了车，车队缓缓而行。

　　坐在车内的刘敬岩面带微笑，闭目养神。此次出京办事，没想到会有这么大的收获，拿到了扳倒吴光的证据，抓住了盗银私逃的邯郸县令古万方，又抓住了买官的王宏程，而且自己还得了外快，真是不虚此行啊。他高兴得竟哼起了小曲。

　　而被押在囚车内的王宏程心里却是非常不平静。昨晚，苦儿、庄儿、月儿都来看望他，并为他备下送行的酒菜。想想自己和苦儿、庄儿、月儿从小一起读书、嬉戏，那时是多么愉快！长大了，自己做了官，苦儿他们在武学上取得非凡成绩。如今，自己却与绑走自己亲弟弟、害得自己家破人亡的人成了朋友，走上了不归路，这是老天跟自己开了个玩笑吗？他突然觉得自己不配拥有这块护身符，他艰难地扯下护身符，抛向庄儿。庄儿纵身接下护身符。王宏程看到庄儿一跃而起的雄姿，又抬头看了看周围的人，他看见了苦儿、月儿和身着衙役服的庄儿。庄儿满眼含泪，不停地招手，他们目送着他离开井水县。他心里多少有了一丝欣慰。

　　在井水县衙的后院，田育勤父子与苦儿他们齐聚一堂，欢庆胜利。玉儿笑道："力均大老爷，飞贼归案，也该飞鸟尽、良弓藏了。我们可以走了吧？"力均听了，忙站起来说道："不敢，不敢！各位兄弟姐妹，帮人帮到底才是啊。众多要犯在押，尚有谷丁和王果在逃，咱们不得不防啊。再说，咱们抓了关、韩二淫贼的徒弟，他二人说不定会来找麻烦。力均拜托各位了！"说完，拱手作揖，还忙看了月儿一眼，大家都笑了。冷竹青说道："力均，玉儿逗你呢。"玉儿说道："晚上轮流看守犯人，那白天干什么呢？无事可做。"月儿说："做你的衣服啊，全井水县的姑娘们都想着穿你做的衣服呢。"杏儿笑道："三姐，我早就说过了，干脆，在这井水县给玉姐姐买下一个店铺，让玉姐和竹青哥开个成衣铺，在这里安家算了。"玉儿马上红了脸，说道："小丫头片子，看我不撕烂你的嘴！"说罢便去追打杏儿。杏儿大叫道："大丫头片子又疯了，田大老爷救命啊！"说着便跑进了田力均的怀里。力均忙伸出双手拦阻玉儿。月儿笑道："我看杏儿的提议可行，我赞成！"玉儿说道："好你个月儿，明明是你自己想留在这里，却偏偏拉上我，看我不找你算账。"说罢，又忙去胳肢起月儿来。月儿求饶说道："好姐姐，我再也不说了！"玉儿这才罢手。

田力均惊喜地又看了看月儿，月儿此时面色绯红，一双美丽的眼睛亮光闪闪，他不由得有些看呆了。月儿见田力均盯着自己，有些不好意思地转头跟玉儿说着悄悄话。田育勤看着，十分高兴，将苦儿拉到门外，说道："苦儿，我看力均喜欢月儿，我也喜欢这孩子，你的意见呢？"苦儿说道："田叔叔，我看行。咱们也给他们创造些条件。不如这样吧，我带杏儿和柳扬先回去，留下冷兄、玉儿和月儿，应该不成问题。冷兄和玉儿是一对，月儿和力均再成一对就更好了。您看这样行吗？"田育勤点点头说道："行，有事你就先回去。别忘了替我谢谢郑恪老人和冷面双娇。"苦儿说："一定。那我们明天一早就走。有什么事，派人来就是了。"田育勤还想说什么，苦儿说道："田叔叔，我知道您想知道野菊花说的是真是假，我回去后，便详细询问悔儿。您放心，只要妹妹在，我一定要把她救出来。"田育勤含泪拍拍苦儿的手，没说出话来。

七十七　引蛇出洞

在桃花山庄里，川儿正与悔儿一起练剑，野菊花站在一旁观看。她现在显得十分平静。悔儿的剑法，虽是野菊花传的，但经川儿指点、改动后，威力大增。野菊花看着川儿，心下喜欢。这时，茹儿走了进来，来看她娘儿俩的伤势。她问道："这几天感觉如何？"悔儿说："吃了姐送来的药，感觉好了很多。只是身子还有些发沉，我想是不是在青蛇山庄吃了出山丸，没有回山丸去解？"茹儿又抓起她的手，摸了一下脉象，说道："体内确实还有毒素，我先开几服药，调理一下，然后再说。这药有些苦，但要按量服。"说罢将药方交给川儿。川儿说道："姐，悔儿虽有进步，可内功很差，练剑困难不小。姐还得多帮忙。"茹儿笑道："你这小心眼，姐知道，我继续为她输功就是了。"悔儿和野菊花都不好意思起来。野菊花说道："姑娘受累了。"茹儿笑着说："这没什么，只要练好功夫，能打败恶人，我就高兴。"说罢，拉着悔儿坐下，为她输功。

罗忠信陪着郑恪在山庄外围查看地形，山庄外围有些地方沟深林密，是放牧的好地方，也最适于藏人，所以郑恪每天都要过来查看几次。罗忠信边走边说道："师父，有件事，徒儿没做好。"郑恪笑道："什么事？不妨说说看。"接着罗忠信便把在大洪山庄传授消功大法后受困之事给郑恪讲了一遍。郑恪听了苦笑道："毁了好，你能把消功大法两次传与他，说明你不忘师恩。可那郑明光心术不正、为人不端，真是孺子不可教也。你还不知道呢，他夫妻二人也曾把我们困在密室之中，逼我们写出消功大法。唉，我都不好意思说。"

接着，郑恪也把郑明光夫妻将他们困在密室之事，给罗忠信讲了一遍。最后，郑恪说道："当时，如果没找到出口，我们也是要毁了它的。"

罗忠信说道："看来，他为得到消功大法，动了不少脑筋，目的只有一个，那就是打败龙老大，重振大洪山庄的雄风。只是心思过于急迫，方法有些问题。"郑恪摇摇头说道："不是方法有问题，而是人品有问题。一个人人品上出了问题，改起来就不易了。"郑恪说完不免有些伤心。

晚上，茹儿来到老叫花房间，如今大家分开居住，再加上杏儿、玉儿、月儿和柳扬都随苦儿去了山东，川儿又守着悔儿，郑恪便觉得有些冷清了。茹儿便每天晚上都过来，陪老人说会儿话，又服侍老人睡下后才离开。

冷面双娇一直在房中等着茹儿回来才睡下。冷月娇问道："老爷子今天又想哪一个了？"茹儿说："爷爷想杏儿了。"乔如虹说："那杏儿叫一声爷爷，老人便眉开眼笑，开心得很。"茹儿说："不行，我还得去看看川儿，叫川儿明天带着悔儿去爷爷那儿闹上一会儿。"说罢，抬脚便出去了。当她快走到议事厅时，忽见三个人鬼鬼祟祟地在到议事厅门前晃悠。茹儿大声叫道："什么人？站住！"一贼人说道："出手！"五枚毒刀齐向茹儿击来。另一贼人踹开议事厅的大门，冲进去便向躺在床上的川儿挥刀砍去，在房间里听见动静的悔儿和野菊花母女忙跑出来，见川儿十分危险，立刻大叫起来。川儿就势往地上一滚，用拐杖击向蒙面人。另一贼人见此，立即发出五毒刀向悔儿打去。川儿见此，拄拐腾空跃起，将悔儿从地上抱了起来。而此时，野菊花救女心切，她冲过去用剑拨开两枚毒刀，结果，三枚毒刀打中野菊花的胸前和腹部，茹儿也追到这里，三个贼人见情况不妙，其中一人口吐毒针向众人袭来，并趁茹儿、川儿和悔儿躲避之机，施展轻功飞出庄外。川儿追到大门口，见贼人已逃得没了踪影，他马上回到议事厅。这时，茹儿正在为野菊花输功驱毒，可三枚毒刀的毒液已入五脏六腑。野菊花拉着悔儿的手将它交到川儿的手上，说道："悔儿，娘不行了。川儿，好好待悔儿。我把她交给你了。你们记住，这三个贼人中，有一人必是关、韩二人之一，他们是来杀我和悔儿的。悔儿啊，别忘了青蛇山庄的妹妹……"说完，头一低便咽了气。悔儿大声呼唤着，可她娘再也没能睁开眼睛。茹儿拾起地上的飞刀和毒针，并将其用纸包好。

郑恪、冷面双娇及罗忠信等人来了。罗忠信在庄内查看一番后回来说道："放羊的哑巴不见了。"川儿将经过简单地介绍了一遍。乔如虹说道："看来，我们的善良是被坏人利用了，他们一定是快刀帮的人。"冷月娇说道："有可能他们就是杀害朱士龙的凶手。"这时，苦儿、杏儿和柳扬回来了。杏儿一头扎在郑恪的怀里，说道："爷爷，我想死你了！"老人抚着杏儿的小脸说道："又长大了些。爷爷也想你们了。"柳扬也扯着郑恪的衣襟说道："爷爷，我们捉住了飞贼，胜利完成任务了！"苦儿见了众人后，忙给郑恪、冷面双娇及罗忠信问安，并同茹儿打了招呼，便来到川儿和悔儿面前，问明事情的经过后，留下川儿陪悔儿，随众人来到议事厅的贵宾厅内。苦儿简单地将井水县的情况说了一遍，茹儿将野菊花临终前的话讲了出来，并拿出包好的毒刀和毒针。苦儿看过后，说道："与井水飞贼何继祖所用的毒刀是一样的。"郑恪看罢也说道："这毒针与朱士龙身上的毒针是一样的。"茹儿重新包好毒刀和毒针。苦儿说道："该是铲除这些匪徒的时候了。"

　　转眼间，到了朱如天与冷面双娇约定的七月初五——双方在山南城的槐树谷进行生死决战的日子。这个约定于半个多月前就已传开，引起整个武林的关注。槐树谷内两面山坡上早已站满了人，武林中几乎所有门派的人都来了。有人说："时辰已到，为何冷面双娇还不到呢？"有人说："大概是害怕了吧，朱如天毕竟是武林泰斗啊。"有人反驳说："哎，冷面双娇可不是那种见硬就缩的主儿，况且，她们无论如何也该来说明白才是。朱士龙是不是她们杀的？当面说清楚也许会避免一场血战。"

　　今日，快刀帮的重要人物全数来到了槐树谷，他们要利用双方决战的机会，做一件惊天大事。为了应付各种变化，龙老大坐镇，曲蛇现场指挥。庄大走到槐树谷西头谷口，那里停了几辆马车，他走进一辆车内，轻声说道："黄堂主，不叫你，你千万别出来。你过早出来会被别人发现，那可就报不了仇了。"躺在车上的黄谢说道："知道了。冷面双娇还没来吗？"庄大说道："还没呢，她们来了叫你就是了。"庄大说罢，悄悄离去。

　　冷面双娇终于出现了，她们身后跟着郑恪、苦儿、茹儿、川儿和清风道长及宜云。乔如虹看到杏儿在轻轻摇头，知道并未找到凶手。他们来到场地的东头，站在朱如天对面。白猫见到苦儿，惊得轻声叫道："老爷，那不是苦儿吗？"龙老大看罢赞道："长得如此英俊，真叫人喜欢。想起当年他不过是个孩子。只是可惜了，不能为我所用。"这时庄大走了回来，也脱口说道："啊？苦儿？两次大难不死，难道真有神人相助？"白猫说道："这可是一个强敌。"龙老大也轻声说道："都是黄谢坏了我们的大事，他绑走了苦儿，断了我们的缘分。那苦儿、付茹秀及黑小子这样的人，怎么都跑到冷面双娇那儿去了？这次返回中原，连一个像样的人也没招过来。"说罢，他摇了摇头。突然，他眼睛盯在川儿的身上，眯起眼睛，从上到下将川儿仔仔细细地重新打量了一番。庄大见此，说道："老爷，这个小黑小子，是一直跟着苦儿四处游学的，上次大公子在云南大理很想将他抓回来，可惜没抓成。"龙老大看了他一眼，说道："噢？这小子叫什么？今年多大了？"庄大说道："他只说自己是四爷爷，也就十四五岁。"龙老大没再说话。

这时，乔如虹向前走了几步，朱如天也向前走了几步，二人相对而立。乔如虹高声说道："朱帮主别来无恙。"话还没说完，只听有人叫道："帮主，属下抓到了一个奸细！"朱如天回头一望，刘全柱绑来一个半身都被黑布罩住的人。朱如天说道："你放开他，叫我看看他是什么人。"刘全柱哆哆嗦嗦地说道："放不得啊，这小子可凶了！"孙子杰上前，推开刘全柱，说道："叫你放就放，还害怕他跑了不成？"刘全柱将绑绳去掉，再摘去布罩。只听茹儿叫道："黄谢！"话音未落，黄谢一抻脖子，一口毒针喷出，苦儿叫道："快闪开！"朱如天纵身飞起，可腿上还是中了两枚毒针。孙子杰慢了一步，脖子、胸口中了多枚毒针。黄谢随即又喷出一口毒针，双手同时向冷面双娇撒出一把毒针。苦儿和茹儿闪开后，从地上抓起石子，向黄谢撒去。孙子杰指着刘全柱，便倒了下去。朱如天只感到下肢麻木，眼前有些模糊，乔如虹拉着朱如天飞到了一边。郑恪忙过去为他输功驱毒。苦儿和茹儿连发石子，击中黄谢的脖子和双手，使他不能再放毒针。刘全柱趁机从背后向黄谢猛刺一刀，并大声叫道："你这恶贼，竟敢杀帮主和堂主，我和你拼了！"黄谢身子一晃，指着刘全柱，说："你？你！"便倒地身亡。

茹儿飞到朱如天面前，将去毒丸给他服下。郑恪说道："送回山庄，与我住隔壁。"苦儿应声是，背起朱如天，施展轻功，飞回桃花山庄内。现场的人无不震惊。十业帮的人上前想拦截，郑恪及冷面双娇拦住众人，川儿、杏儿及柳扬等人急忙拉开架势。十业帮的人见此，便退了下去。龙老大见朱如天眼睛都睁不开了，心中十分高兴，又见黄谢向冷面双娇发难，而没有立即再给朱如天补上几针，叫他当场身亡，便有些生气，说道："笨啊，真是笨！他死了好，早该死了。这苦儿和付茹秀真是当今的高手。"

白猫笑道："帮主神机妙算，想那朱如天也活不成了。"这时，只听刘全柱大声说道："陈分堂主，此时本帮只能靠你来主持了。"陈鸣被眼前这突然间的变化惊呆了，刘全柱将他推到了场中央。他只得说道："朱帮主、孙堂主已中毒针，性命难保，二位女侠，决战之事也只能作罢了，从此以后，敝帮与二位女侠的一切恩怨一笔勾销，请二位女侠将帮主还给我们，叫我们带回去吧。"郑恪上前说道："刚才之事虽是偶然，却是十分可疑。有人在算计朱帮主。朱帮主身中毒针，只存一线生机，交给你们我不放心。我们会尽力抢救的，你们请回吧。"

陈鸣说道："你这老叫花，难道你们要劫持我们帮主不成？"站在郑恪身后的川儿立即从手上弹出一枚石子，正打在陈鸣的胸口上，陈鸣顿时觉得呼吸有些困难。他惊恐地看着川儿，川儿大声说道："你再敢对我爷爷无礼，我可就不客气了，快滚吧！"陈鸣也不敢再坚持，只得带人离开了槐树谷。

龙老大目睹了这一切，他心说："这小子功力不低啊。"心中有些高兴也有些失落。他竟有些羡慕起郑恪了。随后，他无奈地摇摇头，说道："我们也走吧。"

"唉，没想到，朱如天英雄一世，竟落得这样的下场。""唉，智者千虑必有一失啊，朱帮主武功再高，也有不留神的时候。""说不定还有得救。"众人也议论纷纷地离开了山谷。清风道长说道："真是善有善报、恶有恶报。我们还是将他们埋了吧。"众人有用剑的，有用树枝的，将黄谢及孙子杰掩埋。川儿将地上的毒针收起，包了起来，交给了郑恪。一行人这才回到山庄。

苦儿将朱如天背回山庄，住在郑恪隔壁，此时朱如天面色青紫、双目紧闭。苦儿将他抱到床边，令其双腿垂下，自己坐在朱如天身后，发功逼毒。

茹儿则为他拔出毒针，并不断擦拭着从伤口中流出的黑血。悔儿和罗忠信听说朱如天中了毒针，都跑了进来。悔儿忍不住落泪了，她说道："姐，让我来吧。"茹儿提醒她说："小心，血有毒。"

一个时辰过去了，血液的颜色渐渐有些变浅了。众人将朱如天抬上床。川儿说道："爷爷、姑姑，叫我陪悔儿在这儿吧。"郑恪说道："好，你二人就留下吧，好好尽尽孝心。能把这朱老兄伺候好，让他身体复了原，那可是大功一件。"

第三天一早，悔儿正用湿毛巾为朱如天擦脸、擦手，老人的手忽然动了一下，悔儿马上惊喜地叫道："川儿，快看，爷爷的手能动了！"川儿忙过来看，说道："老人家快醒了。"话音未落，朱如天睁开了眼睛，向四周望了望，问道："我这是在哪儿啊？是回长沙了？子杰，子杰！"川儿握着他的手大声说道："朱爷爷，这儿不是长沙，是桃花山庄。您已经昏迷了三天，是我哥和我姐救了您。"朱如天疑惑地看看川儿，又看看悔儿，最后把目光锁定在悔儿的脸上，喃喃说道："龙儿，龙儿？"悔儿亲切地说道："爷爷，您可醒了，都把我吓坏了。"朱如天又看看悔儿，这才真正清醒过来，说道："你是悔儿。你刚才叫我什么？"川儿笑道："她叫您爷爷。"朱如天十分激动，不由自主地流下热泪。他说道："悔儿，你刚才叫我什么？你认我这个爷爷了？"悔儿大声叫道："爷爷，爷爷，您是我的亲爷爷！"朱如天一听，抱着悔儿的头大哭起来。悔儿也哭了起来。川儿叫道："悔大小姐，千万别哭了，应该高兴才对。我这就去告诉爷爷！"说罢跑了出去。不一会儿，郑恪及罗忠信、冷面双娇及苦儿和茹儿都赶了过来。郑恪一看朱如天脸上有泪水，便说道："悔儿啊，千万别惹你爷爷生气啊。"

朱如天笑道："她刚才认我这个爷爷了，我好激动啊！"郑恪说道："朱老兄，你中了快刀帮黄谢的毒针，要不是如虹及时将你拉走，你早就没命了。苦儿、茹儿将你背回来，为你输功驱毒，悔儿和川儿寸步不离地守了你三天。老伙计，你好大的福气啊！"朱如天听了十分激动，他慢慢地坐了起来，向大家点头致谢。茹儿走上前来，为老人把了下脉，说道："老人家身体有些虚弱，需调理一下。"说完，拿出纸笔写下药方交给川儿，又说："我们大家改天再来说话吧，老人家还需多休息。悔儿，去厨房做碗鸡蛋羹给老人吃。"悔儿应声去了厨房。

众人都退了下去。一会儿的工夫，悔儿端来一碗香喷喷的鸡蛋羹，说道："爷爷，趁热喝下去吧，这是我亲手做的。"朱如天闻了闻，接过鸡蛋羹，说道："闻着都香。没想到，我孙女还有这手艺。"悔儿说："爷爷，等您的伤好了，我天天做给您吃。"祖孙二人便轻声细语地话起家常来。

晚上，苦儿和茹儿又来到朱如天的房间，茹儿为朱如天诊了脉，苦儿又为朱如天输了功，朱如天感觉身体轻松了很多。郑恪也从隔壁房间走了过来。二位老人说起当天的事，郑恪说道："朱老兄，我在想啊，朱老兄身上所中的毒针与朱士龙身上的毒针是一样的。"说罢，拿出川儿拾起的毒针。茹儿也拿出野菊花中毒当晚拾起的毒针和毒刀。郑恪接着说："那黄谢和孙子杰，我们已将他二人掩埋了。黄谢正是杀害朱士龙的凶手。"茹儿说："这黄谢是快刀帮古镇堂的堂主，古镇堂被我们给灭了。我与他交过手，所以认识他。"

朱如天沉思一会儿，说道："这么说来，我身边有快刀帮的人。"郑恪说道："正是如此，是谁把黄谢引到你身边的？"朱如天说道："是全柱。他是子杰的手下。"郑恪说道："当黄谢击中你和孙子杰时，是全柱从背后给了黄谢一刀，黄谢临死前还回头看着，指着他说了两声'你'。这不但说明他们认识，而且黄谢根本就没想到，那人会从他背后下手。"

朱如天说道："如此说来，子杰身边的这几个人，很可能是快刀帮的人。"茹儿说道："谷丁抓我的时候曾说过，这刘全柱是龙老大的徒弟，人称二公子。他也不明白刘全柱如何又到了十业帮了。"

川儿回来了，说道："朱爷爷，您被我哥背走后，那个叫全柱的就将什么分堂主推出来，还让我们把您交给他们。爷爷不肯。他们想来硬的，后来他们看爷爷和二位姑姑在，就不敢了，才肯散了去。"郑恪说道："想想看，从朱士龙被杀，到有人来山庄刺杀悔儿，再到你受伤，这不是别人布好的一盘棋吗？"朱如天说道："目的是什么？难道说，是十业帮？"郑恪点点头。

这时，冷面双娇也走了进来，冷月娇说道："朱帮主，已经有消息传来，陈鸣做了帮主，刘全柱做了堂主。"乔如虹说道："只怕现在的帮主也只是个摆设，真正的大权也许已落入快刀帮的手中了。"朱如天一听，忙站起来说道："我这就回去收拾这帮鬼东西！"悔儿着急地说道："爷爷，您身体还没好呢，等养好伤再说吧。"苦儿说道："朱爷爷，以后有事您就发话，哪里还用您亲自出马？"川儿说道："先让他们美上几天，好好表演一番，等时机成熟了，再消灭他们不迟。您还是养好伤，不然悔大小姐该着急了。"

郑恪拍拍川儿的屁股，说道："对，川儿说得有道理，既来之则安之，此事还需从长计议。"朱如天郁闷地点点头。众人都散了去。

第二天，罗忠信来看朱如天。朱如天一见到罗忠信便问："罗老弟，你也在这里？"悔儿说："爷爷，罗伯伯每天都来看您。罗伯伯快请坐。"罗忠信说道："恭喜帮主得了一个好孙女，这比什么都金贵。"朱如天叹了口气，说道："罗老弟，想起以前，我将你赶出了十业帮，真是有愧啊！"罗忠信笑道："帮主，这也不能完全怪您，也是我太耿直，不会说话，使您下不了台。"悔儿端来一杯茶，说道："罗伯伯您坐，我去看看郑爷爷。"

悔儿出去后，朱如天说道："当年你一走，我便派人去找，可怎么也没找到。"罗忠信说道："当年离开长沙我就到处游荡，还真不知去哪儿。到了虎头崖，见我师父以手指铲磨，我万分惊讶，便拜师在山上学艺。师父传我消功大法之内功法，之后，师父怕我受牵连，才将我赶下山去。"接着他把如何被龙老大绑架等事一一讲给朱如天听。朱如天听罢叹道："你受了这么多苦，都是我的过错。老天也惩罚了我，叫我失去了儿子，自己也身受重伤，十业帮也落在了恶人的手上。我心里很惭愧也很难过。"罗忠信安慰道："帮主不必着急，属下一定将十业帮夺回来，让它重新为百姓造福。"朱如天说道："我想明白了，我一是刚愎自用，二是极其护短，三是不会识人。我这个帮主啊，是个失败者。所以我想让你来当这个帮主。"罗忠信一听，忙说："忠信何德何能，怎敢有此念头！"朱如天说道："你是最佳人选，切莫推辞了。"罗忠信说道："帮主，事关重大，您再好好想一想，我也向师父请教一番。这是关系到十业帮生死存亡的大事，马虎不得。"

朱如天很自信地说道："你去问郑老弟吧，他一定会支持我的。十业帮正需你带人从快刀帮手里夺回来。"忠信笑道："帮主，这打打杀杀之事，莫说不用帮主和我师父动手，就连我和冷面双娇也无须动手了。苦儿和茹儿为首的这伙年轻人，本事太强了。我一回来就将消功大法传给我两个徒儿月儿和川儿，那月儿一学就会了。我一问才知，她在茹儿的帮助下，不但自创出一套自己的拳法，还学会了吸功大法：就是一手接对方的功力，而另一只手又可将功力回击给对方。"朱如天一听，说道："竟这样厉害！噢，我想起来了，我与茹儿交手时，一掌打下去，竟像打在棉花上一样。原来那就是吸功大法。"罗忠信说道："帮主，那说明她身上任何部位都能吸功，比那一手进一手出更高啊。"朱如天说道："是这个道理。"罗忠信笑道："这月儿不但将吸功大法告诉了我，还为我打通了穴道。临去山东时，要我好好练功，她回来要检查呢。这一下，我倒成了她的徒弟了。"说罢，二人哈哈大笑起来。

朱如天说道："苦儿和茹儿的内功甚高，难怪能为我驱毒，让我好得这么快。"罗忠信说道："苦儿把您背回来时，您的脸色铁青，十分吓人，逼出的血都是黑的。没有他们二人输功驱毒，真不知结果会怎样。"朱如天说："真是一代更比一代强啊！我是老了，不中用了。"

二十多天过去了，转眼进入了八月。朱如天的身体早已康复，他教悔儿全套的扇子功。悔儿轻功不错，再加上茹儿为她输功，所以舞动起来十分轻巧、灵敏，同时内力强劲，扇子很有威力。朱如天的扇子功有了新传人，而且这新传人的功力已比孙子杰和朱士龙强出百倍。这叫朱如天心中十分惊喜，也十分欣慰。

七十八　群策群力

　　王宏程等三人在京城被斩首的消息，很快传到了井水县城，按察使赵财带着一队人马来到了井水县，将一份刑部公文交给了田力均。田力均一看，全部在押的人犯均判了斩刑。次日中午，庄儿等众衙役将众人犯押至城外法场，月儿、玉儿也女扮男装，与冷竹青、庄儿及田育勤一起隐藏在人群之中。法场上早已是人山人海，赵财做监斩官，神气地坐在台上。右都御史刘敬岩回京后，向皇上复命时，把功劳归给了自己和钱川、赵财。得到皇上的夸奖，赵财心中正美着呢。谷丁和王果一直未离开井水县，他二人乔装成一对老夫妻，混在人群之中。午时三刻一到，赵财喊道："行刑！"一阵刀光血影，众罪犯人头落地，王果一下子就昏死过去，百姓却发出了惊天动地的欢呼声。

　　回到县衙，赵财将吏部的一道公文交给了田力均。力均一看，是调他到河南南阳山南县任县令，在新县令到任前，可休息一段时间，年前到任即可。赵财笑道："田大人，皇上念你破案有功，将给你几十天的假期。那山南县又是一个不好治理的地方，你去了定可大展宏图，切莫辜负朝廷的厚望啊。"说罢，赵财转身回了济南府。

　　晚上，田力均把玉儿、冷竹青、月儿、庄儿请了来，他说道："飞贼案从破案到看管，全靠各位鼎力相助，力均再次表示深深的感谢！吏部来文，已调我去山南县任职，年前到任即可。各位可先回去办自己的事了，年底咱们山南城见。"月儿一听，高兴地说道："这可太好了。把山南城治理好，是我从小就盼望的事。"玉儿说道："回到咱们自己的地方，更没的说了。

我们明天一早就走。"冷竹青说道："时间过得好快，转眼又要回去了，又能见到爷爷和姑姑了。"玉儿说道："可一说要走，心里还有些舍不得了。是吧，月儿？"月儿红着脸说道："你舍不得，问我做什么？"大家都笑了起来。庄儿说："咱们这次回去一定要把伏牛山里的山贼通通剿灭。"月儿说："对，连一品香也给它端了！"

十月上旬，田力均来到河南山南城，他让庄儿赶车先送田育勤去了桃花山庄，自己在城内走了一遍。街上行人不多，到店铺买东西的多半是些庄户人，这些人买完东西便匆匆离去，偶尔见几个孩子在街上玩耍，站在门口的大人们也在不断地提醒着："别跑远了，山贼一会儿就来了。"整个城内是百业萧条、民不聊生。力均心中暗想：不彻底铲除山贼，山南城的百姓永远不得安宁。

田力均来到南阳府衙内，拜见河南知府，谁知这河南知府竟是原山东按察使赵财。赵财显得极度失意，有些萎靡不振。二人一见面，力均吃惊地问道："赵大人，您不是到这里视察的吧？"赵财摇摇头说道："田大人，本官是被降了职，调到这里来任知府的。"田力均说道："下官一来河南便听说河南知府是新来的一位赵大人，可怎么也没想到会是您。您这是所为何事？"赵财苦笑一声，说道："唉，你离开井水县一个月后，新任吏部尚书刀大人来到了济南，他在三司衙门待了两天，又到街上转了转，便回去了。谁知十天之后，皇上下旨说，我与钱大人办事不力，民怨很大，将我二人降了职。钱大人去了甘肃，我来到了这里。这刀大人是那右都御史刘敬岩的亲信，他是靠着刘敬岩才上去的。我们每个人给了刘敬岩一万两银子，却被降了职，唉！"

田力均突然想起王宏程的账簿，心说此事应与那账簿有关。赵财又说道："虽说这南阳府也算不错，可伏牛山里的山寇实在是一块心病。前两任知府拿他们没办法，我又有什么办法呢？你派兵进山，他化整为零；你兵力一撤，他立刻又聚集起来，咬你一口。他们骚扰周围几个县，我这个知府坐不稳啊！"说罢，摇摇头，又看了一眼田力均，说道："田大人，本府知道你的才干，据说这山贼的老巢在你的管辖范围内，你可要为本府担起这副重担啊！"田力均灵光一闪，说道："赵大人，下官此来是要辞去官职，回乡

648

务农了。"赵财一听急了，忙问："你……你这是为什么？"田力均装出很为难的样子，说道："赵大人还不知道吗？井水县铲除恶人，下官是死里逃生，侥幸得胜。来这里一问，山贼猖狂，杀人如麻，下官乃是文官，所以想恳请赵大人求朝廷能派一位武将来任县令。"赵财一见他要辞官，便极力劝阻道："田大人，你要辞官，这不是要了老夫的命吗？请你可怜可怜我吧，助我一臂之力。你要银子，我给你银子；你派兵，我给你调兵。老弟，这还不行吗？"

田力均叹了口气，说道："唉，我怎么能害赵大人呢？可这山南县，天旱地干，雨季洪涝，山中闹土匪，百姓度日难。下官一旦上任，治水无银两，灭匪无良将。那时，您赵大人手执利剑，逼我交税、灭匪，山贼操刀与我对抗。一剑一刀紧相逼，哪里还有我田力均的活路啊！"

赵财忙说道："田大人说笑了，本府怎会执剑相逼呢？这样吧，本府派给你五十名士兵，他们的费用一律由本府出。限你两年内灭掉山贼，灭山贼后三年不用交税。我再给你拨五千两银子，作兴修水利之用，你看如何？就算帮老夫一个忙吧！"田力均装出很激动的样子说道："士为知己者死。赵大人看得起卑职，卑职只能把性命交给赵大人了。不过，赵大人公务繁忙，贵人多忘事嘛，这……"赵财一听，笑道："好好，我给你出字据便是。"说罢，他写了一张字据，交给田力均。

田力均告辞后，回到桃花山庄。他刚一进大门，便被张荣拉到议事厅。力均一看，议事厅里坐满了人。力均先向大家问了安，只听田育勤说道："均儿，大家坐在这里正想着如何帮你剿匪，为如何治理好山南县城出主意呢。你有什么想法？先说说看。"

田力均先将拜会知府的情况简单说了一遍，又拿出知府写的字据念了起来："令山南知县田力均，必须在两年内歼灭伏牛山的山贼，保百姓之平安。为休养生息，从本年起，五年内免除山南县城一切赋税。为灭山贼，特派五十名士兵归山南县指挥，费用由南阳府负责。另支五千两银子，作兴修水利之用。南阳府赵财（印）。"

田育勤笑道："没想到，赵财这贪官来此，倒为灭匪做了一件好事。请各位多出主意，帮力均治理好山南县。"郑恪说道："月儿对山南城一直有自己的想法，先来说说，给力均参考参考。"

月儿不好意思地笑了笑，说道："好，那我就先说剿匪。十几年前，一伙山贼杀进城来，害死了文叔叔和一些乡亲，也抢走了不少东西。我想这伙人一定是伏牛山的山贼。以后每年他们都会来城里几次。有钱的人早都搬走了，只剩下穷苦百姓。自从二位姑姑来了以后，山贼们慑于二位姑姑的神威，不敢再进城闹事。听说，南阳府也曾派兵进山围剿，可每次都是无功而返。所以我们首先是要剿匪，我觉得应诱敌出洞，聚而歼之。怎么样诱敌出洞？我只想到两点：一是爷爷、朱爷爷和二位姑姑应暂时离开这里。因为你们的名气太大了，吓得山贼们不敢出来。二是力均老爷要像前几任县令一样，闭门自保，装出十分害怕的样子。"

玉儿笑道："我们月儿怎么一下子就变得聪明起来了？真是天助力均也！蛇一出洞，我们便可跟踪，能聚而歼之更好，不然就堵在洞中灭之也是好的。"杏儿笑道："最聪明的玉姐姐，那谁去跟踪啊？"玉儿笑道："小丫头片子，别急，你我只能当个助手，第一跟踪人必是茹儿。"悔儿对茹儿说道："姐，我也跟你去。"茹儿笑道："行，只怕朱爷爷不放心。"朱如天笑道："跟着你，我还有什么不放心的？只是叫我老头子离开你们，我还真有点舍不得。"郑恪笑道："为了剿匪，我们就和你回邯郸老家住几个月，你不欢迎吗？"

朱如天忙说道："欢迎，欢迎啊！欢迎各位大驾光临！"大家一听都笑了起来。苦儿说："我赶车送爷爷走，然后我再回来。"冷竹青说道："我同你一起去。"郑恪说道："朱老兄，你出山庄时，必须躺下装病，一品香的白掌柜会派人跟踪的，甚至会跟到邯郸。"朱如天说道："好，我一切听你的就是了。"郑恪说道："这样吧，为了叫乡亲们过好年，咱们过了年再走。"田育勤说道："好，就这么定了。下面再说治理之事吧。"张荣说道："我先说说治水吧。南阳有治水能人，灭匪之后，我立刻到南阳去请人，先勘察、后设计、再施工，这件事交给我和庄儿错不了。"

茹儿说道："我们在练功之时，常常说起这件事，我觉得月儿的构想还是很好的。月儿，你说说看。"

月儿说道："我们练功之时，时常谈论我们将来回来了做什么。我是这样想的：要搞好山南城，首先要有出名的大买卖，这样才能招来客人。我们现在的大买卖目前有两家：一是哥和二哥的药房，二是玉姐姐的成衣铺。这两家店一开，不出两三个月，就会有人慕名而来。那时，咱们城里的客栈、酒楼也能被带动起来。二哥可收购伏牛山的草药，玉姐姐可请城中的姑娘、媳妇做针线活，这可以让城中无业的人有一条生路。庄户人家是靠种田、卖菜、卖粮过活，所以咱们也可在城门口建一个这样的场所，叫'一条街'，这条街上可以有饭馆、肉铺、粮店、菜摊等小生意，可以使很多人来这里谋生。"

大家都饶有兴趣地听着月儿的规划，田力均更是听得两眼放光。他从心里佩服月儿的胸怀，也暗自庆幸自己的感情有了好的归宿。他说道："各位，力均在此谢谢你们！只要我们同心协力，定能把山南城建好，让百姓安居乐业。"

这时，守门的庄丁进来说道："有四个乞丐来见田大人。"田力均忙走了出去，庄儿也紧跟了出去。不一会儿，他们迎来了四位原井水县的衙役赵福、李伦和叫花头刘兴、童成四人。田力均说道："四位哥哥到此，我太高兴了！"赵福说道："小的可不敢当。小的给大人请安了！"力均说道："不必多礼，这是家里，以兄弟相称就好。"庄儿忙给他们安排了座位，春雨又为他们斟了茶，苦儿、冷竹青、玉儿、月儿和杏儿也都上前问好。

庄儿指着田育勤向他们四人说道："你们认识这位是谁吧？"四人均摇头。庄儿笑道："你们还记得田大人的老家人吧？"四个人均点点头，好像明白了。庄儿继续说道："这位便是田大人的父亲，田叔叔。"四人忙说道："我们给田老爷请安！"庄儿又把郑恪、朱如天、冷面双娇等人介绍给他们，这四人听了介绍，都十分惊喜。刘兴说道："大哥，一下子遇到这么多高人，这是神仙国吗？小伙子们出类拔萃，姑娘们美若天仙，这是来到美人国了！"

庄儿说道："可不，兄弟说得不错，我总和他们在一起，不也变成美男子了？"说完，他又挺胸又眨眼的，逗得大家都笑了起来。

童成说道："田大人、大哥，自从你们离开后，新任县令办事还算不错。我们兄弟四人想重操旧业谋生，但心总是静不下来，想来想去，还是觉得跟着田大人和大哥的这段日子，是我们过得最愉快、最有意义的一段时光。所以我兄弟四人一商量，决定跟随田大人和大哥再干一番大事。听说这山南城闹山贼，说不定需要跑腿、跟踪、放哨的，还用得上我们，所以我们特来相投。就像在井水县一样，只需给我们派事就行。"

田力均走到他们面前深深地鞠了一躬，说道："谢谢四位哥哥！你们跑了这么远的路来帮我们，叫我心里十分温暖。等我们消灭了山贼，山南城的百姓们会感激你们的。"

四人忙还礼说："不敢！"刘兴对着庄儿说道："大哥，给我们带点干粮吧。"庄儿说道："四位兄弟，第一次上门总得吃点饭啊。"童成说道："大哥，一切联系照旧，等消灭了山贼，咱们再吃也不迟。我们还是先进城，免得引起一些人的注意。"春风、春雨忙从厨房取来干粮。四人便向众人告别，向山南城走去

郑恪站在门口，望着他们远去的背影，对朱如天说道："老兄，你的几个堂主有人选了。"朱如天想了想，问道："你是说他们四人？"郑恪笑道："不错。"朱如天拉着郑恪向住房走去，边走边说道："这四人只是普通百姓，不会武功，如何做得了堂主？"

郑恪笑道："选堂主第一条就是要看人品。这四个人，经受过人生苦难，不远千里来到这里。这种忠义之心比金子还贵重。"朱如天点头，深表赞同，说道："不错，这样的人当堂主，我放心，他们会一心一意为十业帮的百姓办事的。可他们的武功……"郑恪说道："武功不是问题，有我们这么多人在，传授武功是不难的。"朱如天笑道："你说得容易。那么好学吗？再说，我们去邯郸时，还得派人去观察、了解，听其言还要观其行嘛。"郑恪说："这个容易，你跟茹儿和苦儿说一声就成了。不过在你走之前，一定要把悔儿教懂教会，不然这拐杖、扇子联手就没法练了，一旦遇到高手，你又不放心了。"

朱如天有些抱怨地说道："郑老弟，你今天鼻子都要乐歪了吧？你看你那徒孙月儿，让你调教得多好啊，她今天说的话，哪个不佩服？我看那力均一字一句都听到心里去了。可你这老弟一点也不为我孙女操点心，悔儿到现在还没学会吸功大法呢。"

郑恪瞪了他一眼，说道："亏你还是个当爷爷的，悔儿身上发生了多大的变化，你都不知道？茹儿天天为她输功，你知道不？"朱如天看了看他，说道："知道啊，怎么了？"郑恪不客气地说道："茹儿边为她输功边打通她的穴道。至于什么吸功大法，那就是一层窗户纸，一捅就破。茹儿早说过了，等你养好伤要送你一件礼物，就是悔儿会吸功大法了。"

朱如天一听，忙拉着郑恪的手问道："真的？你没蒙我吧？"正巧悔儿走过来说道："二位爷爷又为何事争吵？"郑恪说道："悔儿，快告诉你爷爷，茹儿是如何帮你练吸功大法的。"悔儿说："姐已经帮我打通了两臂间的穴道，不过我的内功还很弱。姐说，她给我输功，我自己也要抓紧修炼内功，等春节前，就能自己练习了。我不跟你们说了，他们还等着我练功呢。"说完快速地跑开了。朱如天哈哈大笑起来，说道："这我就放心了。"

七十九　鹊巢鸠占

在长沙十业帮的大院里，刘全柱向后院原朱如天的居室走去。他走到门口说道："师父，刘全柱求见！"龙老大说了声："进来吧。"刘全柱进来说道："师父，山南城田舒来报，朱如天仍在昏迷中，他们打算过了年将他送回邯郸老家休养。"龙老大得意地笑道："到哪儿休养也醒不了，只是苟延残喘罢了。这还有赖于他内功强盛，不然早就没命了。"刘全柱说道："师父说得是，听说那黄谢从不配制解药，而他的毒针也是十分霸道，无人能解。朱如天即便不死，武功已废，也成无用之人了。"刘全柱说完，偷偷观察龙老大的脸色，见他心情不错，又说道："师父，谷丁和王果二人投奔咱们来了，师兄正陪着他们在前厅说话。"龙老大想了想，说道："此时正是用人之际，请他们进来吧。"

不一会儿，曲蛇领着谷丁、王果及关、韩二人走了进来，他们一同给龙老大请了安。曲蛇向龙老大介绍道："师父，这位便是王果女侠，她儿子王小明同谷门主的长兄，以及关、韩二人的徒弟，杨三虎的属下等人，在井水县均被处斩刑了。"龙老大叹了口气，说道："失去亲人，其心必痛，龙某也十分同情各位的遭遇。君子报仇，十年不晚，老夫会助你们一臂之力。你们先在此住下，养好身体再说。"王果说道："帮主如此关心我们，真叫我们感激万分。只是我们的仇人武功很强，我们心里还有些不踏实。"龙老大睁着那长条眼问道："都是些什么人？你们可认识他们？"王果说道："一个叫庄儿的，是跟着田力均来到井水县城的；还有两个丫头，是跟着苦儿练功的。我们曾去劫狱，却吃了败仗，受了内伤。"龙老大问道："谷门主也被打伤了？"谷丁低下头说道："在下武功不济，也受了伤。"曲蛇说道："那个叫庄儿的原是苦儿的邻居，田力均很有可能是田育勤之子。"龙老大点点头，说道："这就难怪了。这样吧，你们先住下，老夫传你们些功法，帮你们提高功力，以后找个最佳时机，再去杀了这些人。"四人一听，忙起身施礼，说道："多谢帮主成全，我等万分感激！"龙老大摆摆手，说道："不必客气，关、韩二位大侠没少帮我们，谷门主也没少出力，咱们是一家人啊。谷门主，听说你很长时间不在大名府，又为何去了山东？"谷丁忙说道："回帮主的话，终南山大战之中，在下担心师弟暴露我们的行踪，这才杀了师弟。由于担心他女儿寻仇，哪里还敢回大名府？只好暂时入川。入川后又遇到来寻的家人，说兄长病重，在下只好去了山东，一直在兄长身边照料。"

龙老大听明白了，这小子见势不妙便逃，如今是无路可走了，只好又回来了。不过回来就好，为老子尽力就是了。龙老大安慰他道："你们兄弟情深，令人感动。养好伤后，一心练功，大家互相帮助，大仇必报。全柱，为他们安排住处，伤好后立刻练功。"

刘全柱带着他们四人退下后，龙老大对曲蛇说道："如今快过年了，你派人回山庄一趟，一是送些物品回去，二是处理好杨三虎和杨七，顺便把野菊花的那个孩子带来，另有他用。"曲蛇说道："好的，就派庄三回去吧，要早去早回。"

此时绿水山庄内，杨三虎和杨七已经在屋内的床下将地道挖到了青蛇山庄内。庄二倒是很用心地每天带人在青蛇山庄和绿水山庄之间来回巡视着，并按着龙老大的指示，每天早、午、晚都过来看看。杨三虎和杨七也就按着庄二的节奏，每天挖一点，并将挖出的泥土倒在黄谢原来居住的房间里。不知不觉，他们将地道挖进了大厨房的灶下。正是午夜时分，杨七从地道里钻出来，先轻手轻脚地在厨房内观察了一会儿，随后进了大院中。巡夜的人知道龙老大和曲蛇均不在山庄内，也都放心大胆地在打着瞌睡。杨七悄悄地来到龙老大的居室，借着月光，在房间里搜索起来，床上、床下、地下壁橱、书柜等翻遍了也没找到驱蛇丸。他又往墙上看去，见墙上有几幅字画，他掀开每幅字画，并在后面的墙上拍几下。突然，一幅字画后的墙上传出回响，他心生欢喜，忙将那幅画取下，用手在墙上仔细地摸着，终于摸到了一扇小木门。他打开木门，将里面的东西全部倒入怀中，然后，悄悄地离开，回到大厨房，又从地道溜回绿水山庄。杨三虎正焦急地等着他回来。杨三虎将杨七拉上来后，杨七把情况一说，杨三虎立刻从枕头下面取出一包毒药，交给杨七，说道："明日正是冬至，必要饮酒，将这个倒入酒中或菜中。"杨七只得又下去来到大厨房内，先留出一坛酒和一大块肉，然后将毒药倒入酒坛中和大盆盛放的肉中，抱着一坛酒和一大盆肉返回屋内。

第二天，庄三赶着一辆马车，车内装着从十业帮搜来的奇珍异宝，耀武扬威地进了山庄。他们先来到雅儿的住处，将龙老大亲自为雅儿挑选的首饰交给雅儿，又不怀好意地看了倩儿一眼，说道："师父有令，让我回去将她带走，请帮她准备一下吧。"奶娘问道："庄三爷要把她带到哪里去？"庄三说道："能带到哪里？自然是老爷身边了。后天一早就出发，你们赶快准备吧。"说罢便走了出去。雅儿听后心说不妙，她望着倩儿，倩儿也望着雅儿。奶娘说道："看来，叶夫人和悔儿并不在老爷的身边，倩儿此去是凶多吉少，我们不能让他带走倩儿。"倩儿说道："奶娘，我死也要跟你在一起！"奶娘将她抱起来，看看雅儿，没再说话。

庄三来到议事厅内，俨然山庄主人一般将庄丁们召集到这里，说道："弟兄们，帮主现已在长沙拿下了十业帮，不久的将来，我们便可以扬眉吐气地走出这里，中原便是我们的天下了。今天我回来，是代帮主看望大家的。大家留守在这里辛苦了，今天咱们大家可以开怀畅饮！"庄丁们一听可以开怀畅饮，比听到什么都高兴，纷纷来到大厨房搬酒、端菜。庄三忙向庄二询问杨三虎及杨七的情况。庄二回道："他二人跟从前一样，很安稳。"庄三从怀中掏出一包药，又从车上取下一坛酒，递给庄二，说道："帮主要结果他二人，这是最简单的办法了。不行再来硬的，给他们带些酒菜过去，送他们上路。"

这时，庄丁们将酒菜端了上来，已经吃上喝上了。庄二带着一个庄丁来到绿水山庄，见二杨正在房内聊天，便说道："杨堂主，老爷派庄三回来了，说是拿下了十业帮。为了欢庆胜利，今天可开怀畅饮，在下给你们送些酒菜来，你们慢慢吃。"说罢，将酒菜放下，转身走了。杨三虎说道："只怕是酒没好酒、菜无好菜啊。"说罢，二人将事先准备好的酒和肉拿出，对酌起来。

一个庄丁走过来看看他二人，见他二人已经喝起酒来，便放心地回到议事厅喝酒去了。庄三充分地享受着众人的吹捧和敬酒。庄丁们见庄三喜欢这样，便将大厨房内所有的酒都搬了来。庄二不禁皱了皱眉头，却也不好说什么，便转身出去巡视了。众庄丁更是无拘无束了，他们脱掉上衣，光着臂膀，大声地喊着行酒令，一时间是人声鼎沸。在林边巡视的庄丁们听了山庄内的叫喊声，心早就飞了，有的偷偷跑回了议事厅，喝上几口酒再跑出去。

听到议事厅传出行酒令，王胜便来到小厨房，告诉了奶娘和雅儿。雅儿很是气愤，想出面制止。奶娘劝道："小姐这样制止不是很好，庄三是代老爷回来犒劳大家的，不要扫了大家的兴致。"随后，她在倩儿的耳边说了几句。倩儿听罢，忙从奶娘身上跳了下来，向议事厅跑去。王胜也紧跟着跑了出去。

这时，杨三虎和杨七从地道来到大厨房，厨房里做菜的师傅们也正在吃饭，不过他们都没喝酒，吃的只是简单的炒青菜。杨三虎和杨七躲在地道里，没敢出来。大约到了申时，周围一切都静了下来，二人试着敲敲地道口的木板，见没什么动静，这才从地道中钻出。他们来到议事厅，见里面的人倒了一大片，有几个还在摇晃。他二人数了一下人头，没见到王胜。二人商议了一下，便提着刀来到神龙洞。杨三虎说："把门打开，这里原是龙老大练功之处，底下有一个地洞，里面有我们之前抢来的金银财宝。"杨七打开门后，果然有洞口，他跳了下去，里面有大量的财宝。杨七跳上来说："堂主，你在这儿等着，我去找几个人来。"说罢，便跑开了。不一会儿的工夫，杨七就将一些种田的、放牧的等十几人找来，并拿了好多的布袋及箱子。杨七吩咐两个人下去，将地洞内的金银财宝装进布袋中，杨三虎则赶了一辆马车过来，十几个人将一袋袋的珠宝抬上了车。车上很快便装满了。杨七还要再赶一辆车来，杨三虎拦住他，说："赶紧走，以免夜长梦多。"杨七挑了一个看着老实点的老男人，说，"你留下，你们几个回去吧。"他们赶车刚要走，雅儿带着王胜、奶娘，以及大厨房里的大师傅们来到神龙洞前。雅儿问道："杨堂主，你这是做什么？"杨三虎笑道："小姐，帮主有令，要将这些财宝运出。我只是奉命行事，希望小姐不要误事。"雅儿哈哈大笑，说道："杨三虎，议事厅里的人是你毒死的吧？别以为我不知道。"杨三虎冷笑一声，说道："你知道又怎样？不错，他们是被我给毒死了，不然我如何能逃出去？"雅儿说道："杨三虎，我爹平时待你不薄，你为何要背叛他？"杨三虎冷笑一声，说道："不薄？我是为你爹受的伤，为你爹卖了半辈子的命，可现在却把我囚禁在绿水山庄，还派人回来杀我，我能不走吗？再说了，你知道你娘是怎么死的吗？你娘是被你爹逼死的！"

雅儿听到这里，真如五雷轰顶。她看看奶娘，奶娘说道："小姐，不怕，先打死这两个贼人再说！"雅儿却呆呆地站在那里不肯动手。奶娘对着大家说道："你们大家还想留在这深山老林里吗？"有人说道："不想。"奶娘说道："那大家就一块动手吧，打死这俩狗东西，然后冲出去！"杨三虎看了看杨七，二人哈哈大笑起来。杨七说道："疯婆子，我原不想杀你，可现在我必须先杀了你！"说罢，挥刀向奶娘砍来。王胜上前抽出鞭子，与他交起手来。杨三虎也挥刀向雅儿砍来。王胜练过曲蛇教的鞭法，又得过罗忠信的内功，一边对付杨七一边护着雅儿。不下几个回合，杨七的刀便被王胜打落在地。奶娘也趁机上前给了杨七一刀。众人见王胜武功高强，这才纷纷上前，拳打脚踢地帮助奶娘痛打杨七，你一刀、我一刀，杨七被众人活活打死了。此时杨三虎也挥刀朝雅儿砍去，就要砍到雅儿身上时，王胜回身，挥鞭抽在杨三虎拿刀的手上。杨三虎左臂失去力量，身体平衡较差，一个趔趄向前倒去，王胜随即又是一鞭，狠狠地抽在杨三虎的身上。雅儿这才如梦方醒，也挥起软剑朝杨三虎刺去，一剑刺向前胸。后面上来一位在庄园种田的老汉，拾起刀从背后刺了杨三虎一刀，刀尖穿透胸膛，杨三虎怀里的驱蛇丸、进山丸和回山丸撒了一地。王胜忙将这些东西拾起，数了数，够这些人用的，便交给奶娘。

杀死了杨三虎和杨七，众人松了口气，奶娘说道："大家都是穷苦人，被骗到了这里，大家都回去收拾一下东西，然后咱们现在每人一粒药丸、一袋财宝，大家一块坐车出山。"王胜将雅儿和奶娘扶上车，然后赶车回到雅儿的住处。倩儿正在房中焦急地等待着奶娘回来，见到奶娘后，飞快地跑出来扑在奶娘怀中。奶娘拍拍倩儿的后背，将她交到王胜手上，说道："快去把你的衣服和倩儿的衣物取来。"王胜带着倩儿走后，奶娘从墙下方取下几块砖，从洞中拿出一个小盒子。她打开盒子，里面装了几样首饰，还有一份血书。她对雅儿说道："这是你娘留给你的，你先看看吧。"雅儿打开血书，只见上面写道：

雅儿：

我的女儿！你满月之时，便是娘的别去之日。娘是被那杨三虎抢进山庄的，并将我送给了龙老大。娘是邯郸石鼓镇人，家中还有丈夫和一个四岁的女儿。丈夫是石鼓镇有名的郎中，姓付，女儿叫付茹秀，小名叫茹儿。一年前娘被杨三虎绑到这里，被龙老大强暴。娘是被龙老大逼死的！你要听奶娘的话，好好长大成人，并且一定要从这里逃出去，去找你的姐姐茹儿。别了，女儿！

娘肖艳芳绝笔

嘉靖二十三年正月二十一

雅儿看到这里，惊得不敢相信自己的眼睛。她含着眼泪问道："奶娘，这是真的吗？"奶娘说道："小姐，这是真的。"雅儿一咬牙，说道："我先去祭拜我娘，然后咱们立刻就走！"

不多时，雅儿和奶娘回来后，种田的、放牧的及大厨房的几位师傅早已等在这里了。他们又赶来一辆马车，王胜将车上的财宝先分给众人，众人分别上了车后，王胜赶车，沿着他记忆中的出庄路线离开了这青蛇山庄。

经过两个时辰左右，王胜他们终于走出了青蛇山庄那片可怕的树林。来到大路上后，奶娘说道："各位，咱们就此别过，好好回家过日子吧。要小心些，你们最好结伴而行，回到家乡也要少说话，以免引起快刀帮的注意。"众人相互告别，并迅速分散而去。

王胜说："奶娘，我们先去山南城吧，苦儿他们应该回去了，然后再去邯郸石鼓镇找付茹秀。"奶娘说："好。不过我们要装扮一下，以免被快刀帮的人认出来。雅儿和倩儿都扮成男孩才好。"车经过一个小镇时，王胜来到成衣铺买了两套男人衣服和帽子，奶娘又在悔儿和倩儿脸上涂上一些炭灰，王胜则装扮成老家人的模样，四人又继续赶路了。

坐在车上，奶娘在开导雅儿："龙老大虽说是个大魔头，可他毕竟是你的生身父亲。他回到山庄便是整日地习武，并不十分看重女色。他除了见到你娘动了心，就再没对别的女人动过心。你娘是位美若天仙又心地善良的女人，她深爱她的丈夫付先生，日夜想念她的女儿茹儿，整日以泪洗面。可龙老大却是一心扑在武功上，想当什么武林霸主。虽说你小时因长得像你娘，他并不十分疼你，可他膝下无子，只有你一个女儿，他又去疼谁呢？怎么说，龙老大对你也是有生育、养育之恩的。无论今后怎么样，这份恩情是不能忘记的。"雅儿躲在奶娘的怀里，心中有些担心和害怕。

王胜他们怀着忐忑的心情来到山南城。他们见街面上十分萧条，行人极少，便觉得有些不安。他感到似乎看到几张熟悉的面孔，转瞬间一晃而过。他赶车来到苦儿家门前，见并无人居住，心里有些紧张。他将车停下，稳定了一下情绪，见街面上有一个叫花子，便拿出一块干粮递给叫花子并问道："你知道苦儿现在住哪儿吗？"那叫花警惕地看了一眼王胜，又朝车内看了看，便将车引到僻静处问道："不知道。你找他干吗？"王胜说道："我是他儿时的伙伴，我叫王胜。"这时另一个叫花子过来伸手要干粮，奶娘又递给那个叫花子一块，而另一个叫花子则飞快地跑开了。不一会儿，苦儿和庄儿一同走了过来，王胜轻声叫道："苦儿！"苦儿却摇摇头表示不认识，庄儿也没认出王胜。王胜撕下假胡须，露出本来面目。苦儿仔细看了看，对庄儿说道："是王胜！"三人紧紧拥抱在一起。王胜将奶娘、悔儿和倩儿一一介绍给苦儿和庄儿。苦儿和庄儿拜过奶娘，苦儿便将倩儿抱在怀中。倩儿也十分乖巧地坐在苦儿怀里，显得十分亲近。

他们赶车来到桃花山庄，庄儿领他三人来到议事厅。苦儿抱着倩儿走在最后，他问倩儿："你叫倩儿？你可姓田？"倩儿闪了闪那双仿佛会说话的大眼睛说道："苦哥哥，我姐说你是好人，那我就告诉你吧，我姓田，我爹叫田育勤，你能帮我找我爹吗？"苦儿紧紧抱着她，说："能，你现在就能见到你爹。"庄儿找到张荣，王胜叫了声"荣哥"，可张荣半天也没敢认。庄儿说道："他是王胜啊！"张荣这才张开双臂紧紧拥抱着王胜，说道："兄弟，我们正在商量怎样把你救出来呢，你却自己跑来了！"

这时，郑恪、朱如天、冷面双娇及罗忠信等人都来到议事厅，王胜先给郑恪跪下说道："爷爷，您还记得我吗？我是王胜啊！"老叫花忙将他拉起来，说道："回来就好，这回咱们老叫花、小叫花终于团聚了！"杏儿将雅儿和倩儿及奶娘带去梳洗后，也过来见众人，悔儿见到他四人，兴奋得一下就将倩儿抱了起来，又搂着雅儿，姐妹三人哭作一团。罗忠信走了过来，笑道："没想到，与几位恩人在这里相见了。我们正商量着如何解救你们呢，你们却先行了一步，真是太好了！"见过礼后，大家分别落座，田育勤的目光始终没离开过倩儿。那倩儿的眼睛神似力均，其他地方长得像野菊花，却比野菊花更漂亮些。田育勤的心狂跳不止。王胜将事情的经过简单讲了一遍，奶娘接着说道："雅儿逃出山庄，龙老大岂能善罢甘休？为了雅儿的安全，我还请各位大侠相助！"

　　乔如虹说道："既然你们来到此地，咱们就是一家人。雅儿姑娘，你到这里，就如同到了家一样。我们这里的孩子们多是些孤儿，对我们来说，雅儿与其他的孩子没什么两样，您尽可放心。"奶娘听了，欣慰地点点头。倩儿闪动着双眼，没见野菊花，等人们说完话了，她再也忍不住了，哭着说想见娘。悔儿紧紧搂着倩儿泣不成声。悔儿将倩儿的身世讲了出来，奶娘翻出野菊花写的血书给众人看。田育勤走到悔儿身旁，从悔儿怀里抱出倩儿，为倩儿擦了擦泪水。倩儿也不惊慌，瞪着一双大眼睛，轻声问道："你是我爹爹吗？你和我梦里的爹爹是一样的。"田育勤双眼含泪，使劲地点点头，倩儿一把搂住田育勤的脖子，叫了一声"爹"，让在场的所有人都热泪盈眶。力均也走了过来，用双手将这个小妹妹高高地举起来说道："叫哥。"倩儿看了看他，大声地叫道："哥！"众人顿时喜欢上了这个小姑娘。悔儿领着倩儿一一拜见众人后，那倩儿便拉着田育勤的手再也不肯松开了。

　　奶娘来到张荣的面前问道："小哥，你今年多大了？"张荣抬起塌眼皮，迷茫地看看她，说道："今年二十四岁了。"奶娘眼里含着泪又问："小哥背后可有一颗指甲大的红痣？"张荣吃惊地看看庄儿和王胜，庄儿朝张荣点点头，王胜则不客气地掀起张荣的衣服，将张荣的后背露出。果然，后背上有一颗红痣。王胜激动地将张荣转过来，让奶娘看张荣的后背，奶娘双手颤抖地抚摸着那颗红痣，泪如泉涌，叫了声："我的儿啊，你叫娘找得好苦啊！"便泣不成声了。雅儿和王胜忙上前扶住奶娘，并让奶娘坐下。张荣跪了下来，众人都围了过来。春风端来一杯水和一条毛巾递给奶娘，冷月娇说道："您有话慢慢说。"

奶娘平静了一会儿，说道："我是京城人，从小就定亲给了京城一户姓张的人家，后因父母过世，十三岁便被送到张家当童养媳。张家在京城开了一家比较大的饭馆，所以我一进门便从打杂做起，什么活都做。晚上则陪相公读书。相公大我三岁，身体较弱。他上面还有一个哥哥，大他六岁。公爹打理饭馆的一切，那时他哥哥已在帮忙打点饭馆的生意了。相公人很好，每天读书，晚上还教我识文断字。两三年下来，我也将大厨的手艺学到手了，跟着我相公也学了很多的字。后来，我二人成了婚，来年生下了一个儿子。儿子后背有颗红痣，我相公常说，儿子是天神派下来的，故起名鸿儿，是想让儿子从小就有宏图大志。儿子长得很像我相公，身体却很壮实，公公、婆婆甚是疼爱，过周岁的时候还送来一把铜锁，后面刻着鸿儿的名字。一家人过得非常美满。可是，好景不长，儿子两岁的时候被人偷走了。我相公因思念儿子，一病不起，一年后过世了。又过了两年，我公公、婆婆也相继过世。我相公的哥哥便以我命硬、克夫、克子为由将我赶出了家门。从此，我从京城一直到过邯郸、洛阳、长沙、等地找寻儿子。直到十七年前，被曲蛇领进青蛇山庄，没办法出来为止。"众人听了皆哀叹。

庄儿听到这里，忙拍了一下张荣，张荣点点头。庄儿快速跑了出去，不一会儿的工夫，庄儿取来一把铜锁交给张荣，张荣举着铜锁递给奶娘。庄儿问："老人家，可是这把铜锁？"奶娘接过铜锁，看看前面，又看看后面的字，说道："正是这把锁，这原是公公、婆婆希望你一辈子平平安安。却不承想，两岁的你，便离开爹娘、离开家了，我苦命的儿啊！"张荣此时再也忍不住了，他叫声"娘"就扑到奶娘的怀里了。

苦儿、庄儿、王胜也跪在奶娘面前说道："您是荣哥的娘，便是我们的娘了，我们都是您的儿子。娘！"奶娘忙答应着，将张荣及苦儿他们扶起。

乔如虹忙说："春风、春雨，快去备酒席，咱们要为亲人团聚而庆祝！"悔儿说道："我去帮忙，我的厨艺是得了奶娘真传的。"雅儿也说："奶娘，我也去帮忙，让大家尝尝您的手艺！"悔儿说："雅儿，你先休息一会儿吧,以后你再显身手。"奶娘朝雅儿点点头,雅儿又回到奶娘面前。

这时,玉儿来到奶娘面前说道:"奶娘,悔儿早把您的事讲给我们听了,您来了可真好,我们也能享享口福了。"川儿说道:"玉姐姐,你先别说,我口水都要流下来了!"

月儿说:"奶娘来得真好,我们又可以在山南城做一桩大买卖了,就是奶娘开的酒楼。"奶娘见姑娘们个个漂亮,心下欢喜,她又四处找寻,希望能见到茹儿。玉儿见此问道:"奶娘,您想找谁啊?"奶娘笑着说:"刚才我见一位高个儿的漂亮姑娘去哪儿了?"杏儿高声叫道:"姐,过来!"这时,站在田育勤身边的茹儿抱着倩儿走了过来。月儿接过倩儿,茹儿施礼说道:"茹儿拜见奶娘。"奶娘问道:"你叫茹儿?你是哪儿的人啊?"月儿、玉儿和杏儿异口同声地说道:"邯郸石鼓镇。"奶娘惊喜地望着茹儿,说道:"姑娘可姓付?父亲是位有名的郎中?"茹儿点点头。众人都迷茫地看着奶娘。奶娘悠悠地说道:"小姐与夫人长得太像了!我一进门还以为是幻觉呢!"众人都围了过来,奶娘打开包裹,将夫人留下的小盒子拿了出来。打开盒子,里面有一支头钗、一副耳环、一条项链和一套衣服。茹儿见到盒子里的首饰,有几样是在自己记忆深处的,不觉流下热泪。她喃喃地说道:"不错,这是我娘平时戴的东西,我记忆犹新。"杏儿拿出写在白绢上的血书看,并大声地将血书念了出来。雅儿再也忍不住了,扑到茹儿的怀里,叫了声"姐姐",便泣不成声了。茹儿见雅儿与自己身高相仿,模样也有几分相似,心生爱怜。苦儿走了过来,说道:"雅儿,这儿就是你的新家,你会喜欢这里的。"川儿也过来说道:"你就是我们的亲妹妹,以后谁欺负你,你就告诉四哥,看我怎么收拾他!"柳扬说道:"小哥,你不欺负她就行了。不过,你若敢欺负她,爷爷会打屁股的!"

这时冷月娇说道:"咱们的大家庭又增加了新的成员,但他们四人的安全是第一位的。还是先让奶娘、雅儿与悔儿住在一起吧,王胜与川儿住在里层保护。杏儿负责倩儿的安全,就同我们住在一处。张荣、苦儿住在议事厅,一定要保护好他们的安全。等我们灭了山贼之后,生活才能正常起来。"

龙老大等了几天后,不见庄三他们返回,便又派庄大回到青蛇山庄。

庄大回去一看，青蛇山庄与绿水山庄空无一人，神龙洞的财宝也不见了踪影，杨三虎与杨七的尸首横在神龙洞外。来到议事厅内一看，所有人都被毒死了，他清点了一下人数，发现少了庄二和王胜。庄大心说："杨三虎与杨七是怎么跑到这里来的？"他又来到绿水山庄，发现黄谢的屋内堆满了挖出的泥土，而在杨三虎的床下，发现了地道。他忙回长沙向龙老大汇报，龙老大气得一掌砸在茶几上，说道："真是悔啊！走之前就应杀了杨三虎和杨七这两个逆贼！"庄大说道："会不会是庄二与王胜联手卷走了财宝掳走了小姐？"曲蛇说道："王胜是与小姐他们要好的，跟庄二可不一样。会不会是杨三虎与杨七杀人、劫财，被小姐发现了，便与王胜一起将杨三虎与杨七杀死，然后出逃，而庄二也趁机拿了财宝，逃之夭夭了？"龙老大说道："这样分析是合理的，可他们会去哪里呢？快派人去查！"话音未落，那被龙老大打了一掌的茶几嘎吱嘎吱地碎掉了，茶具也滚落在地。

有人来向田舒报告，说是桃花山庄来了一辆马车，车上有一妇人带着两个男孩子和一个老家人，还有几个大箱子前来过年。

八十　诱敌清剿

　　山南城在安静中过了年，这一天，正好是正月十六，桃花山庄的大门外停着马车，手执长鞭的苦儿和冷竹青各站在一辆车旁，四个小伙子抬着一块门板，门板上躺着一位老人。老人双目紧闭、脸色铁青。四人费了半天的劲，才将朱如天送进了车篷中，苦儿爬进车篷中为老人掖了掖被子。郑恪手牵着杏儿走了出来，冷面双娇紧随其后，也从大门口走了出来。茹儿和月儿、玉儿等出来送行，茹儿说道："爷爷、二位姑姑，一路小心。"乔如虹说道："家里的事情就交给你们了，白天少出去，夜晚要多派人查夜。一切要小心，有什么事等我们回来再说。"茹儿说道："是，我们记下了。"月儿将郑恪扶上车，杏儿走到郑恪跟前说："爷爷，早点回来。"郑恪说道："爷爷何尝不想早点回来？可你朱爷爷昏迷不醒，我放心不下啊！"冷面双娇也上了车。两辆马车同时离开了山庄。

　　正月二十这天，有人向田舒禀报："田大哥，小弟按您的吩咐，一直跟着冷面双娇的马车。他们来到邯郸，住进了朱如天的老宅之中。"田舒问道："冷面双娇和那老叫花就一直没出来过？"那人道："没有。小弟曾花钱雇人去向朱如天的管家打听，那管家说是朱如天的夫人求这几个人住下的，她是怕仇家来借机寻仇。看来这几个人得待上一段时间。我怕大哥着急，便跑回来报信了。"

　　田舒问道："你敢断定他们十天之内回不来？"那人回道："回不来。"田舒笑道："那好，你就再辛苦一下，去给鄂靖送个信。"他又低声交代了几句，那人起身出去了。

到了二月初二，城门刚开，便有三匹马冲进城来。三个骑马之人正是郎昊的手下吴松等三人，他们先是在大街上狂跑一阵，又跑到县衙门前，吴松高声喊道："新来的县令你听着，老爷本姓牛，常到此处游。给你银五两，咱们做朋友。你若不老实，脑袋就搬走！"说罢，将一张字条贴在紧闭的县衙大门上，又向院内扔了五两银子，三人仰天大笑而去。

　　一个衙役从门缝中看见他们走了，这才拾起银子，开了门将贴在门上的纸条送给县太爷。田力均接过银子和那张字条，说道："早知如此，说什么也不来呀！"那衙役笑道："老爷，这是他们给你的下马威，每一位新来的县令都是如此待遇。"

　　田力均装作十分害怕的样子问："那以后呢？"那衙役笑了笑，说道："下一步是试探，就是进城来闹个三四回，看咱们管不管。如果不管，他们就要恣意妄为了。"田力均叫道："还要恣意妄为。"那衙役说道："老爷，听说你在山东办了一件大案，到山南县，不妨再大显身手啊！"田力均摇摇头，说道："此一时彼一时。在山东，那是几个商家作恶，可这里是土匪、山贼，他们不仅有刀、有人马，而且人还多，得罪了他们，别说我性命难保，这里的百姓也要跟着遭殃啊！"那衙役一听，也跟着摇起头来。

　　山贼吴松等三人来到一品香酒馆，田舒问道："情况如何？"吴松说道："吓得没敢出来。虽说两位堂主不在家，可咱们的老规矩不能废。还是要谢谢大哥给我们送信，有冷面双娇在，我们可不敢来。"田舒说道："冷面双娇一时半刻还回不来，苦儿也走了，剩下几个黄毛丫头，做不出什么大事来。"吴松喝了一口酒，说道："好，三天后，我会再来的，看看这个县太爷有什么能耐！"田舒说道："也叫帮主和堂主看看，咱们二人也不是吃干饭的。兄弟，快掉个头，去酒楼吃吧！"吴松说道："好吧，弟兄们，到对面的酒楼去！"说罢，随手掀翻了桌子，推门而出，嘴里还骂道："什么一品香，简直就是一品臭，一点滋味也没有！"三人进了山南酒楼。宫掌柜忙招呼伙计上菜，他也赔着笑脸忙前忙后，不想让三个贼人在自己这里闹事。吴松酒足饭饱后，擦了擦嘴说道："这酒楼的菜就是比酒馆里的要好。不错，不错！"说罢，大摇大摆地走了出去。

　　此时，躲在巷子里的赵福和刘兴一直盯着山南城酒楼。赵福说道："兄弟，你出去叫李伦、童成和姑娘们准备好，三个贼人要出城了。"刘兴点点头，一路小跑地报信去了。

吴松等三个贼人出了城，勒马慢慢而行。路上行人见了，则慌忙躲避。其中一个贼人得意地说道："大哥，这些人都怕你，咱们好威风啊！"另一个说道："大哥，下次还带我们出来，这酒香菜也香。"吴松说道："只要你们好好跟着我干，酒香、菜香算什么，还有女人呢！"他们边说边笑地走进了槐树谷。

茹儿带着玉儿、杏儿、悔儿、月儿正在沟口处等着呢，见三个贼人走来，茹儿说："咱们五人分散开来，我先跟上，然后是玉姐姐、悔儿、杏儿、月儿。月儿断后。每个人之间都要拉开距离，还要注意隐藏，别叫他们发现了。"当这三个山贼从谷底通过之后，茹儿在半山腰的槐树间穿行，玉儿她们也仿照茹儿的样子向前走去。一支五人的队伍渐渐拉开了距离。

吴松等三个贼人骑马走进山谷，茹儿躲在山坡上见这个山谷是东西方向，进口很小，其南北两边都是层峦叠嶂的山峰，这是进山唯一不需翻山越岭的通道。茹儿刚走到沟口，忽听有人叫道："大哥回来了？"吴松也大声答道："回来了。""怎么样啊？"山上人问。那吴松答道："那知县就是个屁，连门都不敢开。哈哈！"

茹儿仔细辨别声音传来的方向，这时，玉儿赶了上来。茹儿说："这沟里有暗哨，恐怕白天进不去。你往回走，去通知咱们的人撤回去。我从远处转过去，看看再说。"玉儿说道："你一个人去怎么成？我跟你一块去。"茹儿说道："现在还没到草深叶茂之处，人多容易暴露，我一个人去方便些。不用担心，没事的。"玉儿说道："那你可要小心了，探不到什么情况就快回来，咱们再想别的办法。"

玉儿走后，茹儿向周围的山头望了望，记住了它们的特征后，这才从北边绕道而去。走了很远，她估计也该绕到西面的沟口了，便悄悄地爬上山。忽听下面有羊叫声，茹儿俯下身来观看，找到一处隐藏地，便快速跑了下去。她躺在一块巨石后，向南张望，见一位老汉脚上拖着铁链在牧羊。他身边的黄毛狗冲着茹儿叫了起来。那牧羊人站了起来，向前走了几步，他的脚下传出铁链撞击声。茹儿循声望去，见他两脚被铁链锁住，铁链一直延伸到南头一间小木屋旁。那黄毛狗一直跑到离茹儿十几步远的地方停了下来，一直吼叫着。老汉向这边望了望，说道："小黄，回来，别叫了！"那黄毛狗很听话地回到他身边。牧羊人向小木屋的方向看了看，这时从南边发出声音问道："老宫头，你的狗叫什么呢？"那牧羊人说道："羊跑了几只，黄毛在追羊呢。"只听那边有人说道："是不是又要叫我们吃狗肉了？"那姓宫的老汉说道："爱吃吃吧，反正浑身上下也没几两肉。黄毛，快走吧，咱们也该回家了。这里可不是好玩的地方。"

茹儿听到这话，便从隐藏处走了出来，她小声说道："大叔，你是被抓来这里放羊吗？"老汉点点头。茹儿又问："这里大约有多少人？"老汉迟疑了一下，说道："有二十几个，不过他们都住在山洞里，具体在哪儿，我就不知道了。"只听那边又有人喊道："老宫头，今晚要三只羊，明天要吃烤羊肉！"老汉说道："听到了！"说完忙向茹儿摆摆手，拖着铁链往回走去。茹儿无奈，也只好往回走。刚走出不远，便被人拦住，茹儿定睛一看，是玉儿。玉儿说："让你一个人来，我不放心，所以过来看看。"二人手拉手地往回走去。

又走了一阵，便见到了杏儿、悔儿和月儿。杏儿见到茹儿，立刻扑了上去，说道："姐，你可回来了，我都快饿死了！"茹儿笑道："我知道，你饿得没劲了，该姐姐背了。"说完，便将杏儿背了起来。悔儿笑道："杏儿，你也大了，还让人背？"杏儿一本正经地说道："我可是小妹妹，总也长不大的。"这时月儿说道："杏儿，我可提醒你，现在你不是最小的了，还有倩儿呢。"杏儿眨眨眼睛，说："那此处我还是最小的吧？"玉儿说："那你就没有长大的时候了？"杏儿想了一下，说道："也不是，等我长到与姐姐们一样高了，那才算是长大了。"玉儿捏着她的耳朵说道："你呀，只怕连我这么高也长不到了。"杏儿说："那更好，总能让姐背。"说完还将脸贴在茹儿的脸上。快到槐树沟沟口了，茹儿停了下来，放下杏儿，说道："咱们还得一个一个往回走，不要引起别人的注意。"月儿先走了出去，过了一会儿，悔儿、杏儿、玉儿、茹儿都拉开了距离分别离开了。路上行人不多，并没人注意到她们。

茹儿没有马上回桃花山庄，而是先来到清风观，见了清风道长，并与清风道长探讨雅儿脸上的紫斑如何能祛除。清风道长说道："娘胎里生出的这种紫斑，大多是母体气血不和引起的脏腑功能失调，或久病使肺肾阴亏、虚热内扰而形成，所以在治疗上，应以调理气血，补气补血，兼滋阴泻火为主，从而达到标本兼治。我这里有一本《外台秘要方》，你不妨拿去看看，或许会有些帮助。"茹儿谢过清风道长。宜静、宜云听说茹儿来了，也来到前殿，几个人又说了一会儿话，茹儿才回到山庄。

茹儿刚进山庄，川儿立即拉着茹儿进了议事厅。茹儿见苦儿回来了，立刻高兴地说道："哥，你回来了！"苦儿看着茹儿说道："我们在邯郸住了几天，有时故意上街走走，经爷爷同意后，我便先回来了。冷兄还在那里。"

庄儿说道："茹儿，快讲讲你们跟踪的结果吧。"茹儿便把跟踪的情况简单讲了一遍。庄儿问："那咱们该怎么办？"茹儿说道："这一路上，我也在想，我先说说我的想法，你们看行不行。第一，要有人出面，将山贼痛打一顿，以激起他们的报复心。自然不能打成重伤，那样他们就不敢来了。第二，由于我们路熟，跟踪灭贼交给我们就行了，在山里一旦得手，城里便拿人，那就是哥的事了。"苦儿说道："这没问题，只是你们要一路小心。"庄儿说："打山贼之事，我来安排。"悔儿和雅儿对茹儿说："姐，我们跟你们一起去吧？"苦儿说："不行，朱爷爷可说了，你们进山不行，在城里打可以。"悔儿和雅儿都有些失望。川儿说道："二位小姐，他们是晚上打，咱们留在城里的，是白天打，岂不更有趣？"悔儿和雅儿互看了一眼，也只好如此了。

接着，他们又商量了一些细节问题，对可能出现的情况进行了讨论和分析。最后，庄儿说道："我这就回去和力均说。"罗忠信说道："你们尽管放心去干，我守山庄。庄儿，茹儿要的二十名弓箭手，要尽快叫他们进山庄，我来训练他们。"月儿突然想起一件事，说道："师父，您的吸功大法练熟了没有？"罗忠信忙说："熟了，熟了！"众人都笑了起来。

茹儿带人在槐树谷内连守四天，谷内并无人出入。到了第五天申时左右，吴松又领着两个人出山了。他们三人进了城，便来到山南城酒楼，扮成叫花子的刘兴立刻来到县衙报告。吴松走进酒楼，听见有女人说话的声音，便径直上了楼。宫掌柜忙拦道："这位爷，楼上不营业，请到楼下用餐。"吴松用手一推，将他推倒在楼梯上，宫掌柜连滚了几个台阶后，重重地摔倒在地上。吴松三人一脚踹开房门闯了进去。

正在楼上打扫灰尘的母女二人顿时被吓住了，吴松哈哈大笑，说道："想不到我艳福不浅呢！"说罢，就去拉那个小姑娘。母亲忙去阻拦，并大声叫道："不许碰我的女儿！"吴松两个手下将她打倒在地，又踢了两脚，女儿大声叫道："娘，救命啊，救命啊！"吴松笑道："你叫有什么用，谁敢来救你？还是从了我吧，我会带你出去享福的。"那姑娘虽说是弱女子，却是以死相拼，不肯就范。她虽用力厮打，可上衣还是被扒了下来，只剩一件红布绣花的肚兜。那姑娘拼尽全身力气，一把推开吴松，一头撞开窗户，跳了下去。倒在地上爬不起来的母亲大声叫道："女儿啊，我的女儿啊！"一下就昏死过去。

刚刚扶着腰站起来的宫掌柜听到有人叫道："有人跳楼了！"急忙向外跑去。此时，正巧庄儿赶来，纵身将从楼上坠下的姑娘抱在怀里。那姑娘看了他一眼便昏了过去。吴松等三人见楼下一公差打扮的人救了那姑娘，便纷纷从楼上跳了下来。这时宫掌柜也跌跌撞撞地跑了出来。吴松向庄儿喊道："这丫头是我的人，你把她还给我！"庄儿将姑娘交给宫掌柜，宫掌柜忙脱下衣服给女儿围上。庄儿说道："你们欺人太甚，大白天竟敢如此猖獗，还有没有王法了？"吴松笑道："王法？老爷我就是王法，看打！"说罢，挥拳便向庄儿打去，另外两个贼人也出手攻打庄儿。庄儿边打边想着茹儿的话：别打成重伤。他在三人夹击中躲闪着，吴松见他不敢还手，便毫无顾忌地大打出手，躲在一品香酒馆里观战的田舒心中焦急，心说："那庄儿可是好惹的？"他只想让吴松镇住知县，并不想与庄儿结仇。可他又不敢前去阻止，只能躲在酒馆里干着急。

庄儿抓住机会，用脚一绊、手一推，将吴松打倒在地，还踢了他一脚。当另外两个贼人朝庄儿打来时，十几名衙役和士兵追了过来。他二人不敢恋战，架起吴松飞身上马跑了。吴松在马上还叫道："好小子，老爷我会再来找你算账的！"听了他的话，在场的百姓都有些担忧。那宫掌柜对庄儿说道："谢谢你救了我女儿！"庄儿却对大家说道："对不起各位了，我不是有意得罪这些人的，可总不能见死不救吧？他们要是来报仇，我只有跟他们拼了。"

躲在一品香酒馆的一个伙计，悄悄走出酒馆直奔城门而去，扮成叫花子的赵福紧紧跟在他后面。藏在沟内的茹儿她们见吴松带人回来了，又听到山上有人喊："大哥回来了，今天怎么这么早啊？"吴松说道："他娘的，一时失手，挨了打，此仇不报誓不为人！"

从一品香出来的那个伙计，走进槐树沟后，一直向西走去。他不时地回头看看，生怕有人跟踪，等他走到沟口时，月儿立刻跃出草丛，点了他的穴道，将他拉入草丛中，并从他身上搜出一封信，打开一看，上面写道："吴兄，田某问安。刚才与兄交手之人便是庄儿，此人功力深厚，背景复杂，兄虽受辱，但还应该忍耐一时，万不可带人进城寻仇，弄不好要吃大亏的。田某拜上。"月儿问道："你叫什么名字？山里的人你可认识？"那人回道："小的姓侯，山里的人都认识我。"月儿想了想，便又点了那人的穴道，拉着那贼人飞快跑向沟口，她看到不远处的赵福，便追了上去，并在大路边上租了一辆马车，拉着二人上了车，直奔县衙后门。

进了后门，月儿便将书信交给了田力均。力均看过信，便明白了月儿的用意，立即找出一张相同的纸写道："吴兄，田某问安。刚才与兄交手之人便是庄儿，你们走后，全城的人都在埋怨他，他自己也有些害怕。如趁明日寅时进城复仇，田某暗中带人策应，里应外合必获全胜。那时，山南城便是咱们的天下了，机不可失。田某拜上。"月儿近前，见字迹竟模仿得十分相像，便笑了。她又看了看赵福，力均看看月儿又看看赵福，说道："赵兄，你敢不敢扮作送信之人？"赵福胸有成竹地说道："大人尽管吩咐，赵福一定会努力去做的。"月儿叫那伙计将衣服脱下，赵福穿上后，月儿又给他装扮了一番，力均一看觉得很相像，便说道："赵兄，见机行事，快去快回。"赵福说道："大人放心吧。"说罢，将信揣进怀里，与月儿一起走了出来。

月儿和赵福来到茹儿的隐藏处，将此事告诉了茹儿，茹儿也小声地说了几句，赵福便下了山，朝沟口走去。茹儿则以极快的速度靠近了沟口，准备随时保护赵福。赵福走到沟口处停了下来，先学了三声狼叫，里面也回了三声。他壮了壮胆，走了进去，高声叫道："哪位兄弟答话？"这时，从山坡上很快跑下来一个人，说道："侯哥，又送信来了？"赵福微微一笑，说道："兄弟，辛苦了，这是田大哥给吴大哥的一封信，田大哥说事关重大，要快快禀报。我还要快些回去。"那人说道："你放心，我这就去送。"赵福转身向沟口走去，那人扭头向西跑去报信去了。

吴松看罢信，笑道："有田舒策应，咱们打就是了。告诉放羊的老宫头，杀羊烤肉，准备夜饭。告诉弟兄们，丑时出战，每洞留一人看家，其余全去！"那人应声退下传话去了。

第二天刚到子时，茹儿和玉儿分别摸进了月牙谷两侧的山头。茹儿看见在山顶的三棵大树间搭了一个小屋，她悄悄地走进去，见一人站在门口东张西望。茹儿纵身飞了过去，出手点了那人的穴道。屋内另一个人伏桌而睡，玉儿也出手点了那人的穴道。小屋内还有一人似乎是听到了什么声音，要推门而出，玉儿一掌砍在那人脖子上，那人顿时没了气。

不一会儿，茹儿他们从山顶望见庄儿带着人马进了月牙谷，庄儿和茹儿商量过后，便做了安排，然后便是耐心等待着。丑时左右，吴松果然带着一队人马来到放羊沟，他身边一人学了一声狼叫，山上也传出了两声狼叫，吴松命令道："走，到山南城去！"说罢，领着二十几个人出了放羊沟，来到了月牙谷。当他们完全走进了月牙谷后，突然间，两侧山坡上及东西两边的谷口处都燃烧起火把，把谷内照得通亮。庄儿站在山坡的一块巨石上说道："大胆山贼，我们在此等候多时了，快快下马受缚吧，或许还有一条生路！"走在队伍中间的吴松知道中计了，他还是大声叫道："弟兄们，四下散开，各寻生路去吧！"有的骑马向谷口冲去，结果被石子打下了马，马跑开了，人却摔落到地上不能动了。东边的玉儿和茹儿、西边的杏儿和月儿、谷口的春风和春雨都是照着穴位撒出的石子。有些山贼向山坡上逃跑，士兵及衙役的箭立刻射向了他们，没被箭射中的，又只好回到谷底。这时，茹儿和杏儿各夺了一匹马，冲进了谷底，双手齐发，石子飞出，又打倒了几个山贼。月儿和玉儿也从对面向谷底冲了进来，士兵及衙役则从山坡上向下冲来。山贼们死的死、伤的伤，只剩下几人围在吴松身边。大家石子和弓箭齐发，山贼全部倒在了地上。这时，天已微亮，庄儿命士兵仔细搜查，茹儿、月儿、杏儿和玉儿则带着几个士兵提着几个山贼，进山里捉人去了。春风、春雨和赵福则领着其余的人打扫战场、看押山贼。

茹儿和杏儿来到放羊沟宫老汉居住的小木屋，找到宫老汉，茹儿双指在铁链上使劲一捻，一只脚上的铁链断了。杏儿也学着茹儿的样子，使劲一捻，没断，又捻了两次，铁链便断了。那宫老汉见她二人功夫这么好，立刻让黄毛领着几个官兵到山洞将留守的匪徒抓了起来。官兵们搜出许多粮食、布匹和财宝。庄儿与茹儿、月儿商议后，便派李伦下山回去给田力均报信，庄儿自己也飞身上马向桃花山庄飞奔而去。

李伦骑马跑到县城，城门刚开，他便来到县衙，下马后直奔后堂，两名衙役刚要上前阻拦，田力均从里面走了出来，李伦低声同力均说了几句，力均立刻回到后堂，将在此等候的苦儿、川儿等人叫了出来，又带上一队官兵，出了县衙直奔一品香酒馆。一品香酒馆还没开门，苦儿已跃上墙头，川儿带着悔儿堵住后门，柳扬、王胜和雅儿堵住了前门，官兵则将酒馆围了起来。山南城酒楼的宫掌柜向来起得很早，今日看到这番情景，忙回去将夫人与女儿叫起来，叫她们也出来看热闹。那宫小姐自从被庄儿救下后，便想着再见到庄儿，今日见到雅儿飒爽英姿的样子，好生羡慕。

庄儿回到山庄后，立刻找到张荣，叫人去套了马车，由张荣带人直接去了月牙谷。而庄儿自己则来到一品香酒馆门前，见了力均并将情况说了一下，力均不断地点头。庄儿一跃飞到院墙之上。站在窗口的宫小姐见到庄儿，脸红了起来。宫夫人说道："这庄儿虽说丑了点，却是个重情义之人。武功也好，是个可托付之人。"宫掌柜早就有意将女儿许配给庄儿，他不断地点头称是，心下合计找谁去说媒。

街上的人渐渐多了起来，见官兵围着一品香酒馆，人们都围过来看热闹。酒馆中的一个伙计伸着懒腰、打着哈欠，打开了店门，见周围这么多的人，吓得忙想将门关上。这时，柳扬冲了过去，将门推开，那伙计一看不好，忙跑向后院，边跑边叫："不好了，官兵来了，官兵来了！"后院的人动了起来，田舒穿上衣服走了出来，问道："瞎叫什么？官兵抓咱们干什么？"话音未落，一个伙计向墙上一指，庄儿坐在墙上说道："快刀帮的匪徒们，告诉你们，伏牛山的匪徒已被我们全部歼灭了，你们也跑不了，快快束手就擒吧！"说罢，他和苦儿从墙上跳了下来，这时，柳扬也从前门冲了过来。田舒一看，叫道："弟兄们，抄家伙，咱们和他们拼了！"田力均站在大门前大声说道："众位听好了，不许放走一人！"三个伙计向前门冲了过来，雅儿和王胜分别挥起软剑和软鞭，将三名伙计打倒在地。官兵上前将三人绑了起来。田舒刚要跃上墙，苦儿左手弹出一枚石子，正打在他前胸，他扑通一声跌落在地上，动不得了。苦儿右手对着另一名伙计的后背就是一掌，那中掌的伙计身子晃了一下，便全身瘫软。庄儿和柳扬也出手先后制服了几人，余下的伙计见情势不好，便向后门冲去，川儿的拐杖和悔儿的扇子很快将冲出来的匪徒制服了。前门的力均见再无人从前门冲出来，便对官兵说道："本县进去看看，你要小心，不得放走一个贼人。"便向院中走来。川儿让悔儿留在后门，自己也向院中走去，他们挨门地搜查，又从床下及柜子里查出了五名藏匿的伙计。苦儿和力均来到白猫房间，查出许多金银财宝和一个玉雕的狮子。苦儿一看，说道："这是我爹的心爱之物啊，十几年前的那场抢劫必是他们所为！"力均说道："咱们会弄清楚的。"

川儿和柳扬押着十五人走了出来，庄儿清点了一下人数，与自己平时所观察的人数只多不少，便命人将匪徒押回县衙。城里的百姓几乎全出来了，见小小酒馆里竟藏了近二十人，都很惊讶。官兵们则小声议论道："怎么这么快就完了？咱们还没动手呢。"一名衙役说道："哪里还需咱们动手？人家可都是高手。"

这时有人高喊："一队人马进城了！"人们都朝城门的方向望去，见前后共八辆马车，每辆都装了满满的物品，车队后边是马队，共有十八匹马，马背上驮着大布袋，再后面便是二十一名山贼，两边有官兵看押。全城的百姓欢呼起来，有人燃起了鞭炮，人们不禁奔走相告，喜讯顿时传遍全城。

几天后，力均审完案子呈报南阳府，河南知府赵财在公堂上看完了案情，不禁佩服眼前的这位年轻的知县，心说："我这知府可算能坐稳当了，也可向朝廷报功了。"可转念一想，给了山南县五年的免税，便觉得有些后悔，想将字据要回来。他问了派去的官兵，几名官兵一五一十地将情况说了一遍，其中还有一名官兵说道："老爷，我听县衙的衙役们说，那快刀帮帮主叫龙老大，武功极高，说不定这事传出去，会引起一场血战，而那田知县，属下是亲眼所见，也是武功高强之人，到时，谁胜谁负还不一定呢。"

赵财听了，心中害怕，心想：双方都是高手，我还是保命要紧，还是照章办事好了。想罢，他立刻将公文上报，再也不提字据之事。

这一天，田力均将县里的乡绅们请到了县衙。他表情严肃地坐在大堂之上，堂下站满了各乡的里长及有钱有势的人。田力均说道："本县今日请各位前来，有几件事情要向大家讲明。大家可能都知道了，山贼被灭了，可不等于流寇、草贼也被灭了。所以各乡要把青年组织起来，一面种田一面习武，形成自己的自卫队。本县在两个月后到各乡去查验。"田力均停了一下，继续说道："本县已请来能人到山区查看，制订计划。一是要兴修水库、水渠，以求我山南县旱涝保收。二是派人看山护林，不得再任意砍伐。这两项都需要用人，因此要求各乡将无地或少田的人家报上来，组织这些人修坝、看山。县里负责吃住，还每月发粮食或布匹，以资家用。此事必须快办、办实，乡里有多余劳力的都可派来。"

田力均说到这里，转了话题，说道："各位里长、乡绅，本县已听说你们当中有人欺压百姓，采用各种手段霸占别人的良田，可谓是横行乡里、鱼肉百姓。从现在起，如能退田、退银，自己私下和好的，本县可既往不咎，否则一经本县查出，定要加倍惩罚。你我心知肚明，勿谓言之不预。"说罢，他向众人扫了一眼，其中有好几人低下了头，不敢与他目光相对。

田力均最后说："另外，你们当中有人可能看见了，在北城门外的山脚下正修建一个集市，三个月后，那里便可开张，你们回去后可以告诉庄户人，以后可以赶车、挑担到那里去卖菜或卖粮。买卖自由，任何人不得干涉。本县所讲的事就是这么多了，你们还有什么事？有事尽管说来。"

一位里长说道："田大人，由于闹灾生病，我们乡的孤儿有七八个，有亲戚的还好说，有几个没亲戚的，或亲戚家很穷、无力扶养的，实在是不好办。"田力均想了想，说道："城内空房不少，但都是有主的，官府是不可能强占的。能用之房只有一品香酒馆一处，充其量也只能容下三十几个孩子。这样吧，各乡的孤儿尽量自己安排，实在安排不了的，送到县里来。"

堂下一些人议论起来："怎么办啊？""退呗，别心疼银子了，他要是狮子大开口，硬是向咱们要，你还能不给？人家连山贼都灭了。""退！退了心静，这也算给咱们留面子了。"

七天后，伏牛山中修建水库的工程开工，张荣和庄儿负责，在何处取石、何处垒坝、何处排洪、何处修渠，都是按设计严格实行。苦儿已悄悄地将郑恪、朱如天和冷面双娇及冷竹青等人接回，朱如天回来后，便向苦儿、茹儿和庄儿打听赵福四人的表现，他们都详细地向两位老人说了一遍，朱如天甚是满意。罗忠信也点头，并同川儿、悔儿一起，着手对赵福四人进行武功传授。

在长沙十业帮大院里，白猫正在向龙老大哭诉着："帮主，我的弟兄们一个也没剩，全被抓去了，求帮主救他们一命吧！"郎昊大声号叫道："田力均，我一定去劈了你！"金珠听到消息后，马上卖掉酒楼，领着手下二十几人来到长沙，也躲进了这个大院里。

庄大对曲蛇说道："大公子，属下带人亲自到山南城打探情况，灭伏牛堂的是四个漂亮姑娘；灭一品香的是四男两女，一个姑娘用软鞭、一个姑娘用扇子，四男中两个用拳、一个用鞭、一个用拐。"曲蛇说道："那灭伏牛堂的，定是与苦儿一起的几位姑娘。灭一品香酒馆的两个姑娘，极有可能是雅儿和悔儿。那用拐的定是小黑小子，另一个用鞭的可能是王胜，我教过他鞭法；两个用拳的，定是苦儿与那个白小子。"

听着他们的议论，龙老大心里如同打翻了五味瓶，各种滋味都有。首先因知道了雅儿的下落而且知道雅儿平安而感到欣喜，对小黑小子的健康成长和武功卓越而感到安慰；同时，对王胜及雅儿的背叛又有些伤心，对失去两堂的人马而感到心痛和愤怒……这诸多的情感叫他一时难以承受，他闭目、咬牙，强迫自己冷静下来。曲蛇偷偷地观察着龙老大的表情，并不知道他在想什么。曲蛇说道："各位弟兄，那苦儿与冷面双娇就是咱们的仇人。朱如天已经不中用了，咱们下一个目标便是冷面双娇这些人。等师父成了武林至尊，咱们快刀帮便成了天下第一帮了。咱们现在受点损失不算什么，咱们现在手里不是还有十业帮吗？等咱们练成了神功，便可称霸武林了！"

龙老大听了这话，心中颇感安慰，他说道："曲蛇说得对，小不忍则乱大谋。我们虽损失了几十个兄弟，可还有各位在啊。咱们要把仇恨埋在心里，冷静下来，好好练功，功成名就，才是当务之急。练不好功夫，到对阵之时，只能是送死啊！"

两个月后，刑部批文下达了：不必等秋后，山贼一律斩立决。赵财派来的送公文的衙役说道："田大人，赵大人说他近日身体不适，监斩之事由您负责。"田力均心想：一向爱贪功的赵财，这次为何不肯露面了？力均立刻布置下去："明日午时，在城外荒山处行刑。"

第二天，行刑的法场上，南阳几个县的百姓都围过来了。为了防止有人捣乱或劫法场，大量士兵、衙役在四处守护，并且，冷面双娇、苦儿、茹儿等人也公开亮相，不少武林人士也前来看热闹，有人小声议论道："这么多人中，肯定有快刀帮的人，他们敢劫法场吗？"另一人说："我看他们不敢，冷面双娇都站在这里了，他们敢动手？"其实，快刀帮的人就藏在人群中，其中金珠派了五个人前来，他们听着人们的议论，看着现场的阵势，有些胆寒了。其中一人说道："这阵势，即便是帮主来了，也不敢劫法场。"另一个说："这四十多个兄弟就这样死了？没人救了？"另一个说："帮主都不敢来救，只派我们五个人来看看，咱们也只好看看了。"五人中的一个又说道："有一天，也许我们也会有这样的下场。"四人不约而同地看了他一眼，那人继续说道："我说的是实话，咱们不能再去白白送死了，到头来没人管没人问的。我是去意已决。"另一人说道："咱们一走了之，另谋出路吧。"

午时三刻一到，随着田力均下令行刑之声，田舒大叫道："龙老大，你见死不救，你是个孬种！"吴松也大骂道："曲蛇、郎昊，狼心狗肺的东西，老子先走一步，在那边等你们。"刀光一闪，这两个山贼头目便没命了，接着，众山贼一一受刑，多年来受山贼欺压的百姓们沸腾了，他们欢呼雀跃，久久不肯离去。金珠手下的这几个人，则悄悄离开法场，各奔东西。

田力均估计无人给山贼们收尸，便派士兵挖了一个大坑，将山贼们就地掩埋了。

处决了山贼后，山南城的百姓觉得心里踏实了，再也不用过担惊受怕的日子了，有一些已搬走的人家又陆续地回来了。他们高兴地打扫房间，又重新开业做起生意来。

　　这一天，田力均和庄儿换上便服在街上察看，一出北城门，便见一面很长的砖墙，中间有个大门，从大门进去，叫卖声不绝于耳，好不热闹。集市中间是一条街道，足有二丈宽，街道两边分别是一排平房，都是些小店铺。庄儿指着一个小吃馆说："这是奶娘的小吃店，倩儿常跟着奶娘到这里来。"他们走进去一看，里面摆了几张桌子，都坐满了人，雅儿和王胜正在忙着。倩儿看到田力均来了，忙跑过来说道："哥，你想吃什么？我去帮你拿。"力均爱惜地摸了摸倩儿的头，说道："哥不吃了。你在这儿要听奶娘的话，晚上回去要去找爹读书，知道吗？"倩儿点点头。力均和庄儿出来，一位蓬头垢面、破衣烂衫，并抱着一个一岁左右的孩子的妇人，一直跟在田力均和庄儿的身后。田力均和庄儿又进了几家门店后，那妇人还是跟在他二人的身后，田力均转过身往回走，走到那妇人身边问道："大嫂，你是哪里人？为何来此乞讨？"那妇人吃惊地瞪着双眼。庄儿说道："大嫂，你不必害怕，这位是本县的县太爷，他会帮你的。"那妇人看了田力均一眼，便掩面而泣，田力均安慰她说："大嫂，不必哭泣，你丈夫在哪儿？"那妇人慢慢抬起头来，又看了看力均，说道："力均，你不认识我了？"田力均仔细一看，惊叫道："白云？是你吗？"那妇人点点头，又哭了起来，田力均安慰她说："别哭，你一定是遇到了难处，咱们找个地方说话。"说完，他和庄儿便又来到奶娘小吃店的后院。

　　雅儿端来一碗汤、一盘炒菜和一个馒头，白云可也真是饿坏了，抓起馒头大口地吃了起来，风卷残云般，不到一会儿的工夫，便将所有食物吃光了，然后不好意思地说道："力均，谢谢你，我都两天没要着东西吃了。"这时，力均见她面色平和了很多，便问道："你家不是在京城吗？为何到了这里？"白云叹了口气，说道："我随着哥进京后，哥便叫我嫁给了吏部尚书吴大人之子吴桂。"一提到吏部尚书吴光，力均便知道了大概的原因。

　　白云讲起了自己的遭遇：原来成亲后她才知道，自己只不过是吴桂的一个外室，根本没住进吴家府邸。对此，她心中十分恼火，却也无可奈何。在她怀有身孕后，吴桂基本就不过来了。去年九月的一天，一个家丁回来说道："大事不好了！老爷死了，皇上下旨抄没家产，男丁流放，女人为奴。少爷已被绑走了，咱们快跑吧，一会儿便搜到这里来了！"家丁、丫头、婆子们一听，都顺手捡些值钱物跑开了，白云也抱起孩子慌慌张张地跑出了京城，一路讨饭来到这里，没想到遇到了力均。力均说道："你能跑出来已是万幸。不知你下一步有何打算？是等你丈夫归来呢，还是——"白云擦了擦眼泪，说道："他不是我丈夫！他家里已有三妻四妾了，我只不过是他的玩物而已。"力均问："可有你哥的消息？"白云说道："听说是被抓到西北去了！力均，我没有别的亲人了，你帮帮我！"力均说道："我自然要帮你！不过，为了安全起见，你要把名字改了，改叫云霞吧。奶娘，就让她先留在这里吧，跟外人只说是你的侄女，行吗？"奶娘点点头，说道："云霞，就把这里当成家吧，我就是你的姑姑。"白云激动地跪下来便要磕头，奶娘一把将她扶了起来。她扑进奶娘怀里，痛哭失声。

八十一　生死决战

八月的一天，有人将一封信送到桃花山庄，苦儿打开一看，是龙老大送来的战书。他立刻找到茹儿，二人商量后，便来到郑恪的房间。恰好，朱如天和罗忠信也在这儿，茹儿又将冷面双娇请了过来，七人便商量起来。朱如天说道："龙老大再也按捺不住了，一心要称霸武林啊。"郑恪说道："所以咱们必须认真对待，不能有什么闪失。苦儿、茹儿，说说你们的想法。"苦儿说道："这场决战，无须二位爷爷和二位姑姑出手，你们就坐镇指挥，决战之事交给我们就好了。只是我担心十业帮已遭到了破坏，咱们可趁此机会将十业帮收回来，取胜后，让罗伯伯及四位堂主即刻赴任。罗伯伯及川儿和悔儿已将功法传给了他们，他们的功力已是大幅提高了，川儿规定，以后他每月去检查他们功力一次，不好好练功的打屁股！"众人一听都笑了。

茹儿说道："还要与力均哥说好，将城里安排好，士兵上城、衙役上街巡查，严防有人趁机作乱。山庄交给春风、春雨应该没事。"冷面双娇说道："山庄交给她二人倒是不会有问题，只是孤儿院的孩子们，还是让田大侠暂时带回山庄比较稳妥。"苦儿说道："对，月儿和杏儿可能都要出战，暂时将孩子们带回山庄较安全。"

在决战现场，双方对峙着，苦儿对月儿、川儿等人说道："今天参战一定要敢于厮杀，打得赢就打，打不赢就走。注意保护自己和同伴：川儿保护悔儿，冷兄保护玉儿，其余的由我和茹儿保护。"茹儿说道："咱们今天面对的是亡命之徒，决不能手下留情，能一招制胜的决不用第二招。同时要防备他们使用暗器、阴招，多留心，出奇制胜，必要时可二人联手，彻底打败他们。今日之战，我们战之有理，战之必胜！"

决战现场周围站满了人，武林各派的人几乎全都到场。这些人站位靠前，都想把这场战事看得更清楚些。山南县城的百姓也来了，他们比任何人都关心这场决战，他们不想让刚刚开头的好日子遭到破坏。赵财也来了，他混在人群中，想看看快刀帮都是些什么人，更想看看田力均这伙人究竟有多厉害。他希望快刀帮的人被消灭，因为这样在他的地界上便不会再出大事。同时他也希望田力均的人不要太厉害，因为太厉害了，以后便不好管了。所以他今天才会冒着危险，混于百姓之中，想看个明白。

这时，龙老大突然大笑起来，说道："怎么，都来了？哈哈！"声音震耳欲聋，在场的人无不惊异。有人小声说道："龙老大真是底气足啊，连声音都有杀伤力。"龙老大看到朱如天，又笑道："朱如天，你武功已废，来了又有何用？上次没要了你的命，今日又来找死吗？"朱如天也笑道："龙老大，你别高兴得太早了，我还没死呢。我来就是办一件事，让天下武林之士人人皆知！"众人一听都注意起来。朱如天接着说道："龙老大，你费尽心机，要取我朱某性命，无非是想霸占我十业帮。现在我便任命十业帮的新帮主，重振十业帮的雄风，为十业百姓谋福！"

朱如天又停了一会儿，看了看在场的人们，又提高声音说道："十业帮第一任帮主朱如天，现任命罗忠信为第二任帮主！"罗忠信立刻走到他面前跪下，朱如天取出十业宝玉交给罗忠信，说道："此乃十业宝玉，是本帮镇帮之宝，只有拥有它的人，才是本帮真正的帮主。"罗忠信接过宝玉，说道："谢谢老帮主信任！"他起身立刻宣布了赵福等人的堂主任职，赵福等四人立即站在了罗忠信的后面。罗忠信向对面的人群看了看，大声说道："十业帮的弟兄们，我知道你们是受胁迫的，现在欢迎你们站过来，不要给龙老大卖命了！"几句话掷地有声，连站在最外圈的人都听得清清楚楚。罗忠信话音刚落，曲蛇身后原十业帮的人，呼啦一下子全跑出圈外，又从圈外跑到了四位新堂主的身后站定。

龙老大又哈哈大笑起来，说道："朱如天，跑过去几个人算什么？此时的十业帮对我已毫无用处。罗忠信，我可以抓你一次，就可抓你两次、三次。不过，你的消功大法对我已经无用了，你做了十业帮帮主，不过是自寻死路，只怕你今日是逃不出我的手心了！"

罗忠信刚要答话，郑恪说道："龙老大，你在西北大漠称王称霸，潜回中原后，又是抢劫杀人，又是绑架儿童、残害武林人士，直到今日还要对抵抗者赶尽杀绝，妄图称霸武林。陈如风，你的算盘打错了。"

"啊？原来他叫陈如风？""陈如风不是个武痴吗？十几年都没消息了。""真没想到，这龙老大便是陈如风！"人们不禁议论起来。

龙老大一听，十分吃惊，他大声问道："你是什么人？怎么知道我的名字？"

郑恪答道："老朽郑恪，你不记得了？"龙老大想了想，自己年轻时，曾与郑恪有过一面之交，他吃惊地说道："你就是磨盘老人？你没死？"郑恪笑道："你终于想起来了。陈如风，你由一个武痴变成了一个杀人狂，你走得太偏了，没救了！"

郑恪和陈如风的名字一经叫出，围观者都十分吃惊，众人不禁议论纷纷。其中最为吃惊的有两个人：一个是郑明光。郑明光看着谷艳小声说道："坏了，坏了，我把我叔祖给圈起来过，那天我还骂了他，这如何是好？"谷艳说道："不怕，咱们练成了雪花剑法和消功大法，今日要抓住时机，打败龙老大，镇住所有的人，登上至尊宝座才是正事。"

另一个吃惊的人便是川儿，只见他双目圆睁，嘴唇不断地抖动着。他大步地走到前面，悔儿去拦他，他却不理会。他径直走到龙老大面前，双膝跪下，对着龙老大大声叫道："爹，我叫杨顺，我娘告诉我，爹叫陈如风。可我万万没想到，我爹就是龙老大！爹，别打了，放下屠刀吧！"龙老大也向前走了两步，说道："顺儿，爹早已知道苦儿一伙中有个黑小子叫川儿。爹估计这个川儿极有可能是我的顺儿。爹见你有出息了，真高兴！你娘是怎么死的？你为何改叫川儿？"

川儿答道："爹，我娘叫山贼给杀死了，那山贼还砍断了我的一条腿。是好心的苦儿哥哥和茹儿姐姐救了我，是哥、姐和爷爷把我养大成人。娘临死前告诉了我您的名字，还说不叫我去找你，叫我改名为川儿。爹，孩儿从小受苦，知道谁是好人谁是坏人，我的爷爷和哥哥、姐姐、弟弟、妹妹都是不幸之人，但他们都是好人，是比亲人还亲的亲人！"龙老大说道："顺儿，你我父子相见，爹很高兴，你退到一边吧。郑恪、苦儿，我陈如风在此谢过你们对川儿的救命和养育之恩。"说完就向老叫花等人鞠躬。这时，雅儿也走到前面来，说道："爹，我是雅儿啊！你逼死了我娘，可又生养了我。爹，杨三虎欲行不轨，我杀了他，可就是他告诉了孩儿，爹是一个什么样的人。您就听川哥的话吧，该悔悟了！"

龙老大惊异地看了看雅儿，雅儿长高了、白了，也丰满了，脸上的紫斑也淡了。龙老大很高兴，说道："雅儿，变漂亮了，越来越像你娘了。爹对不起你娘，但爹是真心喜欢你娘，也是真心疼你的，有了你这样的好女儿，爹知足了。知道你与苦儿他们在一起，爹也就放心了。王胜，你要善待雅儿，否则我饶不了你！雅儿，替我向奶娘问好。你也退下吧。"

这时茹儿走上前，将川儿和雅儿拉了回来，郑恪、朱如天等人向川儿和雅儿投去赞许的目光。龙老大看到穿女装的茹儿，竟有些恍惚了。他问道："这位是？"茹儿抱拳说道："在下付茹秀。"龙老大喃喃自语道："付茹秀……肖艳芳？"

曲蛇看了一眼龙老大，暗想：这关系有点复杂，真打起来该如何对待这个黑小子呢？难怪师父这么关心这小子。师父的儿子、女儿都在那一边，真是天不助师父啊！奇怪，雅儿、悔儿，这两个柔弱的小姑娘，怎么到了苦儿那里不但变漂亮了，还散发出一种气势呢？躲在人群中的陈鸣也是大吃一惊，他心想：这黑小子也是爹的儿子，这如何是好呢？围观的人群中也有人说道："想不到，这龙老大竟有这么一双有情有义的儿女。""这叫近朱者赤，近墨者黑。"

龙老大平复了一下情绪，对冷面双娇叫道："冷面双娇，出来受死吧！郑恪，下一个轮到你。"苦儿站出来说道："龙老大，有我们年轻人，爷爷和姑姑无须亲自出手，冲我们来就是了。"龙老大一听，哈哈大笑起来，说道："苦儿，山洞一别已有十多年了，我派人四处找你，可始终没找到，不想今日以这种方式相见，真是人生多变啊！"苦儿说道："龙老大，折磨我的是你的手下。我长大成人了，你又派人到处抓我、加害于我，要不是我命不该绝，早已死上两三回了。"

站在一旁的刘全柱早已按捺不住了，他的目标是杀悔儿，以试他的新功法。他跳出来叫道："苦儿，你少废话，我师父没空听你胡说八道。悔儿，你背主出逃，上来领死吧！"茹儿握着悔儿的手，说道："别怕，小心就是了。"悔儿点点头。朱如天想阻止，可来不及了，他握住了郑恪的手，郑恪已感觉到他的手心出汗了，便说道："你对自己的孙女要有信心。瞧见没？那茹儿是准备随时出手的。"

　　这时，悔儿上前说道："二公子，从小你就欺负我，长大了，还不肯放过我，我离开青蛇山庄，都是被你逼的。今天你还要欺负我，真是天理难容！"说罢，二人交起手来。这场决战也正式开始了。

　　刘全柱心想：悔儿轻功不错，剑法根本不行，可今日却拿了一把扇子。不用说，一定是新学的，能有多大能耐？于是，刘全柱左一刀右一刀凶狠地攻了过来。悔儿挥舞长扇，左跳右闪，在躲避中寻找机会。二十几招过去了，刘全柱不愿再浪费工夫，立刻使出了金指功。只见他用刀一扫，随即伸出左手点向悔儿。悔儿闪身，用左掌去接的同时，用扇子向刘全柱头部扫来。刘全柱只觉得自己的金指如同打在了棉花团上一般，正疑惑之时，却有一股力量击在他的头部，他感觉不妙，便想将头低下，可那扇子却是重重击在了他的颈部。刘全柱站了好一会儿，才扑通一声摔倒，屁股和脸一起撞到地上。悔儿冷笑一声，走了回来。人们静得出奇，有些人还没看清是怎么回事呢。朱如天小声对郑恪说道："好，打得好！这吸功大法好啊。"

　　第一仗就失利，对龙老大阵营的震动很大。他们可都看清楚了，刘全柱使出了金指功，却没起作用，反而叫人家得了手。

　　这时，月儿站了出来，叫道："一品香的白掌柜，你滚出来！你设计杀害文叔叔，还装善人，多次偷袭桃花山庄，出来领死吧！"白猫知道月儿的武功比自己高，出去是必死无疑，可又不能不出去，于是打定主意，能逃就逃。二人交起手来，白猫是左藏右躲，不肯正面交手。可他没想到的是，月儿比他更快。月儿将圣手掌糅进了刀法之中，使这江南刀王的刀法大放异彩。罗忠信忍不住大声叫起好来。白猫被月儿的刀光罩住，左冲右撞，胸前挨了一刀，倒在地上不动了。

　　郎昊一声咆哮出场了，川儿听后立刻冲了出去。郎昊的刀使得虎虎生风，挥来砍去，还不时号叫几声，川儿使出了川上神拳与之周旋。不久，郎昊已累得汗流浃背，便想使出金指功。他抬手发力，川儿闪身躲过，可那股力打在了围观的人身上，那人应声倒地，人们立刻吓得向后退去。郎昊得意了，他连续使用金指功，川儿却是转来转去，一一躲过，直到郎昊抬手发不出力来，才知道坏事了。他刚要逃走，川儿向前一拦，用拐一拨他的身体，接着又从后面击打他的双腿，郎昊扑通一声，面北而跪，用两手撑地，他的膝盖骨已被击碎了。川儿也是面北而跪，大声说道："娘，杀害您的凶手已给您跪下了，儿子叫他给您偿命！娘，您可以安息了！"说罢，站起来，轻轻往郎昊头上一拍，郎昊的头立刻触了地，像是磕头一般。川儿走了回来，悔儿立刻上前问长问短。郑恪和朱如天见了相视一笑，龙老大见了也很欣慰。

这时，柳扬站了出来，用童音喊道："韩士夕，你给我滚出来！"韩士夕看是一个十五六岁的孩子，觉得有些奇怪，他走出来问："我可不认识你，你为何出言不逊？"柳扬大声说道："你不认识我，我可认识你。我师父是冷月娇，常笑天常老前辈便是我师公！当年你装出万般可怜又万般虔诚的样子，博得我师公的同情，收留于你，并传你一些寒冰大法。可你却丧心病狂，趁我师公练功之机，出手击他命门，以致他老人家命丧峨嵋。今日，我便要为师公报仇，除掉你这淫贼！"

这时关士田站出来说道："小子，你这么说可有凭证？"柳扬从怀中掏出一团白布，说道："我师公留下的血书就是凭证！"韩士夕心虚起来。朱如天说道："关士田，你还敢站出来！在你和韩士夕被人追杀之时，是朱士龙收留了你们。可你们却恩将仇报，帮着曲蛇杀害了朱士龙，你们良心何在啊！"关士田叫道："我没有！"这时宜静冲了出来，清风道长叫道："宜静！"宜静回头说道："师父，徒儿找了这淫贼多年，今日总算找到了！"说罢，她拔剑便刺向了关士田。柳扬叫了声"师姐"，便与韩士夕动起手来。柳扬使出冰雪大法，打得韩士夕招架不住。冷月娇看到柳扬的武功，禁不住高兴地对乔如虹说道："姐，柳扬的冰雪大法超过我们了。"乔如虹笑道："一代更比一代强！"说话间，韩士夕脸上冒出了冷汗，他拼死抵抗，一剑刺向柳扬。柳扬一个转大树，转到他侧面，一剑刺向他的双腿。只听扑通一声，韩士夕老老实实地跪在了地上，不过，他的脸却是朝南的。柳扬也朝南跪了下来，说道："师公，您老人家的在天之灵一定看到了，韩士夕给您跪下了，孙儿让他给您磕头！"说罢，站了起来，用手在韩士夕头上轻轻一拍，韩士夕的头立刻触了地，与郎昊的姿势一模一样。不一会儿的工夫，韩士夕的上身结满了冰，有人叫道："冰雪大法！"

关士田一见韩士夕被杀，便想跑，他拼命一剑刺向宜静，可他万万没想到，宜静竟挺身直上，两个人同时剑穿前胸，相对而立。宜静痛苦地叫道："柳扬，快过来！"柳扬忙过去说道："师姐，我来救你！"宜静摇摇头，艰难地说道："伤及内脏，我活不了了。我要告诉你，我是你娘。十几年前，就是这淫贼强暴了我，娘才生下了你。娘活下来，就是为了报仇。他脑门上有颗黑痣，还有一双小圆眼睛，这些特征娘都记住了。今日终于找到了他，并杀了他，娘也算是为民除害了。"说完，她闭上了眼睛。

关士田看着柳扬，突然笑道："在这个世上，我还有个儿子！儿子，儿子！老天啊！我知足了！"说罢，他用力一掌击在自己的头上，当场死去。清风道长和茹儿、杏儿走了上来，茹儿拔出宜静胸前的剑，将她抱了回来。杏儿和清风道长去拉柳扬，柳扬一脚踢飞关士田的尸体，尸体正落在谷丁的面前，吓得谷丁面无血色。王果看到了杏儿，便叫道："小丫头，你别走，我儿子就是死在了你们的手里！"杏儿看了她一眼，说道："你在井水县做了不少坏事，你以为你逃到这里就没事了？我们正要拿你呢！"说罢，与王果动起手来，谷丁见战势对王果不利，便想上阵去帮王果。玉儿走上前来说道："谷丁，我爹是你的师弟，可你却动手杀了他，今日，你快些自己了断吧！"谷丁看了看身边的龙老大和曲蛇，见他二人毫无反应，便彻底绝望了，他要拼命了。这时，谷艳跑了上来，说道："玉儿，你不能杀我爹！"谷丁说道："艳儿，你快躲开，我与她拼了！"说完，举刀便砍，谷艳也举剑相助。玉儿不慌不忙使出了自己的孔雀掌，同时，她身法也是飘来荡去，看得众人无不称赞。"这姑娘美，她的功夫更美！""没想到，唐宣的女儿竟如此出色。"冷竹青见他二人围攻玉儿，也冲了上去，拦住谷艳，与玉儿联手对敌。

在杏儿与王果的对阵中，杏儿是又跳又蹦，还不时说上几句气人的话。

王果恨得牙痒痒，她使出透骨掌攻击杏儿，杏儿都巧妙地躲开了。王果火冒三丈，她像疯了一样，丢下刀，一掌接一掌地猛攻过来，并且是一掌狠过一掌。可时间长了，王果感到体力不支，身子也开始打晃了，晃了几下，再也站不稳，一屁股坐在地上，一口鲜血喷了出来。

谷艳和谷丁虽是二人合作，却仍是各打各的；而玉儿与冷竹青的配合却是十分默契，有攻有守。谷艳见冷竹青并未对自己下狠手，便转而守护谷丁的安全。谷丁见王果丢下刀，用掌攻，便也丢下刀，挥动双掌击向玉儿。玉儿的身体晃来晃去，看似躲不开，却又偏偏闪开了，气得谷丁大叫。冷竹青明白玉儿的用意，也不理谷丁，只是防御谷艳偷袭玉儿，但他并不攻击谷艳。而谷丁却是掌掌打空，耗干内力，最后也是一口鲜血喷出。他挣脱了谷艳的手，来到王果身边，与王果靠在一起。王果将头往谷丁身上一靠便咽了气，而谷丁想说什么，嘴唇动了动，也咽了气。谷艳见此，无奈地摇头走开了。原来，四年前，王果奉金珠之命，装扮成叫花子，带着儿子来到大名府前乞讨。谷艳见她母子可怜，便给她拿了些吃的。谷丁刚丧妻不久，见王果年轻，便留她在厨房干活。一天夜里，早已被王果勾得神魂颠倒的谷丁闯进了王果的住处，从此二人夜夜取乐。长此以往，竟也情根深种。

这时，陈鸣来到龙老大身旁，叫了声"爹"，龙老大看了他一眼，说道："鸣儿，你不该来的，快走！"这时，曲蛇问道："师父，他是您儿子？"龙老大点点头。

曲蛇看了看，身边只有龙老大、陈鸣和金珠了，便站起来说道："你们哪个与我相拼？"苦儿刚要上前，茹儿说道："哥，你压阵吧，让我来。"曲蛇见是茹儿上来，心中一喜，心想：逃走的机会又增加了几分。茹儿说道："曲蛇，快刀帮所有的阴谋你都参与了策划，并且是你组织实施的，可谓是罪大恶极，死有余辜！"曲蛇说道："小丫头，别把话说得太满，谁生谁死还不一定呢。"茹儿先出招，曲蛇如蛇行般与之周旋，并且是一手挥鞭、一手短剑地攻向茹儿，茹儿腰中虽有短剑，她却不用，以双掌迎之。曲蛇看她无兵器，便放心大胆地攻了起来。在场的人都为茹儿捏了一把汗，郑恪的脸上却平静似水。

二人战了几十个回合后，曲蛇觉得手中的鞭和剑不听话了，他心中十分纳闷：怪了，好像遇到鬼了！他强打起精神，一鞭向前挥去，茹儿在躲开的刹那间，用掌一顺，曲蛇便觉得好像有人在向前拉他的鞭子一样，不由得向前跨了一大步，与此同时，顺手将鞭向侧面扫去，攻向茹儿腰部。茹儿向后退了半步，鞭头从她腰前一过，她双掌一摆，又向后跳开。令曲蛇没想到的是，那鞭头竟收拢不住，一下打在自己的后腰上。聪明的曲蛇明白了，此时不逃走只能是送死。想到此，他装作游斗之姿，施展轻功与茹儿对抗。二人一会儿一个腾空跃起，另一个居高临下；一会儿一个纵身直上九重天，另一个是穷追不舍；一会儿一个横空飞越，在树间穿行，另一个则是在空中迈步如履平地。观者大开眼界，惊叫之声不绝于耳。突然，曲蛇眼睛一亮，在飞越一棵大树时，突然拉住树枝，向后飞去。茹儿刚追到树旁，曲蛇猛地松了手，那被拉弯的树枝以巨大的反弹力向茹儿击来，茹儿想躲已来不及了，只见茹儿双掌齐发，只听咔嚓一声，树枝被打折了，已经飞走了的曲蛇突然像被风刮走似的，飞过人们的头顶，重重地被扔在了人群之外。

不一会儿，一个年轻人将曲蛇的人头扔到了龙老大的脚下。他大声叫道："我杀了曲蛇，我为师父报仇了！"郑恪问朱如天："这人是谁？"朱如天一看，说道："此人是巢湖帮帮主典大为的大弟子——刘梦。曲蛇前几年杀了典大为，灭了巢湖帮。"

这时，乔如虹说道："龙老大，你也看清楚了，片刻时间，你的手下就被打败了，看在川儿和雅儿的面子上，你若能服输认罪，我们可以饶你不死。"

龙老大知道自己完了，便对陈鸣说道："鸣儿，快走吧，他们不会追你的，爹是走不了了。"陈鸣说道："爹，我要救你出去！"龙老大狠狠地说道："快走，不走就来不及了！"说罢，他取出鞭和剑，道："老子天下第一，哪个敢来与我较量？"话音未落，郑明光和谷艳双双上了场，挥剑便刺。郑明光边打边说："龙老大，你杀了我爹，还想活命吗？我夫妻打败了你才是真正的天下第一！"郑恪听了，无奈地摇摇头。朱如天笑道："老弟，你这侄孙志气倒是蛮大的。"郑恪说道："不知天高地厚！"

龙老大并未将他二人放在眼里，说道："你爹尚且不行，你二人岂不是白白送死！"龙老大使出龙凤鞭应对，郑明光和谷艳以雪花剑法相对。围观者纷纷议论起来："这龙老大的鞭法比以前更厉害了。""郑明光夫妻的剑法也比他爹厉害多了。""他爹累吐了血，他会不会也……""不会，你看他二人剑法飘逸、步法轻巧、飞落自如，还真是谁打败谁还不一定呢！"

三十几个回合下来，龙老大暗暗吃惊："想不到他二人不但学会了雪花剑法，而且内力也是十分强劲，我该用金指功胜之。"此时，谷艳高高跃起攻打龙老大，龙老大用短剑一指，一股内力射出，谷艳忙举起左掌相抵。砰的一声，双方各退两步。渐渐地，龙老大落在了下风，陈鸣立刻冲了上来，龙老大这才缓了一口气。但他父子二人却不如郑氏夫妻默契，时不时地还会相互掣肘。龙老大向后一跃，小声说道："鸣儿，快走，晚了就走不成了，快，快走！"陈鸣明白他爹是有意保留他这条血脉，一咬牙，突然跃起，飞出了人群。杏儿叫道："他跑了！"苦儿说道："不必去追了。"

龙老大咬牙再战，郑明光要胜他也是不容易。三人足足战了一个时辰，郑明光向谷艳使个眼色，便举剑正面攻击龙老大。龙老大举鞭相迎，可他的鞭和剑不能同时收回，谷艳趁机飞到他背后。龙老大明白此时自己如不回身自卫，后背必受重伤。他猛攻两招一回身，郑明光欺身向前，一掌击在龙老大的后背。龙老大一下子就瘫坐在了地上，叫道："消功大法？"谷艳挥剑向龙老大胸前刺去，剑却被一枚石子击偏。谷艳和郑明光还想上前再杀龙老大，川儿、雅儿和悔儿立刻飞了过去，三人围住了龙老大，与他夫妻二人对峙。不知何时，倩儿也从人群中跑了过来，她对龙老大说道："老爷，你不用怕，我们会保护你的！"众人都吃了一惊，心想：这是谁家的孩子这般胆大？龙老大看了一眼倩儿，满眼含泪，对着倩儿和悔儿不停地磕头，说道："对不起，对不起了！"雅儿欣慰地笑了。

正在此时，一位光头和尚身披袈裟，从天而降，提起龙老大飞身而去。川儿、雅儿和悔儿抱着倩儿也退了回来。苦儿和茹儿想去追，被郑恪制止了。那和尚早已不见了踪影，却有声音清晰地传入山谷："阿弥陀佛，善哉，善哉！施主已悔过，得饶人处且饶人吧！"倩儿回来后，茹儿、月儿和玉儿都亲昵地传抱着倩儿，冷月娇也一把将倩儿抱在怀里，说道："小不点，胆子也太大了，跟谁来的？"倩儿指了指场外的田育勤后，双手搂着冷月娇的脖子，将脸贴在冷月娇的脸上，显得十分亲热。

此时场上只剩下郑明光夫妇。郑明光十分得意，他哈哈大笑，说道："哈，哈！现在我便是武林第一，重振大洪山庄雄威的时刻到了。哪个不服，上来试一试！"谷艳也叫道："不服的没关系，上来试试！"人们听了骇然失色。武林中能打败龙老大的有几人？谁敢上去一试？

郑恪走上前去，劝道："明光啊，你夫妻要知道，这天外有天、人外有人。你们打败了龙老大，便自认为是天下第一，岂不有点可笑？我看你们还是快快回山庄，安安静静地过日子去吧！"

郑明光十分傲慢地说道："刚才听龙老大这么一说，我才知道你就是我二爷爷。你的消功大法对我来说已经不重要了，你还是找个地方养老去吧！"

罗忠信喝道："郑明光，你也太无情无义了！你的消功大法，是我奉你叔祖之命传与你的。如今，只不过是会了几手功夫，便狂妄起来，连祖辈都敢大不敬了！"川儿上前说道："你二人敢跟我爷爷这么说话，不教训教训你们，你们也不知道自己是半斤还是八两。小五、小六，你二人的'悠扬联手'可上去练练了。"老叫花也点头说道："杏儿、柳扬，上！"

杏儿和柳扬立刻答声"是"，走上前去。柳扬指着郑氏夫妻说道："你二人听到了，我们是奉爷爷之命来教训你们的，听我们良言相劝，快向爷爷认错，向天下英雄道歉。如若不然，立刻叫你们难看！"郑明光又大笑起来，说道："小子，你不就是会冰雪大法嘛！伤别人容易，伤我却难。一个老糊涂，两个小迷糊，真是可笑至极！"他刚要大笑，杏儿再也忍不住了，叫道："我忍你好久了，不给你点颜色看看，你还真不知道自己吃几碗饭！"说罢，挥笛攻向郑明光。

这两对都是训练有素、功法纯熟之人，郑氏夫妻的雪花剑法，平地似踏云，腾空赛飞燕。再看杏儿和柳扬的笛剑联手也是剑花难辨、笛影遮人眼。尽管别人看着好看，可此时郑明光觉得处处受制，打得十分别扭。而谷艳也是越打越怕，杏儿的笛子比她的剑快得多，而且内力比她强得多，几次险些将她的剑打飞。渐渐地，郑氏夫妻落在了下风。柳扬这才使出冰雪大法，一点点地蚕食郑明光。柳扬发一次，郑明光必用内力抗之。这样一来，一次次地耗其内力，杏儿将郑氏夫妻二人的剑打落在地。郑明光和谷艳面如死灰，呆立在那里。

郑恪说道："这回知道天高地厚了？你夫妻二人从此退出江湖，好好过日子去吧。如再生异想，必给郑门带来灾祸。你们回去吧！"朱如天看了杏儿和柳扬的配合，心想：没见他二人怎么练啊，配合得却是如此默契。看来，悔儿和川儿的配合也不会差了。想到此，他高兴地看了悔儿一眼。

郑明光和谷艳忙跪了下来，给郑恪磕头赔罪，然后拾起宝剑，退到一边去了。

冷面双娇一看，龙老大这边只剩下一个商人打扮的人，后面站着十四五个人。那商人打扮之人便是金珠。金珠后面有人小声说道："掌柜的，咱们还是逃命去吧！"金珠说道："胡说！本掌柜还没动手呢。"说完，他向前走了一步，说道："龙老大败了，那是他太自信了。我金珠已经看过了你们的武功，不过如此。现在该是我称雄的时候了。把你们武功最好的派上来吧，咱们决一死战！"

苦儿走上前说道："金堂主，快刀帮的人都说你不会武功，谁知你竟是卧薪尝胆，以求一战。有什么本事快使出来吧！"金珠从怀里掏出一个金算盘，说道："看来你是你们中武功最高的人了，我打败了你，别人就不会上阵了？"郑恪说道："对，你打败了他，我们无人再去打你。"金珠一听，哈哈大笑，说道："好，好！苦儿，早就听说你武功高强，不过你还是太年轻了，只怕功力不足，你与我交手只怕是要吃大亏的。"苦儿笑道："吃亏长智，你出手吧。"

苦儿拔出短剑，二人交起手来。苦儿第一次与金珠交手，所以采用游斗的方式观察其武功特点。金珠更是老奸巨猾，他打打看看、看看打打，以探虚实。双方都挥舞兵器转着圈子，不过，苦儿却听出了他算盘里的声响，这声音并不是算盘上珠子的清脆撞击之声，有些沉闷。苦儿明白了，这算盘里必有暗器。这声音也被茹儿听到了，她大声说道："哥，要小心了！"苦儿也大声说道："知道了，你们也要留心！"二人心领神会，茹儿立刻小声地告诉了身边的人，郑恪又派柳扬和杏儿悄悄地通知了两边的人。

苦儿和金珠经过一番试探后，金珠先出手攻击，他的金算盘左右闪动、上下翻滚，金光闪闪，令人目眩。苦儿暗想：好厉害的算盘功夫，一旦叫它晃得睁不开眼睛，那可就糟了！于是，苦儿眯起眼睛，左旋右转地与金珠周旋起来。金珠一看，心想：这小子身手敏捷，一定要逼他使出真功夫来，才可能胜他。于是金珠快上加快，眨眼间，三五招已经出手了。金珠手下的十几人都惊呆了，他们怎么也想不到，他们的堂主竟是一位武林高手。围观的人第一次看见这种"只听兵器响，不见身影行"的场面，个个都屏气观看。苦儿和金珠却突然停了下来，二人相距只有两三步，众人细看，谁也没受伤。金珠心想：这小子太敏捷了，如此斗下去，他年轻、我年长，最后我要吃亏啊，该用最后一招了。想罢，他纵身飞起，苦儿也随之跃起两丈多高，二人便在空中交了手。苦儿一直围着金珠打，金珠便想与苦儿拉开距离，他飞向一棵大树，苦儿则穷追不舍，金珠突然用脚猛蹬树干，身子从斜后方弹向苦儿，同时伸出左掌向苦儿击来。由于距离很近，速度又极快，躲闪已是来不及，苦儿便用左掌去接，金珠以为苦儿必伤无疑。可结果，两掌相击却毫无声响，一股力却击向了金珠的左胸，打得他连续后退了两步。

金珠忍着疼痛，抓住机会，一举算盘，几十枚银针、银珠射向苦儿。人们正在担心之时，苦儿使出了避攻之法。他侧身双臂发力，那银针及银珠立刻变了方向，都射在了地上。与此同时，人们见他身形一晃，已来到金珠身边，一剑刺伤金珠左臂，鲜血立刻流了出来，金珠大叫一声向一边跑去，又转身发出暗器，而且是双手各执算盘连续发出。苦儿担心周围的人受伤，他挥舞双臂，发出内力，将银针、银珠滞留在空中。金珠见此，哈哈大笑，说道："苦儿，我要累死你！"说罢，扔掉一只空算盘，又从怀里掏出一个算盘再发毒器。他就这样一气发了下去。这就是所谓的玢珠功，也就是举起算盘便可用内力将算盘上的杆和珠子，以及算盘里的针连续发出，而且是一枚接一枚，没有深厚的内力是办不到的。随着苦儿双臂的舞动，空中的针和珠被团成了一颗球，而金珠前面已丢下了十几个算盘，他身上已经没有算盘了，便用内力推动空中的这颗球，想用这颗毒球击打苦儿。

人们早已散开了，但还有几个人站在金珠身后，苦儿叫道："后面的人快闪开！"金珠笑道："你的内力快拼完了，还装什么英雄？"苦儿听罢，收回内力，那只球便向这边移动，金珠一见大喜，叫道："苦儿，你等死吧！"说罢，又拼上最后的力气，苦儿又加了一点力，金珠也加上一点力，反复了十几次，金珠知道上当了，他的内力已经耗尽了。他极不情愿地垂下手臂，那颗球飞快地向他撞去，撞在他的前胸，一直把他推到一棵大树上，这才停了下来。金珠的眼睛瞪得大大的，他不明白，对方的内力怎么会比自己强。

八十二　新的征程

这时，跟在金珠后面的几个手下顿时四下逃散，可没跑出几步，便被围观的人你一拳我一脚地活活打死了。苦儿回到郑恪的身边，川儿、柳扬和冷竹青等几个小伙子将苦儿抬起，抛向空中。几个姑娘也围在他们周围，欢呼跳跃，他们在欢庆这场胜利。人们也渐渐地围了过来，向他们祝贺。

罗忠信带领赵福、李伦、刘兴及童成向朱如天、郑恪行礼，并与众人告别，去十业帮上任去了。

乔装的赵财，从头到尾观看了这场决战，看得他是胆战心惊，他暗自庆幸自己没得罪田力均。来此观战后，倒让他明白了一个道理：命比钱更重要。他趁着人们忙碌之时，快速离开现场，返回了南阳府。

田力均带着官兵来打扫场地、掩埋尸首，清风道长带领弟子们超度亡魂。月儿和庄儿等人收拾起地上的兵器，交给衙役统一保管，留作看林之用。百姓也都自发地组织起来，帮忙清理现场。

山南城酒楼的宫掌柜及街上的乡绅们早已在山南城酒楼备了几桌酒席，以此感谢众位英雄给山南城百姓带来的平安生活。宫掌柜举杯代表乡亲们说道："我虽是外来人员，可毕竟在山南城生活了这么多年，我代表山南城的百姓敬各位英雄一杯！"众人一齐举杯喝下后，一位乡绅说道："苦儿、月儿是我们的乡亲，没听说他们还有姑姑呀。"乔如虹笑了笑，说道："是我师父的玉佩将我们与叔叔及苦儿、茹儿他们连在了一起。玉佩被做成八个护身符，也是天意，让这几个孩子相聚、相知，并共同习武强身。是师父他老人家的在天之灵让我们遇到了叔叔，还有了这么多这么优秀的子侄，带给我们这么多的欢乐。为此，我们要感谢山南城养育了这么好的儿女。"说罢，乔如虹和冷月娇举杯敬了大家一杯。苦儿站起来说道："这个护身符带给我们困难的同时，也带给我们不同的人生，让我们有缘与爷爷一起游学、一起探索，与田叔叔、力均一起建设我们的家园。为我们的父母官，也为我们的明天干杯！"

比武虽然结束了，可山南城内依旧是热闹非凡，大小客栈住满了人，酒楼的客人也是络绎不绝。古镇的张桐也随着客栈的齐掌柜及三位伙计一起来到山南城，齐掌柜准备在这里新开一家大客栈。张桐则决意要做一名悬壶济世的好郎中，便留在苦味堂跟着茹儿做学徒，准备将中原的医术带回大漠，以解大漠百姓的病患之苦。茹儿准备将父亲的理论及自己这几年运气医病的心得整理起来，编著成《运气类注》，以供后人参考。

原来的一品香酒馆，现已改建成孤儿院，田育勤、月儿在此教授这些孤儿们。赵财曾在田力均的陪同下来过这里，看到孤儿们朝气蓬勃的精神面貌，听到房内不时传来孩子们的读书声和习武之余的欢笑声，他由衷地说："田大人，本府觉得这里的孤儿不孤啊！有你这样的好官，真是朝廷之幸、百姓之幸啊！"

城中的百姓也都希望能把自家的孩子送入孤儿院中接受教育，怎奈县衙资源有限，暂时无法接收更多的孩子们；而百姓的生活好了，孤儿的数量也有所减少。因此，田力均、苦儿正与郑恪、冷面双娇等人商议兴办学堂之事，以解百姓之需。

苦儿将从云南带回的一块大的玉石，分别做成几个玉佩，给杏儿、柳扬、倩儿和雅儿及孤儿院的孩子们，每人刻了一枚，玉佩前面是姓名和肖像，后面是个"正"字，希望孩子们堂堂正正地做人做事。苦儿说道："这小小玉佩，是爷爷、姑姑及哥哥、姐姐对你们的祝福，希望你们长大成人后，能成为有用之人。你们要刻苦练功，只有自身功夫强、本领硬，才是自己最好的护身符！"

杏儿、柳扬和倩儿也时常来到孤儿院，跟着田育勤学习琴棋书画。田育勤对杏儿和柳扬很满意，时常夸他二人颇有苦、茹之风。孤儿院成了山南城一道最亮丽的风景线，让山南城的人们看到了希望和未来。山南城复活了。

可是天道无常，一场大瘟疫来了，饥荒相继而来。千万民众死于瘟疫，浮尸暴骨处处有，束薪斗粟家家无。

嘉靖皇帝在城隍庙祈禳灾疗，又派遣礼部左侍郎兼翰林院侍讲学士祭祀南镇会稽山之神，派遣通政司右参议祭祀西岳华山之神和西镇吴山之神。各地方官亦择日斋戒。

这场瘟疫很快传到了南阳府，已有十几人患病死亡。河南知府赵财接到朝廷文书后，不敢怠慢，第一时间向各知县做了传达，并要求各知县稳定民心，打击哄抬物价的行为。力均从南阳府回来后，直接来到桃花山庄，将这次瘟疫的严重性向众人说了一遍。郑恪听罢说道："看来，这更是一场生死存亡的大战，大家要竭尽全力打赢它。苦儿和茹儿已经发现了城中多人患病，并且症状相似。他二人正在找医治办法。茹儿，可有进展了？"茹儿说："我觉得这是一种'戾气'，这种戾气是人的肉眼看不见的，但确实存在于自然中，它通过人的口鼻侵入人体，引起瘟疫。因此，在治疗上应以疏利祛邪为主。《黄帝内经》中就提出了'不治已病治未病'，我想，第一，预防为主。我查了张仲景的《伤寒杂病论》，在环境上，在城内用青蒿、艾草、常山来熏，以驱散这种'戾气'。居家用苍术、雄黄等烟熏室内以消毒防病。另外，我们还用药煮了一些白布，大家出去时，用它掩住口鼻，也可起预防作用。第二，必须将瘟疫所导致的死者及时掩埋，防止疫病的进一步传播。第三，居民饮用水无论从何而来，须煮滚后用。污水排放应设陶质管道，并逐节相连，不要污染水源。第四，在治疗上，以银翘散与麻杏石甘汤的合方为基础，加入红景天以抗瘟疫、扶正祛邪。另外，需用硫黄制成的温汤水给患者洗浴。"苦儿接着说："治疗上，就由我们制成汤药或丸药，散施患者。另外，要控制疫情，就要将病人进行隔离治疗。我们现在地方不够，希望县衙能在户外搭上几排帐篷，作为治疗之所，以便控制疫情。"乔如虹说道："由我们在外设粥棚，给灾民施粥，另外，我们还可提供一些布匹，以备治疗之需。"清风道长说道："我仔细研究了一下这种病，用针灸在天突、关元、鸶尾等几大穴位出针，刺激人体，增强人的自身免疫力，也是有效的。我们可派些人进行诊治、护理。"玉儿说:"我们听从哥和茹儿的安排。"月儿说:"我和杏儿负责向百姓宣传和督导防疫知识。"田力均站起,抱拳施礼,说道:"感谢各位的支持!我看这样,第一,荣哥,水库工地暂时停工,给所有民工发放工钱,遣散回乡。我再派几人给你,处理县城内的排水管。第二,庄哥,由县衙组织人力严厉打击哄抬物价、囤积粮食和药品的行为,非常时期更需严打。第三,在治疗和控制疫情上,苦哥和茹儿要多费心,有劳各位兄弟姐妹协助。第四,竹青哥,我派些人给你,我们在月牙谷搭建救护站。第五,我派专人负责及时掩埋病人的尸体。第六,二位姑姑费心,组织人力对灾民施些粥粮及汤药。上次从山贼那儿缴来的粮食,可分给有困难的百姓,以稳定民心,也可起到安抚百姓的作用。爷爷、爹、二位姑姑,你们看呢?"田育勤说道:"瘟疫来了,百姓生活雪上加霜。我想,其一是政府首先应减免百姓的赋税,其二是政府出钱赡养孤寡老人和孤儿,其三是对染病的百姓给一些救济,每死一人,由政府掩埋的,每家可发放三四两纹银,这样既可防止瘟疫进一步传播,又可安抚家属。"众人听了均点头。

老叫花接着说道:"苦儿、茹儿,你们不为将相,偏为良医,值得敬佩。孩子们,治病救人,就不能计较个人安危和利益,我们要为穷人提供免费服务。时穷节乃见,一一垂丹青。我们的另一场战役即将开始,你们准备好了吗?"月儿说:"我们回馈百姓的时候到了。我们一定竭尽所能,决不退缩!"苦儿说道:"新征途,我们砥砺前行!"茹儿点头说道:"万水千山我们走过来,只为当初的承诺。让我们再一次出发吧!"这时,庄丁来报:"少林寺方丈求见。"冷月娇说道:"快快有请!"这时,身披袈裟的方丈领着一位老和尚走了进来。方丈说道:"阿弥陀佛,善哉!善哉!瘟疫来袭,本寺弟子日夜祈祷,愿众生消灾免难、离苦得乐,祈求国泰民安、风调雨顺。而老衲的这位慧空弟子,自知罪孽深重,想要赎罪。他略懂气功与医术,愿为百姓做点事,不知可否?"众人向老和尚看去,都大吃一惊,这慧空和尚不是别人,正是昔日快刀帮帮主龙老大。只见他双手合十,满面笑容地说道:"我佛慈悲,慧空愿追随各位英雄,打这场战役。"

川儿说:"放心吧,新征途上,我们同心同德,奋进前行!"